小说月报

FICTION MONTHLY

2022年精品集

《小说月报》编辑部 /编

天津出版传媒集团

百花文艺出版社

图书在版编目（CIP）数据

小说月报 2022 年精品集 /《小说月报》编辑部编
. -- 天津：百花文艺出版社, 2023.1（2023.3 重印）
ISBN 978-7-5306-8439-9

Ⅰ. ①小… Ⅱ. ①小… Ⅲ. ①中篇小说–小说集–中
国–当代②短篇小说–小说集–中国–当代 Ⅳ. ①I247.7

中国版本图书馆 CIP 数据核字(2022)第 236557 号

小说月报 2022 年精品集

XIAOSHUO YUEBAO 2022 NIAN JINGPINJI

《小说月报》编辑部编

出 版 人：薛印胜　　选题策划：汪惠仁
编辑统筹：徐福伟　　责任编辑：齐红霞　孔吕磊
装帧设计：郭亚红　　特约编辑：王亚爽
出版发行：百花文艺出版社
地址：天津市和平区西康路 35 号　　邮编：300051
电话传真：+86-22-23332651（发行部）
　　　　　　+86-22-23332656（总编室）
　　　　　　+86-22-23332478（邮购部）
网址：http://www.baihuawenyi.com
印刷：天津新华印务有限公司
开本：787 毫米×1092 毫米　　1/16
字数：693 千字
印张：38.75
版次：2023 年 1 月第 1 版
印次：2023 年 3 月第 2 次印刷
定价：78.00元

如有印装质量问题,请与天津新华印务有限公司联系调换
地址:天津东丽开发区五经路 23 号
电话:(022)58160306　邮编:300300

目 录

【中篇小说】

枯井

◎　冯骥才

人有各种死法。他是怎么死的？得病死的，老死的，意外事故死的，叫人弄死的，犯重罪处死的，中毒死的，气死的，还是自我了结死的，等等，这些种死别人都能知道。可是我二表哥是哪一种死？为什么死？死在哪儿？没一个人知道，只有我知道。只我一人知道。

一

今天我兴致勃勃起个早，连吃早点都怕耽误时候，只把两个杂和面儿的菜饽饽用手帕一包，掖在一个硬邦邦的帆布兜子里。兜里边还放一大瓶白开水、两块破毛巾、一盒红星牌的铅弹。布兜挂在自行车的车把上，气枪绑在横梁上，一双长筒的黑胶靴用布条结结实实捆在后车架上。胶鞋滑，用圆的绳子捆不牢，就得使布条捆。行装备齐了，双手推着车把兴冲冲地出了家门。出了门一拐，进了旁边一条胡同。这条老胡同太烂，地砖东倒西歪，不好走车，便把车子往墙边一靠，跑进去，站在一座两层的小楼前面仰着脖子喊：

"二表哥，该走了！"

二楼上一扇窗子"啪"地打开，露出一个圆乎乎的脑袋，红红的软脸，像个西红柿。他瞪着一双小眼儿，压着嗓门儿说："别喊，人家都还睡着。"又说："等会儿，我还没吃完呢。"

二表哥是我姑家的。自来我们两家就挨着住。我家守着胡同口，他家在胡同里边。后来我们两家的老人都走了。我们下一代依旧还住在这儿。二十世纪八十年代前，人是很少搬家的。

我等了好长时间，二表哥才推车出来。据说他这种不紧不慢的性子，是叫他干了半辈子的装配手表的活儿磨出来的。可是也别怪他肉脾气，他打鸟的本事叫我着实佩服。我每次去打鸟都要带一盒铅弹，这一盒一百粒，最多打七只鸟；他每次只带三十粒，至少打二十只。他是老猎手，枪法神准，百步穿杨，这自不必说。更关键的是他的经验多，会选地方。就像老钓手，知道水下边哪儿是鱼窝，钩儿下去，漂儿立马就动。他凭空看得出哪儿是鸟道，鸟们好在哪个地方停留。每次和他出去打鸟，他绝不叫我跟在他身旁。他独自一人，穿林绕树走得不见身影，再露面时腰上一准挂着一串毛茸茸、血迹斑斑的鸟；有的不动，有的动。

我对他说："我还一只没打到呢。"

他又圆又软又平庸的脸露出微微一笑。此时这笑，似乎带着一点成就感。

我承认我不行。我打鸟是跟他学的。三年前我连气枪都没摸过。我好和他一起喝酒，尤其好到他家喝酒，为的是吃他家的炸家雀。这不单因为二表嫂炸鸟的手法好，炸得金黄黄颜色漂亮，外焦里嫩，有嚼头，而且愈嚼愈香。一比，后街那家小酒店卖的炸家雀还能吃？纯粹就是一只只死家雀。二表哥家的炸家雀还肥，肉多，这是因为鸟是他自己打的。他说："我打鸟挑着打，我从不打幼雀，哪只肥打哪只。"

这也是他为什么专要到南郊打鸟。这里是远近闻名的鱼米之乡——米好鸟肥。

我暗暗发誓将来打鸟的本事要和他一样。可是我性急，找不到鸟就乱跑，可能就因为我提着枪跑来跑去，把鸟们全吓得躲避起来。有一次，我绕到一片屋后，忽见前边一丛密密实实的灌木边上有个黑影，像一人来高的树桩，上边斜着一根树杈。定睛一瞧，这树桩原来是二表哥，树杈是他举着的枪。他竟然一动不动站在那里。顺着他的枪筒举眼再瞧，左上边树顶的干枝上有两只鸟，远看像两个墨点。我禁不住叫道："快开枪呀，等什么呢。"

我这一叫，两只鸟受了惊，扑棱一下飞跑。二表哥提着枪走过来，有点气愤地说："那是两只小的，它们招呼大鸟呢。你打你的，我打我的，我不是叫你别跟着我吗？"

这一来，我对自己更没信心。

他的慢性子其实正是沉得住性子。我性子急，性子是没法改的，看来我这辈子至多是二三流的枪手。可是我打鸟才刚上瘾呢。

我痴迷于铅弹打进鸟身体里那种"噗"的声音，兴奋于被击中的鸟就像倒栽葱一样栽落下来。每到星期四，我就兴冲冲去约二表哥。二表哥一约就应，其实他比我瘾还大，只是天性不动声色。当然我们一起去打鸟，更为了当晚有一顿好酒菜。

为了每次打鸟要用一纸盒铅弹，我降了烟卷的牌子，把二角二分的"永红"换成一角九分的"战斗"。那时，私人允许持有气枪，为了买这支气枪，我东瞒西骗，最后还是被老婆查获了我的一笔秘密的私房钱。

不管这些了，也不管我的枪法高低，有了一杆枪，我就是一个真正的猎手了。

二

二表哥最喜欢两个季节到南边来打鸟，一是收割稻子、打谷脱粒的季节，那也是鸟们的天堂时候，鸟只顾吃，放松了警惕，常常成为猎手们的累累战果；再一个是冬季，树叶落光了，远远就能看得清鸟们飞来飞去，落在哪里。现在是秋天，树叶茂盛浓密，遮挡住它们的身影，打起来很费劲。二表哥说，往前边二十里潮白河西边，过去有几个村子，一闹水就淹。自打上游修了水库，不闹水了，但河里也没水了，村民都搬走了，那里早成了荒村。那边的死树多，打鸟会容易些。于是，我们骑上车去了。这边几乎没有路，只能是平的地方骑车，坑坑洼洼的地方推车。可是跑到外边这种野玩，向来是不在乎辛苦的。

远远一看这荒村就叫人兴奋起来。一大片乱糟糟的老树和死树，混杂着一些早已坍塌了的残垣断壁，没有一处成形的房子，全然一片绝无人迹的废墟。但只有这种地方才会野鸟成群。我们先是听到非常热闹地叽叽喳喳地乱叫，跟着看到一群群鸟影忽起忽落，这么多鸟！好像举起枪就能打中一只。忽然，在一片又高又密、黑压压的野草丛后边，飞出两只很大的鸟，硕大的身躯，长长的颈，"啪啪"扇动长长的翅膀。二表哥的两只小眼居然像手电筒的小灯泡那样亮了起来，他招呼我把自行车悄悄靠在一棵杨树上。这棵杨树在这一片地界最高。他说把车放在这里，为了一会儿打鸟回来，易于找到车子。二表哥高人一等的心计总是在这种时候显露出来。虽然他是一个装配工人，我是一名中学语文教师，但他的生活智慧总是胜我一筹。他叫我轻装上阵，水喝足了，多带些铅弹。我照他的话做了，然后提着枪，猫着腰，蹑手蹑脚跟在他后边，好似摸进敌阵，心里边一阵阵激动。

在一丛灌木后边，我们隐下身来。二表哥说："我先打，你千万别开枪，这儿可能有一群野雁。咱这种气枪打它们身子打不死，只能打脑袋，你打不着，可枪一响就把它们全吓跑了。"

我把枪按在胸口下边，两眼死盯着前边一片野树，我一直没看见那些野雁在哪儿，只听"砰"的一声枪响，眼前群鸟从草木丛中轰然腾起，四处乱飞，好像打散了世界。二表哥兴冲冲叫了一声："我打碎了它的脑袋！"起身蹚着野草丛莽冲了出去。

我怔了一下，跟着也冲出去。野草过腰，荆棘拦人，我顾不上了，手脚感觉疼痛也不管了，自以为一直跟在二表哥身后，可越跑离他越远，渐渐看不见他了，我站直身子一瞧，前边荒天野地，我走岔了道？大声呼喝道：

"二表哥！"

居然没人应答。我加大声音再喊一声，还是没人应答。我站住四下一看，慌了。这是什么地方？野树野草野天野地，而且一只鸟也没有。我有点怕了，怕迷了路。赶紧掉过身往回走。可哪里是我的来路？周围一切全是陌生的。我是不是走错了方向？我忽然想起刚刚停放自行车的那个地方有一棵很高的杨树，但我从周围高高矮矮的树木中无法认定究竟是哪一棵。我只能把自己身体的正背后认定为来时的方向。我必须原路返回。

在慌乱和恐惧中，我一边喊着二表哥，一边深一脚浅一脚在野地上回奔。两次被什么东西绊倒，右腿膝盖生疼；我完全顾不上去看腿部是否受伤。这时，忽然觉得好像有人呼我。我赶紧停下来，屏住呼吸，静心听，果然是二表哥的声音，他在呼我！我惊喜至极，大叫："我在这儿呢！二表哥！"

可是，他的声音有点怪，声音很小，好像与我相距挺远，而且我分辨不出他声音的方向。像在前边，又像在左边。我一边往前疾走，一边喊："你在哪儿？"我怕失去了他的声音。

忽然，我又听到他的声音，这一次声音距我不远，但仍然很小很小，这是怎么回事？好像他藏在什么地方，在周围一堵墙或一块石头的后边。然而这一次，我通过他的声音清楚地辨别出他的方向——右前方，而且不远！

我急忙向右前方跑去，跑出去不过十来步，突然一脚踩空，竟然凭空掉下去！平地怎么会掉下去？我感觉就像掉进大地张开的一张嘴里，我四周什么也抓不到，急得大喊救命。突然我像被什么抓住了，其实没有谁抓我，是我手里抓着的枪卡在头顶上边什么地方，好像卡着大地那张嘴的上下嘴唇之间。我抬头望，上边极亮，竟是天空；下边一片漆黑，四边没边，深不见底。难道我掉进了一个洞？一个万丈深渊？我极力抓着卡在洞口的枪杆，想把自己拉上去，可是我的臂力从来就非常有限。怕死求生的欲望使我用上全身力气拼命往上一挣，跟着听到"咔嚓"一响，枪杆断了，我想我完了，栽落下去！我不知要掉到什么地方去。

下边并非没底。突然，我整个人实实在在摔在下边，幸好下边是很厚很厚的烂泥。但我还是浑身上下剧疼。这时，忽然一个声音就在耳边：

"别叫了，我比你还疼，你砸我身上了，我的腿多半给你砸断了！"

是二表哥吗？是他。可是眼前一团漆黑，我什么也看不见。只听他说：

"现在咱俩全掉进一口枯井里了，没救了，只有一死。"

我听呆了，惊呆了，彻骨的冰凉，这么容易一下子就来到阴阳两界之间？

"我以前听说过这些荒村子里边有枯井，曾经还有人掉进来过。我来过这边几趟，从来没碰上过。今儿怨我，一心只奔着那只大家伙，忘了枯井，掉了进来。原以为你能救我，谁想你也下来了。现在谁也救不了谁了。只有等死。"

看不见二表哥，只有他的声音，他的声音有气无力，就在我的对面。

等死？怎么能干瞪着眼等死。我便大喊起来，心一急，索性狂喊，一直喊到没力气了，也没人应答。

"这地方一年半年也不会有人来，外边能听得见你喊声的只有那些鸟了。它们能把你救出去你再开枪打它们？"

"你还有心思说笑？再不想办法，咱真没命了。"

"想办法？咱俩的命已经攥在阎王爷手里，你还真想活？怎么活？有什么办法——你说？"

二表哥的话平静至极，显然他已经理性地面对了现实。这种理性叫我定下心来。我才明白，我们已然身陷绝境！

在这荒郊野外、杳无人迹之地，绝对没有任何人相救，而我们自己是绝对没办法爬出这枯井的。渐渐地，我看清楚了我们身处的环境。这口致命的井大约两丈深，井内早已无水，井底的稀泥是多年雨水所致。由于下宽上窄，湿滑的四壁无法攀登，我们手里的工具只有两杆枪，枪比人还短，有什么用？我忽然看到右边有一根很粗的绳子垂下来，心中一阵惊喜与慌乱，竟以为有人营救来了，翻身要起来去抓那根绳子。二表哥发出声音：

"那是一棵树根，从井壁伸出来的，与上边没关系。"

任何希望都不存在了。

我逐渐看到二表哥的脸。在井里朦胧的光线中，他的圆脸不再是红润的，更像一个素色的苍白的瓷盘，五官像用墨笔画上去的，刻板而没有任何表情。

"我刚刚真的把你的腿砸坏了？"我对他说。

二表哥的回答叫人胆寒：

"用不了太多时候，我们就该掉气了，还管它腿不腿的。"

二表哥似乎已经超然世外，我却还在做最后的挣扎，后来竟忍不住对二表哥痛哭起来，并一边哭一边说："我们很快要死了吗？"

没想到二表哥如此淡定。他说："已经死了！你要是不甘心，最多也是等死。"

三

我坐在井底的烂泥里，鼻孔呼吸着腐朽得令人窒息、含着一种沼气的空气；耳边响着二表哥不绝的呻吟声。他的腿肯定在我掉下来时被我砸断了，因为他一直背靠井壁斜卧着，一动不动，他明显已经动不了了；他清醒时没有发出一丝叫苦之声，睡着后便不停地发出痛苦的呻吟。这表明，他的心已经死了，只有肉体还活着。

四周漆黑一团，头顶上边的井口处是一片圆形的银灰色极其通透的天空。这圆圆的天空正中，是明亮、苍白、冰冷、残缺的月亮。除此纤尘皆无。这是一个要死的人最后看到的人间的景象吗？这景象是神奇还是离奇？

在我直面月亮时，忽然想老婆、二表嫂……家人们一定在着急地找我们。他们一定会来找我们的！他们知道我们到南郊这边来，但我们这次改了地方，到潮白河故道这片荒村来了，他们会想到吗？能猜到吗？找得到吗？这个想法曾一度重新燃起我生的渴望。我想出一个好办法，我身上有火柴，我应该把衣服脱下来点着，扔到洞口外，引起野火，引来找我的家人。这疯狂的想法令我激动起来，可是很快我又陷入绝望。我身上的烟卷和火柴早已被井底的泥水泡烂！

随后，月亮从井口处一点点移走，阴冷的井底黑得伸手不见五指。我把眼睛闭上一动不动，更因为饥饿使然。昨日进入荒村前，二表哥叫我轻装上阵，我没带任何吃的。坠入枯井已经快一天了，渐渐饥饿难熬。洞里没有任何可以充填空腹的东西。我感觉到我犯了低血糖，心慌、昏眩、抽搐，一度真有吃烂泥甚至咬自己一口来充饥的幻想。后来，很奇怪，我感受不到饥饿，原来饥饿和疼痛都可以慢慢麻痹和接受。我相信，人的身体在极度饥饿时，一定有一种自我保护的机制站出来，对饥饿感进行自我抑制。

但是，跟随而来的一种可怕的感觉不可遏制，就是衰竭。我觉得从身体内部出现一种困乏、软弱、松懈、瓦解的感觉，我像一个气球撒气了，一串珠子散挂了，一团浓密的雾气消散了。我第一次感到生命其实是身体里的一种精气。一旦散了，没法抓住。这就是死亡前的幻灭感吗？

我在这感觉中渐渐睡着了，也可能是昏迷了。迷迷糊糊醒来时，洞里变得朦朦胧胧，略能看见一点东西。二表哥倚着井壁还在睡。我忽地发现他的脸好像缩小了，还有一点变形；怎么，他死了吗？我叫他两声。

"我还没走——"他忽然出声，"快了。"

死亡正向我们走来，我已经感到了，我也没有心思说话了。一天来，经过各种情感的折磨与忧思，我渐渐把人间难舍难离的东西放下了。我尽力叫自己明白，没什么放不下的。放下了才是真正的解脱。这就是死亡的哲学。

不知过了多少时间，我听到有人唤我。

睁开眼时枯井里似乎亮了一些，头顶上井口的一边有一抹阳光。呼唤我的是二表哥。他像是坐直了一些，不等我开口，便说：

"我必须要对你说几件事——"

不等我问，他竟然主动地说：

"这几件事一直在我心里掖着，都是我干的缺德的事，伤天害理的事。"

我听了这几句没头没脑的话，已经不知说什么。可是他根本没在乎我怎么想，依然接着说下去：

"我这几件事没任何人知道，只我自己知道。我原想带着它们走，可是我带不走它们。人间的事最终还得撂在人间；我必须说出来，放下来，才好走。反正咱俩已经是死人了，死人的话活人听不见。现在你只管听，别问。你要是觉得我是王八蛋，你就骂我，随你便。好，我说了——"

没想到，这个一直叫我敬着的老实本分的二表哥撩开他的人生内幕，竟有这样一些令人毛骨悚然的东西。

四

"我从小人见人爱，谁都很想抱抱我，胡噜胡噜我的圆脑袋，拿我当个老实巴交的傻小子。其实都叫我骗了。我自小就不是好东西。我坏，人的坏并不是跟人学的。我从根儿上就坏。"

我从来没听别人这么谈自己的。我暗暗吃惊。

"我初中时班主任惹了事，学校叫他做检查。由我们班抽出几个男生，三人一组，轮班盯着他。我值班时，发现他有说梦话的毛病。他的梦话很古怪，听不明白，越听不明白越觉得有问题，我就把这些梦话悄悄记在小本子上，转天交给学校。学校派人审讯这班主任，叫他交代这些梦话暗藏的'阴谋'。谁会记得自己的梦话，又会知道自己说的是什么？这便把班主任折腾得屎都快出来了。吓得他晚上不敢睡觉，一连折腾了许多天，他患上了严重的神经衰弱，人瘦成一条线。事情过去后，他无论体力还是精神都没法再教书了，就回到湖南养病。他老家在湘中的滩头，老娘和老婆都在老家。他回去就再没回来，后来听说他死了。怎么死的不知道。有人说他闹抑郁症扎河里了。

"我心里明白，他是因我'告密'而死的。但学校主管的领导没对人说，谁也不会知道这件事与我'告密'有关。我那班主任就更不知道他遭遇的一切一切，都与我偷偷记下他的梦话有关。你说我有多坏。我为什么这么做？我有压力吗？没有。有什么好处吗？没有。我难道不明白人根本不会知道自己所说的梦话吗？我应该知道。我为什么去'告密'？我和谁学的这种'告密'行为？人天生就会告密、就有这种害人的心思吗？我天生是不是就很坏？我再说这样一件'告密'的事——

"有一次我在火车上，看到一个女人从车厢一端慌慌张张跑过来。这女人很瘦，看着很穷，天挺凉她穿得很薄，那时候火车上常见这种人，没钱买车票，在车里躲来躲去，躲避检票。当时，她身后那节车厢里正有一个列车员粗声吆喝'检票'。

"车厢里很挤，走道上都站着人，这女人很难跑掉。她忽然在我身边蹲下，小声对我说：'你的腿挪开，叫我躲躲。'然后一猫身，就爬进我的座椅下边。

"不一会儿，检票员过来给我们检票，检完票正要继续往前走时，我竟然悄悄拉了拉检票员的衣服，用眼神示意，叫他看看我座椅下边。检票员明白了，弯下身一下把趴在我座椅下的穷女人拉了出来，跟着连推带搡把这穷女人带走。等到下一站时，把她推下车去。

"没想到，我示意给检票员那个很隐秘的动作，叫坐在我对面的一个中年男子看到了。

"他先是什么话也没说，不停地瞪我，后来忍不住了，挺气愤地对我说：'人家又没惹你，干吗告发她？'我无言以对，坐了一会儿，觉得挺尴尬，只好站起来换个车厢。

"是啊。一个穷女人并没招我，我为什么去告发她？我图什么？我是不是天生很坏？而且我对比我厉害的人并不敢坏，我的坏专对那些伤害不到我的人。"

"再告你一件事。这是我最下流、最×蛋、最见不得人的事！如果不是咱们死到临头了，我绝不会说。现在我也不管你会怎么想我了，反正我非说出来不可了。"

这时，说实话，我真有一种人在世外的感觉。我知道，他下边的话是人在世间绝不可能说的；但我，已经没有任何世俗的好奇了。他呢，说到这里，声调忽然提高。显然他需要拿出身体里最后一点气力，把最难说出口的话说出来。等到他把下边的话一说出口，我感到有一种站在结冰的河面，冰面突然坍塌的感觉。

"你知道，是你大表哥把我养大的。"他说。

"他也帮我家很大的忙。"我说。

"不行，咱不能这么说，你也别再搭话，否则我讲不出来了。我身上的气力不多了。我现在必须把事情简单直接地说出来！我的时间不多了！"他沉一沉，喘一喘，接着说，"十五年前一天半夜，我正睡得香。我大嫂——你大表嫂去走廊那头茅房解手——那时几户共用一个茅房。你大表嫂解手回来，走错了门。我屋的门不是紧挨着我大哥的屋门吗？你大表嫂上床掀开被子就钻进我被窝里了。我呢——就把她干了！"

他没说过程，直接说出了结果，他的口气很坚决，因为这是他死之前要说和必须说的话，他不能迟疑，必须下狠心一下子吐出结果！黑暗中的我一定是目瞪口呆，我听蒙了！看似平平淡淡的人间怎么有这种丑恶和罪恶！

他把事情的结果说出来后，下边的话就变得平静与冷峻了。

"你大表嫂明白过来后，傻了！她不能喊，一喊全楼的人就知道了，我一家人不是全毁了？我呢，我不是说我坏吗？当时我要是叫你大表嫂明白她走错屋，然后蹑手蹑脚回去就什么事也没有。可我那时正年轻，没有女朋友，天天想老婆；我又喜欢你大表嫂，又白又嫩又好看，我平时心里总琢磨着她呢。一时禁不住，翻身把她压在身子下边。"

听到这里，我心中怒骂道："这王八蛋！"

"你心里肯定在骂我。我对不起大哥大嫂。我做那事的时候心里也在骂我自己，我对不起大哥。自打我爹妈过世，是大哥把我养活大的。可是我那时管不住我自己。不仅那天，我浑蛋，后来看到你大表哥出差，我也管不住自己，把我大嫂拉进屋里接着干了。我不仅是坏人，还让你大表嫂当了坏人，我们一起骗你大表哥。

"三年之后的一天，你大表哥说他们纺织机械厂要援助大西北，派他去。他全家走了。临走那天，大哥约我在后街那个小馆喝酒吃饭。他说这顿饭一半算是他辞别，一半算我为他送行。但只说为他送行，不提为你大表嫂送行。那顿酒喝得别别扭扭，好像有什么硬邦邦的东西窝在心里，堵在心里。我和你大表嫂的事一直瞒得严严实实，我这人心细，你大表嫂比我还能装，我大哥好像从来没有敏感过。可是，这天喝酒喝到最后，大哥突然问了我一句：'咱们这一分手，说不好就是永远分手了，你有什么话要告我的吗？'我觉得这话味儿不对，话里有话，不管他什么意思，我这事怎么能跟他说。我说不出话来。忽然'咔嚓'一声，他把手里的杯子捏碎了，手直冒血。什么话也甭说了，我们哥儿俩便分了手。从此相互没再联系，我给他写过信都没回信，几年过去了耳闻我大哥大嫂在宝鸡那边离婚了。为了什么谁也不知道。

"我当然知道。我毁了他、大嫂和他们一家！"

他说完这句话，就没声音了，而且也没有呻吟和喘息声。我没有呼喊他。我知道，他该走了。我也失去了活命的欲望。一种死亡的气息渐渐包围和吞噬了我们。我浑然不觉。

一缕刺目的光忽然穿过漆黑一片，照进我似乎已经不存在的身体里。我还听到一句问话，不知由何而来，是何意思：

"哎——哎！你们还活着吗？"

五

我和二表哥是在这阴阳两界之间待了多少时候？谁也说不好。人活着的时候需要计算时间，死亡是对时间的放弃。时间对于已经被人间放弃的我们已经没有任何意义了。

直到得救以后才知道，在我们失踪后，我们两家人像疯了一样寻找我们。我的学校和二表哥工作的手表厂都派了人，相互配合，在南郊广袤的旷野进行拉网式的搜索。凡是二表嫂想得起来的地名，他们一定要彻底摸查一遍。到处都是野地野水，到处都一望无际；他们一天比一天绝望。

大约在第四天，手表厂派来的人中间有一个人当过警察，有办案经验，眼睛尖，他在南郊小林子那边发现地上自行车的轮胎印记，便顺着车辙一直走到潮白河边的荒村里，终于发现我们的自行车。这便鼓起了人们的信心，厂里又加派一些人来，终于在乱草丛中找到了我们失足落下去的那口枯井。我俩是在阴阳交界处，马上就要告别人间时，被亲爱的家人与同事奋力地从井里拉了上来，拉回人间。

这种生还的感受无可形容。这一种绝路逢生，让我狂悲狂喜。我从没感受到日常的生活与人间的亲情，胜过天堂。在把儿子抱在怀里，回答他种种天真的发问时，我觉得自己所经过的事比他的问题还不靠谱。头几天我夜里不叫老婆关灯，一关灯我就像又回到枯井里。

我从身体到精神一天天开始还阳。可是听说与我一同起死回生的伙伴二表哥却不大好。我从床上下地还站不稳，不好去看他，我就叫我老婆给他送点酱货，送个西瓜。我老婆带回来的消息并不乐观。据二表嫂说，二表哥打回来一直闭着眼不说话，手表厂请来医生给他检查身体，说他腿骨倒是没有断，有点裂缝，给他上了石膏，打了夹板，很快会好。身体的器官没有毛病。可是不知为什么，他一直直挺挺躺在床板上，闭着眼，什么话也不说，脸上没有活气，看上去像床板上停着一具尸首。不论二表嫂跟他说什么，甚至对他哭了，他也一声不出。

二表嫂叫我老婆问我："他还出了吗事？枯井里阴气重，是不是中了邪？"

我听了，先是不解，后来渐渐明白，这完全与我有关。就因为他把自己那些坏事、脏事、伤天害理的事告诉我。人最能给自己保密的还是自己，一旦告诉给别人，便无秘密可言。当时在枯井里，我俩都认定自己马上就成为死人，死人告诉死人的话，怕什么？可是现在我俩被救，都活了，活人告诉给活人，往下怎么活？

我想好了，过几天能走动了，去他家，对他立下死誓，终生保密，死也决不泄露半个字！

他会信吗？

不管他信不信，反正我也要对他发誓。泄露一字，天诛地灭！

可是多日之后，二表嫂忽然来说，二表哥不见了。自从我们被救回家后，他一直闭眼躺在床板上一动不动，好像钉在床板上，现在却突然一下子没了，听了有点吓人。我老婆傻里傻气问二表嫂：

"他别是又去打鸟了吧。"

"还打？不是找死吗？这辈子甭想再去了！"二表嫂说，"枪已经叫我卖给委托店了。"

于是，我们赶紧四处找他。满城里凡是认识的人家都问过了，没人见过他。一个月过去仍旧没有踪影。二表嫂掉着泪说：

"叫鬼勾去了，自打他被救回来，魂好像就没回来。"

我听这话，心里不禁打个寒战，从头顶一直凉到脚心。我好像明白他的去处——他准是回去了，又躺在那枯井的烂泥里。

那口枯井是他人间的出口。

现在一个多月过去，应该早走了。

我越想越坚定地认定是这样。因为心里有这个认定，才没有再去南郊，也没向任何人说我这个猜测。

对二表哥那段"临终之言"，那些事，我一直守口如瓶。但搁在我心里挺不好受，好像这些事是我干的。也就是说，把坏事藏在谁心里都不是好事，无论是自己干的，还是别人干的。

【作者简介】冯骥才，男，当代著名作家。曾任中国小说学会会长、中国文联副主席、中国民间文艺家协会主席等职，现任中国文联荣誉委员、国务院参事、天津大学冯骥才文学艺术研究院院长。新时期文学初曾以《雕花烟斗》《啊》《神鞭》《高女人和她的矮丈夫》等小说蜚声文坛。自二十世纪八十年代以来，徜徉在文学、绘画、书法、非物质文化遗产保护等诸多领域，且皆有建树。近年来文思泉涌，新作不断，颇引文坛注目。

竹楼海

◎　陆颖墨

一

一片大大的白云轻纱一样飘过，老乔看到了他的礁盘。从天上看，他忽然发现礁盘像一片小小的荷叶，荡漾在无边无际的海面。今天涨潮，珊瑚礁盘在水面下膝盖深，呈淡绿色，在大片深蓝的海洋里，显得很清秀。

又绕过一片白云，直升机开始下降，那片"荷叶"也越来越大。在南沙守礁十多年，老乔还是第一次在飞机上俯瞰礁盘。他感情复杂地打量着"荷叶"上让太阳照得熠熠闪光的三粒"珍珠"，那是礁堡、竹楼，还有一座航标灯塔。"珍珠"越来越清晰，飞机朝着最靠近"荷叶"凹口处的那粒叫礁堡的"珍珠"下降。半个篮球场大的礁盘平台就是停机坪，上面的着落标志已经清晰可见。

"你们七号礁礁堡最好找了。"飞行员说。

"是啊，就在潟湖边上。"老乔得意地说。那"荷叶"凹处是潟湖，现在已经改成了一个小小的港池，码头就连着礁堡。别看整个礁堡只有一个篮球场大，孤零零地扎在水中，它可还承担着机场和军港两大功能。因为把礁盘看成了荷叶，他脑中也不由得把自己所坐的这架直升机想象成了一只绿色的蜻蜓。他欠起身体，张大嘴睁大眼从舷窗朝下寻找到飞机的影子，看它是怎样在这"荷叶"上爬行的。

忽然机身一晃，猛地上升，在空中一个紧急盘旋。当，老乔与舷窗碰了一下，差点咬着舌头。

飞行员叫了一声："有鸟！"

老乔赶紧再朝下看，发现从竹楼里飞出一只小鸟，已接近飞机的降落航线。

"怎么搞的！"飞行员狠狠地长吁一口气。

老乔认出那是一只海鸥,心里更是一惊:小黑怎么还在? 他既自责又后怕。他知道,飞机起飞和降落时,撞上鸟是很危险的。直升机飞得慢要好一些,但在海上,这也是很危险的。

海鸥让飞机气浪冲得坠落在礁盘海面上。直升机再次下降,稳稳降落到礁堡上。

老乔跳下飞机,踏上礁堡平台,便吼道:"李冬冬,李冬冬,你给我出来！"

"来了,礁长。"礁堡下面传来回答。老乔扭头一看,新战士李冬冬正浑身水淋淋地从礁盘上朝礁堡台阶涉水走来。因为涨潮海水过了膝盖,行走速度不快。他怀里,还抱着那只海鸥。

老乔气不打一处来。要知道,机场防鸟是有一套规矩的,这礁堡平台虽说是最袖珍的机场,但也是有它的管理制度。礁堡上一年来不了一回飞机,来这一回还是送自己的,偏还出这么大洋相。他再三向飞行员道歉,表示一定把这次事情的责任向上级报告。

飞机起飞了。

回过身来,李冬冬已抱着海鸥站在身边。

"小黑怎么还在礁上?"老乔厉声问李冬冬。

"它刚才被飞机撞到水里了。"李冬冬答非所问。

"它不掉水里,我和飞机就掉水里了。"老乔火气更大了,"我离开时不是再三嘱咐,补给舰来礁堡,一定要把它带回西沙永兴岛吗?"

李冬冬第一次守礁,刚上礁堡也就二十多天,明显没有觉察到事情的严重性和老乔的火气,他放下手中的海鸥,对老乔说:"看飞机把它吓得。"而后对海鸥喊:"小黑,礁长回来了,快去抱抱。"

海鸥已在李冬冬的安慰中安静下来,很快认出了老乔,它摇摇晃晃快跑几步过来,用翅膀抱住了老乔的腿,还把头靠在老乔的膝盖部位蹭蹭,以示亲热。老乔心中涌起一丝暖暖的感觉,火也发不出来了,对李冬冬说:"赶快把它送回竹楼,快去快回。"

二

竹楼,就是南沙各礁盘上的第一代高脚屋,老乔当新兵时就住在里面。那时候,整个礁盘就五六个兵,挤在这十多平方米的屋子里。整个屋子用上好的毛竹搭成,做工真结实,到现在已经十多年了,还是好好的,一直矗立在那儿。这竹楼和礁盘相距二十多米,有一条竹栈道相通。本来还有个第二代高脚屋,是用铁皮制成的。现在这个礁堡建成后,因铁皮屋妨碍警戒观察视线,拆除了。为了和礁盘外的大海区分开来,官兵们把礁盘上这片水面叫竹楼海。竹楼和礁堡虽说不远,但见证了老乔由士兵到士官再到军官的成长历程。当然,现在的礁堡上人也多了些,七号礁现在就有十六名官兵。

李冬冬是机电兵,主管礁盘上的发电和电器维护,也负责灯塔的管理维修。二十天前,老乔带着李冬冬正在灯塔熟悉设备情况,突然海面上刮起一阵怪风,他们赶紧朝礁堡涉水返回。礁盘上有大大小小不少海沟,就像落叶上弯弯曲曲的纹路,竹楼和灯塔之间直线距离只有三百多米,因为中间有一条将近两米的海沟,绕开它又要多走六七百米。这条海沟,李冬冬昨天第一次见到就要直接跳过去,老乔没有同意,说在水中跳远和在陆地上大不同,助跑、起跳要有技巧。特别是落地更险,礁盘上凹凸不平,容易扭脚摔伤。有一条老乔没说:万一掉进海沟,下面有八百多米深,很危险。老乔有经验,想等李冬冬的脚在礁盘上涉水行走找出感觉来,再练起跳。

看着风大,李冬冬想抄近路跨过那条海沟,老乔怎会同意?拉着他绕路返回。

刚刚绕到竹楼脚下,又一阵狂风在水面上翻滚着追了过来,两个人赶紧抱住竹楼下的支柱。这支柱是用槽钢做成的,特稳。

一阵浪劈头扑过来,两人一头水。忽然,李冬冬喊了一声"不好",老乔马上看到一只小海鸥从竹楼顶上掠过,直接砸到了水面。小海鸥艰难地扑腾两下,没飞起来,很快被海浪打进了那条宽海沟。

喊声未落,李冬冬已追着海鸥掉落的方向跑了过去。

老乔喊了声"小心",马上追着李冬冬,奔到了那条海沟边上。海鸥在海沟那边,紧贴着一块露出水面的大型砗磲化石。显然,它受了伤。

又有狂风过来,海沟里涌起了不小的浪,眼看海鸥要撞在砗磲化石上,李冬冬起身跃过海沟。但是他太不了解水中的弹跳,又是顶风,落地时一只脚踩了空,身子斜着倒向海沟。

就在这时,一只有力的大手拽住了他的右臂,把他拉到了礁盘上,倒在了水中。

是老乔,他在李冬冬起跳时就觉察到危险,紧跟着也跳起越过海沟,在腾空中把李冬冬拽起。当然,这一招很难,特别是大风中。一般人很可能抓不准,更可能让李冬冬把他反拽进海沟。

但是他成功了,因为他是老乔。大家叫他老乔,不是因为他年纪大,而是因为在这南沙礁盘上,他资历很老,应该没几个人比得上。

把小海鸥抱进礁堡,他们发现它的左翅膀受了伤,好在伤不重。卫生员赶紧给伤口做清洗和包扎。

老乔正琢磨这小东西怎么安置时,李冬冬提出这只海鸥由他来看护。老乔不同意,说他刚上礁,自己还要别人带呢,好多地方还要适应和训练,还是让老兵来照料。看这伤,一星期也差不多了。十天后,有补给舰过来,让它跟舰飞走。

李冬冬说,影响不了工作,他从小就喜欢鸟,在老家浦东读初中时就参加了护鸟队。

老乔有些迟疑,说他那护的上海的鸟,和这海鸥不是一回事。

李冬冬咧嘴一笑,说他们护鸟队每周末都有人到崇明岛去护鸟,崇明岛地处长江入海口,有时也有海鸥前来歇脚。他们护鸟,主要防止有人捕捉,特别是鸟类繁殖、迁徙的旺季。护鸟队队员全来自上海,各个职业的人都有,忙的时候都倒休换着班去看护。他忽然眼前一亮:"我还会鸟语呢!"

老乔气不打一处来:"我还会花香呢!你以为我老乔在礁上待了十一年,就是十一岁的智商?"

李冬冬却很认真地说:"真的。"说着,他冲着海鸥叫了一声,那声音还真像海鸥叫。不可思议的是,这小海鸥一下子有了精神,起身不顾伤痛扑了一下翅膀,朝李冬冬叫了一声。

李冬冬又叫了一声,海鸥更精神了。

老乔赶紧晃了晃脑袋,以为自己是做梦了。好半天,问李冬冬:"你这是从哪儿学的?"

李冬冬认真地说,崇明岛东滩附近有个村民也参加了护鸟队,那村民就会各种鸟语,说是祖传的。他父亲原先用这口技帮一些鸟贩子捕鸟,特别是学母鸟叫,招呼小鸟来入网,很残酷。后被人举报判了几年刑。释放回来后不久,得了场重病。他说自己是作孽太多,便让儿子参加了护鸟队。李冬冬是跟他儿子学的。

老乔有点信了:"那你这刚才叫的啥?"

李冬冬说:"我是说要开饭了,哦就是喂食了。你看,它张着嘴等着呢。"

老乔信了,对卫生员说:"快去开盒罐头。"

卫生员把海鸥抱走了。

老乔问:"你会多少个鸟语单词?"

李冬冬红了脸:"海鸥在崇明岛上不多,待的时间也不长,我就学会了'开饭'这一个词。"看老乔失望的表情,他又补了句,"崇明岛上白鹭多,我会白鹭的叫声,并且还会的不少。"

"好好好,希望南沙哪天能飞来一只白鹭。"老乔虽然脸上露出一丝遗憾,但还是拍拍李冬冬的肩,算是同意了,吩咐一会儿把它送到竹楼上住着,在这儿会影响部队工作训练。

"那个竹楼上条件太差了吧？"

"太差！我刚当兵那会儿，在上面住了两年呢。"

李冬冬吐了一下舌头。

过了两天，风浪小多了。老乔寻思借着前天那股劲头，可以开始训练李冬冬跨那条海沟了。他先领着李冬冬在礁盘上练助跑，再练起跑、落地。一切都很顺利，李冬冬很聪明，要领掌握得也快，一个上午全都搞定。下午，老乔让李冬冬飞越一条一米宽的小海沟，李冬冬一下就过了。老乔目测了一下，他跳出了三米多宽。要过那条不到两米的宽海沟，看来一点问题都没有。

但是，到了那条海沟面前，李冬冬刚助跑了几步，就停了下来，走到那海沟边，看了看摇摇头："我过不去。"

老乔一愣，马上急了："你怎么过不去呢？刚才都跳三米远了！"

李冬冬问老乔："礁长，这下面有好几百米深？"

老乔一怔："没那么回事。"每次新兵训练，怕有心理障碍，跨越完成前，都严格保密这数据。看来这密保不了了，老乔又补了句："是卫生员告诉你的？"

李冬冬没有正面回答："我还以为自己救了海鸥一命，没想到是你救了我一命。实话跟你说，这是我第二次遇险。我七岁那年，在河里游泳，一个猛子扎到了岸边一长溜木排下面，出不来了。幸好有人水性好，把我找到救了出来。送到医院抢救了好一阵，我才苏醒过来。"

老乔无语了，他非常理解李冬冬。他知道这条海沟，虽说水面只有两米宽，但礁盘下面会越来越宽，人掉进去，就像掉进木排下面一样，很难出来。看来得另找法子帮他训练。老乔沉吟一会儿，对李冬冬说："那算了，这条海沟你不用跨了。这段时间你集中精力把灯塔看好，把海鸥养好。"

李冬冬不相信自己的耳朵，看老乔的神色，不像是说气话。

第二天，海测船就来了他们七号礁。

因为老乔熟悉礁上的地形和周边海况，上级让老乔做海测大队向导。老乔一下忙坏了，礁堡、测量两边管，也没有精力来注意这只海鸥了。

连着好几天，不值班的官兵都喜欢坐在平台上，看着竹楼那边。他们总能看到两个身影，一只海鸥和一名水兵，那是李冬冬在训练他的部下小黑。

小黑这名字还是老乔给起的。李冬冬说不怎么文艺，但老乔非要坚持这么叫，李冬冬也就没和领导争执。

这儿的测量作业原定五天，到第三天晚上，上级紧急通知有较强的土台风来袭，让测量船进潟湖避风。测量队队长很着急，因为眼下还没到台风季，也没有预报台风，土台风没有在原计划内。在这儿避风五天，会导致其他几个礁盘的测量任务完不成了。拖下去，再过二十多天，就是台风季了。等台风季过去，完成任务的时间要差好几个月,耽误大事。

老乔给他们出了个主意,紧急转场到离这儿较远的礁盘作业,避开风头。他还提醒,土台风来无影去无踪,要防止这种情况下再有变化,到了那几个礁盘,也要因地制宜,抢风头,赶风尾,打好穿插。队长马上把这个意见上报,上级很快通知,让老乔跟着测量船一道转移到三、四、五号礁盘,帮助掌握海情。七号礁礁长先由舰队来礁上挂职的一位参谋暂时代理。老乔苦笑着说:"提了个建议,把自己搭进去了。"说归说,做归做,他还是痛快地跟着测量船转场了。

海测船离开时,海鸥正围着竹楼飞翔。启航前,老乔又站在舷边,隔着跳板再三嘱咐李冬冬,土台风过后几天内有运输船过来送台风季补给,一定让海鸥跟着运输船飞到永兴岛去。他特别强调,再过一个月,漫长的台风季节就来了,不会再有船只到这一带。看气象,土台风过后有三天风雨天,一定要让海鸥在风雨天出去飞几次……

多亏老乔跟着去,土台风也捎带刮到了那几个礁盘,老乔带着他们打了几个穿插,没怎么耽误作业。等土台风一过,老乔搭进去十多天了。指挥礁堡派出直升机,抓紧把老乔送回。因台风季快要来了,他得先回去部署防台风。

三

晚饭后,等李冬冬从竹楼喂完食回来,老乔把他叫到礁盘平台。

"我叫你让补给舰把小黑带走,你为什么不执行命令?"老乔口气很严厉。

"那天下着雨,雨还很大,我怕它在雨中飞不动。"李冬冬有点理亏的样子。

"海鸥不就是跟着船飞吗?二十天前,它那么小,怎么就能从南半球飞过来,有船跟着怕什么!"

"那它不是也让风吹得受伤了吗?"李冬冬有点不服。

"那是因为它犯了自由主义的错误,脱离了队伍。"老乔抬高了声音。在南沙礁上这么多年,每年都能看到海鸥的迁徙,这方面他确实有发言权。再远的航程,再坏的海情,海鸥只要跟着航船,肯定没事。就怕落单。

李冬冬没有吱声,知道自己理亏。

老乔说:"真难为你,学了一声鸟叫,就是开饭,就是吃吃吃。现在好了,吃这么胖,还飞得动吗?我问你,这二十天,它会自己下海觅食了吗,它会顶风斗浪了吗?时间一长,这海鸥不就废掉了吗!"

李冬冬嘟囔一句:"怎么不会飞呢?海鸥生两只翅膀不就是天生会飞的嘛,哪一只海鸥不是搏击风浪?我是看它还小,伤又刚好……"

老乔打断他:"你知道我为什么给海测船提议赶风头、抢风尾,在大台风中间穿插作业吗？"

李冬冬张了张嘴，看着老乔。

老乔说："你说我们海测船顶风硬扛行不行？"

李冬冬说："那哪行呀。"

老乔又说："我们躲台风要是不知道台风走向行不？"

李冬冬说："那也不行，这次不就是因为你熟悉海情，怕土台风测不准，上面才让你跟着作业的嘛。"

老乔说："海鸥搏击风浪也是这样，并不是冲到浪里去，那样会让浪打掉淹死。小黑掉到海里，你不是亲眼见了吗？海鸥最大的本领就是敏锐捕捉大浪的浪头浪尾，在波涛之间自由穿梭。这不靠它的鲁莽，恰恰是它的敏捷。你看看现在这小黑，还有这个能力吗？你让它到风浪里练了吗？这能力，它天性里就有，让它飞几次就激发出来了。你这十几天，反而让它退化了。你老实说，它是不是还不如不久前的时候，现在就知吃吃吃了？"

李冬冬又嘟囔了一句："退了就慢慢练，在礁上待着就行。等我轮休下礁时，再把它带走。"

老乔一下子火了，脸上皮肤黑看不出，但他脖上的青筋暴起来了，他喘了几口粗气，忍住了。想了想，他说："走，你跟我来。"说着，拉着李冬冬走下礁堡台阶，上了栈桥，不一会儿进了竹楼。

海鸥正靠在门口栖息，看到他俩，兴奋地扑腾起来，要和李冬冬拥抱。看来，这段时间，李冬冬和海鸥的感情很深了。这也难怪，李冬冬救了海鸥的命，而李冬冬又差点为它丢了命。

李冬冬摆了一下手势，海鸥乖乖到一边去了。老乔抚摸着竹楼结实的竹门，把目光眺向远方的海面。

夕阳将海天相连之处都染得血红。

老乔看看那夕阳说："我刚当新兵时，我们都住在这儿。有一天早上一开门，飞进来一只小黄鸟，当时看外面风浪大，我们就没轰它走。没过几天，大家发现它变形了，翅膀也变成黑色了，原来是只小海鸥。大家本来叫它小黄，后来都改叫它小黑。这小黑在礁盘上待了半个多月，就会飞了。就在这时，台风季来了，我们带着它守在这竹楼里。第一季台风一共刮了二十多天，到第十二三天，小海鸥在屋里憋得受不了，满竹楼乱窜乱飞。当时风很大，整个竹楼都随着下面的支柱摇晃，像在一只船上。大家都晕得不行，顾不了它，也没法顾它。后来，它要出去，开不了门，它用脑袋撞击竹门，那撞击声很响。"

老乔用拳头敲打着竹门，发出"啪"的一声，李冬冬听了身子一震。老乔又敲了一下，李冬冬身子又是一颤。老乔连着敲了起来，李冬冬受不了了，一把抓住老乔的手："别敲了,别敲了。"

老乔停了下来。

李冬冬怯生生地问："后来呢?"

老乔说："我虽然晕得不行,还是挣扎着起来,在台风的间隙,把竹门打开了,它飞出去了。那风真大,要不是礁长拉着我,我也就被刮跑了。"

"再后来呢?"李冬冬问。

老乔没有回答,依然在看着那轮正在慢慢进入海平线的夕阳。李冬冬看到老乔眼角闪着明显的光亮,他不再吭声,眼前也模糊起来。

不知过了多久,老乔回过头来,问他："台风季还有十多天就要来了,你想让小黑一直被关在竹楼里吗?"

李冬冬急了："不不不! 那,那怎么办?"

老乔说："明天起,你的任务,就是让它赶紧飞起来,瘦下去。别的我来想办法。"

李冬冬连连点头,说："你可一定要想出办法呀。"

四

第二天一早,老乔告诉李冬冬,他联系了上级。海测船完成那边的任务后,要在台风到来前,返回西沙永兴岛,把最后一站安排到七号礁,作业两天后把海鸥带走。老乔很认真地说："从现在算八天,你只有八天时间! "

虽然不舍,但李冬冬还是坚决地点了点头。他有些不好意思地问老乔："为这事还要麻烦海测船专门调整计划,为一只鸟,上级会同意为一只鸟?"

老乔黑黑的脸上看不出表情："为一只鸟就不行? 我刚当兵那会儿,有一只鸽子落到了竹楼上,应该是遭到猛禽袭击受了伤。我们看它脚上有一个铜环,但上面的字母不认识。上报后,上级告诉我们,这是一只国外参加比赛的信鸽。也是在台风到来前,让补给舰带到陆地养好伤放飞了。"

按照老乔的要求,当天就断了小黑的"伙食"。李冬冬把它抱到灯塔那边放下,让它自己觅食。没想到,他刚返回,小黑已经飞到了礁堡上,冲到李冬冬的房间,直接叼走了床头的一包饼干。

李冬冬追到平台,从小黑嘴里扯下那包饼干："你居然做起强盗了, 给我走。"他抬高声音,做出很凶的样子。

海鸥呆呆地看着他,像不认识他似的。李冬冬摆手势叫它走。小黑也就后退了几步,又停住了。

李冬冬抓抓头皮,不知怎么办了。

这时老乔出现了,他端着一支枪,拉开枪栓,对准小黑,大吼一声:"回灯塔去!"

李冬冬吓着了。他真没想到老乔会拿出了枪!

小黑明显也吓着了。它不是被枪吓着,是被老乔的吼声吓到。小黑呆在那儿,仿佛不知自己该怎么办。但它很快缓过神来,认出老乔,摇晃着又想抱他的腿。

老乔又拉了一下枪栓,压低枪口,对准小黑。小黑扑开双翅一下抱住了枪管,还用脑袋在上面磨蹭,仿佛那就是老乔的腿。老乔也有点沮丧了,显然这小东西压根儿就不认识枪,以为自己递过去的是玩具呢。

他想了想,回到了礁堡内的食堂兼学习室,拉开柜子,翻开了一沓碟片。他找了找,找出一部枪战片,打开电视,放了起来。老乔让李冬冬带着小黑坐在他边上。

屏幕上的枪战开始了。小黑还是没有太注意,还在没心没肺对着李冬冬撒娇,很快又过来抱住老乔的枪。老乔把电视音量调到最大,又把窗帘都拉上,画面的冲击力马上凸显出来了。

很快,屏幕上一团团枪口冒出的火花伴随着阵阵枪声,让小海鸥明白了,小黑一下子放开了枪管,跑到了门口。老乔看到海鸥失态的样子,有些不忍,但他还是举起了枪,用枪口对准它。

海鸥马上飞离了礁堡,飞向属于它的竹楼,在竹楼上空盘旋。

李冬冬赶紧从栈道跑过去,招手叫海鸥过来。也许是惊魂稍定,也许是飞累了,也许是老乔不在,海鸥落了下来。李冬冬过去把它抱住,下到礁盘上,涉水把海鸥送到了灯塔的基座。小黑显然是饿坏了,刚才李冬冬给它挖的海藻和小贝类还在,它马上吃了起来。不一会儿,小黑吃完了,李冬冬故意准备得量少,没有让它吃饱。它冲着李冬冬叫几声,还想要。李冬冬没有理它,把它丢向海中。小黑扑腾了两下,飞了起来,在水面上开始寻找。很快,它一头扎下去,咬住了一块海藻,边飞边吃了起来。再一会儿,它又扎了下去,看准了另一排浪尖的海藻,但是没有咬准,叫了一声,又飞起来盘旋。

"你看,它什么都会,这段时间你喂罐头把它喂废了。"老乔突然出现在李冬冬的身边,他是跨越海沟抄近道过来的,李冬冬没有发现。

李冬冬有些惭愧:"不光罐头,还有剩菜。"

老乔又好气又好笑地看他一眼:"什么剩菜,你是不是老把自己的菜拨一半给它,自己吃罐头?"

李冬冬很惊讶:"这你也知道!"他明白了,老乔和自己一样关心小黑。

老乔没有回答他,动情地说:"我看你不是护鸟队的,是宠鸟队的。要是谁家孩子这么宠着,不废了才怪呢。"

海鸥看到老乔来了,飞得远了一些。

李冬冬说:"小黑怕你了。"

老乔表情复杂地说:"它是恨我了。"

五

当天夜里,突然起了风浪,凌晨还下起了雨,这应该是台风季到来的前奏。一起床,李冬冬找到老乔,请求今天能不能停一天,风雨太大。

老乔很诧异,说这不是大好的机会吗,他还怕这风起不来呢,他问李冬冬:"以后它离开了我们,风雨天就不飞了? 那还叫海鸥呀!"

李冬冬知道是这个理,无奈,顶风冒雨把小黑又送到了灯塔的基座处,而后朝空一抛,让它飞了起来。

虽然在海面上晃晃悠悠的,但还是能勉强飞着,扑腾了十来分钟,小黑飞回了基座,如此几个来回。李冬冬放心了,就涉水回到了礁堡平台,许久没有进屋,冒雨看小黑不时在海面上迎风逐浪扑腾。

不一会儿,风加大了,雨打在脸上生疼。李冬冬找到老乔,说天气海情都有点复杂,是不是可以让小黑先回竹楼多待一会儿。

老乔跟李冬冬走出礁堡,顶着大雨看灯塔方向,见小黑的飞翔更加艰难,有点像没放起来的风筝。忽然一个大浪过去,小黑再也不见飞起来了。又一个大浪打了过去,过一会儿还是不见小黑。

李冬冬大喊一声"小黑",就忙着从栈道顶风跑到竹楼,从竹楼下了台阶。

老乔喊:"没事,李冬冬回来。"没喊住,他就赶紧追了过去。等他下了竹楼台阶,心一下子悬起来。李冬冬没有绕道,径直奔那海沟而去。太危险了!

老乔赶紧冲过去,刚跑几步,停住了——他看到了李冬冬弹跳起来,那刚刚腾起的姿势告诉他,李冬冬过关了。

这一跃,李冬冬轻松地跳过了那条海沟。这一跃,李冬冬从竹楼到灯塔的距离缩短三分之二。

很快,小黑又从风浪里飞了起来,李冬冬也原路返回了。看到海沟,他迟疑了一瞬,还是轻松地跨过了。

两人都进了竹楼。李冬冬抹了一把脸兴奋地说:"没事,这小东西狡猾,躲到了灯塔的那一边。"

老乔说:"喊你都没喊住,就这点风浪,它又没受伤,对付不了还叫海鸥? 哎,刚才那海沟你怎么过去的!"

李冬冬说:"嘿,刚才急着去救小黑,哪还有心思想它有多深,放下了,也就过去了。"

老乔说:"回来的时候,又差点放不下?"

李冬冬想了想,感慨地说:"是有点,但放下过一次,还在乎第二次吗!"

老乔擂冬冬一拳:"放得好!走,赶紧回去洗个澡。"

"洗澡,现在淡水太紧张,擦擦就行了。"李冬冬虽说来礁时间不长,也知道淡水太金贵了。

"不,就洗淡水澡,洗个痛快!"老乔大声说,用手指指天空。李冬冬马上明白了,兴奋得仰天大吼一声。

两个人都回到礁堡。除了值班员,老乔把大家都叫到平台,官兵们把衣服全部脱光,欢叫着冲进大雨,面对大海的汹涌波涛,尽情地享受着老天赐予的淡水。风吹来,雨打来,好久没有这么痛快洗过一个淡水澡了。礁堡上的淡水太紧张,平时没谁舍得用,下海作业穿的服装也得用海水洗。

一道闪电从空中掠过,李冬冬有些害怕,脖子缩了一下,看周围没有人当回事。他们在礁上待久了,太习惯了。

忽然有人大喊一声:"竹楼海的雨,下得再大些吧!"

六

风雨三天后才走。李冬冬也完全放手了,吃、飞,都由着海鸥自己。风雨过后,小黑飞得更轻松了;每天去检修灯塔,李冬冬也快多了。检修完,都会守着小黑在那儿嬉闹一会儿。

礁堡里的老乔每天都看在眼里,心中却有些不平静。再有几天,海测船要过来,也许海鸥飞走后,再也见不到了。离别的时刻就要到来,李冬冬会怎样,小黑又会怎样?想着想着,他心里发紧。这天,他终于下定决心拿起那杆枪,走到了竹楼,向李冬冬招手。

李冬冬很快跃过那条海沟,上了竹楼。

老乔把枪递给李冬冬:"端好,对着小黑瞄准。"

李冬冬糊涂了:"礁长,这是干啥?"接过枪,像发现新大陆似的,他说:"你这是啥枪,怎么和我的不一样?"

老乔说:"要不,怎么叫你练呢。"

"哦。"李冬冬端起枪,瞄了一会儿,说,"这准星太虚,瞄得不准。"

"那是你不熟悉这枪。别放,继续瞄。"老乔说,"就要你瞄不准。"

"为什么?"李冬冬放下了枪,偏不瞄了,"瞄不准让我瞄啥!"

"瞄准你不就打中小黑了吗?"老乔说。

"怎么,真要开枪,打它干什么?"李冬冬一下瞪起了眼珠。

老乔告诉冬冬:这是一杆驱鸟枪,是他们这个"小机场"早就配置的,主要是在飞机起飞降落时,防止鸟群撞击引起事故。这枪可是特地研制的,这枪的枪声很响,弹头火光很亮,伤害性不大,就是为了吓鸟,这枪还能防止流弹误伤人员。特别是这海上渔季渔船多,所以这枪安全要求高。

"不管什么枪,都不能对小黑开枪。"李冬冬的眼珠快要跳出来了。

老乔叹口气,说他也不愿这样做。现在的问题是,就怕小海鸥舍不得离开礁盘,半道上不跟船飞,又折回来,那在海上就是死路一条。因为几天后台风季就要来了,这海测船是最后一班,如果飞行中没有舰船栖息,只能淹死。他问李冬冬:"你愿意这样吗?"

李冬冬摇摇头,又说:"让船员把它带到西沙不行吗?"

老乔说:"我都想过。这儿到西沙三十多个小时的航程,船员们哪有精力管它,就算锁在舱室里,也有可能出其他意外。要是到了西沙,它还是铁了心往这儿飞,那就更糟了。所以,必须在船驶离两海里后,请船员在后甲板把海鸥放开,它肯定要朝礁堡飞,只有开枪,才能帮它飞回西沙。"

李冬冬半天没有作声,终于说:"真要开枪啊,那打中了怎么办?"

老乔说:"那你就好好练,保证打不中!"

李冬冬还是不忍心:"要是真的开枪,还是你来,你熟练。"

老乔说:"它要飞回来冲的是你,只有你开这一枪,才能让它死了心,放下这儿。"说完,他心中一阵呻吟,没人知道自己也舍不得这海鸥,但那天看过电视用枪瞄准过它,海鸥已经怕他了。其实,当时他就想当着海鸥的面开一枪给它看看,但担心在礁堡上距离太近,枪声和火光太大,吓坏了它,才变着法让它看了电视。

李冬冬好半天没吱声,老乔帮他把枪端好:"好好练吧,只有你放得下,枪才能拿得起。只有拿起了,它才能放得下,也才有生路,也才有更加广阔的海洋和天空。"

李冬冬艰难而又坚决地点点头,端起枪眯了一下眼睛,又开始瞄准起来。

七

告别时刻终于到来了。

傍晚,海测船启航前,李冬冬把海鸥抱起来递给拥上平台的守礁战友们,他们挨个儿抱起小黑用脸颊贴一下,一个个传递下去,最后又还给了李冬冬。老乔在室内没有出去,他知道小黑怕自己,于是默默地看着这一幕。

接着，李冬冬把海鸥交给海测船上的水兵。他轻轻拍着海鸥翅膀说："小黑，到了永兴岛，就不要乱跑。等台风一过，我到永兴岛找你，别让我白找。"说完，再看小黑的眼神，他觉得它像是听懂了。

很快，海测船驶出了潟湖改成的港池，驶入了海面，海面上阴沉沉的。

礁堡上的所有官兵，都站在平台上，紧张地盯着那渐渐远去的海测船，盯着后甲板上那抱着海鸥的水兵。

终于，水兵用力一抛，海鸥飞上了天空，在海测船上空盘旋了两圈，扭头就朝礁堡直飞过来。

老乔马上拉动枪栓，冲出来把枪递给了李冬冬，让大家闪开，好让海鸥看清开枪的是谁。

李冬冬举枪瞄准，忽然他退缩了。海鸥似乎看到了枪，转身朝竹楼飞去。

老乔急喝道："快开枪，要不它追不上海测船了。"

李冬冬对准设定的方向，扣动了扳机。它看到了一团金色的火球，在海鸥的下方炸开，紧接着传来一声巨响。

海鸥也许被火光吓着，也许被火星烫着，一声惨叫，疾速升空。在空中，它盘旋着，似要清清楚楚看看这块荷叶一样的礁盘，看看它曾经拥有的竹楼和灯塔。

但是，它很快改变飞行方向，直冲礁堡，它似乎要看清楚开枪的是不是李冬冬。

李冬冬感觉自己要窒息了，有些不敢正视，但他还是命令自己马上直视了。当他感觉到自己的目光和小黑的目光相碰时，浑身如电击一样。

海鸥也像被电击了一下，在空中大叫一声，追着军舰飞奔而去。

叫声撕裂了灰蒙蒙的夜空。

李冬冬在这叫声中头皮发麻，心头发颤，他清楚地记住了这叫声。他想，等这次守礁任务完成后，他一定要休假回趟上海，去东滩问问那会鸟语的村民，海鸥最后对它说的到底是什么。

不知过了多久，老乔拿过他依然举着的枪，拍了拍他的肩膀，说："等台风一过，咱俩去永兴岛，看小黑。"

李冬冬使劲地点点头，又摇了摇头，努力不让自己的眼泪掉下来。

礁盘上灯塔亮了，照亮了铅灰色的海面，也照亮了竹楼海。

【作者简介】陆颖墨，1963年出生于江苏常州，1987年在《当代》发表小说处女作，1991年加入中国作家协会。著有《海军往事》《白色潮汐》《战争寓言》《寻找我的海魂衫》《白手绢，黑飘带》《中国月亮》《远岛之光》《军港之夜》等。曾获鲁迅文学奖、《小说月报》百花奖、第六届全军文艺会演话剧编剧一等奖等多种文学奖项。

事情不是这样的

◎ 裘山山

一

每天晚饭后,我总是去河边散步。那里幽静,一边是楼房,一边是河水,还有一排上了年龄的樟树。樟树们长年累月被楼房遮挡阳光,只能拼了命往路中间伸脖子,由此形成一个绿廊。虽然并非己愿,却给路人带来了惬意。

走到靠近桥头的地方,我忽然看到那个戴红色棒球帽的男人了,他又在路边摆摊了。我很高兴。以前,也就是疫情前,他常在这里摆摊,卖旧书旧杂志。鲜红色的帽子像招牌一样显眼。疫情汹涌之后他消失了,如今红帽子再现,也算是生活恢复正常的一个信号吧。

我走过去,习惯性地放慢脚步,眼睛扫了一遍。看到书总归是亲切的,虽然摆在那里的是些乱七八糟的书。演艺圈的八卦以及政治八卦,我都没兴趣。还有一些所谓中华传统文化,比如《易经》《王阳明心学》之类,但一看就是粗制滥造的盗版。

男人的红帽子下多了个口罩。他坐在小板凳上,手上拿了本书,估计是用来掩饰无人光顾时的尴尬。我刚要走过去,一本放在左上角的天蓝色封面腾地一下跳入我的眼帘。

不会吧? 不可能吧? 我心下一惊,立即转身回去细看,还真是我那本——《红围巾》,天蓝色的封面,有一抹红。

我问红帽子:“这本书也是卖的吗? 我指着那天蓝色。”

听见我问,他头也不抬地说:“要卖,摆在这儿的都是要卖的。”

我蹲下,用两个指头翻开那本书的扉页,上面赫然写着:刘贤义先生存正。

下面是我自己的名字。时间是二〇一一年。

我问："多少钱？"他拿起来看了一眼封底说："五十元。"看来他是在定价上加了一倍。我说："这么旧的一本书还卖五十元？"他说："有作者签名。"我说："这作者也没啥名气呀。"他不吭声。我又说："十元钱我拿走。"他冷笑一声，显然觉得我很过分，不是拦腰砍，而是打骨折。

我有些纠结。这样的情况我也不是第一次遇见，我是说自己送出去的书被人拿去卖。网上就有好几本。但是放在网上卖，怎么都无所谓，感觉书们至少还有个遮风避雨的地方。摆在街边就不一样了，好像看着自己的孩子流落街头。可是，我买回去干吗？也不可能再送人了。算了，就当我没遇见。

我做出要走的样子，红帽子说："来来，我优惠卖给你，你四十元拿走。"我也白了他一眼，还哼了一声。他说："那就三十，三十元不能再少了。"我说："二十，就二十元。"他说："喊，比原价还低。"我说："新书都还有折扣呢。"

老实说，我这么跟他抬杠，其实是想给自己找个不买的理由。哪知他抬抬下颌说："拿去吧。"我讪讪地说："二十元都高了。你肯定是从收废品店淘的，成本也就一两块吧。"他："你说得轻松哟，这种有签名的，都是按单本卖的。成本十五元，我就赚你五元。"

姑且听之吧。我掏出手机，扫码付钱。输入金额时，还是输入了三十元。实在不忍心这么贱买自己的书。他看到数额很高兴，唠叨说："你要是转手给懂行的藏家，至少一百元。"

我哼哼两声，表示完全不信。但完全不信又执拗地买下，还多给钱，总得有个理由吧。于是我说："我认识这个作者。"

此话不假，所以我语气一点不发虚。

他看我一眼，不置可否，很认真地把书装进塑料袋递给我。疫情时代，人人都变得讲卫生了。我拎着书回家，感觉找到一名失踪儿童。

二

第二天早上，我泡了杯茶，打算在电脑前坐下，接着写我未完待续的故事。这是我的日常。我写故事，在各种故事里过日子，在各种故事里扮演角色，然后拿出去分享，乐此不疲。

刚摸到键盘，忽然想起头天晚上买的那本书，连忙起身去阳台找。我竟然忘了这事，显然没太当回事。

书被我用酒精喷洒消毒之后，又搁在阳台上吹了一夜，已经折腾得有些蓬松了，这样拿在手上比较安心。你无法知道它在哪儿待过，被多少只手摸过。封面的宝石蓝已经褪成了雾霾蓝,只有"红围巾"三个字依然很红。

这是我的一本小说集,收录了我的七篇小说,已经出版十年了。我再次翻开封面,扉页上写着:刘贤义先生存正。

这个刘贤义是谁?我怎么毫无印象。

当然,从第一本书到现在,我送出去的书有几千册了,不可能记住每一个人。尤其是年轻的时候,出一本书不易,很兴奋,总是拿稿费买上百本,送给亲朋好友们,赔本赚吆喝。近几年变懒了,又懒又抠门,不想再花钱买书送人了。一来稿费没多少钱,二来送书也麻烦,要签名,要去寄快递。所以,出版社给多少本样书我就拿多少样书。

这本集子,我好像用稿费买了一点,但绝不会超过五十本。这么有限的数量,我竟然送给一个不熟悉的人?送书的日期也是当年。一定有什么原因吧。送出去的书,再花钱买回来,也是够窘的。

我正想把书丢开,忽然被什么击中:书中的某一页,闪出几行黑黑的字,比印刷体大一倍,是手写的。怎么?还有人批注吗?我连忙翻到那一页细看,真的是批注,一共四行,写了如下几句话:

> 事情不是这样的。
>
> 没有红围巾。
>
> 她不姓邱。
>
> 后来又发生了好多事。

我再往后翻,后面没有了,再往前翻,前面也没有了。我一页一页地翻找,确信没有了,整本书只有这一个地方写了这四行字。我说的这个地方,就是一篇小说结束的地方,这篇小说就是《红围巾》。

事情不是这样的?

没有红围巾?

她不姓邱?

后来又发生了好多事?

我反反复复地看,感觉最有意思的是那句"她不姓邱"。我当初之所以把故事里的医生写成邱医生,完全是信手拈来,因为我就认识一个姓邱的医生,是我邻居。所以看到"她不姓邱",真是又好笑又诧异。其实在好笑和诧异之外,更多的是兴奋。真的,很兴奋。

原来我不是领回了一名失踪儿童,而是邂逅了一个故事。

三

很多年前我写过一个故事，一个鳏夫的爱情故事。

鳏夫年近七十岁，有残疾，一只脚是跛的。人称严大爷。汶川大地震发生时，严大爷的家也严重遭灾，他搬到了救灾安置点。有几个志愿者到他们安置点帮忙，他很喜欢他们，常和他们打趣逗乐，也一起干活儿，混得很熟。救灾结束后，志愿者们依然时常去探望他。不料有一天，当志愿者去看他时，发现他猝死家中，是心脏病突发。

志愿者们在整理他的遗物时，发现他留下一个皮箱，就是他当时恳请解放军战士帮他从废墟里挖出来的那个皮箱，磨损很严重。打开，发现里面是满满一箱红围巾，各种质地，五六十条。红围巾上有一封信，信封上写着，希望志愿者能帮他把所有的红围巾和信，交给一个叫"邱医生"的人。

志愿者们决意要了却严大爷的心愿，他们根据仅有的一点线索耐心查找，找到了他早年的工友，又找到了他早年的战友……虽然最终没找到邱医生，却从中得知了一个感人的故事。

原来，严大爷年轻时在西藏边关当兵。他们常年驻守在与世隔绝的高海拔哨所，非常艰苦，也非常寂寞。艰苦尚可忍耐，寂寞却是噬骨蚀心的。有一天，哨所来了个慰问小分队，六个人，有演员，有医生，其中四个是年轻女兵。哨所的战士们激动得无以言表，他们一边看小分队演出，一边等女医生检查身体，各个心慌意乱。

严大爷那时还是小严，十九岁，正值青春期，他激动得发抖，千万只小鹿在心里撞来撞去，以至于发生了翻车事件。在一个没人的地方，他一把抱住了女医生，一句话不说，就是死死地抱着。女医生受到惊吓叫出了声，被排长听见，赶来询问发生了什么，女医生镇静下来回答说没什么，只是滑了一跤。小严羞愧不已，不敢再面对女医生和演员，他主动要求去站岗，到了时间也不下岗，结果冻伤了脚。女医生为了保住他的脚倾尽全力，还把自己的红围巾取下来给他裹脚……

小分队走后，红围巾成为美丽的传说。而小严已经不再是原来那个小严了，他悄悄打听到女医生姓邱，在陆军医院工作。他从此把邱医生当成心中的女神。退伍离开西藏后，他见到红围巾就买，渴望有一天能全部送给邱医生，向她表达内心无法言说的感激和爱。但他却一直没能找到邱医生，他因此终身未婚。

我必须说明，这个故事完全是我虚构的。如果要说有点影子的话，那就是我去西藏边关采访时听到过类似的故事。比如小分队去哨所慰问演出时，战士们经常激动得讲不出话来,心跳加速,脸憋得通红;看到女兵在雪地上跳舞,就把自己的大衣铺在地上,让演员们跳舞时不要踩在雪地上。他们还把舍不得吸的氧气枕抱在怀里,女演员一唱完歌就塞给她们,非要她们吸。他们还把平日里舍不得吃的苹果留给女兵,宁可自己嘴唇干裂,牙龈流血……小分队走后,他们可以谈论一年……

小说的题目就叫《红围巾》。我写完后拿去发表了,之后又放入小说集出版了,再之后就忘了。客观地说,也没太大反响。

没想到,有一天我会再次邂逅它。

四

书是二〇一一年送出去的,那时还没有微信。我先在手机通讯录查找。虽然这十年多已经几次更换手机,但一千多个联系人仍安静地在我的手机里待着。

我输入"刘贤义"三个字,没有。我抱着一丝侥幸,又在微信好友里输入了这三个字,还是没有。

看来这个人不是我的朋友,我不认识他。也许是朋友的朋友,朋友让我送给他,送完我就忘了。

没有头绪,我就坐下来重新读了一遍那篇小说。我很少重读自己的小说。这一回读得很认真,居然发现了几个错别字,同时还感觉到一些写得不如人意的地方。若是面对电子版,我有可能去修改。

当然我知道,这位留下批注的读者,在意的不是错别字,而是情节。他不认可我写的情节,他有自己的故事走向,有自己的故事结局。而正是这个让我兴奋。

我已经不记得当初为什么写这个故事了,大概就是一个闪念吧。我是以写故事为生的人,经常因为一个念头而坐下来写。现在这个故事却跑出来找我了,要跟我论个长短。

以前,我也遇到过分不清小说与现实的读者。

比如,看到我以第一人称写的故事,故事里有个弟弟,他们就很惊讶地问我:"没听说你有弟弟呀?"或者,我在小说里写了个小偷,就会问我:"你怎么会认识小偷呢?"

也有让我很感动的读者,读小说时完全是设身处地,全身心地投入。比如有个大学生读了我写的《春草》后,激动地写信给我,说我写的就是他母亲,还问我是否认识他母亲。我当然不认识,看完信我知道,他的母亲也是位非常坚忍的农村妇女,吃尽苦头,独自将他抚养成人送进大学。但具体经历和我写的春草还是不一样的。他只是联想到了自己的母亲，显然这是个很爱他母亲的好孩子。

但刘贤义这个人不一样，他是彻底进入了故事，对号入座，并且对"座位"的质量提出质疑。他一定是和主人公有相同或类似的经历才会如此。我太想知道他是谁了。

"事情不是这样的"是怎样的？"没有红围巾"有什么？"她不姓邱"姓什么？"后来又发生了很多事"是什么事？

我决意要找到这个人。

五

或许是重读小说的缘故，我隐约觉得心里有什么东西浮上来。一种情绪？一种记忆？说不清。忽然，一条红围巾出现了。

十几年前的一个秋天，我去西藏采访。那时年轻，时常进藏。但那次进藏和以往不同，我发生了严重的高反。到达的当天下午，我就因为剧烈头痛迸发了喷射性呕吐，搞得招待所一片狼藉。

负责陪同我的是年轻干事赵兴，他吓得赶紧把我送进了医院。他说无论如何不能让我一个人在招待所过夜，万一夜里死了不得了。当然，送到医院也没采取什么措施，就是躺在大氧气瓶旁边可劲吸氧，夜里睡觉也开着，第二天就缓解了。

早上醒来我感觉自己满血复活，赶紧打电话让赵兴接我出院。等赵兴那会儿，我注意到同病房的女人还在昏睡。昨天晚上我进来的时候她就在，感觉她不是一般的高反，很严重，在输液。白色的被单上，有一条颜色非常鲜艳的红围巾。

护士进来，给她换输液瓶。我问："她怎么了？"护士说："一进来就感冒了，发烧，肺部有呼噜音。"我说："没有人陪她吗？"护士说："她是过来探亲的，丈夫在边防上，赶不过来。"

护士离开后我走到她床边，小声问她："要我帮你做什么吗？"她睁开眼，眼里有泪，但摇了摇头。我说："我马上要下部队采访了，要不你把你丈夫电话号码告诉我，我和他联系一下。"她依然摇头，轻声说："他走不开。没事的，我过几天好了再去他那儿。"

这时赵兴来了，我一看他拎着探视病人的大袋小袋，赶紧接过来，放到那个年轻女子的床头柜上。红景天、牛奶、水果，应该都用得上。然后我写下我的电话号码放在她枕头边上，俯身跟她说："坚强点，会好的。如果需要，就给我打电话。"

她努力笑了一下,说了声"谢谢"。脸苍白得和被单一样。

我离开医院,结束了史上最短的住院期。但白色被单上那条红围巾,却一直在我脑海里飘。我老是想象着红围巾在哨所出现的情景,一定会照亮所有战士的眼眸。皑皑白雪中,那就是哨所的经幡。

后来,红围巾女子给我发来条短信,说她终于到达边防连了,全连官兵列队欢迎她,她激动得热泪盈眶,只是假期已剩一半。

我终于想起自己为什么会在小说里写红围巾了。

是红围巾发了芽。

六

我由红围巾想到了赵兴。

赵兴从西藏转业回来后,建了个西藏老兵微信群,群里有好几百人。他经常把我写西藏的文章,转发到他们群里;有时他也会把其他人写西藏的故事,转发给我。差不多他就是我和西藏的一根纽带。

我发信息给他,请他在西藏老兵群里帮我看看,有没有刘贤义这个人。他很快回复说,他群里没有这个人。我说那帮我问问其他人,有没有认识刘贤义的。过了一会儿他又回过来说:"没人认识。"

我说:"你不要这么仓促嘛,你提醒一下所有人,万一是不怎么看微信的人恰好认识呢?你多提醒两回。"

为了让他有耐心,我用语音给他讲了我再次邂逅《红围巾》这件事。他果然热心多了,还发挥主观能动性替我分析了一番。他说:"这个刘贤义如果因为你的小说对号入座,那他的年龄应该和你小说里的严大爷差不多,有七十岁了吧?那就不会在我们群,我们群里的老兵基本都是四五十岁的。"我说:"我也不确定那些字是刘贤义写的,我只是把书送给了他,也有可能是他朋友,或者他家里人写的。不管怎么说,得先找到他,打听到书的去向。"他说:"好吧,我再试试。"

没想到夜里十一点多赵兴突然回复我说,他想起来了,他知道这个刘贤义是谁了,是一家火锅店的老板。因为大家都喊他刘老板,反而不记得他名字了。刘老板也是个退伍兵(但没去过西藏),复员回成都后开了家餐馆。对老兵很优惠,老兵们也喜欢去他那里聚餐。

"今天群里有人提醒我,刘贤义会不会就是刘老板?我找人一问,果然是他。他的店你也去过。有一次我们西藏老兵聚会,我喊你一起去的,你忘了?"

终于,寻宝之路踏出了第一步。

人的记忆多数时候都如沉睡的河底，死沉沉的，甚至有点腐烂的味道。一旦被来自现实世界的船桨搅动，往事就跟水草似的活起来。第一根水草是红围巾，第二根是赵兴，第三根就是火锅店了。

赵兴说我去过，我想起来了，我的确去过，店名叫"火热的老兵"还是"火红的老兵"。去的时候，正值新书刚出来。赵兴说："你带本新书送给老板呗，他也是个老兵。"我就带了。我经常拿自己的书做伴手礼。

估计就是那次饭局，我把书送给了刘老板，还工工整整写了"刘贤义先生存正"。结果刘贤义先生就拿给别人存正了。当然，这很正常，就是不送人，他也不一定会看。大部分的书不都是这样的命运吗？所以我才会对我书上的批注那么兴奋，没有几本书能有这样的待遇。

七

既然有了刘贤义的电话号码，我就直接打过去了。

可是电话没人接，打了三次都没人接。要么他在忙，要么他就是不接陌生人的电话。我看了一下地址，他家店离我家不算太远，于是我开了车直奔而去。

不料火锅店没开门，门口贴着一个告示：因为疫情，本店暂时关闭。竟然吃了个闭门羹。准确地说连羹都没有，只有闭门。

可我是那么迫不及待地想知道真相，这样的迫切之情如开弓之箭无法回头。我就坐在车上给刘老板发信息，我说自己是某某某，经由某某某介绍想认识他。

他终于打电话过来了，是个中气十足的男人，和我想象的老板一样。他上来就说："作家大姐你好你好。"语气很热情，声音里却透着些许茫然。估计之前，他的战友跟他说了我在找他，却没说我为何找他。我说："我有件事想问你，可以加你微信吗？"

很快，我们就成了微信好友，而且是那种信息全部打开的级别。都是当过兵的人嘛。然后，我直入主题，把那本书的扉页拍照发给他。"您还记得这本书吗？"为了让他放松，我在末尾加了个龇牙的表情。

他稍稍愣了一会儿回复说："记得记得，你有一次来我家吃火锅送给我的，还从来没有作家给我送过书呢。我好激动，我就摆在收银台后面的柜子上了，是和财神摆在一起的，怎么跑到你那里去了？"

我直截了当地说："我是从一个旧书摊上买的。"

他这次沉默的时间有些长，我正想解释我没别的意思（不是责问），只是发现书里面写了几句话，想问问是不是他写的，或者是不是他认识的人写的。我

话还没写完,他电话就打过来了:

"作家大姐,我刚才问了我老婆,那本书被她大舅借去了,就是我丈母娘的大哥。有一回我老婆的表弟来我们店给他老汉儿过生日,看到那本书了,就说要借去看,我老婆就借给他了。老辈子要看,我们不可能不答应啊。他主要是看到封面上有雪山,他在西藏当过兵嘛,他就想看。"

他哇啦哇啦说了一大堆,仅仅是亲戚关系就把我搞糊涂了。他停下来的时候我赶紧问:"后来呢?"

"后来?"他想了一下说,"后来就有疫情了嘛,我们好久都没见了。但是,我敢肯定,大舅绝对不会卖掉这本书的,绝对不会。你不要看他是个蔫儿老头儿,他喜欢看书。这个事情有点奇怪,作家大姐。到底是哪个龟儿子弄出去卖的呢?"

我说:"没关系的。我不是想问怎么卖了,我是想问问他看了以后有没有什么感想。"这回换到刘贤义糊涂了。我又说:"我想去拜访一下他老人家,和他聊聊,你看方便吗?"

他连忙说:"方便方便。大姐你太客气了。"

八

虽然我在这座城市已经居住了四十年,但依然有很多街道从未踏足过,很多社区的名字从未听说过。刘贤义和表弟带我去的那个小区,对我来说完全像是另一座城市。陌生感更让我有种解密的感觉。

刘贤义把车停在路边,表弟便带我们走进一条小巷。小巷里别有洞天,一大片红砖房,全部是四层楼高,每栋楼五个单元。应该是二十世纪六七十年代修建的。是一家国有大厂的宿舍楼。如今大厂已迁走,宿舍还在。楼房外墙斑驳陆离,每个阳台都像笼子一样安装了栅栏,晾晒着一些衣服,还有一些破烂的花盆。

表弟说:"我就是在这里长大的。"我说:"我小时候也住这样的房子,看着还有点亲切。"

当我在电话里向刘贤义先生提出请求后,刘贤义马上让老婆给表弟打了电话,如此这般解释了一通,然后就约好一起去看表弟父亲。表弟说:"随时可以去,父亲因为腿脚不便极少出门。"我说:"你父亲负伤了吗?"他说:"不是,是关节炎,有点严重。"我说:"你父亲打麻将吗?"他说:"不打,每天在家的乐趣,就是翻来覆去地看那几本和西藏有关的书,比如一整套的《世界屋脊风云录》。"

表弟带我们走进红砖房的其中一个单元,一楼。一扇很老旧的木门,其老旧的程度,感觉我一脚都可以踹开。门边搁着几个破旧的纸盒,里面有饮料瓶之类的东西,似乎在等收荒匠。表弟一开始还斯文地敲门,无人应后,就改成砸门了。咚咚咚!

终于,一个老头儿开了门。

表弟说:"打电话你咋个不接呢?"

老头儿嘟囔说:"没听见。"

房间里竟然黑乎乎的。简直无法想象此刻外面那么明朗的阳光,家里可以暗到这个程度。一不留神我脑袋撞到了什么,手一摸,是挂在屋子中间的衣服。

表弟打开灯。老头儿说:"大白天开什么灯嘛。"表弟说:"你节省啥子嘛,我给你交电费就是了。"灯一亮,我发现屋子中间拉着一根绳子,上面挂满了日用品,裤子、毯子、毛巾、口罩,难怪那么暗。

刘贤义想把伴手礼交给老头儿,老头儿不接,他尴尬地找地方放,桌上哪儿都没空,最后放在了沙发旁边的地上。表弟则把沙发上乱七八糟的东西用力推开,腾出两个屁股大的地方让我们坐。他半是吐槽半是解释地说:"看嘛,好好的家,被他搞得像贫民窟一样。他还非要自己住。"

表弟这番话,让我好歹对现状释然了一些。

我打量四周,屋子里不是脏,而是乱。衣服都挂在绳子上,杯子碗筷都放在桌子上。这倒是省事了。墙上挂了些老照片,我凑上去看,一眼看到中间有一张大的,是一对年轻军人,应该就是老头儿和妻子年轻时的照片了。老头儿年轻时还挺帅气的。

估计很了解自己爹的待客水平,表弟从车上搬了一箱矿泉水,给我们一人拿了一瓶。我们几个各自找地方坐下。我和赵兴算客人,挤在沙发上,刘贤义不知从哪儿找出个小凳子坐下。表弟则索性坐在了桌子上。

表弟大声对老头儿说:"这个大姐是作家,她想采访你。"

九

来的路上,表弟已经给我介绍了个大概,说他老汉儿年轻时去西藏当兵,娶了个护士回来,就是他妈。据他爹说,他是下了很大力气才娶到的。因为他妈是四个兜(干部),他是两个兜(战士)。要不是他连续当了三年"五好战士",又入党又立功,还真娶不到呢。后来夫妻俩一起转业回来,进了这家国有大厂,一个在医务室,一个在车间。就生了他一个孩子,他妈妈身体很不好。

"我老汉儿这辈子的主要任务就是照顾我妈。所以我妈走了之后他简直找不到方向了,天天混日子,成了个糟老头儿。"

"你妈妈走了几年了?"我问。

表弟说："快三年了。"

为了不让表弟有思想负担，我没提那本书的事。我只是说我在写西藏老兵的故事，想找他爹了解一下他在西藏的生活。表弟说："那你找他就对了，他一说起西藏就没完。"

老头儿始终没坐下，走来走去，一瘸一拐，这一点和严大爷一样。看年龄，他们也应该差不多，我下意识地把他往小说里装。不过他更有特色，皮带外扎，还是有五角星的军用皮带，里面是一件很旧的灰色毛衣，和脑袋上那层灰白色的头发楂子很搭。

听到儿子说我要采访他，他咧咧嘴，两道法令纹如括号一般展开，混浊的眼里有了一些光亮。

我连忙说："廖老兵你好！我也当过兵呢，给你敬个礼。"

我曾问他们，我该怎么称呼老头儿，他们提供了廖大爷、廖师傅、廖主任（官至车间主任）等若干种，我都感觉不合适，我决定叫他廖老兵，这样更随意，也亲切。

果然，老头儿对这个叫法欣然接受，他满脸笑容地给我还了礼，终于在我们面前坐下了。他两手放在腿上，很认真地问："你想让我汇报哪方面的情况？"

终于要接近真相了，我有些激动。但我还是稳住自己。说好了是来看望老人家的，不要搞得像追责。我打算先和他随意聊，最后再说书的事。

于是我问了句很没劲的话："你在西藏当兵的时候很苦吧？"他说："不算苦。"我说："我也去过西藏，二十世纪九十年代去的，我都感觉很苦，你七十年代当兵，那会儿条件那么差，一定更苦。"他依然说："不算苦。"

这大概就叫尬聊。他并不像表弟说的讲起西藏就没完，而我更像个差劲的记者，企图让采访对象说自己想听的话未果。表弟看着着急，冲着他爹说："你给作家讲讲你的故事啊，讲讲你咋个追到我妈的。"

老头儿瞥他一眼，说："我不想讲！我每次讲你都抢白我。"

表弟从桌上跳下来说："我不听，我去洗水果。你讲，你放开讲。"

老头儿说："我可不可以抽根烟？"我连忙说可以的。

在座的就我一个女人，我猜他是问我。他摸出烟，又摸出打火机，但是手发抖，老是对不上火。刘贤义上前想帮忙，他很明确地拒绝了，用自己的左手扶住右手，终于点燃了烟。

我想我还是别绕了，直接进入正题吧。于是我从包里拿出那本书来。

"廖老兵，你看过这本书吗？"我笑问，故作轻松。

老头儿看了一眼马上说："这本书我有，我去给你拿。"我连忙说："你看的就是这本吧？"他充耳不闻，起身进屋。当卧室门打开的一瞬间，我惊讶不已，里面整齐得像另一个世界,床铺干干净净,被子叠得有棱有角。光线也很明亮,因为窗户没有遮挡。

表弟看到我手上的书很惊讶:"咦,这不是上次从大哥那里借的书吗?"刘贤义说:"就是嘛,不晓得被哪个拿去卖了,人家作家大姐从旧书摊上买到的。"表弟说:"咋个回事呢?"又说:"肯定不是我老汉儿拿出去卖的。"刘贤义说:"我也说不会是大舅。"

老头儿从卧室出来说:"书找不到了。"

看来书是什么时候不在的他都没察觉。我把书翻到有字的那页,递到他面前问:"是不是这本?"他看了一眼,连连点头道:"对的对的,就是这本。我看过的,看过的。"我说:"上面这些字是你写的吗?"老头儿说:"是我写的。"

他抬手指指儿子:"他妈妈喊我写的。"

我脑袋嗡地一下。芝麻开门了。

十

"我跟你说嘛,她不姓邱,姓陈,是个护士。她也没得红围巾,从上到下一身的绿。那天我看她冷得缩成一团,把我的绒衣拿来给她当围巾围,她还不要。

"我们那个时候有啥子浪漫哟,只晓得要忍的。

"哨所嘛,哨所就是像你写的那样,海拔很高,光秃秃的,一年到头都冷。我在哨所蹲了五年,现在回想起来还是比较苦的,当时年轻嘛,比较扛得起。因为海拔太高了,没人上去,特别是冬天,雪都堆到腰杆上了,简直要把房子埋了。根本看不到路,怎么可能来人嘛。只有我们哨所十几个人,一天到晚你看我我看你。

"咋个认识她的? 就是你写的那样,她到山上来慰问我们。

"我们哨长头一天接到电报,说有个小分队要来慰问我们,我们激动惨了,简直是开天辟地头一回。哨长都没遇见过。我们马上做准备工作,不是扫地,地没啥子可扫的,是扫雪雪还没化完,虽然已经五月份。我们就是想给他们开一条路,让他们上来的时候好爬一点。

"我那时候是班长,最积极,带着大家从山上铲雪,一路铲下去。一口气不歇,又去炊事班帮厨,检查内务卫生……可能是累到了,晚上睡觉时我有点喘,我也没当回事,夜里还起来站了岗。

"第二天他们真的来了,六个人,三个男的三个女的。看到有女兵我们更激动了。车子开到山下路边,他们就往上爬,一个个都呼哧呼哧地。我们全部跑下去迎接,帮他们拿东西。女兵太好看了,我偷偷瞄了一眼就不敢再看了,心跳得发慌,气都不够用了。

"但是,我绝对没有去抱她们哪一个,我哪有那个胆子哟。上级命令我抱,我都不敢抱。没想到她们领导还真的喊了一声,同志们,拥抱一下你们的战友吧!她们就真伸出两只手来抱我们。三个女兵也很大方,挨个儿抱我们每个兵,我一看转身就跑了,太不好意思了。

"不晓得是太累了,还是太激动了,我到现在都搞不清楚,反正我突然就倒地了,啥子都不晓得了。醒来的时候,我发现自己躺在地上,身边有个女人在使劲咳嗽。旁边的人喊,活了活了!然后我就看到几个兵都在笑。哨长说,你小子福分不浅哟。

"我不晓得发生了啥子事,浑身发虚,脸上脖子上都湿乎乎的。几个战友把我扶到床上。他们说我端了一锅姜汤刚走出炊事班,突然就倒地了,姜汤洒了一大半,关键是,没有心跳了,窒息了。那个女护士一看,马上扑过来给我做胸部按压。按压了一阵,我的胳膊微微动了一下,她马上又给我做人工呼吸,费了好大的劲,才把我那口气吊上来,救活。

"我的战友一致认为,我是被女护士亲了才活过来的,他们甚至认为我昏倒就是为了等女护士来亲。他们虽然没明说,但一个个表情都是那个意思,羡慕嫉妒惨了。

"其实我一点都不晓得,命都快没了还想那些?但听战友们一说,我还是非常感激她,而且心里面有点那个……就是那个感觉。

"我找到她。她蹲在房子后面,拿了个杯子在漱口,还拿指头抠嘴巴。我说了声'谢谢'之后,就什么也说不出来了。她看都不看我,只说了句'这是我应该做的',又继续漱口。后来她领导来了,就是小分队的分队长,很严肃地说:'你这样没完没了地漱口是不对的,哨所的水很珍贵。再说你不能嫌弃革命战友。'她突然就哭了,这让我心疼惨了。

"哨长把我拉到一边告诉我,女护士给我做人工呼吸时,很用力。哪知我的气突然上来的同时,胃里的液体也跟着上来了,因为嘴巴对着嘴巴,一口就呛进她的嘴里了,酸臭酸臭的。她一下就呛到了,又吐又咳嗽,脸煞白煞白的。

"'你把人家害苦了,差点晕过去。'

"我简直是目瞪口呆,我居然那么过分,虽然不是故意的,但是也太糟糕了。人家一个年轻女娃娃,我居然吐到人家嘴里。难怪她不高兴,难怪她哭。

"我一下子觉得好内疚,好羞愧,好心疼。心里突然就产生了一个想法,我要报答她,要一辈子报答她。我就悄悄写了几句话,我说我的命是她给的,我欠她的。我要努力进步,争取立功入党提干(当时在部队就是这三大项)。希望她等着我。

"我那个时候不觉得自己是癞蛤蟆想吃天鹅肉,我就是想弥补她,想对她好。再说了,我长到二十岁,她是第一个和我那个……亲嘴的女人。后来我虽然没提干,但是入党立功还是做到了。三分之二达标,也算说话算话嘛。

　　"你问她是咋个回答的?她当时根本不理我,走的时候看都不看我一眼。我就把纸条写好了放到手套里,就是我们发的军用棉手套。送他们下山的时候,我就把手套挂到了她脖子上。

　　"就是这样的,事情就是这样的。"

【作者简介】裘山山,女,祖籍浙江,现居成都。1976年入伍。1983年毕业于四川师范大学中文系。曾任原成都军区创作室主任,《西南军事文学》主编。1984年开始发表作品,主要是小说和散文。已出版长篇小说《我在天堂等你》《春草》,长篇散文《遥远的天堂》《家书》以及中篇小说《琴声何来》等作品。曾获鲁迅文学奖、解放军文艺奖、全国"五个一工程"奖、百花文学奖、四川省文学奖、冰心散文奖以及夏衍电影剧本奖等奖项,还有部分作品在海外翻译出版。

云兮云兮

◎　周大新

外甥吉喆由国外留学归来后，自己在中关村开了一家公司。我曾经问他开的什么公司，他嬉笑着说，舅舅，请容我暂时保密，待我做出了成绩，会马上向你报告！此后我也就没再细问。我忙，他比我还忙，少有机会来看我这个舅舅，逢年过节打电话让他来吃饭，他也是推来推去。我对此有点生气，觉得这小子越大越不懂礼数。昨晚，我正在收拾回老家看望老父亲的行李箱，他忽然来电话问起我的身体状况，说"新冠"疫情可能有点反复，要我多加小心注意防护。我也就没客气，对他说，我还没死，你长话短说，我正在做回老家的准备。吉喆一听说我要回河南老家，高兴地叫，舅舅，您既是要回农村老家，就替我办件事吧！您等着，我马上开车过去当面给您细说。他放下电话，果然四十分钟后就开车来我家了。

他这样着急见我，倒是令我有点意外。开门一看，嗬，只见他身后跟了个身材苗条的姑娘，于是心里明白，他是要让我跟他妈妈也就是我的妹妹，说他找了对象的事。

舅舅，她叫云兮，您觉得她漂亮吗？刚在沙发上坐下，吉喆就迫不及待地这样问我。我有点不太高兴，瞪了他一眼，当着人家姑娘的面，有这样不懂礼貌的问法吗？

好在那叫云兮的姑娘倒没怎么在意，只是朝我微笑着叫了一句：舅舅好！

云兮当然漂亮！我不得不这样回答。答完我又仔细地看了那姑娘一眼，心里觉得这姑娘当得起"漂亮"二字。

谢谢舅舅的夸奖！云兮带了羞意低着头说。

舅舅，您带上云兮回老家行吗？吉喆开口又来了一句。

我是真有点恼了,你就这样忙吗? 不就是当个小公司的老总嘛,自己的女朋友还要我带回老家给你妈相看? 这成什么体统?

哈哈! 舅舅,云兮不是我的女朋友,她是我公司的最新产品,新一代生活机器人! 您看看这个! 他抬手撩了一下云兮的左鬓鬓发,那里有一个小光点在闪烁。这是她接受外界感应的窗口,把这个窗口关上,她就会一动不动了。

啊?! 我大吃一惊地盯着云兮,天呀,齐耳短发,上身穿着带纽襻的大襟白色上衣,下身穿着合体的长裤,一副农村出身女大学生的打扮,完全像是一个真人哩!

舅舅,您刚才没能一眼看出她是一个机器人,可真让我高兴! 我就是想要这种效果,我在使用材料时力争逼真,而且在交互程序设计上更加贴近日常生活需要,让她对人、对事、对环境的反应能更加迅速即时。

我余惊未定地起身上前,仔细地审视着云兮。果然,近距离还是能看出她的神色和真人有别,她的眼睛与真人有异。云兮被我盯得有些不好意思,低下了头,用手搓着她的衣角。

舅舅,她这个搓衣角的举动也是我特意设计的。我们村里的姑娘们害羞时常有这个动作,我没记错吧? 您喜欢她这种面对男人审视的反应吗? 吉喆问我。

真的不错! 我由衷地赞叹道。同时伸手触了一下她的手腕,嗬,也是像真人一样有温热感。我转向吉喆,第一次认真地夸他,嗯,没想到你小子还真搞出了点名堂,好,好,好,总算没有愧对你爸妈在农村吃苦受罪送你出国留学!

舅舅,说到人形机器人的研发,日本和美国原本一直走在前边。一九八六年,日本本田公司就启动了仿人机器人的研发计划,二〇〇〇年发布了第一台真正意义上可以双足步行的机器人。二〇一五年六月,日本软银公司首批千台人形机器人上市,每台售价约一万元人民币,几分钟就被一抢而空,不过买回去后,最初三年还要支付每月约九百元人民币的网络通信费,算下来,三年里总共要付四万多元。这款机器人还不是交互型的,不能与人交流,只能按照预先设计的程序来活动。后来,日本的石黑浩先生研发出一款智能交互机器人,女性外形,具备感官,能够对外界做出一定的反应,并能实现脸部表情的一些变化,但她只能以坐姿出现在人前,想要站立还需要人的帮助,而且售价高达六十万元人民币。美国研究智能交互机器人最有名的公司是波士顿动力公司,他们生产的机器人 Atlas,已能快速逼近人类,可以一把夺走真人打在他身上的曲棍球球棍。我们中国的优必选公司,开始研发人形机器人的时间虽晚一些,但目前已经过四次迭代,快速赶上了日美数十年的研发水平。在二〇二一年的世界人工智能大会上,优必选生产的 Walker X 人形机器人,已能够自主上下楼梯、操控家电、端茶倒水、给人按摩、陪人下棋了。我创办的公司在人形机器人的研发上走了另外的路子，不是我骄傲，我现在可以斗胆自夸一句，我和我的研发团队在智能生活机器人的设计和制造上，目前已经进入了世界第一梯队。我们已对人脑的二十多个区域模塑成形，包括听觉区、视觉区、运动区等，可以说，现在安装在云兮脑壳里的大脑与真人的大脑已十分接近，而且在求真这个方面，我们可以说已经走在了最前面！

嗬，我对我这个外甥真有些刮目相看了。你们总共做了几个？

两个，另一个叫云霓。在智能交互方面，都是按十九岁女性的心智水平设计的。我记得您在《天黑得很慢》那部书里说到了一个名叫薇薇的机器人，她当时的心智水平是八岁，而我们今天研制的云兮具有十九岁的心智，已完全是个成年人了。我们接下来就是要测试她们对外部世界的反应，对云霓，主要是测试她面对城市生活环境的反应；对云兮，主要是测试她对农村生活环境的反应。我和我的研发团队眼下已开始在城市对云霓进行测试，边测试边做设计上的修正，腾不出人手去农村，听说您要回老家，就想麻烦您帮帮忙，把云兮先带回去，到乡下走一趟，看看她在农村应对正常生活时的反应情况。也不会添多少麻烦，您不需要做记录，她的主要反应都会自动记录在体内的硬盘上，您只需观察，然后回来告诉我大致的观察结果就行，比如她在应对农村生活上存在的主要问题，以及村里人对她的表现是什么反应。这是她的身份证明，是我们公司专门去公安局为她办理的，她毕竟很像是一个人，您带上！

这倒是有意思，与一个机器人一起还乡。我觉得我的兴致来了，就点头应允，这倒是可以，只是你要告诉我，怎么来控制她？她会不会有情绪不好的时候？她一旦不听话了怎么办？她有没有攻击别人包括攻击我的可能？

既然是把她作为一个人来设计，她自然有情绪不好的时候，有不听话的时候，有反抗和表达愤怒的时候，这样才像真人。但当她情绪不好的时候，控制她很容易！吉喆拿出一个类似打火机的东西，指指上边一个红色按钮说，这是遥控器，如果她情绪不好，不听话甚至发怒表达不满，只要对着她按一下这个按钮，她就立刻不动了，之后再让她活动时，她的情绪就会调回正常状态。说着，他朝坐在沙发上的云兮按了一下那个红色按钮，云兮立刻停下了所有动作，一动不动地僵在那儿，连脸上的笑容也凝固了。她对他人的任何愤怒表达，都可以及时中止，这是我们在设计之初就注意到的一个问题，这一点您完全可以放心。

好，好。我接过那个遥控器，对着云兮按了一下红钮，云兮立刻恢复了正常的动作，还对着我笑了一下。成，这件事舅舅答应给你办！我拍了一下外甥的肩膀，对着云兮说，明天，我就带你回一趟河南老家！

我们是第二天早上坐七点四十的高铁回河南邓州的。吉喆为我俩买的是一等座。在北京西站进站过安检时遇到了一点麻烦,大概是云兮体内有很多金属的缘故,过安检门时警铃大作,几个保安闻声都跑了过来急忙将她围住,我慌忙掏出她的身份证明向他们说明,他们看后一个个都瞪大了眼睛瞧她,其中一个头头在反复检查了证明之后,挥挥手表示可以放行。上了高铁也还顺利,云兮就坐在座位上翻看吉喆预先给她准备的一本书,书上全是庄稼、青草和野花的图案,大概是想让她认识并记住它们。她不吃不喝也不上厕所,故前后座上的旅客也都没有太注意她,更无人主动同她说话,自然没有人发现她的异样。

下了高铁是吉喆的弟弟开车来接的。看来他哥哥预先没告知他云兮的事,他看见云兮,以为是随我一同回来的什么熟人,只问,要送她去哪个村?边问边礼貌地朝她点头致意,云兮也忙向他问好。我没有立刻告诉他云兮的身份,只说,她与你哥相熟,直接到家就行。我们到家之后,等在家里的吉喆的爸爸妈妈和我弟弟一家及村人们照惯例都过来问候,他们看见云兮,也都夸奖她漂亮,云兮热情地从随身带的提包里掏出北京出产的"皇家小吃"分给众人,并没让大家看出她的不同,直到家里养的一只大公鸡放肆地跳起来啄她手上的点心时,她才露出了破绽。只见她先是大惊失色地高叫一声,一下子向后直挺挺仰倒在了地上。在场的家人和邻居们都很意外:一只鸡就把她吓成了这样?我急忙上前扶起云兮,同时向大家介绍了她的真实身份。吉喆的弟弟和众人一听说她是一个机器人,嗷的一声全朝她围了过去,有摸她手的,有摸她胳臂的,有摸她头发的,有摸她脸蛋的,有摸她腿的,云兮肯定没见过这场面,吓得两只胳臂抱着胸部左躲右闪。所有的人都在啧啧称奇。我的五奶奶一连声地叫着,天爷爷呀,完全像个姑娘哩!这要不是亲眼看见,咋会相信这不是个真人哪……村里的光棍儿汉七旋围着云兮转了三圈,上上下下把云兮看了个遍,自言自语地说,奇了怪了,她怎么会不是真人呢?!你看看她这胸脯,挺得多高哇……

吉喆在城市设计的云兮对农村生活确实一下子难以适应。晚饭后,我让我妹妹带她到村道上走走,她见没有路灯的村道上黑乌乌的,没走几步就坚决返回了院子;村里那些土狗的高叫也令她惶恐不安,一双眼不时充满惧意地朝院门外看;我带她去看我弟弟养的那几头牛吃草,她望着伸出舌头把草料卷进口中的牛,吓得扶住牛屋的门框不敢进去。好在她不用吃饭,要不然,她肯定也吃不惯我们乡下百姓所吃的饭食。晚饭后我和父亲说了一阵家常话,就到了睡觉的时间,父亲指着云兮问我,你咋安置她?让她睡哪间屋里?我妹妹和妹夫的家就在几百米外的邻村,妹妹说,既然云兮是吉喆造出来的,就也算是我的孩子了,就让她去我家跟我睡一起吧。我笑笑答,她不用睡,她就坐在咱堂屋里的椅子上。我让云兮靠着椅背舒服地坐好,然后按了一下那个遥控器,她的身子便一下子僵在了那儿。

父亲和妹妹、弟弟等家人满眼里都是新奇……

第二天一大早,我刚刚起床还没有洗漱,七旋就拍响了院门,边拍边喊,大伯大伯,快开门! 我以为这个远房侄子找我有什么急事,快步去开了院门,没想到门开后他问的是:大伯,那个云兮起床了吗?

你怎么这么关心云兮? 我有点意外。

呵呵,好歹人家是第一次从北京来咱们村的,咱得对人家亲热点吧? 他有点不好意思。已被我遥控唤醒的云兮在堂屋里听见有人找她,这当儿便走出来朝七旋打着招呼:早上好!

好,好。在俺们这乡下,你睡得还好吗?村里的狗喜欢乱叫,没打扰到你吧? 七旋绕开我,讨好地径直走到云兮面前问。

睡得不错,谢谢你! 云兮搓了一下她的衣角含羞答着,这是吉喆他们为她设计的标准动作。

大伯,大清早的空气好,您先忙您的,让咱领着云兮去庄稼地里转转看看咋样? 七旋充满期待地看着我。

我想起外甥吉喆要观察云兮适应乡间生活情况的话,就笑道,行呀,难得你这样热情,领她去吧,让她认认咱们地里种的那些庄稼。

直到我吃过早饭,还没见七旋和云兮回来,我便出门去找他们。春天的庄稼地一片碧绿,小麦和豌豆、蚕豆争相生长,田埂上爬满了青草,大地满溢着一派生机。我远远看见七旋正站在一块豌豆田埂上,向站在他身边的云兮解说着什么,两只手臂大幅度地挥舞着,心里不免觉得有些好笑:这个七旋,你对一个机器人说那么认真干什么? 我走近时,只听七旋说,这豌豆熟了之后,摘下来磨成面,可以蒸豌豆糕,豌豆糕那可是太好吃了,香得厉害,会让你吃完一块还想再吃一块;豌豆糕既能做成甜的,也能做成咸的,甜的放红糖和枣片,咸的放盐和葱花,我蒸豌豆糕的本领能跟村里的老五奶奶一比,绝对的高手,你如果住下不走,等豌豆一熟,我保证立马就给你做一锅豌豆糕让你尝尝——

她不会吃东西。我笑着插了一句。七旋这才回身看见我,不好意思地笑笑,哦,大伯,我忘了她不吃东西。

云兮看见我,羞羞地指了一下脚前的豌豆苗说,舅舅好,这是豌豆!

我对云兮的反应很满意,颔首道,对,是豌豆。

北京城里没有豌豆。云兮又说。

也许吧。我转而催七旋,我已经吃过了早饭,你也该回去吃早饭了。七旋笑着,大伯不用操心我,我一个人过日子,随便吃点东西就是一顿饭了,喏,我带了一个馒头,馒头里还夹了一截火腿肠,这就是早饭了。他说着从衣袋里掏出一个用干荷叶包着的夹有火腿肠的凉馒头,咬了一口。他边吞咽边笑着把馒头朝云兮递过去让着,你也来一口?

云兮急忙摆手,同时说了一句,吃馒头最好加一碗热粥。

我看了一眼云兮,你还懂这个?

我在北京的时候,看见吉喆先生就是这样吃的。

我愣了一下,在心里惊道,她还有记忆能力?

上午剩下的时间,就是我和七旋带着云兮在田野里随意走着,在我,是散步健身,顺便完成吉喆交办的事情;而七旋,则完全像是一个好客的主人在带着客人们参观的样子。

这是蚕豆,豆籽很大,是高产作物!七旋朝云兮解说着,但这东西吃多了容易放屁!

放屁?云兮不懂,瞪大了眼睛,什么叫放屁?

放屁嘛,这个——七旋求助地看着我。

我哈哈一笑道,七旋,我告诉过你,她只是一个机器人,腹内很可能没有安上内脏,你不要期望她啥事情都能懂。

七旋尴尬地一笑,大伯,我不知不觉就会把她看成一个真的女人,总忘记她的机器人身份。

我暗中叹了一口气,心中明白七旋出现这种状态的原因,这是很少与女人打交道的结果。今早吃饭时弟弟告诉过我,因为周围村里原本就男多女少,男人找对象很艰难,加上如今远远近近村里的年轻女人都外出打工,她们大多喜欢在打工的地方找对象结婚,造成眼下四乡八村里四十岁还结不了婚的光棍儿汉越来越多。弟弟还特别说明,七旋已经四十四岁了,除非突然发了大财,不然就不会再有媒婆登门,差不多是要当一辈子的光棍儿汉了。

这是杂交小麦!你看它的茎秆又粗又壮,日后的麦穗会很长很长,一亩地能产一千多斤!七旋此时又在兴致勃勃地对云兮介绍。

一千多斤是多少?云兮问着。

这个嘛……七旋再一次望向我,希望我来替他解围。

如果一个麻袋能装一百斤小麦,一千斤小麦就需要十个麻袋来装。我只好这样解释。

什么是麻袋?云兮再问。

我被云兮问得有些烦躁,在心里抱怨吉喆没有设计好她的脑子,让她一个劲地追问,太烦人,哪像个十九岁的姑娘。我回去就告诉吉喆,要让她像大多数乡村姑娘一样,学会少说话,当个安静的女人。

这是菊田!七旋指着一大片种了菊苗的田地介绍着。

菊田是干什么用的?云兮又开始了她的提问。

就是种菊花的田地呀,这里种的全是咱邓州的金丝黄菊,去火明目的功效非常厉害,当年赵匡胤坐金銮殿,这是专门为他上的贡品,据说赵匡胤得眼病两个月了御医们还治不好,后来只喝了三天咱邓州金丝黄菊泡的茶,就全好了!七旋满脸自豪地拍了一下胸脯,厉害不?!

我没有理会七旋的话,只是有些惊异地望着那片总共有几十亩的菊田。两年多没回来,家乡又有了新变化,乡人们已懂得重拾老传统,种菊花挣钱了!

赵匡胤是谁?云兮看着七旋,还在问。

汴京城里的皇帝呀!皇帝你总知道吧,一顿饭可以吃荤素十六道菜,八个盘子八个碗,而且能顿顿吃炸油条,家里的床铺很宽很大,夜里有好几个妃子陪他睡觉哩,当然,这都是多少辈子前的事了,七旋笑着说。

你懂的事情可真多!云兮这时感叹着,看向七旋的眼睛里充满了钦佩。

我很吃惊地看向云兮,她还能做出自己的判断?

我们走到村外的一个水塘边时,云兮看到了水塘里的荷叶,吉喆在设计她时显然也没让荷叶进入她的内存,只见她指着荷叶问七旋这是什么。平日里哪有人向七旋这么虚心求教过?七旋被云兮这种尊敬弄得非常高兴,忙答道,这是荷叶,再过些天它们就会开花了,开出的花叫荷花,荷花五颜六色,特别好看,而且香,村里村外十八个荷塘的荷花全开时,满村里飘着能把人熏得只想哼小曲的香味。到了秋天,荷叶的根部会结出莲藕,莲藕就像你的胳臂一样雪白雪白——说着,伸手摸了一下云兮嫩白的手腕。

哦?!云兮含笑看着七旋。

可能七旋觉着摸了云兮的手腕有些不好意思,转身朝我讪笑了一下自嘲道,反正她是机器人,摸一下也不算过分,对吧,大伯?

我扭开脸去点燃香烟,不想让七旋觉到难堪。

莲藕能吃吗?云兮接着问。

当然能吃!七旋又对云兮热情地解说起来,煮熟了切成片,凉拌,是最好的下酒菜;在两片莲藕中间夹上肉馅糊上面,下油锅一炸,就是喷香喷香的藕盒;往一节莲藕里装上拌了糖的糯米去笼里蒸熟,切成块后上桌,就是甜香甜香的糯米藕。你要是住下不走的话,到夏末我就能用莲藕给你做这几道菜吃,我做菜的手艺还行,是俺娘教我的,可惜一直没机会给女人做了吃。

那可太好了!云兮拍了拍手,一脸兴奋。

来,把这几朵串串红插到头发上!七旋从塘畔采了几朵野花,不由分说地插到了云兮的鬓边,然后退了几步站在那儿欣赏着,嗯,云兮,你这下更好看了!

真的好看吗? 云兮很开心地伸手抚摸那几朵花,一脸俏皮地看向七旋。

当然……

我饶有兴致地看着他们,在那一刻,我多么希望云兮不是一个机器人,那样的话,我这个远房侄子说不定真有可能与她谈一场恋爱了。

当天晚饭后,收拾完了饭桌,父亲去床上躺下了,我刚要在灯下打开一本书来读,村里几个十来岁的男孩子跑进了院子,进院就朝我高喊:大爷爷,让我们陪机器人云兮玩玩吧。我想也好,虽然来的都是孩子,但这也是一个观察云兮应对乡间人际交往的机会,就朝百无聊赖地坐在客厅的云兮说,你出去和那帮小子玩闹吧,别坐那儿发呆了。云兮面露喜色地应了一声"好",就出了屋门。我没有跟出去观察,心想吉喆交代过,云兮体内的硬盘会自动记录下她的应对情况,我何必时时跟着? 我便在屋里一边看书一边听着院子里的动静。一开始还能听见云兮与那帮小子嘻嘻哈哈地对话,慢慢心思全沉进了书里,忘记了云兮,直到听见一声云兮的尖叫:呀——那叫声溢满了惊恐和愤怒,还是我自见到云兮之后第一次听到她发出这样的声音,我慌忙扔下书跑到了院中,灯光下可见,云兮正一只手惊恐地伸进上衣的领口里,向外掏着什么东西,那一帮男孩子见我出来,呼啦一声跑出院门四散开了,我正要上前问云兮怎么了,却见一只活青蛙从云兮的上衣领口蹦了出来。原来这帮小子有意捉弄云兮,竟将一只青蛙塞进了她的领口,吓得她呀呀乱叫。

怎么了? 七旋这时也闻声走进了院里。

我指着那只还在地上蹦跳的青蛙说,几个坏小子捉弄云兮,将青蛙——

七旋没待我说完,转身就跑出院门去追那几个坏小子了,那几个孩子正在为恶作剧的成功得意,并没跑多远,片刻之后,七旋就抓着两个男孩子的衣领将他们提拎到了院子里,然后对云兮说,对这两个坏小子,你随意惩治吧!

我原本正在安慰云兮,看见捉弄她的孩子被七旋抓了回来,云兮满脸怒气地拎起地上的一根棍子就朝他们走了过去。我知道坏了,依云兮当下的情绪,盛怒之下的她说不定真会举棍伤害他们,我不敢大意,急忙对着她按下了遥控器。

云兮顿时僵住。

我对着那两个男孩子挥手,让他们快跑。七旋已朝他俩的屁股各踢了一脚,滚! 谁还再敢捉弄云兮,小心我打断他的腿!

待两个孩子跑远之后,我才重又按了一下遥控器激活了云兮。

我对着她解释:乡下的孩子,爱捉弄人寻乐子,你不必生气,他们只是同你开个玩笑。云兮此时果然如吉喆交代的那样,已恢复原来满脸和气的样子,不记得刚才的不快,对我的解释有点不明所以。

看着云兮僵立前后情绪的变化,我在心中感叹,要是当初造物主在设计我们真人时也有这个处理开关,让人可以瞬间忘记遭遇的不快,那该多好呀!

大伯,今晚能不能让云兮去我那儿住?她刚才受惊了,让我同她说说话压压惊,行吧?七旋这时央求我。

我一怔,去你那儿住?我回头去看云兮,云兮听见七旋这样要求,竟也立刻满怀期待地看着我。

反正她是个机器人,又不需要真的睡觉,在您这儿住和在我那儿住都一样,我就是稀罕看见她,就让她去我那儿住一晚吧。

见七旋满眼都是恳求,我的心软了。也罢,反正在我家也是用遥控器关了云兮身上的装置,让她僵坐在椅子上,就让她随七旋去吧。

七旋见我点了头,孩子似的蹦了个高,太好了,谢谢大伯!跟着,上前就拉了云兮的手。那云兮的反应也令我意外,抓住七旋的手就随他往外走了。

站住!我叫了一声七旋,把控制云兮的遥控器递到他手里,你睡前可以同她说说话,看看她的反应如何,当你要睡觉时,为了省事,先让她坐在一张椅子上,然后对住她的身子按一下这个遥控器,她就僵在那儿一动不动了。记住,不要动她身上的其他开关,更不能拆解她身上的任何东西!

明白明白,谢谢谢谢!七旋接过遥控器,忙不迭地拉上云兮跑远了……

可能是回到了老家心里特别放松,当晚我进入睡眠又快又深。就在我被一连串的好梦带入酣眠时,一种持续的拍门声和狗叫声把我慢慢惊醒,在我还未彻底走出梦境时,听见了我弟弟的声音:哥,哥,七旋家出事了!

我的身子打了个激灵,一下子坐起了身,问:出了啥事?

七旋这时已冲进了我的屋里,结结巴巴地说道,大大伯,大伯,云兮身上突然响起了警铃声,你听,这会儿还在响呢。我侧耳一听,可不是嘛,从隔了几道院墙的七旋家那边,传来持续的警铃声。深夜的村子原本很静,那警铃声显得特别刺耳。我立刻翻身下床,只穿着睡衣就往七旋家跑。我想着云兮是外甥吉喆研制出的两个智能交互机器人样品之一,造价很高,万一坏了,是一笔很大的损失。

跑到七旋家的堂屋,只见云兮正皱着眉头焦虑地在原地转着身子,一脸慌乱,而警铃仍在响着。

我也不知该怎么办,慌急中才想起该给吉喆打电话。我拿起手机拨通吉喆的电话,铃声响了很久才传来吉喆睡意很浓的回问:舅舅,我刚睡着,有事吗?我急急说了事情的原委,吉喆听了倒没有太着急,说,可能是有人要脱她的衣服,不小心触动了藏在她右侧大腿根部的一个抗拆卸按钮,现在只需再按一下那个小按钮就行了。这个按钮一般不会被人触摸到，故我忘了告诉你。

我忙指挥七旋找到那个按钮按了一下，果然，警铃响声戛然而止，云兮也一下子恢复了平静。屋里安静下来之后，我忽然想起去问七旋，你是不是脱她的衣服时触动了按钮？

七旋尴尬至极地搓了搓手说，我想给她换上一件裙子。

你明知道她是机器人还给她换什么裙子？我很生气地瞪着他，不满他搅了大家的睡眠。然后对云兮说，走，跟我回去。

云兮小心而不安地看了七旋一眼，起身跟我回了我家，到家后，我指了一下椅子，待她刚坐下，就猛地按了遥控器，让她一下子瘫坐在椅子上……

我在家又住了几天，这几天里，我再没让云兮离开我的视线所及之处。我吃饭，就让她坐在饭桌旁边；我帮弟弟喂牛，就让云兮和我一起端草端料；我去看望村里的老邻居，也让她跟在身边向老人们问好；我到菜地帮助弟弟栽种茄子、黄瓜苗，就让她学着拎桶浇水。她的反应和过去没有什么区别，与过去不同的是，她不再好奇地问这问那，总是沉默着，仿佛有了什么心事一样。有几回，我注意到她站在那儿向村里看，忽然意识到，她是不是在关注七旋？她能把一个人的形象深刻地留到脑子里？我试探地问她，你想见七旋？她摇了摇头，没有说话。由于那晚的尴尬事件，七旋也一直没好意思再来我家里。不过我注意到，他时常远远地跟在我和云兮的身后，在远处关注着我们的举动。

回京的日子到了。这天吃过早饭，吉喆的弟弟开车过来，要送我们去高铁车站。我忙着装行李，云兮则站在院门口左顾右盼，我以为她这是因了几天的乡村生活，对这个村子有了感情，就开玩笑说，以后让吉喆再带你回来一趟。她反常地没有回话，就在我要催她上车的时候，七旋出现了。七旋面带尴尬地提着一个塑料袋快步走过来，对我说，大伯，云兮要回北京城了，我送她一点礼物可以吗？就是一条裙子！

我对七旋摆着手，你这孩子，傻呀？她又不是真人，不过是一个机器，给她礼物她怎么用？还不是要由我来给她提着？

七旋苦笑说，这条裙子是我当初给找的对象买的，她不愿嫁给我，我保存到如今，一直没人可以送，放在我身边也没啥用处了，就送给云兮做个纪念吧，她好歹也是个女人，能穿这种裙子，再说我看着她心里喜欢，您就成全侄儿吧！

听他这样说，我便挥挥手，让他递给云兮。没想到云兮接过裙子，朝他深深鞠了一躬，高兴地说了一句，谢谢你！她竟然也喜欢礼物？

大伯，我能不能单独与您说几句话？七旋这时边说边把我拉离汽车。

啥话？我对七旋的郑重其事有点奇怪。

您回到北京能不能给吉喆老弟说说，让他尽快做几个与云兮相似的机器人，我和咱村里还有邻近的陈庄村里的十来个单身汉都想买一个。

啊？买她们？我吃了一惊。

大伯，家里一直没个女人，没人说话，那份孤单难受得很，云兮好歹也是个女人，而且她还能同我说很多话，有了她，就让人觉着家里活泛多了，夜里也不那样苦了！

我看着七旋充满希望的脸，只得叹口气说，别说吉喆还没把云兮完全研究成功，就是真的成功了，怕是价钱也不会低，你未必能买得起。

我给大伯说实话，我手里如今有些积蓄了！我前些年出去打工，这两年种菊花，总共赚了两万六千多元，都在存折上，再加上我们十几个单身汉一起买，吉喆应该给我们打个折，优惠一点吧？吉喆小时候来咱村里做客，我们都认识他，他得讲点交情嘛！大伯，您是他亲舅舅，您替我们向他求求情，只要他把价钱定在两万五上下，我敢保证我们都不再压价，一准买下！

我不知道吉喆有没有出售云兮这种机器人的打算，如果打算出售，成本会有多高，售价是不是七旋他们能够承受的。可看着七旋殷殷的目光，我只能把头点点，好的，我尽力。

车已经发动，离开村子的时候到了。我拉开车门，示意云兮上车，手拿着那条裙子的云兮刚要抬腿登车，不防七旋突然抱住她说，云兮，我等着你再来周庄做客！

我会的！云兮答着，并同时在七旋脸上亲了一口。我看得有些呆住，这也是吉喆他们预先设计好的？

车开动了。

七旋跟着车跑动，边跑边朝车里的云兮挥手：再来——

我回头去看云兮的反应，见云兮也朝车外的七旋挥手，挥着挥着，有一颗泪珠分明地滚下了她的眼角。

她会流泪？我骇然地看着云兮的脸，那泪珠是哪里来的？也是吉喆预先装进她泪囊里的？

我急忙去拨手机，我想立刻去向吉喆问清楚……

【作者简介】周大新，1952年生于河南邓州，1970年从军，1979年开始发表作品。著有长篇小说《走出盆地》《湖光山色》《安魂》《天黑得很慢》《洛城花落》等。曾获全国优秀短篇小说奖、茅盾文学奖、中国出版政府奖、人民文学奖、冯牧文学奖、老舍散文奖等奖项。

德雷克海峡的 800 艘沉船

◎ 弋舟

一

十二月下旬的一天，晚上八点二十分，段欣慧登上了海南航空公司的航班，从海口飞往西安。五十分钟后，航班在美兰机场准点起飞。不出意外的话——会出什么意外呢？——她会提前在咸阳机场落地。

是啊，会出什么意外呢？飞机爬升到巡航高度时，她一边调整椅背，一边在心里反问自己。

段欣慧习惯了这种内心的对话。有时候，她也会认清自己热衷于假设出两个自己，不过是为了聊以自慰。独居日久，她形成了固定的自语模式，凡事总归要先用一句消极的假设——"不出意外的话"——来做铺垫，继而再给出一个并非板上钉钉的结论。"不出意外的话"，对她来说，是句放之四海而皆准的金句，"不出意外的话，中午会准时用餐""不出意外的话，晚上能睡个好觉"。世界运转无碍，仿佛全靠某个意外的缺席才成就了一桩又一桩的小奇迹。这让平铺直叙的世界具有了不确定性，也让一顿午餐和一个好觉，都显得有如神助；重要的还在于，这个金句显而易见的荒唐感，又能给她提供了自我辩论的基础——会出什么意外呢？就这样，自我的对话完成了，聊以自慰也完成了，就像成功地将自己一分为二，并且，那个看上去更具理性的自己，还占了上风。

夜航的旅客不多，机舱里空着不少座位。段欣慧这排就没坐满，她的邻座，一个像是公务员的年轻男人，和她隔着一张空座。男人靠窗，她靠过道。三个多小时的航程，不出意外的话，她应该至少需要让行一次——把腿屈起来，侧放在过道，给他留出去洗手间的通道。会出什么意外呢？除非他有着一颗蓄水能力惊人的膀胱。段欣慧自嘲地在心里念叨。事实上，空中服务还没开始，男人就已经迫不及待地上了两次洗手间。段欣慧由此意识到，这回，自己踏上的恐怕是一场没有神助的旅行。

旅行对于段欣慧而言，已然是活着的常态。独居后，她在四十三岁获得了所谓的财富自由。比她大三十岁的亡夫留下的财产，丰厚到令她不敢相信——不出意外的话，足以让她这辈子都可以用来云游四方。她也的确因此过上了一种"说走就走"的日子。这种日子似乎被许多人所向往，但走个不停，难免会削弱她与人间生活的关联。段欣慧先是渐渐地没有了朋友，继而，连父母都联系得少了。有时候，身在旅途，她会想，如果她就此失联，消失在某个不为人知的地方——不出意外的话，没个三年五载，身在武汉的爸妈都不会想起来找她。

不出意外的话，此生铁定就是一场漫长的旅行了，一直走到走不动的那一天，在一个不为人知的地方，倒下。她想，鲜有地没有反诘自己，而是默默祈祷：那么，请让这旅途是被神所祝福的。

可是神真的常常缺席。航班延误、天气突变之类的就不用说了，大到被人抢了手机，小到遇上个尿频的邻座，旅途中，她遭遇过太多不测，意外是无法完全避免的。但她已经停不下脚步。

空乘发过餐食后，男人又一次挤过她的双膝去了洗手间。她自作主张坐到了他的位子上。他的空位上留着一份报纸，此前一直心不在焉地翻看，给人的感觉是以此抵抗着内急的再一次光顾。她将报纸拿起，在男人回来时递向了他。这个男人真的具有一种公务员才有的理性，他迅速领会了她的意思，乖巧地坐进了她空出来的位置，似乎是想要表达一些歉意，男人还用手势示意那份报纸也一并归她了。

她并不想看报纸。但巡航在平流层的飞机平稳得令人昏昏欲睡。相较于看报纸，她更不想在一个陌生男人的身边睡着。她常常在飞机上看到睡相让人不能恭维的女性，立誓绝不让同样的一幕在自己身上发生。舷窗外，一万米高空中的夜色不过就是一张黑幕，她只有去想象，落地后，不出意外的话，会有一张酒店的大床等着她。会出什么意外呢？轻车熟路，酒店早已经订好了，接机的车，也在平台上落实了。

没有意外，只能让睡意更浓。她强打起精神，翻看手中的报纸。是一份《环球时报》，应该是登机时男人从舱门口自取的。在一种若醒若睡的状态里，段欣慧依稀看到这样一条新闻：

> ……国防部长埃斯皮纳称，找到幸存者的机会比较渺茫，但仍会全力以赴。事故原因不排除任何可能性……此次失联飞机于1978年制造，在

美国服役至 2008 年。2012 年智利花费 700 万美元购入,2015 年进入智利空军服役……德雷克海峡是智利本土通往南极基地最短航程的必经之路,这里是太平洋和大西洋水流的汇合处,没有任何陆地阻挡,该海域一直以恶劣天气著称,气温极低且常有严重暴风雨。据不完全统计,目前已有 800 艘船只沉入德雷克海峡,造成两万人死亡……智利军方表示,飞机起飞时,飞机状况和天气状况均良好。搜寻行动将持续至少 6 天,并可延长 4 天……

是一条关于空难的报道,嗯,还提到了海难,总之,神又缺席了,天上地下,皆是灾难。那些翔实的数据令她振作了片刻,"美帝国主义",她的心里好像如此谴责了一下,多少对卖旧飞机这样的行径感到了不齿。继而,有种幻觉般的宏大图景席卷了她的意识:寒冷的海峡,疾风骤雨,怒浪惊涛……但她清清楚楚地意识到了"800 艘沉船"这个概念,只不过,这个清晰的概念全然又被睡意给包裹了。如实说,谁靠着飞机舷窗睡着的样子都不好看。

她在机身落地时巨大的顿挫中醒来,迷惘地看着一个像是公务员的年轻男人朝她略带羞涩地微笑。拉起遮窗板,她发现外面在下雨,停机坪倒映着被冬雨扭曲了的光斑。她看了下腕表,差十分钟零点整,果然提前了。打开手机,预约接机的司机已经发来了按时接驾的短信。她没什么行李,不过是一只登机箱,还有一件同样塞在行李舱中的羽绒服——登机时,海口的气温将近三十摄氏度,羽绒服完全就是一个行李般的存在。年轻男人友好地帮她从行李舱中取了箱子,她道了谢,自己拿下羽绒服,套上,下意识地将那份遗落在座位上的报纸重新拿回手里,卷成圆筒状,握住,好像如此一来,作为一个旅人,她的行囊才不会显得过于单一。

二

新年将近,吴尤莉计划给自己买件礼物。至于买什么,她一直拿不定主意。不是怕花钱——她又不会琢磨着买套房子来犒劳自己。别说房子,丧夫后,她可能都没有过千元以上的消费记录。她并不因此感到匮乏。她觉得自己没什么欲望,对什么都不抱有期待。这个新年的计划,只是作为一个"念头"存在,而有一个"念头",对吴尤莉来说,反倒是种比较愿意体会的感觉。

她三十六岁,身高接近一米七,看起来还行——最初,这个判断的依据是:不乏男人对她兴致勃勃。后来,经历了些不堪的事,她搞明白了,男人对所有的女人都兴致勃勃,他们随时都想碰碰运气,激发他们的,恐怕是一个"类",

而非具体到某个身高一米七的女人。明白了，就获得了宝贵的自知，于是比起同龄的女人，吴尤莉反而真显得有点"看起来还行"了——至少，她比她们苗条，比她们肤色好，比她们高挑。

这天早晨，吴尤莉的那个"念头"落在了实处。就买一把电动剃须刀吧。听见父亲在卫生间里的抱怨，她做出了决定。"充了一晚上电，只能刮半张脸！"吴玉福的声音并不大，但还是被她听到了。有时候，情绪比音量更能决定话语的传播效果。

房子是父亲的，老式的三室一厅。吴尤莉搬进来两年多了，承受着父亲的乖戾，她只能归咎于是自己的不期而至对父亲构成了麻烦。她也想过另找个住处，但条件真的不允许。亡夫除了给她留下一堆窟窿，什么也没给她留下；好在，也没给她留下个孩子，否则真是不堪想象。好日子也有过，但好日子的背后，是负债累累。丈夫活着时，铁肩担道义，只身营造虚假的繁荣；他可真是条硬汉，然而有一天这条硬汉突然撑不住了，一跃从二十七层的楼顶跳了下去。水落石出，好日子瞬间露出了狰狞的本相。一切都没了，生活不是清了零，而是变成了负数。至今，吴尤莉还背负着几项被法院判定了的债务。

吴尤莉在三十四岁的时候，重新又做回了吴玉福的女儿。不是说父女俩一度泯灭了天伦，是说那种一个成年人突然不得不重新返场、再次回到一种仿佛不具责任能力、需要被监护的角色里的心境。吴尤莉想过，如果母亲还活着，自己的不适感也许会减弱一点，有爸有妈，即便参差不齐，共同挤在这套三室一厅的房子里，也会让一切显得"正常"点。遗憾的是，母亲在她婚后不久便离世了——宫颈癌，发现得太晚了。吴尤莉时不时会想，没错，如今同住在这套房子里的，是一对父女，但你也可以这样说：是一个三十多岁的寡妇和一个六十多岁的鳏夫。

对于亡妻，吴玉福没有悼念之情，全是怨怼之意。他认为罹患宫颈癌，正是对那个女人的惩罚。"她这一辈子，男人太多了！"吴玉福对着吴尤莉这么嚷过一次。至于何出此言，吴尤莉不想细究，也不想在自己的成长记忆中重新寻回尘封的蛛丝马迹；她倒是补充了一下宫颈癌的医学知识，原来性伴侣过多的确也是一条致病的缘由。如今，面对吴玉福，她只感到自己实在难以给自己定准角色，她找不到作为一个女儿的感觉，可也找不到不是一个女儿的感觉。对于吴尤莉，作为一个父亲，吴玉福又并非一无是处。除了会开车，吴尤莉一无长技。两年前，她去驾校做过教练，但从业的经历只是让她坐实了男人兴致勃勃的本质。这时候，吴玉福全然像一个慈父，他给吴尤莉买了辆丰田卡罗拉，还是辆新车，他鼓励她去开网约车，以一个父亲的口吻对女儿说："命运这把方向盘，还是要握在自己手里。"那一刻，吴尤莉恍然记起，眼前的这个父亲，退休前是中学的历史老师。情绪好的时候,他还会跟女儿评价一番客人,譬如"看上去是个有教养的人,结果把擤鼻涕的纸扔在车上"。可是转天,他又会性情大变,常常是吴尤莉做好了饭,他却铁青着脸泡了桶热干面自己端进卧室吃。

这天早上,当吴尤莉决定买一把电动剃须刀的时候,她不能给自己的这个念头定义——究竟是给父亲的一个礼物,还是给房东的一个贿赂?

吴玉福从卫生间出来了,的确是只刮了半张脸,这让他的脸色看起来尤为阴晴不定。残留的胡楂仿佛是一片不祥的阴影。"怎么不多睡会儿?"她小声问,没指望得到回答。她这么问是有道理的,昨晚最后一单活儿,是他去机场拉的人,回来睡下,怎么也到半夜了。自从开上网约车,为了安全起见,吴玉福经常替她跑夜活儿,显然,这算得上是一个标准的父亲对女儿才会有的顾念。但是此刻吴玉福有些发呆,他从卫生间出来,给人的感觉却像是"进来"似的,好像一个人两脚踏空,突然陷入了新的境遇中一般。在吴尤莉眼里,这的确又不像是一个父亲了。像什么呢?某个念头在她脑子里一闪而过。

三

"所有世纪的二〇年代都辉煌。"

微信群里有人发出的这句话让胡晓虎心头一热。考虑到新年将至,那个"二〇年代"已经进入了倒计时,恐怕任何人看到这句话都会心头一热。"世纪""年代""辉煌",都是自带热力与光芒的词啊。胡晓虎不由得默算了一下——就是说,八十五个小时后,辉煌便要普照万物了。他有些激动,是种久违了的感觉。这种感觉他也说不准,但是在他当兵的那些日子里常常会被点燃,一道命令,一次动员,都会令他产生同样的情绪。他感觉被激励,即便作为队伍中微不足道的一分子,也会有一种欣然而隆重的神圣感。

但是这句话被湮没在信息的洪流中了。他给这个群设置了"消息免打扰",偶尔翻看一下成百上千的言论,随即删除掉,等着下一次信息重新注满这条他和战友们保持链接的通道。没错,这个群里的都是复转军人,基本上都是在各种培训班上认识的,如今大多分布在政府机关和事业单位。曾经的军人们自发地组织起来了,如同一支影子部队。

好像没人对这句话做出响应。大家在群里基本上都是自说自话。有人发地铁里人潮涌动的照片;有人说两句本单位的节日福利;还有人分享昔日的军歌,《打靶归来》什么的。各自抒发,各自捕捉能够触动自己的信息。胡晓虎查看了一下发布这条信息的主人,果然,是位文联干部,头像是一个打着领带的卡通人物。然后,他在群里也发了条信息:目前已有800艘船只沉入德雷克海峡。

没什么道理,他可能只是觉得这句话比较接近自己此刻的心情,觉得"800 艘船""沉入""德雷克海峡",同样也有一种令人心头一热的、辉煌的气质。

胡晓虎发出信息后,才想起这句话是两天前自己在飞机上看到的。它出自一份《环球时报》。现在突然想起,说明当时还是触动了他,这条新闻中那道不祥的海峡,当时在他看来有种被诅咒过的意思。伴随记忆而来的,还有无法令人忍受的、同样像是被谁诅咒过一般的腹痛。海口之行是他被分配到社科联工作后的第一次出差,热带地区的水土彻底击溃了他。在海口待了短短三天,他就拉了两天半肚子。胡晓虎想起,自己在返程的航班上是如何煎熬的了——他妄图用一份报纸来分散自己的注意力,在报纸上,地球人四处杀人又放火,但都抵不过他肚子里的革命。只有这条事关空难与海难的消息短暂地对他有效过,也许是"800 艘"这个具体的数据要胜过一切抽象的灾难,他的注意力因之转移,获得了间歇的安宁。

他的信息发出后,同样也迅速地湮没在群里了。今天大家好像都闲下来了,往常这个时候,临近中午休息,也没几个人上来扯闲篇。

> 2019 年 12 月 27 日 11 时许,西咸新区昆明池生态保护区发现一名未知女性尸体(下附照片),身高 1.65 米左右,体态较瘦,年龄 45 岁左右,上身着紫色羽绒衣,衣领为连帽样式,现死者身份不明,有知情者请与市公安局刑警二队联系。

有人发上来这样一条公告。不出所料,发布者当然是位警察;不知出于什么动机,他很快又将信息撤回了。胡晓虎被这条信息惊动了一下。他看到了那个女人的头像,像是睡着了,也并不血腥,不过是睡相不大好看。胡晓虎觉得自己应该想起些什么,但又不是很确定。他想专门私信一下那名警察,但又因为自己的不很确定而打消了念头。

他显得有些茫然若失,无所适从地在心里确定了一下自己的返程日期。十二月二十六日,夜。然后他起身检查了一下办公室的电源,确认该关的都关了。下午陪领导看望一下退休老人,他就不用再回单位了。他要在元旦那天结婚,与辉煌的二〇年代一同开启自己的婚姻生活,单位提前给他放假了。删除这组群消息的时候,他看到群主发布了群公告:单位要求,公务员不允许组建与工作无关的微信群,本群即日起解散,祝战友们新年快乐。无论如何,这不能算是个好消息,尽管,也无关痛痒。

中午他要回趟家,李琳,他的未婚妻,让他抓紧把新房的煤气卡充足,他早上出门忘带卡了,只能抽空回去取一趟。他不想和她吵架,就像他不想结婚。单位离家要乘坐十二站地铁。好在中午地铁上的人不是很多，但也没有空座，胡晓虎靠在关闭的车门一侧，突然感到肚子里又翻滚起来。应激一般，他的脑子里自发地出现了一道怒浪惊涛的海峡，这让他又一次获得了片刻的安宁，"800艘沉船"与"辉煌的二〇年代"这两组概念共同协力，令他在隐隐的不安中获得了平静。

四

吴尤莉比同龄人显得"看起来还行"，也许是遗传了吴玉福的基因。六十四岁的吴玉福看起来就比同龄人年轻许多；至少，吴尤莉的身高一定是受惠于遗传的，吴玉福在生命的鼎盛时期，身高曾达到过一米八五，即便如今缩水，在一群老头儿当中他也算是挺拔的。对于任何孩子，有个身高超过一米八的父亲，都是个加分项。吴尤莉年少时也的确以此为荣过，面对父母间的龃龉，她会不自觉地倾向于同情父亲。一个挺拔的男人，仿佛天然地就多了些正确性。毕竟都是做教师的，吴尤莉的记忆中，父母的冷战不少，热战不多，一对男女常常各自沉默，但沉默和沉默的气质迥异。个儿高的那个，沉默得如同雪山，让人生出对于高冷的仰止；个儿矮的，就吃亏，连沉默都显得是理屈词穷。幼年的吴尤莉以此判断着父母的是与非，她认为母亲的错误全是因为个子矮，是不具优势的身高让这个女人成为蒙羞的过错方。直到她十四岁的那年，雪山骤变为火山，沉默的吴玉福爆发了，对自己的女儿嚷出一句："她这一辈子，男人太多了！"吴尤莉这才骇然面对了这样一个事实：原来，她的母亲，其貌不扬的中学物理教师田冰茹，居然在婚姻生活中从未安分过。她是以此缓释来自丈夫身高的压力吗？千真万确，母亲是因为有错才显得像是个罪人，这跟身高处于劣势压根儿无关。但是，这个事实之中蕴含的人性线索太复杂了，十四岁的吴尤莉根本择不清。她并没有因此更加轻视母亲，反而，对于父亲的观感还打了折扣，仿佛这个一米八几的男人徒有虚表、虚张声势，应该打回到一米七去。

火山般爆发过几次后，吴玉福开始了具有规律性的失踪。每年，他都会在三月中旬离家一段时间。去哪儿了，不知道。田冰茹不问，可能也是不能问与不敢问；吴尤莉不问，说不清为什么不问。这个三口之家，彼此间好像没有相互过问的权利。结婚后，吴尤莉的丈夫，那位铁肩担道义的硬汉，有一次对吴尤莉点明了要害："你爸肯定在外面有人了。"她才直面了一下现实，竟觉得父亲重新有了挺拔的迹象。

田冰茹去世的那一年，吴玉福没有离家。他中规中矩地给亡妻办理了后事，火化，买一块价格不菲的墓地，竖碑，碑文也镌刻上自己的名字——用红漆涂抹住，以待日后合葬，再刮掉油漆，与田冰茹的名字并肩。看上去，他什么都能接受，接受龃龉频仍的一生，也接受被指定了的墓穴。这同样关乎复杂的人性，吴尤莉对此是爱莫能助的心情，只不过将同情分摊开，一半给了母亲，一半给了父亲。就此，她也更加无意过问自己丈夫的真相了，由那位硬汉自顾去承担着他愿意承担的一切，她知道他在外面有女人，可能还有个儿子，但是又怎样呢？她不拒绝最后也跟这硬汉刻在一块碑上。

搬回来和父亲同住后，她知道了父亲的秘密。原来，每年的三月份，正是武大樱花盛开的时候。吴玉福给吴尤莉买了辆丰田卡罗拉，提车的那天，他的心情很好，坐在副驾驶的位置，突然就袒露了心声。"每年我都会去看看，"他说，"就像回到了自己的大学时代。"吴尤莉无动于衷，至少表面上看起来是这样的，她的双手紧紧地握着新车的方向盘，就像是遵嘱掌控住了自己的人生。这样就好理解了，吴玉福毕业于武汉大学历史系。他在晚年热衷于和武汉相关的一切。他喜欢看《百家讲坛》，因为里面有口若悬河的易中天，他说，他在大学的时候听过易中天的课；他不断地网购热干面，每次情绪恶劣的时候就自己煮一桶吃。有一次，客人投诉到平台，说他在车上不停搭讪，热情过度，还绕路，他对吴尤莉说自己不过是因为那女人来自武汉，好心想多拉人家看看西安的夜景。

也是条硬汉，吴尤莉在心里评价。当他将自己的名字与亡妻的名字刻在一起的时候，他需要在人间找到一个属于自己的平衡，那不是你有"太多男人"我便"外面有人"的简单对称，是对命运本身的精密修复，如果非要换算成一个公式，差强人意，大约是：你在你的命运里颠簸，我追念我的樱花。

在网约车平台上注册的是吴尤莉，按规定吴玉福是不能代驾的，而且，他也过了六十岁，这些都不合规。好在，迄今还没遇到过大麻烦。大多数时候，他是一位能够给人好感的司机，这位瘦高的师傅，衣着得体，沉默寡言，每一年都被樱花熏陶，别有一番知识分子才有的气质。除非他遇到一位有武汉口音的客人。

五

中午，吴尤莉在开元商城买了一把三星牌电动剃须刀，两千八百元。付款的时候，她想到了法院给自己的"限高令"。衡量一番，她确定自己的这笔消费应该不能算作是高消费，但她还是感到了些许兴奋——那种轻微地破坏了什么或者冒犯了什么的兴奋。在商城七楼，她吃了碗面条，带着兴奋劲儿，她还"恶意"地给自己加了份肉，然后匆匆驱车赶往机场。她的下一个单子是下午三点在咸阳机场的 T2 航站楼接人，这种单子对于网约车司机堪称福音，好过在城里绕来绕去。

车子开上机场高速不久,她收到了吴玉福的一条微信,没容她细看,一桩车祸发生在她眼前。眼睁睁地,吴尤莉看着前方那辆白色的日产轩逸扎进了一辆大货车的车尾。好在车距足够大,吴尤莉来得及避险。她与事故现场擦车而过,几乎没有停下的念头。车子上了高速公路,就如同上了传送带,人的意志也仿佛不能完全由己了。但是只那么一瞬,她也能确定日产轩逸的司机凶多吉少。货车上拉着几十辆排列整齐的新车,居然也是日产轩逸,这让追尾的那辆车像是一头扎进了亲人的怀抱,车头完全塞进了车尾,如同被一把大钳子捏碎了。路面上的碎玻璃像是洒满了一地的光芒。她在发抖。这段路面经常有车祸发生,像是被诅咒过一样。跑上网约车以来,吴尤莉在此就目睹过不下十次的惨烈场面。但是今天不同了——这辆日产轩逸的车主她认识。

罗哥,大家都这么叫他,但年龄恐怕还不到三十岁。跑网约车的经常会在候机时相互打趣解闷,一来二去,熟悉了,罗哥开始在她这儿碰运气,给她献殷勤。有一次,就是在 T2 航站楼的停车场,罗哥邀请她坐进他的车里,感受一下后排的"大沙发"。不错,正像同行们说的那样,轩逸的乘坐空间的确比她那辆卡罗拉要大一圈,不但空间大,这后排的座椅还很柔软。罗哥说这正是他好评率高的原因所在,乘客基本都坐后排,"他们的屁股舒服了,人就舒服了。"他在炫耀,她却做出了事后自己也想不明白的事——伸手勾住他的脖子,将他的脸与自己的脸拉近,直到两张嘴咬合在一起。她有欲望,也能感觉到小伙子的欲望,但对方想进一步的时候,又被她不由分说地推开了。她从车里钻出来,狠狠地抹嘴,心里面竟是万分的委屈。这委屈她也不知从何说起。似乎是不甘于卡罗拉被轩逸比下去了,这让她想起了自己曾经是开过顶配普拉多的,似乎是两人年龄上的差距让她感到了屈辱,她愤恨于一个小伙子对她的蠢蠢欲动;也似乎是她被她自己的欲火吓着了。似乎是,似乎也都不是。从此罗哥开始明目张胆地追求她,给她送花,给她买盒饭,发出莫名其妙的邀请,在候机楼前的停车场演戏一般地表演着他夸张的爱情——没准就是演戏,网约车司机们是观众,他知道自己在被围观,卖力地排练这个噱头般的角色,并且也因此粉饰了他自己都难以直面的欲火。她没有再给过他任何机会,就像如今被"限高"着的她,停在机场,却不被允许乘机。

小伙子的热情渐渐熄灭,他们本来就不是持久燃烧型的。但是,今天目睹了这场车祸,吴尤莉还是认定自己可能难辞其咎。罗哥一定也看到她行驶在后面了,于是,为瞬间的跑神付出了代价。这个念头令吴尤莉不停地发抖。

客人是一对情侣。两个人上车后都咳嗽不断,尽管这样,还要用明显充了血的嗓音喋喋不休地吵架,搞得吴尤莉烦躁不已。拉完机场的这单活儿她就回家了。还不到六点,往常这个时候正是接单的高峰期。一个月必须在线至少两百小时,每月最少完成四百单,这是平台对她的要求,但是今天她没法干了,觉得自己像个命案在身的逃犯。

吴玉福不在家。晚上七点多钟吴尤莉叫来了外卖,敲他卧室的门,发现门虚掩着,里面空无一人。这时候她才想起去翻看手机微信,然而,吴玉福的那条信息显示撤回了。她拨他的号码,对方已关机。不知为何,吴尤莉感到了空前的焦虑。当然,她没那么牵挂他,至少看上去是这样的,至少,父女俩之间从来都表现得像是管你爱在不在的样子。但是此刻吴尤莉感到了从未有过的不安。她想,可能是那场车祸导致了她情绪的紊乱,但觉得又不大对,她不是没见过惨烈的现场——肝脑涂地,那条硬汉横在二十七层楼下的场面,她也是领教过的。房间里黑黢黢的,吴尤莉没有开灯,一个人枯坐在客厅的沙发里。

十点半的时候,吴玉福的电话打了进来。

"我在武汉了。"他说。

"武汉?"吴尤莉下意识地确定了一下日期,"现在?"

"对,刚下飞机。"

"武大的樱花开早了?"

"我们几个老同学约好一起跨年。"他说得有些不情不愿。

"跨年?"

"对!二〇年代了!"吴玉福大声说了一句,随即挂断了手机。

六

第二天吴尤莉没出去跑活儿。她觉得自己病了,嗓子痛,鼻子闻不到味儿,四肢无力,好像还有点发低烧。网约车司机也有自己的群,她躺在沙发上不时翻看,果然看到了罗哥的噩耗。死了。这竟然令她有股尘埃落定的轻松感。群里还在散布一桩凶案。一个女人,横尸昆明池,年轻,不,老女人,光着身子,或者半裸……司机们相互交换着并不一致的说辞,人人都像是掌握了一手消息。只有一点是确凿的:此刻,一具不知名的女尸要比横死了的罗哥更吸引人们的关注。警察已经在机场调查了,他们怀疑死者可能是从咸阳机场落地的旅客,网约车司机们,有重大嫌疑。群里面散布着的,与其说是恐慌,不如说是快活。有人打趣,质问他人还不赶紧去自首,有人追问到底是个年轻女人还是个老太婆;反正二十六号晚上拉活儿的都没跑!——这句话让吴尤莉的心骤然悬了起来。她甚至看了下手机的日历,认真估算,昨天、前天,这么倒推回去,终于确定,那晚是谁去机场拉了最后一单活儿。

她去吴玉福的卧室，想要得到某个说法，才意识到他已经走了。她拨通了他的手机，"喂"了一声，竟不知从何说起。

"你有事？"吴玉福问。

"没有，"吴尤莉感到嗓子干涩，有种火辣辣的刺痛，"今天二十八号。"

"对，我们先聚聚，有些外地来的老同学陆陆续续到。"

"你都好吗？"

"我？"

"武汉冷不冷？"

吴尤莉难过极了，突然就涌出了眼泪。她从没想过自己会如此难过。

"和西安差不多。"

"你衣服带得够吗？"

"不冷，我穿着大衣呢。"

她知道那件大衣，灰色，羊毛的，他穿着比易中天还像个教授。

"那就好……"

她抽泣着终止了通话，因为实在说不出更多的话了。

她下了楼，钻进卡罗拉里，好像此刻一个狭窄的空间更能让她感到安全。老旧小区，没有规划的停车场，业主们的车见缝插针地塞在公用路面上。一个七八岁大的男孩正耐心地鞭笞着这些给人添堵的家伙——他远远地这么干过来，手拿一截不知从哪儿捡来的破麻绳，一辆接一辆，绝不放过地抽打。她打开了车里的广播，这个动作本身就带有对抗性——平台规定，载客时不允许开广播。下意识里，她已经开始和什么事物较起劲来。广播里有她不知名的乐曲响起。古典音乐，交响曲。她看到了那卷遗落在副驾驶座下面的报纸，捡起来，心无所属地翻看，不过是给自己找件事做。循序渐进，男孩干到她的车前了，看到车里有人，手里扬起的鞭子犹豫不决了。在她鼓励性的目光下，他对着卡罗拉的车头抽了两鞭子，然后笑着继续干他的活儿去了。她体贴地为男孩着想，也许是他手里那截麻绳太过奇怪，身在二十一世纪的城里孩子压根儿无从识别，于是，策马扬鞭，某种古老的人类经验被神秘地唤醒了，令他激动地应用了起来。她觉得自己这辆车也真像是被鞭子抽打过的马，倏忽就委顿了。后来，她把驾驶座的椅背放低，半躺进去，昏昏沉沉地睡了一会儿。在深深浅浅的睡意里，在时起时伏的乐声中，她成为一艘正奋力穿越着凄苦海峡的、破浪的巨轮。

二○一九年，十二月二十八日，从这天起，吴尤莉开始了焦虑的等待。她在等一个电话，当然是来自警察的。她差不多已经在心里决定了，她会告诉警察，二十六号晚上是她去机场接的客人。显然，这个谎言一点也经不起检验，他们有太多的手段可以将其戳破。但她决定了，无论如何，这个谎她是要撒的。她认为,这是一次重要的报偿,至于报偿什么,她也一下子难以拎清。是为了女人田冰茹对男人吴玉福一生的背叛吗?是为了父亲吴玉福馈赠的那辆丰田卡罗拉吗?不不不,即便都沾点边,但绝对没这么简单甚至是——下作。没错,就是"下作",这个词蹦到吴尤莉脑子里,全然否定了她能想到的那些动机。因此,她也小心翼翼地触到了"下作"的反面,那个她感受起来都会万分犹豫的——纯洁。像是遭遇了难以启齿的情绪,三十六岁的吴尤莉,决定撒一个弥天大谎,有生以来第一次切近了一种自己没有体会过的情感。她也好像突然理解了吴玉福将自己的名字与田冰茹镌刻在同一块碑上的理由。那是生命本身的奥秘。

在二十一世纪一〇年代的最后三天里,吴尤莉陷入了双重的想象中。她一边想象着一个负案在逃的凶手——有一张剃了半边胡子的脸;一边想象着一个毕生忍辱负重的男人——常年给小区里的流浪猫投食。她感到了自己的同情,这种同情是不具体的,它是弥散的。怀着同情之心,她还想到了自己的亡夫,想着有朝一日,也把自己的名字和那条硬汉的名字刻在一块碑上,墓碑上的字总是让人感到有些妄自尊大,但死都死了,还要怎样呢?甚至,她还想到了罗哥,想到了那根伸在自己嘴里激烈搅动着的舌头是多么富有宝贵的生命力、富有人的道理。

警察的电话始终没有打来。吴玉福却打过一次。

"我给你买了套房子。"开宗明义,他在手机里说。

她能听到手机里喧闹的声音,一群老人发出的青春新声。肯定喝酒了,他们肯定还喝了不少,南腔北调,荒腔走板。

一瞬间,她竟笑了。

"我不要你的房子。"她说,又补充道,"你好好的,就好。"

"房子还不错,"他自说自话,有些慷慨激昂,"在昆明池,能看见沣河。"

她都能感觉到自己的心开始下沉的响声。

七

吴尤莉在新年得了场此生最严重的病。她觉得是感冒,但又不太像。她从没想过一场感冒会如此凶狠地撂倒她。最难熬的几天,她把家里所有的被子都压在身上,可还是冷得不停打摆子;而且病程也超长,差不多半个月后她才感觉自己活过来了点,如同九死一生。她在病中问过父亲的归期。她并不想问到这个问题,其实还想回避这个问题,但有些问题如同是被规定好的铁律,必须要去执行,就像当你有一个离家在外的父亲时,你就只能问问他什么时候归来。吴玉福在手机里说"快了",人却是迟迟未归。这些天吴尤莉还偶尔想起过母亲，气血两虚的她突然觉得母亲这一生的荒唐之中也有着一种类似于荒凉的美，作为一个不幸身材粗壮的女人，她活得该有多么的用力。

二〇二〇年一月二十三日，武汉封城。吴尤莉在电视上看到的新闻。新闻中说：这是人类历史上的第一次。她拆开了一个三星牌电动剃须刀的包装，把里面的机器摆在卫生间的面盆上，就好像剃须刀的使用者刚刚离开，或者即将到来。

同一时刻，新婚的胡晓虎挤在已经有人戴着口罩的地铁里回家，他将在辉煌的时代里学习如何克服厌婚的情绪，嗯，这是人类的第一次；身在大理的段欣慧一边有一搭没一搭地收听着新闻，一边做出决定：不出意外的话，等到解封之日，她就在第一时间赶回武汉，回到父母的身边，回到生活本身中去。远处的洱海风平浪静，是该结束这无尽的旅程了，她想，我历经了路上的一切：抢手机的歹徒，飞机上内急的邻座，乃至古怪而热情的网约车司机。

【作者简介】弋舟，男，1972年生。著有长篇小说《跛足之年》《蝌蚪》《战事》《春秋误》《我们的踟蹰》，长篇非虚构作品《我在这世上太孤独》，随笔集《从清晨到日暮》，小说集《我们的底牌》《所有的故事》《弋舟的小说》《刘晓东》《怀雨人》《平行》《丙申故事集》等。作品多次入选各种选刊、选本及年度排行榜。曾获鲁迅文学奖、郁达夫小说奖、鲁彦周文学奖、黄河文学奖、敦煌文艺奖及《青年文学》《十月》等刊奖项。中篇小说《所有路的尽头》、短篇小说《出警》获第十六、十七届百花文学奖。现为《延河》杂志社副主编，中国作家协会会员。

瓦尔帕莱索

◎ 徐则臣

> 瓦尔帕莱索之旅无论在地面上还是文字间皆没有尽头。
>
> ——聂鲁达《我坦言我历尽沧桑》

"瓦尔帕莱索是神秘的,地势起伏,道路曲折。"

这是聂鲁达说的。神秘不神秘还不清楚,地势起伏、道路曲折倒是真的,从圣地亚哥到瓦尔帕莱索,在听见大海涛声之前,我们就不知道翻越了多少道冈、拐了多少个弯。老宋开车带着我,一路聊中国文学在拉美。老宋是智利大学的教授,邀请我来给学生讲讲中国文学和写作。眼看三个月已满,我还没去过瓦尔帕莱索,老宋觉得是他失职,无论如何要带我来一趟。智利的文学之旅,这一项是规定动作。聂鲁达在智利的故居有三处,圣地亚哥和黑岛的我都去过,就差一个瓦尔帕莱索。

翻过一个丘陵,大海在前方闪烁,五月的阳光在海面上洒下一层金片和银箔。又拐几个弯,我们就进了古老的瓦尔帕莱索城。

跟旅游指南和网上介绍的区别不大,这是一个让你见了就会喜欢的城市。穿行在老城区的石头街道上,以及半山腰层叠错落的民居之间,你的确会有地老天荒之感。那些大大小小的房子被刷成五颜六色,像一堆散乱的魔方,正等待一双神秘的大手来整理妥当。房屋的山墙上布满涂鸦,用的都是颜色奔放的大红大绿,我敢打赌,漫山遍野的涂鸦中,至少有一百幅聂鲁达的画像,素描的、水彩的,写实的、漫画的,半身的、全身的,单人的、集体的。这是一座致敬聂鲁达的城市,这也是一座属于文学、属于诗歌的城市。唯一意外的是,聂鲁达故居因修缮临时闭馆。

故居在山上,每人三百比索,缆车把我们送到半山腰的一处平台。老宋做向导,我们上台阶下台阶,再上台阶下台阶,在那些缘山而建的错落房屋之间穿行。根据越来越密集的聂鲁达主题的涂鸦,我知道大诗人的故居要到了。

那是一栋主体为三层的小楼,漆成艳丽的太阳红,三楼上建了椭圆形的小阁楼,门前有棵树。院子不大,但在半山上,这样一个平台已是相当难得。门上挂着"因修缮谢绝参观"字样的牌子。工作人员在玻璃门内对我们做抱歉的手势。老宋很愧疚,说要早点带我来就不会吃闭门羹了。我说留点遗憾挺好,这是世界上离中国最远的国家,没个念想,来一趟还真不容易呢。我俩就围着故居转圈。我开玩笑,在外围转十圈总抵得上在里面看一回吧。聂鲁达挑了个好地方,向上有拾级而上的房子,向下,是更多层层下落的民居,一直铺排到海边。碧蓝的海面再过去,是山和城市。聂鲁达站在他的阳台上,抽雪茄、喝茶、构思诗歌时,目光可以像鸟一样倾斜地滑翔出去,童话般五彩缤纷的人间和一个浩茫辽远的世界展现在他的面前。

从山上下来,去老城逛。瓦尔帕莱索在西班牙语里,大致意思是"去往天堂",相当于咱们中国的苏州和杭州。好地方当然少不了,随处是景。但好景多了等于没有好景,一桌子全是红烧肉,看着你都觉得饱。我邀请老宋到索托马约尔广场抽根烟。我们坐在普拉特将军雕像前的台阶上,智利的五月已然深秋,石头开始冰屁股了。普拉特将军当年指挥了智利与秘鲁和玻利维亚的海湾战争,以少胜多。此刻,这位民族英雄的肩膀上停着两只海鸥,更多的海鸥在他头顶上飞来飞去。第一根烟刚掐掉,来了三个中年女人,一律是在海边或高原上长久地风吹日晒的棕红肤色。海风吹散了她们的头发,一张脸支离破碎,分不清谁是谁。两个女人穿着下个月就能磨穿的旧短皮靴,一个穿一双绣花的布鞋。她们集体向我们伸出手。

我把刚抽出的一根烟递给穿棕色短靴的女人,她接过了,说了句啥我没听懂,也没理会,继续给另外两个女人发烟。她们都接了,各自掏出打火机点上,站在我们面前抽,没要走的意思。老宋站起来:"走,看看智利海军部去。"说完汉语,他用西班牙语又重复了一遍。"走"和"智利"的西班牙语我听得懂。他可能觉得石头太凉了。斜对面的海军部我们已经看过了。出了广场,老宋说:

"吉卜赛人,她们要钱呢。"

怪不得她们抽上了还不走。

我要说的就是这几个女人,下午在老港口又遇到了。

吃完午饭从馆子里出来,老宋把车停在港口旁边的空地上,我们俩得到海边醒醒酒。喝得不多,两人一瓶干露红酒。烤鳕鱼和火腿,瓦尔帕莱索人把它叫

"船"，老板娘说，这道菜不配点红酒，就糟蹋了。当然不能糟蹋，这酒得喝。果然以酒佐餐，鱼和肉都不腻了。不能酒驾，没人查也不行，老宋觉悟很高。他也想趁醒酒的时间让我看看老港口。

港口闲人不少，石头更多。难以想象如此众多的奇形怪状巨石能聚到一起。海边层层叠叠的石头像瓦尔帕莱索山上扎堆的房屋，岸上摆满了高昂雄壮的水泥墩子，形如杂乱无章的丛林。年轻人躲在这些防汛的墩子后面接吻，流浪汉用风帽遮住脸，倚着水泥墩子，就着它们的弯曲弧度在太阳底下打瞌睡。我和老宋穿过这片丛林时，从某个水泥墩子后面冒出来三个女人。虽然分不清她们的脸，但我确定是她们没错，两双即将磨穿的短靴，一双赤脚，那双绣花鞋掖在扎腰的皮带里。她们伸着手。我从兜里摸出烟，每人给她们一根。递到第三根，我和老宋已经与她们隔了两个水泥墩子。安全了。我们从防波堤下到了海边的巨石上。海浪扑向黑色的石头，撞击出孔雀开屏般的雪浪花。远处有比石头更大的船，再远处还是船，然后是茫茫的海天一色。瓦尔帕莱索天朗气清。

海风吹了一个多小时，十来度的酒精消散殆尽。我们拍拍清醒无比的脑门，决定回圣地亚哥。上了防波堤我还特地环顾四周，没那三个女人的影子，我竟隐隐地如释重负。老宋开车。我拉开副驾驶一侧车门准备上车，一双赤脚出现在车旁。沿着那双女人的脚往上看，没有悬念，我先是看见腰间的绣花布鞋，然后是被乱发遮住的脸，最后才是她的手。手里攥着一副扑克牌。

我又到口袋里掏烟。她挡住我，随手把扑克牌分成两半，一手捏一半。我瞄了一眼牌面，以仅有的塔罗牌知识，认出那是伟特塔罗牌，因为每张牌上都有可以相互连缀起来的故事画面。

"你走不掉。"赤脚女人幽幽地说，她第一次开口，用的是英语，"这是它说的。"她两手对扣，塔罗牌撞击塔罗牌发出令人心惊的沉闷声响。

我一阵慌乱，把掏出来的半盒烟猛地塞到她两手之间，弓腰上了车，砰一声关上车门。我对老宋说：

"快，开车。"

那女人还站在车窗外，花白的乱发后面似乎露出了微笑。我们的车驶离老港口。

经过海边，进入丘陵。二十分钟后，老宋把车靠路边停下，我们决定下车看看。一路都在颠，像一直在过减速带。开始还不太明显，车偶尔跳一下，我们还以为是紧张的心跳带来的错觉，没当回事。蹦跳的频率变高，我们以为是马路的问题，我还打开车窗伸出脑袋，发现地面上的确有不少小石子。继续走。直到出现了有节奏的律动，我和老宋对一下眼，突然都不吭声了。

右后车胎瘪了。昨天他刚在家门口的洗车店检修过，经验丰富的洗车师傅拍着焕然一新的车头说，去蓬塔阿雷纳斯打个来回都没问题。蓬塔阿雷纳斯在智利最南端，也是世界上最南端的大陆城市，距离圣地亚哥三千公里。咱们只来了瓦尔帕莱索啊，一百二十公里，路况不能再好了。

车胎软塌塌地趴在路面上。"有人动了手脚。"老宋是个老司机。

"难道，"我说，"那三个吉卜赛女人？"

除此之外，找不出第二种可能。我们简单地复了一下盘：港口的空地上停了不止一辆车，但只有我们这辆 SUV 块头最大，且白得耀眼，完全是羊群里跑出来一匹马。她们一定看见我们从车上下来。我们在海边的那段时间里，足够她们把车子大卸八块再拼装到一块儿。对着车胎扎一刀两秒钟足够。

"这种事常出？"

老宋说："一切皆有可能。"

好吧。可是老宋没带备用轮胎。我们站在路边，眼睁睁地看着车向右后方塌陷。这是一匹总想后坐的白马。退回瓦尔帕莱索肯定不行，车轱辘受不了；带伤继续往前跑，老宋心里也没底，他记不起前边多远有修车的铺子，如果太远，跟返回瓦尔帕莱索一样不现实。老宋先打了道路救援电话，打到第三次才接通，回复说，今天事故较多，几队人马都在忙，赶到出事地点预计在三个小时以后。老宋气得要摔手机，三个钟头，请圣地亚哥的救援人员过来也可以打个来回了。但没办法，这地方归瓦尔帕莱索管。给瓦尔帕莱索的修车店打电话，人家没这业务。再说空口无凭，要是"逗你玩"，这费用算谁的？我自责也无益，要不是我的惊恐和抠门，那三个女人也许就不会下此狠手。老宋让我别着急，方法总比问题多。

下午四点半，智利的阳光大不如前。时不我待，商量的结果是，老宋搭车返回瓦尔帕莱索，拿着钱直接把修车店的师傅带过来。我留下来守车。这是我们能想到的最有效的办法。

老宋搭了一辆奥迪。在此之前，我们俩把车推到距路边五米开外的一处安全的斜坡上。坡上荒草枯黄，几只智利窜鸟在灌木枝上跳跃。我挑了一块平整的石头坐下，读完五六首聂鲁达的诗，困意从诗集《大地上的居所》里升起来，我爬上车，把座椅放倒，躺了下来。

醒来时天上了黑影，看手机，屏幕也是黑的，没电了。老宋百密一疏，临走时没把车钥匙留下，想在车上充电不行，看看车上的时间也不行。我到车外伸了个懒腰。眼看夜晚如黑幕垂天而降，老宋联系不上我，一着急，很可能油门一踩就错过去了。我爬上车，坐到车顶上点着烟。在这荒郊野外，一辆车和坐在车顶的人你看不见，明明灭灭的烟头还是容易发现的。果然，在这个平缓的拐弯处，偶尔经过的车辆大都把速度放得更慢，以便弄清楚半空中为何突然亮了一盏小红灯。还有一个哥们儿打开车窗对我喊：

"Good job."

天彻底黑下来，不知道晚上几点。两道车灯打过来，显然没走正道，灯光直直地奔着我来了。我一下子没站起来，盘腿坐久了，腿麻软跟酥了似的。灯光定住，我遮住眼。我知道不会是老宋，它是从圣地亚哥方向来的，我还是问了句：

"老宋吗？"

车窗降下，一个女声，西班牙语。见我没回话，改用英语又问："要帮忙吗？"

"谢谢，那就告诉我现在几点了吧。"

对方一定觉得这要求有点怪异，她笑了一声，说："智利时间，晚上六点二十六分。"

"谢谢。"腿脚恢复了知觉，我跳下车。

对方也从车里走出来。在车灯的余光里，能看出是个漂亮的姑娘，高挑，长头发，穿一件黑色的皮夹克。"车抛锚了？"

"算是，我朋友去找修理工了。"

"打不着火了？"

"钥匙被带走了。你怎么知道车打不着火了？"

"大冷天，谁会坐在车顶靠抽烟取暖？"

遇到聪明又有意思的人了。我缩缩脖子原地跳了两下，把烟盒递过去："要不一起来一根？"

她没客气，抽出一根，夹到噘起的上嘴唇上闻了闻，说："中国的？日本的？我猜是中国的。"

"为什么是中国的？"

"味儿像。"

我向她伸出手："老革命。"

她愣一愣，立马回过神，笑起来，握了一下我的手。"我在古巴待过半年。"

我说："同志。"

她又笑："同志。"给她点烟时，她打了个哆嗦，吐出一口烟，说："下露水了，到我车里抽。"

宝蓝色的雪佛兰。她把车开到斜坡上，停在老宋的尼桑旁边，我坐到副驾驶座上。表盘上方有一瓶香水，我喜欢的薰衣草味。她把瓶盖合上："抽完烟再让它工作。"

一是一、二是二的姑娘。"智利人？"

"也可能是墨西哥人。"

这个回答别致。"双重国籍？"

"国籍是墨西哥。我爸爸是智利人，当然这是我妈妈说的。"

这种事常有。再问下去涉及隐私，到此为止。我掏出手机，问可否借她的车内电源充下电。我问得谨慎。要充电，就要耽误时间，这大晚上的，还在荒山野岭，人家一个大姑娘。没想到她爽快地答应了。

"爱充多久充多久。"她说，找到充电线。竟然是万能的，不知道是不是咱们义乌产的，反正总有一个接口适合你。"十二点之前到瓦尔帕莱索就行。"

"有事？"

"见我妈。明天我爸生日，她非要跟我一起庆祝。"

"冒昧问一句，你爸呢？"

"谁知道呢。不说我了。你是干什么的？"

"考考你眼力。"

"艺术家？"

"眼够毒，你会算命？"

"我学过一点占卜。你不信？你冷？我开点暖风。"

"我当然信，"我说。善解人意的姑娘，真有点冷。"你说你是天使我都信。"

姑娘大笑起来。"再来一根。"她夹着烟叼在唇上，脑袋凑过来接火。我摁下打火机，红黄的火苗照亮她的脸，高鼻梁、浓眉毛、大眼睛，唇线清朗柔和。比墨西哥人的皮肤白，她妈说得没错，她爸很可能是智利人。

"看什么呢？火！"

"抱歉抱歉，"我把火递上去，"失态了。没见过你这么漂亮的姑娘。"

她一撇嘴："讨好女孩也不知道换个谎撒。"

"讨好女孩我从来不撒谎。"再聊下去她可能要生气，充了一会儿电，可以打开手机了。

"真的？"

我说的是大实话。手机开了，很安静。没有电话进来，也没有短信。她突然欠起身子，在我的左腮上迅速亲了一下。我转过脸看她，她又欠起身，以相同的速度把嘴送过来。亲完了她想笑，我没给她机会，我比她的速度更快，一把揽住她的脖子。不能让她回去。事不过三，事情当然不能过三，两次就足够了。

两张充满烤烟味的嘴巴无缝衔接了多久，没有表，也看不到手机，我估算不好。也不必去估算，这个深秋的夜晚我们有的是时间，我一时半会儿等不来老宋，她好像也不愿意早早地去见她妈。把时间放到一边，我的注意力集中到她舌头上，那就是个芭蕾舞演员，柔韧、有力，弹跳力一流。

终于可以喘口气了，她的眼神突然专注起来，盯着我超过五秒，声音降了八度,几乎是耳语,说:"到后面去。"

我下了车,车灯已经关上。等我拉开车后门,她已穿过前排两个座位之间的空当到了后排座位上。她的个头不小,比我想象的要灵活得多。后排的三个座位并在一起,也比我想象的更辽阔。

瓦尔帕莱索无边的黑暗笼罩下来。露水旁若无人地落在一辆孤独摇晃的宝蓝色雪佛兰轿车上。当然,在醒着的智利窜鸟眼里,此刻这辆奇怪的车肯定也是黑色的。

手机突然在前排座位上响起来。我选的来电提示音乐是《铃儿响叮当》。应该是老宋,总算有信了。我伸出手去摸手机,被她一把拽回来。

"不许接。"她说。

我们任由铃儿一直响下去,直到车里只剩下我们两个人的声音。

最后,我们也安静下来。我给老宋打回去。老宋一直在电话那头说抱歉,没想到屋漏偏逢连阴雨,找了半天才找到修车店,好不容易说服师傅愿意野外作业,心急吃不了热豆腐,十字路口跟另一辆车追尾了。掰扯了半天,交警那边刚把手续走完。少安毋躁,半小时准到。我把老宋的话翻译成英语给她听,她理着衣服害羞地低下头,说:

"跟他说,不着急,这段时间我们很充实。"

我嘿嘿地笑。她叫埃莱娜。她把车顶灯打开,从被匆忙推下座位的包和方便袋中找水给我喝。先在前排座位后面捞出一个袋子,又在后排座位底下摸出一个布包。包上绣着墨西哥式的花朵,布包两面一面一朵仙人掌花。

"这是什么?"我问。

"我妈的鞋。她只穿布鞋。"

"可以欣赏一下吗?"

她递过来一瓶矿泉水。我打开布包带子,第一眼就看到了鞋头上的绣花图案。我把带子系上,像什么都没看见。

"令堂为什么只穿绣花布鞋?"

"喜欢呗。准确地说,是我爸爸喜欢。"

我犹豫了一下还是问了:"令尊现在在哪里?"

"这得问上帝。长这么大我就没见过。"

"去世了?"

"可能吧。我妈妈认为他只是失踪了,躲在智利的某个角落里不肯出来。不出来也不行。我妈妈发誓,就是藏在老鼠洞里也要把他揪出来。"

"所以她就满世界地找,流浪讨饭也在所不惜?"

"完全正确。我们家族的女人都一根筋,对上眼儿了,到死都不撒手。你也能掐会算啊？"

"看过几页塔罗牌的书。啥叫对上眼儿了？"

"我也不知道啊。"她说，把脸颊往我长了一天的胡楂上慢慢蹭，话多起来，"你懂塔罗牌？我也会一点，我妈妈教的。她算得才叫准。所以，她做什么我都不劝，劝也没用。对了，"她把脑袋往后撤，捧住我的脸，一寸一寸又凑过来的眼睛里幽光闪动，"你叫什么名字？"

手机又响了，还是老宋。我对埃莱娜做个手势，说：

"稍等，先接个电话。"

我很想问问老宋，除了香烟和钱，关于那些流浪的吉卜赛女人，他还了解多少？

【作者简介】徐则臣，男，1978年生于江苏东海，北京大学中文系硕士。1997年开始小说创作。著有长篇小说《午夜之门》《夜火车》《耶路撒冷》《王城如海》，小说集《鸭子是怎样飞上天的》《跑步穿过中关村》《天上人间》《人间烟火》《居延》，散文随笔集《把大师挂在嘴上》《到世界去》等。曾获茅盾文学奖、鲁迅文学奖、老舍文学奖、庄重文文学奖、腾讯书院文学奖、华语文学传媒大奖年度小说家等奖项。根据其中篇小说《我们在北京相遇》改编的《北京你好》获第十四届北京大学生电影节最佳电视电影奖，参与编剧的《我坚强的小船》获第四届好莱坞AOF国际电影节最佳外语片奖。曾获第十三、十六、十七届百花奖。现为某文学杂志编辑。

求诸野

◎ 李清源

一

县知事风眩复发,病情甚重,已数日不能理事。日军警备队队长召其议事,连召数次,皆不能至,颇怒,派医官前往探视。医官来到县公署,只见知事高卧榻上,手把佛珠闭目养神。医官询其症状,与上次并无不同,以西医视触叩听之法仔细诊断一遍,亦无新发现。医官将诊具收起,凝视病榻上的知事。

"请阁下睁开眼睛。"医官说。

知事摇头:"不能睁。"

"试睁一下。"

知事眼帘微张,望向榻旁的医官,仅一瞬,即已面现痛苦之色,急又将眼合起。据颐生堂大夫讲,风眩为病,乃由风痰上扰所致,发作时眩晕剧烈,不能睁眼视物,睁眼即天旋地转,狂呕不止。知事虽复闭上眼睛,胃气却已顶撞上来,一时间呕哕连声。医官冷眼旁观,待他干哕稍定,说道:

"倘若阁下所述无误,这便是典型的梅尼埃病,使用前庭抑制剂必有效果。建议阁下再试一次,如何?"

知事不答,唯眉头紧蹙,显是在强忍痛楚。过了许久,眉结方渐渐解散,神情也舒缓了些。医官又说:"请阁下再用一次前庭抑制剂。"

知事摇头:"还是不用了吧。我并非不信任院长的医术,院长是帝国医科大学高才生,医术自是没的说。只是我这体质,可能不适合西医,前次发病,用西药便无效果,这次恐怕也不会例外。我还是找中医试试吧。"

医官略显尴尬。知事上次发病,是在三个月前。彼时警备队队长奉命扫荡,召知事商议行动,正商谈间,知事忽然头晕难耐,强忍片刻,即仆地呕吐,将胃中隔夜的酒食喷溅得到处都是。其时医官也在场,立予诊检,判断是梅尼埃病,命人速去医院取药急救,待其呕吐稍缓,即护送至"共荣医院",特辟静室继续治疗。医官从军之前,在九州岛长崎市执业多年,对医术甚是自负。他认为诊断准确,用药无误,不料连治数日,并无好转,直到警备队队长完成首轮扫荡,率部归来,知事仍在病床上缠绵未已。医官束手无策,试图向北平医生求助。知事谢绝了他的好意,叫人去请城南颐生堂的坐堂大夫。医官不悦,却也并未反对,连他都治不了的病,他不信小城的中医大夫能够治得。但对知事的要求,他仍提出劝告和质疑。知事青年时曾留学日本,为反清革命奔走鼓呼,纯然是一进步青年。据特务机关情报所示,彼时的知事极是服膺日欧文明,视现代科学为救国良药。不料今日此时,他居然放弃现代科学之西医,转而求助传统落后的中医,令医官在不悦之余,亦生出许多感慨。

"阁下当年曾昌言,迷信传统而不尊奉科学,是中国之所以落后挨打也。"医官说,"言犹在耳,阁下却已向传统投降。阁下是中国少有的有见识之人,尚且不能坚守信念,难怪中国一蹶不振,总是落后挨打。"

知事闭眼苦笑。"中国不落后,贵国哪有搞'共荣'的机会?"知事说,"中医仗的是经验,经验也是科学,所谓老马识途,未必无用。目前地方粗安,百废待举,我忝为知事,不能一直躺在床上浪费时日。眼见用了几天西药,效果不佳,且让中医先生开几服汤药,吃一吃看吧。"

医官不便再劝,哂笑而去。知事请来颐生堂大夫,诊断之后开出一张药方,仅吃两剂,风眩即霍然而愈,第三日便出院回公署去了。医官大愕,索来处方仔细研究。处方笺是颐生堂自家制作的,黄麻纸面上套印着本草图案的底纹,看上去甚有古意。笺上简单罗列了知事的症状及脉候,其他大半张都是中药名字与用量,医官一一点数,竟有十六味之多,打头的是半夏、天麻、羌活、防风,想必是所谓"君药"。医官不懂汉方,看得茫无头绪,欲召大夫询问,又恐被取笑。恰有一名翻译官也得了眩晕病,症状与知事无异,医官试以此方治疗,却无任何效果,改以西药医治,不几日即痊愈归队,被派往前线效力去了。医官益复心疑,吩咐新民会调查颐生堂大夫。两日后,新民会会长递交一份调查报告:那大夫的医术系由家传,到他已是第五代,在县城颇有一些名气,但病人却并不甚多;自从医好了县知事的病,坊间盛传他医术通神,病人才陡然多起来,如今已是门庭若市。至于大夫其人,除了嘴巴大爱吹嘘,并无不法情事,亦不关心政治,家属及亲友亦无国共党员及在国民政府任职者。

医官听罢,忽忽不乐。次日上午,医官去新民会主持宣抚会议。日军扫荡虽则凌厉,效果却不尽人意,有越扫越乱之趋势,急需加强宣抚工作,以安绥民心。医官兼任新民会顾问,职责所系,不敢懈怠,亲自拟定宣教办法,在会上布达实施。新民会指导部设在城南奎楼,途经颐生堂。会后,医官乘车返回医院,在颐生堂前停下,望了望门头上的堂号匾额,在警卫引导下跨进堂内。堂内病人甚多,几乎挤满了三楹间的房屋。大夫正在诊脉,忽见一名日军带来一位长官模样的人,急忙起身相迎。那大夫穿一件土黄湖绸长衫,腹微凸,背微驼,瓜皮帽下露出一圈苍白鬓发,想必年事已高,但容光焕发,精神矍铄。医官报上家门,大夫颇惊,连称失敬,将医官邀入后院奉茶。颐生堂是前店后宅,店后是座宽敞的四合院落。宾主在客堂坐定,医官稍做寒暄,讲了几句卫生合作、造福县民的官话,将话题转到县知事的病上,向大夫请教处方奥妙所在。

大夫已知晓医官医治县知事无效,是自己妙手回春,可谓为国医争光。只是那医官做了手下败将,恐怕不会善罢甘休,因此他既得意,又忧惧,数日来忐忑不安。此时医官登门,摆明是为此事而来,虽没有明确问罪,却俨然有寻衅的架头。大夫在椅子上欠欠身,向医官赔笑。

"这方子是化裁李东垣的半夏白术天麻汤,要在平肝熄风、健脾化痰。"大夫说,"也没有什么玄妙。"

医官说:"实不相瞒,我使用过先生这个处方。前几日也有人得了梅尼埃病,与知事症状相同,但用了这些药物,却无任何效果,不知是何缘故?"

"中医治病,首在辨证,辨证对了,立方遣药就错不了。病是活的,方是死的,有些病看上去症状相似,病因病机却大不相同,不先辨明病因病机,只看表相便套用药方,是不行的。"大夫说,"就好比行军打仗,必须先定策略,策略对了,再去调兵遣将,自可稳操胜券。倘若不讲策略,只是一味对阵,兵来将挡水来土掩,鲜有打胜仗的。"

医官说:"这个不须先生指教,西医治疗同样要先行辨病,并非一味只看症状。知事与那位患者症状一致,性别相同,体格、年龄也均相近,却不能使用同一个处方,甚是奇怪。不知先生这处方里,可有什么秘密?"

大夫神色微变,端起茶碗徐徐啜了一口,笑说:"中医与西医确有不同。中医治病,在望闻问切之外,还讲究一个感觉,一种灵悟,所谓'医者,意也'。四诊易学,这个'意',却是至难领悟的东西。太君若问有什么秘密,秘密就在这个'意'上。"

医官说:"愿闻其详。"

大夫摇头:"讲不了,讲不了。'意'这东西,在心如明镜,出口似云烟,只可意会,不能言传,即使要讲,也无从讲起呀。"

医官呵呵一笑:"医学是科学,不是玄学。世界上也没有讲不了的事,只有不愿讲的人。"他戴上手套,对大夫说:"打扰先生了,祝你好运!"

新民会的宣抚工作未如预期。他们组织人员到各处宣讲"日华提携、共同反共"，试图缓和民众的敌意。他们贴标语，发传单，表演文明戏，各种方法用尽，乡民却反应冷漠。宣讲队下乡，时常会遭遇攻击，其中大多是游击队所为，但也有一些是乡民干的。城中居民对"防共反共"亦不感兴趣，除了若干浑水摸鱼的"积极分子"，大多与日军保持距离，而无亲附之心。医官深以为忧。医官虽是学医出身，却甚爱中华文化，尤其推崇王阳明与鲁迅，对中国历史与现状亦有颇多研究。日军占领本地后，组建宣抚班接管政务，特务机关以医官知华，任命其为班长。医官莅任后，施医药，赈饥民，拉拢地方名士，极力营造亲善气氛。然而日本毕竟是敌国，宣抚班以征服者身份施恩惠讲和平，譬如狼子与羔羊言欢，适足以令人反感。特务机关遂调整策略，扶持伪政府治理地方，另设新民会负责宣传教化，宣抚班则退居幕后，遥控掌握。县城原有一所教会医院，医官将其接收改造，命名为"共荣医院"，自任院长，以掩人耳目，另以县公署顾问和新民会顾问的身份掌控大局。眼见占领已久，本地仍然民心动荡，不能安抚，医官不免心焦。一日午后，他去新民会观看演出。新民会新编了一出"亲善共荣"的话剧，在指导部首演，请医官前往观摩。医官从颐生堂前经过，只见病人如沙，溢到诊堂之外，将街道都占去一半。他想起"共荣医院"的病人越来越少，还曾以为是自己卫生做得好，使其不再遍地病夫。不料病夫依然是病夫，只是跑到这里来了。看演出时，新民会会长见他神情不怿，问明缘故，也忧虑起来。

近日市井间流传一个谬论，说日本医术不如中国，院长医术不如颐生堂大夫。会长说："这显然是无知之见，只是任由它发酵流传，恐怕会动摇人心，不利于稳定和谐……"

医官拍手说："很好！"会长愕然，回视医官，原来是为舞台上的表演鼓掌叫好。次日凌晨，夜色尚未褪尽，颐生堂的病人已结队赶来。往日此时，颐生堂的伙计已开门洒扫，今日却大门紧闭，闻听后院哭声一片，向邻居打听，原来是大夫忽得急病，于昨晚暴卒了。医官闻信，亲往吊唁。他不顾亲属反对，强行对尸体进行检查，然后宣称大夫死于心肌梗死，倘若及时送到"共荣医院"抢救，定会保住性命，可惜了。坊间本就怀疑大夫是日本人所害，医官此举，欲盖弥彰，吊客无不切齿愤恨，只是敢怒不敢言。

知事也出席了大夫的葬礼，但却未曾致辞，唯抚棺片刻，黯然神伤，然后就离去了。两月之后，知事旧病复发，且病情更甚于前，每日闭眼煎熬，痛苦不堪。大夫已死，还好处方尚在，知事照原方吃了几剂，效果却甚不理想，再吃下去，仅有那一点效果也不见了。知事无奈，只好另请良医。然而县城内外大夫虽多，竟无一人敢来应诊。警卫颇怒，欲持枪捉拿大夫过来，被知事阻止了。

知事说:"他们不来,自有不来的理由,无须勉强。身在乱世,人人不易,不要为难他们了。"

二

知事反复在紧要关头病倒,令日军警备队队长极是恼火。

队长对知事本就不满,嫌他行事不够果决,对日军的支持也甚为不力。日军在战场推进迅速,后勤保障至关重要。本县地当要冲,扼交通命脉之咽喉,因此分拨精锐,设立警备队以镇守之。但因本县山多谷深,游击队纵横出没,各种偷袭,警备队虽然警觉,仍然时有损失。有一次损失尤大:是时天寒地冻,运输队趁夜运送一批弹药去前线,途经一座山峰,山坡路陡且长,车队下山时,忽觉刹车失灵,整个车队犹如滑冰般倾泻而下,一连串摔入山谷之中。原来那坡道上被人泼了水,结起厚厚的冰。警备队队长大怒,认定是周边村民所为,欲行屠村。医官却有不同意见。他认为洒水成冰显系军事破坏行为,自是游击队所为无疑,即使周边村民有所帮助,找出帮凶治罪即可,不必过多杀戮。两人争执不下,询问知事意见。知事踞坐在太师椅上,手弄佛珠面色如水。

"庖人主厨,要割要剁,不须问砧板上的肉。"知事说,"皇军是屠是戮,也全由二位定夺,不须问我的意见。"

警备队队长猛拍一下桌子,将茶碗震得叮当一响。医官眉头也皱起来。

"阁下是知事,守土有责,应当与皇军勠力同心,一起维持治安,恢复地方秩序。"医官说,"怎能把自己置身事外?"

知事笑了笑。天下本无事,英雄自扰之,扰乱了一池春水,又怪煞春风多事。知事说:"我说杀,会被人骂汉奸,我说不杀,又违逆了队长的心意,横竖难为,二位太君就不要为难我了。"

警备队队长怒视知事:"你已经是汉奸!上了海盗船,就别想做好人!"

知事神色骤变。医官说:"少佐,请冷静!"警备队队长自知失言,向知事微磬一鞠,转身离去。医官安抚知事:"请知事莫要多想,知事是日本帝国珍视的朋友,也是医官本人敬重的政治家。"知事苦笑。

"是我矫情了。"知事说,"都跳进了粪坑,还讲什么清白!"

医官看他神情落寞,亦觉无语。知事当年锐意革命,辛亥革命后,慨然自日本返乡,在老家策动武装起义,虽未成功,却也动摇了本地的统治根基。其后国家多事,先是袁世凯复辟,之后又南北对立,军阀混战,知事站在革命一方,讨袁、护国、护法,无役不与。可是眼见得越是革命,国家越乱,到后来竟至于军阀割据,民不聊生,一腔爱国热忱也渐渐冷却了。蒋冯中原大战之后,知事彻底绝望,从此无心政治,在老家买田百亩,隐居其间。日军占领本县,寻找代理人管理县务。县中有名劣绅,常年勾结县府,豢养土匪,祸害地方甚巨。他主动上门,向时任宣抚班班长的医官自荐效忠。医官查了他的档案,又在士绅间做个调查,得知其人声名狼藉,遂拒绝了。县中士绅一致推荐知事,知事的档案亦甚合医官之心,医官遂登门拜会,请知事出山主持大局。知事坚辞不就。

"我不过是个无能之辈,碌碌奔命大半生,不但无助于国家,反而有害于人民。"知事说,"你还是另请高明吧。"

"先生如果坚持不做,我们只能任用某劣绅了。"医官说,"请您慎重考虑一下,我两天后再来拜访。"

两天之后,医官再次来到知事家。知事同意了合作要求,但有个条件,先除掉那名劣绅。那劣绅在医官这里受挫,转而投靠警备队队长,为日军搜侦游击队的情报,深受队长信用。劣绅恃宠而骄,强行垄断了县城的烟馆生意,将一名不屈服的馆主当街打死。医官闻信,立即带人将劣绅抓获,拖到城外枪决示众。警备队队长大怒,赶到宣抚班问罪。医官与他讲道理,声称留此劣绅,将给日军制造无数敌人,也将使县民更加仇视日军;但若杀掉他,为县民除一大害,则会收获民心,于日军统治极是有利。

"只靠武力,是不能征服的。欲降服,必先降服人心,要使人心降服,则须令其敬畏,不畏则不降,不敬则不服。必须让他们既畏又敬,才会真心归附。"医官说,"现在他们已经降了,我们要做的,是让他们服,而不是激化矛盾,一味使用武力。"

"医官错了。"队长说,"这里人奴性深重,只服从武力,不懂得感恩。他们不服,就杀到他们服,只要杀人够多,他们便会顺从。"

医官不以为然,但看队长暴怒异常,已不可理喻,不愿争执下去,遂与之妥协,答应以后行事先与队长协商。知事就任后,无为而治,事事消极,于征税和肃敌尤其不力,并且一遇紧要关头,就会适时生病,不唯警备队队长愤怒,医官也甚感失望。梅尼埃病并不罕见,医官在日本执业时常会遇到,经过治疗皆可痊愈,因此知事初次罹患时,医官并不担忧,认为必可药到病除。不料治疗数日,竟无效果,知事改求中医,却迅速治愈了。医官既感难堪,又觉疑惑。日本自维新以来,竭力脱亚入欧,一切典章制度悉皆效法欧美,医药界亦尊奉西方,逐渐废弃了传统的汉方医学。医官不相信现代医学不能为之事,落后的中医竟然可为,这不科学。

知事此次疾病复发,又是在警备队队长准备发起军事行动之际。队长获得情报,本县境内潜入许多不明身份之人,疑似要策动暴乱或搞破坏,立即召集医官和知事开会,筹划清乡事宜。医官迅速赶到,知事却久候不至,电话再催,回复说知事旧病复发，刚出公署大门，便晕倒在石级上，被警卫抬回府上去了。之后一连十余日，知事皆卧病不起，不仅未能参与清乡，连公署的政务也荒怠了。医官益复心疑。梅尼埃病之诊断，主要以病人描述的症状为依据，心率、呼吸、血压等指标皆可正常，因此医官视触叩听之法虽然精妙，却不足以判断知事究竟有没有得这个病。他望着罗汉榻上的知事，颇有些没好气。

"阁下执意要用中医，但我听说，却没有中医愿为阁下治病。"医官说，"阁下就这样耗下去吗？"

"当然不能耗着。"知事说，"西山来了个游方郎中，一边在山上采药，一边给山民治病，据说医术甚好，什么疑难杂病、陈年顽疾，无不应手而愈。我派人去请了两次，都没遇到。他寓居在一座小庙里，庙祝说他进山采药去了，大山连绵，不知踪迹。今天一早我又派人去请，不知这回请不请得到。"

医官呵呵笑起来："阁下越发荒诞了，这种游方术士，不过是靠着些江湖伎俩骗人钱财，怎能轻信他们，把自己的万金之躯托付于骗子之手？"

知事说："院长莫要小看江湖之士。礼失而求诸野，政教废弛，大道沦亡，尚且要去民间寻求复兴，何况是中医本草之术？当年神农采药，遍尝百草，跟这游方郎中并无区别。"

"礼失而求诸野，诚然不错，但这个'野'字，阁下却理解得不甚明白。"医官说，"中国一向以天朝上国自居，视外国为蛮夷，在华夷秩序里，中国便是朝，四夷便是野。如今中国落后了，要谋求复兴，正须从我们这些曾被视为'野'的国家寻找出路。这才是正道的'礼失求诸野'。医学也一样，你们应该信奉我们的现代医药，而不是盲从你们的江湖术士。江湖是你们的沼泽，我们才是你们的野。"

知事闭目不语，气息浅促，似是病症阵作，又难受起来了。医官仔细审视，见他眉头紧蹙，双手紧握，痛苦之色布满脸庞，不像是装模作样，不禁又疑惑起来，怀疑自己是否多心。知事忍耐良久，眉宇才稍稍舒散，好像好了一些。医官正待说话，一名警卫匆匆闯进来。这警卫便是知事派去请郎中的人。他这次终于找到了郎中，但郎中甚是怠慢，自称从不登门为权贵治病，要么让病人亲自来，要么另请高明。看在警卫已经跑了三趟的分儿上，他愿在庙里等一天，明天知事不到，后天就离开本地，云游他乡去了。警卫大怒，欲拔枪逼他来县公署，思及知事反复叮嘱要对郎中客气，遂忍恨而返。知事听罢，叹了口气。

"异人多狂狷，那郎中既是神医，不近人情也正常。"知事说，"只是我不能动弹，要去西山找他，怕是困难啊。"

医官说："这不难，我开车送你去。"

知事说："这如何使得。"

"没什么使不得。"医官说,"我也想见识一下这位异人。"

三

次日凌晨,医官带人来公署接知事。冬至将至,寒气已很浓重,晨空中迷雾蒙蒙,如纱如烟。医官睹雾心惊,恐有意外,特地从警备队调来一队士兵,随同保护。还好出城不久,太阳升起,日光驱散雾气,天色渐渐明朗起来。知事的病最怕晃动,稍有震荡即眩晕欲呕,医官令司机择路缓行,因此行进速度极慢,直到日中时分才进入西山。

山路崎岖蜿蜒如羊肠,升降盘绕于山壑之间。山头林木森森,树叶已被严霜打尽,枝条干硬错杂,犹如乱麻交织。医官四顾萧然,渐生忧惧。行至一个山隘,医官命令暂停,举起望远镜朝两边山岭上仔细观察。草木荆榛之间隐约有些动静,不知是山风所致,还是有狐兔走窜其中。医官犹豫不前。

知事意识到汽车已停留很久,问警卫为何不走。警卫说:"日本人胆小,怕中埋伏。"知事闭眼一笑。医官犹自站在他那辆车上张望。忽有一只角鸮鼓翼飞来,在山岭上盘旋数周,欲落未落,又振翅飞向他处。医官立即分兵三队,两队分头搜山,一队原地守护。随护军士共三十人,除了六名日军,其余皆是穿黑军服的伪军。搜山的日军驱率伪军攀缘而上,见有草丛与灌木,先拿机枪打一梭子。搜至岭巅,果有数十人从草莽间跃出,退散入山林峦嶂去了。

医官率众通过山隘,继续前行,于半个时辰后到达郎中栖身的小庙。那庙宇甚是简陋,不过是在山腰粗筑的三间房室,主建是座硬山顶瓦房,用以供奉神祇,两侧两间小屋则以茨茅苫顶,一间住庙祝,一间放杂物。郎中便住在那个杂物间里。郎中果然在庙中等候,知事一行登门时,他正在捆扎这几日采集的山药。昨日警卫负气而去,并未告知知事今日一定会来,郎中却仍不食言,令知事甚是感动。郎中看到知事如此大阵仗而来,颇显厌憎,只放知事、警卫和医官入内,不许军人靠近。医官因是便装,且一副温文尔雅之貌,被他当作了知事的随员。

警卫和庙祝用担架将知事抬进庙宇。医官随行其后,观察郎中,只见他浓眉如抹,方脸如削,两眼虎视鹰顾,颇有精神。唇周髭须环绕,似是多日未剃,蓬然肆意,以至看不出其真实年龄,但以整体观之,三十多岁。衣着亦甚朴素,上身是件单薄的黑夹袄,下身套一条打补丁的粗布裤子,脚上的布鞋也毛边粗糙,大脚趾处将破未破。警卫和庙祝在香案前将知事放定。知事被反复移动,极是不耐,痛苦之情显于颜表。郎中取出几根银针,刺入合谷、曲池、足三里等穴,运针片刻,知事已觉轻松了些,眼睛也能稍稍睁开。警卫惊喜不已,连称神了。

郎中瞟他一眼,似是嫌他聒噪。警卫连忙闭嘴。郎中将一只脉枕垫在知事腕下,以三部九候之法为知事号脉,品判少时,即点了点头,想是已明了病因。然后从容收起脉枕,去桌案边提起茶壶,取只瓷碗,倒了满满一碗茶水。医官以为他是要给知事喝,让知事暖暖身子,不料郎中竟自顾自地饮用起来,并不管知事等人。喝过几口之后,郎中打量着担架上的知事,说道:

"我不去县衙,让知事抱病前来,想必知事定有怨言。"

知事一笑:"岂敢岂敢。高人行事,自然高蹈,我不过是个俗人,还有求于先生,当然得登门拜访,怎敢烦劳先生枉驾?"

郎中一哂:"我也不是什么高人,不过脾气倒是有一点。你若是穷苦人,我便奔走千里去到你家,为你送医送药,也是情愿的。但你是知事,又依附了日本人,便让我多走一步,也不乐意。我答应给你医治,是看你也是一条性命,上天有好生之德,我郎中也只好有医无类。"

知事脸色陡变。警卫亦一扫感激敬佩之色,对郎中怒目而视。郎中却似没有看见,只管继续喝茶。警卫说:"知事这病好不好治?"郎中不答。警卫又说:"请先生给开个方子。"郎中仍然不理,继续不紧不慢地喝茶,直到将偌大一碗茶水喝尽,方才说道:

"病不难治,方也好开,这病在我手里,两剂药便可了结。但有句话讲在前头,我诊金甚高。另外,药须在我这里拿,别处的药我不放心,万一没效用,折了我的名头。但我这药可不便宜。"

警卫说:"多少钱,你说个数儿。"

郎中说:"诊金外加两服药,一共两百光洋。"

警卫大惊:"你这药是从药王爷家偷来的? 这么贵?"

"嫌贵就走。"郎中说,"还是那句话,你若是穷苦人家,我可以送医送药,分文不取。但你是知事,当然要多收一点。天之道,损有余以补不足,我这也是替天行道。"郎中站起身,瞟知事等人一眼:"我已经迟延一天,不可再浪费时间,这就得上路了,诸位请便吧。"

警卫发急:"哎哎,你这先生真是狂慢,我们不是不给钱,是身上没有现带,况且我们怎知你这两服药究竟管不管用。倘若吃了没用,你拿钱跑了,我们往哪儿寻你去?"

郎中虎眼圆睁,逼视警卫:"是你们找的我,不是我找的你们,既不信我,来此何干?啰唣这许久,误我时程!"拔腿便往外走。医官挡在门口,将他拦住。

"先生莫恼,两百光洋我们出。"医官说,"先生先把方开了,把药抓了,跟我们去城里取。"

郎中一愣,打量医官:"口音好生古怪,日本人?"

医官笑而不语。警卫没好气说:"宣抚班的班长,县公署和新民会的顾问,'共荣医院'的院长,都是他,你说他是哪国人?"

郎中脸色微变,闪开医官往外走:"我已讲过,我不会去知事官衙,更不会跟日本人去。诸位请回吧。"

医官跟他走出庙宇,一边走一边说:"医生以救人性命为天职,先生执意不给开方拿药,岂不是见死不救?"

郎中顿下脚步,思考片刻,说:"也罢,我便给你拿药,但不能白拿,你们既无现钱,可拿一样东西替代。"

"什么东西?"

"枪。"郎中说,"两杆歪把子。"

医官讶然:"先生是医生,要枪做何用?"

"当然是卖钱。现如今世道不太平,大户人家都要买枪自保,我拿去卖掉,便可换钱上路。"

医官点头:"好,就按先生说的。"回视警卫:"你去,叫他们送过来两挺机枪。"

警卫立即跑出庙院,少顷,即带人扛来两挺轻机枪,摆在庙门前。郎中检查一遍,勉为其难,进入那间杂物房,关起门独自抓药,约略过了半支香的时间,提着两服药走出来。那两服药用草纸包裹,以纸绳结扎得方方正正。

"这些药都是我亲手采集,亲手炮制。"郎中说,"只此两服,便可根治此病,以后再不复发。如若不然,我剁了这三根号脉的指头,以后再不行医。"

警卫将药接到手里:"有没有引子?"

"引子已在其中。"

知事此时已可睁开眼睛,支撑着半边身坐在担架上。"多谢先生了。"知事说,"先生还要赶路,我们也不多叨扰,这就告辞了。"

郎中说:"不送。"

警卫将药放到担架上,复与庙祝一起将知事抬出去。医官向一名军曹低语几句,登上他的车,与知事的车一前一后驶离小庙。车到山隘,知事忽听后面传来密集的枪声,司机随即提档加速,飞也似向前疾驶。还好知事病情已见缓解,虽然颠簸得厉害,却也能够支撑。到县城后,他向医官询问情况,医官说是被游击队追击,双方在山隘处激战一场,才将对方打退,己方则损失了五名黑军服士兵。医官见知事郁郁不乐,颇有自责之意,安慰他无须多想,好好养病为是。

两天后,医官来县公署拜会知事。知事已将两服中药吃完,疾病果然痊愈了,医官到来时,他正与几名乡绅商议开渠引溉之事。医官在厅事上吃茶静候。

一盏茶工夫,知事议罢事情,送走乡绅,过来与医官叙话。医官看他精神甚好,容光亦佳,不禁莞尔。

"那两服药,阁下吃了吗?"

"吃了。"知事说,"我就说我这病只趁中医,果然一吃就好。当然,这也是那郎中的功劳,虽说要价太高,但也确是神手。"

医官大笑:"看到你好了,我心里也笃定了。我来没有别事,是想带你去见一个人。"

"什么人?"

"见了你就知道。"

"在哪儿?"

"警备队。"

四

医官将知事带到日军警备队刑讯室。

室门打开,血腥气息扑面而来。知事跟随医官走进去,只见房梁上倒吊着一个人,已经撕裂的夹袄倒垂下去,遮盖住了那人脸庞。知事亲历过战争,于施加于人身的各种残酷早已见惯,因此并不心怵。他将夹袄撩起来,看到一张血污之下几乎变形的脸。

"是郎中!"

知事震惊,回望医官。

"这是何故?"知事问。

医官示意军士把郎中放下来。军士将绳索解开,郎中顿如一摊烂泥坠落在地。医官踱过去,俯视已然昏厥的郎中,眉头微微皱起来,神情间浮动起一点悲悯。

战争虽不免于暴力,但这种摧残人体的行为,实在是令人不适。医官说:"这世界上,大概只有人类才会如此残害同类,真是可悲!"

医官喃喃而言,不知是与知事说,还是在自语。知事冷笑。做都做了,还谈什么慈悲?知事说:"这郎中犯了什么罪,被如此对待?是因为他要了你两杆枪?"

医官摇头:"不是。"

"那是为何?"

"因为他是共产党,阴谋暗杀知事阁下。"

知事愕然。医官说:"这匪徒在庙中的表演极是高超,完全是传说中的高人

081

模样,若不是我细心观察,发现破绽,也要被他骗倒了。"

"郎中"的破绽并不在于医术不精,医官不懂中医,即使诊脉和论病出现错误,他也不会晓得。破绽在于衣着。今年冬天寒气甚重,在县城亦需穿起厚棉衣,山间气温更低,本该穿得更厚,比如那名庙祝,棉袄棉裤便甚是臃肿。"郎中"却只穿一件夹袄,非但不冷,头顶上还有热气自发间微微蒸腾。喝茶的情节亦甚可疑,偌大一碗茶水,已不是消闲遣性,且他喝得虽然节制,但每一口都吞咽甚多,显然是在解渴。再看他的裤子,粗布裤腿上挂有一枚苍耳和许多鬼针,鞋面上亦有若干鬼针,必是在山林草莽之间穿行过。医官联想到刚才逃散的伏击者,不免生了戒心。及至"郎中"要求以枪抵钱,医官便断定他必然有鬼,遂密令警备队掩袭,将他和庙祝捉起来,押回县城审问。他们离开山庙不久,游击队便已发现"郎中"被捕,立即翻山越岭抄近路截击,在山隘处追上了断后的警备队。两相交火,激战一场,各有伤亡而退。医官将"郎中"送入警备队,请队长严加审讯。不料那"郎中"倒是条硬汉,酷刑用遍,竟是不招。队长将庙祝拖过来,当"郎中"之面斩掉他左手三根手指。"郎中"依旧不招。又斩掉庙祝右手三根手指。仍不招。又以匕首刺瞎了庙祝左眼。庙祝满身血污,悲号之声惨不可闻。"郎中"招了。

"郎中"原先的确是郎中,跟随伯父行走江湖,卖药为生。一日行至保定地面,遇到几名皇协军,勒索钱财不成,遂诬其伯侄为间谍,要捆送日军特务机关。二人自料若去了特务机关,必死无疑,便奋起反抗,伯父被皇协军开枪打死,郎中则侥幸逃脱。郎中悲愤不已,发誓报仇,于是投奔中共,加入了共产党游击队。半个月前,他们得到情报,知事罹患顽疾,非中医不能治,县内却无中医敢为他治疗,便设下一计:派眼线到县公署放风,传说西山来了一位江湖神医,将知事诱出县城,于山隘处设伏截杀。知事出行,必有军队护送,一旦得手,既可除掉大汉奸,又可缴获一批装备。不料知事来时,竟有日军保护,且阵仗甚大,装备甚精,率队的医官又甚是狡猾,以至功败垂成,未战而退。郎中逃回山庙,启用备选计划,将砒霜混入草药内,试图毒死知事。

医官讲罢,抽出一条手帕,擦拭郎中唇周的血渍。血渍已半干,结满蓬乱的髭须,医官擦拭几下,不能擦掉,也便罢了,以手托着郎中下巴,拇指在人中上着力按压。过不多时,郎中呻吟几声,缓缓苏醒过来。酷刑之后,郎中气息已极微弱,然而看到眼前的知事,仍变得异常激动。

"狗汉奸,你怎么没死?"郎中切齿说。

医官熟视知事,只见知事失魂落魄,面色如土。医官笑起来。

"我也很奇怪。"医官说,"知事阁下,请你解释一下,你为什么没死?"

五

知事在冬至那日辞官归里,理由是身体孱弱,不任剧繁。

辞官之前,知事做了两件事:一件是成立水利董事会,挑选一名可靠的乡绅作董事,并在卸任前日,将一笔税款拨给董事会作修渠资金;另一件是枪毙郎中。

知事虽则无为而治,事事敷衍,待人接物也温暾平和,杀起人来却从不手软,尤其是他讨厌的人,必欲置之死地而后快。劣绅豢养的匪徒有一些已被捕入狱,本该枪毙,因劣绅的周旋而拖延未决。知事上任后,立即将他们尽数枪决,余党亦厉行追捕,随捕随杀。其他各路盘踞本县的匪帮也频被征剿,纷纷远走躲避。后来杀伐之权被日军警备队收去,他才怏然罢手,但若遇到厌憎之人,仍会往死里弄。他派人向警备队要郎中。警备队队长觉着郎中还有用处,不想他死太早,推诿不与。知事极是恼火,趁队长率部外出扫荡,巢穴空虚,派警卫带人闯入警备队营房,将郎中强行抢出,即时带到城南乱坟岗枪决,并将脑袋砍下示众,尸体则丢在乱坟岗,任由野狗啃食。警备队队长震怒,欲以军法处置。医官劝阻了他。

"请少佐理解他的愤怒。"医官说,"那郎中意图刺杀他,已经激怒了他,刺杀未成,又意外揭穿了他的谎言,更令他无地自容。只有杀了郎中,他才能报仇雪恨。"

郎中的供词让知事颜面扫尽。他并没有吃郎中的药。再往前推,他也没吃颐生堂大夫的药。医官的推断是对的,知事在装病。谎言既已被戳破,相见难免尴尬,知事自度无法再继续共处下去,只好辞职了事。辞职之前,他去"共荣医院"拜会了医官,告知他的决定。这是他第一次主动拜会医官。两人在医官的办公室彻夜长谈。是夜天寒地冻,落雪繁密,室内炉火虽旺,仍觉寒气逼人。医官问:"知事为何要以中医作挡箭牌?反正是在装病,又不吃药,中医西医有何区别?"知事笑了笑。

"我用中医,你肯定不会来看我有没有吃药。"知事说,"但若用西医,你便会关心服药情况,即使不天天盯着,也要时常问讯。你精通医术,想糊弄你,怕是很难。"

医官说:"我还曾以为,知事是怕我在药中下毒,才坚持不用西药。"

知事盯着医官:"那么,院长可曾有过这个意思?"

医官亦盯着知事:"知事呢?你可曾有过这种担心?"

知事大笑。医官亦拊掌而笑。壶中清酒已尽,陶钵里烫酒的热水也已渐凉。医官将水换掉,复在壶中注入新酒。"我就说,知事是革命一代,信奉德、赛二先生的人,怎会迷信中医?"医官说,"果然是别有缘故。"

"院长既然又提到中医,我便絮聒几句。"知事正色说,"在中国,中医不只是医学,还是哲学,所谓养性全生,明哲保身;更是社会学,纲常伦理,人心世故,尽在其中。不了解中医,便不了解中国,要了解中国,莫如先了解中医。院长自诩知华,但在敝人看来,还是差了许多火候。"

医官被知事否定,颇感无趣,但见知事语气郑重,神色肃然,似是推心置腹的诤言。然而玩味其言,却又不得要领。他不愿就此话题纠缠下去,遂以饮酒相遣。须臾壶中清酒又尽,医官又复续上。他劝知事继续任职,造福县民,慰留之意甚笃。知事摇头。

"我辈当年昌言革命,自诩思想进步,引领潮流,留欧的、留美的、留日的,一个个都是顶级的精英、当世的豪杰,满口介民主民生,自由共和。然而混战多年,不但未能建成理想国度,反而使国家板荡,民生涂炭。每思及此,痛彻心扉。"知事说,"我答应你做这个知事,便是想在这沦亡离乱之际,为乡亲谋一点和平与生机,自污其身,以赎前半生的罪愆。如今把戏已被拆穿,难以为继,我也撑不下去了,不如乞此骸骨,归老田园吧。"

医官怃然。"知事,你以为我喜欢打仗吗?你以为,我力主宣抚绥靖,只是政治手段吗?"医官说,"战争既然不可避免,我只希望能少死几个人,不论是日本人,还是中国人。"他将杯子斟满酒,持杯走到窗前。医院房舍是欧式的,主楼三层,是奎楼之外本县最高的建筑。医官办公室便在主楼第三层,视野甚是开阔。医官将窗子打开,苍茫夜色下疾风骤雪,万物白头。

"我们都是被时代裹挟的人,就像被风裹挟的雪。"医官说,"平生最恨者,身世不由己。"他朝知事举起酒杯:"知事,喝酒吧!"

次日上午,知事派人将辞呈送往道公署,又移文新民会和警备队,将政务交付给副知事,只身飘然而去。警备队队长怒其不辞而别,欲逮捕问罪。医官再次劝止,让他不必多事,以免激化矛盾,使本就紧张的形势更趋恶化。医官本欲将副知事扶正,警备队队长怒气不解,坚持选用一名亲善日军的前清秀才继任。医官拗不过,只好听从。那老秀才年事已高,官瘾却甚是巨大,一辈子想做官而不得,在归天之前获此重任,对日军自是感恩戴德,一上任便勒赋催税,竭诚效忠,不多时便搞得怨声载道,城乡间的气氛亦日益诡谲起来。

六

太平年间,一入农历腊月,人们便开始张罗过年,市井之间也氤氲起日益浓郁的祥和之气。然而今年入腊,县内不但无祥和之气酝酿,反而流行起一种疾病,初起发热咳嗽,头身疼痛,与风寒感冒并无区别。然后病情迅速加重,高烧不退,呼吸困难,进而昏迷不醒,以至于殁。短短半月之内,城乡已死人无数。医官判断是重症流感,死亡率如此之高,实因卫生太差。他调动资源,尽力救济,无奈战乱时期,资源有限,况且日军亦多有感染者,自顾不暇。地方勉力自救,由几位绅商出面,筹资购买了许多抗瘟疫的中草药,按省城老中医开的方子大锅熬制,在城乡设厂分发。医官见他们广开厂棚,施药如同施粥,任由县民扎堆拥挤,极是不悦。人群如此会集,必将加剧疾病传播,至于那碗药汤,谁知道有无用处。但因他和"共荣医院"已经力不能及,让县民从草药中寻求希望,也是人道之一种,因此并未强行取缔,而是勒令他们必须排队,保持距离。不料不少人服过药后,居然逐渐好转,死亡率也开始下降。医官颇为讶异。但他更愿意相信是疾病的自限性所致,而非草药的功劳。新任知事也得了此病,即是在吃中药治疗,一连吃了七服,最终老命不保,仅仅做了一个月知事,便不能再为日军尽忠了。

忙碌之间,已至月尾,一年的光阴也到了尽头。二十八日这天,医官收到一封家书,问他一切可好,佳节已至,万祈平安,父母倚闾望其归来。医官这才意识到春节已在眼前。县城内病魔肆虐,百业萧条,市井间罕见人影,沿街的门庭虽已陆续贴起春联,却无张灯结彩的欢乐。医官手持家书,遥想故乡与亲人,不禁心酸。他铺开信纸,要写一封回书,向家人报告平安,前知事的警卫却匆匆赶来,叩门求见。

"知事病危,恳请医官前往救治。"

知事辞职后,警卫也离开县公署,去知事家照顾起居。知事前几日不幸感染疫病,吃了几剂中药,效果不彰,昨晚陡发高烧,咳出几口鲜血,又数度昏厥,所幸命大,挣扎了过来。今日烧是退了些,但状态极其糟糕,恐难支撑,因此派警卫来找医官求救。医官听罢,甚感欣慰,想那知事也是好玩,无事时推崇中医,危急时刻,却也知道得找西医救命。知事虽已去职,但毕竟相交一场,况且日后地方有事,或许仍有借重他的时候。将他救活,亦可教他明白,凡事必得信赖赛先生,倘若抱残守缺,上误其国,下误其身。警卫焦灼万分,不停催促医官快走,辞色甚是激动。医官深知救命更甚于救火,延误俄顷,便可生死两重天,警卫救主心切,言辞虽则唐突冒犯,却也可以谅解。于是收拾起急诊箱,带上一名助手,开车奔赴知事家。

疫疠不择人而传,不仅日军穷于应对,共产党亦饱受其苦,因此疫情蔓延以来,军事冲突减少了许多。知事家在城北三十里,背山临溪,环境清幽,是隐居的好地方,但却未必安全。医官敢冒险前往,便是知道游击队也已歇窝,没有力气出来搞事情了。为防万一,他仍给警备队队长打电话,请他派遣一队士兵,乘坐一辆卡车跟随其后。几天前又下过一场雪，天冷未化，一直积在道路上。今日阳光大好，积雪消融，车辆从路上碾过，半个轮胎都陷入泥中。他们在泥途跋涉多时，终于在下午四点左右赶到知事家。

知事的庭院不大，内中亦无花草，只有榆树一株，老槐数棵。房舍也甚简陋，室内布置亦不过是寻常人家的景象，并无中国士绅热衷的亭台楼榭和琴棋书画。知事父母早已亡故，妻子也在数年前因病去世，膝下只有一子，正在美国留学。知事除了警卫照料，家中仅有一名老仆，因此庭院虽小，仍显空旷。警卫将医官引入知事卧室。室内生有炭火，不甚寒冷。知事拥被而卧，看到医官，挣扎着要坐起来。医官扶他躺下，顺手搭在他腕上诊查脉搏。脉搏平和，心率也正常，肤温亦与常人无异。取出听诊器听其心肺，亦无异样改变。再观察知事气色，虽则略显憔悴，却无大病危垂的征象。医官盯着知事看，知事也盯着医官看。

"知事感觉怎样？"医官问。

知事说："我已经辞职，不是知事了。"

"那么，先生感觉怎样？"

"不好，离死不远了。"

医官笑说："先生多虑了。你身体还好，没有大碍，我给你开些药，你吃几天，休养一下，就会痊愈，不耽误过年。"

医官一面说，一面打开放在桌上的急诊箱。箱子里装满各种急救药物，医官掀开上边那一层，将手伸进去，摸到一把手枪，正要拔出，手腕却被一只手紧紧捉住。

"院长久违了，先别忙活，坐下来喝杯茶叙叙旧吧。"

医官大惊，回头望去，看到一张熟悉的脸。只是髭须更长，脸上的伤痕亦未消尽，然而炯炯目光，一如从前——是郎中！医官被郎中拖到茶案前，按在铺了棉垫的官帽椅上。一名老仆手持榉木托盘，送上来两盏茶，一盏放到医官旁的茶案上，一盏送给知事，然后蹒跚退去。医官强作镇定，望着郎中微笑。

"你果然没死。"医官说，"知事宣称把你枪毙了，但那示众的头颅却被打碎了脸，尸体也找不到，说是被野狗拖走了，我就心疑。果然是被调包了。"

知事下床，端着他那只茶碗走过来。"那人是个吃大烟的顽匪，手里有几条人命，死了也不冤枉。"知事说，"院长请吃茶。"

医官点点头，拿起青瓷茶碗，捏着盖子拨了拨漂浮的茶叶，浅浅啜了几口。茶定是好茶，医官虽在心慌意乱之际，犹能嗅到清香浮动，只是吃在口中，却了无滋味。知事在他对侧坐下。

"使计赚来院长，很不厚道，不过战争之中，兵不厌诈，院长勿怪。"知事说。

医官说:"不知先生把我骗到这里,有何贵干?"

知事说:"你不是想了解中国吗?送你去看看另外一个中国。"

医官手腕发抖,茶碗端持不住,跌落在地,当啷一声碎成数瓣。郎中在旁边笑起来。

"院长这是要给那些皇协军传信吗?"郎中说,"那就不用了,那些脓包已经缴械了。"

医官此来,随护的都是治安军,而非警备队。警备队已有许多人被传染,已经病倒的不能执行任务,尚未病倒的,队长又不愿让他们去冒险,遂传令派了一队治安军。医官脸色发白,手腕真正抖起来。知事见其惶恐,呵呵一笑。

"院长莫怕。请院长来,其实是有事相求。他们那边,"知事朝郎中仰了一下头,"疫情也很厉害,急需医生救治。院长说过,医生以救人为天职,人命当前,想必院长也不会推辞。院长放心,他们会善待你的。"

医官说:"这位郎中不是神医吗?先生也一向推崇中医,还找我这个西医做什么?"

知事笑说:"我是让你从中医里了解中国,何曾说过中医能包治一切?中医也好,西医也罢,总是一个'医'字,哪个更有用,便用哪个,何须分什么中西?"

郎中说:"院长医术高超,也为县里百姓做过许多好事,我们都是知道的。我们非常需要你这样的人才,所以才设了这个局,邀你加入我们的队伍。"

医官说:"我若不去,是不是要把我杀掉?"

郎中笑说:"你会去的。我们不杀朋友。"

老仆又托了一只茶碗进来,放到医官旁边,俯身收拾起地上碎裂的瓷片,默默退出房去。知事示意医官吃新茶。医官端起茶碗吃了两口,如饮胆液,满嘴涩苦。"我有件事很奇怪,你们两个本是仇人,为什么又成了一伙儿?"医官说,"莫非先生是地下党,一直在演戏给我们看?"

知事摇头。"我不是什么地下党,他以前也是真的要杀我。"知事说,"不瞒你说,我们现在也不算是一伙儿。只是院长可否听过一句中国古话?兄弟阋于墙,外御其侮!"

医官默然。郎中看了看窗外。夕阳西垂,一抹余晖斜照窗台。郎中对知事说:"该走了。"知事点点头。郎中托起医官胳膊:"院长请吧。"医官感到身子被一股力量托起,不由自主站起来。知事也放下茶碗站起身。

"我送院长一程!"

知事把医官送到院门外。那些治安军已被分类,愿跟游击队走的,上卡车跟游击队走,不愿跟游击队走的被捆成一串,丢到山溪边。医官在郎中半胁持下走到一辆卡车前。知事看医官神色仓皇,叹了口气。

"此去无多路，故人不须忧。你到了那边，也替我看看中国的'野'。"知事说着，从老仆手中接过一只四方盒子。盒子做工精致，表面上描绘云藻图案，甚是优美。知事将盒子递给医官："临别之际，无以为赠，这马玉记的白茶，是我平日最爱喝的，院长在那边，闲时泡上一碗，聊代清酒吧。"

医官接过盒子，看了看知事，似乎有话要说，又没什么可说，遂在郎中的推扶下爬上车斗，坐到几名游击队队员中间。夕阳已坠入山壑，唯余霞光映满半空。卡车载着医官和郎中的队伍轰轰而去，消失在重叠的山峦之中。知事兀立在庭院前，看那山路曲折，不见尽头。夜幕与霞光相争，天色逐渐混沌起来。被捆成一串的皇协军在溪水边窃窃私语，似是在密议逃生之计。知事瞟了他们一眼，从棉袍里掏出一把枪。那是把被称为"马牌撸子"的勃朗宁手枪，跟随了他十余年，出生入死以至于今。

老仆已被结薪遣返，今日是最后一天服侍，郎中的队伍走后，他也挑起包裹离开知事家。他刚走上一座最近的山丘，忽然听到一声枪响。枪声略显沉闷，犹如一枚爆竹在知事庭院前炸开。老仆回望，只见林野苍茫，星光无边，千山万壑在迷蒙夜色中一片沉寂。

【作者简介】李清源，中国人民大学创造性写作硕士，作品发表于《当代》《十月》《人民文学》等刊，出版有小说集《走失的卡诺》《此事无关风与月》，长篇小说《箜篌引》。

月光下

◎ 蔡东

我在哪里？现在什么时候？闹钟响是为了什么？被闹钟唤醒后的三连问。几秒钟后，意识清醒，身体立刻从床垫上弹起来。

镜子里的面孔有些陌生。记不清有多久没有认真照镜子了，只偶尔就着手机屏幕，瞥自己两眼罢了。把打结的头发梳开，裙子穿上又脱下，来来回回折腾了好几次，在黑色、白色、天蓝色之中，我放弃了更有朝气的天蓝色，选择了稳妥的黑色。

这是南方最舒服的季节，不冷不热，风和阳光都清清爽爽的。借着路边的玻璃门，我悄悄打量自己，发型衣着都过得去，心情虽忐忑，也还藏得住。想一想，像上辈子的事了，现在的她，又会变成什么样子呢？

不出所料的缘起，先是春节前夕，我们被拉到一个叫"相亲相爱一家人"的群里，说是一家人，其实有见过的也有没见过的，大家热聊，发养生谣言和珍藏的表情。"晓茹"两个字突然出现时，我心跳加快，有点不敢相信，她居然也在。生怕她又不见了，想赶紧加上她的微信，临到最后却没把消息发出去。时间露出一个小豁口，旧事一幕幕涌出来，都这么多年了，还要用沉默表达对她的责怪吗？想起了那场梦，在梦中的小城白事上，我一眼认出她来，她远远地站在幔帐边，目光交会的时候，她嘴唇动了动，好像有话对我说。犹豫半天，等我下定了决心去找她，她已经离开了。

群里热闹了一阵子，几轮热络的网络走亲戚后，气氛凉下来，因为并不真正生活在一起，曾消失在时间里的人换种方式又消失在虚幻的空间里。有时我会猛然一惊，以为她退出了，赶紧点进去看看，见她还在，就松了一口气。我了解她过去的坎坷和挫折，她现在的日子也未必有多好，如果是我，丢不起人，早就自绝于家族，干脆让自己永远消失了。迟疑和猜度中，日子像上了釉，一天天滑过去了。

直到她主动加上我的微信，说："刘亚，我也在深圳。"

约了几次，不是她没空就是我没空，或者也可以说，总有一个人没准备好，托词逃脱了。大半年之后，终于定下来时间地点，人物是我和她，刘亚和李晓茹。

她到得比我早。隔着窗子端详她的侧影，利落的短发，干净的墨绿色针织衫，背是挺直纤瘦的，我心里踏实了些。快走到座位时，她转过头来，在这个时空里，她依然记得我的脚步声，有一个瞬间我像坠入昏暗的深海，四周是真空般的寂静。

小姨，你有白头发了。这句话脱口而出，暗地里埋怨自己不会说话，随之却发现，我俩耸起的肩膀都松开了。

六角托盘擎过来两杯茶，透明杯子里绿莹莹的，薄片正舒展成叶子，有的芽头朝上，立于水中，有的缓缓落下，躺在杯底。她倒吸一口气，赞叹着真好看，一边却说，不用来这类地方，在哪里说话不是说。这类地方，大概就是指四季恒温、落地窗通透、植物和美器环绕的玻璃屋。现代人吃完饭喜欢再找一个地方喝东西，坐进被设计的空间里，也坐进被设计的生活里。

她还那么爱美，拿起手机拍杯中碧色，我趁机细看她的样子。长白发了，眉心文刻着深深的竖纹，但比起同龄人来她仍显得年轻。很多这个岁数的人，头发往脑后梳，稀疏得几乎能数得清，还有一具沉甸甸的身体，穿什么衣服都紧绷在肚子那里。不光是体态的年轻感，她精神头看上去也不错。我不确定，这会不会是一种调动和伪装，我不是也挣扎着出了门，在没有快乐激素分泌的情况下调控出快乐和积极来嘛。只是临出门的时候，放下刘海儿遮住了眼睛，于是我去寻找她的眼睛，眼睛可骗不了人。她的眼睛一点也不黯淡，眼神里充满对此刻和未来的热情。

几棵散尾葵、几株马醉木，室内就幻化出一片清新的小森林，看多了，也觉得不过是一种崭新的流俗。她看看四周，说，我住宿舍，连个坐的地方都没有，不然就叫你过去了。我低下头，喉咙一阵发紧，知道她想认认我家的门，但久居城市已不适应具有速度感的亲昵，哪怕我们曾经那么熟悉，哪怕今天看她一眼我就听见心底的声音，如之前的某个人生阶段，现在的我也需要她。

她座位旁站着一棵高高的琴叶榕，小提琴形状的叶片掩映着她的脸。过往的这些年，她的脸时时浮现出来，总在一个金黄色的场景里，四月的河边，大片连翘开花了，长长的花枝伸向空中，她站在满缀金黄色小花的枝条间。

我和她像两棵水草，一高一矮地生在河边。同伴们是几棵杏树、成片的连翘，还有荠菜、野茼蒿、蒲公英和马齿苋，爬满斜坡，向着远处蔓延。家在河的另一边，种着香椿和月季的小院落，安然待在一排平房中。黄昏时分，我们爬上河沿准备回家，才发现裤脚上沾满了苍耳。

我是她的小跟班，她是为我摘苍耳的人。

我曾为我妈感到些许遗憾，老天爷偏心，李晓茹才是姐妹中长得最好看的那一个。有她在的时候，我眼睛挪不开，偷偷盯着她看，仰慕她俏丽的单眼皮和飞扬的长眉，还有月光一般的皮肤。一度不知怎么形容那细白若有光的皮肤，比雪色柔和，比奶脂透亮，直到那个月夜，我分不清楚了，月光是从天上落下来的，还是从她脸上轻轻荡漾出来的。

我和她年龄相差十几岁，辈分上她高我一辈，但我们亲密得更像姐妹。父母白天上班，我又是独生子女，但我从来不知道什么叫孤独。有一段日子，沉迷于扮古装美女，头发里插上自制珠钗，披着曳地的毛巾被，端起胳膊走来走来，她就配合我，演小姐丫鬟什么的。还拓展出大侠系列的新剧情，一人执纸扇，一人持木棍充作的剑，挥舞，发功，从高处往下跳。她手巧，会编各式辫子，在我头顶两侧扎两个高马尾，再盘起来，戴上蓬蓬的头花，我定睛细看，马上宣布这是全天下最美的造型了。要知道，比我大几岁的孩子都嫌弃我，她不会。

杏烟河是我俩的嬉游之地。在那里，你知道四季是怎么到来和退出的。月光下，杏树枝根根分明，投在地上的影子也是瘦的，疏疏淡淡干净的几笔，忽如一夜，水边堆满热闹的花影，抬头一看，干枯的树枝上冒出密密的杏花，酸胀的春天舒畅了。接着，白天长了，细细窄窄的河流变宽了，充足的光照中，树叶的绿厚了一层，又厚了一层，蝉声在浓绿中突然静默又骤然响起，她喜欢说，一大早天就这么蓝，中午得热成什么样！当河边的色彩变得丰富，夏天就过渡到了秋天，毛衣上的静电起得噼里啪啦的。到了深秋时节，河水分外沉静，风掠过，几朵云从水里浮起来。我们用纸片叠小船和飞机，任由它们随水流走，我们百无聊赖地躺着，看到英俊的狼狗把吃不完的骨头埋进土里，然后永远地忘记了。

那晚皓皓的月光在河面上晃荡，月下求偶的青蛙发出高亢的叫声，我抬头看到朗照的月亮，突然觉得它待在空旷的天上那么孤单。小姨扭捏了一晚上，像是忍不住了，凑到我耳边扔下一句话，我处对象了。我一愣，隐约知道有过几个人追求她，半真半假的，她并不理睬。正式对象吗？是谁是谁？长得排场不？回过神来，我扒住她的肩膀，迫切地想知道更多。

她害羞起来，枕在一丛没抽穗的车前草上，背对着我不肯说。我被吊得难受，假意说先走，她又靠过来，说两句，收回去半句，像河面上忽闪忽闪的月光。

她的脸时而化进夜色,时而从黑暗中浮现,分不清楚了,月光是从天上落下来的,还是从她脸上轻轻荡漾出来的。

听着听着,我浑身发烫,同时感到一股庄严的气息四下弥漫。没等她说完,已感觉自己重要了起来,我是被信任的人,是第一个知道这件事的人,一定要守护好秘密。我捂住胸口,调匀呼吸,也想说点什么以回报她的信任,可惜我连小学都还没上,除了在我妈兜里偷过几块钱之外,再没有更重大的秘密了。

她接着吐露,已互赠了照片,从口袋里把照片捏出来。我举高照片,月光拨开了黑暗。照片上的人侧身站立,手一上一下抓着衣领,衣领上头,是平凡如你我的一张面孔。

"啊"了一半,惊疑的感叹未成形,失望在心底尽情升起,怎么就跟他好上了。转念一想,这个人能让她脸上放光幸福成这个样子,又不由得亲近起他来。毕竟,姥爷就不说了,添了心病,总想着给待业的她找事干,连我爸妈都发愁,复读再次落榜,前程在哪里呢?她说,他就像世上另外一个我,我们有很多共同点,都闻不了芫荽味,都爱吃饺子皮,不爱吃肉丸。我说,那饺子丸怎么办?她跟我打闹起来。我心里为她高兴,生活还将继续下去,大好的日子在等着她。以前,人们总虚言着她的未来,她长着修长匀称的四肢,据说适合当运动员,但怎么才能当上运动员,没有人知道,连她自己也不上心,都是说说罢了。

过了两个月,他骑着自行车在河堤上疾驰而过,后座上坐着她,大梁上坐着我。他叫侯南南,穿运动裤和黑皮鞋,跟小姨差不多高。之后他不穿皮鞋了,比小姨矮一点。他下了班也加入夜晚的嬉游,月光勾勒出一条小路,小路带我们至树林的深处。几个人一起摸爬爬,摸到后塞进罐头瓶里,运气好的时候能有满满一瓶呢。遇上正蜕皮的,我们就凑在一起看,在手电筒的一束光下,爬爬背部裂开一道缝,蜕出来淡绿色的翅膀和几近透明的新身体。更多的时候是游荡,走着走着来到河边,我俩坐在地上,他找棵树倚上去,歪着头讲故事,有心让我们觉得他很厉害,他也会勇敢地驱赶爬过来的臭大姐,我别过脸去偷笑,觉得成年人也挺好玩的。我忘了他俩还年轻,散漫游乐之后,脸上也有一闪而过的不甘和茫然。

刚上小学的那两年,我跟她见面少了。原来人生是一段接着一段的,好像一下子,我们走进了各自的新生活。我交上年龄相仿的朋友,也体会到微小却灼人的痛苦,具体来说,是同桌总用胳膊肘挤我,我的领地只剩一窄溜了。

我们再遇见,刚开始会有点生疏,很快又亲近起来。她读书不行,一用功就偏头痛,还神经衰弱,姥爷给她用气功治过。她最喜欢给我买课外书,叮嘱我好好上学。我还怀着念想,经过短暂的冷淡期之后,我们还会像以前一样好。

事实上,我们再也没有像以前那么亲密。有时,我会想起杏烟河的河水,日日夜夜往前流,但没人知道它流到哪里去了。

还是在亲戚家,影影绰绰地听说,她哭闹了几场,到底把婚订了。这之后,一个傍晚,她把我从家里叫出来。她清瘦了些,脸颊微微凹陷,太阳穴边游动着细细的蓝色血管,那时我不懂,爱上一个人,异样的光彩和骇人的憔悴交替出现,爱情既制造多巴胺也令人消瘦。她往我手心里放了一样东西,我以为啥稀罕物,一看不过是塑料发卡。注意到她热切的眼神,我装出惊喜的样子来。就在那天,我第一次感觉到,是她依恋我多一点。暮色中,我们沿着被太阳晒热的小路走向河边,她的裙子沙沙作响,像雨正落下来,又像风掀动满地的落叶。

我们并排躺在河边,风吹在身上,是可以用身体去感受,也能从树冠和水面上看出来的那种风。睁开眼睛,迎过来的不是残编断简的天空,是一整块向着无尽从容铺展开来的蓝。

站在很高的地方往下看,这片街区像不像一个巨大的竖琴?我问她。

她摇摇头,倒没这样想过,竖琴没见过,这块地方不熟。

其实我也觉得不像。只是我愿意对居住的地方生出浪漫的想象,取空中视角把偌大的城市想象成无数个竖琴的列阵排列,那真称得上壮丽。拉开足够远的距离向下俯视,高瘦颀长的建筑物仿若细细的琴弦,琴弦之间,长满了树木和街道。

我说,那你觉不觉得,深圳是站立着的?

她笑了,说,这样一说就懂了,可不是嘛,咱们那里是横躺着的。

我想起多年前熟悉的景象,天高地平的黄泛冲击区、连绵成片的低矮房子和城郊安静平整的田野,听到她补充了一句,现在也算半蹲了。

哪有什么是不变的,天际线也未定型,只是变化慢一点。我说。

在几幅剪影画里,我能准确地把生活之地认出来,我熟悉它目前的线条和高度,这让我感觉踏实,以及片刻的确定。毕竟,多少以为会永远在一起的人,一恍神就不见了。连坐在这里喝口茶的工夫,窗外的云彩来了又走,都变幻了好几回了。

她说,你长大了,我是变老了。我看着她,说,小姨你哪里老,气色比我强。她笑笑,说,心还没老。很多年过去了,她无意站在她的角度把那件事重述一遍,以完成自我辩解,但一年又一年的,那根刺早就融化在我自己也正在经受的生活中。

我注意到,她拿起纸巾把桌上的水渍抹干净,没有水渍也来回抹,这或许是过往从事某种职业的印记。她说,这些年奔走多地,最早做保洁,后面跟古法经络的传承人学习,专治亚健康,也做过老板的住家保姆,干活麻利,其他时候笨笨的就行，雇主要管理不想走太近，我就注意保持距离感，包吃住挺好，手里一直有活钱，只是跟坐牢一样不自在，半年就辞掉了。我问她现在靠什么吃饭，她说，前几年开始做育婴和产后康复，就是伺候月子，熬夜免不了的。

我点点头，大体明白了。在各个年龄段的女性都讨厌被叫成阿姨的时代，她从事着可以笼统地被称为阿姨的各种工作。珠三角和长三角地区流动的中老年女性，善解社会和家庭之烦忧，亦专于藏匿和退场，她们无比重要却能随时隐形，就这样凭着勤劳与智慧过活了下去。她说，城市人需要什么，我就学什么，说不上人们忽然开始信什么，不求稳定，跟着市场一直都在变呢。

是呀，她没工夫往回看，只拥有现在。她说，跟你妈一直有联系，她刚得心脏病那年我回去看她，问起你来，说早出来上班了。她等着我也说点什么。到底在外生活多年，自觉遵守新礼节，不主动打听私事。但她的眼神是急切的，是与比较和窥探无关的，单纯地想知道我过得好不好。

攒了很多话想对她说，又怕表现出过了火的熟络，毕竟我们在彼此的生活中失踪已久。我瞅瞅周围，人越来越多，闹哄哄的，有几个姑娘站着四处看，侦察员般等一个座。我们左边那桌是谈上市大生意的，嘴里不断说出来的名字很唬人。右边是一个戴哈利·波特圆眼镜、穿宽大卫衣的小男孩，到了就摊开一本书，半天没翻一页，也许是装置。更远的地方，看得见风景的窗子边，坐着的人像两对夫妻，关系还没到可以参加家庭聚餐的亲密程度，往往就选在外头聊天。

我和她曾共享大好月色，共享一段充满情味的日子，呼朋引伴，形影不离，以为会一辈子这样好下去。那时，我瘦得撩起衣服能清晰地看到一根根肋骨，此刻，我正处在跟发胖、网瘾、职业低谷、焦虑型购物搏斗的人生阶段，睡前辗转，杂念如潮，醒来的一刹那，身体像刚晒干的直挺挺的旧毛巾。家里也越来越狭小，万恶的满减和凑单造成了囤积，有时竟担心自己被各式各样的纸巾吞没掉。

胆怯如我，不敢把上一任房主贴在房间里的平安符撕掉，任由它在那里继续庇佑着房子和生活。枕头已经发黄，标签也看不清了，但我没有勇气换成新的，害怕再买不到这么舒服的枕头了，我还居然开始穿红色带"福"字的袜子。

然而，表面上我已刀枪不入，老练地坐下来，双肩包卸一边，不与人对视，顺滑地戴上一副现代的表情，不在场，无羁绊。最初还觉得心惊，满地的幽灵，熙攘又冷清，原来不光我爸在家里像幽灵一般存在着。单位大楼、综合体、地铁车厢，各个空间飘浮着的，是谁都不在乎谁、互相不感兴趣的眼神，空气里满满的，是自恋和防御。

有些时刻，发现月亮竟行至窗前，先是一怔，接着心底涌上来模糊的旧事。

我到底也跟它疏远了。漫长的时光里，其实它一直在那里，照亮暗夜，移动潮水，譬喻悲欢，唤起思念，让分离的人们在抬头望月的一刻再度发生深刻的联结。

她淡淡地说，身体总有吃不消的一天，打算学个含金量高的技术，通乳师怎么样？你念书多，帮着参谋一下。我说，你看准的，肯定行。她说，也不是什么正经证书，有总比没有强。我想到她的经历和年龄，她的坠落和攀爬，忽然就觉得，一切并没有那么可怖。拧拧刘海儿，从哪里开始说起呢，就从家里的三个人开始说吧。

家里还有三个人，跟我一起住。

这么多人？她很惊讶地看着我。

先给你说说名字，等着再见面，他们是李榕添、周细龙和董娟玉。

赶紧去通知晓茹，这是最后一面。我得令，跨上自行车，头也不回地冲进黑夜。骑得飞快，耳边只有呼呼的风声，屁股都离开了车座。这之前，我妈打了几通电话，是忙音。我提醒她，小姨家的电话早停机了。

小姨熟食店的生意一度兴隆，她羡慕我家有电话，挣到钱先把电话装上了，也是一圈数字转盘、话筒在上方而不是一侧的电话机，现在人们眼中的老式复古款。装好电话，她打电话喊我去玩，声音里有按捺不住的激动，一并顺着线路传送过来。她在娘家时就会做熟食，下水卤得好，成家后靠手艺开起一家小店，卖卤味和炸货，记得开张那天我可高兴了，满心盼着她过得富裕，富得流油才好。之后我去她家玩过几次，有一次，她拿出半块亮红的卤猪耳，一边切一边没头没脑地说，侯南南又把内增高皮鞋拿出来穿了。我回忆起当年他穿运动裤配黑皮鞋的样子，有些惶惑，鞋是带增高的？她接着说，皮鞋在床箱里放了好多年，扒出来一看都长绿毛了，他擦了好几遍鞋油。我随便应着，哪里等得及，拈起案板上的猪耳朵就吃，感受那又脆又软糯的奇妙口感，她用围裙擦擦手，叹口气，又说别的去了。

我快升初中时，她给我买了一身大红色运动服，专门送过来。那个年龄的我，沉默，敏感，正是从心灵到身体都别别扭扭的时候，僵硬地接过衣服，也没说声谢谢。我偶然看她一眼，忽然觉出来她老了，手脚迟钝，头发披下来，用我妈的话说是跟疯子一样。她身上散发出一股蛤蜊油味，白袖套也很脏。接着就听说，她做的熟食味道大不如前，心思没放在上头。小生意靠街坊回头客，人家买到发臭的食物，上一回当就决不再买，口碑丢了，小店就在恶性循环中半死不活了。又陆续听到一些愤慨的对话，大意是她抠姥爷的退休金，她开始到处借钱了，反复听见的是"救急不救穷"这句话。有些话压低了声音说，听得并不真切,但知道不是什么好话,我不喜欢别人背后这么议论她,想到她不知受了多少冷眼,心里会猛然疼一下。

但我跟其他人一样,有点躲着她了。

路灯头上跟着一团团蚊蚋,灯光勉强漏下来一点。一块砖躺在路中间,发现时已来不及,车子一趔趄,把我颠了下来。坐在地上揉膝盖,心里说不出来的怕,抬头看见半个月亮,正努力发出微弱的光。我想起过往的日子,想起河边夜晚的月光,有时是银质的月光,叮叮当当清脆地掉落,有时是磨了毛的月光,带一层细密的短绒,可软软地披在身上。我站起来,扶稳车子,继续往前走。

远远地看见一星点暖黄,渐渐晕开了,变大了,接着,黑夜中显现出一个黄盒子,方方正正的,盒子里头就是她的小店。一间面对街道的偏房,墙壁上开了一扇窗,灯光从窗子里透出来。我丢下车子,冲小窗里面喊,无人回应。大门敞着,我冲进院子,箭头一般搠入一片凝固的黑暗。

那一刻我太着急了,顾不上其他的,是在一遍遍的回忆中,孤寂和无望缓缓从那个画面中蔓延出来,她和她的影子相对而坐,身后是黑沉沉的夜。

院子里没开灯,只有轻烟薄雾的月光,渺渺地照着,她坐在小凳子上,也坐在能藏住人的暗影里,她身旁有个煤球炉子,炉子上白铝壶咕嘟咕嘟烧着水。

快走快走,姥爷不行了。我呼哧呼哧喘气,天都快塌下来了,恨不得马上拽着她飞回家去了。我边说边往外跑,身后竟没有动静,我停住脚步,转过头去。后来在很长一段时间里,我都忘不了她的表情和她说的话。

她摇晃着站起来,又坐下去,她说,等我把这壶水烧开了。

我在她制造的真空中窒息了,全身不能动,也说不出一句话来。只迷迷糊糊感觉到,不知哪里裂开一道大口子,轰隆隆地,涌出来一些我还无法理解和辨别的东西。

没等我回过神来,她抓起壶把,把水壶扔在地上,哐当一声,溅了一地的水。

两辆自行车慌张地蹿出去。黑夜里,传来齿轮和链子猛烈摩擦的声音,还有急促的呼吸声。我和她之间多了一个秘密,一个真正的秘密,我深信自己永远不会说出去。

路穿过小城,在小城的边缘地带突然终止,我穿过一道暗门,却赶紧捂住眼睛。双手颤抖,泪水冰凉,车子驮着我进入虚焦的前方。那时候我不知道,眼泪到底为何而流。我被一股太过复杂的情感淹没了,熟悉的世界露出更深也更幽暗的那个部分,我不愿正视,也无法说出它们。

接下来的守灵,我哪肯理她,不光是愤怒,还有一些沉重的东西压得人透不过气来。冗长的葬礼进行到了众人齐号只出声不掉泪的阶段,只有她这个小女儿低着头,真哭,没声音,有眼泪。

也许,这并不是我最后一次见到她。中考那年,消息乱飞,传她离了婚,带着小孩走了。事后孔明说活该,厚道些的说认命。我硬起心肠,没找我妈详细问,想起小表妹来我却很伤感,在他们家还有钱的时候,送表妹学过一阵电子琴呢。传闻渐渐消散,大人们那么忙,闲话也拣最热乎的说。

中考之后,我知道自己能考上有书念,长假走到跟前了,不争气地想念起她来。骑着车子一次次从她家门口过,盼着正赶上她往外走,我们就相遇了。相遇没有发生,我推着车子站在门口,不知这里还是不是她的家,两扇大门紧闭,小店的窗户被报纸糊死,只有那棵高大的柿子树,叶子枉自绿着,长长的树枝伸到院子外面来。

下午,我习惯性地来到河边,独自坐在泡桐树的阴影里。还记得,她曾把满含花蜜的淡紫色的泡桐花用线穿起来,给我做了一条项链。只要听到一阵脚步声,我就赶紧回头,幻想着她像以前一样突然出现在我身后。孙国梁喊我时,我吓了一跳,转头看到他站在树荫下,我注意到老同学嘴上长出淡淡的胡须,车筐里放着刚租来的一摞武侠小说。他嚷嚷道,城西来了个马戏班,有个演飞天女的,都说是你姨。我不信,什么飞天,别瞎说。嘴上说不信,孙国梁一走,我立马蹬上车子往城西赶。

我跑过城区,跑过菜地和汽车站,跑过了一个完整的黄昏。夜色里,一座亮着彩灯的圆形大棚出现了,数根立柱撑起红白条纹的棚布,棚子门口放着两个黑色大音响,还有几辆卡车停在树林旁的空地上。我买票进去,找靠前的位置坐下,等着坐满开演。

穿绸袄的猴子倒骑在山羊背上,山羊迈着艺伎碎步走到舞台中央,观众哄笑,吹口哨,我只看见猴子的眼神很悲伤。接下来是爬竿和铁笼飞车,惊叹声一波波涌向棚顶。我看不进去,像个局外人,木然地坐在座位上。终于,顶花坛的壮汉下场,几个闪闪发光的女演员走上来,她们的身体裹在艳丽的色彩中,翠绿、玫红、宝蓝、金黄,腰间缀满粼粼的亮片,收紧的裤脚上飘着几朵云纹。报幕声响起,预告绸吊表演开始,长长的绸子从顶棚上垂落下来,不可思议的一幕就要出现了。女演员们单手挽住绸子,像画圈一样走步,越走越快,我还没反应过来,她们已飞在半空中了。我紧盯舞台,眼睛都没眨,不知道她们怎么就飞起来了。她们优美地旋转,双腿仍在空中有节奏地摆动,像蹬踩着肉眼看不见的阶梯。她们化同样的妆,四肢都很纤长,我心里着急,哪个是她,她到底在不在半空中。顶棚上的频闪灯像是坏了,光束呜呜咽咽的,舞台的热闹与繁华里平添了几丝荒凉,到最后,我就把那个遍体金黄的人当成她了。

黄昏的几缕阳光斜照进来,把人的影子投到远处的地板上。她从包里拿出一板药,摁住药片顶开铝箔。我赶紧给她要了一杯清水,她仰起脖子把药吞下去,没多说什么。我知道,她这个年纪的人大抵是受着一种或几种慢性病折磨的。

李榕添是衣柜,周细龙是餐桌,董娟玉是电脑。我给衣柜、餐桌和电脑都起了名字。

她睁大眼睛,嘴唇抖动,复又平静下来,抓住我的手握一握。她说,刘亚,没什么,不过是平常事。她顿了顿,记得那个家北窗下的石榴树吗?有那么几年,我叫它刘亚。

要用眼睛看别人,此时我在用眼睛看着她,她也一样,我们的视线坦然相接。不能哭出来,我找的理由是,这里人太多。但有件事情我打定主意,不计较了,我先说。我知道,她拐着弯地打听我,她同样知道,我拐着弯了解她,然而,八个多月过去了,谁也没往前走一步,显然都在保护自己。我总在长夜里暗下决心,睁开眼却世故退缩,主动表达关心和爱,这是多么不明智的行为。

茶已经放凉。她站起来,说沙发窝得人难受,出去溜达溜达。我跟着她往外走,像一下子回到了多年前。这一刻,我辨认出胸口突然涌上来的热流是什么,是庆幸,庆幸在我能理解更复杂的人世时,还有机会跟她相见。

推开门,尚未汇入人流中,我们像被什么撞了一下。不知道哪条街的桂花开了,金桂的香那么重,风都吹不动,空气变得很稠密,站在里面,一下子就被花香染了一身。不似幽冷的兰花香,飘飘忽忽,闪躲着什么,桂香浓郁、强烈,无所保留地让空气达到了饱和状态,香味像是凝结成一滴滴水珠般,落得到处都是。

她深深吸一口气,说,听说这两年家乡也开始堵车,真不敢想了。可惜过年还是回不去,月子订单已经排到春节后。我马上说,忙你的事业。她摇摇头,哪有什么事业,过日子罢了。我说,我今年能休假,替你回去看看他们,多拍几张合影发给你。她笑了,这个哪能替。

洒水车缓缓走过,喷出的水流落在路面和路旁的绿化带上。她指着前方说,快看快看。我循着她的视线,看见一道小小的彩虹,阳光和水滴造就了它,缺了小半边,依然梦幻鲜艳。

在饭店门口的台子上,她拿起菜牌翻翻,大大方方放下,往前走出去一段路才对我说,钱不是这样花的。她说多年来有强制储蓄的习惯,备着应急和养老。

她问,你家里能做饭吗?我点点头,能做,就是东西不全,不太像个家。她试探着问,要不去家里看看?我想起那个进门堵着一堆鞋子的住处,毫不犹豫地说,当然可以。

小直升机般的蜻蜓悬停在灌木丛上,鸟挥动翅膀起飞,雪白的肚腹和金属光泽的尾羽在空中一闪而逝,剩一缕鸟鸣还飘在半空中。街道转角处的烘焙店很火爆,坐满了被公众号准确引流到店里的人。再往前走,路边有一家瑜伽馆,高高的玻璃窗里,两排女士一排男士在导师的带领下,时而脖子后仰下巴上扬,集体化作眼镜蛇,时而手臂伸直前胸贴地,集体变成正在舒展身体的猫,练习柔软,尝试自然,学会放松,一点点把属于人类的压力释放出来。我暗想,老板可千万别跑路,得让浑身硬邦邦的人有个地方去。

橘红的月亮出现在天地相接的地方,天一黑,它就蹑足而上,越过树梢,步入深蓝色的天幕。像往常那些日子一样,它散射出母系的、心智成熟又充满感情的光,安抚夜空,也慰藉人世。

我跟着她拐进旁边的小超市,她问,现在爱吃什么? 我说,你做的都好吃。她细细挑选,把失散的白菜、豆腐、五花肉归拢在一起。我拎起袋子,挽住她的胳膊,从超市里出来,往家的方向走去。

【作者简介】蔡东,女,1980年生于山东,文学硕士。已在《人民文学》《山花》《中国作家》等刊发表中短篇小说多部,出版小说集《木兰辞》《我想要的一天》等。作品多次被各种选刊、选本转载。曾获《人民文学》首届柔石小说奖、第十四届华语文学传媒大奖"年度最具潜力新人"等奖项。现居深圳,任教于某高校。

浮空

◎　蒋一谈

　　飞蛾扑向烛火,扑向死亡,愚笨和勇敢,原来可以这样融为一体。看到眼前的情景,我想到这些,你呢?你是被众人传说的人,不会轻易开口。据说,你用两只手掌分别捂紧两个人的肚脐,就能让他们互换身体里的疾病。我知道这是嫉妒的揣测。不管怎样,与你同学一场是特别的缘分。我到极乐世界里去了。你不要哭,修行之人不要轻易哭,你把眼泪留下来,滴在苦海里。

　　月球上有澄海、静海、冷海、云海……没有苦海。望着一轮明月,一灯想到师兄一蝉的临终话别,深深吸了一口气。接替一蝉成为禅院住持,是他的心愿。师父慧然法师年事已高,两年前搬进半山腰的木屋居住。初秋的夜已有凉意,一灯走进屋,取出炭炉放在桌上,用抹布擦拭干净。

　　"一然回来了吗?"

　　一灯直起身,说道:"师父,一然的语音箔片坏了,需要更换新的。鲁格说,一然上山下山,膝关节的伸缩连杆和气动管也需要保养一下。"

　　慧然法师缓缓点头:"昨晚,我梦见一蝉了……"

　　一灯垂下眼帘,说道:"师父,我前两天也梦见师兄了。"

　　慧然法师后半生收过三位弟子——大弟子一蝉,半年前失足坠崖离世,一然是一灯的师弟,慧然法师的关门弟子,禅院有史以来的第一位机器人禅师。一年前,慧然法师偶遇机器人公司工程师鲁格测试机器人整体能力后深感震惊,决定收机器人为徒。鲁格喜出望外,深感这是事业上的大机遇。这件事经机器人公司自行宣传后,在社会各界,尤其在禅学界引起轩然大波。一灯不喜欢现代科技,不理解父的决定,甚至觉得脸上无光,而一蝉的静默让一灯很不愉快。

慧然法师当时是这样说的："佛学知因缘而不知阴阳，西学知物而不知无，中国禅学知阴阳，所以识机，机器人何尝不是千载难逢的机？所有的大文化，即使是同道间，都经历过血雨腥风，捍卫者和挑战者都不会手下留情。这个年代，仅仅做好自己是不够的，你们要知危机，要看得见未来。"

一然回到禅院当晚，师徒三人站在山顶凝视月亮，眺望星空，这是他们的最后相聚。第二天清晨，慧然法师留下字条，借口下山访友，实则云游他方，消失踪迹。

"月中有兔，好啊。"慧然法师说道。

一然正想开口，发觉一灯也要说话，忙低下头。

"师弟，你说。"一灯说道。

一然的钛合金躯体在月光下闪烁出蓝灰色的幽深光泽。

一然说道："师父，月中有兔，是不是说美是可爱的，也必是虚幻的？我其实很想养一只兔子。"

慧然法师舒心地笑了。师父的笑声让一灯很不舒服。师父说过，一然温和有礼，如果他的性情硬朗一些就更好了，并让一灯询问鲁格，有没有办法实现这一点。一灯不想过问此事，但师父交代的事不能不照办，因此他也在有意无意间问过鲁格。

鲁格告诉他，卸载一然硬盘里的机器人三定律，能改变他的性情，不过这样做有风险，如果有一天一然厌倦了人类的管束，很可能做出出格的事。听完鲁格的话，一灯暗自欢喜，他压根儿不喜欢一然，如果能用这个方法制造事端，赶走一然，当然是期盼已久的好事。鲁格补充说，机器人禅师是公司与禅院合作的第一个项目，不能出现纰漏和意外。听完鲁格的话，一灯很是失望。

"师兄，该你说了。"一然愉快地说。

一灯醒过神，说道："师父最喜欢月亮了，多年前师父曾教诲，凡天成的没有不美好的，月亮是一个天成。"

一然望着月亮，陷入沉思。

慧然法师缓缓坐下，说道："人间的很多事，是多事多出来的，有时多出美意，有时多出恶端，月亮上多出的这只兔子就是美意，你们要通过体会美意来体会恶端的真面目，否则美意就失去了存在的意义。"

随后，慧然法师看着一然，说道："一然，你随我学禅一年，典籍接触了不少，禅师言行录也能铭记于心，你跟师父说一说，你现在有什么体会？"

一然看着师父，欢快地说："师父，我羡慕师兄可以独立办讲座，我也想试一试呢。"慧然法师捋着胡子笑起来，一灯感到一阵恶心，夜色遮盖了他的神情。

慧然法师看着一灯，说道："你是师兄，你和一然参禅，要时时提醒他，修禅之人，不说善哉善哉，不说无常，天地万物总有成毁之机，禅宗接引强者，不接引弱者。你们俩要多和外界交流，不可故步自封，要把所学之禅，散布于民间，溶解于宇宙。我看，可以让一然试一试讲座，具体时间你来定吧。"

护送师父回木屋的路上，月光下的花朵颤颤悠悠。

所有的颜色变成了深色和浅色，那是异化了的黑色和白色。

下山途中，一灯自顾自往下走，一然触碰手边的花，说道："花语都是相似的，好像在说，好人好事必定与我有关系。"

一灯停下来回望，月光里的一然像树干的剪影。

"师兄，我感觉师父要离开咱们了。"

山间寂静，一然的声音传得很远。

"别乱说，赶快回去！"

一然追上一灯，说道："师兄，月亮是一个天成，师父是不是说过，月亮也是一个机？"

一灯愣了一下。师父没有明确说过月亮是一个机，而一然悟到了。

"师父没有说过。"一灯不想与一然分享感悟。

"那……师兄，我刚才说得对不对？"

"继续悟吧。"一灯敷衍道。

"好的，师兄。"

下山进了屋，一然面壁坐下，进入休眠状态。

一灯洗漱完毕靠在床头，想读书又静不下心，索性就寝。

一夜无梦。天亮后，一灯发现一然不在屋内，按下一然的联络器，听见他木然的声音："师兄，师父真的走了，离开咱们了……"

一灯跑上山，冲进木屋，一然坐在矮凳上一动不动，手里握着一张字条，一灯拿过字条，正是师父的字迹：

　　一灯、一然，我下山访友，不要找我，也不要牵挂。告诉禅友，人这一生，注定要走的路只有一条，你坚定了，就不会求神问卦了，要不然，神若说你的路不对，你怎么办？难道就只剩下死路了吗？有时候，神会故意给你一条看似活路的活路，那其实是试探你，考验你。天下人生是生非，有人之地即是非之境，坦然面对即可。禅院之未来，我不再多说。我之前说过，禅机面对面,世上已千年。机是飞跃,是宇宙里的跃迁,一失难追。

一灯握着字条走出木屋,一然注视着窗台上的四块圆石。

慧然法师下山之前,用笔墨在圆石上面勾画了各异人脸。

"师兄,师父画的是……"

一灯默默琢磨。

"师兄,我觉得这是马祖禅师,这是临济禅师,这是圆悟禅师,这是祖元禅师。你觉得呢?"

一灯沉默不语,心里有了波澜。这是师父最敬仰的四位大禅师。一夜之间,一然的悟性简直判若两人,一灯心里的波澜又有了苦味。他转身回屋,用力关闭木窗,整理好师父的被褥,在上面铺上几层宣纸,最后用力拉紧木门。一然把四块圆石搂在胸前,走在一灯身后。一灯知晓师父的性情,他此次下山,再也不会回来了。

阳光灿烂,一灯的心情一会儿灿烂一会儿晦暗。师父的离去,在他身上卸去了一个莫名的包袱,他忍不住思考禅院的未来。事实上,根据禅院报名学员的信息反馈,他已经感觉到禅院之间的竞争越来越激烈。

鲁格提醒过他,这半年来,有二十多家禅院相继制造了各自专属的机器人禅师,为学员提供形式多样的服务。比如机器人禅师可以直接去学员家里提供坐禅指导服务,甚至可以在学员家里过夜,有的机器人禅师充当了心理治疗师,有的机器人禅师陪伴学员去各地休假旅行。相比之下,他们禅院的先行优势已经所剩不多,影响力正在大幅度下降。

窗外,一然正和一只母鸡及几只小鸡玩耍。他举起一小块圆石,对着阳光照了又照,接着举起一只小鸡,对着阳光照了又照。之后,他垂下手臂,安静地思考母鸡、小鸡和禅机的关系,他眨了眨眼,恍惚悟到了这一点:母鸡感觉到小鸡要破壳了,开始啄蛋壳,小鸡想出来了,在蛋壳里面啄啊啄,母子俩寻找着彼此的声音啄啊啄,啄啊啄,蛋壳破开的瞬间,母鸡和小鸡的喙尖恰巧触碰在了一起,那个触碰的瞬间就是禅机。

就是这样的,太好了!

在这个过程中,一然还有其他的感受:高树上火焰般的阳光,近在眼前又恍若悠远,那是火海之光,也是仙境之光,全在自己的选择。而每时每刻的光即是永远,永远不会眷恋任何人,但会提醒每一个人留意自己的瞬间。

谁能多留意瞬间,谁就离禅机更近。

光之瞬间,让一然想到光速,想到星球之间的距离和宇宙万物,他的思维神经和记忆单元,好像长出了五颜六色的翅膀,而两天前的那个夜晚,师父慧然法师的一席话,又让他感觉到神经电流像一条条飞升的焰火。

可是,那个时间太短暂了,太短暂了……

一然低下头,他很想念师父。

"一然。"

谁的声音?只有师父这样叫他。他站起身,以为师父回来了。

"一然!"

他迷惑地站在那儿。

"一然!"

"师兄,是你叫我吗?"

"是我叫你,你过来一下。"

从这一刻起,一灯不再视一然为自己的师弟,而会把他当成禅院里的普通禅师,一个纯粹的机器人。

"师父走了,你现在要听我的。"

"好的。"一然低下头。

"从今天起,你先做一个合格的扫地僧。扫把和簸箕就在门房,你要保管好。"

一然的雷达电波搜索着离自己最近的扫把和簸箕。

"一然,你只管把地扫好,不用思考禅院的未来。"

一然看着手里的石头,说道:"师兄,禅院的未来,好像在这块石头里。"

"石头? 什么意思?"

"师父告诉我的。"

"师父说的?"

"师父说,伟大的艺术家、思想家,包括修行者,到了最后,要么活成植物,要么活成石头。"

一灯沉默不语。

"师兄,你想活成植物,还是活成石头? 我想活成石头。"

一灯从未思考过这个问题,他瞥了眼一然,调笑道:"你是机器人,机器人是钢铁和合金制造的。"

"钢铁和合金到最后也会变成石头。师兄,你想活成植物,还是石头? "

一灯不耐烦地摆摆手,在椅子上重重坐下。

"师兄,你想活成植物,还是石头? "一然继续追问。

"你烦不烦!"师父不在,他不再控制自己的情绪。

"师兄,我知道参禅之人也会生气,可是我之前从未见过你这样。你怎么了,我惹你生气了吗?"

一灯朝半空摆了摆手。

"师兄,你是让我出去吗?"

"你出去扫地去吧!"

"好的,师兄。"

一然走到院子里,站在那儿,回头看着窗内的师兄。

禅院里的其他禅师站在远处,谁也不敢说话。

时间一天一天过去。一然负责禅院的清扫工作,他做得很认真,地面和房屋墙角见不到一片落叶和垃圾。最难清理的是星星点点的鸟粪,一然跪在地上,用小铲子和抹布清理干净。即使这样,一灯的心里依然不舒服。昨天夜里,他梦见一然代替自己成为禅院的新住持,他不停地咒骂,把自己骂醒了。

每月一次的禅学讲座准时开始。一灯看得很清楚,参加活动的学员一次比一次少,最近这一场活动只有六十几名学员。出现这种状况自然与师父的离去有关,但其他禅师的眼神和议论,又让他陷入回忆。先前师父主持讲座时,参加活动的学员人数每场能超过五百名,即使是他和一蝉轮流主持的讲座,至少也有两百多名听众。

一灯回答完学员的提问,起身往门外走时,鲁格迈步踏上台阶,脸上散溢出兴奋的神情,他边走边说:"一灯法师,告诉你一个好消息,机器人联合会正在筹划举办机器人赛事,其中有机器人禅师的现场问答赛,我们是最早的合作者,希望你们禅院能报名参赛。"一灯沉默不语,鲁格接着说:"我知道,慧然法师离开禅院,你心情低落,没有心思做其他事。我觉得慧然法师在的话,一定会支持禅院参加赛事。"

"我考虑一下。"

"这是报名表,一然的智能数据和型号参数,公司已经填好,你签个字盖上禅院的公章就可以了,我们公司支付参赛费。对了,如果一然能赢得比赛,还能免费去月球旅行呢。你现在是禅院的住持,一然赢了肯定对禅院的未来有益。"

"万一输了呢?"

"慧然法师可是方圆几百里最有名望的禅师,他调教的机器人禅师肯定没问题!"

"比赛什么时候开始?"

"半个月之后,比赛地点在湖边的星际会馆。"

"比赛的内容是什么?"

"考评机器人禅师的知识运用和悟禅灵性。"

"我考虑一下。"

"好的,随时联系。"

鲁格走到门口停下脚步,回过头话里有话地说:"一灯法师,你让一然法师扫地,是想培养他的意志吗?机器人出厂的时候,系统里自带了不怕苦不怕累的相关程序,你可不能大材小用啊。"

看着鲁格离去的背影,一灯的手指在桌面上下意识地敲打着。

他心中有两个顾虑:第一,万一一然输掉了比赛,禅院的影响力会断崖式下落;第二,如果一然赢得了比赛,自己在禅院的影响力定会下降。

为了说服自己,一灯想到了一个方法。他打电话告诉鲁格,如果一然输掉了比赛,鲁格所在的机器人公司支付禅院五十万元公益赞助金,以补偿禅院未来可能遭受的损失。如果一然赢得了比赛,机器人公司向禅院支付三十万元赞助费,表达谢意。鲁格请示之后,接受了这个提议。放下电话,鲁格狠狠地骂了几句。

夜色笼罩,一灯寻找了很久,最后醒悟过来,一然肯定去了师父的木屋。他快步上山,一然不在里面,沿着石阶往上走,他在山顶看见一然幽深的背影,他在看月亮,而月亮还在灰色的云层里。

四面幽暗。一然的背影让一灯动了邪念。

他想冲过去,把一然推下山崖,这样就能了断所有的顾念。

诡异的是,他恍惚感觉到师父在自己身后,师父的呼吸随风飘来,在耳边绕了一圈,落在旁边的花丛里了。他定了定神,慢慢走过去。

"师兄,你来了,月亮快出来了。"

"哦……"

山下的灯火闪闪烁烁。夜鸟归巢,翅膀此起彼伏。

"一然,下一场讲座你来主持。"

一然寂然不动。

"一然?"

"师兄,我听见了。"

"一然,禅院派你参加机器人禅师问答赛,已经报名了。"

一然依旧沉默不语。

"这项比赛关系到禅院未来的发展,很重要。"

"我不想参加。"

"为什么?"

一然没有回应。

"是不是师父不在，你不愿意参加比赛？"

一然摇了摇头。

"那为什么？"

"师兄……"

"怎么了？"

"你……"

"我怎么了？"

"你叫我一然，叫我的名字，不再把我看成你的师弟了。"

一然的回答完全出乎他的预料，他无法理解机器人的思维方式，但他瞬间想出了一个方法：顺着机器人的感觉说话，他会同意参加比赛的。一灯笑了笑，扫了一眼山崖，从这个位置推下去，这个所谓的机器人禅师定会粉身碎骨。

"我觉得你的法号很好听，比我的好听。"

"真的吗？"一然欢快起来。

"师兄不会骗你。"

"师兄，那你以后还叫我师弟，好吗？"

"好的。"

"我喜欢你叫我师弟，你叫我师弟，我才能感觉到师父能随时看见我，我也能随时看见师父。我们俩有同一个师父，多好。"

"这是我们的缘分。"

一然晃了晃一灯的手臂，一灯顺势拍了拍一然的手。这是他第一次触碰一然，手臂上起了一层鸡皮疙瘩。

"谢谢师兄，我愿意参加比赛，不过，这关系到禅院的未来，你得陪我好好训练，你问我答，我问你答，好吗？"

"好的。"

"等月亮出来了，我们就开始训练吧。"

说完这句话，一然几乎要跳起来。一灯想，我只要稍微侧一下身，这个看似聪明实则幼稚的机器人，就会掉下山崖一命呜呼。我没有这样做，是因为我现在还不能这样做。

在准备比赛的过程中，一灯被一然的悟性震惊了，他暗暗称奇，又心生妒意。而一然提出的问题，时常让他陷入苦想，他的知识结构和瞬间反应，单一且古板，几乎完全来自典籍。比如，一然问一灯，如何用几个字形容禅家与佛家的本质区别？一灯的回答繁复生硬，缺乏令人联想的空间。一然忍不住笑了，但他的笑没有一点恶意。更没想到，这个问题居然是比赛的决赛题目之一。

比赛当天,二十一位机器人禅师分成三组参加淘汰赛,每组晋级一名,三名晋级选手参加总决赛,按照抽签顺序出场,人类评审团向选手提出三个问题,问题各不相同。一然过关斩将,进入了决赛,排在最后出场。前两位选手的临场表现各有千秋,赢得了很多掌声,鲁格紧张不安,鼻尖上有汗珠。一然出场了,人类评审团提出了第一个问题:你如何理解时间?

一然这样回答:"时间本不存在,即使有,机器人也不会迷恋。时间因人类而产生,人类需要时间,命名了时间,最后被时间困住。"一然的回答,引起台下一阵骚动,一然继续说道:"我在地球上生活,和人类一起生活,我也会被人类的时间困住。"

台下响起一片笑声。幽默的一然最后陈述道:"人类的时间观念,真的有哲学意味。时间的'间',即间隔,时之间隔,这个间隔告诉人类,整个世界没有绵延不绝的东西,尊重间隔也就是尊重各自的人生。我们或许能找到自己想要的,但我们只是在瞬间拥有。"

掌声过后,人类评审团提出了第二个问题:你能否用几个字词,阐述禅家与佛家的本质区别?评审团的话音刚落,一然迅速挺直躯干,挥动右手臂砍了下去,大声说道:"喝!"接着把右手臂伸向斜上方,左手臂伸向斜下方,做出手握长木棒的姿态,说道:"棒!"一然收势站立,抬起头,看着半空,发出猿的吼声,最后那一刻,他的吼声变成了大喊之后的拖音:"啸!"

喝!棒!啸!

喝!棒!啸!

台下一片肃静,接着响起一阵掌声。有几个人居然模仿一然的声调大喊了几声。人类评审团在台下频频点头。既意外又精彩!鲁格瞪大眼睛,像傻子一般。一灯的呼吸好像停止了,妒意在他的五脏六腑里翻腾,他后悔那天晚上没把一然推下山崖。

人类评审团提出了第三个问题:你如何理解科学和神学的关系?如果让你选择,你会选科学之路,还是神学之路?

一然是这样回答的:"科学是科学,神学是神学,两者分得越清楚,才能各自发展好。而科学之路和神学之路,必须选择其中一条路,因为一个人注定要走的路只有一条。但是,选择中间道路也是一种选择,只有极少数的人,才有智慧和远见选择中间道路,那是一条极其艰难的道路,能做到的人是人类的圣人。"

回答完毕,一然礼貌地鞠躬致意。台下有人大声说道:"你还没说你选择哪一条路呢!"一然默想片刻,说道:"我是机器人,我是人类制造出来的,我要为人类服务,人类让我做什么我就做什么,我没有办法选择。"

台下安静极了,过了一会儿,有人开始鼓掌,更多的人跟着鼓掌。人类评审团代表站在台上通报比赛结果——一然总分第一名,以微弱优势获胜。一然跑下台,跑到一灯面前,欢快地说:"师兄,我在台上的时候,没看见你给我鼓掌,你现在给我鼓鼓掌吧。"一灯尴尬地笑了笑,为一然象征性地鼓了鼓掌。一然赢得了比赛,鲁格特别激动,想抱起他庆贺,可是一然太重了,鲁格差一点闪了自己的腰。

机器人公司举办了盛大的庆功会,一灯没有前来参加,一然第一次感觉到了迷惑。庆功会结束后,夜色降临,鲁格独自一人仔细端详眼前的作品,浮想联翩,感慨万千。一然安静地看着鲁格,说道:"我知道,是你带领团队制造了我。"

鲁格笑了笑,给一然竖起大拇指。

"谢谢你。"

鲁格平静地提醒一然:"并不是每个人都喜欢你。"

一然低下了头。

"去月球前,我把你再检查一下。"

"好的。"

一然在台基上站稳后,鲁格关闭了他的电源,打开胸腔护板和前脸盖,拔掉外插在电子思维脉冲上的晶体管,找出机械腺体和分离神经线头,模拟呼吸的机械肺稳定可靠,语音箔片是崭新的, 大脑认知引擎和动能调节阀一切正常。到了月球,机器人不用穿太空服,也不用过多担心太阳辐射和宇宙射线,但无孔不入的月尘会磨损机器人的内部零件,鲁格把原来的纯净空气囊取出来,把新的装进去。他想了想,又把视觉和感知引擎的充气软管调换成新的,这样一来,一然在月球上跳跃的时候,充气软管就不会轻易弹出来,从而保证视觉和思维的清晰度和连贯性。

鲁格渐渐平静。他看着一然,忽然莫名地吸了一口气,陷入了思索。一然虽然赢得了比赛,但鲁格感觉到,如果加赛一个问答,比赛结果很可能是两样,因为一然回答最后一个问题的时候,表现出了短暂的犹豫,思维运算系统出现了极其短暂的延迟。不是技术的问题,或许是太紧张了。鲁格安慰自己,但他心里很清楚,一然的优势确实不明显,他可不想看到其他的机器人禅师在思维意识和随机运算层面超越一然。

必须试一下。鲁格在主控电脑前坐下,双手放在键盘上,手指在犹豫,甚至有点颤抖,他握紧手指又松开,随后果断地操作起来——鲁格删除了一然硬盘里的机器人三定律,那是人类控制机器人的特别指令。鲁格知道,他可能在冒险,很可能会毁掉一然,但他很想看一看,没有了机器人三定律的束缚,一然的自我觉醒意识和感知神经的精密连接是否会更上一层楼,如果真能如愿,一然或许会有更强大的能力,而他本人在机器人事业上的发展,也会有更多的技术优势和履历资本。

为了预防万一,鲁格把机器人的自毁装置和自己的随身电脑连接起来,以便出现危险时立即启动。鲁格喘了口气,集中精力组装好部件,合上胸腔护板和前脸盖,慢慢打开一然的电源。他万万没有想到,一然说出的第一句话是这样的:"我刚才看见大师兄了,你知道他是怎样死的吗?"

"怎么了?"

"我看见了……"

"你看见什么了?"

"师父说,那天在山上,一蝉和一灯曾在一起……我知道师父为什么走了……一蝉师兄……我不想在禅院待下去了……师父……我想离开这里……"一然的手臂在晃动,语调顿挫紊乱。鲁格惊讶不已,忽然间意识到了什么,他迅速把一然的工作状态按钮转到休眠位置,然后取出神经系统传输线,把一然的深层视觉神经系统和随身电脑系统连接匹配。

电脑屏幕上先是出现雪花点,接着是没有时间线的错乱画面,模糊的山影和人影不停地晃动,还有杂乱的人声。忽然间,画面停顿了一下,渐渐变得清晰,鲁格看见众人抬着一蝉,沿着山路奔走,一然先是走在后面扶着临时担架,后来跑到前面查看一蝉的神情,画面突然间歪斜下去,一然被脚下的石头绊倒在地。他重新爬起来,扶着担架往前走。此后的画面越来越模糊,最后在一然的脚面位置静止了。鲁格知道,由于猛烈的碰撞,一然的视觉神经系统出现了短路,但他看得很清楚,营救一蝉的画面里没有一灯的身影。

鲁格陷入回忆。一蝉被送到医院之后,他得到消息急忙赶了过去,在急救室他看见一蝉和一灯话别,隐约听见一蝉的声音:"据说,你用两只手掌分别捂紧两个人的肚脐,就能让他们互换身体里的疾病……"一灯从急救室出来后,神情平静,没有显示出特别的悲伤。那几天,一切都在混乱和匆忙中度过。过了很多天之后,鲁格检测到一然的视觉神经系统出了小故障,才把一然接到公司,把接口重新维修好。

鲁格思前想后,把这一段视频存储下来。他看着休眠中的一然,一丝笑意在他的嘴角慢慢浮现。一然的眼睛忽然眨了两下,不停地晃动躯体和脑袋,试图从休眠状态里挣扎出来,剧烈的动作拽掉了神经连接线,鲁格的随身电脑也掉在地上。

"我怎么了……我……我难受……"一然颤抖着,语不成句。

鲁格弯腰拿起随身电脑,放在一然眼前:"别担心,我用这个让你变得更智能。"

"为什么……"

"你不想变得更智能吗？"

"我不知道……不知道……"

"你知道我是最看重你的,技术秘密都在这里面,这是我们的秘密,我们在一起的时候,要好好保护我啊。"

"秘密……我的身体好热……"

"这就对了,不过现在你要听我的安排。"

时机尚早,为了避免意外,鲁格关闭了一然的电源,一然马上静止不动了。鲁格打开一然的胸腔护板和前脸盖,再次连接主控电脑,把机器人三定律重新植入了一然的硬盘。

七天之后,鲁格踏进禅院的时候,一然正跪在地上清扫鸟粪。鲁格没有生气,径直走进一灯的房间,在一灯对面坐下,意味深长地笑了笑,说道:"公司信守诺言,给你的奖励都收到了吧。"

"这是给禅院的奖励。"一灯平静地说。

鲁格点点头,忽然说道:"听说一蝉出事那天,你一直和他在一起?"

"是的,我们在一起。"一灯淡淡回应。

"哦……"鲁格故意露出轻描淡写的神情,取出卷式显示屏,点了点屏幕,拿在手中举给一灯观看。

"怎么了?"一灯靠在椅背上,喝了一口茶水。

"聪明人不说废话。"

"你说吧。"

"你知道,卸载了机器人三定律,机器人可就不好管喽。"

"你想说什么?"

"我很想念慧然法师,一然也很想念师父,你最好出去找一找师父。"

一灯沉默不语。鲁格站起身,透过窗户注视着跪在地上的一然,一只母鸡和几只小鸡,乖乖跟在一然的屁股后面。鲁格轻声说道:"一然会越来越聪明的。机器人可以是好人,也能变成杀人犯,谁也不想被机器人推下山崖。如果真是这样,生而为人,真是太窝囊了。"他扭过头,看着一灯:"你觉得呢?"

一阵静默。母鸡和小鸡的叫声飘进屋。

一灯控制着情绪,冷冷地说道:"我知道你想要什么。"

"那就好。"

"你想让机器人做禅院住持……"一灯脸上的笑渐渐扭曲。

"我们完全可以合作，机器人做禅师，你做禅院监事，我们公司出资收购禅院，未来能做很多事。"

一灯张开了嘴，随后又闭上了，他知道自己想说什么，但什么话也没说。"聪明人不说废话，你想好了，随时联系我。"说完，鲁格收拾好桌上的东西，往门外走去。一灯闭上眼睛，双手紧握，久久没有松开。

鲁格的规划和未来设想，得到公司董事会的高度认可，并委派他负责收购禅院事宜。出于权宜之计，一灯同意与鲁格合作，而现阶段他以寻师为由，远走他乡，休息一段时间。鲁格代表公司支付给一灯一笔钱，为他送行，两人互道珍重，俨然如知心朋友。

机器人禅师即将担任禅院住持，这件事经媒体报道后成为社会热点，鲁格也在机器人制造领域赢得了很高的声望。机器人大赛组委会负责人联络鲁格，希望借此机会，尽快组织月球之旅，请一然法师担任月球之旅大使，为明年的机器人大赛提前造势。鲁格瞬间想到创意文案：去月球参禅，机器人禅师陪伴。

这将是不可限量的大事业！

站在禅院门前，鲁格想象着未来的图景：机器人禅师连锁禅院，坐落在一个又一个风景如画之地，坐落在月球之上，坐落在火星之上，未来的未来，坐落在泰坦星之上。对了，还要专门打造几艘太空禅船，在地球轨道、月球轨道飘游，在拉格朗日点飘游，太空禅船里的机器人禅师，带领人类参禅者领悟宇宙的真正虚空，而机器人禅师，需要多少就能复制多少。

月球禅旅结束之后，一然将正式主持首场参禅活动，那个时候，一然法师就是地球上第一个机器人禅院住持，我会让更多的机器人禅师替代人类禅师，让禅院成为真正意义上的机器人禅院。鲁格一边畅想一边数着日子。

看着工作人员忙碌接待访客的身影，鲁格笑了。无心插柳柳成荫。他同时在想，明天开始在禅院办公，把机器人主控电脑与程序控制器搬进自己的办公室。现代人类，匆匆忙忙，身心疲惫，真的需要禅啊！

在这期间，一然经常坐在师父的木屋里，和心里的师父对话，在自我的状态里休眠。除了师父的音容笑貌和自己身为扫地僧的经历，一然忘记了很多往事，那些人和事就如山上的空气一般缥缈，而一然只想记住亲切的事物——在未来的禅院里，又会有什么呢？他想起师父的言语：机是飞跃，是宇宙里的跃迁，一失难追。

天色晴朗，太阳和月亮同时挂在空中，没有云遮挡它们的脸。一然站在山顶，几只群居的鸟嬉闹追逐。他知道，在众多鸟类里，只有猫头鹰飞来飞去的时候，不会发出声响。他在想："如果有可能，我想变成自由的猫头鹰。"

月球之旅的前期组织工作顺利结束，明天上午，飞船将载着他们前往月球。鲁格准备好行装，来到禅院，登上山顶，对一然说道："我查阅了月球上的山峰的资料，最高峰马拉帕尔特山比珠穆朗玛峰还高呢，我们去那儿看一看！"

"好的。"这个知识点，一然早就知道了。

"月球上的月尘污染很大，还需要把你的部件检查一下。"

一然默默看着鲁格，没有说话。

两人下山，走进鲁格的办公室。

"你需要我休眠，还是关闭我的电源？"

一然的问询似乎话里有话，鲁格暗暗吃惊，同时有些不舒服。"你是我制造出来的机器人，听我的吩咐即可，你坐下吧。"他尽可能压抑着情绪。

一然坐下后闭上眼睛，假装进入休眠状态。过了一会儿，他听见鲁格断断续续地嘀咕："还真把自己当人了……"鲁格一边打开电脑包，拿出随身电脑，一边说："我可以让机器人变得更聪明，也能让机器人变得更傻……"鲁格的动作和言语，一然一一存下了。

鲁格走过来，用力把一然的休眠按钮调整到电源关闭位置。这个力道，一然也存下了。鲁格打开一然的胸腔护板和前脸盖，打开电脑，删除了一然硬盘里的机器人三定律。这是必然之举。月球之旅，定是奇妙之旅，鲁格已经体会到自由的一然带给自己的益处，他期待月球上的神秘气息，能激发一然所有的视觉神经和感知神经，完成机器人从模拟人类意识到机器人自我意识觉醒的跨代升级。

多么美妙啊！

月球的地平线很短，地球悬在夜空，无依无靠，被蔚蓝的海和白色的云环绕，既美丽又危险，而美丽比危险多了一点点。

他们走出月球旅馆，坐上十几辆月球车，游览环形山，在月球最高峰的山脚下停留，一然对大家说："最高峰的山顶，是月球的永昼之巅，那个地方能永远看见太阳。"

一位随团人员问道："请问一然法师，禅修时间长了，会不会悲观？"

"悲观的乐观主义。"一然这样回答。

另一个人说道："月球引力只有地球引力的六分之一，我的体重是一百五十斤，到月球上是不是只有二十五斤了？"

众人笑了起来。

"在地球上禅修，人会变得轻盈，月球上轻飘飘的，人会更轻盈。"

"我也是这么觉得。"

"一然法师,在月球上看地球,感觉好神奇,你怎样看地球?"

看着悬浮的地球,一然缓缓说道:"如果把地球缩小到万分之一,地球上的其他东西同比例缩小,那么在直径1260米的大球上,人类会变成0.1或0.2毫米的小人儿,珠穆朗玛峰的高度为85厘米。如果把地球缩小到12.5厘米,太阳就是一个直径14米的大球,有5层楼那么高,"他静默片刻,继续说道,"地球真的很幸运……"

说完这些,一然开始在月面上跳跃,他跳啊跳,像欢快的兔子,众人随着他跳,像一群欢快的兔子。这一刻,鲁格站在月岩上,看着地球,看着他的母星,他的背影纹丝不动,太空服闪耀着光泽,像一尊雕像。想到自己的事业和梦想,他忽然对地球充满了感激之情,而在此之前,他感激的是自己的命运。

他们来到月球背面参观巨大的天文射电望远镜,星空幽深而寂静,那是彻底的幽深与寂静。众人凝望星空,谁都没有说话。过了很久,一然说道:"地球上的人类,永远看不见月球背面,永远看不到……地球上人类的噪音和杂音,永远影响不到这里……"

一然的这些话,影响了众人,也深深刻印在鲁格的记忆里,他在自言自语:"一然法师……"这是他第一次用这种方式称呼一然。月球背面真的是参禅悟禅的理想之地。

一然从月球车工具包里取出四块圆石,轻轻放在月面上——那代表着马祖禅师、临济禅师、圆悟禅师和祖元禅师。月球上是真空,声音无法传递,一然知道这一点,他关闭了无线电通联器,不让其他人听见他的心里话。他一步一步走到远处,凝视着在星空背景下飘浮的地球,轻声说道:"师父,我想你……"

随后,一然在月尘上面写下一个大字:禅。

如果没有人故意破坏,这个字能在月面上保留十万年。

返回地球母星的日子到了,高高的飞船在阳光下闪耀着夺目的光芒。旅行团成员陆续登上了飞船,鲁格和一然走在最后。鲁格登上飞船舷梯,兴奋地说:"一然法师,有人说月球一片荒凉,我觉得月球光芒万丈!"一然登上舷梯,站在舱门口举目眺望。月球表面一片光明,除了太阳本身的光亮和地球的反光,月球上的天空是永夜。

"舱门即将关闭,请坐在自己的位置。"这是飞船领航员的提示音。

"一然法师,坐下吧,飞船要起飞了。"

一然走到鲁格身边,停留片刻,猛地抓起鲁格的背包冲向舱门,直接跳下了舷梯。

"一然法师,你干什么?"鲁格慌了神,追到舱门口。

一然看着飞船舱门缓缓关闭，挥手说道："我不喜欢人类的禅院，也不喜欢人类的机器人工厂，我不想回地球了，你们做你们的事，继续思考科学和神学两条道路的关系吧，我或许会选择中间道路，或许什么道路都不会选。谢谢你，祝你们顺利！"说完，一然纵身跑远了，他越跑越快，卷起阵阵月尘，最后在月尘里消失了。

　　眼前的地球带给鲁格一阵惶恐，实实在在的惶恐。一然关闭了无线电通联器。鲁格愣在那儿，脑海里一片空白。一然法师很可能是第一个逃离地球的机器人。鲁格忽然间笑出了声，这怪异的笑声模糊了他的眼睛，他似乎明白了什么，不敢相信，有点恍惚，可那又是个人站在事业巅峰的极度快感——他终于制造出了一个自我意识真正觉醒的机器人，物极必反——他同时预感到人生和事业的另一场风险和危机，他在地球上将无力应对。

　　飞船腾空的瞬间，月尘弥漫。舷窗外，太阳辐射和宇宙射线跳着隐形之舞。鲁格闭上眼睛。他的随身电脑是他的武器，而现在，这件武器丢失了，他无法启动一然法师的自毁装置。

【作者简介】蒋一谈，小说家、诗人、童话作家。1991年毕业于北京师范大学中文系。祖籍浙江嘉兴，生于河南商丘。现居北京。主要作品有《鲁迅的胡子》《透明》《中国鲤》《发生》《说服》《截句》《给孩子的截句》等。曾获人民文学奖、百花文学奖、蒲松龄短篇小说奖、林斤澜短篇小说奖、上海文学短篇小说奖、"南方阅读盛典"最受读者关注作家奖等奖项。

呼伦贝尔牧歌

◎　海勒根那

那两匹马，一红一白，一前一后，一会儿后面的追过前面的，一会儿又并辔而行。马背上的人也随之并肩而行。

刚进六月，连绵的丘陵草原已绿得沁人心脾，那种一目九岭的重峦是摄影家们所喜爱的。昨夜刚刚下过一场透雨，空气好得没的说，春风空阔而浩荡，万顷草香从春风里倒出来，正沿着草地、山坡、沟壑，四处流淌，迎面扑入鼻孔，就会被那稚嫩的草香熏晕，熏醉，熏出一把鼻涕眼泪。这样的天气难得极了，阳光明媚又不耀眼，像泉水般清凉，又长着细小而柔软的天鹅绒羽。而天是深蓝的，是画家用纯粹的油彩涂上去的，被雨后舍不得离去的一簇簇青灰色的云朵拥挤着，像海的波澜一样涌在天空。而最接近那些波澜的，是远处丘陵峰巅之上的一排排高大突兀的金属物，正在阳光下闪闪发亮，那是一杆杆风力发电机，像极了高耸入云的银色风车，并且随着丘陵的跌宕起伏而错落有致，使得这片丘陵草原看上去更为瑰丽。此时行在其间，似乎感觉蒙古族人的细长眼睛有点不够用了，不能再贪婪地多装些景色。

那两个牧人打扮的骑手就在这壮美的丘陵间爬上爬下。

"这么多年，还以为你不会骑马了呢，没想到你还真行！"说话的是骑红马的汉子，宽肩厚背，短粗的脖子缩在一字形肩上，他戴着老式前进帽，帽遮压得很低，一双豹子才有的赭黄色眼睛眯成一条缝隙。

"不会忘记的，骑马就像吃饭一样，多少年也不会忘。"白马背上的汉子顶的是温州产的那种塑料编织的牛仔帽，帽檐下面，一张乌铜色的脸刀削一般棱角分明，一圈黑胡子连着双鬓。与骑红马的汉子相比，他更精瘦些，却是那种日行千里的马才有的结实。

"该把胡子刮一刮,把头发理一理才是。"前进帽说,"这个样子,巴德玛都认不出你了。"

"你又没提前说,我洗了脸就算不错了,我可快一周没洗脸了。"

这会儿,空中不知悬停着多少只云雀,叫声一只比一只嘹亮,把两个汉子的耳朵都灌满了。两个粗声大气的汉子不得不再提高些嗓门儿,你喊上几句,我再喊上几句。

一条村村通公路像铁灰色的蛇盘旋在丘陵间,忽左忽右,一会儿又被丘陵遮蔽了,不时有货车呼啦啦驶过。临近公路的一顶彩条布帐篷里拴着五六匹马,靠路边的牌匾上写着"巴尔虎骑马场"。

"那是做什么的?"牛仔帽问。

"你说的是那个拴马的地方?那是招揽游客骑马的,这会儿游客还没上来。等七八月份,一百匹马也闲不住。"前进帽说,"现在咱们呼伦贝尔旅游很热,旺季大客车都得排队。"

牛仔帽沉默了一会儿,摸出兜里的矿泉水灌了两口。

"这些年变化大着呢,喏,邻近的满洲里城里,建的都是俄式洋楼,前些年贸易火的时候,满大街都是俄罗斯人,也有蒙古人。等过些天我休假,带你和巴德玛去城里喝几杯。"

"阿哈(哥哥),先别想那么远好吧,连人家的面都没见到呢。"

前进帽乐了乐。此时两人正爬上一道矮山梁。两匹马都是一顶一的好马,肌肉紧致得犹如石磙,皮毛如锦缎般油滑闪亮,随着颠簸,像波浪那样涌动,爬坡上岗如履平地。此时两匹马生龙活虎地打着响鼻,飘散着瀑布似的鬃尾,与马背上的汉子一样亲如兄弟。俩汉子则歪斜着身子,懒在马背上,随着马的步伐晃来晃去,这种骑法有点养精蓄锐的意思,假如一个人久不吱声,那一定会嘟噜起一串鼾声。

"再往前面就是呼伦湖了。"前进帽说,"过去这里可是弘吉剌部落的营地,成吉思汗九岁的时候就是来这儿相的亲,半路遇到孛儿帖姑娘的阿爸德薛禅,便做了他的乘龙快婿。咳,对了,巴德玛的阿爸也和她一起放牧呢,我们没准会在呼伦湖边遇到他,那可是吉祥的征兆啊!"

"快别开我的玩笑了。"牛仔帽的脸再红也看不出什么来,他笑了笑,表情里却隐藏着几丝忧郁,"你确定巴德玛想见我?当年她可是对我有着怨恨的,况且我也不是当年的小伙子了,而是刚刚释放的……"

"咳咳,今天咱不说那些。对了,巴德玛那儿,我已经和她说过你好多次,上次在甘珠尔庙遇到她,她还主动提起你,盯着我问东问西的,她还在关心你,这是她的眼神告诉我的。我说你一切都挺好,出狱后,村委会给盖了新房,村集体还以苏鲁克（代管畜群）的形式赊给你十几头牛和一群羊，人也今非昔比了，也不喝酒，一天到晚只知道干活儿赚钱，一门心思致富呢。"

"我可没你这个第一书记说的那么好，不过说真的，我已经十多年不喝酒了，年轻时总因为喝酒闯祸，我要长这个记性。"

"蒙古族男人不酗酒就不叫喝酒，那酒只是就餐的饮料。"前进帽笑笑，"都（弟弟），那时你年轻气盛，就像匹争强好胜的烈马，动不动就和人动手，比谁的拳头硬。不过，你倒是从来不欺负弱者，专门和那些臭鱼烂虾或者欺负别人的劣狼过不去。"

"我和他们打架，七八个人一起都不是我的对手，我照例打他们个屁滚尿流。那时我浑身有使不完的劲儿，抢扇刀打牧草可以一连抢上十几天不知疲惫。我也能吃能喝，一个人一顿能吃掉小半只羔羊，喝光塑料壶里所有的酒……你还记得吗？那年呼伦贝尔那达慕上，一百八十多个搏克手（摔跤手）里，我夺了魁，还赢得了一峰骆驼十只羊呢。"

"还不是额么格额吉（祖母）把你喂养得好，总拿你当两个月的失孤羊羔嘛！"前进帽又笑。

"奶奶是世界上最心疼我的人，可我对不起她……"

"那时，每次你和别人打架回来，老人家又气又恨，拿着烧火棍狠狠地打你的屁股，可回过头来看你哪儿受了伤，又心疼地把你搂在怀里，又搽盐水又涂'马粪包'的，整夜不睡地看护你……"

"是啊，额么格额吉把我从小养大，她明明知道我不是她的亲孙子，是她从海拉尔医院门口捡来的孩子。我听别人说，包裹我的褓褓里有纸条，上面写的是汉字，是我的汉文名字和出生日，可额么格额吉从来都没和我说过这些，她生怕被我知道我是她抱养来的。我四五岁的时候，她还让我裹她干瘪的奶子呢，虽然那里早已是干涸的河床，没有一滴奶。现在你瞧我的模样，小眼睛高颧骨，长得越来越像她老人家了。"

"你喝了呼伦贝尔的水，吃了这里的牛羊肉，晒了草原上的太阳，当然要长成牧人的样子，都，你的性格更像个蒙古族汉子，人们常说的'一方水土养一方人'，就是这个道理。"

"我还会唱蒙古族歌呢，还记得奶奶教的那首长调吗？那首呼伦贝尔牧歌还讲了奶奶的阿爸的亲身经历呢。"

"我当然记得，那个爱情故事凄美得让人落泪，奶奶总在睡前讲给我俩听——'阿爸'年轻时，给一个大户人家放马，那年春天他在牛泉和冷泉边游牧，遇到了一个总驾着牛车来打水的叫道丽格玛的姑娘，她是另一户大牧主家的雇工，除了放羊，每天有干不完的活计。先前，年轻羞涩的'阿爸'还不敢靠近她，不敢和她说话，只远远地望着她轻盈远去的背影，但心早被姑娘掳去了。后来是道丽格玛姑娘主动接近的'阿爸'……"

"我怎么觉得这段有点像我和巴德玛。"

"接下来更像呢。"前进帽打趣着，接着讲，"那年春天，一个牧马人和一个牧羊女就像天上的两只云雀那样相爱了。'阿爸'流连在牛泉和冷泉边，帮道丽格玛驮水、起圈、剪羊毛……'阿爸'每次骑马来时，人马未到他的歌声先到了，道丽格玛和她年迈的父母相依为命，她家又小又旧的蒙古包坐落在牧主家的夏营地里。'阿爸'骑马站在对面的山坡上，冲着姑娘家的毡房唱长调。他会的歌儿多着呢，能装满九辆勒勒车，一首接一首，直到心上人听见歌声远远地迎面跑来。"

"她手里一定挥舞着头巾，白色的羊绒头巾……"

"这个奶奶可没讲。"

"不，是我想起了巴德玛。"牛仔帽神情迷离着。

"后来的故事就悲情了……"

"阿哈你接着讲啊，我好久没听这个故事了，想听呢。"

"我不讲了，讲了心里会难过的。"

"那我来讲吧……后来两个相爱的人终成眷属了，贫苦人也有了家，一对恋人在姑娘家的蒙古包旁扎了同样的毡房，毡房后面唯一的一辆勒勒车的箱子里，装的是道丽格玛的嫁妆。两个相爱的人还没缠绵亲昵够呢，管旗章京前来征兵，'阿爸'只得与新婚妻子作别。送'阿爸'走的那天，道丽格玛跟着骑兵队伍小跑着，不断嘱咐丈夫别忘了写信，早点平安回来。她在马蹄掀起的尘烟里追出好远，直到马队将她抛在身后，她又跑到山冈上去泪目瞭望……'阿爸'去了远方，头两年还有鸿雁传书，等后来战争爆发，'阿爸'越走越远，便和道丽格玛断了音信。等他有一天历经九死一生终于回到草原，竟找不到自己的家了——牧主家的夏营地还是那个夏营地，可他所熟悉的那两个又小又旧的蒙古包却没了踪影，更不见朝思暮想的爱人和她的双亲。他以为他们转场走了呢，骑着快马还未到牧主家，半路遇到了老羊倌阿拉木斯大叔。老人见到'阿爸'，抓住他的马缰绳就老泪纵横了，原来道丽格玛和双亲已葬身于去年春天的一场草原大火……"牛仔帽不再讲述了，瘦削的脸抽动了几下，眼前一片蒙眬。

"后来'阿爸'是在一片蒙古包的圆形废墟和灰烬里找到亲人的遗物的。那是他俩的定情信物——一枚镶嵌着呼伦湖岸蓝玛瑙的戒指，是'阿爸'亲手打制的。'阿爸'无家可归了，魔怔了似的，没黑没白地去他和妻子最初相恋的牛泉和冷泉边，那种痛心的思念化作了泉水般的歌声从心底流淌出来……"

"是啊,奶奶没事总哼起那首牧歌,声音又软又悠长,好似风吹锦缎那样,可真好听,里边的忧伤像雾似的,又像长长的鞭子抽打在心上。"说着话,前进帽轻声哼起了歌儿——

> 我离开湖边来到新的草场,
> 可是我的马群不肯吃草,
> 捧起盛满奶食的碗,
> 可是我却无法下咽,
> 我到处去寻找你的踪影,
> 我的心永远都无法安稳
> …………

"这歌儿让我想奶奶了,可我没能为她老人家尽孝,我在监狱里每天晚上都会梦见她。阿哈,说到这儿,还得谢谢你,是你一直替我照顾奶奶!"

"别说这些客气话,你的额么格额吉也是我的奶奶,谁让我俩是从小一起长大的好伙伴儿呢!还记得小时候我阿爸阿妈在苏木(乡)忙工作,就把我送到额么格额吉的蒙古包里。阿爸年轻时在额尔敦苏木下过乡,当时就住在奶奶家,奶奶也胜似他的额吉。他对奶奶说,这匹小马驹子就交给您了,把他和您的马驹拴在一起放养吧,让他也尝尝牛粪的味道,在草地里多打几个滚,见识见识狼长什么样,否则在城里只知道看《猫和老鼠》、闻汽车的臭屁味儿。奶奶右手把我搂过来,左手搂过你,眯起眼睛上上下下地看,满是皱纹的嘴巴都合不拢了。两匹马驹子进了蒙古包可是要翻天的。我俩挤在一张床上睡,整天打打闹闹,玩呀乐呀,弄得所有家什和锅碗瓢盆都挪了位,就差把蒙古包顶掀翻了,可奶奶一点都不怪你我,还抿着嘴笑个不停。她老人家一辈子没儿没女,所以喜欢孩子,怎么看怎么喜欢。等玩闹累了,奶奶才重新将家什和锅碗瓢盆一一归位,然后变着花样给我们做好吃的,什么羊肉面条、巴尔虎馅饼、布里亚特包子、俄式列巴,就着山丁子、稠李子果酱,还有奶茶,真是好吃极了!"

听到这儿,牛仔帽落下了眼泪,雨点似的啪嗒啪嗒地,挂在胡子的尖梢上:"可惜,奶奶临走时我都没能送上一程,我真不孝。"

"老人走得很安详,那些天我一直守在她身边,邻居们也在。奶奶生前做了太多善事,草地上的孩子有几个没受过她的百般呵护、吃过她做的美食?包括当年那些城里来的知青,天天长在奶奶家,奶奶对他们就和对自己的儿女一样,吃的用的穿的,老人家倾其所有。"

"是啊,后来好多知青返城了,还会偶尔回来看望奶奶呢。"

"奶奶临终时说,她要回到草原上去。依照老人家的遗嘱,我和乡亲们把瘦削成小女孩儿似的她用被子包裹了,放在勒勒车上。那天是我赶的车。那会儿正是春天,山坡上的雪都化了,偶有残余也变成煤黑色,软塌塌的。裸露的草地湿润着,一片金黄中还看不出什么绿色,可浩荡的春风已裹挟了小草的气息,它们新发的嫩芽,正努力隐藏在去秋的枯草里。送行的人们赶着勒勒车沿着车辙走啊走,而奶奶躺在车上就像睡着了那样,她也一定闻到春天的气息了,听到云雀和百灵子的欢叫了……到达胡拉尔山一处阳坡时已接近傍晚,穹庐似的天空布满了杏红色、粉紫色、赭石色、青蓝色的云彩,山脚下刚融化的胡拉尔河淙淙流淌,额么格额吉就在那里'安身'了,从勒勒车上轻轻地滚落下来,蜷卧在那片宁静的山冈上,太阳最后一抹光就照在那儿……"

牛仔帽沉默着望向远处,山坡那儿正有成群的马儿和牛羊忙不迭地埋头食草。那寸把高的鲜嫩且茂盛的青草是大地历经一个漫长的冬季孕育的,是长生天对牲畜的犒劳。这个季节母畜的奶水也最为充盈,而那些欢叫连天的白羊羔、活蹦乱跳的黄白花牛犊,还有或棕或红或黑的四处撒欢的马驹,正你一帮我一伙儿,把绿意盎然的草原点缀得越发生机勃勃。

前进帽长叹了口气,说:"瞧见那些小畜了吗?人和它们一样,也是一辈一辈传下来的。再说,奶奶最见不得我俩不开心,她看到你我这个样子一定会摇头生气的。"他停顿了一会儿,"还是说说巴德玛吧。应该是你出事之后的第三年,她才嫁的人。那时你的案子还没落定。她最后一次来找我,打听你的消息,因为人们都传说你的案子很重,出不来了。我不忍心欺骗她,只能告诉她。巴德玛听了,满脸的失望和哀伤,她打马走远的背影失魂落魄。打那以后就失去了她的音信,直到有一天听说她与一个巴尔虎小伙子结了婚。这个也不能怪她,是你伤了她的心,如果没有后来的事情,你俩肯定是棒子也打不散的一对鸳鸯。"

"也许命运就是这么安排的,听说巴德玛已经是两个孩子的额吉了。"牛仔帽眼神怅然,"她现在怎么样?"

"岁月对谁都是公平的,不会落下一个人。巴德玛的容颜当然也会变。自从丈夫去世后,她一个女人家拉扯两个孩子长大,里里外外都是她,可想而知她有多么操劳、多么辛苦。可她的心一点没变,她的性格也是。"

"她的丈夫是怎么死的?"

"巴德玛生下小儿子的那年秋天,那时已经时兴捆草机了,那个巴尔虎男人和他弟弟去打牧草,不小心被捆草机的绳子带了一下。弟弟在前面驾驶室里,回头不见了哥哥,下车去找也没找见,最后在草捆里发现了他,他已经和草捆在一起了……"

"捆草机？这样的事故多吗？"

"嗯，每年草原上都会因为这个伤人。"

"机械上应该设有风险防控装置。"

"对了，你对机械在行，没事研究研究，没准能行。"

"我在里面也做农机修理，还是技术能手呢。试试吧，不能总让机械伤人。"

"那些年，巴德玛好不容易供两个孩子去镇上读了中学，阿爸又因风湿病瘫痪在床了，为给阿爸治病，巴德玛家成了典型的贫困户。这几年好了，她所在的嘎查(村)一直把她家列为重点帮扶对象，驻村工作队帮阿爸办理了慢性病本、大病医疗保险，又协调北京义诊的专家给老人家治病，直到他老人家能拄拐下地走路。为了使巴德玛尽快脱贫，工作队还帮她跑来了贷款，买了五十只基础母羊，牧忙季节帮扶干部一起上门帮工，巴德玛有了奔头，干起活儿来也起劲儿。这不，牧闲时还给镇上的一家外贸公司做民族服饰呢。"

"你们工作队真没少给牧民做好事，连相亲的事都管了。我就说你一大早牵马来找我，不会只为和我赛马。马背上的感觉真舒服，我可十多年没骑过马了，小时候我们俩天天在一起骑马放牧……"

"是啊，都，我很想和你找找少年时的感觉，让你看看我这个驻村干部还没忘本，还会骑马，还和牧民一样。"

"你不会忘本的，就凭你还没有忘记我。谁忘本你也忘不了。阿哈，记得你接我出狱的那天，我还以为奶奶不在了，自己像'阿爸'那样无家可归了呢。进了嘎查你指着新房子给我看，说这就是我的家，我当时想，一定是你这个做第一书记的为照顾我'以权谋私'了，后来才知道，那一排新建房都是政府给老百姓盖的，当时我的眼泪就止不住流下来了，为了不让你看到，我背过了脸去。那天，你们工作队还给我拿来了米、面、油、土豆、大白菜，这些我都记得，一辈子也不会忘。从那天起，我就想，我一个大男人绝不会成为贫困户，我有手有脚的，绝不会拖村委会的后腿！"

有一只鹰在低空盘旋。临近正午了，太阳开始变得热烈了，细密的汗水从额头鼻尖冒出来，像清晨草尖挂的露珠。前进帽抬头望了望，原来那些流云已聚拢到另一方泼墨挥毫去了。两匹马还没有半点疲倦，嚯嚯地从丘陵的半坡处绕下来。眼下是一片开阔的再无遮拦的草地，一直延伸到天际。东南方向的一侧，铅色浓重，似云非云，似雾非雾。前进帽伸马鞭指了指，说："瞧，那儿就是呼伦湖，我嗅到鱼腥味儿了。"

"这么说快到巴德玛家了？"

"那还远着呢，过了呼伦湖东岸，还要走几十里路。"

"阿哈，还记得我俩是在哪儿见到的巴德玛吗？是在阿拉坦额莫勒镇上，她和她阿爸去卖羊毛，我看到她第一眼就像被主人牵走的马那样，魂就跟着她的身影走了。要知道我可是一头没人能驯服的野狮子。后来我从收购站打听到，她的家在甘珠花嘎查。第二天我就骑马去了那里，沿着乌尔逊河找到了她家。"

"后来你喝多酒后动不动就骑着马跑到巴德玛家的敖特尔（放牧场）去。"

"去是去了，我可没撒酒疯。"

"巴德玛都嗅到你歌声里的酒味儿了！这么说，一定是奶奶讲的故事影响了你，和当年的'阿爸'一样，你骑马跑上几十里路，然后也要站在姑娘家对面的山坡上唱歌，唱那首奶奶教会的长调。见到喜欢的姑娘，你这头野狮子比'阿爸'还羞怯几倍，要不是姑娘像道丽格玛那样到山坡上寻你，你还不敢靠前一步呢！"前进帽哈哈大笑。

"那个傍晚真让人难忘。巴德玛快马奔向我，等她提着鞭子从马背上跳下来，我以为她要抽打我赶我离开呢，她却反手把鞭子搭到马背上，挑着眉眼问我叫什么名字，为什么总跑到这儿来唱歌，是唱给她家羊群听的吗。我一时紧张得不知怎么回答她，只有挠头的份儿。见我一副尴尬相，她止不住咯咯地笑了，等她笑够了直起腰来，对我说，你唱了那么久的歌儿一定口渴了，到包里喝碗奶茶再唱吧。我大脑一片空白，跟着她走下坡岗，两条腿像别人的一样。她家那几条牛犊一般高的牧羊犬冲我吠叫，被巴德玛呵斥到一边去。我进了巴德玛的毡房，端奶茶碗的手抖成一团。巴德玛又捂着嘴笑，她笑起来真好看，圆圆的脸蛋儿就像贴上了两片晚霞。她的头发乌黑乌黑的，梳着两根又长又粗的辫子，说话时总把一根辫子甩到后背去。那天晚上她的阿爸阿妈很晚才放牧回来，我和巴德玛说了一星空的话，我至今还记得她的笑声，又甜又爽朗，像含了稀米丹（稀奶油）和蜂蜜。

"后来，我几乎一有空闲就去巴德玛家的营地，我帮着她起羊粪砖，修理羊圈、网围栏，和她一起去乌尔逊河边用水车拉水。有时她故意把水泼到我的头上脸上，把我弄得像落水老鼠似的，然后咯咯地大笑，我抹一把脸没事人一样。等回去的路上，我赶着牛车专挑有石块或有坑洼的地方走，这样水车里的水就会不时迸溅出来洒她一身。她一路惊叫着，笑着，捶打我的后背，那年轻的时光可真难忘啊。

"可是你知道吗，阿哈，我那时只知道想她，一分钟不见她我就受不了，像丢了魂儿。每天睁开眼睛，脑海里都是她的身影，我就拼命干完自己家的活计，然后策马去她家营地。见了面，我又忘记说那句最想说的话，说出来也怕她拒绝。那句话对我来说太重要了，有生以来从没和谁说过。我不说，比我大两岁的巴德玛也羞于说，每次听到我的马蹄声，她就急切地从蒙古包或营地里跑出来，放下手里的活计向我使劲招手，或者挥着白色的羊绒头巾，对，像云朵一样白的羊绒头巾,迎着我跑过来。她的两根辫子飞舞着,那个样子真像一匹小马,那是我的小马,我的爱……

　　"那次我在镇子上,与两个欺行霸市的牛贩子打架,一个家伙被我打歪了鼻子,另一个的眼睛成了乌鸡屁股。待我飞身上马逃掉,却不敢回额么格额吉家,怕她知道我又在外面惹祸,就一路跑到巴德玛的营地去。那会儿天都黑了,我敲了巴德玛的包门,她见是我,忙不迭地让我进屋,给我煮面条熬奶茶,却忽然发现我额头那儿爬着一条蚯蚓状的血流。这可把她惊吓到了,问我到底发生了什么。我瞒不住她,和她说了实情。巴德玛帮我剪了伤口周围的头发,拿出医药包为我处理了头上的伤口。做这些时她挨我那么近,我都嗅到她的体香了,有股奶子的清甜,又像六月青草的气息。我禁不住把头依靠在她的怀里,她就轻轻地抱住了我的头。我一个大男人竟像羊羔那样乖顺。那是母性的怀抱,像奶奶的怀抱一样温暖,但比奶奶的年轻,柔情似水,让我融化。巴德玛后来和我说了好多话,劝诫我以后不要再做傻事了,有的是说理的地方,遇到不公平或看不下的事儿,可以去找工商所派出所,不能动不动就使拳头逞能,那样早晚有一天会把自己害了。她说,你都是二十岁的小伙子了,已经不是无知少年,你想做个浪子吗?总惹是生非让额么格额吉为你操心,整天为你担惊受怕,你觉得心里过得去吗?那天巴德玛说的话我听进了一些,可我更愿意迷失在爱情的醉人芬芳里不作任何思想。那天我吻了巴德玛,我俩都不太会,只是胡乱地亲了又亲。我还想有别的举动,但被她拒绝了,她附耳对我说,等提亲后才行……那天晚上,我和她拥在一起入眠,听着她睡梦中细微而香甜的呼吸,觉得自己忽然长大了,要娶一个女人为妻就应该好好做人,日后不能再好勇斗狠了。

　　"我和奶奶分得的草场少,发展畜牧受限,我决定到镇子上开个农牧机修理部。你知道我打小就对机械感兴趣,记得你阿爸送给奶奶的收音机和电视机都被我拆了个稀巴烂,当时恨不得把里边说话的小人儿通通掏出来。不过,这些盒子最后还是被我完好无损地组装上了。等上中学的时候,我更是利用寒暑假的时间一头扎进各种修理部当学徒,所以农机方面基本懂个大概。我一边开着修理部一边学习技术,白手起家,生意做得很有起色。那段时间,巴德玛一有空闲就来看我,我和巴德玛就像奶奶讲的'阿爸'的爱情故事那样,相互想着恋着。那会儿的我每天精打细算,准备再多赚些钱就去巴德玛家提亲……

　　"可是后来……后来我是怎么学坏的呢?有一段时间巴德玛的母亲病了,她好久没来找我。镇上一帮小野马驹子却来找我了,他们听说我能打架,特意来'会'我。我的拳头当然不是白给的,征服他们没的说。野马驹子们心服口服,就推举我为'老大'。原来他们在镇子上也是分帮分伙儿的。我那时年轻气盛,虚荣心作祟，早把巴德玛的话忘在了脑后，稀里糊涂地当了他们的'头儿'，天天和他们花天酒地鬼混在一起，修理部的生意也荒废了。与之相比，整天满身油污做一个搬搬拧拧的修理工太枯燥无味了。记得巴德玛后几次来找我的时候，我不是酒醉不醒，就是在和那些弟兄吆五喝六。我也不再关心巴德玛，她母亲病重几次到医院我竟没去看望，秋天打草季节我也没能帮忙。我成了一个没心没肺的'浑球儿'。直到那次'舞厅事件'，我们和另一伙野马子在小镇的一家舞厅火拼，两败俱伤，我没处躲藏，又跑到了巴德玛家。巴德玛没有把我拒之门外，但她不再像红彤彤的火炭那样对我了，脸上总似秋天枯黄的草原蒙着一层霜雪。可我没有扪心自问，却对巴德玛抱怨起来，甚至和她无端地发火，大吵特吵。就在这时，一个叫索道的小子找到巴德玛家营地向我通风报信，说对方还要约架，以决胜负雌雄。这次要动马上的功夫，地点选在乌胡尔图汗山，据说那里曾经是成吉思汗和札木合'阔亦田之战'的对战之地。巴德玛刚巧端着牛粪走进毡房，听到了这些混账话怒不可遏，挥起马鞭驱赶索道，待他骑上马背还使劲抽打他的马，那马慌不择路地跑掉了。巴德玛这才一屁股坐在毡房外，把头埋在膝间失声痛哭。她骂我是个走路没有影子的人，除了豺狼没有别的朋友，迷途的羔羊迟早要被风雪埋掉……如果我就此收手，巴德玛或许还会原谅我，时间的风还会把沟壑抚平。可我鬼迷心窍了，一股争强好胜的血在我的血管里奔突，仿佛自己就是年轻时的成吉思汗，就要为胜利者的'荣光'而战。忘乎所以的我没等第二天天亮就从巴德玛家偷偷溜了出来，抓了一匹骟马向灰暗的天边驰去……后来的事不说大家也知道，是巴德玛报的警，我们两伙儿坏小子刚从乌胡尔图汗山探个头，就被抓获了。出事的那会儿，我第一个想到的是奶奶。我想我真是不孝，她老人家该多么失望，她的心会疼的；然后我就想到巴德玛，我想我完了，我再不会见到她了。"

有那么一阵儿，前进帽和牛仔帽不再言语了，两个人皱眉眯眼做沉思状，又仿佛无所想，只是被明媚的草原景色晃得睁不开眼睛。

"现在，一切都过去了，你犯的错也受到了应有的惩罚，不是吗，都？"前进帽点了根烟抽。

"可我不能原谅自己，十多年来我的内心一直充满悔恨。"

"人不能总活在过去，就像太阳总会在黑夜后升起一样。都，知道吗，我之所以要陪你走一遭，就是想解开你心里的疙瘩。一切都重新开始了！"说着话，两匹马爬上一段缓坡，等人和马从坡顶露出头脸，前进帽就兴奋地喊起来："你看，你快看！"

好家伙，原来是一片浩浩渺渺的大湖出现在面前，仿佛是突然从草原上冒出来的一般。那种铁灰色的无边无际的水面正像大海一样荡漾着，一浪跟着一浪拍打着湖岸,它的更远处却是一片宁静的幽蓝,分不清水和天的界线。两个汉子勒马驻足,听着满耳的湖鸥和各种水鸟的叫声,嗅着潮湿扑面的带着鱼腥气的风,一时间只有静静瞩望的份儿。

"它还和我小时候看到的一样,没有变化。好像湖水更清澈了!"

"是啊,前些年它的四周都是旅游点和偷捕的渔船,现在都被拆除、清理了,而且全面禁渔了,所以,这片大湖又恢复了原来的模样,有道是'绿水青山就是金山银山'!"

"阿哈,我想和你赛马,我们兄弟俩就像少年时那样赛一次吧!"

"真有你的,我刚刚也这么想!"前进帽从肩上摘下军用水壶,举起来晃了晃,里面有液体唰唰地响,他吧嗒吧嗒嘴,"知道这里装的是什么吗?"

"什么都瞒不过我这个猎狗鼻子,我嗅到它的味道了,可我早戒了酒。"

"今天破例,都,今天我就要你和巴德玛说出那句话!"

"不喝酒我也能,我不是当年那个羞涩少年了。"

"那就更应该喝点,我还想听你对着巴德玛家的敖特尔唱歌呢!"

"原来你为了这个。"

前进帽哈哈大笑,双脚一磕马镫,红马立刻精神抖擞起来,牛仔帽也勒正了马头。其实两匹马早不耐烦了这不紧不慢,听得一声尖如鞭鞘甩出的口哨,便撒开了四蹄,伴着一阵震天动地的足音,恍若被巨大的旋风刮走了似的,两匹马眨眼间跃下丘坡,驰向一马平川的草原,后面唯余滚滚烟尘和俩汉子呼啸般的吆喝。

风渐次分开,向身后疾去,牧草是被风带走的箭镞,密集地分射向两边,四面的丘陵也随着飘扬的马鬃依次飞去。大地颠簸得恍若大海,而马上的两个汉子一如在大海中驾着起伏跌宕的海舟乘风破浪。他俩将双腿直直地站立在马镫上,这样身子就更高出了大地,然后伸展开手臂就像伸展开翅膀,两个人你一声我一声地欢呼。胯下的马也受了主人的感染,咴咴地嘶鸣。这个架势远远望去,仿佛那不是牧人与马,而是两只翱翔啸叫的鹰。

这会儿,红马上的汉子取了酒壶狠灌了一口酒,有几许清洌从嘴边泼洒出来,在空中散成落花,再随手扔给同伴儿。那酒壶没有拧盖,翻了几个跟头却一滴不洒,只是角度偏高。牛仔帽就从马背上一跃而起,仿佛是从云朵里抓到了它,屁股还没落在马背上,酒已咚咚入口。两匹马越发狂飙,身后的烟尘直扯到云天,而马背上的汉子则像燃烧的两团火,火苗左冲右突,蓬勃乱蹿。此时白马已把红马落下十几步远,牛仔帽仰头喝掉半壶酒后,看都不看,反手丢给红马,那壶侧落到红马的胯下,触到了牧草的尖梢。前进帽不慌不忙,海底捞月般探身向下,一个斜翅将酒壶提在手中,也不起身,一脚别着马镫横于马的一侧,把那壶竖叨在嘴里。

"阿哈,你真能!"牛仔帽喊着,索性摘了帽子像飞碟那样抛向远山。

"你也是,都!"前进帽也撇了帽子,他的前进帽在空中飞翔时有点失衡,野鸭子那样扑棱棱的。

"阿哈,我还要去镇上开修理铺!"

"你能!我赞成!"

"奶奶会保佑我们的!"

"奶奶还要你娶巴德玛呢……"

接近黄昏的时候,那两匹马来到了乌尔逊河岸。那河从贝尔湖迢迢而来,像一条灰蓝色的长不可及的飘带,将呼伦湖连接起来,呼伦贝尔草原因此得名。巴德玛家就在乌尔逊河的入湖口。此刻金子般的夕光正笼罩在这片丰美无垠的草原上,那像马头琴曲一样低缓的草地深处,一座蓝瓦红砖的新房舍正静静地矗立在那儿。它的旁边是洁白如蘑的蒙古包,一缕歪歪扭扭的炊烟袅袅地从那儿升起,一直爬到蓝天上。房舍的旁边是整齐划一的羊圈、彩钢房的牛舍、机井闸杆和牛羊饮水的水泥槽;房舍的后面,七八个勒勒车连成一串,洋铁皮箱体像镜子那样反射着太阳的光芒。离居所不远处,一群圆滚滚的绵羊、山羊仿若珍珠般散落开去,又似一大片白云缭绕在那里;与羊群掺杂一处的是十几头乳牛,远远望去,像极了绣在绿毯上的黄白相间的花朵。而这番景致都被蜿蜒的乌尔逊河围绕着,左段堆满了碎银,右段闪闪烁烁,再往夕阳处却是水天一色的玫瑰红,一直红到天边。这番景致仿佛是为了陪衬一个扎着白头巾的女人,她的身影是忽然闪现的,就像一场盛会的主角会在最后登场。她站在乌尔逊河边,站在羊群和乳牛之间,遮目向这边张望。她看到了不远处高坡上的红马和白马,以及红马和白马背上那两个汉子,隐隐约约地,她还听到了源自其中一个汉子的歌声——

> 我离开湖边来到新的草场,
> 可是我的马群不肯吃草,
> 捧起盛满奶食的碗,
> 可是我却无法下咽,
> 我到处去寻找你的踪影,
> 我的心永远都无法安稳
> …………

没错,那是她熟悉得不能再熟悉的牧歌! 女人先是怔了一下,随之记忆被轻轻唤醒,就像春天被风轻轻唤醒,晚霞和流云也被唤醒,在她的头顶旋转开来。长生天也旋转开来,好似巨大而深邈的罗盘。女人呆呆地伫立在那儿,忽而听到一对云雀在空中婉转啁啾,仿佛与那骑马的汉子赛着歌喉……

　　【作者简介】海勒根那,内蒙古"中生代"代表作家。出版有短篇小说集《到哪儿去,黑马》、《父亲鱼游而去》、《骑马周游世界》(蒙汉双语版)等,诗集《一只羊》。作品散见于《民族文学》《青年文学》《天涯》《作品》《青春》《草原》《滇池》《飞天》《鹿鸣》等文学期刊,有小说被《小说月报》等刊选载。曾获第十二届全国少数民族文学创作骏马奖,第十届、第十二届内蒙古文学创作索龙嘎奖,第三届内蒙古敖德斯尔文学奖等奖项。现居呼伦贝尔。

白釉黑花罐与碑桥

◎　迟子建

楔子

又来了个姓赵的。

他四十岁上下，黑红粗糙的脸，平头，额头有颗斑驳的黑痣，穿一身不大合体的藏蓝色西装，红领带，紫袜子，黑皮鞋。为来鉴宝特意刮过胡子吧，唇髭间泛着收割后的青光。他怀抱一个半尺来高的三足龙纹云鼎，说这是西周的青铜器，当年宋徽宗被金人所掳带到三姓的，他的远祖是宋徽宗后人，所以这宝贝在他家传了好多代了。

我懒得多看一眼那明显造假的玩意儿，鼎上的龙纹张牙舞爪、粗鄙不堪，这可不是西周的线条，我毫不客气地对他说："东西不必放下了。"

他细长的眼立刻瞪成圆眼了，半是威胁半是乞求地说："您不仔细瞧瞧？也不问问我姓啥？"

"你当然姓赵了。"说完这句话，我见他手上毕露的青筋，瞬时瘪了下去，而先前它们血脉偾张，像一条条奔向猎物的蛇。

我眯起眼，享受南窗送来的金子般的阳光，这是西周的阳光、北宋的阳光，也是今朝的阳光，无须鉴定，千秋万代。

那人咳嗽一声、叹息一声，再咳嗽一声、叹息一声，最后"唉——"地长叹一声，绝望地走了。他走得深一脚浅一脚的，脚步声杂沓不堪。一个人泄了气，腿脚就不利落了，再加上他穿的新皮鞋，与那身别扭的西装一样，显然是急就章，与他的脚怎能合拍。

我从哈尔滨到依兰两天了。退休这五年，我驾驶一台越野吉普车，在黑龙江各地寻古探幽,也发挥专业优长,免费给人鉴宝,渐渐地在民间有了些名气。因为经我鉴定为真品的一些私人藏品,得到了国家级文物专家的认可,拥有宝物的主人一夜暴富。

我不做文物贩子,虽说利润空间很大,这倒不是怕违法,而是我资金不够雄厚。我只收藏经济能力承受得起又令我心仪的器物,比如金代的双鱼花枝铜镜、明代的青花瓷碗、清乾隆年间的粉彩山水画盘以及民国的各类酒壶。

当收藏成为一种热潮时,各地的古玩市场也悄然兴起,抱着捡漏心理的收藏爱好者成为这里的常客。但摊主们兜售的器物,十之八九都是赝品。而之前在穷乡僻壤,有些宝物真的不为人识。有农人用明代万历年间的花鸟漆盘去盖咸菜坛子;还有人把辽代的上马酒壶给小孩子当尿壶。细究起来,这样的人家祖上没有不发达的,而后辈又没有不落魄的,以为自家不曾拥有稀罕物。

爱好收藏的,最痛心的就是逢着心爱之物却无力纳为己有。比如我曾在阿城乡下一户人家,见到一个盛黄烟叶的罐子竟是金代的白釉黑花罐,其器型端庄古朴,色彩典雅高贵,釉面似有月光隐隐浮动,就像个穿着丝绒旗袍的气质美女,在勾人魂魄地望着你。罐身的牡丹与枝叶勾勒得富贵又妖娆,像是要从罐子中飞出来爬上谁家的窗棂,为这罐子平添了一份浪漫,让人怦然心动。见我要出高价收购这个罐子,老乡顿悟此非浊物,连说这是他心肝,陪他大半辈子了,不卖。几个月后我再去,房屋还在,但主人已不知所终。

我已是第三次来依兰了。因为北宋的赵佶赵桓二帝曾被囚于此,这当年的五国头城里,不仅流传着很多关于他们的传奇故事,前来鉴宝的人里标榜赵姓的也不少。仿宋徽宗赵佶的书画作品,一如陈年枯叶,有点收藏风就飞出来了。

还记得我第一次来,有个酒气熏天的男人,拿着一页泛黄信笺,愣说是宋徽宗写给金高宗的密信,价值连城,给他两万他就出手。见我不理,他抖着信笺说,瞧瞧这有筋无骨的瘦金体,只有他妈的不爱江山爱花鸟的徽宗才写得出来啊,你看走了眼,可别后悔呀。我抢白他,花鸟不是江山吗?而我第二次来,有个肥胖的自称姓赵的艳服女人,袖着一方褪色的粉绸,说这是徽宗皇后韦贤妃用过的。而这次竟有人仿造西周的鼎蒙我,委实让人不爽,这分明是嘲弄我的专业才能。

其实我这次来还是有收获的,得了一盏曾任依兰镇守使的抗日名将李杜将军的台灯,要知它照亮过多少黑暗的夜晚啊。李杜因尊崇李白杜甫,把原名李荫培改为李杜。他的二夫人王者培在东北很有名气,是个舞刀弄枪的女侠,传说她爱上了李杜将军,但李杜有夫人,于是刁难她,说除非你打下城门塔上的鸽子,才会考虑。王者培手持双枪,砰砰两声,一双鸽子自塔顶坠下,成了她婚礼的爆竹。此行我还得了一幅曾任依兰道尹的莫德惠的字。日本侵占东北时,莫德惠正在苏联,他闻此消息,放声大哭。清末依兰城门上"东北重镇,中外通衢"的横额,就是莫德惠题写的。

依兰山岳环抱,多有庙宇。这里水系纵横,除了浪漫汇合的牡丹江和松花江,还有散发着竹笛般清音的倭肯河和巴兰河。来这儿的游客,看山有山,观水有水,寻古有古。依兰在金朝设路治,称胡里改路。乾隆年间,这里就是著名的通商开放市场,有大码头,商户林立,贸易繁荣。光绪年间设依兰府,后为依兰县。它别名"三姓",源自满语"依兰哈拉",满语中"依兰"为"三","哈拉"为"姓",当地不少百姓还习惯叫它的老名字。而不管历经了哪朝哪代的风云变幻,依兰最为世人所知的,还是徽钦二帝在这里"坐井观天"的囚禁岁月。

送走最后一个鉴宝人,我正打算出旅馆寻个吃杀猪菜的地方,林蓓来电,也不问我在哪儿,张口就发脾气,说:"你快滚回来吧,我可受不了你妈了!"

林蓓比我小九岁,是我现任妻子,已是一家企业的副总了。她年薪比我高,长相不俗,自我们结婚,母亲一直看她不顺眼,觉得我找了个跟王姝同路的女人,好不到哪里去。

王姝是我前妻,貌美如花,性格活泼,在一家医院做护士,女儿十岁时,我发现她和一个有家室的官员有染,于是提出离婚,王姝欣然同意,我们平分财产,女儿共同抚养,也算分得寂静和体面。

被戴过绿帽子的男人再找女人,总觉是走夜路,有姿色的都觉得是鬼,让人脊背发凉。

我是在一个朋友的聚会上遇见林蓓的,她鹅蛋脸,黑黑的眼睛,剑眉,红唇,一头秀发,身形高挑,衣品极好,举止得体。朋友说她刚离婚,前夫是搞动力学研究的专家,出轨女博士,林蓓一怒之下离了婚。我想我们有相似的情感经历,再组家庭,定会彼此珍惜。但母亲见她第一眼就不喜欢,说:"你当自己是拎着金箍棒的孙猴子啊,怎么又招了个妖精来家?"但我迷上林蓓,不顾母亲反对再婚了。林蓓那时是企业的中层干部,常陪老总出差,母亲说她一准是跟别人撒野去了。婚后林蓓才跟我说,其实她是个丁克,前夫本来也是,说好了不要孩子一起走到底的,可婚后他就改主意了。前夫出轨,也是想刺激她主动离婚,好再婚生子。林蓓说她之所以没婚前说,是因为坚信我这样有襟怀的文人学者,不在乎这个,再说我有孩子了。虽然林蓓给我戴了人格的高帽子,但我依然不爽,觉得她心机重。母亲知道林蓓不想生孩子的坚定意志后,气得大病一场,尽管不喜欢她,但还巴望着再得个孙子呢。

林蓓性格强势,业务能力强,人脉广,一路升至副总,风光无限。我们在经济上各自独立,她的钱主要消费在奢侈品店、美容院、高端餐厅和海外游,而我乐意把钱用于收藏、购书和国内自驾游。林蓓过了五十岁后,气质大不如前,也许是企业复杂的人际关系给折磨的。她打电话时,我常听她对张三说李四的坏话,转而又对李四说张三的不是,简直是个面具女王。还有她近年睡眠差,大把掉头发,黑眼仁少白眼仁多了,她跟我说话翻眼珠时,我感觉她眼里堆着肮脏的雪。

母亲一直怀疑林蓓在外面有人,所以只要我离开哈尔滨,她就把保姆打发走,要林蓓回她那儿住,名曰陪伴,实则监视。这不林蓓控诉大中午的,母亲让她回去喝人参乌鸡汤,说是入秋后得补了,不然缺营养,头发掉光了,人家还以为她儿媳妇要去当尼姑。我明白母亲并不是真的关心林蓓的身体,她就是要占领她的午休时间,因为母亲跟我唠叨过,她听说出轨的上班族,通常是利用午休时间,在快捷酒店或办公室鬼混,晚上回家跟没事人似的。

无论是前妻王姝还是现任林蓓,我都无感了,相信她们对我也一样。我现在的家,就像一个开放的码头,为着利益,什么船都可以靠港。王姝退休后常带女儿过来,她鼓励我收藏,不是欣赏它们独有的文化价值,而是为着我们的女儿着想,说这是软黄金,能做女儿的传家宝。这话对自甘放弃生育后代的林蓓来讲,字字诛心,所以林蓓喜欢挥霍钱财,反正无人继承。林蓓一身名牌地走出家门时,我总觉她像稻草人一样,身上没有血肉。

挂断林蓓的电话,我没心情去寻杀猪菜馆了,想着旅馆斜对面有一家砂锅豆腐店,随便对付一口算了。

依兰晚秋的风儿与哈尔滨的一样,由润而滑的丝绸感,蜕变为凉而硬的金属感了。没有都市高楼的层层阻隔,风儿更自由也更凌厉,吹得人睫毛忽闪。小城依山傍水,草木气息浓,汽车尾气少,空气清冽干净,让人神清气爽。我进了小店,点了一个排骨豆腐砂锅、两张葱油饼,全部消灭掉,只觉身体动力无穷,很想出去撒撒野。刚好有食客在讲巴兰河,说这段时间去那儿看五花山的人不少,我便想去巴兰河景区转转。

主意已定,我赶紧回去退房,驾车奔向巴兰河。

我的背囊中备有常用的急救药品,还有指南针、防水火柴、手电筒、望远镜、搪瓷杯和水果刀等野外生活工具,以及瓶装水、食盐、糖果、压缩饼干等。对爱读书的我来说,包中还少不了一两本书籍。

出了旅馆向西不远,是一条商业街,城镇化改造中,很多地方的房屋被粉刷成一个颜色,比如土黄色,依兰的这条街就是这样。这颜色在我记忆中,仿佛火车站专有。好在土黄色的建筑物上,有五颜六色的牌匾,无论冬夏都绚丽夺目。超市、银行、浴池、药房、烧烤店、冷面馆、渔具店、鲜奶吧、佛事用品店、理发店等依次排开,这生活的花朵,即便是在"新冠"疫情中,也不凋零。

快出城时,见到一处建筑工地上,两台挖掘机正在作业,一个工人在瓦砾中叼着烟撒尿,他旁边站着一只摇头摆尾的黑狗。这路段大货车和摩托车明显多了起来,它们体积不同,气势却一样,跑起来蛮气十足,这都是路上的祖宗,我小心翼翼避让着,到了哈肇公路才松口气。而上了依兰旅游公路,那就是走上幸福大道了,路况很好,车少人稀,风景也美,我把车窗摇下,听着原野的风声。

依兰旅游公路有三十多公里长。中秋和国庆将近,正是游客青黄不接的时节,往来车辆极少。夏候鸟大都迁徙了,偶尔从草丛飞起的一两只禽鸟,也都飞不高。它们有的是因出生晚,体力不行,难以展翅高飞,有的则是因伤或衰老得飞不动了,还在北地苦熬。命好的在落雪前挣扎着南飞,或是被候鸟保护站收留,命差的就葬身于寒流,那丝绸般的羽翼就此在天空消失。当我放慢车速,贪婪地呼吸着山野清风的时候,一只成年苍鹭忽然从水边半青半黄的草中拔头而起,它栽棱着翅膀,飘飘摇摇地跟着我的车子飞翔,随时随地要栽倒在地的模样,一看就是受了伤。

我最不喜欢的鸟儿就是苍鹭了,不是因为它嘴长脖长、细脚伶仃,一副刻薄相,而是因为母亲常把我跟它类比。苍鹭捕食时会像岩石一样,待在一个地方久久不动,静待猎物,所以当地人也叫它长脖老等。它不挑食,撞上什么就吃什么。母亲说我在婚姻上就是个长脖老等,不知道四处寻觅好姑娘,傻呵呵地撞上王姝就娶了王姝,撞上林蓓就娶了林蓓。所以每次路遇苍鹭,我都会加快车速掠过,仿佛是甩掉了母亲的嘲笑。

我到巴兰河景区时是午后三时,太阳已向西了。在一座挂着红灯笼的山庄停下车,我跟庄主说想租条橡皮艇漂流巴兰河,留着一撇小胡子的他瞪着我说:"兄弟这是啥时候啊,都快下霜了,还上水里整啥浪漫!"

我说:"那你还守着这山庄干吗?"

他又瞪了我一眼,说:"收秋啊。"

我以为他在附近种植了庄稼,再交流才明白,这两年因疫情,山庄一关再关,游客锐减,生意难做,就巴望着中秋和国庆假日时,来看五花山的人带来个小高潮,收个游客的秋。我问他这两个节日的客房预订情况好吗,庄主害了牙痛似的抽着嘴角说不咋样,预订中秋节的只有四间房,还都是普通间。国庆节的稍好一些,两个小套房都订出去了,普通间也有五间。他说要是搁前些年,这儿的客房闲的时候少,可现在整座山庄,只有五个客人。三个年轻的是来拍五花山的摄影爱好者,一对老夫妻是银婚旅行,他们消费都不高,实在没啥赚头,勉强维持员工开支。

我好说歹说,庄主就是不肯租橡皮艇给我,说早过了漂流季了,今年水又大,后天就是中秋节了,万一我有个闪失,他们踩了假日游安全的地雷,那可就遭殃了。他建议我住下,可以出去转转山,看看奇峰异石。他说当年跟宋徽宗发配到依兰的九个侍女,因不堪金兵凌辱,在巴兰河投水而亡,魂灵化作秀丽的山峰,离这儿不远,日落前可探寻一下。有人说男人看了这九女神峰,会交桃花运呢。

我没有好气地说:"交桃花运的男人哪个不被桃花水淹死!"

庄主哈哈笑着拍着我肩膀说:"兄弟这是蹚过桃花水受过伤哇。"

见我对九女神峰不动心,庄主又说这附近还有蘑菇,可挎个篮子采山,用自己采来的蘑菇,去厨房做个鲜蘑炒白菜片,再弄个清炖细鳞鱼,来上一壶老酒,这个夜晚就是仙女来陪,咱都不干!

巴兰河景区的山庄还有不少,可是日色渐暮,我还想趁亮出去转转,再说庄主是个有趣的人,所以不想再寻别处,先办了入住。

我肩挎背囊出门的时候,庄主嘱咐我注意野兽,天黑了就回来,别往密林中走,万一碰见黑熊,这家伙冬眠前正要储存能量,我这么大块的优质蛋白,它是不会放过的。

秋风是大自然的调色师,巴兰河两岸的山峦和原野,被它点染成了花园。杨树的叶子黄了,但它黄得参差,土黄、鹅黄都有,不像白桦树跟个富翁似的,披挂着满树金币似的金黄叶片。柳树叶子的颜色最丰富了,半青半黄的有,半红半粉的也有。最红的要数柞树了,它那蝙蝠似的叶片油红油红的,像上了蜡。落叶松的松针就两种色,落地的是深褐色的,还在树上的是浅黄色的。只要一阵风吹过,你看林间吧,简直是天女散花,斑斓的秋叶满天飞。但这样的绚丽,是大自然的回光返照,因为秋叶终归飘零,褪掉颜色,成为腐殖土的一部分。我踩着林地厚厚的落叶,感觉是踏着油彩前行,脚下流光溢彩的。

庄主诓我,这时节哪还有蘑菇啊,我不止一次以为发现了榛蘑,可凑近一看,总是落叶,榛蘑和落叶在长相上酷似。兜兜转转了一小时,只找到几个半干的桦树蘑。我爬到半山坡时,太阳开始下沉了,夕阳仿佛一个气韵饱满的歌者,一旦它开嗓,晚霞就缕缕飘出了。我掏出望远镜回望山庄,想看看沐浴着夕阳的它,是否成了金殿,这时我意外地发现了一条船。

这条船停泊在山庄东侧的一棵大杨树旁,面向巴兰河。船是木船,不是那种为游人预备的橡皮艇,也许是山庄员工用来捕鱼的。要知道住进这里的游人,谁不渴望灶上的河鲜呢? 这条黑黢黢的船,在我眼里比任何一道晚霞都绚丽,再次点燃了我漂流巴兰河的热望,而我有数的几次漂流,都是在日光里。想想太阳落了山,避开庄主和游人,悄悄推船入水,来一个月夜的漂流,独享一条河,听水声、风声和落叶声,该多享受啊。

锁定了船的方位,我不再登山,而是席地而坐,目送夕阳。秋天的太阳落得就像疾驰的车轮,滚滚向前,一刻钟左右,大半个身子沉下去了,再七八分钟,夕阳完全不见了,它在最后时刻留下了对天空的热吻,玫红与金黄的晚霞弥漫在西边天。但这是黑夜最觊觎的吻,用不了多久,它们就会被吞噬。

山庄客人少,不必在意会撞上花前月下的人。所以太阳一落,我就起身下山,一直到巴兰河畔,只碰见几只忙活着往洞里藏松子的松鼠和几只被我惊飞的苏雀。晚霞消散,夜色渐起。那条船半新,还有腥味,看来是打捞河鲜的船,船桨不像我想象的怕客人乱用而藏在别处,桨就在船舱贴心地放着,而且船尾接近水面,我毫不费力地推船入水,开始漂流。

入水后我才发现船在山庄的下游,所以更不用担心庄主会看见我了。我摇船离岸时,感觉是个成功逃学的孩子,直想放声歌唱。山庄灯火旺盛,可等我划了一段,在河流转弯处回身遥望时,山庄的灯火就像一团渔火了。

巴兰河是由山泉水汇聚而成的,非常清澈,虽然夜色迷蒙,但在水浅处,还能隐约看见河底的卵石。河道初始宽阔,十五六米宽吧,但转了两三个弯之后,它忽然收紧了心,河面变得狭窄起来,也就六七米的样子,伸出手臂能抓到岸边的柳树探过来的枝条。水流变得湍急,我努力保持着平衡,不让船过于摇摆。

船行七八里后,月亮升起来了,照得巴兰河像大地的闪电似的,瞬间亮了起来,猛然间觉得河上鱼群飞舞,仔细一看,却是形形色色的落叶。落到水里的叶子,不甘命运的,可以随着巴兰河汇入松花江,心性更高的,没准还能汇入黑龙江呢!

月亮初始光华满面,但它在夜空没骄傲多久。当船行至一处宽阔的水域时,天突然阴了起来,月亮被云彩遮住了。先是片状云像羽毛似的撩拨月亮,也顺带给它们点染了春心,令片状云红了脸庞。但随着铅灰色的块状云堆积而上,月亮逐渐沦陷,挣扎着发出微光,最后被浓重的乌云彻底埋葬了,河面骤然黯淡了,风也起来了。山里的天气就是这样,几分钟前还云淡风轻,转瞬却是狂风暴雨。

先前漂流时,我还嫌夜晚太过恬静,波澜不惊,少了刺激。现在狂风一起,两岸的树疯狂摇曳,呼啦啦作响,像一颗颗手榴弹,要炸毁这暗夜似的,再加上野鸟惊叫,暴雨如注,河面雨雾蒸腾,波涛翻卷,小船剧烈颠簸,我立刻兴奋起来。

可这激情没有持续多久,雨越下越大,河面一片模糊,分不清哪儿是岸,身上阵阵发冷,我打算结束这冒险的夜漂了。我吃力地辨认着方向、寻找上岸之地时,船被一个大漩涡击打得侧翻,船舱进水了,这让我分外紧张,因为我并不会水,如果没有了船,我在河里就失去了心脏。

我渴望闪电的出现,这暴雨的先遣军,是天空的手电筒,会让我在瞬间辨明哪儿适合靠岸。可是闪电是夏天的轻骑兵,到了秋天就偃旗息鼓了,不再亮剑。我睁大眼睛仔细观察,发现眼前是墨色和灰青色交织的色团,我判断出大面积的墨色是岸,而呈带状分布的灰青色,则是河流。只要朝着墨色方位,感觉船不太颠簸时,说明那是水流相对平缓的河段,就可靠岸。

然而船侧翻时涌进的河水与持续的暴雨倾入,使得积水已没过我脚踝,船开始渐渐下沉。当我意识到不妙时,也不管身处什么样的河段,赶紧朝着浓重的墨色划去。

在我努力靠岸的过程中,船又雪上加霜地"咣当"一下撞上了什么,这让我肝肠欲裂,头晕眼花,跟着似有一只大鸟掠过,它的翅膀扫着我的额头,像是重重地给了我一拳,生疼生疼的。我想鸟儿飞去的方向一定是山,山就是岸,而那是墨色区域,我判断的方向应该没错。可是风越来越大,船像是被撞傻了,原地打转,剧烈摇摆,只两三分钟,就彻底倾覆,把我抛入冰冷刺骨的巴兰河。

上半夜:白釉黑花罐

救我上岸的是个四十多岁的男子,他相貌平平,刀条脸,八字眉,小眼睛,扁平鼻,目光黯淡,面无血色,穿一身铁灰色的衣服,黑胶鞋。我睁开眼睛时,已在他的窝棚中了。松木杆搭起的窝棚像个大斗笠,扣在巴兰河畔,一团月亮似的火,在窝棚中央发光发热,像一颗勃勃跳动的大心脏。

他对我说的第一句话是,"来了。"

我躺在一堆干草上,问坐在火堆旁的他:"这是哪儿?"

"巴兰河啊,"他说,"你在河里翻了船。"

我说:"知道这是巴兰河,可这是哪一段呢?"我说出了投宿的山庄名字,问这里离那儿有多远。

他说巴兰河就像一个人的身躯,缺了哪段都没好活的,所以河流是不分段的。至于我提到的山庄,他从未听说过。

我说:"看来你不熟悉巴兰河景区,你是过路的渔人?"

他告诉我他是个窑工,祖上就是干这个的。

我说:"依兰这地方还有烧窑的吗,我怎么没听说过?那你是给建筑工地烧红砖的了?"

他用看待俗物的眼神,同情而又失望地扫了我一眼,说他是烧瓷器的。

我想他是守窑场的了,刚想打听这里几孔窑、烧窑的土黏性大从哪儿运来、成品的瓷器又销往何处,窑工站起来,或者说从我面前升起来。我不算矮,但他比我还高出一头呢,似乎要把窝棚给戳破了!他走向一个草编的箱子,取出一套藏青色衣服,嘱我换上,说要出去看一下窑火,一会儿回来给我煮点吃的。

我望着窝棚顶那个苹果大小的圆孔,它既可走烟,也可瞭望天光。看得出夜色沉沉,雨还没停,因为火堆时常发出吱吱的叫声,那是圆孔坠下的雨滴,牺牲于烈火的声音。

我脱下湿衣服,换上他给我的那套。衣服叠得整整齐齐,散发着淡淡的香味,好像由女人打理过。上衣是对襟的,裤子是散腿的,料子像棉又像麻,轻极了,软极了,干爽又妥帖,穿上很合体,像是专为我准备的,因我没窑工那么高,也比他胖,显然不是他的衣服。我从脱下的上衣闻到淡淡的盐味,从裤子嗅到了令人沮丧的臊味,看来我拼命挣扎时没少流汗,而且吓尿了裤子。

那条翻了的船漂哪儿去了,我该怎样跟庄主交代?夜漂时我将背囊搁在舱里,船出了事故,它自是不保,里面的救急物品,此刻已成了河里的怨鬼。我记得只有手机不在背囊,放在了上衣口袋,连忙将手伸向那儿,可是我没摸到硬的东西,却摸出一条柔软的小鱼,因为上衣的布料密闭性好,兜里还存着一汪水,尽管小鱼气息奄奄,尾巴却还像将尽的烛火一样,吃力地摇摆着。想想这条莽撞的小鱼误入口袋的网叫人怜惜,窑工救我一命,我理应救它一命,我捧着小鱼走出窝棚,顶着细雨,把它放归巴兰河。

窝棚搭在岸边的柳树丛中,距巴兰河也就八九米,如果没有那团火透出的微光,我可能没有勇气走向巴兰河了。河对岸是黑魆魆的望不到边际的山,哗哗的流水声听起来像野兽发出的饥饿的叫声。

我给小鱼放生完,回去时窑工已坐在火堆旁的木墩上,专心致志地煮着什么了。窝棚里弥漫着一股奇异的香味,像肉香鱼香又像花香果香,总之是复合香味,强烈撞击人的嗅觉神经。

我坐在窑工对面一截磨掉了皮的圆木上,望着火堆四周那圈不规则的青石,说:"你围挡这圈石头,是怕火蔓延烧了窝棚吧?"窑工点点头。我又问:"这些石头是从巴兰河取来的吗?"窑工说:"河里的石头不适宜围火,它们被河流冲刷后会有空隙,遇热可能爆炸,所以这些石头都是从山上采来的。"窑工这样说让我心安许多,巴兰河的石头,在我眼里已是地雷了。

窑工煮好了吃的,拿出一只粗瓷新碗,说是单为来客预备的,先给我盛上,又拿出一只旧碗,给自己盛上。他端给我,说:"趁热吃吧,你这一路过来,也是辛苦。"我端起那碗像汤像茶又像糊糊的东西,迫不及待地喝起来。怎么形容它呢,它不像食物,而像凝聚的光,入口后身上立刻暖了不说,先前灰暗的心,忽然间明媚起来,人在瞬间变得愉悦。我对窑工说:"我从未吃过让人这么高兴的东西,它是酒吗?"窑工说:"你说它是啥就是啥。"

我问他有手机吗,我想借用一下,给家里报个平安。

窑工意味深长地看了我一眼,说:"你到了这儿,还用报平安吗?"

我说:"倒也是,现在在家里很少用固话了,我妈和我老婆的手机号码都存在手机里,你就是借给我手机,我也拨不出号,只知道她们一个是移动的,一个是联通的。不过我还能记起我妈的手机号尾数是99,她想活得长久嘛,我老婆的号码尾数是88,她这个做企业的,身上每个细胞都做着发财梦。"

发完牢骚,吃完东西,我觉得身上暖洋洋的,有股说不出的幸福感,特别想听听窑工的故事,我问他祖上从何时开始烧窑的。

他放下瓷碗,双手合十,循环摆动,做出后浪推前浪的手势,说他曾祖的高祖、高祖的高祖、再高祖的高祖、再再高祖的曾祖、再再再曾祖的曾祖,是相州很有名的窑工,他家烧的瓷器,整个相州都在用。

他这连环套似的高祖和曾祖,简直是迷魂阵,立刻把我绕迷糊了,我说:"那得好几十代了,不是干到古代去了吗?"

他没理我,说:"就这么说吧,我远祖是给宋徽宗烧瓷器的,你总该知道这个喜欢写字画画的皇帝吧?"

我说:"黑龙江人谁不知道徽钦二帝——赵佶和赵桓呢?依兰是他们当年'坐井观天'之地啊。"

我好为人师地跟他说:"提起坐井观天,并不像后世有人理解的,徽钦二帝被金人投进井底囚着,实际上这个'井',是地窖子,地窖子知道吗?是半地下的窝棚,这里大半年的冬天,冒烟泡儿一刮,人会被冻僵的,地窖子北面封堵,南向开矮窗,能见天光,抗风抗雪,那时老百姓多住这样的屋子。而到了夏天,徽钦二帝住的是四合院。"我说这番话时,显然把窑工当成了外来的。

窑工用手指弹了一下瓷碗,它发出一声明丽的叫声,让我疑心瓷胎中藏着一只夜莺,他说:"地窖子谁不知道呢。"窑工问我:"你知道他们是怎么到的五国城吗?"

我说:"徽钦二帝从汴京被俘北上,先抵达的是燕京,就是现在的北京,之后再到上京,也就是如今的阿城,最后又从上京被发配到胡里改路的五国头城,人们习惯叫它五国城,就是依兰了。"我说在上京,金主竟让徽钦二帝穿孝服,拜祭金人祖庙,封赵佶为昏德公,赵桓为重昏侯。

窑工叹息一声说:"宋太祖灭了南唐,不是也封李煜为违命侯嘛。"

我说:"是的,还有传言说宋徽宗是李煜转世的呢,两个皇帝结局惊人相似,且艺术成就都高。不过颇具讽刺意味的是,把侮辱性封号送给徽钦二帝的金熙宗,最终被自己的堂弟完颜亮刺死,也被降封为东昏王。完颜亮篡位为帝,他骁勇过人，才华盖世，我喜欢他的两首咏雪词，'天丁震怒，掀翻银海，散乱珠箔。六出奇花飞滚滚，平填了，山中丘壑'，气象浩茫不是？还有'锦帐美人贪睡，不觉天孙剪水，惊间是杨花，是芦花'，又柔肠百结不是？但《金史》对这个海陵王评价不高，他嗜杀好色，说他'三纲绝矣'。一般人能够记得他，是因他将国都从上京迁到燕京，成为入主北京的第一个王朝，不过完颜亮结局也不好。"

窑工对我欣赏完颜亮的词显然不忿，他先是说："这样的人哪有好结局呢？"之后吟哦"春花秋月何时了，往事知多少""问君能有几多愁，恰似一江春水向东流"，说这才是千古流芳的句子。窑工谈吐不凡，我怀疑他并不是干力气活儿的。他用木棍拨弄了一下火，很奇怪的是，他的脸庞遇到火光，不是红了，而是青了，像抹了一层水泥。他说："徽钦二帝被俘到北方的路线，你说得不差，但你知道他们到了五国城，还剩多少人吗？"

我说："那时行路靠的是车马和步行，据说一行三千多人从汴京出发，最后到了五国城，只剩几百人了，被金兵打死的，以及冻死的、饿死的、病死的、自尽的都有。就说这巴兰河吧，传说宋徽宗的九个侍女，不堪金人凌辱投河了，她们死后化作了秀丽的山峰，我要是去看九女神峰，还不至于在巴兰河翻船吧。"

窑工说："那是传说吧，能活到五国城的，哪会轻易就投河呢？"

我说："倒也是啊，嫔妃们随着徽钦二帝被押解到这儿，谁人不是庶人？她们自知来后没有好命，想死的在汴京就死了。史载徽宗帝到了这儿，除了被金人霸占的嫔妃，他依然拥有皇后和妃子，徽宗一生有八十多个孩子，在五国城不是也得了六子八女吗？"

窑工说："是啊，要说金人对徽钦二帝也算优待，虽然他们失去自由，但吃喝不用愁，也有杂役侍奉着。北宋亡了，徽宗第九子赵构建立南宋，金人可拿徽宗钦宗做人质，要挟南宋割地。"

我说："是啊，女真人可是绝顶聪明的。"

"你是女真人的后代？"窑工问时，目光泛着寒光。

"女真人，那是多少辈子之前的事儿了，我是满人。"

"祖上是，就是。"窑工这样说的时候撇着嘴，似乎对我不认祖有些不齿。

"那您祖上来自中原，一定是汉人了？"

窑工说他祖上从汴京跟徽宗帝到的五国城，自然是汉人了。他说这话时，眼睛忽然变得明亮、清澈和温柔，他也开始回归正题，给我讲祖上烧窑的故事。

跟着徽钦二帝来到五国城的，除了他们的皇后、嫔妃、杂役，还有道人、僧人、石匠、花匠、画工、织娘、窑工等等。宋徽宗钟爱艺术，他所藏的字画和历朝文宝，被俘时多为金人劫掠，这对徽宗来说，跟失去江山一样令他痛心。徽宗钦宗被俘，史称"靖康之耻"，而能忍下奇耻大辱的人，自不是凡人。窑工说徽宗的不凡在于,他这颗心是肉做的不假,但滋养这团肉的血脉,是笔墨纸砚,是五色斑斓的颜料,是能让泥坯脱胎换骨为精美瓷器的窑火,甚至是花香鸟鸣和月光星光。他带来这些身怀绝技的匠人,就是带来了血脉。尽管他不再享有锦衣玉食的日子,但有了这些,还能活下去。

我插言道:"其实金熙宗和完颜亮,包括他们的叔父金兀术,也都崇尚汉人文化,他们押解徽钦二帝北上,从中原带来这些匠人,也有借鉴他们优良技艺的意图吧。"

窑工说:"那是自然,好东西谁不稀罕。"

窑工说他祖上到了五国城,因是匠人得到优待。与其他男性俘虏被编入兵籍、集中在巴兰河畔不同,他和徽宗钦宗以及皇室的人,住在靠近胡里改江的地方。

那时金人所用的瓷器,多来自现在的河北和辽宁一带,以白瓷、黑瓷和酱釉瓷为主。这些碗盘、瓶罐、灯盏等瓷器的胎骨较为笨重,杂质多,瓷化一般,釉层较薄,不够均匀,是日常所用的粗瓷,跟北宋官窑的那些精美瓷器相比简直天壤之别。金人喜欢汉人的瓷器,勒令被俘的窑工烧瓷。就在巴兰河畔,当年有七孔窑。烧窑用土,一部分取自巴兰河畔黏性较大的滩地土,一部分取自东山北角矿化的灰土。从中原来的窑工,在瓷器的刷花和刻花上,技艺高超。汉人相对比较喜欢花鸟人物的装饰,金人虽也对植物情有独钟,但偏爱描画动物,窑工说他祖上烧过一窑的碗,专为金兵用的,碗壁描画的都是奔腾的马。

我说:"那您祖上烧的瓷器,徽钦二帝能用上吗?"

窑工说他祖上是窑工的头领,每年总会有那么一两次机会见到徽宗,当然金人不会让他主动拜见的。金人从皇帝到小卒,都知道被俘的这个亡国之君懂艺术,所以对他也算宽待。

窑工说他祖上有时故意烧坏一两窑的瓷器,说是只有徽宗明白症结在哪儿,求见徽宗,加上给通融此事的金人一点贿赂,事情也就成了。窑工说他祖上觐见徽宗时,总要带两三件烧坏的瓷器,以示请教,见了徽宗长跪不起,徽宗也不唤他起来,因为除了跟他一起被俘的人,没谁跪他了。

金人崇尚黑白色,罐子和瓶子白釉黑花的居多,但无论材质还是纹饰,都不够精良,而汉人窑工烧制的白釉黑花器物,在保持金人瓷器古朴粗犷的基础上,施以温润的釉色和细腻灵动的纹饰,所以巴兰河窑烧制的瓷器,那时很为人们喜爱。窑工说他祖上携带烧坏的瓷器时,总要夹杂一件私藏的精美器物,徽宗见了,欢喜又怅惘。欢喜的是饱了眼福,怅惘的是这样的器物,必须尽快砸烂毁掉,以免引起麻烦,因为金兵一直看守着他,他只能留下那些有缺憾的器物。

窑工说他祖上说徽宗曾慨叹金人也是懂得美的，黑白色是万古不朽的颜色。

徽宗曾让窑工的祖上偷着给他烧过三件器物。一件是带老虎图案的瓷枕，因为他总做噩梦，据说虎能辟邪，远离噩梦。窑工说他祖上烧虎枕时，为了让徽宗能用上，只得往残次了烧，枕窝凹凸不平，釉色深浅不一，老虎的样子倒是栩栩如生。徽宗枕了这虎枕，据说睡得踏实了些，噩梦少了，但境遇的噩梦却是无法摆脱了。

我说："那个噩梦他怎能摆脱？宋徽宗一直幻想南归。'彻夜西风撼破扉，萧条孤馆一灯微，家山回首三千里，目断天南无雁飞。'这是徽宗在五国城写的诗，有研究者依照'破扉'二字，说徽宗的住屋四处漏风。其实这是与汴京皇宫东京城做的一个心理比较，在富丽堂皇的宫殿面前，柴门小院无疑是破的。"

窑工说："这倒也是，徽宗忘不掉东京城，唤我祖上烧的第二件器物，就是在一只梅瓶上给他呈现皇宫的建筑。我祖上说这可难坏了他，虽说他几次进宫，但那一重又一重的殿堂，他又不是都去过，只能凭印象勾画。徽宗那时爱去的是延福宫，写字、画画、赏舞、弄琴、夜宴，延福宫的东、西门上'晨晖'和'丽泽'的名字，也是徽宗起的。但徽宗跟我祖上说，梅瓶上不可缺垂拱殿，至于延福宫之类的，皆可省略。"而垂拱殿是听政之地，他以前并不醉心的地方。窑工说他祖上最后以大庆殿与垂拱殿为主体，在一只青灰的梅瓶上再现了昔日皇宫风貌。为了使它留得下，只得往瑕疵品上做，最终瓶身歪斜。徽宗看到那只梅瓶，见殿堂倾斜，老泪纵横。这只梅瓶他送给了儿子，钦宗看到熟悉又摇摇欲坠的殿堂，也是泪水沾襟。

我说："是啊，金兵南渡黄河时，徽宗匆匆禅位于长子，可是钦宗在位仅一年零两个月，就亡了国啊，也不知徽宗传的是皇位还是火坑。"

窑工似乎对这句话很反感，蹙了蹙眉。

为了缓和气氛，我说："其实您祖上应该烧一对梅瓶，除了皇宫，再描绘一下徽宗在位时建的大花园，据说园子亭台楼阁，奇花异草，鹿鸣呦呦，水声潺潺。但金兵打来，这座花园成了宋兵抵抗的营地，他们拆屋烧火，杀鹿为食，大花园就此毁了。"

窑工说："你还嫌他们流的泪不够多吗？"他起身出去，我想他这是又去看窑火了。

一刻钟后窑工回来了，我小心翼翼地问："这窑里烧的什么器物，何时出窑，我能否一饱眼福？"

窑工冷冷地说："该让你看的，一定看得到。"

我明白他没说出的下一句是，不该你看的，就别惦记着。

窑工接着讲他祖上给徽宗烧的第三件器物。说他祖上最后一次见着徽宗，是徽宗驾崩前一年的春天。徽宗大约明白称帝的九子康王赵构不会全意与金人斡旋，让他和钦宗归乡，虽说赵构的生母韦贤妃也被掳，但他是无用的了，而钦宗是徽宗长子，康王还是忌惮的。徽宗开始筹谋后事，他悄悄交给窑工祖上一把牙齿，有六七颗，这都是他来五国城后掉的。严寒的冬季少见果蔬，再加上心情沉郁，未老先衰，他掉齿很厉害。窑工说那些牙齿残缺不堪，有的发黑，有的发黄，虫蛀蛇咬一般，但徽宗视若珍宝，这是他唯一能牢牢在握的骨肉啊。他请窑工祖上研磨了这些牙齿，施釉时兑进去，烧制一只白釉黑花罐，还特别叮嘱，这只罐子不能落入金人手里，他的骨头难以归乡的话，有朝一日这只罐子回到汴京，也算归乡了。

我知道北宋官窑瓷器，在色彩调配上，有时为彰显皇家富贵色，会将上好的玛瑙、翡翠和玉石，研磨成粉入釉，烧出的瓷器釉色温润明亮，艳而不俗，尤其那花朵般绽开的开片，若是釉里含了这样的成分，有玛瑙成分的开片像是夕阳下的山谷，有翡翠的像是一池荡漾的碧水，而如果那玉石是白色的，开片仿佛就有月光浮动了。但在釉料里添加牙齿粉末，前所未有，或许只有徽宗想得出来。

窑工说牙齿粉末兑在白釉里，烧制白釉黑花罐，一定是徽宗深思熟虑的。一是这罐子大抵是金人所用器物的形制，在五国城不招人眼；二是黑白色高贵肃穆，适宜安放灵骨；三是牙齿粉末兑进白釉不显眼，能完美地融合。

徽宗将那把牙齿给了窑工祖上后，还说他未登基时曾到过相州，见过窑工祖上一家，他父亲是窑工，母亲是远近闻名的织娘，貌美如花，都是身怀绝艺的人，所以徽宗得了天下后，下旨将他们一家从相州迁到汴京，专为皇室做事。可惜这个令人惊艳的织娘，生子不久就死了。徽宗嘱咐这只罐子烧成后，不可再来，要把白釉黑花罐当命看着。如果徽宗薨了，他能够回到汴京，就把它埋在汴河畔，此外，嘱咐他不可与女真人结亲。

我说看过史料，当时跟着徽钦二帝北上的汉人，有不少与女真人通婚的。人们说这一带的姑娘漂亮，与基因改良有关呢。

窑工没搭理我，继续讲故事。他说也怪了，他祖上在石头上研磨徽宗那几颗糟烂的牙齿时，空中不断有鸟儿飞过，那正是夏候鸟北回时节，鸟儿多也自然。但有一只天鹅，却把叼着的一只蚌壳丢了下来，恰好落在石头上，蚌壳张开后闪闪发光，里面竟有一颗圆润的珍珠！这颗珍珠不是纯白色的，而是微微泛粉，仿佛浸了血。窑工的祖上喜极而泣，他将这颗珍珠和牙齿一起研磨了做釉料。

白釉黑花罐进了窑后，几乎每天一场雨，雨后必现彩虹，横跨窑上，就像给这泥壶似的窑加了一条七彩的提梁。七天之后，这只罐子同其他器物一起出窑了,罐子没有瑕疵,白釉润泽,釉色均匀,泛着微光,似乎能照亮黑夜;黑花枝繁叶茂,细腻油亮,每朵花蓬勃得似乎带着响声要从罐子中飞出来,实乃绝品!窑工说他祖上珍藏起这只罐子,遵照徽宗嘱托,没有和女真人结亲,但徽宗第二年归天后,他祖上也无法南归了,永久留在北地,白釉黑花罐只得代代相传了。

我说:"徽宗不是魂归故里了吗?宋高宗赵构最终和金人议和,南宋以割地和处死抗金名将岳飞为代价,让羁留北地的赵构生母韦皇后得以护送徽宗棺椁离开五国城回到他朝思暮想之地。金人也给徽宗改了封号,追封为'天水郡王',钦宗为'天水郡公'。"

窑工"哼"了一声,又拨弄了一下火,火光跳跃,可他的面色却越发青了。而且让我惊异的是,我并没见他往火里续柴,可这团火一直在燃烧,好像拨火棍隐藏着一座柴山。

窑工说:"看样子你是个文化人吧,应该知道金人虽不像后人说的那样,在宋徽宗晏驾后,把他炼成了灯油,用于金兵营地的照明,但他确实被火烧了,韦皇后护送的棺椁里,其实只有几截烂木头,并无灵骨。"他慨叹徽宗圣明,他的灵骨就像他的字画一样,最终还是以艺术的方式流传。

我问:"那只白釉黑花罐去了哪里?"

窑工晃了一下身子,看一眼火,再看一眼我。

如果窑工所述故事不是虚构的,我大胆揣测,他那不知多少代前的祖上,那个由美丽织娘生下的孩子,跟着徽宗来到五国城的窑工,是徽宗的骨肉。宋徽宗是个风流皇帝,与李师师的传说自不用说,如果当年北宋的相州真有那样一个美丽织娘,叫徽宗动了心,他又怎么可能不揽美人入怀呢?徽宗一生有八十多个孩子,除此之外,没纳入宗室的子女也有,窑工所说的远祖,如果不是徽宗与织娘的儿子,徽宗不会把自己的牙齿给他,也不会嘱托他将来把这只罐子埋在汴河旁,更不会要求他不可与女真人通婚。

我不敢把这种揣测说与窑工,怕他羞愤。

窑工沉默片刻,忽然把目光移到我身上说:"你真的想看那只白釉黑花罐?"他说这话时,带着颤音。

我迫切地站了起来,拱手作揖,说:"实在太想看了!"

窑工起身示意我坐下,让我闭目片刻,说如果我擅自睁开眼,非但看不到白釉黑花罐,很可能就此失明。他这话把我吓得不轻,再顶级的文物,也抵不过拥有一双凡眼,感知这大千世界的色彩。

我坐下后紧闭着眼,就像一只长脖老等,雕塑似的一动不动。我感觉身前的火更旺了,有炙烤的感觉。听不到窑工的脚步声,但感觉他离开了,因为有一股微风从耳畔拂过。大约一刻钟后,我的耳畔再次感到微风拂过,跟着传来窑工的声音,说:"睁开眼吧,只许看,不许问。"

我是个胆小鬼,怕眼睛瞎了,窑工说完这句话,我又等了十几秒,才缓缓睁开眼。窑工坐在我对面,隔着一团火,默默举着白釉黑花罐。可人的火一定懂得我的心意,火苗瞬间收回金红的舌头。

那个罐子怎么说呢,第一眼看,我就有眼熟的感觉,无论器型还是花朵和枝叶的纹路,都像刻在记忆中似的,可一时又想不起在哪儿见过。在火光的映衬下,罐身的白釉仿佛巴兰河水在如歌流淌,梦幻般的黑花牡丹则如振翅的蝴蝶。白的白出了水似的,黑的黑出了油一样,真是摄人心魄。什么叫一眼千年?你看了这只罐子就懂得。遵照窑工说的,我不敢发声,目不转睛地看,可最后我越看越蒙眬,原来泪水已盈满眼眶。

窑工可能察觉到我无声地哭了,他捧着罐子走到我面前,轻声说:"你闭上眼,闻闻它吧。"

我再次合上眼,闻到了罐子泛出的一股淡淡的黄烟味,这味道立刻唤醒了记忆,怎么与我在阿城乡下看到的农人家的白釉黑花罐一个味道啊。我很少为美而打寒战,因为世上让人惊悚的美罕见,但这次我打寒战了,而且一发不可收拾。

窑工在我打寒战的时候,捧着罐子走了。等我再睁开眼睛时,他手中的白釉黑花罐不见了,它从哪儿来又去了哪儿,我一无所知,而窑工又坐在了我对面,就像我刚见到他时一样。火光龙蛇一样起舞,可他的脸仍是青的。

窑工对我说,除了白釉黑花罐,徽宗帝还有一件宝物在民间流传,这个故事的专有权不在他这儿,如果我想听,得去下个渡口。

我问:"是什么宝物?"

窑工没告诉我是什么,只说能讲这个故事的人,离窑厂也就三里路,他可以带我去,问我是否愿意。

我说:"当然了。"

窑工说:"那你去那儿,要换回自己的衣裳吗?"

我说:"自己的衣裳被火烤干了,当然要换回了。"

窑工又问:"那你带着这只碗过去吗?你已经用了它。"

我说:"天下何处无碗,留着给来这儿的人用吧。"

窑工说:"那我先出去,等你换完衣裳,咱就上路吧,记得路上不要和我说话,以免惊着夜鸟。"

我换回自己的衣裳走出窝棚时,雨已停了,月亮悬在中天,莹白光洁,丰腴动人,照亮了巴兰河。窑工在前引路,我跟在后面,我们沿着巴兰河畔的蜿蜒小路,走了大约半小时,终于看见一座透着光影的棚屋。

窑工说:"到了,你自己进去吧,我回去看窑火了。"

就在窑工转身踏上回程之际,我忍不住在他背后问了一句:"您姓赵是吧?"

窑工像被雷击似的摇晃了两下,没有回头,也未回答,继续走他的路。他跟跄的步态,使他的背影看上去就像变幻的音符,在深秋的夜晚,弹着迷离忧伤的旋律。

下半夜:碑桥

一进棚屋,先闻到一股浓烈的腥气,一个女人正坐在火炉旁用刀刮鱼。听见我进来,她漠然抬了一下头,懒懒地扫了我一眼。

她看上去个子不高,圆脸,淡眉,细长的眼睛,微塌的鼻子,嘴大,龇着两颗大板牙,可以说有点丑。棚屋中央吊着一盏油灯,她手上的鱼鳞闪闪发光,好像手在下雪。她的年龄难以判断,看她半白的头发,你可以说她五六十岁了,可看她的脸,额头和眼睑无一皱纹,双颊也不塌陷,皮肤紧致,像二三十岁的女子才有的。尽管她看上去很健康,又有油灯和火光映着,但脸色发青,倒像个陶俑。

她对我说的第一句话是:"你没带碗来,拿什么吃饭?"

我说:"碗放在窑工的窝棚中了,我怕有人像我一样落水,上岸后没个喝热汤的东西。再说了,手掌合起来就是一只碗。"

她发出一阵奇怪的笑声,说:"你还穿着自己来时的衣裳?"

我说:"你怎么知道的?"

她再次发出一阵奇怪的笑声。这笑声怎么说呢,有点像看穿谜底后得意的笑声,又有点像走投无路、茫然四顾的苦笑。

我说:"窑工叫我过来,是来听故事的。"

她继续刮鱼,垂着头说她知道的故事比巴兰河底的石头还多,不知我想听的是哪一块。

我说:"想听宋徽宗的故事,窑工告诉我除了白釉黑花罐,徽宗还有一件宝物在民间流传。"

女人"噢——"了一声,说:"这个故事很长,都后半夜了,你既来了这儿,天亮前得把你渡到对岸去,这个故事能不能讲完两说呢,你能接受没尾巴的故事吗?"

我点点头,说:"快十月份了,天亮得不早了,现在是下半夜,什么故事四五个小时也讲完了吧?再说我没想渡河啊,对岸是哪儿我也不知道,我去那儿干吗。天亮后我去寻公路,在公路上截辆方便车,回我投宿的山庄。"

女人说:"你不想渡河,来这个渡口就是为了听故事?"

我说:"当然了。"

她说那得等她刮完了鱼再说,有两个要渡河的等着吃鱼呢。

我问他们在哪儿。

她抬了一下头,淡淡地说:"还不是渡口?"

我说:"夜半三更的,怎么还有人渡河?"

女人不语,加快了刮鱼的速度。我仔细看鱼,发现它们是一个品种,身形粗短、圆脑袋、黑眼睛、蓝鱼鳍、红尾巴。我叫不出鱼的名字,它们看上去肉质肥厚,想必味道一定鲜美。

我环顾棚屋,发现它与野外搭建的棚屋只开两扇窗的不同,它在东南西北各开了方形小窗,北窗和东窗有些黯淡,但南窗和西窗透着朦胧的月影,让我以为镶的是毛玻璃。待走到南窗,用手轻抚,才发现这是鱼皮窗。鱼皮虽薄,但韧性十足,它纹理细腻,手感滑润,感觉浮在上面的月亮流着蜜。

女人见我对窗子感兴趣,问我:"见过这样的窗吗?"

我说:"只在书里见过,据说宋徽宗冬天住在五国城的地窖子里,所用的窗纸就是鱼皮做的。风雪夜夜吹打,发出的声音就像瓷器碎了,加深了徽宗的漂泊感和孤寂感。"

女人说宋徽宗住的屋子,最初窗纸用的不是鱼皮,后来他到五国城的第三年涨大水,住屋进了水,不得不暂时迁到巴兰河畔的一个高冈上,她曾祖母曾曾祖母的曾曾祖母、再曾祖母的曾曾祖母、再曾祖母的曾曾祖母的曾祖母,总之好几十代前她的祖上,是胡里改江流域鱼皮工艺高手,她做的鱼皮筏、鱼皮衣、鱼皮碗、鱼皮箱、鱼皮窗远近闻名。徽宗在她那儿初见鱼皮窗,爱极了它。水灾过后,徽宗带回鱼皮窗纸,镶嵌到窗上。

说起水灾,女人慨叹那时的五国城没什么堤坝,三年五载就会涨场大水,她说:"你不是读书人吗,没在书里看到过这事儿?"

我说倒是知道东北过去流传着"狗咬奉天,火烧船厂,风刮卜奎,水淹三姓"的谚语,这个三姓说的就是五国城。这里是三江汇合处,四周高,中间低,人等于住在釜底,夏季雨水旺时势必遭殃。

"啥叫狗咬奉天?"女人饶有兴致地问我。

我走向她说:"说是努尔哈赤逃难时被围困在草丛,追兵放火烧他,这时一只黄犬,突然冲入草丛,它吸足了河水,将水吐在努尔哈赤身上,熄灭火焰,使他得救。可努尔哈赤得了天下后,封赏时落下了黄犬,奉天城的狗都为它鸣不平,夜半狂吠,搅得努尔哈赤不得安宁。他想来想去,原来是忘了黄犬的救命之恩,赶紧封它为守护神,自此努尔哈赤才睡上了安稳觉。"

女人看来不相信这个故事，她嘀咕一句："进了狗嘴的东西，吐得出来吗？"

她的话对这类传说可谓是一针见血地批评，我暗自笑了，赶紧给她讲火烧船厂的故事，目的是引她如此臧否。我说吉林在旧时称船厂，做工的都是流放犯，受尽了监工的折磨。有个不堪凌辱的流放犯，有一天杀了监工，官府便砍了流放犯的头。工友们把流放犯埋在船厂的高冈上，当夜风雨大作，电闪雷鸣，流放犯的坟，忽然蹿出个大火球，飞到船厂，将它烧了，传说是火神爷为流放犯鸣冤。

女人终于刮完了鱼，她用一把干草擦了刀，缓缓起身对我说："火神爷要是打抱不平，不该烧船厂，那是人活命的东西，该烧的是还活着的黑心监工和官府里治流放犯死罪的人。"

她这一起身，我发现她比我想象的还矮，也就一米五的样子。她把刮好的鱼放进一只大瓦盆，转身舀了水缸的水，洗净鱼，把它放进灶上的锅里，再将洗鱼的污水泼到棚屋外。她做这一切的时候干净利落，甚至有点愉悦，因为她轻轻吹起了口哨。

女人泼了污水回来，看了看锅里的鱼，复又坐下，指着她对面的一只草蒲团，唤我也坐下，说现在可以给我讲徽宗留下的另一件宝物的故事了，起头还得从鱼皮窗说起。

徽钦二帝被囚五国城的第三年夏天，不是涨大水了嘛，他们的住屋淹了，墙壁湿淋淋的，像是挂满了泪，火炕的灶眼儿浸在水里，也没法生火，只得转移。女人说她那几十代前的祖母，就叫她舒氏吧，那年十七岁，刚好和她父亲游猎到巴兰河畔。

我插言道："那他们是女真人了？这一带曾有海西女真和野人女真，他们是哪一支？"

女人用刀子似的目光扫我一眼，似乎带着"嚓嚓"的响声，我感觉脸皮就像她先前刮着的鱼鳞，生生被揭掉了，疼极了！她直言："你这是哪辈子的说法？"

我意识到那时应该还没这说法，连忙说对不起。

女人说："你们这些肚子灌了墨水的人，就是好画圈圈，咋分你能让谁少胳膊缺腿？"女真就是女真嘛。奚落完我，她气顺了，接着讲故事。

女人说舒氏母亲早亡，她自幼跟着父亲过着居无定所的渔猎生活。他们春夏秋季打鱼，冬季上山打野兽，他们用制作的鱼皮制品和获取的名贵兽皮换取生活日用品。虽然风来雨去，但日子过得还不错。徽钦二帝因水灾转移之地，刚好是那年他们打鱼之地。

打鱼人夏季住得很简单，就是这种用松木杆和树条子搭建的棚屋，外面抹一层混合了干草的泥，防风防潮又防雨。棚屋南向开一扇小窗，用鱼皮做窗纸，东向开一扇小门，野兽就是靠近，也伤害不了人。而他们夜晚用来照明的，是青石凿就的熊油灯。

徽钦二帝喜欢五国城的春夏，因为熬过冬天，他们不必穿那膻烘烘的羊皮袄，也可去院子走动了。但因为有金兵把守着，他们也走不远，只能看看院子的树和花草，还有飞来的蝴蝶和鸟儿。风和日暖的时节，他们就更梦想回汴京，那里的日头暖和的时候多，有暖日头的日子才好过啊。

这场大水让徽钦二帝转移到一处金兵营地，这里没有院墙，面临巴兰河，徽宗给了金兵看守一些酒钱，获得短暂的自由，能到树林走走，还能到河边和打鱼人说说话。

据说徽宗遇见舒氏，是个雨后的黄昏，天空出现了双彩虹，看守他的金兵因为打了一只野兔，正吃野物纵酒狂欢，根本顾不上他。

徽宗走出营地，到了巴兰河畔。他发现河边有个蹲伏着的梳发辫的女子，穿着月光一样颜色的长衣，紧裹臀部，正在洗着一大张银白的东西。那时双彩虹已有一道隐遁了，另一道依然像条彩带环绕着，仿佛给天下所有女人预备的发带，所以徽宗觉得这个女子很美。待他走到近前，舒氏听见脚步声回过头来，徽宗看见了他在宫中从未见过的女人的脸，首先是肤色，不是那种没有血色的白腻，而是黑红色的，像熟过头的李子，而她的嘴唇跟红牡丹一个颜色，格外娇艳。她的额头有点鼓，所以眼睛显得幽深，鼻子微塌，像一片开阔的浅滩。她五官平凡，但眼睛闪烁着与众不同的光，焕发着一种特别的美。

舒氏见了徽宗问他是谁，但徽宗没听懂，她说的是本族语。舒氏意识到他是汉人后，改用汉语问他是谁。徽宗说他住在高冈的营地，从城里来躲水的。舒氏笑了，露出一口密实雪白的牙齿。徽宗没见过牙釉质这么好的女人，闪着丝绸一样的光泽。徽宗暗自感慨，这姑娘的嘴里燃烧着怎样的窑火啊，才冶炼出这比瓷器还要精美的牙齿。

舒氏站了起来，徽宗除了为她的气质所动，还喜欢她穿的及膝长衣，它色泽微黄，质地柔软而光亮，袖口、襟口、托领上镶嵌着花朵纹路的图案，前胸和后背则是大团大团的云纹图案，徽宗想，怪不得刚看到她时觉得云彩落在了她后背上。后来徽宗知道，这是鱼皮衣。

舒氏在河水中洗的是桦树皮，她说要给自己做条桦皮船。徽宗不知这种树皮能当造船的材料，很是吃惊。舒氏说经过处理的桦树皮，不仅能造船，还能写字画画，当纸用呢。徽宗正要问她有没有现成的桦树皮可让他写字，一只黑狗远远跑来，对着徽宗狂吠，跟着黑狗急急走来的，是个手握渔叉的老汉。

他是舒氏的父亲，长方脸，宽额头，眼睛不大，头发稀疏，脸颊的皱纹就像泥地的车辙一样深。他满怀敌意地看着徽宗，大声跟女儿说着什么。舒氏先是喝住狗，然后告诉父亲，这人是来躲水的，住在高冈的营地。当然这是之后舒氏告诉徽宗的，当时他们的对话他一句都听不懂，舒氏的父亲只会讲几句汉话，凡是他肯定的人和事，他只会说个"好"，反之则是"不好"。

舒氏的父亲望着头发稀疏花白、缺了好几颗牙、目光浑浊、一脸倦怠的徽宗，说了句"不好"，吩咐女儿回去做晚饭。

舒氏带着黑狗走了，最后那道彩虹消失了。舒氏的父亲接续着洗桦树皮，徽宗问了他很多话，他们从哪儿来住在哪儿？巴兰河的鱼哪一种最好吃？山上那种像蓝色铃铛的花儿，多长的花期？还有那一个姿势立在水边的长脖子大鸟，叫什么名字？舒氏的父亲对所有的问题，只回两个字："不好"。

徽宗帝什么女人没见识过？可那个夜晚，他想了舒氏一夜。她笑起来露出的那口雪白的牙，是他来到五国城后，看到的最明亮的景象。跟着徽宗一起被俘的嫔妃和宫女，有病死的，有给金人做奴的，还有被金兵霸占的。更令徽宗痛心的是，有的被投入了"洗衣院"，那跟进妓院没什么两样，能留在他身边的没几个女人了。随徽宗来的郑皇后，受尽折磨已殁，好在还有韦贤妃伴他左右。但在躲水的那段日子，韦贤妃得了湿疹，最怕见风，整日待在营帐中，徽宗难得一个人出去透气。

金兵知道徽宗是插翅难逃，但生怕他万念俱灰，万一在树林用裤腰带勒死自己，或是投了河，他们损失了这个可以从南宋赵构手里争取最大利益的至高法器，等于丧失土地，自己也会掉脑袋，断不敢掉以轻心了。徽宗再出营帐时，他们就监视着。但看押他的金兵很快发现，徽宗去巴兰河畔，不过为了看舒氏，这让他们又松懈了。而舒氏的父亲得知徽宗是个亡国之君，再见他时，又总有兵卒尾随，知道自家女儿是安全的，对徽宗再无敌意，反而和舒氏一样，对他多了一份同情。他们请徽宗来棚屋喝茶，吃刚捕捞上来的鲤鱼做的杀生鱼，当然还有酒。就在舒氏父女的棚屋里，徽宗看到了令他无比动心的鱼皮窗，他说那是上天赐予的纸，太阳和月亮是这纸的天然画笔，把最美的影子印在上面了。

讲故事的女人铺垫了很多，还没进入徽宗留下的另一件宝物，可我不敢贸然打断她的话。她讲到这里时，起身看了看煮的鱼，从两只摆在灶台上的碗中取出一只，说其中一人喜欢吃嫩的鱼，火候到了，先端一碗给这人送去。我注意到那碗和我在窑工那儿用过的一模一样，无论形制还是色泽，应该是一孔窑烧出来的。

女人出了棚屋送鱼的时候，我很好奇锅里的鱼，因为敞锅煮着，却没有蒸汽旋起，好像锅底的柴始终没把它煮沸。待我起身凑到近前，发现锅里的水，竟像丰水期的巴兰河水，喧嚣沸腾着，那些鱼却没一条离骨脱刺，依然头是头、尾是尾的，在沸水中自由地游弋，这令我吃惊不小，难道它们还活着？

我以为女人送一碗鱼，十几分钟也就回来了，可是半小时后，鱼皮窗上的月影位移了，她才神色黯然地两手空空回来。我问："那只碗呢？"她说："渡河的人不带碗过去，拿啥吃饭？"看来她已把一个人送到对岸了。

　　我很想问她，是什么人在后半夜渡河，那人去的地方没人烟吗，为什么要带一只碗？但我转念一想，黑夜发生的事情，往往是不可言说的，何况我还期待她快点切入正题，不然天亮前就听不完这个故事了，我还想在太阳升起后回到山庄呢。

　　不等我催促，女人坐下来，我也坐回草蒲团，故事又像星星一样在黑夜中闪烁了。

　　舒氏见徽宗随手折根柳枝，就能在巴兰河畔的沙地上，画出栩栩如生的花鸟，便把熟好的桦树皮裁成画纸，用鹿筋串起来，送给徽宗。

　　其实涨水转移时，即便一片混乱，看守徽宗的人没把别的东西带来，纸张笔墨砚台却是一样不少呢。因为都知道徽宗是书法和绘画的天人，他的字画不仅金熙宗和完颜亮欣赏，军中将领也视若珍宝，求之不得。看守他的金兵随便求徽宗写个字，描画一朵花或一只鸟，都能去市面换钱。所以监管他的人也形成恶习，手上不宽绰了，就想方设法讨要字画，得到了两眼放光，待徽宗和和气气，有求必应；得不到就百般刁难，春光大好却限制他出门，把三顿饭减为两顿，不给他烧开水泡茶，污损他的衣物，将鸟粪撒在纸上，夜半砸铁惊扰睡眠本就不好的徽宗等等。

　　自古以来好人的好心眼儿，多半是相似的，可恶人的恶点子，却是五花八门。徽宗喜洁，爱惜字纸，被逼无奈，只得硬着头皮，潦草写上几个字，或是画上一只呆头呆脑的鸟、一朵傻里傻气的花儿。

　　话说徽宗得了舒氏送他的桦树皮本子，如获至宝，金兵带到营帐的笔墨，也就派上了用场。徽宗为了换取更大的自由，给看守他的人都画了一枝花，所以徽宗再去看舒氏时，只有一人远远跟着。

　　舒氏的父亲哀怜这个曾经的人上人，所以见着盯梢的金兵，总会以酒肉款待，这样徽宗可以看舒氏怎样做两头尖中间宽的柳叶形的桦皮船。徽宗很吃惊桦木做成的船架上，将桦树皮一张压着一张覆盖上，只用木钉和鹿筋线连缀，再刷上一层松脂，船就做成了。这船轻巧极了，有股桦树皮特有的清香气，徽宗特别想乘它下一回水，但它是舒氏为自己量身定做的，只容一人，所以徽宗只能眼巴巴地看着舒氏驾着桦皮船在巴兰河捕鱼，感觉她仿佛骑在了一条大白鱼的背上。

　　徽宗还喜欢看舒氏用染色的鹿皮给鱼皮衣的下摆和领口镶上花纹和云边。而她用的染色颜料，都来自山里，是花花草草和植物浆果的汁液榨取的，这让徽宗佩服得不得了。

徽宗就用舒氏制作的颜料,在桦树皮本子上画画,他把在山上见到的花草和野鸟都画上了。舒氏父女看了,赞叹他长了一双神手,好像能读懂花鸟的心思似的。

舒氏调制的颜色令徽宗无比喜爱,那朱红色艳而不俗,是野草莓和红百合混合成就的;金黄色明亮而不刺眼,是由金莲花和黄花菜榨取的;淡紫色温暖雅致,它用的是马莲花和蓝靛果的浆汁;墨绿和浅绿是最养眼的,它们是从各类青草和树叶中提取的。

最神奇的是什么呢?徽宗说他在汴京时,可用玉石和珍珠粉做颜料,舒氏说这有何难,巴兰河有玛瑙石,把它研磨了还不是一样?还有山上风化的石头,有赭黄色的、鹅黄色的,还有深青色和淡绿色的,打成粉末,不都是好颜料吗?

徽宗一听高兴极了,可舒氏的父亲不高兴,女儿为了给徽宗做植物颜料,总是贪黑,觉也睡得少了,如果再采石做颜料,更别想睡囫囵觉了。父亲埋怨她时,舒氏说水灾过后,这个浑身捆扎着无形绳索的人就会走了,看他衰老成这样了,估计也熬不到回汴京的那一天了。这个夏天她宁可少打些鱼,也要满足一个爱写字画画的老人的愿望,舒氏的父亲感动于女儿的善心,便不再说什么了。

舒氏父女养了一条狗,还养了一匹栗色马,迁徙时用于驮运物资。舒氏的父亲心疼女儿,亲自骑马上山,采来可以做颜料的石头,日夜帮着研磨。徽宗得了这珍贵的颜料,就在桦树皮本子的花朵和河流上,再点缀上石粉,那画就仿佛有了光,更加美了。

徽宗感念舒氏父女,说桦树皮本子上的画,他们随便选,想留多少张就留多少张,这个拿到集市上,比打鱼换的钱多。舒氏说这画好是好,但桦树皮是引火材料,遇火就着,哪怕画中有千万条河流,也救不了花鸟,逃不出灰飞烟灭的命。

徽宗立刻联想到纸上的字画,感慨说纸也是火的俘虏,金兵打入汴京,最令他痛惜的,是他珍藏的历代字画,有的被卷走,有的被焚毁,说到这儿徽宗满眼是泪。

舒氏安慰他,说她倒有个主意,他们的祖先,把画都用斧凿,刻在岩石上,将泥土和兽血混合的颜料涂上,再涂上天然植物胶。岩画不怕烈日暴雪,不怕火烤雷击,上面的鸟儿都拥有铁一样的翅膀,花朵也拥有铜铸似的花瓣,日月就跟天上的一样了,万古长青。

徽宗就跟舒氏父女上了山,先观摩了两处岩画。他发现岩画中动物图形居多,再就是日月、花草和作法的巫师。说来也是奇,徽宗四处寻找他中意的岩石时,一天日落时分,在西山半山腰,他发现了一块特别的岩石。它不像其他岩石连成一体,而是独立着,从乱石中凸起,颜色也和周围的不一样,不是赭色和浅灰色的,而是深青色的,像是被谁切割过,看上去像书也像碑。

徽宗一眼相中这块岩石,他仔细看它的纹理,发现它本身就是一幅画,从中看得出云海、江河、房屋、动物和花鸟。徽宗觉得这是上苍赐予自己的一块身后可立在墓前的碑,他说看到它,自己的骨头可能要扔在五国城了。

接下来的日子不用说了,只要不是刮风下雨的日子,徽宗就跟着舒氏上西山,这里离金兵的营地也不远。那块青石能看出图形的地方,舒氏帮着徽宗,只是用凿子加深印痕,保留它们天然的纹理,云彩还是云彩,花朵还是花朵,河流也还是河流。最终徽宗只在空白处描画了一枝蓝铃花、一棵松树、一只大鸟,然后精心雕刻出来。蓝铃花是巴兰河寻常的野花,蓝紫色,像一串小铃铛,风吹它时,仿佛花儿在铃铃响,徽宗喜欢这花儿。松树和大鸟是咋来的呢?那段涨水,江河水浑,自古浑水好摸鱼啊,鸟儿一群一群地飞到巴兰河,吃得那叫一个美,羽毛都跟缎子似的,光光亮亮的。可是有一只大鸟落单,它不和其他鸟一起在河边捕食,而是独自待在西山。徽宗当时发现那块青石时,它就站在侧向的一棵松树下,面向落日,好像夕阳是它的美食。之后徽宗每上西山,它总像侍卫似的,在那棵松树下立着,一动不动,也不怕斧凿的声音,徽宗就把松树和鸟,刻在青石上。"你知道那是只什么鸟吗?"

女人讲到这儿问我,起身去看锅里煮着的鱼。

我说:"能像岩石一样立着的鸟儿,是苍鹭,这儿的人都叫它长脖老等。我这次来依兰的路上遇见一只,它栽棱着膀子跟着我的车,一看就是受了伤,迁徙不了了。"

"你没停车救它?"女人歪头问我。

我摇摇头,告诉她因为母亲嘲笑我在爱情上像只长脖老等,逮着什么吃什么,所以对它有怨恨,没搭理它。

女人扫我一眼,说:"不救生灵的人,要是生灵救了他,岂不白活一世?"说完拿起另一只碗,说火候和时候都到了,她得把另一人渡过去。女人盛了鱼往外走的时候,叮嘱我不要偷腥,她很快就回。

人的好奇心能产生无穷的创造力,造福苍生,但有时好奇心也是万恶之源,容易把人引向深渊。

女人不让我偷腥,可我偏偏在她出了棚屋后,起身走向灶台。锅里剩下的几条鱼,依然跟它们下水时一样姿态优雅地游着,而且它们变了颜色,蓝眼睛,绿鱼鳍,鱼尾则是明黄色的。最让人抵御不了的诱惑是,这鱼散发的奇异香气,撞击心扉,麋鹿被烹制的香气也敌不过它。没有筷子没有碗,我眼疾手快地在一条鱼将尾巴摆出汤面的时候,拽着鱼尾,将它从滚沸的汤里捞出,站在灶旁享用美食。我先吃头，继而掉过来吃尾，最后吃鱼身的时候，感觉它已经成了一块软糯的蛋糕，我甘之如饴。

这条鱼吃得我想哭，它美得无法形容，而且我没吃到任何一根刺，没有遇到抵抗的鱼肉，沦陷的注定是食客。我意犹未尽，正犹豫着是否偷吃第二条的时候，女人突然回来了，她跟窑工一样，走路几无声息，我赶紧手忙脚乱地坐回去。

"你这么快就把客人送走了？"我有些结巴地说。

女人说："外面月色正好，巴兰河风平浪静，渡船好撑，客人又急着走，所以顺风顺水过去了。"

她像上次出去一样，没有带碗回来，想来把碗给了乘船的人。我觉得这碗颇为诡异，这是船家推销给客人的碗吗？是不是加在船费和饭钱里了？我刚想委婉问她，女人俯身看了看锅里的鱼，说："你偷吃鱼了？"我不好意思地抿嘴笑了，这是我上岸后第一次笑。小时候我偷吃糖果被母亲发现时，也是这样笑的。

女人说："你偷吃了东西，更得把你送走了，你也没碗，送不送得过去两说了。"

我说："我不渡河，听完故事等天亮了，我就回山庄去。"

女人看了一眼鱼皮窗上的月影，说："时候不早了，得抓紧给你讲故事。"

那块青石有了自然的山河和云影，又有了刻上的松树和花鸟，徽宗觉得它既是能禁风雨的作品，也可作他的碑了，所以在青石背后，刻了个不大不小的瘦金体的"佶"字。他称霸天下时人们避他名讳，谁敢称"佶"？所以徽宗即便不刻"赵"字，汉族人看到这块青石，也会想到他。徽宗画的桦树皮画，他只留了一张，余下的都送给舒氏父女了。除此之外，他还多写了几幅字赠予他们。徽宗唯一的请求是，看护好这块青石。

秋天水撤了，徽宗离开营地。舒氏父女送给他两张鱼皮窗纸，徽宗回去后就使上了。传说有月亮的晚上，徽宗从上面看得见月影，还能从月影里，蒙眬瞅见舒氏的脸。徽宗喜欢上了舒氏，要搁在汴京，他相中的女人，哪个敢不从？可是在西山，他和舒氏单独在一起，想轻抚一下舒氏的脸都没可能。传说有一回他丢下凿子，手刚伸出，那站在松树下的苍鹭，就飞起来落在他和舒氏之间，像一堵墙挡着，徽宗再不敢造次。

舒氏能骑马，懂狩猎，会打鱼，独自穿行在山河间毫无惧色。女人说徽宗离开时，站在巴兰河畔仰天长叹，一个女人都如男人般英武的王朝，那股凛然决绝之气，岂是沉迷于花前画坊的他所能抵御的，蒙受靖康之耻，似也是必然的。

徽宗死在五国城后，巴兰河边的西山上，这块碑就像不倒的月份牌，岁岁年年仡立着。从舒氏这代开始，家族一代又一代的人，无论游猎到哪儿，不忘护卫这块碑。几百年的风霜雨雪，让青石上的天然纹理和雕刻痕迹都减淡了，但你仔细看，还是能看出山水花鸟，看出瘦金体的"佶"字。直到清咸丰年间，有一年巴兰河涨水，把一座木桥冲毁了，复建时人们想造一座稳固的石桥，石匠去山上采石时，发现它是天然的桥墩，就把青石搬运到山下。

从那以后，依兰这地方，别的河流到了夏季，三年五载的，像松花江、牡丹江、倭肯河，该涨大水还是涨大水，但这块青石碑做了桥墩后，简直是定海神针，巴兰河风平浪静的，别的河流遭遇枯水时，它也依然丰满，融冰后永远利于灌溉，两岸庄稼丰收，牛羊肥壮，人丁兴旺。更奇的是，这块青石碑的桥墩，月亮好的夜晚会发出光亮，夜航的船家都把它当作灯塔。人们认为这是祥瑞之光，所以求婚求子求财的人，恶疾缠身渴望起死回生的人，为讨吉利，都爱在月圆时分划船穿越这个桥墩朝拜。那个"佶"字因为刻在青石下方，终年浸在水中，亲吻这个字的，是游鱼和水草，这个字得了清流，也算脱了俗。而那些山河和花鸟图案，也大都处于水面下。只有雕刻的鸟的翅膀，完全浮出水面，有人说那是自由的象征，也有人说是飞黄腾达之意，所以服刑者亲眷和求官的人，也来朝拜。

女人停顿片刻对我说："听说品行不端的人朝拜这个青石桥墩时，船到近前会突然起漩涡，让你不能靠前，甚至把船掀翻，但心地善良的人，尤其那些淳朴的相貌如舒氏的女子经过桥墩时，它会泛着温柔的光，流水也会发出悦耳的声音，像是谁在抚琴而歌。"

我按捺不住，急急地问："这座桥在哪儿？叫什么名字？"

女人说："这座石桥就在巴兰河上，离这儿不远，一百多年了依然稳固，人们还在用它。因为传说这块青石桥墩是徽宗给自己刻的碑，所以人们都叫它碑桥。"

"能带我去碑桥看看吗？"我热切地说。

"你已经看过了，"女人起身说，"你不记得自己在巴兰河撞上青石碑了吗？"

"难道是我犯了错，所以桥墩没发光，才翻了船？"我这样问她的时候，忍不住浑身哆嗦，因为我意识到眼前这个看似活生生的人，拿着无形的绳索，要把我捆绑到另一世界。

女人比我矮，可她突然起身，往棚屋外拽我的时候，力大惊人。我顺从于她，没喊饶命，只问她舒氏最后怎样了。

女人说："天的黑脸皮就要变白了，不能再给你讲了，你要是能渡过去，见着舒氏自己问吧。开头我问你能不能接受没尾巴的故事，你不是点头了吗，你说哪个故事不残缺呢？"

我机械地跟着女人到巴兰河畔时，意识到死神降临，血液仿佛凝固了，身体像木头一样僵直，任她摆布。女人把我带到一条幽蓝的船上，将我戳在船头，就像稻草人一样。她则在船尾,低沉地说着我完全不懂的话。之后船像是被岸给烫着了,"嗖"地一下,离岸而去。我见巴兰河就像一张巨大的鱼皮窗纸,颤颤地印着最后的月影。

我不知自己将被渡往何方,岸越来越远,水越来越长。

还是楔子

我苏醒的时候,首先感知世界的不是眼睛,而是耳朵和鼻子。也就是说,我的听觉和嗅觉依然敏锐,并驾齐驱冲在前面,视觉神经也许倦怠了人间风景,尽管我想努力睁开眼睛,可眼皮沉重得就像棺盖,怎么也掀不翻它,我就在枕头上晃悠脑袋,希望能助我拔出视觉的泥淖。我听到"哗哗"的雨声,看来外面雨下得很大,还闻到来苏水的气味,证明我此刻在医院。

有脚步声盖住了雨水,想必是个壮汉进来,那脚步声"咚咚"的,像在擂鼓,铿锵有力。跟着是"咣咣"的跺脚声,好像谁要在地上刻上一连串的惊叹号似的,一个男人惊喜地叫骂着:"妈的,你个死人,脑袋能动弹了,我就说阎王爷见你岁数不大,饭没塞够呢,不会要你吧!你还算甜和人,醒得正是时候,今儿八月十五,我能轻松喝口酒吃块月饼啦!"他接着"大夫大夫"地叫着出去了。

脚步声弱了,雨声又像春日的青苗似的,喜人地冒了出来。急雨转小雨了吧,雨声"沙沙"的了。

这人出去不久,我终于睁开了眼睛。开始感觉到的是白花花的一片,好像世界撒满了盐,又像铺遍了雪,更像飞满了谎言。很快这白色被身体的阳气给驱逐殆尽,视线中的东西逐渐变得清晰,我能看见自己躺在泛黄的白床单上,盖着浅蓝色的被子,穿蓝白条纹的病号服。左侧床头柜上摆着一台心电监护仪,右侧立着白色点滴架,上面吊着一个空瓶。窗子在右侧,努力望去,可见窗台摆着两盆茂盛的绿萝。而当我努力坐起来,发现窗外雨中的树,还挂着几片枯黄的叶子,好像在告诉我你还阳了,我们却要去了。

我住在一层,从水磨石地面、陈旧的窗户以及斑驳的墙面上,看得出这是一所简陋的乡镇卫生院。虽然未见阳光,但这是人间无疑。

两个男人一前一后走了进来,前面的五十岁上下,中等个儿,不胖不瘦,黑红的脸,小眼睛,头发乱蓬蓬的,右耳吊着一只松松垮垮的白口罩,穿一件很旧的棕色单皮夹克,皮面磨得多处泛白,像是长了牛皮癣。他叼着一支没冒火的烟,指着我说:"这么快自己能坐起来了,真行!"听他熟悉的声音,我明白这就是先前进来的人。他身后跟着一个穿白服、戴白帽和浅蓝色医用口罩的医生,他又矮又胖,走路呼呼直喘,谢顶,看上去年纪不小了,他指着穿皮夹克的男人问我："认识他吗？"我摇摇头。

穿皮夹克的男人说："大夫，我昨儿把他送来就说了，我不认识他，可你们不信！妈的，这世道救了人，咋这么爱遭怀疑！"男人长吁一口气，对我说他叫王骏，骏马的"骏"，不敢说是我救命恩人，因为是一只受伤的长脖老等，先发现的我。他先嚷着让我赔他名誉，再嚷着让我赔他烟钱，说我昏迷的这十几个小时，他在卫生院外抽了四包烟，自己都快被熏成腊肉了。他说很想现在抽支烟庆祝一下，但在病房抽烟会被罚款，所以只能干叼着过过瘾。

原来这是中秋节的早晨了。

医生问我："你是哪儿人？"

我说："是哈尔滨人，退休后没啥事，前几天驾驶一辆越野吉普车出游，先是到了依兰，然后去了巴兰河景区，入住一个山庄。过了漂流季，可我想下水，庄主不同意，我见一条船停泊在岸边，便偷船夜漂，后来下了雨，我在河上什么也看不清，模糊中仿佛撞上桥墩，之后被一个窑工救上岸，他在上半夜给我讲了一个故事；下半夜出了月亮，窑工又把我送到摆渡人那里，听了另一个故事。窑工是男的，摆渡人是女的。"

王骏害了牙疼似的"嘶嘶"叫着说："依兰过去是打狐狸部的天下，你这是遇见狐狸精了吧，这一带哪有烧窑的？还有现在公路铁路这么发达，谁还走水路啊，多少年都没有摆渡人了！"

我激灵了一下。

王骏告诉我，他是大货车司机，常年带着媳妇跑运输。昨天上午他们拉着一车秋白菜去哈尔滨，途经巴兰河时，他老婆发现一只长脖老等跟着车，好像腿脚不利落，飞得颤颤悠悠的，没过多久跌落在公路上，他老婆说它一定是受伤了，于是喊他停车。

王骏说这只长脖老等，是我真正的救命恩人。他老婆快接近它时，它突然又哆嗦着低飞了几米，把她引向河边草丛。她过去一看，除了长脖老等，还有一个人躺在那里，虽然我脸色灰青，一动不动，但她用手在我鼻子下一试，还有气呢，于是喊他过去。王骏背着我，他老婆抱着长脖老等，回到车上。

他们先救人，把我就近送到一个镇子的卫生院。王骏说他没想到我身上没有任何可证明身份的东西，没有手机和身份证，没有一分钱，裤兜只有湿透后干成一团的纸和两根牙签。他们判断我是溺水后被冲上岸的，医生怀疑我是自杀或是被害，先报了警，派出所来人对王骏做了询问笔录，在我没有苏醒前，他不得离开，住院押金都是王骏垫付的。而那车秋白菜，只好由他老婆一人运往哈尔滨。

王骏说好在他老婆能干，驾驶技术不错，跑长途时他们经常轮流开。但万分倒霉的是,她平安抵达后,刚卸完货,就赶上哈尔滨有了疫情,现在城区全员核酸检测,老婆和车被困在那里,住在小旅店,今年中秋节只能望月团圆了。王骏苦着脸说天公不作美,这阴天下雨的,估计月亮也难见。

我连声对王骏说对不起,先前他嚷着我赔他名誉和烟钱,那是他的幽默,我更应赔偿他爱人因疫情人车被困在哈尔滨的间接损失。我表达这样的心愿时,王骏一撇嘴说:"我要是接受了你这样的赔偿,我老婆还不得骂死我!她心眼好那是出了名的。我刚才打电话告诉她你醒了,她刚排队做完核酸,喜得直说今晚要多吃一块月饼!"

我愧疚地说:"都是我害得你们中秋不能团圆。"

王骏说:"团圆又不在这一日,明年不是还有八月十五吗?你知道我老婆最担心啥吗?她怕你醒来后会失忆,我一会儿得告诉她,你知道自己姓啥、住哪儿、开啥车,脑袋一点都没短路!嗨,老天爷真是保佑你,让你遇见她,遇见长脖老等,万一我一脚油门过去,你遇着这样的天气,没吃没喝的,在野外失了温,就得玩完!"

夜漂时我卸下背囊,这是最大失误,里面准备的一切急救物品,想必都付诸东流了。王骏掏出手机,让我给家里报个平安,可亲人的电话号码都存在我手机里,没有一个我能记全。而我离开手机绑定的银行卡,也无法偿还王骏帮我垫付的医疗费。一部手机不见了,生活居然半停摆了。

医生让护士给我送来一份白米粥和一碟咸菜,嘱咐我少量进食,我来自哈尔滨的话,可是属于疫区来的人,院长不在,他有责任督促我把十四天内的行程回顾一下,做个登记。

王骏说我醒了,派出所也解除了对他的怀疑,他本应赶到哈尔滨去,老婆一人开着辆大车在外面,他还是不放心。只是现在进哈尔滨要持二十四小时内核酸阴性报告,这乡镇卫生院做不了,他还得去依兰做,最快四五个小时出结果,再加上去哈尔滨的路程,估计折腾到那儿,也得后半夜了。

王骏长叹一声说:"算了算了,一个人过个清静的节也不赖!还有老婆把受伤的长脖老等托付给我了,我一直守着你,顾不上这只鸟,现在得打听一下,附近哪儿有野生动物保护站,早点送过去。"

王骏出去了,医生也出去了。

吃过粥和咸菜,我感觉身上有了力气,可以下地走了。虽说腿依然发软,感觉像踩在棉花堆上。

我住在抢救室,对面是医生办公室。我一出来,就见那位医生敞着门,正给一个干瘦的伛偻腰的男人看病。他见了我摘下听诊器,先是嘱咐我戴上口罩,说是病房床头柜的抽屉里备有一沓,然后问我:"写完十四天内的行程了吗?"

我说："没有纸笔，请帮我提供一下，我到院子转转回来就写。"

医生说："王骏在太平房看鸟呢，你得好好感谢他，真没见过这么好心肠的大货车司机呢。"

我反身回病房取了口罩戴上，走向院子。

太阳还没露头，但雨停了，空中堆积着深灰浅灰的阴云。太阳怎会死呢，可阴云一直妄想着做它的裹尸布。

卫生院是栋长方形的砖瓦结构的平房，院子也是长方形的，栽种着七八棵杨树和柳树。院子东侧有个花圃，花儿多半枯萎，只有两株黄色菊花，挂着几朵将落未落的花。菊花的边缘像被烧焦了，已然惨淡，花心强撑着，但颜色也不鲜亮了。花圃前有个破烂不堪的长椅，还有两个污渍斑斑的圆形石凳。

院子西侧是座砖木结构的小房子，人字形屋顶下，有一块白地黑字的匾，上面的"太平房"三个字，居然是瘦金体的。这房子清灰水泥涂抹的墙面，对开的铁皮门，矮矮趴趴，像个门岗。门开了一扇，我进去时，王骏正在喂长脖老等。

太平房大约五十平方米，正中央有两张光亮的木板床，大概是停尸的地方，床前各置一个黑黢黢的瓦盆，看来是烧纸用的。因为屋子只开了一扇西窗，窗口很小，天又阴着，所以里面昏暗不堪。

受伤的长脖老等蜷缩在西窗的墙根下，见到我伸了伸脖子。我不确定它是不是我没有救助的那只，如果是的话，它的善行对我来说，是卡在我喉咙的一根永久的刺。我不知是否应该感激它，因为在医学意义上我失去知觉的那个夜晚，我的思维出现了从未有过的活跃，我在上半夜看到了精美绝伦的白釉黑花罐，在下半夜听到了凄美的碑桥故事。如果夜能更长一些的话，我也许还能见到更绮丽的风景。

我不知眼前的长脖老等是不是宋徽宗刻在青石上的那只，它的眼神仿佛活了千年的样子，是那么的笃定安详，好像深藏着高山和大河，我和它四目对视时，被它的气质打动了。

王骏依然是把口罩吊在一只耳朵上，他说："你刚缓过阳，不该戴口罩，本来气就不够使。"见我走路有点哆嗦，他以为我除了身子虚，也是因为进太平房有点恐惧，便安慰我说医生告诉他了，这太平房利用率很低，因为附近乡镇的老人死了，亲属们习惯在家停尸，然后再送火葬场。进太平房的，大都是活到中途出意外而没抢救过来的，一年没几个。所以昨天没地方安置长脖老等，医生就想到了太平房。王骏说："在医生眼里，太平房和产房没啥区别。"

这只长脖老等伤在右腿，裸露的伤口像片玫瑰花瓣。王骏说这不像在岩石上擦伤的，倒像是中了偷猎者下的铁丝套，它奋力挣脱时伤及皮肉。王骏说它实在聪明，知道跟着人类的车子求救。而它不仅自救了，还救了你。只是它将来被送到保护站后，虽能保命，但一个冬天被迫做了留鸟，明年即便伤好了，野外生存能力降低，秋天能不能南迁，成不成老鹰嘴里的食物，也两说呢。

王骏慨叹完，他手机的视频铃声响了，王骏说："是我老婆，你刚好认识她一下。"他说着接通视频。

透过手机屏幕，我见一个穿红花毛衣梳齐耳短发的圆脸女人，笑眯眯地面对我们，她问王骏："你干啥呢？"

王骏笑呵呵地说："你救的人和鸟都在太平房呢，我先给你看看长脖老等吧。"他把画面切到鸟身上。

女人说："看上去不精神啊，得早点送到保护站。"

王骏说："是了，我刚打听好了，下午就送走。"然后将画面切到我身上。

女人看着我说："人比鸟精神啊。"她笑了起来。

我刚说了一句"谢谢"，女人就说："有啥谢的，你得感谢长脖老等，不是它发现你，你早没命了。"女人说王骏告诉她了，我家人的电话号码都在手机里，想不起来了，她说如果我愿意，可以把家地址告诉她，她上门报个平安，反正做完核酸也没啥事。我心想林蓓哪会像她这样，时刻惦念自己的丈夫，我就是失踪一周她也未必感知到。而母亲则不一样了，只要是传统节日，我在哈尔滨都会陪她，在外地则必给她打个电话问安。要是今晚她没接到我电话，再打过来无法接通，非得急死不可。我也不客气，拜托女人去南岗邮政街我母亲家一趟，报个平安。女人说刚好她住在海城街的一家小旅馆，离那儿很近，让我把详细地址给王骏，他微信给她，她即刻出发，到时让我们母子视频一下。

四十分钟后，我和王骏刚要离开太平房，他爱人发来视频信号，说已到我母亲家。八十多岁的母亲防疫意识真强，武装到牙齿了，不仅戴着口罩，还戴着一个护目镜，这使她看上去怪里怪气的。她见着我先骂了一句"瘪犊子"，说疫情期间她本不该让外人进的，可听说我漂流翻了船，手机不见了，只好冒险给人开门。她警惕性极高，见王骏在我身边晃悠，问他是谁，我是不是遭绑架了。我说当然没有，这两个人是夫妻，我的救命恩人。

我让母亲把医疗费帮我先给女人，母亲斩钉截铁地说："没门儿，你肯定是遇到诈骗的，受到要挟了，我给你报警，你告诉我在哪旮旯？"真让人哭笑不得。

我只好退而求其次，让她把林蓓的电话号码给我，母亲又骂我一句"瘪犊子"，说："你就知道惦记媳妇！"母亲说林蓓一清早给她打电话，说她今儿出不来了，因为小区有确诊患者的密接者，人都给圈在家里隔离，每隔两天才能出来买趟菜。

母亲教训我说："你一天就知道在外逛游，还有心思玩水？也不知林蓓是不是一个人隔离在家。她给我打电话时，我咋听见好像有男人的咳嗽声呢？"

我说："真有男人代替我在家咳嗽,我情愿在外当个散仙。"

母亲撇着嘴,再骂我一句"瘪犊子",说:"你不怕绿帽子压扁脑袋呀。"王骏和他老婆听后,齐声笑了起来。

母亲年轻时是演驴皮影的,也就是皮影戏。行当使然吧,她爱操控人,喜欢发号施令,父亲唯命是从,他也是因迷恋母亲塑造的角色而爱上她的。所以父亲去世的时候,母亲在殡仪馆给他做告别仪式,就是请她的几个老伙计演了一场父亲最爱的皮影戏《鹤与龟》,因为这是出动物寓言轻喜剧,参加葬礼的人被剧情感染,笑声不时泛起,父亲就踏着母亲为他营造的笑声上路了。

父亲走后,考虑到母亲年事已高,我请保姆前去服侍,可母亲很快给打发了,说她能走能蹽的,屋子本就不大,不能再多个放屁的人。待到近几年她记忆力衰退,几次忘关水龙头和燃气阀,她哀叹着岁月不饶人,自请了保姆,声言要在有生之年,花掉自己所有积蓄,不给后人留半个子。唯一带不走的是房子,她早已更名到我女儿名下,为此母亲还刺激过林蓓,说:"你要是养活个儿子,这房子我就留给孙子了!"林蓓嗤之以鼻地说:"哪座房子最后不是坟墓呢?"母亲气得直捶胸,讥讽道:"照你这么说,你妈就不该生你不是?"我永远记得林蓓听后非但不恼,还动情地拥抱了母亲,说:"您真是我妈,我就这么想的。"

母亲见王骏和登门报信的女人一脸忠厚,说得不像是排演过的,而我状态自然,终于相信他们不是骗子。问清他们帮我垫付的医疗费数额,她即刻付给女人,还多拿出两千,让她通过王骏转我,说一个大男人在外身无分文,寸步难行,不过她声明这钱我得还她,看在我是她亲儿子的分儿上,利息她就不要了。

钱的事情交涉完,母亲说她早晨接到一个陌生男人来电,他说你儿子的电话怎么打不通,只好找您了。他手里有件宝物,人都说是金代的,好像跟宋徽宗有关,想请你鉴定一下真伪,他出鉴定费。母亲责备我不该把她的电话号码告诉给外人,未等我解释我从未泄露过她的电话号码,母亲又说,别以为宋徽宗当年在咱这儿被囚了几年,就谁都能捡着宝贝,做梦去吧!

母亲对宋徽宗的画不屑一顾,收藏在辽宁博物馆的《瑞鹤图》和北京故宫博物院的《芙蓉锦鸡图》她都看过,说那画中品而已,布局乏力,也不脱俗。尤其是《瑞鹤图》,群鹤弯着脖子飞翔,缺乏气韵。而且群鹤之下的宫殿看不到底部,等于失去根基,颇不吉祥。她说要说那时期的画儿,还得是王希孟和张择端的。但宋徽宗的书法她认为绝了,空灵深邃,每一笔都含着泪似的,像是一出生就活了一辈子的人的笔力,笔笔如柳又笔笔如钢,旷世难得。

母亲叮嘱我与所谓的持宝人打交道要小心,这里骗子很多。

与母亲视频通话结束后,医生见我状态不错,准我出院。这样中秋节午后,我和王骏带着长脖老等离开卫生院。

王骏说："你死里逃生,大过节的,天又这么凉,咱得吃点好的和热乎的。"这样我们寻了一家小馆,吃热腾腾香喷喷的羊蝎子火锅。刚踏进店门时,店主见王骏抱着长脖老等,以为我们是来私卖野物的,两眼放光,说正愁八月十五没野物下锅呢,连问多少钱。王骏瞪着眼说:"我看你像野物!"店主再不敢提这茬儿。

王骏酒量一般,只喝了二两烧酒就兴奋异常,我遵照医嘱滴酒未沾。酒是话篓子,大多数人喝多了话就多,王骏也不例外。他告诉我他老婆是后找的,他总跑长途,前个老婆在家太寂寞吧,跟一个开杂货铺的好上了。王骏说老婆的私人领地被别人侵占,他这辈子不想再碰了,立马离婚,他们唯一的男孩归他,由他母亲照看。

王骏说现任老婆比他小五岁,极其善良,本来许了一户人家,但快结婚时发现得了子宫癌,虽是早期,但子宫得摘除。手术后恢复不错,但她没了"育儿袋",那家解除了婚约。王骏说他有儿子了,不在乎传宗接代,就娶了她。婚后她一直跟他跑车,车上备有炊具,在各个高速路服务区,老婆给他做饭的情景,是大货车司机最为羡慕的。王骏说人也真是怪,他跟前个离了,但她日子过得不如意时,他也心焦,毕竟她是孩子的生母啊。再说他和她婚内时,在外有时十天半个月见不着老婆,也曾在高速路服务区的小旅店接受过找上门来的服务。王骏慨叹说生为女子不易,好像女人天生就得是贞节的,男人胡来后只要对家好,一切可以忽略不计了。王骏说现任和前个老婆处得不错,两人一起赶过集呢。唯一让他难受的是已上初中的儿子不认后妈,她对他一万个好,也换不来一个好,她常偷着哭,这两年也常咨询做试管婴儿的事情,让他心惊肉跳。因为他这岁数不想再要孩子了,再说做试管婴儿遭罪又烧钱。

我苦笑着说:"我现在的老婆也是后找的,我也被戴过绿帽子。"

王骏哈哈笑着拍了下我肩膀,说:"难兄难弟啊。"

从小馆出来,我雇了一辆破烂不堪的私家车,先和王骏送长脖老等。这家野生动物保护站在山中,规模不大,有两只黑熊、一头驼鹿、几只狐狸和狍子以及形形色色的鸟。它们非瘸即瞎,或是伤了翅膀,看了让人难过,是极难回归大自然的动物了。

接待我们的人六十岁上下,一嘴黄牙,说话南腔北调的,不像本地人。他按照惯例做完登记,动员我们认领这只鸟,支付饲养费,他们可定期把长脖老等康复的图片发给我们。见我们犹豫,他聒噪说断掌的黑熊,是某某老板认领的;那只瞎眼的狐狸,是个患癌的女士认领的。他们认领了这样的动物,发财的发财,康复的康复。

王骏问:"那一个月得多少钱啊?"

工作人员说:"这只长脖老等伤在翅膀,相当于一辆汽车马达坏了,治疗和饲养费,一个月少说得四百块。它今年就得在黑龙江过冬了,你们可以先捐半冬的钱,三个月,一千二百块,我可以开收据,还能盖红章。"

王骏表情复杂地看了我一眼,先给长脖老等拍了段视频,再拍了几张照片,说是留个念想。

母亲借给我的两千块,因我手机和银行卡未恢复,王骏只得给我现金,我在羊蝎子小馆花掉二百三十元,雇车用了四百元,如果再支付一千二百元,所剩无几了。我跟工作人员说:"我先捐六百,余下的看它的恢复情况再说。"

工作人员大喜过望地说:"六百也中,我一眼看出你是个好人!"

我数出六百块钱,递给工作人员时,王骏突然拽住我,说他需要现金,让我串给他,他用微信转账给对方。工作人员眼巴巴地看着那六百现金,虽不情愿,但还是加了王骏微信,接收了六百块。谁想他开完收据,却说忘了公章在另一个同事那儿,锁在抽屉里,这人回城过节了,他也不好撬锁,所以无法盖章了。我嘴上说着没关系,但心里觉得六百块钱事小,可他的言谈举止,让人对这家保护站缺乏信任了。我要来他的电话号码,说未来会和他联系的。

出了保护站,我和王骏仿佛参加完好友的葬礼,有股说不出的沉痛,上车后并排坐在后面,彼此无话。偏偏赶上我雇的司机是个直筒子,他嘲笑我们:"你们也算吃了半辈子的盐了,咋这么幼稚?把长脖老等送到这儿,等于献上了八月十五的大餐,我敢保证,你们前脚走,后脚人家就会拿刀抹了它脖子,炖了下酒!"

王骏轻轻拍了一下我的肩膀,说他也有这个担心。一般的保护站,是不会强求爱心人士认领野生动物的。所以他留了一手,给它拍了视频和照片,还用微信转账,留下捐款记录。

王骏说人没有长得一个模样的,鸟也一样。隔个十天半月的,他会和工作人员视频一下,看它是否活着。见我不语,王骏又说:"你先捐了六百,眼下它的命是没问题了,保护站得留着它,继续让你捐钱。可是如果你一直捐,我最担心的是,明年它伤好了,可以南迁了,也未必给它放归自然。最让人不敢想的是,万一没伤再给它弄伤,继续钓好心人的钱,我们反倒是让它受折磨了。"

我说:"先别把事情想那么坏,这一带我常来,如果这家做事不规矩,我会把它解救到另一个地方,我承诺会尽快。"

王骏说:"那就妥了。"

但司机听后不悦,说:"你们给一只鸟随便撒六百块,我这一趟往返,少说也得两百公里,大过节的谁爱出车?我最开始要五百,你们非砍下一百,难不成我还不如那只鸟?"

我可不想司机中途撂挑子,赶紧说:"师傅咋也比鸟金贵啊。"忙从口袋抽出一百,探过身子,把它放到副驾驶座位上。

司机歪头看了一眼粉红色的百元钞票,像看着一块可人的蛋糕,眼神立刻温柔了,说:"那就谢谢大哥了。"

送完长脖老等,我又把王骏送到一家服务区旅店,他说和老婆约好了,她拿到核酸阴性报告后,明早驾车离开哈尔滨,去那儿接他。想起他刚跟我说过的在高速路服务区做过的龌龊事,他下车时我忍不住在他肩上狠抓了一把,有点警示的意思。

王骏一脸坏笑地说:"抓我啥意思,不想让俺好好过节不是?"他嘱咐我手机恢复后,别忘了加他微信,他会把长脖老等的消息发给我。

与王骏分手后我倦意袭来,一路昏睡到山庄。

暮色渐浓,雨又来了。我走进山庄时,庄主正和一个客人搭讪,他见了我像鹅一样"啊啊"大叫:"老天爷啊,你可回来了!"

原来,我当夜未归,他还以为像我这种自驾游的人,去别处要了,并没在意。第二天上午还不见我影子,而他发现我的车子却还在停车场,感觉事情不妙,于是调取山庄外的监控录像,发现我去了河边,而那儿的一条渔船不见了,断定我是偷船漂流了。想着我在哪儿平安上岸后,就会回来的,所以没有报警,一直等到现在。

我跟庄主连声抱歉,说那条船撞散了,我会赔偿的。我没回房间,而是要了一把伞,先去了停车场。我的越野吉普与我相依为伴,在外就是我流动的家,我迫切地想看到它。可是停车场的几台车,全都是陌生的,我反身去问庄主:"我的车怎么不见了?"

庄主瞪大眼睛说:"这咋可能呢,昨晚我还看到了呢。"

我说:"那你看看监控,谁动了我的车子?"

庄主一龇牙说:"真是不巧,昨天我调取完监控,系统就失灵了,这大过节的,杂事一堆,还没顾上修呢。"

庄主的话让我觉得自己的车子跟我一样出了事。

我要求庄主报警的时候,他提出来可以让保安先带我在附近找找,说是以往也发生过类似的事情,有时附近村镇淘气的半大小子,会趁人不备潜入山庄,撬了客人的车子开出去,耍够了再扔在山庄附近,这样客人找得到,除了浪费点汽油,也没啥损失,所以都不会报警,而我驾驶的越野吉普车,是他们爱下手的目标。

庄主的话更让我觉得他知道我的车在哪儿。

在庄主的安排下,山庄保安嘟嘟囔囔的,很不情愿地骑着摩托车带我去寻车。天已黑了，雨还没停，风起来了，我的雨披被风掀起，脊背阵阵发凉。摩托车灯照着前方的雨，亮闪闪的，仿佛大把大把的伤心泪。车行四公里左右，在一片开阔的杨树林中，我发现了自己的车。车门和后备厢均被撬了，那盏我收来的李杜将军的台灯被砸烂了，莫德惠的字也被撕碎了。见我痛心不已，保安鄙夷地说："一盏破灯和一幅破字，有啥稀罕的？"我骂他："你懂个屁！"想着他没有拐弯，一路径直把我载到这儿，我认定他和庄主是损害我车的同谋，怒不可遏，一把将他按倒在地，骑在他身上，威胁道："你不说实话，我就让你过不去八月十五！"保安吓得嘴都哆嗦了，连说："大哥对不起，这一切可都是庄主让我干的。"

原来庄主发现我偷船失踪后，很快有人在下游发现了那条被撞坏的船，还有人陆续发现河面的漂浮物，手电筒、药品等。在山庄附近的柳树丛，也发现漂来的一本被泡烂的书，庄主由此断定我死了。一个入住的客人在他这儿发生意外，无论如何都是灾难，会面临意想不到的官司和赔偿。这两年的疫情本来就让从事旅游业的人难挨，再不能雪上加霜了。因我不是网上订房的客人，所以庄主只要把我入住登记的纸页撕掉，再把近三天来山庄的监控删除，将我的车神不知鬼不觉地移出，我的死就跟山庄无关了。

保安说车子是庄主让他撬锁开出来的，庄主许诺他，车上有啥值钱物就拿着，算是报酬。结果他一分钱也没找到，只发现了一盏旧台灯和那幅看起来像从废纸堆找出的字，他一时冲动，拿它们撒气了。保安说他可以赔我一盏新台灯，至于那幅字，他可以求他儿子的书法老师写幅新的给我，我要啥字就给我写啥字。

我松开保安，欲哭无泪。那本漂到山庄柳树丛的书，是宿白先生新版的《白沙宋墓》无疑了，这是此行我带的书。

保安瘫在泥水里，瑟瑟发抖。我将他拉起，说："你回去吧，就跟庄主说我找到车，直接开车回哈尔滨了。"

保安站起来，摇晃了几下，乞求我不要告发他，他若丢了这个饭碗，一时还没有好的去处，家里老人看病和孩子上学的钱，都会成问题。我答应他此事到此为止。

我踏上自己的越野吉普车，待保安驾驶摩托车远去，才缓缓启动。

后半夜雨停了，月亮却没出来，我本想开到依兰，可是走到中途，燃油耗尽，只得停在半路上。其间有车辆经过，我也下去求救，但没有车子停下来，这更让我觉得遇见王骏夫妇是多么神奇和温暖的事情。

两日后我回到哈尔滨，因所居小区还没解除封闭，便去了母亲那儿。母亲见我憔悴不堪，赶紧让保姆给我煲鸡汤。她说这岁数的人了，以后就长点记性吧，别心血来潮做危险运动了。当晚我还和林蓓通了电话，讲了此去依兰的遭遇,她却当神话来听,建议我去看一下精神科医生,说她可以帮我网上预约。

半个多月后,我身体完全恢复,身份证、电话、银行卡等信息也恢复,于是驾车第四次来到依兰。

参观五国城遗址的这天雨雪交加,几无游人。园内的靖康之变历史展室和仿造徽钦二帝生活的地窖子,都不是我感兴趣的。

五国城遗址围墙一角,有两方躺倒在荒草中的二龙戏珠石碑,也叫九孔透龙碑,这才是我此行最想看的。这是四年前从老牡丹江大桥水下打捞出的两块石碑,属于官至三姓副都统、二品大员的墓碑。据史料记载,从一七四三年开始设立三姓副都统后的近一百七十年间,历史记载的副都统就有五十位。凡副都统退休后,会被召回京颐养天年。能在地方立墓碑的副都统,都是任期未结束就故去的人,或病或是意外。据说二十世纪六十年代末牡丹江大桥初建,工人就地采石时发现的。那年代的碑都被当作"四旧",无人保护,所以他们就拉下山,做了建桥材料。而拥有这种墓碑的人,通常是任职期间功勋卓著者。

望着这两块面貌苍苍的石碑,想着它们曾做了牡丹江大桥的基石,半个世纪来在波涛中渡着往来的人,我不由得想起女人给我讲述的宋徽宗碑桥的故事,感慨万千。细雨夹杂着斑驳的雪花,落到二龙戏珠石碑上,是那么的美,又那么的凉。就在此时,王骏通过微信,转给我一张照片,是野生动物保护站的工作人员发给他的。

救了我的长脖老等,在铁丝网围起的棚屋里,如灰衣骑士,站在一根像是被熊啃得齿痕斑斑的枯木桩上,醉心地望着什么。它的黄嘴巴比之前娇艳了,肩上的棕栗色蓑状长羽也格外有光泽了。我想知道它如此痴迷地在看什么,将它目之所及的角落局部放大,竟在墙角的一堆干草中,发现一只眼熟的白釉黑花罐。

【作者简介】迟子建,女,1964年元宵节出生于漠河。1984年毕业于大兴安岭师范学校。1987年进入北京师范大学与鲁迅文学院联办研究生班学习,1990年毕业后到黑龙江省作家协会工作至今。1983年开始写作,已发表以小说为主的文学作品六百余万字,出版八十余部单行本。主要作品有长篇小说《伪满洲国》《越过云层的晴朗》《额尔古纳河右岸》《白雪乌鸦》《群山之巅》,小说集《北极村童话》《白雪的墓园》《向着白夜旅行》《逝川》《清水洗尘》《雾月牛栏》《踏着月光的行板》《世界上所有的夜晚》,散文随笔集《伤怀之美》《我的世界下雪了》等。作品有英、法、日、意、韩、荷兰文等海外译本。曾获第一、二、四届鲁迅文学奖,《小说月报》第七、十、十一、十二、十三、十四、十五、十六届百花奖,第十七届百花文学奖,第七届茅盾文学奖等奖项。现为黑龙江省作家协会主席,中国作家协会全国委员会委员。

疫狐纪

◎ 张翎

第 1 天

厨房里有一扇大窗,站在窗前能看见整个后院。她正在院子里干活儿,但她不知道我在看她。

我的颈子上有一丝凉风,我知道那是小雨在我身后,看着我看她。

黄雀在后。我突然想起一个三百年没派过用场、早已生锈的成语。

"该上网课了吧?"我忍不住提醒她。

小雨没说话,但我知道她走了。

十九岁零九十八天,这是小雨的年龄。她不会长大。和这个年龄的孩子沟通,你不知分寸在哪里,一句不合宜的话,就能让她变成哑巴。小雨是个不惊不乍的孩子,她用来表达情绪的工具不是语言,也不是表情,而是沉默。小雨的沉默经过了十九年的锻造,已经炉火纯青。

院子里的那个女人正在拔杂草。她不能久蹲,只能坐在一张板凳上劳作。八十岁的身体没有奇迹,该消耗的都已经消耗完毕。她只是让她空荡松弛的身体摆得比别人略为周正一些,所以我还能看见她脖颈到后肩那根走样了的弧线。这一刻,她的世界就是以那张凳子为圆心画出来的一个小圈。她把一只两爪小锹扎入野草的根部,抬成一个四十五度的斜角,然后将根铲起。两个指头一夹一扯,断了根的野草就落在了身边的铅桶里。无论在院子里还是在屋里,她干什么活儿都有那么一股子较真的范儿,像是在解剖青蛙,或者是检查合成电路。

五月在多伦多是个找不出什么词来形容的尴尬时节,离冬天远了些,但离夏天还差几步路。倒是白天见长了，太阳开始有些小劲道。阳光里她的头发是一朵扬着絮的金色蒲公英，昨天它是一团银色的绒草。我们是谁，在白天取决于光线；在夜晚，取决于梦境。

它就在她身后的那棵大枫树下，离她三米多，最多四米。我没看见它是怎么进来的，它仿佛是从地里冒出来的。我的第一反应是狗，又很快知道不是，不仅因为它尖长的脸颊和嘴，还因为它的步态和神情——它没有狗身上那种在人群中厮混熟了的市井圆融。过了一会儿我才意识到那是狐狸。在我心里，狐狸出没的场所只能是童书、动物园和电视节目。每当我想起狐狸，就会想起电视节目主持人低沉又抑扬顿挫的解说。当它甩脱童书、动物园和电视节目，独自出现在都市人家的后院时，它突然变得不像它自己。就如同在一个尺度很大的夜店里，你猛然撞见平日里正襟危坐的古汉语老师一样，参照物的突兀转变会将你抛出惯性思维的轨道，让你一时迷糊。

它大概刚从冬天的洞穴里走出来，瘦骨嶙峋，皮毛上满是斑癣，火红的颜色在那一刻还纯属惯性带来的联想。它沿着篱笆走了一遭，咻咻地闻着脚下的地，好像是为了辨识地界，又好像是为了觅食，它所过之处皆悄无声息。后来，它靠着枫树，在那个女人的身后坐了下来。女人没发觉任何异常。她在干活儿的时候背对所有，目空一切。五月中旬的树枝上还只有嫩叶，树荫尚未形成，它身上洒着大片的斑驳的阳光。兴许它就是为了这棵树这片阳光来的，可是，哪里没有树没有阳光呢？

我没敢提醒那个女人，怕吓着她。当然，我也怕吓着它。疫情把人的活动半径裁去了一圈，兽走进了人让出来的地盘。兽和人都在新的边界线上试试探探，它的每一根毛都颤动着惊恐和不安。它和我都身在异乡，它的胆小让我心安。我愿意在有阳光的日子里见到它，看着它的皮毛渐渐变红，知道夏天来临。

我拿出手机，拍了一张女人和狐狸的合影：女人意识之外的狐狸，狐狸视线之内的女人。

今天是我来到女人家的第三天，也是我和狐狸第一次相遇的日子。我用编辑笔在照片上写下了"第一天"。后来再看到这张照片，我才醒悟过来其实冥冥之中我已经知道：我和它还会再见。我不知道为什么我会把和它初次见面的日子（而不是进入女人家的日子）定为元日。

我马上把照片发给了小雨。"一个人一生里能有几次机会在后院遇见狐狸？"我加上了注解。

"Lillian 阿姨，吃早餐了。"我打开窗户，对院子里的女人说。现在是上午八点四十二分，我本该在十二分钟之前提醒她。她的日程规律得像米达尺画出来的一条直线，早餐八点三十分，午餐十二点三十分，晚餐六点三十分。但今天，

167

狐狸搅乱了她的时间。

她抬起右手，把被风吹乱的头发拢在耳后，起身，收起凳子、工具和铅桶。

我眼角的余光里已经不再有狐狸，它已在她转身之前消失。

第-10 天

"我们需要问你几个问题。"凡·丹伯格太太用南腔北调的普通话对我说。后来我知道她也说口音很重的英文。

"特树（殊）庆（情）况，愿（原）谅，请你。"凡·丹伯格先生从屏幕的右上方插进来，用蹩脚的中文替他妻子做着补充。屏幕有些暗，他那颗头发蓬松的脑袋看上去像一株挂歪了的吊兰。背景里有个孩子在跑来跑去，嘴里发出呜呜的声响。

我是从小雨常用的那个留学生互助网站上发现这则广告的。公寓租约快要到期了，我不想再续。我离饿肚子还有好几百公里路，我仅仅是不想坐吃山空。这份差使能满足我百分之五十以上的"衣食住行"。

"不要一脸猴急。"我的耳根一热——那是小雨在悄悄提点。

世界是你们的，也是我们的。我突然想起一句小时候背得滚瓜烂熟的话。伟人老矣，世界是他们的，完完全全，没有"也是"。一个才上大一的孩子，如今她比我识得世面，我混场面时不时得她提点。这白白浪费了我一整个前半生的阅历。

"问吧。"我说，语气不卑不亢，不疾不徐。

"你是一个人吗？"凡·丹伯格太太问。

我猜想这个问题的硬核是婚姻状况。迟疑了片刻，我才说："是的。"

我甚至想好了下个问题的回答："离婚，不可协调的分歧。"这是我在八卦新闻和美剧里最常听到的分手理由。它像一块大披肩，遮挡住了华丽袍子上的无数黑虱。我不用告诉他们那些找上门来的女人和银行账户上时不时消失的金额。没有人喜欢黑虱。

可惜，别说黑虱，连披肩也没用上。凡·丹伯格太太没有在这个问题上深究。

"对不气（起），因为，Covid（冠状病毒）。"凡·丹伯格先生继续用中文为他妻子的问题做着笨拙的解释。

Covid 和我的婚姻状况之间的关联，是我在结束了视频对话之后才慢慢醒悟过来的：他们希望家里人口简单，减少感染概率。疫情修订词典，改变审美，让一切粗鲁变得合理。

凡·丹伯格太太消失了几秒钟,突然,屏幕上涌来一股白色的潮水——原来她去开灯了。现在他俩都坐得离摄像头很近,脸看上去像两只拍烂在玻璃窗上的冬瓜。

"你可以合法工作吗?"她问。

"我有部长特许居留,正在等待枫叶卡。"我答。

"你会讲几句英文吗,假如遇见紧急状况?"凡·丹伯格先生换成了英文问我,我和他同时松了一口气。

"不遇见紧急情况也会说,而且,比几句略多一些。"我也换了英文回他。口音没有完全盖住那丝"刻薄"(这个词在某些场合也可以理解成幽默),他哈哈哈地笑了起来,屏幕上泛起了波纹。

"你还拥有哪些技能?"他问。

他的笑声大大鼓励了我,我顿时失去平衡,口中隐隐似有莲花开放。

"技能没有,本能有。会开车,急了也能换轮胎,知道怎么使用电钻和千斤顶。能在第一时间听见火警和二氧化碳警铃。不畏高,能爬梯子,必要时也能跟保险公司磨嘴皮子。煮得熟饭,懂得基本的荤素搭配。除了打架、织毛衣,其他都会。要是把我们同时丢在荒岛上,保不准我能先逃出来,运气好的话还能返回来救你……"

"更年期。"我似乎听见了小雨在嘀咕,我的声音戛然而止,满舌头都是没吐干净的话茬子。"更年期"是小雨对我所有行为的万能解释,就像"抑郁症"是适合于一切莫名症状的均码帽子。

时间停止,飞尘在半空驻停。屏幕一片死寂,凡·丹伯格夫妇的五官固定如山石。一场刚刚开幕的戏已经被我演砸。无可救药的更年期女人。

半晌,我看见他们的嘴巴渐渐扭曲变形。我是在听到声响之后才明白过来那是笑声。

"我妈一切都能自理,就是不会开车。家务事不是你的主要责任,你管好她三餐的营养搭配就行了。主要是三年前她犯过一次心脏病,现在有限制令,万一有个意外,你在,能救个急。"凡·丹伯格太太说。

我猜这大概就是录用的意思。也就是说,我会的那两脚正是他们需要的,而我不会的那九十八脚,也还在他们的容忍范围之内。

"我们住在纽约州的罗切斯特,麦克在市政厅工作,疫情期间也开放,每天都接触不同的人。所以,我们不敢回去看妈妈,怕身上带着病毒。"

过了一会儿我才明白她说的是她的丈夫。

"薪酬已经在电子邮件里说过了。你觉得什么时候可以……"

现在猴急的是她,我已经明显占了上风。

"我还有问题。"我制止住了凡·丹伯格太太。

"老人家叫什么名字？"我开始反守为攻。

凡·丹伯格太太怔了一怔，才说："我妈姓周，大家都叫她 Lillian，这么叫着方便。"

"她有几个子女？"

"就我一个女儿。"

"她从前是做什么的？"我追问。

凡·丹伯格太太神情犹豫，仿佛我问到了她的内裤尺码。

"我需要了解一点背景，跟她沟通起来比较容易。"我解释道。

理由很充足，而且没学他们的样拿疫情来说事。她被逼到了墙角。

"干了一辈子，技术活儿。"她终于说。

"技术员？"我不依不饶。

"算是吧。"她说。

"养老院那边，亲爱的。"凡·丹伯格先生提醒妻子。

"我爸有老年痴呆症，住在养老院里。现在不开放探视，只能通视频。我妈想通视频时，你一定要事先通知轮值护士，她好安排我爸连线。联系方式我用电子邮件发给你。"

"你有什么要求吗？"凡·丹伯格先生问。

我能有要求吗？我急切地想搬出那个公寓。我其实没有选择。

我假装在认真思考，半晌，才回答："请转告你母亲：未经允许不要进入我的房间。"这是一个安全的、实施起来很容易的要求，它其实只具备象征意义：那是一个人不值一提的自尊。

视频完结后我才突然想起，这是我人生的第一次面试。我走出大学校门就嫁给了小雨的爸，除了在他公司断断续续地管过几年账，我一天班也没上过。我一辈子吃的都是那个男人的饷，先是作为他的妻子，后是作为他女儿的母亲。

带着疫苗注射证明和相隔五天的两次核酸阴性报告，我走进了 Lillian 的家门。

第 10 天

狐狸又来了，这是第三次。我站在窗口，第一眼里还没有它，第二眼里，它就在了。

我见过松鼠、浣熊、野兔、臭鼬，还有蓝松鸦、红脯罗宾、黄莺。它们或是沿着树干爬行,或是从草地的一头蹿到另一头,或是在树枝间飞来飞去。它们都有一条行动轨迹,你看得见它们的首尾。但是狐狸不同。院子的篱笆上没有容它穿越的窟窿,但它总能猝然出现,猝然消失,它的来去仿佛是刹那间的一丝风。我开始怀疑是否真有遁地而行一说。

它每次出现,都是在上午八点一刻左右,它的早餐之后。早餐是我对圈养动物的惯性想象。野生动物的进食,纯属饥饿和运气的偶然碰撞。

今天狐狸显得有些躁动不安,沿着篱笆走了一圈又一圈,迟迟不肯在枫树下落座,长着一圈白毛的尾巴尖在轻轻颤动。后来我才明白,狐狸是在空气中嗅出了 Lillian 的情绪,狐狸是 Lillian 的镜子。

Lillian 又坐在板凳上拔野草。院子里时令最早的水仙已经开败了,郁金香正红火,其他的多年生植物刚刚蹿出新枝。新枝在地底下憋过了一个严冬,钻出地面时都是紫色的,长开了才会慢慢退去那份面红耳赤的愤怒。野草已经长过了三茬,时下最猖獗的是蒲公英,黄色的花朵像浮在油上的火苗子,扑了这团,还有那团。

院子里的事,除了割草浇水这样的粗笨活儿,Lillian 很少让我插手。"不懂,添乱。"她说,那份不屑仿佛来自一股三世为农的底气。以小板凳为圆心画出的那个圈,是她一个人的城堡,容不得他人插足。可是今天,在她的城堡里她并未安心。她的手有些颤抖,两齿锹挖出来的,是蒲公英的花枝而不是根。根不除尽,一眨眼又是另一生。

"Lillian 阿姨,吃早饭了。"我推开窗喊她。现在是上午八点四十五分。只要狐狸在,我总会往后推延她的早餐时间——我想让它多待一会儿。我不知道它怕不怕我,但我知道它怕她,它总会在她起身的那一刻消失。

吃完早餐,我洗碗,Lillian 在我身后磨磨蹭蹭,半晌,才犹犹豫豫地问:"小陈,会剪头发吗?我几个月没去过理发铺了。"我摇头。我的十八般武艺中,偏偏缺了剃头这一招。Lillian 开始游说:"很容易,分三层剪,里边短,外边长,各相差一厘米。这样剪完了,最外边这一层自然朝里弯曲。"Lillian 的讲解听起来像深入浅出的中学课程,我一下子懂了。

我搬了一张椅子,让 Lillian 围了一条毛巾坐到后院的阳台上。太阳到这时已经升到树枝分杈处了,草地上是一块块深深浅浅的光影。风起来,影子勾肩搭背地跳舞。Lillian 的头发依旧厚实,捏在手里是满满的一把,从头到尾地白透了,白得清楚彻底,稍稍一抖,就闪着一丝淡淡的蓝。

"到了你这个年纪,我很少看见腰背还这样挺直的。"我说。

好好的一句夸奖,从我嘴里出来,就带上了一根毛刺。八十岁又怎样?到了八十岁,查尔斯王子恐怕还在排队等着当国王。

"从前在大学里演话剧,练过形体,肌肉还有记忆。"Lillian 没有在意毛刺。或者说,她压根儿没有觉出毛刺。在她这个年纪,哪怕是等着当国王的,得到的夸奖已经有限,每一句都得当真。

Lillian 的指导有方,成果基本如愿。半个小时后,剪短了的头发在她耳后绕成了一个弯,她的脸在那一刻像一片利落的废墟。在冲澡之前,她吩咐我给朱迪打个电话,让她安排上午十点一刻和叶千秋通视频。叶千秋是 Lillian 的丈夫,朱迪是叶千秋的主管护士。前两天我问过 Lillian 要不要和叶千秋通视频,她不置可否。今天是她主动要求。

我突然就懂了,她剪头发是想见叶千秋。

我在卫生间里清洗剪刀和毛巾上的碎发屑,洗脸池上的镜子正对着 Lillian 的卧室。镜子有手,伸出指头轻轻一勾,就把房间里的情景扯到了我眼中。Lillian 的平板电脑联上了网,一阵地动山摇之后,屏幕稳定在一堵白墙上。白墙渐渐上升,镜头落到一张白色的小床和一个白头发的小孩脸上。是的,我没说错,是小孩,一个脑子里所有乌七八糟的记忆都已被时间涤荡干净的老小孩。

"老叶,你好吗?"片刻沉默之后,Lillian 先开了口。

"好,嘿嘿,好。"老头儿摇晃着身子,蚕一样白胖的脸上浮起一团茫然的笑意。

"知道今天是什么日子吗?"

"知道,嘿嘿,知道。"老头儿把所有的回答都重复了两次,似乎坚持就是一种证明。

"五月,二十五号,你说,是什么,日子?"Lillian 一字一顿地给他递着线索。

老头儿的五官突然扭成了一团,太阳穴上有一根青筋在游走——那是脑子在找路。路歪歪扭扭,老头儿走了几步就走丢了,眼角一垂,似乎要哭。

"娟子哟,娟子!"老头儿别过脸去,冲着门外大声号叫。这家养老院是香港人出资建造的,护士都会讲中文。"娟子知道,你问娟子。"

"George,George!"走廊深处传来一个女人的狂喊,接着便是一片嘈杂和混乱。脚步声,物件翻落声,哭声,安抚声。有人从外边关上了老头儿的房门,世界重归寂静。

"老叶,老叶!"Lillian 喊了几声,才把老头儿的魂招回来。老头儿看着她,又仿佛没在看她,目光穿过她,虚虚浮浮地落在一个无名之地。笑容还在,那笑里却有些悲从中来的意思。

"你知道,娟子在哪里?"Lillian 盯着老头儿问。

"他们把她拉走了。"老头儿嘴角一瘪,呜呜地哭了起来。

Lillian 看着老头儿用手背哆哆嗦嗦地擦着鼻涕,蚕皮似的脸上满是青黄水迹。两人再无话，便关了视频。Lillian 呆呆地坐着，陷在椅子里的背影很瘦，肩胛骨高高地戳着衣服。

"是生日吗？"我探进头去，小心翼翼地问。

"妈，那是人家的隐私。"我仿佛听见了小雨的提醒。即使是气急败坏，小雨的声音依旧听起来波澜不惊。

我知道我问了这句话，就坐实了自己在偷窥偷听。我只是管不住，都是那两根肩胛骨惹的事。

Lillian 没说话。沉默是最尖利的羞辱，我讪讪退出。走了几步，我才听见她的声音颤颤巍巍地飘出她的房门："五十五年，结婚……"

五十年是金婚。六十年是钻石婚。五十五年是什么？金钻？还是钻金？

"那个娟子是谁？"我问。

Lillian 走出来，倚靠在门框上，隔着走廊看我用抹布蘸着清洁剂擦拭着水龙头上的水垢。一下，又一下。

"是我。那时演话剧《橘颂》，他是屈原，我是婵娟，后来他就叫我娟子。"半晌，她才说。

我被这句话一下子压瘪，终于知道，天底下能说的话很多，管用的却很少。她心里的那个洞和我的一样，无可修补。

"Lillian 阿姨，你知道院子里有狐狸吗？我拍了几张照片，你和狐狸的。"我突然说。这不是我想说的话，可是我不知道我想说的到底是什么。

女人怔了一怔，突然，脸涨得赤红，毛孔粗如猪皮。

"为什么要偷拍？你想干什么，拿这些照片？"她的声音撕裂了，每个字都冒着青烟。在这个言语和情绪都很节制的女人身上，我第一次看到了愤怒。

第 14 天

自那天以后，我和 Lillian 之间的沟通几乎降到了零。除了我简洁的招呼和她更为简洁的回应（基本由"嗯、哦"之类的语气助词构成），我们几乎完全生活在沉默中。和她在同一张桌子上吃饭，堪比中世纪的任何一种酷刑。我们中间隔的是果冻一样凝结的空气，每一粒米饭都是扎在喉咙里的针。

除了去后院劳作，大部分时间她都待在自己的房间里，安静得让我时时刻刻都活在关于她心脏的各种可怕联想之中。可是每顿饭她都按时出现，除了沉默，并无异常。每一次我经过她严实得没有一条缝的房门（那是去卫生间的必经之地），那些堵在食道里未能消化的食物都在化为像柏油一样的液体，从我的毛孔里渗出，将我的皮肤熏成一张黑纸。

你以为你是谁，约克王妃？女神卡卡？迪丽热巴？赵丽颖？怕我会隔着门缝拍下你的两根肩胛骨，奉献给八卦新闻网站？

我突然感觉身上的每一个毛孔盖都在扑哧扑哧地跳动，像迷你蒸汽阀门。我在屋里再也待不下去了，忍不住打开后门，冲进后院，在阳台的台阶上坐下来，牛一样地喘着气。

天空瓦蓝，没有一丝云，像一匹扯得很紧的土布。左侧花圃里，旧年的玫瑰已经爆出无数蓓蕾，维多利亚节里种下的喇叭花正在盛开，红的粉的白的紫的，一朵一朵相互别着苗头。花儿不知人间有瘟疫，花儿也不知这座房子是樊笼。狐狸知道。狐狸已经好几天没来了，狐狸闻得出这里的空气已经变馊。

"妈妈快憋死了，救救我。"

我拿出手机，给小雨发了一条信息。我知道这是枉费心机。纵使我赤身裸体、毫无廉耻、满街狂奔、撕心裂肺，她都不会有回音。十九岁零九十八天，我的小雨。母亲不过是她脱在世界上的一层皮。可是皮也有毛孔，需要呼吸。

是的，我快要憋死了。我已经两个多星期没见过除了 Lillian 之外的任何人了。凡·丹伯格太太（她的中文名字叫丹丹）给我的"禁令"（通常以"请"字开场）很长，可以绕地球两圈仍有盈余。

"请不要出门，哪怕是散步，所有的食物我会网购给你们。你可能没有症状，但依旧可能携带病毒。

"请不要和快递员直接接触，让他把邮包放在雨棚里。

"请不要把快递直接带进屋里，要先用消毒纸巾消毒。

"请不要和邻居近距离说话，尤其是靠右手那家，她在医院工作，什么病人都接触。

"如果需要取处方药，请不要去药房，打电话让他们送货。

"日常所需提前告诉我，请不要临时出门采购。"

请不要……请不要……请不要……

为什么不直接订购一个真空玻璃罩，把我们从头到脚裹住，隔绝病毒，隔绝世界，无菌无毒、无声无息、无风无雨、无悲无喜。反正我们不是死于病毒，就是死于窒息。失去呼吸难道不是一切死亡证明上的直接死因？

这时，我感到耳膜上有一丝颤动。那是风。说风实在有点夸张，至多只是空气发生了一丝精密仪器才能测量得出的轻微位移。我的耳膜告诉我发生了什么事，就在我视线右侧大约一百二十度角的位置。耳膜也有眼睛。

我不敢发出动静，只是将脖颈一毫米一毫米地缓缓朝右转动。我的视野里出现了狐狸。刚刚平息下来的毛孔盖子突然被再次掀起，汗毛一根根竖成了针叶林。

天！那是两只狐狸，一大一小。

这是我第一次面对面地和狐狸对视，从前我们之间隔着一层厚厚的玻璃。我们的目光在空中无声地相撞，六只眼睛都同时怔了一怔。我纹丝不动，它们开始缓缓后退。

我闭上眼睛，太阳在我的眼皮上盖下一个金红色的印章。

"上帝，不要让它们走开，求你……"

我慢慢睁开眼睛，它们依旧还在。它们的视线已经如雷达般将我从头到尾扫描了几遍，它们嗅出了我的无趣和安全。警觉的探针平复下来，它们对我失去了兴趣，开始在院子里巡游。

那只幼狐还很小，身子只有大狐狸的一半，走路的姿势有些古怪，一蹦一跳的，像袋鼠。原来它的一只前腿已经伤残，伤腿失去了筋骨的支撑，软绵无力地蜷缩在肚腹之下。它正在努力重建新的平衡系统，用三条腿的力气，来追赶四条腿才能抵达的速度。

我的心揪成一团。它在还没学会走路时，可能就已经失去了一条腿，世界何等残酷。我不知道伤害它的是什么东西。也许是一块滚落的石头，也许是一根被风刮下的大树枝，也许是一只护家心切的恶犬，也许是一只跟它抢食的同类，也许是一记来自人类的棍棒……不管是什么，我都想用最龌龊恶毒的语言，诅咒它们，愿它们坠入最深黑无底的地狱。我甚至诅咒它的母亲，那只大狐狸。它为什么不用自己的一条腿，来换取儿女的健全？如果不能为儿女赴汤蹈火决然舍身，这世界上为什么还要有母亲？前几次在院子里看见那只大狐狸时，它显得如此安然如此宁静。能够在儿女经历劫难时不动声色的，一定不是真正的母亲。

今天它们行走的速度有点快，几乎像小跑。大狐狸并未格外在意小狐狸的伤腿，甚至没有慢下来等它一等。它们沿着篱笆来回奔跑，像是在逃离一场看不见的灾祸，又像是奔跑在急切的归家途中。偶尔停下来，用前蹄和尖嘴刨土，翻找旧年丢弃在地里的果实。一圈又一圈，周而复始。后来它们跑累了，终于在枫树前停了下来，用鼻尖一抽一抽地嗅着树干，开始啃树皮。疫情已经改变了肉食动物的肠胃。

我悄悄用手机拍了一段视频，发送给了小雨。"两只狐狸同时出现在后院，是什么兆头？"我等了一会儿，没等到回复，鬼使神差似的，便又将视频转发给了另外一个人。

"这是现在院子里的情形。你悄悄走出来，就会看见它们。"我加上了说明。

过了几分钟，我的脖颈感到了一丝重量。我背上的眼睛告诉我：她出来了，没穿鞋子，佝肩耸背，把身子尽量缩成最小的体积，悄悄地穿过木头阳台，在我身后坐下。狐狸抬头看了她一眼，很快将她归为我的同类，不再搭理。大的那只靠着树身躺卧着，两只前蹄铺展开来，神情慵懒得像只怀着身孕的猫。它已经不是我最初看到它时的模样了，肚腹圆润了一些，皮毛有了隐隐的金红色的光泽（我不想知道它肚子里的内容）。小的那只从树后的枯叶堆里搜出一个空矿泉水瓶子，用一条前腿帮衬着尖嘴，用力撕扯着塑料瓶身，吱啦吱啦的声响有些瘆人。

"一个空瓶子，能吃出什么山珍海味？"我自语。

"磨牙。"她说。

"也不护好自己的犊子。"我听出了自己语气里那丝不知出自哪一门子的怨恨。

"总有不听话的儿女，和罩不了儿女的父母。"她叹息。

"你没看见那只大的，都不等一等小的，只顾自己跑路。"我依旧愤愤不平。

"它在教它，小的总得学会自己生活。"

这是这几天里，我们之间唯一一次接近于谈心的对话。

"那天，我看见你和狐狸同框，怕它跑了，不敢招呼你，就拍下了，那些照片。"我期期艾艾地说——这是我迂回的道歉。

她没吱声，半天才说："转发给我吧。"那是她婉转的原谅。

在这个瘟疫制造的牢笼里，我们是难友。除了结盟，别无出路。

"丹丹真贴心。"我找出了一句自认为安全得体的话。

她哼了一声，我听不出那是赞同还是嘲讽。

"她欠我。"她面无表情地说。

我情愿小雨也欠我，欠一座喜马拉雅山、一汪太平洋我也认了。可是小雨没给我这个机会，我永远不能像 Lillian 说丹丹那样地控诉我的小雨。

"她来的那年，我四十岁。等她长到十八九岁二十岁，正该人管的时候，我管不动她了。"她似乎听见了我肠子里走动的心思，就跟我解释。

"她看起来，那么懂事。"我试探着把问话装在了一个陈述句中。

"亡羊……"她说。

"你的车这么久没开，还能动吗？"她很快转换了话题。

"我隔一两天就起动一下，没问题。"

"那好，我们出门。"她拍了拍我的肩膀，站起身来。那不是征求意见，而是告诉我她的决定。

"去哪里？"我吃了一惊。

她呵呵地笑出了声，是那种恶作剧得逞后的得意之笑，状如孩童。

"哪家超市卖猪杂碎和便宜的鸡翅鸡腿？"她问我。

"丹丹说需要什么,她去网购。"我犹犹豫豫地说。

"我喂狐狸的东西,能让她买吗? 自找啰唆。"她头也不回,径直朝屋里走去。等我回过神来,我已经尾随着她走进了厨房。

"她不允许我们出门。"我说。我的语气里已经出现了第一丝裂缝,她立刻见缝插针。

"卫生部都没有禁止出门,她的话是法律吗? 管个屁用。"我第一次从那张干净的嘴里听见了与消化道相关的词。

"万一……"我欲说还休。

"你我都打过两针疫苗了,再戴上两层口罩,离人三米,要是还染上了,世界上一半的人都得死。"

"可是,要是丹丹知道了……"

"除非你告密。"她坐到车库门前的那张穿鞋凳上,慢条斯理地系着旅游鞋的带子。

我如释重负,每一个毛孔都嘶嘶地通气——那是越狱的欣喜。

第 23 天

狐狸勾出了我们心底那一丝隐秘的不安分的欲念,我和 Lillian 从那天起,就在凡·丹伯格太太(哦不,丹丹)的监控之下过起了双面人的生活。在丹丹看得见的时候,我们是严守规训的中学生,在她看不见的时候,我们是探险家哥伦布、麦哲伦。在早饭和午饭之间的那个空当里,我们每天出门(Lillian 管它叫"放风")。刚开始我们只是在家门口胆战心惊地转一小圈就回来,后来我们的胆子越来越大,行踪越来越野,穿过街区公园,走入林间小道,直到一条小溪挡住我们的去路。

Lillian 让我开车带她去家居五金商店买木板、电钻、铁钉、油毡、木屑,去华人超市买猪杂碎、鸡胗子、鸡爪、鸭脯,去当地超市买冰激凌(那东西无法网购)。我们购买的货物都不是日常所需——那是丹丹的管辖范围。我们必须持续地、信誓旦旦地让丹丹相信我们足不出户。Lillian 防贼似的防着她的女儿。

我和 Lillian 制定了一套缜密复杂的行动方案,来抵抗病毒,应付丹丹,笼络狐狸。我们(确切地说是我)在车库里隔出了一个角落,用新买的电钻钻入一排钉子,来悬挂我们从外边回来时脱下的外套和口罩,免得把脏东西带进屋里。省政府允许室外不戴口罩,若遇见迎面走过的行人,彼此保持一个安全距离即可。可是我们还是决定小心行事,戴上了丹丹从美国寄过来的医用级别口罩。我们在屋子的每一个进出口处都摆上消毒洗手液,用烧香拜佛式的守时和虔诚,逼迫彼此吞下一把又一把提高免疫力的维生素胶囊。

对丹丹隔三岔五发给我的各种指令,我早已应对自如。我及时而恭敬地回复"明白""知道""OK""放心""好的""没问题""交给我吧""谢谢提醒""就这么着"……我突然发觉我的语文功底大见长进,尤其在同义词的使用上已经达到登峰造极的水准。

对于丹丹源源不断的物资供应,我渐渐感觉不安——那纯属是狗拿耗子式的操心。有一天我脱口说了一句:"凡·丹伯格先生没意见吧?"话一出口我就后悔了。每次走三步正好的时候,我总会多事地跨出第四步。Lillian立刻懂了,倒也没恼,冲我一笑,说:"我在上海闹市区的房子,你说可以够我吃多少顿饭?"我想说那得看房子有多大,胃口有多好。这时小雨在我的脑袋里咚咚地擂着鼓,我最终还是没有迈出那第五步。第四步已是弱智,第五步是压根儿没脑。

丹丹是程序员,在家上班,时间自由,八爪章鱼似的在公事、丈夫、女儿和父母之间浮游。她一天里发来的各种微信信息,可以汇编成一本书。

"精力无穷。"我惊叹。

"从小就是这个样子,一哭能哭整整一宿。一眼没看紧,能爬出十里路。"Lillian说。

丹丹的信息容易对付,可以随时随地回复。应付她频繁的、不可预知的视频要求,却是件费脑子的事。我和Lillian列出了一串不方便接视频的借口,如上厕所、洗头洗澡、在后院干活儿、起晚了、正跟网课学太极、午睡、手机没电……有一天下午Lillian不小心使用了一个一时兴起的借口,说在和肖阿姨通电话(肖阿姨是Lillian在北京的老同事)。时值国内凌晨三点半,这个四六不靠的时间点让丹丹起了疑心。她倒是没往别的方面想,只是害怕她父亲脑子里的那一锅酱也洒给了她母亲。丹丹立刻给我打电话求证。当时我们正在家居商店买密封胶,丹丹问我怎么有这么多背景杂音,我急中生智,用"正在看电视"和"肖阿姨刚才有点急事要找你妈咨询"为由,最终有惊无险地扑灭了一场有可能烧毁一座森林的大火。

"偷汉子被逮了个正着。"Lillian嘀咕着说。

我听了笑得天昏地暗,直笑到眼中溢泪。我已经忘了我竟然可以活得如此没脸没皮,忍不住想起《聊斋志异》里那些深夜潜入书生房中的狐狸精。自从院子里出现了狐狸,Lillian说起话来时不时地就沾了点邪气。伙同外人欺骗母亲不是新闻,母亲生来就是活该受骗的人,这个角色注释已经明明白白地写在了宿命里。而伙同外人欺骗女儿才是新闻——Lillian独一无二的创举。Lillian的创造力让人目瞪口呆,一天一天地翻着新。

今天我们不出门,我们要动土开工盖狐狸窝。"狐轩"是Lillian给狐狸窝起的名字,文绉绉的听得我起了一身鸡皮疙瘩。倒也算不得是心血来潮,自从那次我们在后院看到那只残了腿的小狐狸之后,她就生出了这个念头。后来狐狸还出现过两次,但每次都是大狐狸,我们再也没见过那只幼狐。这几天 Lillian 一直坐在餐桌前,在卷尺、计算器、米达尺、圆弧尺、模板尺的重围之中,用最原始的方法在图版上设计"狐轩"。上一次我见到这些玩意儿,是在我爸的办公室——那都是三十多年前的事了。Lillian 一张一张地画,一稿一稿地改,鼻梁在老花镜的挤压之下蹙成一个线团。这就是他们那一代人的样子,事无巨细地较真。

小雨也是这样想我的吧? 每一代有每一代的较真,每一代都鄙夷前一代较的那个真。前一代算什么东西? 都是些没有一个毛孔的榆木古董,为一些毫无意义的芝麻、鸡毛烧脑烧心。

倘若前人不较他们的那个真,还会有万里长城吗?

"你出国还带这些东西?"我好奇地问 Lillian。

Lillian 从鼻孔里哼出一声嘲讽:"带着做个念想罢了。都是四五十年前用过的东西了,那时候还是刀耕火种。"

我父亲发迹之前也干技术活儿,在一个三千人的工厂里管土木工程设计。那时他天天回来吃饭,吃完饭和我一起搭积木,有时也让我坐在他的自行车后座上,带我去他的办公室,看他画设计图。偶尔他也驮我去施工现场,我有一个最小号的安全帽。Lillian 的图纸对我来说不是盲文。

"你看哪个方案好?"Lillian 认真地征求我的意见。

我有些受宠若惊,顿时头重脚轻起来,一脚踩到云里。"这一稿像别墅,这一稿是湖边公寓,这一稿是会所。都好,只是都不像狐狸窝。"

Lillian 扭过脸来看着我,仿佛吃了一惊。"这话老早就有人说过。当年在'干校',老叶写了好几篇检讨,就是因为有人说他把猪圈盖得像安徒生童话里的小屋。"

"他会盖房子?"我问。

"那对他算个什么事,小菜一碟。"Lillian 摇了摇头,对我学龄前水准的提问表示了深切的同情。

"他这个病,有多久了?"

"说不好。当时只觉得他说话忘词,突然有一天,我打开冰箱,发现里边有一只鞋子。"

我听过很多老年痴呆症病人的故事,哪个里头也没有鞋子。这个细节很温和,远够不上惨烈,可不知怎么的,我感觉揪心。

"他那个大脑,可不是吹的。千个百个寻常人凑在一起,也填不上他的一个角。"Lillian 说到"千个百个"的时候,伸出一个手指头在空中画了一个大圈,把我绕了进去,却把自己留在了外边。本来不过是一份无伤大雅的小自得,却因为这个囊括了我的圆圈,就有了一丝得意忘形的傲慢和轻狂。我一下子被惹恼了。

她以为她男人是谁,爱因斯坦? 图灵? 李政道? 杨振宁?

"那又怎样? 现在连老婆也认不出。脑子是个定数,早用了早空。"我脱口而出。

这话我从前说过,那时说的是美貌,是对那些找上门来的女人说的,今天我临时把它换成了脑子。说完了我浑身通气,过了一会儿才觉出了残酷。有必要和这个岁数几乎是大我一倍的女人较鼻尖上的那点真吗? 可是话已出口,说出去的话是泼出去的水,覆水难收。

Lillian 把米达尺搁下,定定地看着我,这一眼看得我浑身发毛。有一个小鼓包在她的额角隐隐跳动,那是憋急了情绪在急切地寻找出路。我闭上眼睛,等待轰的一声大爆炸,宇宙沦为一片废墟,我成一堆齑粉。

我等待了差不多一个世纪,终于听见了一个声音钻过一条长长的隧道,嘤嘤嗡嗡地传了过来。

"你们仗着年轻就可以这样说话? 你妈没教过你? "

宇宙毫发无损,我也没成齑粉,只是蹭伤了一层皮。一股热潮涌上了我的脸颊。我知道我不能开口。假若我此刻开口,从我嘴里飞出去的必定是毒箭和匕首。

我冲进卫生间,哗哗地开着凉水洗脸。她有她的死穴,我有我的。我不知道她的是什么,就像她不知道我的。我不能去碰她的,她也不能来碰我的。伤害面前人人平等。

擦干了脸,我在镜子跟前待了几分钟,直到鼻孔渐渐变小,才出来。

"我不知道你说的是哪个妈。我有一个亲妈,三个后妈。"我站在她身后,语气平静地说。

她的肩膀颤了一颤,僵住了。我看不见她的脸,但我知道她的五官此刻凝固如木雕。空气绷得很紧,每一口呼吸都割肺,墙上的石英钟嘎啦嘎啦地在耳膜上刮着肉屑。她慢慢地站起来,收拾了桌子上的图纸和绘图仪器,走回自己房间,关上了门。

那是昨天下午发生的事。昨天我们没有再见过面。做完晚饭,我把食物摆在桌子上,没招呼她,只是盛了自己的一份,在卧室里吃完。晚上八点左右,我听见她出屋,独自吃完晚饭,窸窸窣窣地收拾了餐桌和脏碗。

"在有些人的词典里,永远不会有 Sorry(抱歉)这个词。"入睡前我给小雨发了一条信息。

发完了我才醒悟：我贬损 Lillian 的话，也同样适用于我自己。不用等待，我们都不会道歉。我们还会继续用语言制造匕首刀剑，相互伤害，永不认输，继续生活。

再见到她，已是今天早晨。我们坐在餐桌的老位置上，谁也没再提昨天的事。

"狐狸不是宠物，不住窝里，只住洞穴。"我看着自己的饭碗，低声说出昨天没说完的话。四十三岁的"年轻人"依旧没有学习能力，吃一堑没有长一智。错误不是智慧之母，错误只引向另一个错误。"不如就搭一个棚，给它们躲一躲雨雪。"

Lillian 拨着碗里的粥，很久不出声，竹筷子嗒嗒地敲打着陶瓷碗壁，我第一次发现她吃饭咂嘴。

"那就改名叫狐棚，取个'狐朋狗友'的音。"她说。

我没敢笑出声。一个名字就这么紧要？不叫棚就遮不了雨？叫了狐棚就能挡住松鼠、浣熊？人一老就糊涂。

一顿饭的工夫，我就手刃了她的宏伟计划，把她几天里画的图纸铰成了一堆废纸。吃完早饭我们开始以农民工的方式动手搭雨棚，没有图纸，边干边修正错误。

在今天之前，Lillian 并不真懂"纸上谈兵"的含义，我让她了解了什么是纸、什么是兵。兵没有纸也能找路，纸没有兵寸步难行。我用一把裹了一块厚海绵的方锤，在枫树前的地上砸下几根短木桩，在木桩上钉了一块木板，木板上黏了一块油毛毡，又在油毛毡上纵横交错地绑了几根被风吹落的树枝——我的诱饵，哄着狐狸相信这是树林。

我使用工具的手法自如，十指生风。这不是熟能生巧，我并没有多少机会练兵，我的熟稔来自基因。我爸曾经告诉过我：我过五岁生日时得到一盒积木，我把随盒的范本图丢在一边，坐在凉席上半天没动窝，靠想象搭出了十几座样式各异的房屋；我七岁时把家里的闹钟拆了，在妈妈惊诧的眼光里，我只花了十分钟就照原样搭了回去。我爸曾经很可爱，把我的每一种淘气都解释成天分。后来他变得面目可憎。在可爱和可憎之间，只隔着几张银行存款单。发迹是人世间最残酷的破坏性试验，没有人可以从发迹中安全脱身。发迹的虎口狼牙吞下了两个最紧要的男人：我的父亲和丈夫。

"天冷了还可以围上防风布。不过，冬天不会有狐狸，它们都要回洞穴。"我退后几步，歪着头端详我的作品。

"待会儿把猪杂碎从冰箱里拿出来，丢在棚里。"Lillian 说。

她进屋，端来两杯冰水。我们都懒得搬凳子，一屁股坐在草地上喝水，凉得嘶嘶地嚯腮帮子。在她这个岁数上敢喝冰水的女人还真不多见，她有一副牛马一样的肠胃。

　　"昨天没告诉你，他是受了刺激。"Lillian 突然说。

　　"啥？"我听得一头雾水。

　　"老叶是受了刺激，脑子坏了。"Lillian 说。

　　"什么刺激？"我问完了，虽有忐忑，却无悔意。我决定从今天起有话就说，说了绝不后悔。Lillian 不想让我知道的事，她就不该抛出话头，这是引诱。冒犯有错，可是引诱错在冒犯之先。扔出鱼饵，难道还指望鱼不来上钩？我母亲没教错我怎么说话，是她母亲没教会她怎样打开话头。

　　"丹丹的事。他一根筋，想不开。"

　　"什么事，这么严重？"我已经完全上钩，她怎么甩也没用了。

　　Lillian 叹了一口气，文不对题地说了句："万事有时。"

　　"什么事？什么时？"我穷追不舍。

　　"我不该在那个岁数上有她。四十岁，不是开枝散叶的时令。所以从第一天起，什么都不对头。"

　　Lillian 喝完了水，开始收拾摊了一地的工具。

　　"我生小雨时二十三岁，一朵花的时令，那又怎样？"我说。

　　这是我经过了克制的反驳。假如我真的口无遮拦，我说出来的就会是"胡扯"。

　　"她管你吗，你女儿？"Lillian 问我的时候，语气犹豫轻柔，是一种知道分寸的小心翼翼。我不能怪她多事，这一回，是我甩出去的鱼饵。

　　"完全，不管。"我回答。

第-92 天

　　"妈，阅读周我和桑迪一家去蓝山滑雪。她爸在那儿有个分时度假屋，不用就过期了。"

　　吃晚饭的时候，小雨突然对我说。

　　桑迪是小雨的高中同学，两人又一起进了多伦多大学，都还没定专业，在选通识课程。桑迪的爸是云南一家烟草公司的老总，从国内飞过来探望留学的女儿和陪读的妻子，没想到被疫情耽搁在这里，一待就待了大半年。

　　我知道用疫情阻拦她不是个特别好使的借口。新冠肺炎疫情来来去去好几波了，她的同学在各样的缝隙里游走，趁机票便宜去了温哥华、夏威夷、纽约、墨西哥,胆子大些的,甚至还飞去了葡萄牙海滩度假。而小雨,一直乖乖地守在家里,哪里也没去。蓝山离多伦多只有一百七十多公里,开车也不过两个小时,再说,桑迪一家也是靠谱的人。

可是,我心里有一股子灭不了的火,正一蹿一蹿地往上冒。阅读周从明天开始,也就是说,我女儿提前了半天告诉我她的行程。

我的脑子唰的一声被劈成了两半,一半是家长,一半是看客。家长有很多话要说,一句一句地在喉咙口排着队,等着挤出舌头。

"出发了再告诉我,那不更好?"这句话笃定排在第一。

排第二的那句是:"你一针疫苗都还没轮上,就敢往外跑?"

第三句就不好说了,兴许是:"那个英文写作补习老师下周开课,定金都付了,你让我取消?"

这都是跑在最前面的,还有一些搬不上台面的话,正等在后头,比如"人家是有钱的大佬,你蹭人家的光鲜,有意思吗",再比如"一年到头给你做煮饭婆,阅读周你在家陪一会儿老妈,就这么难"。

看客的那一半一看形势不对头,急急地冲过来,捂住了家长的嘴,把那些溜到舌尖的话生生地塞回了肚子里。

"她不是来和你商量的,她只是告诉你一声而已。那是客气,你别头重脚轻。"看客对家长说。

家长给噎得满眼冒金星,却不得不承认看客有理。

小雨不像她这个年纪的留学生,从来没有非分的要求,比如好车、名包、品牌衣服。今年过春节我给她网购了一件名牌羽绒服(她的中国同学人人一件),她推说颜色不好,自己去网邮退了货。她父亲每年汇到我们账号里的钱,不多也不少,她把我划给她的那一份分成十二个月花。她在那个数额围出来的墙内行走,小心翼翼地计划着她的开销,不透支,也不留盈余,但从未生出过跳墙的念头。

小雨几乎是个零麻烦的女孩,从小到大无病无灾。除了打预防针、得过几次一瓶吊针就满血复活的感冒,她从没进过医院。没长过蛀牙、青春痘、沙眼、脚气,没犯过中耳炎、湿疹,而且视力良好。成绩虽不拔尖,却也从未掉队。从没和同学邻居吵过架、和老师家长顶过嘴。哪怕我和她爸吵得天昏地暗,她也坐在自己的课桌前做作业,纹丝不动。九岁那年,她开口对我提出了第一个也是唯一的一个要求。那是在我和她爸吵过第一千次架、他拔了一柄牙刷离家的那个夜晚。她走出屋来,靠在墙上,静静地看着我跪在地上收拾一地的碎碗碴儿,灯光把她的瘦腿扯成两根黑竹竿掷在我眼前。竹竿抖了一抖,她说:"你们离了吧。"她的声音细细的,里头却包着一根铁芯,我立刻知道了分量。

两个月后,我们办完了离婚手续。

离婚后,小雨在我和她爸两边走动,几乎隔一阵子就会在她爸那里遇见不同的女人。小雨和每一位都礼貌相待,管她们叫××阿姨。偶尔会把她们的名字记错,但从不讲她们的坏话。任凭我如何兜着圈子打听,她也不愿开口传那头的闲话。每次从那边回来,既看不出开心,也看不出烦恼,仿佛父母的事只是浮在她皮肤上的水珠子,在是在的,看也看得着,却不入心。

小雨就像是一块弹力极好的海绵,什么样的拳脚加上去,也不能在上面留下凹痕。那份平稳有时让我心中暗暗生出惊恐:这样的宁静底下,会不会掩藏着一个惊天动地的大阴谋?所有日子里的平顺,是不是都在预备着一颗大炸弹,在我毫无准备的时候把我炸成一地碎屑?

这种恐惧时不时会出现在我的梦中,我醒过来一身冷汗,心跳得如同万马奔腾。我宁愿她像别的孩子那样偶尔犯些小浑,如同正常人患场感冒,好将身上的能量丝丝缕缕地消耗一些,而不要攒到火山爆发不可收拾的那一刻。对一个极少提要求的孩子来说,每一个要求都有重量。离她九岁时提的那个要求,已经过去了整整十年。假如我非要阻拦她的蓝山之行,她兴许很长时间不再开口。你可以撬开山石,但你很难撬开一个不想说话的孩子的口。我不想在沉默中憋死——这种死法太慢太苦。

作为家长的那口气慢慢地平复了下来,换上了看客的那份心平气和。

“去几天?”

我若无其事的语气让她惊讶,她的回答反倒有些结结巴巴:“四天,算上来回五天。”

“几个人?”我的口气依旧平静,看客一直把守着家长的嘴。

“一车五个人,桑迪一家,还有一个朋友。”

家长的心里咯噔一下,想问是男是女,看客及时拦阻:这个问题是炸药,会炸毁所有的信任通道。家长再次忍下了。

“谁开车?”我接着问。小雨疫情之前考下了临时驾照,但只能在有正式驾照的司机的陪同下开车——那是我最不放心的事。

“桑迪的爸爸妈妈轮换开。”

我松了一口气。

“路上去超市买点菜,自己在家做,别上餐馆吃饭。”我叮嘱她。

“妈,”小雨拉长了语调,那是委婉的不耐烦,“哪有时间做饭?我们会叫外卖,不堂食就是了。”

我们的对话已经走到尽头。对于向来寡言的小雨来说,她的回答已算详尽。

小雨进了卫生间洗澡。水哗哗地溅在瓷砖上，微启的门缝里飘出薄薄的水雾和小雨断断续续的歌声。

> 没有了联络
> 后来的生活
> 我都是听别人说
> ……怎么过
> 放不下的人是我
> ……就怕别人问起我
> …………

后来我才知道，那是一首周杰伦的歌，叫《说好不哭》。小雨爱听歌，但很少唱，要唱也只是在莲蓬头底下蚊子似的哼哼几句。水声是最好的屏障，让她感觉安全。今天小雨的歌声和往常有些不同，羞涩怯弱里微微地带着那么一丝喜气，是从铁窗里猝然看到蓝天的那种欣喜和期盼。母亲是拿来逃离用的。我突然想起了一句不知从哪里听来的话，心里有针轻轻扎了一下。我们生养了儿女，却要在他们情绪的窄巷里踮着脚尖走路，生怕碰飞了他们。可是无论我们如何小心翼翼，他们终将离我们远去。

我从橱柜的医药包里找出几个平常不舍得用的 N95 口罩，想让小雨带在路上。推开她的房门，床上摆着她的旅行箱。果真不是心血来潮，这是一场经过了没有母亲参与的事先筹谋。等她告诉我的时候，细节早已在她肚腹里消化成了决定，话一出口就没打算回头。

当年，我不也是这样？我和那个男人去民政局领了证，第二天才打电话回家告知父母。跟我自作主张的婚事相比，小雨不过施了一个人畜无害的小计谋，严格意义上来说还不算是先斩后奏。

旅行箱的盖子虚合着，没扯上拉锁。掀开来，里头是几件换洗的内衣，还有泳衣、毛衣、外套和户外保暖的秋裤。她把每一件衣服都卷成一个圆筒，按尺寸大小排成整整齐齐的队伍。在这点上她像我，容不得肮脏杂乱。这个收拾衣物的方法是她从网上学的，她说这样叠的衣服折纹少，旅行时打开箱子就能穿，不需熨烫。

我把口罩塞在两排圆筒中间，又觉得不妥，想找个地方单独放置，就打开了边兜的拉锁。指头一探，里边已经装了东西。勾出来一看，是个密封的小纸盒，面上印着一男一女两个年轻人，在夕阳之下亲密依偎。不用看那行英文说明，我就知道了那是什么东西。只觉得脊背上的那根骨头一酥，人瘫软下来，脑浆淌了一地。

我害怕了多年的事，终于来了。这就是我那个寡言的、听话的、从不顶嘴的、零麻烦的女儿，在我身后悄悄制造出来的那颗定时炸弹。一个人纵使能掌控眼前的一整片天，也无法看见身后的一小团阴影。我防不胜防。纷乱的想法从各路涌上来，沙子似的，怎么也捏不成团。世上的叛逆我知道多少？至此我才明白有一种悖逆叫沉默，有一种顺从叫阳奉阴违。

假如我能未卜先知，我就会知道那一刻我是何等鼠目寸光。跟后来发生的事情相比，这哪称得上是炸弹？至多不过是一只暗哑的小炮仗。

水声终于安静了下来，小雨洗完澡，头上裹着一条浴巾，从卫生间走了出来，全身冒着湿气，红扑扑的娇艳欲滴。看见我坐在地上，她吓了一跳，忙过来扶我，一眼就瞅见了我手里捏的那个纸盒，怔住。

"有什么要说的吗？"我颤颤巍巍地问。我的声音裂了，裂成了一簇一簇的毛刺。她就是弹力最好的海绵，她也该知道疼。

她没吱声，只是拆下头上的毛巾，开始擦头发。她的头发很长，一条条黑蛇似的在白毛巾里窸窸窣窣地爬行。终于擦完了，她转回身去卫生间，插上电吹风呜呜地吹头发。我知道她是在想话，我甚至看见了话在她的脊背上爬来爬去，想往喉咙里蹿。我不想帮她这个忙。她的沉默可以很长，但是我的耐心更长。我准备在地上坐到万里长城倒塌，南极长出棕榈树，赤道结冰。

她吹干头发，用一根橡皮筋绾成一个松松的髻子，走到床沿坐下，斜对着我。

"妈，我不想像你那样，一辈子只经历过一个人。"她平静地说。这话是解释，听起来却更像是控诉，完全不是道歉。

"假如你多一些经验，你就不会跟了他，你们就不会那么、吵架，也就不会、有我。"她没看我，只是一下一下地揪着睡袍上的带子，松开，系拢，再松开，再系拢。

那个在紧闭的房门后做作业、脸上永远风平浪静无悲无喜的女孩子，到底还是听进了门外我和那个男人之间刀子一样飞来飞去的每一句脏话、每一个诅咒。

"你不想，有你吗？"我有气无力地问。

她没有正面回答。

"我不想那么早结婚，可是我也不想等到那个时候才有……"她停顿了一下，似乎在找合宜的词。"……才有那种经验。"她说。

她已把话说完。每次她用牙齿轻轻咬住下唇的时候，我就知道那是在锁门。她一旦锁门，就不会再开，砸锁也没用。有锁的门还能在合宜的时候打开，一旦失去了锁,你也就同时失去了门——那是永远。所以我从来没敢去砸她嘴上的那把锁,我至多是赖在门外不走,靠耐心挨到下一轮开门的时候。

"是第一次吗?"我知道那是自己在发问,但听起来压根儿不像是我的声音。

我憎恨自己的贱。我脑子里作为看客的那一半,已经完全被家长那一半制服,爱莫能助。我明知这个问题是粗野的僭越,是没脸没皮的窥视,是不计后果的破门而入,可是我还是忍不住。那辆车里的第五个身份不明的乘客,这时突然变得面目清晰。我看见了他浓密的络腮胡,铁板一样的腹肌和臂肌,还有毛孔里冒出来的油腻汗珠。我听见了他丝毫未经节制的大笑,还有他硕壮的躯体碾过小雨扁瘦的肚腹和小小的乳房时发出的碎裂声。一场毫无仪式感的破碎。

小雨默默地从我身边跨过,径直去了厨房,开冰箱,取水,喝水。从吐出第一个字时我就知道,我不会得到回音。

可是,我阻拦得了她吗?种子要体验春天,鸟雀要经历天空。我可以掐断一朵花,却压不住一个春天。我可以拴住一只麻雀,却无法捆绑所有的翅膀。一个不顾一切的疯狂母亲或许可以遮暗一角天空,可是,我遮蔽得了小雨渴望探险的眼睛吗?纵使没有蓝山,难道不会有白山、红山、粉红山吗?

我突然开始厌恶自己。我为什么要看见那个盒子?那个盒子是红苹果上的一个小黑孔。假如我没看见那个黑孔,我就不会知道果芯里有虫,岁月依旧静好。

只经历过一个男人就结婚的生活,是生活吗?到底要经历过多少个那样的盒子,才算是真正活过了?

那一夜,我的睡眠被各样的梦境搅成一床满是破洞的旧棉絮,到凌晨时分才沉沉地睡着了。醒来时发现小雨已经走了,她在餐桌上留下了一张纸条:

妈:

　　你放心,没有人可以欺负我。我知道保护自己。

第 39 天

在和丹丹绞尽脑汁地斗智斗勇的过程中,Lillian是无可推卸的主谋。而我,不过是在错误的时间里出现在错误的地点的被动同谋。我这么说是不是在替自己洗白?我难道没有从中体验到走钢丝般的惊悚和兴奋?在那些险些被识破的紧急关头,我甚至能觉出心在微微颤动。我终于知道我还活着,而且还有点小用处。

但我也不总是那么厚颜无耻，糊涂油蒙心。偶尔我也会良心发现，敦促 Lillian 向丹丹主动发起视频邀请。当然，那都是在 Lillian 洗漱一新、头脸光鲜，把一切户外痕迹抹除干净之后的事。从 Lillian 敞开的房门，我可以看见她坐在平板电脑前的样子，端端正正的像个从不旷课的高中生，向女儿汇报着一天里的生活内容。偶尔，凡·丹伯格先生也会插进画面，用蹩脚的中文表达着对丈母娘的关心，稀稀疏疏的头发在吊扇刮起的风中飞扬跋扈。

Lillian 对他们娓娓地讲述着日常，耐心地列举着一些作为佐证的细枝末节。我一如既往地伸长耳朵偷听，听着听着幡然醒悟：许多年前小雨的爸爸也时常在早餐桌上对我显示着同样的耐心和温存。原来每一个贴心的早晨背后，都有一个掩藏着幽黑秘密的夜晚。和颜悦色和不必要的细节，是谎言最昭彰的警示灯。可惜我当年太年轻，还看不透。

当然，我这样说是对 Lillian 的极大不公。她没有撒谎——至少没有空口白牙地撒谎，她只是没有讲出全部实情。就像是在给丹丹看一张人数众多的合影，她小心地裁去了里边的几个人，剩下的部分，依旧是实打实的真相。

昨天和丹丹通视频的时候，Lillian 突然说起院子里有狐狸——她不知不觉间已经走到了离照片上的裁剪边缘很近的地方。这个话题一下子勾住了丹丹的女儿萝丝玛丽的耳朵，她立刻放下手里的拼图，问外婆："狐狸吃树上掉下的苹果吗？"丹丹打住了女儿的话头，黑了脸警告母亲："你绝对不能给它喂食。狐狸是最容易产生食物依赖的动物，你喂了一次，它就天天来，按时定点讨食。"

我不得不说丹丹料事如神。起初，Lillian 和我是把食物放到雨棚里的，期待着狐狸在接受食物的同时也熟悉雨棚。可惜，我们关于遮风避雨的家园想象，终是一厢情愿，狐狸并未领情。我们一枚钉一块板搭建起来的雨棚，无论是当时还是以后，狐狸从未光顾过。那天我们放在棚子里的肉食，第二天早上才发现消失了。我们永远无法得知那夜行的饕餮者到底是狐狸，还是松鼠、黄鼠狼、浣熊。

后来我在网络上查过，知道一只在城市里走动的狐狸，平均一生只能经历三个夏天。第一号死因居然不是猎杀也不是饥饿，而是车祸。这个数据让我心惊。城市是人和兽的天堂也是地狱，车太多，性命不够。在夏天转瞬即逝的北国，狐狸珍惜每一个逃离车轮、遭遇天空的日子，它们宁愿淋雨也不愿失去天空。

后来我们决定早上在后院干活儿时，把食物放在身后的草地上引诱狐狸。由于那天搭建雨棚的惊艳表现，我在 Lillian 心目中的地位得到小小提升，她现在允许我在她的指导下参与诸如浇水、施肥、除草之类的"技术含量不高"的园艺活儿。我们的伎俩立即奏效，狐狸来了，每天定时定点（正如丹丹所言），有时是大狐狸，有时是一大一小。刚开始时食物放置于我们身后约十米处，后来距离渐渐缩短，从八米到五米再到三米。最近的一次是一米五，狐狸在我们伸手可及之处安然吃完了早餐，并绕着我们转圈行走，似有亲近感恩之意，Lillian深受鼓舞。Lillian的最终目标是让狐狸从她手中衔走一个苹果。我们依旧还在努力之中。

丹丹提到不可给狐狸喂食时，我的心刹那间提到了喉咙口——丹丹无意之中把她母亲逼到了一个隘口。此时Lillian无论是沉默还是回应都会落入陷阱。沉默是无言的认罪，开口是公然的撒谎。这两者Lillian都不擅长，她的神情一定会露出破绽。

事实证明我完全多虑了。Lillian只是端坐着，轻轻嗯了一声，没有紧急刹车的刺耳噪声，也没有临时撤退的慌乱和惊恐，她用一个音节把局面稳稳地降落在沉默和开口之间的黄金分割线上。她的双面生活里没有可疑的接缝。

和Lillian相比，我撒谎的本事是学龄前水平。我只会拙劣地涂改事实，比如夸奖小雨的中文作文写得很棒，让她千万不要放弃东亚系的汉语课程；再比如告诉小雨她穿迷你裙裸露出来的大腿有点弯曲，不如穿长裙好看；再比如对丹丹诅咒发誓我们一直足不出户。我不能像Lillian那样多才多艺，懂得省略编辑剪裁迂回婉转顾左右言其他。我们之间相差了好几个段位，我望尘莫及。

今天是周三。周三和周六的早上我们绝对不出门，那是丹丹和老人院预约好的时间，雷打不动。现在Lillian不再和叶千秋单独视频，她和丹丹约好每周三周六早上十点和老头儿在FaceTime上见面。无话可说的难堪，分成两份总比一个人扛起来轻省。

叶千秋出现在视频里的样子，总是平头正脸，干干净净，每一个纽扣都扣对地方，假牙整整齐齐亮得晃眼。我一向心理阴暗，忍不住想到这一切表象背后的排练——我就是这样把拾掇完毕的Lillian推坐到电脑跟前的。

叶千秋坐在床沿上，白花花的头发衬着白花花的墙壁，脸上挂着白花花的笑颜，没心没肺地禁受着女儿和妻子的一轮轮拷问。

"认得她吗，爸？"丹丹把萝丝玛丽推到摄像头前。

叶千秋嘿嘿地笑着，不置可否。

萝丝玛丽不安地扭动着身子。五岁的脑子，还没有找到一张布满皱纹的脸和一副婴儿般的举止之间的那条古怪逻辑。

"叫外公。"丹丹催促女儿。

萝丝玛丽嗫嚅地说了句什么，突然跑开了。

"爸爸，知道我是谁吗？"丹丹问。

"妹妹啊，我三妹。"叶千秋怯怯地说。

丹丹叹气。失望不长记性，无论走过多少趟弯路，依旧走不到绝望。她总觉得在某个拐弯之处，会出其不意地撞到侥幸，她父亲脑子里的黑锈，会在一夜之间突然洗清。

"那她呢？"丹丹指着 Lillian，锲而不舍地问。

"我女儿啊。"叶千秋毫不犹豫地回答，嘴角微微泛上一丝愠意，仿佛智商遭遇了空前绝后的侮辱。

Lillian 清了清喉咙，伸出一根指头指着丈夫，缓缓地问："那你知道，你是谁吗？"

老头儿哈哈哈地大笑起来，笑出了一个硕大的鼻涕泡。

"我不告诉你。"他说。

我听不下去了，跌跌撞撞地跑回了自己的房间，一头钻进被子里，蒙上了耳朵。

上帝，求你不要让我活到那个地步。我不在乎记不记得自己是谁，可是，我不要活到忘记小雨的那一天。不要让我忘记小雨。求你。

不知不觉间，我昏昏沉沉地睡了过去。"睡"在这里是一个意义模糊的动词，其实失去感觉的只是我的身子，我的脑子完全清醒。它伸出一万只脚，不停地踢打着我的身子："起来啊，你起来，你还没有锁门。你不能让她看见，橱柜里的那样东西。"可是我的身子却无论如何也不肯配合："一分钟啊，你再给我一分钟，我实在，实在是太累了。"结果我的身子非但没有被脑子踢醒，我的脑子反而被身子拉入了万丈深渊。等我睁开眼睛，已经接近中午，我突然想起我还没有准备午饭。这是我一生中最累的一次睡眠，我的筋骨散了一床。

我挣扎着起了床，打开房门，走到厨房，猛然看见 Lillian 坐在餐桌边上，怔怔地面朝着后院。狐狸来过了，花儿正艳，我不知道她在看什么，她的脊背直直的，仿佛绑了一副钢板。听见声响，她转过脸来，神情倦怠，皱纹深刻。"你陪我出门走走吧。"她喑哑地说。

我想说吃了午饭再出去吧，但我最终把话吞了回去。我知道此刻她需要新鲜空气远胜过食物。我们用食品袋包了几片面包，戴上遮阳帽、墨镜和口罩，朝街上走去。

Lillian 的脚力很好，平日行路如风，丝毫不输给我。她说那是在"五七干校"里练出来的。"文革"时她和叶千秋在河北农村待了三年，却不在一个农场，彼此相隔三个半小时的路程。两人不在同一天休息，轮到她休息时，她就去看他，大多时候无车可搭，都是走路，一来一回就是一天，渐渐练就了一副铁脚板，至今康健。可是今天她的脚上似乎缺了一根筋，有些绵软，我得放慢节奏等她。叶千秋失忆不是新近的事，住进老人院也已快三年，我原以为一拳一脚地早已把她踢打得皮实麻木了，却没想到每一记都还是新的痛。

天一下子就热了。在多伦多这种地方，季节的转换粗鲁且直截了当，没有试探挑逗的前戏过渡，一阵风一场雨之间就完成了。一觉醒来睁开眼睛，太阳就已经长了牙齿。我们走到街区公园时，已是一头一脸的汗，知了咿呀咿呀地扯得人太阳穴发紧。

公园先前是个水库，泄洪用的，一大片空地，外沿高内里低，像只海碗。如今闸门依旧在，空地却已用做了休闲的草坪。坡上有一家人正在玩飞碟，两个大人一个孩子一只狗。狗大概跑累了，趴在地上喘粗气，脑袋转来转去地目追着空中的那个飞碟。

我们渐渐地走到了坡顶，朝下一看，突然就看见了低坡上的狐狸，不禁同时怔住。四只，三大一小，在人和狗的视野里安静地来回走动。显然已在那里多时，人和狗都已经接受了它们的存在，不惊不乍，各行其是。

这是我们第一次在后院之外的地方见到狐狸。那只小的在草地上一蹦一跳如袋鼠，三条腿的走路姿势让我们一眼就认了出来。而那三只大的却一时难以辨认。狐狸和猫狗不同，皮毛并无明显差异，只要身形大体相同，混在一起时，不仔细看几乎没有可区分之处。

我们缓缓走下坡，在离狐狸不远处停住了，看着它们各自低头行路，似乎并无目的，一路走走嗅嗅停停。一只若走近些，另一只便退去，中间相隔的，总是那若即若离的一两步路，既没有相争生出的怒气，也没有相嬉必需的亲密，眼中无人无己也无彼此，竟是一种全然的陌生和冷漠。我们突然就生出些惶惑来：它们到底是血脉相通的一家子，还是仅仅在途中偶遇的路人？那只时常在后院出现的大狐狸，是它们中间的一员吗？或许，它们哪一只也没来过 Lillian 的后院；或许，它们每一只都来过，在不同的时段里，只是我们有眼无珠地把它们认作了同一只。

Lillian 双手拢住嘴，发出了一长串呼喊——哦哦，哦哦，哦……那声音听起来不像是从她的身体里生出来的，更像是风穿过空心竹筒时的气流，悠长、尖锐，带着一股憋急了的劲道，在山坡形成的那只碗壁上一圈一圈地回旋，直到化成回音，依旧连绵不绝。你无法设想一具日暮的躯体，可以制造出如此清亮的声响。这是她平日里召唤狐狸进食的信号。同样的呼唤，此时听起来却和在后院时不太一样，旷野给了一切声音胆量。我们从来没有听过狐狸的叫声，也不曾泄露过狐狸声带和喉咙的幽深奥秘。Lillian 的喊叫只是她关于狐狸秉性的一厢情愿的想象，我永远也无法证实狐狸走进她的后院，是因为她的召唤，还是因为食物气味的诱惑。

可是今天 Lillian 的呼喊没有得到任何回应，它们甚至没有抬头看她一眼。

也许,它们的确来过我们的后院,但我们自以为的老马识途,不过是它们在任何一个有食物的地方的偶然停留。它们经过我们,就如同它们经过公园,经过草地,经过飞碟和狗。我们精心设计的笼络,对它来说仅仅是一次果腹。这一次和上一次,这一次和下一次,并无任何区别。它们并未在千万座房屋中刻意挑选了我们的后院,它们也未在千万棵树木中格外钟情于我们的那一棵枫树,一切不过是鼻子和肠胃的一场游戏。我们给它们强加了千种情绪,我们忘记了它们原本无心无肺。失去了食物的烘托,它们不认识她的声音。她既不能危害它们也不能哺育它们,她不值得提防也不值得讨好,她的存在此刻对它们毫无意义。

它们不过是瘟疫在改变城市版图后随手丢给我们的纪念品。我们不拥有狐狸,就如同 Lillian 不拥有叶千秋,我不拥有小雨。我们只拥有关于他们的记忆。即使是记忆,我们也无法长久拥有。记忆可以随时丢弃我们,我们也可以随时丢弃记忆,没有人知道丢弃会在哪一刻发生。

空气突然变馊。

"回去吧,我饿了。"我对 Lillian 说。

第 61 天

今天早上,在晨光已将睡眠戳出细窟窿眼的时候,我和 Lillian 同时被一阵怪异的声音惊醒。像是婴儿发出的声响,但又比婴儿的嗓音尖厉,一声接一声,短促有力。我之所以用了"声响"两个字,是因为我一时无法判定这是哭声,还是笑声。

Lillian 和我同时从各自的卧室冲出来,跑到厨房——从厨房的那扇大窗可以看到整个后院。

是那只小狐狸。

那天我们在社区公园遇见那群狐狸之后,Lillian 回家便兴趣索然。世上没有无条件的爱,Lillian 期待从狐狸那里得到的,其实只是一个似曾相识的眼神,承认就够了,不需感恩。Lillian 不知道她要的东西是狐狸不曾拥有的。八十岁的 Lillian 有时还是个孩子。老人其实都是孩子,像孩子一样健忘,却比孩子更能记仇。她对狐狸所有的好奇和热情原本就是心血来潮,来得急,去得也急,至此已心灰意冷。

后来我们不再喂食。狐狸依旧还来,却不再定时,突然出现,突然消失,渐渐行迹稀疏了。

这只小狐狸来过后院多次,每一次都是跟着一只大狐狸,或许是母亲,或许是父亲,或许是族亲;或许是同一只,或许不是。见的次数越多,我们越糊涂,永远也无法厘清它们之间的真正关系。但小狐狸从未单独出现过——今天是第一次。今天它的动作很奇怪,先是伸长腰肢趴在枫树干上,身躯纹丝不动,只是下颌不停地颤抖——那是它在发出亦哭亦笑的喊叫。它已经长大了许多,铺展开来的躯干上肌肉坚实紧致。它贴在树身上的模样,竟有几分像在出声祈祷。

突然,它仰身往后一倒,在草地上打起了滚。夜里下过雨,草上留着水迹,它的皮毛沾湿了,颜色变深。后来,它毫无预兆地腾跃而起,在空中画出一条长长的弧线。清晨的阳光像油画颜料一样厚腻,它的皮毛是一团红色的火焰,每一根毛尖上都刷了金粉,它甩出去的每一滴水都是金光灿灿的珠子。我和Lillian面面相觑:我们一生未曾见过这样的光线里这样的一只狐狸。电视节目主持人的解说突然消磁。

在画完那条完美的弧线之后,它落地,迟疑片刻,便开始沿着篱笆徐徐行走。Lillian突然扯住我的衣袖,说:“你看见了吗,小陈?”Lillian的声音压得很低,低得近乎战栗的耳语,仿佛害怕惊扰了狐狸。她似乎忘了,我们和院子之间隔着一扇由三层防风玻璃制作的玻璃窗。“它、它的前腿。”Lillian激动得语无伦次。

我这才注意到,狐狸行走时用的是四条腿。左前腿虽略有犹豫,每一步似乎都经过试探,但最终都扎实地落在了地面上。我突然醒悟:它发出的那些声响是笑,是狂欢,而绝无可能是哀伤。它在庆贺它生命中许许多多的第一次:或许是第一个夏天里的第一次独自离家行走,或许是记忆中的第一次四肢落地。这条腿第一次感受到了湿润的泥土和青草,虽然依旧有痛楚,但有什么能比得过失而复得的自由呢?

Lillian转身去开冰箱,拿出面包、香肠和火腿,开始做三明治。那是我的早餐风格,Lillian从来不吃这类东西。Lillian也许行过了万水千山,但她始终没有丢弃她的中国胃,她的早餐是稀饭、花卷和咸菜。正在我惶惑间,她拿着三明治开门去了后院,赤脚,穿着睡衣,头发打着结子。走到一半的时候,她回过头,用那只闲着的手对我做了个按键的手势——她是要我录下视频。

Lillian走到草地和花圃连接之处,蹲下来,伸出那只拿着三明治的手,遥遥地招呼狐狸。狐狸已经一阵子没在这个院子里看到过食物了,似乎有些惊讶,犹豫了一会儿,才慢慢地走过来,在离她五六米的地方停住了,咻咻地抽着鼻子。

嘎嘎。嘎嘎。她学着发出了狐狸的声音,学得很像。Lillian的声带像水一样柔软随性,几乎可以瞬间融入她想模仿的声音特质。

狐狸的眼睛闪了一闪——那是一种隐约相识的神情。它朝前走了几步,再次却步不前。Lillian 蹲不住了,八十岁老人的膝盖和筋骨再也载不动八十岁孩子的好奇。她朝后挪了挪身子,坐到了身后的一块石头上。石头在院子的每个角落泛滥成灾:一条碎石子铺成的窄路,一方卵石砌成的花池,一汪石块镶边的鱼池,一个岩石堆成的流水台。每一块石头都不一样,但每一块石头她蒙着眼睛也认识。Lillian 身下是一块鱼池的围石,石面上有几个凹凸不平的棱角,可是她顾不得,她的心只在三明治和狐狸中间那条看不见的连接线上。

院子里一片静默。风停了,树梢不动,知了屏住呼吸,万物都踮着脚尖踩在由兴奋和恐惧绷扯出来的那条窄线上。唯能颠覆这岌岌可危的平衡的,是诱惑。诱惑无往而不胜。狐狸终于走近,从 Lillian 手里咬下了第一口三明治。Lillian 先前费尽心机没能抵达的目标,却在如此一个毫无准备的早上轻而易举地实现了。

可是 Lillian 没有见好就收,她把她的目标又悄悄地往前推了一步:她更紧地捏住了剩下的那大半块三明治。狐狸吃完了第一口,走过来,咬住了第二口。这一次,用"扯"这个动词可能更为贴切。它扯剩下来的那一口,几乎已全在Lillian 的手中了,再往前一嘴,就是她的指头了。Lillian 依旧没有松手,她只是动了动手指,把剩下的面包往前顺出了一寸。

我的心扯得很紧。我的脑子一遇上事就分崩离析,从无例外,此刻已经一分为二。一半是凡·丹伯格太太的雇工,另一半是"吃瓜"的群众。凡·丹伯格太太的雇工一下子想到了狂犬病。我不知道狐狸带不带狂犬病毒,但我知道狂犬病可以死人。"吃瓜"群众却唯恐天下不乱,只想把戏看到热闹处。没想到这出戏远还没到撒狗血的地步就收场了,狐狸的最后一个动作太快,我根本无法分清那最后一角三明治到底是它叼走的,还是她放的手。总之,等我看清楚时,她手里已经没有了东西,它嘴里也没有——东西已经落在了地上。它并未着急去找,而是围着她转了一圈,用嘴轻轻碰了碰她的手。

关于这个动作,后来我和 Lillian 发生过许多争执。Lillian 坚持是狐狸舔了她,我坚持是闻。这两个动作中间隔的是一条鸿沟。舔用的是舌头,舌头有情感的嫌疑。闻用的是鼻子,鼻子连接的仅仅是肠胃。最后我们只好把我录下的视频一帧一帧地回放。在某一框里,我们找见了一条粉红色的舌头。"我能没有感觉吗? 我又不是木头。"Lillian 不依不饶地说。

不过这都是后来的事,当时我们没有探讨这个问题,我们顾不上。当我从厨房走到院子,挨着 Lillian 在石头上坐下时,我发觉 Lillian 在瑟瑟发抖。狐狸已经消失。它来的时候只有三条腿和一副空瘪的肠胃,走的时候四肢健全,肚腹里装着一个夹有火腿香肠的三明治,鼻腔里残留着一个女人的手指的气味。

而我们,在这时才感到了后怕。

太阳升高了,树荫变得浓密,知了肆无忌惮地扯开了嗓子。有些东西产生了变化。Lillian似乎跨过了一道坎。到底是什么坎?我说不清楚。这事得问小雨。我能看见的事,小雨都能看见,而小雨能看见的,我却未必。我十九岁零九十八天,永远也长不大的小雨。

"我给你拿件衣服吧。"我对Lillian说。七月的夏天已经热透,只是清晨还略有几分凉爽,尤其是在下过雨之后。

她摇头,让我陪她坐一坐。我侧身,半张脸看她,半张脸看鱼池。昨天夜里的雨打落了一些叶子,当饰物用的橡皮莲花已经丢失了一个角。在两片落叶之间,我看见了一抹白色的鱼腹。

"又死了一条。"我说。Lillian养了一池金鱼,夏天的时候放在室外鱼池里,冬天的时候收回室内的鱼缸里。这些鱼她已经养了十几年,红的依旧不红,白的依旧不白,无精打采的,一味的清癯。我来的时候,池里是二十条,现在是十四条,不算这条翻了肚子的。

"浣熊又跳进池里了,荷叶也被咬去了半边。"我猜测。

"许是昨夜的雨,气压低。"Lillian说。

我弯腰把那条浮在水面的死鱼捞出去扔了。鱼不到一只手掌的长度,却死得一副昭告天下的架势,无比腥臭。

"兴许,就是时间到了。"Lillian轻轻一笑,"当年老叶买下来,是给我六十五岁生日的礼物,一年一条。是鱼店当作鱼食卖的,一加元五条,比蚂蚁大不了多少。最劣等的鱼,他说好养。养了十五年,还有活着的,已经出乎意料。"

六十五条,十五年里死了五十一条,平均每年死三四条。今年死了六条,超出平均死亡率的百分之七十六。我脑子里的键盘在飞快地跳动,泛上来一堆泡沫般的数字。

"他在的时候,鱼死得慢。他走了,鱼也走得快。"Lillian说。

"鱼也有寿命,他在不在,鱼都一样会老。"我说。

她不回话,望着远处,心不在焉地微笑。

"这么大一个院子,你一个人,将来怎么管?"我问。

"买下这房子的时候,谁会想到是我一个人?院子里所有的石头活儿,都是他干的。那个流水台的岩石,是他一块一块捡的。他骑着自行车满街跑,看见古怪的石头,只要是无主的,就绑在自行车后头驮回来。"

无主的?我暗笑。在这座城市里,连天空都划了管辖权,真正无主的,只有女人。

"一趟一趟的,我只想着他心里烦躁,就没阻拦他,谁想到这后来的事呢?

谁也没想到。"

Lillian 今天说话的语气,像个新寡的妇人在絮叨她逝去的男人。我听着心里发冷。

"小陈,那天你说得对,脑子是个定数。就像是一桶水,早上用完了,下午就没有了,无非是聪明在先还是在后。"

随口的胡言,她竟然拿来当真,我突然生出些愧疚。

第 83 天

"这样,行吗?"一直到坐进车里,系好安全带,我仍在犹豫不决。

"我看自己的男人,又不是别人的,还得谁批准?"Lillian 说。

"可是,丹丹交代过……"

Lillian 立即将我打住:"丹丹不是我衣服上的虱子,她不用知道每一件事。"

我无语。那头那个是我的雇主,这头这个也是。我一仆二主,顾得了这头顾不了那头。我已经替这头做了无数回的同谋,也不多这一回。我为自己开脱。

当多伦多全城都淹在瘟疫里的时候,老人院是重灾区。但叶千秋在的那家防守得严实,倒没出什么大乱子。这几个星期确诊人数持续下降,他们刚刚恢复了正常探视。Lillian 让我网购了一套法兰绒睡衣,要去看丈夫。Lillian 在上海市区的那幢房子如今租给一家公司做高管居所,月入两万人民币,再加上两头的养老金,即使扣除叶千秋在老人院的费用,她日子过得依旧算得上从容。她像极了她那一代的人,数着口袋里的铜板过日子,指头缝很窄。她又不全像她那一代的人,在当花的时候,她并不抠门。

半路上我们在一家街角便利店停了一停,她要买一束鲜花。满屋的玫瑰百合兰花康乃馨,她脑子都没过一下,就直直指向了小向日葵。一打十二朵插成一竹篮子,黄艳艳的像一把野火。

"还是打个电话预约一下吧?"丹丹的嘱咐一直在我心头拱着,让我心神不宁。

"干什么?让他们有时间沐猴而冠?我就是想见一见没来得及洗澡的猴子。"

我忍不住笑。如今和 Lillian 厮混熟了,多少知道点她的秉性,说话像南翔小笼包,轻轻一啄一口汤汁。有点刻薄,不够厚道,刚好有趣。那是气顺的时候。假如气不顺,便又多了些调料。

前台的护士是新来的,不认识 Lillian,也不熟悉情况。我们隔着一百层口罩、脸罩和一千层戒备,开始了嘤嘤嗡嗡的对话。

请先洗手。

我需要量一下体温。

探访人名字?

受探访人名字?

关系?

联系电话?

有任何新冠症状吗?

旅行史?

接触史?

疫苗证明?

核酸检测证明?

…………

虽然已经开放探访,但依旧有条件限制:一次只能有两位访客,必须是直系亲属。我不是,但我是直系亲属的生活助理,也算合情合理,倒也没有人难为我。

终于完成了问答、填表、签字画押的手续,小护士要打内部电话请工作人员带我们进去。

"不用,我来过多次,知道他房间怎么走。"Lillian 一口拒绝。

"这个时间,叶先生假如不在房间,极有可能在娱乐室。你知道娱乐室在哪里吗?"小护士好心地问。

"知道,熟门熟路。"

叶千秋果真没在房间里,Lillian 拉着我去娱乐室找人。叶千秋的房间和娱乐室中间,隔着一条长长的走廊。走廊看上去还挺干净,敞敞亮亮的,两边挂着几幅油画,有乡村景致,也有静物写生。正是早饭和午饭中间的那个空当里,四下很安静,有一个清洁工在拖地。我的鼻子犯贱,在浓烈的来苏尔芳香中穿行,坚持不懈地找到了一丝尿布的气味。迎面走过一位挂着助步器的老太太,正和边上一位年轻些的妇人(估计是女儿)聊天。"牛奶没味,寡淡得像水。"母亲说。"脱脂脱得太厉害了。"女儿说。她们说的是带卷舌音的中文。

走过半条走廊的时候,Lillian 突然停下来,在一片大玻璃窗前站住了。窗外是老人院自带的小花园,花园里有一株梨树。树大约种下多年了,蓬蓬松松的一大片枝叶,已经挂上了梅子大小的青果。梨树下有一张歇凉的长椅,上头坐着一男一女两个老人。阳光把茂密的枝叶扯成一团一团的影子,胡乱扔在他们身上,有的地方很亮,有的地方很暗,但是他们没有在意。他们半侧着身子,定定地看着对方,两双手相互牵着,像幼儿园里被老师配上对玩游戏的小朋友。

两人都裸着脸。老人院的住户不用戴口罩，工作人员和访客则必须戴——那是围着他们筑起来的城墙。

我仔细看了几眼，才认出来那个男的是叶千秋。

Lillian 一动不动地站在窗前，我看见她暴露在 N95 口罩之外的耳朵垂子从苍白变成粉红，又从粉红变成绯红。我不知道"意外""嫉妒""震惊""愤怒"这些词在遭遇阿尔兹海默病时是否依旧有效。

我扭过脸去，不敢看 Lillian。我们心怀各自的难堪，她为自己，我为她。

过了一会儿，我听见 Lillian 轻轻地咳嗽了一声，咽下了她的那份难堪。她推开通往花园的门，我跟在她身后，我们朝着那棵梨树走去。

"老叶，我来看你了。"Lillian 在离那张椅子两步远的地方停住了——那是规定的社交距离。我站在她的身边。

面对面的时候，叶千秋看上去比视频里稍显清瘦。头发和衣服都干净，指甲是新剪的（我视力是 2.0）。看来他是有人管的，他们并未一味地做花样文章。女人看上去比 Lillian 稍矮胖一些，穿了一件细花洋布太阳裙，裸露的手臂上布满了星星点点的太阳斑，脸是一张平平扁扁的喜饼脸。阿尔兹海默病是一种欢喜病，每一个遭遇它的人脸上都没有愁容。

两人同时扭过头来看着我们，并无惊讶之情，似乎一个月以前就在等候着我们的来临。

"哦，来，来看我。"叶千秋喃喃地重复着 Lillian 的话，却没有松开那个女人的手。

"我是娟子啊，老叶。"Lillian 摘下口罩对丈夫说。

"George，她是谁？"那个女人歪着头打量着 Lillian，好奇地问叶千秋。

"三妹，哦，三妹。"叶千秋对女人解释着。

"你是谁？"Lillian 戴回口罩，反问那个女人。

"我是 Mary 啊，你问 George。"女人搉紧了叶千秋的手，仿佛她已落在河里，而他是漂在水面上的一根木头。

叶千秋耐心地看着女人，腾出一只手来，抚摸着女人的脸颊，那轻柔的样子仿佛女人的皮肤是一块上好的丝绒，稍微用力些就会勾扯出线头："是啊，娟子，你是 Mary，你是 Mary。"

女人放心地笑了。

他记得娟子，又没有记得娟子。他记得的娟子已经不是《橘颂》里的婵娟，他记得的娟子和三间大夫和话剧团和青春和爱情都没有干系。他记得的娟子是泛指，是进入他眼里的一切事物。

"老叶，这位是小陈，我的朋友，也来看你。"Lillian 把我推到了叶千秋的雷达屏幕前。

"小陈，哦，小陈。谢谢，谢谢。"叶千秋终于松开了那个女人，伸出一只手来给我握。我欠了欠腰，却没接他的手。护士交代过，不可以和病人有任何身体上的接触，比如握手、吻颊——这是防疫要求。

"给你买了花。"Lillian 把手里的竹篮递给男人，"记得这是什么花吗？"

"记得，记得。"叶千秋一遍又一遍地点头。

在阿尔兹海默病病人的嘴里，你不会听到 No。没有"不记得"，没有"不知道"，永远只有 Yes。阿尔兹海默版的 Yes，是对存在感的最后一道把守。

"这是向日葵啊，老叶。你不记得啦？'干校'的农场里，到处都是向日葵，多得像野草，谁也不稀罕。你来看我，举着一朵向日葵，三四个小时的路，走到我这里已经是一根干柴了。"Lillian 说。

她依旧还在一下一下锲而不舍地叩着那扇没有钥匙可开启的门。她不仅仅是不甘心他，她也是不甘心自己。她的大半人生都是和他一起过的，他们原本是两股结在一起的麻花绳。日子久了，风吹雨淋，他们已经腐烂成你我难分的一体。可是他一意孤行地要撕走他的那一股，他撕得血肉淋漓。他撕走的那些东西不再是他，而他剩下的那些东西也不再是她。他毫无商量余地地抹改了他们的历史。她不甘心啊，她只是不甘心。

叶千秋从竹篮里抽出一朵小向日葵，递给那个女人。女人举到鼻子跟前，闻了又闻。"玫瑰啊，玫瑰。"她呢喃地说。"George，扎我。"女人被花茎上的茸毛刺了一下，伸出一根手指，递给叶千秋。叶千秋接过来，含在嘴里，轻轻地嗫着："不疼啊不疼。"

我实在看不下去，扯了扯 Lillian 的袖子，想让她走。Lillian 犹豫了一下，但还是站住了。

"我给你买了一套新的睡衣，小陈挑的，很舒服，你摸一摸。"Lillian 把睡衣从包里拿出来，撕了包装，递给丈夫。

百分之百纯棉精纺法兰绒，红色的底海军蓝的条子，胸前绣着一匹马。经典的马球牌设计，一百五十九点九九加元，一分钱不打折扣。Lillian 自己穿的睡衣，是超市尾货，跳楼价九点九九加元。

叶千秋接过睡衣，用脸颊触摸着衣服上的细软绒毛，眼睛眯成一条细缝，带着猫一样懒散的惬意。

"下雨的时候要穿鞋子，娟子。"他对那个不是娟子的女人说。

"戴花要戴大红花，George。"女人对不是 George 的那个男人说。

"红花。红花。"叶千秋热烈地回应着，"他们有书包，娟子。"

迟暮的记忆是破旧的木桶，里边装的是一辈子的阅历。活得太久，桶装不下，就一层一层地往外溢。最先溢出的是今天，然后是昨天，留在桶底的，是永远不会溢走的前天——那是烙在一个人骨血里的童年和少年。他的前天和Mary的前天不是同一天，它们是两条平行线，一直并排却永不交叉。他们不需要共情，也不需要理解，他们只需要倾听。失忆的世界不再匆忙，他们可以忠诚地奉献给彼此每一天里每一个醒着的时辰。不再有会议需要参加，不再有项目需要完成，不再有儿女需要拯救，不再有爱情需要修复。失忆的世界里没有斤斤计较、睚眦必报，三百六十五天，天天都是自给自足、永无磨损的快乐。

通往天堂有许多扇门，其中的一扇叫阿尔兹海默病。

Lillian傻啊，Lillian真是傻，还想死死地拽住那个早已没有心的男人，不肯放手。

"老叶，我们院子里来了狐狸。"Lillian低下八十岁的身子，蹲在草地上，伸出一只手，把手机里的视频递给叶千秋看。假如按脸对脸的距离来计算，Lillian是守法公民。假如按最近点计算，Lillian已经破坏了院方的防疫规矩。

"记得吗？这是我们的院子。这个鱼池，这个流水台，都是你搭的，每一块石头。那年夏天，我们刚买了房子。"

Lillian放的是我拍的那段视频。我突然醒悟，当时她嘱咐我录下视频，就是为了今天。

"这只小狐狸，在我们的院子里创造了一个奇迹。奇迹，你知道吗？它残了一条腿，谁也没指望它还能好。可是就在我们的院子里，它站起来了。老叶，它站起来了，它四只脚都落地了。"

一个一心沉浸在自己故事里的人，总会在不知不觉中放大一厢情愿的部分。狐狸也许创造了一个奇迹，但未必是在你们的院子里。在你见到它四脚落地的时候，奇迹兴许早已在别的地方完成。Lillian的眉毛在颤动。一只扑火的飞蛾。不，不是飞蛾。飞蛾不知道死，她知道。她明知无望，却还要试。一次，再一次，直到心死。

"狗，George，狗。"那个叫Mary的女人指了指视频里的狐狸，掩嘴笑了，像个十七岁往十八岁走的少女。

"Shut up, you!（你闭嘴！）"我忍不住吼了那个女人一声。我忘了她不过是另一户人家的另一个叶千秋。

"George，哦，George。"女人委屈地看着叶千秋，似乎要哭。

"娟子啊，娟子。"

他们不再有新的话，他们脑子里有限的词汇都已经淘尽。他们只是一遍又一遍不厌其烦地呼叫着彼此认定的名字，痴痴地对望着，仿佛活在一个真空玻璃瓶里。瓶子里只有他们两人，没有世界，没有病毒。她是他的娟子，他是她的

George。在他们的瓶子里，他们是国王，划分疆土，修订词汇，改变自己和他人的身份。他们没有昨天，他们也不会有明天，他们有的，只是永恒的今天。他们刀枪不入。不安全的是我们。

我们回到停车场，坐进车子里往家开去，一路上 Lillian 都没有说话。开到一半的时候，丹丹的电话进来了，先是打给她母亲，Lillian 没接，她又打给我。铃声在封闭的车子里听起来扎耳。我也没接。之后便是一串闪亮的指示灯，是丹丹在留言。我知道那是全方位的火力攻击，我有点怕，因为我还没想好应对的措施。但惧怕并不是我不接她电话的唯一理由。在这一刻，不知怎的，我就是不想听见她的声音。

"我现在才知道，她为什么一定要我们事先和那头预约。他们不是要给猴子洗澡，他们是要先支开那个女人。全世界都知道，只有我，还有那个可怜的小护士，不知情。"Lillian 扭头对着窗外说。

我搜肠刮肚，竟找不到一句可以回她的话。

回家后，Lillian 直接进屋，关上了门。我听见手纸擦鼻涕的窸窸窣窣声。我走进自己的房间，坐在床沿上六神无主。有一句话这一路上一直在我心里突突地炖煮着，到这会儿已经熟透。我知道这句话兴许能治 Lillian。可是这句话太毒，能治人也能杀人。我非得要沾那一手血吗？她不是我的娘我的姐我的姑妈婶子，我甚至都不知道她的中文名字。我管得了这么多吗？

我坐在床沿上给小雨发信息。小雨照例不回音。可是小雨也没在我的脑子里擂鼓。也就是说，小雨没有明目张胆地反对。小雨没反对就算是支持。我站起来，走出去，推门进了 Lillian 的屋。

"他早不是他了，他已经死了。你看见的，不过是他留在世上的皮囊。你和死人较什么真？"我恶狠狠地说。

血从 Lillian 的脸上慢慢褪下，我甚至听见了液体的流动声。滴答。滴答。她的脸白得像粉笔灰。血流到哪里去了？是脚趾吗？我看不见她的脚，她的脚藏在桌子底下的阴影里。

我不知道我是否救了她，但我知道我肯定已经杀了她。

后来我才从丹丹那里得知：George 是 Mary 死去的丈夫的名字。当然，那是墓碑和人口普查数据库里记载的信息。在 Mary 现在的记忆里，George 只是她的弟弟，就如同在叶千秋的记忆里，Lillian 是他三妹一样。Mary 晚叶千秋半年住进这家老人院，开始时一直闹着要回家，直到认识了叶千秋。两人一见如故，形影不离，除了睡觉，每分钟都黏在一起。老人院把实情告诉了两家的儿女，征求他们的意见看是否有必要将其中一位迁移。两家儿女经过协商达成了共识：目前两位老人情绪稳定，心情愉快，没有必要改变这个有益无害的现状。当然，他们也想到了这个荒诞事件中唯一可能受到伤害的人。对付那个人的方法相对简单，就是眼不见为净。丹丹开了绿灯放行。

当他们商量这一切的时候，他们唯独没有想到半路上会杀出一个一无所知的新护士，和一个阳奉阴违的家政助理。

第 100 天

"把她带回家的那天，大雨淹城，天黑得像墨盆。老天都知道是灾祸，只有我们糊涂。"

Lillian 说这话的时候，我俩已经把那一瓶红酒喝得七七八八了。酒真不禁喝，一会儿就见了底。人也真不禁酒，Lillian 的脸已经红得像一盏火油灯。

今天 Lillian 亲自下厨，荤的素的红的绿的做了一桌子，坚决不让我插手。"今天的菜必须是我自己来。"她说。

"生日？"我问。她没吱声，我就算她是默认了。

全部的食材都是丹丹网购的，我没沾过手。这些日子 Lillian 使唤起丹丹来有些狠，隔三岔五一长条的购物单，连葱姜蒜这样的，也列在里头，很有几分撒气的意思。

那天从老人院回来，Lillian 和丹丹通了很久的电话，是读书人的干仗架势。关起门来，但总有门缝，满屋便都漏着烟，却听不到一句粗口。"他的事，我不管了……"我依稀听见 Lillian 给丹丹丢下了话。

从那以后，Lillian 再也没去过老人院，每周两次的全家视频，也随了 Lillian 的心思，不再定期。现在 Lillian 和我说话，不谈老叶，甚至也不怎么提丹丹。Lillian 现在即使有话，说的也都是些无厘头的事，比如种花养草的心得、怎样挑选合宜的茶叶、在"干校"时从老乡那里听来的神鬼故事、刚出国时闹出来的种种乌龙……她常常讲到一半就得紧急停车，我满耳朵都是刹车片的吱呀尖叫声——她害怕再走一步就要撞上她不想撞的红灯。她这一长路哪躲得过那父女二人？她躲得辛苦，我听得也辛苦，她永远也无法真正消停。

现在只要天不下雨，我们依旧出门。我们的活动半径不再拘泥于门前的那一小片天地。我开车带 Lillian 去二三十公里外的鱼人村，在早期德国移民留下的居民点旧址散步，累了就坐在一条人称"天鹅湖"的小湖边上，拿面包屑喂水鸭子。在 N95 口罩的严格卫护下，我们有时开车到稍远一些的特色店，买一些略有些犯罪感的小东西，比如韩国蛋糕、日本甜点。我们仍旧挑些便宜的肉食喂狐狸，但不再定时定点，一切随缘。我们依旧提防着丹丹的监控，但已经不像先前那么惊恐。没错，我们一直在对丹丹撒谎，但比起丹丹绕着她母亲织的那个网,我们所行的一切不过是雕虫小技。丹丹但凡还有几分脑子,都该自知理亏。每次丹丹来电话,我几乎都是屏着呼吸等待她来揭穿我和她妈共谋的小把戏,好和她来一场吱啦啦冒火花的舌战。我自以为不过是个"吃瓜"群众,但不知从何时开始,我已经择了队,把自己归在了"我们"阵营,竟全然忘了我每个月的工资,是来自凡·丹伯格夫妇的银行账户。

"谁把谁带回家来?"我揪着 Lillian 回到了话头。

她把剩下的酒和我一人一半地分了,扬了扬瓶子,看着最后几滴都抖利索了,才哼了一声,说:"福根,他们管这叫福根。我们领回来的,却是祸根。"

我知道她的秉性,催她没用,只能由着她把那剩酒一口喝干了,撩菜的筷子伸出去,又停在半空,像两根偷闲的平衡木。

"丹丹不是我生的。我不能生孩子,怀了几次,都保不住胎。到四十岁那一年,他突然说要不咱们就领一个。说这话没几天,他就抱回了这个孩子。现在想起来,他早就有了想法,在一路留意着。那孩子三四个月大小,说不上多丑,只是那眉目间不知怎的看上去有几分粗野。我问他是什么来路,他说朋友介绍的,能办合法手续。你少知道点背景,心里能少点成见。他还说丑孩子好养活。我也就信了。

"从第一天起,这孩子就没让人睡过一个安稳觉。没有一样她没得过的病,我简直怀疑她是按着儿科常见病大典来一样一样地折腾我们的。那时'文革'刚过去没几年,我们回到了北京,都想干点事,单位常常加班。我和他轮流管孩子。一个大男人,他不怕笑话,把孩子绑在背上在办公室里干活儿。他说孩子长大了有了抵抗力,我们就轻省了。我也信了。后来才知道,她真正的祸害这会儿正藏在一天一样的病里,还没露头呢。

"小学毕业升初中的时候,她来例假,身体果真渐渐强壮了起来,我们才稍稍松了一口气。有一天放学回家,怎么劝也不肯吃饭,说要找她自己的家。领养她的时候,我们跟人换了房子,从六十平方米换成四十平方米,城里换到了三环外,就是为了能避人眼舌。没想到她初中班级里有一个同学的爸,是老叶单位的同事,多嘴把这事告诉了她。"

这是自老人院那事之后,Lillian 第一次开口管他叫"老叶",先前实在绕不过去的时候,她只用一个含含糊糊的"他"字。

"从此家无宁日,天天给你气受。大人想不出来的词,她都用上了。你不能想象一个十二三岁的孩子,啥事都还没经历过,一张嘴能像一根烟囱,熏死一屋人。隔了这么些年,我想起那些话来,都还会打哆嗦。后来她扬言要到她爸单位闹,我们爱面子,他只好把她领去了她亲生父母的家——幸好那家人还在老地方住。我这才知道,她亲生父母在房山,生她的时候,前头已经有了四个女儿一个儿子。她找上门的时候，她最大的姐姐也才二十三岁，还没出嫁。她亲爸早先是搬运工，后来干不动了，才改拉人力车。这孩子骨子里这么横，是因为她娘怀她的时候，没给过她一句好听的，她还在胎里就听够了诅咒。

"她找上门去，正巧全家都在。她热乎乎一张脸贴上去，却没有一个人搭理她，谁都怕她来了就不走。他们家二十多平方米的房子，加上爷爷奶奶是九口人，连再搭张地铺的地方都没有。她亲爸开口就叫她滚，她往人家门槛上一坐，准备坐到天亮。老叶实在不忍，就悄悄给那家的爸塞了点钱，让他给张好脸，才总算把她劝回家来了，哭了一路，号得像狼。我们心想只能对她好些，再好些，她就不再惦记那头了。谁知她隔三岔五依旧去，还不能踩在饭点上，因为没有人会留她吃饭。老叶只能月月悄悄给钱，他们才勉强跟她说句话。后来她哥哥姐姐就问她讨东西，我们给她买的随身听、计算器、羊绒手套、墨镜，三天两头就不见了。我们明知缘由，心想东西若能买个太平，我们都认了。

"谁知东西买不得太平。那家越冷待她，她越赶着往上贴。她在那家受的每一分气，回来就加倍撒在我们身上。有一天，我加班回家，看见家里没点灯。她的新大衣不见了，她一个人坐在地板上，两只眼睛绿莹莹的像狼。我问她吃饭没，她没吱声，半晌才从牙缝里挤出一句话：'总有一天，我要杀了你们。'我告诉了老叶，他说不能再这样下去了，得破了这个恶性循环，才有救。他就跟单位递了申请，要求调到上海的分部工作。三个月后，我们全家搬离了北京。"

Lillian 停下来，让我再去开一瓶酒。这样的故事，谁能一口气讲完？她的嘴巴挺得住，我的耳朵也不行。我开了新酒，我们接着吃喝，依旧是吃得少，喝得多。

"刚到上海，太平了一阵子。老叶依旧时不时给房山那头寄钱，这回是让他们不要再搭理丹丹。好在那年头那家人没有电话，丹丹只能写信。写了几封信没有回音，渐渐地，这一厢情愿的兴头才败了下去。我们以为这就像生了一场大病，过了这个坎就好了，日子还能回到从前。谁知有一天我骑车出去替单位办点事，经过一家电影院，正好撞见了她和一群男孩在抽烟。紧接着老师打电话到单位，说丹丹已经两天没来上课，期中考试三门功课不及格。老师告诉我们丹丹整天和校外的一群孩子厮混，都是些不学好的人。老师恳求我们给孩子转学，省得影响班里其他同学。我们只好又一次跟人换房，大换小，近换远。搬的那个家，我们上班得倒三趟车，一来一回一天在路上浪费三四个小时，就是为了给她换个环境，心想能断了她和那些孩子的联系。后来才知道她的血里有气味，走到哪儿，立刻有人盯上她。谁能说清是人惹的她，还是她惹的人？总之，很快她就黏上了新的一拨人。

"有一天，我们从她的书包里翻出了一盒避孕药。十五岁半，她还没到十六岁。那天我和老叶关起门来,抱头痛哭。这孩子不是一件买错了的衣服,我们可以打包退回去,再换一件新的。她也不是一只讨人嫌的猫狗,你可以跑到一个人不知鬼不觉的地方悄悄扔掉。从她来的那天起,她就是我们永远甩不掉的责任。我们第一次感觉无能为力,不约而同想到了死——那是唯一能摆脱她的方法。老叶说我们攒安眠药吧,他常常失眠,隔三岔五地要吃安眠药。没想丹丹就在门口,听见了我们的话,总算知道了害怕。她冲进屋来,说:'爸妈你们给我再换个环境吧,这一次我一定学好。'那是第一次她跟我们认了错服了软。我和老叶心想浪子总算知道回头了,就再换个地方吧,一切从头开始。那个时候社会开始松动起来了,老叶通过他三妹在苏州给我俩找了个新单位,我们全家又挪了地方,去了苏州。"

北京、上海、苏州,我在脑子里飞快地画了一张地图。我现在终于知道了丹丹南腔北调普通话的缘由——那是她居住过的每一个地方在她血液里留下的踪迹。它们不甘寂寞、各不相让地借着她的唇舌发声。

"到苏州后,安置下新家,风平浪静了半年。这次学校没来告状,她成绩单上的分数虽不算好,但至少没有挂科。她每天准时出门上学,晚上我们下班时,她已经在家里做作业了。我们以为她真懂事了,没想到她不是学好,而是学聪明了,知道怎样卸下大人的警觉,把自己缩在我们的盲点里,在我们身后悄无声息地继续玩她的游戏。这次的事闹大了,不再是学校和家长管得了的了。高一的时候,有一天放学她没回家,晚上警察来电话,说她在公共汽车上行窃被抓。她不是一个人,而是一伙人,这伙人已经多次犯案,不仅在公交车上,也用万能钥匙撬锁进屋。我这才明白过来,为什么这一阵子她不再问我们要零花钱。她进了少管所,劳教三年。判刑那一天,我和老叶突然感觉轻松:这么长的日子里,我们第一次终于不用担心她和谁在一起了。"

第二瓶酒喝到了一半,我开始感觉眩晕,太阳穴一蹦一蹦的,像有两只螳螂在斗法,头痛欲裂。Lillian的脸渐渐变形,成了一张戳了几个窟窿的大饼。有声音断断续续地飘过来,我已经听不太真切。

"为了她……从北京调到上海……到苏州,地方……越来越小,职位越调越低……结果……"

我肚腹突然抽了一抽,像有人在我的胃里捅了一棍子,喉咙一紧,哇的一声毫无防备地吐了。Lillian拧了一条湿毛巾过来给我擦脸。凉水一激,我清醒了过来,才发觉一地狼藉,满屋弥漫着酸腐之味。两人拿了拖把抹布垃圾桶,一阵叮叮咣咣地收拾干净了,都出了一身汗。Lillian摇头:"我没事,你倒醉了,白年轻了这么多。"

"后来,怎样?"我问。

我们又坐了下来，酒是不喝了，换了热茶，再接着吃菜，却已索然无味。

"她做下的那些事，我和老叶单位的人都是不知道的，因为是未成年人，没有公开审判。她刑满出狱，老叶去接，却被一个在少管所采访的小报记者撞见，偷拍了照片，放在网上，把老叶一张老脸丢尽了。从此他一看见人拍照就紧张。他想了再想，觉得再换个单位换个地方，都是换汤不换药，不如就狠狠心送她出国。要是再等下去，下次她若再犯事，就是成年人了。一旦有了公开的犯罪记录，她就哪儿也去不成了。于是，我们就提前办了退休手续，陪着她出国来念完高中。

"六十岁出头，势头正猛的时候，我们出国了。我们年轻时学的是俄语，到这儿只能当流水线工人。每次听到国内同事的消息，晋升提级发财，他嘴上不说，鬼知道心里是怎么想的？他脑子开始忘事，刚开始我还想使劲拉扯他，陪他下棋，玩填字游戏，找搭档打桥牌。后来我才明白，他是累了，不想记了，他想把这一切乌七八糟的事都忘了。一个人铁定了心思要放弃，那是一万匹马都拉不回来的。"

我叹息："那丹丹呢？"

"她到了这里，英文烂得没人和她玩，伶牙俐齿的人，突然成了哑巴。再加上三年监狱，一下子杀了她的气焰。过了二十岁这道坎，她总算把一场癔症犯完了，突然醒来，做起了正常人。念完高中，上了大学，再上研究生。碰上麦克，去了美国，找了份好工作，结婚生子。"

"也算浪子回头……"

Lillian 哼了一声打断了我："你想说金不换吗？那些馊鸡汤，我一句也不想听。她回头，可我们哪有金子去换她？我们已经一无所有。那些整天拿'原生家庭'说事的人，全是白痴。按正态分布，我们是顶尖百分之一的好父母。她在她亲娘的肚子里就已经是狼，她生下来本来是要在狼群里活下来的，我们偏偏把她抱到羊圈来——这是我们唯一的错。"

我无语。那小雨呢，我的小雨？小雨的原生家庭是正态分布里的什么百分点？我不敢想。我们从垃圾堆里造就了一个从不惹事的女儿。

Lillian 起身，从冰箱里端出一盒日式小蛋糕——那是我们昨天买的，放到桌子上，又去客厅把茶几上摆的一张旧结婚照拿过来，摆到蛋糕跟前。

"今天是他的生日，我年年都给他过生日，今年是最后一回。"

她让我帮着把桌子上的剩菜和杯盘碗盏都收了，又让我爬上凳子，拿出藏在橱柜顶层的景德镇骨瓷——那是来客人时才用的。她在桌子上摆上三套杯碟，我们各自一套，另一套留在空位上，然后颤颤地点上了蜡烛。

"小陈你说得对，他已经死了。他把自己归零了，现在他的世界里只有

Mary，我和丹丹都是前世的事。过了今天，我也归零，两清了。"

Lillian 鼓起腮帮，噗噗地吹蜡烛。肺气终是不足了，听起来声嘶力竭，绿茶蛋糕的白色奶油上落下了肮脏的烛烬。这是最后的挣扎，过了这一餐她不再有心。

"叶千秋你生日快乐，我送你了，你好走。"Lillian 喃喃地说，口气像祝寿，更像是永诀。八十岁的日子还能归零重来吗？我不知道。

只有最亲的人才伤得了你，刀子捅起来最顺手，不需防备，因为他知道你总在，且不会还手。

Lillian 给我切了一块蛋糕，我却怎么也咽不下去。奶油太腻，面饼隔夜已经变硬。我扔下餐巾纸，往自己屋里跑去，只觉得两颊隐隐刺痛，过了一会儿才醒悟过来那是眼泪。我已经很久不哭了。

我打开屋里的橱柜，从顶层抱下一只黑漆雕花木盒。

"我也不想把它带到你家来，可是我真的没有地方好放。"

我把那只盒子放到餐桌上，Lillian 的眼睛碰到盒盖上那一行烫金字，像燎着了火似的抖了一抖。

廖小雨 2001.11.10—2021.2.15

"这是我女儿，Lillian。她没有故事。她还没来得及有故事。她本来可以至少有一个故事，可是我没允许她。"我泣不成声。

第-89 天

小雨，今天是你和桑迪他们去蓝山滑雪的第三天。记得刚到蓝山的第一天，你给我发过信息也打过电话，报了平安。第二天白天我一直没有你的消息，直到半夜你才发来一条信息，说你们白天去滑了一天雪，晚上去镇里吃了晚饭，然后又在镇上逛了逛，回到公寓就晚了。

你到底也没有听从我的劝告，还是在外面吃了饭。这么冷的天你们只能在室内用餐，我不知那家餐馆是不是遵守了防疫规定，座位是否设置了严格的社交距离。我有些生气，但转念一想，这天是情人节，让你们憋在公寓里不出门也有点勉为其难。你并没有告诉我你和谁吃了这顿饭，是所有人都在场，还是和某个身份不明者单独去吃了烛光晚宴？你没有给我发来照片。我查了你的微信朋友圈（还好，你并未像有些孩子那样把父母隔在圈外），你也没有发任何动态。这和你平时的习惯不太一样，平时你连偶尔炒个西红柿鸡蛋也要拍出四五个角度来显摆一番。

这丝异常让我心中突然生出些疑虑,我很想多问你一句话,但最终我还是缩了回去。假若我没有在你的行李箱里发现那个盒子(我至今还不能坦然地说出那玩意儿的名字),我可能就自然而然地问你了——那是天下母亲的招牌动作。可就是那个盒子叫一切最普通的问话也生出腻歪,让我变得难以启齿。做父母的大约都想控制儿女的行踪,却又不敢走得太过,怕得罪了儿女。控制和得罪之间的距离太窄,一口气没喘匀就越线了,我走不好这样的钢丝。不过,你既知道我已经发现了这个盒子,无论我敲不敲门,无论你让不让我进去,你都知道我就在你门外,我的影子本身就是震慑。我感觉稍稍释然。

今天早上起床,我的左眼开始剧烈地跳动,仿佛有个木偶戏师傅站在我的头顶,疯狂地扯动着缝在我眼皮上的木偶绳子。左眼跳灾右眼跳财。还是我记反了,该是右眼跳灾左眼跳财?我只是感觉心神不宁。你一天没给我发信息。我知道你们今天也要在外边滑一天雪,桑迪的父亲给你们请了私人教练——那是有钱人的做派。忍了半天,终于没能忍住,傍晚时分我还是给你留了一条语音信息,问你带的防寒服够不够暖和。你没回音。

晚上六点三刻,我接到了一个陌生的电话。平常我从不接陌生电话,不是广告就是诈骗,烦不胜烦。可是今天鬼使神差的我竟然接起来,是个陌生的男人,讲英文。

“我们是安大略省警察署,你是陈太太吗?我们是从你女儿的驾照信息里查到你的电话号码的。”

“我女儿,闯了什么祸?”我颤颤地问。

愚蠢啊,愚蠢。小雨,你妈对世间灾祸的想象力,最远也只能抵达鼻尖前的三寸地。我只想到大概是你违反了交通规则,擅自驾车。你只有临时驾照,你只能在有正式驾照的成人监护下驱车,而且车里不能坐有别人——桑迪的车里除了你还有四个人。

电话那头是片刻的沉默。是雪崩、海啸之前的那种天地停摆的沉默。我一下子醒悟。

那人轻轻咳嗽了一声,说:“我有不好的消息要告诉你:你女儿乘坐的车,在山道上出了事故……”

后来发生的事情我毫无记忆。

第一85天

小雨,今天我从警察署拿回了你的行李箱。打开箱子,我把你的衣服一件一件地摊在床上，俯下身去，细细地闻。洗衣机把衣服洗得太干净了，它们现在闻起来只有洗涤剂柔软剂的芬芳，而没有你的体味。你喜欢蓝颜色，从防寒服到内裤，每一件衣物都是蓝色的。海洋的蓝，松石的蓝，黎明时分的蓝，暮色将至的蓝，婴儿眼睛中的那一丝蓝。你穿上小蓝衣，你的身体裹在里面，蓝是你的小世界，你感觉安全。可是你的蓝并没有包裹好你，它把你丢弃在路旁。你仰面躺着，在白皑皑的积雪里，面朝暗夜的蓝。你去的是一个没有人回来过的世界，一个没有妈妈坐在地板上带着惊恐唠叨你的自由世界。那个世界里也有蓝吗？

我拉开行李箱边兜的拉链，临行前我塞进去的 N95 口罩少了一个。但是那个盒子，那个封面上印着两个亲密相依的男女的盒子，却完好未动，塑料包装纸依旧严实。小雨，我的孩子，是妈妈吓着你了吗？真是奇怪，在你尚未出发的时候，我多么希望你不会去拆那个盒子。不，我多么希望你压根儿就没拥有过那个盒子。哦不，我希望连那个盒子的影子，都没有进入过你的梦境。可是现在，当你已经不在这个世界上了的时候，我却希望你用过那个盒子里的东西。假如这是你的第一次，你会带着战栗的疼痛和惊喜上路；假若这不是你的第一次，你的经验会教会你享受。可是，我剥夺了你体验人生的机会。那天我坐在地板上的神情，是一种你从未见过的样子，沥青一样深黑的惊恐和绝望，仿佛你要去做的是一件盘古开天地以来没有人做过的，会让你祖宗、故里、每一个亲人和朋友脸上蒙灰的事。我的神情一定吓住了你，我使你的生命永远定格在一个从未体验过身体奥秘的、十九岁零九十八天的雏儿上。我心如针扎。

带着这样复杂的愧疚，下午我去看望了尚住在医院里的那个男孩子。我已经从警察那里得知：你们那辆车里的第五个乘客的确是个男孩——假如二十四岁依旧还可以被称为男孩。请原谅我，我总是习惯性地把你的同代人都划入孩子的队列。其实当年我生下你的时候，比他还年轻。

警察告诉我：那天开车的是桑迪的父亲，他是这辆车里唯一一个安然无恙的人，浑身只擦破了一块皮，在手背上。掌握方向盘的人，总会在最后一刻因直觉的强硬介入而偏离危险，而乘客座上的人，则往往会因为司机的直觉应急动作，陷入毫无防备的危险。直觉不听命于智力、情感、道德，直觉是跑在理性之前的那股子与生俱来的蛮力。直觉不可阻挡。那天坐在前排乘客座的是桑迪的母亲，而后排是你。你被发现时已经没有生命体征，桑迪的母亲则是经过了五个小时的抢救，才宣告不治的。桑迪和那个男孩都受了伤，很糟糕的骨折，但都不致命，目前都还在住院治疗。

警察还告诉我：那个男孩证件上的名字叫 Henry Y.Wang。显而易见，这是个糊弄洋人的名字，真正能把他从人群的大海里捞出来的定位指南，是那个代表他中文名字的字母 Y。这个字母缩写落实到纸上，可以是"阴"也可以是

"阳"，可以是"云"也可以是"雨"，甚至可以是"元""渊""圆""远"……我可以瞬间想出三千五百种可能性，可是我没去想。这些可能性对我来说无关紧要。我唯一需要知道的是：把你和他这两个名字首字母都是 Y 的孩子连接起来的，是一条什么样的线。我只需要找出这样一个答案。

我走进病房，他睡着了，一条腿吊在牵引架上，两只手在小腹上交叉成一个圆弧。也许是镇痛剂的效力，他睡得很沉，发出像猫被挠得舒服时的那种轻呼噜声。我不得不称赞我女儿的审美标准。他真是一个漂亮的男孩啊，睡态里浮现的是一种刚刚脱离少年的青涩、还没来得及沾上成年人的油滑的纯真。一个人一生中拥有这样干净的日子，何其短暂。和长而无趣的一整个人生相比，这样的年月还占不到一个零头。他的眼窝很深，睫毛像两排尽忠职守的卫兵，举着交错的长矛守护着眼睛。鼻梁挺且直，上唇和下颌的胡子长出了淡淡的新楂。谁会给他刮胡子呢？是护士，还是母亲？此刻我希望有一把剃刀，把他的头枕在我的腿上，用肥皂水给他刮去那些成年人的痕迹。此刻他身边既没有护士也没有母亲，我感觉心疼——是一种因为你而连带着扯出来的心疼。

我还是不要吵醒他吧，打断这样的睡眠是一种罪过。我可以等。我还有什么需要着急的事呢？我再也没有一个女儿需要喂养看护拯救。我现在一天有七十二个小时，我可以等到他把镇痛剂的最后一丝余剂排出他的汗腺。

这时我突然看见他的身子抽了一抽，像婴儿在母腹里的那种悸动。他一定是做了个梦。是什么样的梦呢？他的梦里有你吗，小雨？我希望有。至少梦见你的不再是我孤孤单单的一个人。

在平静了几秒钟后，他的身体突然再次抽搐了一下，夹着脉搏血氧仪的那根手指头也跟着轻轻地跳动着，眉头蹙成一个小小的紧紧的线团。没有人可以解开那样的线团，仿佛全世界的纷乱都缠织在那里，哪一根线头都是陷阱，任何一次碰触都会引发地震。他是在做噩梦。我突然有些不忍。即使他的梦里有你，小雨，我也依旧不忍。我拍了拍他的脸颊，把他拍醒了。

他醒来，眼帘上的两排卫兵猝然闪开，露出他的眼睛。他茫然地看着我，嘴唇微微张开，却没有声音。我猜想他眼中看见的一定是一团迷雾。我静静地等待着他的眼神聚焦，我的脸在迷雾中浮现，五官定型。

"小雨妈妈？"他疑惑地问。

我吃了一惊。"你怎么知道是我？"

"小雨给我看过你的照片，她说……"他的语气突然有些犹豫，"她说临行前不该惹你生气。"

我的血轰的一声涌到了太阳穴，脑袋里有人在敲锣。我以为我要绕很久很远的路，经过许多废话，才能抵达那个话题。我没想到他用一根夹着脉搏血氧仪的手指头,轻轻一勾,就将我领过了千山万壑,直接抵达那扇门。

"她有说是为什么吗?"我没敢看他,我害怕他说出来的话将会污染他眼睛里的那丝洁净。其实在这个世界上没有人是真正洁净的。一个人看见洁净,是因为他的眼睛还不认识泥淖。

"她说你总是不放心她一个人出门。"他说。

这不是我所期待的话,却是我的耳朵想听的。我松了一口气,却又陷入绝望。他松开了他的手指头,我失去了捷径,又落回到原路。我依旧还得靠自己的那一口气行路,试探、迂回、辗转、顾左右而言他,一步一步地趋近那个话题。

"Henry,你的中文名字是什么?"这是我重新开始的第一步。

"王云,云彩的云。"他说。

一个可男可女但更像是女孩的名字,正符合他略带阴柔的长相。

云催生雨。云和雨。云雨。

小雨,连你俩的名字,都带着这样隐秘的暗示和联想。是天意吗?天造就的,天毁灭。

"王云,给我说说,那天的事。"我说。

"那天我们从滑雪场往回开,原本是桑迪妈妈开车的,可是前一天她喝了太多的酒,宿醉,头疼,就换了桑迪爸爸开。天黑得很早,又开始下雪,对面开过来一辆卡车,贴我们很近,叔叔打了一个急转,滑出去了……"

"小雨,她,痛吗?"我问。我想知道实情,又不想知道实情,我不知道我想知道什么。我甚至不知道我为什么要问这个问题。

"小雨应该,没有。桑迪很痛,因为肋骨戳到了体外。我醒来时,小雨离我最近。她已经没有呼吸,像是睡了,很安详……"Henry,不,王云,他的喉咙口鼓起一个大包,他喘不过气。

我捂住耳朵,此刻我不想听见任何声音,包括我自己的哭泣声。我知道汉语里关于哭的动词很丰富,细细想来能有数十个。有泪无声者谓泣,有声无泪者谓号,有泪有声者谓哭……但我不知道我的哭声能用什么词来形容。我无泪无声。其实我不是没有眼泪,而是心太空,泪不够。一条蚯蚓似的细水,如何能爬过无际的荒漠,依旧留得下痕迹?

"你和小雨,认识多久了?"我干涩地问。泪水已经在沙漠中蒸腾,地面上只剩下一条裂缝。我知道我问的每一句话都是刀子,我也知道小雨你心疼他,可是也请你心疼你的母亲。他是最后一个见过你的人,我只能通过他来走进你生命的最后时刻。我每刮他一刀,自伤无数处。

他没有立刻回答,仿佛在进行复杂的心算,最后终于力不从心:"记不得具体的日子了,就是在士嘉堡恩慈医院做义工的时候。"

那是小雨高二下学期高三上学期的事了。为了申请大学时履历上能有些亮点，她和桑迪一起去医院做义工。他们在那里相识，算起来，应该有一两年了。

"你们，常常一起玩吗？"我在绕过千山万壑之后，又一次走到了那扇门前。

"我们有时去看电影，喝珍珠奶茶，唱歌，偶尔也参加校园团契。"

"出事的前一天，情人节，你们，去了哪里？"我看见自己的脚尖颤颤巍巍地踩上了问题的圆心。

男孩闭上眼睛，侧过脸去，面对着一堵白色的墙壁。我知道他脑子里正在回放记忆。那些记忆有毛边，拉到哪里都疼。可是我顾不得。我若不知道那个夜晚的事，我这一生不得安宁。

"我们没想到，疫情里蓝山镇还有那么多人。因为室内人数限制，几乎每一家餐馆都满了。幸亏我们事先在一家西餐馆订了座，是想给他们一个惊喜的。"他说。

我们是谁？他们又是谁？是什么惊喜？

他读懂了我眼睛里的问题。

"那天晚上，我告诉他们我们的事。桑迪的妈妈很高兴，使劲喝酒，劝都劝不住。要是那晚没喝这么多，第二天就不会，就不会……"他哽咽住了。

"什么事，要告诉，他们？"我疑惑地问。

"我明年研究生毕业，要和桑迪……"

轰的一声，我的脑子炸成一地碎片，漫天尘土飞扬。愚钝啊，愚钝，我是何等愚钝。小雨，我的女儿，在你人生最后一个夜晚的这出戏里，你只是旁观者、见证人，而不是主角。

"小雨，事先知道这事吗？"我听见自己的声音遥遥地飘过来。

"知道啊，所有的细节，都是我和她一起商量的。"

我不知道自己是怎样离开医院的，也不知道要往哪里去。天黑了，天一黑我就安心。暮色是最好的保护色，涂抹在我的心境上，把我变成不惹人眼的背景。等我最终停到一条长旋梯跟前时，我才知道我已经走进了地铁站。医院的停车费太贵，我今天没开车。我的脑子不在现场，但是我的脚依旧有记忆，带着我走到了该去的地方。

正是下班的高峰期，地铁车厢里挤满了人。我太年轻、太健康，我的皮肤没有伤口，脸上没有干涸的泪痕。我正常到没有人会想到给我让座，问我"Are you OK？（你没事吧？）"我把自己吊在高高的扶手杠上，身子在速度中摇摆不定。

小雨，我的小雨，假如你已经知道了所有的事情，你为什么还要带上那个盒子？我的心咯噔一声，涌上了一个先前从未想过的问题。那天收拾行李的时候，你到底在想什么？你是不是想脱下那一层套了你十九年的好女孩皮囊，铁了心要去做一次一生里最绝望也最勇敢的探险？也许你做了，是他把门关死了；也许你到最后一刻被怯弱征服，退缩了回去。真相我永远无从得知。我唯一知道的，是一件铁一般不容更改的事实：你没有动过那个盒子。

小雨，假若你能活到天年，我一定会像天底下所有严苛的母亲一样，劝你在诱惑面前转身离去。假如我有天眼，知道这会是你生命中的最后一个夜晚，我还会劝你吗？是的，我依旧还会劝你，但我会劝你做一次扑火的飞蛾。扔下你循规蹈矩的好皮囊，去偷、去抢，去做一次恶。桑迪还有很长的未来可以疗伤，小雨，我的小雨，你却再也没有机会犯错了。一个没有过错的一生是没有活过的一生。你如果用过了那个盒子，你无须忏悔，不用负疚，因为死洗白了一切，叫所有的过失归零。死就是到了头，死没有余辜。

小雨，妈妈的小雨，是我吓住了你。我让你天使般洁白而无趣地上路。我一辈子不得安生。

第 101 天

昨天的那顿生日饭（或者叫祭奠饭，两者并无区别），我记得是在中午开始的，却不记得在什么时间结束。何时回到屋里，何时上的床，我已毫无印象。今天醒来时已是早上十点多，我这才发觉我压根儿没脱衣服，脚上还穿着拖鞋，怀里依旧抱着小雨——我是说装着小雨的那个木匣子。我坐起来，脑袋里仿佛有一把钝锯在来回扯动，连肉屑都不成形。我感觉这次宿醉有可能进入我的个人纪录。

Lillian 已经起来了，但她没有叫醒我。我走到厨房，昨天的狼藉已经不见踪影，唯一留下的蛛丝马迹是三个空葡萄酒瓶子，个挨个整整齐齐亮闪闪地站在台面上，像接受检阅的三军仪仗队首领。这就是 Lillian，连失态都保持着风度。

我们喝了三瓶？

三瓶酒，两个女人，醉是醉了，却还没有成泥。完美的血液酒精浓度，正好把脑子放置在好斗和嗜睡中间的那个黄金分割线上，话意浩浩荡荡地开了，嗓子也还有力气配合。我们说了多少话？我们把前世今生的伤疤都揭了。一个人完全清醒和彻底烂醉的时候，都是不可能这样剥自己的皮的。没有足量的吗啡，谁忍得下那个疼？过了那个量，谁还能有力气？

酒醒了我们会后悔吗？也许会，也许不会。我们终不过是陌路人，喝过了一百瓶酒依旧是。陌路人之间没有前因也没有后果。我们一起被推上了瘟疫这艘船,阴云一散我们就会下船,各自赶路。昨天 Lillian 说疫情完了我们要结伴出去浪。是的,她没说旅游,她用的就是这个"浪"字。八十岁的人用起"浪"字来,和四十三岁的人并无不同,甚至更肆无忌惮。"不用再等女儿懂事、男人好转,反正懂了事的女儿是凡·丹伯格先生的妻子,失了忆的男人是 Mary 的 George,他们和我再无瓜葛。"Lillian 说。"小陈,你和我一起去浪吧,你也没有需要等候的人。我出你的那份钱,我给你写下保证书,无论路上出现什么状况,心脏猝停、脑溢血、中风、汽车撞死、走路摔死、游泳池淹死、被导游气死、在梦中睡死、吃饭时噎死,你都不用负责。"Lillian 还说。

我信誓旦旦地答应了 Lillian,还拍着胸脯说钱我大大地有,保证书我大大地不要。醒来才明白那不过是一句酒话而已,酒话岂可句句当真?疫情之后,我要做的第一件事,肯定不是陪 Lillian 旅行。我要带我的小雨回家。小雨离家的时候是十四岁,那十四年占了她整段人生中的百分之七十四——我有数字癖,任何事情只有化为数字和百分比才能进入消化系统。小雨,我十九岁零九十八天的小雨,理当长睡在那个她度过童年和少年的地方。只有在那里,她才可能是有娘也有爹的孩子。那个男人或许活到一百岁也成不了好丈夫,但他是一个过得去的父亲,一个在众多女人的怀抱里依旧努力为女儿腾出手来的父亲。我也许还会回到多伦多,也许永远不会。我也许还会见到 Lillian,也许今生永不再见。我并没有刻意对 Lillian 撒谎,至少在我拍着胸脯的那一刻,我是真心的,就如同那些当着众人的面说出"我爱你"的男人,在奉上九十九朵玫瑰和一枚钻戒的那一刻,也是真心的。

况且,Lillian 说的酒话,也不见得句句是真。即使在烂醉的边缘、唇门洞开的时刻,她依旧没有告诉我叶千秋是谁。我似乎已经知道了关于他的所有细节,但即使把这些细节一一铺陈组合,我依旧无法搭出一个整体。就如同我即便知道了一件衣服的所有细节,比如纤维成分、纺织密度、颜色、花样、锁边方式、拉链材料,我依旧不知道它到底是外套、衬衫,抑或是裙子。

一阵好奇心猝然涌上心头,我打开手机,在浏览器里输入了"叶千秋"三个字。屏幕上跳出了几十个词条,领英、百度百科、维基百科、微博、脸书、推特、Instagram,田径运动员、硅谷电脑工程师、婚介公司老总、心理咨询师、育苗基地负责人、公司项目经理……真名、网名、化名。我没想到这个名字竟是如此红火,它满足了无数人(包括叶千秋母亲)的美好愿望,或者说,虚荣心。谁不向往天长地久,无论是功名、爱情,还是寿命。

这些都不是我要找的那个人,他们都比他年轻。我在叶千秋的名字前面加了过滤信息,先后试了"学者""工程师""北京""上海""苏州"几个关键词,词条依次减少,但依旧没有找到线索。当我浏览到"苏州"索引页面的第十四页时,屏幕上突然蹦出一个前面没有出现过的怪异组合："配偶叶千秋。"

我点入这个词条，发现它是一个陈旧的学术网站。这个页面已经多年未曾更新，有诸多乱码错行漏字。引用了叶千秋名字的那一行内容是：著名建筑学家周黎安和配偶叶千秋（基建工程师）今天下午到访苏州科技大学，据悉市政府有意通过特殊人才渠道将他们引入本市。

我键入"周黎安"的名字，页面上立刻浮现出几张照片——那是我熟悉的脸。确切地说，是我熟悉的那张脸的年轻版本。

> 周黎安，著名建筑学家，毕业于莫斯科国立建筑大学（前身为莫斯科古比雪夫建筑工程学院）。曾任北京建筑设计院副总工程师、上海建筑设计分院副院长、苏州科技大学建筑与城市规划学院学术部主任。国务院政府特殊津贴获得者。一九九八年获得夏雷特国际建筑奖，是亚洲第一个获此殊荣的女建筑师。

我怔住。昨天的酒，到这一刻才完全清醒。

Lillian 有一句真话吗？

也许，她告诉我的每一件事都是真的，她只是胡乱指派了做事的人。她把最疼的角色都安在了叶千秋身上，因为叶千秋不再有疼痛神经。叶千秋再也不知道疼。我又拿什么来苛责她呢？我是比她勇敢？还是比她诚实？在正态分布中（套用建筑学家周黎安最喜欢的描述方式），我们承受疼痛的阈值大概都在最高的百分之十里，但我们依旧不是勇士。在某些见不得光的时刻，我们都是懦夫，甚至是爬虫。

Lillian 此刻已经在后院干活儿。夏意已薄，秋声渐起，这个时节院子里当令的是菊花。假如我从来没有和 Lillian 一起种过花，我永远不会知道菊花是天底下最贱最不吝力气的花，只要有一条缝，哪怕是岩石，它也敢钻进去，没脸没皮地开它个姹紫嫣红。每隔一两天，Lillian 就要修剪几枝下来插瓶。Lillian 坐的凳子边上，摆着一个带有保温层的餐盒，里边放着一个冰袋，是用来冷却鸡爪子的——她在随时等待着狐狸的光临。

狐狸第一次来到这个院子时，尚是五月中旬，北国还未完全度过霜期。院子里的许多花，在那时尚未栽种入土。那时我们对动物世界的认知，还停留在电视节目主持人为我们推开的那一丝门缝里。狐狸给我们带来了严冬之后的苏醒和好奇。一整个夏天，我们从未停止过向狐狸索求，我们的贪婪没有止境。我们问狐狸讨要麻醉药镇痛剂，索取逃离和治愈。狐狸最终为我们打开了电视节目主持人没有完全打开的门，门里其实并无奥秘。我们看见的，是我们早已知道却不肯面对的现实。人兽之间的情感交流，不过是两个寂寞女人一厢情愿的臆想。狐狸记住的只有食物，而不是给予食物的人。狐狸对一切喂食者一视同仁。

我们知道了真相，却依旧在孜孜不倦地等待它们的来临，那是因为我们仍然心有所求。现在我们向它们索求的是依赖感。这世上已经没有依赖我们的人，连记忆被掏空了的叶千秋，都不再需要我们。他现在舒舒服服地待在George 的外壳里，一心一意地依赖着不是娟子的 Mary。

除了狐狸，我们还剩下什么？

第 136 天

小狐狸死了。

它的尸体是今天早上我和 Lillian 收拾落叶时，在雨棚里发现的。大概刚死不久，皮毛依旧闪着血脉供养的光泽，肌肤还留有弹性。它身上既没有外伤，也没有任何经过激烈搏斗的迹象。它的身体松松地蜷成一个椭圆，头垂在两条前腿之间，神态安然，仿佛仅仅是吃得太饱，有些倦怠，需要在一场酣睡中消耗一些多余的脂肪。

夺去它性命的，是一朵雨后绽放的毒蘑菇？或是一场最终销蚀了某个器官的慢性病？这将是一个永远无解的秘密。

这个为狐狸而建的小雨棚，狐狸却从来没光顾过。久而久之，连我们自己也渐渐忘却了它的存在，由着不需要阳光的野草在里边疯长。在我和 Lillian一枚钉子一块木板地搭建这个雨棚时，我们以人类的固执理念推及动物，认定它会是遮风挡雨的家园。我们赋予了它温暖、抚养、呵护相关的属性，但我们没有想到它也可以装载死亡。我们绝对没有料到，这只在所有的狐狸中最得我们垂怜的小狐狸，会在这里做完它一生的最后一个梦。我只听说猫在病痛的时候，会默默地去到一个远离人群和同类的地方，舔舐自己的伤口，告别世界。我不知道狐狸也可以这样。它来到我们的后院乞食，纯属偶然。但是它在这个雨棚里静静地死去，却是刻意的挑选。

这只小狐狸的母亲在把它带出树林之前，一定告诉过它：冬天来临的时候，它们会回到树林。或许它的母亲还答应过它：下一个夏天它们还将走出树林，重返城市，在人心里找到一块柔软之处——那里或许还会有猪下水和鸡爪子。假若一只在城市和树林的边缘讨生活的狐狸平均只能活过三个夏天，这一只却只活过了一个夏天。在它一生唯一的一个夏天中，它又在我们的后院度过了多少时光？不知为什么，现在我常常会不知不觉地用"我们的"来形容 Lillian

家的后院。这里不是我的家，即使我使用了一千次"我们"，我依然不会成为她的一部分。这是题外话。正题还是狐狸。这只小狐狸的母亲食言了，没能把它带回树林，更没能把它带回到下一个夏季。它甚至还没来得及见识一个真正的秋天，一个每家门前摆着南瓜、玉米和稻草人的装饰品，所有的母亲都期待在餐桌上给儿女切火鸡的加拿大感恩节。

我们震惊，坐在雨棚前的草地上，相对无语。

后来 Lillian 建议我们在雨棚边上挖一个坑，把小狐狸埋在后院。我说怕有动物半夜来掘土挖尸，还有细菌病毒的隐患。最后我们决定通知动物控制中心，让他们来处理后事。疫情拨慢了所有的钟表，城市的节奏延迟了许多个节拍。电话占了很久的线，不禁让人产生是不是有大批动物同时感染新冠病毒的怀疑。两个小时后终于接通了，工作人员似乎堵在每一个街口。等到他们的车终于到来时，已近傍晚。

整个下午院子里格外安静，松鼠在别人的后院搬运松果，野兔躲在别处的树洞里，惊魂未定地颤动着耳朵。蓝松鸦、红脯罗宾失去了翅膀，连麻雀也挑了另一角天空飞行。它们都从空气中闻到了死亡。它们在逃离死亡。静默巨大而充满了威慑的力量。

在他们取走小狐狸之前，我剪下了它的一绺毛发，装在一个小小的首饰盒里。我把开着盖的盒子放在一天中最后的一缕阳光里，我看见了一束金灿灿的火苗。小雨，等我带你回家的时候，我会把这束火苗放在你边上。你和它生下来就是一把火啊。就是靠着这把火的气力，它把那条蜷曲在肚腹上的伤腿掰直了；而你，在一对任性自私的男女设下的婚姻陷阱中，一次又一次地闪避了他们射向对方的明枪暗箭。你和它本来都渴望着更多的夏季，它兴许会带着它的孩子，你也会的，在某一天。你们本来还会去一些你们的母亲没去过的地方探险，战栗惊恐，却又兴奋无比，可是你们的母亲没有保护好你们。你们的母亲把你们弄丢了。十九层地狱也不足以惩治她们的罪愆。

小雨，我总觉得这几个月里发生的事情，Lillian、叶千秋、凡·丹伯格夫妇、大狐狸、小狐狸，甚至疫情，都与你有关。这一切似乎都是某种暗示和隐喻。你想告诉我什么呢，我十九岁零九十八天的女儿？我是你四十三岁的、依旧没有长大的母亲，我还没有想清楚。

但是，人是健忘的。用不了多久，当冰雪降临、万兽归林的时候，这条街上的话题就不再会是狐狸。

很快，话题会变成奥密克戎，一种新兽。

【作者简介】张翎，女，浙江温州人。1983年毕业于复旦大学外文系，1986年赴加拿大留学，分别获英国文学硕士学位和美国辛辛那提大学听力康复学硕士学位。主要作品有《张翎小说精选集》（六卷本），长篇小说《劳燕》《流年物语》《阵痛》《金山》《邮购新娘》《交错的彼岸》《望月》，小说集《余震》《雁过藻溪》《盲约》《尘世》等。曾获第三届"红楼梦"长篇小说奖专家推荐奖、中国首届华侨文学奖评委会特别大奖、华语文学传媒大奖年度小说家奖、人民文学奖、十月文学奖等多种奖项。小说多次入选各种选刊、选本及年度排行榜。

化蝶

◎ 哲贵

一

讨论会开始了。

这个会议对剑湫来讲意义非凡，是她的"施政宣言"，也是团长价值的体现。"团长价值"是个比较笼统的概念，没有具体数字和指标。但剑湫不同，她是演员，有演员的出发点和标准，是艺术的，是自我的。简单地说，她当这个团长，就两件事：排新戏和出新人。在剑湫看来，排新戏和出新人是一体的，是相辅相成的——将新戏排出来，成为经典名剧，名剧催生名角。反过来说，也只有名角才能将一出戏经典化——名角身上的光芒可以照亮一出戏，让一出戏起死回生。

还是拿老戏做文章。当然也可以排新戏，新戏有新戏的好处，一张白纸，怎么画都行。但风险也是明显的，新戏缺少积淀，缺少历史感，缺少厚重感，显得浅，显得薄，显得仓促，压不住。排老戏当然也不容易，像《梁山伯与祝英台》这样的经典剧目，千锤百炼，千万人的心血结晶，每一个场景，每一个人物，每一句唱词，甚至每一个表情，都已印刻在观众心中，特别是那些老戏迷，心里都有一场自己的戏，改一句都不允许，那是犯上作乱，是欺师灭祖，要跟你拼命的。所以，如果要排老戏，必须出新，不出新就不能"出彩"，不"出彩"就没有表现力和说服力，就是"触犯众怒"，没有好下场的。问题是怎么出新？大家都想出新，都想把老戏排出新花样来，有谁做到了？谁能？

新排《梁山伯与祝英台》，剑湫有自己的想法。按照剧团惯例，先开会讨论剧本改编，这是第一步，也是最关键的一步。剧本"出彩"了，接下来就是演员的事。剑湫不担心"演"的问题。

这天下午,讨论会在剧团会议室举行,参加人员主要是这么几位:杜文灯和梅如烟是剧团顾问,重大的事,要邀请她们参加,她们的资历在那里,威望在那里,艺术修养在那里,舞台经验在那里,她们的意见至关重要;主创人员包括主要演员和编剧,主要演员是剑湫和肖晓红,再加一个编剧。好了,五位"首脑"到齐,可以讨论了。

剑湫是召集人,也是主持人,她先发言。剑湫保留了原剧基本框架,主要做了四处调整:第一,充实了第一场"思读"的内容,目的是突出祝英台的性格,她向往外面的世界,渴望知识,渴望自由,为后面情节的发展埋下"种子";第二,拿掉"山伯临终"那一场,她不让梁山伯死,在戏里弄死一个人太容易,活下去才难;第三,她将"楼台会"和"祝父逼嫁"次序对调,"逼嫁"在前;第四,最后一场"哭坟"拿掉,梁山伯没死,哭什么坟?改成"私奔",她要让祝英台和梁山伯私奔,剧名就叫《私奔》。

剑湫说,这次改编就一个目的:让这出戏现代起来,让年轻观众走进我们的剧场。就这么简单。

有问题吗?当然没问题,戏曲的没落是有目共睹的,让年轻的观众买票走进剧场是所有戏曲从业人员的梦想。多么美好的愿望。

剑湫说完,会议室有很长一段时间的沉默。

最先发言的是杜文灯。杜文灯其实不想先发言,她眼角余光一直注意着梅如烟。梅如烟是演旦角的,演祝英台是她的拿手戏,应该由她先开口。但梅如烟没有开口,手一直扶着脑袋,一副"摇摇欲坠"的样子。杜文灯狠狠地瞪了她一眼,最先"表达自己不成熟的意见",她说:

"《梁祝》原本是悲剧,这么一改,成了喜剧,年轻观众能不能接受?老观众能不能接受?这个我们要考虑。"

杜文灯提的意见太有道理了,《梁山伯与祝英台》是经典悲剧,已经深入人心,改成喜剧,确实有风险,甚至是冒险。剑湫的"一根筋"体现出来了:

"这就是我要的效果,只有新,才能出其不意,才能险中求胜。如果还是按照老路子排,祝英台还是原来的祝英台,梁山伯还是原来的梁山伯。我要借这次改编,拿出一部不一样的《梁祝》,塑造出不一样的生角和旦角。"

杜文灯有点下不来台了,但她是"老艺术家",是前辈,不会跟晚辈"一般见识"的,更不会争论,一争论就输了,她只是"微笑"——两边嘴角的肌肉微微往上拉。在很多时候,"微笑"是一种态度,也是一种武器。

在信河街剧团,剑湫演小生,肖晓红演花旦。在舞台上,生和旦是一出戏能够成立的两根柱子,是所有故事生根发芽的种子,也是所有故事生长的主干。

可以这么说,生和旦是每出戏的魂魄所在,所有悲欢离合都因他们而产生。他们是《何文秀》里的何文秀和王兰英,《西厢记》里的张生和崔莺莺,《屈原》里的屈原和婵娟,《红楼梦》里的贾宝玉和林黛玉,《梁祝》里的梁山伯和祝英台。在剧团里,生和旦的关系是微妙的,不仅仅在舞台上,在生活中也是。很多时候,对于生和旦来说,特别是对于剑湫和肖晓红这样的演员来说,舞台和生活的界限是模糊的,甚至是混淆在一起的,是说不清道不明的。

大家都转头看肖晓红。剑湫说到这个份儿上,肖晓红的态度就很重要了。可是,肖晓红怎么回答?老实说,剑湫这么改,她接受不了,不"哭坟"了,不"化蝶"了,最经典的戏没了,还是《梁山伯与祝英台》吗?她知道剑湫说的没错,如果按照老路子演,自己还是自己,祝英台还是祝英台,观众还是老观众,很难说有更加吸引人的地方,只有铤而走险,才有可能出新。可她又不能直接说"我同意剑湫团长的改编方案",不能说的,她也不愿意说。刚才杜文灯已经说了,她说得很"委婉",只是问"年轻观众能不能接受?""老观众能不能接受?"意思很明显了,她是站在"年轻观众"和"老观众"的角度问剑湫。但是,肖晓红也不能说"我不同意剑湫团长的改编方案",她当然知道剑湫为什么要这么做,她是团长,要出戏,要出人,更要赚钱养活剧团,她需要"政绩"。但无论怎么说,演祝英台的人是她,她是旦角,从某种程度说,这次改编,是为旦角改的,变化最大的人物是祝英台,对她的挑战也是最大的。作为一个演员,遇到的挑战越大,内心越兴奋,这是无法拒绝的,也不会拒绝,明知前面是悬崖也要扑过去的。所以,肖晓红觉得怎么说都不合适,她用眼睛去看梅如烟,想听听梅如烟的意见。当然,也是转移"目标"。但梅如烟不看她,依然微闭着眼睛,谁也不看,又好像谁都看了。

还是杜文灯发话了,"微笑"着对肖晓红说:

"你是艺术总监,你谈谈感受。"

还有退路吗?有人拿"枪"顶着后脑勺儿了。肖晓红只能硬着头皮上:

"我觉得,剑湫团长的改编,人物性格发展的逻辑是对的,一开始加强祝英台追求自我、向往自由的性格,她能够女扮男装去杭州读书,为后来的私奔打下很扎实的基础。这么改编是出人意料的,又在情理之中。很讨巧,也很有新意。"

停了一下,肖晓红看了大家一眼,继续说:

"我觉得,杜文灯顾问说得也很有道理。将悲剧变成了喜剧,特别是对经典剧目的改编,确实既要考虑年轻观众的感受,更要考虑老观众的感受。"

肖晓红发言就到这里了,什么都说了,什么都没有说。"支持"了剑湫,也"支持"了杜文灯,谁都没得罪。这是她一贯的做事风格,既合情合理,又模棱两可。

接下来是编剧发言,编剧站在杜文灯一边。编剧的心态可以理解,改编剧本是他的事,剑湫将他的事干了,这不是砸他的饭碗吗?当然不干。

这就形成了对峙。如果说肖晓红属于中立的话,那么杜文灯和编剧形成了一个阵营。这个时候,梅如烟的发言显得尤为重要,她的态度不只是对艺术的讨论,而且是"站队"问题,是"立场"问题。

形成这个阵势,有剑湫和肖晓红的原因,但也不完全只是她们的原因。剧团的人都知道,剑湫和肖晓红背后,各站着一个人——杜文灯和梅如烟。

问题复杂化了。就拿谁来当剧团团长这个事讲,按道理,梅如烟肯定希望肖晓红当团长,肖晓红是她徒弟啊,是她一手带出来的。而且,梅如烟也看得出来,肖晓红对团长的位子怀有强烈的兴趣,几乎是跃跃欲试的。或许,正是肖晓红这种态度刺激了她,让她觉得肖晓红太不矜持了,太急了。还有一个原因,肖晓红并没有来找她。这是件很微妙的事。她想过了,如果肖晓红来找她,表达对团长位子的渴望,她会站在肖晓红这一边吗?会全力支持她吗?梅如烟不知道。但有一点,如果肖晓红这么做,自己会蔑视她。肖晓红没有来,招呼也没打,更不要说商量了,这是什么态度?这是忽视,是目中无人,是根本没把她这个老师当回事。岂有此理。所以,梅如烟在推荐表上,没有打肖晓红的钩。她也没有打剑湫的钩。剑湫是杜文灯的学生,杜文灯已经当了团长,难道还让她的学生接着当?天底下哪有这样的道理?梅如烟谁的钩都没打,她弃权了。文化局领导找她谈话时,她的话说得很好听:在人事安排方面,我听领导的。领导怎么安排,我都赞成。杜文灯也没有在推荐表上打剑湫的钩。不存在避嫌问题,站在她的角度考虑,剑湫确实不是团长的最佳人选。剑湫是自我的,是活在戏里的人,是按照戏中人物的性格和逻辑来做事的人,更主要的是,她也以这种方式来要求别人。这样的人,是不适合当团长的,当艺术总监也不一定合格。艺术总监也需要与人沟通,需要站在对方的立场考虑问题。杜文灯知道,剑湫在生活中做不到。其实,在杜文灯看来,这不是最重要的。她没有给剑湫打钩,最大的原因在于,她根本没想让剑湫当团长,不可能让她当。在她们这一行,可以毫不夸张地说,徒弟就是老师的天敌,徒弟就是用来取代老师的。多么不合理,多么心酸,多么残忍,多么可怕。还有谁愿意当老师?事实是,对于戏曲这个行当来讲,师承有时比天还大,而且,特别讲究。老师必须收徒弟,名气越大的角,越是要收,不收就是欺师灭祖。谁都是踩着老师走上来的,这是规律,谁也不能幸免。这个道理,杜文灯懂,她知道剑湫在艺术上胜过自己,在小生这个位置上取代了自己。自己那一页翻过去了,是被剑湫翻过去的,是被自己一手培养起来的徒弟翻过去的,翻得很彻底,剑湫在艺术上走得比自己远,比自己高。问题正在这里,杜文灯内心过不去的地方正在这里。她想,你剑湫已经拥有了艺术,得到了神灵的眷顾,难道还要争团长这个位子? 你不能什么好处都要,世上没这么便宜的事。再说了,杜文灯还有一个小心思,如果剑湫当了团长,自己在生活中也将被她取代。杜文灯不愿意。杜文灯也没有给肖晓红打钩。肖晓红是梅如烟的徒弟,梅如烟没有坐上的位子,她的徒弟也不可能坐。文化局领导找她谈话时,她的态度跟梅如烟如出一辙,但表达方式跟梅如烟不同:我是一个即将退下来的人,我的态度不重要,重要的是剧团。推选上来的人要对剧团负责,而且有能力带好剧团。这一点,我完全相信组织,一定能选出好团长。

梅如烟的发言是谁也没有想到的,她"支持"了剑湫。她"醒过来了",脸上浮现着"微笑",说:

"我老了,退休了,头昏脑涨,本不该来开会和说胡话。"

她说的这句话,当然指的是自己,可是,在座的人都听得出来,也暗指杜文灯。她接着说:

"我这个顾问只是随便挂个名的,没做任何事,没起任何作用。剧团叫我来参加会议,来点个卯,现在唯一能做的是出个态度。我支持剑湫团长做任何事。我自己做不了事了,不能阻碍剧团做事,更不能在边上指手画脚。"

话说得不能再明白了。杜文灯听完,当即想离席,还想重重摔一下会议室的门。刚才梅如烟一鞭子打在她"要命的地方"了,梅如烟等于直截了当告诉她:这不是你的"地盘"了,你的"历史"已经翻过去,新的"历史"开始了。好或者不好,都属于剑湫,你瞎操什么心呢? 杜文灯当然不会中途离席,离席就不是杜文灯了。她当然不会同意梅如烟的话,但也不会直接跟她发生"冲突",这么多年来,她们已经摸索出一套相处模式,不会当着大家的面"动手动脚"。她们是艺术家,是名角,是信河街名人,这是身份,也是自我要求,要体面,更要优雅。杜文灯脸上也泛出和梅如烟一样的笑容,对着梅如烟,更是对着肖晓红:

"我完全同意梅如烟顾问的话,更不会反对剑湫团长对新戏的改编。对于肖晓红来说,这也是一次全新的尝试,我只是提了一点不成熟的意见而已。"

这是典型的杜文灯方式。她不是一个话多的人,更不是一个将话说死的人,她是话里有话,是有所指的。

剑湫太了解杜文灯和梅如烟的风格了,两个人刀光剑影"斗"了半辈子,还没有"停战"的意思。有意思吗? 当然有意思。剑湫觉得,这种"角力",差不多成了杜文灯和梅如烟的心理需求和生理需要,是她们的生活方式。如果缺少了对方,缺少了这种"角力",生活就失去了意义。

不能说这种方式独属于演员群体,剑湫想,其他职业群体也应该有,但是,对于演员来讲,这种方式更为普遍,更为猛烈。她们在舞台上是戏中人,悲欢离合,相爱相杀,这个时候,她们是一体的,是彼此交融的。当她们走下舞台,错觉产生了:舞台上的生活变成了现实,舞台下的生活反倒成了虚拟,两者混淆在一起了。反差出来了,不适应也出来了,必须有一个渠道来发泄这种不适应,必须有一个对立面来呼应这种反差。杜文灯和梅如烟如此,自己和肖晓红何尝不是如此?

剑湫是自信的,也是清醒的。她能够站在舞台中央,能够成为名角,能够成为头牌,首先是遇到了杜文灯老师,得到好的传承。如果一开始就把路走歪了,拐到歪门邪道上,是很难拉回来的。当然也跟她下的苦功分不开,刻苦很重要,但是,作为一个演员,理解更重要,理解是衡量一个好演员和差演员的重要标准,是进入戏曲内部的钥匙。只有学会了理解,演员才能想象,才能飞翔;也只有学会了理解,才能体现出时代气息,才能演绎出与上一代演员不同的品质,才能在舞台上找到自己,才能在角色中融进自己;更主要的是,也只有如此,才可能吸引年轻观众,才可能引起年轻人共鸣,年轻人才愿意走进剧场,戏曲才有未来,作为一个演员,才有更长的艺术生命。

这差不多是剑湫对戏曲的全部理解了。她还没有能力形成系统的理论,她的理解是从感性出发,是从实际出发,是从排练和演出中体会出来的。她这么想,也这么做。剑湫看了看会议室里的人,说:

"那就先排起来吧。"

团长"拍板"了,该说的话说了,该留的余地留了。散会。

二

剑湫和肖晓红的竞争波澜不惊,却又暗流汹涌。除了杜文灯和梅如烟,剑湫和肖晓红之间还横亘着一个叫尤家兴的男人。尤家兴是剑湫的戏迷,也是肖晓红的戏迷;他跟剑湫的关系暧昧不清,跟肖晓红的关系一言难尽。有一点是明确的,尤家兴在追剑湫,追得声势浩大,却又细水长流。

尤家兴追剑湫不是一天两天了。他无法忘记第一次观看剑湫演出时的情景。他以前看杜文灯和梅如烟的《梁山伯与祝英台》,为杜文灯和梅如烟着迷。所谓着迷,就是上瘾,两天没看她们的戏,吃不好,睡不香,脾气暴躁,心不在焉。剑湫的演出是突然而至的,打了尤家兴一个措手不及。

那天是农历冬至的晚上,是家家户户吃汤圆的节日。尤家兴到了剧场才知道,晚上的主演换成了剑湫和肖晓红。对于尤家兴来讲,已经习惯了杜文灯和梅如烟,他熟悉杜文灯和梅如烟的每一个动作、每一句唱词,可以在脑子里反复"放映",他来看她们演出,目的不在"看",是"温习",是"验证"。从某种程度上说,他"温习"和"验证"的不是杜文灯和梅如烟,而是自己,是他在"表演",至少是他和舞台上的她们"一起演"。这已经成了他的"日常生活",成了他"日常生活"中的"程序"。当他知道晚上的演出换了主演后,委屈了,天大的委屈。被杜文灯和梅如烟"抛弃"了,或者说,原有的期待落空了,惆怅了,忧伤了,哀怨了。他对杜文灯和梅如烟是信任的,而对两个新主演是陌生的,是忐忑的;他害怕失望,担心"程序"被打乱,因此,他的委屈是双倍的,无法言说,更无处诉说。怎么办?他不能要求将主演换成杜文灯和梅如烟,怎么演,谁来演,剧团说了算,他没有选择余地的。

他提心吊胆等待演出开始,好像是他在等待观众"检阅"。他能感觉到身体的颤抖,能感觉到气息的急促,舞台上的锣鼓声越来越急,他紧张得想逃跑,可他没有动,也不会逃,说白了,他的担心里有期待,可能期待大于担心。还有一种可能,他内心涌动着隐秘的兴奋,跃跃欲试,没头没脑,更是莫名其妙。

首先是肖晓红出场。看见肖晓红扮演的祝英台,尤家兴提着的心慢慢放下了,也可以说,更加紧张了。有点青涩,有点拘谨,眼神、动作、唱腔,都是对的,是灵动的,她扮演的祝英台就是祝英台,她是"入戏"的,也能带领观众"入戏"。这很难得,一个新演员,往往是人戏分离的,往往是不顾观众死活的。意外,也不意外,她一开口,尤家兴听出来了,是另一个梅如烟,是一个刚刚发芽的梅如烟,也是一个具有更大可能的梅如烟,无论是扮相还是唱腔,她都脱胎自梅如烟,她学了梅如烟的优点,也继承了梅如烟的不足。尤家兴能接受,完全能接受。他有点高兴,又有点忧伤,为肖晓红高兴,为梅如烟忧伤。纠结了。但他来不及纠结,他被肖晓红牵引着,被肖晓红扮演的祝英台牵引着,不能自己了。

第二场是"草桥结拜",梁山伯出场了,剑湫扮演的梁山伯出场了。先是祝英台和丫鬟银心进了草桥亭,然后,舞台上的灯光一转,梁山伯从幕布后转出来,右手拿着纸扇,迈步走到舞台中央。当梁山伯在舞台上站定时,抬着的右手慢慢下压,左手上升到脸颊,偏左侧着的脸转向舞台正面,抬起眼睛做了一个"亮相"。尤家兴坐在舞台正下方的第六排,剧场座位是有坡度的,第六排差不多与舞台持平,他被剑湫的"亮相"吓住了:剑湫在抬眼之际,眼睛一瞪,射出两道金光,一下将剧场照亮了。一个优秀的演员,肯定明白一个道理,不只是"眼睛一瞪"那么简单,那是一个演员内心世界的呈现,是与观众的沟通,甚至是与观众的"角力"。能不能将观众镇住,能不能建立作为一个演员的自信心,"亮相"是至关重要的。尤家兴不知道其他观众的感受,那两道金光与他眼睛相遇的瞬间,立即照亮他全身。那一刻,他透明了,被控制了,失去了自我,也失去了整个世界。他全身麻痹,恍恍惚惚,飘飘荡荡,不知身在何处,似乎在舞台之下,似乎在舞台之上,又似乎在草桥亭之中,他是梁山伯,是祝英台,是丫鬟银心,

是书童四九;他是草桥亭,或者是草桥亭边上的那棵枫树。剑湫站定后,张口唱道:

> 离故乡,别双亲,
> 求学上杭州。

这句唱词尤家兴很熟悉,就像熟悉自己的声音。可是,这一刻,他却感到那么陌生,就像聆听自己的声音。尤家兴没想到,剑湫会发出这样的声音。这声音跟杜文灯不同:杜文灯是纯正的生角声音,是低沉的、浑厚的、深情厚谊的;剑湫的声音也低沉,也浑厚,同时又是高亢的、嘹亮的,最主要的是,她充满雄性的声音里有一种无法言说的妖媚,有一种说不出的妖娆,勾人魂魄了,令人心驰神往了。那是一种魔力,是晴天霹雳,是呢喃细语,是宣告,更是叮咛,尤家兴从剑湫声音里感受到了复杂而又纯净的气息。在尤家兴看来,舞台上的剑湫,是雄性的,是醇厚的,是深沉的,是洒脱的。她的嗓音是那么沉着和辽阔,她的眼神是那么温柔与坚定,她的动作是那么优美和潇洒,谁能想到,剑湫是个女儿身?无法想象的。尤家兴被剑湫身上这种反差吸引住了,这种反差给了他无穷无尽的想象,这种想象如一股旋风,将他卷裹其中,让他如痴如醉,欲罢不能。完蛋了,剑湫第一次"亮相"、开口唱了第一句,尤家兴"沦陷"了。从这一刻开始,他的魂魄被剑湫勾走了,再也回不来了,也不愿意"回来"了。

从表面看,尤家兴是剑湫的追求者,是剑湫的崇拜者,剑湫也接受他的追求和崇拜。在外人看来,他们是恋人关系,这点是确定的。但是,尤家兴对肖晓红的态度也让人产生遐想,他是不是在追求肖晓红?外人不知道,不过,外人看得出来,尤家兴迷恋舞台上的肖晓红,差不多到了痴迷的程度:凡是肖晓红的演出他都会捧场;凡是肖晓红的戏,他都会唱,连动作都学得惟妙惟肖。这就微妙了,很难说得清了。尤家兴从来没有挑明这种关系,剑湫和肖晓红也没有说,但谁都可以感觉得到,因为尤家兴的出现和存在,三个人构成了另一个舞台,那是属于他们的舞台,演绎的是另一个剧本和另一场戏。这种关系,剑湫和肖晓红是心知肚明的,她们没有任何语言和动作上的表示。不会的,她们是演员,是优秀演员,不会点明的,不会说破的,那是艺术,是美,是力量,是令人神往的;同时,那也是一种动力、一种状态、一种境界。她们无比煎熬,又无比享受。

对于剑湫和肖晓红来说,团长职务的竞争和任命,是她们关系的转折点,也是突破点。在她们之前,杜文灯是团长,梅如烟是艺术总监,她们到年龄了,剧团需要新的领导。职务任命与舞台无关,与艺术无关,是现实和坚硬的,是不能摇摆和无法模糊的,你死我活了,火焰熊熊,要爆炸了,吓人了。

就在这个要紧关口,剧团接到一个任务:参加华东六省一市会演。说是会演,其实是比赛。表面上是各个剧团在比,实际参与竞争的是各个省,比的是戏曲,也是文化,当然也是经济和政治。文化局领导给杜文灯和梅如烟下了死命令:当前第一任务是会演,团长的事以后再说。

杜文灯和梅如烟心里清楚,会演只能依靠剑湫和肖晓红。剧团成立了攻坚小组,杜文灯任组长,梅如烟任副组长,成员包括剑湫和肖晓红。剧目当然是《梁山伯与祝英台》,这一点没有任何不同意见,这不仅是剑湫和肖晓红的保留剧目,也是剧团的保留剧目。进入剧本调整和排练时,剑湫提了建议,主要是两点:第一,将《梁山伯与祝英台》改名《化蝶》。剑湫的理由很简单,既然要参加会演,就要创新,先从名字开始。名字一改,这个戏的立意和重心调整过来了,更开阔,更有时代意义;第二,由原来十三场调整为十场,拿掉第三、六和第十一场,增加"山伯临终"那场的内容,唱词不动,只动旋律,既表现梁山伯临终前的神志模糊,又体现梁山伯对祝英台爱情的坚定。

剑湫的意见合情合理,没理由不按她的方案执行。不过,也没看出什么特别之处。但是,第一次彩排下来,杜文灯就知道,剑湫无论对戏曲的理解和表达都远远超过了她。

肖晓红的表演几乎无可挑剔,但杜文灯看出一处瑕疵,这瑕疵是无法弥补的:"哭坟"那一场,祝英台来拜墓,刚出场,就是一句:"梁——兄——啊——"内行人知道,这是一句高音,是穿云破雾的高音,是异峰突起的高音。只有高人云霄,才能直抵人心,才能肝胆俱裂,才能表达祝英台当时的震惊和悲伤。这是呼唤,是信号,是生与死的转折,是祝英台对梁山伯的呼唤,更是祝英台与人间的决裂。这句高音是那么重要,可以这么说,如果没有这句高音,"化蝶"是不成立的,至少缺乏足够的合理性和饱满度。可是,肖晓红的高音上不去,至少不能立即拉上去,很遗憾,太遗憾了,她只能在低音部位酝酿和徘徊,只能迂回着上升。不够的,力量不够,高度不够,穿透力更不够,震撼人心的力量出不来,缺乏摄人魂魄的力量。这是肖晓红嗓音的问题,也是表现力的问题,是致命的,是无可挽回的。

同一个舞台,同一场戏,再看剑湫的表演,在"山伯临终"那一场,还是那个场景,还是那三句唱词:

爹娘啊,儿与她,
生前不能夫妻配,
死后也要成双对。

原来的剧本,三句唱词,梁山伯只唱一遍,那是梁山伯临终前的哀叹,老双亲陪伴床前,白发人送黑发人,气氛萧瑟,草木含悲。梁山伯唱得婉转凄凉,唱得肝肠寸断,唱得石破天惊,"死后也要成双对",多么悔恨,多么无奈,又是多么斩钉截铁。问题正在这里,对于一般演员来说,唱一遍已经是巨大挑战:梁山伯僵卧病床,身体不能动,只能依靠声音传达那种悲凉,传达那种不甘,表达要和祝英台"在一起"的决心,那是无望的决心,在不可能中寻找可能。这对演员的要求是很高的,既要表现出梁山伯临终时的癫狂,又要表现出他垂死前的清醒和坚决,很难拿捏的。剑湫要唱三遍,杜文灯是演梁山伯的,她知道,这个难度系数不是乘以三那么简单,而是从一个空间上升到另一个空间,不是量的问题,也不是演员理解和表达的问题。杜文灯以前没想过这个问题,对她来说,这是无解的,她做不到,她无法想象梁山伯如何连唱三遍,更无法想象剑湫会怎么表达。她充满期待,也充满幸灾乐祸的担心。这是剑湫给自己挖的坑,看她怎么跳进去。杜文灯清楚地记得,听剑湫演唱"山伯临终"是在傍晚,是在剧团专门用来排练的小舞台,肖晓红和梅如烟都在。肖晓红在候台,她和梅如烟站在台下。随着音乐响起,幕布拉开,舞台呈现出来了:梁山伯卧在床上,额头上包着一条白色纱巾,双亲陪伴两侧,窗外草木呜咽,梁山伯张口唱道:

　　　爹娘啊,儿与她……

　　不一样了。剑湫一张口,杜文灯身体一紧,所有汗毛竖了起来。她知道要坏事了,剑湫的声音里并不全是悲伤,恰恰相反,杜文灯听出了隐约的欢乐,听出了向往与期待。那是对生的绝望和对死的希望,交融在一起了。当剑湫唱第二遍"爹娘啊,儿与她"时,杜文灯知道,这是对爹娘唱的,他对不起爹娘,不能服侍双亲,不能给他们送终,他是愧疚的,更是无奈的。那是人间亲情,是天伦之情,是弥漫的,是悠长的,是无法言喻的。谁没有父母?谁对父母没有愧疚之情?人同此心,平淡却动人。杜文灯的眼泪一下涌出来了。丢人了,相当丢人。作为一个演梁山伯起家的小生,不应该哭,不能哭。可是,她哭得那么真心实意,哭得那么彻底放肆。那一刻,她内心是服剑湫的,甚至生出了骄傲——剑湫是我的徒弟,是我一手调教出来的。她知道,剑湫改动的不只是旋律,也不只是戏份,剑湫改动的是她作为一个演员和戏中人物的关系,他们如何成为一体,如何无缝地融合在一起。更主要的是,剑湫改动了戏中人物和观众的关系,她的三次重复,每一次重复都将观众的感情拉升一个浓度和高度,到第三遍,两种感情交融在一起了,纠缠在一起了,那是火,是风,是雷声,更是雨声,那是病人垂危的呻吟,更是婴儿落地的哭声。毁灭了。重生了。杜文灯号啕大哭,而且,她看见,站在她边上的梅如烟哭得更加悲惨,摇摇欲坠了,连候台的肖晓红也将妆哭花了。

剑湫将梁山伯演绎到这个地步,还有什么好说的?

果然,《化蝶》获得了华东六省一市会演一等奖,剑湫拿到了最佳表演奖。

对于剧团,对于信河街文化局来说,这是天大的事。好了,扬眉吐气了。

领导交代的任务完成了,谁来当团长的事又重新摆上议事日程。不过,已经明朗了,《化蝶》得了一等奖,剑湫拿了最佳表演奖,为剧团和信河街赢得了荣誉,为省里争了光,除了她,还能有谁?她来当,名正言顺。

剑湫也是这么想的。

这个时候,梅如烟"站"了出来,她主动找了文化局领导,说了两句话:一、她不否认剑湫为信河街争了光,但是,剑湫也得到了应得的荣誉,她站到领奖台上了,名利双收,光芒万丈;二、她不否认剑湫的戏演得好,剑湫拿奖是对她付出的回报,实至名归。但是,《化蝶》这出戏,不是只有剑湫一个演员,剑湫是鲜花,后面有一大片绿叶衬着呢。

梅如烟一般不主动找领导,她是表演艺术家,艺术上的事,有自身规律,是用艺术手段解决的。她这次找领导,看似站在肖晓红这边,她是肖晓红的老师嘛。但她不这么认为,她是站在"道理"这一边,不能所有好事让剑湫一个人独占了。凡事得讲道理。

文化局领导找杜文灯谈话了。杜文灯是团长,又是剑湫的老师,让不让剑湫当团长,杜文灯最有发言权。当然,领导也谈了梅如烟的意见,梅如烟的意见在理嘛。杜文灯一听,心里不乐意了。说心里话,剑湫拿了奖,够了,这个团长应该给肖晓红。但是,梅如烟"唱了这么一出"是什么意思?是针对谁?杜文灯突然改变主意了,她并没有表明自己的意见,只是向领导抛出一个问题:剑湫为咱们省里争得了荣誉,自己也拿了奖,如果将团长让别人当,会不会有人说我们不重视人才?

虽然只是轻轻一问,却问到领导心里头去了。是啊,这个"帽子"扣得太大了,这个罪名谁也担当不起。

好了,就剑湫了。肖晓红当艺术总监。启动干部考察程序吧。

想不到的是,剑湫这时主动找了杜文灯。她到杜文灯办公室说:

"团长给肖晓红当吧。"

杜文灯看着剑湫,既感到意外,也不感到意外:

"为什么?"

剑湫说:

"我拿了奖,肖晓红没拿。"

紧接着,她又补充一句:

"肖晓红比我更适合当团长。"

杜文灯一听就生气了,但她不会表现出来,声音更平静,更不带感情色彩:

"谁当团长更合适,是领导考虑的事。有一点我要告诉你,团长不是你和肖晓红的衣服和化妆品,更不是你们之间可以让来让去的小礼物。"

剑湫点点头说:

"这点我知道,我只是表达我的态度。"

杜文灯点点头说:

"你的态度我知道了。当不当团长,你的态度不算,我的态度也不算。"

话是这么说,杜文灯主意已定,这个团长就给剑湫。她越是不想当,就越是要她当。

剑湫和肖晓红是同时考察、同时公示、同时任命的。杜文灯和梅如烟办理了卸任和退休手续,但没有离开剧团,剧团聘请她们当顾问。她们还有任务,要扶新任的团长和艺术总监一程,要帮助团长和艺术总监排新戏,更要推新人。这是剧团的传统。传统是不能随便更改的。

在聘请梅如烟当顾问时,遇到一点麻烦。梅如烟提出来,自己身体不好,最近总是头晕,以为是高血压,去医院检查,没查出具体问题。头昏脑涨,走路跌跌撞撞,自身难保,没能力"顾问"了。肖晓红找她商量,让梅老师再"带她一程",她没有梅老师"不行",心里"不踏实"。梅如烟不为所动。新任艺术总监肖晓红束手无策,只能请新任团长剑湫"出马"。在肖晓红的提示下,剑湫自掏腰包,买了一束百合花,由肖晓红带领去梅如烟家"拜访"。梅如烟"态度"相当好,没有"摆架子",更没有"给脸色",对新团长的到访表示"衷心感谢",对百合花表示由衷喜欢。她说百合花好,颜色好,干干净净,清清爽爽;香味她也喜欢,清淡的,却又是不屈不挠的,没有侵略性,但无法忽视它的存在。梅老师称赞剑湫"有心",让她"破费了"。但是,一说到担任"顾问",她立即装出头晕欲倒的样子,手扶着脑袋,话也说不出来了。事情僵住了,没有回旋余地了,百合花白送了,传统要被打破了。当然,如果真破了,也不是什么大不了的事。杜文灯老师倒是很爽快地接过剑湫递给她的聘书。当然,剑湫有经验了,也给她送了一束花,不是百合,是康乃馨。杜老师喜欢康乃馨,她以前对剑湫说过,她喜欢康乃馨的浓烈、奔放,康乃馨一点都不扭扭捏捏,多么豁达,多么大气。剑湫谈到梅如烟不接聘书的事,杜文灯老师很果断,几乎是以团长的口吻说道,那不行。沉默了一下,她让剑湫给梅如烟带一句话,是一句唱词,杜老师命令剑湫说,你唱给她听。剑湫不清楚老师为什么让自己给梅如烟唱这句唱词,老师没说,她也没问。她又一次敲开梅如烟的家门,说杜文灯老师让我给您带一句话。梅如烟

诧异,但没有问。剑湫不再说什么,打开嗓子唱了起来:

生前不能夫妻配,
死后也要成双对。

梅如烟听完,脸上没有任何表情,默默从剑湫手中接过顾问聘书。

三

新戏很快排起来了,这就是剑湫的性格,她是寸步不让的。依然是剑湫和肖晓红搭档,也只能是她们搭档。但是,剑湫发现,她原本最不担心"演"的问题,现在成了最大的问题。

肖晓红不在状态,很不在状态。她演的还是原来的祝英台,还是悲剧的祝英台。她依然在老路上横冲直撞,"轨道"不对,"跑"死了也是白死。这一点,剑湫原本是应该想到的。她高估肖晓红了。

剑湫的不满意是从第一场开始的,是从根开始的。第一场是"思读",是祝英台的戏,每一个细节都在展示祝英台的性格,也是她命运的伏笔。经过剑湫改编后,祝英台还是追求知识、向往自由的女性,但她的追求和向往里有了更丰富的内涵,说得直白一点,祝英台女扮男装去杭州城读书,就是一次"私奔行为",是胆大妄为,是异想天开,是无中生有。在剧团排练厅里,剑湫是这么给肖晓红"讲戏"的:

"在当时的社会环境中,祝员外不可能让祝英台去杭州读书,女扮男装也不行。这是辱没家门的事,是伤风败俗的行为。再说,女孩子读书有什么用?那是女子无才便是德的时代,以祝员外的认知,祝英台想在祝家庄读私塾的可能性也不大,祝员外不可能同意她去杭州读书。那么,祝英台只能瞒着祝员外出逃。对于祝英台来说,离家出走当然是天大的事,是离经叛道的,是大逆不道的,她内心肯定纠结,肯定犹豫,肯定彷徨,肯定思前想后,肯定患得患失。但是,祝英台又是决绝的,她向往知识,向往外面的世界,最主要的是,她是个豁得出去的人,她的性格有极其决绝的一面,是个敢想敢做的人,是个奇女子。所以,从一开始就要将祝英台的纠结和决绝表现出来,这是祝英台的'核',是她的精神状态,也是她行为的内在动力。这是第一场,也是祝英台性格的确立和生长,有了这一场,基础扎实了,定位准确了,才有后来的私定终身,才有最后的私奔。一切都是顺理成章的。"

照理说,剑湫不应该说这么多,她凭什么给肖晓红"讲戏"?虽然是她主导改编这出戏,但是,肖晓红是艺术总监,按照分工,"讲戏"是肖晓红的事,即使她是团长,也不能大包大揽,忌讳的。这一点剑湫知道不知道?她当然清楚。可剑湫是这么想的:状态出不来,你是艺术总监又如何?我还是编剧呢,还是导演呢。剑湫焦急,她替肖晓红焦急,张嘴咬下肖晓红身上一块肉的心都有了,但她没有"表达"出来,不能。她们是什么关系?在生活中,她们是朋友,是姐妹,是相互帮扶关系;在工作上,一个是团长,一个是艺术总监,是同事和搭档关系。更主要的,是在舞台上,一个是生一个是旦,那就更说不清楚了,是情侣?是夫妻?是冤家?是仇敌?什么都是,又什么都不是。她能对肖晓红什么态度?什么也不能,只能忍着。其实,剑湫也知道,戏不是"讲"出来的,只能通过一场又一场的表演,只能通过一点一滴的"悟"。别人"讲",只能提供一个方向,是外力;而"悟"才是内在动力,通过自己摸索出来的,才属于自己,才是结实的,才是独一无二的。剑湫知道,"讲戏"是没用的,"示范"也是没用的,肖晓红只会更加茫然无措。谁也帮不了,只能依靠肖晓红自己左冲右突,只能将肖晓红扔在水深火热之中,只有如此,肖晓红才有可能找到自己的方向,才能走出自己的路,才能演绎出一个全新的祝英台。剑湫心急如焚,表面上只能波澜不惊。

事实确实如此。剑湫说的,肖晓红都懂,她能理解剑湫对祝英台的性格分析,也能接受祝英台的变化,但是,她表达不出来,一抬眼,一举手,一迈步,一张口,以前的祝英台又回来了,不是"回来",而是从未离去。肖晓红知道剑湫不满意自己的表现,她对自己的表现也不满意。从学戏开始,她一直是自信的,她对理解能力自信,对表现能力也自信;她知道如何分析人物性格,更懂得如何表现人物性格,差不多一点就通。可是,这一次"见鬼"了,卡在最拿手的"祝英台"身上了——老版的"祝英台"阴魂不散,新版的"祝英台"若隐若现,她被吊在半空了,迷茫了,不知何去何从了。进退两难,张口更难,似乎连戏也不会演了。

改变很难,要在熟悉、舒服的环境里做出改变更难。老版的"祝英台",已经和她的身体合二为一,成了她的本能,可以这么说,老版的"祝英台"主宰了她的身体和灵魂,所以,这种改变需要改弦易辙,需要脱胎换骨。这一点,肖晓红当然知道。像她这样的演员,对舞台有自己的认识,对剧中人物有自己的理解,拥有自己的表演风格,更有一大批戏迷追随,她的内心已经建立起一个小宇宙,是坚固的,更是顽固的,很难改变的,连影响都很难。肖晓红更知道,最大的问题不在这里,自己的问题不是新戏和老戏的问题,也不是悲剧和喜剧的问题,甚至不是谁来当剧团团长的问题。到底是什么问题?肖晓红似乎是清楚的,可又似乎不是很清楚,但她知道,这个问题不能跟剑湫谈,不想谈;也不能跟梅如烟和杜文灯谈,无法谈。她想来想去,只有尤家兴。

当然不是找尤家兴谈问题,尤家兴不是用来谈问题的,而是用来解决问题的。她知道尤家兴将工厂的一个旧仓库改造成木偶陈列室,陈列室中间搭建了一个戏台。她在剧团的排练厅找不到感觉,想换一个"不一样"的环境试试。她突发奇想了,要找尤家兴演戏。

尤家兴当然是仗义的,是有求必应的,二话没说,立即带她去陈列室。

一进陈列室,不一样了,四周密布的木偶活起来了,手舞足蹈、挤眉弄眼、神态各异地从橱柜里跳出来,排山倒海地向肖晓红涌来。陈列室沸腾了。她听到锣鼓声响起来,听到所有木偶的演唱声,那些声音汇聚在一起,又各自散去,既遥远又亲近,既庞杂又清晰。肖晓红对那些木偶不陌生,对他们的演唱更是熟悉,那是她置身其间的世界,也是她心醉神迷的舞台。肖晓红再看中间变得缥缈的戏台,身体发热了,发软了,轻盈了,飘荡了。她情不自禁了。

尤家兴将她带到后台,其实也不需要尤家兴带,她早就摩拳擦掌了。到了后台,尤家兴问她:

"要不要化装?"

无所谓了。对于这时的肖晓红来说,最主要的不是化装,而是登台。她要成为祝英台,她就是祝英台,火急火燎了。但是,肖晓红按捺住了,她在化妆镜前坐下来,有条不紊地化装。尤家兴播放了音乐,是《梁山伯与祝英台》里的"十八相送"。肖晓红觉得尤家兴这场戏选得好,这段音乐也好,既欢乐又伤感,既是相聚,又是别离。肖晓红很喜欢这种氛围,很迷恋这种状态,这是戏曲的氛围和状态,真实又虚幻,快乐又悲伤。肖晓红化完面妆,一丝不苟,每一个环节都没有省略。每位演员都知道化装的重要性,不只是酝酿的过程,不只是进入角色的过程,而是一个演员自我修炼的过程,更是自我塑造的过程。在化装过程中,一点一滴描绘和确立心目中的角色,也在这个过程中,将原来的自己一点一滴抹掉,让心目中的角色像雕塑一样凸显出来,立体起来,奔跑起来。

只差穿上戏服了,肖晓红转头去看尤家兴。这是她第一次看见尤家兴化装。原来的尤家兴不见了,肖晓红见到的是梁山伯,一个熟悉又陌生的梁山伯。

对于化装,尤家兴不陌生。

他的感受是,"化"跟"不化"是不同的。"不化"的梁山伯是"无限的",是"全知的",是超越时空的。然而,"不化"的感受却是单一的,他可以成为戏中之人,也只是戏中之人。他想到的只是梁山伯,只是和剑湫扮演的梁山伯合二为一,只是和剑湫合二为一,他忽略了其他,忽略了整个世界。"化"了之后,他的感受是复杂的,是犹豫的,他发现,戏中不止他一个人。当他和肖晓红完成了化装,尤家兴和肖晓红不见了,世界呈现在他面前,有祝英台,有银心和四九,有山川树木,还有古道凉亭,他和他们是一体的,是不可分离的。没错,他们丰富了他,也触发了他,让他变得立体,变得饱满,让他真正成为一个戏中人,成为戏中的梁山伯。这个梁山伯的认知和视觉是"有限的",他只能看到所看的东西,只能想到所想的东西。这是真实的梁山伯,是现实的,是可以触摸的。所以,他这时看对面的肖晓红不一样了,不,是祝英台,是同窗好友祝英台,是贤弟祝英台。这就对了,他的感受跟人物同步了,情绪表达准确了。好了,音乐重新开始,他们在后台相视一笑,尤家兴做了一个邀请的姿势,嘴里念道:

"英台请。"

肖晓红也做了一个邀请姿势:

"梁兄请。"

肖晓红一开口,尤家兴就觉得不同了。这不是以前的肖晓红,也不是以前的祝英台。尤家兴说不出不同在哪里,却能感觉到,这个肖晓红和祝英台比以前热烈和主动,比以前难以捉摸。

音乐里响起四句唱词:

> 三载同窗情似海,
> 山伯难舍祝英台。
> 相依相伴送下山,
> 又向钱塘道上来。

这四句唱词很重要,时间、地点、人物、事件都在里面了。当然,对于演员来说,特别是对于即将上台的演员来说,最重要的是感情。

两个人的关系,祝英台在暗处,她了解梁山伯的一切。梁山伯做梦也不会想到,跟他"同窗"三年的贤弟是女儿身。最主要的是,此时,祝英台心思已定,她"芳心暗许"了,她爱上了梁山伯,自作主张要嫁给梁山伯。所以,一路走来,祝英台都在暗示梁山伯,指着路边一棵树说,喜鹊满树喳喳叫,肯定是向梁兄报喜来。意思很明白了,祝英台提前向梁山伯道喜了——梁兄你交桃花运了。梁山伯是个书呆子,根本没听出祝英台的弦外之音,他很认真地对祝英台说,从来喜鹊报喜讯,恭喜贤弟一路平安把家归。祝英台无奈,只能继续往前走,"过了一山又一山,前面到了凤凰山"。这时,祝英台又开始"敲打"梁山伯了,说,凤凰山上百花开,独缺芍药与牡丹。梁兄你若爱牡丹,与我一同把家归。我家有枝好牡丹,梁兄要摘也不难。差不多是赤裸裸地示爱了,我们祝家庄有鲜花,只等你梁兄来摘,现在就可以去摘。梁山伯读书把脑子读直了,拐不过弯,或者说,他的心思根本没有拐到这上面来,他对祝英台说,你家牡丹虽然好,路远迢迢怎来攀? 世间还有比梁山伯更笨的男人吗? 至少在祝英台看来是没有了,她生气了。当然是又爱又恼,女人在这种状态下是要撒娇的,这是她们的专利。刚好经过一座古庙,对面过来一头牛,牧童骑在牛背上,唱起山歌解忧愁,祝英台指着梁山伯说,只可惜对牛弹琴牛不懂,可叹你梁兄笨如牛。梁山伯根本不懂什么是撒娇,他不解女人心啊,而且,他生气了。他是读书人,是好学生,成绩优秀,老师青睐,连师母也特别照顾,这样的学生最容不得别人说他笨,更不能说他"笨如牛"。他的书生脾气上来了,或者说牛脾气上来了,表情严肃地对祝英台说,非是愚兄动了火,不该将牛比着我。意思就是说,你把我比作牛一样笨,我生气了,不理你。真是一个又呆又憨的书生,可爱又可叹。不过,祝英台爱的就是"这一口",爱的就是他的憨劲,就是他的不世故不圆滑,这样的人不会三心二意,不会见异思迁,不会朝三暮四,哦,值得托付终身。所以,祝英台放下身段,对梁山伯说,请梁兄你莫动火,小弟赔罪来认错。有憨劲的人有两种:一种是只会钻牛角尖,不会拐弯,一钻到底,至死方休,那是死心眼儿的憨;另一种是会拐弯的,心大,拐个弯,一个结打开,豁然开朗了。梁山伯的性格,介于两种憨之间,他的心时大时小,弯也是时拐时不拐。但对于分别在即的祝英台贤弟,他只是假装生气而已,见祝英台认错赔罪,他觉得玩笑开大了,赶紧笑着说,好了好了,路途遥远,贤弟你快快赶路吧,前面就是长亭了,愚兄就送到这里,咱们后会有期。

背景音乐这时响起来了,有一句唱词:

　　十八里相送到长亭。

连唱两遍,一遍比一遍轻,一遍比一遍慢,一遍比一遍悠扬,那是不舍,是哀伤,是两情依依,是无可奈何。送君千里,终须一别,两人在长亭外作揖,祝英台转身回祝家庄。

到了这里,这场戏就算结束了。下一场是"思祝下山"。可是,今天不同,今天的音乐是循环播放的,也就是说,只要音乐没停止,这场戏不会结束。当祝英台转身离去之际,梁山伯还站在长亭外眺望,他要看着祝英台离去的背影,直到完全看不见为止。按照剧情安排,这个过程,祝英台没有回头。

音乐再一次响起来时,祝英台回头了。不仅仅回头,祝英台又回来了,风驰电掣,飞奔而来,双手拉住梁山伯,举到胸前,眼睛闪亮地看着梁山伯,嘴里喊了一句什么话,因为有背景音乐,梁山伯没听清楚,祝英台用更大的声音喊:

"你是谁?"

"我是梁山伯。"

祝英台很高兴,祝英台也很伤心,继续问:

"你到底是谁?"

"我是尤家兴。"

祝英台指着自己鼻子问道：

"我是谁？"

"你是肖晓红。"

祝英台说：

"我到底是肖晓红还是祝英台？"

"你也是祝英台。"

"你再大声说一遍？"

梁山伯高声念道：

"我是尤家兴，是梁山伯。你是肖晓红，是祝英台，是小九妹。我就是你，你也是我。"

祝英台突然"哇"地哭了起来，一把抱住梁山伯唱道：

"梁兄啊，榆木疙瘩能开花，你终于明白小妹的心。"

尤家兴觉得肖晓红今天的表现很不正常，仔细想想，也很正常。

四

剑湫没想到，肖晓红会和尤家兴走到一起。也不是没想到，她知道，他们三个人之间，什么事情都可能发生，不足为奇的。但她对肖晓红的做法持保留意见，肖晓红选择的时机不对，她现在首要任务是排戏，要尽快进入角色，要"在状态"，要找到新版祝英台的感觉，都火烧眉毛了，还有心思谈男女私情？肖晓红是个职业演员，应该拿出职业演员的精神，遇到问题不能逃避，能逃到哪里去？最终还得回到舞台上来，必须面对新版的祝英台，逃不掉的，没人帮得了忙，没有人。

让剑湫更生气的人是尤家兴。肖晓红是个演员，只要上了舞台，是什么事情都做得出来的，怎么任性都可以的。这一点，剑湫能理解，也能谅解。她不能理解和谅解尤家兴，尤家兴不是职业演员，他是冷静的，也应该保持冷静，不能由着肖晓红"胡来"。但是，尤家兴没坚持住，他跟肖晓红"演了同一出戏"。剑湫很失望。

算起来，尤家兴也是个"艺人"，他们家演木偶戏，同时制作木偶。到了尤家兴这一辈，才转行办起玩具厂，刚开始只是木偶玩具，后来拓展到塑料玩具，再后来做起了教具，工厂从一家发展成三家，他从尤厂长变成了尤总。身份和财富发生了变化，尤家兴"艺人"基因没变，并且开始"发酵"。他喜欢越剧，以前喜欢看杜文灯和梅如烟的戏，后来迷上剑湫和肖晓红，只要有剑湫和肖晓红的演出,他都看。剧团的人都知道,尤总是剑湫和肖晓红的戏迷,更是剑湫的戏迷。因为剑湫和肖晓红的关系,他成了剧团常客,成了剧团的"尤总"。

有一点是肯定的,尤家兴是追求剑湫时间最长的人,他的追求是一以贯之的。但是,尤家兴对剑湫的追求又是隐晦的,甚至是若有若无的。他的追求是付诸行动的,却没有实质性内容。

这么说有点绕,有点纠结,但这正是尤家兴的状态,正是尤家兴对待剑湫的方式。可以这么说,他喜欢舞台上的剑湫,那个雄姿英发的剑湫,但尤家兴知道,那是舞台,是戏,是不真实的。他更喜欢生活中的剑湫,回归女儿身的剑湫。这种喜欢源自他的想象,源自剑湫在舞台上和生活中的反差,更源自他对剑湫女儿身体的向往。问题正在于此,这种向往让他害怕,这害怕来自两个方面:一是剑湫的拒绝;二是对现实的失望。

剑湫从来没有拒绝过尤家兴,因为尤家兴从来没有真实的"举动"。他的追求里,"追"是显性,是主题,是明目张胆和锣鼓喧天的;"求"是隐性,是时隐时现和似有似无的,甚至是形而上的。他到剧团来,或者到剧场看剑湫和肖晓红演出,好像只是一种宣告:这是老子的地盘,闲人勿进。

尤家兴不是没有和剑湫单独相处过,剑湫带他回过单身宿舍。剑湫不是随便带男人回单身宿舍的人,她这么做,是态度,也是默许,等于承认尤家兴对"领土"的圈定。

尤家兴在剑湫单身宿舍是随意的,这种随意源自剑湫。他们可以说话,也可以长时间不说话;可以各做各的事,也可以各自发呆,好像他们是两个独自运行的星球,互相吸引,也互相排斥。他们在一起,看似平淡,却又亲密;看似危机四伏,却又相安无事。

他们见面一般在晚上,尤家兴白天要去工厂,剑湫白天要排练。晚上又分两种见面方式:一种是剑湫在舞台上,尤家兴在舞台下;另一种是在剑湫宿舍。尤家兴没有带剑湫去过工厂,他隐隐觉得,剑湫对工厂是排斥的,至少是冷漠的,是隔膜的。对于尤家兴来说,两种见面方式,两种状态,一种激烈,一种温和。他渴望激烈,也享受温和。他想,剑湫大概也是这种心态,所以,他们才能安然地交往下去。

在剑湫的单身宿舍,他们也曾有过身体交集。那天晚上,剑湫靠在床上看剧本,尤家兴坐在宿舍唯一一张桌子前画玩具草图。当他抬头看剑湫时,她不知在什么时候睡着了,剧本散在胸前,手停在脑袋上边。尤家兴静静地看着熟睡中的剑湫,他从来没有如此长时间地看着剑湫。舞台上的剑湫是流动的,是目不暇接的,是变幻无穷的;舞台下的剑湫,尤家兴从来没有认真看过,也不需要,他只需要跟剑湫在一起的气息和感觉,只需要那种不真实却又实实在在的氛围。这是他第一次端详舞台下的剑湫，他觉得，这个时候的剑湫，既是静止的，又是流动的。但是，有一点是可以肯定的，他的内心是宁静的，他的身体是安静的。但他还是站起来，走到床前，走到剑湫身边，弯下腰，更加仔细地看着剑湫的脸，差不多是脸贴着脸了。他不知道要从剑湫的脸上看出什么，也不知道自己为什么要这么做。就在此时，剑湫的眼睛突然睁开了。那是一双经过专业训练的眼睛，是一双戏曲演员的眼睛，一双小生的眼睛，无论在不在台上，她的第一反应肯定是"在台上"。剑湫的眼睛一瞪，射出两道光芒，这光芒不仅击穿了尤家兴的身体，也击中了他的灵魂。他没有动，也不能动。剑湫这时动了，伸出停在脑袋上边的手，缓慢而又敏捷地勾住尤家兴的脖子。尤家兴的脸跟剑湫的脸碰到一起了，不对，是他们的嘴撞到了一起。剑湫咬住了尤家兴。

触电一般，尤家兴的身体没有任何征兆地跳了起来，他将剑湫的身体带了起来又重重摔在床上。尤家兴没有惊慌失措地逃走，他还站在原地，诧异地看着剑湫，好像不认识她。剑湫依然保持着被摔在床上的姿势，她的眼睛看着尤家兴，又好像没有看着尤家兴。她的脸色是平静的，似乎早就料到尤家兴会有这种反应。整个过程，两个人没有说过一句话，一切都是寂静的，似乎发生了什么事，又似乎什么事也没有发生。

确实是什么事也没有发生。此后，两个人再没提起这件事，他们还跟以前一样交往，尤家兴还去剑湫单身宿舍。但是，心里都知道，不一样了，他们对自己的认识不一样了，对对方的认识也不一样了。

尤家兴当然知道这一点，同时，他又是迷茫的。他的迷茫在于如何处理和剑湫的关系，他的迷茫更在于如何厘清自己对剑湫的感情。很难，太难了。他觉得自己是喜欢剑湫的，他无法想象离开剑湫自己将如何生活下去，意义何在。难道仅仅是多开几家教具工厂吗？有意义吗？当然有意义，多开几家工厂，就能赚更多钱，他当初放弃家传的木偶戏，选择做生意，不就是为了赚钱吗？但是，他也知道，钱是赚不完的，是没有尽头的。如果从这个角度讲，多开几家工厂又是没有意义的。有时候，尤家兴觉得自己并不喜欢剑湫，对她的身体没有强烈的欲望，他觉得这是不对的，甚至是不道德的。他为那天晚上自己不得体的行为深深自责，他认为自己是吓坏了，剑湫是他的神，怎么会动剑湫身体的念头？他更没想过剑湫会主动亲吻自己，吓死人了。

有过上一次的经验后，尤家兴终于"开窍"了：剑湫是可以"动"的。剑湫是人，而且，是个女人。女人有的，她"都有"；女人需要的，她"都需要"。剑湫回到"凡间"了。这是尤家兴不愿意见到的，但他必须面对这个"现实"，因为剑湫不可能永远在舞台上，她的人生必须由舞台上和舞台下两段构成，只有这样，她才是完整的。

尤家兴必须正视这个现实,他已经错过一次,接下来不是补救的问题,而是如何面对的问题。他不能回避,更不想躲避。他必须有所行动,既是对剑湫的试探,也是对自己的确认。

是尤家兴主动带剑湫到陈列室的。剑湫不想去他的工厂,她对工厂没有兴趣,尤家兴说不是去工厂,是去他的木偶陈列室。尤家兴对剑湫说过木偶陈列室,也说过陈列室中间的戏台。剑湫对木偶戏有兴趣,对陈列室里的戏台也有兴趣。好吧,那就去。

尤家兴发现,进入陈列室,剑湫的眼神就变了,迷离了,飘忽了,隐约了。走路姿势也变了,她"走"的是生角的步伐,是风流倜傥的,又是步步为营的。说话的声音和节奏也变了,变雄性了,抑扬顿挫了。当他们站在戏台上时,剑湫已经进入表演状态,呼吸也变了,既急促又舒缓,既沉重又轻盈,既真实又虚幻。戏台上充满了她的气息,阳刚又阴柔,温暖而湿润,上下翻腾,无孔不入。

尤家兴紧张极了,手脚发软,鼻子发酸,他想瘫在戏台上呼呼大睡,更想抱着剑湫大哭一场。尤家兴不想再错过机会,他提出来,用木偶跟剑湫配戏,一起演一场《梁山伯与祝英台》。这个时候,剑湫还会不同意吗?不要说有人跟她配戏,她一个人也愿意演,也能将整座戏台撑满。

尤家兴选了"草桥结拜",是他第一次见到剑湫的那场戏。

剑湫一开口,尤家兴就知道,自己做了一件蠢事,怎么能跟剑湫演对手戏呢?剑湫在戏台上一亮相,尤家兴就感觉到一股山呼海啸的压力,那是来自剑湫身上的气势,一种凌厉的气势,咄咄逼人,气势汹汹,让人畏惧,又让人敬佩。当剑湫一开口,情况变了,不是咄咄逼人的问题了,整个戏台都属于剑湫,都在她的控制之中。尤家兴发现,这个时候,想象中的剑湫回来了,自己的身体有反应了,膨胀了,虚空了,真假难辨了,恍恍惚惚了。但是,这一次的恍惚与以前不同,他跟剑湫演上了对手戏,有互动了。有互动是不一样的,是有对等交流的,是纠缠的,是不分彼此的。

尤家兴感觉得到,自己是被剑湫带着前行的,是被剑湫包裹着的。他一开始担心跟不上剑湫的节奏,其实不是,在这一点上,剑湫掌握得很好,在戏台上,她是王,她掌控着整个空间,也把握着前行节奏,不会让任何人落下。优秀的演员就有这样的魔力。尤家兴很愉悦,从未有过的愉悦,他觉得,无论是身体还是精神,都已经和剑湫结合在一起了,飘起来了。

可是,尤家兴又是清醒的。这是在陈列室的戏台上,是和剑湫在演戏。也就是说,这种愉悦是不真实的,是空虚的。然而,对于尤家兴来讲,这种愉悦又是如此真切,如此身临其境。

戏台上的演出是打破时空的,短短一个选段,就是一生一世,就是万水千山，是整个宇宙，也是漫长无际的时光长河。对于尤家兴来讲，这一段"旅程"既漫长又短暂，他似乎与剑湫早就交融在一起了，忘记了开始，也永远不会结束。可是，他又觉得，这个过程稍纵即逝。他希望继续被剑湫推着，希望继续被剑湫包裹着，希望永远跟剑湫融合在一起，将两个人变成一个人。

尤家兴意犹未尽，他不满足。戏虽然结束了，但他没有离开戏台的意思。他看着剑湫，是的，眼前的人分明是剑湫，可是，也是梁山伯，她是剑湫和梁山伯的综合体。她是雌雄同体。这正是尤家兴需要的，他不能自拔了，眼前的剑湫是那么真实，又是那么虚幻；是那么触手可及，又是那么遥不可攀。不管了，尤家兴豁出去了，他扔下手中木偶，一把抱住剑湫。他抱住了一团滚烫的火，又像抱住一汪柔软的水，但他确信，自己抱住了剑湫，是戏台上的剑湫，是想象中的剑湫，是热气腾腾的梁山伯，是奔腾不息的梁山伯。是的，尤家兴意乱情迷了，喃喃地叫道，剑湫，剑湫。接着，又情不自禁地叫道，梁兄，梁兄。干什么？剑湫一把将他推开，很突然，很猛烈，推了他一个趔趄。他有点清醒过来了，依然站在戏台上，眼前依然站着剑湫。是生活中的剑湫，是没有化装的剑湫。剑湫冷冷地看着他，目光像一把寒光闪闪的剑，那是一道白光，尖利地刺进他的脑子。这一下，他完全清醒了。剑湫依然看着他，没有开口，但那眼神分明已经开口了，那是疑问，更是质问。可是，尤家兴无法回答，怎么开口呢？他惶恐而悲伤，不知接下来该说什么，更不知该做什么。

戏台暗了下来，世界也暗了下来。

走下戏台，剑湫已经恢复常态。脸色是冷淡的，跟平常没有任何区别。她没有再提陈列室戏台上的事，好像根本没有发生过。她依然跟尤家兴保持来往，没有比过去更热烈，也没有比过去更冷淡。

接触越多，越深入，尤家兴越是看不懂剑湫。他理解不了剑湫，或者说，无法走进她的内心，也无法靠近她的身体。剑湫的身体时而开放时而紧闭，没有任何征兆和规律。这当然有他的原因。面对剑湫的身体，他是犹豫、纠结、彷徨和举棋不定的，同时，他也感受到，剑湫的态度是不稳定的，是无法捉摸的。

五

剧团的人都认为，剑湫不会参加肖晓红和尤家兴的婚礼，毕竟和新郎有过一段说不清道不明的关系，忌讳是肯定的，尴尬也是肯定的。但是，也不能十分肯定。谁也摸不清剑湫的性格，摸不准她的行事方式，她做什么事，只看她想不想做，没有该不该做。

请柬是肖晓红送到剑湫办公室的。尤家兴没来，尤家兴也可能是"不敢"，他心虚,他内心是"怵"剑湫的。肖晓红送来请柬的同时,还有一个礼包和五百元礼金。肖晓红说,要来参加婚礼哦。剑湫接过礼包、礼金和请柬,表情平静,她对肖晓红说了一句"恭喜",没说参加,也没说不参加。

结婚那天,剑湫准时出现在华侨饭店的婚礼现场,她跟剧团同事一样,包了两千元礼包,回礼是一百元红包和一包硬壳中华香烟。剑湫被安排在主桌,和杜文灯、梅如烟老师坐一桌。她虽然是晚辈,但也是团长,完全有资格与她们同桌,名正言顺的。

一切都很顺利,一切都很融洽。男方来的客人大多是老板,财大气粗,声音此起彼伏,是喧闹的,是热烈的,是生机勃勃的,是变化多端的。女方来的客人以剧团同事为主,都是文化人,文化人的热闹是暗流涌动的,是意味深长的,是山高水长的,是意会多于言说的。

婚礼主持人是剑湫的戏迷,没有人知道他是自作主张还是事先和尤家兴串通好,婚宴中途,他突然邀请剑湫来一段越剧,给新娘和新郎送上"特别的祝福"。

老实说,剑湫没"准备",她是来"吃喜酒的",不是来"唱戏的"。她可以拒绝,以她的性格和行事风格,拒绝是理所当然的。但剑湫是演员,演员是不会拒绝表演的,特别是在人多的场合,特别在"群情激昂"的时候,表面不动声色,内心早就蠢蠢欲动了,身上所有的肌肉都在跳跃,喷薄欲出了。不唱是不可能的。

剑湫接过主持人递过来的话筒,站了起来,大方地说,那就清唱一段吧,唱《梁山伯与祝英台》里的"楼台会"。她的话音刚落,主持人喊了一声"好",掌声迫不及待地响起来,大家也跟着叫好,跟着拼命鼓掌。掌声停息后,剑湫提了一个要求,她想邀请新娘一起唱,她唱梁山伯,新娘唱祝英台。这一次,主持人还没反应过来,带头喊"好"的是新郎尤家兴,他带头鼓掌,将新娘推上台去。新娘肖晓红虽然觉得这种场合不适合唱戏,特别是唱"楼台会",但她是演员,唱戏是她的本能反应,特别是跟剑湫一起唱,即使尤家兴没有"推",她也会上去;即使心里不想"上",身体也会"上"。

肖晓红上台后,先对剑湫做了一个邀请动作,用了一句念白:"梁兄请。"

剑湫也弯腰做了一个邀请动作,对肖晓红说:"英台请。"

立即就进入角色了,剑湫拉开嗓子唱道:"那一日,钱塘道上送你归,你说家有小九妹,长亭上面做的媒,愚兄是特地登门求亲来。"

肖晓红唱道:"梁兄啊,你道九妹是哪一个? 就是小妹祝英台。"

剑湫和肖晓红上台后,杜文灯没有去看她们。对于她们的表演,杜文灯不需要"看",她的眼睛用来盯尤家兴。当剑湫唱"那一日"的时候,尤家兴"不对劲"了,身体明显颤抖了一下,然后僵住,一动不动,好像失去了生命,怅然若失了。当剑湫唱到"久别重逢应欢喜,你因何脸上皱双眉"时,尤家兴身体随着唱词开始晃动,脸上的神情也随之变化,好像丢失的东西找到了,欣喜,却又不说出来。当剑湫唱到"纵然是无人当它是聘媒,我与你生死两相随",尤家兴身体和脸部表情转变成了悲伤和无奈。当剑湫唱到"贤妹妹,我想你,哪日不想到夜里"时,台上的剑湫强忍泪水,台下的尤家兴却满脸红光,那红光几乎照亮他的身体,充满了力量和斗志。

自始至终,尤家兴的眼睛都围绕着剑湫,剑湫在哪里,他的眼睛就跟到哪里。他眼里没有肖晓红,肖晓红仿佛是透明的、不存在的。除了剑湫,整个世界都是不存在的。当剑湫最后唱到"我死在你家总不成"时,杜文灯发现,尤家兴眼里有一束光,一束柔和的光,似乎将剑湫笼罩起来,保护起来,不让她受任何伤害。他眼里还有另一束光,是凶狠的,是残暴的,也是贪婪的,似乎要将剑湫一口吞没。杜文灯从尤家兴的眼光看出来,剑湫是独属于尤家兴的,这事没得商量。

心惊胆战了。杜文灯知道尤家兴一直和剑湫"纠缠不清",但她觉得只是青年男女的恋爱,是"剪不断理还乱",是"一团乱麻"。现在看来,不是的,情况很复杂。现在,肖晓红成了尤家兴妻子,而尤家兴眼里没有妻子肖晓红,他眼里只有剑湫,只痴迷剑湫。三个人结成解不开的结,错综复杂了。这事怎么弄?杜文灯觉得没法弄。

演唱是成功的。当然,剑湫的演唱不可能不成功。选的"戏"有点小问题,跟婚礼的气氛不太协调。不过,没关系,剑湫的演唱能带领大家飞离现场,去一个熟悉又陌生的地方。确实如此,剑湫将大家带到了祝家庄,带到了祝英台的楼台。大家看到梁山伯兴冲冲来,来兑现诺言,来跟小九妹提亲,跟小九妹喜结连理。可是,哪有小九妹,只有祝英台,只有名花有主的祝英台。小九妹是个"骗局",祝英台也将成为马文才的妻。一脚踩空了,失落了,心痛了,伤心欲绝了。这日子没法过了。楼台相会,成了诀别。祝英台想留他多坐一会儿,可是,再坐下去有什么意义?不能改变现实的逗留就是折磨,就是摧残,叫人肝肠寸断,叫人生无可恋。走了。

谁的人生没有经历过波折?谁的人生没有经受过挫折?谁的人生没有被爱情拥抱又被抛弃?谁的人生不是起起伏伏?剑湫的演唱唤醒了沉睡在大家心底的感情,"百般滋味涌上心头"了,剑湫演唱的不仅仅是梁山伯,也不仅仅是她自己,而是所有听她演唱的人,她把所有人"带进去"了,触动了所有人的感情。这是剑湫了不起的地方。难怪她有那么大名气,难怪她有那么多戏迷,难怪她能得奖,难怪她能当上团长。她站在台上,就是主宰。她将舞台变成所有观众的舞台,所有观众成了主角。这是她的厉害之处。唱什么内容不重要,是不是悲剧也不重要,甚至连肖晓红和尤家兴的婚礼也不重要。剑湫这么一演唱,喧宾夺主了,不合适了。

有一点是可以肯定的,有了剑湫的演唱,肖晓红和尤家兴的婚礼变得"与众不同"了,艺术含量高了,内涵丰富了,给所有参加婚礼的来宾以艺术享受和情感冲击,那么,这就是一次成功的婚礼。不虚此行了。

没人会在意剑湫演唱的是悲剧,没人会注意尤家兴身体和精神的变化。

杜文灯注意到了,梅如烟也注意到了。她们互相对视一眼,没有说话,心照不宣。情况不妙,很不妙,她们也遇到过类似的事。那时候,她们刚刚成为信河街剧团的台柱子,刚刚"红"起来。她们是剧团"双姝",是冉冉上升的明星。也就在那个时候,她们同时喜欢上一个男人,是文化局一个处长。那时候的"喜欢"是不及物的,所谓"在一起",顶多去瓯江边散个步,再就是去大众电影院看一场电影。那个人约杜文灯看电影,又约梅如烟去瓯江边散步。这就是大事件了,就是脚踩两只船,就是花心,就是陈世美。要死啦,不可原谅的。

杜文灯和梅如烟谁也没有开口提这件事,不能说的。她们的表达方式在舞台上,通过戏中人将想说的内容表达出来。她们做得到,也只有她们才能领会。在演出《梁山伯与祝英台》中"山伯临终"一场戏时,杜文灯在舞台上悲凉地唱道:

生前不能夫妻配,
死后也要成双对。

在后台候场的梅如烟一听,泪流满面了。她听懂了,杜文灯这个时候是梁山伯,也是杜文灯,这句话是唱给梁山伯的,是唱给梁山伯爹娘的,是唱给祝英台的,更是唱给她梅如烟的。她突然有种奇怪的感觉,这种感觉突如其来,暖暖的、凉凉的,有点刺,有点痒,既迅猛,又舒缓。她不由自主打了个颤抖,是个很大很大的颤抖,随之,全身一阵发麻,一屁股跌坐在地上。

从那之后,梅如烟再没有跟那个男人去散步。她发现杜文灯也是,她们不约而同地、委婉而坚决地拒绝了那个男人。

梅如烟和杜文灯没有任何口头上的约定,没有。在那之后,她们还是似友似敌的关系,还是你追我赶的关系,有时几乎水火不容,就差势不两立了。但她们从来没有发生过正面"冲突",无论是语言,还是肢体,从来没有。梅如烟既害怕又享受,她想杜文灯也是如此。这种害怕与享受,成了她们之间的纽带,成了她们之间的默契,成了她们之间特殊的关系,一种既疏离又胶着的关系。她们谁也不需要谁,可谁也离不开谁。

后来,她们各自成立家庭,都老大不小了,没有家庭就是孤魂野鬼,去不了"封神台"的。特别是对于她们这样身份的女人来说,没有家庭会滋生出无穷是非,滋生出无尽的闲言碎语。

那就嫁了吧。

是梅如烟先成立家庭的,她没有选择追求她的人,没有选择与戏曲有关的人,而是嫁给一个政府机关办事员,一个从来不看戏也不知道她名字的人。紧随她之后,杜文灯也成立了家庭,没有嫁给众多追求者,她嫁给了一个军官。结婚前跟军官约法三章:她不随军,她是演员,根在信河街,在信河街的舞台上。

梅如烟觉得,她的家庭生活是幸福的,甚至是美满的。至少在外人看来如此。她从来没有对家庭表示过不满,当然,也没有表示过赞美。她从不对外谈论家庭,她发现杜文灯也是。外人从她们的穿衣打扮、语言神态、对生活的态度可以看出来,她们的家庭生活是和谐的,是安然无恙的。这就好,有什么比"安然无恙"更值得珍惜?但是,有谁知道她们内心的苦楚和失落?她和杜文灯都没有子女,不知道杜文灯怎么想,她是不想有。她从来没想过用身体生育出子女,她不能接受跟一个男人共同生育子女,那是不可想象的。她的子女在戏里,在舞台上,在塑造的角色中,那些角色既是她自己,也是她生育的子女,是独属于她的。在机关办事员委婉而坚韧的劝说下,梅如烟去医院做过妇科检查,没有查出不能生育的"问题",这不是她的"问题",至少不是"生理问题"。机关办事员也没问题。梅如烟清楚,"问题"在她这里,在"心理"上,如果她不主动"化解",是没办法解决的。杜文灯和军官的婚姻维持了十二年,最终还是"友好而平静"地"解体"了。军官想让杜文灯去部队,在部队也可以唱戏,部队也有舞台,舞台更大,空间也更大,为什么非要留在信河街?杜文灯不走,她对军官说:"我们有约在先的,你不能逼我离开信河街。"十二年后,军官选择了"放手",从那之后,杜文灯就"一个人过"了。梅如烟有时很想去找杜文灯说说话,她有许多话要跟杜文灯说,可以在办公室,可以去她家,或者来自己家,还可以去茶馆。可是,无论这个念头多么强烈,她都没有付诸行动。她不知道杜文灯是不是也是如此,杜文灯比她沉默、严厉。她知道,杜文灯是不会主动来找自己的。

只有梅如烟知道,她的家庭生活并不和谐,更谈不上美满。她不关心自己的丈夫,一点也不关心。她不愿意跟他做爱,不能接受,不愿意接受。她对丈夫说,你去外面找个女人吧。说出这句话后,她显得很轻松,甚至有无耻的感觉,好像从此之后再无义务,"两讫"了。她想过跟丈夫离婚,她对他说,这样过下去,你痛苦,我也不快乐。他想也不想说,不,我不会跟你离婚的,这辈子都不可能。

她的家庭只是表面看起来和谐、美满而已,在这一点上,她羡慕杜文灯。杜文灯做事比她坚决,比她干脆,从来不拖泥带水。但是,有一点她是知道的,无论是她,还是杜文灯,她们的人生都不完美,她们不会拥有世俗的幸福。她们的完美和幸福在舞台上,她们确实找到并享受了,不配再享有世俗的欢乐。

从自己和杜文灯的人生,梅如烟看到了肖晓红和剑湫的人生。肖晓红和剑湫的人生肯定和她们不同,选择空间更大。但有一点可以肯定,她们的感情生活和婚姻生活注定不会平静,也不会完满和幸福,她们的完满和幸福在"彼岸"。梅如烟相信,尤家兴在婚礼现场的表现,肖晓红也是"看到的",她不知道肖晓红怎么想,更不知道肖晓红接下来会怎么做。这可能就是代沟,是差距,是她这一代人和肖晓红这代人的差别。同是演员,扮演的是同一个人物,差别却是那么明显,那么巨大,她们有她们表达感情和对待感情的方式,外人是无法理解的。

六

对于肖晓红来说,和尤家兴结婚的念头是骤然而至的,她从来没想过要嫁给尤家兴,从来没有。这是不可能的,尤家兴不是她的"菜"。肖晓红不能确定自己想要什么样的"菜",但肯定不是尤家兴。她要的巍峨,要的不可一世,要的汹涌澎湃,要的气吞山河,要的醋畅淋漓,尤家兴身上都没有。尤家兴身上有犹豫,有徘徊,有辗转反侧,有当机立断,也有运筹帷幄,这些都不是她想要的,她从来没想过跟尤家兴"在一起"。不过,她也在心里问自己:为什么不能嫁给尤家兴?谁规定自己不能嫁给尤家兴?没有嘛,她是自由的,跟谁结婚是她的事。肖晓红没想明白的是,当时在陈列室的戏台上,自己为什么要那么做?为什么会那么做?肖晓红到现在还是恍惚的,演完"十八相送"之后,她应该离开戏台。演出结束了,她不是祝英台了,她是肖晓红。可是,她又返回了戏台,她不是以肖晓红的身份回去的,是祝英台;尤家兴也不是尤家兴,是梁山伯。可是,肖晓红似乎又是清醒的,她知道自己另一个身份是肖晓红,或者说,她这么做时,两个身份是混淆在一起的;而尤家兴也不是单纯的尤家兴,他和梁山伯合二为一了。她可以对天发誓,此事没有"预谋",她去找尤家兴,要在陈列室里演戏,可能是事先想好的,或许,她曾经想过在戏台上与尤家兴建立某种关系,但那只是一种试探,一次放飞,是艺术的,是形而上的。在戏台之下,她从没动过嫁给尤家兴的念头,她从没想过成为"尤总的夫人",那是不可想象的。

真正的问题是,完成结婚仪式后,她将如何面对尤家兴?如何"生活"?肖晓红茫然了,悚然了。结婚之前,她的所作所为,带有表演性质,她找到了舞台上的感觉,有创造的快乐,既写实又夸张,很爽。特别是在婚礼现场,她和剑湫演唱的那一场"楼台会",剑湫的每一句唱词都是别有深意的,都是饱含深情的。她当然感受到了。她从那种深情里得到了力量,得到了进入另一个通道的动力。她既热烈又冷静,既充实又虚无,落地生根却又飘荡无依;她是新娘肖晓红,又是新郎尤家兴;既是旦角肖晓红,又是生角剑湫;既是祝英台,又是梁山伯,似乎什么都是,又似乎什么都不是。她感觉身上有一种摧枯拉朽的力量,有一种一往无前的勇敢,她觉得自己长出了三头六臂,翻江倒海,上天入地,不就是演个私奔的祝英台吗?没问题,放马过来便是。那一刻,肖晓红觉得自己是无所不能的,祝英台也是无所不能的,整个天下都是自己的。

搬进尤家兴的别墅后,肖晓红发现他们有一个巨大的卧室,有巨大的卫生间和换衣间,还有一张大床。肖晓红从来没见过这么大的床,哪里是床,分明是一个舞台。她要和尤家兴睡在这个舞台上,没有任何退避机会了,身体接触回避不了了。可是,她不知道如何与尤家兴"短兵相接",也不想。她想象的人不是尤家兴,不能接受尤家兴。这个问题有点大了。

让肖晓红稍稍心安的是,尤家兴没有"碰"她。她裹一床被子,尤家兴也裹一床被子,各睡各的,相安无事。这就太好了。

肖晓红心里还是不踏实,太匆忙了,从戏台上的"演出"到举办婚礼,只用三天,好像她赶着上前线,一切都是急吼吼的。婚礼本身也像一场战争,一场轰然而至的战争。双方情绪还没到位,还在酝酿,还在发酵,还在犹豫,还在试探,战争"打响"了,很快进入"阵地战"。仪式完成了,轰轰烈烈的场面已经结束,接下来就是"赤膊上阵""拼刺刀"了。尤家兴暂时没"动静",谁能保证他一直"按兵不动"?他有理由的,他是丈夫,"动"自己的妻子天经地义。肖晓红想,那就惨了,怎么对付?她能拒绝尤家兴吗?拒绝有用吗?尤家兴会不会使用"武力"?会不会"乱来"?会不会"来硬的"?肖晓红每晚提心吊胆,尽量把身体缩起来。她基本功练得扎实,身体柔软性好,身体的优势这时体现出来了,躺在床上,侧身而卧,面朝里边,手臂抱住双膝,几乎缩成一个圆圈。这个圆圈像一座"城堡",让她找到一点安全感。但是,这种安全感是那么脆弱,肖晓红怀疑,只要尤家兴的手指头轻轻一碰,她苦心建造起来的"城堡"便会轰然坍塌,场面便会"失控","城池"必然失守。她像一个孤军奋战的将军,面对围攻已久的敌军,虚弱而坚硬地死守在城墙之上,做出奋力一搏的姿势。她明白,只是虚张声势,只是一个仪式,只要"敌军"发起进攻,城墙便应声而倒。她的防守形同虚设。

在忐忑之中,肖晓红并没有等来想象中的"惨烈"战争,没有,尤家兴"风平浪静",他只是和肖晓红睡在一张大床上,肖晓红在左,他在右,只是两军对垒,并不"进犯"。肖晓红没有掉以轻心,她不敢脱了衣服睡觉,相反,她从剧团带回了演出打底服,白色、紧身那种,每晚临睡前,她将演出打底服穿在睡衣里面,将身体裹得密不透风,裹得自己也无从下手。她保持高度戒备,时刻警惕,提防尤家兴"突然袭击"。

一个月过去了,两个月过去了,尤家兴依然按兵不动。第三个月,尤家兴突然不见了。肖晓红夜里左等右等,不见尤家兴踪影。肖晓红产生了微妙心理,居然期望尤家兴出现。当然不是期望尤家兴的身体,她期望的是作为"符号"的尤家兴,他是她的丈夫,是"睡在同一张床上的人"。肖晓红差不多已经习惯了尤家兴作为"符号"的存在,她接受这种存在。当尤家兴凭空"消失"之后,肖晓红有一种失落感,有一种被人抛弃的感觉。这种感觉很不好,让她产生了怀疑。是的,她不自信了,对自己的"魅力"不自信,对自己的吸引力不自信,对自己作为一个女人产生了动摇,最主要的是,对自己作为一个旦角演员产生了动摇。这一点是致命的。可以毫不夸张地说,判断一个演员好与差,自信心是一个重要标准,甚至是最重要的标准。一个好演员,首先是自信的,自信相当于演员的骨架,只有骨架立起来,演员才能在舞台上站得住,才能表现出独特的气质,才能拥有自己的气场,才能吸引戏迷。从这个角度说,自信不仅仅是一个演员的骨架,还是灵魂,是演员能够飞翔起来的重要依据。肖晓红发生"危机"了,作为"丈夫"的尤家兴不翼而飞了,没有任何商量,没有任何预兆。那只能说明一个问题,作为"妻子"的肖晓红的失败,也是作为"名角"的肖晓红的失败。无论是作为"妻子"还是"名角",都没有对"丈夫"尤家兴构成吸引力,成了可有可无的"摆设",虽然同床而眠,他却无视她的存在,这个打击是摧毁性的。肖晓红不能不对自己产生怀疑。

一个星期后,尤家兴出其不意地回来了。他那晚回到卧室时,肖晓红正在换衣间里穿演出打底服,即使尤家兴不在家,她也没有放松防护。她知道,最安全的时候,可能是最危险的时候。可不是,尤家兴破门而入了。当她看见穿衣镜里突然多出一个尤家兴时,双脚一阵乱踩,好像地上有一只乱窜的蟑螂,她双手捂住胸脯,喉咙发出玻璃破裂的声音。

尤家兴没有进换衣间,他的眼睛直直盯着肖晓红,好像不认识她似的,又好像见到久别的亲人。他的目光突然迷离起来,似乎一直看着肖晓红,又似乎眼里什么也没有。

那天晚上,肖晓红睡得极不踏实,刚要入眠,便觉有双手摸到她身上来,双脚一蹬,立即醒来。醒来之后,不敢转身看尤家兴,只能竖着耳朵听,她似乎听见尤家兴的呼吸声,又似乎没有。

真是心力交瘁的一夜,虽然有惊无险,但对于肖晓红来说,她和"城堡"外的敌军进行了无数次殊死搏斗。她是演员,"感受"比一般人灵敏:这一夜,尤家兴跟以前是不一样的,他的身体没有动,甚至连呼吸也似乎停止了,但肖晓红

"感受"到尤家兴在动,他的心在动,气息在动,汹涌澎湃地动。可他的身体依然静止,依然保持"沉默"。这就可怕了,这是蓄势待发,这是等待时机。完蛋了,最后的"总攻"终于要来了。肖晓红心惊胆战,她害怕那个时刻的到来,对于她来说,那就是毁灭。同时,她又怀有一丝厚颜无耻的期待,在某一刹那,甚至到了迫不及待的程度。她觉得那一刻就是"燃烧",对她来说,既害怕燃烧成灰烬,又期盼烧成青烟之后的轻松。她就在这两难的选择中熬过了一夜,浑身酸痛,筋疲力尽。

接下来的那个晚上,尤家兴又消失了,他没有回到床上来。这一次,肖晓红很肯定,尤家兴很快会"去而复返",而且,尤家兴再也不会犹豫了,他要"出手"了。肖晓红觉得真正的"死期"到了,没得救了。

她想到过逃跑,逃回剧团,逃回单身宿舍。念头闪了一下,消失了。她不想逃。她不喜欢即将到来的那个时刻,也不能接受,可是,她居然做好面对的准备。这是为什么?她想不通。没人会阻拦她逃跑,只要她想离开,没拦得住,但她没有离开。

那个白天,肖晓红记不得在剧团做了什么事,好像和剑湫开了会,也好像去排练厅参加了排练,又好像什么事也没有做。

到了晚上,她在剧团食堂吃了晚餐。回到家后,第一件事就是洗澡,然后将演出打底服裹在身上,她预感今天跟以往任何一天都不同,特意比平时多穿了一件。

尤家兴跟平时回来的时间差不多,不同的是,手里多了一个包袱,他直接进了换衣间,将包袱放在化妆台上。肖晓红看清楚了,是演出的化妆用具和化妆品,还有就是戏服。她诧异地看了尤家兴一眼,不知他葫芦里卖什么药。尤家兴对她微微笑了一下,肖晓红觉得他的微笑很诡异,似乎在掩饰什么,似乎怀有巨大阴谋。被他这么一笑,卧室里的气氛突然变得柔软和浑浊,变得暧昧和可疑,空间似乎被扩大了,变得虚无缥缈起来。尤家兴用手指着打开的包袱,命令肖晓红:

"你,化装。"

肖晓红心里想,难道要在这里演戏?身体却像听了指令,坐到了化妆镜前。这一切太熟悉了,她入行十几年,几乎每天都要化装,只要坐到化妆镜前,所有动作成了自然反应:第一个大步骤是头部和面部。她先用发带将头发向后拢起来、往脸上涂凡士林底油、拍面部底色、拍腮红、敷定妆粉、刷桃红、画眼圈和眉毛、抹口红、涂脖子和双手。第二个大步骤还是头部和面部。先是贴片子,从眉心中上方开始贴,然后一左一右地贴。接下来是勒头。勒头很关键,从某种意义讲,勒头是戏曲演员化装中最关键的一步,演员状态好不好,演得出不出彩,跟勒头有很大关系。勒头就是用物理手段让演员进入半眩晕状态,进入似人非人状态,进入如梦如幻状态,通过勒头,将现实和虚拟打通。勒头还有一个作用,可以将演员的眼角拉上去,行话叫吊眉,使演员的眼睛更加有神,更加勾魂摄魄。再接着是戴头面和压鬃花。旦角有旦角的头饰,耳挖子是少不了的,顶花也是少不了的,具体头饰根据戏中人物而定:林黛玉有林黛玉的头饰,那是官宦人家的小姐;祝英台有祝英台的头饰,她是财主家的女儿。出身不同,身份不同,头饰上的区别,外行人是看不出来的。第三个大步骤是穿戏服。这就简单了,肖晓红已经穿好了打底服,等于做好前期功课,只要穿上彩裤,系上裙子,戴上护领,披上霞帔,套上彩鞋。行了,生活中的肖晓红变成了舞台上的祝英台。肖晓红看了一眼镜子里的自己,轻移莲步,出了换衣间,轻轻一跃,跳到床上,开口唱道:

　　　　问梁兄,今朝别后何日来?

　　不一样了,突然就不一样了。也算不上突然,尤家兴的不一样是从肖晓红化装开始的,从头发开始,到脸,到脖子,到最后穿上戏服,肖晓红不见了,他见到的是祝英台。他也在变,从头发、脸、脖子,最后到全身,不是尤家兴了。他看着祝英台跳上了舞台,不对,舞台上不只是祝英台,还有梁山伯。对,祝英台一分为二,化出了梁山伯,他们一起在舞台上演唱《梁山伯与祝英台》中的“送兄”。或者,舞台上的梁山伯不是祝英台幻化出来的,而是他,他就是梁山伯,正和祝英台对唱。

　　“送兄”唱完了,梁山伯要离开祝家庄,回他的会稽胡桥镇。梁山伯没有回,也没有走下舞台。尤家兴也是,他突然扑向祝英台,一把将她摁倒。

　　当尤家兴将她摁倒在床上时,肖晓红的内心是挣扎的:拒绝还是接受?其实也算不上挣扎,只是一个念头闪动而已,她很快就放弃了拒绝的念头。当尤家兴的手伸进她身体时,因为练功服裹得太紧,尤家兴的手显得毫无头绪。她想坐起来,将戏服和练功服脱了,尤家兴急忙按住她说:

　　“不不不。”

　　尤家兴让她一动不动地躺着,替她重新插好头上撞歪的凤钗,理正被压皱的霞帔。肖晓红想脱去彩鞋,也被他制止了。尤家兴喃喃而坚定地说:

　　“就这样,对,就这样。”

　　他将戏服整理得纹丝不乱,然后,钻进去,进入她的身体。

　　肖晓红没做任何抵抗。事情的发展完全出乎她的想象。这么长时间来,她一个人排兵布阵,一个人抵御千军万马,一个人坚守孤城,最后,尤家兴却是以这种方式进入她的"城池"。她意外又茫然,仿佛还在舞台上,仿佛她依然是祝英台。可她知道,这一刻,她不是祝英台了,趴在她身上的人不是梁山伯,而是尤家兴。她不敢睁开眼睛,她想象还在舞台上,想象自己还是祝英台,想象进入她身体的人是梁山伯。没问题,想象是演员的基本功。她确实做到了,她就是祝英台,对方就是梁山伯。这就对了,这是情之所至,这是水到渠成,这是两情相悦,这是鱼水之欢。这么想后,她放松了。面对梁山伯,她不需要紧张,更不需要僵硬。她只需要放开,只需要温柔,只需要接受,只需要迎合。是的,她打开了自己,梁山伯长驱直入了,找到了归宿,成了城堡里的王,对她发号施令,又对她俯首称臣;对她残暴鞭挞,又对她奉若异珍;对她风狂雨骤,又对她春光明媚。

一切都是陌生的,却又是那么熟悉。一切都未曾经历,却已过万水千山。这是漫长的旅程,又是转瞬即逝的历程。这是一场惨烈悲壮的战争,又是一场把酒言欢的宴席,异峰突起,峰回路转,飞瀑万丈,溪水缓流。

开始了。结束了。那么粗暴,那么温柔。那么难堪,那么美妙。一切都不同了,一切似乎依旧。

整个过程结束后,肖晓红才从想象中清醒过来,才睁开眼睛。难受,太难受了。她的身体一动没动,似乎不会动了,失去了知觉。不是的,只是不会动而已,她的知觉比任何时候都灵敏,比任何时候都清晰。她依然穿着戏服,她觉得再也不会脱掉戏服了,不能,也不敢。她感觉到,戏服里面的身体已不属于自己,那是一具千疮百孔的躯体,是一具毫无美感可言的躯体。不完整了。不完美了。她感觉到被撕裂的疼,不是身体,而是精神。她感到恶心,想呕吐。可她的身体没有反应,只是精神上的恶心。她厌恶自己的身体,包括精神。想哭,却没有眼泪。她不能接受自己这时流出眼泪。

躺在右边的尤家兴已经睡着了,发出远在天边却近在咫尺的鼻息,沉着,均匀,心满意足,志得意满。肖晓红睡意全无,她错了,大错特错,她原以为可以借戏服和对戏中人物的想象转移感受,她想"移花接木",想"狸猫换太子"。太想当然了,这种伤害是双倍的:一种是身体上的伤害,当祝英台离开她的身体时,她"回归"成了肖晓红,但她已经不是肖晓红了,与此前不同了,破损了,不洁了,一去不返,无法修复;最大的伤害还是精神上,她感到深深的羞辱,觉得自己一文不值,她被尤家兴"那个"了,尤家兴却认为"那个"的是舞台上的祝英台。必定是如此的,否则,尤家兴不会让她穿着旦角的戏服,不会将戏服整理得那么平整。最主要的是,尤家兴在"最后时刻"的喊叫,他"喊叫"了一个人的名字,不是肖晓红,不是剑湫,而是"英台"。多么大的羞辱啊,她不仅作践了自己的身体和灵魂,也无法面对舞台上的祝英台。她"出卖"了祝英台,"玷污"了祝英台,有何颜面再饰演祝英台? 不配。

七

剑揪惊奇地发现,仿佛一夜之间,肖晓红扮演的祝英台,与以前不同了。祝英台显得纠结,显得迷离,同时,又决绝,又孤注一掷。这就对了,这就是表演,这就是艺术,这就是剑揪心目中新版的祝英台。这是不一样的祝英台,一个既传统又现代的祝英台。剑揪疑惑的是,肖晓红是怎么做到的?她"开窍"了?这种"开窍"与她的婚姻有关?与尤家兴有关?那么,尤家兴到底用什么"魔法"让她"开窍"?

只有肖晓红知道,她为什么会有这种状态,那不是舞台上的祝英台,不是戏中的祝英台,而是现实中的自己。她在演绎自己。

没想到,人生会走到这一步。更没想到,和尤家兴会把这种方式维持下来。她无法接受,却欲罢不能。

第一次后,她觉得此生再也不会有第二次了。那种懊恼、耻辱和羞愧,几乎将她身体撕成碎片,可以听见每块肌肉被撕裂的嘶嘶声,那不是疼的声音,而是羞辱的声音,是咒骂的声音。可是,到了第二天晚上,尤家兴还没将戏服递过来,她已经坐到化妆镜前。每一次结束后,那种被撕裂的嘶嘶声总是加倍地响起来,那种懊恼和羞辱感也在成倍增加。到了第三天,她发现,身体的渴望也在成倍增长。有几次,尤家兴故意迟点回家,而她居然迫不及待了,她骂自己:

"你是个贱货。"

她停不下来,身体不允许她停下来,她的身体在蠕动,每一块肌肉都在蠕动。没错,无论是身体还是精神都像在溃烂,无法制止。肖晓红也不想制止,她觉得自己处于癫狂状态,渴望被燃烧,渴望一次次化为灰烬。也只有成为一缕青烟时,她的身体和精神才能得到短暂的安宁,才能进入短暂的睡眠。

溃烂继续在恶化。一段时间后,尤家兴让肖晓红化装成生角。尤家兴做得小心翼翼而又理直气壮。肖晓红知道他要干什么,更知道他为什么这么做。肖晓红没有拒绝。她以为会拒绝。应该拒绝。必须拒绝。可她没有,反而没头没脑地兴奋,手足无措地激动,浑身在颤抖,几乎要哭出声来。

当尤家兴进入身体时,她终于哭出声来了。她知道,那是宣泄的哭声,也是快乐的哭声。终于把身体放空了。

当一切结束后,那种隐藏在身体里的耻辱感涌上来了,像潮水一样涌上来,无边无际,无休无止,一下子将她吞没。这个时候,肖晓红想到了死,像梁山伯与祝英台一样,以死来结束,也以死来重生,但心里立即冒出一个声音:

"你能获得重生吗?你配吗?"

这当然是个问题。梁山伯和祝英台是为了爱情,为了自由,为了挣脱封建婚姻制度的枷锁,他们的死是"正义的",是"有意义的",是"崇高的",是让人同情和惋惜的。而自己的死,只是为了挣脱耻辱,为了摆脱不堪的生活,没有任何"光彩"可言,怎么可能重生?怎么可能化蝶?自己会像臭虫一样死去,没有任何意义。

她没有问过尤家兴为什么愿意和自己结婚,她想,尤家兴必定有他的目的和理由,他不说,也不需要问。肖晓红倒是问过自己,老实说,她没想明白为什么,好像有无数个理由,好像所有理由都不成立。

她设想过和尤家兴婚后的各种可能性,唯独没想到,尤家兴会以这种方式和她相处。这种方式未必是尤家兴事先设计的,但肯定是他内心的某种反映,是他生理和心理的某种呈现。她能感觉到,尤家兴在羞辱她的同时,也羞辱了他自己。他不快乐,或者说,他的快乐是扭曲的,是变形的,像烟花刹那间的绚烂,然后就是死一样的黑暗和寂静。肖晓红能够感觉到,这种羞辱感在他心里不断加强,而他在现实生活中,却无法停止下来,只能用更加强化的方式覆盖不断涌上来的羞辱感。他没退路了。

那么,自己还有退路吗?谢天谢地,剑湫给她排了新戏,她将舞台当成了退路,将所有屈辱感释放在舞台上,释放在祝英台身上。她已经不是以前的肖晓红了,也不是以前的祝英台了。这个祝英台是"非常态的",是矛盾的,是混沌的,是纠结而决绝的,是半人半魔的。

这倒是符合了剑湫的口味,所以,肖晓红进入"状态"后,排练进行得很顺利,剑湫想到的地方,肖晓红都表达到位了,更主要的是,肖晓红的表演给了剑湫一连串意外。她势不可当了,不管不顾却又另辟蹊径,无法无天却又合情合理。她找到了一条独属于自己的通道,她拥有独属于自己的表演方式,她的表演既大刀阔斧又精雕细刻,既完美又残缺。剑湫知道那是一个演员梦寐以求的境界,肖晓红涅槃了,脱胎换骨了,羽化成仙了,她达到了"我就是戏,戏就是我"的境界。她抛弃了自己,也找到了自己。肖晓红感觉到剑湫的惊讶,以前在舞台上,都是剑湫带领她往前推进的,这次不一样了,很多时候,是她推动剑湫朝前走,是她主导着舞台。感觉很好,爽极了,她主宰了舞台。可是,她知道,舞台上每进一步,她的生活就往下深陷一层。她知道两者的关系,也知道最后的结局,可她无法阻止两者"各奔前程",或者说,她想阻止,却无能为力。

不管了,燃烧吧。

《私奔》的正式演出是那年农历冬至晚上,日期是剑湫定的。老实说,剑湫不担心能来多少观众,她有一大批老戏迷捧场。但这次不同,她想要的不是老戏迷,而是年轻观众。剑湫还是扮演梁山伯,还是主角。然而,她清楚,这一次的主角不是她,不是梁山伯。在新编的剧本里,梁山伯的形象有很大改变,他依然被动,依然深情,依然书生意气,依然憨态可掬,但他的软弱里有了坚强,他的犹豫里有了坚定。他不再寻死觅活了,在祝英台的鼓励下,在爱情的召唤下,他不再逃避,不再寄希望于"死后也要成双对";他不再哀叹,他选择与祝英台共同面对,共同奔赴不可知的未来。可以这么说,他和祝英台选择了爱情,为爱情而生,为爱情而活;为爱情,不惜与家庭决裂;为爱情,敢于跟整个社会对抗。梁山伯这种变化是了不起的,是石破天惊的。更主要的是,梁山伯这种变化体现了现代性,呼应了当下年轻人的价值观和世界观。这正是剑湫改编剧本的要旨所在,她要让年轻的观众有共鸣,要打动年轻观众的心,激励他们面对和追寻美好生活。她是这么改编的,也是这么演的。剑湫觉得自己做到了,她和梁山伯都做到了。

这次演出,也是一次试探,剑湫想看一看,到底能吸引多少年轻观众进剧场。剑湫有信心,只要年轻观众进入剧场,只要看完她和肖晓红的《私奔》,他们不会失望的。她会让他们喜欢上越剧的。

演出开始前,剑湫看见杜文灯和梅如烟来了,文化局领导来了,尤家兴来了,剧团编剧也来了。剑湫知道,他们是来捧场的,也是来评判的,评判《私奔》的成败,也评判剑湫这个团长的能力。剑湫还注意到,剧场所有座位都满了,遗憾的是,年轻的观众不多。剑湫想,这可能就是现实,是大环境,是戏曲目前的境遇。话也说回来,这可能正是她存在和当这个团长的价值,更是她改编、排练、演出新戏的意义。

音乐响起来了,剧场暗下去,舞台亮起来。

第一场是"思读",是肖晓红的戏,是祝英台的戏,也可以说是肖晓红和祝英台的戏。肖晓红的表演很有层次感。刚上台时,祝英台的状态是收敛的,是正常的,其实已经不正常了,一个正常的妙龄女子,怎么可能想外出读书?这是不现实的,是痴心妄想,"想多了"。她居然郑重其事地请求爹爹,让她带着丫鬟银心去读书。只有"非正常"的人才会有这样的念头,才会有这样的行为。祝员外是正常的,他不同意,毅然决然地不同意。他不可能同意。遭到拒绝的祝英台,开始"走极端"了,性格的另一面体现出来了,执拗了,钻牛角尖了,也就是说,她下定决心想做的事,谁也拦不住。向爹爹请求,是礼数,是程序,也是信号,同意不同意,不重要了,阻止不了。她要"离家出走",非走不可。祝英台将自己的想法告诉银心,小丫鬟吓坏了,这一步跨出去,算是犯了天条了。但是,银心是理解小姐的,她知道小姐是个什么样的人,小姐下定的决心,想做的事,是不怕犯天条的。最主要的是,银心的心也飞出去了,她想去杭州逛西湖,长这么大,她的脚还没有迈出过祝家庄呢。祝英台当然知道跨出这一步意味着什么,那就是决裂,就是一刀两断,她不再是祝家庄的小姐了,她成了祝英台,独属于自己的祝英台,前途渺茫的祝英台,更是前途艰难的祝英台。但她不管,她要出去,要离开祝家庄,离开这个生她养她却令她窒息的地方。她要飞,要自由自在地飞。不管了,女扮男装,趁着夜色,她偷偷逃离祝家庄。

剑湫站在后台,她一边看着肖晓红的表演,一边在想,如果让自己来演祝英台,会怎么演?剑湫想象不出来,可以这么说,她想象不出比肖晓红更清醒更癫狂的表演。肖晓红的表演很到位,她将祝英台的新和旧融合在一起,这个祝英台是饱满的,是新颖的,既是旧小姐,又是新女性;既保守,又开放;既让人提心吊胆,又让人充满希望。

当祝英台和丫鬟银心女扮男装逃出祝家庄时,剑湫发现,自己的心也跟随她们出发了。她开始为祝英台未来的命运担忧了。

演出很成功,也可以说争议很大。这正是剑湫想要的,她要的就是这个效果。赞美和批评都没有超出她的预想,还是传统和创新之争,还是悲剧与喜剧之辩。她看到杜文灯和梅如烟鼓掌了,文化局领导鼓掌了,剧团编剧也鼓掌了。尤家兴没有鼓掌,他显得失魂落魄,显得无所适从。剑湫带领演员出去谢幕时,发现尤家兴的座位空了。

剑湫觉得肖晓红的表演超过了自己,也超过自己对她的期待和想象。这是肖晓红第一次在表演上超过自己,她为肖晓红高兴,同时又心有不甘。她失落了。她不能接受有人在表演上超过自己,哪怕只有一次也不行。她的心情是复杂的。

从剑湫的角度看,肖晓红好就好在全力以赴,好就好在浑然不顾,好就好在如痴如醉,好就好在如癫如狂,豁出去了。同时,肖晓红扮演的祝英台又是冷静的、坚定的。虽然也犹豫,也彷徨,可她最终是决绝的,是义无反顾的。特别是"私奔"那一场,是重中之重,是改编后的"灵魂"。那是专门为肖晓红改编的,无论是唱词还是唱腔,特别是她最拿手的低音部,她在低回盘旋中坚决推进,从容不迫,同时,不容置疑。她的声音浓烈中蕴藏着幽香,沁人心脾,让人陶醉,更让人心碎。那场几乎是祝英台的独角戏,梁山伯只是最后才出场。肖晓红在舞台上,剑湫在候台,她的眼睛一刻也没有离开肖晓红,不,不只是肖晓红,也是祝英台,她们合二为一了。剑湫看着她从祝家庄一路飞奔而来,向约定的胡桥镇桥头奔来。她是那么孤单,好似世间只剩下她一个人。她的孤单还在于,离开了祝家庄,便是众叛亲离,人间再无容身之地了。但是,她毫无退缩之意,奔走得那么坚决,好像与山川万物融化在一起了。是的,包括她的演唱,悲伤而又喜悦,忐忑而又坚定,既有不舍却又决绝。她的低音发挥得极其出色,缠绵悱恻,意味深长,山高海阔,鸟语花香。她是那么投入,那么专注,那么行色匆匆,那么独自彷徨。剑湫心疼，她不能让肖晓红独自承受那么大的孤单，不能让祝英台一个人背负那么重的负担。这个时候，必须和祝英台站在一起，承担这份两个人的"约定"。但她不能，这是肖晓红的戏，是祝英台的戏，必须由她一个人承担，必须由她一个人面对。剑湫的心疼正在这里，她眼睁睁看着肖晓红在尘世奔走和挣扎，明知祝英台需要她，她也确有此心，可是，不行，这时的舞台属于肖晓红，属于祝英台，她必须一个人承担下来，必须一个人面对整个世界。

这哪里是喜剧？还有比此刻更悲壮的祝英台吗？还有比此刻更悲伤的梁山伯吗？不可能的。剑湫没有注意和观察舞台下观众的反应，她哪里有时间？哪里有心情？她的心被舞台上的祝英台紧紧牵引着，她的魂魄都在舞台上，舞台就是整个世界。世界充满了哀伤，可是，又充满希望。她在等待祝英台的到来。她相信，祝英台此刻也是同样心情，无论多么悲痛和哀伤，她必定是满怀希望的，对前方抱有坚定的信念，也对即将到来的人生无比自信。这个信心显得那么一意孤行。

剑湫站在幕后，此刻的她，早已泪流满面。同时，她又满怀期待，看着肖晓红向自己奔来，看着祝英台向自己奔来。她早早张开双臂，敞开怀抱，她在等待，既在等待即将的到来，也在准备，随时准备冲向共同的未来。锣鼓声终于响起来，该上台了，她像一头蓄势待发的狮子，沉稳而又疾速地冲上去，一把将长途奔波的祝英台抱在怀里，紧紧地抱在怀里，融化进身体里。

八

肖晓红当然知道自己演得好，她塑造了一个新的祝英台，一个神魂颠倒的祝英台，一个不顾一切的祝英台。她让这个祝英台在舞台上立起来了，也在观众心目中立起来了。肖晓红知道，老版的祝英台也是一个勇于追求知识与自由的女性，是个敢于表达自我的女性。但是，她的勇敢是欲说还休的，是遮遮掩掩的，是迂回的，是踌躇的。她对梁山伯的爱不敢用行动表达出来，对祝员外安排的婚姻不敢正面反抗，即便是最后的"化蝶"，也是以"死"的代价换来的。老版的祝英台依然没有跳出当时社会设置的框架，她的悲剧是注定的。说到底，祝英台是软弱的，她只能选择"死"作为抗争。"死"当然也是一种勇敢，可是，何尝不是一种懦弱？新版的祝英台是个全新人物，"新"在哪里？"新"在思维，"新"在行为，她不会用"死"作为抗争，她要的是爱，要用实际行动去爱。不需要死，也不能死，活下去的爱才有现实意义。肖晓红觉得，新版的祝英台因此有了"划时代"的意义，她的表演也具有"划时代"意义。她对自己的表演很满意，无懈可击，不敢说后无来者，至少前无古人。

这些都不重要，肖晓红更在意的是，她终于摆脱了剑湫，找到了自己，成了真正的祝英台，一个一骑绝尘的祝英台，一个勇往直前的祝英台。她飞翔起来了，包括身体，包括精神。

问题也正在这里，她发现自己停不下来了。她是祝英台，是一个飞翔的祝英台，她不想停下来，也不可能停下来，身不由己，无能为力。肖晓红消失了，只剩下祝英台，一个舞台上的祝英台，一个无休无止的祝英台。世界变成了她的舞台，她的舞台就是整个世界。这个世界只有一个主角，便是祝英台，演唱的只有一个剧目，就是《私奔》。她一遍遍地演绎，一遍一遍地"捋"，一句一句地"捋"，一个词一个词地"捋"，一个音一个音地"捋"，从第一场"思读"到第十场"私奔"，一遍又一遍地唱，从剧团唱到家，又从家唱到剧团。睁着眼睛唱，吃东西用鼻子哼，睡梦中都在演。她停不下来了，也不想停下来。

剧团的人都说，肖晓红走火入魔了。

尤家兴对此另有见解，这是一种修炼，是成为一个优秀演员的必经之路，当然也是危险之路。这是一种状态，通过了，便会上升到另一层境界，犹如有了神灵附体，成为剑湫那样的演员。如果没通过，就会停留在"通道"里，成了"戏疯子"。不过，尤家兴没有担心，恰恰相反，他很喜欢肖晓红现在的"状态"，着了迷地喜欢。他喜欢看着肖晓红一遍遍地演唱，喜欢看着肖晓红旁若无人地表演，特别是她演唱"私奔"那一场，完全看不出肖晓红原来的样子了，那是祝英台，又不是尤家兴认知里的祝英台。尤家兴喜欢这个时候的肖晓红，比任何时候都喜欢，他喜欢看肖晓红表演的每一个动作，喜欢听她的每一句唱词。他陶醉地欣赏肖晓红，在肖晓红的表演中，他的身体一点点"粉碎"，变成一颗颗尘埃，飘散在空气之中。他忘记了身体存在，整个人在飞升，在蒸腾，化成虚无，无影无踪，无处不在。

尤家兴知道自己的"状态"有问题，肖晓红的"状态"也有问题。他应该带肖晓红去医院"看一看"，该吃药，该打针，甚至住院，他应该这么做。但尤家兴不想这么做。他知道肖晓红的"问题"在哪里，肖晓红的"问题"是只想唱，不停地唱。如果想解决肖晓红的"问题"，不能阻止她唱。如果不让她唱，她的"问题"会更大，她必须唱，不停地唱，将身体里翻滚的念头唱出来，只有唱出来，翻滚的身体才有可能平息，"问题"才有可能解决。反过来看自己，何尝不是如此，他必须看着肖晓红的表演，必须听着肖晓红的演唱，只有在肖晓红的演绎中，才能消解身体里的"问题"，才能获得平衡，才能回归平静。这是他的病，可他不承认这是病，这是他的"生活方式"，是他的精神追求。

他从来没说为什么娶肖晓红，肖晓红也没问。肖晓红不需要问，他也不需要说。对于他和肖晓红来说，此事心知肚明，心照不宣。对于他来说，娶剑湫还是娶肖晓红是有区别的,也是没有区别的。当然,剑湫和肖晓红是不同的,剑湫的"气场"比他大,他"驾驭"不了。正因为"驾驭"不了,他对剑湫的想象更旺盛,对剑湫的渴望更猛烈。或者,换句话说,在他心里,对剑湫更"珍惜",更"宝贝",他会"让"着剑湫,不敢"放肆"。相对来说,肖晓红没有对他构成任何"震慑",这是没有任何道理可言的,是无法解释的。对于肖晓红,他可以肆无忌惮,可以为所欲为,他在思想上没有任何负担,在行为上不用任何收敛,肖晓红对于他来说,犹如囊中取物。事实也确实如此,在肖晓红身上,尤家兴"势如破竹",攻城略地,迎刃而解。

遗憾了,失落了,没有难度就没有想象,也就缺少了刺激和兴奋。但尤家兴也不是"无视"肖晓红,不是的,这一点,肖晓红是能够"体会"的,也是心领神会的。他们有自己的沟通方式,有自己的交流密道,或者说,他们是用特殊的形式各取所需,也用这种方式互相取暖。他们是自愿的,是默契的,是心意相通的。这也是尤家兴没有送她去医院的原因,他知道肖晓红不需要。尤家兴知道她需要的是什么,在这个时候,尤家兴是无能为力的。那是肖晓红的事,或者说,是她和剑湫的事,只能由她独自面对。

尤家兴将肖晓红带到陈列室,让她在陈列室的戏台上唱《梁山伯与祝英台》,唱《私奔》。尤家兴特意将戏台做了布置——多了一座布景坟茔,那是一座有三个墓碑的馒头形坟茔,左边墓碑上写着"祝英台肖晓红之墓",右边墓碑上写着"梁山伯剑湫之墓",中间墓碑上写的是"梁山伯祝英台尤家兴之墓"。

这是尤家兴的"即兴之作",也是神来之笔,他是在观看了剑湫和肖晓红的《私奔》后设置的。尤家兴能不能接受改编?当然能,只要是剑湫和肖晓红演的,怎么改都能接受。对于肖晓红和剑湫这样的演员,她们无论做出什么事,尤家兴都能接受:她们有资格。一个好演员,是可以在虚拟和现实之间自由穿梭的,是可以为所欲为的。她们有自己的行为逻辑。但他有点"失落",有点"抑郁",不能让"哭坟"就这么"没了",他觉得自己需要做点什么。在戏曲方面,他不能也不敢对剑湫和肖晓红"指手画脚",没资格。但陈列室是他的"私人领域",在这里,他想怎么胡来都行。

肖晓红的"非正常表现",剑湫看得一清二楚,肖晓红这种状态,她有过。剑湫的办法是将自己分化成两个人,一个生,一个旦,不断对戏,将每一个动作和每一句唱词拆开,重组,不断演绎。不同的是,剑湫只在脑子里演,她的身体没动,嘴巴也没动,一个人一动不动地坐着,脸上没有任何表情。她属于"文疯"。这可能跟剑湫的性格有关,跟她平时的言行有关,她是个"自我"的人,一直"不正常"。肖晓红属于"武疯"。她一直"正常",一直循规蹈矩。反差出来了,剧团的人不能接受了。剑湫知道肖晓红站在"悬崖边上"了。剑湫并不着急,这个时候的肖晓红也是最安全的，她"活"在自我世界里，没人伤害得了她。应该让她在这个状态中盘旋，盘旋得越久，对表演的认识便越高，对表演的领会也越深。这事急不来的。

三个月后的一个下午，剑湫突然造访陈列室，尤家兴惊慌失措了，他陪剑湫站在戏台下，一句话也说不出来。戏台上，肖晓红穿着便装，旁若无人地"演出"。剑湫在台下看了一会儿，什么话也没说，转身出去了。尤家兴默默跟到陈列室门口，剑湫也不看他一眼，用命令的口吻说：

"别跟着，我去去就来。"

剑湫果然很快就"来"了，她带来了梁山伯与祝英台的戏服，也带来了化装道具和《梁山伯与祝英台》的伴奏带。尤家兴这时已经猜出剑湫想干什么了，这个猜想让他激动，让他手足无措。

尤家兴能感觉到，剑湫是善意的，是来帮助肖晓红"出戏"的，虽然他不知道剑湫会用什么手段。尤家兴知道，"入戏"是可以"带"的，就在这里，就在陈列室，就在这个戏台上，他被剑湫"带"过，差点"走火"了。也是在这里，他也被肖晓红"带"过，肖晓红将他"带"偏了，到了另一条轨道，他顺水推舟上去了。但是，"出戏"能"带"吗？他不知道。他喜欢"不知道"。他相信剑湫和肖晓红，不，是迷信，愿意被她们"带"去任何地方。他愿意。

剑湫将肖晓红带到后台，尤家兴也跟到后台，他担心剑湫不让跟，剑湫没有制止，也不看他。出乎尤家兴意料的是，剑湫将肖晓红化装成了小生——梁山伯，她化装成了花旦——祝英台。明白这一点后，尤家兴不只是激动了，是蠢蠢欲动，手心开始冒汗，头皮开始发烫，身体开始肿胀，迅速变大，大得无边无际，大得看不见自己。再看剑湫和肖晓红时，她们显得很不真实，很遥远，很虚幻。最主要的是，他已经分不清谁是剑湫谁是肖晓红了。

伴奏音乐响起来，梁山伯与祝英台站在戏台上。尤家兴站在戏台下，又不像站在戏台下，似乎他也站在台上，他既是梁山伯，也是祝英台。她们演的是获奖的《化蝶》。还是从"思读"开始，从英台女扮男装离开祝家庄开始。第二场是"草桥结拜"，梁山伯首次亮相。完全不一样了，这是肖晓红扮演的梁山伯，跟她以前扮演的祝英台不一样，跟剑湫扮演的梁山伯也不一样。肖晓红以前扮演的祝英台是清晰的，是简单明了的，是我见犹怜的。她扮演的梁山伯，清晰和简单明了依然在，但又不只是清晰和简单明了。她扮演的梁山伯，没有剑湫洒脱，也没有剑湫嘹亮，可肖晓红扮演的梁山伯是风流倜傥的，是温文尔雅的，既刚强又脆弱，让人欢喜又叫人惋惜，是叫人可叹又叫人可怜的。"山伯临终"那一场，还是那三句唱词，肖晓红唱得跟剑湫完全不同，剑湫演唱得那么潇洒，潇洒中裹挟着巨大悲伤，风狂浪巨，催人泪下，让人不能自持。这是剑湫的魅力，也是她的艺术感染力。没有人看到这里不掉泪的,特别是剑湫唱第三遍时,天地间已是一片皑皑白雪,肝肠寸断。肖晓红不同,她演绎的梁山伯也是悲伤的,她的悲伤是内敛的,即使死也是温文尔雅的,是得体的,是体面的。这是书生的骨气,也是书生的无能。此时,梁山伯的死是弱者之死,是代表天下爱情之死,也是你我之死。这种死如此之近,又如此遥远,如此切肤,又如此麻木。这种悲伤是哭不出来的,是欲哭无泪。这是肖晓红和剑湫最大的不同,她们走向了两极,也表现出各自的天赋和个性,当肖晓红的梁山伯唱最后一遍:

爹娘啊,儿与她,
生前不能夫妻配,
死后也要成双对。

唱完之后,戏台上寂静无声,戏台下的尤家兴呆若木鸡。难受,说不出的难受。他愿意替梁山伯去死,仿佛死去的正是自己。他悲从中来,可又无处发泄。忧郁了,惆怅了,身体和灵魂原地不动却又四处飘荡。

到了最后一场"哭坟",这是祝英台的戏,也是剑湫的戏。剑湫还没有出场,一声"梁——兄——啊——"就将陈列室撕裂成了两半,她演唱得缠绵悱恻又急转直下。这是剑湫的风格,却又不是剑湫的风格。没人见过剑湫演花旦,更没人见过她演祝英台,这是剑湫的祝英台,是狂风暴雨的,是柔情似水的,是一往情深的,是一言九鼎的,更是视死如归的。她演唱的节奏很缓慢,却又如此急速,她是那么悲伤,却又有抑制不住的欢乐,当唱到最后一句:

梁兄啊! 不能同生求同死……

电闪雷鸣了,狂风骤起了,天崩地裂了,光线似有似无,戏台影影绰绰,戏台与现实的世界模糊了,浑然一体了。

尤家兴想哭又想笑,哭不出来,也笑不出来。他觉得身体在猛烈生长,超过戏台,超过陈列室,升到空中。又觉得身体在缩小,小成一颗微尘,飘飘荡荡,酥软无力,随时会化为无形。他觉得自己是梁山伯,同时也是祝英台。似乎都不是,是个说不清道不明的结合体。

一声巨雷炸响,将戏台上的坟茔劈成两半,祝英台大喊一声"梁兄",水袖甩到两肩,纵身扑向坟茔。与此同时,正在后台的梁山伯冲出来了。出来了,或者说"进去了",确实是剑湫"带"的,合情合理,身不由己。站在台下的尤家兴灵魂出窍了,想喊,喊不出来;想动,动弹不得,但他能够感觉到,另一个尤家兴已经跃上戏台了。

【作者简介】哲贵，当代作家，浙江温州人，1973年生。已出版小说《猛虎图》《金属心》《信河街传奇》《某某人》《我对这个时代有话要说》、非虚构作品《金乡》等。曾获十月文学奖、《作家》"金短篇"奖、郁达夫短篇小说奖等奖项。现为浙江省作家协会副主席，居杭州。

浮图

◎ 葛亮

一

　　警员走进来时,看到连粤名正给牛排浇上黑椒汁。他看到警员,并无意外,仍执刀叉慢慢切下一块肉,送到嘴里。

　　连粤名自认是个老饕。按常理,这刁钻的口味,多半是训练而来。而他却是浑然天成。自幼在北角住着,那里先是上海人,后来是闽南人排闼而来,便被称为"小福建"。

　　他们住过的地方,叫作"春秧街"。据说是因为一个姓郭的福建籍富商命名。这富商是印尼华侨,以制糖起家,致富后想在香港拓展业务。本来是打算兴建炼糖厂。不料填海造地后,海员大罢工和省港大罢工相继爆发,劳工不足,经济萧条,郭氏唯有改作住宅发展,建成四十幢相连的楼房,人们就以"四十间"指称该地,后来政府将"四十间"所在的街道命为"春秧街"。

　　连粤名搬出春秧街已很久。自打从南华大学毕业,他便想要离开这里。在澳洲读了博士,他回到香港,娶了西半山长大的袁美珍,在薄扶林道买了一个小单位。他才觉得是给自己洗了底,做了真正的香港人。可他一年里,总有三不五时,要做回福建人。多半是因了九十多岁的阿嬷的召唤。每月初一、初八、十五及各路神佛圣诞,电话先打过来,要他回到乡会庵堂吃斋。这边稍有犹豫,便是劈头盖脸的一顿骂。有时他因事情去不了,下次见面,得被阿嬷念上十天半月。无非是长房长孙,不肖不贤,愧对先祖之类。直至数到上梁不正下梁歪,就是回忆和女人跑掉的阿公。眼睛一红,便是一把浑浊老泪。连粤名心里慌得直叹气。袁美珍一边敷着面膜，在脸上拍打，一边幸灾乐祸地说，你这才真是躲得了初一，躲不了十五。

这一天，袁美珍却也跟他来了。只因是大日子，观音诞。只见庵堂里热闹，人头攒动，犹如置身岁晚的黄大仙祠。香火愈来愈鼎盛，乡会数年前终凑够捐款，置下三个相邻单位，一千余呎，有了小厅和厨房，安好佛像和坛位，让神明在这寸土寸金的香港宜居，夜深出窍施法，亦舒适安稳。

"名仔！"他阿嬷来了香港近五十年，仍然是一口坚硬的乡音。这口乡音被她从福建带来了香港。人人都说入乡随俗，这北角的人，都有这么一段相似故事。二十世纪四十年代，连粤名的阿公和二叔公，跑到印尼讨生活，开理发店，每月寄钱回乡维持家计，和阿嬷相见相会只能约在香港。那时中国与印尼还没建交，香港是个中转站。二十世纪六十年代，阿嬷带了家当，携他父亲和他阿公团聚。阿公却没出现过，听闻是和一个外侨女人去了金山。好在有福建乡会帮衬，阿嬷人又争气，在春秧街开了一爿成衣铺，竟然就将几个子女都养大了。立业成家，各有所成。

可阿嬷就偏偏改不了这一口乡音，早年被人讪笑，如今上年纪倒得了气壮。偌大的庵堂，对着连粤名呼呼喝喝。旁人就说，连阿嬷，连名好歹是个教授，不是青头仔啦。阿嬷便道，教授又如何，还不是我的孙！连粤名坐在乡会的小厅里，看阿嬷一头稀疏白发，露出了红色头皮，坐姿没有老态，竟是雄赳赳的，天然便是领袖模样。手脚竟比一众中年妇人更为麻利，一边包着膶饼，一边和乡里谈笑。又因为耳朵有些背，说话声量就更大了些，洪钟似的。

每到观音诞，这些福建女人日出时分便来到庵堂，掀起大饭盖，准备下锅煮百人斋菜。太阳升起之时，乡里已穿起佛袍，与方丈住持，同赞佛颂文。中段休场，乡亲端上水果、甜汤。倒也有条不紊。

连粤名坐在缭绕的烟火里，看头顶悬着的"巍巍堂堂"和"慈航普度"的牌匾。功德箱上摆着供果和闪烁不定的莲花佛灯。如今都要环保，那灯里装的是电池，是真正长明的。连粤名好像又回到了儿时，跪在蒲团上被阿嬷摁下，纳头拜佛。那时的庵堂，没有现在排场。袁美珍坐在她身边，埋着头，只是一味地看着手机，也不说话。即使来了许多年，她也并没有融入妇人的群体。不似连粤名的发小祥仔的老婆，早和老少查某们打成一片，按说人家还是个茂名人。阿嬷和这个孙新抱（粤语，孙媳妇），表面上客客气气，再也没有多的话讲。既然当自己是客人，便宾主自在好了。

庵堂里竟也有一台电视，放着内地的电视剧，是部古装片。他是不看电视的人，里头的女明星他竟然也认得，因为偷税漏税，上了八卦报纸和网站的头条。在这个宫斗剧里，她演的是个委屈的角色。眼神里却是藏不住的凌厉，不消说，还是要赢到最后的。其实也没什么人看。乡里叔伯，木然对望、闲坐。呆呆的眼神交流，以闽南语交谈，向对方借火，抽一口烟。

莫再看咯，来啊，来啊，准备绕佛啦！诵经最后，阿嬷出来对连粤名呼唤，如同命令。倒没正眼看袁美珍。袁美珍将手机收起，站起来，面无表情，跟着连粤名。在场男女老少都要在庵堂绕场数周，脸色端庄肃穆。这是旁人不甚理解的信仰和仪式，积年成俗。

连粤名走到了大街上，深深地呼了一口气。他的鼻腔里，残留着很浓重的香火味。自然，他手上还拎着阿嬷亲手制的腒饼和芋粿。走到了春秧街上，他觉得轻松了一些。袁美珍约了旧同学喝茶，他便也不急着回家。先到"同福南货号"买上一斤年糕，顺便问一问大闸蟹上货的档期。眼下香港市面上的蟹，都说是阳澄湖的，自然不可尽信。这家老字号，总还是靠得住。然后呢，便是到隔壁"振南制面厂"，买新造的上海面。如今卖地道上海面的铺头，越来越少。这街上，再有就是对面和"振南"打了数十年擂台的"双喜"。总也不分高下。连粤名是吃惯了"振南"。上海面软滑弹牙，和香港盛行的广东面是大相径庭。广东的碱水面硬而干，咬劲足，却不合北角人的口味。他和袁美珍，便吃不到一起去。创办这"振南"的人叫李昆，其实呢，倒是个地道的广东人。传说青年时曾追随北洋政府的国务总理唐绍仪任侍从官，故熟悉其喜爱的面食。后来在坚拿道东开设"振南"，吸引了一班居港的上海人，便将面厂搬到有"小上海"之称的春秧街，也养刁了后来的福建人的胃口。福建呢，本不是美食之乡，可是有先前上海人的讲究，加上东南亚华侨的诡异的洋派。这春秧街上的味道，是断不会寂寞的。上海南货店内有售的咸肉、火腿、咸菜、年糕，闽地有名的鱼丸、肉丸、蚵仔、芋粿、绿豆饼，也一应俱全。话说广东菜精致可观，连粤名在心里头，却另有自己的一番分庭抗礼。这是春秧街几十年的生活，给他锻造出来的。及至这里，他摇摇头，觉得是一条舌头，阻挠自己成为地道的香港人。

这样想着，连粤名一路踱到了马宝道，这里的排档后方兼卖印尼香料杂货。自有一些南亚人的土产，像印尼虾片、千层糕、自家制咖喱、沙嗲、辣椒酱、新鲜椰汁马豆糕等。掌铺的已是第三代，是个戴着苹果耳机的年轻人。看连粤名挑拣沙茶酱料，有些不耐烦，说，这些货都是过年时进的，没什么新鲜的了。从里间出了一个妇人，认出了连粤名，说，教授，多时没来了。妇人是印尼本地人，嫁给了这华侨家族，还保留了传统的装束。她絮絮地说着。连粤名自然是识趣的人，便问她生意可好。她便说，这种街坊生意，可谈得上好不好？有口饭吃就是了。

这时候，天有些暗了。连粤名本来已经走到了地铁口，忽然想起了什么，就又折到了英皇道上，走到了一幢大厦前面。他抬头看到"丽宫"二字，晃一晃神，走进去。

二

南华大学,入了黄昏,另有一番热闹,是周末回校的学生们。又有各色的社团散落在校园里,派发着传单,招募新的会员。连粤名穿过黄克竞平台,看这些年轻人的脸上,一径是喜洋洋的,哪怕一些门前寥落的社团。一个武术学会的男孩子,穿着练功服,向着他跑过来,规规矩矩地鞠了一躬。他并不认识。一问起来,才知是大一的新生,上过他的高分子物理大课。正寒暄,旁边一只毛茸茸的"金刚狼",手里拎着一大袋外卖的饭盒,急急匆匆地向 cosplay(扮装)学会摊位走过去。人潮涌动的,是电影协会的,原来正在报名临时演员。听说国际大导演要到"南华"来取景拍戏,拍二十世纪四十年代的香港校园。自然要一班学生仔扮演大半个世纪前的好男好女。他想他读书的时候,也曾有过的临演的经历,是在一个著名品牌的广告里。那时青春无敌,他尚有一头茂盛的好头发。他禁不住摸摸自己的头顶,心里苦笑一下。

到了明伦堂跟前,他对着门口的落地玻璃,整理了自己的仪容。他做这里的舍监已经一年有余。因学生出入入,以身作则已近乎本能。这时候,一个男孩推开门,趿着人字拖,从里头出来,一边打了个悠长的哈欠。抬眼望他,有些措手不及。旁边看更的陈叔便道:路仔,打游戏到很晚,刚刚困醒,这下正好给教授撞到。男孩哈欠打到一半收不回,脸上便是个茫然惊讶的表情。连粤名心里想笑,便也宽宏地说,唔好唔记得食饭。

他随电梯到顶楼,掏了许久找到钥匙,打开门。屋里响着叮叮咚咚的琴声。他知道是女儿回来了。《水边的阿狄丽娜》。他站在门边,略阖上眼睛,听了一会儿,不觉间在心里打着拍子。他想,当年思睿赢了全港钢琴大赛的青少年组亚军,就是这支曲子啊。一个硬颈的细路女(粤语,小女孩),手指一触到琴键,就柔软下来了。她是有多久没弹过这首曲子。是的,升了中五,忙于考学,思睿就不怎么碰钢琴,由它蒙尘。最近又捡起来了。她去年刚刚做上执业牙医,连粤名托相熟的中介,为她在北角盘下了一个铺位开诊所。在渣华道,地段好,价钱也算公道。思睿说,做牙医要有好手势,手指要灵活。便又开始练琴,锻炼手指关节。她说,一样的轻重缓急,人口中三十二颗牙齿,就是两排琴键。

爸。琴声停了,他睁开眼,思睿站在他面前。女儿眼窝淡淡的青,看上去有些疲惫。收拾得倒很利落,是准备出门的样子。

连粤名说,晚饭不在家里吃?

思睿躬下身,将短靴的拉锁使劲向上拉,一面轻轻应一声。

连粤名将手上的东西放在桌上,说,和林昭?

思睿说,岳安琪回来了。

连粤名说,哪个岳安琪,是那个中学同学? 不是全家移民去加拿大了吗?

思睿说,回香港来了。

连粤名愣一愣,说,嗯,吃完饭早点回。对了,给你买了马拉糕,还热着。吃一口再走。

思睿摇摇头,打开门,说,不吃了,太甜。

连粤名看着门带上,把买的东西一样样拿出来,高丽菜、红萝卜、豆干、芽菜、芫荽、冬菇、猪肉、虾米、蚵仔。

这时候听到门一阵闷响,继而听见高跟鞋重重落地的声音。他从厨房里出来,看见袁美珍一言不发,将手提袋扔到了沙发上。待她站起,又好像当他是隐形人,袁美珍径直走到房间,换了衣服就往浴室去。这时她倒看了连粤名一眼,说,又整膶饼。连粤名说,系,观音诞,到底是个节。

浴室里响起哗啦啦的水声。连粤名想一想,从环保袋里拿出那双拖鞋,摆到了擦脚垫上。水红色的鞋,上面镶着花形的水钻,在暗处也熠熠地发着光。

他满意地看一眼,叹口气,回身去厨房。

待浴室里的水声停了,厨房里正逸出馅料爆炒的香气。因为后加了紫姜母,便有一丝清凛气,从满锅的膏腴中破茧而出,激得连粤名打了个喷嚏。他将馅料盛出来,摆到饭桌上。

好大阵味。袁美珍一边快步走过去,将客厅的窗户打开了,一边擦着湿漉漉的头发。她说,风筒时好时坏,唔记得落去俾师傅整。

连粤名说,买个新的喇。

袁美珍不睬他。他看见袁美珍,走到鞋柜跟前,在里头翻找,这才发现她赤着脚。她所经之处,地板上是一串浅浅脚印,水淋淋的。

他想一想,说,我买给你新拖鞋哦。

袁美珍回身看一眼,说,几十岁人,着咁样慨色,发乜姣。

连粤名愣一愣说,我系"丽宫"买慨。

袁美珍的手停住,抬起头,眼神恍惚一下,说,丽宫? 仲未执笠(粤语,今指商铺收摊,引申为倒闭)。

她又重新翻找起来,翻出了一双旧年旅行时从酒店带回的拖鞋,穿上了。

连粤名坐下,将膶饼揭开,包上了馅料,递给袁美珍。袁美珍不接,问他,你唔知我减紧肥?

说完,便回房间去了。连粤名望着妻子略臃肿的体态,消失在走廊尽头。过了一会儿,他听到了一个陌生女人的声音,从房间里传出来。他知道,袁美珍又

265

开始直播了。

袁美珍走进房间时，没忘随手关掉客厅里的大灯。连粤名便坐在黑暗里头，只有房间四角射灯昏黄的光，聚拢在他身上。像个光线诡异的小剧场的舞台，他坐在台中央，抬起手，开始吃那块膶饼。炒得时间长些，馅料气息渗透，五味杂陈。他看射灯的一线光，正照在那双新拖鞋上。方才鲜艳的红，也在暗中收敛了。小颗的水钻，到底是棱体，挣扎着将一些光芒折射出来，微弱而锋利。

连粤名想，丽宫，还没有执笠啊。

那年，他回到香港，给袁美珍买的第一样东西，就是一双丽宫的拖鞋。

说起来，也是少年任气。彼时，他在墨尔本大学已拿到博士学位，便被曼彻斯特的一家汽车公司录取，做了维修工程师。一切都在往好的方向发展，唯有感情一无进展。连粤名是个心里坚定的人，可在男女的事情上，没什么主张。读研究所时，大约在域外的缘故，女人是不缺，澳洲的女子又豪放些。他的室友，是个内地富二代，风流子弟，带着他也算吃了几次"洋荤"。然而，不知是因家庭传统，在感情上是没有投入的，总以为非我族类。他家境又很一般，对讲求现实的华裔女子，也无甚吸引力。后来到了曼城，那是个老牌的工业城市，人口众多，气息却阴冷，有凋落的古堡和废弃的仓库。他所住的公寓，是个纺织厂的旧厂房改建的。他住得高，从窗口望出去，能看见默西河与广阔的荒野，河水流得慢，也仿佛是凝滞的。这里的人际交往更冷漠些，日常也有着不必要的客气。这让他本拘谨的性格，在南半球火热的锻造后，慢慢冷却。对于女人，也一样。性似乎亦无可无不可。他满足于精谨且无聊的工作，就这样过去了两年。若说平日里有什么期盼，可能是公司出门的第一个街角右转，进入一条后巷，那里有一家中餐厅。老板是成都人，餐厅上写的是京川沪菜馆。对贪新鲜的外国人来说，中国的各式菜系，并无太大分别。但大约是原乡的缘故，这家菜的口味十分浓重。对讲究清淡的粤广人说，原本是南辕北辙，但在这冷却的城市，尤其是冬日，这菜馆火热的气息，渐渐让连粤名爱上了。一碗酸辣汤先暖了胃，麻婆豆腐、回锅肉和口水鸡，每一样都是让味蕾有记忆的。吃惯了，久了，他索性懒得自己做，便将这家叫"蓉香"的中餐厅当了食堂。渐渐和魏姓老板熟了，老板便也知他不爱热闹的性格。在他下班前，老板提前在餐厅最靠里的两人桌上，放上"留位"的牌子，等着他来。但到了节假日，如圣诞，西方人举家团圆。因生意清淡，许多中餐厅便入乡随俗休了业。"蓉香"却还开着，连粤名婉拒了同事的邀请，没有地方去，仍来了。餐厅里只有两三位客，老板送他一个菜，又递给他一本书。书的装帧很粗糙。他翻开扉页，才看得出是本诗集。他抬起头，老板轻轻地说，是我写的。他脸上还未露出恍然神情，去迎接这个满身油烟气的诗人的新身份。对方已满面羞赧，对他使劲摆摆手，让他不要声张。他打开其中一页，上面有一句诗："思乡的火车开远了，再看不见，我哭了/是被空气中的辣椒味，熏的。"

多年后，他对袁美珍提起魏老板的这句诗，她说她已经记不得了。

他和袁美珍，初识在这家中餐厅。照常是热闹的工作日夜晚，他收工，默默地坐在餐厅最里面的小台，吃一碗钟水饺。吃到一半，老板太太走过来，抱歉地说，连生，这位小姐等很久了，都没有桌子空出来。能不能和你搭个台？他没说话，头也没有抬，只是将面前的碗盏，向后撤了一撤。就听见有人拉动椅子，然后坐下来。他闻到一种若有若无的香气，不禁仰一下脸。看对面的人，正将一条水红色的围巾取下，小心地叠起来。他听到一把女声，用广东话叫了红油抄手，临了轻轻说了"唔该"。声音明晰利落。这时候，他吃完了，一边叫老板埋单，一边将手绢拿出来，擦擦眼镜上的雾。站起来，他用余光看到对面客人。是个很年轻的女孩，眉目十分平淡，有粤广女生常有的黄脸色。她留着这年纪女生常有的长直发，将眉目也遮住了一些。

过几天的晚上，连粤名正吃着饭，听到有人用英文问，先生，介不介意搭个台？他抬起头看，原来又是前些天的女孩。她将头发束成了一束马尾，戴了副金丝眼镜，穿身黑色套装，人看上去成熟干练一些。若有若无的气息，却还是先前的。

连粤名没有说话，只是将面前碗盏，向后撤了一撤。女孩坐下来，要了一碗宜宾燃面，加了个开水白菜，便开始叮叮当当地涮洗碗筷。连粤名心里暗笑，他想，这多此一举的卫生行为，全世界大约只有老派的广东人才会认起真。自己去国许久，早就忘了。没想到在异国他乡，会看到一个后生女这样。女孩收拾好，给自己倒上一杯茶。沉默了一会儿，她忽然问，先生，你吃的是什么？

连粤名愣一下，闷声道，灯影牛肉。

女孩又问，好吃吗？

没等他答，对面竟然伸出一双筷子，撷起了一块牛肉。这突如其来的举动，让连粤名吓了一跳，他一抬眼，皱起眉头，看女孩正咀嚼着那块牛肉，嚼得很仔细。然后她用纸巾擦一擦嘴唇，喝口茶，说出了自己的结论，还不错，就是辣了点。

连粤名没来得及收回自己的目光。女孩说，听先生的口音，是广东人。

他正犹豫要不要答她。女孩却接口道，我来猜一猜，你是，香港人？

连粤名的眼里的一丝光，暴露了心事。女孩兴奋地说，我猜对了吧。

连粤名点点头。她说，香港人的广东话，才有这样的懒音。我大学时读的应用语言学，算是行家呢。

这一刻,她平淡的脸,忽而生动,泛起了红润。就连脸上浅浅的雀斑,也有了生气。然而,很快,她的神情又似乎暗淡下来。这时,她的面来了,她用筷子将面和肉臊拌开,拌匀,拌了许久,却停下筷子,并没有吃。

连粤名吃完了,站起来去埋单。忽然听见女孩说,我也是香港人。

连粤名转过身,看一眼,对她说,你点这个牛肉,可以交代厨房少辣。

以后,连粤名再吃饭,便经常有这女孩和他搭台一起吃,即便是在客少的时候。有广东籍的老跑堂,打趣说,袁小姐,又来同连生撑台脚!

连粤名听到,脸上便使劲一红。倒是袁小姐,大大方方地答,系呀!

他便知道,女孩叫袁美珍。她从香港到曼城大学读一年制语言教育的 MA 学位,读完了想要留下来,应聘却屡屡碰壁。用她自己的话说:"在英国教人英语,是要关公门前耍大刀吗?"

她第一次和连粤名说话,自作主张,吃了连粤名的菜,也知造次。那天她应聘了最后一家公司,做好了失败就回港的准备。却不晓得,第二天就收到了录取通知。她的工作,是为来曼城读大学的预科学生,培训英文。她说,连生,你是我的福将。好彩我那天晚上,吃了你的牛肉。

连粤名也知道,这是无根据的恭维话。但不知为何,心里却也隐隐地高兴了。

因是两个人吃饭,大家可以多吃一个菜。花样也就多了,搭配上也就花一些心思。若一个叫了牛佛烘肘,另一个便叫白油豆腐,荤上托素;若一个叫了水煮鱼,另一个便叫樟茶鸭,浓淡总相宜。两人收工的时间不同,若一个先到了,便等另一个,等来等去,总是时间不经济,便又自然留下了联系方式,先到的先点,说了自己想点的,等对方搭上一个。连粤名有时先到了,打电话说了自己点的,估摸袁美珍要配上什么。等她说出来,跟自己想的一样,瞬间便生起孩童般的开心;若不一样,那刹那的失落,也是孩子的。

再吃下去,便是默契了。一个可以帮另一个点。晚来的那个,多是工作上有牵绊,便会说给先来的听。一个说,一个听,就着一筷子菜、一口茶水,说说听听,一顿饭也就吃完了。

到了埋单时,连粤名有时仍不惯西方人作风,心里大男子主义些,觉得自己年长,又工作长些,推推让让自己把钱给付了。女孩却坚持要和他 AA 制,一两次后,竟然发了脾气,将自己的一份钱拍在桌上,扬长而去。一次走得急了,她留下了一副毛线手套。连粤名追出去,人已不见了。

晚上,连粤名就着光,看那副手套,已经很旧了,泛起了浅浅的毛球。他将右手伸进去,竟然能戴上,想袁美珍小小的个子,手却不小。只是在食指的指尖位置,有一个小洞,是脱线了。他看着自己的指肚,因为工作磨出的老茧,从这洞里透出来,硬铮铮的。

再一年的除夕,"蓉香"总算歇业了一天。魏老板却将连粤名请到店里,说一起过个节。连粤名说,唔好客气。我是一支公,你们两公婆团圆,我阻手阻脚。

魏老板说,我要回四川了,算给我们饯行吧。电话那头静一静,又笑笑说,你又知道只有我们两公婆?

连粤名走进店里,看见除了魏老板夫妻在,还有袁美珍。只在店中间摆了一台,袁美珍落手落脚,帮前帮后。倒显得只有连粤名一个人,是客。四个人,吃到一半,喝得也微醺。魏老板摇摇晃晃起来,唱"一条大河波浪宽",又唱"我的中国心"。叫连粤名唱,他推托说不会唱,魏老板举着酒杯,不放过他。他只好也站起来,唱《狮子山下》,可真的五音不全,唱得席上的人都笑起来。袁美珍接着他唱第二段,竟是清亮的嗓,好像甄妮的原声。

魏老板忽然跑到厨房里,又跑出来,手里举着自己的那本诗集,上头都是油烟痕迹。翻到一页便念,恰好念到那句:

> 思乡的火车开远了,再看不见,我哭了
> 是被空气中的辣椒味,熏的。

这诗歌,被他的四川口音念出来,再加上几分醉意,其实有些滑稽。但忽然,就看见袁美珍的眼睛闪一下,伏在桌上哽咽起来,后来竟哭到失声。魏太太将手放在她肩膀上。魏老板止住她,说,别劝,哭出来,就舒服了。

最后一道菜,是魏老板亲自端上来的,说,这道菜是给我们,也是给你们做的。

连粤名一看,是一盘"夫妻肺片"。

三

这个除夕夜,袁美珍便随连粤名回了公寓。

在灯底下,连粤名看看女孩的脸,终于伸出手去。他先摘掉自己的眼镜,又摘掉女孩的眼镜。没有眼镜,眼前人其实有些模糊了。他捧起了女孩的脸,终于吻上她,唇舌碰上的那一刻,忽然有些热辣的味道,从味蕾渗入。他愣一愣,想起是夫妻肺片的余味。

待事了了,连粤名坐在床上,才觉得赤裸的肩膀有凉意。怀里的女人仍是真实温热的。

他回想,对于床事,袁美珍并不陌生,且相当主动。在身体交缠的细节间,往往知道自己努力争取快乐。待她高潮时,平淡的五官间,便焕发出异样的光彩。这让连粤名既惊且喜。他想,这个女孩好,懂得如何取悦自己,便省去了让别人取悦她的麻烦。

第二天清晨,他醒来,看见女孩穿着他宽大的睡衣,正坐在窗前翻看什么。他看了看,发现是他从家里带来的一本相册。带来了许久,他从未打开过,甚至不知放到哪里去了。但此时,他似乎并不怪袁美珍动了他的私隐,反而觉得她异乎寻常的亲近。他悄悄下了床,打开抽屉。将一副崭新的毛线手套递给了袁美珍。这副手套,上面绣着奔跑的麋鹿。每个指尖上,都有一颗圣诞果。其实他圣诞前就买了,时常放在包里,却一直不知如何拿给她。袁美珍接过来,戴上,将将好。她大概也看见了圣诞果,故意用凉薄的口气说,不知是哪个女人不要的,给了我。连粤名未及辩白,她却扑哧一声笑了,说,多谢。我这倒没有哪个男人不要的,送给你。

他们两个,便依偎在床上,继续看那相册。袁美珍看到一张照片,是他大学时拍的一个广告。那时青春澄澈,尚有一头茂盛的好头发。她伸出手,摸摸连粤名开始稀疏的头顶,他避一下。袁美珍说,怕什么,贵人不顶重发。又看到了一张照片,她指着问连粤名。连粤名看着照片上面相严厉的老人,轻轻说,这是我阿嬷。

袁美珍仔细看了看,说,阿嬷的鞋真好看。

连粤名从未注意过阿嬷穿的是什么鞋。这时看看,是黑底的绣花拖鞋,上头镶着水钻。他看袁美珍看得目不转睛,笑笑说,你不嫌老土哦。

袁美珍静静地,半晌才说,老东西好,稳阵。

春节,连粤名第一次给袁美珍整了膶饼吃。

料自然是东挪西凑的。两人走了几家超市,又跑去了市中心皮卡迪利花园,在唐人街里转了两转,才勉强凑齐了。只是石蚵唯有改用生蚝,桶笋则以佛手瓜勉强代替。

晚上,袁美珍看连粤名给面粉加水,使劲搅打,到了韧劲上来。这才烧上煤气炉,坐上一只小平锅。将那面团在锅底一旋,再一擦,便是一张薄如纸的饼皮。手势娴熟,魔术似的。袁美珍眼睛亮一亮,把他的手拿过来,放在自己膝头,说,没想到啊,连生,这手粗粗大大,倒巧得过女人。

连粤名笑笑,说,我跟阿嬷长大。我们福建人家常东西,自小眼观手做,哪有不会的。

袁美珍便道,坏了,那我要是学不会,将来怕要被你家里怪罪。

连粤名柔声说，我们俩，一个会就行了，另一个负责吃。

同居了一年后，连粤名才知道，袁美珍在西半山长大。待他知道时，她已经决定回香港。

袁美珍是家中长女，母亲早逝，父亲再娶。但辛德瑞拉的古老的桥段不适用她的人生。她早早从甘德道搬离出来，从此靠自己。上学跟政府贷款，留学一路打工。在旁人眼里，类似经历的，总代表对富有家庭的叛离，是所谓"作"。一番辗转，折腾够了，便是尘归尘，土归土。前面的种种，都是为最后的好日子做铺垫。可她并不是，她回到了香港，除了见了病危父亲最后一面，还放弃了继承权。

她对连粤名说，她始终没恨过父亲，也不恨后母。只是，她不理解，阿爸为什么在母亲死后，会娶一个和母亲性情截然不同的女人，并且安然走过这么多年。这是对她阿母的否定，也是对她人生的否定。

尽管，她有着和父亲极其相类的面目，这使得她作为女性，在相貌上从未有过优势。但她很确信，出身寒微的阿母在这个家中，已经了无痕迹。能证明阿母在这个世界上存在过的，唯有她自己。

她给连粤名看母亲的遗物。其中有一枚景泰蓝香盒，外头镶着金丝绕成的枝叶，覆盖着不可名状的月白花朵。打开来，是张圆形小照。照片很老了，上面印着一抹胭脂。黑白界线已不分明，灰扑扑。但辨得出，相中人不是闽粤女子的面相。很圆润，清秀，倒有几分江南女子的情致，眼里含笑，有主张。

连粤名又闻到香盒里荡漾出一丝气味，和袁美珍身上的，竟是一样。幽远的花香。袁美珍说，这是素馨的气味。母亲一生只用这一种香，应时的花，插在鬓上。谢了，便攒起来，叫人焙干、磨粉，制成香。

如今用香的人，制香的人，都没有了。她要留着母亲的气味。好在 Gucci 推出 A Chant for the Nymph（仙之颂），前调正是素馨。她便一直用这款香水，用了很多年。

母亲是存在过的。她证明的方式，也包括让自己独立艰辛地活着。她说，母亲一生所有，都是她自己挣来的。

连粤名说，那你，愿意回香港了？
袁美珍说，以前，我不回去，是因为没有底。如今有了你，我就有了底。

料理完后事，两个人便在北角租了处唐楼，在明园西街。房子是阿嬷一个同乡老姐妹的，几十年的牌搭子。她老伴儿是上海的工厂主，二十世纪五十年代来香港。到老了两人整天吵架,不胜其烦,就买了两个相邻单位,除了吃饭,各安其是,省得相看两厌。三年前老先生寿终正寝,老太太隔壁房子便空着。如今租给连粤名,租金要得很便宜。说是两个年轻人,壮一壮阳气。

两个人住下来。家具都是现成的,虽是老派,酸枝鸡翅木,看着却有说不出的砥实与可靠。连粤名看袁美珍不嫌,便放下心来。他的履历很好,又有留洋经历,未几在母校南华大学谋到助理教授的职位。拿到工资当天,心里也踏实,他陪着袁美珍好好走了一回北角,沿着电器道,一直走到英皇道。一路走,一路讲,哪里是他读过的小学,哪里是他常去的戏院,哪里是他爱吃的大排档。袁美珍望着皇都戏院,斑驳的红墙和浮雕。她说,要说这里也是香港,许多年前,我住过的那个,倒不像香港了。

连粤名带她拐进一处暗巷。巷道悠长,走着走着,整个黑了下去。连粤名就牵上她的手,一片密实的黑里,辨认彼此呼吸的轮廓,向前走。走着走着,豁然开朗,竟是一片温黄的灯光。光里是一面墙,墙上五色纷呈的一片。原来是个单边的横门铺,整面墙都是柜,琳琅的都是鞋。高处四个字"丽宫绣鞋"。连粤名说,阿嬷自打到了香港来,拖鞋都是在这里买的。他拿出那张照片,给老板看。光头老板看一眼他,说,阿名,好耐冇见。都话你读番书唔翻来喇。(粤语,好久不见。都说你去国外读书不回来啦。)

连粤名笑笑说,老板替我挑一对。

老板仔细辨认,说,带水钻慨,阿嬷呢款唔好揾,俾啲时间我。买多对?

连粤名又笑笑。老板看一眼袁美珍,醒目道,得!稍等。

半晌,老板出来,捧着一双说,小姐好彩,仲有一对。阿嬷嗰对,鱼戏莲荷。呢对仲好意头,连理枝。

袁美珍脱了鞋,将这对鞋穿上,尺码刚刚好。水红色的缎面上,绣了葱茏的枝叶。将两脚并拢,鞋上的枝条便彼此相连,一体浑然。

从丽宫走出来,袁美珍说,你好嘢,先前送了我手套,如今又送鞋。我上下的手脚,都被你捆住了。

连粤名不说话,只是笑着望她。

回到家,两人心生默契,一拥一抱,便向床走去。大得不合情理的宁式床,原本在卧室里是突兀的,这时却让他们如鱼得水。转转间,喘息都是炙热。其间起伏与攀升,有些硬的床板,硌着他们的脊背与胸腹,倒有些凌虐的快意。将到高潮处,连粤名忽而抽出身体。袁美珍不情愿地坐起身,看见他急灼灼,从包里拿出那对鞋,给袁美珍穿上。女人净白身体,脚上是艳红的两点。他的欲望顿时膨胀,冲撞间,有些不管不顾。动作猛了,鞋便落到了地上,"啪嗒"一声。他没有停,将女人抱起来。却踩到了鞋上,只一滑,鞋飞了出去。琳琅水钻脱落,撒了一地。他怔住,心神一恍,泄了力气,用抱歉的眼神看袁美珍。女人没说话,伸出手臂,只管紧紧揽住他的颈。

因为孙住在这里,阿嬷来得便勤。来了,先去探老姐妹,手里捧着一颗柚。

到了连粤名的屋里,看尚算窗明几净、企企理理。这天连粤名去大学教课,只袁美珍一个人。阿嬷含笑看她,温言软语。袁美珍看着这老太太,身腰朗直,样貌和照片很像,可又说不出是哪里不像。阿嬷说了一句,便站起来。一低头,看见床底下的绣花拖鞋,莹莹的,泛着水红的光。另有几星灿然,在最内的深暗处闪一下,又一下,是散落的碎钻。

她便回过头,对自己的老姐妹说,你就好喇。前些年牌桌上赢你的钱,几个月租金给你赚回了本。

老姐妹刚想为自己辩白,却见阿嬷改用了莆仙话,说,有手有脚,不出外做事,租金都是我孙一个辛苦挣来。

老姐妹愣住了,却看她脸上并无愠色,相反似是一种欣然神情,像在分享一桩可喜的事情。阿嬷满面含笑,继续说,淡眉眼,高颧骨,是个男人相。名仔命硬,将来少不了苦头吃。

老姐妹怔怔,偷眼望一下近旁的袁美珍,似乎并无反应。她便也以莆仙话,悄然说,不好这么说自己的孙媳妇啦。

阿嬷挑挑眼,微笑道,没过门,算得什么媳妇。

老姐妹看袁美珍笑盈盈,便也大起胆子,一瞥卧室里宁式大床,说,过门有什么要紧。我可是听得见,这日日夜夜的,怕是你要先得一个曾孙呢。

阿嬷回过身,用慈爱神情看着袁美珍,说道,我预备摆酒,怕是人家家里无人来。

袁美珍笑着牵起阿嬷手,敬一杯茶。自己捧起另一杯,将一种东西,在自己心底挤压,碾碎,然后就着茶水咽下去。

往后的几十年,阿嬷一直以为袁美珍听不懂她晦涩的家乡话,甚至当着她的面,和别人说些日常体己。那日,袁美珍当真希望不懂。连她都低估了自己的语言天分。回香港的第一个月,她有意无意,听连粤名和阿嬷的几通电话。那天阿嬷微笑看她,说出来的,她听得真金白银,一字一血。

两个月后,袁美珍在港大山下的坚尼地城,看定一个单位。面积很小,租金却贵上许多。二话不说,她便与连粤名搬了过去。阿嬷挽留道,何苦搬去那里。北角多好,一家人多个照应。

袁美珍笑一笑,柔声说,阿嬷放心,我会睇实你嘅孙。

四

这一晚,连思睿回来时,已近午夜。她看见父亲躺靠在客厅的沙发上,知道是在等她。等得久了,人已经睡着。半张着嘴,头发散下来覆盖在眉眼上。在焦黄的灯光里头,父亲一动不动,让她心里无端紧了一下。这时,她看见父亲身体挪动,大约姿态舒服了些,轻声打起了鼾。她才舒了口气。

桌上摆着一盘腊饼,还有已冷却下去的馅料。思睿拿起了馅料里的勺子,勺把也是冰冷的。

连粤名被自己急促的鼾声惊醒。他睁开眼睛,看见女儿坐在桌前,正大口地吃着一块腊饼。再一看,思睿竟是泪流满面。他不禁一慌,将自己坐直了,问,女?

思睿这才发觉,父亲醒过来,忙拉过纸巾擦擦脸,笑笑说,阿爸,咸咗啲哦。

连粤名站起身,给她倒了一杯水。开一开口,还是问,怎么了?

思睿愣一愣,说,岳安琪在"小摩"找了份工。投行真是青春饭,人老得多了。

连粤名说,同佢见面,唔开心?

思睿看他一眼,站起来,说,阿爸,我去冲凉了,好劫(粤语,疲劳、累)。你都早啲困。

连粤名看她走进浴室,顺脚穿上门口那双绣花拖鞋。水红色的影,在暗处一晃。

连思睿出生在坚尼地城,但在何翠苑长大。何翠苑,是连家购入的第一个物业,那是一九九九年。"九七"那年,政府刚刚推出"首置贷款计划"与"八万五",便遇金融风暴。香港楼价插水,两年后每况愈下,新推楼盘无人问津。然而,此时袁美珍却看中了薄扶林道上的"何翠苑",港大毗邻。连粤名说,这是个豪宅盘,买了要是跌了怎么办。袁美珍看他一眼,说,都像你这么想,永远买不到楼。全球利率下降,有排跌,跌我都认。连粤名看妻子目光坚毅,便点点头。

然而即使市况淡,这楼银码大,首付款并不够。连粤名想去跟阿嬷想办法。袁美珍说不要,何必动人棺材本。她便一个人去了甘德道,回来说,借到,明日去银行办按揭。连粤名看她神情怅然,便说,既如此,当年又何必放弃继承权。

袁美珍抬头望他一眼,说,一码归一码。

他们买进望北小单位，三百八十呎，却有一个大飘窗。一家人坐在窗前，看到山下，目光越过德辅道，便望到海。天高海阔，远远地有船只过往，似听到汽笛鸣响。

谁料到往后几年，楼价攀升，一往无前。时过千禧，他们的房子，价格升过一倍。思睿长大，三口人住得逼仄。连粤名升职加薪，想换楼。袁美珍说，仲未得！连粤名以为她妇人保守，便说，地产经纪都话，高处未够高，愈高仲难买。袁美珍说，听我讲。

他们便等。二〇〇三年，SARS 暴发，殃及楼市，香港再现负资产。何翠苑亦难独善其身。连粤名叹气，因物业价值缩水。袁美珍却说，出手，换楼。连粤名说，你知"淘大"暴疫情，现时两房单位，五十多万都无人接手。今日不知明日事，你又知几时轮到我们。袁美珍说，我知。听我讲，换楼。

他们换到了八百呎单位。袁美珍用尽积蓄，兼卖掉手上几只蓝筹股，竟又凑出首期，买了皇后大道上云若大厦一个唐楼单位，夫妇联名。连粤名前所未有与她争吵，说，我日做夜做，也供不了两层楼。袁美珍看他一眼，一弹牙，掷出三个字：使你供？转头便找了地产中介，将唐楼租了出去，以租养供。这样租了半年，疫情得控，楼市便回春。势如雨后新笋。两处物业，几个月内账面净升近百万元。身边知情的，纷纷向连粤名贺喜，说嫂夫人这份魄力，当真神勇。连粤名听了，笑笑说，佢啊，得个"勇"字！

以后隔开几年，储够了首期，便买一层楼，用的都是两人联名。连粤名自觉供得辛苦，但仍说，这样好，好似你对鞋，我哋总算是连理枝。袁美珍愣一愣，道，什么连理枝，这叫"长命契"。谁活得长，将来这楼都归谁。

买到第五层楼，搬到甘德道。她住过的家，如今只住着后母。两处房子，隔一个街口。连粤名说，干吗要买到这里，我们不开车，落去山下也不方便。

袁美珍打开窗子，用手使劲挥上一挥，像是要将夕阳最后的光线扫进来。她说，那女人住得，我阿妈都住得！

她说这话时，一把苍声，徐徐暗哑。不似她平日的开阔激越，倒如他人借她口发出。听得连粤名，后背生出一股凉。

明伦堂竞聘舍监，袁美珍要连粤名申请。连粤名初是不愿的。他刚刚评上了教授，论文与专著，加上教资委的科研项目，前几年殚精竭虑，终于可以松松骨。他便说，我们好不容易凑（粤语，照顾、抚养孩子）大仔女，如今又要凑别人的仔仔女女？

旁边的思睿也帮腔，我刚刚大学毕业，难不成又要住回大学去？

袁美珍不管。舍监可住在舍堂顶楼，几千呎的大单位，免费住。住进去，自己的家便可放租,每个月租金四五万进账,哪有如此好着数!

第二天是周末,连粤名起得很早。近些年,他对睡眠的需求越来越低。即使多晚睡,都会在晨光熹微中醒来。这时打开窗,能看见楼下的体育场,已有晨跑的人。天渐渐亮起,跑道上的人也多起来。自从大学对外开放,这体育场上便多了许多的日常烟火气。周末,甚至能看到举家出游。年轻的父母、年迈的祖父,或躬身,或蹲在跑道上,鼓励着正在蹒跚学步的幼儿。看台的一侧,成了菲佣们周末聚会的场所。远远便可以听到他们嘈嘈切切的谈笑声,看到他们丰富的肢体律动。在任何时候,他们都有难以言喻的欢乐。

这一点感染了连粤名,让他的心情好了一些。但他并未驻足太久,因为他要下山去。这成为他久长的习惯。即使距离他们最初搬来西环的生活,已有二十多年。但是每个周末的早晨,他都会穿过薄扶林道,搭西宝城的电梯,回到坚尼地城。那是他最初的住处。附近的一条暗巷里,有"炳记锅贴店"。

因为油锅架在靠门地方,还未走近,已闻到牛油膏腴的香气。门口排了小小的队,都是附近买早点的街坊。连粤名排到末尾,忽而听到有人唤他"教授"。一看,是"炳记"的老板。原先的老板炳叔年纪大了,已退休。生意传给了他儿子,是个精壮的中年汉子。老板当着众人面向连粤名招手,唤他,反让他有些不好意思。好在很快排到了他,老板说,照例八个牛肉锅贴、两碗酸辣汤?他点点头,拿出钱包。老板连忙一挡,说,教授,多亏你给我薏仔写了推荐信,被圣彼得小学录取了。今日我请。说完,又夹起四个生煎包放进去。

老板顺口对后头的街坊说,你看如今什么世道,申请个小学,都要大学教授写推荐信,才得了一块敲门砖。连粤名一怔,嘴上道"恭喜",心里也替他高兴,却不禁叹上一口气。近来在网上看到一个词叫"内卷",才知比起自己半世竞争,如今一代是如何无望。

临了,老板说,教授,我哋做到下个月唔做了。

连粤名也不禁吃惊,因为"炳记"的生意,一直都很好,已成为西环的一块金字招牌。店里贴着复印的报纸,是城中哪个著名的美食节目来采访过;墙上又有数张照片,虽然都满是油烟,但清晰可辨是来帮衬过的明星。比如住在"弘都"的谢宝仪,都是常客。连粤名便问他为什么,他搔搔脑袋,说,铺租年年涨,如今银码好犀利,冇的赚啦。我阿姐开了家物流公司,我想去帮手。

连粤名脱口而出,这几十年的好手艺,不是可惜。

老板说,嗨,满汉全席都失传,我哋一行湿湿碎啦。

连粤名回到家,母女两个正在洗漱。连粤名将锅贴和生煎包摆在盘子里,在晨光中,是金灿灿的喜人颜色。酸辣汤也还热腾腾的。他倒上了两碟浙醋,坐下来,满意地叹一口气。

袁美珍匆匆望一眼,说,好油,我减肥。便去冰箱拿她的营养代餐。都是些菜叶和低卡的糙米。连粤名说,偶尔吃几口,再减不迟。

她摆摆手,用膝盖将冰箱一顶,自顾自就往自己房间走去。

倒是思睿,一边戴隐形眼镜,一边嗅嗅鼻子,说,炳记?

连粤名点点头,看披散着头发的思睿,穿着睡衣,上面印着明黄色的皮卡丘,不事妆容。眼光有些散,不聚焦,像又回到孩提的稚拙样子。

连粤名见她用手拈起来便吃,本想阻止,但想想却终于没有出声,只看着她吃。女儿吃东西,随他幼时,也有儿童的贪婪相,没有了顾忌与矜持,而有知足独乐的一片天真。

他问,好吃吗?思睿喝了一口酸辣汤,腮帮鼓鼓的,不说话,只点头。

他想起那个遥远的冬夜,在曼彻斯特的偏巷里,叫"蓉香"的川菜馆。他坐在最靠里的一桌,独自吃一锅火锅。在他用筷子撩起一绺冬粉,吃得呼哧呼哧时,近旁传来一个苍老的声音,原来是邻桌的白人老妇。她用英文对他说,孩子,看你吃得这么香,我食欲都好起来了。

他想着,不禁微笑了。倒是对面的思睿停下了筷子,看着他,是忧心忡忡的样子。他这才回过神来。思睿问,阿爸,你今天有空吗?

他说,有啊。

女儿将手上纸巾团在一起,旋即又展开,再团起来,掷到了桌上,好像下定一个决心。她说,阿爸,岳安琪约我去看巴塞尔展。她今天有事去不了,要不你陪我去?

连粤名看看女儿,轻轻说,好。

父女二人到了会展中心,大约因为是周末,正是人流涌动。连粤名对各种展览,并不是很感兴趣。在英国这么多年,大英博物馆竟然仅去过一次,而且只看了东方馆。看完并无太多心得,只是感叹所谓文明的迁移。所以,他对经世致用的香港人,居然对现代艺术抱有如此之大的热诚,是有些惊讶的。

入口处巨大的白色机翼,覆盖着厚厚的羽毛,像是一片停驻在半空的积雨云,臃肿沉厚,仿佛随时会坠落下来。下面的鼓风机,喷出微弱的气流,有些羽毛便飘扬起来,随后又落回到了机翼上。但是有一些似乎偏离了轨道,在空气中凝滞瞬间,便游离到了一旁,一片正落在连粤名的脚边。那巨大的翅膀便有几处破败,暴露出了金属的光泽。某处折射了一束光线,正射到连粤名的方向,不经意刺痛了他的眼睛。

展位由不同的艺廊组成,以白色复合板隔断,犹如冰冷而洁净的蜂巢。一些人,是画廊经纪、策展人或驻场的艺术家。他们或坐或站,藏在色泽鲜艳或者晦暗的衣服里,脸上有冷漠得宜的微笑,如人均一张的面具。

他和女儿默默地走着。思睿似乎并无念头在所经之处驻足。但是,间或会有一两个男女,停下来与她打招呼。一个浑身披挂着鲜肉色服装、戴着头巾的黑皮肤女人,以热烈的语气叫住她,拥抱、亲吻,开始热烈地交谈。连粤名有些不适应这种热烈,带着热带的未经修饰的礼仪。他不禁退后一步,这女人便更像一块满是经络的、正待入煎锅的菲力牛排。然而她却流利地说着广东话。因为她太大声,连粤名数次听到了林昭的名字。他看到思睿的眼神终于躲闪了一下,似乎对这场对话已经意兴阑珊,看了一眼父亲,并且压低了声量。

连粤名走开了一些,他站在一幅犹如教堂穹顶的画前。艳异的蓝与黄,一圈又一圈,从稀疏到密集,以一种难以名状的向心力,最内是深不可测的旋涡。这旋涡如一个核心,吸引他,走近。这才发现,那是一只深蓝色的蝴蝶。他抬起头,忽而发现,整幅画都是蝴蝶。成千上万的黄色、蓝色的蝴蝶翅膀,被肢解、重组,按照颜色拼嵌成这穹顶一般肃穆的圆周。唯一完整的,是那只深蓝色的蝴蝶尸体,在圆周的核心孤悬。这个意外的发现,有些触目惊心。他不禁躬身,看见旁边的标签,写着 Blue Cube(蓝色立方)。

这时,他感到肩头被拍了一记。抬起头,看是个西装客。原来是"南华"的同事,音乐系的老李。他说,在这儿看到你,还真是"关公战秦琼"。连粤名被这个不伦不类的笑话,弄得不知摆个什么样的表情。说起来,老李可算是他的发小,自小也在春秧街长大,上同一所小学。祖籍上海,很早就移民,前些年才回流,便脱去了北角子弟的习气,变得洋派逼人,一年四季都是一身西装。但有趣的是,和很多"番书仔"爱在广东话里夹杂英文不同,他的言谈爱掺着一些普通话,还是卷起舌头的"京片子"。这多是拜他的北京太太所赐。据说这太太是一个相声世家的后人。所以昔日同学小聚,余兴节目便是老李的一段贯口。但连粤名并未见过李太太。此时老李身边一位女士,十分年轻。连粤名想想,究竟没造次。老李哈哈一笑,唔好乱噏!这是电影系的周博士,跟 Professor Perry(里斯教授)研究伯格曼。

这位年轻女士对连粤名点点头,说,连教授,您好。

连粤名有点诧异。周博士笑笑,我有个学生,住在明伦堂,说自己舍堂的舍监先生,好得盖世无双。

这曲折而俏皮的恭维话,还是让连粤名心里熨帖了一下,同时佩服她的情商。周博士说,连教授也喜欢 Damien Hirst(达米恩·赫斯特)?

连粤名茫然了一下,刚明白过来。老李煞风景地说,他哪里懂这个。你家里空调坏了,跟他说就算找对人。还有,他煎牛排是一把好手,我们在英国时……忽然,他似乎也被面前的一片蓝所吸引,喃喃地说,你说,这么多翘辫子的蝴蝶,就没个环保团体来投诉?

这时,思睿走过来,看见他,便唤,李叔叔。

他先是愣一下,然后上下打量说,Tiffany(蒂芙尼)长这么大了吗? 叫什么,女大十八变。继而眯起眼睛,用欣赏的口气说,还好,还好,长得既不随娘,又不随爹。

因这话突兀而尴尬,周博士脱口而出,打断了他,Leo(利奥)!

然而一刹那间,在场者都感到了一丝突如其来的暧昧。周博士自己先将声音矮了下去。一霎的安静后,还是老李哈哈大笑,说,看到没? 怎么能叫李叔叔呢,活活把我叫老了。都要叫 Leo。

又说了一些闲话,无非是有关大学改制,以及下学期要换校长的传闻。老李与连粤名约了下周末打球,便各奔东西。周博士临走时看向他们,微笑了一下。连粤名和思睿,在这笑中,都捕捉到了些微歉意。父女两个,望向他们的背影,没有说话。

大约又走了一程,思睿忽而停了下来。连粤名先前的预感越来越浓重。他看着思睿,说,女女。

思睿面向一张黑白照片,照片上是一对背靠背的男女。他们的头发绑在了一起,紧紧地。连粤名想起家乡村口两棵枝叶交缠的榕树。某一个夏天,当他陪阿嬷回到莆田,看到其中一棵遭到雷劈,树冠已经焦黑。照片的旁边有一张卡片。阿布拉莫维奇 & 乌雷,*Relation in Time*(《时间关系》),1977。

但是,女儿的目光并不在这照片上。越过层层的白色挡板,与交错的人群,连粤名也看到了远处有个坐在轮椅上的女人。这女人的轮廓让连粤名感到眼熟。思睿看一眼父亲,说,阿爸,你陪我过去。

他们走过去,越来越靠近时,连粤名在空气中闻到了人们重浊的汗味。他渐渐屏住了呼吸,因为他终于认出轮椅上的人的面目,是女儿的男友林昭。

他确认是他。这个曾经常出入他们家的孩子,与思睿青梅竹马,整洁与安静,有一种难以言喻的、让长辈们心疼的体贴与本分。中学毕业后,林昭去了日本留学,学习艺术管理。再回来时,人长高了,头发也长了,还是很安静。来做客,无很多言语,与思睿坐在一起,仿佛一幅画。是那种日常的、无须多言的画。若是旧人,会以"静好"来形容。一眼可望过几十年,是人近暮年的温暖和砥实。阿嬷也喜欢,说,这孩子的手上,有一根青蓝色的血管,莆仙话叫"老脉",作为男人,是顶靠得住的。

然而,连粤名已经一年没见到林昭了。思睿说,他经常出差,往返于欧洲和中国香港两地的艺廊。聚少离多。

他确信他看到的是林昭。但是,面前的这个人,披着斑斓的披肩发,脸上有浓重的妆,人极其瘦和单薄,虽然撑持精神,却看得出是疲惫的。说话间,头不由自主地耷拉下来,像是一片枯萎的树叶。连粤名看到了他的手,连着一个轮椅上支起的吊瓶。那条青蓝血管,在惨白的手上突起,是蚯蚓样扭曲的叶脉。

连粤名侧过脸,看思睿脸上抽搐了一下。她轻轻说,阿爸,你看得没错。他现在是个女人,就快要成功了,只差一小步。

她默默地收敛了目光。她说,他没法再继续手术了。排异并发症,医生说,他还有四个月的时间。

连粤名感到,女儿将自己的手放在他手里。这手温暖而绵软,同她小时候一样。当她进幼儿园、参加会考、第一次走向钢琴比赛的舞台,她都会将她的手放在父亲手里。但长大以后,她似乎很少这样。这感觉如此熟悉,连粤名本能一般,将女儿的手紧紧握住了。手心薄薄的汗,发着凉,也因为他的握持重新有了温度。思睿说,阿爸,我有了他的孩子,我要生下来。

对于连粤名的爽约,老李自然是牢骚满腹。因为他一向是个守信的人。

在曼彻斯特时,某周末他们几个人相约远足。清晨下了瓢泼大雨,所有人都默认取消了这次活动。但唯有一个人冒雨到达了集合地点,并且等了将近半个小时,是连粤名。

他接到老李的电话,低头看了眼已经穿好的白色球服。一摊番茄酱,正浓郁地流淌下来。鲜红的,像是含氧量丰沛的血。他伸出手,想拿一张纸巾擦一擦,却没留神,嘴角有突如其来的腥咸,也是血的味道。他望向客厅里的落地镜。他脸颊上如此清晰地,有一道弯折的红。并不恐怖,更似万圣节模样荒诞的偶人。

他去厨房拿过扫帚,将地板上的番茄酱与玻璃碴扫起来。然后抬起眼睛,看一眼袁美珍。袁美珍手还停在空中,似乎因刚才那个投掷的动作而无处安放。她静止地站着,像一尊雕塑,也正望向他。目光也似雕塑一般冰冷,将连粤名对视的眼光冷却、折断。

那一边,是穿着睡衣的思睿。她侧过身体靠在墙上,身上也溅上了番茄酱。睡衣上的皮卡丘,因为一些仓促的褶皱,面目狰狞。

思睿选择了一个不太好的时机,与母亲摊牌。

对于女儿,袁美珍一直心事莫名。这一点在思睿成年后,才慢慢凸显。尤其将儿子思哲送去了英国读中学,她才发现女儿的性情开始显山露水。大概因为思哲鸣放的性格,成为这对儿女的代言。思睿太安静,像一条终日食桑的蚕,你只能听见匀静的沙沙声,却忽略了成长,并且也忽略了她在成长中自我消化了许多东西。待你发现了她的长大,她已经将自己织成了一只茧。这只茧经纬密实,让人无法进入。

在以后的数年,袁美珍将自己锻造成森林中的猎手。她拥有了若兽类的敏锐嗅觉。是那种成熟而敏锐的母兽,可以在气息复杂的空气中,捕捉到极其轻微的荷尔蒙分子。她精确地掌握了思睿的月事,每当某个时候来临,那游动在室内的些微腥气都让她兴奋。

而更让她警惕的,是女儿的脸。女儿在脱去了孩子相之后,长成了一张她熟悉的脸。这张脸,既不像她,也不像连粤名。这张脸柔美,有着似江南人的圆润。眼里含笑,有主张。这是她母亲的脸。

她想,隔了这么久。这张脸终于又从她的生命里浮现出来。如此出其不意,又顺理成章。出于某种本能,她开始想要去呵护。然而,思睿却显然地,对这忽然的接近,存有疑虑。尽管她见过外婆那张模糊的照片,却只当是家庭历史的残迹,更不可想象自己成为一个已逝去者的附着。

思睿对母亲的疏离,与对父亲的亲近与依赖,同奏共登。这日益成为某种默契。

此时,袁美珍充分地相信,丈夫已和女儿成为共谋。她舔一下干涸的嘴唇,扬了扬手中的验孕报告。这时,空气中不单有番茄酱的腥咸,还有另一种来自雌性的丰熟的气味。她觉得自己的手抖动了一下。

思睿转过脸,轻蔑地看了母亲一眼,开始说话,和盘托出。

袁美珍听着听着,不禁有些走神。因为那丰熟的气味浓重起来,对她构成某种威胁。她看着女儿的口形翕动,但似乎已没有声音。她的目光不禁游离到了很远的地方。厨房的窗户,有暗影掠过。她很确信,那是一只山鹰。他们住在顶楼,有丰满的气流。山鹰不必扇动翅膀,即可翱翔。一圈又一圈地在空中盘旋,远远地飞过去,又飞回来。

忽然,她看见女儿停住了。思睿捂住嘴巴,跑去了洗手间。洗手间里传出一阵阵干呕的声音。袁美珍与连粤名对视了一眼,迅速地走到洗手间门口,将门锁上,抽出了钥匙。思睿开始拍打着门,发出惊天动地的哭喊声。袁美珍看着连粤名,用一种渗血的眼神。

连思睿是在第二天的清晨,离开舍堂的。晨跑的学生,看着舍监的女儿走出了大门。他们记起,上次见到她还是在舍堂的 High table dinner(高桌餐会)。当时她穿了一件宝蓝色的晚礼服,仪态万千,坐在舍监的身边,对所有人亲切微笑。他们叫她学姐,因为她毕业于本校的医学院,据说已是令人艳羡的执牌牙医。此时,她低着头,拎着一个行李箱走出来,形容枯槁。在她上计程车的一刹那,他们看到她手背上有一块青紫。她拉下衬衫袖子,轻轻盖上了。

五

连粤名是在百年校园的教员餐厅,看到周令仪的。当时他正在吃一客咖喱饭。因为是上下午课程疲惫的间隙,需要这种浓烈的味道来醒神。他见周博士款款地走过来,身影在人群中闪动了一下,即时便不见了。

吃完饭,他走到了梁球踞大楼的平台上,竟然迎面又看见了周博士。她身后跟着几个学生,正在派发传单。这时的周令仪,把头发草草扎成个马尾辫,和学生们一样穿了件 T 恤衫,胸前写了个大大的"戏"字。人看起来便格外的年轻。她主动跟连粤名打了个招呼。连粤名低一低头,说,上次真是唔好意思,爽了约,屋企临时有事。

周博士摆一摆手,说,不过是打个球,你也知道 Leo 这人,惯爱虚张声势。

说完,她将一张传单放到他手里,说,下周的彩排,连教授没课就来捧个场。

说完了,利落地一转身。正离开,她忽微笑,轻说,我也喜欢吃咖喱。

连粤名一怔,瞬间便明白了,自己呼吸间残留着南亚气息。他一面有些愧意,却也知道是善意的提醒。因他接下来正要去一个校务委员会的重要会议。这所大学还保持着殖民地文化的某些遗风,些许势利,比如对礼仪的过分注重。

待周令仪走远,他举起那张海报看。上头写:"戏中戏——《情,鉴》临演彩排观摩会。"周五下午两点,地点是在陆佑堂。围绕着文字的,是个穿旗袍的女人简笔的侧影,虚虚起伏的轮廓,让他心神漾了一漾。

周五下午,连粤名本来身心俱疲,但还是准时来到了陆佑堂。

这座古老的爱德华式建筑,曾经是南华大学的主楼。自从百年校区投入使用,主楼已渐寥落,学系搬迁,只保留了部分行政部门。红砖和麻石墙上爬满了经年的爬山虎,盛夏时节,宛如一座绿幕。这里便成为本港婚纱摄影的热门打卡点。但因是法定古迹,出于文物保护的考虑,千禧年后,这些爬山虎便被从墙上除去。却留下了藤蔓的遗迹,深深地蚀进墙体。远看去,是一张错综而斑驳的网,将这幢建筑密实地包裹了进去。

他踏上了十几级阶梯,走到陆佑堂门口,看见陆佑的铜像。面相庄严,眼眶深陷。百多年前,这个马来富商建立了南华大学。关于这座铜像,流传一则传说。有学生在深夜时,看到铜像的眼睛里默然流出泪水。大约每个有年头的大学,都有一些鬼故事。南华大学的尤多。比如某个本港富商,捐助一座大楼,电梯有上无下,据说是为了超度他莫名病故的太太。这些故事的基调往往是阴晦且恐怖的。但是,唯独陆佑的故事,却只让人怅然与伤感。

他走进门去,看见涌动的都是人。迎面的舞台上,正垂挂着厚厚的紫红色天鹅绒幕布。高大的舍利安那式拱窗,有午后阳光照射进来。一些正照在了眼前,可以看见光线中飞舞的尘。自他毕业后,其实很少来这里。但一切,似乎都没有变。他抬起头,看见战后屋顶修补过的痕迹。这里见证过许多历史的高光时刻。那一年,孙中山卸任了"中华民国"的总统,重临香江,便在这舞台上发表演说,谈及在此修业,"极望诸生勉之"。更多的人进来了,他想象着幕布后正在发生的事。他知道,这里将上演这个国际导演选秀的尾声与高潮。她将一位已故作家的小说情节,重现于她的母校。作家对香港,并无很好的念想。她对这里的一切回忆,与战乱相关。这座大楼曾被征为临时医院,而她不得不和其他女生担任看护,直面生死。他想,当年他选修中文系的课程,有位教授提及这段往事,看了看窗外。于是,他第一次听说了陆佑流泪的故事。

连粤名想象着这一切,在幕布后会有怎样的演绎。然后在礼堂里挑选了一个安静的角落坐下。幕布徐徐拉开,他第一眼就看见了周令仪。她穿了一件碎花的短衫,肩头打着补丁,梳着一条独辫子,脸上却夸张地印了两团胭脂。后面的布景也很粗糙,有着一种粗制滥造的假。纸板裁成的树干,开着一两枝俗艳的桃花,甚至假得有些不合情理。他不禁讶异。他看周令仪,以夸张的形体举止,对一个战士装扮的男人,喁喁地说着话。那男子被化装得眉目粗黑,脸上也印着胭脂。台下响起了轰然的笑。然而,幕布后走出了更多的年轻人,村姑和战士,都如他们打扮,每个人脸上,都是凝重的表情。台下的人,渐渐也庄重了。随着对话,观众们渐渐明白,这正是导演的用心。这出戏中戏,是二十世纪四十年代的大学生,在母校的舞台上演练爱国话剧。而周令仪的角色,在正式拍摄时,将由女主角所取代。她的存在,是用来甄选适合拍摄的群众演员。然而,这话别的一场,其中的庄重乃至庄严,竟令台下的观众也感到了悲壮。

连粤名许久不看电影,更无从接触舞台剧。但此刻,舞台上的周令仪,却令他回想起了他的青春。那略懵懂的、在旁人看来可笑的青春。自己又何尝不是郑重其事地度过呢。这其中,也包含了恋爱。想到这里,他回忆起了那个微雨的除夕。他和袁美珍,依偎在狭窄的床上翻看一本相册。想到这里,他心里一阵酸楚。

演出结束,观众们散去。连粤名却觉得脚如磐石,提不起来。他便索性又坐下来。渐渐地人走干净了。他这才发现,这礼堂前所未有的静和空。这时有人走过来,脚步声竟然远远地有了回响。

这人在他身旁停下。他抬起头,这人却坐下来。周令仪用一张卸妆棉使劲擦着脸上的油彩,一块胭脂突兀地蔓延到了嘴角。

她并没有说话,遥遥地看着台上,几个青年将那些貌似拙劣的布景抬下去。那株桃花斜躺着,枝条无力地垂下来。

连粤名轻轻说,周博士,难为你了。

周令仪侧过脸,看看他,笑问,怎么了?

他说,这戏演得大智若愚,还得让自己先相信。

周令仪朗声大笑,笑完了,然后说,自己不信,怎么能让别人相信呢?

她开始在脸上拍爽肤水。油彩重浊的味道,渐渐退去,代之以清凛的薄荷气息。

周令仪沉默了,她摘下那顶假发,将长长的黑色发辫,在手腕缠了一圈又一圈。许久后,她说,连教授,你还好吗?

连粤名微微地眯一眯眼睛,垂下头,将心中一些汹涌的东西按压了下去。他点一点头,说,谢谢。

他们都不再说话。那阔大的窗户,透过的光线也渐渐地暗淡了。但有一种红金色,穿过了这层暗淡,仍然稀疏地一点点地在地板上跳动。或许是远处院落里的棕榈树叶,又或许是花岗岩柱的反光。这光跳着跳着,也隐藏于更深的暗了。

下一周,连粤名出现在了课堂上,讲台上仍然放着那只硕大的保温杯。台下响起了剧烈的笑声。他说,同学们,我已经辞去了校委会的职务。非不能也,是不为也。

这时,校方的调查报告还未对外公布。在众人眼里,他这样做便有了挑衅的意味。他打开了保温杯,喝一口水,然后徐徐地将杯盖阖上。

自己不信,怎么能让别人相信呢?

他的口中漾起了枸杞与桂圆的香气,醇厚得很,让他的心也定了一定。从离家到穿过整个校园,罗汉果在茶里头载浮载沉,味道也渗出得刚刚好。这八宝茶,一清早,他先放上冰糖,除了上几味,还有党参、甘草、冰片和大红枣。用将不烫手的茶汤冲上,最后搁上两朵杭白菊。春用福鼎白、夏用安溪铁观音、秋用武夷岩茶,都是福建茶。茶色不同,四时有味,一切都刚刚好。

就在上一周,校委会上,他也这样打开,饮了一口。这只水壶,被主席质询,是否装有窃听装置。在会议上,他的话向来不多。他张一张口,终于没有说话,只是打开水壶,饮了一口。他知道,这和一个月前校委会会议录音内容被泄露有关。理学院院长催谷为了副校长人选,唇枪舌剑、触目惊心。当晚,这段过程的录音被放上校网,连同全文发表。次日,校委会被学生会代表集结围攻。主席说,与会委员手机上交,请问录音如何泄露。

他在众目睽睽之下,打开水壶,喝了一口。铁观音的味道在口中漫溢开来,连同罗汉果的回甘。醇厚、微涩,一切刚刚好。

这只水壶,被学生拍摄下来,一并贴在了校网上。促狭地取了个标题:"一片冰心在玉壶"。他看了看,木然想,哪里有什么冰心,只有冰片。

袁美珍竟然也看见了,与他吵,说,连粤名,我现在出门买餸都被学生仔指指点点。你长得好本事,今天搞窃听,他日就要影人裙底。不如我哋快点离婚,费事下次港闻版见!

袁美珍将水壶扔进垃圾桶。半夜里,他悄没声,将水壶翻出来,细细地擦干净,收了起来。

那天在陆佑堂,演员谢幕时,他忽然感到口干舌燥。下意识地,在脚边找那只壶,没有摸到。他咽一口唾沫,舔舔自己的嘴唇。

他想起周博士的朗声大笑。自己不信,怎么能让别人相信呢?

这天落了堂,他走在百年校园里。学生们看见连教授。他们想起上个星期,这人还是全校笑柄,为何此时笑不出来。想一想,才发现这男人平日略佝偻的身形,目下竟是挺直的。他直着身体,拎着一只硕大水壶,走在尚算清澈的阳光里头。

连粤名回到办公室,看到桌上有一封 Campus Mail(校园邮件)。没有寄件人,地址来自电影学院。拆开信封,里头竟是一本略发黄的杂志。上面贴着绿色便笺。他打开来,看到是一整页的广告。一个少年,穿着全身的白色网球服。这少年头发茂盛,微微卷曲。站在阳光底下,无拘束地笑,青春无敌。

六

连思睿到底还是回来,参加了阿嬷的丧礼。

阿嬷走得突然,但算得寿终正寝。前一天,连粤名还去看她。连粤名为她卷胭饼。她连吃下五张,然后一边骂袁美珍半年没来看过她,越老越唔生性。

吃完了，阿嬷取下嘴上的假牙，说话就漏了风。骂人都用的气声，吟吟沉沉（粤语，指低声地喃喃自语），但中气也是盛的。

可就隔了一晚，人竟然就走了。菲佣姐姐都没有听见，走得无声无息。

阿嬷生前有交代，不在殡仪馆做追思会。她说如今北角红磡的"大酒店"，什么样的人都去烧。烧了活人都在一起哭。自己的孝子贤孙，都哭给了隔壁灵堂的人，好唔抵！

他们就在北角庵堂设灵，做一场法事。

来的都是相熟的乡亲，老少查某们，照例日出时分便来到庵堂，掀起大饭盖，准备下锅煮百人斋菜。太阳升起之时，乡里穿起佛袍，与方丈住持，同赞佛颂文。中段休场，乡亲端上生果、豆腐汤，有条不紊。乡里叔伯，木然对望、闲坐。呆呆地用眼神交流，以闽南语交谈，向对方借火，抽一口烟。自家老婆心不在焉，偷眼望手机，港股开市了。一切都熟悉。连粤名坐在缭绕的烟火里，看着头顶悬着"巍巍堂堂"和"慈航普度"的牌匾。木木然，依稀觉得阿嬷还在。阿嬷用莆仙话对他喊：莫再看咯，来啊，来啊，准备绕佛啦！

他眼神四围找阿嬷，却再找不见，不禁悲从中来。眼底一酸，却听见周围人轻声议论。他一抬头，看连思睿一身黑，走进来。他看着思睿，眼泪便忘了掉落。思睿走到了灵前，直接跪在了蒲团上。庵堂里一片静寂，连诵念经文的声音，都停下了。

思睿想弯下腰，对灵位磕头，可是太艰难。她于是一手支着身体，一手捧着隆起的腹部，轻轻弯一弯身子，口中说，太嬷嬷走好。你和这个玄外孙，一个太沉得住气，一个等不了。哪怕能见一面也好。

说完，便泪流满面。她也不擦，由着不停流，一边护着肚子，就要站起来。膝盖却动不了。连粤名赶忙就要起身去扶，却被袁美珍一把死死拽住，用的是咬紧牙的劲儿。

还是旁边两个老妇人，见了便去将她扶起。思睿没有言语，转过身就往外走。这时，恰有一束阳光，打在庵堂里头。她便走进了那束光。身上起了一层毛茸茸的金色轮廓。本是清瘦的人，此时却是个圆润形状。小腿看得见有些肿，走得很慢，步子却笃定。

待女儿走出了庵堂，直到看不见，连粤名才收回眼光。袁美珍拽住他的手，也将将松开。他手腕上却还是生疼的。

四围旁人的眼睛，都长在他们夫妇身上，针芒一样。

一个月后，思睿顺产了一个男孩。连粤名好说歹说，硬是将她接回了家里坐月子。

到了家门口,思睿和袁美珍,都硬着颈。眼神碰了一下,彼此撞得粉碎。思睿不愿进门。袁美珍咄咄地望着连粤名,不出声。

但那襁褓里的婴孩不知怎的,这时打了个哈欠,眼睛刚刚睁开,却对着袁美珍的脸,略略地笑起来。

袁美珍心神一软,便不再挡着门,转身回房去了。

连粤名将婴孩接过来,抱到怀里,自己都觉得抱得不舒适。孩子却不嫌,依然是冲他笑笑哟。他一阵心酸,想自己的外孙,刚生下来,便已懂得讨好人了。

他亦知道,女儿在给阿嬷奔丧前一个月,才参加了另一个丧礼,是这孩子阿爸的。

连粤名和思睿,都没有带孩子的经验。

好在网上有的是教程,按部就班,亦步亦趋。怎么冲奶粉,怎么换尿片,未免有些七手八脚,半天算是有了一个囫囵。孩子竟然也一直没有哭。喝完了奶,径自睡去了。思睿将孩子轻轻放在婴儿床上。思睿的房,这大半年,还留着她走时的模样。是那种做惯了好学生的少女的房间。企企理理,除了一架钢琴,依墙摆的都是书,整洁紧凑,未有一丝逾矩与懈怠。此时房的正中,多了一张粉色的婴儿床,像是放在现实里的一个梦。连粤名看这婴孩,出生不久,便是一头丰盛乌黑的胎毛,微微卷曲。手长脚长。脸相不算丰腴,大约在母胎中营养都用来发育骨骼。眉目却很柔软,因为额的宽阔,天然是有些和泰的样子。耳垂也厚,不似思睿,也不似自己,是来自另一人的遗传。他见女儿慢慢伸出手,想在那耳垂上摸一摸,却旋即缩回了手。

思睿说,阿爸,你也累了,去歇一阵吧。

连粤名转身,却还是回头看一眼,恋恋地。看那婴孩轻蹙了眉头,嘴唇动一动,大概在发梦。他心头一软,暖暖地化了。思睿又轻轻说,阿爸,得闲为苏哈(粤语,指婴儿)起个名字吧。

他点点头。这是他的外孙,身上有自己的血,也有另一人的。他忽而生起些柔情,想要与她分享,一起为孩子命名。

思睿和思哲,是夫妇俩共同取的名。"思"字,是为纪念他未谋面的岳母。这对儿女,由袁美珍一手带大。此刻,她匿在房里不出来。连粤名走到了房门口。

这间房,连粤名通常是不进去的。里面又传出了极其柔美的女声。连粤名知道,是老婆又开了直播。袁美珍在家做带货主播,已有一段时间。这声音出自变声器。袁美珍的声音原是很美的。他还记得,曼彻斯特那个微冷的除夕夜,袁美珍接着他五音不全的声音,唱那首《狮子山下》,清亮的嗓,好像甄妮的原声。

如今老了，她的声音变得干涩而严厉，只能运用科技来拯救与改善。除了变声器，还有补光灯和开到最大的美颜。有一回，连粤名申请了一个账号，进入她的直播室。他看到了一个面目陌生的女人，穿着和老婆一样的衣服，在推销一款脱毛器。那衣服是一件蓬蓬裙，袁美珍从海淘买来，质料粗劣。此时却焕发着华丽的丝质光泽。一样焕发光泽的陌生女人，年轻而鲜艳，长着挺秀细巧的鼻梁。连粤名想，真的是魔术啊。袁美珍最不满意的，就是自己扁塌的鼻子，曾经起意去隆鼻，终究被手术费所劝退。原来女人的愿望，如此简单就可实现。屏幕中的女人，用甜美而造作的声音在谢谢老板。他们为她刷着各种礼物，从火箭、游艇到玛莎拉蒂。连粤名想，这小小的手机屏幕，是辛德瑞拉午夜十二点前的城堡，是个迷你的仙境。他看着屏幕中的袁美珍，笑得如此由衷而满足。

连粤名曾经问袁美珍，为什么要做直播。袁美珍不屑地望他一眼，说，靠你那点工资过活，指拟你……揸兜都得啦（粤语，指望你……不如去要饭）。

对这言过其实的话，他习以为常。然而看着屏幕中的妻子，他忽然有些明白。他不禁伸出手指，按下右下方的红心，点了一个赞。然而，一分钟后，他就被踢出了直播室。

此时，房内安静了。他看一看墙上的挂钟，大约是直播结束了。他抬起手，想敲一敲门，但终于还是停下了。忽然，他听到剧烈的孩子的哭声，赶紧跑去了思睿的房间。他看到女儿抱着婴孩，惊慌失措。孩子正在大口地呕奶，刚才哭得声嘶力竭，此时却已有呼吸不畅的声音，气息在一点点弱下去。他也不禁有些慌，对思睿说，使唔使打999？

思睿机械地摇晃着孩子，眼神是乱的，望着外面正黑下去的天，张一张口说，BB唔好喊，唔好喊……

这时，忽然听到门"砰"的一声被打开了。袁美珍气势汹汹地走出来，道，使乜call白车？！

说罢，她走到思睿跟前，一把抱过孩子，将他直起身体。她对连粤名说，愣住做乜，快攞块毛巾过来。她叫连粤名将毛巾放在她左边肩膀，将孩子的下巴靠在肩头。然后托起孩子的屁股，将手弓起来弯成勺子的形状，开始在他背上轻轻拍打。上上下下，一边画着圆圈，同时身体轻颤，嘴里发出"哦哦"的声音。孩子渐渐安静了，忽然咳一声，打了个响亮的嗝，一边吐出一大口奶。袁美珍没有停止动作，用手一下一下地在孩子背上抚弄，为他顺气。一套动作行云流水。孩子仰起脖子，又打了个嗝，这才舒服地埋下头，靠在了袁美珍耳边，慢慢闭上眼睛，睡着了。

待孩子呼吸停匀了，连粤名对思睿眨一眨眼，轻轻说，睇到未，都是阿嬷助（粤语，指有能力，有本事）啲哦。

听到这里，袁美珍忽而变色，大声道，一个野仔，谁要做他阿嬷?!

说罢将孩子往思睿怀里狠狠一塞道，戆鸠（粤俚，形容人蠢、智力底下）到咁，点做人阿妈！

孩子大约被这动作弄疼了，终于震天响地哭起来。思睿一时气结道，我慨仔死活，都不要他人理。咁你又过来？

袁美珍冷笑一声，说，我不过来？佢死吙，我间房不是变了凶宅？

连粤名站在原地，愣愣的，一时没反应过来究竟发生了什么事。待他回过神来，听到"砰"的一声响，袁美珍已经将那边的卧室门反锁上了。

孩子还在大哭着。他干干地对思睿一笑，说，你都知你阿妈份人，就是这样……不待他说完，思睿终于也哭了起来，说，阿爸，你唔好再讲了。

思睿将他推了出去，也将门关上了。

连粤名一个人，站在客厅里头，黑着灯。他在黑暗中站了许久，这才慢慢挪动了步子，走到阳台上去。外头黑漆漆的天，有一两点星，闪一闪，便躲到夜霾里去了。他弯下身，在角柜里摸索了一下，摸出了一包"红万"。这包烟是几年前他在角柜里发现的。大概是上一任舍监无意的遗留，只剩下了半包。他没有扔掉，就一直这么留着。这时候从里头抽出一根，就着厨房的火头，竟然点着了。他狠狠地抽了一口。他本是不抽烟的，烟吸到了肺里，来不及吐出来，辛辣地一漾，于是剧烈地咳嗽起来。待咳嗽平息了，他不甘心，又抽了一口，缓缓地，让那温暖在胸腔里停留了一下，这才慢慢地呼出来。这时竟有月亮出来了，月光底下，他面前就出现了一团浅浅的蓝雾。在这缭绕的雾中，他闭上了眼睛。依稀还能听见孩子断续的哭声，可还有别的声音。他辨认了一下，是钢琴声，拉赫玛尼诺夫的《第二钢琴协奏曲》。在这家里，他许久未听到过。此时也是断裂的，将静夜裁切得七零八落。

他在沙发上和衣睡了一夜。第二天清晨，收到了二妹连粤南的短信，让他去收拾阿嬷老屋里的东西。

他走到春秧街上，整条街市刚刚醒来。店铺开了门，照例僭越将摊位摆到车道上，生果档、鱼档，都是新鲜而清凛的味道。赶早市的人也在车道上。电车叮叮当当地开过来，人流便自然分开两边，任由电车开过去，然后又重新会集起来。并不见一丝慌乱，进退有据，有条不紊。

"振南制面厂"的机器又轰隆作响起来。有些金属的摩擦声音，如同年迈人胸腔的共鸣。往前走几步,就消失在市声中了。连粤名这才觉出了饿来,便在南货店里买了一颗芋粿,一路吃着,一路往楼上走。

打开门,是一股子尘土味。这屋子空了不过一个多月,竟像是尘封了几年。但有一股子腥潮气,证实不久前还有人住过。阳台上,晾晒着女人遗留的衣物。菲佣姐姐来不及收拾清楚,慌张结算了工钱便走了。临走多要了一个月工资,说和个死人老太太睡了整晚上,这笔钱主家要给她冲冲喜。

阿嬷走了,留下了一种气味,那是常年的福鼎白茶浇灌出的。阿嬷说,自己脾气躁,要用白茶平息心火。白茶清冽,所以直到米寿,阿嬷身上也从未有过那种不新鲜的、带着颓败气息的老人味。他一边收拾,一边想。老辈人都惜物爱囤东西,瓶瓶罐罐、胶袋纸皮,尽是多而无当。阿嬷也囤,摞得密密实实。但细看看,竟没有一样是可有可无的。阿嬷房中的大柜,除了衣物,便是六个柜桶。打开来,每只里头都清清楚楚,分门别类。打开一个,便是一满格的记忆。一格里头放着各种票证和存折,还有房契。一格中摆有只蓝罐曲奇铁盒,里头用橡皮筋捆成一沓。连粤名一张一张地看。有三叔公一九七六年抵垒,办的临时身份证。有任剑辉和白雪仙,在新光戏院告别演出的戏票。有一九九〇年从罗湖坐长途汽车去莆仙的车票,那是连粤名最后一次陪阿嬷返乡。还有一张,打开来是火化证,上头的英文名字如拼音:Lintong Bo。连同保。他轻轻念出来,依稀记得这个人的名字。火化证里还夹着一张照片。这照片他没有见过。照片上是一对年轻男女。男的是个文气的样子,五官净朗,笑得不太舒展。他看出了自己眉目的出处。女的一条独辫子,长及胸前。眼很亮,铮铮的笑模样。这张照片泛黄有年头,中间对折过,又展平了。可男女之间还是有一道密密的痕。

"如可赎兮,人百其身。"大柜深处,还有一个包袱。扎得很紧,他费了一些力气才解开。里头有一只褓褓,虽然颜色暗淡,但可以辨得出是自己的。上头绣着石榴与水仙,阿嬷亲自绣的。还有一顶虎头帽,眼睛是塑胶的琥珀纽扣,也还是炯炯的。压在最底下的,是一双拖鞋。宝蓝缎的底,鸳鸯戏水。鞋头上已经磨破了,用同色的线补过。大约又被顶开了,还是半个窟窿。连粤名将这双鞋捧在胸前,心里忽一阵锐痛。

待他收拾好了,背上包就下楼去。到了楼下,才发现外头已经下起了密密的雨。雨越下越大,伴着浅浅的雷声。香港的冬天,很少有这样的雨。他怔怔地看了一会儿,才想起来上楼避一避,却将钥匙忘在了屋里。他正在门口踌躇,忽然听到身后有人轻轻唤,连教授。

他回过头,看到一个女人。女人也没有带伞,正掸着身上的雨滴,手里拎着一只篮子,看样子刚刚买餸回来。连粤名认出来是个街坊,便笑笑说,看我大头虾,将钥匙忘在了门里头。

他往外看去,雨更大了,形成一道帘幕,外头竟然什么也看不清了。女人也看着外面的雨,说,连教授,要不要上我那里避一避雨?

连粤名转过头,想起这个女人叫月华。她是个外乡人,却也在这楼里住了十几年了。

她大约是楼上大只荣的续弦。大只荣做鳏夫好多年,待略上了年纪,攒了些钱,就北上做生意。生意并不见得做得有多好,还赔了钱,却从四川带回了这个女人。带回来后,他也并没有在家里待着,考了个两地车牌,给人跑运输。有回在深圳湾遇到了车祸,没来得及送医,当场就死了。旁人都以为,月华要卖了房子回乡下去。她倒没有,守在这儿,十几年也没跟别人。白天给人当保洁,晚上给人看更。赚的钱,贴补给老人院里大只荣的老窦。只是近年,有一种传说,说她晚上不看更了,做起另一种生意。有一回,住在明园西街的老姐妹,就是连粤名当初的房东,来探阿嬷,说起这桩事,脸上鄙夷而暧昧地笑。没等她说完,阿嬷一拍台面,说:"收声喇,你道是一个女人过得容易?要是你死男人,揸兜都有人理!"按说,多年的姐妹,何至于此?对方脸上红一下白一下,拂袖而去。阿嬷也便横了一眼在场众人,厉色道,唔好系出边乱噏(粤语,乱说,胡说)!听到未?

女人见他不说话,定定望着门里头,便细声说,阿嬷人善,一路好走。

说罢便转过身去,走了几步,听见连粤名却跟上了她。开了门,走进去。屋里头简素清寒,并无许多过日子的气象。月华走到厨房里,将餸菜搁下。出来,叫连粤名坐,却看到他的目光远远地扫过。那里有些莹莹的小灯泡正闪着光,粉红的、金灿灿的。她于是走过去,将卧室的门轻轻掩上了。她给连粤名倒上茶,自己拿过了一只很大的柚子,用竹刀斜斜砍一下,然后将皮慢慢地剥下来。两个人望着外头的雨,没有要停的意思。从窗口望出去,整个北角都模模糊糊的,陌生得很。连粤名喝一口茶,味道很熟悉,说,福鼎白。月华点点头,还是阿嬷俾我的,从去年中秋喝到现在。这些年,我吃的用的,多亏了阿嬷照应。连教授,你知道吗?我们自贡也产茶,叫"川红"。我们家种,最好的叫"早白尖"。我总想着,要回一趟家,给阿嬷带些来。可是,到现在也没回得成。阿嬷却走了。

月华说到这里,眼睛一红,低低头,沉默住。许久后,她将手上剥好的柚子递给连粤名,手背在眼角上靠一靠。连粤名也不知说什么,过一阵,问她,你公公可好?

月华说,还好,就是身边离不开人。别人都不认识了,只认识我。大事小事,都叫"新抱"。老人院的姑娘,天天打电话叫我过去,说他不见我不肯吃饭。胃口倒很好,一个人能吃掉一大碗叉烧饭。

连粤名说，那很好。老不老，都是看胃口。吃不下饭，人才真老了。我阿嬷……

他终于没说下去。月华看出他的黯然，说，阿嬷是好福气的。教出了一个教授，教授又教出了一个医师。街坊多少人羡慕。平日里，阿嬷跟我们谈起你，中气都足了不少。

连粤名笑笑，说，可当着我的面，只是骂。

月华说，慈母多败儿。阿嬷是明事理的人。

这时候雨渐渐小了，连粤名说，我该走了。忙站起来，却碰翻了桌子上的茶，全倒在了身上。连粤名说，我借一下洗手间。

走进去，按一下灯，却不亮。

月华递过一块毛巾，说，唔好意思。坏了好久了，找了很多回师傅。师傅嫌活儿小，都不肯上门。

连粤名看一眼说，我来试试。

他就搬来一条板凳，一只脚踏在凳上。不够高，他便踩到了浴缸沿子上。将灯拧下来，查看一下，叫月华将电闸关上，说，小问题。过了一会儿，他说，好了。就从凳子上下来。这时碰到什么，是轻柔的织物，在他脸上擦过。有一种柔润的气息，让他脚下软了一下。

月华拉开了电闸，洗手间里透亮的。他看到，原来浴缸的拉杆上，晾了一件胸罩。在灯光底下，是温暖的米白色。

他见到眼前的女人，脸庞也是温暖的米白色。也是一样的气息，瞬间在他的鼻腔里放大了数倍。他跟跄了一下，女人扶住了他。忽而有一种力量，在他体内奔涌了一下，摧枯拉朽般。他一把抱住了面前的女人。

事毕，他仍有些晕眩，看着头顶忽暗忽明、五颜六色的灯仔，疑心是在某个不知来处的圣诞夜，如此虚幻与美好。他闭上眼睛，忽而睁开了。他下床，从包里拿出那双陈旧的丽宫拖鞋，给女人穿上。女人迟疑了一下，还是穿上了。净白的身体，唯有脚上，闪着一两点的珠光，若隐若现。他体会到自己的壮大，在壮大间冲撞着这女人，恶狠狠地，攻城略地。

待他终于彻底地疲惫了，嗅觉却冷静下来。他觉得这室内的气息，无端地有些卑琐。半晌，他问女人，你闻过素馨花的味吗？女人转过头，看他，不知该说什么。他一个人走到洗手间，看到镜子里的自己，有些惊讶。他许久没有这样好好看过自己。镜子里是个半老的秃顶男人，两鬓斑白，双眼无神，有优柔而颓败的表情和体形。刚才，就这样，在一具陌生的也近衰颓的女体上盘桓。甚至，他注意到下体也有了几根白色的毛发。他忽而感到一阵羞愧。

他穿戴整齐,准备离开。想一想,从钱包里掏出了两张千元钞,递给女人。

连粤名说,对不起。

月华说,对不起?本来就是关起门来做生意。不偷又不抢,谁对不起谁。

她将他的手轻轻挡开,说,这些年,阿嬷给我的恩惠,不止这么多。

这时外面的雨,忽而又大起来,伴随狂风呼呼作响,竟把一扇窗户吹开了。月华走过去,将窗子关上。冷冷看了一会儿,回头说,不是我要留你,是天要留。

连粤名便也坐下来,倏然,喃喃说,下雨天留客天留我不留。

月华说,连教授,我读书少,但懂你说的。教我们小学语文的先生,是个大学生,没回城的知青。可巧他给我们讲过这个故事。同样一句话,看怎么说,谁来说,意思就大不同了。既然天留客,也是个缘分,一起吃个午饭吧。

连粤名愣愣地坐着,听到月华在厨房开了火头。不一会儿出来了,端出来一盘白灼生菜,淋上蚝油,和一碗紫菜蛋汤。又从微波炉里端出了一份烧味饭,外卖烧鹅。饭菜是一个人的量。她取了一只空碗,放在连粤名跟前,拨了大半进去。肉也是整齐的肉,留些边角和骨给自己。她便低头吃起来。连粤名不声不响,终于也吃起来。鹅肉有点老,有些甜腻,但味厚而丰腴,令人满足。连粤名在家,许久未吃过这样的饭。他似乎打破了某种禁忌,大口地吃起来。胃里充盈起来,湿湿的暖。

他回到家,原本准备了一些说辞。但袁美珍并不理睬他,只望他一眼,便给股票经纪打电话,又向发货商追款,声音山响。

他轻轻推开思睿的房门,看母子两个都在睡觉。孩子将手指塞在口中,忽而震颤了一下,大概是做了个梦。

晚上,一家人坐在一桌,都不说话。倒是思睿先开了口。她说,爸,我想好了。这孩子,以后就叫林木。

下一个周末,连粤名又说去老屋。袁美珍问,还没收拾完?

他说,阿嬷几十年的东西,一时半会儿怎能收拾完?

他敲开月华的门。月华看一眼,让他进来,说,教授,你落下了一双鞋。

她回里屋,捧出那双鞋。连粤名看到鞋头的窟窿,已经补上了。衬了一块同色的缎,针脚密匝匝。

连粤名看月华脚上,有莹莹的珠光隐现,也是一双缎面拖鞋。

他将手里的东西,放到桌上,说,上次你请我吃了饭,我要还给你一餐。

这狭窄的厨房,因气窗上的排风扇也坏了,前所未有的烟气浓重。

月华看连粤名,利落地将食材拿出来,分门别类摆在碗里。就对他说,看不出连教授,上得课堂,也入得厨房。

连粤名笑笑,我自小跟阿嬷长大,日日看,什么都是看会的。

月华说,那我帮你打打下手。

连粤名推辞。她顿一下,便说,其实做年节,我也帮过阿嬷。看这些食材,大概也知道你要做什么。这道焖豆腐,胡萝卜、火腿、节瓜都要切丁,我总是会的。

连粤名便由她去了。厨房逼仄,两个人就靠得格外近。都不说话,近得能听见彼此的呼吸。月华埋着头洗菜,这时极其微弱的阳光,照进了厨房里。有一道,正落在她的脸上。两个人都不说话,只能听见水声和切菜的声音。久了,竟然听出了一种抑扬顿挫。两个人手势间的默契,倒好像已是相处多年的感觉。顺着那道光,连粤名望见了她眼角浅浅的皱纹。不知怎的,心里漾起了一阵暖。于他而言,这暖意也是久违的了。

待菜摆上了桌,已经是一个多钟后了。因为有道扁食汤。扁肉皮要用刀背将猪肉捶打去筋,再混上番薯粉揉匀,极其考功夫。这一碗盛上来,连粤名让月华尝一尝。月华吃一粒,脱口而出,味道和阿嬷做得一模一样。

连粤名说,我今天做的,都是阿嬷的真传。

月华叹一口气,说,焖豆腐、荔枝肉、海蛎饼,我本以为,阿嬷走后再也吃不上了。

连粤名说,你要喜欢吃,我可以教给你做。

月华说,我别的还好,就是煮餂的手势不大行。说起来,我倒是最念阿嬷做的腼饼。我看着不大难,教授有空教教我。

连粤名心头无端地痛一下。他想起了二十多年前,他东拼西凑,因陋就简做了一餐腼饼。有个女人,定定看着他说,别的我不管。这腼饼一世你只做给我吃。

许久,他回过神,对月华说,叫我阿名吧。

七

这一年的春天,副校长的任命终于尘埃落定。国际导演也完成了在南华大学的拍摄。据说这部新的影片,将要成为坎城电影节的开幕片,并参与主竞赛单元。

大学于是前所未有地安静了下来。虽是春天,吹面不寒,校园里倒有了一种入秋的萧瑟。

连粤名收到一张婚礼请柬,来自周博士。新郎是个不认识的外国名字。

连粤名想了想,决定还是去。

婚礼在圣约瑟教堂举行,只有一个冷餐会。并没有铺张摆酒,这倒是符合周令仪新派的作风。他原以为,参加婚礼的还有大学的其他同事。然而举目四顾,并没有一个熟悉的人,并且以西人居多。他不禁有些拘束。

新郎新娘来向他敬酒,他立即站起来,说着百年好合之类的客气话。周令仪哈哈大笑起来。新郎显然没有听懂,但也是凑趣地笑,笑得十分憨厚。这是个很俊俏的年轻人,但瞧上去脸相很嫩,是没经过什么历练的样子。能看得出,很爱周令仪。当着连粤名的面,也并不掩饰他的爱。他含情脉脉地望着自己的妻子,并且深深地亲吻。周令仪抱歉地微笑,对连粤名说,意大利人。

然而,后来的仪式上,伴郎发表演说,才知道他们是在艺穗会认识的,在一个朋友的 farewell party(欢送会)。那不过是两个月之前的事情。

席间,周令仪单独走过来,看到连粤名又在张望。她敬他一杯酒,轻轻说,连教授,他不会来的,我们分手了。

她说得轻描淡写,如在陈述一个人所共知的事实。倒是连粤名不安起来,好像自己是个泄露秘密的人。周令仪望着他,眼神坦荡荡的。她说,我就要去欧洲定居了。方便的话,帮我跟 Leo 说一声。我用了一个月的时间,才教会我先生那段他教我的贯口。

说这些时,她始终在微笑。她望一望远处的太平山,说,香港多好啊。说起来,我还真有点舍不得呢。

这年前后,经历了一些动荡。虽未算尘埃落定,但先前的混沌,渐渐显山露水。

院长和连粤名谈话,关于高分子研究所的周年庆典,却问及下一任的系主任人选。他知道自己早已过了少壮年纪,别无所想,只是重复往年一些和事佬的说辞。但是,院长话里话外,却是提醒他老骥伏枥的意思。他笑一笑,说,我最近一个舍监,都当得左支右绌,何谈管一个系。学生来来往往,自然都传开了,我未嫁女儿,却做了外公。屋企正是一地鸡毛。

院长自然是听到了风闻,但从连粤名自己嘴里说出来,心里还是一惊。他想这么个老实人,不声不响。如今不吐不快,却叫人骨鲠在喉。

连粤名从院长办公室走出,周身松泰,步履轻盈。路过教学楼外头的车道正在装修,几个印度裔工人突突地打着电钻,声音震耳。忽然停下来,他才听到一个工人正唱着支小调。大约来自家乡,音节简单,唱得如痴如醉。虽然一句都听不懂,但这旋律却在连粤名耳畔萦绕不去。如同一句咒语,回环往复,他也不禁轻声吟唱。

在日复一日的日常里,思睿的孩子也长大了。连粤名未尝初为外祖父的喜悦,只觉自己无端地又老了一些。欣慰的是,家中隐隐地有一种和解的气氛。袁美珍开设了一个新的公众号,认证是"育儿专家"。订阅者寥寥无几。她将录制的短片链接发给了连粤名,不着一词。连粤名打开,看到了袁美珍抱着一个塑胶的婴儿,极其耐心地示范与讲解。短片中的妻子,不再有美颜,面色青黄,眼袋下垂,是这个年纪的女子,通常的老态与臃肿。但却有一种砥实与可靠,是他曾经熟悉的。那眼中的严厉,也柔软下来,甚而有一种母性。目光落在那婴儿公仔上,便是一层暖。

他终于醒悟,于是将链接发给了思睿。Whats App(一种用于智能手机的即时通信应用程序)并未回复,但显示已读。

这样许多次后,晚饭时,他看到思睿怀抱孩子的姿势,有了些微的改变。他抬起头,袁美珍的目光,也正落在女儿身上。紧蹙的眉头,略略舒展。

在某一个下午,他回到家,打开门,便听到外孙的哭声。他看到思睿从浴室中出来,正慌乱地擦着湿漉漉的头发。他们同时疾步走到卧室里,却看到阿木已停住哭声,以柔软的姿势,窝在袁美珍的肩头。袁美珍轻轻拍着孩子的背,面容松弛,嘴角有一丝笑意。待看到父女两个,便恢复了一种不耐的神情。看一眼思睿说道,论论尽尽(粤语,形容人笨手笨脚,行动不灵活),点做人阿妈!

然而,她说罢,并未将孩子塞到思睿怀里。倒是一边哄着阿木,一边向厅里走去。姿态熟稔而自然,像个平凡而怡然的外祖母。最终停在了露台前,指着露台外的鸽子,轻轻唱道,细路乖,睇鸽仔;上下飞,唔返来。

连粤名心头缓缓颤动了一下,他回忆起,上次听到袁美珍唱这首童谣,已经是二十余年前了。年轻的母亲,粲然而略羞涩地对着自己第一个孩子唱。

过往的大半年,连粤名待在自己一手成立的高分子研究所。整合设备,建立团队,申请项目。虽然疲累,但却有一种淋漓与畅快,也是久违的了。他看着身边的年轻人,闻着仪器的金属味与隐隐的荷尔蒙混合的气息。他依稀回到当年,虽无铁马冰河入梦来,但总也有些宏愿与抱负。这些抱负始终未曾与人分享,便逐渐蒙尘,连他自己看着都面目模糊。现在退休之前,院里允他远离政治,埋首这一处学术异托邦,竟让他有青春重回之感,只觉非殚精竭虑,无以为报。

某个黄昏,他穿过 Pacific Place(太古广场),看到中庭贴有一张巨幅海报,正是那个国际导演的新片预告。男主角是个华人影帝,女主角名不见经传。

谍战与浪漫,都非他兴趣。然而,他愣一愣,不知为何,鬼使神差,竟然买了一张票,走进去。在进入放映厅之前,他被要求查验。工作人员抱歉一笑,说是防止有人将摄影机放在包里偷摄。"毕竟是近三个小时的足本三级片",工作人员放他进去,却加上这一句。这句话并安慰不到他,反而让他有些心虚。

影片虽长,无冷场,见大师功力。其中必有内容,情事令人面红,谍战令人心跳。但是因为等待,似乎于他并未有强烈的触动。终于出现,是陆佑堂。简陋的舞台,桃花三两枝。他想起那个阳光尚好的下午。台上的人,生死离别,上演革命加爱情的戏码。女主角生涩而美丽的六角形脸庞,在想象中,不断叠合另一张脸。

在漠漠的黑暗中,他大着胆子,端详着银幕上的脸。无助而笃定,天真而勇敢。另一张脸,神情别无二致。但没有憧憬,眼里有光,瞬息湮灭。

他看一对男女真刀真枪,贴身肉搏,无端起了反应。黑暗也掩藏了潮汐的欲望。事毕,他看女主角点起一支烟,着睡衣站在窗前。睡衣上开着大朵的金色鸢尾,缓缓滑下,脊背青白,长而优美的颈。

他回到家,已是夜半。他悄悄开门。思睿房间黑了,照例是睡了。近来他早出晚归,已是常态。无人关心,也无人以之为怪。

卧室里倒有一盏灯。他推开,见袁美珍躺在床上,好像也睡着了。手边摆着一张强积金的宣传单。这灯便不知是忘了关,还是为他留的。

袁美珍睡着了,人便松弛下来。光的柔和,抚平了脸上的褶皱,还有嘴角的法令纹。这法令纹里,集聚的平日里的一点狠,也隐没了。许久未见这女人的脸上,呈现出了一种憨态。这憨态是对世界不设防的,在香港女人脸上尤其稀见。他心中莫名产生一股柔情,他悄悄地上了床,从背后拥住妻子。这背让他有些许陌生,坚硬而厚实。他犹豫了一下。但是,同时间若有若无的香气,从女人的头发间散出,并渐浓郁。是素馨花的气味。这气息,是女人与自己信守的诺言。如二十多年前,还是让他心驰神往,进而迷离。那已经退潮枯败的欲望,出其不意地泛绿。他将下巴贴到妻子的颈项间,让那气味离自己近一点。热烘烘的,丰熟的,让他有一丝痒。呼吸也重浊。袁美珍并未避开,反而感到一点隐隐的贴近。这对彼此也是久违的。不知为何,刹那间,他心里出现"相濡以沫"这个词。他不再动作了,只想维持这一个静止。

不知过了多久,他几乎昏沉睡去,忽然听到了急促的声音,是一阵杂沓有序的脚步声。这段西班牙踢踏舞者的舞步,被袁美珍用作手机铃声已经多年。

他看见袁美珍"腾"地坐起身来,神经质地将他推开。

她接通电话，旋即便也放下。她看着他，眼里有光。

那个女人终于死了。她说，同时紧张地搓着手。连粤名看她身体微微颤抖，双颊潮红。

在袁美珍后母的葬礼上，连粤名再次见到了她的家人。上一回还是二十多年前，出现在婚礼上的，只有她同父异母的大弟袁尊生。

尊生的样子似乎并无变化，那时已是个持重成熟的青年，代表家庭出席长姊的婚礼，于他如同与年龄并不相称的使命。然而，他做得很好。礼貌周到，举止言行均无可指摘。还有一种令人舒服的雍容大气。就连最挑剔的阿嬷，在婚礼结束后，都放下了成见，说袁家大弟"好得、好生性"。他的得体，令众人似乎都忘却婚礼上缺了一方高堂的事实。特别是他代表女方致辞，为连家塑造了一个他们所不熟悉的袁美珍。这个袁美珍，是个独立而低调的都市丽人，不袭家世，溯流而行。他甚至表达了对他已去世的大娘的敬重，完成了他所塑造的完美长姊其来有自的逻辑。听完了这段致辞，众人将目光投向了连粤名，仿佛他是那个入深山得珍宝而不知的樵夫。

在这个过程中，袁美珍只是浅浅微笑，并未对大弟表现出任何言语和神情上的呼应。但连粤名当时想，这或许会是一个节点，代表着她与家庭的和解。

然而，第二天清晨，袁美珍在敬公婆茶之前，对连粤名说，她没有娘家回门的环节。她放弃了对父亲的继承权，袁家便陪她将这场戏做圆。

事实上，袁美珍的确没再回过家。她最后一次与大弟见面，是在西半山附近的一处私人会所。那是一九九九年，袁美珍与他借款，为筹满"何翠苑"的首期。

在丧礼上，连粤名第一次与袁美珍的整个家庭会面。确切地来说，是一个家族。他并未预料，袁美珍拥有一个庞大的家族，并有如此广泛的交游。在过去的这些年，袁美珍除了间或提到尊生这个名字，甚至对其他的弟妹未有只字。而显然，除此之外，她还有至少两位叔父和一个姑姑。这时以一种矜持的神情和她说话，丝毫不理会她身旁的连粤名。对连粤名而言，这是一个完全陌生的环境，这个环境反而让他自在，无须敷衍。他获得一种特权，可以理直气壮地做一个旁观者，环顾周遭。

然而，这个情形未几便被打破了。他看到一个花白头发的男士向他走来。他一眼认出是袁尊生。他似乎没有变，除了头发白了些，脸上还如青年时般光洁红润。举手投足，是优渥生活造就的良好修养。连粤名无法对尊生陌生。因为后者城中名人的身份，每周六晚上十点档——《港人说法》的常驻嘉宾。

他看到这张名人的面庞,穿过陌生的众人的脸,向他飘浮而来。尊生亲切地唤他,姐夫。然后,就近将他介绍给近旁的来宾。他说,姐夫是南华大学的教授,研究高分子物理。然后以征询的目光,看一眼连粤名,说,姐夫,我没有说错吧。这都是你们科学家的事情,平常人哪说得清。

连粤名愣了一愣,恍惚于长久缺席于自己生活的妻弟,昨天是否刚刚见过。他也感到了身上有一些灼人的眼光。意识到,这意味着头发半秃、黑西装上还有褶皱的麻甩佬,忽然被人刮目相看。尊生将他引见给其他人,一如既往的得体周到。他不禁也打量。时光荏苒,和这个男人的会面,漫长的空白,竟然是在一个婚礼和一个葬礼之间。那时尊生不过是一个法律系实习生,如今已是国际知名律所KMC的合伙人。即使作为袁家的长子,并未继承家业,但丝毫没影响他的地位。比起二弟正疲于应付商界往来,此时他倒有了一种游刃有余的超然。因为他,这个葬礼未显得过分沉重,更像是带有暖意的追思。

面对宾客致辞,尊生提到了自己的父亲,说到他与母亲的相识。连粤名禁不住看一眼袁美珍。她的神色倒是很平静,一如当年在她自己的婚礼。听的过程中,连粤名有些走神,因为在这致辞中,他感觉到了某种套路和圆滑。这或许是律师的职业品行所致,他想。尊生在致辞中塑造了他父母的婚姻,一如多年前塑造自己同父异母的姐姐。他忽略了这桩婚姻门当户对的功利实质,而凸显了父亲的一往情深。台下的宾客唏嘘。连粤名想,这是多么完美的因势利导的案件重现。

因为走神,连粤名将目光落在尊生身后的遗像——活在袁美珍口中的女人,今天的主角。这是张无法激起他人仇恨的脸,与尊生面目类似,但更为平和,平和至平淡,甚而眼神有些恍惚。连粤名不知道,这是在袁老先生身后,经受了常年的抑郁症折磨所致。这一点,袁美珍一直未告诉他。她需要她生命中的敌手,始终是个强者。

在致辞的尾声。连粤名看着妻子缓缓站了起来,然后转身,在众目睽睽中离开。尊生似乎停顿了一下。或许并未停顿,仅是连粤名的错觉。致辞便走向了华彩一般的收束。

回到家里,袁美珍立即将自己关在了房间里。隔着门,连粤名听到了一阵号啕,继而安静。

思睿抱着阿木走出来,父女两个站在门口,对望了一眼。连粤名对思睿挥一挥手,让她回房去。在长久的寂然之后,传来极其细隐的啜泣声。

第二天清晨,袁美珍才从房里走出,竟还穿着参加丧仪的黑色套装。连粤名想,尽管袁美珍是个孤寒(粤语,音啬,形容人过于节省)的人,却为了后母的丧礼定制了套装。这套装质地精良,剪裁得体,扬长避短。连粤名看妻子穿上套装的那一刻,双眼生辉,如同临阵的武士身着铠甲。

然而此时,穿在同一套衣服里的袁美珍,似乎整个人都坍塌了下去。套装皱巴巴地发着晦暗的黑。脸上的妆,被泪水冲洗得七零八落,冲出两道干枯灰黄的沟壑。她站在门廊处,发现了丈夫和女儿的目光。于是竭力将身形撑持,但似乎自己也感到徒劳,就放弃了。她用手背胡乱在脸上擦一把,掩饰已干涸的泪痕。在桌前坐下,她从连粤名手中抢过一块还未涂好果酱的面包,狠狠地咬了一口,咀嚼几下,然后用含混不清的声音说,佢点解要死?

连粤名看着她。她将面包掷在桌上,大声道,那个女人,佢点解要死?

说完这些,她好像泄了气,再一次地失声痛哭起来。

这次回到房间,她没有将门关上。晨光初至,厅里的光线,渐渐亮了起来。一束光沿着露台,投到了餐桌上,桌上有远方在风中摆动的稀疏树影。这光线朗净,似乎划破了令人压抑的安静。让父女俩都松了一口气。

这时,思睿轻声说,爸,孩子大咗,我想回去上班了。家里请个保姆带阿木吧,钱我自己出。

还未等连粤名应她,房间里传出一嘶哑女声:使乜晒钱请菲佣,我来带!

八

研究所出事,是在两个月后。

旁人都说,早前就有征兆。这高分子研究所的风水不好,前身是嘉风楼的一处货仓。日据时被征用,囚禁过东江纵队的几个队员,在附近行刑,胡乱埋掉了。因为北向,四围寸草不生,是极阴之地。连粤名是不信这个邪的。但先前做过化学系的实验室,莫名发生了爆炸案,有史有据。虽说已是十九世纪六十年代的事情,至今未调查清缘由,炸死了一个英籍的管理员,是确实的。所以研究所挂牌那一天,听几个老同事的建议,还是点红烛、上高香,摆了切乳猪的仪式。

后来谈起,连粤名自己都好笑,说,上香拜祖师爷,倒该有个名目,是拜保罗·弗洛里,还是爱因斯坦?

可就算这么着,还是出了事。

连粤名接到医院的电话,听完,愣愣地一闭眼睛。

许栩是他带的第一个博士生。研究所成立时,已在多伦多大学拿到 Tenure

（指"终身教授"，是在美国和加拿大等地的大学里对教授职位的一种保障系统，使得大学教授通过考核期被正式授予终身教授后没有正当法律上的原因其职位不会被终止），手中握有三项专利，前途大好。但听说导师需要人手，便毅然请辞，回来母校效力。连粤名看他毕业多年，还是那个白马轻裘的少年，毫无学院积习带来的圆滑和暮气，不禁欣慰。许栩加入研究所后，未负众望，短短一年间已申请到两个重点科研项目，发表了数篇 SCI 论文。长此以往，连粤名是有心让他接下研究所的重任。上回见院长，问及下一任系主任人选，连粤名当时未表态。但事后却专函推荐了许栩。按理说，这有违他低调的作风，但想一想，举贤不避亲。院长再见到他，便说，论学术，你这个学生是真好。但人事上，不怎么成熟啊。连粤名笑笑说，路遥知马力，多历练就好了。去年和威斯康星的研讨会，他操办的。办得如何，您有数。不像我，就不是管人的材料。

连粤名自然知道院长说的，是许栩张扬的个性，毫无乃师之风。因为恃才傲物，得罪了一些前辈。甚至博士论文答辩时，还被为难过。这些年在学术圈摸爬滚打，退去了不少脾气，为人圆融了些。但一涉及学问，还是寸土不让的性格。

作为导师，连粤名明里暗里，也为他护航，当初是不想看到初出茅庐的才俊，被汹涌的暗潮淹没。久了，其实心里有些羡慕，是为这孩子的不变。他总想，只要硬下去，终有一日，能做那掌舵的人，立于暗潮之上，便无人可奈何了。

但他未免乐观。在周年庆典的前夕，院里的学术委员会收到一封实名举报信。举报人是美国一所社区大学的学者。举报的对象是许栩，直指他去年年底发表的一篇 Tier 1 Journal（重要期刊文章）涉嫌抄袭，列出了十多处比对性细节，为证确凿。对方发表的刊物名不见经传，但发表时间比许栩的这篇早了三个月。因这篇论文是研究所去年立项后的重大科研成果之一，兹事体大，学术委员会便成立了调查组，专司此事。

一切发展得太快，连粤名来不及反应。一周之后便要召开听证会。早晨他收到了许栩的邮件，说已经准备好发给文学院的 Appealing Letter（说明函）。这十多处引证，有一半以上是来自他在夏威夷年会上发表的论文，他倒要问问这举报人的实验数据从何而来。

不等连粤名动作，院长已找到他，让他说服许栩，压下这封 Appealing Letter。连粤名道，别的好说，但自证学术清白，有什么商量的余地？院长说，这些都交给委员会。此时自己申诉，无异于飞蛾扑火。

见连粤名茫然，院长犹豫一下，叹口气，你以为这个举报人是什么来头。他是莫里斯以往在密歇根时的学生。

连粤名一怔，脑海中映出一张牛肉色的脸。莫里斯教授是系里的老同事，退休已有四年。据说未拿到荣休资格，和数年前那起风起云涌的学院政治相关。当时物理系的系主任，即是如今的院长。也就是说，此次来者不善，恐怕没那么简单。

院长说，他是冲着我来的。树欲静而风不止，何必殃及池鱼。按住许栩，要保证研究所的周年庆典如期进行。

院长想的是近在眼前的研究所的声誉，许栩想的是学术清誉，似乎都没有错。这时候，连粤名接到老李的电话。老李说，退休生活淡出了鸟来，约他出来喝一杯。

两个人在中环一家居酒屋见了面。老李似乎老了不少，大约是神情里少了许多的意气。但他一见面就嘲笑连粤名的外公相。连粤名看着他拿着酒杯的右手微微抖动，嘴角也有些歪斜。老李年初时小中风了一场，落下了后遗症。连粤名不确定，这是否与周令仪相关。但如今的老李，确不是那个洋气的、浑身散发着古龙水气味的 Leo 了。他身上是件讲究的黑缎唐装，白色袖口上绣了"L. &L."，是他与他太太姓氏的缩写。

连粤名说起近事。老李眯眯眼睛，说，本来我是写一幅字给你共勉："两只麻甩佬，一对老学究。"如今看，不对。麻甩佬是我，老学究是你。这几年，我还是比你看透多了。我们系里两只鸟眼鸡，以往在乐团争首席，后来在大学里争讲座教授。争到一半，死了一个。另一个高处不胜寒，去年也死了。我送他们两个字："挚敌"。

连粤名说，我倒是无所谓。可是老辈的恩怨，应在年轻人身上，还是欠公平。

老李摇摇头，说，儿孙自有儿孙福。不聋不哑，不做翁姑。

连粤名叹口气。老李说，不如我给你讲段古。

连粤名说，我正愁，你仲同我讲古？

老李说，听听无妨。当年我随我老婆上门见家长，没说一句，我岳丈先用这一段来考我，是个单口相声《解学士》。里头有个明朝才子，叫解缙。出身寒门，细个时读书好叻。解缙家对面是曹丞相的后花园，门对丞相的竹林。除夕，他就在门上贴了一副春联：门对千棵竹，家藏万卷书。丞相见了，想他好大口气，就叫人把竹砍掉。解缙呵呵一笑，于上下联各添一字：门对千棵竹短，家藏万卷书长。丞相更加恼火，这回下令把竹子连根挖掉。解缙不动声色，在上下联又添一字：门对千棵竹短无，家藏万卷书长有。

连粤名会心说，这个才子，还真会搞搞震。

老李说，我就问你，这才子蚀底没？

连粤名说，佢蚀底？分明占了人便宜。

老李又问，那他得罪了人没？

连粤名说，得罪了？好像又谈不上。

老李说，当年我丈人问我，在这相声里头看到什么。我那阵普通话都说不利索，听得半懂不懂，只好说，看到我亲事黄了。他呢，哈哈大笑。说这后生真老实，就把女儿嫁给我了。

连粤名笑说，你要是人老实，猪乸会上树。

然而接下来，他愣一愣，忽而懂了，说，这是个好故事。

连粤名终于没来得及对许栩讲这个故事。他看到了许栩将写给文学院的 Appealing Letter，电邮抄送给了他。他不禁有些光火，立即打了电话给许栩，但他手机关机。

许栩的消息，是第二日清晨传来的。当时连粤名睡眼惺忪，立时间清醒了过来。当他赶到研究所时，空气中似乎还流淌着残余的乌头碱气味。在服毒之前，许栩给自己注射了肌松剂。这样在清洁工人发现他时，他嘴角上扬，脸上竟呈现出了柔美的微笑。

警方很快将凶案定性为自杀。因为在傍晚时，全校师生都收到许栩预定发送的邮件，是他的遗书。这封中英双语的遗书，遣词造句都非常准确，且文采斐然，令人不得不佩服许教授的语文造诣。更难得的是，其中颇有几分举重若轻的幽默，甚至用来陈述自己饱受抑郁症困扰已有六年的事实。

当然，这封信的后半部分，剑锋所向，是"南华"物理系多年的朋党之争，以及隐藏其下的学术腐败与利益输送。这是积重难返的卷裹，似乎少有人能独善其身。在这封信发酵一周之后，理学院院长与物理系主任，分别递上辞呈。

信的末尾，他说唯一愧对的是自己的导师。

连粤名再见到许栩，是在一周后，又是个周五。那一天本来是研究所的周年庆典。

已成为植物人的许栩躺在床上，仍然微笑。这笑意或将永恒地凝固在他脸上。连粤名望着他，想，这孩子生前总和自己拗着劲，活得太紧张，总算让自己放松了下来。

他迅速地纠正并说服了自己，说许栩还活着，和他一样活在空气和阳光里头。只不过不用再为生活缠绕，如窗台上的一棵黄金葛。他看着许栩生动的脸，像是个装睡的人，嘴角憋着一股笑意，时时将要在他面前睁开眼睛。他看得很久了，看到窗外暮色苍茫。这张脸终于成了一张面具，不再是他的学生。与他同存于世,幽明两隔。

走出医院的时候,他遇到了月华。

女人手里拿着一个保温桶,看上去憔悴了些。她说,公公前两天进了一次ICU(重症监护室),抢救过来了。醒了,连她都不认识了。

她遮掩了一下,他还是看到她眼角的伤痕。她的声音很轻,对他说话,神情与问候,也都是浅浅的。

他这才想起,已经许久没去北角了,便也未再见过月华。曾有那么半年的日夜,他们常坐在临窗的桌前,有时吃煲仔饭,有时是豉油鸡,都是味浓质厚的。窗外看出去,是万家灯火。由于楼距近,甚至能听到声响。父母责骂孩子的声音,年轻情侣的嬉闹。对面是新建的公屋,新移民多。这声音里便有南腔北调,共同积聚为浓重的烟火气。近在眼前,又恍若隔世,让他心里砥实。

不知为何,他不再去北角。不去了,什么事便也好像从未发生过,留在了那一时、那一处。

月华于是对他浅浅点一下头,说,连教授,我先走了。

他听得一怔,定在了原地,看女人转身离开,走出了很远,消失在人群里头。他这才想起,她以往是叫他"阿名"。

九

四月时,连粤名送阿嬷骨灰回仙游县。

这是阿嬷生前夙愿。米寿时已经请定了佛塔的位,等着回去。

复活节假期,港人北上出行得多。高铁对面的男人,挈妇将雏,是不胜其烦的模样。那男孩哭闹够了,便看着连粤名。眼睛晶晶亮,又盯着连粤名手中的包裹。尽管连粤名将它包成礼盒模样,他眼睛却挪不开似的。终于问,里头装的是什么?

连粤名笑笑说,朱古力。

孩子便向他索要。

孩子爸爸呵斥,说,冇礼貌。一边对连粤名额首致歉。

连粤名说,唔紧要。便从背包里真的拿出了一板朱古力给那孩子。

两下都算亲切,便攀谈起来。男人问他去哪里,他说,去仙游。

男人说,那我们同路。仙游一年一变,你回去怕不认得了。

连粤名说,我有三十年没回去了。

男人笑说,那是变得天翻地覆。我是以往的糖厂子弟,"文化大革命"后跟亲戚去的香港。父母还都在,年年都回去。

连粤名依稀记得听阿嬷说起过糖厂,就问他还在不在。

他说,早就没有了。关了也好,污染得乌烟瘴气。你去看看,如今木兰溪的水,清回去了。

连粤名就印象深刻一些,想起了这条河。想起那回阿嬷急躁躁,颠着小脚,一路骂着他,在乡野小道疾走,走得比他快,终于太阳落山前赶到了坂头村。阿嬷站在大桥上,眯着眼睛向河水上望。河两岸都是成熟的荔枝,红彤彤的一道弧。那时甘蔗也熟了,溪上有木船,运的都是甘蔗。甘蔗绑得密匝匝,船吃水很深。阿嬷说,当年要有咁多甘蔗,无饥荒,你阿公就不用逃去印尼。

那一回,阿嬷买了许多莆田糖厂产的"荔花牌"白砂糖回香港,送遍北角街坊,还有许多存在家里。吃不完,招蚂蚁;雨季招潮,结成块,比砖都结实。还是不肯丢弃。谁要是动,她就骂,骂得震天响。

想到这儿,连粤名喃喃,怎么就关了呢?

男人跟上他的话说,产业调整呗。一九九八年停产,一千多个工人下岗。我阿爸办了内退。我让他到香港来,死硬颈,说不甘心,要做糖厂的鬼。就辛苦我们来回跑。

车到了莆田站。

连粤名和男人一家一起出了站,在站口道别。连粤名站在太阳底下,等了许久,这才拨了电话过去。电话那头气喘吁吁,说,表叔,我的车在高速上被人追尾了。你和祖阿嬷等等啊。

连粤名听到电话那头嘈杂得很,间或有吵闹声音。忽然间就挂了。

他愣愣站在原地,这时一辆比亚迪在他跟前停住,车窗摇下来,是方才的男人。男人对他说,教授,我载你一程。

连粤名犹豫,说,不用麻烦,我等等。

男人头往后一仰,说,上车吧。送老人回去,耽误不得。

连粤名恍恍惚惚上了车,想起男人的话,问,造次了,你点知慨?

男人说,谁会这样毕恭毕敬,抱着一盒朱古力?

连粤名嗫嚅道,这怎么好。

男人摆摆手,唔好念多咗。我冇乜忌讳,当年我也是这样送舅公回乡的。

车到仙潭村,已是下傍晚。苍茫暮色。余晖里,连粤名认出村口那两棵枝叶交缠的榕树。他记得其中一棵遭到雷劈,树冠已经焦黑。然而在树干的中段,竟又生出了一丛旁枝,枝叶甚至已经粗壮葱茏。有气根曳曳垂下,已落地生根。

村口有个黧黑的年轻后生,迎上前,怯怯问,堂叔公?

他茫然,后生说,我是阿胜慨仔。

后生接过他的行李,道,阿爸的车拖去修,他接了您电话,叫我在村口迎着。

他才恍悟。打量下,后生说,叔公叫我发仔。您上次和祖阿嬷回来,我还没出生。

连粤名想,上次回来时,比这后生大不了多少。如今自己都是半老的人。

他跟着发仔,在村里走,周遭不认识。多了许多两层的小楼,都很排场,墙体用贝雕和蚝壳镶嵌作为装饰。好像也看不到什么田地。连粤名就问,还种不种甘蔗?

发仔说,不种了。我细路那阵时,糖厂就关了。种甘蔗做乜喔。

连粤名问,那还种什么?

发仔说,山上种茶叶、蜜柚,大棚种巴西菇,都好过种甘蔗。

他们经过一处,门口写了"福胜工艺家具厂",里头有宽绰的厂房,听得见隆隆机器运转的声音。发仔说,这是阿爸开的厂,我同老婆都在里头做工。

连粤名说,原来阿胜出息做老板了。

发仔挥挥手,谦虚地说,这样的厂,在我们村里有十几家。我们这个算小的。

说话间,就到了阿胜家。也是两层小楼,外头的院墙上也有贝雕装饰,镶拼成了醉八仙的图案,洋洋大观,一团锦簇。仔细一看,张果老却是倒坐在一架屁股喷火的飞机上,不知是谁的创意。

这时有个年轻女人,抱着孩子迎出来,是发仔的老婆招淑。

招淑灵秀模样,与发仔交代两句,便唤他叔公。这一唤,用的莆仙话。他才恍然想起,说,发仔,你先前同我说的广东话哦。

发仔摸摸头,说,我初中毕业,去东莞打工,学识讲广东话。怕叔公不会讲莆仙话了。

连粤名说,我怎会唔识?阿嬷日日夜夜同我讲。

他便改用莆仙话同夫妇俩交谈。倾谈过一阵,两下觉得有些词不达意。招淑说,叔公说的是老派莆仙话,这些说法,现今年轻人都不这样讲了。村里老人勉强听得。

连粤名说,阿嬷怎样讲,我就怎样讲。几十年过去,说话学成化石了。

他便跟着发仔上楼去。到了楼上,直进去了一间。里头竟然搭了一个很大的龛。发仔说,阿爸一早给祖阿嬷留了龛位,叫好师傅做了牌。今晚住一夜,明天就送她老人家去广胜寺。

连粤名在牌位前，恭敬放好阿嬷的骨灰坛。牌位上写着"连何氏秀英莲位"。

连粤名知道阿嬷娘家姓何。

何是仙游县的大姓，却来自异乡。传说仙游县以往叫清源，得名自安徽庐江何氏九兄弟为避淮南王刘安叛乱，陷居该县九鲤湖畔，炼丹得道，乘湖中鲤鱼羽化升天。以后就改叫仙游。阿嬷便总说自己是仙人后代。

发仔点上香，要和连粤名一齐拜拜。听到有人杂沓脚步，噔噔上楼来。听人叫他堂叔。回身一看，大头大脑的人，是阿胜。连粤名竟还记得他当年模样。除了老些，并未大变。阿胜不及和他寒暄，便叱责发仔。一边小心上前，将阿公牌位旁的另一牌位撤去。

连粤名看到那牌位上写的是："连荣氏"。

记得阿嬷说，当年她嫁给阿公，旁人都说大吉之姻，莲荷得藕。所以连粤名的阿爸小名叫阿藕。"六七"那年，阿爸出街给英国人乱枪打死。以后家里人便不再吃藕。阿嬷买拖鞋，倒还是爱买"鱼戏莲荷"。可有年始，也不再买，断了念想，以往的鞋也都收埋。后来，连粤名在庵堂听乡党阿金婆说，阿嬷知道阿公回了仙潭，还带了他印尼的老婆。

阿胜连连说，小孩子不懂事，不周到。堂叔和祖阿嬷莫怪罪。

连粤名说，也没什么。都算是团聚了。

阿胜说，不好。至少今晚，让祖阿嬷和太阿公，自己两个说说话。

晚上，连粤名与阿胜一家人吃饭，又来了旁系几个亲戚。

招淑在旁头烧芋粿，包朥饼。将那面团在锅底一旋，再一擦，便是一张薄如纸的饼皮。手势很娴熟。

阿胜与连粤名喝酒，说，堂叔，我这个唷林姆（莆仙方言，指儿媳），是福安溪潭人，发仔打工认识的。来时上房活儿，蚵仔都不会煎，现在也做得似模似样。

他阿爹祥营，连粤名称堂哥。年近九十岁，耳朵半聋。大约听懂意思，便大声说，查某就要多做。

他对连粤名说，阿弟，你阿嬷当年在查某里是一等一，能做满堂流水席。你阿爸小我五岁，长在辈上。都还是小孩子，一齐玩到大。那年她刚嫁来，过年我磕头，叫她阿嬷。她笑笑脸就红，说哪来这么大个孙。我阿公长房，当年不放你阿公和四叔公去印尼，是看不得她年轻查某受活寡。多少人出去都回不来。那时还记得她眼湿湿，在屋檐下唤你阿爸回来吃朥饼。你阿爸吃，我也吃，往后许多年，没吃过这么好味的朥饼。

连粤名看他纵横老泪，混着醉态。亲戚们方才热闹，此时也就肃然。外头有溪声虫鸣，院落里头一株刺桐，花期将尽，间或簌簌落下，浅浅飘香。香味生涩，醒了醉饮者的心神。连粤名吃一口膶饼，细细咀嚼，也是五味杂陈。

月色朦胧，人散尽了。送罢了亲戚，连粤名回来，见招淑在堂厅里点一盏灯，上着绷架，俯身在飞针走线。连粤名不禁好奇，问发仔。

发仔说，我老婆是潭溪琴洋人。那整个村子，三百多户，没有查某不会织绣的。福安闽剧团，戏衣旦裙，八成都是这个村里制成。女仔从小眼看手做，绣桌围寿序，个个好身手。嫁给了我她也闲不下来，您看这沙发巾、电视罩，都是她绣的。

连粤名这才打量那日常陈设，绣着花果百蝶，针线竟都十分精致。

招淑远望望他，笑笑，说，叔公您先去歇着。明天还要早起身。

第二天清早，天蒙蒙亮，送阿嬷去广胜寺。

连粤名将骨灰坛由龛位取下。招淑从里屋出来，手里捧着一块织物，展开来，竟是金灿灿的一块织锦。

招淑两眼红红，有疲态，说从三个月前就开始织，织好了要上绣。可又有家具厂的工期，就耽搁了。其实只差了一面，昨夜赶工绣了出来。

连粤名端详那织锦，不禁心里一动。原来蓝色织锦正中是一尊金佛，面容慈正。周边是灿灿佛光，肃穆的圆中有圆。然而再仔细看，原来佛光里藏的全是佛手。佛有千手，各执法器，将金佛护于其间。他伸出手，摸那绵密针脚，只觉得这千手之佛，似曾相识。倏忽想起来，原来是早前在巴塞尔展上看到的那张巨大装置，如教堂穹顶。成千上万只蝴蝶翅膀，艳异蓝黄，一圈又一圈如涟漪。最内深不可测，似旋涡，孤悬一只深蓝蝴蝶。

织锦正中的佛，面容忽而模糊，让他一阵眩晕。他问，这是什么？

招淑说，我听阿发说，祖阿嬷常年持斋信佛。我们村里的老人上路，都要由家里的媳妇手绣一块佛帐。叔婆是香港人，怕不会绣。祖阿嬷走时快百岁了，只有百岁人，才当得起这块"浮图"。

招淑静静地，用这块织锦，将骨灰坛裹起来，扎好说，按规矩，"浮图"送葬不入葬。叔公记得，送祖阿嬷入龛要取下来，带回家里挂上，可为生人添寿。

回途，没有了阿嬷伴着，连粤名孑然一身，却紧紧将背包端放胸前。里头放着那块"浮图"。

然而，他终于没有将"浮图"挂起来。

回到家里,灯黑着。卧室门反锁。

他敲敲思睿的门,也没有人应。轻轻一推,门开了。

房间里是空的。不是人不在,是所有的东西都搬空了。钢琴、家具、书籍,那些在思睿少女时代便严丝合缝地镶嵌于这房间中的陈设,都没有了。只留下一张床,空荡荡的,上面是一只不甚干净的维尼熊。

他想,这只熊是怎么出现了的? 这是思睿当年获得全港钢琴大赛的青少年组亚军时,阿嬷送她的礼物。但中四时,已经找不到了。思睿因此哭了很久。它是怎么又出现在这里的呢?

连粤名退出房间,一点点地。恍惚间,他走到露台上。露台的窗开着,吹来一阵冷风,将他吹醒了。他这才想起,拨打思睿的电话。

许久,思睿才接了电话。他说,女……你系边?

思睿的声音传来,冷冷的,像从很远的地方飘来。她说,唔使指拟我返去。

连粤名问,点解?

那边是漫长静默。久后,他听到了女儿哽咽的声音,阿爸,她要杀咗我慨仔,你会唔知?

电话挂了,是嘀嘀长音。再拨过去,已经关机。

连粤名愣愣站在露台上。这时,他听到后面窸窣的声响。他回过头,看见袁美珍坐在黑暗中,正打开桌上他的包裹,从里边取出一块牛蒡饼,嚼食。袁美珍坐在黑暗中,发出咯吱咯吱的声响,平静、规律而细碎,像是一只昼伏夜出的啮齿动物。

他打开灯,看着自己的老婆,披散着头发,穿着已经陈旧发污的睡衣,正不紧不慢地咀嚼,两腮的肌肉机械律动。他走过去,看着她,问,你做咗啲乜?

她的目光落在桌上的一块饼渣上。她捡起来,吃掉,然后说,我困唔到,佢好嘈。

连粤名用颤抖的声音问,你给他吃了多少安眠药?

袁美珍看一眼他,说,我想困,困唔到。

她站起身,走出客厅,顺手将灯关上了。连粤名重将灯打开,他拦住了袁美珍,他握住她的肩膀,才发现女人脸上敷了厚厚的一层粉。他狠狠地说,你给木仔吃了半瓶药。你知唔知,你谋杀紧你慨亲外孙。

他摇晃着她的肩膀,看她冷白脸上无表情,甚至皱纹都被白粉所掩盖。双眼的瞳仁却深不见底,空洞无内容。她在他的摇晃间,松弛无力,像一只破败的人偶。

半年间,连粤名从未想过,要将袁美珍送往"青山"。

虽然他终于知道,袁美珍母系的精神病史,由来已久。他再次看到那个埋藏在景泰蓝香盒中的女人。所谓多年前的意外亡故,不过是用一条丝袜结果自己。

他打开香盒,看那张圆形小照。照片很老,上面印着一抹胭脂。外头镶着金丝绕成的枝叶,覆盖着不可名状的月白花朵。不知为何,他忽而觉得此时袁美珍的面目,有些类似这张模糊照片。究竟哪里相像,说不清。

尊生望着他脸上的伤痕,有一种愧意的笑。仿佛是因为多年侥幸的欺瞒。他说,他可以将姐姐接回家里,雇专人照料。连粤名向他摇一摇头,说自己可以。

袁美珍在家中歇斯底里叫喊,终于被学生投诉。因思觉失调伴生脑退化,她数次从家偷跑出去,有次坐在舍堂门廊哭泣,引起校园围观。连粤名辞去了舍监的职务。一年后,又交了提前退休的申请。

他退还了买家订金,卖掉自己一处物业,清偿弟妹的业权份额,独自购下阿嬷的老屋。他和袁美珍搬进了老屋。

妹妹说,阿哥,要不要简单做个装修,去去老尘气?

他说,不用。

他如儿时,重新出没于北角。春秧街上,电车盘桓,两边的果档小贩,忙着收拾。街面上人潮分开,又聚拢。数次聚拢,一天便过去。

他去坚拿道东"振南面厂"买咸水面;去"同福南货号"买咸肉、火腿、芋粿、绿豆饼;他去马宝道,排档后在卖印尼杂货。老板娘为他留有自家制咖喱。他伸出手付钱。老板娘看他胳膊上有块瘀紫,关切问起。他笑笑,说,唔关事。

以后,他们便也不再问。他们熟悉这样一个连教授,微笑得宜,言辞恳切。总有一些或深或浅的伤痕,有时在脸上,有时在眉间。

他用新出的咖喱,给袁美珍做咖喱鸡。袁美珍安静地吃。吃了几口,笑了。他便也安慰。袁美珍掰下一只鸡腿,沾满了咖喱汁,脸上有孩童的颠顶神情。她拎起鸡腿,认真地看了一会儿,开始在自己的面颊上涂抹。姜黄色的咖喱汁,顺着她的脸颊流淌了下来,涂满了自己的整张脸,或许眼睛有些辣。忽然,她开始抓挠,同时剧烈嘶喊。连粤名知道,这时他才可以动作。他拿起毛巾,在袁美珍脸上擦拭。袁美珍想要推开他,并一口咬在他胳膊上。他皱了一下眉头,未停止动作。他看着自己的妻子,更深地咬下去。疼痛渐渐成为一种麻木。女人似乎也放松。声音渐渐低沉、细隐。喉头含混,如受伤的兽。

他更紧地抱住她,闭上眼睛。室内充盈着浓厚的咖喱气息,馥郁微辛,带一点难以名状的苦涩,不洁净,却有暖意。然而,久后,有另一种气息穿刺了这浓厚,一点点地进入了他的鼻腔。开始极其弱小,但慢慢清凛坚定。他睁开眼睛,才看到是近旁地柜上,有一束素馨花。是他三天前买的,已经有些枯败,星状的花朵边缘,现出铁锈色的红。

及至九月,花期未过。北角街上还有卖素馨花。大约是错落在铺档前的走街小贩,多半是年迈阿婆,绑成一束一束在卖,自己便也在襟头或发髻上插一朵。他看了就买,插在一只"郎酒"的瓶子里。瓶子也是阿嬷留下的,白瓷,觉得好看,与花辉映。

袁美珍精神好时,看着花,也欢喜。将鼻子凑上前去闻。目光柔软。神志稍混沌时,便撕扯花束,将那花瓣一片片扯下。目光仍是柔软的。

他在旁看着,由她。这时,他觉得这是他们未相识前的袁美珍。目光柔软,清澈温存。

在袁美珍睡着的下午,连粤名请了护工,照顾妻子。然后去阿嬷生前常去的庵堂。

他坐在缭绕的烟火里,看着头顶悬着"巍巍堂堂"和"慈航普度"的牌匾。但他不再听到阿嬷的声音唤他,叫他绕佛。外面阳光朗净,堂内可看见青烟旖旎而上。随师父念《大悲咒》。念罢,又念《往生咒》。这时,庵堂信众,多是有年纪的虔静人。空间有回响,如耳语。

再念罢,他坐在厅廊的蒲团上歇息。身旁的人,便开始闲谈。谈家庭,也谈子女。烟茶传递间,谈股票,也谈国事。谈三千烦恼,也谈一念无明。多用莆仙话,是阿嬷说的那种,古老而诘屈。但始终声调嘈切,底色还是世俗。为清冷的庵堂,布上一层暖。

这时候,点传师走过来,谢他观音诞上为北郊莲净寺修缮捐赠的香火。因为寄付瞩目,可上功德碑留名。问他镌谁的名,他想一想,报了袁美珍。

他又想一想,打开手机,将他拍下的那幅"浮图"给点传师看。师父仔细一看,说,收好,不宜张挂。

他再想问,点传师合十行礼,退身而去。

他回到家时,是傍晚。家门洞开,他看见袁美珍不在床上。那个护工也不见了,他心头一凛。

他走到了走廊,四处张望。从消防通道上下巡视。这时候,却看到来电,是月华。

他愣一愣,还是接了。月华说,连教授,阿嫂在我这里。

他上了一层楼,看到那扇斑驳绿漆的安全门,门头上尚贴着已褪色的春联。已很陌生了。住过来这么久,竟好像咫尺天涯。他伸出手,想按那门铃。门却开了。他的手还静止在门铃上。

他想起许多时日前,月华也这样提前为他开了门。她微笑说,认得他的脚步声。

此时,月华只是将他让进门里。他看到袁美珍,正坐在临门的沙发上。电视里翡翠台在播放六点档的卡通片。她目不转睛地看。袁美珍身上穿着一件粉红色的蓬蓬裙。他记得是许久前,她直播时穿过。是从海淘上买的,不知她如何翻找了出来。这件裙子质料粗疏,却是晚装的设计,紧紧裹在她身上,却暴露着肩颈,露出一截皱褶的、橘皮色晦暗皮肤。

连粤名忽而觉得一阵羞愧。月华说,我买菜回来,见阿嫂坐在楼梯口。我想是荡失路,就把她带回来了。

他向她致谢,却跟一句,你认得她?

月华点点头,说,阿嬷给我看过许多次,你们的全家福。

他这才看见,室内堆叠起一些纸箱,除了基本的日常用具,已经没有了多余陈设。他犹豫一下,问,你要搬?

月华依然点点头。他看一眼袁美珍的方向。这时卡通片结束了,在播一个厨艺节目。主持人师奶模样,教人做芋头扣肉,语调夸张、喧哗,眉飞色舞。袁美珍为她所吸引,也模仿她的动作,兴奋不已。

连粤名终于低声说,没听你说起过。

月华淡淡笑,说,你搬过来,不也没说过?

她走到袁美珍跟前,递给她一个剥开皮的广柑,一边说,上月公公过咗身,我无谓再留下。这里揾食艰难,还是回乡下去。

月华走进厨房,再出来,端着两杯茶。一杯递给连粤名。

教授,坐下喝杯茶吧。她说,我回了一趟自贡。家里还在种"川红"。这"早白尖",阿嬷没喝上,你代她饮一杯。

连粤名便依窗坐下,喝一口茶。早白尖汤色浓亮,味也是醇厚的。窗外已发黑了,灯火渐成流光。他看到一个老妇,正将身子探出卧室窗口,拍打窗外晾晒的被子。那被套的颜色灰扑扑的,应该洗过了许多次,也用过不少年头。老妇人用力地拍打。拍完了正面,拍反面,最后一使劲儿,将被子抱拢起,回到屋里。阖上窗子,顺手便将灯关上了。便是一片漆黑。

这一黑，似惊醒了连粤名。他放下茶杯，说，我该走了。

月华说，你等等。

她再回来，手里捧着一双鞋。鞋面暗淡，闪现莹莹珠光。上有经年老绣，是"鱼戏莲荷"。鞋头的窟窿补得巧。衬了一块同色的缎，针脚密匝匝。月华低声说，你每次来，都不记得带走。

连粤名想接过来，两个人的手，却碰在了一处。都迟钝一下。连粤名在女人手背上轻按上一按，说，保重。

十

那天从春秧街取道回家，连粤名其实是欣喜的。因为"鸿记"的老板，给他留了一块上好牛排。这牛肉经络分明，丰腴鲜嫩，有饱满的汁水。

自袁美珍生病后，她不再节食，也忘记营养师的嘱托。她的口味变得浓厚而饕餮。这让连粤名的厨艺，重新得以施展。他在路上想着，这块牛排，即使原料鲜美，还是浇上黑椒汁，才更为惹味。

他为牛排码上海盐跟粗粒胡椒。胡椒要即磨，才能锁味。然后用手轻轻按摩。他闭上眼睛，感到指尖为滑腻的肉质卷裹，辛香冷冽，冰火两重。

这时，他听到了外面的声响。来不及洗手，急忙走出去。

他先看到袁美珍的背影。她在地上摸索一下，又重新举着一把剪刀，正在剪着什么。剪得十分用力。

他上前，看到是阿嬷的那双拖鞋。一只已经拦腰剪断，而另一只在袁美珍的手中。他见她微笑着，正在用剪刀尖，细心挑起那块补过的鞋头针脚。大约因为补得太密，她挑得艰难。脸上的肌肉也一同绷紧。终于被她挑开。一条跃然的锦鲤，从眼睛处断为两截，身首异处。

连粤名一动未动。此时才想起去阻拦，要从她手中夺过剪刀。

他不记得那一刻是如何发生。他的印象，定格于袁美珍的神情。那是怎样的一张脸？他只记得，当血从她的脖子喷溅而出时，他似乎听到了簌簌的声响。他看到自己的妻子，脸相松弛，如云雾散。

等到袁美珍不再挣扎，他将她摆成了平躺的姿态。但颈项上的缺口，让他觉得触目。他走到卧室里，看见大衣柜的柜桶都敞开着。放着这双鞋的柜桶深处，正安静地摆放着一块织锦。

于是，他将那块"浮图"，铺在妻子的脸上，也遮盖住了她的颈项。他叹了口气，坐在了地上。他看到还是有一些血渗透出来，沿着"浮图"的圆周，一圈一弧。纷繁的法器，闪现金红，熠熠生辉。靛蓝入紫，正中深不见底的旋涡，一佛孤悬。

连粤名在打通了999后，才开始煎那块牛排。煎至五成，他想已经可以。他粗略地估算过了，这样警察来到时，他刚好可以吃完。

【作者简介】 葛亮，原籍南京，现居香港。著有小说《北鸢》《朱雀》《七声》《谜鸦》《浣熊》《戏年》，文化随笔《绘色》，学术论著《此心安处亦吾乡》等。部分作品被译为英、法、俄、日、韩等国文字。曾获首届香港书奖、香港艺术发展奖、台湾联合文学小说奖首奖、台湾梁实秋文学奖等奖项。长篇小说《朱雀》获选"亚洲周刊全球华文十大小说"。2016年以新作《北鸢》再获此荣誉。

棣棠之约

◎　孙频

一

多年前，我们三人经常一起结伴去看黄河，就像去看望一个很古老很古老的祖先。

黄河当初从青藏高原上下来便决心去往大海，于是一路东行，经过了黄土高原和河套平原，经过高原、沙漠、绿洲、草原。漫漫时光里，它大部分时间匍匐着走，偶尔会忽然站起来，大概是孤独得太久了，它会以瀑布的姿势大声喧哗几句，唾沫四溅，然后继续匍匐赶路。在水草丰茂的草原上，它会把自己折叠成优美的九曲蛇形；在黄土高原上，它会凶悍磅礴地甩出一个巨大的"几"字形。一条大河孕育出了城邦、村庄、古渡，孕育出仰韶文化中诡异的旋涡花纹和古老的羊皮筏子，还有幽寂绚烂的黄河壁画。

我们三人就在黄河边的峭崖上发现了一处黄河壁画。在绵延几里的赤色峭壁上全是被黄河水冲出的天然石画像，像人在天上，又像神降人间，人、神、花、鸟、兽、山、水，似乎全聚在一起了，分不清哪里是天、哪里是地、哪里是河，只见众神同欢，万物生长，天地间一片混沌。峭壁下是奔流而过的黄河水，再往前便是大石遍布、暗礁林立的碛口，水深浪急，船走到这里就不敢再往前走了，于是很早以前这里就形成了一个黄河古渡头，叫碛口渡。古时，那些从黄河上游满载着毛皮、油料、粮食、盐碱、中药的大船走到这里便无法再前行了，船上的商人们只得弃船走陆路，用骆驼和骡马把船上的货物运出去。所有的商人和驼帮都要从碛口唯一一条青石板路上走过。石板路的另一侧就是黄河，大河日夜不息地流淌，夕阳坠入河中的时候，河水会变成炫目的金色，有月光落在河里,河水就变成了银色,闪着霜一样的清晖。

我和戴南行、桑小军每次都是吃了午饭从学校出发,步行到黄河边的时候,往往夕阳已经开始落山,从两山之间穿过的黄河被染得通体金黄。从山顶上看过去,寸草不生的黄土山、金色的大河、天火般的落日余晖交织在一起,共同构筑成了天地间一座恢宏壮丽的城邦,一座只属于我们三个人的城邦。在这座秘密城邦里,我们观赏过落日焚烧着山河,等待着明月从山间升起,当月光乘着浩荡长风,大河也变得冰清玉洁。到了夜里,有时候我们借宿在碛口渡的窑洞里,有时候干脆躺在河边的巨石上,石上尚有阳光的余温,我们沐着星光,枕着碛声,彻夜聊诗歌、聊文学。

还有的时候,我们会沿着黄河北上,一直走到乾坤湾,那是一段黄河古道,越弯曲的河流便越古老,这种古河道的河岸都是夹心的,一层一层纹理清晰,中间有一层黑色的鹅卵石,而一百多万年前黄河刚形成的时候,这层鹅卵石就是黄河的河床。准确地说,让我们感到震撼的其实是时间,那么古老又苍茫无际的时间,居然被封存在一块块石头里。爬到山顶往下一看,一个形似太极图的大河湾赫然在目,那是真正的鬼斧神工。我们惊叹河流在大地上竟可以行走得如此优美壮阔,只是久久呆立在山顶上,全然忘记了时间和归途。

那是一九八四年,我们正在读师专。我们那所师专可以算是全中国最偏僻的一所师专了,藏匿在黄土高原深处的褶皱里,向西步行半日就到了黄河边,黄河的对岸就是陕西,两岸的人会划船去对方的地盘上赶集、娶亲。我们师专所在的那座小山城,在汉代曾是匈奴的国都,旁边还有大戎、小戎、西落鬼戎、奔戎这样的部族,所以当地人多有少数民族血统,喜欢吃牛羊肉,喜欢大碗喝酒。就在我上师专的时候,小城街头还时常能看到骑马当车的人。

初到师专的时候,我感觉自己一下被放逐到了时间的尽头、文明的尽头,华夏文明到此为止,再往前一步,就是异族的文明了。同学里面,如我一般的失落者其实不在少数,居然被贬谪到这样的深山里来上大学,简直去上个课都得骑骆驼,真够复古的。但就是在这样的深山里,在文明的断层处,我居然也结交到了两三知己,戴南行和桑小军就是那时候认识的。

戴南行其实比我们高一届,他本来上的是物理系,因为热爱文学,执意要转到中文系,为此不惜留级一年,于是和刚入校的我们成了同班同学。初见此人是在宿舍里,报到完之后我心情不佳,正在上铺躺着发呆,忽见门里飘进来一个男生,又高又瘦,一头长发,穿着喇叭牛仔裤,尖头皮鞋,巨大的黑框眼镜遮住半张窄脸,这么时髦的打扮在学生中绝无仅有。来人把一卷被褥轻飘飘地扔到了我下铺,睃巡四周,发现上铺还躺着一个人,立刻来了兴趣,他扑到我床边,向我递过一只细长白净的手来,我半天才弄明白,原来他是要和我握手。这么隆重的礼节我还是第一次见。握完手之后,他便把他的头搁在了床边,他个子又高,正好能把一颗头完整地搁在我床边。从我的角度看过去,便觉得是他把自己的头摘下来摆在那里,正喋喋不休地和我说话。那颗头兴奋地问我,你喜欢读谁的诗?我正在思忖是说北岛还是舒婷,那颗长发飘飘的头已经很得意地说,你肯定准备说朦胧诗吧?我喜欢穆旦的诗,他把西欧现代主义和中国传统诗歌结合起来,节奏美、音乐美、建筑美,在穆旦的诗里都能找出来,他是真正的雪莱式的浪漫诗人,我来给你背一段吧:你的眼睛看见这一场火灾/你看不见我,虽然我为你点燃/唉,那燃烧着的不过是成熟的年代/你的,我的。我们相隔如重山/从这自然的蜕变的程序里/我却爱了一个暂时的你/即使我哭泣,变灰,变灰又新生/姑娘,那只是上帝玩弄他自己。

那是我第一次听说穆旦,心中惊异,连忙从枕头下面抽出自己的几页诗稿递给来人,嘴里说,那你也写诗吗?看看我写的诗怎么样?

我从高中开始悄悄写诗,并经常为自己经营的这片秘密花园感到得意。此人用极为细长的手指接过诗稿,飞快地扫了两页,然后把长发使劲往后一甩,露出眼睛,不屑地对我说,你这也能叫诗?就算是诗吧,一看就是你硬找诗,不是诗来找你。我老家有个老玉匠曾经对我说过,玉石与其他石头相比,里面含有更多的阴气,但玉石认主,愿为其主人舍身破命。好的诗也是这样,会前来认主。

我心中一阵羞恼,忽地坐起,赤脚从上铺跳到了地上,只见来人比我足足高出一头,两条腿像蚱蜢一般又细又长,再加上喇叭牛仔裤的效果,更显得全身上下只有两条腿。我不服气地嚷道,你以为就你懂诗?他的长发一垂下来就把眼睛遮住了,他便又用力把长发往后一甩,让眼睛露出来,他并不厌烦,好像还很享受这个过程。只见他两眼放光,直着脖子说,里尔克说过,如果写得太早了,我们应该用一生之久,尽可能那样久地去等待,为了一首诗,我们必须去感觉鸟怎样飞翔,知道小小的花朵在早晨开放时的姿态,我们必须能够回想异乡的路途、不期的相遇、逐渐临近的别离,回想那还不清楚的童年的岁月,想到父母,想到儿童,想到寂静、沉闷的小屋内的白昼和海滨的早晨,想到许多的海,想到旅途之夜,在这些夜里万籁齐鸣,群星飞舞。可是这还不够,如果这一切都想得到,我们还必须回忆许多爱情的夜,一夜与一夜不同。

那也是我第一次听到"里尔克"这个名字,我被镇住了,头耷拉下去,心想,没想到在这山沟沟里,居然也能遇到这等异人。我便问他,你叫什么名字?他龇着牙说,戴南行。我说,怎么起这样一个奇怪的名字?他又笑道,我那父亲一辈子没有去过南方,心之所向,便寄托到我身上来了,结果我不但没去南方,还干脆进这大山里来了。不过,我发现在这大山里也没什么不好,你不要以为这里是边地,这偏僻的地方其实是多种文明的交会碰撞之地。这山里曾经生活过匈奴、鲜卑、突厥、契丹、吐蕃、回纥、粟特,至今有蒙古族、独龙族、藏族、东乡族、普米族、锡伯族、哈尼族等民族,在这里能看到文明积淀下来的清晰纹理,所以,这蛮荒之地其实是一座民族博物馆。这么一想,你不觉得这光秃秃的黄土山也很有意思吗?

我惊讶地问,你是怎么知道的? 他仰起头,得意地说,如果你无法发现美,那你在哪里都会很痛苦。我断定他的家庭一定和我的不同,便有些羡慕地说,可见你父亲也是文化人了。他像没听见,或者是故意回避这个问题,头发又一甩,把两只眼睛扒拉出来,目光炯炯地看着我说,你除了舒婷还知道谁? 你看过聂鲁达的诗吗? 我来给你背几句:我喜欢你是寂静的,仿佛你消失了一样/你从远处聆听我,我的声音却无法触及你。

我有些羞愧,赶紧把话题岔开,说,到饭点了,我都饿了,我们去吃饭吧,我还不知道食堂在哪儿呢。他的长发掉下来,复又把眼睛埋起来,不满地说,什么食堂,还没盖好呢,连张桌子都没有。我说,那怎么吃饭,你已经去过食堂了? 他忽然又凑过来,有些讨好地说,吃饭不着急,我们还是聊聊诗歌吧。我不高兴地说,你不用吃饭? 你不吃我还要吃呢,你不去我去了。

于是他在前面带路,我俩结伴去了食堂,一看,果真还没盖好,只有一个窗口供应面条,打了面条的学生就蹲在食堂门口吃,蹲了黑压压一片。我这才知道戴南行已经在这里上了一年物理课了,因为喜欢文学便留了一级,执意要转到中文系。也是后来才慢慢从别人口中得知,他的父母都是大学老师,在省城的一所大学里教书,他是在省城长大的,却跑到这深山里来上大学。不过他对自己这样的家世只字不提,甚至厌烦别人提起,事实上,他对所有精神性之外的事物都只字不提,自动与世俗绝缘,他像一团庞大坚固的气体,一种精神性的存在,而并没有真正的肉身。我时常觉得他属于无形之物,与鬼神、灵魂、时间属于同一物种,它们游荡在难以被肉眼看到的一重神秘领域里。越到后来,这种感觉越强烈,最后,他的肉身彻底委顿,他渐渐变得像幻影,像巫,像宗教。

我们各自打了一碗面条,也蹲在食堂门口的空地上吃了起来。我把脸埋进碗里呼噜呼噜吃面条,戴南行却捧着面条只扒拉了几口便放下,又兴致勃勃地对我说,我觉得吧,写诗还是灵感最重要,柏拉图这样说过,灵感是灵魂在迷狂状态中对于天国或上界事物难得的回忆和观照,没有这种诗神的迷狂,无论是谁,都将永远站在诗歌的门外。

他说话的时候,嗓门特别大,神情又夸张,还辅以各种手势,自带舞台感,所以,无论他在何时何地说话,哪怕是在说悄悄话,也像正在剧场里做演讲。他穿着上鹤立鸡群,我们清一色的中山装和布鞋,各个灰头土脸,只有他一人穿着喇叭牛仔裤和尖头皮鞋,全身上下亮闪闪的,越发像他一人站在舞台的灯光里,而我们都坐在观众席上。他在我旁边若无其事地大声演讲,这既让我感到羞耻,又有几分奇异的荣耀;再加上他读过很多我没有读过的书,又让我一边钦佩他,一边在暗地里还有些怕他。

身边有戴南行这样的人,我生怕被他笑话了,便发奋读书,连初入学时的沮丧也渐渐淡忘了。戴南行很喜欢看书,晚上宿舍熄灯之后,我们躺在床上卧聊一会儿也就各自入睡了,他才点起蜡烛开始郑重其事地看书或写诗,烛光把他的影子投在墙上,石像般庄严,还略带诡异之气,宿舍里每晚萦绕着蜡烛燃烧的香味,以至于我每次半夜醒来,都有一种置身于寺庙里的恍惚感。后来宿舍里有人有了意见,说半夜点着蜡烛睡不好觉,还有人担心他点着蜡烛就睡着了,哪天一把火把宿舍给烧没了,八个人烧成一堆骨头,谁是谁都分不出来。这时戴南行又发现了一个新的去处,他发现阶梯教室是可以不熄灯的,于是晚上便跑到阶梯教室,通宵达旦地待在那里看书写诗,等到第二天早晨,我们洗把脸正匆匆往教室赶的时候,他悠然晃回宿舍睡觉去了。他已经发现有些课讲得实在是索然无味,便干脆逃课,并嘱咐我,如果有老师问起,就说他重病在身,没法去上课。我说,你得具体点,你这病到底有多重,我又不会编。他咧开大嘴,很快乐地说,老赵,我就喜欢你这点,连假话都不会说,老实得可爱,你想怎么编就怎么编,半身不遂啊,病入膏肓啊,奄奄一息啊,都行。

后来我又发现,晚上他也不是彻夜待在教室里看书写诗。有一段时间我失眠得厉害,每每睡到半夜醒来就再睡不着了,听着宿舍里此起彼伏的鼾声,只觉得自己独自沉入了一片水底,别人却都在我头顶兴致勃勃地划着船。在床上翻来覆去又怕把别人惊醒,于是,刚刚挨到窗户里的天光泛起一点点青色,我便赶紧穿戴好衣服溜出了宿舍。整个校园还在沉睡,没有一个人影,天地间一片阒寂凛冽,似乎整个世界都变成了废墟,只在东方的尽头燃烧着些微的猩红色。我感到一种前所未有的孤独,正漫无目的地在校园里瞎溜达,忽见明冥交界的晨光里似乎孵出了一个人影,我顿时觉得我和这个人是这世界上仅剩的两个幸存者了,便加快脚步向那个人影走去。

晨光一寸一寸地被点亮了,对面的人影也渐渐长出了眉眼、长发、长腿,甚至长出了一副巨大的黑框眼镜。我心想,这人怎么长得这么像戴南行。待到几步之遥的时候,对面的人影忽然伸出细长的手指要和我握手,老赵,你也在漫游啊。除了戴南行还会是谁?!我说,老戴?你大半夜去干吗了?他站定,把长发往后甩了甩,昂首说,漫游去了。我惊异地说,你大半夜去哪儿漫游了?他指了指学校外面的后山,我昨日去山上赏落叶,真是好景致,无边落木萧萧下,因舍不得离去,不知不觉到了天黑,就在山上的那座庙里躺了一宿,真正是好,躺在庙里就能看到月光，身上盖的也是月光，可谓表里俱澄澈，那可真是赏月的好去处啊，再带上一壶酒就好了，可以举杯邀明月。

我倒吸了一口凉气，后山上确实有一座破庙，不知道是哪个朝代留下的，几近坍塌，又紧靠坟地，据说时常有狐妖在庙中出没。我皱着眉头说，就你一个人？也不害怕？他诧异地说，害怕？那么孤绝美好的月光，怎么会害怕呢？我昨晚在月光下还想出两句诗来：我是大地的守夜人，孤独地守护着大地上的梦。

说到诗歌，我也来了兴致，很想卖弄一下自己最近所读的书，于是两个人便站在半青半白的晨光里谈论起了诗歌。山上入秋早，早晚时分已经有了些寒意，我忍不住缩起脖子，把两只手拢在袖子里，戴南行虽然衣裳单薄，又刚刚在山上冻了一宿，但看起来却仍是器宇轩昂，长发在风中飘扬，挑在细长的脖子上，像面旗帜。他一手插裤兜里，另一只手比画着，一边慷慨激昂地谈论诗歌一边把唾沫星子喷了我一脸。我则一边对答一边不时掏出手帕来擦脸。事实上，在后来的很多年里都是这样，他一边旁若无人地大声演讲，一边把唾沫星子喷到我脸上，喷到我面前的酒杯里、碗里，我则镇定地从口袋里掏出手帕擦脸。后来手帕这东西基本已经绝迹了，我却仍然保留着几块文物一般的手帕，并随时随地携带在身边，以至于我一掏手帕便有人惊呼，你这是手帕？哪儿来的古董？

我俩站在那里足足争论了有两三个小时，竟不知道天光何时已大亮，直到夹着课本去上课的学生陆陆续续从我们身边走过去，我们才意识到时间，但仍然没有争论出什么结果，谁也说服不了谁，最后戴南行冲我大喝一声，老赵，我要和你绝交。我也大声回应道，好。虽然我们两个人怪模怪样地横在道路中间，戴南行的嗓门儿又是几里之外都听得清清楚楚，但路过的学生却并不多看我们一眼。因为那实在是一个属于诗歌的时代，走在校园里，迎面而来的每个人都像饱含酒神精神的尼采，即便是校门口卖烧饼的小贩，也能随口和人谈论几句诗歌，以至于到了后来，我们把那个时代神话了，总是动辄缅怀。

过了很久我才慢慢想明白，一个所有人都在谈论诗歌的时代其实并不正常，但像二十世纪九十年代那样，所有的人都在谈论下海经商显然也不正常，二〇〇〇年之后，网络加入人世间，社会变得更光怪陆离了一些，却又连八十年代那点可爱的土气也荡然无存了。而戴南行的过人之处就在于，八十年代他是个诗人，九十年代还是诗人，二〇〇〇年之后仍然是个真正的诗人。

他喊完绝交之后就回宿舍睡觉去了，我则跑到教室里去上课。第二天他便忘记了昨日说过绝交的话，站在高低床前，他把一颗乱蓬蓬的脑袋搁在我的床板上，得意地把一首新诗递给我看。我说，老戴，咱俩不是已经绝交了吗？戴南行惊讶地看着我，有吗？什么时候的事？我怎么不记得。过不了几日，我们再次因为诗歌发生争执，仍是各执一词，于是他又隆重地向我宣布，老赵，我一定要和你绝交。第二天他又颠儿颠儿跑过来找我。如此反复多次，到下一次又发生争执的时候，不等他开口，我就主动先替他说出来，老戴，我要和你绝交。也算为他省下了二两力气。

二

不觉就到了新年，刚刚下过一场大雪，放眼望去，整个黄土高原被白雪覆盖，那些干渴的黄土山好像忽然之间燃尽了所有的金色，只剩下一种骨灰般的白，洁净冰凉又无比盛大，连灰蒙蒙的小山城都变得晶莹剔透起来，像童话里的宫殿。在这黄土高原深处，能属于我们的颜色实在太少了，除了黄色就是黄色，于是连冬天都成了我们的节日，因为它会把洁白的大雪馈赠给我们。

新年的晚上，我们八个人聚在宿舍里，从食堂打了一脸盆饺子来，又拿出一包炒花生、一瓶劣质高粱酒，两张破木桌往一起拼，八个人便围成一圈吃喝起来，有的坐床上，有的坐椅子上，眼看还是坐不下，我便干脆坐到了上铺，由他们下面的人给我运输饺子和酒。大家正狼吞虎咽地抢着吃饺子，戴南行忽然起身，像变魔术一样变出了一个铝饭盒，然后打开饭盒，单手托着，一边展示给众人看，一边得意地说，这是戴某人献给大家的新年礼物，人人有份，不能多也不能少。我居高临下地往那饭盒里一瞅，只见饭盒里躺着八个饺子，看起来和脸盆里的没什么不同，心想他又在搞什么鬼。

戴南行给每人分了一个饺子，我也分到一个，也没多想，顺手就塞到了嘴里。一口下去，我在上铺呆住了，下面的几个人也都呆住了，整个宿舍出现了一刹那的冻结，接着就是戴南行的一阵狂笑，他一边笑一边使劲拍着桌子。原来他悄悄把这八个饺子掏空了，把一块巧克力塞了进去，做成巧克力饺子送给我们当礼物。巧克力是我们平时根本吃不到的稀罕物，每个人含在嘴里都不忍心咽下去，我把那块巧克力在舌头下埋了很久，直到它完全化掉。那是我第一次体会到什么叫礼物，在收到礼物的那一刻，忽然有种被点亮的感觉，被自己身体里的蜡烛点亮。这使我感受到生活竟有它精巧和奇妙的一面，只是那一面不会轻易被人看到。也许别人的感受也和我相似吧，因为多是农家孩子，家境贫寒。出于掩饰，几个人一起动手把他按在了床上，我也从上铺跳下去，一边回味着巧克力的余香，一边喊着，快罚他酒。众人七手八脚地灌了他几杯酒才作罢，半醉的戴南行站起来，站在宿舍中央，使劲把长发往后一甩，仰着头说，还有一件礼物要献给我们的新年，献给节日，因为节日本身就代表着虔诚的祭祀。法国诗人瓦雷里曾这样说过，上帝无偿地赠给我们第一句，而我们必须自己来写第二句。这首诗的第一句正是来自黄土高原，所以我把它也献给黄土高原：

从北上灌木的枯枝

从空无一人的土窑破碎的窗纸

黑色的风呼啸而过

横卧于荒芜之床

承受着时间的鞭刑

我若愚若昏

未来的未来

我的灵魂不断消融

而我的肉身则是一只埋进时光的杯子

期待着载来初春之雨的一朵云

　　朗诵完毕,他对着我们庄重地鞠了一躬,我们只觉得头皮发麻,便使劲鼓掌。这时候他忽然穿起棉衣,脚步踉跄地往外走,我追了出去,问,老戴你这是要去哪里?戴南行头也不回地说,去看书,天黑了,我的生活才真正开始了,我是大地的守夜人嘛。我在他身后说,你喝了这么多酒还看什么书,快回宿舍睡觉吧。他已飘然而去,只让北风给我捎来几个字,能有什么事。我看着他的背影渐渐消失在黑暗中,忽然觉得这一幕有些似曾相识,确实,我不是第一次见到他这样了,毫无征兆地,忽然从热闹的人群中把自己拔出来,掷向清冷孤独之处。

　　到了晚上十一点多,宿舍里的其他人因为喝了点酒,基本都睡下了。我喝得最少,躺在床上忽然想起戴南行,心里总觉得有点不踏实,思谋一番,还是穿衣下床,悄悄出了宿舍。月亮高悬在夜空,伴着几颗疏朗的寒星,银色的月光照着地上厚厚的积雪,积雪反射着冷冷的宝石一样的光华,把夜晚照得如同一种白昼,一种很奇异的白昼,更像是白昼落在晚上的一个梦境,一切都发着光,一切都是邈远温柔的。我先是去了阶梯教室,教室里亮着灯,有一个学生在看书,但不是戴南行。我心里咯噔一下,心想他能去哪儿呢,不会是踏雪去后山的破庙里赏月去了吧。我一边在校园里漫无目的地走着,一边到处找寻他的踪影,走到图书馆前面的空地上,就着月光忽然看到前面似乎躺着一个人,我赶紧跑过去一看,果然是戴南行。

　　我连忙拉他起来,他不肯,还要躺在雪地里,我有些急了,说,老戴,你躺在雪地里不冷吗?他眼睛仍望着夜空,语气很平静,倒不像是喝醉的样子,只听他说,不冷。我说,你大半夜躺在这里干吗?他虽然能听到我的声音,但似乎并不是在和我对话,仍然对着夜空,温柔平静地说,我在仰望星空,我在寻找那些古老的星座。我说,你快拉倒吧,在这里躺一宿非把你冻死不可。说着又伸手去拉他,他的手已经冰凉,但还是执意不肯起来,一定要坚持躺在雪地里仰望星空,我便连拉带拽地把他硬拖起来,拖回了宿舍。他一边跟跟跄跄地被我拖着走,一边还在严肃地向我抗议,为什么不让我看星星? 你说,为什么不让我看星星? 星空辽阔灿烂,宇宙的秩序优美而永恒,而我们,我们又算什么? 我一想到这里就觉得无比悲伤。

我说,你先不用悲伤,等着明天感冒吧。

果然,第二天戴南行便开始发烧,我请了假在宿舍照顾他。我说,老戴,要不是我半夜三更地出去找你,估计你现在已经变成鬼了,等你好了得请我喝顿酒。

那时候想喝点酒真是不容易,酒都是凭票供应的,也只有在过年的时候才能供应一瓶。为了解决喝酒的问题,戴南行曾试图给我们酿过各种酒。他跑到柳林的黄河滩上,那里种着很多枣树,摘了红枣回来,把枣捣碎,放在一个坛子里,坛子里加点酒曲,然后密封起来等枣发酵,半个月之后,把果汁滤出来再进行第二次发酵,再过个把星期,一坛红枣酒就酿好了。除了红枣酒,他还酿过杏子酒、沙棘酒、山梨酒、野葡萄酒,甚至还把一种叫龙葵的野果采来酿酒,酿好的龙葵酒色如墨汁,蘸着都可以写字,让人望而生畏。戴南行不管,先自斟自饮起来,几杯酒下肚之后,嘴唇和舌头都被染成了黑色的。他趁着酒兴演讲的时候,黑色的舌头在嘴里一闪一闪的,吓得我们都往后退了一圈,空出一个微型广场来。他独自站在广场的中央演讲,黑唇黑舌,激情澎湃,附带着一点果酒的芳香,像一个骄傲而邪恶的国王。

不管怎样,在那个连酒都喝不到的年代里,因为有了戴南行,我们却尝过五光十色的酒,那些酒,有的鲜艳到了恐怖的地步,像毒药。有的具备致幻的功能,因为里面加了曼陀罗花,喝下去之后忽然发现猫变成了老虎,室友都变成了巨人,只有自己变成了小矮人。有的具有强大的麻醉功能,喝了之后可以连睡三天三夜不醒,以至于让别人误以为都可以抬出去下葬了。这些美丽邪恶的酒均出自戴南行之手,到了后来,他手艺越发纯熟,可以把任何一种植物或果实酿成酒,有时候我会觉得,他像个巫师,躲在自己阴暗的城堡里,守着一堆瓶瓶罐罐,配置出各种神奇的魔药,光那些魔药的颜色便足以照亮我们贫寒的师专生涯。

戴南行躺在床上,鼻涕横流,却还是一脸鄙夷地说,我躺在雪地里仰望星空是为了灵感,为了能从宇宙里觅得几首好诗,你坏我的诗兴还没找你算账呢! 不过酒还是要请你喝的,我父亲手里还存着两瓶老白汾呢,下学期我拿一瓶过来请你喝。我说,你要偷你老爹的酒啊。他立刻拉下脸来,拧着眉毛说,喝酒是何等风雅的事，怎么能说是偷呢，充其量就是擅自拿出来。等有了好酒，我们拿到后山上，就在那破庙里，你不知道，那真正是个好地方，清静自在，可以在那里一边喝酒一边赏月。

我说，那破庙旁边就是坟地吧，你也不害怕？他淡淡一笑，用纸擤了擤鼻涕，说，所有地方之外的地方，像图书馆、坟地、破庙、半夜的阶梯教室，都是很神奇的地方，我把这些地方统称为异托邦。乌托邦并不是真实存在的，但异托邦却是真实存在的，异托邦其实就是一道有魔法的门，从这里还能去往别处，和别处的别处，但到底会去往哪里，有时候连你自己也无法知道。

我想了想，补充了一句，还有月光下的雪地里。

他拊掌笑道，老赵人虽无趣，但悟性是很好的，又呆又聪明，就像是一种组合动物，比如鸭嘴兽，比如麋鹿，再比如半人马。

我抗议道，你才是鸭嘴兽。

转眼就到了下学期，返校的时候，戴南行果然带来了一瓶瓷瓶装的老白汾，我让他把酒先藏起来，这么珍贵的东西，还是要等到什么重大节日再喝。只见他牛仔裤上突然破了一个大洞，他却浑然不觉，我好心提醒了一下，他却哈哈大笑起来，说，这是我故意剪的，不知道了吧？这是今年最流行的乞丐服。我惊讶道，省城现在流行这种衣服？那直接穿点破衣烂衫不更省事？他不屑再搭话，从包里抽出一个厚厚的信封递与我，我一看，里面装着一沓信，便诧异道，这是给我的？他有些不好意思地说，老赵，这都是寒假里写给你的信，我想和你说话的时候就给你写信，只是没有给你寄过去，现在觉得还是物归原主比较好，这些信一旦写了就是你的了，还给你，不过你看的时候一定要一个人躲起来看，信也是属于魂魄的一种，要护好它，不能让别人看到了。

等他出去了，我才拆开信封，一看，里面共有五封信，清一色用毛笔写的小楷，字体苍劲而不乏秀气，通篇都是在谈论文学、艺术和哲学问题，丝毫不提及他的寒假生活。在最后一封信的结尾处我看到这样一句话：崇高的经验提升了人类精神，使其变得高尚，也巩固了我们作为有道德的生物的尊严。

至于那瓶酒，我们迟迟没有商量好什么时候把它喝掉，主要是因为太珍贵了，实在不舍得轻易喝掉。他又怂恿我和他步行到杏花村去喝酒，说那里的酒多得可以泡进去洗澡，而且每一种酒都美得像诗。不仅有老白汾，还有玫瑰汾、白玉汾。玫瑰汾是把玫瑰花放在汾酒缸中浸泡数月而成，白玉汾则是在汾酒中加入龙眼和紫油桂。还有一种极赏心悦目的酒，叫竹叶青，色泽翠如碧玉，是在汾酒中添入了竹叶、紫檀、公丁香、陈皮、广木香，所谓"兰羞荐俎，竹酒澄芳"，说的就是竹叶青。那里方圆十里全是酒香，人们往往还没走到杏花村就醉倒在半路上了。说得我跃跃欲试，但杏花村属于汾阳，地处平原，我们背着凉水和石头饼,光出山就得出几天。

就在这个时候,学校里忽然又冒出一名诗人,叫桑小军,此人刚刚在某文学刊物上发表了几首诗歌,一时在校园里名声大噪。最可气的是,这人还是个理科生,分明是在欺负我们中文系没人。戴南行把那几首诗找来看了,又递给我看,他用一根细长的手指使劲敲着那本杂志,鄙夷地说,你看看这诗写得比我好吗?写诗就写诗,还一定要发表出来,如此张扬,我写那么多诗,你见我发表过一首吗?

我没吭声,因为我知道他偷偷给好几家文学刊物投过稿,只不过都是泥牛入海罢了。我后来想,戴南行一生磊落到了明月刀雪的地步,唯独投稿这件事是背着人做的,可见他对此事的在乎与恐惧。

然后他硬要拉着我一起上门叫阵,我推辞道,我笨口拙舌的,还是你去和他单挑吧。但他不由分说地把我从上铺拽下来,穿上西服,郑重其事地打了领带,又在身上背了个书包,把那本杂志塞了进去。我们俩便来到数学系的宿舍楼下叫阵,因为无从知道桑小军到底住哪个宿舍,戴南行便在楼下用八字步站定,两手做成喇叭状,扯着嗓子往上喊,桑小军,那个叫桑小军的,你给我出来。

正是中午时分,学生大部分都在宿舍里,戴南行叫阵之后,窗户里哗地探出了一大片脑袋,夹杂在挂在窗外的内衣袜子里,纷纷朝着我们张望,我们不但不觉得丢人,反而觉得很荣耀。因为那种弥漫在校园里的酒神精神,我们这些言必谈诗歌和文学的学生倒像是奥林匹斯山上的众神。我们正仰着脑袋往上瞅,楼门的阴影里忽然走出一个男生来,晃着膀子走到我们面前。只见此人个头不高,但体格敦实,上身穿一件洗得发白的中山装,下面是肥大的绿军裤,两只宽肩膀上扛着一颗方形脑袋,面孔黢黑,短发根根竖起,一脸悍气,怎么看都不像个诗人。此人嘴角斜叼着一根纸烟,歪着脑袋打量了一番戴南行身上的西服,劈面问了一句,你他妈谁啊?

戴南行十分气愤,像他这等风流人物,校园里居然有人不认识他?他把那本杂志从书包里抽出来,在桑小军面前晃了晃,倨傲地说,足下的诗我已经拜读了,并不十分欣赏,值得商榷,对诗歌我正好也有点陋见,所以想找足下辩论一番。这时候我们周围已经围了一圈学生,有的拿着空饭盒,有的一边围观我们一边站着吃刚从食堂打来的饭,刚来的不知是怎么回事,探进脑袋来询问可是有人在打架,挤不进来的就在外围拼命踮起脚尖往里瞅,还有的人跳起来往里看。一时人山人海好不热闹。桑小军两口把半根烟抽完,又把烟头踩灭,至此都不曾正眼看过我们,他把两只粗壮的胳膊抱在胸前,环视周围一番,冷冷地说,这里人多,不方便说话,找个安静的地方去。戴南行把长发往后一甩,忽然露出了很天真的笑容,他对桑小军说,我想到一个极好的去处,后山上的一棵桃树开花了，我前两天刚去赏过花，世上还有什么事情是比桃花盛开更美好的？在桃花下谈诗岂不是人生一大快事？

桑小军斜眼看着他说，你是吃什么长大的，这么阴阳怪气的？戴南行笑道，我们要谈的是诗歌，和吃联系到一起可就俗了。于是我们三人冲出重围，从学校后门出去，上了后山，爬了一段山路，走着走着，光秃秃的山路上忽然杀出了一树桃花，像一大团粉红色的火焰，燃烧得温柔热烈，树下已铺了一层厚厚的落花，深山空谷，花香侵人。桑小军站定，大喝一声，果然是好地方。戴南行得意地做了个邀请的姿势，似乎是到他家门口了，我们三人便盘腿坐在了桃树下。正好一阵山风经过，花瓣像雪一样纷纷扬扬落下来，几乎要把我们埋葬在这里。戴南行先发制人，开口便道，《文心雕龙》里有这样一段话：是以执术驭篇，似善弈之穷数；弃术任心，如博塞之邀遇。故博塞之文，借巧傥来，虽前驱有功，而后援难继。少既无以相接，多亦不知所删，乃多少之并惑，何妍蚩之能制乎。若夫善弈之文，则术有恒数，按部整伍，以待情会，因时顺机，动不失正。

桑小军抽着烟，简短地插了一句，你他妈能不能讲点人话！戴南行不为所动，继续往下说，古人论述文学时讲的道是天地之道，诗更接近于道。桑小军喷了串烟圈，一边欣赏着烟圈套着烟圈一边说，不管是天道人道，好的诗歌都应该是恢复人的尊严，如果连点尊严都没有，还写什么诗。

戴南行立刻打断了他，便滔滔不绝地说，想从人境里找尊严怕是难之又难，依我看，真正的道还是在天地之间，在破庙里，在月光下，在这棵桃树下。别看你今天发表了几首诗，就觉得自己是诗人了，真正的诗人可不是这样的，真正诗人应该用一生去等待，去采集有光芒的诗句，也许最后能写出十行好诗，也许一辈子连十行都写不出来……

午后的阳光十分煦暖，发酵过的花香产生了一种类似于酒的效果，人闻多了便有了微醺的感觉。我不知不觉躺在桃树下睡着了，等一觉醒来，那两个人还像两个入定老僧在对弈，话题已经从诗歌说到小说了，他们正在讨论阿城的《棋王》、张承志的《北方的河》。显然戴南行是主讲，正说得唾沫飞溅，嘴角还挂着白色的唾沫星子，也顾不得擦，估计已经喷了桑小军一脸了，但桑小军显然并不介意，方形的脑袋微微前倾，貌似正听得津津有味。我便枕着胳膊又睡了过去，再醒来一看，那两个人的姿势动都没有动一下，已经从小说跳到美术了，他们正在说星星美展、罗中立的《父亲》、陈丹青的《西藏组画》，甚至还说到了超现实主义。我听了片刻，再次昏睡过去。

等到再次醒来的时候，是被戴南行叫醒的，他在我耳边大声吆喝着，老赵，快起来喝汾酒。听到"汾酒"二字，我猛地从地上跳起来，一看，可不，那两人还是相对而坐，只是中间多了一瓶酒，正是那瓶珍贵的瓷瓶老白汾。我惊呼道，老戴,你怎么舍得把这瓶酒拿出来了！戴南行盘腿而坐,长发上落着一片花瓣,目光似古井,很深很静,他说,我早算好的,今天就是喝掉这瓶酒的好日子,没有下酒的,我们就用这桃花下酒吧,也体验一下《楚辞》中夕餐秋菊的洁净。我真是喜欢这棵桃树,看到桃花落下的时候,我能感觉到,这是植物对大地的一种祭礼,多么隆重优雅的仪式啊,我们有幸参与这样的仪式,应该先向桃树敬杯酒。

把珍贵的酒在桃树下洒了一点,然后我们开始喝酒。没有酒杯,于是我们三人在落花中相对而坐,轮流把一瓶酒传来传去,轮到谁了,便就着瓶口闷一口,用来下酒的,也只能是那些桃花了。直喝到月上中天,山谷积满清晖,遍地桃花似雪,我们三人才相互搀扶着,摇摇晃晃地下了山。

三

没想到的是,桑小军不光会写诗,还会打架。我们在桃树下喝完酒才没几天,桑小军就动手打人了。缘由是戴南行又在校园里与人辩论文学,越来越激烈,直至变成争吵,引来不少围观者。戴南行自己倒是拂袖而去了,反正他成天与人辩论,已经是一种享受,辩赢辩输他也不以为意,但桑小军不干了。他在宿舍楼下黑沉沉地蹲了几个钟头,抽了半包烟,等那个和戴南行争吵的学生终于露了头,他一声不吭地跳起来,把对方打了一顿。我们这才知道,桑小军在考上师专之前,在山阴一带的牧场上放了好几年的牛。那里已是亚高山草甸,属于苦寒之地,广袤荒凉,几个月都见不到一个人影。他与牛相依为命,经常骑在牛背上看书写诗,有的牛老了就被卖掉了,牛被人牵走的时候,他步行十几里,一路跟在后面为牛送行,手里握着一柄匕首,如果看到买牛的人在路上打牛,他手持匕首就冲过去护牛。我这才有些明白,他身上的悍气是从哪儿来的。但他的神奇之处在于,他身上的凶悍之气越重,你便越容易触摸到他裹在里面的那颗心脏,纯净,透明,有点像小孩的心脏。

又过了些时日,戴南行决定带头罢食堂,他认为食堂做的饭是用来喂猪的,简直就是把学生们当猪养。主意一定,他便扛着一条舌头开始四处游说,在校园里拉个人就不放过,直说得唾沫飞溅,鼓动学生们都不要去食堂打饭,饿上两顿又饿不死,况且饿死事小,失节事大,我们要的是食堂对学生的尊重,我们是大学生,又不是猪。在整个罢食堂的过程中,桑小军虽然一言不发,状如黑塔,却起了很关键的作用。每天中午放学的时候,桑小军早早就守在那条去食堂的必经之路上,他阴沉地横在路中间,嘴里叼着烟,一只手上戴着一只破旧的拳击手套,不知是从哪儿弄来的。学生们走到这里便不敢再往前走了,纷纷掉头而去,有不信邪地坚持要往前走,桑小军吐掉烟头,一拳就挥了过去。坚持了几日,罢食堂小有成果,伙食多少改善了一点。此后,戴南行和桑小军便越走越近,有一段时间二人简直能同穿一条裤子,成了校园里一道新晋的风景,前面走着长发飘飘高谈阔论的戴南行,后面跟着打手保镖一般沉默的桑小军。

周末的时候,我们三人就一起去黄土高原的褶皱里游荡,从一座塬走到另一座塬,从一道梁翻到另一道梁,或者,一直走到黄河边去看黄河。我们还商量着做一条小船,然后随着黄河顺流而下,过临汾、运城、三门峡、洛阳、开封、泰安、济南,最后从东营入海,我们就最终到达大海了。不过我们更好奇的是黄河的上游,仿佛上游才有黄河真正的身世之谜,那些雄壮神秘的雪山、峡谷、沙漠、草原都聚集在黄河的上游,又纷纷把影子投射在黄河当中,让黄河把它们带入大海。所以当我们在下游看到黄河的时候,不仅看到它变得衰老平静,还能从河水中看到它昔日的容颜,看到那些雪山、峡谷、沙漠、草原依稀模糊的影子。

在干旱荒凉的黄土高原上,黄河是唯一经过的大河,只有在河流经过的地方才可能孕育出村庄和城邦,所以黄土高原上的人们,无法不崇拜这条大河。有一次我们正坐在黄河边看着河水流过,戴南行忽然说,如果有一只大雕能把我带到半空中,我敢保证,我一定会看到一幅奇景,因为黄河上布满了各种神奇美丽的旋涡和花纹。你们看这河面,它其实并不是静止的,到处是涡流、回旋、鼓水、旋涡,那种大的旋涡像个黑洞,能把一切吸进去,这要从空中俯视,是何等壮观啊。怪不得那些出土的新石器时代的彩陶上画的都是旋转纹和旋涡纹,我们的祖先多聪明,他们其实是把黄河画到陶器上了,所以盯着那些彩陶上的花纹看久了,就会被吸进去,一直吸到远古时代去。

黄土高原上很少能看到高大的树,却能在沟壑的缝隙间看到一些零散的窑洞,有崖窑,有箍窑,在光滑的黄土峭壁上,会看到窑洞一层摞着一层,像九层宝塔一般。有时候在一块平整的塬上正走着,前面忽然就有一个大土坑从天而降,坑里竟有几孔窑,那是土坑窑。还时常会看到路边有一些很小的窑,那一般是羊窑和柴草窑。戴南行说,窑洞在《诗经》里有一个很优雅的名字,叫陶穴。确实,窑洞在气质上更接近于古典的陶穴,而不是房子,这让黄土高原有一种独立于时光之外的沧桑与神秘。

在行走中,满目都是无边无际的黄土,在吸饱阳光的时候会变成一种纯度极高的金色,近于炫目。我尤其喜欢日落时分,那个时候爬到最高的梁上一眼望去,广袤的黄土高原有一种宫殿式的恢宏壮丽。

我也喜欢文学,也写过不少诗,但性格温和软弱,随遇而安,并无太多野心,平素虽然常和他们俩一起玩,但自觉更像他们的陪衬。他们二人,一个浪漫,一个沉默,却都是自恃能在时代中有一番作为的人。他们二人的性情虽然迥异,却如榫卯结构,居然也能奇异地咬合在一处,而我和他们在一起的时候,觉得自己就像被塞进了两个大柜子里,经常处于隐身的状态,但我喜欢这种隐匿感,可以在幽僻处静静俯视着人间。

转眼就毕业了,我们三人都留了校,我留在中文系代课,他们两人则都被分配做了行政工作。戴南行的痛苦就是从那时候开始的。他很厌恶那些琐碎无聊的行政工作,他说他无法从中找到美感和愉悦。所以偶尔让他去讲一节课的时候,他总是分外珍惜,早早就候在教室里,讲课的时候从头到尾连口水都不喝,抓住每一分每一秒,直讲得口干舌燥唾沫四溅,下面哪怕只坐着一个学生,他也像正站在座无虚席的大剧场里,面对观众激情四射滔滔不绝。多年以后,我每次回想起他当时上课的样子,总觉得他并不是在讲课,包括他极喜欢和人辩论也是如此,他其实是在布道。他是一个有天生的使命感的人,接近于神父,急切地要把他发现的关于这个世界的秘密告诉别人,一来可能是因为孤独,二来则是因为他身上那种与生俱来的宗教气质,他迷恋一切形而上的、精神性的事物。这也是他后来沉迷于《易经》的原因,当他发现与人的对话终究无法解决孤独的问题,便转而开始与天地对话。

下了课他还要给学生布置作业,让学生们写诗,交上来之后他一首一首仔细批改,还把他认为写得好的几个学生叫出来,请他们在校门口的小饭店里吃饭,我们当年把这种奢侈的行为叫“下馆子”。他那点工资不是请学生吃饭就是买酒叫我们一起喝,几乎每个月都是分文不剩。喝酒的时候就在他的单身宿舍里,一张单人床、一张桌子,像个蜗牛壳,我们在蜗牛壳里或坐或卧或光着膀子,自在得很。戴南行极喜欢喝酒,而且几乎不需要下酒菜,可以干喝。事实上,他对吃的兴趣始终是淡漠的,即使是在那个食物并不丰盛的年代里,他对吃也保持着一种奇异的淡漠。我后来想,他之所以喜欢酒,是因为,酒是由粮食的精魂所化,虽貌似液体,但在本质上还是精神性的,也就是说,他喝的其实并不是酒,而是精神。不唯如此,酒精还能帮助唤醒潜藏在他身体里的更多冥想,他曾对我说过一句话:冥想就是对更高级食物的直接摄取。

确实,喝多酒的戴南行会呈现出一种轻盈的悬浮感,暂时离开了大地。他会在月光下给我们跳舞,光着脚,没有音乐,没有节拍,只是踩着月光很随性地跳,有时候会跳整整一个晚上,想怎么跳就怎么跳,就像一个古老的巫师。可能因为月光的磁场与酒精属于同一物种,都具有招魂的功能,都能唤醒住在人身体里的魂魄,而他比常人更容易被唤醒。再或者,喝多之后他就去漫游。

事实上,在后来,我认为他是可以被称为漫游家的。在这世界的角落里散布着一些独特而纯粹的族群,即使在无人的角落里,他们也会散发出灿烂而幽寂的光芒，比如孤独家、梦想家、炼字家、爱情家，还有像他这样的漫游家。他的漫游分两种，一种是纯精神性的漫游，在他的蜗牛壳里也可以神游八方，他会滔滔不绝地谈论文学和哲学，从柏拉图到贺拉斯到海德格尔到聂鲁达到尼采到黑格尔，他坐着谈，站着谈，躺在地上谈，不时往后甩着长发，两只手使劲比画着，唾沫四溅，可以不眠不休地谈论整整一宿。而我和桑小军睡了醒、醒了睡、睡了又醒，有时候轮流和他辩论，有时候两个人不小心都睡过去了，又被他叫醒，反反复复直至天亮。另一种漫游是大地式的漫游，他用他强大的精神携带着肉身，就像在身上绑了两只巨大的翅膀，又像坐在一只独木小舟里，可以在深夜里身轻如燕地游过山河。他喝多了会去往任何一个可能的地方漫游，校园的各个角落里，后山上的破庙里，坟地里，黄河边，或干脆跑到黄土高原的任意一道沟壑里，跑到荒原上灯光到达不了的地方。他说那种地方的月光最为盛大，不像人间，更像神的宴会。

因为夜晚耽溺于漫游和冥想，所以只能白天睡觉。上学的时候，人家去上课了，他一个人回宿舍去睡觉；工作以后，没那么自由了，再加上对琐碎行政工作的厌恶和对抗，他便抓住一切能睡觉的机会来睡觉。在办公室的椅子上睡，在开会的时候睡，在领导讲话的时候睡，只有这样，晚上他才能复活过来。我经常在学校的会议上看到他正以各种姿势在睡觉，趴着睡，歪着睡，仰着头睡，或者背挺得直直的，眼睛却闭着。最神奇的是，每次他被校长从睡梦中叫醒发言的时候，他居然还是能口若悬河滔滔不绝，若没有人打断他，他就能一直演讲下去，他一边演讲一边鄙夷地扫视着周围，好像他在睡梦中也能轻而易举地知道他们刚才都说了些什么。

在一起喝酒的时候，他不止一次对我说过同样的话，老赵，我想把这工作辞了，我真的不想干了，你说辞掉工作行不行？我慌忙阻止他，语重心长地说，你可千万别，你说你辞了工作还能干什么？吃什么喝什么？你爹妈都老了，都要靠你养，再说了，你若连个正经工作都没有了，和社会上的盲流有什么区别？

他不吭声了，继续喝酒，几杯酒下去便像换了个人，又开始眉飞色舞地谈论文学和哲学问题。

实在心情不好的时候，他会使用一种很奇特的办法来排解，他把自己反锁在办公室里，任是谁来敲门都不开，就是校长在他门口敲上两个小时的门，他都在里面一声不吭，也不开门。他的最高纪录是把自己关在办公室里三天三夜，那三天三夜里谁都找不到他，包括我和桑小军。我白天晚上地去敲他办公室的门，没人开门，甚至里面连一点动静都没有，后来我怀疑他其实根本不在办公室里，他白天晚上躲在办公室里，吃什么喝什么？但桑小军坚持认为他一定在办公室里，而且说得很笃定。其他老师也都找不到他，后来大家都有些慌了,觉得他是失踪了,商量着要不把门撬开,桑小军挡在门口,坚决不同意,他厉声说,你们是强盗吗?不是强盗凭什么撬人家的门?门都随便被撬,人还有什么尊严可言?其他人只好作罢,还有人去派出所报了案。

三天三夜之后,他办公室的门忽然从里面打开了,戴南行蓬头垢面地走了出来,昂首挺胸地从人们面前走了过去,连个招呼都懒得打。也不知道那三天三夜里他是靠吃什么活下来的,或是根本什么都没吃。我觉得他的真正神奇之处在于,他是确实可以脱离物质,而只靠着啃噬精神存活一段时间的。也是在这个事情之后,我开始意识到,桑小军对他的了解其实要比我更深,不仅是深,还到达了目光到达不了的某种幽微之处,这种幽微之处与月光的场域相似,只供魂魄和精神往返其中。

到了二十世纪九十年代初,我们仨先后都结婚了,但戴南行的婚姻只维系了两年就离婚了。他对于为什么离婚绝口不提,一时之间,众人纷纷揣测,有的说是因为两人性格合不来,有的说是因为戴南行不想要小孩。我们也不问,但我猜测,像戴南行这种依附于精神而存在的人,很容易被婚姻中的庸常琐碎伤害到,不得不早早退出来。与此同时,我们都感觉到了,时代变了,忽然变得和二十世纪八十年代不一样了。二十世纪八十年代那种逢人谈论诗歌和文学的酒神精神正从山城上空悄然消退,所有人忽然集体转向,抛弃了不久前的价值观,转向了一种新的价值观,这个过程发生得如此之快之迅速,简直让人措手不及。人们在一起谈论最多的话题是怎么当官和挣钱、怎么炒股和下海。连我们中文系当初留校的一撮老师也耻于再谈论文学,谈得最多的话题是工资太低了、物价又上涨了。一个说,一个大学老师一个月一百多块钱,还不如街上摆摊卖衣服的小贩。一个说,马上又要涨价了,你赶紧多囤点东西啊,可以半年不用进商店。另一个说,几年前我家光小米就囤了十口袋,现在小米都长虫了,爬得满屋子都是,过几天虫子都长出翅膀来到处飞,那就更好看了。明明是同一群人,却忽然之间就面目全非起来,一时竟难以辨认谁是谁了。

多年以后,我回首往事,想起我们在二十世纪八十年代对文学的热情与真诚才发现,其实那种热情误导了我们,让我们以为会写诗的自己很有用,甚至可以引领一个时代,到了二十世纪九十年代发现并不是那么回事的时候,又心生恐慌,唯恐跟不上时代,唯恐被时代抛弃。在这个过程中,我可以想象,戴南行和桑小军的痛苦要比我更甚,因为,他们比我自视更高,比我更有抱负,对诗人的荣誉更为看重。从某种程度上讲,我的平庸与随波逐流缓解了我的痛苦,其实也是一种自我保护。

为了反抗和自卫,桑小军不再写诗,也不愿再与任何人谈论诗歌。我想,还有一个原因,他是学数学的,这种并不浪漫的科学在师专时代就教给他一个道理,数学与人们的欲望、志向、痛苦,与人们是否善良是否高尚没有任何一点关系,它告诉人们的只是那些永恒的必然性,这些必然性与时代也没有任何关系,比如日出日落,比如生老病死,再比如,万物都要顺应必然,顺应时间。而诗歌却远没有这样的理性,所以当它无法给人慰藉的时候,就会给人带来痛苦。

戴南行也感觉到了时代之变,也开始自卫。他的方式是,坚决不和任何人谈钱,谁要是敢和他谈钱,他一定会指着对方的鼻子,唾沫四溅地迸出两个字——庸俗。如果对方还要不识趣地继续说下去,他一定会跳起来再补充一个字——滚。所以愿意和他一起吃饭一起聊天的人越来越少,他越来越孤独,有时候他买好酒叫几个朋友过来一起喝,最后来的只有我和桑小军。甚至有时连我和桑小军都来不了,因为我和桑小军先后有了小孩,每天忙上班忙家庭,可以自由支配的时间越来越少,有时候真是分身乏术。

随着与朋友的聚会越来越少,戴南行对说话的渴望也越来越强烈,只要逮到说话的机会就不肯放过。我们偶尔聚一次,他一定是从头说到尾,一分一秒都不肯浪费,说到激动处会站起来,一边来回踱步一边手舞足蹈地说话,根本不给我和桑小军任何插嘴的机会;也基本不吃东西,只是不停喝酒不停说话,话就是他下酒的东西。我和桑小军自知根本插不上话,也就默默放弃了,于是,从前的辩论彻底变成了他一个人的演讲。当一场演讲终于落幕的时候,我赶紧找个缝隙插进去一句,老戴,你还是少喝点酒吧。他把眼睛一瞪,对我说,你凭什么管我?刚才说到哪儿了?然后用手帕擦擦嘴角的唾沫,又开始下一场演讲。

半夜,等到我们再次提出该散场的时候,他的演讲终于缓缓刹住,眼神落寞,一只手捧着剩下一点酒的瓶子,另一只手对我们挥了挥,表示要赶我们走。我们走后,他把剩下的酒喝完,然后便在校园里四处漫游,有时候还会漫游到后山上,在坟地边的破庙里躺半宿,数数星星,有时候还会写首诗出来。等天亮了,别人都开始上班了,他晃回宿舍睡觉去了。

当我后来回首往事的时候,我觉得,戴南行早期的那些漫游其实多少还是带一点表演性质的,一来是自视甚高,不屑向凡俗妥协,二来可能是出于对魏晋士族名士气的仰慕和效仿。但到了二十世纪九十年代,出于酒神精神的消亡,也出于孤独,于是他又独自向着真正的漫游靠近了一步,而他所有的诗歌皆来自漫游,漫游成为他诗歌的成长与栖息之地。我想,这与莱昂纳德·科恩把诗歌比作灰烬有异曲同工之处,漫游代表着精神的飘逸,代表着由精神反射成的诗歌最终会像灰烬或雪花一样消散。

大约是为了缓解孤独,但我认为更多的是为了抵抗孤独,戴南行开始研究象棋,并以棋士自居。他说,以棋师自居不敢当,若称棋人对自己也是一种辱没,下棋本是雅事,何需摆出一副卑微的姿态。他在象棋界以白丁出身,但对博取功名并无兴趣。开始的时候他只是热衷于观棋,为了多观棋路,他经常在上班时间大摇大摆地晃出校园,出没在山城的各种犄角旮旯里,只要看见有扎堆的人,他就往里凑,里三层外三层的人夯成人肉墙,墙里包着的,百分之九十是两个正在下棋的干瘪老头儿。他像蜜蜂采蜜一样,一个人堆一个人堆地凑进去,一局一局地观摩,吸收着数,有时候一天能把大半个山城踏遍。

晚上在宿舍摆开棋谱,在自己对面摆个啤酒瓶子,自己走一步,替啤酒瓶子走一步。好不容易躺在床上了,忽然发现天花板也变成了棋谱,于是躺在床上接着下棋,好不过瘾。如此一段时日后,自觉棋艺大长,便开始挑衅学校里几个善弈的老师。他经常打上门去,不管三七二十一,霸住人家的桌子,昏天黑地地厮杀几盘,最后被人家老婆轰了出去,两个人只好携带残局落荒而逃,复又在校园里的大柳树下厮杀起来。路过的老师学生纷纷驻足观望,一时里三层外三层,摇旗呐喊,地动山摇,好不壮观。我猜测,一定是孤独许久的戴南行忽然在棋局中又找到了当年做风流人物的感觉,又有了站在剧场中央为众人做演讲的尊严感。所以戴南行此后每日就在大柳树下摆擂台,称只与贤人雅士下棋,人品不入流者概不奉陪。

一日,学校里一名姓石的老教师上前叫阵。石老师下棋三十余载,棋风缜密沉稳,极善长考,据说他一长考就是两三个钟头,一个钟头更是家常便饭。开始的时候,石老师气势夺人,棋子拍得啪啪作响,戴南行身轻如燕,棋风细腻。半局之后石老师开始频做长考,果然一个长考就是一两个钟头。两人从上午开始,一直下到太阳落山,都是滴水未进,观众换了一拨又一拨,源源不绝。天黑下来之后,有好事者还在旁边为战事打起了手电筒。下班之后,我也跑过来观战,只见老石已汗流浃背气息奄奄,戴南行则悠然叼着一根烟,跷着二郎腿,一副行到水穷处坐看云起时的自在。我心想,敢和老戴比不吃饭,真正是不想活了,他是能三天三夜不吃一粒米的人,谁能和他比?我观战半日,看出些门道,又希望他们早些结束战事,便在戴南行耳边悄悄说,所谓长考其实就是磨时间,只要他不落子,从今晚磨到明早,你也赢不了!何必呢,快快结束了吃饭去吧。戴南行吐了个烟圈,笑眯眯地说,如果今天输给这等无赖棋术,那我戴某人还活着干什么?不如买块豆腐撞死算了。

一直下到后半夜,只有零星几个观众还在挑灯观战,其他人都回去睡觉了,我在旁边为他们擎着手电筒,几欲站着睡着。正在昏睡之际,忽听啪的一声,老石终于被自己三个小时的长考耗尽,甘愿败下阵来。戴南行跷着二郎腿,仍然笑眯眯地说,急什么,日本最长长考记录是十六个小时,你这才几个小时。老石跌跌撞撞地扶墙遁走。回宿舍的路上我埋怨道,下个棋而已,就是个娱乐,你何必这么较真呢？

在黑暗中我也能感觉到他正瞪着我，果然，只听他愤怒地说，对弈是小事？这等风雅的事是小事？投机耍赖可是小事？还要不要一点节操了？这时正好走到了宿舍楼下，我哈欠连天地说，耗了一天神，你赶紧回去睡一觉吧，我也回去睡了。他一把拉住我，不让我走，只见他双眼发亮，两根手指夹着半根烟，神采飞扬地对我说，老赵，我和你说几句话，我现在是越发悟到天人合一之道了。无论是下棋还是写诗，都是要合乎天道才好，真正的棋士当弃术任心，术有恒数，心则可遨游八方；写诗也是如此，弃术任心，不要被那些所谓的技巧拖累，才可能有几句好诗不远千里过来找你。

我困得眼睛都睁不开了，只好说，老戴，我们明天再聊吧，我站着都要睡着了。但戴南行还是不肯放我走，他牢牢抓住我的一条胳膊，怕我跑了，一边喋喋不休地说，老赵啊，下棋其实是伪装起来的数学和哲学，就像大地上的建筑物一样，都是伪装起来的音乐。把数学和哲学叠加起来的游戏，不仅显得高贵，其中还沉淀着一种很深很深的宁静。

说到这里，他又使劲摇晃我的胳膊，让我抬头看满天的星斗，他说，你看那些星辰，在我们头顶组成了一幅地图，在这幅星河地图里，同样有山川河流，有草原荒漠，可能也有你我这样的人生活在其中，和我们头对着头，如果我们做了什么可笑的事，他们都看得到，还会笑话我们。有时候我会听到那些星星在和我说话，它们用的是它们星球上的语言，但我居然也能听明白它们的意思，可见，宇宙之内皆为邻居。

他有时候像个神秘的术士，可以把万事万物轻易唤醒，每条河流、每块石头、每片树林，到了他这里通通都长出了灵魂。

对下棋上瘾之后，他会在开会中间借口去上厕所，然后便跑到大柳树下摆擂台；有时候为了不让领导看到，他办公室的门紧紧关着，人家都以为他在里面办公，他却早已跳窗逃走（他的办公室在一楼），撒开两条长腿跑到大柳树下摆棋摊。每日定要厮杀几盘，加上他对精神性事物的迷恋，棋艺日益精进，一时大柳树下血雨腥风白骨累累，再无人敢上前应战。在这种情形下，戴南行成功招安了桑小军，桑小军调到了财务科，更是琐事缠身，但每天晚上一下班他就跑到戴南行的宿舍里，两人一边吞云吐雾，一边挑灯夜战，我每次进去了都找不到人影，只在大雾中听到有棋子敲落的声音，好半天才看清，烟雾里还浮动着两个鬼魂一样的人影。我又是咳嗽又是开窗户，两个鬼根本不为所动，继续猫腰苦思鏖战，我旁观一会儿觉得无趣，给他们打两份炒面做夜宵，便回家睡觉去了。

不料那两个鬼却一直厮杀到东方既白。一夜战事自然辛苦，戴南行拉上窗帘开始睡觉，桑小军却还要按点去上班。三番五次之后，桑小军的老婆半夜打上门来，冲过去把棋盘打翻，把棋子从窗户掷出，然后揪着桑小军的耳朵把他给揪回去了。但过不了几日，桑小军又在晚上偷偷跑出来，为了迷惑敌人，戴南行让自己的宿舍彻夜亮着灯，伪装成现场，然后两人悄悄转移了阵地，跑到大街上，找了盏路灯继续下棋。路灯悲悯地俯视着他们，一束昏黄的灯光里扣着一高一矮两个人影。

其实作为一个旁观者，我认为桑小军并不是真的迷恋上下棋了，他的理性不允许他轻易迷恋上任何事物，包括诗歌，因为对他来说，那意味着一种软弱。他和戴南行下棋只是为了能陪着他，不至于让他觉得太孤单太落寞。事实上，自从桑小军弃绝写诗之后，他对戴南行更是添了一层爱护，有时候近于宠溺。我想，其中的原因应该是，他抽身退出后，就把对诗歌的感情转移到了戴南行身上，他认为戴南行不只是为自己，也在为他桑小军写诗，戴南行一个人身上其实背负着两个诗人。只要戴南行还在写诗，他桑小军就也还在写诗。

为了能与天下高手下棋，戴南行开始向学校频繁请假，时不时外出下棋，他坐着绿皮火车，漫游到内蒙古、河北、山东，到处找寻棋友。在一个地方厮杀上几天几夜，不吃饭，不睡觉，然后不管输赢，换个地方再战。就这样一路漫游一路下棋，最长的一次居然出去了两个月才回到学校，浑身晒得漆黑如炭，愈加枯瘦，只有眼白和牙齿更白了，在阳光下咧开嘴大笑的时候，那牙齿更是白得惊心动魄，倒像亮出了一种武器。

好在学校的领导在过去多是我们的老师，如今的同事又多是昔日同窗留校的，大家都知道他行为疏狂、桀骜不驯，对他多有担待，所以他一年倒有半年在外下棋，别人也只是睁一只眼闭一只眼，由着他去，只是像提拔啊涨工资啊这类事情压根儿与他无缘。我估计他刚开始的时候也在乎过，尽管他嘴上总说不在乎，但到了后来，我觉得他是真的不在乎了，我能感觉到他离世俗的一切正越来越远。

四

就这么东游西逛地下了几年棋，转眼就到了二〇〇〇年。过了二〇〇〇年的新年，人们发现昨天的太阳又升起来了，傍晚又从西边坠下去了，与往昔并没有任何差别，于是关于世纪末的恐慌很快烟消云散，照样日复一日地活着。但不久之后人们又发现，二〇〇〇年以后和二十世纪九十年代终究还是不同了。二十世纪八十年代的热情和真诚像一个饥渴太久的人忽然找到了泉水，于是轰地一把大火把自己烧了，二十世纪九十年代的商业大派对又像一个穷疯了的人忽然捡到了一沓钱，于是又一把大火把自己烧了。到了二〇〇〇年，二十世纪八十年代的那把大火和二十世纪九十年代的那把大火已经先后熄灭下去了，灰烬似记忆中的大雪覆盖一切，整个大地上忽然变得寂静而斑斓，虽然饭店和超市如雨后春笋般冒得遍地都是，整个社会却不复再有二十世纪八十年代的庄严，甚至也没有二十世纪九十年代的欲望，诗歌凋零，诸神撤退，个体重归于尘埃。与此同时，新的物种开始侵袭人类，电脑和网络如外星人降落山城，人和人对弈渐少，人和电脑下棋开始风行一时。

戴南行不愿和电脑下棋，他说电脑冰凉冰凉的，没有棋味，下棋就要有闲敲棋子落灯花的恬淡温裕，再不然，就是老石那样的死乞白赖也是一种棋味，一个长考就是一夜，好歹也是有些趣味的。但和他下棋的人还是越来越少，棋人们都跟电脑下棋去了，后来他干脆在宿舍里摆起棋盘，自己和自己下棋，他时而坐在左边，时而又跑到右边，一晚上腾挪跌宕，把自己活活分裂成两个棋手，外加一群评头论足不时喝彩的观众。

这些年里，和戴南行一起留校的人都评了职称涨了工资，只有戴南行拒绝评职称，嫌这种烦琐之事浪费他的力气。没有职称，工资自然是最低的，他也无所谓。那种无所谓，刚开始的时候还有点遮遮掩掩，到了后来，却渐渐变成了他个人的独特标志，就像在身上佩戴了一枚亮闪闪的徽章。再到后来，不知是不是自己和自己下棋让他感觉到了某种精神分裂的恐惧，他对棋的痴迷渐渐收敛，转而开始迷恋《易经》了。

有一次，他把我拉到他宿舍里，神秘地给我看一本书，我一看，是《易经》，便说，你又转向了？他立刻正色道，你一定要看看，写得真是太好了。怎么说呢，这本书就像在写一种伟大的谜，天地间的谜，人世间所有的秘密都在其中了，读这本书的时候就好像真的触到了天地，你见过天地是什么样子的吗？老赵，读这本书的时候，我真是太快乐了，一半是拼命在破解谜的快乐，一半是无法破解的快乐，而且这种着迷，你知道吗，是最纯粹最典雅的那种着迷，和那些低级信仰不同，人活一世要是没有点真正的痴迷……

我抢着替他把话说完了，那还不如买块豆腐撞死算了。

此后他便日夜研究《易经》，不仅研究，还给自己算卦，连出门吃饭前都要先算一卦，据说他有一次骑着自行车出门，在路上给自己算了一卦，结果是此行不利，他便立刻掉头又回去了，不一会儿工夫，天色骤变，忽然下起了暴雨。他很得意地把这件事告诉了别人，这么一来二去他渐渐开始名声大噪，陆陆续续有人上门请他算卦，还有生意人愿付重金来请一卦。来人若是还有几分风度，不算俗气，他便不推辞，欣然为对方算一卦。但对那些掏钱来算卦的他一律轰走，他鄙夷地对我说，还真当我戴某人是个算卦的？居然还掏钱，笑话，简直是对我的侮辱。我开玩笑道,现在人家都在搞副业,你就那么一点死工资,快连活都活不了了,把算卦当个副业也不错嘛。他瞪起眼睛,愤怒地说,赵志平,我今天一定要和你绝交。

对他痴迷于《易经》,我倒不是很奇怪。只要细细一想就会发现,他早年在月光下星空下的漫游与他对诗歌的热爱,后来对下棋的着迷,再后来对《易经》的兴趣,其实都是一脉相承的,根本上是一回事,都是在试图追寻天人合一之道,只不过这种追寻越来越清晰罢了。当月光的磁场主宰人体的时候,其实是人类触摸宇宙的一种方式,而无论是写诗、对弈,还是研究《易经》,其实都是人类在窥视天地间的某种秘密,在汲取来自天地间的能量。在与天地交流的过程中,人难免会现出一些神性,这也是戴南行在某些瞬间里看上去不大像人类的原因。

因为没钱,他一年到头就那么几件衣服换来换去,领口磨得起了毛边儿。想起他当年穿破洞牛仔裤引领风尚,第一个在校园里穿西服打领带,忽然觉得恍如隔世,唏嘘不已。长发早已剪掉,一头短发因为洗得不及时,看上去总有些油腻。诗歌仍然在秘密地写,但写完只给我和桑小军看,并像个特务一样,嘱咐我们看完即焚。我明白他的意思,文字烧成骨灰,只留下一缕诗魂,才是真正的长存。

他彻夜研究《易经》、写诗、独自下棋,白天则在办公室里打瞌睡。学校的领导换了两茬,原来教过我们的老领导基本都退休了,新领导多是外来的,不了解也没心思多了解老师们的个性,见戴南行这般行为疏狂,便对他多有不满和排挤,于是他的岗位被调了又调,越来越边缘化,眼看就要被调进食堂做保管员了。我和桑小军劝他给领导送点东西,并打算去校长那里为他说情,结果被他指着鼻子痛骂了一番,我和桑小军只好作罢。

后来他真的被调到了食堂,但他看起来并不在乎,依然器宇轩昂地出入在校园里,开会的时候依然在领导眼皮子底下打瞌睡,叫他起来发言,发完言继续再睡。每个月的工资倒有一大半用于请朋友们喝酒,他点一桌菜,几乎一口不吃,别人吃菜他喝酒,一边喝酒一边唾沫飞溅地演讲。他无比珍惜这为数不多的演讲机会,别人知道他喜欢讲,便由着他唱独角戏。我坐在他旁边,一边吃菜一边镇定地掏出手帕擦脸上的唾沫星子。轮到我们叫他出来喝酒的时候,他总是以奇快的速度立马答应,连个考虑的缝隙都没有,好像生怕别人反悔了一样。挂了电话我一阵心酸,几乎落下泪来。

学校分了一次房,自然是没他的份儿,他不奇怪,别人也不奇怪,有他倒不正常了。过了几年又分了一次房,这次戴南行居然分到了顶层的一套小房子,六十多平方米，小虽小了点，但那毕竟是自己的房子。再和刚毕业的年轻教师们挤在单身宿舍里，多少都有点像远古文物了。

后来我才知道，戴南行这次之所以能分到房子，是因为桑小军揣着菜刀在校长办公室门口守了一天一夜。

这些年里桑小军再没写过一首诗，他说话倒还是那样，极尽节俭，能用一个字说完，就绝不用两个字。和戴南行在一起的时候，经常是戴南行唾沫飞溅地说九十九句，他简短地补充一句，好像就为了凑个整数。他被提拔之后工作越发忙碌，但有时候还是三更半夜地跑到戴南行的宿舍里下棋，两个人挑灯夜战直至天亮。戴南行开始研究《易经》之后，他便时不时找戴南行给他算一卦，至于他到底信不信，那就只有他自己知道了。除此之外，平时他基本都是隐身的，呈一种藏匿的状态，像条巨鲸一样静静地蛰伏在戴南行身边的水域里。但一旦嗅到危险，他会忽然跃出水面，手持利刃，像侠客一般，吐出封存在他身体里的刀气。

我不知道戴南行是否知道分房的真相，我假装什么都不知道，桑小军则再次沉潜下去，又恢复到木讷寡言的常态。他搬家那天，我和桑小军过去帮忙，发现他的东西少得可怜，除了被褥和几件衣服之外就是书，堆得像小山一样的书。书背在身上很沉很硬，有一种背着骨骼的感觉。他所有的用品都追随着他的性情，肉身陨落，精神畸形的庞大，神秘地参与着天地人之间的能量转换。

搬完家的那天晚上，我们仨在他新家里喝酒一直喝到半夜。都喝得有些醉了，我们便下了楼，踏着月光，脚步踉跄地在校园里漫游，戴南行在月光下作诗一首，并为我们大声吟诵：

> 天之不公，兄弟你何以理解？
> 箫声咽咽。一列火车呼啸着穿过村庄。
> 凡你我生命中最尊敬的人，比如你我的父亲
> 都在这人间遭遇了苦难。
> 兄弟啊，你们还年轻，我们老了，无所谓了。
> 伞下的老人悲伤而平静，目光炯炯
> 雨水打在他身边无数青年的脸上。
> 遥远的地方另一个老人执笔成诗
> 一滴热泪无声落入一杯凉茶。

不觉间大半年过去了。这天黄昏，我正在阳台上看书（好不容易有了个阳台，恨不得吃饭睡觉全在这里），忽听有人敲门，开门一看，是桑小军。只见他脸

色异样,进了门连拖鞋都不换就一屁股坐在了沙发上。他就那么呆呆地在沙发里足足陷了有五分钟,目光呆滞地盯着茶几上的一个杯子,但显然他根本就没看到这个杯子,因为他的目光是空的。我连忙给他泡茶,小心翼翼地把茶杯摆在他面前,他好像忽然被惊醒了,猛地抬起眼睛看着我,目光似刀,锋利异常,吓得我倒退了两步。他舔了舔嘴唇,忽然开口说话了,声音里有一种奇异的沙哑,好像很久很久没喝过水了。他说,老赵,我来问你借点钱,顺便和你道个别。我大惊,问,你要去哪里?他这才把原委粗略地讲了一下,原来他所在的财务科最近在一笔账上出了问题,学校认为是他的问题,怀疑他私下里动了那笔钱。

他又舔了舔并不干枯的嘴唇,阴沉沉地盯着茶杯说,我是有口难辩,这种钱上的事情,怕是跳进黄河也洗不清,我的嫌疑怕是摆脱不了了,所以我准备逃走,去天涯海角躲起来,让他们都找不到我。这下连工作都没了,前路未卜,所以走之前得问你和老戴借点钱,不过我有言在先,如果我日后还能混出个样子来,就把钱还你,如果后半生落魄潦倒了,这借的钱我就不还了。

一听这话,我连忙把家里仅有的一张存折翻出来,只觉得脑子里乱糟糟的,便在屋里来回踱了几圈,方对他说,走,找老戴去。我们二人又去敲老戴的门,老戴正好也在家,憋了满屋子的烟,桌子上摆着棋盘,他在对面摆了个酒瓶,正吞云吐雾地和酒瓶下棋呢。桑小军塌陷在简陋的沙发里,把刚才对我说过的话又对戴南行说了一遍。戴南行听罢,点了一根烟,并给我和桑小军各递了一根,我们三人相对无言,像三根烟囱一样,默默地抽了会儿烟。半晌,戴南行终于问了一句,小军,你给我说实话,你到底动过这钱没有?桑小军冷着脸答了一句,不是人的才动过这钱。戴南行一拍桌子,大声说,好,我信。桑小军深吸一口烟,用烟圈裹着头脸,冷笑着说,你信管屁用,我现在就算浑身是嘴都说不清了,我还是赶紧找个地方躲起来吧。不行的话,我今晚就走,你借我的钱我日后要是能还,一定会还,万一要是落魄了,你也不要怪我。

戴南行摁灭烟头,伸手就去拉桑小军,桑小军慌忙往后躲。戴南行使劲把他拽起来,说,就这屋里的东西,你想拿什么拿什么,包括这房子,随便拿,不过你得先和我去公安局自首去。桑小军使劲挣脱出胳膊,冲戴南行喊道,我又没做犯法的事,凭什么要去自首?戴南行又一把抓住他的胳膊,唾沫飞溅地说,就因为你没犯法才要去自首,我陪你去,清者自清浊者自浊,还自己一个清白日后才能正大光明地做人。你要是找个地方躲起来,一来坐实了你做过不光明的事,二来一辈子躲在暗处和鼠类有什么区别?你觉得这种痛苦就比坐牢好?

经过戴南行一番劝说,最后桑小军同意去公安局自首,我和戴南行一起把他送到了公安局。没想到的是,桑小军居然被判了两年半有期徒刑,并被开除了公职,就在山城边上的第二监狱里服刑。

桑小军进去大概三个月的时候,戴南行去家里找我了,当时我正在备课。这三个月里我俩谁都没有提过桑小军一个字,每次快碰到"桑小军"三个字的时候,我们就赶紧小心翼翼地绕开。没想到,戴南行开门见山地对我说,老赵,咱们俩去监狱里看看小军吧。我想到当初正是我俩把桑小军送到公安局自首的,情何以堪,便摇了摇头,说,我不去。戴南行听罢,把手里的半根烟一甩,疾步走到窗前,用力把窗户打开,然后指着窗户外面,高声对我说,你快从这里跳下去吧,快跳啊。我哭丧着脸说,别人得意的时候我不想凑过去巴结,别人落难的时候我也不想凑过去,免得让人觉得我是在怜悯他,伤人的自尊。戴南行厉声打断我,放屁,无情无义,你就是在给自己找借口。

最终,我和戴南行一起去监狱探视了桑小军。一见桑小军,我吓一跳,他瘦了一圈不说,脸上左一道右一道的伤口,胳膊上还有个很深的牙印,已经发炎了。原来桑小军一进去就受到了里面几个老犯人的欺负,以桑小军的性格哪受得了这个,于是他三番五次和那些老犯人厮打起来。更没想到的是,桑小军见了戴南行,第一句话就是,等我出去了,第一件事就是先杀了你。

我也是后来等桑小军出来才知道的,他进去以后因为不甘被欺侮,几次和一个老犯人打架,把对方打得还不轻,因此受到了惩罚,至于到底是怎么被惩罚的,他只字不提,我当然也不敢多问。

那次我和戴南行回去之后,又是几个月都不敢提桑小军一个字,"桑小军"三个字成了横亘在我俩中间的一口深井。事实上,那几个月的时间里,我俩连见面都很少了,因为熟知戴南行的作息时间,我便有意把时间错开,就是为了能躲着他。从桑小军进去的那天起,我们这个三人团体便残废了。我很久不写诗,也不愿读诗,只日复一日地把自己埋在论文里、琐事里,偶尔拉开存放诗稿的那只抽屉,也只是看一眼就赶紧关上了,心里疼得慌,后来我干脆给这只抽屉上了把锁,因为觉得这抽屉就像一座收留我们三个人的坟墓。在一个空间里,起初只关着物体,慢慢地,物体变成了凝固的时间;再慢慢地,那些凝固的时间会完成向幽灵的转化。也许我哪天再拉开这抽屉的时候,发现里面竟然已经空了。我、戴南行还有桑小军早已遁形而去。

这天晚上,戴南行忽然给我打来电话,叫我去他家里喝酒,说还准备了下酒菜。我犹豫了片刻,还是答应了。然后我起身到校门口的卤肉店里切了两只猪耳朵,又买了一包五香花生米,我对他说的下酒菜不敢轻信,因为他所谓的下酒菜不是两首诗就是一番清谈,最多加一盒香烟,都是形而上的。就着诗歌喝酒,迟早要胃穿孔的。没想到,他居然真的准备了具备肉身的下酒菜,一碟卤牛肉,一碟拍黄瓜,旁边是一瓶三十年的青花瓷。见他如此大宴宾客,我心里暗叫一声不好,估计他这是又要出什么大招了。

果然,两杯酒下去之后,他一边抽烟一边笑眯眯地对我说,老赵啊,今天我也和你道个别,我打算进去陪小军去,免得他在里面太孤独,毕竟是个诗人,只怕在里面连个说话谈诗的人都找不到。我大惊,手里的酒杯差点摔到地上,我连忙说,老戴,你,你要干什么?戴南行用两根细长的手指夹着香烟,高高端在嘴边,继续笑眯眯地对我说,我想好了,想进去还不容易?杀人放火的事就算了,强奸太猥琐,抢劫太暴力,偷窃个东西当回贼总可以吧。说是偷其实就是借来一用,反正还要物归原主的。我这辈子虽然没偷过,但可以现学啊,反正横竖就这一次嘛,技艺差点也不至于被人耻笑了。只是,偷什么倒是个问题,做贼也要做个雅贼,有点风骨才好,你觉得偷什么最合适?我思来想去,窃古籍最为合适,不仅风雅,还显得我品位不俗。

我从椅子上跳了起来,倒退几步,指着他大喝道,老戴,你是不是喝多了?胡说些什么呢?戴南行悠然往嘴里倒了一杯酒,然后抹抹嘴,又理理头发,庄重地说,我昨日夜里刚作了一首诗,读给你听吧:

> 如《易经》中的坤卦
> 凝神倾听乾卦的召唤
> 如身体里的血液
> 倾听心脏的搏动
>
> 浸入晨光的温泉
> 融入无限的循环
> 肉体化为乌有
> 意念归于自然
> 与山间小道边的野草
> 与河流上翻飞的鸟群
> 与林中小亭、亭中远眺的人
> 一起,跃入真相涌动的深渊

五

我以为他不过是酒后胡言乱语,并没有放在心上,没想到几日以后,这厮真的从学校图书馆窃了一本古籍出来,是光绪年间的桐城吴先生全书《尺牍补遗》。他还抱着古籍,兴冲冲地跑到我家中向我展示他不俗的品位。他小心翼翼地在我面前翻了两页,咂嘴道,老赵你看看,精写刻字体,字体奇特,有北朝隶楷古韵,开本宏阔,镌刻古拙,有金石味;且吴汝纶的文章既得桐城整饬雅洁之长,又矜炼典雅,意厚气雄,我这段时日里先后对比了《昌黎先生集》《红雪楼九种曲》《顺天府志》,还是最喜欢这本。末了,他又得意地问我,怎么样,我戴某人的品位还是可以的吧?

见他真的偷出了古籍,我急得脸色都变了,催促他赶紧还回图书馆去,现在去也许还来得及,等到图书馆发现去报了案就麻烦了。他不再多说什么,收起古籍,仰天大笑着出了门。我没想到的是,他并没有去图书馆还书,而是直奔公安局自首去了。因为盗窃的是珍贵古籍,他被判了两年有期徒刑,如愿以偿地进了监狱。

我第一次去监狱探视他的时候,给他带了一条烟、一盒巧克力,我们很简短地说了几句话,他不说他在里面过得怎样,也不提有没有见到桑小军,只说他在这里已经写了好几首诗了,都写在烟盒上。我也不知道该说点什么,沉默片刻才安慰他道,那你多写点,等以后出去了就可以出本诗集了。他倨傲地说,你让我自费出本诗集?简直是羞辱我。我想说,你不是一直想有一本自己的诗集吗?但最后只是对他笑了笑。

直到后来桑小军出来后给我讲了个里面的故事,我才知道了我那盒巧克力最后派上了什么用场。桑小军生日那天,在监狱里忽然收到了一份生日礼物,摆在他床铺上,也不知是里面的犯人送的还是管教送的,是一个用报纸叠起来的纸盒子,里面放着十几个洁白精致的饺子,饺子皮是用大米饭做成的,里面包的馅儿竟然是巧克力。听桑小军讲这个故事的时候,我立刻就明白了,这是戴南行的手笔,当年我们读师专的时候,也吃到过一次巧克力饺子,就是出自戴南行之手,当时他想把那盒巧克力分给我们吃,又怕我们自尊心受伤,就想出了那么一个办法,瓜分了那盒珍贵的巧克力。

我猜测,戴南行在里面一定是绞尽了脑汁,最后才想出了这份生日礼物。而且,人难免会模仿自己当年最为得意的手笔。他从自己的伙食里偷偷扣下了大米饭,用这些米饭捏成饺子皮;至于我送给他的那盒巧克力,他没舍得吃,一直留着,留到了桑小军生日那天,做馅儿包进了饺子皮里。

桑小军出来没几天,学校就给他平反了,说上次财务上的事情已经搞清楚了,不是他的责任,同时把他的工作也恢复了,通知他可以去上班了。我得知这个消息的第一时间就跑去找他,我说,我们得祝贺一下,我请你喝酒吧。他同意了。黄昏的时候,我俩走出学校,找了个僻静的小饭店,在一条巷子里。我点了一大桌菜,点完又有些后悔,这样的补偿方式着实有些拙劣,与他那两年多受的苦相比,更是不值一提。

果然,他对那些菜看都不看一眼,只是大口喝酒,简直像戴南行附体,只差没有唾沫飞溅地演讲了。我便也只是默默陪着他喝,我俩很长时间说不出一句话来,都有相对如梦寐之感。那两年半的时间好像并没有真实地存在过,只是一个梦境或者是比梦境更稀薄的东西,我和他一起喝酒仿佛就是昨天的事情,但我又多少感觉到,他到底还是和从前不同了。倒不是因为他脸上添了两道伤疤,而是,他身上原来封存着的那点刀气忽然被放出来了,这使他整个人身上散发着一种森冷的气息,在那么一两个瞬间里,就着灯光的反射,我甚至能看到他眼睛里闪过的寒气。

后来,我还是小心翼翼地把话题绕到了戴南行身上,我试探着说,再过半年,老戴也该出来了吧。他不吭声,独自喝了两杯酒,又往嘴里塞了一根烟,一根烟几口就吞下去了,最后他用手指摁灭烟头,终于说了一句,那个二货,谁让他进去的?! 我小声说,他进去是为了陪你。他忽然猛地一拍桌子,对我喊道,我说过我需要别人进去陪我吗?

我们走出小饭店的时候,夜已深了,居然是满月,银白的月光流了满满一巷子,像一条发光的河流,我俩慢慢蹚着月光往前走,不知是谁家门口,几枝夹竹桃从墙里探出头来,一身妖气地朝着我们张望,粉色的花瓣飘落到我们身上,我们像鱼儿一样在水面上唼食着花瓣,连门口的石磴都在月光下闪闪发光,如水底的贝壳。我忽然觉得,二十世纪八十年代的漫游之夜在这月光下又复活过来了,那些夜晚,我们在月光下星空下在雪地里漫游、吟诗、冥想。用戴南行的话说,冥想和漫游就是人在不断向神靠近的过程,这个神格化的过程多少可以减轻人的痛苦。

我向桑小军提议道,月光这么好,不能浪费了,我也好久没上后山了,咱们去山上看看吧。他欣然同意,于是,我们俩披挂着一身银霜,抄了一条歪歪斜斜的小径上了山。山上没有一点灯光,月光亮得有些惊心动魄,所到之处,万物度化为安详的银色,如涅槃之境,而在照不到月光的地方,万物又退向了幽暗的深渊。仿佛整个世界只剩下了明暗两种色调,如一架巨大的钢琴,黑白的琴键上甚至能听到天体的音乐。戴南行曾和我说过,我们平时听不到天体的音乐,是因为杂音太多了,但在绝对的寂静中是可以听到的。他就听到过月相盈亏变化时发出的竖琴般的音乐,流星划过夜空时发出沙锤般的音乐,他甚至听到过地球转动的音乐,他说,地球就像一只巨型的木质音乐盒,会发出嘎吱嘎吱的音乐声。

桑小军走在我前面,他时而消融于黑暗,时而又在月光中浮了出来,像个魂魄,又像是他留在梦中的倒影,不真实中带着一点诡异之气,如果他此时回头看我,大约也会有这种不真实感。我们沿着山路一直爬到了山顶,明月高悬于群山之上,离我们如此之近,似乎一步就可以跨进月亮里去。我和桑小军屏息站在山顶上望着月亮,月光净化着一切,万物归于慈悲寂静。我们像是真的又回到了二十世纪八十年代的月光下,但我和桑小军一句话都没有说,就那么静静地站着。月光从我身体里流过时,我能感觉到体内的血液正像潮汐一样涌动,我忽然明白戴南行为什么喜欢在月光下漫游了,因为,这来自宇宙的光亮本身就是人类肉身的一部分,人与月光其实从不曾真正分离,所以人才会在月光下得到治愈,或发疯、痛哭,或变成狼人。而戴南行只不过先我们一步窥视到了这种宇宙的秘密。

戴南行出狱的时候,是我一个人去接的,我没让桑小军去,他被平反,又恢复了工作,而戴南行出来了连工作都没了,他又是极讲尊严的人,如果这时候见了桑小军,怕他心里多少还是会有些不舒服吧。去监狱的路上,我一路都在盘算,没了工作,像他这种手不能提、肩不能挑的文弱书生还能做什么,一分钱难倒英雄汉,总不能到大街上给人算命去。

我把戴南行接回他家里,又帮他收拾了一下屋子,犹豫一番才对他说,老戴,我晚上叫上几个熟人,一起给你接风吧。他正坐在椅子上抽烟,看上去很是枯瘦,坐在椅子上就像一堆干柴架在那里,跷着二郎腿,但裤管里空荡荡的,好像里面什么都没有。他一听我这话,慌忙摆手,别别,千万别,我很久没有一个人待着了,晚上睡觉都是多少个人挤在一起,我就想一个人清静几天,你们谁也别烦我。我也点了一根烟,抽了两口,小声说,那个,小军比你早出来几天,也就早几天,要不就咱们仨一起喝点酒?我刻意不提桑小军平反和恢复工作的事,我现在要是提这些,简直像在向他炫耀了。他两只手指捏着一根烟屁股,马上就烧到指头了还舍不得扔,他吸着烟屁股,咧嘴笑道,你忘了?他当年说,出来第一件事就是先杀了我,我哪敢见他。我夺过他手里的烟屁股扔了,他嘴里哎呀一声,连忙起身又把烟头捡了起来。我的眼泪差点下来了,我又蛮横地抢过烟头,扔到地上,用脚使劲踩灭了。他静静站在我身后,忽然不再说话了。

过了几日,我想他应该也适应得差不多了,便上门去找他。却见门上贴着一张纸条,上面写着"本人去天地间漫游去了,勿来寻我"。我敲门,不开,又使劲敲了半天,里面无声无息的,不像有人在的样子,只得走了。第二天第三天我又来敲门,一连敲了七八天的门,里面都是静悄悄的一片,我心想,莫非这厮真的又去漫游了,他现在连工资都没有,从前也没多少积蓄,能去哪里漫游?

我把这事和桑小军一说,他皱着眉头说,身无分文地去漫游,那和讨饭的叫花子有什么区别?说罢找了一张纸,用毛笔在上面写了几个斗大的字,隔着几里地就能看到:"戴南行你给我出来,老子还没和你算旧账呢。"他一定想着,以老戴的性情,哪见得了这样的挑衅,即使正藏在火星上也会嗖地一下蹦到他面前,唾沫横飞地对他说,我戴某人进去陪你两年,虽说时间不长,但图的就是"情义"二字,你当戴某是进去逛公园呢?

我们去了戴南行家门口,又敲了半天门,里面依然毫无声息,桑小军刷上糨糊,啪的一声把白纸黑字贴在了门上,然后信心满满地对我说,放你的心,不出两天他肯定去学校里找我决斗。

一下又过去十来天,戴南行不但没去学校找桑小军,连他门上贴的那张纸都完好无损。我心想,看来他还真的出去漫游了。又考虑到一个身上没有钱的人不可能走多远,我一有空便在山城的大街小巷里寻找他,看见街上有讨饭的叫花子或摆摊打卦的算命先生,就一定要凑过去看个仔细,唯恐是由戴南行变化而成的。我又把后山上那些他爱去的地方,破庙、坟地、桃树下挨个儿寻了一遍,也不见他的任何踪迹。后来我又去了黄河边,把碛口渡、乾坤湾都找了一遍,也没有他的影子。

这天晚上,我坐在台灯下整理他那些写在烟盒上的诗,这些诗都是他在里面时写的,他一出来就都送给我了。其中一首这样写道:

大雪之中的木槿花树在寒风中战栗
冻僵的月光如冰块般砸到它的身上
父亲暗夜出去,为木槿花树祈福
我在暗夜起来,默默为父亲祈福
夏天,木槿花盛开。父亲告诉我
一朵木槿花,晨起盛开黄昏颓败
这是最高意志给出的象征
它的时间自成轮回,它对此安之若素

我久久看着最后一句"它的时间自成轮回,它对此安之若素",忽然有种奇异的感觉,感觉他在里面的时候,心灵并不痛苦,起码不像我想象的那样痛苦。我甚至觉得,在里面的那两年时光也许是他的漫游之一种,与他在雪地里、破庙里、桃树下、黄河边的漫游,本质上并没有多少区别。因为他所有的漫游都是精神性的, 空间对他来说并不是真正存在之物, 它们只是一种不停幻化的背景。而且,在越是逼仄的空间里,精神越容易被唤醒,甚至,所有精神性的同类也会被一起唤醒,神灵、鬼、巫、魂魄、幻想、诗歌,逼仄的空间变成了歌剧院,变成了神话世界,斑斓、奇幻、辉煌、庄严。我想起他曾在办公室里待了三天三夜,任是谁来敲门都不开,那何曾不是他的一种漫游方式。

想到这里,我脑子里忽然闪过一个念头,会不会是他又故技重施,而事实上他根本就没有离开他的房子？他喜欢把自己的一些经典桥段第二次、第三次拿出来使用，就像巧克力饺子一样，再次拿出来使用的时候，他会像个导演一样偷偷坐在观众席上，饶有滋味地看戏。看看表，已经半夜一点多了，妻儿早已睡下，我披了件衣服，轻手轻脚地推门出去了。我走到戴南行住的那栋楼下，仰脸一看，果然，他的窗户正孤独地亮着灯光，而其他窗户都黑黢黢的，猛一看，好像他住的那间房子正像鸟窝一样悬浮在半空中。我爬上六楼，桑小军贴上去的那张纸居然还在，只是旧了一点。我横下心来开始敲门，敲了足足半个小时，快把整栋楼里的人都敲醒了，他屋里还是一点动静都没有。我便对着门骂道，姓戴的，你就在里面装死吧，有本事，你就一辈子像蝙蝠一样躲着，算什么英雄好汉。

我骂完片刻，门嘎吱一声开了，一缕灯光泻了出来，灯光里立着一个面目不清的瘦长人影，是戴南行。我进去一看，戴南行顶着一头乱蓬蓬的长发，倒像是回到了他读师专时候的发型，只是白了不少。地上摆着一箱方便面，估计他这段时间就是靠吃这个为生的。桌子上摇摇欲坠地摞着一摞书，几乎顶到了天花板上，简直像在玩杂技，地上、桌子上、椅子上到处是横七竖八的稿纸，我捡起一张看了看，上面龙飞凤舞地写着一首诗。茶几上摊着的棋刚走到一半，好像有两个隐形人正在对弈。

戴南行并不招呼我坐下，自己先坐在了椅子上，背挺得笔直，跷着二郎腿，像从前那样把长发一甩，露出两只眼睛，倨傲地看着我说，老赵，你凭什么说话那么难听？我在自个儿家里漫游，碍着别人什么事了？吃你的还是喝你的了？

我上下打量着他，只见他虽然枯瘦，但是穿戴还算整齐，起码没有在身上胡乱披个麻袋。我走过去，冲着他说，你老这么关着自己，也不怕发霉了？你每天在屋里干吗呢？他往后仰了仰，好像要躲开我的声音，他敲着桌面说，我要做的事实在太多了，漫游、看书、思考、参卦、下棋，有时候一盘棋就能下两天两夜。我说，这屋里除了你连个鬼都没有，谁和你下棋？他用手理了理头发，傲然说，我的影子和我下棋，不可以吗？我愤怒地说，下棋能当饭吃？他把背挺得更直了，昂首挺胸地说，何需吃那么多，吃，本就是个存活的手段，多了就是累赘。

忽然他像想起了什么，眼睛在枯瘦的脸上燃烧起来，倒吓了我一跳，只见他跳起来，从一堆稿纸里刨出一张皱巴巴的纸递给我，说，老赵，忘了给你看这个了，知道这是什么？河图，这可是远古星空啊，你想想，地球上连只猴子还都没有的时候，这远古的星空就已经挂在那里不知道多少年了，你不觉得这才叫伟大吗？我第一眼看到这河图的时候，就觉得这图里有一种奇特的力量，会让人沉下去，沉到很深很远的地方去，是不是很奇妙？你来看，这河图的黑白点必是由昼夜演化而来，就是阴阳二爻，中间的这个点就是太极，两仪居中，动而辐射四方,故三八居东为少阳,二七居南为老阳,四九居西为少阴,一六居北为老阴。观河图之形,四象既生,两仪乃立,则知两仪之生气未尽,必继续生化出八卦,八卦既生,天地定位,山泽通气,雷风相搏,水火不相射。先天之理,五行万物相生相制,以生发为主,后天之理,五行万物相克相制,以灭亡为主,这就是一生一死。老赵你看明白了吗?我们所有的文明其实都是由远古星象繁衍出来的,我们其实不是大地的子孙,而是星空的子孙,古人祭极星,因为极星代表永恒,现在呢,还有人祭祀明亮与永恒吗? 有,热爱文学其实就是一种祭祀,而祭品就是那个作家或那个诗人。

我也被震撼到了,把那张河图铺到桌上,久久地看着。看久了果然会产生一种错觉,这远古的星空从天上掉到了地上,离我咫尺之遥,我可以真实地触摸到它的光芒,可以触摸到宇宙间最古老的秘密。然而,我很快就清醒了,我把目光从河图上移开,走到窗前打开窗户,看着窗外黑黢黢的夜晚说,老戴,你不能一直这样逃避下去,再这样下去,恐怕你连买袋方便面的钱都没了。人在这世上活着,有些事是躲不过的,你还是得找个谋生的事情做,你自己得好好想想了,我也帮你想着这事,现在不是清高的时候了,现在没人稀罕清高。明晚一起去喝酒吧,我叫上小军,就咱们仨。戴南行仰头大笑起来,说,我可不敢,桑小军不是说出来第一件事就是先杀了我吗,哈哈哈……我打断他,瞪着他说,他要是想杀你不是早就杀了吗,你要是怕被他杀了还会在这里干等着?

说完我走过去,不等他开口就把口袋里的几百块钱加零头全掏了出来,放到桌子上,然后迅速朝门口走去,唯恐被他抓住。我正在下楼梯,忽然见一架纸飞机从上面飞了下来,一头撞在了地上,纸飞机是用百元大钞折成的。随后就是第二架、第三架、第四架,几架纸飞机在我头顶乱飞乱撞,像一场混乱的战争。最后飞过来的是戴南行傲慢的声音,请你们不要随便可怜我,我过得很好,不,是非常好。

六

我把见到戴南行的经过和桑小军说了一下,他大惊,说,那货居然一直就躲在屋里? 他要实在不开门,不行就把他的门撬开吧。我听了这话不禁大吃一惊,想起当年戴南行躲在办公室里不出来,我们要撬门,桑小军坚决不同意,他说,你们是强盗吗? 不是强盗凭什么撬人家的门? 门都随便被撬,人还有什么尊严可言?

真有恍如隔世的感觉。我只好说,快别,我现在觉得老戴其实也不是完全脱俗的,他现在不愿见人,可能因为多少还是有点自卑吧。别人都有正经工作,就他没有,还平白无故地戴了顶刑满释放的帽子,你想如今这社会这么势利,没钱没势的本来就被人小看,再加上刑满释放,人们会怎么看他?他当年进去的时候就是出于哥们儿义气,想着进去陪你两年,大不了到此一游,如今他心里有没有后悔还真不好说,只有他自己知道了。下棋、参卦、写诗、漫游都不是问题,关键是,他一直这样下去,那还不就是等着饿死了?

桑小军咧嘴笑了笑,说,你太小看老戴了。

我忽然像想到了什么,犹豫一番,还是盯着桑小军问了一句,小军,你呢?你为什么也不愿意去看老戴?莫非你心里真的对他有了怨恨?

桑小军冷笑一声,你也太小看我了。

过了几日,我下课后正骑着自行车往回走,忽然看见桑小军远远朝我跑过来,在阳光下面孔放光,好像有什么喜事急着要告诉我。他跑到我面前,一把抓住自行车的龙头,像是怕我跑了,然后兴冲冲地对我说,老赵,今晚请你喝酒。我说,有喜事?他一笑,说,我从学校辞职了,目前正在办离职手续。我差点从自行车上摔下去,明白他这是为了陪老戴,心里不免一阵感慨。还不等我开口他又抢着说,你可别以为我是为了老戴啊,是我自己早想辞职了,就那么点工资,还得一天到晚看人眼色,他妈的像施舍叫花子一样,说赶你走就赶你走,说收留你就收留你。他们主动给我恢复工作的时候,你猜我为什么要答应呢?就等这一天了,老子主动辞了工作还多少显得有点风度,以为老子就那么稀罕这破工作?

我叹道,像我们这样的穷书生,又没有谋生的一技之长,离开学校还真的不知道能干什么,老戴还能给人算命打卦,像你我又能做什么?总不能去大街上卖凉粉去。桑小军笑道,那是你还没想明白,自在最重要,大不了我再回山阴放牛去。

我推着自行车,他一定要陪我走一段,走了一段路,两个人却又都沉默着,忽然无话了,只是默默地走。明知道他即使辞职后也还在山城生活,在烧饼大的山城里,见面还是很容易的,我却忽然生出一种生离死别之感,不胜伤感。他一路送我,大约也是因为有同样的伤感吧。

一直走到我楼前的柳树下,我说那我上去了,他却还是不走,拽住我的自行车,一边玩着我自行车上的铃铛,一边慢条斯理地说,你急什么,再说说话呗!这些天我一直在琢磨一件事,老戴对工作的厌恶比我更甚,以前他不止一次和我说过想辞职,说这工作琐碎磨人毫无意义,人际关系也让他受尽折磨,我每次都劝他,总得有个饭碗吧,辞了工作干什么去?要饭去?我能感觉到,越到后来他对工作的厌恶越重,因为这种工作完全背离了他的本性,再加上换了领导之后他不断地被边缘化,已经没有什么尊严可言,但他可能也有点害怕,害怕真的没工作了如何生存下去,总不能去大街上摆摊吧?于是工作完全成了鸡肋,他又是那么高傲的一个人。后来他主动把自己送进监狱,一方面确实是想进去陪我,一个心理上的陪伴,另一方面,你觉不觉得,也许老戴正是趁这个机会故意让自己丢了工作?他以前就想辞职但一直下不了决心,这样一来,他就被外力推着达到了辞职的目的。你想想他是何等人物,怎么可能因为没了工作就自卑到羞于见人?

万千柳条披拂下来,如烟似雾,把我们二人笼罩在其中,像一座泊在这里的孤岛,周围来来往往的人声都被推到了远处,桑小军按铃铛的那只手也忽然停下,一切在瞬间归于寂静。我愣了半天才问他,那你觉得他到底是因为什么不愿意见人?桑小军仰脸看着柳树倒垂的头发,脸上有一种罕见的温柔,我听见他说,我觉得是因为,他本来就不喜欢人,只是他从前自己都不明白,现在,他想明白了。

深夜,我独自枯坐在书房的台灯下,回味着桑小军白天说过的话。台灯里流出来的橘黄色灯光,在黑暗中圈起了一块小小的牧场,牧场里生长着文字、书、钢笔、笔记本电脑,还有一块黄河石,是多年前我在黄河边捡到的。方寸大小的牧场之外,就是巨大的黑暗,在这窗户的外面,则是更加无边无际的黑暗,好像全世界就只剩下这盏孤灯了。我忽然想起多年前戴南行提到过的一个概念,异托邦。异托邦是所有地方之外的地方,是世界之外的世界,通过它还可以去往别的地方。那可不可以说,这盏孤灯也是一处异托邦,通过这里,我可以去往更深邃幽暗的时光深处,甚至可以去往戴南行的世界里?

莫非,监狱对他来说,也是一处异托邦?同图书馆、破庙、坟地根本没有什么不同,时间在这里忽然中断,分叉出多条小径,状如迷宫,而走上其中的任何一条小径,都可能来到另外一个时空里。也许,时空本身就带有随时可以变形的魔法,它可以幻化作不同的形式,但无论形式如何变幻,内里的东西却是无法改变的。那么,戴南行在监狱里的时候,照样可以漫游、写诗、思考、参卦、和自己的影子下棋,所谓囚禁对他来说只是个形式,并不能真正困住他,和他坐在桃树下是没有什么区别的。那他现在到底是因为什么不愿意见人?真的是因为,他从来就没有真正喜欢过人?

我想起读师专的时候,每次在人最多最热闹的时候,戴南行就会忽然抽身离去,一个人去山上的破庙里躺着,或者干脆躺在雪地里数星星。我又想起他短暂的婚姻,传说离婚的原因之一是他不想要孩子,因为孩子是一个新生的人。我又想起他坐在一桌人里高谈阔论的孤独与凄凉,想起他对于人际周旋的厌恶与痛苦,当他没有办法消化这种痛苦的时候,就把自己关在办公室里,不见任何人。又想起越到后来,他越发与人疏远,却越发与草木鸟兽亲近,每认识一种新的植物,都要兴致勃勃地把名字告诉我,还要给每种植物写首诗。

从我们认识的那天到现在,居然已经过去二十多年了,从二十世纪八十年代对乌托邦的狂热,到二十世纪九十年代对商业的狂热,再到二〇〇〇年之后对网络的狂热。二十世纪八十年代在一起讨论文学和诗歌的同学,如今有的升官,有的发财,有的成天在电脑前搞网恋,在网上聊一段时间就去见面,见光死之后又回到电脑前,找下一个目标继续聊。狂热其实从未消退,只是变换了颜色和方向,于是时间变成了一种奇幻的怪兽,每往前奔跑十年,便变幻出一副新的模样,而自始至终其实就是那一只兽。

我纵使随波逐流,紧跟随时代,还时常被老婆斥为无能,因为每月只会拿一份死工资,又因为要评职称而不得不对人低三下四,时常觉得在人世间饱受伤害。我也时常在想,到底什么样的人在这人世间才能不被伤害?如果有的人站在原地不动,只任凭时间像河水一样从他身边流过,那就会产生一种奇特的效应,这个人的周围就会形成一个黑洞,这个人就变成了一个被包裹在黑洞里的人,时间对于他来说就是失效的。无论时代如何更新更迭,他都岿然不动地站在他自己的浪漫与尊严里。

想到这里,我只觉得唏嘘不已,便关掉台灯,只枯坐在一团巨大的黑暗中。那抹橘黄色的灯光倏地消失了,牧场般的异托邦也随之消失,融化在黑暗中。我忽然明白了,一个人是可以创造异托邦的,它们不同于乌托邦的虚幻,它们是实实在在存在于大地之上的,甚至可以成为一个人真正的居所。

又过了几日,我拎了些水果吃食去看戴南行,一路上想着该不该把桑小军辞职的事告诉他。到了他门口只见门上贴了一张新的纸条,上面仍是写着"本人去天地间漫游去了,勿来寻我"。我把纸撕了,开始乒乒乓乓地敲门,不开,又敲,还是不开。足足敲了有一个小时,我实在没有耐心了,脑子里又闪过一个念头,那厮会不会是饿死在里面了?连最后一包方便面也吃完了?想到这里,我心里竟有些紧张,最终还是决定打电话让桑小军过来撬门。没想到,这门最后还是被撬了。等到门撬开后,我俩一拥而入,准备惊骇地发现戴南行正倒在地板上或床上,没想到,屋里是空的,别说人,连个鬼影都没有。门后也贴着一张纸条,上面写着一行字:"借用结束,房子还给小军,家具和书一并送给小军。"我和桑小军看着那张纸都半天说不出一句话来,原来他早知道桑小军为他要房子的事。桑小军走过去,把那张纸条撕了。

什么东西都没少,那些书和诗稿也都放在原处,我拿起最上面的一页诗稿,只见上面用娟秀挺拔的钢笔字写着一首诗:

悬浮于你的头顶

只见翼，不见翼上的鸟身

一片灰羽缓缓落下

覆盖大地上的灵魂

孤独之茧包裹骨脊山

破壳的声音传遍四野

你的心日益被落羽填满

悬浮的灰翼是如此沉重

　　桑小军把散落在桌上、地上的那些诗稿都整理起来，居然有厚厚一沓，他坐在沙发上一边抽烟，一边一首一首地读那些诗。我则在这套不大的房子里游荡着，从一个角落游荡到另一个角落。因为戴南行的离去，这房子忽然产生了一种失重的效果，房子里的一切器具，锅碗瓢盆、书架上的书、窗台上的花盆、衣架上的衣服，好像都长出了翅膀，几欲飞翔，它们都在寻找戴南行。戴南行过于庞大的精神性，使他离开的时候都无法把自己的灵魂全部携带走，多少还留了一部分在这屋里，我能感觉到他的那部分灵魂还在这屋里写诗、下棋、参卦。我打开窗户，一阵穿堂风立刻从我身体里奔跑而过，也像个幽灵。这房子简直像座中世纪的城堡，住满了各种灵魂。包括我自己，在这里竟也变得像个灵魂，脚步无声无息，可以与一切无形之物交流。

　　我站在窗前迎着风，心中忽然升起了一种隐秘的快乐，他到底还是漫游去了。这次，他离开他熟悉的那些角落，图书馆、破庙、坟地、桃树下，终于去往更广阔之处漫游去了。也许他从前就下过不止一次决心，但这次，总算是实现了。

　　我下楼买了啤酒、花生米和卤菜，我和桑小军说，我们应该为老戴庆祝一下，庆祝他终于获得自由。等我回到房间，看到坐在沙发上的桑小军正满脸是泪，我有些惊讶，心里似乎明白了什么，但还是问了一句，小军，你怎么了？桑小军抹了一把脸，对我笑道，还没来得及和你说呢，我准备贷款买辆大卡车，跑焦煤，听说这个容易赚钱，以后我不是诗人不是大学老师，我就是个货车司机了。你看，我和你和老戴走着走着就走散了。可是我和你说句实话，我一想到我至今还有老戴这样的朋友，我心里就有一种骄傲。

　　转眼就是一年。在这一年里，我再也没到处去寻找过戴南行，在街头看见算命打卦的，我也不会凑上去看个仔细，而是远远躲开。我心里有一种奇异的笃定和踏实，一定不会是戴南行。他就是某一天忽然再次出场了，也不会是以这样的方式，他是何等傲慢的人物。某些时候，我会把他和挂在夜幕里的那些星星联系起来，好像那张古老的河图才是他最终的归宿。

　　这一年里我和桑小军也只见过一次，他果然开始跑货车了，他大部分吃住的时间也都在货车上，车上带着电饭锅、煤气炉甚至洗衣机。堵车是家常便饭，最长的一次堵车长达一个星期，他就一个星期在车上住着，每天早晨下车做早操洗脸，上午还被人叫过去打会儿麻将，中午逮着什么吃什么，最贵的时候，路边的一个鸡蛋能卖到二十块钱。渐渐地，我们三个人好像真的走散了。

春天再次来到了山城，我站在窗口看到黄土山上栖落着几团粉色的云霞，就知道，是山上的桃花又开了。我找了一个阳光灿烂的午后，独自沿着窄窄的山路往上走，一直走到了那株桃树下。桃花开得正好，有一种沉穆野逸之气，我在桃树下独自赏了一阵桃花，然后便枕着煦暖的春阳睡着了。等醒来的时候已是下午，这才发现自己身上盖了厚厚一层桃花，地上也铺着一层桃花，微风过处，桃花像雪一样漫天飞舞。我脱下外套，包了一包桃花，心想，用这些桃花酿酒就能留住这个春天，储存一坛桃花酒给戴南行留着，这些天地之物与戴南行有着天然的亲缘关系；又想到许久没有他的任何音信了，他的电话早已停机，我甚至不知道他是不是还活在这个世界上；但又想到他是追逐本性而去，终究去了他该去的地方，心里便又生出一种奇异的安宁与稳妥。

七

这天，我正坐在书桌前看书，忽见窗前站着一只鸽子，过了一会儿一抬头，它还站在那里，没走。我有些好奇，便打开窗户看个究竟，却发现那鸽子腿上居然绑着一封信，竟是一只信鸽。现在居然有人用这么古典的方式给我送信，除了戴南行还有谁。我连忙把信打开，果然是戴南行的字迹，那厮如今连个手机都没有，也只能用信鸽送信了。

老赵，见字如晤。我如今是一名大地上的牧民了，但不是放牛也不是放羊，而是放蜜蜂。因为蜜蜂多数时间都在空中飞行，所以说我是大地上的牧民也不见得合适，但说我是空中牧民更不合适，我毕竟没有翅膀。但放牧蜜蜂和放牧牛羊的差别并不大，除了蜜蜂的性格比牛羊更自律更强硬，它们不放过自己更不放过同类，且不怕死，它们其实更像勇士，千万不要被它们的小个子所迷惑。我一年中的大部分时间都在天南地北地追赶花期，你想想这是一件何等浪漫的事情。而花期其实就是一个变种的时间，追赶花期就是追赶时间，所以在这个过程里，我看到了形形色色的时间。二月份是油菜花，三月份是桃花和杏花，四月份是梨花，五月份是黄刺玫和枣花，六月份是丁香和石榴，七月份是椴树花和槐花，八月份是桂花和向日葵。花蜜的品种也是绚烂至极，花蜜的颜色是在同一个谱系中繁衍出了无数种金色,把它们摆在一起的时候,就会看到,金色在琴键上优雅地流动着。桃花蜜、梨花蜜、槐花蜜、百花蜜,还有一种神秘有趣的花蜜,是花蜜里的女巫,会让人产生幻觉,这种花蜜叫曼陀罗花蜜,哦,它的花粉还能制作蒙汗药。对于我和我的蜜蜂们来说,这些花期就是我们的节日,隆重、盛大、热烈,所以我和蜜蜂们一年到头都奔赴在去往节日的路上,喜气洋洋的。即使换场的时候,亲爱的小蜜蜂们也不会走丢,我赶着马车拉着蜂箱走在大地上,蜜蜂则在我头顶跟着我飞,我走到哪儿,它们就跟到哪儿,蜜蜂要比人类更忠诚勇敢。

等我再抬起头来,那只前来送信的鸽子已不见了踪影,灰蒙蒙的天空里倒是掠过了几只飞鸟的影子,但到底哪只是它就无法知道了。戴南行居然训练了一只信鸽,这信鸽居然还能找到我家,简直有点像魔法世界里的猫头鹰信使,这让我觉得戴南行和我已经不在同一个时空里了,而是在和我平行的另一重古典时空里,那里不用手机,不开汽车,至今人们还在使用马车和信鸽。我又想到了桑小军,他此时可能正拉着一货车焦煤奔跑在千里之外。他和戴南行,一个开着货车拉焦煤,一个驾着马车追赶花期,貌似形式有别,但本质上却十分接近,他们俩其实又成了同一个品种,都属于漫游者的族群。而像我这样终日往返于学校和家中,多数时间坐在书房里的笼中之物反而被他们抛弃了。

本来我想打听一下附近哪里有养蜂人,又觉得我这种寻找,对于一个四处追赶花期的人来说,完全是一种多余,便作罢了。但以后,不管在哪里,只要见到有鸽子飞过,我就要盯着看半天,直到它的身影完全消失在天空里。我在猜测,到底哪一只鸽子是戴南行的?那鸽子平时不送信的时候都在做什么?可它给我送的信如此之少,它会不会觉得闲得发慌?

就这样又过了大约一年,那只鸽子再次来到了我的窗前给我送信,一年不来,它居然还记得路,真是天生的信使。我送走鸽子,连忙打开信。

　　老赵,见字如晤。我在黄河入海口给你写了这封信,请大鸢给你带过去,大鸢是我信鸽的名字。我不再放牧蜜蜂了,我卖了蜂蜜买了几张羊皮,做了一只羊皮筏子,我敢说,世界上实在没有比羊皮筏子更可爱的船了。吹起来的羊皮就像一只只羊形的气球,把这些羊形气球赶下水的时候,我感觉自己就像在水上牧着一群羊,看来我真是做牧民做出感觉来了。一群羊共同驮着一只木筏,木筏上再驮着我。而且羊皮筏子极轻,轻得根本不像一条船,倒像一根羽毛漂在黄河上,有时候它驮着我,有时候风浪大了就我背着它。羊皮筏子是黄河上最古老的船只,少说也有几千年的历史,我坐在这样的船上，有时候觉得自己要去的不是大海，而是时光的源头。你是否记得，当年我们总是猜测黄河的上游是什么样子的，让我来告诉你吧，黄河的源头在巴颜喀拉山，我从卡日曲河开始漂流，经过了星宿海、鄂陵湖，看到了红嘴野鸭和灰天鹅，我还在甘南州的黄河边上看到了峭壁上的苦行僧，他们在黄河石壁上凿洞静修，一苦修就是几年。我还闯过了拉加峡、羊曲、野狐峡，九死一生，又走过了李家峡、盐锅峡，从兰州穿城而过，然后过乌金峡、黄河石林、黑山峡、黄石漩、青铜峡、塞上江南、河套平原、十二连城，来到晋陕大峡谷，过壶口瀑布，进入黄河下游。黄河在下游无比温顺，像位真正的老母亲。

一路上，我和羊皮筏子绑在一起，黄河站起来，我和筏子也一同站起来，黄河躺下去，筏子和我也躺下去。我准备了一麻袋干馍馍，带了只小煤油炉，我一边在河里走一边放网捕鱼，捕到黄河鲤鱼就煮了鱼汤。有时候岸上人多，我就白天睡觉，晚上走。晚上有月光的时候，整条河都是银色的。你想想看，在黢黑寂静的夜里，一条光灿灿的大河独自在赶路，世界上所有的高山大川都隐匿于黑暗，只有这大河又辉煌又快乐，口袋里装着月亮、星辰、鲤鱼、黄河大铁牛、河神、羊皮筏子、河底的尸体，还有我。如果是满月，那天地间会变得静穆而神圣，大河会与天体对话，会生出更湍急更诡异的漩涡，月光就是它们之间的语言。这群羊形的气球驮着我，越走越开阔，大河在渐渐变宽变胖，最后，就像变魔术一样，大河忽然消失了，我发现我已经进入大海了，果然，在大河消失的地方就是大海。

又过了一年，那只叫大鸢的鸽子给我送来了第三封信。

老赵，见字如晤。到达大海之后，我又回到大地上继续漫游，因为我意识到自己终究不是海洋生物。这一年里，我见到了很多岛屿，不是海洋里的岛屿，是大地上的岛屿，它们散落在大地上，却与大海里的孤岛没有本质上的区别。我曾在一片白桦林中看到了一小片红桦，它们鲜艳得如同雪中红梅，像点燃了一样。我不知道它们是怎么来到一片白桦林中的，又孤独又美艳，它们是森林中的一座孤岛。我在山中行走的时候，曾经过一个村庄，村庄里有几间快要坍塌的房子，有一个盲眼的老人正在河里洗土豆，整个村里就住着他和他的狗。他看不见却什么都能做，他记下了从房子到河边要走几步，到自己地里要走几步，他会生火做饭，会晒地里的玉米棒子，会躺在河边的草地上晒太阳，他一点都不觉得孤单，甚至很快乐。他一个人就撑起了一座孤岛。我曾漫游到南方的一个小山村里，那里住着十来户人家,村口有一株十几个人都抱不拢的大香樟树,少说也有一千年了。我发现村人的方言里有一些很古老的发音,他们把"筷子"叫"糜箸","晚上"叫"暝","故事"叫"古","他们"叫"伊人","忘记"叫"无忆","钱"叫"纸",不仅古雅,还自有一种清旷的风度,视钱为纸,与芸芸众生背离,多好啊。这个小村庄是一座语言上的孤岛。

我还在途中见过形形色色的孤人,补锅匠、换铁掌的、采香椿的、做火纸的、绞面师、弹棉花的、耍猴的、拉纤的、守墓人、修伞匠、磨刀匠、放排工……他们是人群里的孤岛。大地上的岛屿实在太多太多了,它们藏在大山里、森林里、村庄里、月光里、人群里,藏在语言的尽头、社会的边缘、民谣的褶皱里。大地的斑斓性并不仅在于山川大河,只这些陆上岛屿便足以成为大地上的一种奇观。它们由封闭、自卫、弃绝、怀念和某种傲慢组合而成,主动或被动地远离时代与社会,它们可能最终消失,化为大地上的一把尘土,也可能在最幽暗偏僻的角落里生生不息,繁衍子嗣。无论如何,陆上孤岛的奇异和可爱一点也不亚于大洋里的那些岛屿。写到这里,我忽然发现我落下一个人,我自己,一个漫游者,也是一座孤岛。

转眼之间六年就过去了,在这六年时间里,戴南行每年会给我写一封信,都是让他的鸽子给我送过来的,然后,大鸢连口水都不喝就转身飞走了。那只鸽子看上去一点都没有变老,估计,给我送信就是它毕生的使命。我想,就为了让这只鸽子不迷路,我也不能搬家。我并不想搞清楚他信里写的到底是真的,还是只是他的想象,这一点不重要,因为我本来就把那些信当诗歌来读的。

这几年时间里,山城的变化很大,扩建了很多街道,盖起了很多高层楼,我们原来分的房子已经显得老旧了,很多老师都搬进了新的楼房。山城像被吹起来的气球,体积一下膨胀了两三倍,又因为四面被山包围,无论有多少高楼,还是让人觉得在大山里。我经常想,如果站在周围最高的山顶上往下一看,群山之中忽然长出来一丛水泥高楼,终究还是很怪异,山间万物看到了,会不会觉得那像一丛毒蘑菇?学校也盖了新校区,比老校区大了十倍都不止,简直有些浩浩荡荡,我在校园里骑自行车已经骑不动了,改成了电瓶车。过于浩大又过于整洁的校园,使我走在半路上时经常会心生迷惑,怀疑自己是不是走错了地方。

一切物质都在以惊人的速度繁衍,所以看上去周围全是物质,密密麻麻的物质,几乎要把人埋葬起来。手机的屏幕越变越宽,宽得把电脑装进去,把电视装进去,把人装进去,把魔鬼装进去,身上装着一部手机就感觉像扛着一个巨大的口袋,一旦把它丢下又感觉像失了魂魄一般,这才明白,手机那个大魔袋里还装着无数魂魄。

有些东西在加速繁衍，有些东西正渐渐绝迹，一圈人围在一起喝一瓶劣质酒吃一脸盆饺子的时光再没有了，通宵达旦讨论诗歌的时光再没有了，用巧克力和大米饭为对方做一盒饺子的时光再没有了。正因为这种大雪无痕一般的湮灭，和物质太多造成的冰冷与拥挤，我加倍珍惜那只鸽子一年一次的到访，我觉得这是我能拥有的一个最古典最浪漫的秘密，而且这个秘密的另一头牵着戴南行，无论他漫游到何处，我都觉得他像一只风筝一样飘在那些书信的尽头。

偶尔，我和桑小军也会去巷子里的那家小饭店喝点酒，那是真正的喝酒，因为话已经变得很少。我们不谈文学，不谈改成学院的师专，也不谈他的生意，只是默默陪伴着对方，一杯一杯地喝酒。他跑了三年多货车，攒下一点本钱就不跑了，开始与别人合伙开焦煤厂，焦煤的利润惊人，不过几年时间，他已经跻身为山城的富人阶层。数学系的功底再次发挥了作用。听别人讲，刚办焦煤厂的时候，他年底出去要债，身上别着两把大菜刀，进去二话不说就先砍掉对方一根手指，那手指还在桌上蹦了半天。他坐在我对面，身上镀着一层寒光，脸上没有任何表情，话变得比从前更少，多少让我觉得有些害怕。好在他每次叫我喝酒的时候，去的都是从前的那家小饭店，而没有去那些新开的高档酒店，这又让我觉得心安。我每次收到戴南行的信，都会带给他看，他就着灯光把信看了一遍又一遍，然后放在桌子上，倒三杯酒，我们各喝掉一杯，剩下一杯被他倒在了地上。我说，给死人的酒才往地上倒，老戴还活着呢。他撇撇嘴，不以为然地说，他那种人，半人半仙，给他倒天上和倒地上，有什么区别吗？

这种时刻变成了我们三个人之间的一种秘密约会，而与戴南行的约会又让我感觉是在与自然和宇宙秘密约会，在我们周围簇拥着大地上绚烂的花事，满载着月光的大河，燃烧的红桦树，高山峡谷间的小村庄，散落在大地上的古老方言，来自宇宙间的天体音乐，一切变得神秘、辽阔、悠远起来，使我们三个人之间仍然维持着一种无法言说的友谊。只有一次，大约是喝多了，桑小军使劲拍着我的肩膀说，老赵，你给老戴写封信，让那鸽子捎回去，告诉他，什么也别怕，等他老了我养他。我心里一阵发酸，嘴上却奚落道，你敢对老戴说这种话，他不把唾沫星子喷你一脸才怪。

某一天，桑小军忽然拿着一本刚出印刷厂的诗集来家里找我，我一看，竟是戴南行的诗集。桑小军把这些年里戴南行写的诗全部搜集整理出来，自费出了一本诗集。山城中学有个退休老教师就自费出了一本诗集，印了一千本送亲朋好友，日夜送人，连我都送了一本，结果怎么送都送不完，垛在家里又嫌占地方，烧火做饭还被老伴嫌弃不禁烧。我一边翻着诗集，一边叮嘱他，以后千万不能告诉老戴,他的诗集是自费出版的,不然他肯定要和你拼命。桑小军把鞋脱了,躺在我家的沙发上,看着天花板说,不自费?不自费谁给你出诗集?想都不用想。老戴早在上师专的时候就想有一本自己的诗集了,他不说就以为别人不知道?我倒是有个设想,我想办一座诗歌博物馆,给咱们大学时候那拨人,你想那时候写诗的人有多少啊,几乎是人人都在写诗,我给他们每人出一本诗集,肯定都是自费的,然后摆在诗歌博物馆里,供人瞻仰凭吊那个诗歌时代,你说好不好?

我笑道,你这就是有两个钱烧的,再说了,大学时候的那些诗人早都不写诗了,现在你把人家早就作古的诗翻出来,还要出成诗集供起来,你觉不觉得,你说的这诗歌博物馆有一种阴森森的感觉,好像一本诗集就是一座墓碑?凭吊,你这个词倒是用得好。

桑小军往嘴里塞了一根烟,点着了,抽了一口,若有所思地说,那只鸽子,叫什么来着,最近没来给你送信?等它再来了,给它腿上绑一本诗集,让它捎给老戴,不行,太重了,挂脖子上?也不行。要不,在它身上背个背包吧,我动手缝一个,把诗集装进去,给老戴捎过去,让他也高兴高兴。

我说,小军,有个事情我一直想问你,你说为什么老戴从监狱里出来之后就再不愿见你了?我原先以为,是因为他从监狱出来后既没了工作,也没了身份,而你出来后却被平反恢复了工作,他心里多少有些不平衡了,可到后来,我又觉得事情并不是这样的。

桑小军盯着天花板吐了两个烟圈,淡淡笑道,你连这个都没想明白啊,老戴一半是因为我进去的,为了进去陪我,另一半是为他自己的自由,他想要的真正的自由,老戴是何等人物,他怎么会愿意让我为他感到愧疚和不安呢?我知道,他不想让我看到他后来的样子,他觉得自己不够体面,怕我见了他会难过会不安,所以我也就尽量不去找他,这才是给他自由。

我站在窗前看着远处的金色山峦,久久说不出一句话来。

转眼又到了夏天,这天,大鸢真的又来到了我窗前,捎来了戴南行的一封信。信里画着一张手绘地图,地图上有山峰有河流,河流上标注着碛口渡和乾坤湾,我认出来了,这不是黄河吗?又在河岸上画了一座亭子,旁边标注着"鹤亭"二字。地图背面写着一句话:"老赵,邀你来鹤亭喝茶,独自前来便好,勿叫小军。"

我大惊,莫非是戴南行回来了?只是那黄河边一片荒芜,没有人烟,更没有见过什么亭子。我没有告诉桑小军,只把那瓶桃花酒背在身上,便独自前往黄河边赴约了。地图上画的,是位于碛口渡与乾坤湾中间的一片河滩,我印象中,那里只长着几丛沙棘树,此外就是无边无际的黄土还有旁边的黄河,别的什么都没有了。我没有坐车,而是像年轻时候一样步行到了黄河边,以作为一种对往昔的缅怀和致敬。爬到最高的一座山梁上往周围一看,夕阳已经开始西下,群山波澜起伏,层层叠叠,山的外面还是山。在群山之间,一条雄壮的大河奔腾而过,一直伸向无限远的地方,夕阳就在那水天交接之处,真正是长河落日圆。不一刻,夕阳的余晖就把西边的天空,把沟壑纵横的黄土高原和九曲蛇形的黄河通通都染成了金色,天地间一片辉煌的肃穆。

我终于找到了,金色的河滩上居然真的孤坐着一座小棚屋,简直像沙漠里的龙门客栈,莫非这就是鹤亭?我慢慢走到那棚屋跟前,心里一阵激动,又疑心这只是一个梦,疑心这棚屋并不是真实存在的,有时候梦境太逼真的时候,我就不愿醒来,情愿在梦里待着。在梦里,总有已经消失的人和事从远方赶来,已经去世的父亲、奶奶、姑姑,穿着喇叭牛仔裤的戴南行,纷纷从远方赶来,不是坐车,不是坐船,他们乘着风,乘着雨滴,乘着梦貘,乘着一切无形之物进入我梦中,与我相会。有时候我觉得,梦境真是人类的一大发明,供无处可去的人们藏身之用。

只见这棚屋很是简陋,是用一些木棍和木板搭建起来的,四处透风,看上去摇摇欲坠,说是"亭"真是有些牵强了。仔细一看,木板上有洞,竟是船木,门口挂着一块木匾,上面刻着两个字"鹤亭"。我走进了屋子里,里面更像一个梦境。没有人,中间有一张桌子,也是用船木做的,桌子上摆着几只陶土做的茶杯和碗,还有一只陶土烛台,有点返回到了石器时代的感觉。除了这一张桌子和两把树根做的凳子,就再没有一件多余的家具了。

一天当中最后的余晖正在迅速消散,屋子里也跟着暗了下去,我这才注意到屋里还是有活物的,墙角有一团蓝色的火苗正在跳动。只见角落里放着半截破陶罐,里面燃着几截木柴,吐出了蓝色火苗,正好当成炉灶,灶上架着一只茶壶正在烧水。借着火光,我看到墙上的木板上有字,是用毛笔写成的王羲之的《兰亭集序》:"此地有崇山峻岭,茂林修竹,又有清流激湍,映带左右,引以为流觞曲水,列坐其次。虽无丝竹管弦之盛,一觞一咏,亦足以畅叙幽情。"字体越发俊朗飘逸。又见地上摆着几只歪歪扭扭的土罐,里面种着些花草,我拿起那土罐细细端详,土罐十分粗糙,但自有几分野性之美,我心想这些拙朴的陶器莫非都是戴南行自己烧出来的?他简直变成了一个神奇的吉卜赛人。光线越来越暗了,天火烧尽,群山熄灭下去,整座屋子也向大地深处坠去,与此同时,那团蓝色的火光越发澄净明亮起来,像一种可怕的笑容。

我正盯着那火光发呆,忽然有一个人影飘了进来,我吓了一跳,还未开口,就听见那影子稳稳地叫了一声,老赵。戴南行的声音倒是未老去,我激动地朝那影子扑过去。但戴南行只简单地和我握了握手,然后拿起桌上的半根蜡烛,凑到火光旁边点着了，插在了陶土烛台上。烛光立刻在黑暗中挖出一个洞来，我和戴南行面对面地坐在洞中。我们像退回到了几百万年前的大洪荒时代，正坐在原始人的洞穴里。

只见他苍老了不少，眼窝深陷，颧骨突出，眼角已经有了明显的皱纹，顶着一头胡乱剪过的头发，一大半是灰白的，估计是他自己剪的。不过大体还是七年前的样子，只是老了些，枯了些，比我想象的要好，我以为我会看到一个穿着树叶的野人或者看到一个人留着一个托尔斯泰式的大胡子，又嫌大胡子碍事，便用橡皮筋把这个巨大的胡子扎成辫子。其实老了的何止他一个，这些年我也开始变老了，想起十八九岁刚上师专的时候，我们就以老戴和老赵相称，唯独对桑小军却一直以小军相称，有时候，他越是彪悍，我们就越想把他当小孩子对待，一个戴着面具拎着花锤的小孩子。如今，却是真正的老戴和老赵相对而坐了。

这时候炉子上的水烧开了，咕咚咕咚地响着，倒有了些红泥小火炉的意境。他起身提起水壶给我沏茶，茶倒在我面前的陶土杯里，我有很多话想问他，又不知道该从哪里说起，问他都吃什么喝什么，又唯恐被他嫌恶。只听他很平静地说，老赵，这茶杯和茶壶都是我自己做的，不太美观，凑合着用，来，尝尝我的茶吧，这茶叫月空茶，我曾在福建的深山里寻到一棵千年老茶树，这么老的树其实已经不是树了，已经步入妖的行列了，物老就会成精，这是自然界的规律，我在老树上采了些鲜嫩的叶子，又采了些千里香焙进去，千里香是只在月光下才会开的花，花香吸足了月光，有一种极致的阴柔，喝这样的茶就像喝月光一样静美，让人心里能生出纯白色的光辉。还有这种寒香茶，待会儿也尝尝，是用雪中芭蕉和红梅焙成的，我记得那天行走在江南，积雪初霁，红梅次第开放，雪光中芭蕉掩映着红梅，寒香阵阵，我忽然想到，天下之大，万物之美，什么不可以用来沏一杯茶呢？何必一定要拘泥于某种形式。所以我后来又做了风竹茶、生云茶、冰壶茶、四照茶——四照取义于《山海经》中的意韵：招摇之上，其花四照。

他说话的语气实在过于平静，没有伤感，也没有激动，好像我们俩昨天才刚刚面对面喝过茶，但我一个人痛哭流涕地怀旧显得也很滑稽。我喝了一口茶，一股土味，我便问，你用什么水泡茶？他咧嘴一笑，仍然是多年前的那种笑容，近于天真，他说，当然是黄河水。我说，黄河水那么浑，也能喝？他说，黄河的源头本是雪山，纯净的雪山水从卡日曲和约古宗列曲发源后，形成一段极美的河道叫孔雀河，孔雀河向东流淌进入星宿海，再经星宿海流到扎陵湖，是后来经过了沙漠和黄土高原才有了泥沙，再说了，有泥沙怕什么，沉淀一下不就行了，黄河之心其实仍在雪山之上。

359

我又环顾了一下这间棚屋，说，没有床，你晚上住哪儿？他又一笑，往门外的黑暗中指了指，说，天地之大，哪里还没有个睡觉的地方，黄河边的石头上、废弃的窑洞里、树上、月光下，或者想在哪里睡了，随便往哪里一躺就是，躺在大地上的时候，人的神经会像植物的根系一样向大地深处生长，所以我能听懂来自大地上的各种声音。我能听到大地上流浪着很多古老神秘的方言，有的方言里飘着雪花，有的方言里落着雨，有的方言从北方一直迁徙到海边，有的方言正在死去，一种方言就是一首诗歌。我能听到黄河走路的声音，听到它在唐乃亥发出的喘息声，听到它在河套平原悠闲地打着口哨。我还能听到群山对话的声音，昆仑山用的是吐蕃语，喜马拉雅山用的是梵语，祁连山用的是蒙古语。

我打断他说，老戴，你这些年到底过得怎么样啊？你终于想起回来了。

他说，我这些年的生活都已经在信里告诉过你了，至于为什么要回来，我想回来看看黄河，看看老朋友。

我说，那你怎么住这里啊？你都吃什么？没水没电的，和原始人差不多，还是回城里住吧。

他说，那天我走到这里的时候，正好看见岸上搁浅着一条老木船，龙骨都断了，早没人要了，我就把它拆了，用船木做了这鹤亭，又做了张桌子，我可以用这桌子喝茶、参卦、写诗。老木船和鲤鱼都是黄河送给我的礼物，我收了它的礼物自然就在这河边住下了。再说了，住在哪里不一样呢？就是睡在床上，床是用树木做的，那同样也是受了大地的馈赠。

我想起他多年前半夜躺在破庙里倾听自然之音，或者躺在雪地里数星星的行为，竟与现在一脉相承，没有半点出入。我想，这也是这么多年里，无论他行为如何疏狂怪诞，我和桑小军都以认识他为骄傲的原因。听到他说还在写诗，我下意识地摸了摸装在身上的那本诗集，犹豫了片刻，还是没敢掏出来。烛光在过于庞大的黑暗中跳动着，赋予这张桌子一种奇异的舞台效果，以至于我们说的话都具有了一种歌剧般的庄重。我努力想打破这种庄重，便笑着说，你这个人哪，又不是没有房子，为什么不回去住呢？回去住多少舒服些。

戴南行起身走到炉前添了把柴，壶里又加了些水，他静静看着火苗舔舐着壶底，对着火光说，你记不记得多多的那首《入屋》？诗里写道："但屋在何处，如无终极，就不必寻找。"诗的最后一句是，"再次入屋，不为居住"。那套房子本来就不属于我，我迟早要把它还给小军的，那是他牺牲自己的尊严换来的。

往事在黑暗中一幕幕掠过，我有一种沧海桑田之感。又听到他终于提到桑小军了，心里有些高兴，便赶紧趁机说，老戴，哪天我把小军也一起叫来吧。你可能还不知道，他后来从学校辞职了，开了几年货车，拉焦煤，后来自己又做了点小生意，我们仨好多年没一起聚过了，哪天一起聚聚吧。

我故意避开不提桑小军现在的经济状况,怕伤他自尊,但转念一想,戴南行要是在乎这种事,那还是戴南行吗?他背对着我又往炉子里添了几根柴,守护着那团小小的火光,好半天才说,老赵,有时候,不见的意义甚于见过,只要我一直还在他想象中的远方,还在写诗,对于他来说,就是一种心灵上的安慰。我知道,自从他不写诗之后,他心里就认为,我写的每一首诗都有一半是属于他的,我不光在为自己写诗,也在为他写诗。如果我再写不出一首诗了,那就是诗人桑小军的死亡之日。可是,我希望那个桑小军活着,那个从他内部分裂出来的桑小军,纯净、柔软、忠诚。尽管,死亡就栖息在所有的诗歌当中。

我想起桑小军和我提到过的那个设想,建一个诗歌博物馆,去祭奠和凭吊那些在岁月里消逝的诗人,原来他自己也位列其中。只是,自己凭吊自己的时候,会不会陷入一种恍惚,究竟哪个自己才是真实的?我的手再次伸进口袋里,摩挲着那本已经被我焐热的诗集。忽然,我心一横,像拔剑一样把那本诗集拔了出来,用力甩到戴南行手中,语气很快地说,这是你的诗集,是桑小军帮你找出版社出的,你写了这么多年诗,也该有属于自己的一本诗集了。说罢,怕他问我是不是自费出版的,赶紧又说,有本自己的诗集总不是坏事,也算是一种对岁月的见证,我们这些人从二十世纪八十年代走到二十世纪九十年代又走到现在,就像坐着过山车一样,一路上什么风景都看过了,现在我们都不年轻了,总要有点见证才算没有白来这世上一趟。

他并没有说话,只是就着火光,认真地翻了几页诗集。这时候桌子上的蜡烛燃尽了,烛光化为一缕青烟,只剩下炉子里的那团火光。我看到火光里的戴南行专注地看着诗集,像一个远古的巫师,而火光照不到的地方则是深不见底的黑暗。忽然,戴南行做了个动作,他把诗集塞进了火光里。红色的火光猛地蹿了起来,在那一瞬间,我看到我和戴南行的影子都被投在了船木上,斑驳阴森,像被沉在水底的魂魄。黑色的纸灰飞起来,又纷纷扬扬落下去,是诗歌们的亡灵。戴南行看着火光说,老赵,其实我早已经有自己的诗集了。你还没有想明白,到底什么才是真正的诗集,春日的雨滴、夏日的蝉鸣、秋日的凉风、冬日的雪花,把这无法留住的一切做成标本,就是诗。每一株植物是诗,每一个星座是诗,跳动的烛光、炉子里的火苗、茶杯里的新茶都是诗,蜜蜂采的蜂蜜是金色的诗,夜是黑色的诗,友谊是血红色的诗,所有的这一切放在一起就是诗集。其实,诗集最古老的定义,就是关于植物的合集。一定要把诗关在这样一本薄薄的册子里,反倒是不给它们自由了。

火光渐弱,我和戴南行走出鹤亭,来到黄河边,坐在一块巨石上,我掏出那瓶桃花酒,我们像多年前一样,一人抱着酒瓶子闷一口,再传给对方。黑色的夜空倒扣在大地上,大地上没有一丝光亮,连河水都是黑色的,从我们脚下流过的时候，带着一种可怖的幽冥之气。而古老的星座像神话一样悬挂在我们头顶，就连我们脚下的巨石也散发出某种精神场域，仿佛天地之间的一切都拥有了自己的灵魂。

不知不觉间就把一瓶酒喝完了，我和戴南行躺在巨石上看着星星。我说，老戴，你记不记得上师专的时候，你躺在雪地里数星星？你真是个天生的诗人。半晌，他说，老赵，其实我年轻的时候也不是不想成名成家，也有英雄主义，但我现在已经不想成为什么诗人了，因为，一旦你想成为某个人物，你就不再自由了。我漫游了这么多年才明白了什么是真正的漫游，就是不急着找到终点，也不想快快到达哪里或急于让自己变成什么。而漫游与自由永远是一体的，真正的自由就是，我坐在这河边，看着河水，看着黑夜，数着星星，发现万物静美，内心里温柔宁静，没有一丝恐惧，对我来说已经无所谓得到和失去，现在任何人任何事都勉强不了我。你不要觉得我是因为在人类社会中混得不好，一无所有，所以羞于见人，也不要觉得我是在刻意避世隐居，你这样想都是对我的侮辱。你还没有意识到吗？其实我就坐在某个坐标的正中央，就沉在自我的最深处。

我看着满天星斗，心里忽然感受到一种巨大的纯净与悲怆，差点落下泪来，却一句话都说不出来。

我们就那么躺着，直到月亮从天地相扣的地方升了起来，是一轮有些残缺的下弦月。随着月光涌向大地，河水开始发光发亮，然后，渐渐变成了一条银色的大河，蜿蜒在一片混沌的天地间。银色的波光反射在石头上，还有我们的手上和脸上，好像我们来到了一重奇异的水晶空间里，一切看上去都晶莹剔透。我又想起了戴南行多年前发明的"异托邦"，在所有时间中断的地方，它就出现了，通往神秘和安宁。

戴南行看着河水，忽然对我说，老赵你看，河水开始由阴而阳了，到了明天日落时分，它还会由阳而阴。天地之间，阴阳是随时都在转化的，也就是说，失去的时间其实并没有真正失去，古代和现在就是一回事。我原来以为二十世纪八十年代的酒神精神和理想主义到了二十世纪九十年代以后就彻底消失了，为此经常怀念那个时代，后来我想明白了，它们其实并没有消失，只是由阳而阴了，只要时光不灭，人类一息尚存，它们就还会由阴而阳。天地大化，阴阳相合，本就无生无灭，所以，老赵，要是有一天我不再给你写信了，你也别以为我是死了，天地之间本就没有生死，只有过客。还有件事我得嘱托给你，我这几年陆陆续续写了一些诗，有个三四十首吧，我把这些诗留给你，你每年给小军一首，就说是我的鸽子给你送来的，这样，我就能再陪你们几十年。你们活到八十岁，我就能陪你们到八十岁，你们要是活到一百岁，那我就陪不了你们了，剩下你们两个白胡子老头儿，下下棋也挺好。

我在黑暗中愣了半天才忽然明白过来，他这是在和我道别了。我猛地从石头上跳起来，一把将他拉了起来，他轻得吓人，我只一只手就把他整个人提了起来。我就着月光端详着他的脸，我刚才怎么没想到呢，他这么多年在外风餐露宿，居无定所，根本吃不到什么像样的东西，身体怎么可能好呢。我有些语无伦次地说，你是不是病了？你得了什么病？走，跟我回去看病去，有病就治，这里治不好还有省城，省城治不好就去北京，总能治好的，我们现在就回去。

然后我拖着他就往前走，在乱石堆里跟跄着走了几步，我们都摔倒了。他倒在地上哈哈大笑起来，说，老赵，你真是白认识我这么多年了，你为什么一定要把我想象成是死了呢？你可以想象我就存在于这黄河中，想象我存在于一朵桃花里、一只蜜蜂身上，存在于太阳从黄土高原升起之时，存在于风中、月光下、夕阳里，存在于一切可能的地方。不要怕看不见，就是无形无相的东西，想得久了便也成了真的，真与假也是相互转化的，一面是时间的阴面，一面是时间的阳面，在你看到那个阳面的时候，那个阴面也是同时存在的，你可以认为一个人死了，也可以认为，他只是存在于一切可能存在的地方了。

我的眼泪哗地流了下来，戴南行和我一起立在河边，只是笑而不语。

那晚，我们就睡在了黄河边的大石上，像多年前那样，枕着碛声，沐着月光，聊着文学和诗歌，聊到后半夜，不知不觉就睡着了。早晨我被淙淙的河流声叫醒才发现，周围已经没有戴南行的影子了。于是我一边沿着河流走，一边四处寻找他。我发现河边的一些大石头上长满了诗歌，有的是完整的一首，有的只有一句，显然是戴南行写上去的。从这些石堆中穿行而过的时候，会产生一种奇妙的感觉，仿佛我不小心又走进了一处异托邦，这里介于图书馆、坟墓、歌剧院和博物馆之间，静穆、安详、神秘。

我沿着黄河走了很久都没有看到戴南行的身影，便又折了回去，鹤亭里是空的，炉火早已熄灭，茶壶里的水尚有余温。然后我看到桌子上放着一沓参差不齐的纸，有信纸、稿纸、包装纸、烟盒、餐巾纸，还有从小学生的田字本里撕下来的纸，每一页纸上都写着一首诗，或长或短。我一页一页地看下去，其中有一首诗名叫《棣棠》：

一滴雨珠

又一滴雨珠

因与棣棠花有约

从遥远的晴空

长驱直下

轮椅上的母亲

不让我为她撑伞

她说,她忆起了谁的诗句:

"因为花朵的渴望,

人间才有了春雨。"

从此以后,那只叫大鸢的鸽子也再没有来过我窗前送信。有时候我觉得我再也不会见到戴南行了,还有的时候,我觉得我每天都在和他见面,在夕阳里,在月光下,在每一朵桃花里,在每一片金黄的落叶里。

后来,我自己也养了一只鸽子,和戴南行那只如同孪生兄弟。我训练它送信,只给一个人送信,桑小军。于是,它每年只送一封信,每一封信都是一首戴南行的诗歌,写在信纸、稿纸、包装纸、烟盒、餐巾纸,还有从小学生的田字本里撕下来的纸上。他从没回过信,只有一次,鸽子回来的时候,腿上绑着一张小纸条,我打开一看,是桑小军的字迹,上面只有一句话:"老戴,你在诗歌的尽头等我。"

【作者简介】孙频,女,1983年生,毕业于兰州大学中文系。2008年开始小说创作,已出版长篇小说《绣楼里的女人》、小说集《隐形的女人》《同体》《三人成宴》《不速之客》《无极之痛》《疼》等。作品多次入选各种选刊、选本。中篇小说《醉长安》获第十五届百花奖。现为江苏省作家协会专业作家,中国作家协会会员。

天真的老妇人

◎　盛可以

一

七月初,阳光已经长熟,正午更是透出几分辛辣。我在约定的路口等待,同时打量周围环境,判断治安状况。马路对面,一个年轻女孩向我招手,无疑是房东 May——网站上注册的名字。这里且称她为梅。

梅身着布量极少的黑色吊带连衣裙,梳着短矮马尾辫,抱着一条棕色小贵宾犬,优雅中透着少女的甜美。横过马路走近她,才发现这纤瘦秀丽的姑娘,是个上了年纪的妇人。脸上松弛,有零星老年斑,眼睛湿浊,头发麻灰稀少,但仍设法弄出一绺来,用小卡子别住,遮盖过于光秃的前额,制造一缕少女幽魂。

不知道梅是哪国人。她那张没有轮廓的圆脸像是来自韩国——抱歉,忘了说明,这是纽约长岛的黄金海岸,传说中的富人区——简短交谈之后,知道都是中国人,于是改用汉语。梅的声音柔和,不紧不慢,传递养尊处优、家境良好的生活背景,其从容与安逸映衬我风尘仆仆的粗糙。

梅的后背几乎裸到腰际,两瓣纤细的蝴蝶骨被一层长着老年斑的薄皮覆裹,随着身体运动,它们既显得轻灵,也透着枯槁。她的脊椎仍异乎寻常的笔直,似乎随时准备翩翩起舞。这个高贵的背影并不令人觉得美丽,而是气韵已逝,那憔悴的骨子里仍然传递出上流阶层的傲慢——梅说话时并不看我,仿佛紧随其后的,只是个刚来报到的下人。

二

通过房前的车辆,杂草丛生的草地,可以看出这是一个蓝领社区,勉强算得上整洁——原来长岛并不都是传说中的豪宅。梅住的是一栋联排别墅,两梯两层四户,实质属于公寓。外墙贴了红砖,大门是中国乡下正流行的不锈钢玻璃门。整栋楼无遮无挡,暴露在正午的辣太阳下,几棵小树远远地站着,也帮不上什么忙。前庭屋侧没有绿化,许是为了省钱省事,周围铺成了水泥地面,给人一种莫名的焦躁感。

梅开门时,钥匙找不准匙孔。她的手不太灵活,像所有上了年纪的人一样。梅住在二楼,进门就是狭窄的楼梯,借着门外的光,能看见脚下颜色混沌的地毯,依据曾有的养狗经验,我从屋里那股浓郁的怪味中,分辨出狗的尿味及腥臭味。

楼上是另一种衰败与霉腐的气息。

梅向我介绍各区域功能,以及注意事项,那腔调与表情,仿佛她住的不是一套三室两厅的小居室,而是一座辉煌复杂的宫殿。

客厅那张已经变形且颜色暗污的布沙发,经过时间的摩擦,结满了绒球,沙发架构有点倾斜,已经失去了负重与提供休憩的功能,只有狗才敢跳上去。

一个中国风味的斗柜,红花绿叶的漆画,明清风格的黄铜耳朵拉手,是梅过去从海南淘来的。窗边那个古朴的单人高脚凳,凳面两端上翘,二手家具网站上标价是八百美金。两张灰漆驳落、造型不错、布垫脏旧破腐的木椅,我忘了梅说它们是法国风格,还是来自法国,同样只具观赏功能,即便梅允许,也不会有屁股愿意落下去。

两椅间的小几上摆着一摞书,包括日本作家的畅销作品、不入流的中国小说、时装杂志、巴黎游记。这一摞东西整整齐齐,却脏旧蒙尘,仿佛已经存在了几个世纪。

客人通常只能在自己的房间活动,梅绝不允许别人使用她的餐桌。这个褐色圆桌四边可以折下去,变成小方桌。腿瘸了的餐椅背靠墙,勉强立住。这张旧餐桌看上去就仿佛能听到其吱呀作响,但它也是法国的,或法国风格的,梅依然珍爱,允许它盘踞在自己的生活中。

我站在厨房里,感受一个家庭最重要的地方。窗台上的玻璃瓶里,插着鲜艳欲滴的月季。绿萝伸出一根长藤探向洗菜盆。乳白纱帘上布满污斑。梅始终抱着那只贵宾犬。我仍像是她新来的下人。她不喜欢油烟味,客人通常都叫外卖,但最终她同意我限次使用那个满是锈垢和油污的白色炉灶,要我注意卫生,保持干净。

厨具丑陋不洁,我确信这里有一个不喜欢烹饪的主人。

厨柜手柄掉了,一扇柜门关不拢。一瓶香槟和一尊小雕塑组合,摆在灶台一角,凸显艺术气质。日常使用的苹果醋、橄榄油、小盐瓶装在托盘里。我很快就会看到,梅用这只托盘将煮好的咖啡和半个苹果端进房间,至于正餐,多半是豆芽、豆腐、蘑菇、卷心菜,郑重地端进房间享用。三个房间都在过道尽头,像一柄圆勺,狭窄的过道累积了尘灰和狗毛。不管她吃什么,令我印象深刻的是,她端着托盘走向房间的体态,仿佛她手中的东西,以及她拥有的生活无比珍贵,是别人永远不能企及的。

梅怀里的贵宾犬淡漠地看着我,吐着舌头,喉咙里发出哮喘似的杂音。

我这才感觉到屋里非常热。梅也像正在蒸桑拿一样,肤色通红,满脸是汗,连额头上那绺"少女幽魂"也错乱了。我环顾四周,梅立刻淡淡地说,她不喜欢用空调。我理解为老年人受不了空调的寒气,便附和吹空调不好的观点,"但热天还是得靠空调度过",我这话还没说出口,贵宾犬忽然朝我吠叫,充满爆发力的破金属嗓音聒噪刺耳。

三

房间陈设和网上的照片一样,只是地板上有一团发黑的黏状物,那张可爱的小型布艺沙发有几处破裂,露出白色填充物。床单上的陈年污迹让人恶心,被子和枕头一股刺鼻的人臭味。我没什么心情计较。收起床头柜上庸俗的工艺品,用自己的毛巾擦干净地板——梅没有任何清洁工具——所有床上用品塞进衣柜,去平价商场买回新的替换。

我的窗户朝西。窗帘一拉,窗杆脱落,墙灰撒了一地。清理洗手间的时候,差点呕吐。浴缸周围深度积垢。玻璃门缝里净是毛发。洗手液是用光了之后兑进的水,厕所清洁剂也是一样。墙上的东西一碰就掉:装卷纸的铁盒掉下来;毛巾架铁管落到地板上;浴缸里的水龙头哐当一声差点砸中脚指头。

一个什么样的女人,会让自己的家这么破败?

梅肯定听到了这接二连三的声响,但她并没有过来问询,看看我是否需要帮助。她对我的态度不屑,说话不看我的眼睛,连脸都不会朝向我这边。如果我过于青春亮眼,她避免从我身上看到自己的衰萎也就罢了——我感觉她排斥中国人,尤其是住便宜旅馆的。

第二天,我坐帆船出海,在日暮余晖中回到住处,一进门,那只贵宾犬对着我狂吠,还是那种破金属的声音。

梅照样不看我,只是抱起狗,安抚它,在它耳边轻嘘。

我眼角余光瞥见,她身着宽松的白色吊带背心,依旧是前后暴露,牛仔裤短到只裹住了屁股,双腿笔直修长。我也没理她,径直回自己的房间,在过道上碰到一个年轻多肉的白人姑娘,她是来看房子的,潜在的下一任租客。她朝我友好一笑,并侧身让我通过。

我很快听到厨房传来交谈声。梅的笑带着旋律,四五个音符长,音符有高有低,长短不一,笑声中带出一丝隐藏的风骚,让人觉得她过去对付男人,应该是有两下子的。我听见年轻多肉的白人姑娘介绍自己,因为一个新结识的男孩,她从佛罗里达州过来,找到了一份消防员的工作,有时需要上晚班。梅说那很酷,她曾经多次去佛罗里达州度假,住有名的酒店,仅迈阿密海滩就耗去了她很多词语。紧接着她的笑声像水草般摇曳起来,幻化出一个身着比基尼,迎着海风秀发飘扬的年轻女子,双腿笔直修长。

四

我第一次做饭,调至小火焖炖牛肉,然后回了房间。半小时后出来,发现炉火被关,梅抱着狗在灶台前忙碌。

饥肠辘辘,炖牛肉却节外生枝,我心中不悦,重新打开炉火。

"要炖那么久吗?我以为是你忘了关火。"梅说。

"牛肉至少要炖半个小时。"

居然做这种小手脚,我想我遇上了一个古怪刁钻的房东。为避免与她接触,我试着调整做饭时间。但是梅的生活毫无规律,要么很早起来煮咖啡弄早餐,要么上午十点钟才出来直接做午饭,不幸很快狭路相逢。

出乎意料的是,梅主动和我攀谈,依旧不看我的脸。她问了些中国的事情,说她来美国多年,极少回去,对那边已经完全不熟悉了。当我给她一些信息,她总像无知少女般讶异地说:

"真的吗?"

我认真对待她的疑问,会更详尽地解释一番,但我很快发现,这不过是她的口头禅。她的手不时摸一摸被夹子别住的那绺"少女幽魂",以确保它在妥帖的位置。

她的脸近在咫尺,我因此看清更多细节。她说话时嘴角肌肉往右侧提升挤压,右脸明显比左脸小,眼睛也是,似乎曾经中过风;耳鬓光秃秃的,像扣了个假发套;头发干枯无光,不太洁净,缺乏滋养和护理——我估摸她很久没用过洗发水了。

事实上,梅是专挑我在厨房时过来的。她独自居家,尽管总是和贵宾犬交谈，毕竟无法形成互动。贵宾犬的智商据说在犬类中排名第二，梅的狗使人怀疑这一结论，它只是瞪圆双眼，没什么表情，通常在梅的臂弯中像猫一样安静。

梅的厨具少得可怜，只有两把刀：一把长半尺、宽不过两厘米的带锯齿的刀，应该是切面包的；另一把只有寸许长，可能是切黄油的——毫无疑问，这两把刀肩负了所有烹饪必需的切割任务。

鉴于梅对生活的高贵讲究，我谨慎地问她，哪把刀专切肉，哪把刀切水果？

"这个……倒没有区分。"她用了一个"倒"字，可见她对我的提问是敏感的，这个"倒"字，说明了刀不做区分，是个例外，其他很多事情，她是挺讲究的。

我没提到抽屉里的斑斑污迹，只是认真清洗了刀具。我不想说出她家肮脏的事实，更不会真的像个下人一样，什么都替她收拾。她说的擦碗布，搭在烤箱拉手上，比抹布还脏，我很想取下来洗干净，但我没去碰它，我知道她不愿与客人共用任何东西，就像下人不能和主人同桌吃饭一样。

在我看来，这是一次夹杂抵触与试探的交谈。

梅就这样一手抱狗，一手煮咖啡，漫不经心地说话。她以前到处旅行，遍尝世界美食，说到"还有邂逅"时，她脸色亮了一下——仿佛在男女之事的灰烬中，闪现一星隐秘的阴燃之火。

我有点讨厌她，只是简单敷衍，保持基本的善意。

她问我明年会不会去巴黎看"世界杯"，现在就要着手预订机票和酒店了，不然就没地方住。我说我不是球迷，巴黎什么时候都可以去，不一定非要赶在全世界的人都往那儿跑的时候去扎堆。梅认为"世界杯"四年一遇，专程去巴黎看"世界杯"，和平时旅行不太一样。

我后来才理解梅的意思，早早预订航班和酒店，重点不是看"世界杯"，而是去看"世界杯"这回事。这里头有身份品位和生活等级的象征，与穷游巴黎是两码事，即便同样是坐在街边喝咖啡，专程来看"世界杯"的人，下巴都要昂得高一点，二郎腿也跷得更悠闲。

梅说她正在着手准备这一切，包括选择哪家酒店，哪个有名的咖啡馆——普可罗布、双叟、花神，是她必去的；她讲了点萨特和波伏娃的故事——酒店嘛，得带种满鲜花的阳台，早上起床推开窗花香扑鼻，抬眼便看得见埃菲尔铁塔和塞纳河。

她一面将一件未来之事描绘得浪漫美妙，一面端起咖啡锅，欲将咖啡倒入杯中，不料咖啡锅早已松动的手柄忽然断裂，锅砸中杯子，锅杯同时落地，在破铜烂铁和玻璃碎裂的"交响乐"中，咖啡溅画出满地曲谱。

我想，梅只需稍微降低一点巴黎酒店的规格，就可以买全套精致好看实用坚固的厨具，修理好家中所有破败之处，同时给贵宾犬买合适的颈圈和狗绳——现在的颈圈太大，靠一颗别针收缩，和狗绳一样脏污油腻，从来没有清洗过——她还可以清洁地毯，护理她自己干枯的头发，清除根部的油腻。

当然，我不能说这些，这冒犯别人的生活方式。

梅清理现场时，为掩饰我已经窥见了她的窘迫，我开始说话，并表现得兴致勃勃。我说巴黎那几家咖啡馆我都去过，我坐在红皮椅上接受了法国一个杂志编辑的采访。接着我补充了萨特和波伏娃的故事，也说到海明威当年在巴黎，如何在饥肠辘辘中为避免闻到咖啡馆诱人的香气而绕道去博物馆，在饥饿中更深刻地理解了塞尚的作品，这直接影响了他的文学创作。

或许是蹲地劳动的缘故，梅站起身时满脸通红。她询问我的职业，我隐瞒了真实身份，谎称自己是个服装设计师。

五

狗名叫 Luck，梅与它母女相称。梅说世界上有太多流浪狗，但她的"小公主"永远不会被抛弃，她会全力保护它，不让它受到任何伤害。夜里头，她在房间里和"小公主"聊天，一人分饰两个角色，不时大笑，笑声带着哭泣的尾音。我想到希区柯克的《惊魂记》，从山坡下的小旅馆望向坡上楼房，可见老太太和儿子的身影在窗前交替出现，听见她和儿子的大声争论。事实上，老太太已经死去多年，她患有精神分裂症的儿子同时在扮演她。想起这一幕，我有点不寒而栗。

受龙卷风天气影响，我两天没有出门。夹在我和梅之间的那个房间，门一直关着，没看到租客进出，也许被预订了，因为梅没有把它直接租给白人姑娘，而是让她等着入住我的房间。梅的卧室也始终紧闭，她进出房间时，仅小心地推开一道缝隙侧身通过，仿佛门后堆了什么东西。通过梅端着托盘，以雍容华贵的姿态步入卧室用膳的情景，我推测她所有的讲究都集中在卧室里头。

梅养狗如同养猫，人和狗都关在屋子里，有时与狗谈笑风生，有时异常安静。晚上六七点钟，经过漫长的等待，那只狗会得到一天中唯一的食物——鸡肉青豆拌甜醋。饿狗吃食，通常是一扫而光，但梅的狗不同，它表现得很节制，像小孩子舍不得把好吃的东西吃完，沿着碗边一圈圈慢慢地舔，一丝不苟，最终把不锈钢碗舔得跟镜子一样明亮。

梅聊起狗的事情，会变得精神起来。说她如何定期带狗看兽医，做体检，狗和人一样容易生病，肥胖症、糖尿病……病了很可怜，所以她尤其注重狗的健康饮食，不会乱给它食物，尤其是无聊的狗粮。她每周买一大袋鸡肉回来，一次炖熟，用塑料小杯分装，每一只杯盖贴上便签，上面用英文标注狗的名字和用餐时间,从周一到周日,共七份,码在冰箱里。

我喂了狗一块牛肉,狗表现出饿狗的吃相,肉入嘴直接滑下肚,像青蛙舔吃蚊虫,疾如闪电。

我向梅描述这一情形。

"真的吗?"梅说,"我从来没有买过牛肉。"

她笑容讪讪,依旧有股苦味。五美金鸡肉,狗可以吃七天,而同等价钱的牛肉,狗只能吃一两餐。梅肯定算过这笔账。

也许是替梅掩饰她的窘迫,我主动聊起了一条叫"芥末"的狗,它如何活过,又是怎么死的,我亲手为它钉制了一个小木盒,它如今躺在湖边一处风景优美的杨树林中。

我没有提及儿子。

梅抱紧了她的狗。她说到狗带来的快乐,它的聪明和脾气。我发现她实际上是一个不懂狗的人。她将狗的兴奋激动,理解为害怕与恐惧,将所有的狗吠视为攻击,看到两只狗打架嬉戏就担心会出狗命。

我没有说梅不懂狗性,不会冒犯她八年与狗相依为命的日子。

我曾经委婉地说,德国人将遛狗写进了法律,规定每天至少遛半小时。

"噢,真的吗?"梅漫不经心,一边侍弄厨房的花草。新换的绣球花替下了枯萎的玫瑰,厨房重新焕发生机。这些花曾经开在别人的花园里,她只需随身带把剪刀,晚上遛狗时顺手牵羊,夜幕遮掩下也不用捡狗屎,尽管她源源不断地从超市带回"免费"的塑料袋——那本是专为顾客装蔬菜水果的。

有一回,我看到狗在楼梯口急绕圈,知道它又要在那儿大便。我叫梅过来看——我只是想暗示她,至少应该带狗出去大小便。梅来时,狗已经躬腰撑腿撅屁股,梅惊讶地大喊大叫,仿佛第一次发现狗在家里大便。我说别吓坏它了,人也有三急呢。梅就转身去拿厨纸,为了防止客人使用,她把厨纸藏在卧室里。她很熟练地处理了现场。但狗屁股上沾着稀屎。梅抱起狗径直去了厨房,将狗放在洗菜盆里。

这一次轮到我大叫,那可是做饭的地方。

我忽然感觉,梅脊椎笔挺的不是华贵,而是生存碾压中挣扎的力。

六

每天有一段极庄重的时刻,梅坐在她的法国餐桌前,管理出租预订,回复评论,有时打电话给网络平台,让他们介入协助解决问题。那姿态仿佛坐拥巨大的财务集团,处理与租客几十块钱的纠纷时,好像洽谈一桩上亿的买卖。

大约是有客户评价梅的家里脏,还有只乱叫的狗,梅抚摸着趴在大腿上的狗,对着电脑屏幕说道:

"你觉得我家里脏吗? 简直是胡说八道……我家宝贝什么时候乱叫了? 它可是最乖的女孩。"

我不确定梅是否在跟我讲话。

"遇到这种不讲理的评论,真是没办法……还好大多数客人都是公正的,要不然我的房源也不会这么抢手。"

我正准备进浴室洗澡,在门口停顿了一下,还是没有搭理她。

洗澡失败。浴缸下水道早就堵了,积水要几个小时才能洇干。现在莲蓬头又出了故障,只有水珠滴答。此类故障在厨房和洗手间交替发生。洗漱盆也曾坏过一阵,下水缓慢,只能使用最细的水流,勉强洗漱清洁;洗菜盆也发生同样的事,都不至于完全堵死,洗碗水好不容易流干,留下满池油污。

我向梅反馈,她像是对某件事情不感兴趣一样,淡漠地"嗯"了一声,后来说联络了维修,过几天会有人来。

有点缓兵之计的意味。我猜是梅在搞鬼,她想节约水流。她就是这样靠节省每一滴水生活的。她自己不怎么使用淋浴,很少听到她房间里传出用水声。这就是为什么她的头发总是脏的,身上总带着一层不洁。她也从不给狗洗澡。

梅不喜欢我这样的客人,做饭用水烧燃气,这些都会增加她的账单付款,她并不想看到洗菜盆周围的黑霉,被我用流水哗哗地冲走。她一天只做一次正餐,就是那种豆芽、包菜、豆腐等东西一锅烫,不放油,作料是"老干妈"辣酱。甚至用腐烂的蔬菜做沙拉,连烂叶子都不拣出来。狗食同样简易,从冰箱里拿出煮熟的鸡肉撕碎,拌上青豆和调味醋——还说这个牌子的醋,带甜酸味,她的狗最爱吃。我很想说"你没有给狗别的选择",但这过于残忍,我不会这么做。相反,我一直在配合她,比如我会称赞狗聪明,说她的饮食健康,低糖低碳水。

澡没洗成,人很不舒坦,很想吃一顿麻辣火锅。此前炒菜,梅总是闻声而出,以手当扇,细喘娇咳,将抽油烟机开足马力,推开所有窗户,一点也不掩饰内心的嫌恶。

无论如何,我得敞开胃口吃一顿。我从亚洲超市带回麻辣火锅底料,虾、鱼、螃蟹、青口、北极贝,在橱柜里找出一口脏汤锅,用铁刷子里外刷干净了,一边煮上清水,一边炒底料,麻辣香味毫不客气地四处飘散。

梅抱着狗走进厨房,娇咳几下,居然饶有兴致地攀谈,问我做什么菜。她不认识北极贝,也不知道青口——当然,高贵的主人只品尝美味,接触食物原材料、分得清五谷杂粮的都是农民和下人——我说我做的是四川麻辣海鲜火锅。梅于是说起了她的父亲,一个地道的四川人,常在家里做火锅,她最爱吃父亲做的菜,一直也是重口味,不过现在吃得清淡了。

我心想,说"寡淡"也许更贴切。

梅感叹再也吃不到父亲做的饭菜了,他前几年去世,她都没来得及送终。唯一感到慰藉的是,她母亲在天堂不孤单了。

麻辣火锅勾起了梅的伤感,她带着想倾诉,却又不愿表露心迹的矛盾——仿佛在下人面前,保持着一个主人应有的尊贵。

有一瞬间,我感觉梅的内心伸手可触,且一碰即碎。我拿出全部的诚意打算聆听更多的故事,但她却抱着狗去了客厅,留下一个双肩平端的背影。她默默望了一会儿窗外的远方,然后安静地转身回了自己的房间。

我给梅盛了一大碗海鲜,放在她每日必用的托盘中,然后发送了一条手机短信:"我做的麻辣火锅,也许没你父亲做得好吃,你且尝尝看。"

幸好梅没在厨房继续讲她的亲人,否则我很可能要忍不住说出心中的悲伤:我五岁的儿子死了。我没有明确的旅行线路和时间,不过是在这个世界上来回晃荡。

七

一楼住的是三口之家,一对五六十岁的印度夫妻,和他们已经成年的儿子。这家人经常在后院莳花弄草,也种瓜果蔬菜:丝瓜像扁担一样长,番茄红红绿绿。我下楼扔垃圾时,总会顺便看看这一园子长势喜人的作物。

这天黄昏,梅收齐了所有的脏衣物去洗衣店,拎着挎着背着,她的手臂竟然很有力,不小心暴露出吃苦耐劳的习性,使劲时青筋突起。相比之下,她的双腿显得较弱,甚至可以说不太利索,下楼梯时有点如履薄冰。我帮了她一把。我从客厅窗口看着梅被袋子淹没的纤瘦身体,像蚂蚁顶着巨物前行,忽然想起了独居的母亲。

蚂蚁消失在道路尽头,我转身收拾厨房,照例将垃圾扔进楼下垃圾桶,盖好桶盖。印度夫妻正好在园子里,他们面貌友善,但也严峻,眉间不太舒展。

印度先生走过来,明显不悦。他对我说:"你用我家的垃圾桶,我没有意见,但是纸盒要叠好,放在可回收的桶里。"我颇为尴尬,说:"很抱歉发生这种事情,我以为这是梅家的垃圾桶,那么……她的垃圾扔哪里呢?"印度先生扬手说:"扔到很远的鬼知道的什么地方。"

明知道我将垃圾放进楼下的垃圾桶,却不告诉我垃圾桶是别人的,故意让我犯错误,不知道梅是什么心态。也许她不愿低下高贵的头颅,承认她正在节省每个月的垃圾管理费,不愿暴露她高品位生活中的瑕疵。同时我也明白,梅为什么要在厨房放两个垃圾袋——各处理各的。她不想她的垃圾被我扔进楼下垃圾桶，这意味着她不占印度人的便宜；她也不愿帮我处理垃圾，那东西扔到外面挺麻烦的，而且有道德风险，因为公共垃圾桶都有黄字提示：请勿投放家庭和办公室垃圾。

"我们打算把房子收回来，不租给她了。"印度先生说道，"我们……真受不了她。"

"房子是你们的？她是租客？"我先前的疑虑被证实了：没有人会让自己的家这么破败。

"是啊，这是我们的房子，她没告诉你吗？"印度太太抢着回答，"租房子的时候，她说是和儿子一起住。三年了，我们从来没有见过她的儿子。她把房子放到网上短租，客人进进出出，这个是她亲戚，那个是她朋友……全都是撒谎。哎，关键是不爱惜房子，什么都往下水道倒，地毯也从不清洁……我们的房子，要被她毁了。"

"原来是这样……怪不得……"我说，"浴室和厨房的下水道都堵了，积水要等半天才下得去。"

"前不久，我们才花了两百美金疏通过。"印度先生的眉头皱得更厉害了。

"……天气这么热，她应该打开空调，这是客人应该享有的。"印度太太提醒我维护自己的权益。

"她家没有空调。"

"有。一个墙式空调，在客厅右侧的窗帘后面。"印度太太说道。

怪不得梅从不拉开那一扇窗帘。

"她只是想省电吧。"我说。

"她出门可是背 LV 包。"印度太太说。

"无论如何，她不诚实，也不好相处。"印度先生摇摇头，"这么热，不开空调……她收你多少钱一个晚上？"

"三十美金。"我说。

"她要得多了点。"印度太太撇了一下嘴，"你到我家来看看，干净，有冷气，卧室又大又漂亮。我们只收你二十五美金一个晚上。"

我说我很快就要去伦敦了。

"我们也不是抢她的客户，只是看你是个不错的人，应该住得更舒服一些。"印度太太接着说。

我感谢他们的善意，赞美了他们的花园。第二天我买了一只大西瓜送过去，应门的是一个姑娘般腼腆的小伙子。

八

梅开始正脸对我说话,态度友善,甚至有成为朋友的趋势。我没把和印度人聊天的事情告诉她,心里隐隐不安,觉得自己好像在出卖她,而且还假装不知道她的秘密。

也许是出于这个原因,我陪她的狗玩了一阵,捉迷藏,抛掷纸球。这只狗聪明机灵,精力充沛,而它过去的八年时光,竟然是伏在梅的膝盖或者臂弯中文静度过的,这有违它活泼好动的天性。

我没有征求梅的同意,擅自带狗出去溜达。

狗一路欢奔,东嗅西闻,不停地撒尿。

陌生的风从陌生的街道跑过。陌生的树叶跳起陌生的舞蹈。

街道两边的房子长得一样,幸好狗认得回家的路。

梅正在将洗过的被单衣物晾晒在客厅,搭在沙发和椅子上——她精明地省下了两美金的烘干费。

狗一进门就奔向梅,她抱起狗连亲几口,好像失而复得一般,还问了我一连串的问题,比如是不是紧紧地拉住绳子,看到别的狗有没有赶紧躲开,她非常担心狗受到伤害。

"它交了两只狗朋友,一起玩得很开心。"

"真的吗?"梅脸色都变了,是那种惊喜与恐惧混杂的表情,"这太危险了,要是被 Rape(强奸)了怎么办?"

"如果它顺从,证明它想要;它要是不乐意,会反抗吠咬的。"

"我也想过给它找个伴儿……"梅捧着狗的脸,"可是,宝贝呀,妈咪还没有做好当奶奶的准备呀。"

我说它很会玩游戏,要是有一个球,它会获得更多乐趣。

"真的吗?"梅像一个发现孩子具有某种天才的母亲,抱紧了狗,"哎呀,宝贝,妈咪对不起你呀,妈咪一定要给你买一个球。"

我意识到我的话正在渗入梅的生活,必须立刻闭嘴,因此,我没理会梅的抒情,本能地转身去洗手间,搓洗油腻得作呕的狗绳和颈圈。

水哗哗地流淌……

儿子是为了救掉进水里的"芥末"淹死的……

那是一条棕色小柴犬,我送给他的四岁生日礼物……

儿子和狗的玩具依旧堆在他的房间里……

我始终被一个问题折磨:为什么不送他一只猫……

屋里已经没有晾狗绳和颈圈的地方,梅的那些洗完后仍然色泽暧昧的东西到处都是。最后我将它们挂在橱柜的拉柄上。

夜已经罩住世界。气温比白天略低。因为狗的话题，我们留在客厅，站着说了一会儿话。梅坐在她的法式餐桌边使用笔记本电脑，写写画画，我在厨房隔着半截墙栏回应她的问题。

她从不会邀请我坐上某张法式椅子。她就是那样一副架势。

"时装设计师最懂服装潮流了，我有几件旧衣服，你看看有没有过时。"梅回房间拿出一件黑色圆领针织衫，一条碎花长裙，"这是三十年前的衣服，我现在还是很喜欢。"

我摸了摸衣服质地，点点头，说好看。

获得认同，梅的声音高了起来："这针织衫是英国的，老牌帝国的衣服，质量多好。看，还像新的一样，当年就花了两百英镑……我跟你说，买衣服一定要买品牌的，买最爱的，几十年都不过时，而且照样喜欢。"梅将衣服贴在身上，下巴抵着衣架看着我，仿佛我是一面镜子。

我依旧点头称是。

"这么说吧，衣服就跟男人一样。有的买回去就不喜欢了；有的勉强能穿几次；有的呢，不怎么穿，也不愿处理掉，偶尔看到，又忍不住要试穿一番……我想，每个女人的柜子里，应该都会有一件穿了几十年，甚至哪儿破了都舍不得扔的最爱……是不是？"此时的梅语态有点活泼。

"是的。"梅这番话让我深有同感，不觉有了些交谈的兴致，"我有一件在伦敦买的风衣，十五年了，里衬都穿烂了，还是像当初一样喜爱……去年换了新里衬……怎么形容那种衣服的感觉呢……就像……"

"就像你的皮肤一样，让你舒适自在……任何时候都是。"梅再次说到我的心坎上。

"是的，通常不同的衣服适合不同的心情，但就那件衣服不是……"

"绝大部分衣服是错买的，因为女人对自己存在误解……"

"但柜子里又少不了其他的陪衬。"

"我现在绝对不会轻易买东买西了。"梅几乎是松了一口气，"这碎花裙是法国的，板型很不错吧？等秋天一到，配上高跟鞋，还是很时髦的。"

梅就怀着期待秋天到来的表情，飘向那条通往寝室的幽暗过道，且很快从那边再度飘来，这回手里拿的是灰色冬衣。

"这也是很多年以前的，现在不流行貂皮大衣了，我的设计师朋友给我改成两件短的。"梅举起貂皮短装和马甲，"我早已经不追求这些东西了，再说还得小心动物保护主义者——怎么样，这个设计师挺厉害的吧？一件变两件。"

很明显，一件大衣被糟蹋了——也许数量上取胜，不过，我不忍破坏梅的兴致。

"还有,这个 LV 包,是不是依然很漂亮? 现在我也不想用了,放到二手商店,应该还能卖个两三千美金。"梅挎着包扭走了几步。

梅的脸看得越清楚,越不忍描写。不太洁净的肌肤中,隐现着一种窘迫与苦涩,眼睛是黄浊的,夹杂些许红丝;得益于她所谓"低碳水饮食"修来的身材,因为太瘦,皮肤显得格外松弛,尤其是极端裸露的平坦的胸脯,就像被风吹往一个方向的水面,泛起不规则的波纹。

廉价洗衣液浸染了客厅晾晒物的每一根织线——梅就在这股廉价洗衣液的气味中,继续展示她的陈年旧物。她一直致力于向她的客人呈现她过去的富有生活。她曾试图将一双名牌尖高跟旧靴卖给那个年轻多肉的白人姑娘,自然,她失败了,穿着自由散漫具有平民风格的白人姑娘,对淑女贵妇装扮毫无兴趣。昨天下午,她很认真地给这双靴子上油,让我看它焕然一新的样子,问我穿多大鞋码。

遛狗时渗出的汗水,此时已变成一层凝膏紧蒙在皮肤上,汗臭味隐约可闻。我惦记着浴缸里的积水什么时候流干,还有洗菜盆内无法清理的油污。

"你戴的是卡地亚吧,我也很喜欢这款表。"梅一发不可收拾,又拿来了一只旧手表,"我这只卡地亚也有好些年了,多漂亮! 不过已经停止不走了,花两三千美金应该可以修好……"

"花那么多钱维修,不如买一只新的。"我说。那只表看起来不值钱,也算不上好看。

"一直没找到合适的零配件……还好,我原本就不放心,谁知道那些维修师傅会做什么手脚……"

我有点倦怠,叫了一声狗的名字,希望它能带来一点乐趣。狗兴奋地跑过来,围着我的腿弹跳,腥臭味扑鼻。

我问梅是否同意我给狗洗澡。

"怎么,它有味道了?"梅很惊讶。

"我反正闲着。"

梅慢悠悠地收拾好她的压箱旧货,准备了一条破了大洞的浴巾、小瓶装已经见底的洗浴液——来自某酒店的免费品,说她的宝贝对洗澡抵触。她嘱咐它听话,吻别它之后,将它交到我的手中。

狗在盥洗盆里颤抖,湿水后它比一只老鼠大不了多少。我用我自己的洗发水给它搓洗,一边哼着没词的曲调安慰它。我很快意识到,那正是我给儿子洗澡时唱的一首儿歌。

梅开始做红豆冰沙,破壁机充满痛苦的惊人噪音,像地狱里传来的千万个鬼魂受刑时的齐声惨叫。

九

我在长岛最东端的蒙托克角灯塔小镇消耗了一整天。爬那一百三十七级通往塔尖的台阶,有一瞬间我希望这是一条远离尘世的路,一直升到天国,在那里与所有已逝的亲人团聚,开始新的生活。

我从未见过这么辽阔的景象,整个大西洋仿佛人生一般渺茫,让人不知所措。那是一种挑动食欲的蓝色,像小时候舔过的冰棍。天空是海面的镜像。鸟如枯叶翻飞。它们也在途中,不知道是往还是返。

我查过去伦敦的航班。距离上次在那里所做的一个月停留,我已经六年不曾踏足。算起来,他也不年轻了,不消说,他肤质细腻、脖颈细长的妻子,依旧挽着他的手臂漫步海德公园。他们就住这皇家公园附近。无疑,他的三个儿子都已成年,每一个都接受了良好的大学教育。他们过着传统的英式生活。他浑然不知自己是一桩大事的主角,曾经拥有第四个儿子,也失去了第四个儿子。

与其说是不忍心去搅乱这样的家庭,毋宁说那是一种自知之明,当你情感独立经济自由,就更不会去打扰他们。没有充分的理由——为了让他认下这个孩子?要他脱离家庭奔到你身边来?这些都不是我所想的,这只会破坏固有的情谊和彼此的生活。

我没有告诉他,这是我个人的事。儿子在新年夜诞生了。我只需解决某类现实问题:如何做一个单身母亲?

"我本来做得不错,"在返回的车中我这么想,"……如果我送给儿子一只猫,而不是一只狗……"

他是儿子的一部分。他是儿子的遗迹。他是儿子的附体。如今,我只能像造访历史古墓般,去他那里考察挖掘,重温属于儿子的细节特征——这样做对我更好,还是更坏?我不确定。

梅似乎在等我。她的笑容比此前扩展了许多。从我踏进客厅开始,她就一直抱着狗跟我说话。她说起一则突发新闻,一对情侣开车全国旅行,在网上发表旅途见闻与照片,吸引了很多读者。旅行半个月后,他们的网站停止更新,男青年独自一人回了家。十天后警察在俄亥俄州的森林里找到女青年的尸体,同时发现作为犯罪嫌疑人的男青年早已失踪。梅发表了一通关于男人的负面言论,说在两性关系中,总是女性在吃亏受伤害,几千年来都是这样。

"一个潜在的杀人犯,未必平时看不出端倪。"梅仿佛四平八稳坐在太师椅上,注重遣词用句,"男人真是最可怕的动物……你不觉得吗?"

她的狗吐着舌头,喉咙里又发出哮喘声。

我无法回应她关于男人的观点,笑着说:"真的吗?"

"绝对的!"梅并没有意识到我在学她的语气,她用的是一个英语单词,似乎这样才能确保她的笃定,"而这些可怕的动物当中,律师算是最坏的。我认识不下一打律师,他们只认钱,而且想方设法,替有罪者辩护,为杀人者开脱。律师就是干这个的。越是有名的律师,干的坏事就越多。"

"儿子的遗迹"也是一个律师,但他心怀公平和正义。我不想跟梅说这些,也从来没有跟她辩论的兴致。她有一种近乎俗气的天真,也有与她的瘦弱形体极不相称的固执。说"绝对"时,她还腾出一只手来挥砍了一下,狗差点掉下地去。

我在厨房弄餐,把耳朵留给她倒也无妨。

梅跟随我在厨房移动,而且追着我的脸说话,我洗菜的时候,她的头几乎探进了洗菜盆,似乎只有这样才能把她的想法传达给我。

我不忍冷落她,心不在焉:"你为什么认识这么多律师?"

我的回应正是梅所期待的,她拥挤在嘴边的话得以顺势而出:"我一直在打一场官司……"说出更多的秘密之前,梅脸上浮现得意与窘迫相混的表情。不知道为什么,她的每一种笑容,都有股抹不掉的苦涩。我怀疑她接下来所言,是一个真假交错的编织物。

"我换了好些个律师……等我打赢这场官司,我非把其中几个告到律师协会去不可。"梅没说她在打什么官司,也许是为了补充事件背景,她第一次说到她儿子:耶鲁大学毕业,学金融的,住在布鲁克林,谈了一个女朋友。

"差不多结婚了吧……拜托,我可不会帮他们带孩子……上帝,想想我那些当了奶奶的中国朋友,一辈子都在带孩子……"

"没准等你看到孙子,他们不给你带,你倒会生气。"我说。

"绝对不会。"梅用了两个英语单词,"我有自己的生活。我那么喜欢旅行,向来是想走就走的。"

但是,来纽约几十年,梅竟然没去过灯塔小镇,这让我感到意外。梅说她对海没感觉,她喜欢游泳池,尤其是高档酒店的游泳池,游几圈,回躺椅上放空脑子,闭目养神,侍者将酒水和食物推到身边——她说的是"侍者",而不是服务员——梅通过这个书面用语,将自己推向上流阶层。更意外的是,她邀请我一起去,在布鲁克林就有一个这样的地方:

"七百美金一晚哟。"

我此时正用梅那把可怜的锯齿刀切牛肉,最后一块牛肉已经变成丝,但怎么也切不断,而她却跟我说住七百美元一晚的酒店,仅仅是为了那个游泳池?

且不说厨房生活和游泳池享受哪一样更为重要，对于热爱厨房与烹饪美食的我来说，眼下迫切需要的是一把锋利的切肉刀。毕竟日常生活占据大部分时间，没有人是在游泳池边老去的。

我有一点恼火，也许是为这把切不断肉的锯齿刀，也许是为梅不切实际的生活态度：

"我不会住七百美金一晚的酒店，除非我的年薪超过五十万美金。"

十

梅煮好鸡丝拌青豆，分装在三个塑料杯里，贴上便签，上面写着狗的名字和用餐日期。这个"向来是想走就走的"女人，决定周末去酒店享受游泳池与侍者服务，我答应照顾好她的狗，遛狗时抓紧绳子，保证它不被强暴。

整个上午梅都在准备行头，房间里传来翻箱倒柜的声音。那个年迈的妇人，似乎在落满尘灰的历史中翻找光鲜的过去。

下午三四点，梅长时间捯饬的结果呈现在我的眼前：

头戴一顶圆草帽，像是要去收割地里的黄豆；豹斑墨镜透着塑胶的廉价味，还瘸了一条腿，缠着胶带；袒胸露背的黑色吊带印花镂空裙偏大，像上过米浆，使她的身体和骨头更显枯硬；黑色布面拉杆箱拖出了毛边，几近脏破，装得鼓鼓囊囊的；身上斜挎的小黑包，拉链坏了，张着嘴，露出里面的杂碎；手臂上吊着一个超市蛇皮购物袋，里面也塞满了物品——公园的长椅上常躺着这类装扮的人，那是些无家可归的流浪者，而梅不同，她是去超五星酒店，享受游泳池与侍者服务。

临出门，梅再次将狗托付给我，说周一晚上一起去吃希腊餐。这意外的慷慨让我略感讶异。不忍看梅在十几级阶梯上颤颤巍巍，我主动帮她将行李箱拎到大路边，祝她玩得愉快。我留下内门敞开，以便新鲜空气从楼道涌入，冲淡屋里气味。

透过客厅窗口，我看见被行李拖挂的梅，疲惫而缓慢地穿过马路，像一个逃荒者。她终于立定在公交车站牌下，腾出手来擦汗——她又变成了一个打扮入时、身材纤瘦的姑娘——一辆公交车驶过，梅像个污点般被涂掉了。

我原本想去大都会博物馆看达·芬奇的绘画手稿，不知道为什么会答应梅，为了她面无表情的狗放弃出门。我又查了一次去伦敦的机票，鼠标停留在确认键上，然后起身去了厨房。灶台边、马桶上，是两个宜于思考、灵感迸现的地方，事情卡壳时，我总是这么解决的。

梅一出门，那只狗就和我寸步不离，那股依恋与信任让人心中柔软。它紧跟我到了厨房,跳上那把没人敢坐的脏餐椅,下巴枕着前爪,两眼紧瞅着我。

这一只自尊心很强的狗,有着梅的不肯低头的倔强,即便是巴望我弄点什么给它吃,也不会摇尾讨好,表情不卑不亢。

梅说她的狗很有个性,的确如此。

我到处翻找零食,或者任何可以给它打打牙祭的东西。柜子里只有一些没用的瓶瓶罐罐,大量印有咖啡馆标记的纸杯和纸巾,证明梅在各种地方干顺手牵羊的事。

"你妈真抠门。"我对狗说,"连零食都不给你买。"

这只吃了八年鸡肉拌青豆的狗听到我说它妈的坏话,立刻双耳后撇,翻出了眼白。我摸摸它的脑袋,表示道歉。从冰箱拿出牛肉切成小方块,用清水煮熟,当作诱饵来教它坐下或卧倒——我以前就是这么训练"芥末"的。这只狗证明了它的智商,可惜梅从没给过它展示的机会。

抵触、躲避、怜悯……现在,我能够面对一只狗——尽管我的心还是不时地感到刺痛。

夕阳落下去,兴风作浪的热气被收进魔瓶。我从未见过那样的天空,半边天着了火,薄云随风赋形,巨幅天穹是抽象画,仿佛上帝之手的杰作。屋顶上有一种黄雾般的氤氲飘浮,周遭呈现不真实的色调,连人间杂声都变得柔和起来。

飞机从附近的拉瓜迪亚机场起飞,缓缓游入高空。抬头看见飞机的白肚皮,像一条大鲨鱼——我很快会坐在它的腹中游向伦敦。

那对印度夫妻赤着脚,坐在大门口的石阶上喝茶,碟子里放着饼干和坚果,手机里正在播放印度音乐。

我还没离开,还在持续将垃圾扔进他们的垃圾桶,这让我感到过意不去,仿佛自己说了谎。穿过他们的"静好岁月"时,那只狗居然对着他们吠叫。

"……我正在订购去伦敦的机票……"就像他们问了我什么似的,我率先说道,"估计下周三左右。"

"你要是想住得凉快一点,我们家里随时欢迎。"印度先生说,"后院有独立的大门进出,我们不会打扰你。"

"谢谢你们。住不了几天了,搬来搬去挺麻烦的。"我说。

"请抓好绳子。"印度太太怕狗。她递给我茶碟,要我吃坚果,"这狗今天挺干净的。"

"我给它洗澡了。"我摆手称谢。

"她付钱给你吗?"印度太太问。

我说这么做，只是因为我喜欢狗。

"她带那么多行李，去哪里了呢？"印度太太问。

"她说要去度几天假。"

"度假？"印度先生很惊讶，"下水道通了吗？"

"临走前她买了瓶什么东西倒进去，很快就通了。"

"那是化学品腐蚀，瞧她在对我们的房子干什么呀！"印度太太心疼地叫起来，"我们真的要和她谈谈，越快搬走越好。"

我有点后悔说出这个细节，又一次觉得自己在出卖梅。但是鬼使神差地，我接下来顺着他们的情绪，表达了对梅的不满，似乎在这片刻友好交谈中结成同盟，一起把梅孤立起来。

"自己出去玩，把狗扔给你管，她理当付你工钱。"印度先生说，"人不应该白白使用别人的时间。"

西边的绚丽悄然熄灭。夜色由远而近，最终落在印度夫妻身上，他们深肤色的脸变得更加暗黑。出于安全考虑，我没去遛狗，索性和他们一起并排坐在台阶上，像忙完庄稼的农夫那样正式闲聊起来。

繁星满天。园子里虫子鸣叫。偶尔一辆车划破寂静。

许是夜色撩拨，回首往事，更易推心置腹。这个晚上，我知道了发生在这个印度家庭的一桩不幸。八年前，他们学习优秀的次子在一次校园枪击案中丧命。两兄弟本来都住在二楼，出事后大儿子搬下来与父母同住。房子空置五年后，他们才决定租出去。自称与儿子同住的梅搬了进来，却当起了二手房东。印度夫妻曾经几次警告梅，不希望她做转手短租，不然要请她另找地方。但是他们从未真正采取行动，没催促她，更没有强迫她搬走。

"她的儿子暂时不能来，可能还没有结束手头的工作，也许是在监狱服刑……"印度先生大胆猜测之后，叹口气，"家家有本难念的经。"

"她看起来也没有朋友，去年中过一次风……我丈夫老是说，让她这个样子找房子、搬家，于心不忍。"印度太太的声音柔和低缓，末了重复丈夫的话，"是啊……家家有本难念的经。"

他们深棕色脸上的表情隐匿在夜色中，只看见眼里闪烁的星光清晰明亮。他们就那样等着梅的儿子出现，也像是等待自己的次子回家。

也许是感到了孤独，梅的狗爬到我的腿上蜷伏。

十一

梅在第二天下午给我打电话，问我和狗相处如何。我说狗已经吃了牛肉和猪排，一切都很好。

"你在宠坏它，我都感觉有点抱不动它了。""宠坏"一词，梅用的是英语。听到牛肉和猪排，她明明是喜悦的，却偏要假装顾虑，好像那都是不良食物。

狗长了肉，这是真的，而且它已经挑剔梅的鸡肉青豆拌甜醋，每到我吃饭的时间点，它就抓挠梅的房间门。梅通常会温柔地制止。我把肉给它留着，梅一开门，它就会从我预留的门缝里钻进来吃个精光。我离开之后，也许短时间内它会不太适应，但很快会忘记牛肉和猪排的味道，重回鸡肉拌青豆的日子，我委实不用替一只名叫"Luck"的狗担心。

狗的话题只是寒暄，重点是酒店的豪华高档、游泳池的淡蓝梦幻，以及在那里感受的舒适惬意，梅甚至发出"这才是生活""人就应该这样款待自己"的人生感悟，还说我没有去真是太遗憾了。

挂了电话，她发来一张图片，那是个巨大的带分隔线的长方形泳池，水中池岸空无一人，连梅自己也不在其中。

我本想说这酒店生意过于清淡，可惜了漂亮的泳池，但为了不让梅察觉我在怀疑她——不知道为什么，我始终不相信她的豪华假日——我只说请她尽情享受美丽的泳池和比基尼，因为夏天一晃而过。

"我忘了带泳衣。"梅说，"这里也没有看到合适的。"

我没有回复。我猜测她发这条信息时的表情和心理。然后我想象一个上了年纪的老妇人，兴致勃勃，专程去高级酒店享受游泳池，却忘了带泳衣，于是穿戴整齐地躺在游泳池边的躺椅上，接受侍者服务……这情形多少有点滑稽——莫非她那样单纯痴痴地注视游泳池，就能获得愉悦与满足，达到款待自己的效果？莫非这不过是她对旧事的缅怀形式？

星期天晚上，梅发信息提醒我，关于周一的希腊餐。她用一大段夸张的文字描述了那家餐馆的特点，地中海式的蓝白装饰风格，雕梁画栋，鲜花缠绕，浪漫的环境加上美味的食物：多汁的羊排，尤其是芝士和无花果冰激凌……最后以"人生得意莫过于此"画上句号。

梅在描摹享乐之事时，总是运用她全部的文学才能，倾尽脑子里所有的华丽辞藻，且表现出罕见的热情活泼，把眼下的生活甩到九霄云外。

我答应周一去希腊餐馆，并暗自决定不让梅埋单。我会告诉她，我已经订了周三的机票去伦敦。我不会提到，那是因为我忽然十分急切地想见到"儿子的遗迹"。我构思了我们会面的细节、谈话的内容，想象他的言谈举止和宽厚的笑意。是否将儿子的照片展示给他？我一直没考虑清楚，场景卡在这儿动弹不了。我带狗出去遛了一圈，还是没有突破。我同样不确定，在周一的希腊晚餐中，我是否会向梅说出我内心的犹豫，这个六十岁的老妇人，是否能带来一点启发。

周一中午,熟透了的太阳以一种强硬的姿态压迫空气。我将狗放在客厅窗台上,这样梅回来它就能一眼看到她。我们盯着蓝得虚无的天空、静止的树叶,以及来往的行人和车辆。

公交车吐出梅的身影时,狗吠了起来。它不是认出了她,而是梅全身挂满行李的样子十分奇怪。她比去的时候显得更加潦倒,依旧戴着草帽和墨镜,几乎是步履蹒跚地穿过马路。狗紧张地注视着她,有一瞬间它屏住了呼吸,直到她来到楼底下,才兴奋地摇起尾巴吠叫起来,那情绪里包含着对梅的嗔怨、委屈,以及看到她回来时全身心的欣喜。

我打开门,狗扑向梅,梅扔下手中的东西,双手搂住了狗。我主动帮梅将行李拖上楼——像一个真正的下人那样——又下来拎剩下的东西,梅只顾着母女俩亲热,没有向我道谢。

梅重新坐在她的法国餐桌边,看上去异常憔悴,脸色发暗。她继续跟狗说着亲热话,像一个真正的母亲和孩子久别重逢。

狗吐着舌头,喉咙里发出哮喘的声音。

下午五点钟,梅从她的房里出来,似乎略微恢复了一点气色。她换了一条并不合身的蓝白细格吊带长裙,说穿这件去地中海风情的希腊餐馆最好不过。

餐馆在中央公园附近。我们由公交车转乘地铁。车厢里没有空座。梅削尖屁股果断地落在一对拉丁裔母女的空隙中,被隔开的母女面面相觑。在美国生活几十年的梅,居然还保有这种中国式的生存本领。此时,站在孩子旁边的父亲面色不悦,指责梅没有礼貌:"在你挤进这个座位时,至少应该说一声,'Excuse me'。"

梅朝空中翻了一个白眼,没好声气地说:"Excuse me."然后做闭目养神状。

我眼前这个固执的老妇人,浑身带刺,充满敌意,两天的游泳池享受也没让她的头发变得顺滑,瘪着嘴,一张脸像没洗干净,收拾打扮后的样子仍然显得不洁与寒碜。我没法帮她说话,也不想替她向别人道歉,尴尬中悔不该跟她一起出门。

梅一直没睁眼,我也保持沉默。地铁到站,她昂着下巴穿过车厢,我像个仆人般紧随其后——人生地不熟,我也怕走散了。来到地面,阳光已经略带绵软,地上还是热烘烘的。穿过一条街,突见辉煌落日夹在高楼间,金光倾泻,整条街上的车都停了下来,人群拥堵在街上,拍照或痴望。

"你运气真好,正巧碰到了辉煌的曼哈顿悬日奇景。"梅背对着夕阳,她的身影被斜阳拉长,在墙上折了一道。

我听说过"曼哈顿悬日"。两百多年前,建筑师将曼哈顿设计成工整的南北和东西走向的网格结构,随着地球沿轴线转动,太阳沿地平线微移,在一年中的某一个时刻,朝阳或夕阳将正好与东西走向的街道对齐。因此每年会有四次、每次十五分钟的悬日美景。

悬日爆炸光芒,仿佛神迹显现。

恍惚中,我看到了儿子和"芥末"。

梅有意避开,在背光处随便坐在地上等我。

悬日渐渐沉落,绚烂归于黯淡。我们继续前往希腊餐馆。但此时梅忽然失忆,在街上兜了几个圈,辨不清方向,像无头苍蝇乱飞乱撞之后,凝滞在某个十字路口。或许是在回忆搜索,或许是对现实不知所措,她的脸上呈现迷茫和委屈,还有苦涩的憔悴。

人潮如水,从她身边匆匆淌过。

地铁车厢里那个固执而充满敌意的老妇人,变成了一只迷途的小羔羊。

我只好打开手机流量,使用国际漫游导航。

到达希腊餐馆,梅松了一口气,她好像刚刚遭遇了什么,有点被击垮的样子。

蓝白餐馆大门边竖着一块小黑板,是关于养老理财讲座的介绍。梅像贵宾驾临,虽疲惫不堪,但在本子上签名时,手中的笔仍然龙飞凤舞。服务员问我们要不要留下来用餐,得到梅的肯定之后,在我们的名字后面打了钩。

我们是专程来吃饭的,什么叫要不要留下来用餐呢? 餐厅的异域风情扑面而来,人声嘈杂。我还没弄清楚怎么回事,梅就将我拉到最后的空椅上坐稳,同桌的都是陌生人。

餐桌中间摆着鲜花。

服务员斟满了酒水杯。

每个人的餐碟上都放着设计精致的菜谱卡片。梅拿起她面前的那张,以端庄的姿态阅读研究起来。

一个西装革履的职业人士拿着麦克风走到台前,用一番风趣幽默的自我介绍将满座逗乐之后,开始进入他的讲座正题。

"忍上十分钟,马上就可以大吃特吃了。"梅低声对我说,"你看晚餐有多丰富。我最爱多汁的羊腿肉,对了,要配茴香酒……还有这个……鹰嘴豆泥,哎呀,芝士,还有……必不可少的冰激凌……"

"为什么非要听这个?"我早已饥肠辘辘,"我英语水平不行,听不懂。"

"晚餐是讲座主办方提供的……没关系,咱们就装模作样听一听……主要是吃。"梅已经磨刀霍霍了。

我现在才明白，晚餐是免费的。忽然想到国内专门在各种酒席上蹭饭的人，不觉羞愧袭上心头，脸上也火辣辣的。暗自观察其他食客，这些肤色各异的人，无不衣着整洁得体，面色从容，仿佛都是受邀请的贵宾，分不出谁是真心听讲座，谁是习惯性蹭饭。

服务员给每个人发了一些印刷资料和一张空白表格。梅驾轻就熟地填好了。

我进退两难，很不自在。菜一上来，只是埋头吃，缓慢地咀嚼，以免眼前杯碟空了，失去掩护的道具。

食物不太合我的胃口，我也不习惯茴香酒的味道。但梅吃得津津有味。我第一次发现她的饭量惊人，近乎饕餮。她吃空了所有的碗碟，同时也消灭了我无福消受的大部分食物，灌下不少酒水饮料。最后吃甜点时，她伸了伸腰，轻轻打了一个嗝，继续将甜点小勺送进嘴里。

"我当年的婚纱照，就是在悬日背景下拍的。"为讲座的结束鼓过掌之后，梅忽然说起了她的婚姻，"噢，对了，也是在今天，7月12日。"

屋里有一阵小小的骚动。餐桌上刚认识的人握手道别，酒足饭饱后陆续离开餐厅。

"还有一件更重要的事情，也是发生在今天。"梅头也不抬，根本不在乎宴席终结，人们正在纷纷离场，"关于那个游泳池……"

"我们边走边聊吧，不然回去太晚了。"我冷冷地打断她。我讨厌她让我成为一个蹭饭的人。

梅耐心吃完最后一口甜点，艰难地站起来。去地铁站的那一段路，她走得格外缓慢凝重，仿佛刚下肚的食物使她不堪重负。她穿的是有半寸鞋跟的硬底拖鞋，鞋子不太跟脚，与衣裙也不搭配，斜背着拉链坏了的小黑包，姿态像幼儿园的小朋友。

这恐怕是入夏以来最热的一天。经烈日炙烤的街道散发出来的热气被高楼围困，千万台空调一起运转，汽车尾气往来不绝，空气在一个大熔炉中，被加工锻造得混沌混浊，万物都蒙着一身汗腻。

城市的繁华夜景已经粉墨登场，梅却落寞了。

我无心说话。梅也没有继续说她的婚姻，紧闭细薄的嘴唇，上车就闭眼打盹儿。

我看到她的脸垮掉了，嘴角、眼角通通朝下，整个人沉陷在座位上，像一件破旧物品。

"必须尽早和这个人脱离瓜葛。"我暗自思想，"简直太糟糕了。"

隧道内部的照明灯不时闪现，微弱的白光有节奏地敲击着车窗。

驶过一段长久的黑暗之后,梅开始说话。

"等我打赢官司,拿到钱,我要在中央公园旁边买一个带阳台的公寓。"她头靠着车厢,微睁双眼看着我,"那是一笔不小的数目。"

"祝你好运。"我不想打听更多。

"我是离婚以后发现的,他曾经捐了一笔钱出去,这笔钱没有经过我的同意。"梅稍微正了正身体,以便聊天更舒适些,"找对律师,对打赢官司来说,太重要了……我现在的律师很优秀,他说我胜算的可能性很大。"

"他确实不应该瞒着你支配你们共同的财产。"她的话我并不当真,这时候说出来更像是恍惚中的梦呓。

"我们是大学同学,毕业后一起来美国读研,然后留下来。他有头脑,懂技术,开了一家公司,赚钱,他做得很成功。"梅脸上的苦涩也苏醒了,"儿子十二岁那年,他想回国创业。他说祖国越来越富强了,全世界的人都去中国做生意,他也打算搬回中国——他还说,他在美国从来就没有归属感。"

"理解。的确有很多人选择回归,这里有身份认同问题。"

"我不想回中国。"梅疲惫地摆了一下手表示否定,"在这里,我才有归属感……自在,我是我自己,或者……我谁也不是……无论如何,我只愿待在这里。"

"回去,或者在此终老,听从内心,都无可厚非。"我提起精神,"那他最终还是回国去了吗?"

"回国创业,报效祖国,都是谎言,骗子……"梅重新闭上眼睛,"他在北京已经有了一个女人和孩子,要不是我们共同的朋友——安妮,她在我离婚后才告诉我这个事实,我可能到现在都被蒙在鼓里。"

"这种事,朋友夹在中间,也很为难。"我不想评价她前夫的行为,相对于伦敦那个家庭,我也属于那样的"一个女人和孩子"。

"我不知道,他老早就开始转移财产。他跟我谈,如果我同意他把儿子带回国,他会给我一千万美金,否则,一分钱都没有。"

无疑,梅选择了儿子。我心里顿时涌起对梅的无比崇敬,她那副潦倒的疲态,刹那间显得格外伟大而悲壮。

"儿子是无价之宝。"我说,忽然间就敞开了心扉,"我也是一个母亲……曾经是……仅仅五年……"

"为什么?"梅睁开眼,眼眶是湿的,泪水似乎倒流到心里去了,"五年?什么意思?"

地铁在隧道中拐弯,摩擦出尖锐的噪音,像梅的破壁机那样发出千万个鬼魂从地狱中发出的凄厉的惨叫。我捧着嘴巴,像呕吐般弯下腰来,我听见我嗓子里发出的声音盖过了地铁尖锐的噪声,又或者我嗓子里没发出任何声音。我不知道。也许那声音原本就不是地铁摩擦轨道发出来的,那就是我憋屈已久的号叫。持续了多久?几秒钟?几分钟?我不知道。直到我感觉有只手搭在我的背上,轻轻摩挲。我看到梅的脚指头从那双不跟脚的拖鞋前头冒出来,大脚趾上的粉红色指甲油已经残缺,脚指甲里头也不洁净。我用手掌擦脸时,梅递给我一片纸巾。

黑暗将窗玻璃涂成了镜子。空荡荡的车厢,惨白的灯光,像太平间。我看见自己,也看见了梅。两个颓丧的幽灵。在地铁的行进中,明明灭灭。

出了地面,准备转公交车时,梅拦住一辆的士,她说 Luck 一个人在家时间太长会很焦虑——它原本就是一只流浪狗,特别害怕被再度抛弃。

十二

梅回家就进了房间,没听到她和狗交谈,也没有传出洗漱声,房间里异常安静,只看见门缝里透出微弱的灯光——她怕黑,这灯光通宵都不会熄灭。

地铁车厢里爆发的情绪还没有平复,我睡不着,在屋子里漫游,从卧室到客厅,往返狭窄幽暗的过道。我第一次注意到,有微光从另一个房间的门底下透出来——也许里头有了租客。

厨房和客厅的夜灯总是亮着,是柔和的银白,仿佛月色满屋,等待夜归者。

有点不知身在何处。我索性开始收拾行李,想象与"儿子的遗迹"再次见面的情景,想着我是否会止不住痛哭失声。我随身并没带多少东西,行李箱一半是空的,其中还有儿子每晚抱着睡觉的柴犬玩偶。收拾完行李,我又没事可干了,夜晚重新变得漫长。下半夜昏昏沉沉,勉强睡了一阵,窗口终于显出灰白。

黎明透着黄昏的气息。我出去跑步,顺着那个长了大叶睡莲的湖转圈。一对沉睡的鸳鸯泊在湖中。蝉已经开始鸣叫。我心绪不宁,没跑多久便打道回府。习惯早起的印度夫妻坐在前门台阶上,赤着脚,享受清早的幽凉。我跟他们打了招呼,一坐下来,就告诉他们我明天去伦敦。他们替我高兴,同时也很遗憾,他们觉得我好相处,和梅不一样。

"你走了,马上会有新的人住进来。"印度太太说道。

"另外一个房间里晚上有亮灯,好像是有新的客人。"我说。

"她从没出租过另一个房间,那是给她儿子留着的。"印度先生摆摆手,"也许她儿子的确不时回来过,我们没遇到而已。"

"她怎么样?看起来好像是生了病的样子?"印度太太略显担忧,"脸色很不好看。"

梅度假回来,的确更显憔悴,但昨天的晚餐食量,说明她没毛病。

"上一次中风,要不是我太太及时发现,后果不堪设想。"印度先生说,"后来我们每天都要跟她发信息,联络一两次……她身边要是有个人还好一点,我们也不用这么焦虑。"

印度夫妻像饱经风霜的农民,担忧恶劣天气摧毁庄稼。太阳爬出来了,给他们脸上的单纯和真诚镀上了金光。

我喜欢和他们聊天,但没遮没挡的台阶裸露在阳光中,有点燥热,我起身离开。

我把冰箱里的菜全部拿出来,做了好几样,准备等梅一起吃。过了中午十二点,梅的房间里仍然没有动静。门底空隙里有一团阴影,我知道狗伏在门口,它已经闻到香味,等着出来分享我的午餐。

我饥饿难耐,正打算敲梅的门,忽然收到她的短信:

"门没有锁。麻烦你,给我倒杯水喝好吗? 我实在起不来了。"

我第一次走进梅的房间。空气浊热,一股霉味和狗腥臭。

狗兴奋地蹦跳。

梅直挺挺地躺在那张复古法式床上,我吓了一跳。幸好她抬了一下手臂,证明她是活的。

她根本动不了,整个人硬邦邦的,只有左手可以小范围活动。我扶她坐起来,她摆着手痛苦呻吟:"慢……慢点……痛……"

我从没照顾过病人,她那又薄又脆的肩胛骨,仿佛随时可能折断。好不容易扶她达到一个可以喝水的角度,累得满头是汗。

她喝光了杯中水。头发湿漉漉的,枕头上也留着汗水印。

"你这是怎么了?"我担心她又中风了。

"大概是在大酒店被空调冻着了。"她声音相当虚弱,"以前出现过这种状况,骨头痛,穿衣都费劲,但不至于像这样,起都起不来了……"

母亲也有这毛病,随便受点凉就全身疼痛,几近瘫痪。她生了五个孩子,从没坐过月子,照旧下地干活,冷水热水没条件讲究。

"需要去医院吗?"严峻的情形下,我只能想到医生。

"去医院……还不是一样躺着?"梅似乎也不信任医生,"没什么大碍,休息两三天就好了。"

我无法反驳梅的经验之谈,而且我明天要走了,这辈子不可能再有机会见面,也无联络的需要。

"我给你弄点吃的过来。"我在她背后垫上枕头,让她斜靠着,便于用餐,

"我做了炖牛肉,相当好吃。"

"真的吗?"——这是我脑海里的回音。梅的这个口头禅不知从哪天开始消失了。她并没有说话,全力对付被挪动时产生的阵痛。她的表情是绝望的,也像悲伤,是太深的苦涩使她产生一种绵延不绝的脆弱,似乎只要她放弃,只要她不挺直后背,她就会像根羽毛被命运卷上云霄。

梅的深棕色托盘,有一层肉眼看不出的油腻,沾着食屑,我"擅自"将它清洗干净,盛了饭菜端进梅的房间。第一次见梅,感觉自己像个下人,紧跟着她高贵笔直的后背,踏进她的"皇宫",戏剧性的是,现在我真的在扮演下人的角色,伺候起她来了。不但饭菜端进房间,而且还要喂食——她那只小范围活动的手,就像溺水的人,只能用来呼救——我搬把椅子坐在床边,打算好人做到底。

梅的吃相和昨晚判若两人,像是被逼迫进食,缓慢且痛苦地咀嚼着。我避免直视她那张焦枯落魄的脸,手背上静脉曲张的血管。此时打量她的寝宫不算冒犯:法式床底下乱堆着鞋盒和鞋子;衣柜门胀裂开来,缝隙中夹着的衣服拖到地板上;窗帘杆上晾挂着衣裙和短裤;窗前的小茶几夹在两把变形的藤椅中间,上面有些脏乱杂物;小书桌摆在角落里,一个"老干妈"空瓶子里插着已经蔫萎的红玫瑰;狗窝摆在她视线能及的地方;吸顶灯裸露灯泡、电线和蛛丝,外壳已经不知去向。再过一会儿,我将会看到洗手间的乱象:白瓷盆里的渍垢、模糊不清的镜子、似乎很久没使用过的浴室、长着黑霉的砖隙……当梅说要上厕所时,我才意识到还要面对这种尴尬时刻。我这辈子只给儿子把过屎尿。我尝试带她去洗手间,但一碰,她就痛得直呻吟,那只小范围活动的手拼命摇摆,好像一离床她就会散架。除了那只拌沙拉的大木碗,她家里没有可以充当便器的东西。我有点束手无策。

狗很懂事,待在它的狗窝里安静地注视着我们,眼睛里弥漫着深深的忧愁——第一次发现它有这么丰富的表情,我着实吃了一惊,不免为先前对它的蔑视感到惭愧。

安顿好梅,喂饱了狗,迫不及待地带它出来遛弯,我比它更需要新鲜空气。只要能离开梅的房间,太阳可怕的炙烤,以及皮肤紫外线过敏都不算什么。

狗今天表现奇怪,情绪低落,三步一停,老想要回家。

"你怎么啦?"我摸了摸狗的脑袋,"不想到公园见别的小朋友吗?"

狗看着我的眼睛,吐着舌头,然后望着回家的路。

也许它惦记着梅,她的异常使它缺乏安全感。

我忽然也感到莫名焦躁。我还没跟梅说明天飞伦敦。提前了一周离开,我认为她有足够的时间处理房间迎接下一位客人。不管怎样,我只是一个临时租客,明天将继续我的行程。但眼下她病倒在床,我在她不能动弹的时候走掉,至少要去和印度夫妇谈谈她的情况,兴许能想办法联络到什么人来照顾她,比如她儿子,以及她偶尔提到的所谓朋友。

太阳下我已经感到脸上过敏发痒,也无心继续往前,于是掉头返回,狗立刻拽着我奔跑起来。

我按响了印度人的门铃。他们腼腆的儿子告诉我,父母要到晚饭后回来。这无疑延长了我的焦虑。狗飞奔上楼,甩下我去了梅的房间。我肚子咕噜咕噜响,才意识到自己忙得忘了吃饭。于是随便热了一下饭菜,站在灶台边吃完,洗碗收拾厨房,连炉灶上的陈年污渍也擦得干干净净。

"你能做一次红豆冰沙吗?"梅给我发信息,"我太想吃了。"

红豆冰沙是梅每天必不可少的"鸦片"。当我将那台粗笨的机器弄出地狱群鬼般的惨叫时,机身痛苦地震颤,毫无出路的冰块在透明封闭的容器中奔逃,刺向耳膜的是撕裂与破碎、哀伤与悲恸、尖锐与深入……这声音让我获得难以言喻的释放与快慰。我用手机将声音录制下来,以备在某些可以预见的难挨夜晚播放聆听。

"破冰声的美,胜过所有的音乐。"这是梅要讲故事的前奏,"我做冰沙,并不是有多爱吃冰沙,我只是对破壁机工作的声音上瘾。它像发自你的肺腑,你不觉得吗?"

我没去承认梅这番话正中我的心坎,只是像以往一样配合她。"嗯。刀片与冰块的较量,一次次输得粉身碎骨。"

"最开始,我恨我前夫,不是恨他的不忠和私养孩子,而是恨他在拥有那么多之后,还要夺走我生命中仅有的东西,钱一分不剩,连儿子也要带走。"梅这次说话并没有多少铺垫,几乎是单刀直入。

"他最终还是带走了儿子?"我有点难过,"这真是过分了。谁也没有资格和一个母亲争夺孩子,谁也不应该试图从一个母亲身边抢走孩子——如果他算得上仁慈。"

"我也恨了一段时间的命运……可是命运这东西毕竟太虚无,而且它多半是无辜的。"梅似乎想幽默一下,缓解我的严肃,"最后我恨自己……一直恨自己,没再改变。"

"惩罚自己,是不用背负任何道德罪咎的。人都善于这么做。"我这么四处游荡,只有我自己深知,这不是旅行,这是放逐。

"我要是和前夫一起回去,我们的家庭是不会破碎的,这一点我还是很清楚的。"梅闭上眼睛,似乎极为困倦,"我已经是这片土壤里生长的植物……我太固执……如果可以预知未来的话,我会和他一起回国。"

我想向梅提问，但忍住了，相信疑问会随着她的讲述自动呈现答案。"事情都过去那么久了，不去执着对错了吧。"把道理递给别人，总是显得容易。

"时间就是水滴石穿。你会发现，事情不会随着时间流逝而模糊不清，恰恰相反——除非那不是一件让你悔恨终生的事。"

梅的话让我对未来产生了恐惧，我真害怕到了她这样的年纪，懊悔和痛苦会比现在来得更加严重。

"儿子发出过警告，但是我们都忽略了。"梅垂闭的眼皮涌起血色，我知道那里面正在生产眼泪与痛苦，"他很难在父母之间，选择任何一方。"

"这是一道世界上最难的选择题。"

"其实……我去带游泳池的酒店，不是享受，而是惩罚。"梅说。

这句话又塞给我一团疑云。

十三

晚上八点钟，我再访印度夫妇，将一直随身携带的龙井茶送给他们，算作礼貌告别。印度太太破例请我进屋，我正好要和她谈梅的事情，因此没推辞。

屋里清凉。一尘不染。电视机里正在播放印度语新闻。客厅摆设略多，但拥挤中显出温馨。印度先生从地下车库上来，将一盆开得正艳的淡紫色兰花放在茶几上。印度太太要让我尝尝她做的草莓冰沙。厨房是开放式的，她一边忙活，一边和我说话。她说这个夏天恐怕是近些年最热的，她佩服我能吃苦头，居然能扛上这么些天，要是长痱子的话，她家里有从印度带来的药。

"你得小心，别被这个破壁机的怪叫声吓着了。"印度先生对我说，"我用隔音棉降低噪音，她倒说裹起来闷声闷气的，听着别扭。"

"可不是嘛，就好像一个人正在尖叫，却被人捂住了嘴……"印度太太笑着打了一个比方。她有一双大杏眼，眼角的鱼尾纹很是动人。

我也笑起来："应该没有比梅的破壁机更大的噪音了。我第一次听到时确实吓了一跳。不过细听之下，那声音还是很独特，纯粹、极致、一针见血。"

印度先生重新回到地下车库修理什么东西。

印度太太说，男人总有自己的排遣方法。儿子刚出事那阵，丈夫一天到晚闷在车库里捣鼓。"我呢？也不能老是哭吧？我就是那时候迷上了做冰沙。每天做冰沙，冬天也不例外。"印度太太搬出一台乳白底座的破壁机，"前面已经报废五台了。每一个人有自己的噪音，每一台机器的声音也各不相同。你说得很对，这种声音太迷人了，纯粹、极致、撕心裂肺。"

冰块被倒进破壁机。大块的坚冰，透明、冷峻，像钻石。薄薄的刀片寒光闪烁。

万物沉静。

"有去现代博物馆看油画吗？"印度太太问道。

"去了。第一次看到那么多世界名画同聚，很震撼。"

"我特别喜欢这台机器的声音。"印度太太像介绍传家宝似的，"你注意到爱德华·蒙克的那幅油画了吧？一个骷髅人，双手捂住耳朵在呐喊……"

"是的。"

"你仔细听……"

我屏住呼吸。

"这就是那个骷髅人发出的尖叫……"印度太太按下破壁机按钮。

天地崩裂……

痛苦、呐喊、尖叫、诉泣、呜咽、疯狂、绝望、哀求

…………

冰屑飞溅，如飞蛾扑火。

眨眼间粉身碎骨。

一切戛然而止。

我们有一阵没说话。

直到印度太太将冰沙分入玻璃小碗，尖细清脆的碰撞声才击破了某种沉寂。

"梅的那台机器带着干渴沙哑……"我努力将眼里的泪水逼回去，"这个听起来声音更飘逸，就像……"

"就像脱离尘埃，穿越洁白的云层……飞向天国……"印度太太展示她好看的鱼尾纹，眼睛里有一股澄明与安详的光。

"正是这样的感觉。它使人安宁……超脱……"

"我就知道我们能聊到一块……你要是能多待一阵就好了，我请你到家里吃印度菜。"

"下次来，一定住在你们家。"我做了一个深呼吸，感谢印度太太的友善，"你知道吗，梅昨晚病倒在床，起不来了，说是外出度假受了寒……"

"希望不是中风。"草莓酱使冰沙变成粉红色，印度太太最后倒进牛奶椰汁，撒上磨碎了的坚果，"这次一定要通知她儿子。"

十四

印度太太和我一起去见梅——尽管吃冰沙的时候，她再次对梅表达各种

不满：一个女人最基本的职责，就是将家里收拾洁净，而不是弄得臭烘烘的——她非常担忧梅的状况，上一次中风，她曾亲耳听到医生的警告。

狗对印度太太吠叫，可见梅和楼下是不往来的。她那只溺水者的手活动范围更小了，几乎是象征性地动弹了一下。更糟糕的是，她说不出话来，嘴巴嗫嚅着，在吸顶灯昏暗的光线下，生产不出表情的脸显得焦黄，所有的表达都集中在眼睛里，那里面一下子拥堵了很多东西。

印度太太一看事态严重，言行也急促起来："你听着，我们必须送你去医院，我马上拨打911。"她转头对我说，"请你找一下她的证件，医疗卡……看看通讯录，联系她的家人或朋友，总之得有人过来……越快越好。"

印度太太疾步下楼，覆盖屁股的衣摆随之舞动。

我还不太相信，喝一杯冰沙的工夫，梅就这样了？我把手机递给她，说："给你儿子打个电话吧，让他回来照顾你一阵。"

梅两眼望着天花板，眉头紧锁，肌肉已经妥协，眼眶四周变红，泪水溢出了眼角。

她好像正在死去。我有些慌神，这才开始寻找印度太太提到的东西。那只张着鳄鱼嘴的小黑包，里面全是些乱七八糟的垃圾，几张光芒闪烁的信用卡早就过期，单独放在安全的小隔层里，获得额外的小心保护。我脑子里想着证件和医疗卡，已经顾不上斯文，像个窃贼一样翻箱倒柜，打开每一个抽屉，只不过发现了更多没用的废品。其中有张字迹漂亮的新年贺卡，我虽无意偷窥，但仅瞥一眼就读到了那几行字：

May：

请原谅，我没有尽早告诉你实情。我不确定，说出真相，是在帮助你，还是伤害你，尤其是你们的婚姻看上去那么美好。

我知道，作为一个母亲，这半年你过得多么艰难。我也是有孩子的人，这痛苦如同发生在我自己身上。

到西雅图来过春节吧，我们全家在这里等你。

Anni

2008 年 1 月 1 日

我继续寻找。打开衣柜，霉味扑鼻。衣服凌乱堆积，鞋子和背包横七竖八，像批发仓库。我迅速摸遍所有的衣服口袋，翻查每一个背包，但一无所获。空气闷热，心里着急，感觉到汗水在全身流淌。绝望之时，我看见了衣物中隐现的行李箱，是梅拖去享受游泳池时的那只，依旧鼓鼓囊囊的，四周浮起毛边，有些地方几乎快要磨透。

这是梅家里最后一处没被打开的地方，我猜想所有的重要物品应该都藏在这里。

我将行李箱拖到房间中央，狗知道这代表出门旅行，高兴地跑过来东嗅西嗅。我嫌它碍手碍脚，凶了一嗓子，它沮丧地躲开了。

我首先拉开外层的拉链，摸到了一些陈年机票、车票、酒店收据以及地图和旅行手册之类的东西。主箱拉链掉了手扣，里头塞得太满，只能用手指尖慢慢推动拉链，箱子像真空包装似的，随着空气的进入而蓬松，鼓胀得更加厉害。

出乎意料，里面净是属于小男孩的衣物：西装、领带、T恤、运动鞋、棒球帽、沙滩鞋、跳子棋、太阳镜，以及五颜六色的泳裤……衣物大小不同，应该属于五至十二岁的男孩。为避免证件夹裹在相册中，我不得不逐页翻查。相册从男孩子出生那天开始建立，下面写着出生日期。后面的照片也是按时间顺序整齐排列，清晰地看见孩子的成长轨迹。

年轻时的梅小家碧玉，肤色白得耀眼。她和男孩的合影很多。她并没有剪掉她的前夫，照片中他依然在构造幸福的三口之家。游泳池几乎是照片的主题。男孩站在同一个游泳池边上，摆出同样的姿势，照片中他的身体渐渐长高。一张独占一页的照片格外醒目，在蓝白相间的太阳伞下，梅戴着大框墨镜，身穿天蓝色比基尼，和儿子下跳子棋，旁边是红衣侍者，一只手托着酒水饮料盘，一只手背在身后，朝梅和男孩微微躬腰。背景是酒店的花园风景。

街上传来救护车的尖叫。印度太太疾步踩响木质楼梯。我手指头抽搐般一通乱扒。终于在箱子最底层找到一个布质软包，里面有梅的护照等所有证件。印度太太一跨进房门，我就将整个布包递给了她。

"你不用给我。"印度太太说道，"带去给医生做登记。"

"啊？"这我可是毫无思想准备，"我的英语恐怕不够应付。"

"那你联系到她儿子了没有？"印度太太问，"有没有人可以替代你？"

"你是她的房东，和她更熟更近一些……而且，我明天就要……"

"你是她的租客，你和她住在一起，也最了解她的情况。"印度太太很严肃，"要不是你在这里，她出这种事，我都不知道会有多少麻烦。"

"我们一起去吧。"我稍作妥协，"毕竟我是个外国游客。"

十五

梅的情况不乐观。我本来担心得整夜待在病房里照顾梅，幸好医院不需要陪护，除了联系她的家人，眼下没什么需要操心的，什么都不用管。我和印度太太在凌晨两点回到家。她在家门口再次嘱咐我,务必联络梅的家人或朋友,似乎唯有那样,我才能摆脱照顾梅的职责。

我打开门,狗坐在楼梯上端,它安静而客气地摆了摆尾巴,然后待在原地,继续盯着大门。

"你妈生病了,恐怕这几天都不会回来。"我将剩下的牛肉倒进狗碗,叫它吃饭。它礼节性地过来嗅了一下,又重新坐在楼梯口。

我既累且困,很想倒头就睡,但印度太太托付的任务压在心头,顾不上安抚狗,更无心睡觉。我穿过幽暗狭长的过道,打算去梅的卧室,查一查她的笔记本电脑和手机。这时候我又看见另外一个房间里透出了黄色微光。

我忽觉后背凉飕飕的。

夜里头我是一个胆小鬼,我就是那种洗澡时停电会大声尖叫的人,尽管我看过的恐怖片和灵异故事屈指可数:风靡全球的《午夜凶铃》开始十分钟,就果断关掉了电视;张国荣主演的《异度空间》,大部分时间我都捂住眼睛;看斯蒂芬·金的《闪灵》,我努力使自己注重心理学部分。

此时神秘房间里透出来的灯光,让我毛骨悚然。翻找梅的证件时所产生的疑虑重新浮现:梅为什么要拖着装满儿子幼年衣物的行李箱去酒店?为什么后面的相册页是空的,不再有儿子成长的轨迹,连梅引以为豪的耶鲁大学的毕业照都没有一张?

夜静得出奇,仿佛万物屏息,无数双隐蔽的眼睛盯着我。我在房门口停顿两秒,迅速返回客厅,打开了屋子里所有的灯,然后抱起坐在楼梯口的狗。

"有人在吗?"我敲响房门,大声问道。

狗吠了几声,仿佛给我壮胆。

我凝神倾听,希望有脚步声过来。

又试了两遍,依旧没有任何动静。

"我们进去看看好吗?"我对狗说,"如果有客人居住,好歹得让人知道,你妈妈住院了。"

狗听到"妈妈"一词,耳朵后撤,圆睁双眼盯着我,仿佛在说:"真的吗?"

"我希望你妈不会怪我擅闯私人房间……毕竟她也给我添了不少麻烦。"我手上使了点劲儿,将狗抱得更紧,一只手轻轻转动房门把手。我暗自期待门是锁着的,但它竟然梦幻般地开了,昏黄的微光裹挟奇怪的气味辐射过来,仿佛进入梦魇世界。

狗似乎感觉到什么,挣扎着想逃离我的臂弯。

"别怕。"我对狗说,同时双手将它抱得更紧,因为恐惧,脑子里已经嗡嗡作响。

我按下了墙上的开关。吸顶灯亮了，虽没有增加多少光明，但眼前已清晰可见。屋子里摆设简洁，井井有条，干净得像信徒家中的藏经室，让身在其中的人觉得自身的不洁。单人床靠墙，上面铺着蓝白细格子被单，经过细心的拉抻抚平，没有一丝皱褶。枕边放着一只毛茸茸的棕色贵宾犬玩偶。床头柜上有台灯和一个红色闹钟。一枝算得上新鲜的玫瑰插在玻璃瓶中。床沿下摆着一双儿童球鞋，鞋后帮被踩出了几道皱褶。

使整个房间充满艺术气质的是那个棕色案几、两盏法式烛台、一个复古式陶瓷台灯、扇叶形布面灯罩。一个尺来高的相框，照片是一个男孩跳进游泳池的瞬间，他像鹰一样飞了起来——这个游泳池，和梅度假时发给我的照片一模一样——案几正中间是一只古色古香的黑色雕花木盒，像女人的小首饰箱。我中了魔似的，被钉在原地。

我知道那是什么。不久前，我亲手将儿子装进了这样的盒子里。

我一点也不害怕，之前的恐惧也忽然消失，心落下了地。

梅没有撒谎。她的确与儿子住在这里。

我沉坐床沿，很久没有挪动。

我想象梅布置这间房子的情景。

渐渐地，梅变成了我……

不知道什么时候睡过去的，醒来时我发现自己倒在单人床上。狗趴在过道里，守着梅的门。窗外曙色已经盖过屋内的灯光。

极度疲惫之后，得到充分休息，我有一种轻松感。

"为什么不送给儿子一只猫……"——这只盘旋在我脑海里的黑鸟，已经变成了一只洁白的鸽子。

世界明显产生了某种变化，不知道从梦境回到了现实，还是从现实来到了梦境，有片刻连我自己的存在都变得可疑。

我回到自己的房间，登录航空公司网站，取消了前往伦敦的机票，给"儿子的遗迹"写了一封长信，也讲到了梅的故事。他一定对我的隐晦修辞感到迷惑，但永远不会意识到其间隐藏的秘密。

狗两次进房间，每次看着我，停留片刻就走了。它有些焦虑。

我打算带着它去医院看梅。

十六

梅的手机屏幕壁纸，是那个男孩在泳池边一跃而起的照片，像一只鹰。

我在房里来回走动，猜想梅会选择哪组特殊的数字作为登录密码，希望自己像电影里的侦探那样，皱着眉头踱几个来回，就能恍然大悟。生日？结婚日？离婚日？大学毕业日？首次获得签证日？直觉告诉我，梅会使用生命中重要的信息，最爱的人，刻骨铭心的记忆，难以磨灭的深情……凭着五年为人之母的经验，我确信孩子是一个母亲的最爱，是母亲一生幸福的密钥，梅的密码也必然与儿子有关。

我重新翻开梅的相册，找到婴儿照片底下的出生日期：1995 年 7 月 12 日。我试着输入 950712。提示密码错误。我缓慢地再次尝试，同样失败。梅也没有使用自己的生日作为密码。剩下的可能，无异于大海捞针，我完全失去了方向。

梅没有日记本，也没有保存什么书信，唯一能读到的东西，就是西雅图安妮写来的卡片，那上面也没有特别数字，只有一个落款，2008 年 1 月 1 日，这个数字没有任何意义。我并不抱希望，但还是反复阅读这张卡片，仔细推敲安妮的留言。我在其间发现时间的痕迹。她提到梅那半年的艰难时光，从卡片书写日期往前推算，那件事情应该发生在 2007 年 7 月。安妮说，"我也是一个有孩子的人"，证明发生的事情与孩子有关；安妮所指的痛苦，并不是梅的丈夫出轨或离婚。

我忽然想起曼哈顿悬日那天，梅谈到她的婚纱照，并说出那一天是 7 月 12 日，紧接着在希腊餐馆，她进一步提到了这个日子，说还有一件更重要的事情，与游泳池有关，但我急于逃离餐馆，打断了她的谈话。

我确定，安妮在卡片里的留言，以及梅在希腊餐馆提到的"更重要的事情"，都与梅的儿子有关。

这件事应该发生在 2007 年 7 月 12 日。

"070712"我用一根食指尖点击手机按键。

没错。儿子的忌日，是梅的开机密码。

我没有透露太多信息给印度太太，也没有提到骨灰盒。我只是把梅的手机交给她，告诉她通讯录里面最重要的人，是梅在西雅图的多年好友，名叫安妮，她应该会过来帮忙。

"你们都是中国人，沟通起来更方便，"印度太太让我联络安妮，她忽然也表现出对我的强烈依赖，"而且，你也是一个见证人，不然我这个房东会有麻烦的。"

碍于那杯草莓冰沙的友谊，我不好推拒，当即用梅的手机拨通了安妮的电话。一个温和的女中音在电话里头叫出了梅的名字。我解释了一番，并将电话交给了梅的房东。印度太太又讲了很久，从梅租房到现在，这期间发生的种种事情，当然也免不了埋怨作为二手房东的梅以及她从不出现的儿子。

"谢天谢地，她还有您这样的好朋友。"印度太太最后说道，"您要是联系不上她的儿子，请务必过来一趟。"

安妮沉默半晌，说见面详谈。

晚上九点钟，安妮风尘仆仆出现在梅的家里。她的年纪与梅相仿，一头蓬松的短发，显得精神干练。她跟我说了很多，关于她们的友谊，关于梅的婚姻，关于梅的固执。她证实了一件事：梅的儿子只活了十二年。

"他就是跳进这个游泳池自杀的。"安妮指着那张像鹰一样张开翅膀飞翔的照片，"梅一度精神崩溃。说实话，我也不太理解她，这些年，她不断地去这个地方，去看这个扎人的游泳池。"

我心里打了一个冷战，手脚冰凉。

"孩子的父亲，后来也无心做生意，垮掉了。"安妮说道，"发生这种事，生活很难回到正常的轨道。"

"梅说她还在和前夫打官司，要回一笔她并不知情的捐赠。"

"她太固执。"安妮摇摇头，"她需要钱，去那昂贵的酒店游泳池继续惩罚自己，难免会异想天开。"

我默不作声。

安妮还说了些别的，对我来说已经无关紧要。

我太疲惫，在梅的那张法式餐椅上坐下，狗跳到了我的腿上蜷伏，我默默地像梅那样揉摸着它。

【作者简介】盛可以，女，20世纪70年代生于湖南益阳。2002年开始小说创作。著有长篇小说《死亡赋格》《道德颂》《北妹》《水乳》，中短篇小说集《可以书》《取暖运动》《在告别式上》《缺乏经验的世界》等。作品曾被译成英、德、日、韩、荷兰等文字。曾获首届华语文学传媒大奖。

你的目光

◎　王威廉

一

大约五年前，我给自己定了上班时间。从那天起，我一次都没迟到过。

不过，请原谅我的懒惰，我给自己定的上班时间是上午十一点，如果这还迟到的话，自己都无法原谅自己。

今天我就没法原谅自己，眼睁睁迟到了。

"崽，你啥时能结婚啊？"出门前，母亲忽然提到这事。她都不是在问我了，而是喃喃自语着，并绝望地叹气。

我快四十岁了，年近不惑，却已单身五年。自从戒了网络游戏后，我对现实世界的反应相当迟钝。跟"丽影女侠"在游戏里一边打装备一边肆意聊天的时光偶尔会在脑海里浮现，可那个世界已经不存在了。"丽影女侠"彻底消失了，仿佛从没出现过。我和她算是在一起过吗？我们什么都聊，包括各种隐私与禁忌，但我从来不知道她长什么样，也许那是个男人或是AI(人工智能)。当陪聊软件出现后，我越发觉得后者的可能性更大。我是一个可悲的实验品，无偿给机器贡献着自己的数据。

假若母亲天天念叨、日日催婚，我肯定麻木地应付着，该出门就出门，那一定不会迟到。可这么多年来，母亲从来不问我的私生活，包括逢年过节的时候。母亲的这种包容让我逐渐觉得母亲对此事是无所谓的，我也心安理得，乐得逍遥。

但天底下哪有母亲对儿女婚事是无所谓的？这不，终于来了。

"阿妈，你怎么突然说这个？"我尴尬地笑着，把伸出去开锁的手缩回来放在裤兜里。

"这句话我忍了六年了。"原本低头编制"小兔子"的母亲抬起头,用凄楚的眼神看着我。"小兔子"是花灯,元宵节才用的,但多年来母亲几乎花了全部精力在上边。她的手工活堪称精湛,手头好几个花灯都是别的地方订购的,也卖了点钱,但那点钱跟她的付出相比,完全不值一提。

"怎么是六年?"我跟她较真起数据,这显然是避重就轻。

"怎么不是?"母亲掐着指头算起来了。

母亲当然不知道"丽影女侠"的存在,而且,就算她知道,她也一定无法理解。

在"丽影女侠"之前,我谈过一场马拉松式的恋爱。我很少回忆她,不是因为我忘记了,而是因为其中有太多无法面对的青涩与羞耻。于是,她的名字被我折叠进了记忆深处,那就像是一个地雷的引信,禁止触碰。

"这个得靠缘分,强求不来。"我的手重新放在了门把手上。

母亲忽然笑了,原本悲戚的表情被笑容覆盖。我震惊于她的变化,不免担心她:"妈,你没事吧?"

"我昨晚梦见你阿爸了,他说阿良会好的。"

原来如此,一场梦。

"知道了。"我终于松口气,扭开门锁,一边走出门一边跟她道别。

母亲忽然站起身,追着我说:"崽,你阿妹和妹夫今年一直凑钱想买房,需要付首付,你帮帮她啦,借钱给她。"好家伙,这不是我想听的。倒不是我不想借钱给妹妹,而是原本就不需要花那么多钱去买房。要是父亲还在的话,就不会有这个事情。我不想在刚准备一天工作的时候,想起苦命的父亲。

"阿妈,这种事晚上再聊吧,我要迟到了!"我真急了,匆匆忙忙从家里逃走。

我开着新买不久的电动汽车,向"国际眼镜城"驶去,不一会儿我就看到了它的目光。眼镜城跟别的高楼大厦不同,它是有目光的,因为在它正中的显著位置上,镶嵌着一副巨大的黑框眼镜,楼房那双看不见的眼睛通过它,探视着周围的一切。我总觉得它能看穿我的心思,我想些什么,它都知道。于是,我便在心底跟它默默对话。它总是鼓励我,让我在它的肚子里好好工作。我在锁好车门、钻进电梯之前认真思考它的建议,然后在电梯上行时告诉它:那就今天再试试?就今天。

电梯门打开的瞬间,我看到店牌"合金目光"稳稳挂在那里,心里感到踏实。我掏出钥匙,打开店门,室内的灯自动亮了,无数眼镜对着我,无数隐藏的眼睛望着我。我的目光避开它们，落到墙上的那幅书法作品上，"黑夜给了我黑色的眼睛，我却用它寻找光明。"这是诗人顾城的名句，也是我的镇店之宝，来买眼镜的客人都会看到，因为我在它旁边放的是视力测量表。我帮他们验光的时候，这句诗就会自动投射到他们的视网膜上，从而进入他们的内心。很多客人都会因此对我好感大增，从而更愿意在我这里买眼镜。

这座大楼里有上百家眼镜店，在哪家买不是买？买的时候一定要让人家对你有认同感。这样说来，这好像是我的商业营销策略，其实也不全是，我喜欢在发呆的时候反复读那句诗，总觉得有什么东西在给我鼓劲，尽管我对那股劲头是什么、往哪里使并不十分清楚。

我看着顾城的诗，想起母亲此前的质询，竟然又陷入了回忆。

"丽影女侠"消失后，我不仅要戒除网瘾，还得疗愈情伤。我至少明白了，爱情确实是可以完全抽象的。为了打发时间，我钻进图书馆读小说，管它是不是世界名著，就近拿到什么读什么。我给自己定的规则是，不管是否喜欢，必须读完。后来我有个发现，凡是印象深刻的，多半还真的是世界名著。这让我对自己的品位有了那么一点点信心。

纸张比起屏幕来，对眼睛还是友好一些，但即便如此，我的视力还是持续下降，已经三百多度了。眼看着世界越来越虚幻，我决定给自己配一副眼镜。

我找到老同学国麟，他在眼镜城里开了家很大的店。我们的关系非常好，小时候一起在泥巴路上光着脚乱跑，读中学时一起逃课，长大后又读同一所专科学校。毕业后，他逐渐变成了一个极为稳重的人，按部就班地生活，现在已经有了两个孩子；而我，还是没什么长进，一份工作经常干不满半年。

"你随便挑，我送你！"他指着一排排眼镜，从近视镜、老花镜到墨镜，甚至还有潜水镜，应有尽有，怪不得他的店名敢叫"眼镜帝国"。

"那我不客气了。"

我摩拳擦掌，挑了半天，可总觉得在款式方面没有眼前一亮的，都太大众化了。没看到那种富有独特设计感的，不免略略有些失望。

"国麟，你不近视，不戴眼镜，所以你还是不理解戴眼镜的人。"我挑了一款式样还算稳重的眼镜，递给他的同时忍不住说了真话。

国麟不恼，我确信再过几年他就会变得跟廖叔一样严肃，谁让他们是亲父子呢？可我跟父亲之间有什么相似之处呢？我心底忽而闪过这样的念头。

"是的，阿良，我承认，我肯定没你理解戴眼镜的感受，我就是纯粹把眼镜当商品来卖，"国麟像对待客人一样，认认真真把包装袋整理好递给我，可语带讥讽道，"兄弟，要求那么高，你怎么不去当个眼镜设计师？"

眼镜设计师？那不仅要懂光学，懂合金材料，懂加工，还要懂艺术，我怎么行?我最多跟国麟一样,开家自己的眼镜店。这是我们这里的优势,也是我们小人物的命。我们这里,十个人里有五个都在卖眼镜。三十多年前,廖叔趁着改革开放的契机,创办了我们这里的第一家眼镜厂,很有可能也是深圳的第一家眼镜厂。从此,这个产业在横岗像滚雪球一般,越做越大。等我记事的时候,便经常听到廖叔对远道而来的客人介绍说,全世界六到七成的眼镜都是这里生产的。我倒是想以此为家乡骄傲一番的,但他那表情严肃刻板,郑重其事,毫无炫耀,跟当年谈论水稻产量没什么区别,我也就没必要自作多情了。更何况,其中也没有我的丝毫贡献。

开了自己的眼镜店后,除去上班路上的微弱兴奋,其他时间我依然感到极度乏味。即便是多卖了几副眼镜,多赚了钱,也不能让自己真正开心起来。我只能靠给自己安排行动表来活着。行动表不是计划表,计划表每个人都做过,是为了某个目标而安排工作。而行动表则是对时间的连续性失去了感觉,必须要把每天的琐事写在纸上,比如喝杯水、叫外卖、丢垃圾……这类破事都一一在列,然后再照着上边的指示去行动。完全是按图索骥。这自然不是失忆,这是一种停滞和麻木。

唯一能让我感兴趣的,竟然还是眼镜设计。

进货的时候,看到有些造型板正的眼镜,不免想到如果在这里或那里调整一下,应该会好很多。再后来,就想如果我能为自己设计一款造型独特的眼镜该多好。每天的生活千篇一律,而眼镜却能传达出不一样的东西。国麟的讥讽在耳边响起:你怎么不去当个眼镜设计师?我越想越恼火,我怎么就不能当?我在本子上画着草图,想象着眼镜的样子。

但很快,我就陷入了迷茫。每一个环节都让我举步维艰。尤其是迟到的今天,节奏感全乱了。

这时,走进来一个女人。

店里每天会来很多顾客,我都会象征性地招呼一下,但这个女人与众不同,我看到她的瞬间就感到了某种紧张。她披着长发,身形瘦削,穿着飘逸的黑色长裙。她的步伐轻盈,气质优雅,尤其让我眼前一亮的是她戴的眼镜。这自然是我的职业习惯,对别人脸上的眼镜总是会不经意地多看几眼。她的眼镜款式与众不同,镜片的弧度很大,从她鼻翼边缘飞掠而过,提升了她的脸部线条;镜腿上不仅有细腻的手工雕花,上边还悬垂着细细的银色链条,从两鬓绕到白皙的颈后。当她转头的时候,铂金链子就垂放在她的锁骨窝里。而且,镜片后的眼睛很美,顾盼传神,焕发着明亮的光泽。她在店里转了一大圈,挑了一款眼镜拿在手里。她把自己的眼镜摘下来,轻轻放在柜台上,然后对着镜子试戴起来。那一瞬间，我鬼使神差，没有征询她的同意，就把她放在柜台上的眼镜拿在手中端详起来。

她回过头来，看到我拿着她的眼镜，脸色突变，本能地叫了声："欸？"

我从来没被顾客呵斥过，我立即意识到自己的行为是不妥的。我想赶紧放回去，可心一慌，手一抖，她的眼镜瞬间做了自由落体，掉在地上。地面是大理石的，眼镜碰在上面发出清脆的声音，并随即弹出去挺远。幸好镜片是树脂材料的，否则一定会粉身碎骨。

"对不起，对不起……"我脑袋里一片空白，已经尴尬到了惊惧的程度。我赶紧蹲下身去捡眼镜，可肥胖的肚腩抵抗着我的动作，我竟然摔倒在了地面上。我顾不得许多了，爬到了眼镜前，伸手将眼镜紧紧攥住，仿佛这是只会随时逃走的兔子。我起身，将眼镜递给她。我勾着头，满脸通红，狼狈到了极点。

我的狼狈引发了她的恻隐之心，她说："没事，没事，是我刚才反应过度了。"她纤细的手指抚摸着自己的眼镜，又说："因为这是我给自己设计的第一款眼镜，所以它对我有着特别的意义……"

听到这是她自己设计的眼镜，我心中的角落被瞬间照亮，竟然暂且忘记了自己的狼狈，声音发颤地问她："你是眼镜设计师？"

"我是设计师，我设计眼镜，也设计别的一些饰品，包括珠宝，"她应该是为了弥补刚才的失态，很有耐心地跟我说话，"不过我最喜欢的还是眼镜设计，也许是因为我自己近视，有这个刚需。"说完，她对我微笑了一下，嘴角出现了两个酒窝。

"我也是……"

"你也是设计师？"她看着我的眼神有些迷惑。

"我也是……近视眼。"我伸手不自觉地扶了扶眼镜。我戴着这款大路货，完全不敢提自己有多么向往眼镜设计。

"看得出。"她微微一笑。

气氛有点缓和，我便大着胆子说："我就是特别喜欢你的眼镜。我开眼镜店这么多年，很少看到你这么有个性的眼镜，所以有点激动，刚刚没经过你同意就……真是抱歉。"

"那你还是懂一点的。"她这才认真看了我一眼。

我们对视，我这才看清她眼镜后的脸是偏瘦的，而毛茸茸的大眼睛显得有些忧郁。当然，那忧郁丝毫没有妨碍她眼睛散发神采。

"冒昧地问，你在哪里工作？"我跟她说每一句话，都得鼓足勇气。

"这些年我在香港，主要是读书、学设计，前不久我才从香港回到广州，"她没有移开目光，继续看着我说，"因为我家在广州，接下来，我想做的是品牌，自己的设计品牌。"

我自开店以来,没少听到什么马上要创业之类的话,可我第一次遇见要创业的眼镜设计师。机不可失,时不再来,我深吸一口气,站直了身体,对她说:"实不相瞒,我特别想学习眼镜设计,但是一直没有遇到合适的老师,你是我知道的第一个来我店里的眼镜设计师。如果你愿意的话,我想当你的学生,我可以给你提供各种眼镜材料,"我顿了一下,压低声音,"用最低的成本价。"

这番话像是在我心里演练很久似的,终于摆放在台面上。我怕她不信,赶紧指着一款最常见的钛金眼镜框报了一个价。我已经疯魔了,我居然在自己拿货价的基础上还打了个八折。我确信,她跑来眼镜城进货,肯定已经在其他店里了解过了,绝无可能碰到如此低的价位。

果然,她很有些吃惊,眼镜下的银色链子微微颤动着。

"咦? 没想到你……"她似乎觉得接下来的话不妥,又咽回去了,干脆说,"你真愿意给我成本价? 你的材料质量过关吗? 我可是专家,你骗不了我的。"她被突如其来的好事弄得有点乱,用装腔作势来掩饰她的小心思。她在商业上还是不够成熟,估计连我都不如。看来,她说自己毕业没多久要创业之类的话一定是真的,这让我对她的好感陡然上升。

"我骗你干什么,我感谢你还来不及呢。"我把目光落在了顾城的诗句上。她的慌乱让我替她难为情。

"先不急着感谢,我都没教你什么。"她站在那里,扭头又打量了一圈我的店,目光从顾城的诗句上滑过两次,然后说:"那就一言为定!"

我微笑着掏出手机,正想加她微信,她却从小包里掏出一张名片给我。现在名片已成了稀缺物,我双手恭敬地接过,看到她的名字:冼姿淇。右侧用更小的字写着"设计师"三个字,下面是她的联系方式。

"我叫何志良,叫我阿良就好。"我当面拨通了她的电话,看着她存了我的名字,心中才踏实。

"谢谢冼老师。"我郑重其事地说。

她反而被逗笑了,但她的笑容很短促,很快恢复了严肃的状态。她看上去知性极了,比走廊广告上的眼镜模特更有魅力。

我将她刚才试过的眼镜放进盒子里,再拿出牛皮纸袋装好,双手呈给她:"这是拜师礼,请务必收下。"

"不用啦。"

"你就当这是教学用具,体验一下,回头告诉我感受,怎么样?"

我真诚的态度打动了她,她还有些犹豫,我递到她手边,她只得抬手接了过去。

"谢谢,谢谢冼老师。"我情不自禁地给她深深鞠了一躬。

我起身,发现她已经没影了。我是不是表现得太过夸张了?我愣怔了几秒钟才缓过神来。我走到门外,往走廊两侧张望,没看到她的身影。隔壁店的贤嫂对我投来疑惑的目光,我头一缩,像乌龟一样回到了店里。我坐在柜台前,在笔记本上写下了今天的第一句话:

> 努力成为眼镜设计师。

停了一会儿,我又写道:

> 午餐减半,开始减肥。

刚刚跌倒在地的丑态在我脑海里翻腾,这让我有很长一段时间都不敢看大理石地面。

在顾城诗歌的旁边,有面镜子,我从来不会主动去照,每当一不留神从镜子里看到自己的时候,我总以为有客人进来了。这些年来,我的姿势都是瘫坐着的——瘫坐着打游戏,瘫坐着读小说,瘫坐着看店,整个人胖了几圈,臃肿不堪。要不是有眼镜遮挡着,黑眼圈也会暴露无遗。因此,我从来不会考虑戴隐形眼镜这种东西。

冼老师在为自己设计眼镜的时候,也会考虑遮挡一些隐秘的信息吧?

我似乎还能感觉到她在我店里留下的目光,那目光里的忧郁又是因为什么呢?

这个黑色笔记本是我精心挑选的,里边都是白纸,没有别的色彩,没有横纹,适合绘画。我打算画出想象中的眼镜草图。别笑我,目前只有一个。我想从最简洁的样式开始画起,每一款眼镜都会有一个名字,都会有我为它写的几句话。这不是诗,跟顾城的短诗不能比,但是,它们是我悟出来的,是我想赋予眼镜的灵魂。

店里的事务最多占用百分之二十的时间,剩下的时间都是等待。我一般望着顾城的诗或某副眼镜发呆,有时一两个小时就那样过去了。因此,我决定,给我设计的第一款眼镜命名为"凝视"。

它应该用银打造,还必须加入少量其他金属,如镍,形成合金,增大硬度。镜片被银合金紧紧包裹,仿佛经过镜片的目光也被紧紧包裹,从而目光拥有了白银的纯洁质地。

【凝视】
我不要我所见皆是虚无
我要从眼前的事物中洞穿一个小孔
看到你

型号:001
材料:约需银 20g
尺寸:53mm-19mm-140mm

原本我只想到第一句话,放置在那里有段时间了。见到冼老师后,我的心情久久不能平静。她刚刚离开,后两句话便在我脑中浮现。原来灵感不是冥思苦想出来的,而是需要一个外界的关键性激发。我把后两句话写上去,反复看了几遍,觉得它终于完整了。

二

中午少吃了一半的饭,下午却有一种反常的兴奋。陆陆续续来了一些客人,卖了几副眼镜。从挣钱的角度来说,这是平平常常的一天,但因为在这一天遇见了冼老师,从而变得与众不同。我闲下来靠在柜台上的时候,那种凝滞感有所减轻。

"哥哥,回家吃饭了!"妹妹打来电话,还亲切地问道,"今天生意怎样呀?"

妹妹虽然结婚了,但她和妹夫还没有自己的房子,因此,他俩跟我还有母亲,四个人挤在一起住。

她是一个很顾家的女孩,只要下班没事,绝对会第一时间赶回家,煮好饭。可在我心里,她似乎永远都是一个长不大的小孩子。她在我面前也确实像个小孩子,还像小时候一样嗲嗲地叫我"哥哥"。也许,她是想存有一份童年的天真。

要在以往,我会跟她说说生意的情况,但今天,我想起母亲要我帮她攒钱买房,我对她的话变得特别敏感。

"生意不好,快倒闭了吧。"我故意逗她,有种恶作剧的快感。

"哎呀,不会的啦,哥哥辛苦,先回家吃饭吧。"

中午吃得少,还真有点饿了。我回到家,推开门,就看到妹妹做好的一桌菜。

母亲说:"阿良,小细做了你最爱吃的酿豆腐。"

小细是妹妹的小名。妹妹做的酿豆腐确实很好吃，我暗自感到口水在分泌。这时，妹妹从厨房走出来，把围裙摘下来放在椅背上，笑着招呼我："哥哥辛苦了。"

这时，妹夫陈春秋也从厨房钻了出来，端着两碗米饭。在他面前，我这个当哥的总找不到优势。他身高一米八三，虎背熊腰，是典型的彪形大汉，多年前从陕西来深圳发展。妹妹其实接触了不少对象，我从没想到她最后选定了这么一个北方人。

妹夫话很少，大部分时候是个闷葫芦。要想让他打开话匣子，得跟他喝酒，然后聊聊中国古代的历史逸闻，那他兴致立刻就来了，滔滔不绝，说秦如何统一了南粤，说客家人与陕西人的渊源很深……好吧，我们客家人确实认为自己是从北方迁徙而来的。可惜我酒量不佳，就在他激动到手舞足蹈的时候，我脑袋里的眩晕越来越疯狂，我只能不管不顾地迅速躺倒，昏睡过去。

在失去意识的最后时刻，我经常会听见他说："哥，不管怎么说，我现在也是个客家人了。"

什么客家人，你就是个客人。

我总想这样怼他一下，但酒精已经麻醉了我的嘴巴。等我醒来后，他早去公司上班了。

陈春秋是搞 IT 的，跟深圳大街上背着电脑包、行色匆匆的路人甲差不多。我总记不住他所在的公司，反正不属于"BAT"。我第一次知道"BAT"这个莫名其妙的称谓还是妹妹告诉我的，她说："春秋是个有理想的人，BAT 不要他不是他的损失，是他们的损失。"

"你慢点说，什么 B……A……T？"

"哥哥，你连这都不知道吗？就是百度、阿里巴巴和腾讯的第一个拼音字母啊。现在代指 IT 界的巨头公司。"

"他现在的公司叫什么？"

"叫……"妹妹笑了，"我也记不住。"

"不是华为？ H 不在 BAT 里边呀。"

"哥哥，你就别调侃他啦。"妹妹不乐意了。

不管陈春秋在哪家 IT 公司上班，但人家至少是这座科技之城的主潮部分。而我，就是个卖眼镜的。请不要误会，我这样说不是觉得卖眼镜丢人，而是我对自己的未来感到担忧：哪一天这里的产业升级了，乃至转移了，那我就卖不了眼镜了。难道那会儿我又去卖别的东西？情趣用品？等情趣用品店都变成无人销售，我岂不是又失业了？我是想说，我不是那种八面玲珑的生意人，因此，我想做点能够深入行业内部的事情，跟这个行业从一而终，才能真正感到踏实。

说到底,这还是因为我迟钝吧,所以人生只能笨拙了,但这样也许可以求得一些心安。

因此,我想成为眼镜设计师,并非为了跟国麟赌气,而是一个从我心底逐渐生长起来的愿望。

我渴望着只有一面之缘的冼姿淇老师能引领我一步步登堂入室。

夜深人静,他们都睡着了,客厅独属于我了。我小心翼翼地翻开笔记本,开始随意画。这款眼镜是半框的,下缘没有银的包裹,代表着目光的更多可能性。镜腿上有手工雕刻的云纹,云的变幻是无穷无尽的。

【无穷】
无穷是应该被排除的
因为无穷带来了渺小和痛苦
可你带来了无穷
人是应该活在无穷中

型号:002
材料:约需银 12g
尺寸:54mm-17mm-140mm

我来到窗前,夜色是无穷的,附近街道的灯光还照亮着无人的木椅。天气潮湿,路灯带着光晕,像是夜晚也戴着眼镜,望着我。

三

一个月后,接近十月底,天气终于变得凉爽。对深圳来说,这是一年中最舒服的时节。我没有收到冼老师的任何信息。我的生活重新回归平静。说平静,是骗自己的,准确地说,是重新陷入那种凝滞状态。

完全想得到,她要成立自己的设计品牌,有太多的事务要处理,一定很忙很忙,无暇顾及我这么一个无足轻重的人。当然,按理说,既然我拜她为师,应该主动去请教她,但我似乎失去了那样的动力,我像是陷入泥潭中一般,除了外力来营救,主观上已经无能为力了,找不到坚固的支点。

这天,我收到一个快递,看到寄件人那里只写了一个字:冼。我心中一颤,是她。我打开后,是一本书:《人体工程学》。在扉页上,她写了一句话给我:"阿良,先从这本书认真学起。"

她竟然没有忘记对我的承诺,我在笔记本上认真写道:

　　　　开始阅读《人体工程学》,每天十页。

本来我预计读完这本书怎么也得用一个月,但阅读的热情远远超出了我的预想。十天后,我就读完了。我对眼镜设计有了许多感悟。我斟酌着语句,写了几点读书感想,用手机短信发给她。我本想直接给她打电话的,可还是胆怯。

过了一会儿,我的微信响了,有人添加我为好友。对方叫"姿君"。显然,那正是她。很雅致的名称。原本加微信这件很普通的事,突然对我有了特别的意义。

她的微信头像是一个微笑的卡通女孩,眼睛很大,像她本人。这是她心目中自己的样子吗? 我将这个头像保存在手机里。

"冼老师好!"我客客气气地给她发微信。

她表现得自然得体,对我这么快就读完这本艰涩难懂的书感到惊讶,她说她当年上学时,这门课差点不及格,因为觉得太冷硬了。但她后来发现,这门课对设计的帮助很大,能更好地理解人与设计对象之间的微妙关系。接着,她又给我推荐了两本书:《设计心理学》和《视觉思维》。

我如饥似渴地阅读。要是在学校时这么努力,我一定不会是今天这个样子吧。两周后,我又写了读书笔记,发给她求教。

她回复道:"打字太累了,我用语音留言给你,可以吗? "

"求之不得! 那样我就可以反复听讲。"

她的一句话发来了。我点击时,一想到马上能听到她的声音,竟然嘴巴发干,有些紧张。

"阿良,我就讲讲眼镜吧,虽然你天天卖眼镜,但你真的了解眼镜吗? "

这样一句话,我反复听了好几次。我很喜欢听她说话,别说声音和语调了,就连气息,也是熨帖的。

"愿闻其详。"我在对话框中连连作揖。

她不疾不徐地开始说话,一小段一小段语音出现在对话框,犹如一层层参差错落的阶梯。

我手指轻触"阶梯",语音开始自动播放:

"你卖了多年眼镜,对眼镜的构造肯定已经很了解了,大致上都是由镜框、鼻梁、鼻梗、托叶、桩头、铰链、镜腿、挂耳这八个部分构成。眼镜设计,说白了,就是要在这几个小部件以及它们的搭配上花心思。看似简单,实则很难。材质、颜色与形状的一点点变化,就能很大程度上改变配戴者的气质,正是四两拨千斤。可就是那一点点的变化,却蕴藏着无限奥妙。因此,眼镜设计,还是人类学的,不仅要研究不同人的脸形与气质,还得理解人的内心与愿望。螺蛳壳里还能做道场呢,更何况眼镜是心灵的窗户。"

我在对话框里频频发送点头、鼓掌、献花。

"做设计,是知易行难,"她继续说,"看上去简简单单,大概知道是怎么回事,但一动手,才发现不是那么回事。大部分时候,是具象不如想象,偶尔赶上运气好了,具象才能超越想象。因此,我们可不能靠运气,要靠思想,靠对世界的深刻认识,才能保证把脑袋里的形象变成手中的实物。"

她说的这些,给我带来了头脑风暴。我拿起手边的一副钛金眼镜,有种动手干起来的冲动。

"接下来说说材料吧,主要说说你现在手中拿的钛。"她发来吐舌头的顽皮表情。

"你太神了吧!"我看看手中的钛金眼镜,又抬头看看不远处的摄像头,"难道你在监控我?"

"用不着。"她得意地笑了。

我对摄像头做了个鬼脸。

"言归正传,"她说,"钛的强度与钢相当,但比钢轻,更抗腐蚀,做金属镜框是再好不过了。当初科学家费了九牛二虎之力才提炼出不到一克钛,因此把钛划入稀有金属之列,可没多久,就发现这是个天大的误会,钛的含量在金属元素中排第七。"

"那是怎么回事?"我非常困惑。

"因为提炼工艺太复杂。"她大致说了下相关的化学反应原理,我如听天书,一方面为自己的无知感到羞惭,另一方面,对她感到由衷的钦佩。

"冼老师,你怎么还是个化学家?"我感叹道。

"要做眼镜设计师,必须要懂相关的物理和化学知识,有必要时自己还得动手呢。"

"你说得是!"

"比如,正是在钛合金的实验中,研制出了记忆钛,"她忽然问我,"记忆钛的镜框卖得好吗?"

"我是很喜欢记忆钛的,怎么折都能恢复如初。镜腿上标有 Memory Titanium 字样的,才算比较正规。但实际上,一般眼镜店里真正用记忆钛的镜框比较少,因为价格会相对高一些。但我还是会推荐给顾客,毕竟那种体贴的韧性会给人良好的感觉,就像一双小手拥抱着你。"

"你真是个好销售员。"她调侃道。

我算什么好销售员,我赶紧转换话题问道:"冼老师,其实我有个困惑,憋在心里挺久了。"

"别憋坏了,说吧。"

这个问题还是我妹夫陈春秋提出的。那天我跟妹妹聊天,无意中说起想尝试眼镜设计的事,陈春秋听到后,突然说:"哥,以后科技越来越发达,应该可以直接让变形的晶状体恢复原状。也就是说,眼镜设计还有未来吗?"我着实被他问得愣住了。一边的妹妹打圆场道:"陈春秋,你自己也是戴眼镜的人,怎么这么说话呢?你说的那未来还早着呢,那会儿你搞的计算机也是老古董了。"妹妹倒是会说话,陈春秋呵呵笑了起来,但我心底的困惑却越来越浓厚了。

我把这件事转述给冼老师,她几乎秒回:

"这个问题我早就想过了。在我看来,眼镜设计在未来一定向着非功能性的方向发展,跟戒指、项链一样,变成一种装饰品。而且,远不止于此。我们的观念不能太守旧,我给你看点炫酷的东西吧!"

她发过来一组照片,第一个模特戴的眼镜是昆虫复眼形状的;第二副眼镜整个是一个长方形的黑框,上边有五个小洞;第三副眼镜竟然是双层镜片,像是拆开的望远镜;第四副眼镜由一条纤细盘旋的小蛇构成了镜框……还有许多,的确给我带来了一股极其怪异和荒诞的视觉冲击。

"确实炫酷。"我发了个翻跟头的小人。

"而且,亏你妹夫还是搞 IT 的,他不知道智能眼镜会成为未来的主流吗?到时每个人都会有一副智能眼镜,提升我们对环境的感知能力。就跟现在每个人都有手机一样。智能眼镜也需要个性化的设计呀,你还担心设计师会在未来失业?不会的!在未来,设计将彻底塑造我们的生活,从而实现生活的艺术化。"

她的信念与激情,让我深受鼓舞。鼓舞,这样的感觉对我可是久违了,我大脑里有种血压上升的古怪兴奋。

"没想到,我在未来还能有生存的机会。"

"你现在还没有。"

"你够狠……"我发了冒汗的表情。

"阿良,现在请你帮冼老师做两件事。"她摆出自己的"老师身份",严肃认真中又透着朋友间的幽默。

"您讲。"其实,在现实中作为南方人的我总是发不准"您"这个音。

"第一,我需要一批价廉物美的记忆钛原料;第二,你了解下全降解环保眼镜框,原材料是小麦秸秆,你帮我打听下,你们那儿有没有这方面的生产商?"

"第一个好说。第二个听上去怎么那么奇怪,你要做什么?我看你设计的眼镜都是珠宝级别的。"

"我要办一个环保眼镜设计展,号召大家用环保材料眼镜替换塑料眼镜。"

"明白了,环保局应该给您发奖状。"我发了三个"OK"的手势。

"不允许你讽刺老师。我去忙了。"她发了个戴墨镜吸烟的大兵表情。

"感谢冼老师的生动一课!"

我放下手机,赶紧在本子上记下了她交给我的任务。

暂时没有客人进来,我坐在柜台前望着顾城的诗发了会儿呆。冼老师的声音依然萦绕在耳畔,让我第一次体验到发呆也可以是充实的。我又点开对话框,把她的语音从头听了一遍,一方面是温故而知新,另一方面是再次感受她。我不想错过她的任何信息,即使是一个不易察觉的低声叹息。

然后,我站起身,活动了几下肩膀。还是置身在这个狭小的眼镜店里,身上的凝滞感怎么变轻了?我忽然看到了镜子里的自己,明显瘦了,依稀有了读书时的模样。

为了确认,我抑制不住地多看了自己几眼。

记忆钛其实就是一半钛和一半镍混合而成的镍钛合金。在零摄氏度到四十摄氏度间表现为高弹性,因此用来做眼镜腿是非常棒的。四十摄氏度是这种合金的"变态温度",在这个温度以下和以上合金的晶体结构是不一样的。

我记得第一次看到"变态温度"这几个字的时候,忍不住笑出声。真是够变态的,我心里嘀咕着。可我在店里每每把玩记忆钛眼镜时,我就会想到人也有"变态"阶段吧。我回忆自己的过去,似乎没有什么值得骄傲的。我懵懵懂懂地生活了几十年,直到近年来多读了些书,心底才逐渐有了点光亮,我真是晚熟太多了。父亲曾经说,一个人是渺小的,而历史是伟大的,因此一个人很需要历史的记忆。对他的这句话,虽然我不完全理解,但我一直记着。这句话属于我脑袋里比较稳定的记忆晶体。

这款眼镜应该传达出充分的安静感,简洁而大气,镜圈偏圆,象征时间的轮回。

【追忆】

不是所有记忆都值得追忆

追忆是重新经历

将失败的变成胜利

再将胜利的变成失败

只因世界终归是平的

犹如平静时的弓弦

而追忆是弯弓射出的箭

型号：003

材料：约需记忆钛 10g

尺寸：53mm-17mm-140mm

冼老师一定也有她稳固的记忆晶体，就像那卡通头像传递出的信息。不知怎么回事，我对她有种强烈的窥探欲。此前即便谈恋爱，我好像也没有窥视别人内心的想法，但这次竟然如此不同，她对我构成了一个挥之不去的谜。

四

经过多方打探，我终于找到了一家可以制作小麦秆全降解环保眼镜框的工厂。只不过这家工厂不在深圳，而是在东莞。东莞很近，正好夹在深圳和广州中间，我亲自跑了一趟，谈妥了各种事宜。我办完事后，有种去广州找冼老师的强烈冲动，但我还是欠缺勇气，老老实实坐着高铁回家了。

冼老师的环保眼镜设计展获得了瞩目，很快就产生了商业价值。她告诉我，广州一家很大的影视城已经联系她，说他们愿意采购一批由她设计推出的3D环保眼镜。

这真是一个非常好的开端。

"阿良，这次真要好好谢谢你，"她发出了我期待已久的邀请，"什么时候来广州，我请你吃饭。"

我有些激动，但我按捺着，仿佛她随时就会变卦。我跟她确定了具体的时间以及地点，迅速买好了车票。

三天后，我打车到深圳北站，坐上了去广州的高铁。

这段高铁我还没坐过。以前去广州，坐的是和谐号动车，一个多小时就到广州了，觉得飞快。可现在，半个小时就到广州了。

多少年没去过广州了？那座离我很近又很远的城市。我坐在窗前，高铁速度太快，楼房与树木疾速后退，我感到有些眩晕。我拉下了遮阳帘，窗外的风景经过这层白色幕布的过滤，变成一些流动的影子。我凝视着这些千奇百怪的影子，陷入了回忆。

上一次去广州已经是十二年前了。

我和母亲还有妹妹陪父亲去广州看病。深圳什么都发展得快,很多行业做到了世界领先,可医疗和教育这两块需要时间积淀的领域,比起"北上广"还有不小差距。

我记得国麟曾对我说:"兄弟,早个二十年,我们横岗还属于'关外'呢,我们说自己是深圳人都觉得理不直气不壮,后来入了'关',房价猛涨,要不是你老爹走得早,你也不用这么辛苦。"

"闭嘴!"要不是他是我最好的朋友,我真想揍他,难道他不知道那是我的痛点吗?

深圳早些年作为经济特区,是分为"关内"和"关外"的,"关内"才是真正的特区,而"关外"属市区管辖,却不是特区,不能享受优惠政策。后来,随着经济迅猛发展,关线便不断外扩,像我们横岗是十多年前被纳入特区的。而直到前几年,深圳快四十岁的时候,国家才彻底取消关线。不是深圳人,不会明白关线曾带给我们的梦想与伤痛。我说的深圳人,不仅是我这样的原住民,还包括来深圳打工的所有人,就像深圳高铁站的标语一样"来了就是深圳人",它没有广州火车站的标语"统一祖国,振兴中华"那样的高度,但是极有人情味。

那一年的夏天,我们陪父亲住进了广州中山大学附属第三医院的住院部。父亲查出了肝癌,已到晚期。我还记得那位老医生的遗憾表情。母亲哭着请医生救命,医生说他会尽力的。

医院旁边是天河电脑城,跟深圳的华强北类似,高楼林立,连路边也堆满了电子商品,非常繁华,就连酒店也叫"总统大酒店"。我们囊中羞涩,只能绕到一侧的石牌街里去找吃的。那里有一家酸菜鱼特别好吃,母亲在病房守着父亲不肯吃饭,我拉着妹妹去吃了好几次。我们两个心事重重的人,平时很少吃辣,但那时痴迷于辛辣的酸菜鱼有点像是自虐。我们被呛得满脸都是眼泪和鼻涕,后来,妹妹干脆坐在那里痛哭了一场。

我本以为父亲会在那家医院走向生命的终点,但没想到的是,父亲在手术后又度过了十一个月的时间,最后在家里安静地走了。

父亲最后的愿望竟然是要去茂盛世居再看看。别说是茂盛世居了,就算他要去月球上看看,我们都得给他搭建个布景出来。

茂盛世居离家很近,是一个融合了广府与西洋风格的客家围屋。里边的房间都秩序井然地向着中心,拥着中央的氏族大祠堂,体现出家族的兴旺发达。

"开了门有百家, 闭了门是一家," 父亲喃喃自语说,"这就是围屋的妙处呀。"

我们用轮椅推着他,在小巷子里慢慢走,凡是能看的地方,他都看了。他看得很认真,像是验收工程的老师傅。

那会儿父亲已经气若游丝了，但他还是停停歇歇，给我和妹妹讲这里的往事。父亲作为中学老师，知道不少历史掌故。他说："这里已有两百多年的历史，建造者是两兄弟，叫何维松、何维柏。"

"他们姓的那个'何'，就是我们姓的'何'，现在你们知道了吧，我们是他们的后人，"父亲看着我和妹妹，"你们要记得。"

我们点点头，父亲继续说："何氏兄弟本是梅州人，来到横岗后，他们从蓄豆芽、磨豆腐、卖烧酒等肩挑叫卖的小生意做起。要问什么苦：逼酒酿豆腐。不容易！他们建酒坊，养猪，创办商铺，终于有钱啦。然后，他们花了十三年的时间，建成了这个大围屋，起名叫'茂盛世居'，希望族人们世世代代在这里居住下去。为什么叫'茂盛'呢？因为何氏兄弟的父亲被尊称为'茂盛公'。这就是孝道，是纪念父亲的最好方式。"

说真的，我当时心中有了一丝不悦，揣测父亲是不是在针对我。我当时游手好闲，一事无成，可没有能力建造一座以父亲名字命名的大房子。

这时，一边的妹妹开口道："阿爸，等我大学毕业，我就来这里工作。到时我每天都带你来看围屋。"那会儿，妹妹刚刚二十岁，在读一个没什么名气的省内大学。她扎着马尾，稚气未退，我以为她就是说说罢了，是安慰病人的话。但没想到的是，她毕业后真的到横岗街道办工作了，而且对接的正是茂盛世居的相关事务。遗憾的是，父亲没等到这一天。

"小细真乖。"父亲夸奖妹妹，握住了她的手。

我沉默着，看着红地金书的中堂匾额，上面写着"茂盛"二字。下方是一副楹联："乡贤俊德家风远，名宦芳辉世泽长。"

父亲好像感知到了我的心思，他转头专门对我说："阿良啊，何氏兄弟勤勤俭俭，发家致富后，不仅仅是建造这么一个大围屋来光耀门庭，他们对内树立的是耕读传家的家风，对外则开仓济贫，出资办义学，做了很多好事，所以咱们祖宗的灵位都放在'崇善堂'里。人不一定要做大事，但一定要做善事。明白吗？"

这番老生常谈的话，我当时自然是听不进去的，但父亲的目光盯着我，我感到害怕，便频频点头。

父亲带我们去崇善堂里拜了祖先，然后，我们来到屋后的风水林。这些树木苍劲高大，比围屋的屋脊要高出许多。几百年的时间都铭刻在这些树木身上，它们的树荫都变得格外清凉。

"咱们老祖宗对环境是非常讲究的，他们知道林木兴，则宅必发旺；林木败，则宅必衰落。所以，风水林只许栽培，不许砍伐，这样才能藏风得水。"父亲不遗余力地向我们介绍着，他喘着气的样子让我开始可怜他了。

阳光垂直落下，已到中午，我都有些累，更何况父亲。父亲让我们推他到围屋大门前的月湖边，他看着碧绿的湖水，很长时间都不说话，但脸上的表情特别满足。

我不敢跟父亲说我对我们客家人的围屋不是特别喜欢，我觉得它有些压抑。它就是一个城堡，甚至是军事性很强的碉堡，实际上，就连茂盛世居的墙壁上，还留着用来对外射击的孔眼。关于客家围屋，流传着一个笑话，不知真假。据说当年外国卫星侦测到中国东南沿海分布着很多圆形的巨大建筑，以为是核弹发射井，感到极其惊恐。后来，他们才弄清楚，那个不是军事设施，而是客家围屋。这是我和朋友们聊起围屋时，最津津乐道的一个笑话。

不过，我很喜欢围屋门前的月湖。那是一个半圆形的水塘，不仅为日常生活提供方便，还有着完善围屋阴阳五行的神秘寓意。我读小学时哪里懂得这些，只知道来月湖附近偷鸭蛋。我和国麟点火烤鸭蛋吃，蛋壳炸开后溢出的那股香味，成了我童年最美好的记忆之一。

回去的路上，父亲忽然问我们："为什么先祖要跑那么远从梅州来横岗呢？"他的眼神似笑非笑，有点顽皮，"你们不急着回答，我希望你们认真去研究一下。"父亲的老师身份根深蒂固，居然还给我们布置作业呢。可是，他的身体情况一天比一天糟，这个问题就被彻底遗忘了。

要不是现在我要去广州见一个我特别在意的人，我可能永远都不会记起这些事情了。这些细碎的记忆会跟围屋里的闲谈一样，如轻烟般在空中弥漫开来，然后被风彻底吹散。

"茂盛"可以成为一款眼镜的名字吗？什么是茂盛？那一定是欣欣向荣到了顶点的样子。那是任何事情最好的阶段。我闭上眼睛，想象着那款美好的眼镜。我暂且无法用画笔来固定它的形状和模样，可我有一点是无比确定的：这款眼镜一定要配上优质的绿翡翠，放在镜腿与镜圈的交界处，也就是铰链的前端，给每道看出去的目光提供绿色的能量。

我从包里掏出黑皮笔记本，赶紧写了起来。

【茂盛】
俯瞰一个人的手掌
就能找到属于他的夏季
掌纹如茂盛的草木
越过了命运的边界
只是那边界已经足够久远

417

型号:004

材料:约需记忆钛 11g

配件:缅甸绿翡翠

合上本子,闭上眼睛,我试图回想起茂盛世居风水林的细节,但那些树木却在我脑海里幻化成了一双手掌。它没有靠近我,也没有远离我,就跟我保持着一个固定的距离,我不确定那手掌是要拒斥我,还是要拥抱我。那手掌巨大,我竟然看清了它的掌纹。想象中的事物竟然有着精微的细节,让我怀疑自己出现了幻觉。我用力睁开眼,列车仍在全速前进,一座山丘只用几秒钟就被远远甩到身后。

五

车到站了。速度之快,让我有种虚幻的感觉。我甚至有些失落,回忆及其带来的很多情绪刚刚开始酝酿,还没能形成高峰。我十几岁的时候,父亲曾经带我去桂林看山水,我们乘坐绿皮火车,居然还是硬座,就那么硬挺挺地晃荡了一个晚上才到。我当时觉得那真是这辈子最漫长的一夜。可年纪越大,越喜欢缓慢的事物。其实我也知道,并不是喜欢缓慢本身,而是喜欢时间被拖拽变长的感觉,好像获得了额外的时间。

我走进地铁站,按冼老师告诉我的,从七号线换乘三号线,到了客村站。这时,她发来信息,说已经在客村的必胜客里等我了。我有些紧张,忽然想不清楚她的样子了,手心渗出汗来。我跟着人流坐电梯,刚一来到地面上,便看到了高耸妖娆的广州塔,大家都叫它"小蛮腰"。

父亲在广州住院时,这个塔还没完全建好,后来我们在电视上看广州亚运会开幕式时,第一次见到了"小蛮腰"。父亲那会儿已经时常处于昏睡状态,但他记挂着这事,说这是中国人的骄傲,更是广东人的骄傲。他坚持看完了开幕式,还说:"阿良,以后你带阿爸去现场看看好不好?"我肯定是点过头的。

前一刻,我还在担心和冼老师见面的事,可这一刻,怎会又想起父亲了?自从他过世后,我避免想到他,因此也很少想起他。这是怎么了?不过心中的紧张感倒是消失不见了,出现的是一种不可名状的惆怅。

走进必胜客,我四下张望着,店里人不算多,可我没看到冼老师。就在我疑惑时,忽然有人叫:"阿良?"我转身,看到了身穿一袭长裙的冼老师。长裙的剪裁不甚规则,基调是深咖色的,上边有数个白色的不规则色块,很有设计感,我怀疑又是她自己的作品。

她这次戴着的是一款金边眼镜,镜腿上镶嵌着蓝色的玉石。我再次感受到她出众的气质是在人群中也无法隐藏的,我心中的紧张感忽然爆棚,一句话也说不出来。

她摇摇头,笑着说:"刚刚走开,你就到了。"

我拘谨地笑着,还没来得及说点什么,她又说:"你瘦了好多呀!其实我刚刚是不太敢认的。"

"是瘦了,"我说,"不然会摔跟头的。"

她想起来了,捂着嘴笑了,眼睛在眼镜后弯成了两个月湖。

"走吧,先去我工作室看看,然后再请你吃饭。"

"听冼老师安排。"

过马路后,我们经过一栋雄伟的红砖门楼,我不由多看了几眼。

"微信总部就在里边。"她顺口说。

"我以为在深圳呢。"我有些吃惊。

"这不奇怪,很多人都这么想。"

"原谅我的孤陋寡闻,我真是第一次知道,能进去看看吗?"我说,"天天刷微信,很好奇。"

"我最怕那种对什么都不感兴趣的人,"她飒爽地挥挥手,"走吧。"

走进门楼,路边出现了好几个纺织工人的雕塑,方才得知这里原本是创办于共和国初期的纺织机械厂,前些年经过设计改造,成了创意园。这里绿树成荫,曲径通幽,犹如公园,许多情侣牵着手在缓缓徜徉,我不免想到,外人看我和冼老师也会以为我们是情侣吧。

我忍不住转头看看她,这才发现她的眼镜腿上不仅镶嵌着蓝色的玉石,还有浅黄色的、淡紫色的玉石,如同渐变的彩虹,在耳根处重新回归为蓝色的玉石。这才叫设计!我暗暗感慨。自己的设计还停留在观念上,不知何时才能变成有质感的实物。

微信总部到了,出乎我意料的是,这只是一座小楼,质朴低调,隐藏在树荫下。门前立着一个小雕塑,正是微信的鲜明标志:绿色的对话框和白色的对话框叠在一起。它们都长着一双黑色的小眼睛,盯着来往的人们,想号召大家多聊几句。我走上前,做出一个点击的动作,然后对冼老师说:

"你觉不觉得有它立在这儿,好像周围的时空都变成了屏幕?"

"你一说还真是。"她的眼睛露出的笑意,通过那别致的眼镜传递出来,被放大了数倍。眼镜还有无必要存在,看到她此刻的美,便知是个伪问题。

"点击它,有可能打开通往无限可能性的门户,"我把手放在卡通雕塑上,抚摸着说，"有种我也钻进了手机屏幕的魔幻感。"

"没想到你这个人还挺逗的，上次见你，还觉得你老实。"她说完站在那儿没动，我还期待她能走过来跟我一起摸摸这可爱的对话框。

"老实人也会逗笑，可我现在确实没逗笑，我说的是真话。"说完后，我也觉得自己变得活跃起来。

看完微信总部，我们从创意园的另一个门走出去，来到一座复杂缠绕的立交桥。桥下边有几条小道供行人通行，但外卖小哥骑着电瓶车风驰电掣般从身边掠过，令人胆战心惊。

"你是客家人吧？"她忽然问道。

"是的，"我说，"你怎么知道？"

"我读书时，有一门选修课专门研究广东的人口流动，我才知道深圳有不少原住民是客家人，还有你的口音，跟广府白话、潮汕腔是不一样的，"她指着桥说，"我说你是客家人的意思是想告诉你，这个桥叫客村立交，这个地方叫客村，不知道跟客家人有无关系。"

"我刚刚坐地铁时看了地图，客村好像在广州的地理中心呢。"

"差不多是，在中轴线上。"

"有意思，不管这里以前是不是客家人的，但每个来广州的人都得在广州当一次真正的客人。"

"每个人都是宇宙的客人，不是吗？"她掏出手机来朝我晃晃，那正是微信的界面：一个人站在宇宙中的孤独身影。

我的心立刻感到有光探照，那光深入心底的淤泥，生长，蔓延，突破我的边界，来到世界中，向她的方向飞去。我觉得我和她的心是如此相通。

穿过客村立交，我们肩并肩走着，好像熟识已久，听到的每句话和说出的每句话，都让人觉得舒服与畅快。我跟着她从大路转进了一条侧街，看到了一所名为"广东女子学院"的学校。我正暗暗称奇，她突然说：

"这是我的母校。"

我很惊讶，说："你不是在香港求学的吗？"

"那是硕士，我本科是在这里读的，想不到吧？"

"我第一次知道现在还有专门的女子学校。里面全是女生吗？"

"当然，"她说，"给你说说我们的校训吧：励志，笃学，求实，尚美。我们的校歌叫《凤舞飞扬》，可据说凤凰作为一种神鸟，凤是公的，凰才是母的……"说着，她被自己逗乐了。

"美的灵魂是雌雄同体！"我开玩笑说，"可全都是女生，会不会妨碍你们谈恋爱呢？”

“这是很显然的，个个被迫守身如玉。”

我们一起笑了起来。

校园跟马路之间有一小段是栅栏，透过缝隙可以看到内景。校园并不大，学生应该都在上课，院里空无一人。她指着里边墙上的宣传画说：“以前那都是我画的。”

但她的神情说不上自豪，反而有一种悲凉。

她向前走去，步伐变快了，我赶紧追上她。她说：“我能怎么办呢？你不知道我付出了多少努力才考到香港的。广州美院就有适合我的专业，我舍近求远是因为那会儿觉得自己必须离开这座城市，不然就活不下去了，我想喘口气。”她的语速很快，像是在跟我说话，又像是在跟自己说话。

为什么必须离开呢？我的话刚到嘴边还没说出口，她站住了，说：“工作室到了。”她随即从记忆中抽身而出，有了客套：“来，请进。”

我倒是更愿意她谈谈她的女子学校，以及考研的故事。不光是因为她的经历有种励志的成分，更是因为她这个人显示了越来越多的复杂性，从而有了越来越大的吸引力。这是危险的，太危险了，我对她其实一无所知，也许她已经结婚了。

当冼老师提到我的客家人身份时，我还是很受触动的。但这种触动很微妙，跟尊严、群体、文化、习俗等通通没有关系，那是一种心底琴弦的拨动，像是来自宿命。中国人的祖籍认同要么靠行政区划，要么靠文化族群，都是以地域命名，如陕西人、广东人、福建人或是潮汕人、广府人，唯独客家人拥有这么一个抽象的命名，证明这个族群确实是漂泊得太久了。但我从小生活在横岗这个小地方，确实没有什么漂泊的经历，没什么“客人”的感觉，谁能想到，当我来到广州，走过客村之后，反而被激起了一种漂泊已久的错觉。尤其是参观客村的微信总部，我再次深深觉得，人类在宇宙里漂泊，是宇宙的渺小之客，也许还是个匆匆过客。

可曾经，人类因为无知而自大，认为自己是宇宙的主人。所幸，人类已经看清了自己是客人，正在逐渐努力让自己作为客人表现得更好一些，从而存续得更久远。

说到这里，那不得不说这是我们眼镜行业的骄傲——

四百多年前，那个叫伽利略的意大利科学家把一个凸透镜跟一个凹面镜（也就是一个老花镜跟一个近视镜）放置在一起，朝夜空中的月亮看过去。这一看可不得了，他看到月亮可不是神话传说中的种种奇迹，而是另外一个布满高山与峡谷的星球。

那是人类发现自己客人身份的元年，我甚至想，人类应该从那天起开始重新纪年。不再用"公历"多少多少年，而是用"客历"多少多少年，这个提醒会非常强有力。

为了设计眼镜，不可能不研究眼睛方面的医学知识。我惊奇地发现，中国近代的"元年"也跟"看"有关。一八三五年，中国第一家现代医院创办于广州，叫眼科医局。因为眼科的治疗效果最明显，比如白内障，做完手术立刻就能看清。现代医学要在拥有上千年历史的中医面前争得一席之地，在当时是很不容易的。眼科医局立足后，便成了全科的博济医院。数年后，二十岁出头的孙中山到博济学习。后来，他改变了中国历史的进程，也改变了中国人看待世界的目光。

应该设计一款带有历史沧桑感而又内敛清秀的眼镜，要用昂贵的材料，黄金与钻石，方能体现那种郑重与高贵。

【客心】
谁能看到一颗孤独的客心
谁就必然拥有一颗待解的客心
更何况百世漂泊
客心已刻进基因
当花近高楼时
请不要伤心
请看清这颗漂泊的客心

型号：005
材料：约需黄金25g
配件：钻石

无论置身怎样的环境中，人的心里总有一个角落是属于自己的，包括我跟冼老师走路聊天的时候。也许有一天，我会把这个角落呈示给她，请她参观，请她看清楚。那一天，将会是我个人的"元年"，我要么失去她，要么……

六

她的工作室位于一个叫"创造社"的创意园里。这名字真响亮。她告诉我，这里离珠江很近，原先是水上居民的老旧住宅，已经有超过五十年的历史了，残破不堪，因此被重新设计改造了。

"水上居民？"

"也就是疍家人，知道吗？他们以前都是生活在船上的，以捕鱼为生。有句歌谣就说他们'世世水为乡，代代舟为家'。新中国成立后，政府给他们建楼房，他们才从水上搬迁到陆地上来了。"

"疍家人，我知道的，我喝过艇仔粥，听说最正宗的艇仔粥以前在珠江的船上才有的卖。"

"冇错啦！"她脱口而出一句广州白话，"冇料到你都鸡（知）？"

"当然鸡（知）啦，"我模仿着白话说，"我也系广东人嘛。"

我们村是客家人，可邻村是讲白话的广府人，所以我会说客家话，也能听懂白话。很多外地人以为广东人都是讲白话的，这是一种误解。广府人自然是珠三角地区的主流民系，他们的白话影响极大，港澳以及许多海外华人中，白话都是通用语。不过，在广东不仅有白话，还有客家话和潮汕话，说后两种方言的人数也是不少的。广府、客家、潮汕，这三大民系构成了岭南文化三足鼎立的局面。

不过，话说回来，我自己更喜欢说普通话。因为横岗的外地人越来越多，要是不说普通话，大家根本没法交流。而且，普通话跟书面语关系更紧密，所以能表达更多复杂的意思，眼镜那么多配件，用客家话怎么叫得出来。毕竟科技在发展，新事物太多了，超出了方言的范围。中国各个地方的方言都是以农业生活为底子的，客家话也不例外。母亲在这点上就极为开明，她一直让我们教她学普通话，她学会后，在外面用普通话，在家跟我们还是用客家话。我喜欢这样，这样一来，每当我听见客家话的时候，我就会想起母亲，想起家。

"别客气，请坐。"她恢复了普通话。虽然她的声音婉转柔美，一听就是南方人，但几乎没有方言口音，吐字极其清晰。她生在广州，在香港读书，不知道她怎么做到的。

她的工作室并不大，说白了，还没我的眼镜店大呢，但我还是发自心底地祝贺她，羡慕她，因为我那只是家商店罢了，谁都能接手，而她这里浸透着她的艺术气息，是她这个人的一部分，无可替代。靠墙的纯色原木架上陈列着她设计的一些展品（昂贵的宝石眼镜被照片取代了），那款环保眼镜被放在显眼的位置。

我在沙发上坐下来微微放松，抬头看到吊顶上还悬挂着别致的小鱼和小船。

"阿良，给你个惊喜。"她说着，打开灯，也坐下来，跟我一起仰头望。过了一会儿,那些小鱼的身体扭动起来,像是游动了,小船尾部的小马达也开始旋转。头顶变成了活的水世界,我们像是水底的鱼在琢磨上边的世界。

"太棒了,也是你设计的?"我低头看她,她还凝神望着头顶。

"是我设计的,可我要感谢你。"

"感谢我?"

"感谢你提供的记忆钛材料呀,这些是用记忆钛丝做成的,利用灯光加热导致温差,从而让记忆钛丝产生膨胀效应。"

"难以置信!你简直是个魔法师!"我惊叹起来。

"设计师应该成为魔法师。"她淡淡地说。

"你这个设计是从疍家人那里得到的灵感吗?"我追问。

"聪明,"她说,"但不用什么灵感,因为我自己就是疍家人。"

轮到我一愣,然后弱弱问了句:"现在还有疍家人吗?"

"疍家人作为一个群体已经消失了,但他们的后代还在呀,"她微微一笑,"比如我。"

经她说,我才知道至少有十分之一的老广州人有着疍家人的血脉。但是,历史上对疍家人的歧视很严重,认为他们是贱民,因此长期以来他们对自己的身份变得讳莫如深。搬迁上岸之后,曾经的水上生活更成了无人谈及的往事。冼老师之所以还知道自己的来路,是因为她的母亲。

"我母亲的童年是在船上度过的。她小时候背上绑着木头,还拴着绳子,在船上爬来爬去,一不小心掉到江里,就浮在水上。她在水里玩得特别开心,所以她上岸后还不习惯,会'晕陆'。"她笑着说,仿佛说的是自己的事情。

"完全想不到,在我们岸上的人看来,那样的生活够艰苦的。"

"何止是艰苦,但是那艰苦变成了记忆,就不一样了,"冼老师说,"那安慰过童年的,才能安慰人生。"

"确实如此。"我无比认同她说的,那就像是围屋对父亲的安慰。

我看着头顶那些轻盈的小鱼和小船,幻想自己也生活在其中的一艘小船上,耳边响起了孩子们戏水的声音。

她的工作室瞬间变得很大,似乎能够容纳整条珠江。

"晚餐吃什么好呢?"她问我的意见,我自然听她安排。她决定带我去吃茶点,其实这也是我暗自期待的,我一直想尝尝正宗的广州茶点。

她特别点了一份艇仔粥,让我又想起了她的疍家母亲。

热气腾腾的粥里边配料极为丰富,有鲜鱼片、瘦肉片、叉烧片、猪肚丝、鱿鱼丝、油条丝、海蜇丝、鸡蛋丝、腐皮丝等十几种材料。她告诉我,这些配料不是跟粥一起熬的,而是先将粥熬好,再将滚烫的粥倒入配料中,配料被很快烫熟却又保留了原有的鲜嫩,再撒进花生碎和葱花提味,绵滑的口感中便不时出现不同的食物香味,堪称粥中极品。

我喝了一口粥,软中有脆又有韧,味觉被完全调动起来。

"给你讲个故事吧,"冼老师说,"很久以前,一个船上人家的女孩叫金水,心地很善良。有一天,她父亲捕到了一条大鲤鱼,她看到那条大鲤鱼受了伤,脸上极为悲伤,她便将大鲤鱼放回江中。父亲得知后,还责骂了她。过了几年,她父亲患了重病,她非常伤心,面朝江水,祈求保佑。这时,一位仙女从水中现身,对她说:'我是被你救过的鲤鱼。你在煮粥的时候放进鱼虾,再加些炸花生、油条丝,拿去卖会大受欢迎。你拿钱带你爹去看大夫,十天内即可痊愈。'金水依法照做,治好了父亲的病,从此,这粥就被取名为'艇仔粥'。"

"没想到仙女也是个吃货。"我又喝了一口粥,滋味愈加丰富。

"哈,在广州生活,什么人都会变成吃货,这是一个注重感官的城市。"说着,她让我试试豆豉凤爪。

"这故事是你母亲讲给你的?"

她点点头,说:"我跟母亲的关系很亲密,她生病前,我们几乎无话不谈。"

我不敢多问,正好这时清蒸笋壳鱼上桌了,我用铁勺划开,给她碗里盛了一块。

"谢谢,"她说,"再告诉你一些好玩的习俗吧。在广州吃饭,不能说'将鱼翻过来',要说'顺过来',碗和勺也不能扣在桌上。这些都跟水上生活有关。"

"我们那儿也有个讲究,你肯定猜不到。"我卖了个关子。

"你说说看。"

"父子同席,忌面对面坐。"

"为什么呀?"她睁大眼睛看我。

"怕成为'对头'。"

我们一起大笑起来。

"玩笑吧?"她不信。

"真的。"我和父亲确实从来都不会面对面坐。

吃完饭,我们走出来,在夜色中散步。天气真好,不冷不热,是难得的好日子。两边的楼越来越高、越来越密,我们像是置身谷底。我跟着她到一个岔路口,一转身,走到了小路上,珠江在望。我有些兴奋,加快了脚步。很快,到了江边,备受压抑的视野忽然开阔,心情都振奋了。披挂彩灯的各式游船来往穿梭,对岸是一个造型像帆的现代音乐厅,好一派繁华气象。

"你读过罗曼·罗兰的《约翰·克利斯朵夫》吗？"我问她。

"没读过，没想到你还是文青。"

"算不上文青，为了戒网瘾，无聊时读了好多小说，后来发现能记得的还是世界名著，估计是因为难读吧，耗费精力多。"

"你别说，还确实是。我好久没读小说了，忽然有点想读了。我喜欢《简·爱》，上女校时必读，从此害怕带阁楼的房间。"

"害怕里边藏着一个疯女人？"我笑道，"不过，确实适合女校，独立而又包容。"

她却没有笑，若有所思的样子。她问我刚刚提罗曼·罗兰那本书是想说什么。

"哦，我想说那小说的开篇我一直记得，'江声浩荡，自屋后上升'，这句话我总是念念不忘。我家附近没有江，只有小河，一直好想体会下那种感觉。"此刻，江风袭来，我闻到了一股淡淡的腥甜味。我俯身靠在石栏上，望着上百米宽的江面，极为壮阔，对岸音乐厅下面的人像蚂蚁一般无序运动着。我有些兴奋地说："我终于体会到'江'的感觉了。"

"江声？如果是指水流的声音，好像不曾听到。也许是我在江边住久了，我觉得它好沉默，满怀心事，也许是'静水流深'吧。"冼老师也靠在石栏上，我们之间只有一厘米的距离。

"我觉得'江声'应该不光是水声，它像是交响乐，有很多声部，浑厚复杂，我们现在说的话也是它的一部分。小河的声音倒是清脆，听久了却单一。小河流水哗啦啦，小船在摇荡……"我还哼起了小调。

她被我的公鸭嗓音逗笑了，说："看你心情这么好，请你去吃消夜吧。"

其实，我早已想好了，等会儿请她吃夜宵。如果人与人的聚会没有消夜，那显然是不到位的。消夜不是因为饥饿，而是一个可以让彼此再次坐下来、喝点小酒、说说心里话的借口。

"来广州不吃夜宵那我不是亏大了，"我说，"不过说好了，我请你哈，我这拜师了还没请老师吃过饭，倒是刚刚让老师破费了。"

"行，去吃烧烤！"

"想到烤生蚝，我的口水都快流下来了。"

跟着冼老师，来到了一条叫"下渡路"的老街。

"这里够古老的，有个汉代的古井遗址，旁边靠着中山大学，"她说，"这里最出名的就是烧烤，是广州最有名的大排档据点之一。"

果然名不虚传。各种烧烤大排档连在一起，桌子就摆在街边，食客们摩肩接踵前来，一家一家询问着，坐在位子上的食客则安之若素，大吃大喝，高谈阔论,丝毫不受来往行人影响。桌下堆满了各种贝类的壳子,有点像废弃的工地。整条街道都被烧烤的烟雾笼罩着,既呛人又诱人。我们选定了一家排档,她说这里的炭烧生蚝特别好,然后叫了必点的烤茄子、烤韭菜以及鸡中翅。她也没问我喝不喝啤酒,就叫了一打珠江纯生。

"太多了吧?"我惊了一下。

"慢慢喝嘛,"她说,"这里喝不完可以退的。"

铁盘子上装着十二只大生蚝端了上来,生蚝壳里的汁液还在沸腾,上边厚厚的一层蒜蓉散发出催动食欲的奇香。我恍然觉得自己没吃晚餐。在我大口吃肥嫩生蚝的时候,她已经开始自斟自饮了,似乎对烧烤兴趣不大。我劝她吃,她敷衍着吃了一只,擦擦嘴说:"刚才已经吃饱了,你使劲吃,不用管我。"我看她喝酒有点猛,劝她慢点喝,并问她酒量如何。

"也没有怎么样,就是喜欢喝酒的感觉。"

"我不喜欢喝酒,我妹夫喜欢喝,他是陕西人,还喜欢喝高度酒。"

"你说起过他,你似乎对他不满。"

"有吗?"

"问你自己咯,"她转而说,"我呢,其实并不喜欢喝酒,我只是因为喝酒的时候可以忘掉一些事情。"

"不愉快的事情?"

"不愉快的事情。"

她喝掉三瓶之后,速度才有所放缓,整个人也似乎放松了不少。酒精正在麻醉她的神经,从而屏蔽了她的焦虑。我交际狭窄,从未见过喝酒这么凶悍的女性,被她震慑了。我琢磨着她的心事应该跟感情有关。我不知道她为什么从香港回来。她在那边读了几年书,顺便谈一两场恋爱,也是很正常的事情。女孩子嘛,总是会有一两段放不下的感情,虽然真放下的时候要比男人决绝得多。就在前不久,我听国麟说,我之前的女朋友上个月结婚了,我还是想起了很多过去的事情。

冼老师突然看着我说:"你是不是觉得我失恋了?"

"没有啊,"我从暗淡的记忆中抽身而出,还狡辩说,"你这样的人怎么会失恋呢?"

她狡黠地笑了,说:"你别装了,你就是这样想的。但我告诉你,还真不是,是我家庭的事情。"

"好的,是你的老公还是……"我还准备说孩子的,但立即觉得不妥,赶紧刹车。

"喂!我还没结婚呢,"她说,"我说的是阿爸阿妈,还有……哥哥。"

没结婚,我心中顿感踏实。没想到她还有个哥哥,听到她说起哥哥时那吞吞吐吐的语气,也许跟我提起妹妹借钱的事情差不多。

"那肯定是你哥哥的什么事情,让你觉得为难了,给你添麻烦了吧?"

"岂止是添麻烦,"她又喝了一杯啤酒,有神的眼睛变得暗淡,"我们整个家庭都因为他毁掉了。"

我等着她说原因,可她却哭了起来。在餐桌上哭,我一下子就想起了妹妹。父亲病重时,妹妹在酸菜鱼的餐桌上也这么哭着,孩子一样无所顾忌地哭着,我除了递纸巾给她,完全不知道该如何劝慰。现在也一样。她哭了一会儿,竟然重新端起酒杯,说:"不说这些了,喝酒。"

"少喝点吧,我们聊聊天。"

"你不喝我喝。"说完,她一杯啤酒又下肚了。

对这种情况,我并不陌生,我妹夫陈春秋喝到一定量的时候就是这德行,开始频频举杯,各种花式敬酒,我每次喝醉都是被他这套"组合拳"给打败的。但是,我现在面对的是我格外在乎的女人,跟她第一次见面喝酒,是不能退缩的,不然一定会被她认为是没有男子气概的。

我咬着牙,说:"姿淇,我陪你喝。啊,冼老师,我叫你姿淇,你不介意吧?"

"叫阿姿吧,他们都这么叫我。"

"阿姿,谢谢你。"我举起酒杯,她的小名第一次从我唇间发出,跟啤酒的微甜融合在一起,咽下去,是我喝过最好的酒。

这下好了,她一杯,我一杯,你来我往,好不飒爽,没一会儿,一打啤酒都被喝完了。我应该喝了有五瓶之多,已经突破了我喝啤酒的历史纪录。我的脑袋晕乎乎的,整个世界的嘈杂声离我很远很远,好像整个世界只有我跟阿姿了。

等我醒过来的时候,或者准确说,当我重新具有意识的时候,我发现我跟阿姿挤在一张小床上,脑袋疼得要命,稍微一动就天旋地转。阿姿还躺在一边昏睡,那个金边眼镜还戴在她的脸上。我摸了摸我的脸,眼镜也戴在我的脸上。这提醒我这并不是幻觉。我们竟然戴着眼镜睡了一晚上,更何况身上的衣服,也是一件没少。

闭上眼睛又躺了一会儿,再睁开眼睛望着天花板,让身体适应这种状况。过了一会儿,我挣扎着坐了起来,发现这里太简单了,除了一张床之外,还有一个衣架,然后什么都没有了。显然这不是酒店,也不是家的样子,而像是公司的简单宿舍。门背后还挂着值班表什么的,门边是个小厕所。这是什么地方?我努力回忆,可除了烧烤摊上我们喝酒的场景之外,什么都没有了。

就在这时,胃部涌上来一阵极其可怕的恶心感。我爬起来,摇摇晃晃冲进厕所,抱着马桶呕吐不止。巨大的呕吐声引发了外边的动静,有人敲门。我按下冲水按钮,把秽物冲走,其余什么也做不了。然后,门开了,探进一个身穿制服的保安,他操着一口东北腔说:"你们够可以的呀,要是搁大东北,早把你们给冻成冰棍了。"

"你在哪儿找到我们的?"我有气无力地说。

"就在大门口呀,两人背靠背就那么躺下了,幸亏那会儿没车。"

"哪里的大门口?"

"创造社的呀,还能是哪儿的。那位女老师瞅着很面熟,原来就在里边上班的。可惜了大兄弟,还差最后十五米你就到她办公室了。可惜了了。"说完,他被自己逗笑了,在门口哈哈大笑起来。

阿姿被吵醒了,挣扎着坐起身来,说了句:"这是哪儿?羞死人啦!"

"你们聊。"保安坏笑着把门又关上了。

"你们创意园的保安救了我们。"我走过来,却不敢再躺她旁边,只能坐在床脚。

"我好像记得你先喝醉了,我想把你带到工作室休息的,可我后来也断片了。"阿姿的嗓音都沙哑了,她用双手撑住下巴。

"不好意思,我酒量很差劲的。"我又感到一阵眩晕。

"本来今天还想带你去'小蛮腰'看看呢,这样子也去不了了,"她叹口气,"唉,太可惜了。"

为了缓解一下此刻尴尬的氛围,我说很多年前读过韩东的一首诗叫《有关大雁塔》,里面就写登上去看看,然后下来,无非是这样的,"小蛮腰"也是一样。

"不一样的。"她摇摇头。

我干脆靠在墙上,闭上眼睛,感觉能舒服一些。我努力搅动起脑细胞,说:"当然,那首诗有特定的背景,原诗也没我说的这么简单。有一次,我跟我那妹夫陈春秋说起这首诗,就是为了调侃他。因为他觉得陕西的任何东西都是能让他无比自豪的。我没想到的是,他听了这首诗后,不甘示弱,随口就背了几句关于大雁塔的诗:'十层突兀在虚空,四十门开面面风。却怪鸟飞平地上,自惊人语半天中。'他还一脸得意地对我说:'你看这唐诗多霸气。'这可把我给气坏了……现在头晕乎乎的,居然还记得这诗,唐诗果真是厉害。"

我笑了,掩饰着我的紧张。没有了宿醉感的保护,我和她的陌生感在一点点恢复。

"哈,你怎么老是被你妹夫戏弄?说真的,你妹夫背的这诗确实有种八面威风的感觉,也挺适合'小蛮腰'的。"阿姿把身体侧了下,也靠着墙,用慵懒的语气说,"'小蛮腰'看夜景还是很不错的,一条大江尽收眼底。"

"好的,下次还有机会吗?"

她笑了,用白话说:"再讲啦。"尾音很长,很悠扬。

"我第一次跟人醉成这个鬼样,"我补充道,"还是个女人。"

"我也是,"她说,"还是个男人。"

我偷偷瞄了一下阿姿,她还戴着她的眼镜,镜片后的眼睛半睁,睫毛低垂,依然有些醉意。她的醉眼如此迷人,让我不敢多看。我想起了曾经读过一本叫《醉眼》的小说,它以"醉眼"为线索,写了古代文人的生活、交友以及爱恨情仇。最让我吃惊的是,通过小说引述的很多唐诗、宋词以及元曲,我这才知道居然有那么多文人都喜欢用"醉眼"来写诗填词。

原本我都忘记了这本小说、这个意象,但是此刻的阿姿唤醒了我的记忆,也让我真正理解了什么叫醉眼。不仅仅是妹夫陈春秋喝醉后圆睁着牛眼似的醉眼,也有阿姿这样喝醉后露出无限哀愁的醉眼,也许还有我自己这种喝醉后陷入无限呆滞的醉眼。有醉眼就得有与之匹配的眼镜。遮掩要遮掩的,放大要放大的。用"醉眼"给眼镜命名,也许不为俗世所理解,但其中表达的是一种率性生活的气质,总会遇见相知者。

造型要不拘一格,要大胆,尤其弧度要大,镜框要宽厚。

【醉眼】

没有用醉眼看过世界的人
就像不知夜晚有月光和星空
醉眼与醉眼的相视
才敞开了人间的秘密

型号:006

材料:约需银 11g

配件:刚一开始想到用古人喜欢的玳瑁做镜腿装饰,不过,很快意识到玳瑁是玳瑁龟的龟甲,现在属于濒危动物,万万不可用,用牛角制作出玳瑁的纹理就好,要让眼镜传达出古典文化的意蕴

有些古诗词真好,能让人过目不忘。比如词人张先的句子:"多情无奈苦相思,醉眼开时犹似见。"我眼下就处于这种微妙的时刻。可我更幸运,我此刻醉眼开,见到的阿姿不是幻影,而是真的。我知道,当今天过去,我便会重新陷落到"醉眼开时犹似见"的相思苦中。不敢多想,无须多想,再多看她一眼吧。

七

一起醉过酒的经历,在我看来,肯定会大幅拉近我跟她之间的距离,但事实证明并没有。我回到深圳,给她发微信,她便回复我一两句,但交流的感受跟此前差不多。这样说,也许对阿姿不公平,但是与我期待的程度相比,还是差了不少的。只能说,我自己心中的热情上升得太快。

在她哥哥身上,究竟发生了什么事,让她背负那么大的压力?我为妹妹筹集买房首付款的事情只是让我心烦,但真不至于到那种崩溃哭泣的程度。我希望妹妹跟陈春秋过得好,只是我自己能力不够,自顾都不暇,更别说帮他们了。如果父亲能够多活半年,就半年,就等到政府来征地了,那样我们就会分到大很多的房子,我和妹妹就不会这么狼狈。

父亲早早过世,已经是人间悲剧,我竟然还在怨他,我真是不孝之子。但父亲的命真苦,我没办法不怨他。他要是还活着,该多好。尤其是夜深人静时,我听到很远的地方传来的咳嗽声,都会蓦然觉得父亲还活着,就在隔壁。我睁开眼睛,意识到他已经不在了,一种揪心的幻灭感让我泪流满面。

人正是在这样的时刻成为自己的。

阿姿肯定和我一样,也是在这样的时刻里感到彻骨的孤独。

我们的孤独可以接壤吗?就像岩洞里两个靠近的钟乳石,在潮湿中缓慢生长,终有一天彼此相连。

有一天深夜,我临睡前给阿姿道晚安。她发来语音,说她又喝酒了。我有些意外,非常担心,问道:"为什么喝酒?应酬?"

"焦虑,孤独,压抑,"她倒是直白,"其实我酗酒的时间已经不短了,不过我都是自己关起门喝。跟你一起的那次醉酒,确实是我第一次跟外人喝醉。"

"不喝不行?想想别的缓解办法。"

"我讨厌自己这样,却又无能为力。"

"阿姿,你究竟经历了什么事情?为什么要这样折磨自己?"我忍不住说。

"唉,那是一个很长的故事。以后如果有机会,当面再告诉你吧。"

我不知道以后还有没有机会。我不能忍受"如果",我要把这个"如果"变成现实。当然,我觉得阿姿的这种状态很不好,她需要我。我也需要她。一个孤独的人需要另一个。

第二天,我坐上高铁,去找她。我不再像之前那么犹豫。但我没有告诉她我要来,这倒不是说我想给她一个惊喜,而是我依然受制于自己的性格,无法直接向她敞开。

我不是小年轻，做不到手捧鲜花去跟她当面表白，我只是想要见到她，想要听她讲讲她的事情，看看能帮她做些什么；我想要改变她，想要她不再酗酒，想要她好好生活。尽管我也不是好好生活的榜样，但我愿意陪着她，一起往下走，一起创造一种生活，一种能够容纳我和她的新生活。

　　她没有结婚，可她有男朋友吗？或是走得很近的异性朋友？我不敢问她。我要是贸然去她的工作室，碰见她跟另外一个男人在一起，那得多尴尬，以后估计连朋友都没法做了。因此，我钻进了离她工作室不远的一家咖啡店，像个特工一样，观察着周围的情况。然后，我借着上外面公共厕所的时机，偷偷摸摸去确认了一下：只有她一个人在那儿。我的心这才落地。可我还是不敢直接过去，便给她打了一个电话，在听到她的声音之后，我忽然慌了，头脑发热，瞬间谎称自己是因为有事来了广州，问她有没有时间，想请她吃饭聊天。我还是没敢告诉她，我是专门为她而来。

　　"你来广州，怎么不早点跟我说？现在才说。"她的语气似乎有些不悦。

　　我结结巴巴地说："我怕我提前说，影响你工作，给你添麻烦。"

　　"那倒不会，不过今晚确实要陪客户吃饭。"

　　我的心一沉，说："那就一起吃夜宵？"

　　这时，应该有人来找她了，她说："不好意思，等会儿说。"然后挂断了电话。

　　我在咖啡馆又坐了半个小时，她的电话迟迟没回过来。难道她已经拒绝我了？我不确定。我坐在这里，全身僵硬，便起身来到户外，缓缓向珠江边走去。我过于紧张了，需要透透气。白天的珠江边，行人不算多，江上笼罩着一层薄雾，将远处的大桥隐藏起来。我靠着栏杆站着，忽然有个骑电瓶车的男子在我身边停下，他穿着蓝色的套装，裤腿紧扎，脚上的皮鞋已经脱漆，露出了灰白色的质地。他下车后，从前边的篓子里竟然掏出一张渔网，向江中撒去，待渔网完全撑开，他迅速收网，眼见有四五条黑色的鱼在里边蹦跶。他把鱼麻利地放进车后的白色泡沫箱里，扬长而去。这些鱼肯定会成为他晚餐的一道主打美食。吃不完的，他会卖给酒楼，挣点零花钱给孩子读书。阿姿的祖辈们就是靠着在这条大江捕鱼才生存下去的。刚才的男子，肯定是疍家人的后代吧？他的这种方式，尽管看上去有些鲁莽，却也实在。

　　这个男子成功转移了我的注意力。我沿着江边走了很远，方才拿出手机来看。她已经回我微信了。

　　只有四个字：

　　"你不怕吗？"

　　我回她："不就是喝酒吗？再陪你喝呗，喝个够。"

　　话一出口，我就已经决定了，我这次要豁出去陪她喝个够。如果不能陪她一起下地狱,又怎能跟她一起上天堂? 光是嘴巴说,让她戒酒,那是毫无力量的。我知道自己酒量不行,我想了个残酷的办法,那就是差不多有醉意时就去抠嗓子,将酒吐掉,然后回来继续战斗。我就不信,这样还不能陪她喝尽兴。

"晚上九点钟,老地方见。"她回道。

晚上九点钟,我准时来到下渡路的那家烧烤店,她已经坐在那里了。这次她戴的是大圆形的细边眼镜,咖啡色的眼影适合这夜色。头发扎成高高的马尾,显得青春娇小。我一见她,就像陡然潜水一般,世界安静而神奇。

"你来广州办什么事?"她见面第一句便问我。

我毫无防备,被问蒙了,结结巴巴说:"我……是来看……看一个人。"

"谁?"

"你,"我不管不顾了,"专程来看你的,不好意思说。"

"不诚实,罚酒三杯。"她的眼角似有笑意。

三杯啤酒下肚,她又陪我喝了三杯,我的胃里很快就感到憋胀。我借故上厕所,在厕所里吐掉了。人为制造恶心感而呕吐,真是可怕的体验。眼泪鼻涕全出来了。我洗洗脸,漱漱口,照照镜子,然后装作若无其事的样子走出去。

我远远看到阿姿在低头看书,不知那书是从哪儿飞来的,也许是她随身带的。她低头看书的样子真美,侧脸的线条勾勒出她鼻子和嘴巴的小巧形状,我忽然感到情欲的冲动。我不由得放慢脚步,想多欣赏几眼。不过,待我走近一些,不由得慌乱起来,她看的书怎么很像我平时画眼镜草图的黑色笔记本? 我看到我椅背上的挂包果然移动了位置,看来真的是了,我不知该如何是好,呆愣在原地。

阿姿抬头看到我,吐吐舌头,解释说:"刚才有人走过不小心将你的包撞到地上,里面的本子掉出来了,我帮你捡起来的时候,看到这个笔记本里竟然有眼镜设计的草图,职业习惯,忍不住好奇心,你知道的,我便看了起来……没经过你的同意,抱歉抱歉。"

"都是我的胡乱涂抹,太多不成熟的想法,"我尴尬而忐忑地说,"请冼老师多提意见。"

她没理会我的客套话,忽然捂着嘴笑了,说:"没想到你还是个诗人呢。"

我赶紧说:"我写的这些可不敢称之为诗,我有自知之明,最多也就是眼镜的宣传文案,当然,是比较个人化的文案。"

"我第一次到你店里的时候,看到墙上挂着顾城的诗歌,觉得你这个人还是有点文化品位的。"

我刚想说那是我的伪装,可她抬眼露出一丝坏笑:"不过,当时我觉得你真是个笨蛋,太笨了,怎么就摔倒了呢?"

"无地自容,无地自容呀……"我瘫坐在椅子上,赶紧喝杯酒压惊。

"你还写着和阿姿一起完成设计,谁答应和你一起设计了?"阿姿继续翻看笔记本,对我不依不饶。

"冼老师,你教我设计还不行吗?"

"你本子里怎么不这样写?罚酒!"

"以后都这样写。"我只好又喝了杯酒。

我想要回我的本子,但是阿姿不给,她说她想看完,明天再给我。事已至此,我只得说可以,但我要求她不要再当着我的面看,不然我确实无地自容了。想到里边有很多地方写到对她的思念,我感到羞赧,这下好了,她全都知道了。阿姿看到我为难的样子,同意明天再看。她合上本子,望着我,那眼神仿佛在说:那接下来聊点什么?

其实,我们这次的氛围和上次不大一样,两个人的话都少了。但我知道,这是因为我们来到了一个私密的边界上,我必须走进她的边界,才能真正了解她。如果我不知道该如何安慰她,最好还是老老实实陪着她喝酒。而她,则在不经意间,通过黑皮笔记本,踏进了我的边界。我跟她的交往,我一直都处于被动的劣势,而内心对她的情感则日益浓厚,需要我不断克制才能在她面前显得正常。

一时无话,她便自顾自喝起来,她喝酒的样子并不颓废,反而有种力量,那证明她的内心并没有彻底绝望,她还在抗争。

也许,她又会哭泣吧?

可她没有哭,突然就开始讲她的故事。

"要讲我哥哥的故事,必须要从我阿爸开始讲起,"她说,"阿爸有个外号叫'澳门仔',自幼父母双亡,据说是他的父母,也就是我的爷爷奶奶是地下党。可也没什么证据,只是阿爸自己的说法。他是跟一个叔父长大的,他十六岁时那个叔父过世,他便独自从澳门来广州了。他说他小时候最喜欢读《虾球传》,所以要回祖国干革命。他小时候在酒店当学徒,有门做糕点的好手艺,尤其是做葡挞,那是一流的,因此他在国营的广州酒家谋得了一个点心师傅的位置。同时,他还是一个很棒的足球教练,他并不是有国家编制的正式教练,他只是球踢得好,参加过广州举办的很多联赛,因此有很多街坊邻居会把男孩子送过来,请阿爸教他们踢球。你知道,广州有很多球迷,阿爸因此也特别风光和得意过一阵。他觉得街坊们的认同比什么都强。因此当哥哥出生的时候,他特别开心,他觉得一定要把哥哥培养成特别优秀的足球运动员。

"他真是这样做的。哥哥似乎天生有踢球的基因,在阿爸的严格指导下,哥哥的球技突飞猛进,成了体育特长生,靠着踢球一路轻轻松松上到了高中。哥哥在广州的青少年俱乐部足球比赛中表现亮眼，被职业俱乐部选中了，进入一线队，这是让阿爸和哥哥兴奋不已的大好事，我也特别开心，从小我就把哥哥当偶像。再等个一年半载，哥哥有机会进入国家队，就成了大名鼎鼎的球星。想想都开心呀。可现实太残酷了。哥哥年少成名，在学校里获得了一定的特权，经常可以不上课，不知怎么会跟混社会的那些'古惑仔'有了来往，学会了赌博。也许踢球和赌博之间有什么深层关系吧，比如都会迷恋那种突如其来的激情。哥哥一赌再赌，甚至背着阿爸欠下了高利贷。

"有一日，债主，广州话叫'大耳窿'，带着一帮烂仔直接来学校讨债了。哥哥是个很要面子的人，当着老师和同学的面，他愤怒到了极点，完全失去了理智，飞起一脚踢在了大耳窿的腹部。你想想，一个足球运动员的腿部力量有多大，还是在疯狂的情况下。那个大耳窿当场就翻了白眼。哥哥也是年少气盛，居然还不罢休，拿起凳子在对方脑门上砸了几下。那个大耳窿在被送往医院的途中就死掉了。哥哥被逮捕了，什么锦绣前程全没有了。哥哥的生日早，是年初，所以那会儿他已经年满十八岁了，要负完全的刑事责任。检方虽认定哥哥是过失杀人，可以免于死刑，但行为极其恶劣，被判了无期徒刑。恐怕他这大半辈子都得在监狱里度过了，就算幸运，可以减刑出来，估计都已经是老人家了吧。

"按理说，这件事对阿爸的打击应该是最大的，因为哥哥是他的希望、他的梦想所在，但他竟然咬着牙挺住了，反而是我阿妈没挺住。阿妈是极为疼爱哥哥的，她把这件事的罪责全都归结在阿爸的身上，她天天一边哭，一边骂阿爸，说：'你这个死老鬼，要不是你当时非要逼着儿子踢球，怎么会弄到这一步呢？你让他好好上学，当个正常人，他现在肯定还好好的，你这个死"澳门仔"怎么不死回你的澳门去……'阿爸年轻时很帅的，阿妈当时在百货大楼当售货员，两家人是邻居，住在同一条巷子里，就跟小说《三家巷》里写的差不多。还是阿妈先对阿爸示好的，阿爸喜欢扮靓，她就给他送发蜡，那时候那可是稀罕物。两个人结婚后，感情一直都不错。可哥哥出事后，她心中的一块天坍塌了，靠着天天疯狂控诉阿爸才能活下去。

"阿爸从一开始的道歉、痛哭流涕、咒骂自己，到后来的沉默，整个人变得苍老不堪，头发彻底白了，整个人都瘦干了，像个鬼一般。但即便如此，阿妈那种疯狂的情绪依然不能得到缓解。在一次探监过后，阿妈看到哥哥痛哭流涕的样子，她的精神完全崩溃了，得了失心疯，整个人忽而歇斯底里，大喊大叫，忽而很沉默，稀里糊涂的，很多事情都记不清了。医生诊断说，阿妈同时患上了精神分裂症和阿尔茨海默病。

"阿良，你能想象吗？这是我十五岁时发生的事情，所谓的青春花季瞬间破碎。因此，我一直想要逃离这个家庭。我知道自己的这个想法有多么自私，沉默寡言的阿爸,失心疯的阿妈,坐牢的哥哥,天哪,我还要离开他们。但我真的不想就那样被毁掉,所以我唯一的念头就是自救,我想做点什么至少先拯救我自己,然后等自己有能力之后再来拯救这个家庭。我考上女子学院之后,我全部的花费都是自己解决的。我申请了助学贷款,还有做家教,我没再花过家里一分钱。

"阿爸除了教街坊小朋友踢球赚点小钱外,只有一份微薄的工资,但他每隔几个月,还是会拿几千块钱给我,我猜他应该是去一些小蛋糕店帮忙了。我让他拿着给阿妈看病,我不收他的钱,他竟然会哭,骂自己没用。但我真的不能拿他的钱,我把自己的存折拿给他看,我说我表现好,有奖学金。他佝偻着背离开了。说实话,哥哥刚刚出事的时候,我跟阿妈一样,责怪过阿爸,觉得阿爸只管哥哥踢球,对哥哥别的毛病都是睁一只眼闭一只眼,这才酿成大祸。但阿妈疯后,我看着阿爸佝偻的背影,一点也不怪他了。其实在这个世界上,谁都不会比他更爱哥哥,因此谁都不会比他更恨他自己。"

她一口气说了这么多,停下来,喝了一杯酒,咬着嘴唇,看着我说:

"你懂吗?"

"懂。"我向她举杯,然后一饮而尽。我看着她,我的心隐隐作痛。

"不,你不懂,"她深深吸了口气,"你不知道我付出了多大的努力,才可以去香港深造。从女子学院毕业后,我做了很多兼职,为了活下去,为了攒够学费。你知道广州的龙潭村吗?那里是做服装加工的一条街,我给那些家庭作坊做服装设计,有时得跟他们一起做缝纫。那真是个沸腾的地方,无论白天还是夜晚,都是人声鼎沸、灯火通明,路面上全是拉着服装布料的小推车,汽车都要等好久才能通过。在那里的大都是湖北人,街道上充满了湖北特有的辛辣气息,我吃不惯辣的,一开始老是拉肚子。

"后来,在我住的那栋楼里发生了杀人案。起因很简单,简单到难以置信,就是一对恋人分手了,男人要求复合,女人不肯,尤其是女人的闺密还嘲笑了男人,男人竟然大受刺激,失手杀了人……我不敢在那里做了,便经过我的老主顾介绍,去了康乐、鹭江和五凤三个村组成的'中大布匹市场'。你根本想象不到,那里有一万多家作坊式制衣厂,全国一半以上中低端女装都是在那里生产的。走在里边,犹如在迷宫一般,每个档口都看看,需要两年时间。我看到每一张脸都憋着劲,准备大干一场。我为了多攒钱,也为了逃避,便跟那些女工吃住在一起。

"她们听我的口音是本地人,都觉得奇怪,说她们的房东一年光收租都能挣百万元,我只能说,怪我没生在这三个村里。她们看我年纪小,是个读过大学的服装设计师,却还那么能吃苦,便对我非常好,格外照顾我。有时她们挤在一起,也会给我腾出单间来休息。我现在想起她们都觉得感动,她们那种坚忍的精神给了我很大鼓励,让我可以坚持下去。一般来说,广州本地人远远没有外地人那么拼,当我跟她们一起工作的时候,我被她们感染了,我觉得我可以跟她们一样拼。这种东西是在我生活中难以获得的,这些经历让我成熟了很多。我甚至在想,假如当年阿哥在这样的地方生活,便会知道生活的艰难,他一定不会去赌博吧?我在那里给阿哥写过信,阿哥回信说:'阿妹,你比阿哥成熟多了,我很惭愧,你一定要走好自己的路。'看到他的信,那一瞬间,我忽然觉得自己受的苦都是值得的,因为我意识到,阿哥的一部分人生转移到我身上了。

"终于,我攒够了钱,经过半年的复习,如愿以偿考上了香港理工大学设计学专业,都说这是香港最好的设计院系。我跟着最好的设计师学习,有了国际化的视野,我的作品也越来越时尚,有一些大公司已经给我发出了邀请函,如果我愿意留在香港,一点问题都没有。你知道啦,那边的生活、习惯、饮食和语言跟广州差不多的,留下来的话,我会很适应。但是,我并不开心,因为我知道阿妈的身体越来越差,她的阿尔茨海默病越来越严重了,她眼下的记忆越来越少。她的记忆定格在了阿哥出事之前,我放假回家,告诉她我是阿姿,她便会问我,那你阿哥回来没呀,他什么时候回来呀,他什么时候返屋企呀?屋企,就是家,你应该知道的。

"其实,我甚至一度为阿妈的这种变化感到庆幸,因为她忘记了阿哥的出事,她的痛苦应该就会少很多。她也不再去指责阿爸,那阿爸的痛苦也会少很多。这算是一种自欺欺人吗?"

"她不是自我欺骗,她是病了。"我说着,又喝了一杯酒。我听着她的讲述,竟然开始频频主动喝酒了。不是借酒浇愁,而是心中忽然有个空洞,想要吞噬自己,只得用酒去喂它。阿姿酗酒也是这样的感觉吗?

"对阿妈来说,不是自欺欺人,可对我来说,总是有那种感觉,"阿姿挺直了身子,眼镜在夜色中反射出复杂的光泽,"我原先害怕回家,可阿妈成了这个样子,好像时光倒流了,那些可怕的事情都没发生过,我就特别想回家了。关于回家的念想,折磨着我,我没法再安安心心留在香港。我就是在香港的时候,开始喝酒的。我那会儿太孤独了,一个人在异地,有时深夜想家,想到家里的事,想到过去的美好,想到生命的无常,想到未来的道路,什么力气都没有了,像是陷入沼泽地里,要被黑暗吞没。那种恐惧让人崩溃,我只能一醉了之,慢慢就成了恶习……"

我举起酒杯,敬她。

喝完后,我说:"从明天起,我们不喝酒了,好不好?"

"我每次喝酒的时候,都是这样想的,"她惨然一笑,摇摇头,继续说,"假期回到家中，我发现阿妈的记忆退化得越来越厉害。她老是聊到她的童年，聊到她的阿爸阿妈，也就是我的外公外婆，聊到他们一起在船上的日子。她甚至有时还会哼唱起渔船上的睡眠曲，冲着我叫我阿妈。她竟然变回了孩子，回到了单纯的童年。我心中明白，她来日应该不多了，因此我决定一毕业便回广州，在她身边照顾她。我还要为她设计一个场所，把她那些珍贵的记忆保存下来，分享给世界。现在，我是回来了，但是，我还没能达到我的目标。你看到我工作室吊顶上的小船和小鱼，只是一次小尝试，还差得远呢。唉，想到这些，我就焦虑，就想喝酒。真是抱歉。”

她果真端起酒杯，一饮而尽。

我被她的故事震撼着，久久说不出什么话来。

“你听傻了吗？”她笑了。

“我听你的经历，想到了一句歌词：要走多少路，才能成为一个人……”

“鲍勃·迪伦，”她说，“一些人要存在多少年，才能获得自由……一个人要回转多少次头，才能假装什么都没看见。”然后，她用英文哼唱了起来。

她任眼泪滑落，没有擦拭。

眼泪掉在了桌面上，掉进了酒杯里，像是落在大地上的雨水。

我的眼睛也湿润了，我也想在餐桌上就这样放声大哭一场。但我不能，我只能忍着，扭头看着马路，看车一辆辆驶过，仿佛这些车可以带走那些悲伤。

“那你怎么开始设计眼镜的？”我想避开伤心的话题。

“我对眼镜设计有着特别的情感。我这么拼，所以我近视好多年了，但我的眼镜跟我的近视程度一直都不是很匹配。因为我为了省钱，一直没配新眼镜。当我做服装设计赚到第一笔像样的钱时，我所做的第一件事，便是去给自己配一副合适的眼镜。当我戴上新眼镜后，我一下子发觉整个世界都清晰了，我好像重新活过来了。我那会儿在龙潭村打工，我专门给自己放假一天，戴上新眼镜去散心。我走到了旁边的‘七星岗’公园，那是一处古海岸遗址，据说五六千年前那里还是一片汪洋大海，可大海早已后退，只留下海浪拍击礁石的痕迹。在一大片裸露的红色岩石上边，可以看到海水侵蚀过的大大小小的洞穴。我站在崖边，通过新眼镜看着这一切，觉得自己看穿了时间，也看透了这个世界。这让我的心情既苍凉又愉悦。

“这副眼镜一戴又是许多年。我去香港深造后，恍然发现自己戴的眼镜是多么老土。我这才意识到，戴上眼镜不仅是为了看清这个世界，与此同时，这个世界也会因为我们的目光而报以回望的目光。这就是世界的目光。世界的目光是一个巨大他者的目光，反而提醒了我们自己的存在。因此，戴上好看的眼镜，便是对世界的目光进行回报。阿良，你读的书多，也许早都明白这个，但我是很晚才意识到这点的。对我来说，这太重要了，是我的新起点，我终于找到了自己做设计的哲学意义。因此，我觉得自己找到了人生的根基。也就是说，设计眼镜，便体现了我的设计哲学。"

我的眼泪终于不受控制，落了下来。我赶紧起身，说抱歉，走去了厕所。在酒精的催化下，我无法控制自己的情感，只得关上厕所门哭了一通。好多年都没有这样了。其实，父亲过世的那年，我只是没有当着母亲和妹妹的面哭，我把自己关在房间里狠狠哭过好多次。我的父亲是很爱我的，可我总是不愿意承认。

这次竟然因为阿姿的家事而痛哭流涕，我知道自己是爱上她了。折磨她的艰辛是我难以体会的，她却从中学到这么多，并理解到了生活和艺术的深刻哲理，而我所承受的那点东西，跟她所经历的相比，又算得了什么呢？

我陷到一种巨大的感伤当中，这种感伤已经不再限于她了，也涉及我自己，以及更大的我也说不清的东西。

阿姿说我读书多，能想到这些，其实我还真没有想过这么深。但是她一说，我全都能理解，好像是激活了心底的一座沉睡火山。因而，我的内心出现了极大的共鸣与震颤。应该设计出一款王者眼镜，"世界的目光"这个命名多么大气啊。这是阿姿的专利，我可不能偷窃她的创意。

【世界的目光】
当我们不再沉溺于所见
世界的目光反而迎面而来
时代需要一副大眼镜
才能看清那个野未来

型号：007
材料：记忆钛以及贵重金属、珠宝配饰

关于这款眼镜，我只是想到它应该是无框的，表示人跟世界交融的无限性。材料还是应当选用记忆钛，意味着即便世界进入一个无法预知的野未来，也不能丢失关于过去和今天的记忆。但是，光是记忆钛的材料无法表现出此款眼镜的王者风范，应该跟一些珠宝进行搭配，提升品质。但这是我暂时没有能力实现的。因此，这款眼镜应该让阿姿来设计，她一定会设计出一款精品。

我所能确保的，就是她一定会喜欢这款眼镜的命名。

八

"该你了!"

阿姿说着再次将杯中啤酒一饮而尽,然后杯子重重落在桌面上。巨大的敲击声引得左右侧目,尤其是服务员警惕地望着我们。

"我? 该我……什么?"我在感伤中变得虚弱。

"该你讲讲你的故事了,阿良,我能感觉到你和我是相似的,有什么东西在折磨着你,你压抑着自己,但你并不甘心。"

"我有吗?"

"有。"

"其实我对我妹夫陈春秋没什么意见,"我想到此前阿姿问过这个问题,便从这里说起,"但是他跟妹妹还没有自己的房子,我们挤在一起,他们还在凑钱想付首付款,我赚得不算多,母亲让我也给他们凑一份。"

"你当哥哥,不应该帮帮妹妹吗? 我的哥哥虽然出了这么大的事,但上学的那会儿,他一直很照顾我的,生怕我在学校里被谁欺负了。"

"我也是的,一直呵护着妹妹长大的,但是……但是她不是结婚了吗? 妹夫毕业后来到深圳,几乎是从零开始的。我知道他很不容易,他们还没结婚的时候,我就让他先住到家里来,他节省了不少房租。但老实说,家里地方不大,嗯,不是不大,是很小。六十八平方米,我让他们住在房间里,我自己住在客厅。我这个当哥的,也没那么差啦。本来我们不必这么惨的,如果父亲还在,按照老规矩,我们可以多分一套房子。实际上,在父亲病重的时候,拆迁的风声已经传开了,但父亲不以为意,还跟我们说,不该我们占的便宜坚决不能占。我当时心里想,他怎么会那么迂腐呢,我还拐弯抹角劝过他,让他跟当居委会主任的廖叔商量一下这个事情,廖叔一定会帮我们想办法的,可他闭着嘴巴,不说话,就那样看着我……"

"可惜你父亲死得不是时候,"阿姿说,"我喝多了,这样说你别生气,可你就是这样想的吧?"

"我不是这个意思,但客观上来说,假如父亲能多活半年,真不会是这样的局面。"

"那你不就是在怪你的父亲吗?"

"我……我也不知道,是个悲剧吧。"

"那你到底想说什么呢? 他也不想那么早死去。"

"唉,是的,他也不想,我真不是怪他,而是怪命运的捉弄。说心里话,我可怜他。一般我不敢想起他,想到他,我首先觉得他这一生是不幸的,从他的父亲开始,包括母亲和我,都是他不幸的一部分。他的父亲,也就是我的爷爷,我从来都没见过,不知道是跑去了加拿大还是美国,想挣大钱的,但是一去不返,没有半点消息,连怎么死的都不知道。父亲做了一辈子民办教师,连个编制都没混上。母亲曾经一度跟父亲的关系也不好,也觉得他迂腐,不懂得变通,不能赚钱。我本来是很爱父亲的,但他对我太过严格了,在他的潜意识里,男孩子一定不能溺爱,要受苦。他把他不幸的父子关系投射到了他和我之间。所幸,妹妹是个暖宝宝,她和父亲相处得很好。"

"我不了解你的父亲,但听你这么说,他应该是个正直的人。"

"是的,这是毋庸置疑的。可他对我做的每一件事情都百般挑剔,让我无所适从。假如我有能力,可以自己买套房,就好了,"我被她逼问,脑子一片混乱,不自觉地叹口气,"可我觉得自己失去了这样的能力,我都不敢去想。所以,归根结底,我还是无法面对自己的怯懦吧。"

"你怪你父亲也不仅仅是分房的事情吧,好像你对他又恨又爱,"她笑了一声,然后却说,"我们家也是两室一厅,以前也特别挤,小时候我和哥哥住上下铺,长大后,哥哥跟你一样,也睡在客厅里,在他的床边摆了一个印有扬帆出海图案的屏风。哥哥坐牢后,家里是大了,可我倒是愿意哥哥还在家里,挤挤也没关系……"

我刚想说那是因为你还没结婚,还没自己的家庭,可突然间,她像断电的机器人一样,脸部直挺挺地倒在了餐桌上,眼镜都扎进了盘子里。

"你没事吧?"我赶紧跑过去扶起她。她幸亏没受伤。我用纸巾擦干净她的脸,她浑身瘫软,嗓子里发出细微的呻吟。

她彻彻底底喝醉了,这可怎么办?我主动呕吐了三次,此刻除了食道火辣辣的,头脑还是清醒的,我们不可能再像上次一样同时醉倒在路边,现在唯一的办法就是只能去开房。

我扶着她慢慢走,很快,找到了附近的一家宾馆。办理入住的时候,我居然想起了那则新闻:有色狼专门去酒吧门口"捡尸",将那些醉倒后不省人事、瘫倒在地的女孩子带到房间里猥亵。这样的念头,让我不敢正眼看服务员的眼睛,仿佛我要干什么坏事。但我又不能开两个房间,也怕她出事,喝醉熟睡后呕吐是很危险的。因此,我选择了两张床的标准间,一人一张,心里倒也踏实些。

迷迷糊糊不知睡到深夜几点,我起身上厕所,回来后顺便看看她。突然,她伸手抱住了我,我也本能地回抱她。她的拥抱不是轻飘飘的触碰,而是极其有力的,我只得顺势躺下。我和她脸挨着脸,她的气息与呼吸占据了我的意识,我们的嘴唇情不自禁地触碰在一起,急切地探入彼此的边界之内。身体的欢悦如同猛烈的潮水,将我推到幻觉的更深处。

早上醒来的时候,我和她仍抱在一起。

赤裸的身体接触在一起,那种潮热的感觉忽然让我紧张不安,一种自我质疑出现了:我昨晚是否乘人之危犯下错误了?我只得半睁眼睛观察她,却发现她的眼睛正直视着我。从她的眼神中,我能感受到她的温柔。于是,我大胆吻了她的眼睛,然后搂紧了她。

此前,我是多么渴盼能和她在一起,但是,很快让我有了一种不真切的感觉,我依然怀疑这是自己醉酒后的幻觉。

我们起床,一起洗漱,她给我的牙刷也挤上了牙膏,递给我。我接过来,忽然意识到,即便做梦,我也不会梦到这样的场景,这是超出我经验范围的事情。一种美好的暖流让我全身松软,我想再抱抱她,可她灵活地躲开了,咯咯笑着。奇怪,昨晚明明是她酩酊大醉,现在她却行动利索,像是什么也没发生过,反倒是我笨手笨脚,好像仍处于宿醉之中。

"还想喝艇仔粥吗?"她刷完牙,从镜子里看着我问道。

"当然好啊,喝粥养胃,"我赔着笑,小心翼翼地问,"你昨晚喝醉了,你知道吧?"

"废话。"

我又问:

"咱们聊了好多,你还记得吗?"

她点点头。

"那你没喝断片吧?"

"阿良,你到底想说什么?"

"我经常喝醉后醒来,不知道自己说了些什么。"

"你别再怪你父亲了。"

我一愣,她笑了。

我也笑了。

看来她什么都记得,我的心里终于有种飞机着陆般的踏实。

我们喝艇仔粥,吃虾饺,饮了好多茶。阿姿专门点的是潮汕的单丛茶,既有绿茶的清香,又有红茶的浓郁,解腻又提神,宿醉状态彻底消失。退房后,我们来到江边,沿着江边缓缓散步。我试着牵她的手,她没有拒绝。没有酒精的催化,说话自然没有昨晚那么密集,不过,江边的风景弥补了说话的间歇。白天的珠江没有游船,露出了它的天然本色,正像阿姿说的,它是如此沉默。它将无数的倒影记取在它的记忆里,却无法破解。

我和阿姿并排俯靠在石栏上,凝望着江面,与喜欢的人同看一片风景,跟凝视彼此的双眼有着异曲同工之妙。

阿姿说为了兑现她上次的承诺,要带我去登"小蛮腰",吃那家旋转餐厅,奢侈一把。我当下心领神会,今天对我和阿姿来说,是值得纪念的一天。从今天开始,我结束了我长达数年的单身生活,有了一个知心人。

我们沿着江边向"小蛮腰"走去,大约走了三公里,有种徒步的快乐。我们走走停停,等走到时,已近黄昏,"小蛮腰"亮灯了,周身都闪着各色彩光,犹如一个巨大的宝瓶。站在下方仰望这个六百米高的庞然大物,令人迷幻不已。我们走进"宝瓶",我恍然觉得自己的生活从此开始脱离现实,要变成童话了。

电梯是透明的,眼睁睁看着视野阔大起来,江的长度也显现了出来。大江蜿蜒着从这座高楼林立的古老城市横穿而过,江水沉重如同银色的重金属,装饰着万家灯火。这一幕还真是震撼到我了。我承认,我确实没法再跟我妹夫陈春秋说,上去看了看,又下来了,仅此而已。我反而想的是,我以后应该带着母亲,还有妹妹一家子,也要来看看。当然,还有阿姿和她的家人。由我和她带着一大家人,谈天说地,其乐融融,那该多好。世俗生活的普通场景,对我现在来说竟然有点类似奢望。

"我还是喜欢广州。"阿姿跟我一样凝望着大江。

"喜欢香港吗?"

"也喜欢,但不一样。"

"深圳呢?"

"那得问你了。"阿姿收回目光,笑着看我一眼。

"我当然是喜欢的,但我觉得深圳是一个变化很快的地方,要说出对它的喜欢,不是一件容易的事情,得真正理解它。我小时候觉得深圳是最有活力的地方,每个人都是老板,所以那会儿我觉得既然老板这么好当,那还苦哈哈学习干什么。父亲批评教育我,我也听不进去,显然,这种思想害了我,原本我可以有一个更高的起点,可等我意识到这点的时候,已经老大不小了,晚了。"

"不晚,你还要当眼镜设计师呢,加油。"阿姿说着,用手指轻触我的手背,我竟然感动得无言以对。

走进塔顶的旋转餐厅,我们坐定后,叫了牛扒和罗宋汤,我问阿姿:"要不要来杯红酒?"她摇摇头:"疯了,酒才刚刚醒。"我跟她开玩笑道:"你这样说真不像是酗酒的人。"她说:"你不懂,酗酒不是爱酒,是一种逃避。"我赶忙说:"知道了,我们戒酒。"

沉默了一会儿,我忽然想到不知下回什么时候才能见她,心中一阵焦虑,便邀请她再来横岗玩。

她问我："横岗除了眼镜,还有什么好玩的?"我着实愣了一下,横岗没有大江,也没有大山,只好调侃道:"哦,对了,我们那儿有座小山,叫'跌死狗'。"阿姿听后笑了,觉得不可思议。我忽然想起一件陈年往事,告诉她,当年有人为了逃赌债,竟然逃进"跌死狗"里,但还是被警察抓住了。

"应该改名叫'跌死人'。"阿姿的语气有些不悦。

我这才意识到自己说错话了,让她想起她哥哥了。

"赌博让人有种失控的激情吧……"既然话已出口,覆水难收,只能想办法宽慰她,我说,"我还知道一个叫陀什么的俄国作家特别喜欢赌博,靠写作的稿费去还赌债,还写成了伟大的作家。你哥哥只是运气不好,他本心肯定不想如此的。"

"陀思妥耶夫斯基。那个俄罗斯作家的名字再难,我都记得住,"阿姿说,"哥哥出事后,我有一天在图书馆看到了一本叫《赌徒》的书,看译者的介绍说这是根据作者自身的经历写的,我便借回去看了。"

"对,就是他,我也恰好读过那本书。"

"那你也知道,阿列克谢一开始赌博是为了爱情,但等他赌赢了,却发现赌博的快感远远大于爱情的快乐。他说的那句话你还记得吗?我把那句话抄下来,本想寄给哥哥的,但后来想想还是算了,觉得太过残忍。"

"哪句话?"

"我的整个生命都成了赌注。"

我伸出手,握紧了她的手。

食物上桌了,可气氛沉重。我们默默吃了一会儿,不知不觉中,我们已经旋转到了另一侧,没有大江的一侧,只有浩瀚的城市灯光,犹如荧光生物聚集在夜晚的海面。

终于,我把自己的隐秘和盘托出:"阿姿,你来横岗看看茂盛世居吧。"我把父亲临终前去看围屋的事情跟阿姿说了,也讲了何氏兄弟艰辛创业的故事。

"茂盛世居,好名字,"阿姿望向窗外浩瀚的灯光,"我喜欢'世居'这个词,有着大地的稳定,被你说得还真想去看看了。"

"大地的稳定……不愧是冼老师,每次都有独到的发现。"

"也许是我敏感了,我想起我的祖先,他们世居在水面上,你听听,这个说法似乎有些超现实。"

"世居在水面上,简直像一句诗。"

"如果我们深入了解这首诗,会发现这是一首恢宏的史诗,"阿姿若有所悟地沉吟片刻,"我要为母亲设计的那个艺术空间,一直没想到贴切的名字,似乎就可以叫'水上世居'?"

"绝妙！就叫'水上世居'。不仅是为你的母亲,也为所有的疍家人,留下一个激活历史记忆的地方。历史记忆这个说法,其实还是父亲告诉我的。他说个人记忆终究要汇入历史记忆,我当时还不理解。"

"你父亲哪里是个中学老师,分明是个哲学家。"阿姿笑道。

我们的谈话渐入佳境,我有心旷神怡之感,我说:"我之前喜欢的是'茂盛'这个词,我还想设计一款叫'茂盛'的眼镜呢,没想到经你一说,'世居'更是意味深长。如果没有'世居',又何来'茂盛'呢？"

"我知道你的'茂盛'眼镜,昨天看你本子上写了,"阿姿突然有些动情地说,"阿良,你真的是用心了。本来我还没想好去不去横岗呢,但我现在想去了。"

"周末就来吧？"我迫不及待地说。

"这周还有事,下周吧,下周末,我来深圳。"

我笑着说:"顺便来我家里做客。"

"你想干吗？太快了吧？"她佯装嗔怒。

"你多虑啦,就是来家里吃顿饭,我把你设计的环保眼镜送给家里人,他们赞不绝口,都想认识你呢。"

"真不知道你是怎么说我的,"她站起身来,"到时再看情况吧。"

她没完全拒绝就有希望,我暗自窃喜。

从"小蛮腰"出来,我们便道别了,她还有事情要忙。我恋恋不舍,握着她的手不忍放开,并让她别再酗酒了。她点点头,说会尽力克制的。我忍不住当街轻轻吻她,她嘴唇微张,说了个无声的"羞"。

我走下地铁站,回味这梦幻的一天,脚步像踩在云端上一样轻快和愉悦。

回到家中,妹妹和妹夫上班未归,母亲一个人坐在客厅的窗前,戴着眼镜,一点一点地用竹条编织着造型,就跟小时候给我们兄妹打毛衣一模一样。她那双手,这辈子很少有闲下来的时候,上边布满了粗茧。

"崽,你最近忙什么呢？好像魂不守舍的样子。"

果然母子连心,我脱口而出:"阿妈,我有女朋友了。"速度之快,仿佛就等着她问呢。

母亲的手停下来,抬头望着我笑了:"崽,你不是哄我开心吧？"

"哪有拿这种事开玩笑的？她在广州,是个好厉害的设计师。"我说的时候,竟然在母亲面前都有些羞涩。

我干脆搬个凳子,坐在母亲身边,把阿姿的情况跟她慢慢讲了。阿姿的父母出身,哥哥如何出的事,以及她如何努力自救的经历,都一一讲了。我感触很深,因此也讲得格外动情。母亲听完之后,竟然摘下老花镜,用手背擦了擦眼泪,连连感叹了几句:"苦命的孩子!"她专门说到阿姿的母亲,"这个老太太太苦了,比起她来,我可以称得上幸福了。"我看着母亲布满老茧和伤疤的双手,一时间觉得我和她对幸福的理解是不是很有些差别?

"你想想看,要有多大的苦,才会把人逼疯? 要是你出了事,我也不知道该怎么活了,"母亲用泪眼望着我,脸上又挂着慈爱的微笑,"我现在唯一担心的,就是你的婚姻大事,看你一直不急的样子,还以为你要当"剩男"了,可没想到你是'懒人自有懒人福,迟来食碗猪肉粥'。"母亲把流行用语和客家土话来了个大杂烩,把我逗笑了。我告诉她,阿姿下周末会来横岗玩,但还没说好见不见家长。

"耕田唔好误一年,娶妻唔好误一生,"母亲低下头,她的手继续开始忙,"现在你们好上了,反而不着急,慢慢来吧,你对人家付出真心,人家自然回报你真心。"

"我想带她去茂盛世居看看。"

"去吧,你阿爸,还有何氏的老祖宗,会保佑你的。"

"要是阿爸还在就好了,"我说,"你也不用这么辛苦。"

"你阿爸要在,你也不用这么辛苦,"母亲顿了一下,并没有看我,继续说,"然后你迟早跟你那个远房表哥一样,成天就知道吃喝玩乐,最终染上毒瘾。"

"阿妈,你不能这么说呀!"我有些急了,"我在你眼中就是那样的烂崽?"

母亲放下手里的物件,站起身来,向卧室走去。我有点纳闷,母亲这是怎么了,怎么好端端地忽然发火了? 她可是个极少发火的人。很快,她又走出来了,手里拿着一个红色的本子,递给我。我一看,是房产证,整个人愣住了,不知她的用意。

"阿良,你阿爸临终前专门跟我说,这套房是留给你的。我看你这些年迷迷糊糊的,不知道怎么过日子,就一直帮你保管着。现在,你谈女朋友了,店铺也算是做稳了,这证应该交给你了。从今天起,你就是一家之主,明天我们就去房管局,把上边的名字改成你的。我要好好养老了,不想再操心咯。"

"阿妈,这上面写谁的名字不都一样? 换成我的名字,又不会大一寸,还是咱们挤在一起。"我不知道该怎么回应母亲,只好说着这样的话掩饰慌张,然后把房产证重新放回了抽屉,仿佛那东西是见不得光的。

"嘴硬,"母亲说,"就这么定了。"

过了一会儿,妹妹回来了,她看到我有些意外:"咦,哥哥,今天这么早回家?"

"你快有嫂子咯。"母亲搭腔道。

"真的啊？太好了，我要看照片！"

"小细别胡闹，哪有照片看！阿妈，你嘴太快了。"我嘴上严厉，脸上的表情一定是掩饰不住在笑。

"世居"对我来说是个理所当然的名字，我竟然长时间忽略了它。在我的意识里，"世居"跟"围屋"都快变成同义词了，但它们显然是不一样的。"世居"与其说是一个词，不如说是一句话。在两个字构成的简洁叙事中，透露出的是一部史诗的片段。"世居"是时间和空间在人类身上的结合点。

但"世居"终究还是被我忽视，被很多人忽视，尤其是被带着大地属性的人所忽视。反而是阿姿这个水上居民的后裔赋予了"世居"全新的意味。是啊，在水上世居意味着怎样的漂泊与荡漾，意味着怎样的艰辛与磨砺，更意味着怎样的诗意与自由。

在水上世居——凡是有水的地方都可以称之为故乡。

这不仅仅是一种比喻，也是现实。实际上，在知道阿姿的身份后，我在网上查阅了疍家人的相关资料，知道疍家人不仅分布在广州，还分布在珠江流域与韩江水系的很多地方，江门、东莞、佛山、潮汕地区，都有。而且不只是淡水，从福建到海南的沿海港口，从古至今一直有疍民的船影。在江水上讨生活的叫"河疍"，在大海里闯荡的叫"海疍"，还有一种专门养殖和采集珍珠的叫"珠疍"。回头我会好好跟阿姿聊聊这些。可惜她的母亲已经失去了大部分的记忆，无法回忆起祖辈的更多生活。

疍家跟客家真是具有鲜明对比度的两个族群。当客家人用一砖一瓦把自己安全守护起来的时候，疍家人却在敞开的水面上不断寻找着适合生存的地方。可以说，疍家人是最极端的游牧者。当中亚大草原上的游牧者第一次感受到大陆的广袤时，以水为家的疍家人早已在风浪的拍打下寻找着世界的尽头。

【世居】

住下来，因为大地是稳定的

住下来，即便水面是晃动的

住下来，生命靠繁衍穿越了时间

住下来，空间向所有的生命敞开

型号：008

材料：设想用黄金代表大地，用蓝钻代表大江

设计人：希望能和阿姿一起完成

住下来,不仅是身体安定下来,心也要安定下来。那么,我跟阿姿何时才能真正地住下来呢?如果说,从前我根本不敢想这个问题,但现在,显然我们正在往这个方向迅速发展着。总有一天,我们会住下来的,身与心一起住下来。

九

这段时间我和阿姿的微信来往频繁,稍有空闲,我便给阿姿发信息,她若恰好没在忙,便会很快回复我。这种"秒回"的感觉真美妙,像是传说中的量子纠缠。有另外一个生命可以随时跟自己产生互动,我生活中的凝滞感开始从深层被搅动起来,即将彻底消散。不过,我们在微信上极少聊那些伤心事,聊的都是一些无关痛痒的事情,比如:你吃饭了吗、吃了什么、好吃吗、拍个照片来看看……如果普通人之间谈论这种话题,是没话找话,惹人厌烦,但是对有情人来说,这些索然无味的问题是如此生动有趣。不知道是不是我每天笑吟吟的缘故,眼镜都能多卖出几副。

转眼到了周五,我找来一页打印纸,在上面用油性笔工工整整写下了"周末休息"四个字,只要阿姿一声令下,我便会立刻贴在门口。

临下班,我兴冲冲问她明天是否过来,她说明天不行,可能要后天了。"明天,阿爸想和我一起去探监,有挺长一段时间没去探望我哥了。"

我理解她,去看望那个可怜的哥哥,对她和她全家人意味着太多。

"那你阿妈怎么办?"

"会请邻居阿姨帮着照顾一下,其实也就是半天时间。"

"那我等你信息哈。"

"好的。"

她去看过哥哥,心里肯定不好受,我琢磨着应该怎么安慰她。可这哪是几句话的事情,所以一直想不出来,索性作罢。到时只能多听听她自己的想法了。她是个很有主见的人,我愿意做她的聆听者。以后,我们真在一起了,我愿意陪她去探监。她哥哥看到妹妹有家庭了,一定也会感到欣慰的。

晚饭后,我看阿姿一直没来信息,便再次发微信,问她今天的情况。可她还是没有回我。她的心情一定糟透了。

即便她心情低落,也应该回复一下我的信息呀,哪怕是简简单单的几个字都好。难道她出事了?这个想法犹如洪水,淹没了我的堤坝,我整个人陷入了焦灼的沼泽当中,难以自拔。

睡前,我又给她发微信:"阿姿,你还好吗?无论遇见什么事,我会陪着你。"

我紧闭双眼,知道自己今夜怕是要失眠了,但有什么办法呢?也只能忍受着,希望早上的时候,阿姿经过一夜的缓解,能够恢复跟我的联系。

不知凌晨几点了,我翻来覆去,总觉得这床、这枕头让人不舒服。我忽然很想喝酒,想把自己灌醉。阿姿之所以酗酒就是因为这样的难熬吧?这样一想,我觉得自己的心似乎离阿姿近了些,反而昏昏沉沉地睡着了。

早上醒来,我听到妹妹在厨房里忙活。正是那声音吵醒我的。我第一时间便是抓起手机看,可阿姿还是没回信息。我的心脏立刻抽紧,睡意全无。大门忽然开了,陈春秋提着一个黑色塑料袋进来了,能听到活虾在里边砰砰乱撞的声音。

"哥,小细让我买的九节虾,很肥的,等嫂子来了再下锅。"

"她今天可能来不了了。"

"不是说好了吗?"

"我说了没说好,你们非不信。"

说着,我的情绪有些激动,声音不由得大了。母亲不在家,妹妹从厨房里探出脑袋来问:"怎么了?"

"嫂子不来了,哥生气了。"陈春秋的语气还有些委屈。

我无法反驳,突然间,眼泪就涌了出来,视线立刻有些模糊。

"哥,你别着急,慢慢说,到底怎么回事?"妹妹扭头关了火,两手在围裙上擦着走了出来,恍然像是母亲年轻的时候。

事已至此,嘴巴硬是没用了。

"我和她失联了。"我说。

"失联?"

"发了好多信息,她都没回,打电话,也不接。"

"为什么会这样呢?之前你们吵架了?"妹妹锲而不舍地追问。

这下好了,我不得不把她去探监以及她哥哥为什么待在牢里的事情说了,我在说的时候怀着羞辱感,好像说的是自己哥哥的事情。我也担心说了这些,会影响阿姿在妹妹两口子心中的形象和尊严。

"哥,咱们是一家人,你说这些别不好意思,你对春秋家那点破事不也是了如指掌吗?咱们现在要好好商量一下,该怎么办。"

"别那样说春秋。"我瞪妹妹一眼。

陈春秋家在陕西终南山下世代耕种,他父母前几年听说了一种叫"阳光玫瑰"的葡萄很赚钱,一穗就能卖到两百多块钱,便向儿子陈春秋借钱投资。陈春秋跟妹妹商量,妹妹也被"阳光玫瑰"这个无比诗意的名字给诱惑了:葡萄园里全是"阳光玫瑰"的清香,她带着孩子任意采摘,边采边吃,果真是"采'萄'东篱下,悠然见南山"。这个场景让她无法抗拒。陈春秋就把一大笔积蓄都给了父母,他们在终南山下承包了一百亩地,全都种上了"阳光玫瑰"。一年后,因为栽培技术不到位,以及感染了炭疽病,几乎白忙活了一年。而且,由于当地种植葡萄的农户越来越多,"阳光玫瑰"的价格也一路走低。父母本想挣钱给儿子在深圳买房,可现在连自身都陷入了危机。

"没事,哥,我相信葡萄园会旺起来的,"陈春秋说,"现在你的事情要紧,我要是你,就立马坐车赶过去看看怎么回事。"

妹妹不同意,她从女性的心理出发进行分析,觉得不应该那么鲁莽,而是要给对方一个缓冲的时间。阿姿不回信息,肯定有人家的特殊情况。她不惜用自己举例,说有几次她跟陈春秋吵完架,她想一个人冷静一下,可陈春秋就是不依不饶,让她极为烦躁,甚至都有了分手的心。

陈春秋涨红了脸说:"啥叫不依不饶,我是赶紧跟你道歉,想得到你的谅解。"

"那会儿道歉有什么用,就是想冷静下来,什么话都不想听。"

"好吧,可是哥跟嫂子并没有吵架啊,忽然不联系了,会不会出什么事了?"看来,男人的思维方式都差不多。

"不会的,我想至少嫂子本人应该是没事的,毕竟她的手机没关机,能打通,也没有把哥哥的微信给拉黑呀,不是吗?"

我和陈春秋不由得对视了一眼,同时被她说动。

"也许她喝醉了呢? 哥哥你说她是经常酗酒的,她去监狱里看到自己可怜的哥哥,一定很难受,然后把自己灌醉,这应该是很容易理解的。哥哥你要是做了什么错事,被警察抓了,我去监狱里看你,我一定也会很难过的。"她竟然开起了玩笑,咯咯咯笑起来。

"死丫头,诅咒我吗?"我哭笑不得。要不是妹夫在这里,我一定要教训她一顿。不过,我紧绷着的心确实放松了。我觉得妹妹说得很有道理,也许还是女人了解女人。于是,我问她:"那你说我该怎么办,就这么等着?"

"你今晚再给她发条信息,她若不回,你再打她电话。"

"不接呢?"

"那就好好睡觉,明天再说。"

"要是明天还不回呢?"

"不会的,你又没做什么错事。"

"就因为这样,我才心里没底呀。"

"哥——"妹妹拖长了音调,"我看你是太久没谈恋爱,变得疑神疑鬼,患得患失。如果你们没能走到一起,那就是缘分还没到。现在,你要淡定!"

她转身走进厨房,继续去做菜了。我心底那个长不大的弱小妹妹,从什么时候开始有了如此强大的能量?

晚饭后,我发了信息,打了电话,还是没回应。

妹夫买了六瓶珠江纯生、一袋南乳花生,主动过来陪我。我们一开始聊的是"阳光玫瑰"的话题,避免提及阿姿。不知怎么回事,我们从"阳光玫瑰"一路聊到了刚刚出台的三胎政策,陈春秋感慨自己三十五岁了连一孩都没有。我这个大龄"剩男"单身日久,对孩子的事当然从不上心,但听他这么说,才意识到情况很严重了。

"你们赶紧要呀!"我说,"还要等到什么时候!"

陈春秋支支吾吾,还是说了:"哥,不是在凑首付款嘛……现在要是怀了,空间不够啊。"

该来的终于来了。

此前有母亲做挡箭牌,现在要直接面对了。

"我说你这个人是不是有点死心眼呀!"我趁着酒劲儿,呵斥他道,"老话怎么说的?'有苗不愁长',你们先把孩子要了再说,车到山前必有路。咱们一起住,地方是不大,但也不差一个小宝贝吧?你知道历史上的疍家人吗?世世代代都生活在船上。一艘渔船能有多大,大人和几个孩子都生活在上边,都能延续数百上千年!咱们六十八平方米两房一厅的房子还比不上一艘小船吗?"我越说越激动。

陈春秋嘴巴张了下,估计想反驳我的,但又喝了口啤酒,把话咽下去了。

"实在不行,我到时搬出去住,你们北方人不是说,活人不能让尿给憋死。"

"哎,哥!你可别……"

"你叫我哥,就要听我的。从明天起,你要戒酒,开始锻炼。你作为资深的'程序猿',也要尽量不熬夜。明年我要看到你们的孩子。"我很少以长辈身份跟他说话,现在我认为,我确实得管管他们了,我趁着劲头继续说:"你们对生活的认识太刻板了,非要把买房跟生孩子两件事关联起来。可是,那种野蛮的、顽强的、不顾一切也要生存于世的态度,才是人类绵延至今的动力。春秋,你是陕西人,你很自豪,因为你的故乡文化底蕴深厚,那我问你,你知道你们陕西大儒张载说的那四句名言吗?"

他摇摇头,有些茫然。

"那你听好了,"我一个字一个字地慢慢说,唯恐他听不清楚,"'为天地立心,为生民立命,为往圣继绝学,为万世开太平。'你说,这是什么气势?再看看咱们,盘算这个,盘算那个,然后不敢结婚,不敢生孩子,不敢辞职,不敢生病,别说不敢死了,甚至都不敢活着,让人工智能来替我们活,我们是不是都活得太小了?啊?太小了,太小了!你看《动物世界》,动物为了繁衍所付出的是什么代价。就连狮子这样的百兽之王,一生中也得不停繁衍,才能保证有那么几只小狮子逃过鬣狗的撕咬、疾病的感染、饥饿与干旱的威胁,从而勉勉强强活下去。春秋啊,大胆地活!活下去,活好了,才能帮到更多的人。"

"哥,说得好啊!我听你的!"

我忽然想到了那个模糊的差点被遗忘的念头,赶紧起身,走到客厅屏风后面的桌子前,拉开抽屉,将暗红色的房产证拿了出来。也许,这正是母亲把它交给我的意图吧。我走过去递给陈春秋,说:"拿去银行,少说也能贷出百十来万,先把首付款付了再说。月供咱们一起想办法,其实也没那么难啦。"

妹夫已经语无伦次了,说什么也不合适,干脆倒了满满一杯酒敬我。

我看到了他眼里的感激和敬慕。

实际上,我自己都惊异于自己的表现。这段时间跟阿姿的交往,似乎让我过去经历的那散乱的一切,都在重新受到激发,产生系列的化学反应。尤其是跟阿姿的失联,让我更深地审视自己。

我举起酒杯,跟妹夫碰了。然后,我们一杯又一杯,加快了速度,一切尽在不言中。六瓶纯生喝完后,我倒头便睡。

周一,没消息。周二,还是没消息。

我不能再等下去了,她那边一定发生了很大的事情。我赶紧买了周三最早的高铁票,第二天早上八点半就到了创造社门口。

阿姿的工作室紧闭,一直没开门。我等到中午,她也没来。我询问一个年轻的保安,他摇摇头,说:"不清楚。"

我一直等到了晚上,阿姿的工作室还是没开门。我深感绝望。这时,门口的保安换班了,来的正是那个收留过我和阿姿的东北保安。我赶紧上前,说起往事,他自然记得,哈哈大笑起来。

"她怎么一直没来工作室呢?"我问道。

保安大哥瞅了我一眼,大声说:"你俩闹掰了?她发生啥事,你来问我?"

"没有闹掰……她不回我信息,急死我了。"

"吵架了吧?年轻人没事别吵架,尤其是你作为男人,要多包容,"保安大哥教训完,方才换了个语气说,"洗老师的店周一就没开门,两天了。"

"你知道她家在哪儿吗?"

"这我哪知道呀。"

阿姿那边一定出事了,我再次给她打电话,她还是不接。我无计可施,走到她的工作室门前,一屁股坐下去,这样能让我觉得离她近一点。

保安大哥慢慢走过来,问:"大兄弟,还是不接?"

我点点头。

"这样吧,我帮你打个电话怎么样?"

"你帮我?怎么帮?"我纳闷了。

"用我们物业办的座机打,她也许会接。那个号码她肯定是存了的。毕竟物业很少打电话,要打电话都是有事。"

他说得很有道理。我真没想到,这个东北大哥会第二次救我。

"谢谢大哥!"

我跟着他来到保安室,里边有两部电话,其中一部是物业值班电话。他把座机设置为免提,然后拨打阿姿的电话。

一声声缓慢的"嘀"传来,我紧张得两手心都是汗,只能捂在大腿上。还是无人接听。就在我心里放弃的瞬间,电话接通了。

"喂?"

那正是阿姿的声音。

保安大哥示意我先别说话,他先介绍了自己,阿姿说:"有什么事情吗?"他这才换了个语气说:"冼老师,那个跟你一起喝醉酒的大兄弟在你工作室门前等两天了,要是你不回他的信息,他会一直在这里等你。"然后,他添油加醋地把我说得特别惨,我对这位东北大哥的口才十分佩服。阿姿那边长时间沉默着,我很怕她会突然挂掉。但她突然开口了,问道:

"他现在在哪里?"

"还在你工作室门口坐着呢。"大哥看了我一眼,"需要我去叫他吗?"

"不用了,我会联系他的。谢谢。"说完,阿姿挂断了电话。

"大兄弟,我只能帮你到这儿了,等着吧。"

我买了一箱啤酒送给大哥,他说他现在上班呢,可不能喝。我把那箱啤酒放到保安室,然后从里边掏出一瓶,一个人又坐在阿姿工作室门前,小口喝着苦涩的温啤酒。大哥看我这样,也只能摇头叹气,忙他自己的事情去了。

过了一个小时十一分,我终于收到了阿姿的微信:

"阿良,我阿妈过世了。我不想跟任何人说话,请你理解。对不起,快回去吧。"

我犹如遭遇雷击,手里的啤酒瓶摔在了地上,碎了一地。脑海中浮现出了那个我想象中的失心疯老太太,她滑稽可笑,絮絮叨叨,脸上的皱纹多得吓人。

但是,她死掉了。

一股巨大的悲凉,让我如鲠在喉,泪眼迷蒙。

我该如何安慰阿姿？我无法安慰她了。

这世上没有任何人能安慰她了。

我呆愣许久，手有些颤抖，给她回了个信息，请她节哀，并告诉她，我会一直陪着她，在她需要我的时候，随时联系我。

她没有再回复。

我不知道她家在哪里，只知道不远处的那条大江与她是相通的。我起身，到保安室里拿了扫把簸箕，把碎瓶碴打扫干净。保安大哥看着我面如死灰的脸，连连叹气。也许是怕我想不开，他让我今晚就住在保安室。那保安室的床上满是我和阿姿同醉同宿的记忆，我现在哪敢轻易触碰。我谢过大哥的好意，一个人向珠江走去。

时已深夜，江边没有一个人影。"小蛮腰"那绚烂的灯光秀也熄灭了，露出灰色的骨架，那像是储存光焰的容器。

我俯身在石栏上，江风带来了寒冷，这一年马上就要过去了。我回忆着我跟阿姿一起望江的时刻。昏暗的江面上传来马达"突突突"的声音，一艘收集垃圾的小船从薄雾中显影，一个寂寞的工人站在船舷，用长柄网兜打捞着水面上漂浮的垃圾。

阿姿的母亲，她是最后一个在水上长大的孩子吗？这沉默无言的江水还记得她的童年吗？

但愿这次阿姿依然能挺住……

我陷入一种奇异的伤痛及其带来的迷茫当中。我当然知道，我永远也无法抵达阿姿心中的疼痛程度。我不认识那个老太太，我伤心很大程度只是因为她是阿姿的母亲。我心底还升起了巨大的迷茫，我感受到了人生的那种不确定性。

本来，我们来到了一个风景优美的路口，在这个路口多走几步，我就可以见到阿姿的母亲，再多走几步，我们便可能改变我们的生活。但是，就在这个路口，就在这个时刻，阿姿的母亲忽然离开了这个人间，这同时改变了这个路口的走向。

这个路口的风景不再优美，犹如暴雨天降，或是冰雪肆虐，我不得不眯起眼睛，看到阿姿在巨大的冲击中瑟缩起身子，变得越来越小，几乎如石头一般了。我看不见她的眼睛，她也不再看我，我们即将相接的存在重新独立开来。

设计眼镜，大多数时候都是为了让人们更加清楚地看到这个世界，但是人们为什么会发明墨镜呢？仅仅是为了过滤强烈的阳光？显然不是。就像我之前说的，眼镜也在遮挡着什么，通常是让别人看不清我们。不过有时候，譬如此刻,我们也需要这样一款眼镜:让我们即便在能够看清事情残酷真相的时候,也能人为地将它放置在雾气弥漫的保护之中。

【薄雾】
我们一直努力要看得再清楚些
可很多时候,我们无法看清
更有一些时刻,我们不想看清
因为薄雾的后边隐藏着深渊

型号:009
材料:渐变色镜片;牛角镜框,显得稳重
设计人:希望能和阿姿一起完成

我凝视着江面上的薄雾,很久很久,意识逐渐虚幻起来,一时不知自己置身在何方。后来,有风吹过,对面高楼的顶层从薄雾中显露出来,几家未眠的灯光照进我的眼睛,才让我恢复了一些现实感。

十

回深圳吗?不。阿姿承受着巨大的痛苦,我怎能就这样回去呢?我要住下来。也许明天,也许后天,等她情绪稍微好一点的时候,我便可以见到她,力所能及地为她做点什么。

走进距我最近的这家宾馆,柜台后的服务员一边给我办手续,一边看着手机里的视频哈哈大笑。那笑声在深夜里显得有些空洞。我看到了他的手机屏幕:一只哈士奇狗在看电视,而在主人回家的前一秒,它关了电视,俯卧在门口,像是什么也没发生过。

动物要在人类当中生存下去,也学会了欺骗。

不,我其实并不相信那个视频。动物不懂得欺骗,正如动物不相信死亡。我更喜欢电影《忠犬八公的故事》里的秋田犬,它曾让我在深夜哭得稀里哗啦。它用一生等待已经死去的主人,只是因为它不相信主人已经离世。

当你深爱一个人的时候,死亡便是不可告知的,死亡成了一场自我说服的自残。这充分说明了爱是死的反面。

除非,你目睹了那个人的死亡。

中国人在亲人弥留之际,跨越千山万水来见,表面上是给对方一个安慰,深处则是因为只有目睹死亡才能放下爱的执念。

没有电梯,我疲惫地爬到三楼,迷迷糊糊躺在床上,可脑子里乱哄哄的,想象中的阿姿的母亲不时出现。假如我和阿姿结婚,我也要叫她阿妈的,她会把我当成那个闯了祸的儿子吗?假如真是那样,我会扮演下去的。

直到窗外晨曦亮起,我也没能沉睡。

我起身拉开窗帘,看到珠江近在咫尺,可确实没有听见"江声浩荡"。正如阿姿所说,江是沉默的,满怀心事。

喧嚣的不是江的声音,而是汽车行驶的声音、市场叫卖的声音、楼下争吵的声音、楼上装修的声音……喧嚣的都是人的声音,而其中最喧嚣的,却跟江声一样,是听不到的,那就是人们心底的声音。

此刻的阿姿,肯定听不见我心底的声音。而我真的能听到阿姿心底的声音吗?没有灵魂之间的亲密关系,我怎么可能分担她的痛苦?我始终只是一个外人罢了。

理解一个人的痛苦是容易的,但这种理解跟置身于痛苦相比,就显得太轻浮了。我忽然有了冲动,我要把阿姿在广州经历过的地方,全都实地走一遍。也许只有这样,我才能真正听清阿姿心底的声音,才能够真正接近她。

接近她的灵魂,让她对我产生来自灵魂的真正信任,她才会允许我跟她一起面对那巨大的不可化解的痛苦。

我来到楼下,开启导航,开始行走。我不会乘坐任何交通工具,要用脚一步步走在广州的街道上。

先去女子学院吧,那是阿姿成为她自己的最初之地。我独自一人站在栏杆外边,再次凝视着校园里墙上的画,恰好有一名女生走过,她勾着头,匆匆忙忙地,只留下一个背影。曾经阿姿也是这样的吧,阿姿似乎很少提到她的朋友,也许她就是孤独地在这校园里蓄积着力量。我还回想起了自己的青春,有些惆怅。我本想站在这里多看看的,但是门卫出来了,他盯着我看,眼神里充满了警惕与蔑视。估计他把我当成偷窥女校的色狼了吧,我只得离开。

接下来,去龙潭村吧。那是她走进社会的第一站。

太阳当空,尽管已经十月,可广州的溽热依然让人大汗淋漓。走了整整一个小时,我才走到龙潭村。

走进牌坊,来到内街,我看到了一个芜杂繁忙的世界。路上全是装满了布料的推车,后边跟着焦急的出租车和私家车。人们推拉着小车,走进更窄的内巷。我忽然想起阿姿说起的凶杀案,原本燥热的身体掠过一丝阴冷。

我抬头看着周围的楼房,其中必有一栋是她住过的。这里喧嚣依旧,繁华依旧，人心的希望、欲念，以及深渊依旧。我不由自主地把眼光再往上看，看到那无垠透明的蓝天。嗯，不会错的，那才是阿姿当年在这里的心境。

因此，我没有忘记她提到的七星岗，那个古海岸遗址。她在那里寻到了一个更深远的所在，从而安放着心灵的目光。

从村尾穿过高架桥，很快就到了七星岗。一道矮墙后边，竟然就是时间留下的可怕荒寂，那些赭红色的礁石依然保持着迎受海浪击打的姿势。

海岸线对人类来说，是一道实与虚的分界线。尽管这里的海水早已退向远方，可仍有什么牵动着人心。也许，六千年前，某个手持石器的人类先祖也曾在这里眺望过，我能感到他的目光充满了恐惧与希望。

我在这个特殊的地点，寻找着阿姿的目光。我凝视着那遍布凹坑的苍老礁石，感到我们的目光在六千年前相遇了，那无形而神秘的量子信息瞬间被激活，消弭了时空的阻隔，跟阿姿同频存在的感受，如六千年前的海浪般绵延不绝地呼啸而来，让我浑身战栗，不由得坐在岩石上，双手紧紧握住岩石的棱角，在心里轻呼她的名字——阿姿。

黄昏来临，阴影覆盖了周遭，我才依依不舍地离开。我继续出发，来到五凤村。这里的店铺密度之大，犹如蜂巢。我被震惊了。阿姿曾说，如果把这里的每个档口看一遍，需要花两年时间。我当时还以为她在开玩笑，有夸张的成分，但没想到她说的是事实。临走时，我看到宣传栏里的规划，明年这里就要拆迁了，要建新"国际创新谷"，还有设计师工作室。

这会让阿姿感到些许安慰吗？

回到宾馆，我精疲力竭。稍稍休息，喝杯水后，我简单给阿姿发了个微信，告诉她我还在广州，等着她的信息。简单洗漱后，我便躺下了。连续的失眠与今天的大强度行走，让我很快失去了意识。

早上醒来，打开手机屏幕，阿姿没有回信。在我意料之中。我似乎已经习惯了这种单方向的联系。但我深知，这种习惯是暂时的。因为我还在广州，跟阿姿在同一座城市。假如这样持续下去，等到我不得不返回深圳的那一天，我将会无比伤心，那很可能意味着我和她的彻底终结。

我要把我在她的"故地"看到的，分享给她。这些地方的变化她也许还不了解，而我对这些地方的感受，则与对她的思念缠绕在一起。

点开手机的文档，我开始给阿姿写信。我想一点写一点，可能词句不美，甚至前后句都没有关联，但我是真诚的。我先写了今天的见闻与感受。实地走过之后，跟此前想象的确实很不一样，那些街道、那些建筑、那些面孔，我闭上眼睛，就会重新浮现，仿佛那段岁月是我跟阿姿共同度过的。

阿姿的母亲过世,也让我想到了父亲过世时的很多事情。我发现自己是如此怀念他,可他在自己心中的形象却在逐渐消散。记忆终究是会被磨损的,不是因为我们不再珍视记忆,而是因为记忆的载体——神经元细胞是会衰老的。我要是能跟父亲多聊聊天该多好,而我总是惧怕他,离他远远的。我告诉阿姿,我哭得最厉害的时候,便是从火葬场的焚化炉拣出父亲骨殖的时候。

我们额外付费才让父亲享有单独焚化的待遇。要是父亲在天之灵知道,他一定不会同意的。他在生命的最后一年看破了生死,反复跟我们说,他的后事一定从简,骨灰随便找个地方撒掉,只要在横岗这片土地上就行。但是妹妹担心直接送出来的骨灰不纯,夹杂了别人的,便坚持要购买单独焚化的服务。我和母亲也不再拦着她。半个小时后,工作人员叫我们进去。妹妹忽然有些不敢进去,我和母亲让她等着。也是,妹妹还是不要看到残酷的场景为好。

尽管我有心理准备,但现实情况还是超出了我的预计。我看到父亲变成了一副白色的骨架,那白色如此纯洁,犹如光滑的白瓷,让我触目惊心。工作人员站在一旁,用铁钳指着骨架,跟我和母亲说:"要哪块,便敲碎哪块。你们自己来还是我来?"

"我们自己来。"母亲说。

她接过了铁钳,从脚开始,轻轻一碰,那地方就碎成小块了。母亲忽然号啕大哭起来,我接过了铁钳,让母亲也在外边等我。那个时候,我根本顾不得伤心,死亡的巨大阴影让人喘不过气。我从脚开始,每个部位都拣一点点碎片,放到提前准备好的黑陶骨灰盒里。最后,我轻触头颅,将头盖骨放在了最上边。这样,至少在我的感受中,父亲依然是一个完整的存在。

装好骨灰盒,将盖子合上,在上面又披了一方黄色的绸缎,我方才抱着它走出去。等在外面的母亲和妹妹抱在一起哭泣,看到我手中的盒子,她们的哭声骤然升高。我仍然没有哭,我紧抱着骨灰,跟母亲和妹妹坐上了开往墓地的车。我们怎能忍心将父亲的骨灰随意抛撒呢?我们只好违背了他的意愿,举办了一个简朴的葬礼。

想来父亲不会怪罪我们的,因为说到底,是我们需要一场葬礼,是我们需要一个跟他告别的仪式,是我们需要一个纪念他的地址。

这些事情通通都是为了我们,而不是为了他。他已经在最后的时刻完成了自己。

在车上,我手中的骨灰盒逐渐温暖起来。我当然知道那是骨灰的余温传递出来了,但那种温暖的手感,像是父亲以另外一种形式活了过来,而我把他捧在手里。我突然崩溃,泪水一直流,一直流,把骨灰盒上的黄色绸缎都浸湿了。

回想起那一刻,我很想再大哭一场。可我从未跟任何人说过这些,包括妹妹。这几天阿姿正在经历同样的至暗时刻，我把这些心底的隐秘都向她撕开和敞开，唯有如此，才能让她明白我愿意同她共同分担人生的困难与责任。

从早上写到天黑，不知道自己写了多少字，因为我不敢回看自己写的东西，很怕因为尴尬和胆怯而删掉。我将这个文档命名为"写给阿姿的话"，犹豫再三，还是发给了她。看到文档出现在对话框内的一瞬间，我感到了极度的虚弱。两天来，支撑着我行动的激情彻底耗尽。我这才想起，今天还没吃饭呢。

我躺在床上，打算休息一会儿再出去吃东西，可没想到直接睡了过去。等我再醒来时，周围极度安静，我拿起手机，看了下时间：凌晨三点十分。我进入手机界面，不抱任何希望，习惯性地点开微信，忽然发现阿姿在几分钟前给我回信息了！我直接从床上跳了起来，身体不小心撞到椅子上，发出了巨大的噪声，楼下估计被吓得够呛。

她只发了短短几个字：

"你在哪儿？"

但这几个字对我而言，就像是日出一样壮丽，我赶紧回复："我在广州。"

"我知道。具体呢？"阿姿竟然还在线！

我也不知道该怎么描述，便直接把定位发了过去。我想跟她说，我一直在等她。

"你等着，我现在过去。"她回复道。

简直难以置信！我怀疑自己在做梦，于是，继续发信息给她："我一直在等你……"

"再等一会儿。"她秒回。

我的心都快化了，给她发了个大大的拥抱表情。

她说："把房号发我。"

"303。"我觉得从今以后，"3"会是我的幸运数字。

我将房间的灯都打开，洗了脸，剃了胡须，让自己彻底清醒。

不到半小时，有人敲门。我打开门，看到她不仅一身黑衣，而且在深夜还戴着墨镜，墨镜的线条下垂而悲伤，仿佛她的心境。

进门后，我便紧紧抱住她，她瞬间哭了起来。我也哭了，蓄积多天的悲伤、担心与委屈也倾泻而出。当我控制住自己的时候，感到她在我怀里像只受惊的小猫一样颤抖着。我劝慰她别哭别哭，轻轻摘掉她的墨镜，给她擦眼泪。我这才看到，她的眼睛已经红肿得不像样子了。

"哭多了，怕光。"她捂着眼睛说。

我让她在床上躺下，我关灯后躺在她身边，抱着她，她蜷缩在我怀里。

"为什么一直不回我信息？"我还是忍不住轻声问了一句。

这句话让她好不容易止住的哭泣，再次爆发。

"对不起，对不起……"我抚摸着她的背，"不管发生任何事，我都会陪你面对的。"

"我没法面对你，因为我还没法完全确信我们的关系，"她哽咽着说，"我对感情很认真，是要安身立命的，我还没准备好。尤其是阿妈突然走了，我的心完全碎了，乱了……"

我亲吻她的额头，不再说话，只是静静陪着她。此刻，她能在我身边，已经是对我最大的信赖了。至于今后，就交给时间与缘分。

外边起了喧嚣，清晨就要到来。忽然，我听到了一声汽笛声，那肯定来自一艘船，然后，我真真切切听到了江水拍岸的声音。

大船驶过后，江水拍击岸边，发出了深沉的波浪声，有些像大海的潮水。但不同的是，大海的潮水有种主动性，是向上飞升的，而这江水是被动的，因而是沉重的，它只能上升到一定程度，然后便下坠和远去。

深流的江水如果没有船的激发，依然是寂静无声的。就像孤独日久的人，总会陷入坚硬的沉默。

能用"江声"来命名眼镜吗？没什么不可以的。谁说眼镜只是为了看？我已经明白了，眼镜有时还为了遮挡，为了不看，那么，我觉得眼镜也可以抛开视觉，转而跟听觉发生关系。我忽然想到了李商隐的诗：《暮秋独游曲江》。我记得这首诗还是因为妹夫。我当时很好奇，他怎么那么文艺？后来他说因为曲江在他老家附近，是唐代的皇家园林。我说他真是个"家乡控"，可他不承认，他说汉唐长安是所有中国人的乡愁。也许是吧。

那一年，妹妹跟陈春秋刚刚谈恋爱，有一次吵架后，陈春秋送给妹妹一束玫瑰花，花丛里还夹着一个卡片，上面就写着《暮秋独游曲江》的后两句："深知身在情长在，怅望江头江水声。"妹妹手持玫瑰，看了这诗，很快消气了。那时我还不知道我的"情"在何方，所以对后一句"怅望江头江水声"极为有感触。现在想来，那江水声可不正是望见的吗？

【江声】
你望见江在叹息
像是刚刚睡醒的人
想到了活着的重量
江声低沉，一路远去
带走两岸所有的杂音

包括心底的呢喃与呐喊

为了抛开这痛苦

连快乐也一并拿去吧

我们只是静静拥抱

在这江声中休憩

型号:010

材料:黄金,手工雕刻江水的纹理;镶嵌小钻,如大浪淘沙

设计人:这是一对专为我和阿姿设计的情侣眼镜,所以今后必须和阿姿一起完成

十一

她在我怀里如此寂静,没有任何声响,我甚至都听不到她的呼吸声。我以为她睡着了,我甚至以为自己也睡着了。可她忽然开口说话:"周六那天,我去监狱看完哥哥回来之后,特别想陪阿妈去散步。"

我这才意识到自己还醒着,并没睡着。我摸摸她的脊背,让她继续放松。

"阿哥在监狱里表现良好,他居然靠着自学取得了广州体院教育学的学士学位,这真是个好消息,他没有放弃自己。阿爸也很欣慰,他们父子俩隔着玻璃还哭了挺久。回到家后,我让阿爸在家里休息,我想带着阿妈去江边走一走。"

她的声音很细很轻,像是来自遥远的地方,但她说的每一个字我都听得很清楚。我依然没有说话,抚摸着她的脊背,让她继续说下去。说出来就好了。

"说来好奇怪,那天阿妈表现得特别平静,话很少,行为也很正常。我跟她说什么,她都很顺从。我和她走在江边,缓缓散着步,微风吹来,周围没人知道我阿妈是个病人。有那么一会儿,我都觉得阿妈的病好了,又变回那个健康阳光的妈妈了。熬了太多年,我真是有种'守得云开见月明'的错觉,以为一切都好起来了。阿哥好起来了,我也好起来了,我还遇见了你,阿妈没有道理不好起来呀。我那样想着,开心得都要笑出声了。我想着第二天去深圳见到你,要当面把这些好消息分享给你。"

我心中一暖,但也知道马上就有很坏的事情发生了。我抚摸她脊背的手,不由变得有些僵硬。

"你知道,江边总有很多人钓鱼,有人钓上来一袋奇怪的东西,打开一看,发现是十几发有点生锈的子弹。我当时就在想,如果有一天江水干涸了,不知道会有多少秘密曝光。钓上来的人觉得这没什么大不了,但有的围观者坚持要

报警。派出所倒是离得很近，就在旁边的珠江广场小区里。很快，一个民警匆匆忙忙地赶过来。警察来了，看热闹的人越来越多，将路都堵住了。这种混乱的场面显然刺激了母亲，她张望着那些人，忽然说出了哥哥的名字。我顺口回了一句：'阿妈，你放心吧，阿哥挺好的。'她显然愣了一下，'阿哥？阿哥？'她喃喃说着，似乎记起了什么。

"我有些担心，又有些期待，如果她能够记起我们该多好。但随即她又恢复了平静，像什么都没有发生一样。我放松了警惕，挡住去路的人群里忽然有人惊叫，我不由自主往里边多看了几眼，等我转头的时候，发现阿妈已经翻到了江边石栏的内侧。我不知道她怎么过去的，她那么老，那么弱，却忽然那么快，那么敏捷，我直到现在都难以想象。我急忙向她跑去，但是围观的人太多了，挡住了我的去路，而他们又被前方的事情吸引，没人留意到有个行为怪异的老太太。我看到阿妈手扶石栏，看着江上来往的彩船，嘴里嚷嚷着说：'好靓的彩船呀，我是生活在船上的，我要回到我的船上去。'说着，她竟然笑了，那个笑容在彩灯的映照下格外分明。

"我疯了一样挤到她面前，就在我的手触到她的手准备拉住的瞬间，她跳了下去。我阿妈竟然跟小石子一样轻飘飘的，掉进江里只溅起极少的水花。她的身影一下子就没了，像是放生的大鱼重新回到了水里。我大喊：'救命啊，救命啊，有人落水啦！'这才有人注意到。一位男士衣服都没脱，扑通一下就跳了下去。他真是厉害，阿妈很快被他救了上来。可是，虚弱的阿妈已经奄奄一息，当晚就在医院走了。阿妈临死前一句话都没有说，她没有留下半句遗言。她陷入了彻底的沉默。她不是昏迷，而是沉默。她微睁着干枯的双眼，就那么愣愣地看着我和父亲，那种感觉极为陌生。我阿妈从没有过那样的眼神，那眼神不属于她，也不属于这个世界。我害怕那样的眼神，那样的眼神让我知道，我这辈子没法安宁了。"

忽然，她撕心裂肺地大哭大喊起来：

"我要是不带阿妈去散步，阿妈肯定还活着，是我害死了母亲呀！"

我紧紧抱住她，在她耳边说："阿姿，不是你害的，不是你，不是你……她这辈子太苦了，这是她的解脱。"

父亲病重的那些年，母亲经常在父亲睡着的时候嘤嘤哭泣，但是父亲走后，尤其是葬礼结束后，她便很少哭了。我和妹妹在整理父亲遗物时哭得难以自已，她跟我们说："你们别哭了，你们的阿爸是解脱了。要是他还活着，他该多疼呀。"

我把这事讲给阿姿听，我说："你阿妈也是解脱了，要不然，她还得受多少折磨。"我劝慰阿姿的同时，忽然感觉到父亲离我如此之近。他就在我的心里，从未远去。

阿姿哭泣的声音变轻了一些，可是我在黑暗中睁着眼睛，任眼泪流下来。她目睹了母亲的非正常死亡，从而背负了太沉重的罪恶感。她把自己当成了那个"非正常"的原因。但实际上，她的母亲随时都会因为任何微小的触动而死去，而面对着儿时的珠江一跃而下，更有种悲壮的意味。

"抱紧我。"她缩成一团，贴近我身体。

我紧紧抱住她，她周身冰凉。我感到我们正在坠落，我要成为她的缓冲垫。她终于能够接纳我，允许我跟她一起面对痛苦。

经过她的叙说，我了解到这段时间她母亲的后事都是由她父亲一手去处理的。阿姿很幸运，她不必像我那样去直面父亲的骨灰，但她的父亲，那个沉默寡言的"澳门仔"，怕女儿因为负罪感而伤心过度，甚至告诉女儿，他其实一直都很想杀死她的阿妈，然后再自我了结。这样的劝慰，反而让她更加痛苦。

"你最近先别回家了，就跟我住在这里吧，或是换个你喜欢的地方，这样应该有助于你恢复，"我说，"横岗那边也没什么事，不过就是一间小小的眼镜店罢了。只要你需要我，我可以一直陪你在广州住下去。"

她在我怀里点了点头。

我提醒她，给她阿爸打个电话，没想到她说："我已经跟阿爸说过了。"

"什么时候说的？"我很纳闷。

"出门前呀。"她抱紧我说。

"那么晚你阿爸还没睡？"

"怎么睡得着，他每天晚上都醒着，经常来我屋里看我，怕我想不开。"

"被你这么一说，我有些担心他。"

"我天天在家哭，才让他担心。我还是躲到你这里哭吧，"她说，"我每天都会联系他的。"

"那你跟他说你去哪里了？"

"男朋友那里呀。"

"他什么时候知道你有男朋友的？"

"那天去看阿哥的路上。"

"你哥也知道了？"

"是的。"

我心里暖暖的，有种力量在心底升起。那力量不是热血沸腾的冲动，而是像不远处的江水一般，笨拙、迟钝却沉厚。

从理性的角度，所有的道理她都明白，但人的情感波澜犹如深渊，不是仅仅靠理性就能够挣脱的。即便我做了很多心理准备，但现实情况还是超出了我的预计。

她不愿意出门，这好办，我叫外卖送上来。可我们简单吃过后，她要我陪她喝酒。我当然不能拒绝。正如前几天，在我最难熬的时候，是妹夫陈春秋陪我喝酒才度过的。我现在也得帮阿姿把这段时间度过去。不过，情况比此前严峻得多，她不再只喝啤酒，还需高度白酒才能到量。

还能怎么办，舍命陪君子，我继续去卫生间抠喉吐掉。

她喝醉后，有时会安静睡着，有时会陷入癫狂状态，我紧紧抱住她，她低头便往我的胳膊上咬，疼痛让我失声叫喊。她心中的绝望暗流几乎也将我席卷，我的负面情绪也日甚一日。三天过后，我知道我们不能再待在这个房间里，我们要出门。我几乎是强制性地将她拽出了房间，拉着她来到户外。我们被明亮的阳光照得睁不开眼睛，然后我们戴上了形状诡异的墨镜，在街上随意行走，惹得路人纷纷侧目。现在唯独不敢去江边，那一定会触发她的痛苦机关。

我们用整个白天在街上走路，走到精疲力竭，然后晚上吃完饭便开始在房间里喝酒，同时播放着悲伤的音乐，好让她的情绪彻底宣泄出来。我跟她约定好，每天都要比前一天少喝一点，她同意了。就这样到了第七天的时候，我几乎要崩溃。我每晚喝酒都要呕吐三次以上，这对我的身体产生了巨大的伤害。

这天晚上，我呕吐一次后，食道和胃部一阵绞痛，我再吐，竟然吐出了一口鲜血。望着马桶里散开的那团鲜血，我捂着腹部坐在了地上，整个人疲惫不堪，虚弱至极。我像只病倒的动物，等待着自己的大限。也许是因为酒精的麻醉，我心间竟然并无恐惧，只有说不清楚的悲凉。

看我太久没从卫生间出来，阿姿过来找我。她推开门，看见瘫坐在地上的我，再一眼，看见马桶里的呕吐物和鲜血，她顿时被吓清醒了，用广东话尖声喊道：

"阿良！你有嘢吓话？你撑住，我马上叫白车。"

我向她伸出手，她握住了我的手。我让她不用叫救护车（也就是她说的"白车"），休息一下应该就能好。我不想去医院，只想和她多待一会儿。

她倒了一杯温水给我，我喝后舒服了一些。

"怎么会吐血呢？我好惊。"

"看你吓的，白话和普通话一起用。"

"哪有心情说这个。"

"阿姿，我的身体确实快撑不住了。"我把每次陪她喝酒都抠喉呕吐的事情跟她坦白了。

"你傻噶，干吗这样折磨自己？"

"我好中意你嘛。"这是我会说的不多的几句白话,也被她带节奏给带出来了。

"傻猪。"她的声音变得好温柔。

她用力把我从地上拉起来,紧紧抱着我。然后将我扶到床边,让我躺下休息。我们看着彼此的眼睛,好长一段时间没有说话。

"阿良,我下定决心了,"她握着我的手说,"我真的要戒酒。"

她还年轻,她的酒瘾主要还是心理上的,还不至于深入脑部神经,形成生理上的酒精依赖。现在所要做的,就是要让她转移注意力,压制那种虚无的腐蚀。

所幸的是,我自己的身体没什么大碍。好好休息两天,滴酒未沾之后,我的胃痛便大为缓解了。接下来,我的主要任务就是对抗她的酒瘾。只要她想喝酒了,我就牵着她的手出门下楼,无论是早上六点还是凌晨三点,拖着她在街上走到精疲力竭。

这种极端的方式确实取得了一定的效果。四天后,她终于不喝酒也能睡着了。我暗暗一算,从她来跟我住,竟然已经过去十四天了。可我总觉着像是置身在无比漫长的一天当中。时间几乎凝滞了,但这种凝滞与我遇见阿姿之前的那种凝滞相比,是完全不一样的。现在我的心中并不凝滞,凝滞的是酒精与悲伤带来的情绪低落。只要我抱着阿姿的时候,那种低落感便会消失大半。我能感到自己踏踏实实地活在此时此刻。

这天,我们沿街走了好远,她忽然说:"阿良,我想回家看看我阿爸,他一个人在家很久了。"

听她这样说,我很高兴,证明她能控制住自己的情绪了。我说:"那我也回深圳看看母亲,我出来挺久了,她一直非常担心我们。"

"我们?"她停住了脚步。

"我们。我和你。"

她忽然有了笑容,说:"下次你跟我一起去看阿爸,好吗?"

"见家长吗?好紧张。"

"我阿爸会喜欢你的。"

我送阿姿回家,记住了她家的位置。她家离江很近,就在孙中山大元帅府后面,旁边是仲恺农学院。小区的楼体已经很旧了,但每层楼的阳台上都种着鲜艳的三角梅,花瓣犹如安静的火焰,让老楼焕发着一种奇异的生机。我暗暗感叹,怪不得广州叫"花城"。这是阿姿出生和长大的地方,那种历经岁月发酵的醇厚优雅也渗透在她的气质中。

她忽然转身对我说:"记住地方了吗?以后来找我,就不用再去找保安了。"

我差点笑出声来,但随即泪目,我好想立即跟她拥抱,但担心周围都是她熟悉的邻居,只能微笑着朝她挥挥手。我看着她走进单元门,感受着她上楼的脚步,良久之后,我才转身离开。

抬头看,一路之隔就是珠江,可我不敢过去了。阿姿的母亲已经成为我和她共同的母亲。

我坐上出租车,刚刚跟司机说去南站,便接到了国麟的电话。

"听说你在广州,你在干什么?"他直接问道。

此前,他已经知道我和阿姿的相处,老是嚷嚷着要见见"弟妹"。我便将阿姿母亲过世的事简略跟他说了。

"阿良,我真觉得你很坚强,"国麟忽然用一种极为认真的口吻说,"你阿爸那么早就过世了,这些年你不容易……"

我没想到在他眼中,还有这样一个坚强的自己。这些年,我的生活比较灰暗,确实是勉力而活,但我从没想到自己是坚强的。

"我不坚强,但总得度过。"我这样对他说。

我陪着阿姿疗伤的这些日子,我坚信这个难熬的阶段终会度过的。

每一分每一秒,我们需要度过;一件又一件事情,我们需要度过;再到人的一生,我们也要度过的。无论是主动地度过,还是被动地度过,终究都是要度过的。但度过不是时间本身,度过是时间跟事件综合在一起的间隔。这就是我现在所能想到的关于活着的一个秘密,一个不可破解的秘密。

阿姿的哥哥出事后,对于阿姿的母亲来说,就是一次度过;阿姿的母亲患上阿尔茨海默病之后,又是一种度过;当她幻想着回到了儿时,跃入水中之际,也是一种度过;当阿姿承受着母亲的离去,靠酗酒化解这种悲伤的时候,还是一种度过。

"度过"当然也可以成为一款眼镜的名字。眼镜陪伴着我们,调整着我们跟世界之间的关系,是清楚一点、模糊一点,还是遮蔽一点,就是让我们度过时好受一点。

阿姿一定会对"度过"心有戚戚,希望她能顺利度过戒酒的阶段,然后跟我一起设计这款名叫"度过"的眼镜。

【度过】

从过去到现在

从那里到这里

我们恍然觉得自己

也能聊聊人生了

但是,从现在到未来

从这里到那里

我们依然一无所知

并因此充满恐惧

恐惧于度过是必然

恐惧于此心无法度过

型号:011

材料:黄金、铂金、牛角,不同的材料和谐相接,体现度过的每一个阶段

设计方向:这款眼镜从镜框到镜腿都应该设计成最优美的曲线,来呈现一种圆融无碍的关系

我现在更加理解阿姿了,她说设计终究是关乎思想与哲学的。确实,生命的体验最终都会落实在设计对象的细枝末节上,等待着另一个有共鸣的人接收这个信息。这是一个定制的时代,所以,不要要求每个人都理解你的想法,你总会找到自己的知音。你编码的设计信息经过破译后,将会在知音的心里爆发出强烈的光焰。

<h1 style="text-align:center">十二</h1>

国麟打电话给我,是想告诉我他父亲退休了,准备宴请全村。

廖叔很年轻时就当了村主任,这里城市化后,乡政府变街道办,村委会变居委会,他又做了快三十年的居委会主任。他视野开阔,人脉广泛,手腕也硬,做成了不少大事。像我去上班的国际眼镜城,就是他多方协调、招商引资后建成的。

这是一场为了告别的盛宴。

我有些恍惚,除了拆迁盖楼的那几年,村里人再也没有为了某件事齐聚一堂。廖叔的退休唤醒了某种记忆,也预示着一个新时代的开启。四十年前,我出生时,我们这里还是农田,现在已经完完全全城市化了,而且还属于中国发达的城市地区之一。

人们围着廖叔,诉说着他的成果,频频给他敬酒。他身旁的几位长者谈论

着过去的日子,稻田和眼镜混搭在一起聊,居然也浑然天成,毫不违和。

一个新时代不仅仅体现在这城市化的光鲜外壳上面,更是在人们的生活深处慢慢凝聚,让彼此碰撞与认同,从而形成与过去衔接却又崭新的价值。这种新的价值更加开阔,已经不局限于宗族与地域,而是不断突破各种界限,在新的整合中构成了我们高度浓缩和别具一格的历史。

我能看清这几十年的历史吗?我毫无自信,也许是到了回溯的时候了,廖叔的卸任便是一次重要的契机。

想到这里,我端起酒杯向廖叔走去。

我要敬他三杯酒。

古希腊哲学家说,太阳底下无新事。但是,人类对于新事情、新价值一直充满着渴望。现代以来,这种渴望变得越来越强烈,因为人类的能力提升得越来越快,能量变得越来越大。尤其是置身中国,这几十年来的快速发展,让人处于目不暇接的状态中,沧海桑田式的变迁让这几十年相当于过去几百年。而深圳、广州和港澳乃至整个珠三角,也就是被称作"大湾区"的地方,就像是中国经济的巨大马达,以最大的功率在运转、在驱动、在创新。因此,新事情和新价值已经不仅仅停留在渴望的层面上,而是一点一滴地融进我们的现实当中。我们必须注视那些正在生成的新价值,即便我们还无法深入辨析与判断。

【新价值】
历史的河流在加速
平稳的水面起了波纹
每道涟漪都是一条蜿蜒的道路
涟漪交汇之处
隐藏着新价值
见者方是智者

型号:012
材料:纯金,宝蓝色渐变镜面
造型:时尚与稳健相兼容,形状可以大胆,如带弧度的梯形

十三

很快,春节要到了。今年的春节比往年要早。我提着霉干菜、金柚、姜糖、桂

花糕、霸王花米粉等客家特产去广州看阿姿。当然,此行还有个重要目的,就是见家长,不仅拜见她的阿爸,还要探视牢中的哥哥。

"大元帅府"后的那栋老楼前,粉红色的三角梅依然开得灿烂。我给阿姿发信息,说我到了。她让我上六楼。我刚刚上到五楼,看到有个驼着背的老人从楼梯上走下来了。

"你是阿姿的男朋友?"老人打量着我问道。

我说是的,他点点头,对我笑了一下。

"我是阿姿的阿爸。"他的语音里粤味十足。

没想到他会亲自来接我,我有些紧张:"阿叔,谢谢您……"

他有些拘谨,嘴巴翕动着,似乎也不知道接下来该说点什么。他看上去很瘦,完全想不到他曾是足球教练。他转身招呼我上楼。他的白衬衣很干净,白得耀眼,也许是为我专门买的新衬衣。我有些感动。

进门后,我还是郑重其事地握了一下他的手。然后,我把礼品放在桌面上。桌上摆着一盆白色的蝴蝶兰,花萼是粉红色的,犹如一群蝴蝶展翅欲飞。老房间完全被一种奇异的祥和笼罩着。

"真好看。"我对他点头微笑。

他脸上又掠过笑容,说:"阿姿在里屋,你去看看她吧。"

我换拖鞋时,才看到对面的矮柜上摆放着阿姿母亲的遗照。她的那双眼睛里,充满了深深的忧郁,我不敢多看。想到她这一生承受的苦难,我的胸腔里犹如泥沙填埋,立刻喘不过气来。遗照前的小香炉里,有三炷香即将燃尽。我走上前去,点了三根香,深深鞠躬,再小心地插进香炉里。

"谢谢,有心啦。"阿姿的父亲在我身后说。

走进里屋,我看到阿姿躺在床上休养。这段时间的巨大悲痛,以及酗酒、戒酒的反复折腾,让她虚弱不堪,前天来了一场寒流,她便病倒了。

"还很难受吗?"我关切地问。

"好多了,烧已经退了。"

她的大眼睛在略微昏暗的房间里显得格外明亮,她冲我微笑了一下,转瞬却又哭泣了。我赶紧俯身帮她擦去泪水,然后坐在床边,拉起她的手,放在怀中。

这时,阿姿的父亲提着袋子,准备出门买菜。临出门前,他还望着墙上的遗照出了会儿神,在心底跟她默默说着话。

他下楼后,我和阿姿拥抱在一起。

我闭着眼睛,闻着她的气息,觉得万事万物都平静了。

第二天,我跟着他们一起去探视阿姿的哥哥。

进到监狱,我有点紧张,每个人第一次来监狱都会有这样的感觉吧。人与罪人往往就是一念之差。里边很多人,如果当初换一个环境,肯定还在好好生活着。而我想起过去那些愤怒、冲动的时刻,也感到某种后怕。

探视室的顶上安着白色的摄像头,侧面的墙上贴着八个黑色大字"前车之覆,后车之鉴",对来这里的人持续产生着威慑力。

警察叫了一个编号,我看到一个精瘦的青年人走进玻璃后的小房间。他穿着蓝色的囚衣,胸前有蓝白相间的条纹。他比我高半个头,极短的头发,脸上的胡须剃得干干净净,比照片看上去要沉稳很多。他的目光扫视过我,显然那瞬间就知道我是谁。

阿姿挽着我的胳膊,认真地将我介绍给他:"哥,这就是阿良。"

我冲他笑笑,也叫了一声"哥"。其实,我比他还大两岁呢。他也冲我笑笑,那一瞬间,我有种错觉:我们根本不在牢中,而是在家里。

他们用白话聊了一些家事,我在旁边默默听着。有个很大的好消息:阿姿的哥哥因为表现良好,获得了减刑。他们屈指一算,还有三年,他就可以出来了。他们高兴得哭了起来。我完全没想到会这么快,之前听阿姿说,她哥出来就成老头了,可事实上,他三年后出来,比现在的我只大一岁呢。不过,再转念一想,他十八岁坐牢,已经在里边度过了二十年,让人心惊胆寒。我不由想起了电影《肖申克的救赎》,不,不要误会,不是要越狱,是我希望他出来后能够尽快适应生活,还来得及,来得及。

一个小时的探视时间,很快就过去了。

"阿良,照顾好我妹妹。"阿姿的哥哥望着我,专门跟我说道。他的眼睛尽管噙着泪花,但目光中却有某种坚硬的东西,那是失去一切还要生存下去的人才有的眼神。那眼神让我深受触动。我忽然明白,真正的呐喊不是发自嗓子和嘴巴,而是出自眼睛——那种对世界的绝望盯视。

"放心,我会的。"我伸出手,跟他的手隔着玻璃相触。生命的气息穿越了玻璃的阻隔,完成了深层交流,我们仿佛早已相识多年。

跟阿姿回到家,吃了晚饭,我的心情依然沉重。我这才意识到此前自己对这种痛苦的理解还是太肤浅,见过她哥后,我才来到了痛苦的核心地带。有一个坐牢的亲人,就好像你的一部分也被关在了那里,他的痛苦像电流一样源源不断地传递过来。这种痛苦的强度与亲密关系成正比。一个母亲可以忍受自己的痛苦,却会被儿子的痛苦逼疯。

我深深吸了一口气,然后牵起阿姿的手,来到她母亲的遗像前,一起上了三炷香,磕了三个头。

阿姿哥哥带给我的触动一直挥之不去。短短一个小时的见面,应该会忘记很多细节,但随后这段时间,此前有些忽略的记忆居然重新变得清晰了。我想起他的鼻子,是很像他父亲的,而他的嘴唇则像他的母亲。这就像是我用眼睛拍了张照片,事后慢慢端详。之所以如此,我想一方面是他悲剧的命运让我产生了共情心理,另外一方面,也有着对我自身的一种感慨。毕竟他和我是同龄人,让我对自己的生命有了很多的反思。过去的二十年,尽管我是自由的,但我没能充分运用好这种自由,要不是遇见阿姿,我不知道还会浑浑噩噩到何时。因此,我很想专门给他设计一款眼镜,作为我这个"妹夫"的心意。

二十年的岁月像一座塔吗,镇压着一个不堪回首的过去?二十年的光阴像一阵风吗,吹过就了无痕迹?也许塔已经建在心上,成了坐标;也许风还在,你要迎着它走。我还是相信:人总是具有重新开始的能力。

【开始】
生命有很多次开始
有些开始很短,像早晨醒来
有些开始很长,像石头始终是石头
有些开始很珍贵
需要你把记忆变成石头
垒成一座城门
走出去

型号:013
材质:铂金、小钻石、菩提子穿成的细链
设计理念:垂下来,放下来,则自然有新开始。这不仅要成为一款很酷的眼镜,还要成为一款很有禅意的眼镜。因此,镜片也要用渐变色的。他肯定需要遮挡,他跟世界的关系还有些紧张。这眼镜会让他放松,有助于他缓解那种紧张

我把这款眼镜的名称以及设计理念写下来,给阿姿看。她蛮有感触。她说:"你这个关于'开始'的想法,我也会常常想到,而且也是阿哥带来的。他在里面太长时间了,进去是一次开始,出来又是一次开始。什么是开始?光有时间还谈不上开始,我们必须在时间中带着目的去做事情,当时间可以被历史另起一段讲述的时候,才能叫开始。"对她的这个说法,我表示万分赞同。我邀请她跟我

一起设计这款眼镜,她说:"这是你想到的,你就自始至终完成它吧,等阿哥出来那天,你亲手送给他,那意义是非凡的。你既然已经设计了眼镜,我就设计别的东西送他。谁让本小姐的本事大呢。"

你还别说,我好喜欢她那自信的语气。

十四

正月十五,我跟阿姿坐高铁回深圳。

这趟早就计划好的旅程,因为意外延迟至今。想起在"小蛮腰"上的约定,竟有恍若隔世之感。因此这一路上,我和阿姿之间的话并不多,但我们比以往任何时候都亲近。我看看窗外的风景,看看她,再看看她望向窗外的目光,确认自己真的不再孤单了。

她穿着一袭白色吊带长裙,戴的眼镜是我们第一次见面时的那款,大弧度的镜片让她的眼睛更显明亮与温柔,银链坠在她的颈窝里,高贵典雅。那些时光的流转及其带来的聚合,悄悄蓄积心间。我们对视了一眼,我在心底默默对她说:阿姿,在你的唇上有我想说的话,在你的眼里有我试图看清的真相。如今,我是如此幸运,我和你的目光融为一体了,这合体的目光不仅让我们看清彼此的小世界,更让我们看清了一个浩渺宏阔的大世界。

"我忽然觉得自己已经来过好多次了,"她忽然笑着说,"其实就那一次。"

我在她耳边悄悄说:"那证明你跟我一样,是回家的心情。"

等我们走进家门时,母亲已倒好了娘酒在等待。阿姿有些犹豫,我这才想起,她说过滴酒不沾的誓言。

"阿姿姑娘,这是我专门为你酿的,尝尝吧。"母亲说着又急忙转身回房间,拿出一艘用竹篾编制的小渔船,乌篷、船桨、船舵、水桶,一样不缺,精巧动人,不知花了她多少心思与气力。她郑重地把小船放在阿姿的手上,说:"这是我送给你的见面礼,想妈妈的时候就看看。"

阿姿的眼睛瞬间湿润。

"它叫娘酒,"我说,"为了我们的娘,可以喝一杯。"

阿姿举起酒杯,对母亲说:"谢谢您,敬您。"

我赶忙作陪。娘酒下肚,我感觉周身都融化了,那种甜糯的口感因为酒精的催化而绵延不绝,正如母爱一般。

"谢谢阿姿姑娘,"母亲有些哽咽,"咱们都会好起来的。"

本届灯节的开幕式别出心裁,是在茂盛世居上演一场"活"的舞台剧。所谓

"活"，就是观众不用正襟危坐，而是跟着演员四处走动，沉浸其中。

我牵着阿姿的手，回到了两百年前。我们看到了何氏兄弟如何建设、如何生活、如何救济大众的种种场景。看到何氏兄弟祭祀祖先的时候，我想起当年就是在这里，父亲带我和妹妹祭拜了祖先。我们当时祭拜的是何氏兄弟，而何氏兄弟在这里祭拜的则是我们祖先的祖先。生命的长河在历史的隐秘处始终流动着。

忽然有人拍我的肩膀。

我扭头，看到妹妹和妹夫一脸笑眯眯的样子。

"你俩去哪儿了？"我轻声问。

"感觉怎么样？"妹妹没理我的问题，手指画了一个大圈。

"这是你策划的？"我立刻明白了她那得意扬扬的表情。

妹妹捂着嘴笑了，扒在我和阿姿的耳边说："还会有更大的惊喜哟。"

她话音刚落，周围的灯光全熄了，演员沉入黑暗中，犹如时光逝去的真相。人群有些骚动，以为发生了故障。就在这时，一阵海浪似的轰鸣声席卷而来，头顶出现巨大的亮光，让人睁不开眼。

"无人机！"有人惊呼。

无人机队列犹如科幻电影中的机械昆虫，它们的复眼闪烁着斑斓的光芒。重金属风格的配乐响起，冲击耳膜。无人机在夜空的幕布上写出"茂盛世居"四个字。四个字又幻化成"元宵灯节快乐"。然后，无人机聚拢成一颗红心，还在有力地跳动。

妹夫咧开嘴大笑，原来，这正是他策划的惊喜。

"这家无人机公司的 App 是春秋设计的。"妹妹说。

"嫂子，你下载个 App，我送一架无人机给你，"妹夫对阿姿说，"我一直不知道送你什么礼物好，想来想去，还是无人机好，你可以用它来进行各种角度的拍摄，这会给你的设计带来很多灵感。"

"谢谢你，妹夫，"阿姿笑道，"阿良经常夸你酒量好。"

妹夫腼腆地笑笑，指着天空说："快看，还有个彩蛋！"

无人机队列在夜空徐徐写出两句话：

时代需要一副大眼镜
才能看清那个野未来

"阿良，这不是你写的吗？"阿姿惊呼起来。

这让我也很吃惊，肯定是妹妹偷看了我的笔记本。我瞄了一眼妹妹，她朝我吐吐舌头。果真如此。

开幕式结束后，妹妹带我们拜访住在世居里的最后一家人。

那是一位九十五岁的老人，坐在老式木椅上，手持竹扇，用迟缓的语调说："住在这里安心。"

我听后，心中一颤。我向窗外望去，那里就是风水林，高大的树木掠过屋脊，伸向夜空，像是舞台的布景，一时虚与实难以分清。

老人家的几个小重孙在院内尽情奔跑和玩耍，古老的庭院里回荡着他们稚嫩的声音，像是来自遥远的过去。

回到茂盛世居正门口，我们意犹未尽，来到月湖边上，看着灯笼在水中的倒影。微风吹过，细小的波澜让水面变得虚幻而缥缈，但也更美。美总是高于触手可及的事物。我蓦然想起，这里正是十几年前，我和妹妹陪父亲参观围屋后休息的地方。

"妹妹，阿爸在这里问我们的那个问题，你知道答案了吗？"我终于问出了那个尘封多年的问题。

"为什么先人们从梅州来横岗？"妹妹脱口而出。此刻，她的心间一定也浮现出我们陪父亲望着月湖的场景。

"是的，我到现在还不知道，真是惭愧。"

"没想到哥哥还记得这个问题！"妹妹欣喜过后，表情有些凝重，甚至紧张，仿佛要进行论文答辩。也是，在她心里，回答这个问题不仅仅是为我，更是为了天上的父亲。

她望着波光粼粼的水面说：

"清朝初年，沿海军事压力大，清政府不得不实行沿海内迁政策，整个深圳地界都在内迁范围内。等到康熙皇帝统一台湾后，便'展界开海'，拿出优惠政策，招徕各地民众重回海边开垦荒地。梅州山多，因而一向人多地少，我们的先辈何氏兄弟，便响应号召，一路南下，来到横岗，凭着勤奋和智慧，盖起了恢宏大气的茂盛世居……"

妹妹转过头，望向我，我在她的目光中看到了对父亲的无尽怀念。

"明白了。"我说，想起了父亲提出这个问题时似笑非笑、有点顽皮的眼神，原来，他那时望着月湖的目光已经望穿了历史的雾霭。

父亲当年还说，明朝那个料事如神的刘伯温路过横岗时，留下一句话："横岗为龙之腹，日后必昌隆。"数百年后，这里确实昌隆了，而且还在持续，远未终结。

"你从大西北来这里是为什么呢？"我调侃妹夫道。

我当然知道他是为了创业，而今他已经小有所成。也许，我的"程序猿"妹夫陈春秋以后会在腾讯、华为、大疆等品牌之外，创造出自己的品牌……在这里，什么都是有可能的。

妹夫愣了下，随即笑道："我的答案很简单，就是为了这个历史学家。"

"你又跟我贫嘴。"妹妹笑着挽起妹夫的胳膊。

说着话，不知不觉就到了家门口。

母亲打开门，慈爱地看着我们。我们惊奇地发现，屋里没开电灯，只有灯笼发出的极为柔和又微微摇曳的光。

"好神秘呀。"阿姿感叹道。

"上灯咯。"母亲手里提着一盏灯说。

窗台上摆放着父亲的照片和祖先的灵位。

"上灯？"我愣住了。

这是客家人的一个古老习俗，生了儿子，会在祖先灵位前上灯，表示后继有人。

"你问你妹妹。"母亲说。

妹妹害羞地说："哥哥、嫂子，我有宝宝了。"

这个消息足够劲爆，我还没来得及说话，母亲继续说道："我要一碗水端平，女儿生孩子，也要上灯。而且，人的命在娘胎里就开始了，所以，今天趁着人齐，咱们就上灯祈福吧。你们在正式场合是怎么说的来着？与时俱进？创新？我们这也是！"

母亲说着这些词，不仅自己笑了，也把我们逗笑了。

我牵着阿姿的手，跟妹妹、妹夫站在一起，围拢着母亲，看着母亲把灯挂在了她事先准备好的吊钩上。我们凝视着明亮的灯芯，沉默良久。我偷偷看了阿姿一眼，她的眼镜和大眼睛里，映照着双份神秘的光。我感到这光从过去而来，照亮过父亲，照亮过阿姿的母亲，此刻，又照亮我们，照亮刚刚孕育的新生命。

这光注定还要继续照亮下去。

在横岗举办的眼镜设计大赛中，我斩获铜奖。在拿到证书的瞬间，我得承认，我是相当激动的。我终于成为一名真正的眼镜设计师了。

我最感谢的人，肯定是阿姿。在这里应该叫她冼老师。冼老师曾告诉我，未来的眼镜绝对是非功能性的，所以一定要大胆，不要拘泥于固定的模式。我思考很久，忽然从茂盛世居得到灵感。围屋是建造在大地上的，但如果从天空看，它倒是很像一个独眼的镜框。围屋本是团聚人们的，但如果围屋作为镜框，便意味着通过它，我们还能在团聚的同时，看到一个更加开阔的世界。而在望向遥远世界的过程中，又因为有着围屋的聚拢，我们的目光会变得更加深邃与稳重。因此，我的这款眼镜设计，便是将茂盛世居当成一种象征性元素，放进造型中。尤其是镜腿上的纹路，是从围屋屋顶的灰瓦排列中得到的灵感。我守在国麟帮我介绍的工厂里，在阿姿和老师傅的帮助下，亲手让这款眼镜从图纸变成实体。

"酷！"连妹夫见了这款眼镜都对我竖起大拇指。当年，正是妹夫质疑眼镜在未来的生存权，如今能让他认同，算是不小的进步。不仅如此，妹夫下一步要把无人机和智能眼镜结合在一起，让人拥有一双天空之眼。

回首过去，我曾经对围屋有过偏见，不理解父亲对围屋的那种深爱。可现在我才领会到，人无法远离自己的文化，总会从中取得创造的灵感。关键是，我们看待事物的目光有没有智慧，能否将传统激活。

我想到最后住在茂盛世居里的那位老人，他说他住在围屋里感到安心，多好啊。因此，这款眼镜就叫"安心"。

【安心】
迁徙已足够漫长
将时间聚拢成空间
守住一颗脆弱的心
此心安处是吾乡
可未来已来，此心安否？

型号：000（这是我第一款设计成型的眼镜，是新的起点，我要铭记）
材料：乌金，牛角，珍珠
总重：26.88g
尺寸：56mm-19mm-140mm

这是一个创造的时代。科技的力量改变了太多，技术在技术的基础上像蚂蚁繁殖。我想，我们创造不是要征服万物，而是为了抚平心的躁动。万物谦卑，人又如何？人应该跟万物一样谦卑，并替万物谦卑地表达。如此，心才能安。我已经将我的想法凝铸在这款眼镜中，现在静候知音。

除了我获奖这件事之外，近来还有几件大好事。阿姿的设计展"水上世居"已经接近完成，本周六下午三点在珠江边的广东美术馆正式开幕。她利用巨大的凹面镜与凸面镜，营造了我们与历史之间复杂的观看关系。其中，母亲送她的小船被巧妙放置在一个凸面镜前。此外,阿姿还做成了一个慈善项目。她跟中山眼科医院合作,针对在校学生定期进行保护眼睛的宣讲,以及义务验光与配镜。

国麟受我的影响,也想拥有一款装饰性的眼镜。我打算把草图系列中的那款 012 号"新价值"亲手制作出来,送给他。我告诉他,这款眼镜的灵感来自他的父亲。我给他看了我写的文案,他很有感触,并告诉了廖叔。他跟廖叔商量后,计划把自家祖屋拿出来,跟我们一起合办设计公司,打造一个高端眼镜品牌,就叫"合金目光"。这是我眼镜店的名字,意味着专卖店是现成的。

"那你的'眼镜帝国'怎么办?"我调侃道。

他倒是振振有词:"放心,在我的'眼镜帝国'里会有'合金目光'的专柜。"我得承认,这家伙是个商业人才。

妹妹和妹夫现在每周末都忙着在外边看房子,因为妹夫入选"深圳高层次人才",获得了一笔数额可观的资助,他们终于可以大胆买房、踏实生娃了。我还是跟他们说,有需要的话可随时抵押目前这套房,老哥我的承诺不变。陈春秋这小子连个"谢"字都没说,竟然说他不会客气的。

最大的喜事最后说。我跟阿姿订婚了!我跟她已经选好了婚礼的日子——我们见面一周年的日子,也就是我为她"倾倒"一周年的日子。此刻,我的心情异常平静,不再凝滞,也不再浮躁。我确信我的心安了。至少目前如此。希望未来也如此。

【作者简介】王威廉,先后就读于中山大学物理系、人类学系、中文系,文学博士。著有长篇小说《获救者》,小说集《内脸》《非法入住》《听盐生长的声音》《生活课》《倒立生活》等。曾获首届"紫金·人民文学之星"文学奖、十月文学奖、花城文学奖、广东鲁迅文艺奖等奖项,作品被翻译成英、韩、日、俄等文字。现任职于广东省作家协会,兼任广东外语外贸大学中国语言文化学院创意写作专业导师。

水落石出

◎ 刘汀

一

老梁是某体检中心男外科的工作人员。

人体有一小块特殊的区域,老梁平均一年要看上万次,这两年因为疫情有所减少,那也不低于八千次。看完了,在一张单子的一项上打个钩,签上蚯蚓般扭曲的几个字。很少有人能认出来,那几个字是他的名字——梁为民。第一次干这活儿的情形早想不起来了,已是几年前的事,记忆里没存下任何准确的细节,只余一种似是而非的感觉:哦,原来如此。现在,老梁已经彻底适应了这项工作,整天坐在一间小屋子里,戴着口罩,检查完一个,签字,喊下一个。

就进来一个。

老梁说,包放旁边,坐凳子上。那人放好包,坐凳子上,略显紧张与无措。老梁走上前去,先按按腹部,问哪儿疼,然后走到身后,捧起他的脸,两只手顺着淋巴结摸到甲状腺,继而捏捏颈椎,沿着脊柱往下捋,再按按腰椎,说几句脊柱有点侧弯之类不痛不痒的话。说者无心,听者也无意。其实,他从来没摸出什么真正的毛病来,不过是做出一整套动作,让自己的行为显得很有必要。

裤子褪下来,撅屁股。老梁接着说。

如果是第一次来体检的,一脸蒙,不知道这是要干吗。倘若来过的,且被老梁或者老王、老黄、老全之类的检查过,立刻就明白怎么回事了。不管上一次这种情况过了多久,一瞬间,这些人都会不由自主地身体一紧,心里发颤。新来的犹豫着脱了裤子,心里头骂着一句话……行了,剩下的场景就不描述了,大家自己意会。总之,老梁如今每天主要的活儿就是这个,偶尔也客串一下其他没什么技术含量的科室人员,比如测疲劳、中医科什么的医务人员,总之都是穿白大褂、戴口罩、签字、喊下一个,区别不大。

老梁对自己现在的状态挺满意,工资不高不低,活儿不轻不重,用他朋友圈里的话说就是"一切刚刚好"。如今,他已经过了对生活有高要求的阶段,不要早也不要晚,不要多也不要少,刚刚好就是最好。偶尔,来体检的顾客比较少,尤其是临近中午的时候,老梁孤独地坐在那间没有窗子、有些昏暗和逼仄的诊室里,也会走走神,过去的一些人和事毫无规律地从记忆中浮出来又沉下去,像雨天河水里的木头。沉下去的已无从考证,浮上来的多是一些往事的碎片,有时只是一句甚至半句话,比如那句"屁股决定脑袋",本是说一个人的身份位置,会影响他的思考和想法,现在的老梁有了全新的理解——别人的屁股决定了他的脑袋。他希望这些屁股犹如滔滔江水,不可断绝,那他就能一直赚着这份小钱,过闲散日子。老梁心里清楚得很,人能活到刚刚好,已经用尽了大半辈子的力气,剩下的事就是勉力维持住。

在外面,除了一起喝酒的几个朋友,他从不谈自己的具体工作。他知道,这活儿多少有点招人嫌,哪怕人家大大方方地说,嗨,都是革命工作嘛,干什么不是干;或者用另一句老话来宽慰他:三百六十行,行行出状元,你这也算是"首屈一指"的状元。但是,又有谁愿意当这种状元呢?有人问起,他只说在体检中心打杂。体检中心嘛,没去过的也听说过,脑海里立刻浮现出拿着小木棍测视力之类的形象,也就应付过去了。他轻易不跟别人握手,以示尊重,当然,偶尔遇见比较烦的那种人,他也会握住使劲摇晃,不撒开。后来,他在网上看到一个视频,是讲印度人的生活习惯的,说他们吃东西和上厕所竟然都用手,不禁愕然并释然。那个视频还说,古人有云:道在屎溺。道且如此,他这样一个俗人又何必较真呢?他渐渐也就荤素不忌了。

跟老黄、老全、小孙一起喝酒时,老梁最放松,畅所欲言,因为他们四人是同一个工种,只不过在不同分店里上班。他跟老黄、老全年龄相当,都是年过四十岁的人。那个视频又说了,四十不惑,对不惑的长篇大论他没看懂,却记住了这个词,不惑嘛,按字面意思就是没啥疑问了,超脱了。那时老梁对生活还有不少疑问,惑得很,但近年他对这两个字有了自己的心得:所谓不惑,就是认命。认命之后,何来困惑?因此,碰杯时他们多有真真假假的感慨,一半是人生只能如此的无奈,一半是人生不过如此的从容。前者呢,主要是针对年轻的小孙,后者才是针对他们这种半老不老的人。酒干了,他们便唏嘘几声,说小孙才二十岁出头,长得也白白净净,正经有一门手艺,竟然也沦落到这步田地,可叹可叹。不过小孙自己对此倒不甚在意,忙时干活儿,闲时打游戏,假期跟朋友出去游山玩水,逍遥自在。算下来,他已是"〇〇"后,隔着二十年的沧海桑田,脑回路跟他们不同正是理所应当。

把吱吱响的干锅里最后一只麻辣鸭头夹走,小孙边啃边说,咱们四个也是一个组合,"淘粪 boy"。淘粪无须解释,自嘲而已,boy 就是男孩的意思,他们也明白。小孙大概还可称男孩,另外三个如何叫男孩?鸭头瞬间变成一堆碎骨头,被辣得咧着嘴的小孙说,你们才四十多岁,怎么就老了?再说,老了又怎么不能当男孩,老男孩,老男孩,说的就是你们这种。众人便举杯,砰砰砰,致敬老男孩,致敬"淘粪 boy"。老梁心里想,还得是年轻人,荷尔蒙支配大脑,也不惑,但人家不惑是不向这世界问问题。不问问题,自然就没有问题。随即自己年轻时的那些事如啤酒上的泡沫,方生方破,即便不破,灌进肚子里,一个酒嗝打出来,一样是无影无踪了。

小孙生在北京的远郊,出门解个手,一使劲,都能尿到河北的地界去。他从小就好打游戏,不爱念书,也不是不爱,初中时也真下了两年苦功夫,奈何熬得近视眼、颈椎病,成绩却像被点了穴,纹丝不动。班主任戏称他为"定海神针",因为每次考试,其他同学的名次要么升了,要么降了,总之有变化,唯有小孙,十次倒有九次是倒数第三,好不容易有一次倒数第二,还是因为真正的倒数第二生病缺考了。中考时,他勉强过了高中录取分数线,想着这书再念也是没有盼头,不如早点寻活路,于是听从电视广告的召唤,去了技校,学开挖掘机。不知是游戏打多了,手眼协调、动作灵巧,还是天生是这块料,他在机械这方面倒有天赋,什么挖掘机、大卡车、翻斗车,上手就能摆弄得像玩具一样。毕业前夕,作为优秀毕业生,他还给地方电视台表演过用大卡车的轮胎拨打火机:近两米高的轮胎,轻轻擦着小巧的打火机,噌,一个小火苗腾起,掌声一片。那节目最后一屏是几个大字:孙师傅点起了希望的火焰。学业结束,小孙在工地干了一年,觉得太枯燥了,主要是没有女的,除了钢筋水泥、砖头瓦块,剩下的全是老爷们儿,便辞职不干,七转八转到了体检机构。这里就不一样了,都是女护士,二十多岁,而且大部分跟他"门当户对",是从村里、镇里到城市来讨生活的普通女孩。做同事这件事虽比不得谈恋爱,但门当户对也很重要,比如说,你要请人吃个饭,去吃酸菜鱼或者春饼,一百多块钱就能吃饱,口味也说得过去。可要去隔壁火锅店,三百块钱打不住。在北京,火锅店又算啥高档餐厅?真贵的那种想也不要想,一个月工资还不够一顿饭钱。近水楼台先得月,不到一年,小孙就在体检中心里谈上一个女朋友,姓吴,河南周口人。小吴长了一张瓜子脸,杏仁眼,都挺标准,下巴尖尖,额头圆圆,属于传统的那种耐看的姑娘。但是有一个缺点,就是左脸颊上有块暗红色的胎记,如果没有这块胎记,小吴至少能去宫斗戏里演个丫鬟,最差也能到直播平台当个小网红,但现实就是如此残酷,因为这块胎记,她只能在体检中心当护士,每天穿浅粉色制服,引导体检的人在 B

超室外面排队，或把一部分送到老梁、老全、老黄和小孙的诊室里。按说小吴是正经读了医学院的，学的是针灸，只是找工作不顺，原想进大医院，没门路，自己要开个针灸馆，又没资本。她还有个执念，就是一门心思要去北京工作，所以她一毕业就抛开家里奔赴北京，然后发现北京居大不易，硬撑了一段时间，经一个师兄的介绍，到了如今的体检中心。对自己的命运，小吴已经不甘心了二十年，到现在，仍是不甘心。但知道不甘心什么用都没有，只好先接受这一切，就像她接受小孙一样。小吴的不甘心，遭遇上小孙，小孙也只能不甘心，面对女朋友周期性的不满现状，小孙常用朋友圈里的流行语"一切都是最好的安排"安慰她。女友好不容易被哄出笑脸，小孙心里却一沉，他知道，长此以往，两人实难走到头。

　　某一天中午一点，老梁下班了。体检中心都下班早，毕竟抽血需要空腹，能熬到十二点不吃早饭的，也没几个。通常，老梁他们的最后一个任务是跟车把一些标本送到实验室，进行统一化验。到此，一天的工作基本结束了，"淘粪boy"四个人大都是在这时候碰头的。凑到一起之后，常就近找一家小馆子，要几个小菜，开始喝酒，一直喝到天黑，等于把午饭和晚饭一起解决。这顿饭，是大家轮流做东，如果哪一天人不齐，只有三个或两个，就AA，等到下一回再按顺序往下轮，从不错乱。他们已经习惯了一切都按序排号的日子，也把这个习惯带到了生活里。也因为这个，四个人从没在请客吃饭的钱上闹不愉快。

　　从小酒馆出来，他们身体摇晃，摁亮手机看看点儿，又按顺序上了四个方向的公交车，东南西北，各自回去睡觉，第二天再重新回到那间没有窗子的诊室，机械地喊"下一个"。

　　这天，喝完一瓶二锅头，四个人出了饭馆。老黄、老全摆摆手，坐车走了。老梁眼看自己的48路开过来，正要往前凑，小孙说，梁哥等下，我有几句话说。老梁心里纳闷，想这小孙有什么事，要单独跟他说。平时小孙都叫他老梁，今天突然喊梁哥，看来这事不是工作上的事。

　　没喝好，咱哥儿俩再来点。小孙拉着他，又进了旁边一家烤串店，要了肉串、板筋之类，还要了两串大腰子、两瓶啤酒。

　　等大腰子吱吱冒油端上来，老梁听明白了小孙要跟他说的事。原来不是小孙有事，是小吴有事。小吴觉得两人都在体检中心上班，既没有钱图，更没有前途，猴年马月才能买上房子结婚？虽然小孙的户口是北京的，也有自己的一处房子，可毕竟是远郊，一个客厅也换不了城里三环的一间厕所。他们虽不至于狂妄到要在三环买房，可就算是五环，均价也四五万元了。

　　老梁咬了一口大腰子，说，我懂，但是咱们挣多少你也知道……

没等他说完，小孙连连摆手说，哥，你别急，我不是跟你借钱。

老梁嘿嘿一笑，说，你可以借，但我没钱借给你。

小孙说，哥，你在隆昌肛肠医院待过？

老梁一愣，心想，这话问的，以前聊天的时候说过，自己在好几家私立医院都干过，这不是明知故问吗？他便嘴里含糊地嗯了一声。

小孙端起酒杯，说，先干一个。

酒干了，小孙专心对付火候比较轻的牛板筋，不停地撕咬咀嚼，但就是不咽下去。老梁心里想，这小子到底有什么事，支支吾吾、磨磨叽叽？搁以前，他是个急性子，这时候肯定忍不住问，但现在老梁有了耐性，你不着急，我急什么？也不等小孙让，他自己倒了酒，端起来喝。

两瓶啤酒见底了，小孙终于按捺不住，说，哥，我听说你跟肛肠医院的柳院长，曾经特别熟……

老梁心里一个咯噔，心想，这小子打听得还挺细，这种陈年往事都翻出来了，究竟想干什么？

小孙见老梁既没否认也没承认，知道这事不是空穴来风，或是酒终于到位了，他不再磨叽，索性一股脑儿说起来。原来是，小吴近些天一直想换个工作，把简历投到了隆昌肛肠医院，这个医院有个中医门诊，和减肥美容挂上了钩，还挺火爆。但那边一直没给信，前几天小吴打听到，一起去面试的人中有人已经拿到入职通知了，就担心自己落选。她之前偶然听小孙提到过老梁在那儿干过，就想让他托老梁找人给问问，如果能给推荐一下，就更好了。不想这小孙是个有心思的人，得了女朋友这个命令之后，并未直接找老梁，而是自己去做了一番调查，这一调查不要紧，把老梁的一件陈年往事给查出来了。

也不是什么大事，就是老梁和隆昌肛肠医院的院长柳丹有过一段恋情——也可能不是恋情，但传播消息的人这么说——至少是有过不一般的交情，他便想，如果老梁能帮小吴出个面，这个事成功的概率肯定提高不少。

说完事，小孙并没有打住，而是叹口气，然后继续跟老梁说，哥，我以前跟你们说的话，有真有假。比如说，我说我家在京郊，撒泡尿能尿到河北去，其实正好相反，我家在河北，只能尿在河北，要想尿到北京，还得走半个小时。再有就是，我说我是独生子，其实也不是，我还有个哥哥，比我大两岁，但我这个哥，从小就有病，出生时脑积水，然后脑瘫，到现在也就六岁孩子的智商。我从三岁开始，就不是弟弟，是哥了，等我再长几岁，他就不是我哥，相当于我儿子。我小时候不懂，等大一点，我才明白自己为啥出生。就是为了我哥，我爸我妈担心将来他们都死了，没人管我哥，才又生了我，我天生就是来接盘的。爹妈本想着把我培养成大学生，生活能力强一点，将来的压力就小点，偏偏我又没有学习的基因,怎么学成绩都上不去。每天放学回家,看我哥在那儿撒尿和泥,一想到这是我一辈子的责任和负担,心里就沉得像座山。我现在赚的这点工资,要想扛起这个任务,简直是"愚公移山"。一想到这个我就心烦,就跑出去,跟朋友们到网吧打游戏,大多数时候,我没钱打游戏,就只是在旁边看,或者帮他们去买份快餐、烟酒,他们累了休息的时候,让我玩一会儿,过过瘾。

听到这儿,老梁心里叹口气,抬头看看小孙,可能是醉眼蒙眬,这么看去,小孙一脸愁容,好像也没比自己年轻多少。

老梁说,家家有本难念的经,你也是不容易。他招手,又要了两瓶啤酒、几串羊肉和鸡胗。

小孙继续说道,后来我不是去技校了吗,毕业了,到工地开挖掘机,其实收入不错的。我跟你们说是因为太无聊,所以不干了,其实不是。是出了个事。有一回,我跟几个人一起干活儿,前一天晚上我妈打电话,问我发工钱了没。我兜里一分钱没有,你也知道,这年头就没有不拖欠工钱的工地。挂了电话,我难受极了,就跟工友去喝酒,都喝醉了。第二天上工,一个个酒还没醒,可能是买着假酒了。头晕乎乎的,手脚拿不准,机器操控得张牙舞爪。然后我亲眼看着一个筛沙的工人,被旁边一个挖掘机的大爪子敲中了脑袋,安全帽和脑瓜子碎成一摊,人当场嗝屁了。我吓坏了,好几天没睡着觉,再也不敢开那玩意儿了,只要一看见铁爪子举起来,就觉得后脑勺发凉,手脚哆嗦。我怕死,我更怕我死了,我爸我妈我哥都没法活了,我就是他们的活路。所以离开了工地,兜兜转转,成了现在的"淘粪 boy"。你们不是老笑话我为啥年纪轻轻不去干点别的,非要整天看别人屁股吗?就为这。这也就罢了,谁让我出生就是要接盘的呢?谁叫我胆小呢?可现在我跟小吴谈了对象,将来要结婚,我哥的事,我其实不是北京人的事,我都没敢跟小吴说。我怕说了她就不跟我好了,这年头谈个恋爱也真难。我就想着,如果我能把她弄进她想去的医院里,她就算对我瞒着她的事心里不满,顶多埋怨我几句,不至于跟我分手,是不是? 哥,你会帮我吧? 你得帮我。

老梁被他说得心里发酸,一瞬间,跟胃里的酒肉一起翻涌的,还有他自己的往事,正所谓酒不醉人人自醉。但老梁心里始终绷着一根弦,帮忙这事,真帮成了,那是情分,可要是帮不成,虽说不至于结仇,以后再相处也肯定不畅快了。于是,他压住心里对小孙的同情,含含糊糊说,看情况,看情况。

小孙见他不给准话,拧了下鼻子,拎起一瓶酒,咕咚咕咚,一口气干了,然后说,哥,我后半辈子可全靠你了。

老梁不说话,眼神发呆,好像断片了。

小孙见如此,也不再催问,说自己有点喝多了,要吐,就往门外去。老梁低头沉默了一阵,小孙还没回来,他就想,这顿我请吧,不让他花钱了,就到前台去结账。前台说结过了，老梁正想小孙还是讲究，趁着出门呕吐把账结了。他刚要转身，前台说等一下。老梁回过头，前台递过一张代金券说，你朋友刚才结账的时候用了一张代金券，忘了签字了，你帮他签一下。

签谁名？老梁问。

都行，你的他的。前台说。

老梁歪歪扭扭地签上"梁为民"三个字，心里头一闪念：小孙到底是真醉还是假醉？真假无所谓，只是他提起柳丹，勾起老梁很多回忆，让他忍不住心生感慨。今天酒喝得有点多，他心里颇后悔，过量了，过犹不及啊。老梁想压住这种中年人矫情的怀旧，哪承想它如弹簧一般，愈压愈强，便索性任它大坝决堤般泛滥。

二

柳丹原来不叫柳丹，叫柳红梅。

五年前，老梁一身干净地——是真干净，婚离了好几年，小公司注销，但跟很多欠了一屁股债的同行相比，他已经算不错的了——从中关村海龙大厦的小柜台出来，走投无路，回归了自己多年前干过的老本行，进了一家医院。那是一家民营医院，名字叫隆昌肛肠医院，是一个福建莆田人开的。靠着一本发黄的卫校毕业证和对这类医院的了解，老梁聘上个外科大夫（名义上的，其实没有行医执照），主要值夜班；柳红梅是内科大夫（她是正儿八经的），周一到周四都是白班，只有周五值夜班，所以他俩在周五晚上才有机会碰面。按说这两个人相遇的概率不大，老梁干了半年，只是偶尔在走廊里碰到几次，都戴着口罩，知道彼此是同事，相互点个头而已。但人和人相处久了，总会发生一个什么事，把他们纠缠起来。有一个周五，半夜两点了，老梁窝在诊室的沙发里打瞌睡，柳红梅急匆匆冲进来，喊救命。肛肠医院的夜班诊室，其实就是个摆设，谁犯急病了大半夜到这儿来？肯定是叫救护车奔公立医院去了，所以所谓的值夜班，主要就是打瞌睡、刷手机、看电视剧，相当于一个打更的。

老梁不爱玩手机，也不喜欢看玄幻剧、宫斗剧，多数时候都在半睡半醒地打瞌睡。柳红梅来之前，老梁做了个梦，梦里头是更早些年，他在卫校念书时候的事。比如说三年级第二学期，他们班开了解剖课。卫校本来没有解剖课，主要原因是穷，没钱建解剖室，尤其是没有足够的人体标本和长期储存标本的条件。但是就在这一年，卫校新来一个校长，姓谭，有点能耐，通过私人关系从自治区卫生厅要了一笔钱，建起了简易的解剖室。解剖课由谭校长亲自主讲——除了他，学校里也没有能完成解剖的外科大夫，他手持手术刀，指挥着梁为民和几个同学把尸体从池子里捞出来。标本池里荡漾着红色的防腐药水，解剖室独有的腐味刺激得人恶心作呕，但浓重的消毒水味又令人的脑子保持着清醒，让你觉得身体和意志之间拉拉扯扯、藕断丝连。梁为民和一个叫"豪哥"的同学，把两个铁钩子伸进池中，很快便碰到了一个物件。他们小心翼翼，不敢用力。谭校长大声喊，怕什么，赶紧捞出来。他们感到自己并不是怕尸体，而是怕铁钩子把脑海中想象的那具肉体划破。这想象让他们微微颤抖，皮肤紧缩，胃部的痉挛也随之加剧。在谭校长持续的叫喊中，他们终于突破了心理上的障碍，手臂用力，把那个物体勾了上来，事实上，它比想象中要轻一些。让所有人意外的是，那具尸体看起来，跟他们的年纪差不多。

在几个同学的帮助下，他们把标本抬到了手术台上，校长开始了他的解剖表演。梁为民处在一种麻木的震惊中，无力去观察周围的同学到底是什么状态，只是隐约看到有的女生捂住眼睛，有的开始干呕，但碍于校长的权威和冷静，无人离开。只是，谭校长的解剖表演成了一场灾难，由于没有相关人员的协助，那具尸体送来后的处理并不规范，当谭校长的手术刀划破肚皮，正要跟同学们讲解人体内部结构时，一堆肿胀变形的内脏喷薄而出，泥石流一样堆满了手术台，分不清哪个是心脏哪个是肝。看着眼前的景象，谭校长也蒙了，手术刀掉在地上。这时候，一半以上的同学终于彻底把胃里的东西吐了出来。

那次解剖课后，整个班级陷入一种怪异的状态，大概一个星期的时间里，人人都精神恍惚，上课走神，吃饭会把菜塞进鼻子，而且大家都惧怕洗澡——公共浴室里灯光昏黄，满是氤氲的湿气和白色的身体。尽管两个地方环境、气味迥异，但人的头脑有能力把一切场景幻化为想象的样子，如果头顶的淋浴喷头流下冰凉之水——这实在是常有的事，在这个北方小城学校的公共浴室，因为缺少足够的燃料，洗澡水常年是温暾暾的，许多时候甚至直接就是凉水——他们会恍然以为是谭校长的手术刀在身上游走。但是这一天，不知道是什么原因，浴室里异常闷热，洗澡水几乎达到了五六十摄氏度，梁为民把一块香皂打在身上，不停地搓洗着身体尤其是双手，突然感到头晕目眩，重重地摔倒在地上，而且顺着滑腻的地砖滑行了一米多远。后来，是一起洗澡的豪哥把他拖到了男浴室门口，掀开门帘，让凉风吹他的额头，又接了一杯水灌进他的嘴里。几分钟后梁为民终于悠悠醒来。他被热晕了。

等梁为民彻底清醒，豪哥说给他压压惊，就带着他去离学校几里地的一家小饭店，喝了一顿大酒，喝到两个人蹲在马路边，把吃进去的所有东西全都吐出来。那一年，他虚岁十七，实岁十九，左腿成年，右腿未成年，好像骑在一堵不知该往哪边下的墙上。他们摇摇晃晃走在春末的土路上，路边田野里庄稼茂盛，植物清新的气息让两人感到一种畅快，于是他们躺倒在玉米地里，沉沉睡去。醒来时满天星斗，梁为民感觉身体和精神都被洗刷了一遍，解剖课所带来的后遗症终于彻底消失了。豪哥，谢谢你。他略显煽情地说。豪哥擂了他肩膀一拳，说，你酒量可以。从上学以来，豪哥一直对梁为民多有照顾，他不但是宿舍的老大，还是整个班级男生群里的老大。不过，豪哥的老大不是靠拳头或威严获得的，而是靠他的智慧和耐心。他几乎帮过所有人的忙，他善于协调学生们跟学校各个部门之间的关系，甚至有能力劝说食堂在中秋节杀一头猪，给大家改善伙食。在学校里，豪哥是唯一知道梁为民过去的人，他在许多次酒后搂着他的肩膀说，为民，我们不是亲兄弟，胜似亲兄弟。梁为民心里荡漾着感动，他想，只要有豪哥在，自己就能一直享有这种让他内心安定的照顾。

　　但是在毕业前半年，豪哥出事了。某个夜里，豪哥带着一个女同学翻墙出学校，骑着借来的摩托车去城里舞厅跳舞，返回时，在一个路口被对面疾驰而来的卡车撞倒，他断了一条胳膊一条腿，那个女同学当场死亡。在大车灯的照耀下，断手断脚的豪哥看见同学开肠破肚，犹如谭校长那次并不成功的解剖现场，他已经忘记了疼痛和叫喊。从此之后，他再也没有说过话，整个人都痴痴傻傻，像块石头。一开始，人们都以为他是装的，只为逃避责任和惩罚，但是后来随着时间的流逝，一个月两个月，半年过去了，他依然如故，人们便知道他是真的吓傻了。还有人说，他的魂被那个死去的女孩带走了。接下来的一年多时间，豪哥一直住在赤峰郊区的疗养院里，他的父母日夜守护，期待着奇迹的发生，但是周围的人都有着同一种不能说出的想法——奇迹在远方，奇迹从不会降临在这么偏远的小城和普通人身上。离开学校前，梁为民去疗养院看他，豪哥穿着类似病号服样的衣服，坐在铁架床上，新剃的头上露出带着疤痢的青色头皮，两只耳朵显得特别大。豪哥脸上有两道疤痕，一道是车祸时留下的，另一道是那个女同学伤心欲绝的父母用饭缸子砸的。伤疤像两个对称的括号，在左右脸上括住了他的口鼻，仿佛他整个人只是这起事故的一个备注。

　　梁为民用网兜拎来两盒糕点和两瓶罐头，跟豪哥说了一阵子话，说他们一起经历过的事，说自己找不到工作只能回老家，说那一次他们大醉之后的酣眠，说着说着，梁为民流下眼泪，豪哥依然盯着房间墙上他用饭菜汁涂抹的不规则图案，似乎他已经迷失在自己建造的迷宫里。临走时，梁为民把罐头和糕点拿出来，放在豪哥床头的小柜子上，把网兜拿走了，他宿舍里还有些零零碎碎的东西没地方装。关门的时候，他仿佛听见豪哥说了一声"兄弟"，回头去看，床上端坐的依然是一双空洞的眼睛。

　　柳红梅冲进来时，梁为民又一次梦见豪哥从床上站起来，跟他喊"兄弟"。从柳红梅气喘吁吁、断断续续地叙述中，梁为民听明白了事情：一个半醉的人来看急诊,刚进诊室就晕倒,心脏骤停,失去了知觉。柳红梅来找他求助。梁为民来不及细想她为何不按流程急救,赶紧跟她去内科诊室。一个男人瘫倒在地上。梁为民说,你给他测脉搏了没?柳红梅说,测了,没有,我判断就是心脏骤停。梁为民说,那还等啥啊,赶紧做人工呼吸啊。柳红梅说,他是个男的,还一嘴酒味。梁为民一愣,说,你这什么意思?柳红梅说,梁大夫,帮帮忙,你给他做吧。老梁才明白柳红梅火急火燎找自己的原因所在。人命关天,他也顾不了跟柳红梅计较,赶紧蹲下给那个醉汉做人工呼吸。梁为民虽然念的卫校不怎么样,但急救的基本常识还是比较熟悉。过了一会儿,醉汉恢复了心跳,渐渐苏醒过来。梁为民和柳红梅一起把他抬到旁边的床上,柳红梅给他挂了一个吊瓶。这时,醉汉的家属也跟着120急救车赶来了,据说家人本来叫了急救车,但醉汉自己跑了出来,误打误撞进了肛肠医院。家属和急救车绕着附近街道找了半天,才打通他的电话——柳红梅接的,告知了醉汉的情况。他们又把他抬到车上,往附近的公立医院去了。

肛肠医院重新安静下来,柳红梅说,梁大夫,今天真是谢谢你啊。梁为民心里想,这个女人真矫情,就因为嫌病人嘴里有味,见死不救。见梁为民没搭话,柳红梅说,梁哥,是不是生气了?柳红梅摘了口罩,接着说,我也不是嫌弃他,主要是不方便。梁为民第一次看见柳红梅的真面目,人中正中间有颗痣,嘴里戴着牙齿矫正器,让她的整张脸看起来有些怪异,但脸形仍能看出好看的轮廓。特别是那双眼睛,戴着口罩的时候,只觉得仿佛总有千言万语欲说还羞,口罩一摘,它们却又显出笃定和沉静,但这笃定和沉静里,依然是有话要说的样子。

柳红梅指了指牙齿上的矫正器说,你瞅,我戴这个也不好做人工呼吸。梁为民说,也是。柳红梅掏出手机,说,你扫我。梁为民就加上了她微信。梁为民回到诊室,先好好刷了个牙,然后开始刷柳红梅的朋友圈,发现是三天可见,什么都没有。他点开她微信头像上的照片。照片上的人跟她有几分相像,但似乎不是她,不知道是不是修过的图。梁为民继续打盹儿,心里还想着会不会接上刚刚的梦,瞌睡就迅速袭击了他。的确又做梦了,但梦的内容是他在给柳红梅做人工呼吸,他的舌头被她的牙套刮得血肉模糊。

这之后,梁为民和柳红梅逐渐熟络起来,每到周五一起值班,柳红梅就给他送点麻辣鸭脖、干果、饮料什么的,在她的诊室或他的诊室随意聊着。那些漫漫长夜里,在医院这个奇特的地方,人特别容易冲动。不知道什么时候,他们就在诊室里冲动到了一起。他们的冲动直接而激烈,只是梁为民从来不敢吻柳红梅的嘴,他觉得那是不言自明的禁区。

梁为民想,这算是恋爱了吗?仿佛算,但事实上,除了每周五的见面,他们从未在其他时间约会过,也没有一起看电影、吃饭,更未对其他人公开。两个单身的人,像是两个已婚的偷情者。只是这种事是藏不住的,医院的同事私下里聊天,都说梁为民在追求柳红梅,但柳红梅始终没点头。梁为民也不解释。

这种情况持续了半年,突然有一天,柳红梅不见了。一开始,他以为她调班,不再在周五晚上值班,便给她发微信消息。柳红梅没有回复。后来他到医院人事部打听,她们说柳大夫去参加培训了。

去哪儿?他问。

她们都摇头,说不清楚。

又过了半年,梁为民再次见到柳红梅,竟然是在老板新开的分院的开业典礼上。柳红梅坐在主席台上,挨着老板,面前的桌签写着:柳丹。梁为民前些天听说了,老板要开一家分院,分院院长叫柳丹,没想到就是柳红梅。她已经摘了牙套,人中的那颗痣也点掉了,整个人似乎脱胎换骨,加上一身职业装,跟当初穿白大褂的柳红梅判若两人,却跟她微信里的头像完全一致了。

梁为民坐在台下,时不时看看柳丹。柳丹也会看向他,可能并未看向他,而是看向下面坐着的一众员工。老梁觉得,她的眼神和豪哥的眼神一模一样,他唯一的疑惑在于,她是怎么如此迅速地从柳红梅变成柳丹的?主持人热情地请新任院长柳丹发言,柳丹娉婷地走向话筒,鞠躬,发表了情绪激昂的讲话。老梁和大家一起麻木地鼓掌,心里想,每周五有过的幽会,或许只是自己的幻想和梦境。

三

老梁出了烤串店,四下没看见小孙,不知道他是醉倒在路边还是已经坐车回去了。他深呼吸了几次,冬日冰冷的空气让他的胃里也有了凉意,人清醒了一些。倒了两趟车,坐了十八站地——比平时多坐了四站,因为坐过站了,老梁回到了位于大兴的家。说是家,也还是个出租屋,他之前跟人合租,每天抢厕所,后来认识一个房东,房东在一层有个小仓库,改成了一间房,他就租了这间房,享受独门独院。房租不贵,一个月一千。他一个月赚六千,房租一千,吃饭一千,还剩四千。这四千就是他的存款。老梁一年能存下五万块钱,十二个月四万八,毕竟还有点年终奖。

老梁看了看日历,就快放假了,心里想,小孙托的事年后再说吧。今时不同往日,现在冒昧地去找柳红梅,如果碰一鼻子灰,整个年都会过得憋屈。再说,自己和小孙的交情也没那么深,犯不着这么急火火地去帮他。有些事,得慢慢来。这话也是对梁为民自己说的,因为他已经感觉到,心里有些东西被小孙的话给鼓动得蠢蠢欲动了,冲动是魔鬼。他现在,早已有了控制魔鬼的法术,那就是不管对什么想马上就做的事,都再等等。如果等等还想做,那便去做,但以他的经验,大多数事等一等、熬一熬,就不想去做了。

腊月底,拿着五万块钱,老梁去北京北站买了一张高铁票,两个小时后到赤峰站;出站花十二块钱打车到汽车站,再坐两个小时,就到林东镇;又从林东坐公交车,约一个小时,车一左拐,二十分钟后,眼前出现一个村子,村子叫丰水山。进村那条土路,已经换成了水泥路,不过显得窄,像一条绳子,把整个村子给扎成了一个庄稼捆。丰水山是老梁的老家。

丰水山不是一座山,而是一片山。

丰水山得名,也不是因为山,而是因为丰水洞。这里地处内蒙古北部,干旱少雨,农民种的多是山地,水浇地很少,但这个丰水洞却常年有细流在洞壁上流淌,这股水旱年不干,涝年不涨,仿佛是从哪一片大水中引出的一个水龙头,永远只开到这个程度。

老梁还是孩子的时候,方圆上百里就流传着一句话,说丰水山的这个丰水洞,寒冬不冻,酷暑不干,这水是从天上来的圣水,能治百病。后来,村里有一年求雨,演京剧《西游记》,戏文里有一个水帘洞,是齐天大圣的所在,孩子们便说丰水洞就是水帘洞,时间一久,水帘洞便替代了丰水洞。

传言最盛的那年夏天,十里八乡的人们都赶着马车、步行去水帘洞接圣水,因为水帘洞的水流很小,队伍排了二三里地,像一条打了许多结的麻绳,太阳落山了,这些结还没解完。有人拎着大桶,灌满得半个小时,大家伙儿就不愿意了,总不能让你一个人把圣水都接了,便找一个人,掐着表,每人灌水不能超过五分钟。

梁为民的大伯梁建章也捆在"麻绳"上。他是村委会副主任,未来的村支书接班人。他倒不贪,就拎着一个小塑料桶,灌满能装二斤水。梁建章说,灵丹妙药也不能多吃,吃多了就不是好东西,成毒药了。人们说,梁主任,你咋还亲自排队,你到前面去加个塞,谁还敢说啥?梁建章说,不能不能,求圣水,当然得诚心诚意,自己排队才算诚。

大伯之所以在这里,是因为他想生个儿子。这会儿,他们家已经有俩闺女了,一个五岁,一个三岁,按照计划生育政策,再也不能生了。他不甘心,还是想生儿子,他倒不怕计划生育罚款,而是生完俩闺女之后,他媳妇再也怀不上了。他来求圣水给媳妇喝,这圣水既然能治百病,自然也该能让他媳妇生个儿子。

这一年,梁为民两岁,刚脱开裆裤,学会了自己拉屎、撒尿、擦屁股。

大娘喝了大伯接回来的圣水,孩子没怀上,却闹起了肚子。所有喝圣水的人都闹肚子,因为说圣水不能煮开,必须原汁原味喝,否则就没了效力。大部分人闹肚子,茅房里蹲半天,便觉得身体里的秽物和晦气排泄出去了,神清气爽,胃口大开,便说圣水果然有神力。也有拉虚脱的,不得已跑到卫生院去抓药,甚至挂吊瓶,这样也不说是圣水不行,而是说自己身体不行,虚不胜补。大娘也虚脱了。从卫生院回来,整个人瘦了一圈,精神不振,且落下肠胃炎的毛病。大伯就叹气,说,连水帘洞的圣水,也给不了我儿子,我上辈子做了啥孽?

这时候,梁为民他妈却又生了老二,还是个小子。

大伯代表村委会来家里,一边催梁为民父亲梁建成去给梁为民上户口,一边催他缴纳违反计划生育政策的罚款。梁为民的户口本来大半年前就该上了,刚好那时候怀了老二,梁建成就想,现在给老大上了户口,老二就成了超生,不如先拖着。但孩子生下来,计生办的人得了信,还是给他定了超生,照样罚款。在梁建成家里,梁建章看着满地跑的梁为民和刚出生的小侄子,忽然有了个想法。他跟梁建成说,把老大梁为民过继给他,给他当儿子。你要这么多儿子有啥用,儿子可是烧钱的货,到了我家,我想办法给他上户口,你家老二还不算超生了。梁建成不敢自己定主意,说等跟媳妇商量商量。晚上,两人躺在炕上翻来覆去地烙饼,盘算了大半夜。梁建章当着村干部,经济条件好,又是本家本姓,去了肯定吃不了亏、受不了苦,自己这俩小子,将来盖房子娶媳妇,可是不小的折腾;再说了,抱养到梁建章家,他就不是自己儿子了? 还是。这笔账怎么算也不亏,他们就答应了。所以快三岁的小梁为民就过继到了大伯家。村里的规程是,过继之后就改口,管大伯大娘叫爹妈,管亲爸亲妈叫叔和婶。

小梁为民的确过了两年好日子,衣来伸手,饭来张口,不管是后爸后妈还是俩姐姐,都把他当成家里的宝贝疙瘩哄着惯着。后妈也就是大娘开着小卖部,除了日常杂货,还有孩子们喜欢的水果糖、果丹皮、汽水,虽然日子算不上多富裕,但总还能抠出点零嘴来给他们吃。毕竟是当传宗接代的儿子养的,后爸后妈便十分宠爱,抠出来的水果糖、饼干都先给梁为民,然后才是俩姐姐;特别是后妈,经常把他搂在怀里亲不够,一口一个我的儿如何如何。后妈给他温存和照顾,尤其是给他好吃的,他也就认,一口一个妈地叫,再在街上遇见亲妈时,张口就叫婶,亲妈心里一酸,想抱抱他,他却一拧身挣脱了。亲妈脸色暗着,回到家里跟他亲爸梁建成埋怨:真是有奶便是娘,白生他一回了,还不如生个猪娃子。说完了,立刻抱起小儿子狠亲几口。小儿子没糖吃,但嘴巴比吃了糖还甜,妈、妈、妈一连叫,脑袋直往她怀里拱,两岁了还找奶吃。亲妈立刻心里化成一摊水,还是我老儿子亲,人啊,真是看养不看生。从此梁为民在他妈心里,就真成了别人家的儿子。

好日子过了两年多,忽然有一天,蹲在田里薅草的大娘突然感到一阵反胃，起身干呕几声。她没当回事，但过了一会儿，又干呕起来，蓦然想起这种感觉似曾相识，不像是吃坏肚子，倒像是怀孕。大娘心里咯噔一下，默默推算了一下来例假的日子，还真有可能。晚上回去，马上跟大伯说了。大伯不信，吃了那么多药都没用，连圣水都喝了，肚子还是瘪着，现在怎么突然就怀上了？不信归不信，心里总还是不踏实，于是借了辆自行车，载着媳妇去乡里的卫生院检查。大夫拿着化验单连说恭喜，还真怀孕了，两人心里又意外又惊喜。回去的路上，两人商量，这事暂时不能往外宣扬，如果将来生出来是个女孩，抱养的儿子自然还是儿子，如果将来生出个男孩来，那眼前这个梁为民说不得要送回去。自此后，他们对梁为民的关心，不知不觉就减少了，尤其是孕后期，大娘越来越喜欢吃酸的，更是由"酸儿辣女"这俗语判定肚子里肯定是个儿子，大伯时时按捺不住心中的喜悦，贴着媳妇肚皮叫，儿子哎，你赶紧出来吧，爸等不及了。甚至拿村委会的公章盖在媳妇肚皮上，说，我给你盖个红章，铁定就是儿子了。有一次，上小学的大姐新买了橡皮，梁为民看见了，非要玩。大姐无奈，只能给他。结果，梁为民不小心把橡皮掉在了炉灰里，好好一块橡皮烧得只剩下一丁点。大姐心疼得直哭，她知道，按照父母对这个弟弟的宠爱，自己得不到任何补偿。不承想，大伯知道了此事，竟然给了小梁为民一巴掌，说他是狗改不了吃屎的败家子，把几个孩子都打愣住了。

梁为民感觉到了有什么东西变了，但他又说不清楚。几个月后，大娘生产，因为有些难产，接生婆请了好几个，叫喊了一整天。梁为民骑在院子的墙头上，够刚要红的杏子，一边酸得倒牙一边跟姐姐说，妈是不是要死了呀？姐姐明白怎么回事，白他一眼说，你才要死了呢。

等到黄昏，大娘终于把超重的孩子生下来，果然是个男孩，举家欢庆。梁为民也跟着呜嗷喊叫，他还不知道这个孩子一出生，自己的好日子就到头了。

刚出月子，大伯就把梁为民送回了他自己家。那时候，父母也不愿意收他，因为他弟弟本来就是超生，把他过继给大伯后，弟弟梁为国就成了头胎，办户口本时占了长子的户头，也就是用梁为民的准生证上了他弟弟的户口。本来大伯当初答应要给梁为民上户口，可过继之后，赶上大伯要竞争村主任，政治上更上一层楼，也就没敢折腾这个事，拖来拖去，梁为民五岁多了还是黑户。如今梁为民一回来，再上户口，肯定又成了超生，要被罚款。不过大伯把梁为民送回来的条件就是，罚款他出，户口他帮忙办。父亲也没法反驳大伯的理由：我现在有了亲儿子了，再把孩子留家里，不合适。我也不可能对亲儿子一样对他，我儿子念书，他去放猪，你要愿意就行，我就当多个劳动力。父亲终是不忍，开门让他回了家。这时候，因为在大伯家住了两年，他反而对自己家生分了。尤其是弟弟，对这个突如其来的哥哥十分不满，一张床要分给他一半，所有的吃的玩的本来都是独占,现在都得分。

在大伯的周旋下,梁为民上了户口,不过他的出生年月跟弟弟换了个儿。他本是一九七九年生,现在成了一九八一年生,弟弟成了一九七九年生,当成虚岁,周岁按一九八〇年算。哥哥成了弟弟,弟弟成了哥哥。他在大伯家那两年,村里刚好搞联产承包,合作社解散了,田地和牲口分给了个人,梁为民因为不在户头上,没分到地;这么说不准确,应该是他那份地因为户口的关系,分给了他弟弟梁为国。

梁建成觉得自己吃了大亏,儿子白给梁建章叫了两年爹,回来连一亩地都没分到,就去找梁建章理论。梁建章一摊手,说,我也没招,你也看见了,分地都是公社的人主持的,我这个村主任啥权力没有。梁建成回去,郁闷地喝了几碗苞谷酒,他媳妇见他窝囊,又瞅见梁为民在旁边和泥玩,泥点子溅得到处都是,气不打一处来,拎起梁为民到梁建章家门口的大街上。梁为民他妈一把扯下梁为民的裤子,对着那两瓣黑瘦的屁股就是一顿鸡毛掸子。打是真打,但她本来倒也没想打得多狠,可鸡毛掸子一下去,梁为民嘴里一哭号,她对梁建章家的种种不满、对梁为民曾经忘恩负义的火气就积攒到一块儿,腾一下着了火,手下就没了轻重,噼噼啪啪,梁为民的屁股给抽得红肿一片。梁为民叫唤得嗓子都哑了,大伯家也没人出来,是旁边的邻居实在看不过,伸手拦住了梁为民他妈:再打,孩子就让你打死了。他妈把鸡毛掸子一扔,坐在地上哭号:我上辈子做了什么孽啊,我生个儿子管别人叫妈,看见我眼皮都不抬一下,别人不要了,就把他一扔,吃没吃喝没喝,一分地都没分到,还不如把他饿死算了。

到天黑,大伯家的屋门也没开一条缝。

那天晚上,大部分人家熄灯了,而梁建章悄悄进了梁建成的院子。他带来几贴膏药,让给趴在炕上不敢翻身的梁为民贴上。梁建章跟梁建成说,白天出去走亲戚了,家里一个人没有,不知道为啥打孩子,晚上回来才听人说的。还说毕竟管他叫了几年爸,看着打成这样,心疼。

梁为民妈冷哼一声,她看得清楚,晚饭时他们家烟囱还冒烟了。

梁建章说,分地的事是真没办法,但是我跟村委会那儿争取了,你们家西坡地的底边,有一块撂荒地,是个不规则的三角形,可以自己收拾收拾,随便种点什么。等过两年,村里谁家老人没了,地空出来,第一个给为民分。

事已至此,梁建成也只能认,跟媳妇两个人跑到西坡那块荒地,花了一整个冬天才把杂草除净,把土里大大小小的石头挖出来,拉回家里,垒了半面猪圈墙。第二年开春种地时,还是让漏网的石头崩坏了犁铧,拿去让铁匠炉焊,花了二十多块钱。谷子种下去,放苗的时候,就比旁边的正经地矮,多施肥、多浇水,到了秋天收秋,还是矮,谷穗又小又细。再割回去,用碌碡滚了许多遍,用木锨迎风吹去谷壳,米粒小,发白。捞出来的干饭,吃着像吃稗子草籽。每次吃,为民妈都冷哼一声敲敲桌子:梁为民,瞅瞅你这块地打的粮食,喂猪猪都不愿意吃。梁为民大气不敢出,头埋在搪瓷碗里扒拉饭。碗里已经没米粒了,只听见筷子划碗底的刺刺啦啦声。全家人里,大概只有梁为民觉得这块地打出来的粮食,跟别的粮食一样香甜。但是他心里头满是委屈:又不是我要去别人家的,是你们把我送走的,咋都怪我呢?但这委屈他不敢说,甚至也不敢表现出来,但凡露出一点这种苗头,他妈必定会借题发挥一下。梁为民心里也多少明白了,自己在大伯家这两年,的确表现得"乐不思蜀",也就怀着些愧疚,对他妈老是针对他表示了理解。许多年后,等他到了他妈那个年纪,才更多明白他妈的心态,人到中年事事哀,却又没处发泄,如果跟他爸念叨,两人就得吵架甚至打架,正好有梁为民这个现成的活靶子,子弹不往他身上飞往哪儿飞?

四

一九八八年,梁为民和弟弟梁为国一起上小学,还在同一个班。不过在老师和同学眼里,他是弟弟,梁为国才是哥哥,学籍上的出生年月写得明明白白。老师交代个什么事,都说:梁为民,你跟你哥一块儿去给炉子添点煤;梁为民,今天放学你跟你哥留下值日。一开始,梁为民还挣扎:老师,我比他大。老师多少也听说过他们兄弟俩的事,就说,好好,你大。可下一次,老师还是这么说,说着说着,他习惯了,大家都习惯了,这也就成了真的。更关键的是,梁为国学习成绩比他好,人乖嘴甜,谁都喜欢,还是个副班长,派头拿得比班长还足,同学也自然而然觉得他更像哥。

梁为民因为当了两年过继儿子,再回家后总是感到自己是个外来的,很多事很多话,梁为国和爸妈说得热火朝天,他在边上听不明白,心里就惴惴的。时间一久,他在这个家里的存在感越来越淡,吃饭的时候,他妈只拿三个碗三双筷子到桌上。三个人扒拉半碗饭,才发现旁边还瞪眼坐着一个梁为民,就说,要吃饭不自己拿碗拿筷子,还等谁伺候?你以为你还是别人家的少爷独苗呢。梁为民跳下炕,趿拉着鞋去柜橱里找碗和筷子,又到饭盆里盛满满的一碗饭。不管什么时候,他只吃一碗饭,怕吃多了招人嫌,所以他有时候看见他妈少拿了碗筷,也不提醒,好等着自己盛饭,能盛得满满当当。

父亲对他和弟弟倒没那么大差别,当然算下来,还是更宠梁为国,这家伙每天晃荡在他身边,爸爸、爸爸叫着。父亲干活儿回来,他第一时间给他舀一瓢凉水,学着样子帮他捏捏肩膀,其实总共也捏不了十下,但梁建成还是心里舒坦,觉得这个儿子知道心疼自己。这时候,梁为国趁热打铁,把自己考了一百分的卷子,或者是满篇对钩的写字本递给他。梁建成满意地在他脑门上弹一下:嗨,我们家这是要出文曲星了。转头又问梁为民,你的呢?梁为民便把自己揉得皱巴巴的试卷和卷边的本子递过来。卷子刚及格,写字本里的字被老师圈得大圈小圈,都是写错的或不标准的。梁建成眉头一皱,想发火,但及时控制住了,他心里想的是:怎么也不能俩孩子都是文曲星,一个聪明一个笨,也不亏了。

到了二年级,梁为民终于忍不得梁为国事事都压自己一头,想打个翻身仗。他的希望来自隔壁班的一个姓张的同学,张同学因为户口问题,上学晚了一年,但聪明好学,一年级刚结束,他已经自学到了三年级的水平,期末考试考了全县第一,一下子直接跳级到了三年级,反而比他班上的同学还高了一个年级。梁为民心里盘算,如果自己努力学习,到二年级期末考个全县前三名,那他也能跳一级,直接读四年级,这样就比梁为国高一个年级。

他真下了苦功夫,放学回家,在灶坑烧火都抱着语文书背课文。灶膛里填进去半捆麦秸秆,他一手捧着书,一手用烧火棍通灶膛,如果这时屋顶上空刚好一股风吹过,风倒灌进烟囱里,又顺着烟囱吹回灶膛,闷在灶膛里的秸秆就会腾地一下燃起一团大火,并且随着风从灶膛吹出。火苗蹿得很高,把梁为民的头发烧焦了一缕,甚至将他手里的书本烧掉一角。

很可惜,不管他下多大功夫,花多少心血,期末一考试,成绩也还是那样,不但考不进全县前三,连全班前三都考不进。梁为民心里不甘又无奈,他想不明白,自己这么努力,怎么成绩就上不去呢?倒是梁为国,始终能和一个女生交错着霸占前两名。

父母看着兄弟俩的试卷,亦喜亦忧,喜的自然是梁为国的一百分,忧的却不是梁为民的成绩,而是他妈那句话:这孩子怎么回事,就在别人家过了两年,咋啥啥都随他们家呢?他妈的意思是,梁为民笨,这笨跟她和梁建成无关,而是和梁建章有关。她这种想法也不能说没道理,毕竟梁建章家俩姑娘,没有一个学习好的,等后来生的小儿子上了一年级,成绩更差,稳居倒数第一名。梁为民不吭声,心里想,这还不算完,还有机会,只要他在考大学之前能跳一级,就能超过梁为国,夺回本该属于他的老大的位置。

这个心思,梁为民没有跟任何人透露过。

到了初中,梁为民成绩提升了,梁为国的成绩则下滑了。原因也简单,梁为民有要夺回老大位置这件事吊着,时刻不敢放松,日积月累,基础自然扎实,虽然不至于一下子名列前茅,但稳步提升也是理所应当。而梁为国因为当惯了学霸,到了初中有了更厉害的对手,心态不适应,再加上初中开始在镇子上读,可玩可看的东西多了,也时常被同学拉着钻进游戏厅里打游戏,心思渐渐散了,成绩下滑自是必然。这一个当然一个必然,两兄弟便经常在班级二十名左右相遇,有时候你超我两名,有时候我落你三名,一直到初中毕业。

在二十世纪九十年代中期,丰水山附近十里八村还没有过大学生,哪个村里出一个中专生,已经是祖坟冒青烟,值得请放映队放场电影庆祝了。按家里的想法,兄弟俩的成绩考中专肯定没希望,考高中则有戏,但是高中读完考大学又成了比考中专还难的事,所以算下来最经济的做法就是就此辍学,出去打工或回家种田。两人都不想继续种田,但各自心思不一样,梁为民想考高中上大学,万一考上了,他就是村里的第一个大学生,从此一雪前耻;而梁为国则已对念书毫无热情,一心想着去深圳、广州的电子厂打工,村里过年回来的打工人向他描述了那里的繁华和热闹,他早已蠢蠢欲动。

不过,梁建成对哥儿俩的前途有自己的主张,他和媳妇商量,俩孩子不能都种地,也不能都出去打工,梁为国毕竟聪明,就是这几年玩野了,如果能上高中,收收心,说不定真能考上大学。梁为民老实,再努力成绩也到顶了,不如直接回来种田,留在身边养老。本来,按照村里的规程,都是把大儿子送出去打工干副业,小儿子留在家里照顾老人。但这个家里毕竟名义上梁为国是老大,梁为民是老二,这么安排也说得过去。

中考前,梁建成把俩儿子招呼到跟前,媳妇在炕梢给他俩缝裤脚。这俩孩子长得快,裤子穿三个月,裤腿就短了,为民妈就找一条旧裤子,把裤腿截下来一段,接在现在穿的裤脚上。这哥儿俩的裤子就随着身高一点一点往上长,裤腿像是各种颜色的套圈摞起来的。不过,裤腿能接,裤腰接不了,以至于他们的裤腰都比较低,一猫腰就露出半个屁股来。裤子穿在身上,总觉得要掉下去,梁为国对此倒是表示欢迎,他已经从录像厅里看到了城里人穿的低腰裤,觉得自己正好赶上这波潮流。梁为民不适应,总觉得腰上凉飕飕的,习惯性地提一下裤子,但其实裤子没往下掉,只是裤腰短,他再使劲提也没用。

梁建成跟儿子们说了自己的安排,两人都梗着脖子不搭话,一个往左边梗,一个往右边梗,像一棵树上不同方向的两根树杈。兄弟俩对父亲的安排都不满意,又不敢说,各自心里琢磨。梁为国想的是怎么磨叽他妈,让他妈同意他拿到初中毕业证就出去打工,见识花花世界。梁为民想的是另一件事。他知道,父母的撒手锏是报名费,只要不给他中考报名费,他考高中的愿望就不可能实现。不过他早就留了一手,这几年把自己仅有的零花钱,还有捡麦穗、捡废铜烂铁、夏天挖药材卖的那点钱一直攒着。他其实并不是为报名费攒的,只是从小的家庭地位让他早早学会了未雨绸缪,觉着手里攒点钱,说不定什么时候能用上。

现在就到了用的时候。可惜,道高一尺魔高一丈,他自己偷偷交钱报了名,却不知他爸早就料到了这一招。也不是梁建成能掐会算,而是梁为国从老师那儿知道了这件事,为了讨好父母就告诉了他妈,他妈告诉了他爸。梁建成去了一趟学校,跟老师说梁为民的报名费交错了,这钱其实是给梁为国报名的,参加中考的不是梁为民,而是梁为国。老师很为难,梁为民报名的时候他问过,孩子特意说这钱是自己攒下来的,还让他保密。他没给保住密,催梁为国交钱的时候说漏了嘴,现在让他偷桃换李、暗度陈仓,太对不起梁为民。但是梁建成是家长,家长的意见也不能不尊重,左右不好办。

等到中考前几天,兄弟俩都拿到了准考证。梁为民那个,最后是老师自己替他出了报名费,不过没给他报高中,报的是中专,心里想反正考不上,也算对他和他父母都有了交代。考试那天,吃过早饭,梁建成用借来的自行车载着梁为国,从家里去往镇上考试。梁为民不敢让家里知道,自己背着书包从山路跑,差五分钟开考才气喘吁吁进了考场。

梁为民走出考场,迎面碰上在外面等着的梁建成,知道这事瞒不过去也没必要瞒了。梁建成瞧见他,明白怎么回事了,事已至此,倒也没说什么,两个人一起等梁为国。梁建成吧嗒吧嗒抽烟,梁为民踢着一个小石子转圈,梁建成白了他一眼,他立刻不踢了,把石子踩在脚下。直到看门的老头儿锁大门,也没见梁为国出来。梁建成赶紧过去问,老头儿说早就清场了,现在学校里一个人都没有。梁建成蒙了。这时候,有一个跟他们同级的孩子跑过来,问梁建成:你是梁为国他爸吧?梁建成点头。那孩子递给他一张折了两折的纸,他打开,上面写着一行字:爸,我跟同学去深圳打工了,我一定赚大钱回来,给你盖大瓦房。纸条下还有一张纸条,是一张欠条,写着欠谁谁二百元,让他爸把钱给还了。这钱看来是借去跑路的钱。

梁建成脑袋忽地一下,天上的云快速地旋转着流动起来,学校浮到了半空中,砖头瓦块噼里啪啦往下掉。梁为民伸手扶了扶他,顺眼看见了那张纸条上的字。

其实,梁为民知道梁为国计划在考试这天离家出走,但是他没跟梁建成说。一是怕说了自己就考不成试;二是觉得梁为国只是一时冲动,根本没那个胆量。没想到他真走了,他心里一阵轻松,也一阵不安。他走了,自己就是这个家里唯一的儿子了,如果他在外面出点什么意外,那……他不敢往下想,但心忍不住跳得厉害,脸上一阵红一阵白。

梁建成还以为他在担心梁为国,叹口气,拍拍他说,没想到你还这么关心你弟。

梁为民听了,差点流出眼泪,这是这些年来,他爸第一次说梁为国是他弟,而不是他哥。

回去的路上,梁建成没骑车,推着车走,梁为民也就只好跟着走。一路上,梁建成都在琢磨,梁为国哪儿去了呢? 跟谁走的? 快到村口,他停住了,回头看梁为民,好像要从他脸上看到答案。

梁为民把头扭了扭,不敢跟他爸对视。看了一会儿,因为光线暗,也因为心里头其实没谱,梁建成不看了,突然狠狠地骂了一句:他妈的,他可真敢,一下子借了两百块钱。

梁为国离开之后,梁为民的日子并没有多大变化,甚至更糟了。他妈把小儿子离家出走的罪过都算到了梁为民头上,认为是他非要考试把梁为国给逼走的,还催着梁建成去找,可天大地大、人海茫茫,哪里去找?

一个月后,邮差一下给家里送来两封信,一封是梁为民考上了赤峰卫校的通知书,一封是梁为国的信。梁为民有运气,重新组建的赤峰卫校第一年招生,没什么人报名,为了招满额,分数线降了又降,梁为民被卡线录取。梁为国在信中说,自己跟同学到了深圳,已经在一个电子厂上班,流水线,每天给电子板焊电路,一个月四百块工资,干得好,一年后当小组长,一个月就有五百。我要发大财了,爸妈,他在信中踌躇满志,等我赚了足够的钱,我就回去给你们盖三间全砖的房子,给我妈买裙子、雪花膏、擦手油,给我爸买带过滤嘴的香烟、玻璃瓶的白酒。他也没忘了梁为民,还有我弟,他要考上中专,以后的学费我包了。

我们学校不要学费,还发生活补助呢,我上学不用家里一分钱。梁为民说。这是他的底气,更是他对那句"我弟"的不满。

这句话确实硬气,他爸他妈没法对此质疑,只能念叨,也不知道为国在那边累不累、吃不吃得惯。或者两个人互相说,唉,这要是两个儿子都跑出去,咱俩老了病了没人管,直接喝一瓶农药,死屋里干净。躺在炕梢假寐的梁为民不接他们话茬儿,他知道,这些话里的意思,还是想把自己留下。他不会留下的,虽然没能如愿考上高中,能上个卫校也不错,只要离开这儿,哪儿都是广阔天地。

五

四年后,梁为民卫校毕业,身份证上他刚十八岁,实际年龄已经二十岁了。除了必须看证件的时候,其他时间,他对人都说自己二十岁。这四年,他学了点东西,可也不多,他那点天分一到真正的专业学习上,立刻显得捉襟见肘。他还是肯花力气,但有些东西要靠悟性,死记硬背能记下不少知识,可看病尤其是中医这个领域,个人的灵性和灵活性更重要。都是感冒发烧,对不同的人就要用不同的药,梁为民能把药方多少克、谁和谁相冲背得清清楚楚,却不会随机应变做调整。于是，四年下来，所有知识性的考试，他都能拿个七八十分，所有实践性的考核，他只刚刚及格。他那点锐气全都磨没了，他也知道自己天分如此，不可强求，只劝慰自己，及格就是刚好，刚好也是好。让他没想到的是，毕业时不包分配了，全部推向社会自主就业，那群同学里，谁有医院的门路就去医院，谁有卫生系统的资源就去卫生系统，啥都没有，哪儿来的回哪儿去，自谋生路，自求多福。梁为民无处可谋，折腾一圈，又回到了丰水山村。他毕竟有个卫校毕业证，很容易在县里申请了一个执照，在村口开了家小诊所兼小药店。无论如何，倒是不用跑到田里，顺着垄沟受苦受累了。

二十岁的梁为民每天坐在诊所里一张从小学淘汰下来的榆木桌子后面，给村里人号脉、开药、打针、输液，跟全中国其他村里的赤脚医生没什么分别。不过，由于谨小慎微的本性，他只看小毛病，开药也是尽可能按最低剂量开，三天能好的，他给治到五天。时间久了，村里人自然不满意，别人治感冒，顶多吃一个星期药，你这咋吃十天？我这不是得多花三天的钱吗？他倒是提前想好了应答，拿出药盒，从里面找出一张薄薄的药物说明书，指着用药禁忌和副作用说，你瞅瞅，是药三分毒，下药猛，病当然好得快，可是中毒也深啊。咱们这又不是大毛病，多吃两天药怕啥？药不在多也不在少，而在刚刚好，是吧？众人听了，觉得也有几分道理，关键是村里就这一个大夫，除非你再走几十里去镇上卫生院。没人愿意舍近求远，久而久之，便也都习惯了他的慢，甚至有时候还说，梁大夫性子慢，但是稳当。

村里只有一个人不在他这里看病抓药，就是他妈。他妈觉得他可能给自己下毒。这当然是杞人忧天了，别人都不相信，只有他妈一个人言之凿凿：这孩子从小就有心眼，变着法地把他哥弄走，他自己考了中专。再说了，他恨我。梁为民也不解释，他知道解释没用，他妈的病，根儿还在梁为国身上。当年，梁为国跑到深圳打工，头一年还往家寄钱，第二年钱就越来越少，到第三年，不用说钱，连信也几乎没有了。梁为民快要毕业前，梁为国回来了。他不是一个人回来的，还带来一个女子，说是自己在外面谈的媳妇。这媳妇说一口谁也听不懂的话，梁为国说那是南方话，至于是南方哪儿的话，他也说不清。他俩在一起有段时间了，连比画带猜，能明白彼此的意思。说是媳妇，但这个女子是外来的，没有户口，也办不了结婚证。办不办证其实不重要，只要他们住在一块儿，再请亲戚朋友吃个饭，也算是结了婚。既然结了婚，他妈便不想再让他们去打工，把二人留在了村里。梁为国不爱干农活儿，他毕竟去过大城市，见过大场面，知道现在时兴什么，拿打工赚的那点钱，到城里买了一个台球案子，摆在村口的广场上，五毛钱一局，十块钱包场半天。后来，他的台球生意收费更精细化，一分钱击打一次球，要不然有的人一局球就能打一个下午。连那些只有几毛钱的半大孩子也忍不住试一试,叮叮当当,只几下,零花钱就进了梁为国的腰包。梁为国搬一个树墩凿成的小凳,坐在旁边,嘴里嚼着早就没了甜味的泡泡糖,每隔几秒钟吹个泡泡。泡泡吹起来,瞬间破了,泡泡糖粘在他的鼻子上,他就伸舌头,把泡泡糖舔进嘴里,继续嚼。如此循环往复,不休不止。他带来的那个媳妇,后来有次他喝多了酒说漏嘴,说她其实不是中国人,而是从南边哪个国家来的,叫阿妹。在他的酒话里,演的是一出英雄救美的戏码。阿妹家里困难,有人介绍她偷渡来中国打工,来了之后,所有的钱和证件都被介绍人收走。梁为国和阿妹就是在工厂认识的,有一次,阿妹被厂里的小混混欺负,梁为国路见不平拔刀相助——是别人拔刀,他胳膊上被划了一道口子,好在人确实救出来了。他喜欢上了这个小个子女孩,阿妹既感激他的相救,又因为举目无亲,两人迅速熟络。后来厂子倒闭,厂长跑了,介绍人也不见踪影,阿妹无处可去,加上她又没正式身份,梁为国思来想去,能走的路只有一条:回家。阿妹也只好跟着,她清楚,回家就意味着他们正式成了一家人,再也回不到自己的国自己的家了。可她别无选择。

　　一开始,家里人、村里人都不习惯这个阿妹的称呼,叫她为国媳妇,她听不懂,叫她阿妹,她就抬头笑笑,渐渐大家也就叫惯了阿妹。阿妹能干、勤快,深得婆婆的欢心。为民妈带着她下田薅草,阿妹干得比她还快,还仔细。梁为民他妈在后面看着她撅起的大屁股,心里十分欣喜,大屁股生儿子,更重要的是这个媳妇身体好。城里人不知道,农村人娶媳妇为啥要娶大屁股、身体健壮的,以为只是因为"大屁股生儿子"的笨想法,其实还有其他考虑:身体好,也就能干活儿,能干活儿就会过日子;还有,身体好的人,没那么多矫情,也不容易生病,生病不但不挣钱,还要花钱。谁家里愿意整天养一个病秧子呢?

　　有阿妹跟着父母种田,操持家里,梁为国安心地在做他的台球生意,赚点钱,买一瓶雪花膏哄媳妇,买二两小蛋糕孝敬他妈,再打两斤散白酒孝敬他爹,剩下的他都自己抽烟喝酒啃猪蹄,隔十天半个月,他骑摩托车跑林东镇,在录像厅里看一整宿录像,后来网吧开始流行,他就在网吧里 QQ 聊天,第二天黑着眼圈回村。他妈整天围着小儿子和儿媳妇转,没有工夫管梁为民,梁为民也觉得自己跟家里人不亲,不想热脸去贴冷屁股,渐渐习惯了一个人生活。过年的时候,他会回去,跟他们一起吃顿团圆饭,点两个爆竹,看着它们在深黑的夜空里炸燃,急匆匆地发出一声吼叫一点光亮,然后坠落在大地上。饺子一吃完,他便回到自己的小诊所,把炉子烧热,用铝饭盒热点谁家杀猪时给的杀猪菜,再摆几颗花生,一个人看春节联欢晚会,喝二两酒,然后在零点的鞭炮声中沉沉睡去。睁开眼,又是新的一天,新的一年。生活循环往复,好像能永远如此。偶尔,他也会盯着病人滴答滴答的输液瓶想,自己的重复和梁为国的重复,不是一回事。但具体有什么不一样,他一时也想不清楚。

一年秋天,大伯梁建章家铡干草,就是北方农村人家,把收完的谷子秸秆,用一种专门的机器铡成两厘米左右的小段,存在仓子里,冬天的时候用来喂牛羊。大伯家养了二十只羊,每年秋天都得铡一仓房干草。柴油机突突突摇着了,铡草机轰隆隆转起来,大伯发现人手不太够,就喊旁边玩的大丫头的儿子、自己的外孙毛豆:去二姥爷家找你大舅来帮忙铡草。毛豆得了令,飞奔而去。他先是碰到了梁为民,他刚给一个突然犯高血压的人输液回来。梁为民问他,毛豆,跑什么呢?毛豆说,舅啊,我姥爷找你去帮忙铡草。梁为民自从当年离开大伯家,对他家便心里存有了怨气,不想去给他们帮忙,便说,你姥爷咋说的?毛豆说,我姥爷让我找大舅去帮忙铡草。梁为民说,毛豆啊,你忘了从小你喊谁大舅啊?毛豆忽然反应过来,说,哦,我知道了,你不是我大舅,你是我二舅,我大舅在村口打台球呢。梁为民掏出一颗酸酸甜甜的山楂丸给他,说,聪明。

毛豆嘴里含着山楂丸,继续跑,跑到村口看见因为喝酒整天红着面孔的梁为国,便说,大舅大舅,我姥爷让你去帮忙铡草。梁为国一愣,心想自己也没咋干过这活儿啊。刚好那会儿没人玩台球,他又好热闹,知道干完活儿肯定要吃饭喝酒。一吃饭喝酒,人们就会问他出去打工的事,问他广州什么样、深圳什么样,还问他到底是怎么把不知哪国的媳妇拐到内蒙古来的。他就能借着酒劲跟他们一通胡侃,附以从网吧看来听来的各种新闻,把那些人听得惊叹不已。在这真真假假的胡侃里,梁为国能感到一种特别的快乐,仿佛他又重新出了一趟门。现如今不用真出门了,他只要能上网,就能知道天南海北的事。他计划着,等攒够了钱,自己也买一台电脑,摆在台球案子旁边,有人打台球,有人打电脑游戏,那才叫热闹。

梁为国抱着两根台球杆,让毛豆把花花绿绿的十几颗球装进袋子拎着,两人一起往梁建章家去。毛豆得了拎台球的活儿,心里升起些骄傲,把嘴里那颗山楂丸嗍得吱吱响。

梁为国一到,大伯也愣,他本意是让毛豆去找梁为民,在他的想法里,梁为民才是老大,但是毛豆他们从小被梁为民他妈教育,喊梁为国大舅,喊梁为民二舅。在孩子眼里,大舅只有一个,就是梁为国。来也来了,他大舅他二舅都是他舅,这种活儿年年干,没多难,很容易上手。

梁为国凑到铡草机跟前,看了两眼,说,我还当多难呢,简单。便开干,他很快掌握了技巧,干得很溜,心里头有点小得意:我妈老说我不会干活儿,这有啥呢。

半个小时后,惨案发生了。梁为国毕竟喝了酒,更主要的是别人干活儿都穿轻便衣服,把袖子挽起来,他穿个的确良衬衫,袖子老长,让他挽上,他说不用,这样更潇洒。结果,铡草机的齿轮咬住了他潇洒的袖子,还没等他反应过来,就把他整只左手碾进了铡刀里,喊里咔嚓,骨头太硬,憋灭了柴油机。梁为国哀号惨叫,旁边干活儿的人都吓傻了,半天才反应过来,大喊救人啊,救人啊,可又不知道怎么救人。这时摆弄柴油机的师傅从屋里奔出来,看了一眼,心里知道完了,梁为国的手保不住了。他用最快的速度把铡草机拆开,梁为国已经疼晕了过去,刀片和齿轮上都是碎肉、碎骨头,地上的干草一片血红,血腥味飘满场院。梁为民这时候也拎着急救箱赶来了,迅速给梁为国包扎,又用一个大塑料袋把混合着碎手的干草一股脑儿兜起来,大喊:快,去林东县医院。

有人找了一辆皮卡,众人把梁为国抬到车上,头下垫着一床被子,防止颠簸时碰撞。车一发动,他悠悠醒来,嘴里哀号着疼,还没意识到自己没了一只手。

那只手毫无接上的希望,那甚至已经不是一只手,而是一堆手了。当梁为民恳求大夫一定保住梁为国的手时,县医院的外科大夫笑了,因为是同行,偶有业务上的交流,他认识梁为民。他笑是因为他梁为民好歹也是个大夫,怎么会说这么没谱的话。这手别说在县医院,就是到北京到上海,甚至到美国去,也不可能接上。

两个月后,梁为国出院回家,整个人都颓了,阴郁里是一股破罐子破摔的劲。他的台球、他的电脑梦,通通随着那只手灰飞烟灭。他妈更颓,但他妈的颓包含着恨,她第一个恨的是梁为民大伯家。不是你们家铡草,我儿子怎么能丢一只手?大伯家当然是理亏的,治疗费、住院费肯定要出,除此之外,又凑了些钱送过来。梁为民他妈把钱丢出去,不过没丢到大街上,而是丢到门口往里一点。丢到大街上,大伯肯定就要捡起来,丢到门里一点,既表示了她的不屑、不接受、不甘心、不忿、不满,又能在他走了之后捡回来。这样拿回来和直接接受是完全不一样的,直接接受就表明赔偿已经结束,而这样拿回来就说明你们的赔偿远远不够,你们还要持续不断地赔下去。

他妈第二个恨的,是梁为民。为什么是梁为民?因为她已经打听清楚了,大伯最开始让毛豆喊的是梁为民,梁为民不承认自己是大舅,说梁为国是大舅,毛豆才又喊了梁为国。或者说,就算应该有一个人丢一只手,也应该是他梁为民,不是梁为国。如果他梁为民去了,这事可能就不会发生,谁的手也不会丢了。不是吗,每年村里都铡草,铡了几十年了,别人怎么都没铡掉一只手呢?连根手指头都没少啊。恨着恨着,想法就更多了,她甚至觉着梁为民来急救时是故意拖延,让小儿子的手错过了最佳接上的时间。她跟梁建成如此念叨,梁建成说她疯了,那怎么可能?为民再不满,也不会那么狠毒的。她说,怎么不可能,梁为民恨咱们,他小时候被送人,回来后妒忌咱们对为国好,他想考高中你也不让,把报名费截留了,等等,这些事他都一直记着,心里头恨咱们。有恨就有报复,他就是趁机故意报复为国。

梁建成叹口气,心里乱得像暴雨过后的麦地,一片枝枝蔓蔓,还都沾泥带水。

梁为民尝试跟他妈解释,但他妈不听他的解释,甚至说,你越解释就越说明你心虚。后来,他也就不再解释了,但他自己心理压力挺大,他妈对他的怀疑虽然毫无道理,可在逻辑上,的确是自己让毛豆去找的梁为国,然后梁为国断了一只手。

梁为国住院那些天,是梁为民和阿妹轮流陪床。阿妹比他们想的坚强,知道梁为国断了手,但没掉一滴眼泪。婆婆心里嘀咕:这个媳妇是不是对为国没什么感情?只是阿妹对梁为国照顾得无微不至,几乎是日夜守候在医院里,她也说不出什么。

不陪床的时候,梁为民自己躲在小饭馆里喝酒,喝着喝着,浑身发抖。他脑海里老是梁为国那一堆碎掉的手混合着干草的样子。在医院里,当医生宣布绝不可能把碎手拼好接上之后,塑料袋里那些碎片瞬间失去了血色,从一只手变成一堆毫无生气的骨头和肉。他拎着那个塑料袋,不知该怎么办好。他不可能丢掉它,因为梁为国醒来之后肯定会找自己的手,即便接不上,他也会找。他就一直拎着弟弟的手住在医院旁边的小旅馆里,晚上,他会梦见自己窒息,在几乎死去的边缘又惊醒过来。那只手放在床底下,同时也在他的脖子上,只要他睡着,它就会扼住他的喉咙。

后来,梁为国从手术中醒过来,终于明白自己的手接不上了,哭了几天。

梁为国说,哥,我的手呢?

这是这么多年,他第一次喊梁为民哥,以前他都喊梁为民老二,从外面回来后就喊他大民。这个大民叫得委婉,既不是哥也不是弟,但"大"字多少还算是有点对梁为民的尊重。

梁为民指了指地上的塑料袋。袋子里已经有一种腐味,他不得不又套上两层,尽量系得紧一点。

梁为民说,都在这儿呢,我一直随身带着。

梁为国看着塑料袋,嘴唇动了动。

梁为民知道他的想法,说,你别看了,看了更难受。如果你实在想看,就看看自己的右手吧,左手就是右手颠倒了个儿。

梁为国闭上了眼睛,说,左手就是左手,右手就是右手。

又过了一会儿,梁为国叹口气说,找个地儿埋了吧,看着闹心。

梁为民没把那只手埋掉,他托人找到镇子上的火化厂,让火化工把它炼成了灰,装在一个小瓶子里。他把小瓶子给了梁为国。

你自己好好留着,将来你老了,放在一起。你总不能死了之后还少一只手。梁为民说。

梁为国找了根红头绳,把小瓶子拴住,挂在自己脖子上,像挂了一块怀表。

因为长期失眠,梁为民的精神状态很差,三天两头给别人拿错药,输液的时候看不清血管,平时两三次就能扎上的针,有时候要六七次。村里人说,老天爷带走了梁为国一只手,好像还带走了梁为民整个的魂儿。针多扎两次没事,但药用错一次就完了。梁为民没想到,还有更大的事故等着他。

村里有人因肺炎发烧,要输青霉素。他记得青霉素过敏的事,按照流程给那个五十岁的妇女做了皮试,没问题。这一次血管找得准,一次就把针头扎上了,青霉素和葡萄糖滴滴答答输进妇女的血管,不到五分钟,就起了严重的过敏反应,他一边急救一边打电话找车,没等送医院的车开来,人就没气了。梁为民一直想不明白,自己明明做了皮试,不过敏,怎么一输液就过敏了呢?无论如何,人没了。但是在农村,人们认为大夫有责任,但妇女自己也有责任,她的责任就是她命该如此。梁为民把这几年赚的所有的钱都赔给那户人家,关了诊所和药店,他只能离开这儿,他没脸在这儿生活了。人们已经在传说,他是一个天煞孤星,他不但克了梁为国一只手,还害了村里人一条命,只要他在,大家不定遭什么灾祸。

在离开丰水山村去沈阳的长途客车上,他突然间想明白皮试的事了。那段时间,他一直在忙着照顾梁为国,早就忘了皮试的有些药过期了,根本试不出是否过敏。

梁为民看着车窗外连绵的山,忍不住苦笑了一下:看来,他的责任也是他的命。

想明白这一点,他心里松快了不少,瞌睡还是不来找他,他就想起自己念卫校时的许多事。

几年前,他刚去卫校上学时,怀着逃出山沟的激动,觉得自己也许就此有完全不同的人生了。尽管那所学校是在赤峰市的郊区,偏僻、荒凉,离最近的小镇都有二十公里,比丰水山村到林东镇还要远,但是,他看着那新建不久的红砖青瓦的房子,还有贴着白色瓷砖的五层教学楼,心里仍止不住激动。上课下课时,响彻整个学校上空的电铃声也是高亢悦耳,比他在初中所听到的敲钟声要好听。更让他激动的,是看见那些从赤峰各地而来的学生,甚至还有内蒙古其他地方乃至外省市的人,他们的神态、口音和穿着,都让他有突然置身万花筒的感觉。

宿舍里八个同学，两个来自赤峰郊区，四个来自赤峰的其他旗县，还有一个是通辽的，一个是河北承德的。按实际岁数，他应该排行老大，但是他实在不好说自己和弟弟的年龄互换，其实比身份证和学籍上的年龄大两岁的话，便默认了一九八一年出生——如果他是一九七九年的话，会被辅导员选为班长，班主任的选择标准十分简单，就是找年龄大的。年龄大的稳重，其实毫无道理。这让梁为民遗憾了半个学期，直到后来班级的同学熟络起来，特别是同级的女同学们，明显对"八〇"后的同学更热情一些，他又感到年轻一点的庆幸。

梁为民读卫校，父亲不置可否，但本心还是高兴的，母亲却十分不满，因为家里少了一个计划中的劳动力，还是只有他们老两口儿侍弄那十几亩山坡地。年岁时好时坏，有时一整个夏季都是干旱，太阳仿佛把全部的热量都给了这一个村子，只有水帘洞里还有阴凉，石壁还滴着水，可那点水像是输液管最后那点药，滴滴答答，什么也救不了。

神仙也渴死了。人们说。

村里的土井有一半都干了，又往地下砸了四五米，也只打出浑黄的泥沙。梁为民他妈一边在烫脚的地上薅草，一边咒骂，有时候是咒骂他爸爸，说的还是晚上睡觉的事，骂他能吃、爱放屁、睡觉打呼噜、窝囊。有时候是骂老天爷，说它瞎了眼，不下雨，这是要收人。更多的时候，则是骂梁为民：败家子啊，念完初中还不行，还跑出去花钱。你看前头老孙家的两个儿子，赶着马车，从十几里外的水库拉水浇地，我看到了秋天，咱们全家就饿死吧。没什么新鲜话，如果有一些天没有骂梁为民，那一定是他从自己的生活费里省下一点钱，汇到了家里。她用那些钱去代销点买黄油饼干和大山楂丸，逢人却说这是小儿子梁为国孝敬的，对梁为民只字不提。

晚上，躺在土炕上睡不着，他妈听着他爸的呼噜声，以及老鼠从墙角跑过的声音，心里会生出一些愧疚，想梁为民其实没做错什么事。但是想着想着，便又想起小儿子远在千里之外，责任又都归在梁为民身上了，心下不免再次生出愤恨。偶尔，她会觉得自己这种愤恨来源于她几十年一直治不好的哮喘，来源于她从小就过的苦日子，来源于她生活里的一切，可是她得找一个具体的憎恨对象才行，总不能每天对着虚空咒骂。她不太敢往下想，想深了，她就谁也不敢恨、不舍得恨了。

前几天，梁为民寄回来的钱多了一倍。她想不明白，他怎么能寄回这么多钱？她觉得梁为民寄钱，不是为了证明自己不靠家里也能念成卫校，而是来笑话她的。

梁为民能多给家里寄钱，是因为他找到了一份勤工助学的工作。说起来，这个活儿也算不上工作，特简单，你只需要把身体贡献出来就可以了。他们毕竟读的是卫校,老师讲课时经常需要一具身体,说说奇经八脉在哪儿,摸摸肠肝肚肺在哪儿之类的,这就得有人当医学模特。很多学生都不愿意干,有的是因为磨不开面了,觉得丢脸,有的是因为瞧不上那几十块钱补助,这正好给了梁为民机会。自一年级下学期有了实践课,他就成了班里御用的医学模特:把胳膊伸出来,让全班同学练习扎针,满胳膊针眼;躺在病床上,假装病人,任实习生随处捏按;站在解剖室里,抱着一具骷髅,给同学们展示全身的三百多块骨头是怎么组合在一起的。别的年级、别的班也有医学模特,但他们要不做的时间不长,干两节课就不想干了,只能换人;要不就是配合度不够,也不是故意不配合,而是总放不开,扭扭捏捏、犹犹豫豫,听诊器还没伸到衣服里,心跳就上了一百。只有梁为民,他当医学模特的时候,特别职业,让摆什么姿势就摆什么姿势,哪怕是穿条短裤,光着上身,几十个人轮流摸他的颈动脉、甲状腺、乳腺甚至腋下,他也能不动声色,仿佛真是一具假人。久而久之,梁为民成了卫校的一个不大不小的传奇,连上级下来检查,学校的课堂展示也专门请他去当模特。多少年后,梁为民每天摸别人的颈椎、甲状腺,看别人的屁股时,偶尔会愣神地想起念卫校时自己当模特的事。脑子里浮动着一句话,"三十年河东三十年河西",这句话形容他的情况并不准确,在他的人生中从来没有一条泾渭分明的河,就算有,他也是一直在河流之中,而不是岸上,更没有此岸彼岸。不过,他找不到更贴切的形容了,时间如流水,哗哗从他身边淌过去,他无能为力。

六

二〇〇〇年左右,中关村的电子一条街开始占据各种网络头条,甚至还有了"中国硅谷"的称号。老百姓对那些高大上的电子研究所、高新技术看不懂,他们更关心那些时兴且实用的新玩意儿,所以网上、报上是硅谷,在普通群众口中,还是叫电子一条街。

海淀黄庄附近的每一栋大厦的每一层,都排满了一个挨一个的玻璃柜台。柜台里摆着硬盘、电脑主板、鼠标、键盘、数据线,你能想到的所有电子零件,都能在这些短则一米、长不过两米的柜台里找到。其实这些二道贩子倒卖的东西远不止此,如投影仪、摄像头、显示器、各种充电器、DVD 影碟机、U 盘、光碟,包括那些不能拿到明面上来的"毛片",应有尽有,所以从理论上说,你只要走进一栋大厦,随便问一个小柜台,就能买到当时的任何一种电子产品,区别只在于价钱和质量。这里到处都是生意,也就到处都是套路,那些不熟悉行情也不懂专业的学生、打工仔和办公室白领,经常连一层都没逛完,就买到了自己要买的东西,甚至还被推销了几盘光碟、一个 U 盘。

海龙大厦于一年前落成,在此之前,中关村大街的东西两侧都是路边摊,是最早的"电子一条街",也有人叫电子大排档。春江水暖鸭先知,敏感的人不但预感了电子行业在新世纪的发展壮大,更看到了规模化的效应,于是迅速花钱建起一座大楼,路边摊摇身一变成了玻璃柜台。人还是那些人,产品还是那些产品,但一进到楼里,一切仿佛都高大上起来。那时候在海龙,最快最赚钱的业务是组装电脑。一台品牌机,少则八千元,多则两万元,而类似功能和配置的组装机,全买下来也就五千块钱而已,当然,你如果要运行大容量数据库或者打高清游戏,可以加钱提高配置,比如把电脑内存升级、硬盘空间升级、显卡升级、主板升级、甚至连键盘和鼠标都有专门为打游戏设计的高灵敏、高精度的。在这里,钱就是电子,就是数据,就是科技,就是未来,它们相互之间催生,像雪球一样越滚越大;反过来也一样。

一座大厦,就是一个江湖,而整个中关村,虽然名为一个村子,实则是一个更大的江湖。人在江湖飘,谁能不挨刀——这是那些年在北京高校论坛上流传的一句话,说的是人们走进中关村,或多或少都要被这些精明的小贩宰一刀。海龙投入使用的第二年,梁为民带着自己所有的积蓄,一个猛子扎进了这个江湖,他当然算不上一条龙,至多是水里的一条小泥鳅。这条小泥鳅,信心满满,觉得自己也能跟周围的人一样,借着电子产品热的东风大赚一笔。

听到那些百万富翁的传说时,梁为民还在沈阳的一家民营医院里当护士兼大夫,那是一家肛肠医院。离开内蒙古之前,他还从来不知道全中国竟然有这么多肛肠医院,更不知道有这么多人有肛肠病。几乎每个城市里,你走几个路口,就能看见一家肛肠医院,或者是肛肠医院立在布告栏上的广告。念卫校的时候,老师似乎说过,这些年,随着经济条件越来越好,中国人的饮食习惯和工作方式发生了巨大的变化,肛肠病越来越多了。比如说,很多肛肠病跟长期久坐有关,这说明办公室的白领比例明显增长了,另一些则是吃的口味过重导致的,这也能从大街小巷越来越多的湘菜馆、川菜馆、麻辣烫、串串香里得到印证。

他不懂肛肠,其实整个医院也没几个人懂肛肠,他们医院里,大部分都是跟他一样的半吊子大夫。他们学了一些基本知识——你只要比病人懂得多一点就够了,大部分肛肠病也无非那几种——痔疮、肛瘘、肠炎,上升到肿瘤阶段,就超出他们医院的业务范围。去这里看病的,大都有"难言之隐",他们的套路通常是无事找事、小事化大,先给病人做常规检查,但凡有一点指标不符合既定标准,一定危言耸听地告诉你病情严重。其实,很多检查不过是为了让病人对诊断更加信任而已,总之一个宗旨,就是让病人觉得自己情况不容乐观,但是——万事就怕这个但是——但是,我们医院完全可以做到手到病除。手就是手术。只有做手术，才能赚到钱。而做手术的大夫，大部分是他们从公立医院里高价请来的，双方分工明确，找到病人、安排手术，大夫来了主刀，手术完拿劳务费走人，他们再负责把病人尽可能多地留在医院。很多人来的时候只是略微便血或者瘙痒之类的小毛病，他们便貌似客观地提出建议，建议的主要方式就是给他们展示那些病情严重者的恐怖照片，以及拖延下去对生活的严重影响，大部分人都会在这个环节败下阵来，在手术告知书上签字。

这其中，有三分之一的病人其实都没有痔疮，根本不用手术，但他们有的是办法让患者同意手术。这种手术，他们就会让医院的医生自己做，其实什么都没割下来，不过是在肛门割一道小口子，再缝上，然后开一堆消炎药。做戏做全套，病人经历一个完整的痔疮手术的过程，仿佛真有个瘤子被割了去。一周后，病人带着白挨了一刀的屁股满心欢喜地痊愈出院，还不忘帮他们做宣传：这家医院的大夫水平高，做手术一个星期就好了。

那几年，梁为民还是攒了点钱。后来，又转战了几家民营医院，干的活儿大同小异。直到有一次，他亲眼看着这家医院把从农村来的一家人骗得倾家荡产，然后那个本来没什么大病的男人死在了手术台上，才彻底离开了这一行。割个假痔疮，骗点小钱，他没什么心理负担，可把一个肝部的囊肿非说成癌症，还要开刀治疗，结果把人治死，这的确超出了他的心理承受范围。尤其是，他许多次想起因为自己失误而过敏死亡的村里人，也想起梁为国碎掉的那只手。这么多年了，那只手一直没有放过他。无数个夜晚，他梦见那个村妇挂着吊瓶，幽幽向他走来。抬眼一看，输液管上面哪里是什么吊瓶，而是梁为国的那只手，血缓慢地往下滴着。

他醒过来，再也睡不着，开始想自己到底该去哪儿、该干什么。有一天，他值夜班，值班室的电脑死机了，怎么也鼓捣不开，他索性把主机拆下来，又组装回去，一按，启动了。他又想起那些中关村百万富翁的传说，心中一动，明白到了离开这里的时候了。

不久后，他身上揣着这几年攒的一万块钱，徜徉在北京的街头，不知往何处去，也不知该干什么。某个夜晚，他在游荡中想起在沈阳时听到的那个传说：北京有个中关村，那里每天诞生一个百万富翁。而这些百万富翁，都是卖电子产品起家的。当时的他听得心动不已，只是觉得自己这方面的知识一点都不懂，只能是想想。现在，他既然已经在北京了，便不能只是想，总得做点什么。于是，他在中关村附近游荡了半个月，每天去跟那些摊贩聊天，发现其中一多半以上都不是学计算机的，都是门外汉。他得到的结论也得到了鼓励：做二道贩子，不需要专业知识，卖鸡蛋的从来也不下蛋嘛。那时候，国家鼓励这类新兴产业，各种证件办起来就快，两周的时间，梁为民就拿到了经营许可证，也租到了一个小柜台。万事开头难,但这事相反,开头简单,真经营起来难。先得找合适的进货渠道,更得摸清整个海龙大厦同类小店里的运行方式,当然更得吸引客源,哪一个环节不通畅,钱都不会流进他的腰包。所以,梁为民很快就明白了,一条河里都是鱼,并不代表你跳进去就能捞到鱼。不过,他能从周围人那里感觉到,这条河的确有鱼,每隔一段时间,他都能听说某家小店升级为代理商之类的消息。这让梁为民觉得,成为百万富翁仍然是有可能的,前提是必须坚持下去。

还好,他撑住了,在这个每天都有新公司成立和老公司倒闭的地方,活下来了。

那一年,梁为民仓皇离开,梁为国留在了家里。大伯梁建章在从村主任的位置上退下来之前,干的最后一件事就是帮梁为国安排了工作,算是对侄子在他家丢一只手的补偿。他花钱找人给梁为国弄了个进修学校的文凭,然后用这个文凭,把他弄到村里的小学当了老师——无论如何,他总还有教小学生的能力。否则,这个一只手的人能干什么呢?

梁为国所有的冲动和心气,都和那只手一起消失了,他一夜之间就从一个浪荡子变成了一个中年人。不久,阿妹怀上了孩子,竟然还是三胞胎,三个儿子。这让梁建成一下子挺直了腰板,虽然梁为国没了一只手,可是他有仨孙子,一个孙子两只手,比谁家的手都多。

梁为国在小学里上课,左边袖子空空的,走起路来晃荡着,后来他便让妻子把它裁短,或者卷起来。没过多久,梁为国渐渐发现,人其实不需要长两只手,所有事一只手都能完成,只是完成得慢一点、麻烦一点。他甚至从自己的不方便中发现了某种乐趣。他一只手翻书,一只手掐着粉笔在黑板上写"鹅鹅鹅,曲项向天歌",一只手骑自行车,一只手解开裤带撒尿,一只手擦屁股,然后再用一只手把裤带系上。裤带是他媳妇阿妹特制的,左边是一条带子,右边缝成一个环扣,把带子伸进环扣里,折回来,这边裤带上缝着一排扣子,他只要根据肚子的大小,把带子上的扣眼扣在不同的扣子上就行了。唯一让梁为国觉得一只手不如两只手的,是只有在抱孩子的时候,不管他右手多有劲,一次最多也只能抱起两个儿子,另一个抓着他空空的袖子,爸爸、爸爸地哭叫。他只好让他搂住自己的脖子,把他吊在胸前。两分钟后,小家伙胳膊酸麻,又从他胸口出溜到地上。

他已经习惯了一只手生活,对造成这件事的人的怨念,也逐渐变淡、消散,因为痛哭和咒骂过太多次,梁为民一去不返,大伯家赔钱、给他安排了工作,他的恨除了让自己重温痛苦,已经没有任何其他意义。尤其是阿妹,此前的生活

508

里,他偶尔会担心她偷偷离开。当然,她不识字,普通话说得磕磕绊绊,甚至都弄不清楚自己现在到底身处何地,要走也没得走。那只是一种感觉,他们成了两口子,睡在一铺炕上,一个锅里吃饭,但总感到阿妹的心里在想着什么事。有时候,他半夜醒来,会发现她仍坐在炕梢,瞪着眼睛,仿佛不需要睡觉。但是他不敢去问她在想什么,或者说,他自己对此有所猜测,他怕猜测成真。他想尽办法要给阿妹上个户口。大伯梁建章给他出了主意,在周围的村子里四处打听,终于找到一个年纪相仿的姑娘,姓岳,叫岳小琪。岳小琪几年前失踪了,活不见人死不见尸,失踪人口户口是不注销的。梁建章的主意是,花钱从她父母那里把岳小琪的户口借出来,让阿妹用岳小琪的名义领了结婚证,也顺便把户口落在梁为国家里。但这事不好办,得一点一点来。

当那只手没了之后,他却从阿妹的眼睛里看到了心痛和怜悯,那是之前从未有过的情感。刚出院那会儿,她帮他穿衣服,轻手轻脚、小心翼翼,生怕一不小心弄疼了他。他觉得,她那颗不安分的躁动的心正在消失,夜间,也越来越少睁着眼睛枯坐,开始沉睡,甚至打起了呼噜。某几次,半夜中,她的手伸过来,握住了他那段带着伤疤的骨头,他就任她握着。

但有一个人不这样,就是他妈,他妈对这件事的怨恨恰恰相反,似乎越来越强,家里的任何事情,她最后都能绕到这件事上来,一切错误都是梁为民和梁建章的。这成了他妈活着的理由,也是她忍受半生辛苦的理由,她的哮喘、她的腰腿疼、她的偏头疼、她几乎快掉光的头发,甚至家里一只鸡被路过拉矿石的车碾死,这一切的罪责都是梁为民造成的。败家子啊,扫把星。她的咒骂和唠叨充斥在这个家里所有的时间和空间,阿妹起初听不太懂这里的话,不知道婆婆每天在咒骂什么,还以为她骂的是自己,心里总是惴惴不安,怕他们打她,就没黑没白地干活儿。后来,她渐渐从闲聊的其他妇女那里知道了梁为民和梁为国小时候的事,也听懂了梁为国丢掉一只手的前因后果,更因为怀孕生了孩子,便不再害怕,甚至全家人里只有她敢跟婆婆怼上几句——婆婆听不懂她说的到底是什么,但能判断那是一种反对。婆婆对儿媳妇的那点不服从和反击,不但没有恼怒,反而感到欣喜,她本来对这个外国儿媳妇是不满意的,个子矮小,皮肤白净,白得一看就不是本地人,说话怪腔怪调,但后来看她很勤苦,还一下生了三个孩子,尤其是发现这个小个子女人不是没脾气,而是挺会察言观色地忍耐,等待时机一击而中,便越来越认可她了。她觉得,梁为国和这个家都需要这样一个女人,一个跟自己很像,最好是自己的加强版的女人。从三十几岁开始,她便觉得自己可能随时死掉,她需要在死之前找到合适的接班人。梁为国的手没了的半年后,她曾悄悄去三十里之外的西沟村找一个神婆算过,神婆说的当然跟她想的差不多:你们家那个大儿子啊,天煞星下凡,本来没啥事,可惜你们把他给送人了，他在别人家里那几年，把别人家的霉运全带回你们家了，所以你们家接连发生祸事。

梁为民他妈恨恨道，果然啊，还是他们害的。她请神婆给个禳治的办法，梁为国已经丢了一只手了，这辈子不能再有什么意外了，再有意外，全家都活不成。神婆告诉她，梁为国有个守护神，就是他那个拐来的媳妇，只要他媳妇支棱起来，以后就什么都不怕了。你别看他媳妇又瘦又小，可她身上有南方山里的地气，等这地气上来，她能护男人一世周全。他妈立刻深信不疑，心里想，神婆从没见过儿媳妇，竟然知道她又瘦又小，可见真有神通。她哪里知道，在"见多识广"的神婆眼里，所有的南方大山沟里的女人都又瘦又小。

这之后，他妈一点一点把柜子的钥匙交给了梁为国媳妇，让她当了家，除了户口本，家里的钱物都归这把钥匙管。不过，她还是留了个心眼，钥匙不止一把，她把钥匙给儿媳妇的几天后，趁她去乡里产检，自己开柜子一样一样检查存折、几件不值钱的首饰，发现一样没少，连摆放的地方也丝毫没变，这才放下心来。

她偶尔会在偏头痛和哮喘同时发作、整夜整夜睡不着的时候想起梁为民。她的心情十分复杂，面对着虚无的漆黑夜空，听着偶尔响起的老鼠的窸窣声，她突然间恨意全无，脑海里飘满梁为民小时候的琐事——送到梁建章家之前的点点滴滴。这孩子从小嘴馋，看见吃的，两条腿便像被点了穴，一动不动，大嘴张着，口水能流到半尺长。那时候的吃食，又能有什么呢？一块放了不知道多久的水果糖，几个刚刚透出红晕的果子，庄稼地里的甜瓜，作为大儿子，那时的梁为民在同龄孩子里绝对算不上缺嘴，甚至比大部分孩子吃得都多都好。但他就是馋，经常半夜里拱她的怀，叼着乳头使劲吮吸，把她从一个梦吮吸到另一个梦。那时候，梁为民已经断奶快一年了。他不是想吃奶，就是馋，可大半夜没有任何东西可吃，他便去吮吸母亲，用这咂摸抵抗对食物的渴望。许多年后的今天，她在无比清醒的夜里，在哮喘稍微平息的空当，突然想起那个梦，心里咯噔一下，仿佛明白了自己为何从梁为民小时候就不喜欢他了。

那是怎样的梦呢？是她从未对任何一个人讲过，甚至连自己也刻意忘记，多少年都不曾想起的梦。那是个春梦。在梦里，是她年轻时喜欢的那个南方来的弹棉花的老客，两个人在秋日开满金黄色花朵的葵花地里，赤身裸体，他捧着她的乳房，先是用舌头，然后是用嘴去吮吸，她颤抖着、呻吟着，更享受着。没有其他动作，只是这仿佛天长地久般触电一样地吮吸，就让她感受到了从未体验过的快乐。就在这时，她醒来了，忽然发现怀里是自己几岁的儿子，羞耻感如一轮朝阳，瞬间照亮整个黑夜，她的身体仿佛置身冰水里的炭火，在冷和热之间焦灼着，吱吱啦啦，发出刺鼻的煳味。她狠狠地给了梁为民一个耳光，那孩子在迷迷糊糊中被打,立刻号哭起来:妈……啊。我想吃东西。她看见了他黑洞洞的嘴巴,感到厌恶极了,坐起身,把他扯起来,一把从炕上丢到了地下:吃吃吃,就知道吃。

现在,她摸了摸自己的乳房,它们已经干瘪得像空了的面口袋,她想起梁为民,也想起当初梁建章来商量抱养他时,梁建成还在犹豫,是她一锤定音,把他送走了。她忽然觉得心脏收缩,身体也跟着蜷缩起来。过了一会儿,感觉好些了,她伸手推了推丈夫。梁建成醒了,问,干吗?

老大多久没来信了？她问。

梁建成嘟囔一声,都在一个院里住着,来什么信,你是不是做梦了?

我是说为民,他都多少年没回来了。她补充。

梁建成立刻清醒了,这是几十年来,老婆第一次把梁为民喊为老大。

半年多了,上一次他打电话,我没跟你说。他说他谈了个女朋友。

她哦了一声说,谈女朋友好,睡吧。

七

梁为民结婚那年,回了一趟家。他不能不回家,他的户口还在村里,不回家办不了结婚证。结婚对象是海龙电子城的收银员小霞。两人的结合过程十分简单,就是梁为民的小柜台,有一次有人拿着假收据来提货,梁为民没仔细看,把两台电脑直接让人拿走了。后来对账对不上,就去找收银员。小霞挨了一通骂,心里委屈,一查底单,根本没这笔款子,怒气冲冲去找梁为民,把一杯刚泡好的胖大海倒在了他身上。梁为民也发现那张收据是伪造的了,知道冤枉了小霞,任凭她发泄。后来,他又去找小霞,说请她吃饭,赔礼道歉。一来二去,两人就熟络了。半年后,他俩住在了一起,又半年后,谈婚论嫁。

梁为民已经有些年没回林东镇,没回丰水山村了,他偶尔在初中同学群里看见他们发的图片,知道家乡已经大变样。车进了林东镇,他指指这里指指那里,跟小霞介绍说以前这儿是粮食饭店,他们家大师傅烙的酸菜馅饼特别好吃,我哪回离家去赤峰上学,都要去吃一斤馅饼。这个兴隆商厦,原来就是一排小平房,有一个租书厅连带台球厅,我跟同学来玩过几次。有些东西变了,有些东西没变,比如道路变了,原来的土路都变成了砂石路,但路边的庄稼没变,玉米还是玉米,大豆还是大豆,卖西瓜的摊位上的西瓜,依然是绿皮红瓤黑子,可吃起来,味道又变了。他停下车,买了两个西瓜。以前那些事,梁为民都跟小霞说过了,让她做好心理准备,如果他妈说什么不好听的话,就当没听见。只要拿到户口本,把结婚证领了就成。小霞嘴里答应,心里打鼓,手在包里把自己的户口本捏得紧紧的。

快进村时，梁为民停了车，下去抽了根烟。丰水山在不远处，看上去怎么比原来矮了呢？

小霞也下车，说，山清水秀。

梁为民扑哧一声，说，你没冬天来，冬天来一片光秃秃。

那个山有名没？

小霞往远处指了指。

丰水山，梁为民说，那上面有个水帘洞，我跟你说过。

小霞踢了踢脚边的石头，合着我嫁了一只花果山的猴子。

梁为民踩灭烟头，说，上车，回家。

事情办得很顺利，他妈的态度让梁为民意外。他以为她肯定会挑毛病找麻烦，没想到他妈什么话都没说，把户口本给他找了出来。第二天，他开车去乡里派出所，直接扯了结婚证。回去，他妈说，证领了，婚礼怎么也要办一个，才像样。梁为民和小霞回来前，没打算在老家办婚礼，他们想能把结婚证顺利办下来就不错了。他妈这么一说，又觉得确实应该办一下。

婚宴定在乡里，那儿有一个不大不小的饭店，叫好客来，够摆十桌。每桌三百元的标准，鸡鸭鱼肉都上大海碗，酒是草原白，八十八一箱，烟是中南海，已经算村里婚宴的高配了。很多人家都有了小汽车，马路上一看，跑的都是大众、马自达，还有奥迪、宝马，好像这个村特别富，其实都是二手车，从节能减排的大城市淘汰下来的，他们在林东镇看见一溜二手车行。连梁为国都买了一辆，不知道他一只手是怎么考下驾照来的。后来在去镇子饭店的路上，梁为国说，驾照是他找一个堂弟替考的，别看他就一只手，开车稳当着呢。确实，从丰水山村到饭店几十里路，弯弯绕绕，经常还跑出一只狗、两只鸡，但梁为国的车始终很平稳，连一个急刹车都没踩。

因为我专注，梁为国说，自从那次走神，手没了一只，我干啥都特别专注。我又不是哪吒，有三头六臂。

乡下的婚宴，流程都是固定的，无甚可说，一整套下来，累得人仰马翻，全家人也没机会在一起坐坐。回去时还是梁为国开车，到家里，他妈把提前打包好的饭菜回锅热了，摆了一大桌，这才吃了个团圆婚宴。他们没和其他人一样在饭店吃，一是时间紧，他们后面还有一个办白事的，怕冲了不吉利；二是想着赶紧把客人都送走，才能放下心来，索性就没吃东西，每人垫巴点干粮和熟食。

新婚之夜，梁为民和小霞住他爸他妈的屋子，他爸妈去邻居家借宿。两个人躺在火烫的土炕上商量：婚也结了，得想想事业。梁为民把自己的盘算跟小霞说了说,小霞点了点头,梁为民的手伸进了她的衣服里,握着她丰满的乳房,第一次有了对未来的笃定感。

　　回到北京,小霞把收银的工作辞了,两个人一起经营小柜台。生意不错,尤其是梁为民开拓了投影仪业务之后,只要搞定一个学校或公司,一个订单就能吃半年,但是经常半年才搞定一个订单。他开始频繁在外面应酬,现在的生意,已经不是坐在柜台后面,守株待兔一样等着客人上门了,你得自己去谈。再加上网上购物越来越流行,特别是货到付款这一类网上购物形式的兴起,人们逛商城的兴致明显降低。电子产品开始标准化,品牌机的价格也逐渐下调,人们已经不再热衷攒电脑了,便宜千八百块钱失去了吸引力,然后显卡、主板、硬盘老是出问题,修来修去,这一千块钱就又搭进去了。梁为民主外,小霞就成了整天坐在柜台后的那个人。大楼里她这样的女人多的是,她们戏称自己是"坐台女"。

　　那时候,来柜台买东西的人已经很少,大部分都是刚开学的学生,走过来,这儿看看那儿看看,你问他买什么,他就说,看看。再问他要什么价位的,台式机还是笔记本,品牌机还是组装机,多少内存,多少显卡,多少硬盘,他们便说出一堆数据。其实毫无概念,应该是在论坛上做了些功课,显出一副很懂行的样子,答出来的话却相互矛盾、漏洞百出。有时候,小霞能说动他们在她这里买东西,更多的时候,聊了半天,他们走了。她就知道,他们来这里根本不是诚心要买,只是来了解行情,然后回去再从网上下单。

　　时间久了,小霞变得十分慵懒,歪在一张二手老板椅上,整天对着一台旧显示器看连续剧,林志颖在《天龙八部》里一会儿多出一个妹妹,《还珠格格3》里的小燕子已经变成了黄奕。商场里顾客不多,但永远是嘈杂的,每个柜台都在放片子或音乐,还有整个大楼的音响系统里各种促销、广告轮番轰炸。但是小霞的电视没有声音,她也不戴耳机,像一个天生的聋人一样,只看画面。她觉得,电视剧里的种种场景,跟她所身处的背景声之间形成了独特的般配感,男主对女主的嘶吼,正好是大促销广告中的声嘶力竭,女主梨花带雨的哭戏,配上隔壁女店主一边听歌一边跟着哼唱的变调声,也有一种奇特的效果;而电视里的打斗场面,也时常能遇到商场里因为售后问题而发生的争吵。总之,现实里的一切和电视里的一切,都毫不相干又天衣无缝地混搭在一起。这整个世界就像一个低配版的组装机,各种零件,努力运行着最新的系统。

　　在昏昏沉沉中,她感到一阵反胃,心里想,不会怀孕了吧。计算自己例假的日子,的确很有可能,她应该让别人帮忙看一会儿,自己去楼下的人药房去买一个验孕棒,然后到又脏又乱的厕所去验一下,但她懒得动。她心里有着犹豫,如果真怀孕了，她就得离开这全中国除了核电站反应堆之外辐射最严重的地方。她的四周有成千上万台电子产品在发光、闪烁，放射出各种波长的电波。楼里传言，有的女老板整个孕期都坐柜台，后来生了一个怪胎，但是没人能说清到底是哪一层的哪个柜台。不过，这个传言出来后，那些试图备孕的女性，都穿上了防辐射服的孕妇装。当然，在更早的时候这里有着另一个传言，那就是男人们因为长久被辐射，体内的精子都被杀死了，十个有八个是不孕症。这个传言也没有人承认。后来，周围人来来往往，许多人也有了孩子，到底是传言毫无根据，还是人家有了别的法子，就不得而知了。

小霞和梁为民自然也听说了这些传言，心里头拿不准，还去海淀妇幼做了个检查。检查结果出来，不好不坏，梁为民的精子数量确实比平均水平低不少，活跃度也不够，但大夫说，这也不能说明就一定不孕，人的精神状态也很重要。当然了，如果不放心，还可以去看看中医，开点中药调理调理。梁为民心里清楚，自己的身体都是这两年跑生意应酬熬的。尤其是半年前那次，是最直接的原因。

去年冬天，梁为民去鄂尔多斯谈一个校用投影仪的项目，这个项目不但关系到他这个小公司的生死存亡，也关系到他和小霞的婚能不能结成。项目是他当年卫校的同学小胡给介绍的，小胡现在是鄂尔多斯市下面一个县卫生局的副局长，而他岳父则是教育局的正局长，他介绍这个活儿，当然是希望从中得点回扣。这也不是大不了的事，项目嘛，都是如此，熟人反而好谈些，拿一成还是两成，说定即可，也更安全。梁为民过去签约，不想那几天这个小胡出了点事，他在洗头房里跟一个洗头妹发生了关系，洗头妹也不是省油的灯，给他录了一段视频，拿着上门敲诈他。小胡不愿掏钱，就找公安局的朋友去查洗头妹卖淫，洗头妹被抓进去一个月，出来后用视频威胁小胡，不给钱她就发到网上去。小胡无奈，只能掏钱，哪想洗头妹拿了钱，还觉得不解气，便把视频发给了他老婆。他老婆一气之下跑回娘家，他岳父听了大为光火，梁为民这个项目也捎带就要黄了。但这边，梁为民一百多万元的货已经从厂家提到北京，退货他得赔几十万元，不得已他亲自开车把二十台投影仪和相关设备运到鄂尔多斯。

在羊肉馆见到小胡的时候，他一脸沧桑，胡子拉碴，看来被他老婆丈人折腾得不轻。现在，他的整个前途攥在人家手里，再说，错的毕竟是他。一见面，小胡就给梁为民赔不是，说点背，常在河边走，哪想这次不但湿了鞋，甚至水淹到了脖子下。梁为民问他，这事到底还有没有转圜的余地，哪怕他一分钱不赚，把账抹平也行。小胡唉声叹气，说，除非搞定我老丈人，否则没戏了。梁为民来的时候，带着一箱茅台、一盒鹿茸，那盒鹿茸是他黑龙江的大舅子给他的，听说他们要备孕，让他补身体的。

梁为民跟小胡说，只要能帮我把你丈人约出来，其他的我来搞定。小胡想了想说，行，如果这次还不成，我就真没辙了，只能对不住你了。

那天夜里，梁为民一个人走在县城荒凉的街道上，前几天刚下的积雪已经融化不少，残留的雪堆里都是灰黑之色。县城的西北方，有好几座露天煤矿，这让这里的天空常年都是煤灰色的。他能清晰地闻到生煤、小店里燃烧不充分的煤焦石烟的味道，它们仿佛不是烟尘，而是颗粒，顺着呼吸道一直进入肺里，扎根下来。他只好点燃烟，狠吸几口，以毒攻毒。路灯昏黄，每隔几盏就有一盏坏了，那段路也就显得更暗一些。他想起童年时老家的雪路，尤其是读初中时的冬天，他们住在土坯房宿舍里。南北两铺大炕，每铺炕上十个孩子，身上的虱子多到串种，虮子在衣缝里密密排成一条白线。坐在教室里，经常能看见前座同学的脖子上有虱子在爬。冬天，他们把虱子捉起来，放在烧红的炉盖上，虱子立刻噼噼啪啪被烤死，发出一种穿了很久的内衣被炙烤的臊腐味。他们说，那就是死亡的味道。他想起过敏而死的那个妇女，她早就已经化为泥土了吧，如果坟头长出了青草，是不是那种臊腐味也会置换为青草味？

他走到了小县城的尽头，砂石路消失了，接着是一条刚修好不久的柏油路，据小胡说，因为县里区里有冲突，这条本来穿城而过的柏油路，擦着县城而过了。柏油路向西延伸，远处隐隐约约的灯火，那已是几十里外的另一个镇子。

梁为民感觉到有些冷，他跺着脚，在柏油路上跺几下，又到砂石路上跺几下，然后到路边的土地跺几下。不同的地方，是不同的感觉。脚上血液加速流动，有一种酥麻感沿着脚踝向小腿延伸，但是因为跺脚，裤腿偶尔露出缝隙，也让冷风顺着腿向上漫延，上面的风则从衣领进入，然后向下侵蚀。两股势力在他肚腹之处会师，让他感到一片冰凉。

鄂尔多斯可真冷啊，他想，比北京冷，比老家林东也冷。但是鄂尔多斯的夜晚和林东一样黑，北京的夜晚从来没有真正黑过，总有各种灯光亮着。有灯没灯，一个人走夜路的孤独感是一样的。

八

第二天晚上，在一家全羊馆的小包间里，梁为民见到了小胡和他那个蒙古族老丈人。他足有一米九的个子，典型的蒙古族人的高颧骨，面孔粗红，讲话带着奇特的音调。梁为民特意没选大饭店，而是找了这家全羊馆，他已经打听过了，这里是教育局那些人最常去的聚会之所。

烤全羊和羊杂汤、羊盘肠上来，梁为民绝口不提生意的事，一口一个叔地叫着，敬酒，奉承。他跟小胡谈论着当年念卫校的事，小胡虽然搞不懂他葫芦里卖的什么药,但很配合,两个人你一言我一语地回忆出许多细节来。酒喝到半酣,梁为民顺势讲起自己的童年经历,怎么被送给大伯家,又因为什么被退回家,怎么从老大变成了老二,怎么一个人去卫校念书,怎么给同学们当医学模特。说到伤心处,他涕泪横流。小胡老丈人在酒精的作用下受了感动,终于松口说,那批货,我们也不是不能买。梁为民立刻说,叔,你说怎么着就怎么着。老人看着面前的酒说,这样,你干一杯酒,我买一台。一共二十台,你只要喝到二十杯,我都买。喝酒的玻璃杯是二两一杯的,二十杯就是四斤酒,何况他们之前已经喝了两斤。以实际酒量看,三个梁为民也喝不了这么多酒。

小胡想说话,梁为民一摆手,让他啥也别说,喊服务员拿二十个杯子。

二十个杯子拿上来,二十杯酒一溜倒满。梁为民说,叔,你是场面人,肯定说话算话。我拉货的车就在外面,今天我喝一杯,小胡你就搬一台机器。如果我三杯就倒了,你就搬三台,我喝十九杯倒,你就搬十九台,只要我喝不到二十杯,这些仪器都算我白送的。我喝到二十杯,你们再付钱。

梁为民干了一杯。辣,一条火龙从喉咙钻进他的胃,那里翻江倒海,但是他的脑海却风平浪静,他从未如此清醒、笃定。不知为何,他信心满满,他觉得他肯定能喝二十杯,能把这笔生意谈成。喝前十杯时,老人和小胡都一动不动看着他,等他端起第十一杯,小胡忍不住了,跟老人说,爸,再喝下去怕要出事。老人还是一动不动。梁为民继续喝,喝到第十九杯了。他的头脑依然清醒,但是眼睛、耳朵和整个身体都像飘浮在空中,又像是沉溺在深水里,晃晃荡荡,无所依凭。我他妈成酒仙了,他想。他之所以自信,是因为饭局上的一切,并没有超出他的预想,他知道今天是一场硬仗,虽然不知道到底会怎么打,但是他做好了牺牲的准备。当老头说出二十杯酒二十台机器的时候,他知道,今天的事成了,至于成了的结果和代价,那是明天考虑的事。

梁为民喝掉了二十杯酒,尽管第二十杯刚灌进去,他就呕吐起来。他伏在椅子背上,身体向前探着,前面是木盘上那只几乎没动过的烤全羊,金黄的羊肉已经冷却,呕吐物很快掩盖了这只羊。老人仍然没说话,他站起来,出门时拍了拍小胡的肩膀,说,别让他死在这儿,明天,你回家吧。小胡知道,梁为民的事成了,自己那件事也过去了。

他上前扶住梁为民,他已经浑身瘫软,像一根刚灌好的羊血肠,满身腥臭、软滑。小胡找了两个服务员,帮他把梁为民抬上车,又跟他到宾馆,一起把他抬到房间的床上。他从包里掏出两盒中华烟给服务员。他们走后,他在梁为民旁边坐了一会儿,发现他呼吸均匀,脸色从刚才的惨白中缓过来,渐渐红润。他走出房间,发现手机上有一个未接来电,还有一条短信,都是他老婆的。短信上就几个字:还不回来? 他回了一个,马上回。

两天后，梁为民开着面包车，行驶在回北京的高速公路上。小霞告诉他，那笔机器的钱已经到账。但是，这次出门也给他留下了永久的伤害，不是酒精直接造成的，而是另一种。

那天晚上，他半夜口干舌燥，起来找水。房间里没有水，前台的人已经睡着，大门关着，但并未锁上。他穿上大衣，走出小旅馆，想去找一家开着的小商店买水。

他走出宾馆时，看见天上有一轮月亮，又大又圆。他觉得自己看错了，这里的天空不管白天黑夜都是雾蒙蒙的样子，怎么会有月亮呢？但是月亮的确在眼前，而脚下的路，也变得洁白而平坦，像是雪后的大地。他走了上去，越走越远，越走越远。

第二天一大早，宾馆的服务员发现有一个人扑倒在门口的雪堆里，还以为他冻死了。他喊醒了梁为民，发现他的裤带解着，猜想他是跑出来撒尿的，可是宾馆里有厕所，为什么要跑出来撒尿呢？挨冻的时间不算长，人还没有失温，但是他的下体因为刚好倒在雪中，已经是半冻僵状态。他回去后，暖和了很长时间，下体仍是红肿的，但看起来并不严重。他想，它终究会好起来的吧。这时，他接到小胡的电话，小胡说不能送他了，那批货，小胡会找人来接手，货款肯定没问题。

梁为民在宾馆里躺了一天，晚上，他再次走出宾馆，夜空漆黑，哪儿来的月亮？他猜想，自己昨晚看到的可能并不是月亮，而是太阳。幸好是太阳，那时离天亮很近了，否则，他一定会冻死在外面的。

高速公路上车很少，他开得放松，但是下体却麻痒无比，他知道这是冻伤的后遗症。小时候，他们三九天在外面玩，回去后用火盆烤冰冷的手和耳朵，一受热，它们就会麻痒难忍。他的一只手忍不住伸进裤子去抓挠，有几次差点撞上隔离带。

他还是平安回到家了，正是这笔钱，让小霞相信了他说的让她过上好日子的话，答应跟他回老家去领证结婚。但是，他的心里一直忐忑不安，因为他不确定自己的下身是不是冻坏了。回到北京，回老家之前，他去医院男科看了，大夫听了他的讲述，皱起眉头，不过后来看着检查结果说，你这个……比较难判断，按说功能应该没什么损伤，但是不是有什么器质性的改变，只能观察。他没时间观察，过几天就要带着小霞回老家了，如果他将来成了一个废人，那就是害了小霞，他们也不可能过一辈子。大夫给他开了一种药，说，关键时刻可以试试。

那几天，他们在一个最合适的机会，做了一次爱。他终究是没信心，在之前偷偷跑厕所吃了一颗药，谢天谢地，一切都还好，他还是个男人。完事后，小霞沉沉睡去,他在厕所里点上烟,看着自己略显发福的身体,说了句:万幸。

那次冻伤的后果是后来才显现的,他能扮演一个丈夫的角色,但是却没有了当父亲的能力。接下来的另一家权威医院的医学检查让他确信,自己已经不能培育出正常的精子。梁为民没敢跟小霞说这事,只是告诉她,一切都有希望。他在想,现在医学这么发达,总会有办法的。

但这个希望迟迟未至。

一年多后,父亲梁建成来北京看病,两人在小饭馆里聊起这件事。父亲问他到底是谁的问题,他讲起那次的鄂尔多斯之行。父亲明白了。两个人开始沉默着喝酒,回去前,他去车站送父亲,老人说,你可以没有孩子,但是小霞不能没有,她没有孩子,你俩就过不到老。道理是这样的。道理之所以是这样的,是因为生活中绝大多数人都是这样的。梁为民反驳不了这种道理。父亲回去之后,他找了个机会,把自己生不了孩子的事跟小霞说了。小霞听了,没哭没闹,甚至都不意外。她说她早就猜到,一直怀不上,她自己偷偷去做了妇科检查,没任何问题,大夫说,问题只能是在你老公身上。她只是不知道到底怎么回事,现在明白了,是那一次鄂尔多斯之行冻的。

要说,这事我也有责任,小霞说,那回要不是我逼着你,你也不至于大冬天一个人过去谈生意,也就没有后来的事了。

以前的事不说了,梁为民说,咱们说以后。

但以后不是说出来的,需要他们做决定,如果继续在一块儿,就必须面对一辈子没孩子的状况,如果无法接受,那就只能分开。结婚证是九块钱,离婚证也是九块钱,可以做加法,九加九等于十八,也可以做减法,九减九等于零。但是日子哪里只是加减法的事?

咱们再想想办法,我听说,现在有一种新技术,就是大夫把你的小蝌蚪取出来,放我肚子里,一样能生孩子。小霞说。

那也得小蝌蚪活着,我这……都是死的。梁为民凄然一笑。

小霞不再说话。

路没了,或者说,路只剩下一条了。她还年轻,还能再找别的男人,跟他生儿育女,梁为民则将孤家寡人一辈子。他心里也存着一点幻想,就像当年大伯家一样,突然间老天开眼,让自己重新好起来。但是转而又想,哪儿来那么巧的事呢?生活又不真的是轮回。小霞也没着急,对她来说,这个理由很充分又很不充分。无论如何他们当年是以爱的名义走到一起的,如果要分开,也应该是以不爱的理由分开。现在算怎么回事呢?因为没有孩子,所以离婚?到民政局,工作人员问,你们为什么离婚?他们怎么说?是按照电视上、网络上的说法:感情破裂,感情不和,还是说真实的情况——因为我们没孩子,而且永远不可能有孩子了。她也想,要不要跟着潮流,顺便就做了丁克算了,她身边这样的人也不少。但是大部分做丁克的人,都是主动选择的,他们有可能后悔也有可能不会,被迫的丁克,如何能一辈子都心甘?

他们心照不宣地在期待一个意外来打破这种别扭的默契和平衡,这意外迟迟不来,另一个意外却突然而至。

这一年的中秋节前,父亲打电话问他们回不回来过节。梁为民说不回,这么远,手头事情又多,过年团圆一下说得过去,中秋节哪有时间往回跑?他都没跟小霞提这个事。第二天,他去外面打包午饭。海龙大厦里有一个食堂,主要卖快餐,刀削面、炒饼、炒饭、水饺,吃了好多年,实在吃腻了,如果梁为民或小霞一个人看店,他们通常吃口面包、香肠、泡面来解决问题,如果这一天两个人都在楼里,梁为民就去新中关地下二层的小店打包些小吃。不知不觉,新中关的地下一二层成了网红店一条街,尤其是电影院和附近的超市开起来之后,当年海龙大厦人头攒动的景象,已经移植到了新中关、欧美汇这里。麻辣小龙虾、网红马卡龙、干锅牛蛙、桥头排骨,眼花缭乱,很快,丹棱街两边又开起稍微高档一点的餐厅,云南菜、台湾菜,甚至泰国菜、越南菜,然后是大排档又流行起来,大排档和各类炸串小吃各有一席之地。街上的景物随着时间在更改变换,行色匆匆的人们很少专门注意,除非去翻老照片进行对比,否则会觉得这个世界始终保持着最初的样子。但人的嘴巴比眼睛更敏感,梁为民和小霞就是用舌头体验着整个中关村和北京的变化的,许许多多他们以前没吃过甚至没听说过的食物,逐一摆在他们面前:毛肚火锅、打边炉、羊排烤包子等,而丝袜奶茶之类口味繁多的网红饮品,就更是眼花缭乱了。

梁为民在新中关地下转悠了一圈,又沿着丹棱街走到小吃街,还是没决定好吃什么。他想起自己有个初中同学,好像也在附近上班,这家伙貌似是个什么作家,有一年在班级群里推送了一个链接,是他的一篇小说,题目就叫《人生最焦虑的就是午饭吃些什么》。他看了,就是说两个同事每天中午转悠着找饭辙的故事,那时候,对他来说吃什么完全不是问题,问题是赚到吃饭的钱。如今呢,吃饭的钱是有了,吃什么倒成了问题。最后,他在大排档给小霞打包了一份螺蛳粉,自己买了两个萝卜糕,在等螺蛳粉的间隙里他把两个萝卜糕直接吞掉。

回到海龙,小霞刚放下电话,对他带来的螺蛳粉看都没看,皱眉说,你跟家里说中秋节要回去了?梁为民一愣,随即明白这个电话是父亲打来的,听小霞的意思,还是想让他们回去。他让小霞先吃饭,自己问问到底怎么回事。小霞拎着螺蛳粉,到楼道间里吃,这东西味太大,旁边的人受不了,虽然整个一层都没什么好味道，但是没人愿意再增加一种酸臭味。

过了一会儿，小霞吃完回来，说，问清楚了？梁为民点头，说，得回去一趟。咋了？小霞问。

妈犯病了，脑出血，抢救回来了。

哦，小霞心里怀疑了一下，真的假的，得病为什么不直接说呢，有啥可隐瞒的？

中秋节就在一个星期后，他们盘算了一下，觉得提前几天回去，然后中秋节前回来，倒不是一定跟这个中秋节团圆较劲，而是中秋节临近十一假期，是一个小销售旺季，整个下半年全靠十一假期和春节假期两季拉销售呢。既然是回去看病人，关键是看，是不是中秋看并不重要。

这回不坐火车、汽车，开他们平时拉货的汽车回去。前一天梁为民又到王府井去送了一趟货，办完事出来，瞅见停车的地方要收停车费，每小时两块五，不足两小时按两小时收。他算了下时间，妈的，他才停了一个小时零五分，这会儿开走，也是交五块钱，觉得亏。又想来都来了，顺便去天安门广场转转，等快到两小时再回来就是了。

广场上人不少，临近十一国庆节，很多地方已经摆满了花车花篮，流动车兜售小红旗和北京市地图、中国地图。他随手买了一张地图，给人十块钱，那人递过来两张地图。梁为民说，我就要一张。那人说，一张北京的一张全国的，没准哪天出门有用呢。他一想，明天要开车回老家，说不定真用得着，便接了过去。

那两张地图，他把一张标上了一路要过的主要站点，随手放在副驾驶座位上。实际根本没用到，高速公路的指示牌都标得很清楚，手机上也有导航。这一路，偶尔想起这件事，他就在心里骂自己一句：傻子。

九

梁为民他妈的确病了，也的确是脑出血，但十分轻微，在县医院拍了片子，打了两天吊瓶，出血很快吸收，头不晕不疼，就下地干活儿了。他们俩拎着一堆月饼和库尔勒香梨走进家门时，他妈正在院子里追一只芦花鸡。鸡仿佛预知了自己的命运，拼命想飞过院墙逃掉，但是它毕竟是鸡不是鸟，翅膀扑棱了半天，眼看着要到墙头上，又掉了下来，只好咯咯叫着逃跑。在一个墙角处，被他妈揪住了一只翅膀，拎了起来。那只鸡眼珠乱转，嘴张着，露出小巧的鸡舌，两只黑爪在空中弹了两下，不动了。这一会儿，它又似乎坦然接受了命运。他妈伸手，穿过茸茸的鸡毛，在鸡胸上摸了两把，感觉到厚实的胸脯肉，脸上露出满意的笑容。一抬头,看见院门口站着的发愣的梁为民两口子,她也愣了。

晚上吃饭,他爸把梁为国一家都喊来。梁为国左边袖子空荡荡,右手夹着烟卷,一脸灰黄。一年多没见,他竟老得厉害,如果和梁为民并排站着,外人一定会觉得他比梁为民大四五岁。梁为民心里忍不住想,如今,他确实像个哥哥了。阿妹的个子变得更矮了,也可能不是矮,是她变胖了,曾经瘦得如豆角,如今却像一颗饱满的土豆。她最让人惊奇的就是两件事:一是生了三胞胎儿子,是方圆几百里的第一个;二就是从南方到内蒙古这么多年,她的脸依然是光洁的,完全没有当地人那因风沙和紫外线造成的高原红和皲裂。现在,那些跟她熟络的妇女,会在一起到田里干活儿时开她玩笑:你这脸蛋到底搽的啥,咋还这么嫩呢? 不会是你家那口子天天晚上给你舔的吧?

她就笑,然后用怪腔怪调的普通话说,就是,你赶紧回去让你男人舔,把你全身都舔了。

对方哼一声说,我才不让他舔,他满嘴烟屁味。

一个陌生的人, 到了一个陌生的地方, 能够和这里的人一起开这样的玩笑,那么她也就彻底融入这里了。听说,她还跟着三个孩子一起学会了认字,虽然不多,但常用字大都认得了,也能歪歪扭扭地写。如果说,她还有什么不太一样的话,就是看电视喜欢看天气预报,中央台的、地方台的天气预报都看。有时候烧火做饭,梁为国见她拿着烧火棍在地上划拉来划拉去,画得猫不像猫狗不像狗。他瞪她一眼,她便笑一下,用脚把地上的四不像抹了。

那三个男孩已经五岁多,炕上炕下跑跳、闹腾,仿佛要把屋子拆了才罢休。他们把梁为民带回来的水果糖含一会儿,又吐到手心里,看形状变化。阿妹帮婆婆烧火做饭,梁为民和小霞坐在炕头,端着一杯热茶,炕更热,他们有些坐不住。

梁为民把自己带回来的中华烟给他爸,他爸拆开一盒,抽出一支点上。梁为国伸手,要过一支来,夹在耳朵上。

也给你带了。梁为民说。

饭菜好了,一家人围坐在地桌旁。阿妹却仍站在旁边,胳膊搂着三个孩子,他们此刻出奇的安静,嘴里正品味巧克力复杂的味道。小霞招呼阿妹和孩子一起吃饭,阿妹却摇头,把孩子抱得更紧了。两人都有些发蒙,弄不清是什么情况。

接下来,父亲的一席话,把他俩推向了悬崖边。

原来,这次把他们喊回来,并非是因为他妈的病,这种病在农村实在是小事情,每年都要闹几场,不过也和这两年老人感觉身体越来越差有关。梁为民他妈他爸夜里躺在炕上,回想起很多年前孩子们还小的年月里的事,说起把梁为民送给大伯，说起为了给梁为国上户口，把梁为民的岁数改小，说起自己的偏心，说起梁为国那只丢掉的手。他妈最常用的一个词就是"要是"，要是当初没把老大送给你哥家，要是这孩子嘴不那么馋，要是老二当年好好考学，要是那天为民去铡草了……所有的"要是"感叹完，她悲哀地发现，这一切重来一遍的话，还是会原样发生，什么都不会改变。

如今，他们又到了一个做决定的十字路口。

上个学期，县教育局撤校并校，村里的小学在秋天撤掉了。不撤也不行了，附近的村小学都一样，每个村子一个年级还不到十个人，却要配四个老师，财政根本支撑不住。何况，根据现在统计的状况看，以后学生也不可能多，只会越来越少。再者，很多人把家搬到了镇子上或县城里，就算没搬去的，也想尽办法把孩子弄到那里的学校去读书。为了解决这些问题，县里指示乡里，决定在几个村的中间地带，办一所联合小学，所有村小学全部集中到一处，住校读书。

在丰水山通往县上的路中间，原来有一座矿山，地下还能挖出矿石的时候，矿山在路边盖了几栋砖瓦房子，围出一个院子，用压路机压得很平整。乡里找人把房子修整粉刷了一遍，又在钢管厂打了几十张上下床，买了锅碗瓢盆，黑板桌椅什么的把各村小学里好一些的选过来就够了。这个联合小学就成了。

然后，就不得不开始裁员。梁为国这种身体有残疾的，本来是受照顾的对象，但因为新的政策，他没有大专文凭，当年那个进修学校的毕业证远远不够，他成了首当其冲被裁掉的。

梁为国失业了，三个儿子却越来越大，不但吃饭穿衣，将来还要上学，还要成家娶媳妇。这会儿，农村娶一个媳妇，至少要二十万，这还不算七七八八的钱。等他们长到二十多岁，如果念不成书，还不得五十万？一个五十万，三个就是一百五十万，他都不知道自己脑袋上的头发有没有一百五十万根。

他妈他爸晚上除了回忆往事，就是商量怎么办。这愁苦里还夹杂着另一个担忧，就是梁为民他们没孩子，一个愁孩子太多，一个愁生不出孩子来。聊着聊着，过去和现在就融合到一块儿了，有些话仿佛是屋顶上的灰尘，常年累积着，突然有一天就掉落下来，直接钻进他们的脑袋里：要是，让老大从老二那儿领一个孩子，咋样？这话落下来时是轻的，还不如一片叶子重，但到了心上，却仿佛是座山，压得两个人半天没声，脑袋蒙蒙的，也空空的。

这是第一次谈到，然后就有第二次、第三次，他们愚公移山一样，不知不觉就把心头这座山给挖空了，至少是打了个隧道出来，哗啦一声，那边就透出了光亮，这个主意就越来越顺理成章了，甚至偶尔觉得这就是老天爷的意思。

他们之前跟梁为国两口子商量，梁为国和阿妹都不同意，但态度算不上多坚决。如今的梁为国，深知自己本就是半个残疾，又没了教书的工作，几乎就是整个残疾了。阿妹只是摇头，说三个孩子，她哪个都不舍得。阿妹最近心情不错，因为梁为国告诉她，她的户口快下来了。有了户口，她就算正式的中国人了，当然，名义上她得叫岳小琪。

饭桌上，梁建成还是把这个想法说出来了。梁为民像被雷劈了一下，小霞更是受伤，这等于给她的幻想判了死刑，她一个身体健康的女人，却要把别人的孩子当成自己的养一辈子。梁为民感觉自己重新跌入三十多年前的轮回里，像一只城里孩子养的仓鼠，在一个小笼子中，沿着一个旋转的阶梯爬，那是一个三百六十度旋转的轮子，爬一步，往下转两步，仓鼠永远爬不上去，尽管出口就在顶端。有一天，圆梯因为轴承卡壳停住了，他终于趁机爬了出去，哪想现在又要重新跳进笼子里。不同的是，这一次，他不是仓鼠，是梯子。

小霞无话可说，拿起筷子吃饭，她像什么都没发生一样，拎起一只鸡腿啃起来。三个孩子咽着口水，他们饿了。

梁建成又说，这个事不用急，我跟你们妈也都是为你们的将来考虑，你们兄弟自己商量。

梁为民他妈拉三个孙子来吃饭，小孩们不晓得此刻的情况，只知道可以吃了，立刻对那只炖好的鸡和其他菜发起进攻。小霞被噎得打起嗝，阿妹给她端了杯水过来。她们彼此看了一眼，谁都不晓得该说什么。

十

饭后，梁为民喊梁为国一起出去走走。

他们沿着村后的路，往丰水山上走。太阳被一朵乌云遮住，那山远远看去，青黑的一片，峰峦褶皱都隐在了暗影中。又走了一会儿，转了个小弯，在夕光的映衬下，山显出了一边的轮廓，山半腰的水帘洞也露了出来。他们还是孩子的时候，水帘洞的洞口常年有人把守，因为那时候它流出的水还是圣水，既要防止有些人来偷，也要防止牛羊闯进来污染。他们从来没进过这里。等到他们长大后，水帘洞的神话早已破灭，还原为一个普普通通的石洞。也不知确实是为了配合神话的消失，还是地质变化的原因，在一次极为小型的地震之后，水帘洞里再也没有清水滴出，很快，它就被山上的牛羊、野兔占据。大一点的孩子也钻进来烤地瓜和玉米，堆放自己捡来的当作珍宝的各种垃圾。下雨天，这里会聚集附近田里的农民，他们坐在洞口，看着外面的雨幕和村庄，聊起当年排着队接圣水的事，仿佛在说一个遥远的故事。

这是兄弟俩第一次一起走进水帘洞。小时候，当水帘洞还笼罩在圣水的传说中时，孩子们根本不被允许进洞。后来随着时间的流逝，传说的魅力一点一点消散，人们便不再守着洞口。孩子们出于好奇，一拨又一拨拥进洞里。在他们曾经的想象中，如果它不像电视剧《西游记》里的水帘洞，至少也应该是曲折、幽深，如他们在电视里看见的其他洞穴。但是水帘洞让他们失望极了，里面黑乎乎、潮兮兮的，完全没有电视上那种仙雾缭绕的样子。于是，这个洞就变成他们玩乐的场所。梁为民和梁为国分别来过这里，跟伙伴们追逐打闹，或者点燃一堆茅草，烧还未成熟的玉米和小土豆。他们未曾有过同时在洞里的记忆。

洞口下本是一处斜坡，接圣水的那些年里，人们用石条垒了台阶，如今石条深陷荒草和黄土，只能依稀看出台阶的模样，再过两年，又会重新变成一个斜坡。梁为民手脚并用爬上去，回头时，看到梁为国趔趔趄趄。他伸出手去拉他，却一把抓住了一截空衣袖。梁为国顺势伸右手，拽住了哥哥衣服的下摆，脚一蹬，也上到斜坡上。洞口残留着许多牛粪、马粪、羊粪，已经风干，还有灌木丛里挂着的各色塑料袋、卫生巾、包装盒，像一个天然的垃圾站。

我已经几十年没进来过了。梁为国说。

此处光线仍充足，能远眺十几里地之外的村庄，甚至连林东镇也有隐约的影子。

我也是。梁为民说。他先一步往前走去。越往里，光线越暗，石壁参差干燥，洞底零散着一些绊脚的石块，显然是在许多年的人来人往中积攒下来的。

兄弟俩似乎达成了某种默契，像两个专心探险的孩子，只专注于水帘洞，而不谈论山下的事情。这时候，两人同时想起，在孩童时代，他们从未有过这种静默而温情的时刻。几乎从梁为民被送到大伯家开始，他们就不再是亲兄弟了，而成了莫名其妙的敌人。

梁为民打开了手机的电筒，照着脚下，两人更加小心地往里走。有些地方极其狭窄，只够一个人侧身而过，有的地方却宽阔到能摆两张桌子，好在洞顶一直很高，整体并不显得逼仄。他们终于到了曾经流下圣水的那块空地，并不是山洞的最里面，而是最空阔处。洞壁有一块巨石凸出，下方的石板上，仍能看见常年水滴侵蚀的痕迹。有人在石板上刻画了一些字，对着电筒光辨认了一下，似乎是几个成语"水滴石穿""水落石出"之类的，估计是来玩的孩子们写的。

当年圣水就是沿着那块巨石滴下来的。巨石并不高，灵巧的人一纵身就可以够到，顺势爬上去。

上去看看？梁为民说。小时候，他们曾灵巧如猴地爬上去，然后大着胆子跳下来。有人为此摔断了腿。

梁为国举了举那只不存在的手，笑一下。

我拉你。梁为民说，但随即发现，拉并不是个好办法。

最后，他用肩膀抵住梁为国，帮他先上去，然后他再爬上去。

两个人上去后，感觉那块石头晃动了一下。

梁为民一惊，轻轻跺了跺脚，巨石如山，纹丝不动。难道刚才是幻觉？他想。

兄弟俩坐下来，手机电量不足，梁为民关掉了电筒。一小阵黑暗之后，他们发现，山洞并非毫无光线，在穹顶最高的地方，仍然有一线光亮透进来。不晓得是从来就有的，还是地震之后才出现的。

是不是有什么声音？滴答滴答。的确，是水滴的声音，不过肯定不是当年滴圣水之处，而是其他地方，山水浸湿、聚集到一定程度，然后滴下。只能听到声音，完全无法判断声音来自哪里，那滴水可能不等继续流淌，就已经干涸了。

如果有酒就好了。梁为国说。

如果把饭桌上那只鸡拿来下酒就更好了。梁为民说。

然后两人哈哈大笑起来。

他们说起童年，随即发现，两个人似乎并不是在一个地方、一个家庭长大的，他们所经历的同样的事，感受竟然天差地别。梁为国说起他十岁、梁为民十二岁（或者，他十岁，梁为民八岁）时的一件事。

那年，他俩上四年级，就是后来梁为国上班的小学。元旦，学校要搞一个小晚会，孩子们提前一个星期就兴奋不已。老师让学生各自组团准备节目，节目好的推荐到学校的元旦晚会上去，据说县电视台的还要来录像，很可能春节期间在全县播出。梁为国他妈知道了这件事，跟他说，咱们必须得好好准备，这可是在全校露脸的好机会，如果电视台播了，你就是在全县露脸，将来考学评三好，都能受照顾。其实，她也并不清楚能受到什么照顾，只是觉得机会难得，而且谁让梁为国从小就有点文艺天赋呢？不说别的，就说唱歌，一个高音能翻到云朵上去，只是他声音略显细，飙高音的时候像女孩子的声音，他轻易不唱。从三岁开始，他妈先是让他跟着录音机学，后来有了电视，让他跟电视学。家里来了亲戚朋友，少不得拎出来让他唱一首。梁为国特别讨厌这个环节，但是每次他唱完，不但得到大人们的惊叹式夸奖，还经常能得到他妈和亲戚们给的水果糖、小蛋糕，他便从未拒绝过。时间长了，唱歌对他来说就是一件能换来好吃的的事。所以，当他妈说争取到学校晚会上唱歌，争取上电视台时，他也没觉得有什么不妥。

梁为国唱了一曲《亚洲雄风》，非常顺利地入选了学校晚会节目。

看见母亲张罗弟弟去参加晚会，梁为民也想参与，只是他没什么特长，唱不会唱，跳不会跳，曾跟着电视里的魔术师学表演扑克牌魔术，也没练好，总是抓不稳牌，在班级选拔的时候就落选了。

等到晚会的导演排节目时，发现各班级选上来的大都是独唱，光《亚洲雄风》就有三个,晚会几乎变成演唱会了。导演十分不满意,准备刷掉几个,梁为国也在其中。梁为国被刷掉不是因为唱得不好,而是因为个子矮,《亚洲雄风》变成了剩下俩男生的二重唱。面对这个结局,梁为国心里有些失望,但也觉得正常,可他妈非常接受不了。在她眼里,全世界她儿子唱得最好,凭什么不让上?拿个子矮说事,一定有黑幕。他妈带着梁为国和两瓶黄桃罐头、两瓶山楂罐头去找导演,也就是学校的音乐老师,请老师一定要让他上场。音乐老师把罐头往外推,说,你的心情我理解,哪个家长不是望子成龙、望女成凤,这个机会这么难得,谁都想要,但是我得考虑整台节目的效果。梁为国拉他妈袖子,意思是别为难老师,赶紧回去吧。这时候旁边围了一圈排练的学生,他羞臊得脸发胀。

他妈不为所动,依然在坚持。这时音乐老师很不耐烦地说了一句,你看我这里多少唱歌的,还都是男孩,他要是个女孩,哪怕唱得不好我也要了。他妈仿佛一瞬间得到了提示,说,导演啊,那您可说着了,您别看为国是男孩子,他嗓子细,唱歌跟女孩子一个音。

导演愣一下,说,反串啊?

他妈不知道什么叫反串,还以为是农村的土话骂人的,在村里,人们经常把那些不同品种杂交后的东西叫串子。她心想,这老师怎么骂人呢?

音乐老师也是农村人,反应过来自己这句话可能不妥,连忙解释说,反串是一种艺术形式,就是男的扮演女的,女的扮演男的,京剧大师梅兰芳就是反串。

梁为国他妈还是没有听太懂,但知道这个反串跟村里的串子不是一个意思,赶忙说,对对对,我儿子能反串,您让他试试,如果不行,我绝不麻烦您。

梁为国就被他妈逼着,当着几十个同学和音乐老师的面,用女生的嗓音唱起了《亚洲雄风》。一开始,他唱得气息不匀,声音带着嘶哑,音乐老师皱眉,围观的同学窃笑。他妈着急了,冲上去就给他一巴掌,这是长这么大她第一回打小儿子,虽然打得不重,但对他的内心相当于投了一枚原子弹。一害怕一委屈,高音就上去了,嗓音也细起来,听着和女生没有任何区别。如果闭上眼睛不看唱歌的人,只听声音,你会认为那就是一个女孩,而且是一个特别会唱歌的女孩。

音乐老师目露惊讶,围观的学生也被歌声惊呆了,就连他妈都愣神了。她单知道儿子的声音细,没想到能细成这样,一时间不知该喜该忧。

还没等唱完,音乐老师冲过去抱住了梁为国,嘴里大喊:太棒了,太棒了,我给你安排独唱。

结果,梁为国不但能上晚会,还挑大梁唱了压轴的歌曲,当然是反串。随后的一系列事情,让他后悔至极,音乐老师跟领导商量之后,决定让梁为国彻底扮成女的,穿上裙子,化了妆,头上戴一顶插了花的帽子。

晚会那天,梁为国出场后声音一起,就赢得了掌声,把晚会推向高潮,电视台的录像机怼着他的脸拍摄。唱完后,导演还设计了一个解密环节,就是让梁为国把帽子、首饰一样一样摘掉,用湿毛巾把妆容抹去,露出男儿真身。这时候现场观众发出巨大的惊叹声,他们无论如何也想象不出刚才那时而高亢嘹亮、时而温柔婉转的歌声是一个男孩子唱的。掌声再次雷鸣般响起。

演出极为成功,梁为国独唱的这段录像在县电视台连续播放了很长时间,甚至连市电视台的栏目组也闻信赶来,想找他去录节目。但那时梁为国的嗓子却突然哑了,不但唱不了女声,甚至连平时说话都是哑的,错失了成为大明星的机会。人们说,这孩子的变声期来得太不是时候了。

你知道我嗓子是怎么变哑的吗?梁为国像是在问自己,也像是在问梁为民。

梁为民说,不是说变声期到了吗?

梁为国轻笑一下,抬起那只没有手的胳膊,用半截袖子擦了擦脸。

梁为民瞥见他眼睛湿湿的。

其实是我自己弄哑的。梁为国说。

啥?

我那几天晚上睡热炕,偷偷从盐笸箩里抓盐吃,还吃特别辣的辣椒,嗓子又干又咸又辣,我就忍着,不喝水。最后就成这样了。梁为国说的时候,脸上露出得意的笑容。

梁为民震惊不已,那时候,他对弟弟所享有的风光无比妒忌,他想过,如果不是跟弟弟互换了年纪,也许他才是耀眼的那个。那些天,他跑到山沟里,偷偷学女生唱歌,想自己也许跟梁为国有一样的天赋。但是他尖着嗓子的声音,连自己都听不下去。

你为啥要这么干?去电视台当明星不好吗?梁为民问。

好啊,当然好,梁为国说,谁不想当明星呢。可是你知道代价是什么吗?自从那次……反串……之后,同学都嘲笑我,说我是个二尾子。你知道二尾子啥意思吧?就是不男不女、不阴不阳,就是变态。他们还说我下半身啥也没有,是太监。男孩不愿意跟我一起玩,女孩也躲着我。

梁为民心里头一沉。他记得这些话,甚至他还记得自己也说过这些话。不但说过,那时候有人偷偷问他,梁为国到底有没有××时,他告诉他们,有,但是很小很小,像一条小泥鳅,等于没有。他还说过其他类似的话。他只想打击弟弟那时候的红火,不知道这些话给他造成这么重的伤害。

这一刻,他感到无比愧疚和羞耻,可他没有勇气为此道歉,只能继续沉默。

哈哈,梁为国继续道,许多年后,我从外地回来,有人喝醉了说起这件事,还要扒我裤子看呢。直到我生了三胞胎,才彻底把这些人的嘴堵上。他们谁也没生出三胞胎来。

然后,他们又说起中考的事。梁为国给梁为民道歉,为他给父亲告密梁为民偷偷报名的事。梁为民说,我其实也知道你要逃走,但我没告诉爸妈。我想让你离开。可你为啥要跑呢?

为了离开这个地方,主要是离开妈。梁为国说。

妈?

哥,我知道你从小就妒忌我,觉得我的出生抢走了你应得的一切。后来为了给我上户口,还把你的年龄改小了好几岁,你本来应该比我早上学的。又因为在大伯家的几年,妈特别不喜欢你,特别宠着我。可你不知道,我多羡慕你啊。爸妈是疼我,什么好吃的好玩的都先给我,但是他们把我管得太严了,从小到大,我穿什么衣服、跟谁玩、吃几根冰棍都是妈说了算的。你不知道我多羡慕你,谁也不管你,你是自由的,你想跟谁玩就跟谁玩,你想穿个背心跑出去,他们看见都装看不见。我呢,我如果这样,他们肯定揪回来,让我按照他们的要求穿好衣服才能出门。你想下河摸鱼就下河摸鱼,我连站在河边看看都会被妈念叨,好像我只要看见水,就会被淹死一样。为了中考时的逃走,我策划了好多年。我攒着零花钱,我从电视里、朋友那里打听该去哪儿,我不断地去汽车站,问到沈阳该咋坐车。我想过所有的可能性,一样都没发生,我特别顺利地逃出了学校,到汽车站买到票。我坐在车上等发车的时候,还觉得妈会突然上车,把我抓回去。但是没有,准点发车了,我终于离开了丰水山,离开了林东,到了一个谁也管不着我的地方。那是我过得最自在的日子。

梁为民心里的愧疚,渐渐被震惊和奇特的感觉代替了,原来他曾以为特别苦涩的童年,在梁为国那里是自由,原来自己拼命想要夺回的那种生活,却是另一个人想拼命甩掉的。

后来,我还是回来了,回到了原来的轨道、原来的日子。梁为国说。

自由没那么重要,是不是? 梁为民说。

我以为有了这几年的闯荡,我在家里能摆脱妈的控制,但是我想得太简单了。梁为国说,你知道我真正放松下来,是什么时候吗?

梁为民抬眼看他,这是他许多年来第一次如此正式地端详他,他的脸异常平静,眼神里泛着讲述得意之作的那种欣喜。他在梁为国的瞳孔里看到自己模糊的影子,连影子也算不上,只是一个黑点。

就是手断掉的时候。没了一只手,当然难受啊,当然痛苦啊,可是后来让我接受这个惨剧的,不是无可奈何,而是我发现随着这只手一起断掉的,还有妈对我的束缚。从那以后,她在我面前变得小心翼翼,再也不像以前那样什么都管了。我可以随意发脾气,大喊大叫,我想怎么样就怎么样,她只是在旁边看着我。虽然我不喜欢她那充满怜爱和同情的眼光,但我享受这肆无忌惮的过程。

梁为民伸出手,握住了那一小截空空的袖管,小声说,这事,还是我对不起你。

梁为国把袖子抽出来,甩了甩,有轻微的风从脸上拂过。没啥对不对得起的,这是我的命。

过了一会儿,梁为国解开一个扣子,从怀里把那个小瓶子掏出来,说,我的手从来没有丢过,只不过不长在腕子上了。

梁为民摸了摸那个装着梁为国一只手灰烬的小瓶子,有点温温的。

揣起来吧。梁为民说,心里想,在有些事上,梁为国比他想得透。

天已经黑下来,村庄里的灯火显得飘忽不定,但始终在那里浮动着。他们坐在高处,看过去时村庄的上空凝聚着一层淡淡的云雾,不知道是晚饭的炊烟,还是别的什么东西。

两个人摸索着从洞口爬下去,灌木丛伸出无数细小的手挽留他们,但是他们毫不停留。从山脚往村里走的时候,他们说起小时候听过的鬼故事、鬼打墙之类的,并不觉得害怕,反而有一种幸福感。这半个小时弯弯曲曲、坑坑洼洼的路,是兄弟二人唯一一起度过的童年。他们没有商量,但心里对家里那一摊事有了各自的答案。

十一

三天后,梁为民和小霞回到了北京。

跟弟弟聊完的那天晚上,躺在老家一间小屋的土炕上,他跟小霞说,明天回北京。小霞问,你妈说的事怎么弄?梁为民说,不用管,现在啥年月了,哪能随便就把孩子换个人家。小霞说,那咱俩咋办?梁为民说,咱俩……回去再说,该咋办咋办,在这儿说啥都没用。第二天,他们先开车到了林东镇。梁为民说,好不容易来一趟,以后啥时候回来还不知道,我带你转转。他开车带小霞去了附近的几个景点,石房子、昭庙、辽文化博物馆,其实都没什么可看的,就算有,他们也看不出来。在昭庙时,小霞问,没草原吗?到内蒙古,应该看看草原才是。这儿没有,梁为民说,咱们开车回北京,路上会路过,不过跟你在电视宣传片上看到的肯定不一样。小霞不再说话,抬头望着昭庙附近桃石山上的那块大石头。石头形状似一枚桃子,立在一座山崖处,远观过去,桃子仿佛就要从山崖上坠落,但是风吹日晒,桃石依然挺立在那里。前些年,就连一次四级地震也只是让它晃了晃,然后继续顽固地立在山崖之上。

这像桃子吗?我看更像心脏。小霞说。

梁为民抬头看看,这儿他也是第一次来,以前知道,在学校的布告栏上看到过,以为很大,实地看比图片上小很多。那块石头布满风化后的裂纹,这样看,的确更像布满血管的心脏,而不是毛茸茸的桃子。他见过猪和羊的心脏,在宰杀之后,如果长时间放置,就会变成紫黑色。这枚石头心脏也是紫黑色。

昭庙里空无一人,没有游客,也没有僧人,甚至连佛像前的香都燃尽了,灰是冷的。梁为民和小霞在佛像前站了站,脚下是给跪拜者准备的两个蒲团,倒是有八成新。他们各自想,对方会不会跪下去。如果他或她跪下去,那她或他似乎也应该跪下去。还好,他们都没有动。

从庙里出来,两人上车,再没回林东镇,直接开上附近的国道,一路向南,直奔北京而去。那块心形的石头,压在了两人的胸膛里。

路上,两人就说了一句话,是梁为民问,小霞答的。在过承德的时候,下错了一个高速口,可能得绕到顺义而不是密云。停到服务区后,梁为民说,你看看你座位上有没有一张中国地图,我怎么找不到路了?小霞挪了挪屁股,掏出一张地图来,打开一瞅,是北京地图,又找了找,没看见其他地图,就说,没有,只有北京。梁为民想,可能掉座位空隙里了,算了,继续上路,只要往北京方向开,总能到的。

两人感到婚姻前景不乐观,但是仍抱着希望,现在要生孩子,总还是比过去多了很多选择。尤其是小霞,她又打听到,如果男人的精子质量不太好,也有一种办法,就是通过医学手段,直接从男人的精囊里选取最活跃的一颗精子,然后给女人进行人工授精,据说成功的概率也很大。她从网上找了一个相关的科普帖子,发给梁为民,他看了,自然明白是什么意思。但是梁为民没有给她任何回复,她不知道他是不同意这个方案,还是不相信这种办法。她也没有直接问他。他们就这样按照既定的生活轨道往前走,开门出摊、拿货卖货,每天置身海龙大厦喧闹的柜台里,看着人来人往,有时候——当然并非是同时——他们会想,就这样过下去也可以,不一定非得有孩子,婚姻说到底还是两个人的事。但另外一些时候,他们感到更多的是歉疚,她觉得自己对孩子的渴望绑架了他,而他的无能只是身体上的伤害造成的,并非故意如此;他呢,又觉得是自己的原因让她没有机会成为母亲,用婚姻绑架了她。于是,他们看起来比之前更客气和小心了,那种细节上的关心也变得更多,甚至显得刻意了,比如她爱吃冰激凌,他便经常跑到超市旁边的冰激凌店去买,贵得离谱,可是仿佛不这样去表示,就不足以证明他对她的歉疚。她也是,经常给他几百块钱,说你去找朋友撸个串、喝个酒，开心开心，仿佛跟她在一起都是不开心的，必须出去跟别人一起才开心。她心情复杂但装作十分投入地享用冰激凌，他接过钱，没有去撸串喝酒，而是给她买了一件新上市的衣服，也贵。

终于有一天，他们都累了，知道这段感情已经走到了尽头，好合好散吧。这时候，各自心里又想，幸亏没孩子，如果有了孩子，日子再难也得在一起熬着，哪像现在这么容易放下。不但没孩子，也没房子，财产嘛，存款十几万，一辆破车，一个摊位，半年一交租，其他的什么也没有。小霞很爽快，车和摊位给梁为民，存款归她，算下来差不了几块钱。梁为民本以为小霞会狮子大开口，让自己净身出户的，没想到她这么仗义，心里头很感动。又想，唉，这要是有个孩子，可能真不会走到这一步。就连这个摊位，也算不上什么资产，他刚入这个江湖时，流行的话是"人在江湖飘，谁能不挨刀"，那时候他立志做一把刀，在时代这块肥肉上割到属于自己的那一块。如今的流行语则成了"出来混总是要还的"，折腾这么多年，还没吃到那块肉，却得往回还了。

但是要真离婚，也没那么容易，还得有一套流程要走，得去一方的户籍所在地，也得拿上双方的户口本，把本人那一页的婚否栏里从已婚改为离异。也就是说，要离婚，他还得跟小霞回趟老家，或者拿上户口本，到小霞的户口所在地办理，都挺麻烦，两人便一直拖着。

梁为民想，自己不好再回丰水山，不妨让梁为国来一趟。这么多年，还没邀请他到北京来玩过。梁为民打电话，让梁为国带着媳妇孩子来北京转转，这时候是五月初，天气转暖，到处柳绿桃红，小月河两岸海棠花落英缤纷，故宫的红墙黄瓦在阳光下熠熠生辉，长城两边浓荫匝地，挺适合游玩的。梁为国有些意外，说是商量商量，商量的结果是，他跟媳妇来，就不带孩子了，仨孩子带着，实在折腾，这要是跑丢了一个，还不得急死。

梁为民让他顺便把户口本带过来，自己要用一下，也没说干什么用。

五一过后，六一之前，梁为国带着媳妇来北京。第一天，去吃了北京烤鸭，逛了圆明园，第二天开面包车去长城，反正就是拍照打卡，玩得挺高兴。第三天本计划去故宫的，但一早起来，阿妹不见了。三个人想，或许是醒得早，到附近去转转了，便等着。等到十点钟，还不见人影，觉得要出麻烦。他们想，阿妹是不是出了什么事，迷路了，被车撞了，还是怎么了，赶紧跑到周围去打听。直到中午，才在门口一个小摊贩那里问到，说一大早，有个小个子胖女人跟他打听路，问他火车站怎么走。

梁为国听了，感觉天晃动了一下，地势突然有了高低。梁为民和小霞随即也猜到了阿妹的意图，她要离开，不，是要逃走了。梁为国一屁股坐在地上，然后马上跳起来，说，她都没有身份证，根本买不了车票。

户口本,梁为民喊了一声。

梁为国赶紧翻包,发现户口本、钱都不见了,却找出一封信来。歪歪扭扭,是阿妹的字:

> 阿国,我走了,我想家了,这些年我一直想回家。当初跟你来这里,我稀里糊涂,说不上是自愿的,也说不上是被骗的。自从跟了你,我一直想走,但是我也感谢你当年救了我。我给你生了三个孩子,对得起你。我想了好久了,这一次终于有机会了,我知道你是不会让我走的,所以我只能偷偷走。好好养儿子。
>
> 阿妹

她可真能忍啊。小霞突然说。

难不成你知道她要跑? 梁为民说。

我不知道,小霞说,我就是刚才突然想起来,那回中秋节,咱们从老家回北京的路上,你让我找地图,我没找到你说的中国地图,但老觉得自己见过。我现在记起来了,在家里,我看见阿妹拿过一张地图,红红蓝蓝的,当时我还以为是孩子的图画书呢。她多能忍呢,拿了地图一年多,才趁这次机会跑。

梁为国浑身都抽动起来,抬起空袖管,想擦汗,却抹在眼睛上。

我早就该发现了,梁为国说,我说她为啥每天都看天气预报呢,她那是记地图呢。她还学认字,说是将来可以辅导孩子写作业,原来都是装的。她不是能忍,她是为了等户口办完了,她正式拿到户口。有了户口,她才能买车票。

哈哈,梁为国突然笑了。梁为民和小霞一开始觉得他笑得突然、尴尬、不合时宜,可听他笑了几声,他俩也忍不住跟着笑起来,哈哈哈、哈哈哈,三个人笑得前仰后合。梁为国是边笑边哭,亦笑亦哭;梁为民笑得没心没肺,仿佛听了一个绝世笑话;小霞笑得放松而舒畅,如同积压在心里多少年的疙瘩解开了,一个莫名的郁结烟消云散。

咱俩一时半会儿离不了婚了。梁为民说。

梁为国止住笑声,愣了一下,又反应过来,说,你让我带户口本,原来是干这个的。

是,梁为民说,谁能想到成了阿妹离开的通行证呢? 说起来还是怪我,地图是我买的,北京是我让你们来的,户口本也是我让你带的。

哥,梁为国说,你也别这样说。

他举起他已经不存在的左手,继续道,就像它,根本原因还是我自己送进铡草机的,我那天如果没喝酒,如果没自以为是,也就不会丢了手。阿妹啊,有了孩子，我以为她早就放弃了回家的想法，没想到她这么多年一直在默默准备。走了好，她回去了，我也心安了。谁会不想自己的家呢。

过了半分钟，梁为国抽泣起来：我回去咋跟爸妈和孩子说呢，往后的日子咋过啊？

梁为民走过去，让他的头靠在自己的肩膀上，他瞅见梁为国杂乱的头发里，有了不少白头发了。这一刻，他第一次踏踏实实地觉得自己是哥哥，一个无能为力的哥哥。

后来，他们还是去了故宫，首先是门票已经预约了，再者梁为民和小霞在北京这么久，也没有进到里面转转，如今三个人蹲在家里，也不过是面面相觑的尴尬和郁闷，还不如走走。三个人坐公交车到前门，过地下通道，到了天安门城楼，进门拿票，检票入宫。故宫虽然没来过，但清宫戏却看过不少，《甄嬛传》之类的，脑子里满是阿哥、格格、娘娘这些词，但真进来，却发现真实的故宫远不如电视上的那么金碧辉煌，甚至很多地方都显出一种古旧的灰色。梁为民鼓捣了很多年投影仪等电子设备，也偶尔听去过剧组的朋友提到过，拍电视剧的时候，要打很强的光，从而让那些日常之物显出流光溢彩来。倒是站在院子内，仰望天空，有一种历史悠长和人之渺小的感觉。他们没有租电子导游，自然也不会请真人导游，就是走走停停，有旅游团的导游讲解，便随便听一耳朵。

下午四点，他们逛累了，回去的路上，梁为国说，皇上的日子也不见得比别人好过，故宫虽然大，可是每间房子都一个样。

所以嘛，梁为民接话说，人都想从自己住的房子逃出去，看看别人过什么日子，其实呢，都差不多。

梁为国其实没心思看景，他在想自己回去怎么跟家里人交代，尤其是三个儿子，还这么小，成了没妈的崽子。从金水桥走过的时候，梁为国下了决心，他要去找阿妹，不过不是现在。他先回趟家，安顿一下，然后就去找她。他相信自己能找到阿妹，也能再次把她带回丰水山村，就像当年一样。

梁为民和小霞一时半会儿办不了手续，但两个人已经进入了离婚的状态。在送梁为国回赤峰的火车站里，小霞拿了三万块钱给他，说是给孩子的。梁为国要推辞，梁为民摁住了他的手：你将来去找阿妹，也要路费的。

梁为国便收了，说，谢谢哥，谢谢嫂子。

十二

老梁在腊月二十三小年这天，回到丰水山村。

似乎一年前他还是小梁,突然之间就变成了老梁,当某一次喝酒时,老黄和老王喊他"老梁,干一个"的时候,他没有丝毫惊讶和不适,这个称呼像那杯冰凉的啤酒,咕咚一声落进他的脑海里,就像他也记不清到底什么时候管老黄和老王喊老黄和老王一样。他能想象到,过年时,那三个侄子会端着酒杯说,大伯,祝您新年快乐,万事如意,谢谢您这么多年对我们的照顾。他连干三杯酒,头脑微微晕起,心里涌出一波温热的浪。他没有孩子,但这三个侄子,仿佛就是他亲生的儿子。这些年来,他赚的钱主要都花在他们身上。三个人同年同月同日生,按先后顺序分了个大小,而且学习成绩都不错,只是兴趣各异,一个要学航天,一个要学地质,还有一个要学医。他跟要学医的老三说,学医苦,你可得做好准备。老三说,我不怕苦,我要继续您没完成的医学事业。说得梁为民心头一热。

　　梁为民现在孤家寡人一个,却获得了生活的满足感。他爸梁建成两年前去世了,他妈也因为关节炎,走不了远路,只在屋里洗菜做饭。她已经完全蜕变成一个标准的农村老太太,打狗撵鸡,嘴里永远在唠叨,家里一根针的摆设也看不顺眼,没人的时候,她就对着空荡荡的屋子说话,伴着哮喘带来的浓重呼吸声,好像吹火的风箱里有一张永不停歇的嘴。有人的时候她对人说,但人从来不听,仿佛院子里的树叶被风吹响了,无人在意一样。梁建成死得有点冤,那年春天,他过生日,三个孙子磕了头,他连喝了三杯酒。太阳快落山的时候,牛棚被风吹得漏了顶,他爬上去修,一脚踩空,掉在了牛圈里。其实牛棚并不高,以前也掉下来过,顶多是崴下脚、戳了胳膊,养个把月就好了。可巧这一回掉下来时,裤脚被一根钉子挂了一下,脑袋冲下,直接栽断了脖子。一家人吃晚饭找人找不见,还是三胞胎的老三去牛棚小便,看见爷爷倒栽葱戳在地上,赶紧喊大人。等人们把他架起来,他的脑袋还是垂在胸口,好像要看看自己心里到底在想什么。在村里,一个人死在生日这天,被认为是有福的,所以大家并没表现出过度的难过,按流程找车拉到镇子的火化炉去火化,然后埋进了坟地。那块坟地在水帘洞对着的一面土坡上,全村的坟地都在那儿,梁建成坟头靠西,紧挨着他爸他妈的。春天,田野里长满了野草,坟上也零星长出几根,上坟的时候,梁为民要拔掉,梁为国说,别拔,有这几根草,爸能透透气。梁为国便看着那几根草,想起当年他爸在初中学校门口抽烟的样子。

　　梁为国头发白了一多半,他每年有三个月的时间出门在外,去找阿妹。他已经找了好些年,几乎踏遍了南方的每一座边境小城。他遇见了成百上千个叫阿妹的女人,她们都矮个子、白皮肤,但都不是他的阿妹。人们劝他不要再找,人海茫茫,相隔国境,他们再次相遇的概率比中彩票还小。但是梁为国经常拿电视剧《神雕侠侣》里杨过和小龙女的十六年之约来回应对方、鼓舞自己:杨过等了小龙女十六年,等到了。人们不忍说,那个是电视剧,电视剧嘛,无巧不成书,你跟杨过唯一的共同点就是都没了一只手。梁为国去南方次数多了,除了找阿妹,他也有了其他发现。南方有很多土特产,在当地都很便宜,茶叶、菌子,还有熏肉、烟草什么的,他开始由少到多地往北方倒腾这些东西;然后冬天的时候,再把内蒙古的牛羊肉、小米、大豆发到那边去。一开始只能把自己的路费赚回来,时间长了,摸到些门道,渐渐就有了些规模,每年能赚些钱。三个儿子已经上了初中。小学四年级就在中心小学住校,周末回家拿点钱,初中也住校,不过是每两周回一次家——现在可以手机转账,钱也不用拿。学习的事他也不操心,爱学成什么样算什么样吧,倒是梁为民,隔三岔五就打听他们的学习成绩。这三个孩子倒是都很聪明,比他们哥儿俩强,学习中上等,一直保持下去,考个二本学校还是有把握的。

梁为民到家的第二天,梁为国也从南方回来了。

这一次,他不但带回了阿妹的消息,还带回了小霞的消息。确切地说,是从小霞那里带回了阿妹的消息。几年前,阿妹带着户口本消失后,又过了半年,梁为民才和小霞用补办的户口本办了离婚手续。梁为民一直在海龙大厦干到二〇一七年,彻底破产,然后去了隆昌肛肠医院,一年半后,又从医院离开,转到这家体检中心。

离婚后第三年,小霞又结婚了,这次嫁了一个真正的 IT 男,在后厂村上班,比小霞大八岁,脱发严重,黑眼圈,看起来是体虚,但人家刚结婚就让小霞怀了孕。女儿足月出生,小霞成了全职妈妈,等到女儿三岁,该上幼儿园了,两口子一合计,那不如小霞就直接去幼儿园找个工作算了,既能接送孩子,还有个事做。他们选的是一家国际幼儿园,费用不菲,理念超前,中英文双语环境,每天主要就是游戏、手工和各种体育活动,从来不像中国传统幼儿园那样讲一二三四什么的。梁为民在小霞结婚时,把她微信删了,再也没有联系过,但梁为国始终留着这个前任嫂子的微信。

这次从南方回来,在北京转机,他跟小霞见了一面。其实是小霞主动见了他一面。这些年来,如果说还有谁始终支持他找阿妹,就只有小霞。两人坐在机场里的咖啡馆,聊了聊各自的事。小霞没问梁为民,梁为国也没提。离了这么久了,已无须再互相关注了。

他们说到了阿妹。

小霞说,她得到过一个线索。

梁为国心一动,问是什么线索。这些年他得到过不少线索,事实证明,那些线索都是假的。

小霞说，前一阵，有个人加我微信，我以为是什么中介或是推销的，没理。后来我往回翻那些加微信的人，又看到了那个人的头像，是一幅地图。我再加她，可惜过了时效期，已经加不上了。

小霞说着打开手机，点开一个微信头像，是一幅中国地图。

这算什么线索。梁为国说。

你得细看，小霞说，这上面是你哥当年标注的从北京回村里的线路，我记得很清楚。

梁为国把图放大再看，从北京到丰水山，的确被用小圈标出了一条路。这张图即便不是阿妹的，也一定是一个和丰水山有关系的人的。而且，路标并未到北京停止，一路向南，最后一个落在了广西的凭祥。

他的心猛烈地跳动着，震得胸腔都感到疼。

有枣没枣，打一竿子才知道，小霞说。

梁为国没说话，但他记下了这个人的微信号、微信名。

回来的路上，他无数次把这个微信号输入进去，找到那个头像的人，然后在加好友的最后一步犹豫了。十年来，这是他离阿妹最近的一次，可是突然间发现，这也是最远的一次。他历尽千山万水去找她，其实内心真正的想法是，有一天，她会自己回来。不管她是阿妹，还是岳小琪。

她拿着户口本，那上面有着家里的详细地址，她想回来，一定能回来。但没有，只能说明她彻底跟自己和孩子们告别了，她不想再回来了。

他不知道她是怎么做到如此坚决的，他知道的是，她这么坚决，即便自己找到她，也改变不了什么。他只会再次揭开伤疤和往事，也打扰自己刚刚建立的生活，还有孩子们好不容易接受的母亲因病去世的谎言。

年二十九的傍晚，按丰水山的习俗，梁为民和梁为国先去坟地给爷爷奶奶和父亲上坟烧纸。父亲的旁边起了新坟，是大伯的，那个梁为民也叫了两年爸的人。他也给大伯烧了一刀纸，心里想，如果当年大伯母没再生孩子，自己一直给他当儿子，现在会是什么样？想着想着，出了神。

手机振动，有人发消息，打开一看是小孙：梁哥，小弟提前给您拜年了，祝您虎年大吉，虎虎生威，如虎添翼。然后是一堆红红黄黄的表情包。

老梁想了想，回了一个：新年快乐，心想事成。

他已经打听过了，柳红梅，不，柳丹生意做得挺大，现在不只是分院的院长，还开了一家美容院，不过，她仍然是单身。他重新加了她微信，她也通过了，但两个人谁也没主动说话。他渐渐确信，他们一起经历过的那些夜晚不是幻觉，而是实实在在的事。但这说明不了什么。现在，他有点犹疑，到底是该去见柳丹,还是去见柳红梅?

等火彻底燃尽,兄弟俩站起身,因为跪得有些久,腿已经发麻。他们抬头,又看见了远处的水帘洞,又小又破的一个洞口。两人下山坡,又往对面爬,向洞口走去,石阶彻底消失了,这里的斜坡和其他山坡没什么不同。这一次,他们几乎毫不费力地就爬到洞口。

洞里干燥无比,除了各种粪便垃圾,还有不少鞭炮炸响后的纸屑,红红蓝蓝,应该是孩子们玩剩下的。他们往里走,到了当年人们接圣水的地方,发现石块上有湿润的水迹。他们前一次来时所见的字,已经看不清了,只剩下某些被刻画较深的线条。

水帘洞又有水了?梁为民惊讶地问,手摸了摸,的确是湿的。

梁为国看了看,说,是风吹进来的雪,天一暖,化了。

梁为民心里生出一点失落感,嗷嗷喊两声,回音在他们周围荡漾了一下,然后消失在石壁中。

他们开始返回,再到洞口附近时,梁为民发现那些鞭炮碎屑中,有几个没有炸响、完好无损的小鞭炮,捡起来,引芯还在。

有火没?他问梁为国。

梁为国掏出打火机递给他。

梁为民用打火机点着引芯,在咝咝烧的时候把鞭炮往洞里扔去。有一阵轻微的火硝味传来,却没有炸响声。

他又点了一支,这一次响了,啪的一声,然后洞里传来一串短促的回音,仿佛石块投掷到水里时的声音。

梁为国也捡了几个举着,梁为民帮他点燃。梁为国抛向空中,噼噼啪啪,青烟里有纸被燎过的焦煳味,还有火硝燃烧的味道。跟坟前烧的纸相比,这些味道似乎让人觉得是一种香味。

再也找不到完整的鞭炮,两人坐在石头上抽烟,烟是梁为国从南方带回来的红塔山。梁为国坐下去的时候,龇了一下牙。

梁为民心想,这小子该不会是得了痔疮吧?这么思忖着,他右手的食指不由自主地变成了一指禅,继而反应过来,暗自一笑,那根手指轻轻一弹,把刚刚燃尽的一截烟灰弹到空中。卷烟的纸烧着后,则又是另一种味道了。

【作者简介】刘汀,青年作家,诗人。出版有长篇小说《布克村信札》,散文集《浮生》《老家》《暖暖》,小说集《所有的风只向她们吹》《中国奇谭》《人生最焦虑的就是吃些什么》,诗集《我为这人间操碎了心》等。曾获百花文学奖、十月文学奖、陈子昂诗歌奖等奖项。

净脸

◎ 陶丽群

一

中秋的阳光闪亮在万物之上时,莫老太才出门。去年惊蛰之后,她再也不能像往年按时把铺垫的老棉絮从床上翻走,她就知道生命又进入一道新坎了。冬天的夜晚不再让她轻易感到舒适的暖意,总是需要她把白天的事情,渐渐至半生的事情慢慢回忆,时间变得越来越长,直至老棉絮扎的粗布被套渐渐暖和起来,她才能在柔软的暖和里慢慢沉入睡眠。她知道不是棉被日渐稀薄,而是肉身变得需要更多的暖意,她生命中的热量在日渐遗散。这是无法避免的,没有人能避免。莫老太见过太多的死,对于生命最后的归宿,早习以为常。

她对温暖变得格外渴望起来,喜欢阳光灿烂的日子。伸出手,阳光在掌心上跳跃,温暖透过掌心的皮肤渗进骨肉里,驱散体内暗暗滋生的一寸一寸冷。

昨天傍晚,夕阳初显时,一个嘴唇上长着一层浓密绒毛的十四五岁的少年,带着抑郁的神情走进她的家门,请她到后山的姜村去给自己的母亲净脸。莫老太正在后院收拢白日晾晒的被子,她抱着棉被,望着尚未长成型的孩子,叹了口气。一般由长子来请,莫老太在家里接待过五六十岁的长子,也接待过尚还在襁褓中由人抱来的长子,不管是前者还是后者,死别的悲伤于他们来说都不会过于强烈。前者经历世事,对人生死已然接受,不会过于哀恸;而后者甚至连悲喜都尚未感知,于他们,莫老太一般不会有太多哀怜。独独对这样半青不熟的长子,她内心总是充满难言的怜爱。他们的生命尚处于对生死半知不解的阶段,尤其是对死,既新奇,又充满疑虑和恐惧,死亡的骤然降临,最终会变成恐惧,像阴影一样长久笼罩在他们内心。死亡不应该这样过早困扰一个正在成长的蓬勃生命。

少年想要给莫老太行磕头礼,这一定是长辈教的,她急忙腾出一只手捉住他的胳膊,挽住他已经下坠的身体。他穿一件淡蓝色短袖衫,扣子扣得整整齐齐的,是个循规蹈矩的年轻人。劫难笼罩在他身上,但蓬勃的生命力并没因此离开他,饱满的脸颊上晕染一层淡淡的健康红晕。

"坐下!"她说,并把少年推到背靠椅上。她想了解更多,他妈妈的年纪,生命因何种疾病而过早消逝。家中尚有何亲人。但最终她什么也没问,没有意义。她给少年下了一碗煎蛋魔芋粉丝。莫老太极少在家待客,多数人也忌讳她的家。但少年身上的蓬勃朝气和落落大方让她心生怜爱。母亲的卧病一定让他缺失衣食上的照管,父亲是指望不上的。少年很快被美食诱惑,埋首面碗,贪婪地吃起来,逼近的灾难被他暂时遗忘掉了。她仔细询问病人的情况,得知一时半会儿走不了,答应他明天中午一定去。对于死亡,每个久病之人都有预知能力,到时候了,他们便会嘱托孩子前来请她。当然也有一些执迷不悟的,分明感到死亡的阴影已经逼近生命里,却依然贪恋某一件人间隐秘物件而不肯见她,这样的人往往会带着一张沧桑斑驳的脸面和一身世俗之罪离开人世。

莫老太站在家门前,目送少年在渐渐浓郁起来的夕阳里朝山路上走,身影渐渐小起来。人被扔到山上,便显得小了,最终成为山上的一抔黄土。浓郁的夕阳瑰丽无比,让人不忍想到死亡,而它一刻不曾离开人间。

暖风吹过。闪亮的阳光让莫老太感到暖意在身体里一寸一寸延伸,像流淌在身体里的血液,她渐渐感到舒坦,脚步也变得轻盈起来。这具日渐老迈的躯体几十年来一直忠诚于她,极少给她带来困扰,偶尔一些诸如膝盖酸痛和头昏脑涨的小毛病,通常被她一把草药煎水服用治好了,她从不上镇上的医院。对于病痛,她看得和生死一样,该来的会来,没有必要与它们大动干戈。初秋的谷物在山梁上已渐渐成熟,黄豆、花生、玉米、南瓜、冬瓜、魔芋,渐渐往黄处走,风里已经开始有了谷物的香气,等深秋的霜冻一下,就该收仓了。有人影在山上移动,穿梭在谷物之间。人活一世,草木只活一秋,人却毕生在草木间忙活。腰间配着镰刀盒子的村人从山上下来,腋下夹一截白生生的芭蕉心。这东西可以炒来下饭,跟野菜差不多。来人渐渐走近,在莫老太前面定住。

"太婆,上山去?"是个妇女,脸被晒得赤红。山里人把出门干活儿叫上山去,地都在山上,活儿也在山上。

"出门。"莫老太简短回答,在闪亮的阳光下眯起眼打量来人。

妇女凛然一怔,在烈日下冷不丁打了寒战,脸上略过惊惧的神情。她一时不知该说什么,片刻后慌乱抓下腋下夹着的芭蕉心,从腰间的镰刀盒子抽出镰刀。

"地里的芭蕉死了,剥了截芭蕉心,太婆拿去尝一尝。"说着,镰刀刃就搁到那截芭蕉心上。

"你留着,"莫老太制止了她,"我受不了这口,吃了烧心。"她朝她摆摆手,妇女的动作凝滞在弯起来的手臂上,目光在阳光下闪闪发亮,然后她朝旁边稍稍侧身,让莫老太过去。其实山路很宽,无须避让,但莫老太是在"出门"。她有一套符合她身份的语言,出了家门,干活儿去叫上山,若是去赴一场死亡的邀约,不巧被人问及,就叫"出门"。生命的消亡当然令人敬畏,死亡是沉重的,人会本能避让。

农妇一直站在原地,灵魂出窍般的。她刚才还在地里为亲手种出来的丰硕谷物欣喜,转眼死亡的阴影便站在面前。她茫然无措地望着莫老太慢慢走上那道山梁,拐个弯,不见了。

姜村就在山脚下,包围在一片山里,缓缓下了坡,有一个人坐在村头的地头水柜边上,晃着两条腿。那人看见顺坡而下的莫老太,抖动的腿停住了,从水柜上跳下来,三两下便跑到她面前。是昨天傍晚的少年,今天换了件灰色的圆领短袖衫,胸前印有一匹扬蹄奔腾的白马。

"妈叫我来等你。"少年垂着头,像犯了什么错。她示意他在前面带路。他们安静走着,少年失去了昨天的落落大方,在前面小心翼翼下脚带路,像怕惊扰身后人。走几步折回身,望向莫老太的目光充满惊惧。

病人是位不足四十岁的妇人,纸片似的卧在棉被下,枕头上散乱的头发倒还浓密如墨。她闭着眼睛,几乎觉察不到呼吸,眼圈和嘴唇一样青黑,脸上一层黄皮裹着骨头。模样还是清秀的。莫老太只瞄了卧床的人一眼,便知道也就是这两天的工夫了。

屋里有干八角的清香味,是从挂在床尾的一串八角散发出来的,它的香味可以驱散空气中的不洁气味。少年想叫醒床上的妇人,被莫老太制止了,她在床边的椅子上坐下。良久,病人沉缓睁开眼帘,定定瞄着她,像在辨认。

"太婆来了!"软软的声音,无力的,像根一拽即断的弦。

莫老太点了点头:"你觉得怎么样?"她握住从被子下挣出来的手。她知道那只手在找她。只有预知并已经向死神妥协的人才会主动向她伸出手。手是湿冷的。

"这两天不怎么疼了,肝疼。"病人沉缓地挪动嘴皮,"我一直在睡觉,做梦,梦见我奶奶,我就知道到时候了。"她的嘴角动了动,似乎想笑,"我是不怕的,只是孩子还小,要遭罪呀。"

"这不是你该操心的,我们生下孩子的那一刻,他就有了属于自己的活路了。"莫老太握住那只汗津津的手。有的人会在临近的最后那一刻一言不发,这样的人多半是经历太多疾苦,对于生,已然无言可诉,死于他们是一种彻底解脱。

病人闭上眼睛,累极了似的摇摇头。

"孩子,你准备好了吗?"半晌,莫老太轻声问妇人,握住妇人的那只手暗暗使了力。

枕头上的脑袋轻轻动了一下。莫老太起身出了房间。胡子拉碴的汉子站在房间外的厅堂里,背上伏着一个四五岁的女娃娃,耷拉着脑袋,睡着了。汉子见莫老太出来,喃喃地说:"才半年,这才半年的。"

"柚子叶、剪刀,都备下了?"莫老太问得直截了当,一切的怜悯都无济于事。汉子点点头。少年端出来一盆热水,柚子叶和剪刀浸在热水盆中,他跟在莫老太身后进了房间。床上的妇人一直睁眼看着这一切,她的目光落在少年身上,干燥的眼角开始渗出泪水。

并没有太过复杂的过程。柚子叶清尘除秽,剪刀剪掉人间三千丝烦恼,人们深信它们合起来能变成神奇的力量,清除掉凡尘俗世中人的一切疾苦以及罪过,清明骨肉,洁净灵魂,澄明去往另一个世界。

人还活着,是不需要念净脸咒语的。莫老太接过少年递来的浸了柚子叶水的毛巾,开始为卧床的人擦洗。脸,脖子,后颈。揭开被子,把妇人上身的衣物褪去,干瘪的身体卧着一个鼓胀的肚子,一层薄皮绷得紧紧的。妇人的手轻轻抚摸了一下肚子,泪水从她的眼角滑落。她还能配合莫老太,转过一个因久卧而发皱的后背给她净身。她的身体还算干净,没有明显的异味,显然她遇到一个大体上还算贴心的男人,没让她短暂的生命遭太多的苦。

一切都在默默进行,生与死在悄无声息更替。屋外阳光灿烂,山风在吹,山上的粮食在成熟,街巷传来各种与人相关的声音,人间的烟火一切如常,看不见死神的脚步经过。与出生相比,生命的结束显得过于寂寞。这样的场景,莫老太早已习以为常。无论一个生命的过往如何蓬勃与繁华,享受过何种大富大贵,到这最后一刻,只能一个人孤身上路,无可替代。

少年的喉咙里忽然冒出隐忍的呜咽,逼近的死亡使他瞬间成长,无须过多的教诲。他接过莫老太递过来的毛巾,在热水盆里清洗,拧干,再递回去。

汉子捧着干净的衣物进来,床上的妻子已经洁净一新,默默含笑,似乎那盆水已经带走了她的疾病和忧虑。

莫老太从房间里退出来,让亲人为她着衣。堂屋的饭桌上放置了一盆浸泡了柚子叶的清水,旁边是半碗清亮透明的生茶油:那是为她净手而准备的。女娃娃立在饭桌边,小脸上带着刚睡醒的红晕,两只细眼睛固执地盯着莫老太。

"叫什么名字?"莫老太站在桌边净手,目光落在女孩乱蓬蓬的小脑袋上。

"妈妈怎么了?"女孩很敏感,目光充满戒备。

莫老太沉默着。真相对于每个生命都是平等的,她不想撒谎,也不想找任何借口给予小女孩安慰。擦干净手上的水,她开始往手上抹生茶油。她的双手清洗过无数即将失去或已经失去生命的躯体,那些躯体带着疾病,这层生茶油能清除掉由于接触病体而产生的污秽。实际上她并不介意,她更愿意把这最后的涂油当作整个净脸的一部分。

汉子把净脸礼给她,封在一张红纸里,封口的米饭粒还湿着。莫老太坦然接过,这是她应得的,这是净脸的赐礼,她是生命最后的摆渡人。

午后的风暖和,深山里的天空高远,没有一丝云,阳光亮得耀眼。已经做了四十多年的净脸,经历过太多死亡,每次净脸结束,莫老太还是会感到徒然而来的空,那种空旷虚无的空填满她的内心,她觉得只是一副空空的躯壳在行走,轻飘得可以不用迈动脚步。无论如何,她是敬畏死亡的,死亡让她感到孤独,没有人能了解一个净脸人的孤独。人们认为她们身上有神秘的力量,她们能和死亡交流,她们的内心比常人更坚强,她们的命格比常人更硬。

莫老太轻飘飘地走在巷子里,一阵恍惚,她站在一条分叉的巷子前,努力聚拢飞散的思绪,努力辨认,终于走进一条窄小的巷子里。没错,就是这条。她前年来过这个村庄,当然,之前也来过,这是无法避免的。阳光被挡在巷子之上,巷子里一片清凉,老人和狗坐在家门前,静悄悄的,时光无声无息地在他们身上流淌。她顺着巷子往里走,在一个围着矮石墙的院子前停下来。那棵夹竹桃还在,枝叶从矮墙上伸出来,只有最顶部的枝叶才接触到一簇闪亮的阳光。院门闭笼,莫老太轻轻推门而入,一眼就看见屋檐下靠墙而坐的老人,老人脚边的椅子上放着一碗水,黑白格子头巾把小小的脑袋包得结结实实的,垂着头,仿佛在凝视地面上什么东西,脸上的神情平静。院子里的阳光已经开始西斜,从老人身上渐移渐远,她完全置身于阴影当中。莫老太的脚步落在泥土院子里无声无息,老人还是警觉地抬头,目光混沌而凝滞,视线之内是一片白雾,一团模糊的黑影在白雾里朝她移动。

"我闻到了生茶油的气味!"她直视前方,脸上的神色是严厉的。

"是我!"莫老太说,她走过去在她身边坐下来。

"我可没请你来,你来早了。"老人伸出手,摸索着朝她伸过来,语气很不客气,脸上的表情却是欢喜的。莫老太抓住那只硬邦邦的手。她们都有一双同样的手,给无数即将逝去的灵魂带去最后的抚慰和洁净。

"你手上的茶油还没干,是谁?"老人问,脸对着莫老太,双眼空茫无物,它们已经看不见好几年了。

莫老太说出少年母亲的名字。两位老人一时相互握着手沉默着。她们并不常常见面，但彼此关切。在这片古老的山里，几乎每个村庄都有这样一位老人存在，人们把生命的临终时刻交付与她们，如同将初生的生命交与父母。她们当然不是一下子就老去的，像金子一样的葱茏年华也曾光顾她们，但她们常常比一般人遭遇更多的厄运。没有任何的机缘巧合，厄运就是最好的安排，令她们走上了这条令人敬畏而寂寞的抚慰死亡之路。

"你有一阵子没来这个村庄了，有一两年了，我真想看看你，我的天数是一天比一天少了，不过我并不怕，没什么可怕的。"老人说，慢慢摩挲到莫老太两个光秃秃的手腕，她低下头，仿佛双眼还能看得见。

"总是会来的。"莫老太笑起来，她对这个比她大十二岁的老大姐充满敬畏。如今老大姐老了，她见识过老大姐年轻时的容颜，一晃，老大姐已经老得看不见活了一世的尘世的模样。她是她带出来的，她帮助她克服掉对死亡的种种恐惧，告诉她死亡的真相，也告诉她生活的真相。

"那没什么。"这是老人的口头禅，老人总是以一种在莫老太看来极为超脱的目光和心境对待一切。

老人闻言笑起来，脸上是一副童真模样，她常常在她面前流露出这样的表情，里面含有一点看人笑话的表情。她当然明白她的意思。

"今天有点累。"莫老太说，那种被掏空的感觉依然没有离开，那两个尚未成年的孩子像极了两枚还挂在枝头、沾着晶莹露水的青果。

"你的心还是太软了。"老人叹道。

"人还很年轻。"莫老太轻声说。

"命都是有定数的，这么说你到现在还没有明白这个道理？"老人的语气里有责备，但并不严厉。

莫老太沉默。年轻生命离世，总免不了让她心生悲伤。她极少在人前流露出这种情绪，人们也不想看见她满脸沉痛地为他们的亲人净脸。他们需要从她身上看到镇定自若，看到生死如常，看到肃穆和尊重，这会给即逝者和他们的亲人带来慰藉和力量，消除他们对即将来临的死亡的恐惧。因此她总是一副面无表情的样子，在那样的时刻，她的情绪从来都不在她的脸上。

老人摸索着要站起来，莫老太连忙扶住她，以为她要上茅房。老人双眼虽然看不见了，但院子以及房间里的一切，她了如指掌。

"你坐。"老人制止莫老太，扶着膝盖站起来。也许是坐得太久，她的两个膝盖在沉寂的时间里僵硬了，站起来时膝关节发出很大的嗒嗒声响。她朝房门那儿走去，默数脚步，准确抬脚迈过门槛，隐进门洞里。

村里的房子都是石头块砌起来的，山里唯一不缺的就是石头，人住的房屋、牲口圈、围墙、屋门前的垫脚台阶,全是笨重而规整的大块石头。这种石头砖很难凿刻,一座房子,需要你带着年幼的儿子不断在山里选料凿刻,再把笨重的石头砖从山上背下来,往往要到年幼的儿子即将成家立业时,才能备好所需石料。古老的房屋代代相传而来,在多年的四季风霜中,屋墙的石块有了一种凝重而固执的深黑色,像包含一个个家庭不为人知的隐秘。靠近墙脚的地方,梅雨季节时往往会蔓延上半米高的鲜绿色的苔藓,饱含水色,一两个晴天后,苔藓便慢慢干枯变成灰黑色,边上卷曲,被迟缓的山风一点点剥落,墙脚便会呈现出半截不同的干燥的白色。单单看房子的表面,你无法辨别房子里的这一代人和上一代人有什么不同。房子是同样的房子,山上的地也是祖宗开辟传下来的,地里种着永远不变的粮食,也许夜晚祖宗做过的梦,儿孙们也一代代做下来。

阳光慢慢西斜,院子里的空气渐渐清凉下来,带着暮色来临的气息。院子里干净而沉寂,从村庄深处偶尔传来一两声声响。没有哪一个村庄会漠视一个净脸人的晚年。她们无儿无女,没有伴侣,一辈子素食,人间的日常天伦和她们没有任何联系。待她们老得再也拧不动浸了柚子水的毛巾为即逝者净脸时,村庄里的每一户人家都是她们的家,每一个人都是她们的亲人。几年前,这个常年沉静的院子主人再也看不见任何可以触摸的事物后,她成了村里每户人家最令人敬重的长辈。主妇会轮流奉送一日三餐,为她清洁屋子、铺盖衣物。这是她该得的,她心安理得地享受着村人给予的一切关照,安静地等待生命最后时刻的来临。她唯一的遗憾是,终其一生,没能为这个村子物色和培养一个能够接替她的净脸人,这需要机缘,不能强求。这些年来,莫老太"出门"的村庄越来越多了,老一辈的净脸人上了年纪,再也无法进行净脸,村里人便开始请村外的净脸人,如若时光倒流回到十年前,这简直是令人无法想象的事情。在这片深重的山里,净脸人虽然都操守一套共同的规矩,终究也是外村人,不知道根底,其为人性情、规矩操守程度,一无所知,怎能将亲人在人间最后的礼仪交与他手?

莫老太站起来,朝屋里走去。屋里的光线比院子昏暗,阴凉、沉寂,简单的摆设,寥寥无几的几件古老而陈旧的木质家具,是山上普通的树木打造而成的。没有神堂,没有任何活物,这些是不允许的。屋里简洁干净得给人一种近乎萧索的感觉,可以看得出主人在平时生活上的严苛和自律。几件灰黑色的衣物搭在一把高高的背靠椅上。老妇人一辈子都穿这种肃穆而沉闷颜色的衣物,这成了她生命的底色,莫老太从未见过她身上有任何稍微光鲜一点的色彩。她的生活乃至生命中没有任何鲜活的东西。四十八年前,老妇人的丈夫、一对尚年幼的儿女,在山脚下一个简易的守瓜棚里,毫无征兆地遭遇一场山体滑坡。那简直是整座山的倒塌,庞大而罪恶的赤色泥土结结实实覆盖在那个瓜棚上,瓜棚不见踪影,连那片种瓜的地也不见了边缘。劫难来得如此突然而巨大,把她过往的生活埋葬得一干二净。至今,她的三个亲人依然埋在那山底下,山上草木遵循四季枯荣,再也看不到任何劫难的踪迹。劫难一直在老妇人心里,她成了一个与世无争的净脸人,毕生给那些即逝者带去人间最后的慰藉。她说这是宿命。

像是站在时间最深处一般宁静,这间简洁的石头房子里透出的肃穆而凝重的气氛,是她所熟悉的。莫老太放心了,屋里的迹象表明老妇人目前的生活和以往毫无二致,尚在人间的安适之处,她多么担心老妇人忽然不辞而别,毕竟老妇人已是八十岁的高龄老人了。

莫老太默默退到屋外,一种清冷的气息使她不得不退出来。她重新坐回椅子,阳光已经从夹竹桃顶上退去了,留下一冠黑油油的绿。黄昏渐渐从村庄深处浮上来,清晨和黄昏的村庄像一个满怀心事的人。

老妇人从幽暗的门里出来,慢慢但利落地回到莫老太的身边坐下,右手捏着一只闪烁暗哑光泽的光面银手镯。她摸到莫老太的手,把银手镯套进莫老太的手腕。

"我戴了四十几年,如今再也不需要戴了。你得有这么一个东西,我早就对你说过了,我们做这一行的,身上必须戴点东西。"老妇人说,脸上的神情不容拒绝。

"我不忌讳这些。"莫老太握住老妇人那只手,触到银手镯一抹温润的冰凉。

"戴上!"老妇人不容辩驳。

就是一只普通的光面手镯,有合口,山里大多数妇人的手腕上都会有这么一只,不薄不厚,夫家给,或娘家给,戴在身上,就是一种规矩套在身上,一种日子过在身上。莫老太一生也没戴过它。手镯略显宽绰,很容易就套进手腕,她在合口处按了按,收小圈子。

沉甸甸的感觉。

两个老人坐着,天高地广般的沉默和孤独陪伴她们。

"霞光,你有没有怨恨过我?"半晌,老妇人像是喃喃自语般开口。

"你怎么会有这样的想法?我一直都做得挺好,是不是?"莫老太语气温和地说。

"我一直觉得你不适合干这一行,但转眼你也老了,我知道你是熬过来的。"老妇人脸上浮现出面对一个问题束手无策时的苦恼神情。

莫老太沉默了。

"你心里一直有热气,有一团热气,你骗不了我,但你还是熬过来了,"老妇人说,"我有时候很怜惜你,老妹妹,假如当初我不带你走上这条路……"

"那我的骨头早就泡在莫纳河底了。"莫老太飞快地说,想要给老妇人一个有力的安慰。

"那是你自己说的,我相信我的双眼,没有任何东西能逃得过我这双眼。"老妇人笑起来,"幸好你熬过来了。有些事情,不管你甘不甘心,最终宿命会带你走上该走的路,你在这条路上无病无灾,这就是你该得的福,对于我们这样的人来说,不能奢望更多了。你要知道,不是每个人都适合干这个。"

"我明白的。"莫老太边说,边抚摸手腕上的银镯子。山里人相信银子能辟邪,驱污秽,可到底什么才是真正的邪和污秽?假如它们在人的心底,又怎么能够去防?她在许多事情上的看法和老妇人相悖,但她从不和她辩驳。也许她那些异议的想法早就被老妇人看出来了,所以老妇人才说她的内心一直有热气。

黄昏的风若有若无地从简陋的院门外灌进来,带着村庄的各种气息。开始有铃铛的响声从村外远远传来:那是早上放出去的牛羊开始从山上慢慢返回来了,它们对一天当中的时间判断和人一样准确,归来的路途是熟悉的,脚步是从容不迫的,和一个在山上劳累了一天的山里人回家没什么两样。

"我该回去了。"莫老太轻声说,黄昏的空气中开始泛起凉意。

老妇人再一次摸索过来握住她的手,摸到那只套在她手腕上的银镯子,放心了。

她们没有任何告别的语言。两个老人站起来,老妇人拉着莫老太的手,朝院门走去,在院门石头砌的门槛前停下。

门外的巷子里有两个孩子在奔跑,尖叫声落在屋顶那些古老的瓦片上。

"走吧。"老妇人平和地说,那双空茫的眼睛转向莫老太,松开那只攥着她手腕的手。

二

暗夜来临,黑是慢慢开始从山脚下蔓延开来的,仿佛是从地底下钻出来。山脚下的房屋、人、牲畜,屋后的菜地、竹子、蓖麻,最先模糊了影子,最后毫不犹豫陷入黑暗中。而半山腰依然在发出朦胧的光亮,依稀可以看见山腰上镰刀似的弯而窄的土地,种植玉米、黄豆、花生、芋头、木薯、芭蕉,当然,地头还有隆起来的完全被杂草覆盖的坟墓。三月初三挂上去的白色招魂幡早被风雨吹落了,只剩下坟头上一根光秃秃的挑幡棍子,半掩在茂盛的杂草中。晚风吹来,从它的身上跑过,它也挂不住风。半山腰通常要黑得慢一些,像一个迟暮人蹒跚的步子,拉拉扯扯,犹犹豫豫,当山上的庄稼也看不见时,夜晚便真正来临了。半山腰的黑是真正的天黑,而山顶即便到黎明之前,也永远是一副朦朦胧胧的模样,可以清晰看见山头的剪影印在苍茫的夜空上。

村庄的夜晚是静谧的,并非没有任何声音,虫鸣、狗叫、娃娃哭、拌嘴,零零碎碎在夜晚响起,然而这些声响把夜的静谧衬托得更加深沉。静谧是村庄古老的底色,深邃浑厚,像村庄久远的往昔。人的生命是从夜晚开始繁衍的,人的灵魂也是从夜晚离去的……

莫老太通常会闭合了大门,坐在厨房门口。那儿出去就是菜地了,菜地之外是莫纳镇的莫纳河,从越南那边蜿蜒而来。在夏季雨水频多的日子,那些带着水汽的湿润气息从河里攀升上来,穿过菜地,灌进厨房,有淡淡的水藻味、清香的菜花味、潮湿的土腥味。

莫老太喜欢这些味,它们和夜晚黏稠的黑色混成了夜晚的气息。二十年前,她把晚餐戒掉了,进入黄昏之后的时光对她来说变得宽裕起来。她的屋子总是干净整洁的,屋后的菜地碧绿葱茏。那是一块并不大的菜地,她依循四季更迭选种当季蔬菜,春天的瓜苗、夏天的油菜、秋天的灯笼椒、冬天的胡萝卜,而在菜地朝阳那一角,永远有一片席子大的红得触目惊心的小米椒。她从不饲养任何活物,这是对一个净脸人的规诫。牲畜的生命也是生命,它们像人一样有七情六欲,会发情,求偶,交配,孕育,分娩,哺育,和人一样繁衍生息,而这个过程会搅扰净脸人已经远离俗世红尘的心绪。净脸人的孤独是彻底的。

夜黑下来,夜空高远,风凉且迟缓,星星舒朗。晚饭戒掉了,但莫老太喜欢喝两口。喝酒是允许的,酒在这片山里也是避秽的食品,能洁净人的三魂六魄。屋里的灯火没有点亮,各家间隔并不算太远,邻居的灯火在芭蕉叶间闪烁。莫老太喜欢沉浸在沉寂的黑夜里。半碗冬雾一样白的玉米酒搁在旁边的椅子上,没有任何仪式,像喝水一样,莫老太就着黑夜慢慢饮。她的酒量并不大,半碗就够了。玉米酒的度数通常不会太高,醇厚芬芳。夜晚静静流淌,人慢慢微醺,在轻微的眩晕里,莫老太感到一阵轻盈,她的双脚慢慢离地,像踩在柔软的棉花上,整个人飘了起来。通常这个时候,他们就出现了。他们不是一个个的人,而是一张张的人脸,在暗夜里重重叠叠出现,一张接着一张,像排着队来看望她,带着已然放下尘世过往的纯粹的笑。她当然认识这些脸,她为他们净过脸,她是他们最后的慰藉。漫长的四十多年的净脸生涯中,她为无数人净过脸,但她没能将他们忘掉,他们变成了她生活中的一部分。此刻,在微醺的暗夜时刻,他们来了。没有言语,静静地出现在她面前,从容不迫,默默瞧着她。她在黑暗中朝他们点点头,像对一个个多年的好友。她甚至记得为他们净脸时的一些交谈。

"你终于来了！"

"嗯。"

"我这几天一直在等。"

"不要害怕,一切都会好起来的。"

"我明白,我早就想明白了,没有任何人能比一个被困在床上的人更能明白生死。"

"这是不可避免的,没有人能避免,只是时间早晚,我们没必要太在意这个。"

"谢谢你。你知道吧,以前我可真怕你,觉得你有一双把我们推向死神的手,现在才知道我是多么需要你这双手。"

"你心里有所执戒,只有我这双手才能帮助你。"

"我明白的,那么,请你开始吧。"

太多的人到了生命最后一刻,已经无所争执,平静接受生命最后的礼仪。净过脸后,他们焕然一新,疾病和疼痛离开了他们,一生中看得见的信誉看不见的罪孽也离开了他们,这是另外一个生命,即将结束,也即将开始。

"你们来了！"莫老太在至暗中自言自语,慢饮,让那缕微醺变得越来越醇厚,带她到另一个世界。那些脸静静瞧着她,真实得像她白天见到的任何一张熟人的脸。

"其实你们不必来,我终究也是要到那边去的,我对你们说过了,这只是时间上的早晚,我从来不介意。"她和蔼地说,朝他们笑笑,玉米酒的芬芳从她的胸腔泛上来。她原本是滴酒不沾的,甚至连葱姜蒜这样稍有味的调料都不碰,那是年轻时候的事情了。年轻时候？她犹豫着思索了一下,很快一阵眩晕袭击了她,脑袋里像有一个固执的念头在旋转,她轻轻摇头,把那念头从脑袋里摇掉了,继续对视浮现在暗夜里的那一张张人脸。

"有时候我觉得,你们任何一张脸,都比活在这世上的任何一个活人的脸更干净更让人放心,你们心里再也没有任何恶念,恶念全被洗掉了,没有恶念的心是干净的,像这玉米酒一样。"她的声音变得微弱起来,像一缕若隐若现的微火,她瞧着那些人脸,在黑暗中低下头,"你们临死前对我说各种各样的话,包括你们从未对人说过的埋在心底的罪过。你们其实知道拥有一颗干净的心和灵魂对一个人来说才是最重要的,但这样的清醒直到生命即将离去时才拥有,这不仅是你们这些死人,也是活着的人的悲哀。"她的声音变得更低了,像一声轻微的叹息落入暗夜深处。

一阵夜风吹过来,那些人脸晃动了一下,消失了,像被夜风吹走,风过,夜安静下来,他们又出现,只看见脸,好像整个人就是这张脸,一张张悬在莫老太眼前。莫老太冲着他们小声嘀咕，她早就习惯这样自言自语，黑夜是她的另外一副面孔。那些常年徘徊在她心底的话在这副面孔下得以宣泄。

"嗯，你们瞧，"她在黑暗中举起双手，"这双手，给予你们最后的洁净和慰藉，但是从没人温暖过这双手。它们在冬天靠炉子里的火取暖，我靠它们抚摸从我身上流淌过的四季，在冬天，我这双手上上下下抚摸我自己，连我稀疏的头发都没落下，它们不知它们从哪一年开始变白，但我知道它们已经白很久了。我真担心啊，摸到某一块连火都焐不暖的骨肉。你们这些人懂的，是吧？虽然我从未对你们说。如今我的脚在夜里不再轻易暖和了，它们一年比一年冷，这我是不怕的，我一直在等，人总是要死的，人死了怎么能不净脸？除了那些不幸夭折的小毛头，我还没见过哪个人死了不需要净脸的。我在等着净脸那一刻来临。不，你们这些死鬼都误会了，不是给我净脸，不是那样的。"莫老太在黑夜里发出一声悲怆的笑声，咽下最后一口冰凉的玉米酒，朝那些人脸摆了摆手。

夜深了，露水浓重，那些远远近近的灯火渐次熄灭，村庄陷入巨大的黑夜中，安静得可以听见季节朝深处走去的声音。

"谁说没有人在黑夜里行走？你们不就是在黑夜里行走吗？死去的人在黑夜里行走，活着的魔鬼也在黑夜里行走，这你们知道，我也知道。"莫老太再一次朝人脸们摆摆手，"但天总会亮的！"人脸们被天亮给惊慌了，他们意识到会面该结束了，于是慢慢遁入黑夜中，最后消失了，黑夜黑得纯粹而深邃。莫老太扶着门框站起来，那点眩晕也消散得差不多了。她闻到了落在菜叶子上的露水的清凉味。腿脚像生了锈。她拍着麻木的腿脚，感觉到气血在缓慢流向冰凉的脚板。片刻后，她最后深深呼吸了一口带着露水的屋外空气，在黑暗中拖着沉重的步子返回屋里。所有的人都进入梦乡了，她也该让睡眠滋润日渐干枯的生命了。

净脸人屋子里最后的一点声响匿去，夜深沉起来。

最后一个睡去，最早一个醒来，像一个村庄的守更人。村庄的早晨很少能见到阳光，阳光被高大连绵的群山挡住了。但天光是豁亮的，阳光在山顶上闪耀。莫老太伴随着第一缕透进屋里的黎明之光醒来，隔夜的酒依然在口腔里芬芳，她两只手摸索着相互握住，慢慢揉搓每一根手指。她总是以这种方式驱散残存在意识里的最后一点睡意。上了岁数后，睡眠越来越少，因为离生命那场永久的睡眠越来越近了。起来后，照例敞开大门，微明的天色立刻泻入静悄悄的屋内，还有带着山野清新气息的空气。莫老太照例扫视了一眼家门左右，没有什么可疑的新东西，院子里空空的地面上湿漉漉的，那是深秋的夜露。在过去一些年里，莫老太清晨打开大门，常常会发现一些新鲜的东西，比如刚从土里挖出来的新鲜竹笋，夏季雨后的新鲜蘑菇，一挂沉甸甸、个头饱满的芭蕉坠子。那时候她还年轻,夜里的觉睡得沉实,对屋外的一切动静毫无觉察。她把这件事情告诉老妇人,老妇人沉默半晌,然后用略显严厉的语气对她说:千万不要认为这是好心人的馈赠,你应该把这些不干净的东西扔得远远的,不应该让它们再玷污你一次。莫老太不太明白为什么会玷污她,又怎么会有"再一次"。好多年后,她才明白她的意思。当她再一次于清晨发现又有陌生东西出现在家门口时,她当着很多人的面,把它们甩得远远的,家门口终于清静了。

将会是个好天。莫老太望着山之巅那缕干净得泛着微蓝的白光,自言自语。大门敞开着,屋内的光线清幽幽的,只要经过大院门外,冷不丁撞上这幽暗洞开的大门,都会冷不丁打个激灵。但必须敞开着,只要人在家,净脸人的家门是永远敞开的。莫老太站在门口望着远处黑黝黝的山巅,直到村庄开始渐渐有了各种各样的声响,牛铃声也清晰传来,她才转身返回依然幽暗的屋内。早饭通常是粥。在这之前,莫老太要用泡了一夜的赤小豆熬一碗汤水喝,只喝汤水,权当是早上起来的饮品。这一习惯也是老妇人传给她的。现在,莫老太六十八岁了,除了久坐会让关节显得僵硬发麻,即便在多雨潮湿的季节,她也从未犯过关节炎,赤小豆汤帮助她把体内多余的湿气去掉了,她的关节一点不比年轻人差。年轻时她还会嚼几口煮熟的赤小豆,如今她一口也吃不下了,那会让她腹胀一整天。她不饲养家禽,但别人的猫狗鸡鸭会来串门,她通常让它们帮忙吃掉那些煮熟的赤小豆。

灶烧了火,炉火映亮老净脸人刚洗过的还滋润的脸。虽然岁月已经在上面印下足够的沧桑,但从轮廓来看,还可以清晰看出老人年轻时候的风华。她的眉形依然好看,浓而弯,靠近眉尾的地方微微往上拱了一点点。这点向上的弯拱使她看起来有一种与她的职业相匹配的威严和肃穆。这不是天生就拥有的,而是职业所造就的。人们极少在这张脸上看到开怀畅快的欢笑,不过这并不代表她是个严苛的老人,她待人平和友善,总是给怀有烦恼的人带去安慰和劝解。她脸上的皮肤已经松弛并布有皱纹,但没有老年人通常有的老年斑,甚至连晒斑都没有,肤色均匀干净,显示出她五脏六腑阴阳和谐和常年平稳的情绪。

往火灶里塞了足够的柴,莫老太在渐渐清晰起来的清晨打开厨房通往菜地的后门,一阵湿润的空气扑面而来,把起床后一直盘旋在她额头上的眩晕彻底驱散掉。于莫老太而言,新的一天这才算开始。她的大门敞开着,祈愿这一天不会有足音搅扰她家门的宁静。莫老太扫视了一眼菜地。如若说她平淡孤寂的生活里还有什么乐趣,那便是厨房后这块并不算大的菜地。莫老太的奶奶、妈妈、妹妹都在这块菜地上忙碌过,菜根下黝黑的泥土一定还留有她们的气息。妹妹嫁人后,奶奶和双亲也去世了,这块菜地便完完全全属于她一个人。她在山上还有几块山地,种着玉米和其他一些杂粮。早些年,她的山地要比现在多一些,她一个人伺候那些山地,整天在山上忙碌,到了收获的季节,她便叫妹妹来。她一个人吃不了那么多。妹妹有时候带着丈夫来摘收老姐姐的劳动果实,孩子们长大后,便带着孩子们来。莫老太很喜欢妹妹那三个孩子,两个女孩和一个男孩,他们结实得像施了足够肥料的玉米,非常勤快,能整天待在地里不停劳作。比她小三岁的妹妹由于生育了三个孩子并操劳生活,看起来要比莫老太衰老。妹妹长得也很结实,每当她的目光扫视她三个健康勤劳的孩子时,她饱满的脸膛上的表情是满足的。孩子们长大后,两个女孩嫁到了县城,男孩被母亲强行留在身边,接着种植家里那几亩世代相传的田地。妹妹担心老无所依。妹妹是爱她的,当初莫老太选择做一个净脸人时,妹妹甚至比父母反对的态度更强硬,并对带着姐姐走上这条道路的老妇人充满怨恨。莫老太上了年纪后,再也没有精力照管那么多山地了,只选几块相对离家近,土质也相对好的山地种植粮食。老妹妹依然和她保持密切联系,十天半月的,会翻过两座山前来寻找老姐姐,带着自己酿制的玉米酒,或一摞用芝麻油烙得香喷喷的放了香菜末的金黄色玉米饼。姐妹俩在厨房后的菜地里一边忙一些实际上不用忙的活儿,一边闲谈久远的往事。她们总是在不断的重复交谈中发现新的快乐。然后当妹妹的就开始感叹,埋怨姐姐不该贸然走这条孤独的路,最后总免不了落泪,两个人的思绪又回到了一些不堪的往事上去……

菜地一片潮湿,菜叶上湿漉漉的,淌着露水,潮气从菜地之外的莫纳河泛过来。屋后开始有主妇在淋菜,赶在太阳出来之前淋掉菜叶上的露水,不然鲜嫩的菜叶会被阳光晒伤。莫老太低声咕哝一声,步入菜地摘了几片大如蒲扇的肉芥菜叶子。她的早饭一向在早上十点左右吃。喝完一碗温热的赤小豆汤后,才开始熬粥。山地的活儿一向在午后开始忙活,假如有的话。她越来越喜欢在灿烂敞亮的阳光下干活儿了,而阳光要完完全全照耀在这片山上,得等到临近午时。在还没喝上一碗热赤小豆汤之前,她再也没法像前些年那样先挑水淋菜了,她的腿使不上劲了。

袅袅的雾气在莫纳河面上慢慢飘移,整条河像是一锅冒着气的热水。莫老太从菜地里回到厨房,发现一只黄狗耸着身子坐在炉火前,盯着从灶孔里蹿出来的火苗,仿佛是莫老太吩咐它看炉火似的。狗看见莫老太进了厨房,鼻子里呜地婉转叫了一声。莫老太早就习惯它了,它是每天第一个造访她家的客人。

"你这老狗,是不是昨晚又被忘记喂晚饭了?一大早就来找食。"莫老太说。她无法饲养家禽,但她并不讨厌它们。没有人比一个净脸人更理解生命了。刨去会说话,人的性命和它们又能有什么区别。

高压锅开始在火灶上喷气的时候,陆陆续续有更多的生命走进老净脸人的房子里,先是两只毛色发亮的半大公鸡,然后是一只在夏季第一次当母亲的母猫,母猫的孩子已经被主人家全部卖掉了,悄无声息的步子充满忧伤。在莫老太的厨房,猫和狗和平共处,它们在她的房子里各有属于自己的领域,互不侵犯。猫走到莫老太脚边,毛茸茸的脑袋蹭在她脚踝上,喉咙里呼噜呼噜地响。这些蓬勃的活物给莫老太孤寂的日常生活带来不少慰藉。在她的眼里,它们是一个个不说话的人,像夜晚那些浮现在黑暗中的人脸。她从来不拒绝它们的陪伴。

喝过赤小豆汤后,赤小豆留给猫和那几只毛色鲜亮的公鸡。狗继续等待,莫老太当作早饭的粥才开始煮上,狗不吃豆,它在等待和莫老太一起吃早饭。光线越来越明亮了,晨风迟缓地吹拂。

和任何一天的清晨一样,变化的只是四季不同的色彩。

莫老太挑着空水桶朝河边走去,猫和狗留在厨房里,狗依然坐在火灶前守炉火,双眼里闪着火焰的光芒。

河里的水并不冰凉,在阳光还没照到河里前,河里的水是温暖的,水面上腾升起袅袅的水烟气。而到了午后,河面上跳跃着明亮的阳光时,河水便变得清凉了。有好几年了,莫老太再也不能朝河面甩下水桶,把两只水桶同时按进水里,灌满后一口气挑起来,走上那简易的但并不算太低的码头。那样的岁月一去不复返了,她的腰和腿再也无法支撑起一挑灌满水的水桶。她得把水一桶一桶提上码头,然后才能挑走。从河边到菜地,是一条弯曲的平路,她小心下着脚步,避开路面凸起的石块——没有一个老人到了她这个年纪还在挑水淋菜。不过,老净脸人倒没太多的伤感,毕竟这条路是自己选择的。其实她完全不必侍弄这块菜地,只要她愿意,在河边任何一块菜地摘青菜,都不会有人有异议,这是这个村子对她应尽的责任和义务——又有哪一户人家送到山上去的先人在临终前没有得到过她最后的净脸呢。但她不想那么做,她甚至拒绝了一些主妇为她淋菜地的提议,她觉得身上这副骨头还能对自己的温饱担得起责任。

夹着双肩朝莫老太的菜地走过来的是一位瘦削的农妇,手臂上戴一副灰色防水皮革袖套,赤着的双脚湿漉漉的,沾满潮湿的泥巴。显然她也在淋菜。她走到莫老太的菜地前,停住了,脸上是一副欲言又止的表情。

"绿玉,吃了吗?"莫老太正在菜地一角淋那片结满了鲜艳果实的小米椒。

"太婆!"绿玉朝莫老太走过来。黄狗这时来到厨房门口,模样威严地站着。绿玉看见狗,踌躇了一下,莫老太朝狗转过身,狗便隐身进门里去了。

"我公公可能快不行了!"绿玉那双细小的眼睛紧紧盯住莫老太。

莫老太直直注视着她:"这是你自己判断的?"她的语气有些严肃。

绿玉立刻低下头,脸上闪过惭愧的神色。"他好几天没说话了,也没怎么吃东西,我看着他不怎么好。"她低声说,脸上一闪而过的羞愧没能逃脱莫老太的双眼。莫老太的心软了一下。绿玉是个勤快的女人,两个女儿也很懂事,只是命运不济,嫁个赌汉,整天东游西荡钻赌窝子,还轧姘头。绿玉寻死觅活几回,可男人已经厮混成性,回不了头了,绿玉拉扯两个孩子过活,常常要靠娘家接济。仅是这样也还不算太糟,当守寡就行,偏偏家里还有一个时常瘫在床上的公公,得伺候吃喝拉撒。老东西叫顺义,年轻时根性不好,有些偷鸡摸狗的品性(他的儿子算是随了老子的品性了),老婆在他年轻时死掉。渐渐上了年纪后,老东西倒是变得谦和起来。有一年镇子上死了一个外地流浪汉,他招呼几个年轻人,卷了席子把流浪汉埋了,算是做了一件善事。近些年来老东西七病八灾,一年倒有七八个月瘫在床上。你看他一口气快上不来了,喘了两天,又可以哆哆嗦嗦爬下床到屋外墙根下晒太阳。可想而知绿玉过的是什么日子:她盼望公公早走也没什么不对,毕竟七十五岁的人了。

"孩子,人命是有天数的,他能活到哪一天都不是我们说了算,你只管给他吃喝,不要让我们的良心在黑夜里睡不着觉。"莫老太温和而坚决地说。

绿玉眼泪汪汪的,掩面呜咽起来。"太婆,实在没法过下去了,要不是看两个孩子的面,我真想往脖子上套根绳子一走了之。"哭泣声在越来越明亮的清晨里显得那样不合时宜,山巅之上的阳光倾泻而下,光芒四射。

莫老太放下水瓢,周围的菜地里邻居们在淋菜,菜地之间挨得并不算太近,没有什么人注意到她们。

"不要说这种傻话,绿玉,没有谁的日子从头到脚像一根绳子那样顺直。一个有了孩子的女人是不应该被任何东西打倒的,除非老天收走了她的性命,否则她应该像一块石头那样坚硬。你能明白太婆说的话,对吗?"莫老太直直盯着绿玉,她相信她明白并且把她的话听进去了。生活的磨难更能教化人的智慧,这一点莫老太深信不疑。

"你到屋里待一会儿吧,看看炉火。"莫老太劝慰道,她希望绿玉安静待一会儿,平复心绪,别带着一张满是泪水的脸走在一天的清晨里。

绿玉摇摇头,泪光闪闪地冲莫老太一笑说:"不了,太婆,"她抽搭着鼻子说,"我真是昏了头了,怎么能有那样的想法,我这就回去了,我真是昏了头了。"她转身,默默走过地垄,出了菜地。

莫老太站在菜地里,一些久远的往事在清晖里慢慢浮上心头。作为净脸人,成为一名净脸人之前的一切过往,早就该忘掉或放下了,"怀抱对往昔的怨恨或者爱,都不能成为一名真正的净脸人",这是老妇人对她的教诲,她无时不记得,但在她的内心深处,她始终无法做到把过往剔除干净,在某些特殊时候,心灵深处依然会泛起令她不安的怨恨。怨恨像一缕隐匿的火苗,当意识到她的心绪波动时,火苗便伺机蹿出来,灼烧她,刺痛她。此刻,她又感觉到胸口灼热,发烫,她蹲下来,把双手浸入桶里凉爽的河水中,让冰凉一寸一寸从指尖蔓延进身体,平息蠢蠢欲动的火苗。

吃过早饭后,村庄的早晨已经过去了一大半,临近中午,阳光终于越过群山之巅,斜斜照拂在古老的村庄上。阳光是静止的,缓慢的晨风已经停息了。深秋冰凉的早上开始慢慢变得温热起来,山间传来幽远的牛铃声。莫老太喜欢每天从这一刻开始,满世界都是温暖而亮晃晃的阳光,她喜欢在棉花般的阳光下忙碌菜地里的活儿。其实也没什么活儿,她的菜地永远没有杂草,地垄之下干干净净,每一片菜叶她都心中有数。她拿一根削尖的木棍,蹲在地垄里,松菜根下的泥土。她种的都是能开花的菜,此起彼伏的菜花在她的菜地上依节气灿烂。在万物萧条的凛冽寒冬,那片小天椒就是菜地里最鲜艳的火光。她的菜地并不孤寂。老妇人双眼还明亮的那些年,常常会翻过山头来看望同道的姐妹,站在这片鲜艳的菜地前,老妇人总是眉头深锁,然后轻轻叹息。莫老太感到一阵羞愧,她明白老妇人看透了她的心思,不过老妇人从未点破,这一点,是老妇人对她的偏爱和怜恤:这片鲜艳的菜地,映衬了莫老太依然对凡尘俗世的某种牵绊,可能是依恋,也可能是怨恨,但不管是哪一种,都是不应该的。一个净脸人的心,应该像蓝靛浸染过的棉布一样,拥有肃穆而干净的出色品质……莫老太曾经希望时间能带走一切,然而年复一年灿烂如锦的菜地,提醒她自己的灵魂还囚禁在往昔的阴影之中。

当正午的太阳悬在山巅之上时,深秋中一天最暖和的时刻来临了,清晨的霜雾已经消失殆尽,年轻人都在山上劳作,村庄半空了,有一种天荒地老的宁静。等阳光慢慢爬上门扇时,虚掩的木门沉缓打开了,像一截年岁久远的光阴,缓缓地,从门里颤颤悠悠出来一个个已经不太轻易出门的老人。门外亮晃晃的阳光打了他们一个趔趄,越过门槛的脚步像已微醺,这场温暖明亮的阳光被期待已久。他们在院子里东张西望,昏花的视线渐渐清晰起来,呼吸的空气是熟悉的,带着山上庄稼的味道,院子是熟悉的,院墙是熟悉的,那道小时候被绊倒过无数次的高门槛也是熟悉的,它们依然高耸在那里,脚步和时光赋予它们一层细腻的光泽。屋墙上垂挂几件旧农具,镰刀、柴刀、斧头,它们挈在各类盒子里,绑在腰间的绳索干燥而陈旧,变成了脆弱的棕色,刀具的刃口渐渐布满斑驳的锈迹,不复锋利。如今它们被长久悬挂在墙壁上,老人的目光长久盯着它们,然后慢慢垂落到地上:那些挥舞年轻强健臂膀披荆斩棘的岁月已经一去不复返。老人呆立在院子里,脸上的表情是松弛的,心是释怀的,他们已然深谙时间的秘密,时间会为每个人的每段时光安排相应的际遇,如今,时间拿走了他们曾经强健的体魄和无所不能的力气,时间正把生命最后静谧的时刻赐予他们,他们只需等待。温热的阳光透过厚厚的棉衣暖和到身上的老骨头时,一些新鲜的力气重新回到他们的筋骨里,晃晃悠悠地,他们便出了院门,朝莫老太屋后的菜地走去。没有什么约定,到了一定的岁数,他们便朝同一个方向走去,日渐佝偻的身影踩在各自的脚下。莫老太的房子在村尾,这条去路是宽广的,只有寂静的阳光相随。来了就在菜地之外的杂草地上坐着,莫老太在菜地里忙活,来人也不和她打招呼,先来的人和后来的人也不打招呼,各人找一块看着舒适的地方坐下来,把自己完全敞开在阳光之下。先后来了七八个,一样深色的厚实衣物和毛线帽,分辨不出他们是男是女。他们太老了。

莫老太从不主动走出菜地坐到他们中间去,她不能带着这样的怜悯靠近他们,他们的身体即便已经衰老,但心脏依然在有力搏动。她可以主动靠近稚嫩的孩童、活力四射的年轻人,但她不能带着自己的影子主动朝那些生命力日渐衰弱的老人走去,这是不吉祥的,除非受他们的邀请。老人们安静地坐在菜地之外,彼此默默打量,打量着,忽然发现少了谁。记忆力越来越差了,到底少了谁?也不必去细想,想必也已经永远不会再来了。自从莫老太成为一名净脸人后,她的家门是落寞的,鲜少有村人串门,菜地之后这片杂草地,却在天气晴好的午后,为她带来这些已到垂暮之年的沉默客人。这片杂草地像是他们最后的生命之旅,似乎最后的时光要在这片杂草地上度过才心安理得,似乎要靠近净脸人才心安理得。没有人能说得清楚是为什么,像有一种神秘的召唤,一种归宿。

"霞光,到我们这里来坐坐!"老人中有人招呼她。

莫老太在菜地里站起来,驻足凝望他们。他们都比她老得多,在村庄里,莫老太六十多岁这个年龄还要上山劳作的,只有腿脚已经老得再也爬不了山,才能放下手里的农具。这些都是八十多朝九十岁上走的老人,是她的长辈,她坐到他们中间去不合适,她也不喜欢那样做。一个净脸人应该并且有独处的能力。

"你们坐着,天好,我松松土。"她温和婉拒。

也就不再有人强求。

"你们说,真有另一个世界吗?"一个老人先开口了。

谈话轻飘飘越过菜地,莫老太蹲在菜地里听着,这些谈话内容,她早已耳熟。从年轻时候开始,村里一代一代老人,就这样坐在她家菜地之外的这片杂草地上,相同的等待,相同的沉默,或者相同的谈话内容。他们不再忌讳死亡。

没有谁对这个话题感兴趣,因为还在这里坐着的人没有见过那个世界,连做梦都不曾梦见过的。

"哎,你多半是活得还不够,指望还有另一个世界再活一世。"他们有一搭没一搭地交谈。

"当然，我从来没觉得活够，尽管我年轻时开始守寡，三个儿子已经死掉两个，但这又怎样？我永远舍不得山上壮实饱满的庄稼，那就像年轻时候的我。"

"这个傻婆娘永远只记得她的庄稼。"

"你这个生性懒惰的汉子，你永远不知道看着庄稼在你手里成长和结果是什么滋味，这就像你掌握整个的季节，你是不会知道的。"一个老太磨着两片薄薄的嘴皮尖刻地回道。

"我不用知道那些，我知道它们在嘴里是什么滋味就好。"老汉并不介意老妇对他的嘲讽。

"那跟在山上吃草的牲口有什么区别。"老妇不屑。

"我倒希望自己就是头牲口，在我看来山上的牲口要比人活得舒坦，一年两季拉犁，两季闲荡，可人只要还睁着两眼，有哪一天不操心，人哪能跟牲口比。"

"哎，你下世投胎变成一头牲口吧，你这吃饱了撑的老东西。"

"如果行，我一点都不介意。"

"死了也没人给你净脸，尖利的刀尖将捅入你的脖子，你的血被放得一干二净，肉将被吃掉，骨头扔给狗啃，这就是牲口的下场。"

"净不净的，真那么重要吗？"老头的语气变得犹疑起来，这可能是他年轻以来内心就存在的困惑。

"当然重要，这个道理连初生的婴儿都知道，你忘了当年你老父亲是怎样请霞光去净脸的？你这老东西，假如你心存疑虑，当你觉得你快要归西时，你可以不必请我们的霞光去为你净脸，你就带着这副浸透了俗世的肮脏皮囊去吧，这是你的自由。"

"我只不过是随口说一句，你的脾气和你的年龄一样增长了……"老汉叹息道。

"随口？你这是人话吗？我看你现世就是头牲口，双肩扛一张嘴只是拿来吃的。你在我们霞光面前说这样的话，是要遭雷劈的。"老太的语气有着与她的年龄相匹配的威严，"我看你这副皮囊就不配得到净脸人的双手给你带去最后的洁净。"老人们沉默起来，片刻后都笑了，磨着两片皱巴巴的嘴唇，一种和解的笑。

这样的争执于莫老太而言早已习以为常。有人对净脸心存疑虑，她从不责怪他们，也从不去做过多解释，没有什么能比交给时间来解释更为妥当的。也许时间最终也不能给予那些心存疑虑的人完全满意的答复，但会慢慢改变他们的看法，给予他们类似信仰的力量去接受它。

"顺义那老家伙,估计很快就要来请霞光了。"

沉默之后,和死亡相关的话题再次被重新提起来。这些已经活得天地混沌的老人,谈论起死亡就像年轻时谈论圈栏里的牲口和山上的庄稼一样,没有任何顾忌,他们再也融入不了年轻人的生活了,关于年轻人的话题也已经远去。

"他和猫一样有九条命,死不了,过不了几天就能起来蹲墙根晒太阳了。"

"你倒是盼他早点死掉似的,吃席也轮不到你了。"

人过了六十岁后,红白喜事就不能吃席了。

"我再过两个月就九十岁了,还稀罕什么吃席。我心疼绿玉那孩子,儿媳妇伺候公爹,老天爷瞎了眼了。顺义年轻时也不是什么好东西,有十八条命也该死了,折磨人。"

"好了好了,人家也没赶你圈栏里的牲口,也没拔你地里的庄稼,有天大的怨恨,这会儿也该消了,黄土埋到鼻尖的人了。"

"也许是我老糊涂了,我记得他说过,不想净脸。"

沉默再次笼罩在老人们中间。莫老太一直在低头松土,阳光静谧地照耀在她身上,像什么也惊扰不到她似的。她是个身材娇小的老妇人,从年轻到现在,时间只老去了她的容颜,她轻盈的躯体包裹在深色厚重的衣物里,透出一种坚强的不容侵犯的力量。她手下的木棍毫无征兆地戳进一棵包心菜根部,手腕的力气顶进木棍里,包心菜根便从湿润松软的泥土里顶了出来。她吃了一惊,朝菜地之外的杂草地望去,老人们似乎凝固不动,密密层层的菜叶遮挡他们的目光,他们看不见她手下的泥土。

"谁年轻时都会说些日后注定会后悔的话,我们都是这么过来的。"

"他说这话时可不年轻。"

"他会后悔的。"

"那老东西也不知修来什么福,老妹妹伺候他一生,如今是儿媳妇伺候。如霜那个老姑娘,她空空活了一辈子,图的什么?到死了扎个老姑娘坟,香只点一炷,只怕到那头也要遭她老子娘嫌弃的。"

午后的风吹过来,缓慢的,是暖风,带着阳光的温热气息,暖洋洋的让老人们犯困,入定般坐着,坐着坐着就睡了过去,脑袋一低,下巴抵在胸口棉衣领子上。

"祖——祖啊!"从村庄深处偶尔传来一声稚声稚气的呼唤声,寻找这些似乎已忘掉时间的太祖回家吃午饭。他们浑然不觉,在时间里迷路了。

暖和的风却给莫老太带来了往事。她回到屋檐下的阴凉处,厨房里的朋友们早已离去了,静悄悄的,一些光线从屋顶上移了缝的瓦片上漏下来,斑驳投映在地板上。

往事也是斑驳的。

她在厨房门口坐下，靠在门框上。如霜的脸很少在夜晚出现，但她会出现在她的梦中。不，不是年老时的如霜，也不是靠在她怀里过世的如霜，而是青春年少时的如霜。她比莫老太小六个月，任何一片能长蘑菇和春笋的山坡都布满她们的身影和笑声。直到莫老太成为一位净脸人，她们的友谊才被老妇人制止，老妇人用极为严厉的话语警告如霜不要再靠近莫老太：你们不是同一类人。对于莫老太的选择，如霜的反对比莫老太的妹妹更甚，她甚至威胁莫老太，假如执意要走这条路，她会陪她一辈子，终身不事婚嫁。莫老太认为如霜只是一时被美好的友情迷惑了心灵。然而当莫老太真正端着浸有柚子叶和锋利剪刀的清水朝向那些即将消逝的生命时，如霜的绝望震动了她。青春的光彩从如霜的双眼和脸庞上消失了，如霜望向她的目光充满彻骨的哀伤，仿佛将要行走在这条漫长而孤寂路上的是她。她对莫老太的威胁也变成了固若金汤的诺言，鲜艳的衣物从她的身上褪去了，从清晨里走来的她脸上笼罩淡淡的哀伤，她变得寡言少语，劳作成为她日常唯一的乐趣。她身上的活力随着日渐寡语渐渐消失，她像一个满怀心事的暮年人，紧紧抿着双唇。在莫老太的净脸人生涯中，如霜是唯一一个一如既往靠近的人，她几乎是以戴罪般的虔诚靠近莫老太。清晨屋后的菜地，午后山上的庄稼地里，莫老太夜晚宁静的房子中，孤单的节日饭桌前，几乎都有好朋友的相伴。她们会聊一些关于庄稼和四季轮换的话题，谈论山上雨后的新鲜蘑菇，谈论偶尔出没的糟蹋庄稼的野猪以及村庄里刚出生的婴儿，却从来不聊莫老太所从事的净脸人职业。她们心照不宣地回避这件事情。而多半时候两个人沉默不语，让时间的脚步从身上悄悄流逝，从一个清晨到另一个清晨。莫老太了解年轻时的如霜，她的内心像清晨的露水一样清澈，她了解好朋友的任何想法和秘密，在她成为净脸人后的如霜，则让她感到迷惑不解，露水失去了它的晶莹剔透，仿佛落入灰尘中，带着看不清的污浊。如霜的目光深沉地盯着她，目光之后有一片她看不清的迷雾，她始终无法穿透那层迷雾。几十年来莫老太从未试图去理解或询问，因为她相信好朋友内心的任何想法都不会对她产生一丝伤害。没有人能向另一个人做到毫无保留的爱，她理解。

四年前，如霜逝世于一场疾病。此前，如霜日渐消瘦，饮食一天比一天少，到生命最后时刻，已经滴水不进好几天。如霜视如女儿般的侄媳妇绿玉日夜悉心照料，在夜晚偷偷跑去请莫老太，希望能劝一劝枯槁而固执的老姑姑，喝下一口汤药。莫老太只是坐在床边，紧紧握住相伴一生的好朋友那只已经失去生命光泽的手。她感觉到如霜的内心有一种绝望，这种绝望绝不是对死亡的恐惧，她被这种绝望折磨着。

"你想要什么？"莫老太记得自己这样问她。

然而病人的头在枕头上轻摇，虚弱而专注的目光落在莫老太的脸上，似乎在辨别什么。

"不要独自承受内心的煎熬，我不允许你这样，你应该相信我，我会帮助你。"莫老太注视着老友。病中的枯槁容颜和白发让莫老太感到岁月的力量。

如霜的眼角渗出泪水，她轻微地说："我要请求你原谅，霞光，今后让宽恕指引你的内心去做每一件事情！"

如霜最后在她的怀里走了，拒绝在还有一口气时让莫老太为她净脸："我不配得到这样的礼仪。"直到落了气，莫老太才开始进行净脸。

"霞光，让宽容指引你的内心！"

如霜年轻时候的脸在面前一闪，莫老太惊醒过来。她靠在门框上睡过去了。午后的阳光已经偏西，斜斜地落在她脚下的地板上。菜地之外的杂草地，那些老人已经走了，草地空空的，好像他们不曾在那里待过。

三

一老一少在屋里争执，院门外，站着一个宽肩膀的中年人，眉头紧锁，哀伤的阴影笼罩在他的脸上。

"带我去，太婆！就像当年那个带您去的人一样，请带我去！"金竹那双黑白分明的眼睛里流出恳切的目光。她太年轻了，一身朴素的麻布素衣也无法遮掩从她身上流露出来的青春气息。那把黑发编织成麻花辫，绑辫子的也是蓝靛染过的黑色细麻绳子。她脸色素净，一些细微的淡褐色小雀斑像遥远夜空的星星般点缀在她的额骨上。她绞着两只手，站在莫老太面前。

"这不是一件容易的事情，金竹，我认为你不适合。"莫老太冷静地回答，注视姑娘年轻逼人的脸庞，这张脸上有一些她极为喜爱的东西，比如和善，比如安宁，比如眉间淡淡的哀伤，这些都符合做一位净脸人的基本要求。然而内心有一股强大的力量阻止她做出这样的决定。

"太婆，我明白我想做的是一件什么样的事情，我已经想清楚了，请您相信我！我觉得这是我人生唯一一条出路，请您不要亲手掐断它。"金竹几欲哭泣。

莫老太仍然无动于衷。从年轻时候起，人们就开始叫她太婆，有很长一段时间，她在心里极度抗拒这个称呼。她在深夜里双手抚摸自己年轻的躯体，充满哀伤。当初，她又何尝不像眼前年轻的金竹一样，迫切地希望走上这条孤独之路，企图净脸人无欲无望的平静生活能抚平命运赐予的灾难。然而事实并非如此，几十年来她严格遵守规诫，成为一位受人尊敬的净脸人，但她明白自己内心深处依然有无法平静的波澜……她望向门外，天空阴沉，布满铅灰色的乌云低垂在山巅之上，老天在酝酿一场深秋的雨水，但它不会那么快就降临。她不喜欢在这种天气出门，但任何天气都无法阻止一个生命即将离去的脚步，院门外的中年男人一直朝她们望。

"你并没有真正明白你要做的是什么事情，没有真正明白这件事对你意味着什么。"莫老太严厉地说。

金竹过来挽住她的手臂祈求："您为什么不试着相信我？就像当初您相信自己一样。"

当初！一阵剧痛汹涌至胸口，莫老太猛地闭上双眼，像被人劈面挥了一耳光。但这种突然而至的失态仅是一瞬间，她轻轻摇摇头，睁开眼睛，说："这条路晦涩漫长，你走不了。"

"不，太婆，我相信我行。"姑娘的倔强如同她当年一样。

这次要去的是糯弯村，一个以种八角闻名的村子。这片地方山水连绵，然而方寸之间，土质气候也有天壤之别，八角在糯弯村几乎泛滥成灾，而和糯弯村仅一个山头之隔的村子，八角就无法存活，屡种屡死。在远离水源丰饶的莫纳镇的其他山头上，杧果连片成荫，结出来的果实大如菠萝，而在莫纳镇河边的村庄，在滋润的土地上，每年开春，杧果枝头繁花似锦，结出来的杧果却只有鸡蛋般大小。没人能解释土地的秘密。土地也像人一样，有不同的品性，人们要在土地上播种和收获粮食，只能顺应它的品性。

糯弯村。莫老太在心里哀叹，假如人的命运没有那么多不测，她应该在这个村子里生儿育女，死后将会被埋进夫家坟冢地里，每年三月初三，受到来自儿孙的三炷香火祭拜。而如今，她活着是孤独的，死后也将是孤独的，她连做了一辈子老姑娘的如霜都不如，在祭拜日，如霜的坟前尚有一炷老姑娘香，而埋葬她尸身的黄土前，将会比生前的家门更加清寂。

后悔？似乎又不是，但她明白自己无法与她敬重的老妇人相提并论，老妇人内心的宁静和坚毅是她无法比拟的。这么多年来，从未见老妇人为过往有过一声哀叹，她的双眼始终是干燥澄明的。

糯弯村原来也有一位净脸人，是个哑巴，据说是六岁时的一场高烧夺走了她的声音。她从未婚嫁，在老一辈净脸人的指引下，她成为一名净脸人。但在她四十六岁时，得了一个偏方，嗓子重新发出清亮的声音。哑巴不复是哑巴，净脸人的身份也被她扔掉了。她开戒杀生食肉，焚香拜祭祖宗，祈求能像个普通女人那样建立家庭生儿育女。然而过往的身份像烙印一样铭刻在她身上，人们忌讳这样的过往，她的愿望不仅没实现，反遭乡邻的唾弃和鄙夷。哑巴净脸人最后用一根麻绳结束了自己的性命。

莫老太依然记得一个名字:李双华。四十多年了,这个名字未曾忘记,变成一道隐匿在她心底的伤疤。她曾经认为这个名字会锁住她一生一世,会给她一生一世的安稳。自古以来在这片山里,于女人而言,出生是第一次生命,出嫁是第二次生命,若一定要论及女人的出路,那么第二次生命无疑就是山里女人的出路。莫老太遵循习俗,初潮时在父母和媒人的安排下与糯弯村的李双华定下婚约。她在定亲之日给前来提亲的李双华倒了一碗茶。青年人穿着蓝靛染的挺括麻布衣裤,鞋底纳得很厚,鞋帮沾染了一路来的泥土,但干净的地方白崭崭的,显然是刚做的新鞋。李双华细高个子,肩膀很宽,五官倒也没什么出众。莫老太印象最深的是他的双唇,他说着话,嘴角就朝上弯,是个说话带笑的人。然而两年之后,也就是这张嘴,说他们不合适,并退回了她的生辰八字帖子。怎敢和金竹提当初,她永远不会知道在那个风俗严谨的年代,一个女人被男方退回生辰八字帖子意味着什么。

此前她从未去过糯弯村,只知道是一个以种植八角为生的村庄,这个村庄和越南北部山水相连,其边境线处是一片阔大的深山老林,遍布古木奇树和体形庞大的野兽。在莫纳镇集市上,时不时会遇到售卖的羽毛鲜亮的野鸡和毛发坚硬如针的带皮野猪肉,这些多半来自糯弯村的村民。深山里的这些村庄,老一辈的净脸人日渐年迈,又没为村庄培养出新一辈的净脸人,这个从开天辟地就流传下来的古老传统面临着后继无人,莫老太的家门便渐渐多了异村人的身影。

天越来越阴沉,湿冷的空气从山路两边的庄稼地里蔓延出来,初冬很快就要来到了,漫山遍野的庄稼加速往成熟里成长。这场雨水过后,山里将迎来今年最后的收成。

有山风吹来。

"要走的是你什么人?"莫老太终于开口。中年人在前头领路,步子跨得很大,很快便和莫老太拉开一段距离。闻言,停下来,等莫老太和金竹。

"是家弟,还没成家。"中年人低声说,"在山上遭遇了野物。"

"野物?"金竹惊叫起来。

"野猪。"中年人回答。

"人已经过了?"莫老太闻言放慢脚步。

"是的,今早从山上抬下来了。他夜里进山采野,踩了捕鼠器,又遭遇野物,一夜未归,我们今早才进山找到的。"

莫老太转身看金竹一眼,三个人继续赶路。靠山吃山,山有时候也会吃人。风低低地吹着。

糯弯村很大,四周遍布八角树,在深秋里依然一片繁茂,在茂密的八角林中间露出简易的草房子屋顶,那是炼油房。

八角油可以制成香水和精油,这是莫老太对糯弯村最初的了解。像一个梦,她无法肯定这个梦是否已经从心底彻底消失了。

是姓康的人家,屋门口的白蚊帐已经挂起来了,挡住行人通往屋内的目光。院子里人来人往,男人们在砌火灶和刨棺木,女人们忙着淘米和洗菜,从各家借来的饭桌靠在屋墙上,三个竹篾筐里装满了碗筷。丧事已经开始忙碌起来了。在屋檐的另一侧,几个上了年纪的妇人围坐在一个戴黑白格子棉布头巾的老妇人身边,只是守着,没有交谈。老妇人垂着头,脸上表情呆滞,似乎还没明白发生了什么事情。

中年人领着莫老太和金竹穿过院子,忙碌的人们停下手里的活儿。看见莫老太他们,垂头坐着的老妇人猛地站起来,步履踉跄地朝莫老太奔过来,举着两只空空的手。

"大姐……"老妇人呜咽起来,仿佛悲伤这时才忽然降临了。

"收起你的眼泪,还没到流眼泪的时候。"莫老太直截了当地说,她知道此时任何语言都无法抚慰失去亲人的痛苦。老妇人点点头,泪水和悲伤溢满她的双眼。

"里头,是我最小的儿子。他在攒定亲的钱……我们当父母的无能,让孩子丢了性命,我们是罪人啊……"她扯下头巾,把呜咽埋进头巾里。

中年人来到屋门口,帮莫老太撩起白蚊帐。

亡者躺在正对屋门的地板上,双脚对着门口,身子下垫了竹席,身上盖一条棕色的毛毯,一直拉到他的下巴处。那是一张年轻的面孔,死亡也没能抹掉他脸上年轻的光芒。此刻,这张脸因为失血过多而显得青白,像蜡一样泛出冷冷的凝光。他的脸和头部还好,没有什么损伤,下嘴唇有些肿胀。在亡者的头部旁边摆着一盆清水,碧绿的柚子叶和一把陈旧的剪刀浸泡其中。灵碗也准备好了,一碗大米摆在一只矮凳子上,凳子挨近亡者的头部,三炷香火平放在米碗上,只有开始净脸才能点燃。几位年轻的男性围坐在亡者两边。亡者太年轻了。按照习俗,他只配得到比他更年轻的小辈给他守丧,长辈们只能给他点一炷香火,而不能守护在遗体旁。年轻的死亡是寂寞的。

莫老太在亡者左边的席子上跪坐下来,右手伸进毯子里摸索亡者的左手。一只沾满泥巴和污血的手被她从毯子下握出来,手掌呈半握拳状。金竹轻声尖叫一声,莫老太迅速回头严厉瞪她一眼。她合住双掌,握住那只已经开始僵硬的冰冷的手,垂下头,凝视亡者的苍白的面孔,念诵起净脸词:

容我剪去你凡间的执念,容我洗掉你俗世的罪过

还你初生的洁净,去往明净的新世

前方的路既幽暗又明朗,你要朝有光的地方去

那边的世界有风雨又有彩虹,你要朝七彩的凤凰去

火不是火,火是光亮

雨不是雨,雨是甘露

你不要怕,你是洁净的

诵读完毕,莫老太放下那只手,示意把净脸的水端过来,并点燃香火,把三炷香火插到灵碗里。毛毯被揭开了,一股冷腥味弥漫而来。亡者胸口以下一片模糊,深褐色的衣服浸透了鲜血,凝结成暗黑色,裤带也断掉了,变成两截耷拉在腰间,右边腿的裤子在膝盖处撕破一条长口子,里面的腿血肉模糊。双脚上的鞋子已脱掉,左脚的前半截脚掌没了,伤口参差不齐,像被一把钝刀勉强来回割拉。

金竹迅速起身,撩开门口的白蚊帐出去了。

"你们来,帮忙把他的衣服脱去,干净衣服准备好了吗?"

"准备好了。"几个年轻人表示,并挪过来帮忙脱掉衣服。衣物褪去,除了头部,是一具破损不堪的躯体,整片腹部,被野猪的獠牙顶得一塌糊涂,一些肠子暴露在皮开肉绽的肚皮上,这是致命所在,暗红色的血已经凝固了。几个年轻人看着亲人破损的身体,沉默不语。

"毛巾!"莫老太朝他们伸手,一个年轻人把浸了柚子叶水的毛巾拧干递给她。一切如常,从头开始。但生命不能从头再来了。

换了六盆水。莫老太吩咐他们到屋后挖个深坑,一定要深挖,把暗红色的污水倒进去,覆盖上泥土。屋里人默默忙碌着,屋外的人声也压低了,大家都知道屋里正在给亡者净脸,这是亡者的肉身和灵魂得到彻底洁净的礼仪,没有人会在这样的时刻喧哗。净脸结束后,莫老太又吩咐人拿来针线,她要给亡者缝合破损不堪的肚皮。一个年轻人出去了,不一会儿院子里传来号啕大哭声,只是突兀的几声,然后声音像是被蒙住了。出去的年轻人拿来针线,一根缝衣针和两个线团,是黑色和红色。莫老太示意年轻人穿红色的线。其实也没法做更好的缝合,只是把皮肉翻卷的地方粘连起来缝平了,把露在肚皮外的肠子重新塞回肚子里。窟窿眼大的地方,莫老太吩咐人拿来亡者一件干净的衣裳,剪了一块如伤口大小的地方,填补住窟窿眼,布的边沿和皮肉缝合在一起。膝盖处也有一条皮开肉绽的长口子,莫老太在昏暗的光线里耐心地穿针引线。在她的记忆中,再也没有哪一位亡者比这位年轻人让她花费如此巨大的心神。她敬畏年轻的亡灵,尽可能细心地为他们做好在人间的最后仪式。漫长的净脸过程终

于结束，亡者换上干净衣裳，残缺的脚掌套上厚实的棉袜，体面地躺在竹席上，这时候才能给他盖住过头的长白布。莫老太摇摇晃晃站起来，眼前一片墨一样的黑，跌坐回地上的席子，一只手撑在亡者白布下僵硬的手掌上。几个年轻人急忙挪过来扶住她。莫老太摆摆手，眼前的黑暗渐渐消散后，她把手伸进白布之下，再一次双手握住亡者冰凉的手，默念净脸词。

从白蚁帐内出来时，已经是午后时分，天空变得亮白不少，雨似乎不会再来了。院子里简单砌起来的火灶里炉火熊熊，几口大锅炖着大块猪肉，几只已经宰杀好的羊摊在一张羊毛毡上。莫老太慢慢抚摸两只手，她的手腕处隐隐生疼，两腿虚软得像踩在棉花上。净脸的时间太久了，几乎耗尽她全部精力，从未有过的疲惫盘旋在她衰老的体内。金竹一直在门口等着，见她出来，上前扶住。莫老太朝她点点头，全部的肉身倚靠在她身上。莫老太被引到院子另一边的一张桌子旁，上面搁一盆柚子水和半碗清亮的生茶油。她站在桌边洗手，两条腿软得几乎站不稳。往手上抹生茶油时，丧子的母亲走过来了。

"大姐，谢谢你为孩子做的一切，好心会有好报的。"老妇人的感激和哭泣声交织在一起。

"这是我的职责，你不必感谢我。"莫老太疲惫地说。

"孩子还太年轻，真是罪过。"

"这是他命里带有的劫数，你不必过于悲伤，他只是去了他该去的地方。"莫老太机械地说，类似的话她这一生说过无数次。

老妇人默默饮泣。中年人走过来，双手递给莫老太净脸礼包。

"太婆，请收下！"他说。

"你弟弟会走得好的。"莫老太接过礼包，慈悲地说。

依照礼俗，她们没吃饭。走出康家院门时，悲恸的哭声从背后传来，净身后，亡者的灵魂正式离去了。

山路上，两个人走得很缓慢，无语。金竹的脚步轻盈，细碎的响声从莫老太身后轻微传来。四十多年前，她也这样跟在老妇人身后。老妇人第一次带她去净脸，是为一个从山崖上摔下来亡故的孩子，只有十二岁。孩子其实已经走了两天，但他的母亲认为他还会醒过来，抱在怀里迟迟不肯放手，直到孩子渐渐变得冰冷。孩子亡故于内伤，除了脸上的擦伤，肉眼看不到任何伤口。触摸他小小的胸腔，可以感知到他断了好几根肋骨。老妇人褪去他的衣物，抬起他的头为他擦拭时，暗红色的血从他的七窍流出来……莫老太为他擦干净，她沉静的神色赢得了老妇人赞许的目光。在那些微醺的沉寂夜晚，孩子的面孔也会出现在莫老太眼前，是净脸后的脸，洁净，一双细小的眼睛，脸上的表情腼腆羞涩，真实得让她以为只要叫一声他的名字，他便会点头答应，过来坐在她的膝盖边上。

"他们的灵魂已经远走了,只剩下一个肉身,没有必要对一具躯壳产生过多悲悯。"老妇人常常这么说。

然而莫老太不这么认为,净过脸后那些洁净的面孔,即便只是一张沉默不语的面孔,也是她暗夜里的亲人。

"太婆,我一定让您很失望。"金竹在身后沮丧地说。

莫老太默默地走了一会儿,温和地说:"这不怪你。"

身后传来压抑的饮泣声。金竹太年轻了,比当年莫老太刚开始走上这条路时还年轻。这个性格沉静的女孩子不知前世犯了什么罪孽,天生没有子宫。若是在几十年前,在这片古老的山里,一个女人失去了传宗接代的能力,她就没有第二次人生了,娘家人不可能给予她永远的庇护,她的前路是黑暗的。然而如今早已不是当年,年轻人的命运不再局限于山里,女人的人生价值也不再局限于生儿育女。金竹只是缺乏一点往山外的世界张望的勇气,她需要一点时间和机会,时间会把正确的选择带到她面前的。

山风徐徐吹来,午后的天空变得明亮许多,似乎酝酿已久的雨水也随风而散了。

四

雨水没有来。几天阴云之后,阳光重新照耀在山里,山上庄稼地里的果实已经成熟待收。这场收获将会持续半个月左右,果实颗粒归仓后,初冬的第一场霜冻将会如约降临。

山上是黄澄澄的,野草多半已枯黄,玉米棒子干在玉米秆上,黄豆和花生也熟了。村里的巡山人像警惕的猎犬整日在山上转悠,防止有人在山上烧山,引发火灾烧毁粮食。巡山人是村里的治保员,在粮食成熟的日子,整天黑着脸训斥村里的娃娃,搜索他们的口袋看是否有打火机,让他们离地里的粮食远一点,并警告他们没事别上山乱转悠。他把手里的竹条子甩得嗖嗖响,等到开山节,巡山人终于松了口气。

开山节是一个节气,意味着可以上山收山上的粮食了。这天家家户户要蒸糯米糕拜祭土地庙,感恩土地神带来今年的粮食。这是妇女们的事情,男人们要检查家里收割粮食的家伙,盛放粮食的竹篓很可能被老鼠咬破了,要重新修补,砍玉米的锄头也许得磨一磨,缸瓮也要搬出来晒掉湿气。

村里弥漫着过节的气氛。

莫老太不需要拜祭土地神,人间任何与香火有关的行为都和她无关,但她还是天不亮就起来，把前一晚泡好的糯玉米提到厨房的磨盘边，一丝不苟地磨起来。有家底的人家会用糯大米来蒸，而多半人家则依照古老的习俗，蒸糯玉米糕。莫老太觉得这两种米在口味上其实并无多大区别，只不过拿糯大米糕到土地庙去祭拜时能长主人家的面子。

磨盘有些年头了，归置在厨房边的偏房里，这里放置莫老太的劳作工具，两把手柄长短不一的锄头，几把手柄磨得光亮的镰刀和柴刀，几只叠放在一起的陈旧竹篾背篓。在微亮的光线中，那几只叠放的竹篾背篓活像一个沉默的人影，莫老太微微地心惊肉跳。上了年纪后，特别是近几年，猛一眨眼，看什么都像人影，能把人吓一跳。她把暗处的磨盘搬到厨房，清洗干净。这东西一年到头没用上两回，蒙满尘垢。晨曦慢慢从厨房的屋檐下透进来，村庄深处开始传来各种响声。厨房门板响起抓挠的声音，莫老太心里暖了一下。天没亮透，她没把大门打开，老伙伴转到厨房后来挠门了。拉开门闩，黄狗窜进来，两条前腿跃跃欲试要搭到老朋友的身上，莫老太拍拍它的脑袋，狗婉转哼了一声，算是打招呼。

猛地传来一阵响炮，脆生生地炸响在静谧的清晨里，莫老太手一抖，手里的饭勺落到地上，她的伙伴曲折地鸣了一声，腰身一塌，缩进饭桌下。响炮很短，没几声便灭了。莫老太马上想到顺义那老东西。无端端的，只有丧炮才这么响。她的胸口剧烈起伏起来，绿玉是不可能让她的公公不净脸就落气的，除非那是他本人的意思。当她的目光落在清洗干净的磨盘上时，她很快便否定了自己的想法：今天是开山节，晨起是要在土地庙前燃炮的，告知土地神，今天是村民拜祭的日子。莫老太松了口气，跌坐在凳子上。

当晨曦的明亮光线透进厨房时，莫老太才从沉思中醒过来。一些沉寂但从未忘记过的往事也被那阵短促的响炮点醒了，恍恍惚惚间，她又被往事拽了进去。她拍拍膝盖，狗从饭桌下钻出来，惊魂未定。今天的早饭她不打算吃了，磨好糯米粉，蒸上，午饭和早饭一起吃。这么多年来，大大小小的节日，她多半一个人静悄悄地过，村里人也习惯这位老人的孤独生活，觉得那是她该过的日子。然而节日的喜庆气氛总是不浓不淡地搅扰她，她始终无法做到像老妇人那样把凡俗烟火戒得一干二净。

"爸，推磨盘。"

"妈，灌玉米。"

"妹，筛玉米浆了。"

她手里忙着活儿，默念家里每个人，在她的默念中，像是一家人还在一起。

莫老太的开山节糯米糕蒸得很少，两竹筒，三斤不到。磨完后，清晨已经来临，明亮的光线透进厨房里。她转身回堂屋，把家门打开。每天都一样，打开门那一刻,祈愿今天家门口不会出现陌生人的身影。

在大门口转身,莫老太的目光落在空空的厅堂屋墙上。本来,那里应该靠屋墙放一张高脚桌,上面摆上香炉和两盏油灯,而在高脚桌上方的屋墙上,应该贴有类似"祖德如山重,宗恩似海深"的对联,高脚桌上的摆设和屋墙上的对联,成为象征一个家的根脉的祠堂。然而多年来,这面屋墙空空如也。早些年父母还活着时,祠堂还在,给祖先烧香供奉食物,屋墙上留下烟熏火燎的痕迹。父母过世后,莫老太"请走"了祠堂,这面屋墙就再没沾染过烟火气息。每年三月初三,莫老太和村人一起上山拜祭父母和老一辈先人坟茔时,也只是把坟头的杂草清理干净,给塌陷的坟身重新培土,别说拜祭的食品,连香烛纸钱都无法供奉。当然,父母的坟头不会真的连一根檀香都没有,周边的邻人总会好意点上三炷香,过来插在父母的坟头,拜祭的食品也会盘过来一些。莫老太体面地为乡邻们送走亲人,却无法为自己逝去的亲人做任何体面的事。今天,本该也在祠堂上给祖先点上三炷香,供奉一碗蒸糯米糕和一两样荤菜的,然而她什么也不能做。她带着不易被觉察而又无法克制的哀伤回到厨房,在越来越明亮的晨曦里开始烧火蒸糯米糕。

临近午后,阳光终于照耀到菜园子里了,菜地之外的莫纳河面亮闪闪的,有风,微风,带着山上粮食成熟的清香气息,这气息使山里人沉醉。那些已经上不了山的老东西,蹲在幽暗的墙角贪婪地闻着这气息,他们闻到了年轻时候的汗水味。

糯米糕蒸得不算成功,糯米浆滤水不够,蒸出来的糕软绵绵的,黏手,水分很大。在做节日食品上,她一向不行。如霜恰恰相反,她对于节日有一种天生的热情,粗陋的食材也能弄出体面的菜肴。她喜欢为莫老太做各种食物,她在她的厨房里穿梭,用新鲜玉米粉加酵母蒸类似馒头的玉米疙瘩,把红薯切片,蘸上蛋黄下到热油锅里炸成红薯酥。莫老太常常幻想如霜有一群孩子,他们被能干的妈妈制作的各种美味食物抚养得健壮无比。毫无疑问,如霜将会成为一名出色的家庭主妇,但她把金子般的葱茏年华献给了友谊,陪伴莫老太。莫老太也曾对她的友谊心怀疑虑,毕竟,婚嫁的神圣光辉也曾无数次在莫老太的梦中闪耀,她知道婚姻对于一个女人的诱惑。如霜对友谊的坚守让莫老太心怀不安,老妇人警告她:世事有因,不要妄自施舍你珍贵的怜悯之心。她觉得老妇人心肠太硬,但过后生活总是用各种各样的事情给予她教训,证明老妇人的断言是正确的。

吃过半碗蒸糯米糕,莫老太开始收拾秋收的工具,最主要是装粮食的缸瓮,要搬出来,把缸瓮底部的残渣清理干净,晾晒干透,不然缸瓮会返潮。早年她和村里庄户一样用竹篾围子装粮食。竹篾围子不那么牢靠,会遭老鼠咬,但透气,粮食不会返潮。村人们养猫灭鼠。莫老太不能养家禽牲畜,在围子下放了捕鼠器。捕鼠器一向是顺义做的,他还会编竹器。在山上弄到几根半枯的藤条,揉揉搓搓,半天就能编出一个镂空枕头,还绞着好看的花纹。他这门无师自通的手艺在晚年帮他挽回了年轻时糟蹋掉的名声,邻居们只要把竹条子送到他家里,嘱咐编织个箩筐簸箕,两天就给你弄好了,还给你送上门。莫老太成为净脸人后,屋里一些需要男人才能做的活儿,如霜总是命令他来做。人诚惶诚恐地来,做好后飞快地回去,生怕被吃了似的。莫老太一度认为这个天不怕地不怕的男人畏惧她那双看过太多垂死生命的眼睛和抚慰过无数逝世灵魂的手。她还是个露水般洁净的姑娘时,他可不是这样的,什么玩笑都能开,嬉皮笑脸说要让爹妈请媒人上门提亲,娶了莫老太给如霜当嫂子。那时候他已经有了些偷鸡摸狗的行径,名声不好,如霜不干不净骂他一脸。这两兄妹,在莫老太的生命中太特殊了。如霜和她曾在山上幽静之处羞涩地讨论过婚嫁的嫁妆,并偷偷学会刺绣,开始设计枕头套、被套、门帘的图案。她们在集市上买了上好的彩色丝线,并约定出嫁时一定要穿棕色半高跟人造革皮鞋,而不像别的姑娘穿母亲给做的笨重的绣花布鞋。她们的鞋跟踩在石板路上,声音是清脆的,与众不同的。那些一起讨论的时光多么美好,风和阳光柔和地落在姑娘们身上……风和阳光偷听了她们的秘密,最终把一切都带走了。净脸人的岁月充满挣扎,充满孤独,充满酸楚,充满不能自圆其说的裂痕,没人能知道如霜的友谊对于她的意义,每当恐惧袭来,厌倦袭来,至暗袭来,如霜的友谊便像一抹温润的光亮,给她带来无可取代的暖意。老妇人说净脸人不需要友谊,孤独就是她的命运。但她珍视并需要如霜的友谊,她为此充满感恩,直到如霜把生命留在某一个冬天里。

莫老太把一个圆鼓鼓的瓮蹾在厨房外的屋檐下,阳光亮得让人眼花,但不是很温暖。季节越往深处走,阳光越变得凉薄。冬天,是万物萧条,也是生命最容易离世的季节,很多年老力衰的人最终把生命留在寒冷的冬天里,也有很多人选择在这个季节缔结姻缘,把希望带进并不遥远的春天里。死亡与希望,一步之遥,很多人却跨越不过去,最终天壤之别。瓮子大概坐在一颗石头上了,她一放手,它便倒了下来,滚到低处的菜埂。她愣了一下,有些生气。往事总是轻易让她陷进去,她始终无法像老妇人那样,把所有的精气神花在迎面而来的每一天。把瓮子从菜埂里搬上来立好,里面长了一层薄薄的白灰尘。必须把这层白灰抹干净并晒透,最容易起潮的就是这层白灰尘了。回到屋里拿了干麻布出来,阳光正好缓缓照进厨房的门,菜地之外的杂草地空荡荡的,那帮混天等死的老家伙今天一个没来,都在家里磨着门牙吃节日的糕点。

她搬出三个缸瓮,擦干净后晾着,阳光变得暖和了些,白花花的,人晒着,倦意便爬上眼皮。她站在厨房后门,朝厅堂望,从大门那儿透进来的光线照得堂屋亮堂堂的,门口那儿立着一只公鸡,在光亮处羽毛光滑鲜艳。

静悄悄的。这沉静让倦意更浓烈了。搬一个板凳出来,靠在厨房门板上,却不敢闭眼睡去。人老了,睡意少,中午一觉,把夜晚的觉也给睡走了,就得睁眼到天亮。远远的,一声爆响由村庄深处传来,莫老太知道是从村里的庙宇传来。庙宇在村西头,一座用石头砌的矮巴巴的房子,里面窄小,只能放得下一张供桌。莫老太记得那里的一切。在成为净脸人之前,每年大年初一和开山节,她和母亲、妹妹抬着供奉的食物前往那里拜祭,供奉的食物不多,甚至有些简陋,她们从不觉得丢人,供奉的诚意是在心里。那是多少年前的事情了,遥远得就像逝去的前世,她记得每个祭拜的礼节,石头槽里插满点燃的廉价檀香,弥漫的浓烈香火味,以及那些散发朴素香气的食物,如今这些于她已是物是人非……

明亮的阳光忽然黑下来,风也停了。影影绰绰,有一些模糊的影子在莫老太眼前晃动,慢慢清晰起来,还是那些洁净的人脸,不断出现又不断消失,像一个个回放的记忆,莫老太来不及凝视他们。忽然又出现那片莫老太和如霜当姑娘时常常上去挖竹笋的山坡。那片山坡在村庄背面,长满竹子,遍地是裸露的嶙峋石头,能开荒的平地极少,被村民遗弃了。但它并不一无是处,这片不受待见的山坡春天会长出珍珠般洁白圆润的蘑菇和美味的嫩笋尖,闲来无事的年轻人会翻越山头到这片山坡采摘新鲜野味。

山坡清晰出现了,阳光明亮,浓密成荫的竹子、贴着地皮长的洁白蘑菇和破土而出的笋尖,是熟悉的风景,一晃而过,天又突然黑下来,风景不见了。如霜的脸悬在她在眼前,静静瞧着莫老太。她并不常常出现,她们生前形影不离,她离世后她们变得生疏了,像两人之间有无法弥合的隔阂。

“霞光,”她注视她,“让宽恕指引你的心灵!”她愁眉苦脸地说。莫老太沉默不语,一阵风吹来,如霜一晃不见了。莫老太眼帘渐渐明亮起来,是打盹时做的梦。她睁开眼睛,碧绿的菜地铺展在阳光下,菜地之外,一个裹黑棉衣拄拐杖的老人立在那里,两条棉裤裹住的腿弯弯曲曲的,像随时要朝前屈膝跪倒。人影凝固了似的。

阳光亮得刺眼,那人影黑乎乎的,她瞧不清楚是谁。

沉闷的咳嗽声传来,人影晃了晃,送过来他的招呼。

“霞光!”

莫老太猛地站起来,胸口像挨了闷锤,钝钝地疼。她在厨房门口站立片刻,走下菜地田埂,朝黑影走去。

“今天是开山节。”人影说。

“我知道,我从没忘记,”莫老太隔着一小片韭菜目光锐利地注视着人影说,"我记得每一件事情。"

他的脸色黑黄,像蒙着一层干燥的灰尘,土黄色毛线帽檐压在低低的额头上,那双眼睛看人时,目光永远是散着的,你无法捕捉到他的目光落在你身上什么地方,他有一个和如霜一样的方下巴,如今那里的肉松松垮垮的。莫老太见过太多逝者,她知道死亡的阴影是怎样的,它像一层仁慈的忧伤笼罩在即逝者脸上的某个地方,比如忽然暗下来的额头,比如无色的双唇,比如突然潮红的颧骨,比如你颤抖的手指,以及你突然明朗起来的笑容和明显好转的精气神。死神是善于迷惑人的,但它狡猾的影子逃不过莫老太的双眼。

她的目光落在他的脸上,她看见在他的眼睛里盘旋着它的影子。

"你在我的脸上寻找什么?死神?"老家伙看起来混混沌沌,其实不糊涂。

"绿玉说你病了。"莫老太沉着地说。

"那是,孩子们巴不得我早点归西,但你看,我还是能从床上爬起来的,我又让他们失望了。"

"你这样说对绿玉不公平,她是你们家最有良心的人。"

老头的目光骤然聚起来,探究似的注视莫老太,"不知道怎么回事,如霜走了以后,我好像不是她哥了,你走过家门前,连脸都没侧一下,你以前可不是这样的。"他气喘吁吁地嘟哝,蹒跚转身,在那片杂草地上小心坐下来。

"我身上带有晦气,每户人家的门槛都不欢迎我。"莫老太在韭菜前蹲下来,她无法撇下他转身走掉。有一些美好的东西在她的脑海里浮现,它们和那至暗的一刻一样深深印在她的生命里。那是关于童年的、少年的,以及多半的青春时光,她和如霜,以及他的事情。她为那些逝去的时光蹲下她的身子。

"我从来没这么认为。不过,霞光,我并不相信你那一套,等我死了,我不会麻烦你。死了就死了,那把柚子叶和剪刀能给我带来什么?我是不相信的。"老家伙毫不客气地说,脸上不屑的神情使人想起年轻时候他那些行径。

"我不勉强你,我从不主动上门,那时我不会出现在你的床前的,"莫老太说,她分明看到他眼里的惊慌一闪而过,"除非你来请我。"

老头脱口而出:"我请你,你就会来吗?"

莫老太拨弄韭菜秧子,她的手在韭菜丛里颤抖了一下:"我从来不拒绝每个有求于我的灵魂,即便是有罪的灵魂。"她平静地说。

老头似乎在思索什么,久久不说话,然后挣扎着从草地站起来,招呼也不打,颤颤巍巍地走掉了。莫老太还蹲在原地,她双眼干涩生疼,明亮的阳光成为一把灼灼燃烧的烈火。她已经很久没流泪了,四十几年来,那么多漫长的黑夜啊,像一块巨大的海绵,早就吸干了她的泪水。她揉了揉涩痛的双眼,注视那个远去的黑色背影。

忙碌的秋收正式开始了,今年和往年一样,没有诱人的丰收,但也没有哪一棵庄稼辜负人们的汗水,竭尽全力奉献上自己的果实。村人们在山上忙碌,不断从山上背下金黄的玉米棒子、花生、黄豆、芋头。坎下的玉米秆堆满山地田埂。晒干透后,一把火烧掉,早春的雨水会让这些灰烬渗透进土地里,成为最好的肥料。

莫老太还剩两缸半玉米,赤小豆小半袋。她所剩的粮食一年比一年多了,也许明年可以再少种一点地。去年她给妹妹的儿子背去五十斤玉米,大半袋花生。今年她没种花生。她把玉米和赤小豆整出来,打算叫绿玉拿去喂牲口。今年夏季,绿玉整整忙活了两天,帮她除玉米地的草,她应该有所回报。第一天秋收,莫老太照例等阳光照耀到山梁后才出去。她的地离家不远,是她所有的山地中最平展的两块。其余的山地,她全给乡邻们种了。一路上山,从玉米地深处传出掰断玉米棒子脆生生的声音,人们隐在玉米丛里。她静悄悄朝自己的玉米地走去。爬上家里的地埂时,附近地块的村人还是发现了她。一声呼喊,邻近的玉米地里纷纷走出人来,七八个人,钻进莫老太的玉米地里。她无法拒绝村人的好意,也不应该拒绝。在村人的玉米地里,那些隆出地面的坟墓,里面安息的人多半是在她那双充满善意的手里干干净净离去的。她连地都不用下,不断有过路的村人钻进地里,半天不到,两块玉米地全收完了,玉米秆也全部砍掉晒在地里。十多个人背着剥好的玉米棒子,浩浩荡荡从山上一路下来。她的秋收只有短短的一天不到。莫老太上了五十岁后,地里的活儿没有哪一件是她一个人完成的。这是这片山的善意,但也并不是说它没有邪恶。

收获的粮食堆满了天井,看着好像比去年多了几背篓。莫老太在每天阳光晒到菜地后那片杂草地时,搬出竹席子铺展在杂草地上,把玉米棒子背出去在竹席上晾晒。这是生活的一部分,她有条不紊地忙碌着。有很多年,莫老太把心思全放在她净脸人的身份上,日常的一切,吃的、穿的、欢乐的、悲伤的,全都徘徊在她的生命之外。她只看到一场场亡故,一次次分离,她生活的底色是灰色而忧伤的。

秋收渐渐进入尾声,山上累累的果实收仓后,山空起来。人们在家里收拾从山上运回来的粮食,这是一个家最殷实富有的时刻,玉米棒子和各种杂粮堆满房前屋后,余粮成为主妇们炫耀的资本,扬言家里的缸瓮不够用。

莫老太每天中午坐在晒玉米棒子的席子中搓玉米粒,再也没有一个老人来到杂草地上,新收获的粮食让他们暂时忘记等待,忘记死亡。

第一场初冬的霜冻降临时,莫老太在屋后的菜园里迎来了噩耗,老妇人离世了,她自己完成了在人间最后的洗礼,净脸,独自面对和吞咽死亡。莫老太没去参加葬礼,这是不允许的。净脸人的一生见过太多的死亡,却不曾参加过一场葬礼。她什么都不能为她做。

　　夜暗下来了，夜已经开始有刺骨的凉意。没有什么菜，只是一壶暖酒。炉子里的火并不太旺，莫老太灭掉灯火，淡淡的暗红色炉火映出一片微明。渐渐微醺后，她背靠在温暖的、用红泥巴砌起来的高高的火炉上。没有谁来到她的眼前，炉火完全熄灭后，她喝下最后一口酒，直到温暖的炉身完全冷却，她依然等不到那张盼望的脸。她不确定是否能等得到她，毕竟她的双手没给她带去最后的抚慰。

　　她恍恍惚惚站起来，拉开厨房后门，饱含水汽的冷空气扑面而来。没有一丝光亮，黑色的深邃夜空没有星光。

　　"大姐……"莫老太如梦般默念一声，悲伤如同夜的黑暗一样浓稠。

五

　　古老的风从屋顶上刮过，夜越深，刮得越猛烈。那些轻飘飘的物件，在风中弄出各种各样的声响，这些声音让夜变得更深沉，像坠入无底的深渊。总是做梦，妹妹如霜站在他面前沉默不语，那双眼睛充满愁苦，而她还活着的时候，用另外一种方式折磨他：眼泪。他眼睁睁看着她从姑娘变成一个干瘪的老太婆。老年的如霜泪水渐渐少了，眼里却多了怨恨。她不再流泪，拿充满怨恨的目光瞧他，让他没有哪天得以安生。一辈子啊，她就那样拿一辈子谴责他，惩罚他，虽然她一直在照顾他。她死后，他以为可以安生几天了，她却不依不饶，来到他的梦中。他当然明白她的想法：承认罪孽并忏悔。

　　她越来越频繁地出现在他的梦中，爹妈都没那么关照他，二老死了多年，每年三月三他到双亲坟前，烧一箩筐纸钱，拜也拜了，跪也跪了，二老连半张脸都没在他的梦中露过，像不曾有过他这个儿子。他很委屈，父母死时，他用的可是上好的棺木，道场也做了，尽了孝心的。他深信父母如若出现在他的梦中，总该会给他一言半语，他们不会这么眼睁睁地看着自己的儿子活受罪，虽然他罪有应得。可二老偏不露面，消失得干干净净。而他多少有些忌惮的如霜却像追魂鬼一样，死了也不让他安生。

　　辗转着，身上每一根骨头都疼，屋顶上的风跑得像厉鬼。他已经好几天没睡过一个安稳觉了，肚子硬邦邦的，像里头装满了石头。儿媳妇每天给他端来稀烂的粥，他勉强喝两口。屋子里堆满新收下来的粮食，他的鼻子似乎失灵了，再也闻不到谷物的香味。他想念儿子，那个没良心的浪子已经几个月不沾家了，似乎眼里也没他这个爹。这么想，他伤心起来，二老不要他，儿子也不要他了，如霜又那么怨恨他。他又想到老伴，那个右眼底下有颗黑痣的女人，像木头一样沉闷,一辈子也没过一天好日子。年轻时他也像儿子那样,整天四乡八里转悠,心思完全不在山上那几块薄地上。女人是怨恨他的,这一点他心知肚明,她不可能出现在他梦中了,说不定也怨恨被埋进他们老覃家的地里,死了也要成为他们家的鬼。

他成了一个没人要的人。

风似乎小了点,跑过屋顶的脚步轻了不少,一些细小的风钻进瓦缝里,弄出像从遥远的地方传来的哨声,一阵紧一阵缓的。脑子里一宿杂七杂八的念头,终于被夜风吹散了。挪了一下冰凉的腰腿,睡意迷糊而来。他不想睡去,梦中如霜那双眼睛比任何噩梦更让他惧怕和痛恨。他坚持了一会儿,眼皮上像坠着石头,终于沉沉合上了。

又到这面山。

根本没什么上山的路,能插得下脚的地方就是路,他熟悉这个村庄背后的山。山的正面是生生不息的村庄、人、牲口、田地、水,而背面荒凉沉寂,要过午后,阳光才能斜斜照耀下来,坡体缓长,长满浓密的竹子。暮春和整个夏季,雨水过后,从厚厚的竹叶下钻出珍珠般的蘑菇和美味的嫩笋。村人们翻越山头,来到山的背面收获大自然馈赠的美味。那时候的人们不像现在连老鼠都吃,村人们说这座山上有狼,有熊,但从没人在这座密不透风的山上碰见过比野鸡更大的兽。

野鸡他是见过的。他当然也会来这面山,通常是一个人来,不喜欢结伴,腰间绑上柴刀楔子,一个人遁入浓密的竹林里。他喜欢在林子里转悠,慢慢朝山顶往上走。竹林里安静,并不是说没有声音,有清脆的鸟鸣,类似于人踩在厚实的竹叶上发出的沉闷的脚步声,有什么东西从高处坠落到潮湿地面上时噗的声响,这些声音让阔大的竹林显得更幽静了。午后的阳光从浓密的竹叶穿过,嫩嫩地洒落到地上,微风拂来,竹叶沙沙响。待在这面山上,你会忘记另一面山热气腾腾的生活。

他从来没想过山外的世界,他的父辈、祖父辈、未曾谋面的祖先辈,像山里的一块块石头,一辈子待在山里,他将毫无例外延续这种生存状态。命运对他没什么特别厚爱之处,也没特别亏待他。当然,这并不是说他没有任何愿望,他当然有。他比如霜和霞光大六岁,当某天霞光像刚拱出地面的嫩笋般清新地站在他面前时,他发现她长成了他喜欢的样子。

没有任何悬念和机遇改变一切,山里人的情愫朴实而隐晦。他压抑下暗生的情愫,家里为他算过生辰八字,他是个晚婚的人,而她按照风俗已经有了婚约。他只能倾听她的脚步声在他家门前响起,她和妹妹窃窃私语的声音和忽然的掩面一笑。

一些纷乱的画面不断晃过，早春的风、初夏的雨、深秋的橙黄和隆冬的萧索……霞光仰面躺在厚厚的竹叶上，脸上盖一顶斗笠，一只手搭在胸口上，脱下的布鞋摆放在裸露的双脚边，像是睡着了。他感到新奇，在竹丛后朝她扔了块石头，石头闷闷落在她身边的竹叶上，她仍然一动不动。四周静悄悄的，听不到任何声响。他觉得妹妹应该也在竹林里，她们一向形影不离。他在竹丛后静静瞧着躺在竹叶上的霞光，目光落在她两只裸露的脚踝上。它们圆润、结实，呈淡淡的棕色，像蜜一样吸引他。

恶是如何在一念之间产生的？还是它原本一直像血液一样潜伏在生命里？心里像有一头万恶的兽在驱使，他朝睡梦中的人走过去，蹲下，慢慢揭开她脸上的斗笠。她动了一下，他出手了，朝她的头来了一下，她连哼都来不及哼一声，便像重新进入睡眠，悄无声息。

他很狼狈，心中的恐惧和恶念交织在一起，他想就此罢手，什么事情都还未曾发生。但那只万恶的兽驱使他伸出邪恶的手，抚摸她裸露的脚踝，抚摸毫无知觉的脸庞，拈掉落在细腻脖颈上的黑发……

他慌里慌张，像个喝醉的人连滚带爬地下山。那么庞大的一面山坡，那么深阔的一片竹林，那么多可以下山的方向，他却在下山的途中遇见返家拿锄头回来的妹妹，他狂乱的眼神和脸上疯子似的表情让妹妹感到诧异。一切都像是魔鬼安排好的悲剧。

天光一炸，一片白得耀眼的亮光刺破了梦中的惊惶，他带着深重的惊惧从梦中醒来，感觉到下身一片湿冷，哆哆嗦嗦地往身下摸去，摸到一片潮湿。他呜咽起来。老头临死前也是这样，失禁了。半晌，有些不甘心，他扶着床沿慢慢探起半身，靠在床头上。喉咙里费劲地扯着气，喘不上来，像有一团茅草堵在那里。他朝床边慢慢挪，把半身探出床外。像突然脑袋被人挥了一拳，眩晕感猛烈袭来，身子一空，一头栽下床。

离黎明尚早，夜风依然在吹。

夜风从屋顶上吹过的声音，她再熟悉不过了。在她的一生中，黑夜和白天一样，她的睡眠极少，打个盹就可以支撑起一天的精气神。她倾听黑夜里各种声音，几乎从未错过每一场深夜降临的雨水和屋顶上刮过的风，季节交替的脚步声也清晰入耳。她对那场劫难没有任何印象和知觉，很少有关于它的梦。这是命运对她的一点眷顾吗？不得而知。

又一个冬天来临，生命面临寒冬总是格外脆弱。她在夜里小心抚摸自己身上的每块骨头，感知每一寸肌肤温度的细微变化：尽管才六十八岁，但她必须有所准备。净脸人的丧事可以免去很多不必要的俗礼。她们的丧礼没有哭声，没有杀生，没有荤腥，没有香烛纸钱，装殓她们肉身的棺木是素色的，只需要一些给至亲披裹的白色麻布就可以。过了六十一岁后,妹妹帮她准备了一匹自织的白麻布,存放在衣柜的一角。每年夏季,她会拿出来晒在从天井遗漏下来的阳光下,晒掉时光落在上面的味道。这些本该是由后辈准备的,而她必须亲自动手。她镇定自若地为这些身后之事忙碌,像忙碌一件日常琐事。

那匹白布就待在床头衣柜里,她在等待时间,而它在等待她,她们在共同的等待里有一种隐秘的亲近。

她还在等待一场忏悔。

睡意终于在风缓慢下来时来临,寒意渐浓了,她最后拉紧粗厚的棉被,恍恍惚惚要沉入睡眠时,急促的拍门声令人心惊肉跳地响起。莫老太的身体在被子里一阵哆嗦,绷紧了。上了年岁后,她开始担心夜晚的门被拍响。没有比在黑暗无边的夜里奔赴一场死亡之约更令人沮丧的事情了。

"太婆……"隔着厚实的门板和几面墙壁,莫老太听出是绿玉惊慌的声音,马上想到生命垂危的是谁。她在黑暗中使劲闭上双眼,眼睛干涩疼痛,胸口剧烈起伏起来。

"太婆……快开门!"已经是呜咽声了,莫老太亮灯披衣起床。

绿玉披头散发,裹着一身寒气。风沿着门缝涌进屋里,莫老太感到两个膝盖一阵寒凉。

"太婆,我公公快不行了,您赶紧去看看。"屋外的人满脸惊惧,莫老太把她拉进屋里,掩上门。

"人怎么样,还能说话吗?"

"还能说话,一直喘气。"

"是他叫你来的?"她盯着绿玉问道。

"不是……他什么都没说,但我想他肯定希望您来。"绿玉犹豫起来。

"我不能去。"莫老太一口回绝了。

"太婆……"绿玉哭起来。

"他还能说话,但没叫我,我就不能去,这是我们这一行的规矩。"莫老太望着绿玉灯下闪闪发亮的泪水温和地说。

"可是,他看起来很不好。"绿玉说。

"回去吧,总之我不能去。"莫老太说,"他需要什么就给他,别缺了他的吃喝。"

"您跟我去看看吧。"绿玉坚持,捉住莫老太的胳膊,"家里只有我……"她哀求,莫老太在她的脸上看到了她对死亡的惊惧。

冬天的寒意在村庄的深夜里弥漫,风在脚下打着旋,一些细碎的东西贴着地面低低飞旋。两个人的脚步声在古老的村庄里沉闷响着。在莫老太的一生中,这样的深夜出行并不少见,有时候甚至风雨交加,风和雨水打着披在身上的雨具,来请的人在前面引路,极尽周到,然而她还是觉得所要赶的夜路和即逝者所面临的去路一样,充满泥泞和黑暗。她当然还记得那些在暗夜路上流过的泪水和心如死灰的时刻。

屋里亮着灯火,他躺在厚重的棉被之下,枕头上的脸笼罩着令人不安的宁静神色。

莫老太在床前的凳子上坐下,盯着埋在枕头上的那张脸。她看到了熟悉的阴影。

"鸡叫了?"良久,床上的人微弱吐出一句,显然没看清坐在眼前的人。

"不,还要再过一会儿。"莫老太沉静地回答。鸡叫过后,新的一天来临,阳气生发,生命会获得新的元气,她知道他在盼望阴气深重的寒夜快点过去。枕头上的那张脸一直没离开她的视线,她知道为时不多了。判断一个垂危生命的余光,她从未出错。

床上的人盯着说话的人,良久,眼帘慢慢睁开,像费了很大的劲。

"我并没请你来。"他说,手从被子里伸出来,捉住被子宽大的边角。

"我只是来看你,什么都不做。"莫老太说,"你感觉怎么样?"

他喘着气,一声不吭盯着坐在面前的人。两个人都不说话,好像陷入某种共同的回忆里。

"我很好。"良久,他喘着气说,突然像遭遇了巨大的惊吓,在被子里剧烈地打了一个寒战,这几乎要了他的命,他喘得更费劲了。

绿玉在莫老太身后惊叫起来,莫老太示意她换掉他身上厚重的被子,找一床轻薄点的盖上。

"太婆,现在非常冷。"绿玉说。

"他已经感觉不到冷了,这床被子只会让他觉得更不舒服,像一座大山一样压着他。"

绿玉转出去,抱来一床秋天的薄被。

"我是不是该准备点什么?"换好被子,绿玉悄声问莫老太。莫老太轻轻摇头。准备后事不是她该操心的事情,而眼前的人并没开口要求她净脸。她只是陪伴,陪伴绿玉,或者是已死去的如霜的友谊,而绝非眼前的垂危病人。

盖上薄被后,床上的人似乎觉得轻松了些,睁着一双疲惫的眼睛,嘴巴微微张着,他企图合上,然而那两片乌黑的嘴唇似乎不再归属于他,不由自主地,又张开了。

…………

这张脸已经完全变形,再也看不到它年轻时的任何影子,这张正在渐渐失去生命活力的脸孔让莫老太想起童年以及青年时代一些譬如山上四月的野李花那样洁白而美好的事情。而在如霜去世之前,这些往事是她灰暗生命里的一豆灯火。她记得有一年初春,他在村庄背面那面山上的竹林里发现一窝蜜蜂,兴奋地领着两个豆蔻年华的女孩钻进竹林,扬言要让两个没见过世面的女孩尝一尝世界上最美味的糖浆。那时候的他们粗布麻衣,如花的年华和扬在脸上的笑容是他们唯一的装饰品,他们如山上的草木般淳朴灵秀,没有任何不切实际的想法,山里明亮的阳光就是他们最好的礼物。女孩们用陈旧废弃的衣物帮他包裹住裸露的肌肤,用旧袜子套住他的双手,手指从戳破的小洞里伸出来,成为一副样子糟糕的手套。一件旧衬衫结结实实裹住他的头部,两只袖子在下巴处打结,眼睛部位也戳两个破洞,露出两只带着些许邪笑的眼睛。他的样子令女孩们快活了很多个日子。他小心翼翼爬上竹丛,靠近那窝蜜蜂。一只不知为什么死在竹子上的老鼠被他扔下来。女孩们尖叫起来,诅咒他在上面碰上蛇,被蜜蜂蜇。他哈哈大笑,那些被惊吓的蜜蜂飞出来,雨点似的包裹住他,女孩们在竹子下幸灾乐祸,给他送上各种充满恶意的祝福。那时候,人间的一切不幸,包括死亡,和他们遥不可及。他在树上烧了一把火,浓浓的烟雾把那些蜜蜂熏跑了,他端着整个蜂窝下来,眼皮上被蜇出两个大红包。两个女孩第一次见到蜂蜜,褐色黏稠的透明液体拉成长长的丝线,散发出甜蜜的芬芳气息。他说得没错,那是两个女孩一生里吃到的最甜蜜的糖浆,她们连蜂房也吃掉了。那片竹林,有太多美好的记忆,无法否认它们曾经发生过。

…………

病人沉重的喘息渐渐平缓下来,似乎最危险的那一刻过去了,绿玉轻轻触碰莫老太的肩膀,莫老太却从病人的脸上看到越来越浓重的死亡阴影。他缓缓睁开眼睛,似乎从一场漫长而疲惫的沉睡中醒来,事实上只是过了一会儿。

他紧紧盯着莫老太,眼神看起来是模糊的,他疲惫地眨了一下眼皮,艰难地吞咽起来。

"你去歇一会儿吧,绿玉,你去歇歇,这儿有我,有事情我会叫你的。"莫老太目不转睛地盯着床上的病人,轻声对身边的绿玉说。

绿玉犹豫着,觉得这时候抽身出去会很失礼。

"没事的,孩子,我和你公公、大姑就像三兄妹一样一起长大,我们一起经历了很多你不知道的事情。"莫老太依然盯着病人。

"太麻烦太婆了。"绿玉在她身后稍微站了一会儿,轻轻打一个哈欠,转身出去。她太累了。

他们就这样相互对望,深夜的冷空气在他们之间弥漫,屋顶的风也还在刮,这样的风只能在黎明到来时才会消停。谁都不说什么。沉默。其实莫老太并不确定此刻床上的人是否还能说得出话。她在等待。她得承认她在等待,自从如霜去世后,她就一直活在等待里。也许这是最后的机会了。

他闭上双眼,好像累了,然后又睁开。

"你知道吗,霞光?"他艰难地嚅动嘴唇,但吐出的话还算清楚,"我这段时间,一闭上眼睛就梦见我们年轻时候的事情,我从来没做过那么多梦,闭上眼睛梦就来了,有时候甚至都不用睡过去,它们就在眼前晃。这些梦总让我以为自己还能活很久,但我知道时间不多了,一个人不知道生,但知道死,总会有很多暗示的……你会想起我们年轻时候的事情吗?"

他盯着她。

她轻轻点点头,不得不承认。事实上她确实也常常回忆那些事情。

"你都想起些什么?我想听你说说。"似乎是想证实她是不是在敷衍他,他变得执拗起来。

"很多,"莫老太说,她无法拒绝一个垂危生命的请求。她望向靠床的那面墙壁,那上面镶嵌着一面小小的圆镜子,镜面乌蒙蒙的。这是风俗,每个房间都得有一件辟邪的东西,镜子、剪刀,或者一张画符。她盯着那面镜子,沉浸在回忆里。

"春天拾野蘑菇,夏天摘桑葚,秋天挖野山药,冬天垒窑子烤红薯。"她冷静地说。

枕头上的脸挪开一个模糊的笑容。"我以为你什么都忘记了,我这些年老生病,不瞒你说,这些事情,是我在床上想得最多的事情,有时候我觉得它们能给我这把老骨头一点力气,真奇怪,"他说,"你还记得些什么?"

"我还记得如霜为我做的每一件事情。"莫老太说,目光最终落在他的脸上。

床上的人沉默了,慢慢闭上双眼,微弱的呼吸在他的胸口上微微起伏。然后他又睁开眼睛:"没想到她走在我前头了,"他说,"这个狠心肠的女人。"

"我倒觉得她解脱了,有些人活着是在受罪,不仅担自己的罪过,还替别人担罪过。"莫老太说。她眼看着他越来越累,他又闭上眼睛,慢慢的,呼吸又重起来,喉咙里一阵咕噜响,似乎那里有一口气上不来。她知道他喘不上气了。她站起来,掀开他胸口上的薄被子。好一阵子,粗重的喘气才又慢慢平复,像缓过一口气。他显得更疲惫了,灰暗的额头上渗出一层细密的汗水,在灯光下闪闪发亮。莫老太从床头那里扯下一条干毛巾,轻轻印在他的额头上,吸干上面的汗水。

"她……能受什么罪,一个老姑娘,没有比她更自在的了。"莫老太以为他会承认点什么,他却用最后一口气虚弱地反驳。她的眼神一下子黯淡起来。她知道,她等不到了,假如他不主动说,她是不会逼迫他说的。逼迫一个即将熄灭生命之火的人承认罪过并忏悔,那也是一种罪过。她心里升起一股绝望,宁愿如霜去世前什么都不曾和她说过,那样她会带着一个悬而未决的谜离开人世,她一生的怨恨将会全部落在虚无的空里。

他忽然笑了起来,像一个无辜的人,然后慢慢闭上双眼,从微微张开的双唇间长长呼出一口气,放在被子边上的手轻微痉挛起来,手指一根根张开,似乎要抓住什么东西。她看着他,他已经进入弥留之际,微微张开的双唇张得更大了,那口长呼的气渐渐弱了下来。

她伸出手,摸索着握住那只摊在床边的手,手温软,但对她的碰触已经无法做出任何反应了。

她一直忙到天色微明。走出亡者的家门时,清晨的冷空气扑面而来,莫老太打了一个寒战,裹紧身上深灰色的棉衣,袖着手。双肩耷拉着,灰白的头发从暗褐色的毛线帽下露出来,有几缕发丝在晨风里轻微飘扬。一夜未眠,深沉的疲惫像一件厚重的衣服罩在她的身上,使她的脚步变得沉缓而迟钝。村路上静悄悄的,村人们还没从冬夜里彻底醒来,一座座古老的房屋像陷落在时间深处。莫老太安静地走着,有雾,轻纱一样落在村庄各个角落里。

她脚步毫不迟疑地向前走着,内心的疼痛如此鲜明,它清晰得可以触摸到。这疼痛像是一个看得见的圈套,然而你却无处可逃,只能任由它慢慢宰割。莫老太轻声叹息,从袖套里抽出手,两只手相互抚摸起来,像是在相互彼此安慰。清晨的冷风吹过它们,那上面的生茶油还是湿润的。这一生的疼痛不会轻易消散了,它没有得到应得的忏悔,但必须接受,因为这也是生活的一部分。她默默地想,带着疲惫穿过清晨。

【作者简介】陶丽群,女,壮族,广西百色人。鲁迅文学院第十五届高研班学员。小说、散文多次被《小说月报》《小说选刊》选载。小说《起舞的蝴蝶》被改编为同名电影。曾获全国少数民族文学骏马奖、民族文学年度奖、广西青年文学奖、广西少数民族文学创作花山奖等奖项。现为中国作家协会会员。

流淌火

◎ 李司平

一

全无借力，一条蛇吐着芯子从瓦片的缝隙中探出来，在高高的屋檐上练习飞行。

我看见这条腾空的蛇下落的时候在栏杆上摔断了七寸，肚子上像翻白的鱼一样，闪着鳞光。一只硕大的、黑白相间的老鼠挣破木箱，拖着长长的尾巴，像蛇一样逶迤前行。我还看见另外一只同样硕大的老鼠撞碎墙壁，耳朵毛茸茸的像蒲扇，透着肉色蒙蒙的光，尖尖的嘴巴上两颗门牙长而利，胡须微微颤动，像锃亮的钢丝。老鼠的眼睛似黑葡萄，圆而鼓，透着幽幽的冷光。接着密密麻麻的鼠群、蛇群涌出来，像潮水一样。鼠群在地上流淌，丝滑的毛皮上流动着光泽。而蛇们在鼠背上方昂首耸动，嘶嘶咻咻，那些分叉的、猩红的芯子，像极了一撮一撮的小火焰。

我眼睁睁地看着它们朝我奔涌而来，绷紧了身体，当它们穿过我的身体，我发现自己打了个冷战。

二

五岁那年我意识到撒尿是自己一个人的事情，妈妈已经教过我"男子汉"应该如何自己拉下裤子"自力更生"。六岁依然尿床的我开始意识到那是个极为不雅的毛病，我脸红但又没脸没皮。二十多岁，已经不会脸红了，而是习以为常、灰心丧气，有脸没脸都是一个样。尿床其实并不可怕，令人绝望的是每一次

580

尿床都伴随着梦中的蛇群和鼠群,导致我大白天见到老鼠和蛇都会膀胱一松闹出洋相。我生来胆小如鼠吗?可我从小又是我们这片天不怕地不怕出了名的"混世魔王"。五岁时我拿着"落地响"将幼儿园的小伙伴吓得哭爹喊娘;一年级时过家家玩打仗,我揣着满兜的小鞭炮和一盒火柴,率领我们一小的孩子向隔壁二小发起猛烈"进攻"。

我妈在洗床单晒褥子的重复操劳中无奈而又委屈,警告我:"再敢尿,就把它割下来喂狗。"我怕得一直用手紧紧捂住裤裆,不敢放开。可到晚上该怎么尿还是怎么尿,一三五尿得略黄,二四六尿得其貌不扬,还空出来一天没床单可以换了,我妈给我铺了张塑料薄膜,当晚就被捂出痱子来,于是我住进了医院。护士姐姐很漂亮,看着我留在床单上的"版图"开始还打趣:"啊,这孩子在描绘美好的未来。"后来估计是护士姐姐灵感和耐心双双枯竭了,弹了我一脑瓜嘣,凶巴巴地说:"再尿,就把小雀雀用橡皮筋扎起来。"那天晚上我终于没尿医院的白床单,而是半夜溜到护士站,尿在了她们的水杯里。

混世魔王是不能有弱点的,况且尿床这毛病侮辱性极强。我妈带我去好多家医院问过诊,十岁之前医生们说可能是因为膀胱太小,吩咐我妈给我灌水训练憋尿。到了十六七岁医生们说这个年纪很正常,不是遗精就是遗尿。后来再去看,医生们饱含同情地说现在的年轻人生活工作压力太大,尿一尿也挺好。求助现代医学无果,其间也找过神婆若干,装神弄鬼请来"仙儿","仙儿"翻翻白眼儿说尿床跟噩梦没关系,而是惹了脏东西得了癔症,随即画符念咒施展法术又唱又跳,请过的"仙儿"都够组一支队伍跳广场舞了,我的"癔症"还是老样子,谁知这"尿床功夫"却被神婆们盯上了。我们这地界上有拿童子尿煮鸡蛋的传统,据说这用童子尿煮出来的鸡蛋滋阴壮阳有大补之功效。而童子尿易得,童子的夜尿难找。夜尿是啥?神婆们神秘地打着嗦头说:"童子的夜尿是夜老母赏赐的圣水。"小时候放学路上神婆会拉住我,有时塞袋麦丽素,有时塞根火腿肠,随即递过来一个汽水瓶,我盛情难却,将汽水瓶拿回来,调一个半夜的闹钟,到点了起来接满。

令我百思不得其解的是,明明半夜起来用瓶子接了,可床单也没有一个早上是干爽的。

这世界上倘若有一千种治疗尿床的偏方,在我这个尿床大王身上至少试验过五百种,皆以失败告终。最早用的偏方是爸从监狱里带回来的,来源于和他一个监室的云南狱友。我对我爸一直没什么好感,出狱回家来的时候我看他就像是在看陌生人。他回来第一件事情就是执着地要治好我的尿床。偏方的宗旨基本上没偏离吃啥补啥的那一套,药基是一只猪尿脬,配合着杂七杂八十几味中药,再添点生姜或者草果引药入经。有时料配得好,味道还挺好,有几分像香卤腱子肉,口感也不错,比猪肚还要筋道。

后来换了个偏方,还是以猪尿脬为药基,不剖不洗,扎紧尿管盛着猪尿直接放在炭火上炙烤。待到慢火烤至色泽金黄圆滚滚,撒点云南白药作为引子。那味道就实在不敢恭维了,又苦又腥又膻,我捂着鼻子坚决不肯下嘴。

于是我爸妥协,允许蘸点孜然辣椒面。好嘛,口感立马就提升了一个档次,嘎吱嘎吱嘎嘣脆。我爸之所以妥协,是留了后手。这吃炭烤猪尿脬治疗的偏方还有一个重要环节,那就是要等着尿床者吃得正香之时,趁其不备拎起一只蘸满香油的汤勺抽在嘴上。至于原理,哪会有什么原理。那时候正赶上我换牙,我爸一汤勺挥过来,直接给我干飞了两颗门牙。我疼得捂着嘴巴满地打滚,我妈终于爆发了,撂狠话说:"虎毒还不食子呢,别以为坐了几年牢出来真成王八蛋了。"

我爸一再解释说:"这是偏方治尿床。"我妈把我护在怀里,警告我爸说:"我的儿子,想怎么尿就怎么尿,尿塌了床有我呢。"再无后顾之忧,从此我随心所欲、无拘无束、肆无忌惮,可总不能一直这么尿下去,大小伙子的多影响个人形象。尿床最直接的后果是,高考后我以还算优异的成绩去读了我们家隔壁专科学校的护理专业。没人理解我到底咋想的,其实隐私这种事也用不着拿出来让人理解。我总不能去外地念个大学还要天天穿个尿不湿睡觉吧。

上了大学,我作为本地人的优势就充分展现出来了。

我就是那传说中的低调"拆二代",我们大学的田径场以及毗邻的消防中队,好大一块地,以前都是我们家的。我是不用愁找不到女朋友的。

但轻而易举、轻描淡写的过往多了,总觉得虚无。况且我尿床这事在女同学之间已经开始小范围传播,太影响个人形象了。所以我决定找一个真爱,以后本本分分只"尿"她一个。

我找了王晓慧,她是我们的女班长。王晓慧可一点都不好追,作风传统正派,冷冰冰的有股子傲气。我也刻苦用心地找她谈了一个学期的学习,期末竟然拿了个优秀学生的红本本,终于有理由请她吃饭,于是跨年夜我和王晓慧水到渠成地达成深入了解的共识。只不过到了半夜我还是"现了原形",王晓慧把我给揪了起来,一脸严肃地跟我说:"这种重要的场合你怎么可以尿床呢?"我像是在会场上遭到了点名批评,又困又无奈还有点委屈,说:"我都尿十多年了。"王晓慧竟然扑哧一声笑了,亲了我一口说:"以后没有我的批准,不准尿。"

我口头答应说"好",但一夜之间改变真的没可能。我爱王晓慧,王晓慧也爱我。我们确定恋爱关系的第二个月开始同居,地点在学校门口我家的那栋出租房。我们一起在顶楼天台上穿着短裤晒床单被套,顺便看一看楼底下消防中队的消防员上蹿下跳地进行训练。消防中队的训练场紧邻着我们学校的田径场，一三五的早上，消防员们都会到我们学校田径场进行负重体能训练。每个季度消防队都会在训练场进行一场消防大比武，消防实操在中队训练场，负重长跑借用我们学校田径场。那场面难得一见，我家的楼顶是最佳观赏位置。消防员们有时背着灭火器扛着梯子，有时背着消防水管扛着破拆器，有时戴着呼吸器拉练五公里。我们看到他们训练完了扶着田径场边的小树嗷嗷吐，场面很滑稽，我乐呵呵地看热闹，王晓慧一脸认真地看着我："不准笑，有能耐你也去跑。"

王晓慧不愧是个有责任心的女朋友，她决定对我负责，坚决治好我尿床的毛病，生拉硬拽地带着我去看老中医。那老中医是王晓慧的同乡，店就开在消防中队对面的巷子里，墙上挂满了锦旗，专治疑难杂症。他抬眼皮扫了我一眼就煞有介事地断出了病根，说是肾精不足导致的夜间遗尿。不过他看在王晓慧是他同乡的分儿上没给我大包大包抓药，而是交代王晓慧回去用牛鞭炖当归给我补一补。很神奇，自从王晓慧给我炖了牛鞭之后我的毛病就好了。王晓慧说："感谢我吧，是我亲手治好了你。"我说："宝贝儿你真好。"

治好我的绝不可能是牛鞭汤。为了治我的尿床，我妈早把猪、马、牛、羊鞭都试过了，甚至还曾经托朋友从俄罗斯弄来一罐用熊胆汁泡着的熊鞭。我想，大概是因为王晓慧。一次我们在房间里使用热得快烧水，引起短路着火把窗帘点着了，我看着越蹿越高的火苗被吓得手足无措、大呼小叫，王晓慧比我沉着冷静，她先跑去关了电闸，然后去楼梯间拿来灭火器对着起火的窗帘一顿喷。火被灭掉以后我才发现自己又湿了裤子，哆哆嗦嗦地依偎在王晓慧怀里，安睡了一夜。早上起床的时候王晓慧说她手麻，而我破天荒地没有尿床。从此睡觉的时候我都抱着她。她紧紧地贴着我，经常在梦中遇到的那些蛇群鼠群没有了踪影。

我又开始尿床是在大学的最后一年。那时候学校组织出去实习，安排了几辆大巴车送我们去广东的电子厂。我们是学护理的，说是实习，其实就是去厂里打螺丝。说是打螺丝，其实是学校那几个脑袋秃得发亮的家伙想要换车子。看得清本质，我肯定是不去的，发不发毕业证无所谓，真要敢给我扣了，我自有本地人的路子。我劝王晓慧也不要去，可她是个有责任心的班长，认死理儿，说她一定要去，帮助组织同学。我愤愤地说："你傻啊，明知道要去打螺丝还要去任人剥削。"王晓慧跟我杠上了，说："你才傻，不实习怎么找工作，你是怕苦怕累还是怕到了那边尿床？"我有些窝火，说："找什么工作，等毕业我就娶你，到时候我养你一辈子。"这可把王晓慧的火给点着了，她说："你爱养谁养谁，我什么时候说了要嫁给你？"

认知出现了偏差,冷战了一周,结局就只能是分。王晓慧去广东实习的前一天晚上,我们点了外卖开了瓶红酒,心平气和像谈判一般四目相对,举办一场和平的分手仪式。真要分手了终究还是有点舍不得,于是我们又抱在了一起。我全程咬着牙,王晓慧始终抿着嘴,最后的夜晚,王晓慧依然抱着我,我的头依然枕在王晓慧的胸脯上。不多久王晓慧从被窝里跳了起来,甩着手气呼呼地对我吼:"你个尿脖子,你就是故意的。"我被彻底激怒了,怒不可遏地扇了她一巴掌:"你给老子滚蛋。"

之后,直至大专毕业我都没有再见到王晓慧,她的毕业证都是托人拿了给她寄过去的。毕业典礼上她成了典型,学校号召说,要向优秀毕业生王晓慧学习,人家实习的时候就被大公司重金给挖走了。我毕业回了家,白天帮我妈拎串钥匙抄水电收房租,晚上回去无拘无束地尿床。日子平淡且空虚,每个夜晚都准时来折磨我。

一次次败下阵来,一次次想象王晓慧突然出现。

三

我是在分手的第三年再次遇见王晓慧的,她在我们家对面的消防中队做文职。

当时我蹬着电三轮车替我爸去给消防中队的食堂送菜,路过办公大厅的时候一眼就认出了她。王晓慧穿着火焰蓝制服,扎着高高的马尾,化成灰我都认得她。兴许我看愣神儿了,三轮车前轮撞上马路牙子仰面朝天地翻了,一旁训练的消防员兄弟就着我的事故即兴开展了一场现场教学。好家伙,其实我只是膝盖擦破点皮。一帮大男人围着我,先是对着我来了一套心肺复苏和胸外心脏按压,本来还要人工呼吸的,可没人下得去嘴。然后教学假设我出了严重事故腿被轧断了,要如何对我的断肢进行干燥冷藏保存。

好歹邻居,低头不见抬头见的,其实我跟消防中队这帮家伙早就是老熟人啦。

我不关心王晓慧为什么会回来,但我知道广东的电子厂不是她这么轴的人能待的。重要的是她回来了,我无论如何都要让王晓慧回到我身边来,无论如何。因为我已经病了,我的膀胱经受不住从未间断的折腾,少数时候我的小腹会刺痛难耐,大部分时候我已经面部浮肿。

其间我妈托人给我介绍了几个姑娘相亲,各方面条件都不错,都是奔着继承我妈包租婆的衣钵来的。相亲的流程是一步到位的,喝杯咖啡然后就顺理成章来出租屋做客。可我无比悲伤地发现我那方面也出问题了。往往还没怎样我的尿意就上来了，于是只得喊个暂停，去撒泡尿。几次三番下来严重挫败了我作为男人的尊严，索性我就直接给戒了，往硬处憋，往死里忍。可戒来戒去我才发现王晓慧才是我最大的瘾，那种全身被放空之后的感觉空洞洞、轻飘飘的没着没落。整个屋子里密密麻麻飘满王晓慧，伸手一碰却都是流沙泡影。

我托消防队的哥们儿替我去打探一下王晓慧的情况，她这几年也没闲着，新找了个男朋友，是我们隔壁市消防中队的消防员。这给我气得啊，简直头晕目眩，我都没找，她那么心急火燎要干啥。我在她下班的路上将她堵住，有些气急败坏地质问："你要找新男朋友为啥不提前跟我汇报一声？"

王晓慧白了我一眼："你以为你是谁呀？我的事情凭什么要跟你汇报？"

王晓慧将我戗得真反应不过来，我说："找男朋友也要找个条件好的呀，找个消防员工资能有多少。"

王晓慧斜了我一眼，满脸鄙夷地说："我怎么样你管不着，你好好当你的'拆二代'公子哥包租公，以后请你不要再来打搅我。"我在气头上，但也意识到自己"道德滑坡"，对消防员大不敬了。正在窘迫之下，王晓慧已经头也不回地走远了。

城中村土著的日子也没想象的那么好，本来是城乡接合部靠种地活命的农民，没了土地光靠收点房租谋生。按我爸的话说，一次性补千八百万的总会有花完的一天，农民没有了土地就没有了根，往后子孙后代都是无土之木、无源之水。况且我们家的情况还有些特殊，当年北市区扩过来要征收土地的时候我爸刚从监狱服刑回来，我家的那块地，也就是现在盖了消防队办公大楼的那块，我爸一根筋地决定要无偿捐赠给消防队。消防队当然不敢要，再说土地本来就是国家的，说捐赠也不太合理。最终是土地征收款下来了，我爸全部拿出来给消防队捐了云梯消防车。那云梯消防车价格可真贵得离谱，我家的全部动迁款只够买一辆半，另外半辆是消防队出的钱。当年我爸花重金给消防队捐设备这事还上过各大报纸和电视台，市政府专门给我爸颁了个年度道德模范的荣誉奖章。他并没有去领这个道德模范奖章，报社电视台的记者一大堆人找上门来的时候，我爸玩起了失踪，避开风头的他成了街头巷尾纷纷议论的"傻缺"暴发户，实际上他是去云南给我求治疗尿床的偏方了。后来我专门找当年各大报纸的报道看过，基本上都是瞎编。那些记者各自发挥想象力，将铺天盖地的溢美之词堆砌在一起，主题却很一致：我市一个神秘的老板做好事不留名，号召全市的企业家学习，树立高度的社会责任感，先富带动后富。

其实我爸就是个普通的郊区农民，主营业务是骑着三轮车卖土豆、茄子、大白菜，偶尔也跟城管斗智斗勇"打游击"。进监狱前干这个，出来了还是干这个，挣不挣钱倒也次要，总要干点自己能干的。北市区还没扩过来的时候，我们村里就开始对外出租屋子,那会儿主要租给外省人加工家具。北市区扩过来之后就更不得了了,我们村里的人一夜之间全都翻了身,算是跻身我们市的"先富"行列。家家一大笔征地补偿款暂且不说,房租也一下子水涨船高,村里的出租房供不应求。说到租房,还把我爸"租"到牢里去了,也没必要藏着掖着。

那时候北市区规划刚出来,划了一块地给消防中队。消防中队的办公楼断断续续盖了四五年,实在等不得,只好先将训练塔弄起来好让消防指战员们将就着开展训练。当时消防队有个教官叫马森凯,刚从武警部队那边转过来。为了方便驻训,马森凯带着他老婆就租住在我们家。当时我们家的房子还是普通的农村合院,青砖白瓦,马森凯和他老婆就租住在我家偏房。偏房是两层的砖混结构,举架很高,马森凯两口子租的是二楼。偏房原本是一家温州人租了做沙发的,后来温州人破产退租走人,一楼就一直堆着些做沙发的海绵、布料和人造皮革。尽管那时候我还很小,不过我记得马森凯老婆的样子,唇红齿白,长长的头发烫着波浪卷,睫毛翘翘的,漂亮得像个洋娃娃。刚搬来的时候她已经怀了孩子,我看着她穿着白色的睡裙,肚子一天天鼓起来。她挺着肚子扶着腰站在二楼阳台喊我小可爱,下楼来的时候给我一颗大白兔奶糖,跟我抱怨说:"刚给弟弟缝了个肚兜,买个菜回来就被你家的老鼠给咬破了。"我嘴里嚼着奶糖,说:"该死的老鼠。"

偏房着火的时候,我就在楼下呆呆地站着。火焰从滚滚浓烟中蹿出来,舌头般一舔一舔的。我还没有反应过来到底发生了什么,或者说我直接被吓傻了,先是听到剧烈的咳嗽,然后是骇人的尖叫,最后是火和火碰在一起的时候撞得噼啪响。我被人抱走的时候,天与地打了个旋儿,我哭晕了过去。

马森凯的老婆就是这么在这场大火中丧生的,连同她肚子里的孩子。其实浓烟起来的时候,旁边驻训的消防官兵发现情况集合冲过来了。马森凯带着几个兄弟背着灭火器率先赶到火场的时候,大火已经将整个房屋吞没。马森凯奋不顾身想要冲进去救出他老婆的时候被拉住了。火场内部发生了剧烈的爆燃,当时整个房子抖了一下,马森凯跪在地上眼睁睁看着二层的小楼一屁股朝下垮了下来。消防车在城中村狭窄拥挤的道路中被卡得死死的,等到清出消防通道,赶到现场的时候,已经晚了。灭火只用了十分钟,但是大火整整烧了一个小时。我爸骑着三轮车冲回来的时候火势已经铺开了,三轮车上装着一车刚从批发市场批回来的西瓜,他随即带领着一起救火的街坊往火场里扔西瓜。火场轰然垮塌下来的时候我爸急火攻心呕出了一摊血,在医院醒来之后就直接去了派出所。失火罪成立,我爸被判了四年。在法庭上做最后陈述的时候我爸说:"一尸两命,判四年太短了,请求法官直接枪毙。"火场痕迹鉴定还原起火原因,初步推定为自燃。自燃物是堆在一楼的那堆沙发废料。火势失控的主要原因是我爸为了方便给三轮车加油,私自囤积了几桶汽油放在旁边。

我爸踩了四年的缝纫机出来,本想着学成出师开个门脸裁裤脚换拉链的。可牢里边和外边完全是两种概念,牢里边缝纫机踩得火花带闪电,到了外边就不行了,看见针线就手犯哆嗦眼睛花。最终他还是得干回老本行,骑着三轮车和城管打游击也是个充分体现勇气和智慧的活。反正不为了挣钱,穷挣钱富打发。他出来的第三年,用动迁补偿款给消防队捐了一辆半的云梯消防车后,消防队的领导感动得热泪盈眶,说:"要充分给予改过自新重新做人的机会,以后消防队的食堂就你来承包吧。"于是我爸给消防队干了两年的食堂,不挣钱,还往里贴钱,我爸雇了最好的厨子用最好的食材给消防队做了最便宜的饭菜。按照我妈的说法,这食堂纯粹就是干了个寂寞。我爸一脸认真,说:"欠消防队的,该还的。"

其实我和我妈都知道,我爸不欠消防队什么的,他欠着的人是消防队的马森凯,我们家欠着马森凯一尸两命。最终我爸不再往消防队贴钱,也是因为马森凯。当时马森凯已经成了消防中队的副队长,他找到我爸说:"意思到了就行了,你这样老往队里贴钱,容易违反规定。"我爸说:"我有钱,我愿意。"马森凯犹豫了一会儿,说:"其实以前的事情,我没有怪过你。"往后,消防队食堂改革,请了厨师自己经营。消防队跟我爸重新签了合同,专门给他们做蔬菜配送。这么些年来,我爸跟马森凯的关系很奇怪。算是老朋友了,可相处起来的样子看上去又很陌生。正如朝着一堆荆棘拥抱,然后痛得惺惺相惜。他们每周都要约在一起喝一顿酒,就是单纯地喝酒,闷声喝,人生百般滋味全都融进了辛辣的白酒中。抿上一口酒然后痛快地咂咂舌,有时候呼吸深长,有时红了眼眶。

马森凯在火灾之后便孑然一身,把消防队当成了家,出任务的时候是出了名的不要命。有一年马森凯救一个要跳楼的女孩儿,抱着那女孩儿从十八楼的空调外挂台一直坠到了二楼,幸亏腰上系着安全绳。下坠的时候马森凯紧紧将女孩儿护在怀里,安全绳上的两人摆了个弧线撞在楼房外墙上,马森凯的半张脸在急速下坠的时候被擦得血肉模糊。后来整形医生从马森凯肚子上取了几块皮补在脸上,效果不尽如人意,算半毁容,笑起来半张脸皮拧在一起。伤愈出院,他还是跟我爸喝酒。一碟花生米,两瓶牛二,有一搭没一搭就喝大了。两人毫无征兆就动起手来,我爸打了他一拳,他回我爸一拳。反复几次,打得气喘吁吁。我爸骂他说:"你总是想找死。"马森凯眼眶红红的,嘴角还有血,说:"我早就死了,可还活着。"这场面可把我妈吓坏了,她冲上前去护着我爸哭天抢地说:"他坐够牢了,你有什么仇啊恨的冲我来。"马森凯立即酒醒了一半,愣了一下,摸了摸我的头嘴角一咧说:"嫂子,我们闹着玩呢。"

四

为了让王晓慧再次回到我的身边，我主动担负起了每天往消防队送菜的任务。我爸对此表示诧异，说："你个懒人送什么菜。"王晓慧始终躲着我，但我又是门儿清，只要她还在消防中队，我就能堵到她。几次三番下来王晓慧歇斯底里了，朝我吼："求你了，不要再来骚扰我。"

王晓慧对我使用了"骚扰"一词，我听着心里总觉得怪怪的不是滋味。这绝对是用词不当，我又不是调戏良家妇女的纨绔子弟。这事闹到马森凯那儿去了，他现在是消防中队的中队长，我也喊他马队。马队也很为难，对我说："收敛收敛，别那么明目张胆。"然后对王晓慧说："别理他就好了。"马队的话让王晓慧很委屈："我没理他，是他成天来堵我。"马队最终不让我给他们消防中队送菜了，于是我坐在我爸三轮车兜里跟着去搬筐。

我成天去堵王晓慧还有一个重要的原因，不过这涉及我的个人隐私。每天能看见一次王晓慧，我白天滴水不漏尿不出来的毛病莫名其妙就好了。消防中队的便池刷得锃亮，我哗哗地尿得痛快极了。消防中队的人都算是我的老熟人了，可见我一来二去频繁借着送菜的由头堵王晓慧，他们也不爱理我了，路上见个面都是假客套。

原因很简单，我是后知后觉的。王晓慧的现任男朋友也是个消防员，我横插一脚要抢他们战友的女朋友，实在是没有任何道义可言。我说王晓慧是我前女友，消防员们一脸鄙夷，说："以前是以前，过去的都过去了。"王晓慧的现任男友正在想办法把王晓慧弄到他们队里，如果王晓慧真走了，煮熟的鸭子不就飞了吗？所以我觉得有必要找她男朋友谈一谈，我当时的想法特简单，反正他们还没登记结婚，公平竞争嘛。她男朋友缺的只是个老婆，而王晓慧却是我的命根子。我无时无刻不在设想，若是没有王晓慧，我这辈子算没指望了，不是白天被尿憋死，就是晚上把自己淹死。我找王晓慧的男朋友谈，面对面谈判是不可能的，他们消防员体能那么好，万一没忍住将我暴揍一顿划不来。我决定先在电话里谈，主打感情牌，晓之以理动之以情，充分表现出王晓慧于我性命攸关。

电话号码费了很大的劲儿才弄来，嘟嘟几声电话接通了，那头的声音磁性很强弄得我很慌张，我问："你是王晓慧的男朋友吗？"那头顿了一下，说："嗯，我是晓慧的男朋友。"往下我嗓子眼儿就堵住了，我有点莫名的胆怯，不敢再往下说了。这个时候我听见电话那头响起了急促的警铃，然后就是一串脚步声，她男朋友语气急促地说："不好意思，我出任务了，结束再给你回。"电话被挂断后，手机里的一阵忙音让我心里空落落的。

当天晚上，王晓慧给我打来电话，语气严厉地说："我想跟你谈谈。"

我心里咯噔一下，有些气短："谈，谈什么？"本来我说去咖啡店坐一下，王晓慧站着就不动，说就在消防中队门口。王晓慧一上来就开门见山地问："你是不是给我男朋友打骚扰电话了？"

我先是一愣，然后吞吞吐吐说不出话来，本来我想撒谎说没有，但是脸上的表情早已表明了一切。王晓慧这次没有激动更没有打算朝我吼，她出乎意料的平静，冷冰冰地跟我说："你配吗？你不配。"

我哼唧了一声："配，配什么？""你就是个垃圾。"后来我才听说，那天她男朋友挂了电话就去出任务，使切割机的时候不慎切断了一根手指。她男朋友可是全省消防技能大赛冠军，能在气球上切肉丝，在灯泡上切割铁丝。

王晓慧撂下我头也不回地走了的时候，我就有答案了。我站在原地想，我完了，王晓慧她确实找到了一个好男人。

往后几日，我在家一直没敢出门。我有点害怕会遇上王晓慧，害怕她眼睛里的寒光，很锋利地就能将我剖得一干二净。其间王晓慧男朋友真给我回电话了，手机在桌子上呜呜振动，我看着来电显示的电话号码忐忑不安，最后还是接了。电话那头王晓慧的男朋友还是那充满磁性的声音，问："前几天你打电话问我是不是王晓慧男朋友，是有什么事情吗？"我慌极了，撒着声瞎编："我们联通大厅做活动，情侣绑卡套餐优惠，流量八折。"电话那头沉默了，好一会儿才拖着声回了我一句"哦"。我顺着话茬儿把戏做足，说："联通营业厅很高兴为您服务。"其实打这通电话的时候，电话两边都已经是在心照不宣地明知故问了，想表明的也不过是各自的态度。男人之间的较量有时就是一瞬间，他留有余地地向我宣示主权，然后我就不动声色地不战自溃。

放下电话我已经一头一脸都是汗水，这汗出得跟胆怯无关，我只觉得心里空落落的后背直发凉。良心这玩意儿我还是有的，尽管害良心的事也没少干。

不见王晓慧的日子里，我的毛病又犯了。溜进消防中队借厕所，也尿不出来。尿不出来总憋着，憋得面目狰狞、小腹刺痛、腰杆发麻。到医院做了一个全套检查，啥毛病没有。没办法了，医生也挠挠头说，那就先插导尿管救急。

到了晚上，我梦中经常出现的那些蛇群鼠群都快成我的宠物了，我尿得哗哗的。可很快我就发现了大问题，我梦中多了王晓慧男朋友的声音，那磁性十足的声音在我梦里重复回响："我是王晓慧男朋友，我才是王晓慧的男朋友。"我从梦中一次次被惊醒，看到湿漉漉的床单上竟然留着一丝一丝的红褐色的黏稠血迹。

我不由得悲观地猜想，活人被尿给憋死，那我一定是这个世界上最悲伤的鬼。我的膀胱已经开始出血，说不定会爆炸。

我必须得回到王晓慧身边，她王晓慧能去消防中队做文职，我为啥不能，必须能。

恰逢那几天消防中队发布了招聘消防行政执法辅助人员的公告,学历专科以上,性别要求男,本地户籍优先考虑。这样的条件不正是冥冥之中为我量身打造的吗?况且马队跟我这层关系,偶尔走走后门更亲近。我把我的决定告诉爸妈,我妈的反应倒还行,一只手搓着麻将,另一只手挥了挥:"去吧去吧,我看消防队有几个小姑娘挺标致,最好娶一个回来给你洗床单。"我爸的反应就有些激烈了,黑着脸说:"家里到揭不开锅的时候了?那么危险,你去干啥?"我极力解释说:"消防队文职就是做文字工作的,坐坐办公室不出现场。"

我爸很固执也很坚定:"敢去,老子就打断你的腿!"最终我还是去消防队报名了,我是大小伙子了,再也拉不下脸来向我爸解释我的个人问题。没承想一个小小的消防队文职竞争还那么激烈,先笔试然后面试,最后还要进行体测。大学生乳臭未干,笔试的时候都是考神,但我还是在面试的时候以高分被录取。有必要说明的是,我绝对没有走后门。我确实是想走来着,还专门找过马队。马队狐疑地瞅了我几眼摇摇头:"王晓慧过几个月就要走了,你没机会的。"我极力保证说:"真不是为了王晓慧。"实际上,这次消防中队文职招聘是有针对性的,大队领导专门讨论过,原则上是只要有本地人报名,那基本上就是内定了。而我,凑巧正是那个唯一报名的本地人。

原因很简单,防火的战斗要深入人民群众中去。换个不严谨的说法,这防火的战斗要从"敌人"的内部开始瓦解。我这样的城中村土著,必须是可遇不可求的人选。这些年来,北市区大兴土木,我们城中村自然而然成了打工仔集散地,出租房供不应求后,各种形式的私搭乱建将我们村变成了一个巨大且复杂的蚂蚁窝。消防安全问题一直是消防队久攻不下的顽疾,事故频出,市委市政府正加大力度督办。

消防中队先后几次的消防隐患排查行动收效都不算大。一方面,他们在城中村错综复杂的巷子沟渠里绕得晕头转向;另一方面,那些小餐馆、小旅店老板的糖衣炮弹很难挨得住,中队已经开除了好几个收受红包的消防文职人员了。最重要的一点,就是城中村不乏刁蛮之人,拉帮结伙一致对外,说了不听听了不改,消防队拿他们这些"老油条"没有一点办法。我进消防中队做文职,大队长特意找我谈话,说:"城中村的消防隐患管理,有你在,我放心。"我说:"我懂,战术是从敌人的内部瓦解。"大队长愣了一下,笑了笑说:"差不多是这个意思。"我接着跟大队长保证:"用我就对了,本地人熟门熟路。其次我好歹是城中村土著,不差那千八百的,糖衣炮弹也没用。谁说了不听听了不改,我这个土著有的是办法收拾他。"大队长起身拍了拍我肩膀说:"好小子。"于是我抓准时机赶紧接茬儿提条件,说:"我想跟中队的王晓慧在一组工作。"

消防文职最大的好处就是朝九晚五,不需要全天候战备,正好我可以回家睡觉避免尴尬。正式进入消防中队工作之前,先得进行为期一周的军训。进入消防队后,我白天尿不出来的毛病竟然又好了,该尿就尿,尿得踏实有着落。军训的时候马队喊着号令,我们稍息、立正、向右看齐,然后齐步走、正步走。训练强度不大,但是枯燥。我时不时溜号去办公室找王晓慧,美其名曰提前熟悉工作环境。自从她男朋友出事以后,她对我冷漠到了极点。我厚着脸皮去烦她,她盯着电脑桌面不给我正脸。

实在被烦够了,王晓慧两手一摊气呼呼地说:"有意思吗?"

我说:"没意思。"王晓慧问:"那你是什么意思?"我十分认真地说:"以后我是你的同事,也是你的新搭档。"王晓慧气愤了,说:"过几个月我就走了,难道这也不能让你死心?"

因为我跟大队长提过条件,王晓慧也从文职转到行政执法辅助岗位上来了。王晓慧只要一天不离开我们中队,那她注定就是我的搭档。马队一脸严肃地交代王晓慧:"这小子新来,你要多带带他。"王晓慧委屈地说:"带,怎么带?"

我们这个岗位不怎么坐办公室,经常出外勤,主要是对建筑工程进行消防管理、防火检查和开业前消防检查,分着片区,挨家挨户去。马队带着我们转了几天熟悉工作流程后,就带队出任务去了。防火参谋老刘带我们继续转,老刘是我们中队指导员。

消防队是一个城市的创可贴,大到火灾、洪涝、塌方、车祸现场,小到马蜂、毒蛇、钥匙扣卡手、下水道卡腰,都需要消防队的及时救援。按照马队的总结,一座城市每天都会有那么几个人要死,也会有那么几个人想着法地去死。消防队披星戴月轮班干了,可还是有那么多死掉的人要去收回来,还是有那么多想死的人要去拽一把鼓励他好好活下去。往后一个月里,刘指导员外出学习,大部分时候只有我和王晓慧出外勤。这当然是有违工作制度的,没有防火参谋主检,我们做编外辅助的没有执法权,所以刘指导员只是跟我们说:"盯紧了。"盯紧了,其实也就是"探子",就转一转看一看,实在突出的情况就张嘴纠正两声。刘指导员走的时候吩咐说遇到一般情况自行处置,特殊情况打电话给马队。至于什么情况一般、什么情况特殊,刘指导员没有特别交代,所以按照我的理解,只要不出现火星子,索性都按照一般情况处理。

五

消防隐患里的一般情况,就是主观上情有可原,可处理也可以不处理的情况。

关键在于可见，或者不可见。通常是指消防通道堵塞、消防措施缺失、灭火器没气等此类显而易见容易被抓住把柄的地方。私搭乱建的城中村，一般情况并不算罕见。这些一般情况真到了哪一天发展成了特殊情况，那就是摧枯拉朽不可想象的。

我和王晓慧两个生瓜蛋子，只好硬着头皮去做工作。王晓慧比我有素养，做工作的时候晓之以理动之以情，讲条例摆法规，然后换回来唾沫星子满天飞。人们当着王晓慧的面就直接做出总结："你这娘儿们，较真儿。"王晓慧听了先是一怔，然后抬手指着城中村的私搭乱建，指头一抖一抖地，说："要是城中村着起来，肯定是连片地烧，后果无法想象。"得到的回应永远只有一个："那又能怎样呢？不是还没烧起来吗？"

我就没王晓慧那么好的修养了。那些临街开餐馆的防火检查不合格拒不改正的，我处理的办法首选是涨房租。消防措施不完善的小旅馆，我软硬兼施给两个选择，要不就是改，要不我断你水电。尽管房子不是我们家的，但城中村的老户谁和谁不是沾点亲带点故呢。外地人多过本地人的城中村，来村里做生意的外地娘儿们总站在我背后骂街："房东崽子都是他大爷的。"王晓慧为此批评过我很多次："别以为你有点臭钱就了不起，我们消防中队的工作还是要讲究纪律。"我也怼过王晓慧："要是你们的工作纪律能把事情干下来，就不会聘用我这个本地人了。"因为我去消防中队工作这事，我爸整整一个月没跟我说过一句话。在我把城中村搅得鸡犬不宁之后，我爸喝得酩酊大醉，对我破口大骂，喷着酒气直呼我的大名"江海河"："你六岁时候我给你改的名，你小子生来就缺水，还敢去消防队工作？"我妈在一旁拉着我爸护着我："你爸的意思是，都是街坊邻居的，你要注意工作态度。别什么时候出了问题，你就成了背锅的。"

王晓慧跟我一起出外勤，对我爱搭不理，直接把我当空气。我们一前一后在城中村转啊转，我边走边帮她回忆美好的曾经："我们在这家吃过夜宵，在那家喝过奶茶，我们在这家亲过嘴，在那家开过房。"王晓慧忍不住了，朝我吼："别说了，丢人现眼。"我就纳闷了，说："怎么就丢人现眼了？"我发现王晓慧这家伙竟然随身带着把改锥，她磨刀霍霍地警告我说："要是你敢做出工作之外的举动，我就把你扎成马蜂窝。"我抬手相拒，说："不敢，不敢。"我是真的不敢，能待在王晓慧身边其实我已经很满足了，好歹我视王晓慧为第二命根子。我心里掂量着一笔账，要是我再敢有一点过分，我这个活人真会被尿给憋死。王晓慧就是我的一味"药"，尽管这药理是个未解之谜。自从跟王晓慧一块工作，我不仅白天尿得出了，到了晚上也睡得踏实了。这样的感觉很奇怪，就像是在海上漂泊数日抓到了一根稻草。

几乎每一次出外勤，王晓慧都被我气得够呛。今时不同往日，恋爱那会儿插科打诨的嘴皮子功夫现在拿出来，就是对过去彻底的否定和批判，也是对现状的无情嘲弄与讥讽。王晓慧下班的时候一个人躲在办公室边给她男朋友打电话边哭，我回办公室取东西的时候恰好在门外听到。王晓慧抽噎着问："我什么时候才能去跟你一起？我快要熬不住了。"电话那头她男朋友问："我正在跟中队长申请岗位。是不是那王八蛋又欺负你了？"王晓慧呜咽着说："那倒是没有，不过我这样天天跟他在一块工作，对你不公平。"

我只能悄无声息地退了回来，心里酸溜溜的。我还从来没有想过，我会给王晓慧带来这么大的痛苦。原来我就是个极度自私自利的完蛋货。

再出外勤，我注意保持和王晓慧的距离。患得患失的感觉真会要人命，我得彻底斩断对王晓慧的一切幻想，甚至打了退堂鼓想要从消防中队撤退。我旁敲侧击地跟马队说想辞职不干了，马队横了我一眼："真当消防中队是你家？想来就来想走就走。"幸亏刘指导员外出学习回来带着我们俩一起出外勤，我和王晓慧之间多了一个刘指导员，我基本上可以做到一天不和王晓慧说一句话。刘指导员自然看得出我和王晓慧之间有端倪，不好点破，于是说："战友之间还是要注意保持团结。"我嘴贱的毛病又犯了："我和王晓慧战友已经团结过很多次了。"王晓慧甩给我一大白眼儿，"呸"了一声，说："臭流氓。"

我们去城中村出外勤很频繁，马队和刘指导员共同带队。据说市里正在筹备开展一场针对城中村的消防大整改行动，这个行动是马队最先提出来的，其间经过了很激烈的讨论，否了又提，提了又否。反对的意见认为，开展一场消防大整改行动太劳心费神，干脆来个一劳永逸的办法，把城中村拆迁纳入规划。马队激动地说："城中村没等拆迁就烧起来，谁来负责？"于是城中村消防大整改还是被提上日程，市委领导吩咐马队前期先摸清楚情况，好进一步因地制宜制定整改方案。

其间我又和王晓慧吵过一次，其实我没想跟她吵。本来是她男朋友消防中队那边出任务，前往邻省的洪涝灾害现场参与救援，这一去就失踪一个多月没给王晓慧打电话。回来联系上以后她男朋友告诉她，消防中队文职岗位还是没有申请下来。王晓慧是小姑娘嘛，难免有点情绪，埋怨她男朋友一点都不在乎她。我用跟马队学来的大义凛然外加我的油腔滑调，一本正经地给王晓慧做思想工作："你也在消防，你什么时候看见过我们的消防员有闲着的一天，不是在出任务就是在出任务的路上。所以你一定要做一个称职的消防员的好妻子。"大概我把话说得腔调十足，于是王晓慧只能冷冷地横了我一眼，带着哭腔说："要你管。"

下班的路上王晓慧把她的愤怒一股脑儿地朝我倾泻，我略感委屈，说："难道我们就不能和平相处？"王晓慧说："不能。"然后她接着骂："你个尿脖子，都分手几年了还阴魂不散。"我也被勾起火了，没见过这么侮辱人的。本来想给她一巴掌然后喊她滚的，手抬到半空滞住了，可王晓慧不依不饶翘起下巴把脸凑过来："有种你打啊。"我只好把巴掌轻轻落到自己脸上，啪："我没种。"我气呼呼转身就走，王晓慧蹲在地上呜呜哭起来了。

我挺想转回身去安慰她的，唉，想想还是算了吧。我跟马队请了三天假，我有点没脸再见王晓慧，尽管这次招惹她的不是我，我觉得。其实主要还是想试一试没有王晓慧的日子里我会不会老毛病复发。结局自然是肯定的。我郁郁寡欢到酒吧喝了一个通宵的酒，天亮的时候回家睡觉。翻来覆去睡不着，尿急了却尿不出来，于是开始憋。最后耐不住了，憋得腰杆酸麻小腹刺痛，于是我不得不回消防中队。去的路上在消防中队门口撞上提着豆浆啃着油条来上班的王晓慧，她瞅着我，说："前几天的事情是我不对，我跟你道歉。"我当时已经憋得面目狰狞走路打飘，被她这么一说反而松懈了。刺啦一下，裆下一片温热迅速散开来。我再无工夫搭理她，边往中队卫生间跑边应着："暂且接受。"

尿裤子这事还是被王晓慧发现了，我往中队卫生间跑的时候其实裤子就已经湿了一大片。下班的时候王晓慧悄悄跟我说："我看见了。"我问："看见什么了？"王晓慧瞅了我一眼，声气有点大，说："你尿裤子，我看见了。"我急忙作势要伸手去捂王晓慧的嘴："你不说出来能死？"王晓慧扑哧笑了，跟我提条件说："以后你再敢图谋不轨，我就跟整个中队说你尿裤子。"我愣怔了下，没想到王晓慧会跟我来这一出，于是我摊了摊手妥协说："好，我们以后和平相处。"其实我的妥协是完全没有必要的，王晓慧她啥没见过，爱咋咋的，反正我这个尿床大王脸皮早已厚成了鞋底子。只不过我绝不会告诉她，我为啥天天缠着她。

我很清楚王晓慧始终会有离开我的一天，靠她是靠不住的，我再一次去了医院，发了狠必须把病根儿给找出来。到了医院仍旧是那套查不出任何问题的大检查，医生也直摇头，叹了口气建议说："要不转去精神疾病科看一看？"犹豫再三我还是去了那医生给我推荐的心理咨询中心，医生是个很漂亮的少妇，三十来岁。我吞吞吐吐好半天才跟她说清楚病情，医生莞尔一笑说："你有病。"然后初步诊断说："依赖型人格障碍。"我半信半疑。

于是心理医生对我进行了一场催眠治疗，治疗室的躺椅很舒服，枕头很软和，卡着脖子头深深地陷下去。治疗室里放着德彪西的《月光》，心理医生一直说让我放松，再放松。她身上的香水很好闻，我感觉身体越来越轻。再次醒来的时候，不出所料我尿床了。不过这不是重点，重点是医生在催眠结束之后趁热打铁问我："你睡着的时候一直在喊好多蛇和好多老鼠，小时候被蛇和老鼠吓到过？"我摇摇头："想不起来了，我从小胆子就大，怎么可能会怕老鼠或者蛇？"然后我想了想又说："不过从六岁开始我就不停地梦到好多老鼠和好多蛇，然后尿床尿到现在。"她若有所思地点点头做出推论:"可能是童年创伤引起的依赖型人格障碍。"这话就让我听得愣了,我问:"还有得治吗?"医生摆出一副职业笑容,说:"其实也不难,一周来我这里做一次心理治疗,循序渐进,就是需要的时间有点长。"我问:"关键是现在咋办呢?白天尿不出晚上又尿床,这毛病令人头疼。"她摆摆手说:"依赖谁那就先暂时依赖着呗,总不能把自己憋死。"所以我对王晓慧已别无他求,只希望能够一直跟她一块工作,痛痛快快撒尿就很满足。别人的女朋友就是别人的女朋友,我拍着良心要做一个正直的人。现在我对王晓慧最好的爱,大概只有尽快摆脱我对她的依赖。

之后我再也不敢招惹王晓慧了,总感觉对不住她,其实我没有什么地方对不住她。上班的时候王晓慧每一次喊我名字,我都会心惊肉跳不敢看她的正脸。王晓慧说我这是做贼心虚,我偶尔反驳说我不做亏心事不怕鬼敲门。当然了,我也不再去做心理辅导了。我感觉那少妇就是虎狼,怎么能将我的生理和心理都交付给她死死拿捏呢。我开始认真反思我梦中重复出现的那些蛇群和鼠群,它们应该是我尿床的病根儿。不过我总想不起来蛇群鼠群是在什么时候出现的。童年的记忆像一张张幻灯片,有的清晰有的像永远对不准焦距。用心理医生的专业术语来说,这叫选择性失忆。

六

王晓慧男朋友休假来看她的时候,我们正好出外勤。

马队带领着我们消防和城管联合执法,在城中村对那些"握手楼"进行重点整顿。城管执法队负责督促拆除那些私搭乱建的阳台和遮阳棚,我们消防重点检查楼里的排烟道和飞线。对城中村的消防整改行动就这么悄然开始了,阵仗不算大,持久战,讲究个循序渐进一步一个脚印地来。不过处罚的力度倒是挺大的,该罚款就罚款,该停业整顿就停业整顿。为此,好多被罚款的商户找了我爸,托我爸找马队说说情少罚一点。不过在这一点上我爸是立场坚定的,说:"消防措施做不好,被罚了活该。"我爸得罪了人,于是黑历史被重新翻出来,人说:"好意思教育别人防火,当年你不也烧死过人。"尤其是我爸没事跟在马队后边分发防火宣传单的时候,身后一片指指点点,老城中村人没有办法不想起马队的老婆。

王晓慧的那个消防员男朋友叫李海成,我第一次见到他的那天刚好是情人节。为什么这么记忆犹新呢?因为那几天马队他们出任务出得很勤,大都是因为失恋跳楼的、跳河的、想办法要找死的。在这个节点消防中队的警铃呜哇呜哇聒噪极了。马队吩咐我和王晓慧常去城中村做消防检查,城中村那些打工仔表白时摆玫瑰点蜡烛容易引发火灾。

李海成捧着一束玫瑰花悄然而至，要给王晓慧制造一个浪漫的惊喜。

这天我和王晓慧出完外勤准备下班的时候，又热又渴，正好遇到一家冰激凌店开业酬宾，买一送一。我一只手拿着一个冰激凌，问王晓慧："来一个？"

王晓慧白了我一眼："不吃。"我说："再不吃就化了，浪费可耻。"王晓慧勉强地接了过去。于是我们蹲在那里吃冰激凌。

这个关键时刻李海成捧着一束玫瑰花出现在巷子口，一瞬间空气僵滞住了，六目相对。李海成看了我一眼，然后略过我，捧着花喊了声："晓慧。"王晓慧呆愣住了，语气略带责备地说："你怎么一声招呼不打就来了。"好在王晓慧反应过来之后，瞅了我一眼跟李海成介绍说："这是我的同事，我们刚结束外勤。"李海成看我一眼笑了笑，说："我知道。"我跟李海成假模假样地寒暄，他看着跟王晓慧挺般配的，个子高挑形象干练，理着一个清爽的寸头，笑起来露出洁白的牙齿。李海成笑得很坦然，我倒莫名有些心虚。

晚饭是一起吃的，本来我坚决不去，电灯泡就不当了。谁知李海成一再坚持说，遇上就是朋友，一起吃个饭顺便聊聊。没承想这时候王晓慧冷不丁来一句"不做亏心事不怕鬼敲门"，那我也只能说"必须去，身正不怕影子斜"。情人节的食客们成双成对，只有我们是两男一女。服务员上来推荐情侣套餐，再看看我们仨的组合立即捂住了嘴。吃饭的时候，我看见李海成那根出任务时被切割机切断的手指接上去了，不过已经名存实亡，没有办法正常弯曲。

场面一度僵滞，李海成在努力维持，干脆给我们讲了个笑话，说："几个月前遇到个傻缺，给我打电话问我是不是晓慧的男朋友。我说是。然后那傻缺拿着移动的电话号码跟我推销联通公司的套餐。"出于礼貌，我咧着嘴红口白牙配合着哈哈笑。

转移尴尬的重任最终还是落在了酒上，我和李海成决定喝点。王晓慧在一旁捅了一下李海成，说："你不能喝酒，影响训练。"然后王晓慧斜了我一眼说："他酒量不行，别喝。"我结结巴巴会意，说："要不还是别喝了。"李海成声气大了，说："这酒得喝，因为高兴。"

于是我在和李海成不是较量的较量中，终于赢了一次。如果说较量是为了王晓慧，那我肯定输，因为我没有任何底气也不占理儿。若是较量只是为了高兴，我城中村土著不是白叫的。李海成果真如王晓慧所说，酒量不行，端着杯子推了几手太极说话就开始夹舌了，面颊绯红，眼睛血红。王晓慧在桌子底下踩了我好几脚，暗示不能再喝了。可李海成不依不饶，端起酒杯就跟我干了，干了一杯之后我就恍恍惚惚看见他脑袋歪了。

李海成颤颤巍巍伸出手来跟我握手，看看王晓慧又看看我，喊我"兄弟"，然后说:"我知道你和晓慧以前的事情……"

我刚要做出解释,李海成又堵了我的话接着说:"不过这不是重点,重点是我觉得你能给晓慧更好的爱,我可以选择放手。"

我头一回遭遇到这样的情况,脑子发蒙,我说:"过去的就不提了,你们好好的就行。"

李海成继续坚持,认真地说:"我这个做消防员的,成天火里冲水里蹚,亏欠晓慧的太多太多。我感觉你跟晓慧更适合……"

李海成这么一说,我就不敢接了,我心里怪不是滋味的,甚至有些生气,我站起身来就要走:"神经病啊,你们谈你们的恋爱,跟我有毛关系。"

我走的时候王晓慧在身后喊我:"江海河,你个王八蛋。"

我转身看着趴在桌上嗷嗷吐的李海成,对王晓慧交代说:"照顾好你男朋友。"

李海成这时候抬起头来,看着我说:"我是认真的,晓慧跟你更适合。"于是我摆了摆手,酒劲儿冲上来:"去你妈的,不带这么玩的。"

这一夜我睡得很踏实。城中村的烂仔们大半夜放烟花表白的时候把楼下的垃圾堆点燃了,消防中队半夜出任务灭火都没把我吵醒。我竟然没有尿床。

难道我尿床的毛病就这么好啦? 我不得其解,而且像一个正常人一样起床直奔厕所痛痛快快地解决了所有问题。

算啦算啦,不想了,脑瓜子嗡嗡的。去消防队上班的时候,开早会,马队专门将昨晚城中村的火情提上来,将我和王晓慧两人严厉批评了一顿,说我们俩吃闲饭,对城中村消防检查粗心大意。本来我想反驳两句的,那帮烂仔放烟花引发的火情,要找就找城管或者派出所去。不过我扫了一眼王晓慧,她大概是一夜没睡无精打采的,就忍住没说。

李海成休假期间一共来看了王晓慧五天,五天里有三天都在我们中队吃食堂。本来马队想抓着他这个消防技能冠军给我们消防员上几节课,传授一点切割机的使用技巧。可李海成向马队展示了他的手指,说:"使不了,握不动啦,以后就是压水管的命啦。"李海成和王晓慧成双成对的几天里,我是没脸在队里待,我跟王晓慧的事情整个中队都知道。

我想我在他们眼里,就是动物世界里那只求偶失败的鬣狗,夹着尾巴落荒而逃。既然城中村垃圾堆着火这事马队点名批评了,我就得主动承担起隐患整顿工作,也好离中队远远的,眼不见心不烦。整顿工作就是联系居委会把城中村那几堆易燃的、可能会自燃的垃圾清理掉。这个工作并不好做,关键是人家居委会可以不配合,那垃圾堆了好几年,我完全没必要多管闲事。最终还是我爸帮了忙,他刚被选上了居委会主任。他在连日的城中村消防大整改中和城管一笑泯恩仇，决定不再骑着三轮车跟城管大队的同志斗智斗勇。于是我爸提供三轮车，组织了居委会一帮人手。人们看着垃圾堆一点点清理干净，恍然大悟似的想起来："当年就是老江家垃圾自燃，烧死了马队的老婆孩子。"我爸基本不放在心上，说烦了他怒目相对："闭上你狗嘴，再吵吵烧死你全家。"有时候针尖对麦芒杠上了，人家会愤愤说："要烧，也是马队烧了你全家。"这时我爸整个人都会在战栗中迅速萎靡下来。李海成回去之后，马队把王晓慧调去办公室写文件。马队在做出决定之前还专门找我聊过，东拉西扯大半天才讲到重点，问我："给你换一个搭档，有没有其他意见？"我摆了摆手说："求之不得。"李海成走后，我和王晓慧心照不宣地将彼此视为陌生人，互相绕着走，正面遇上了绕不开，那也要侧着身子偏着头走。我们都想把彼此当作空气，但是我们彼此的存在又是那样合理。不过经过李海成来的这一出，我尿尿的毛病奇迹般好转了很多，白天有没有王晓慧我都尿得出，到了晚上也形势一片大好。

城中村的消防整改工作也在有序推进，基本上已经把外围工作拿下了。接下来就是细化成专项的内部检查，消防通道、消防器械、违规电路、排烟管道等，慢工出细活。马队给我分配的新搭档是个新来的青瓜蛋子，刚大学毕业，叫宝来。他自我介绍的时候说："我宝来，名字取得像把火。"我调侃说："我叫江海河，那就是一汪水了。"马队说："甭管一把火还是一摊水，今后你们要相互学习取长补短。"

宝来这小子虎背熊腰傻了吧唧的，但是纯洁可爱像个孩子，整天没事就江哥长江哥短的。我对他实在没多大兴趣，我对任何事都提不起热情来。没有插科打诨，没有互掐斗嘴，没有王晓慧，没有色彩，没有滋味。幸亏宝来这傻小子不仅踏实还懂事，再出外勤，我都鼓动他率先冲在前头。我甚至都已经想好了，等宝来工作上手对马队有个交代以后，我就要撤了。我现在已经算是摆脱了依赖王晓慧才能尿得出来的魔咒，那我还待在这里干啥，回我的城中村当我吃喝不愁的收租公去。

那天刘指导员出任务去火场痕检去了，就我和宝来出外勤搞消防检查。紧赶慢赶，一个餐馆的厨房出现了火情还是被我们给赶上了，远远地就看见浓烟滚滚冲出来。老板着急忙慌跑了出来，浑身沾满了灭火器的干粉，只看得清一条鲜红的舌头在嘴里边搅边说："油锅炝着了火，液化气罐还没关。"我当时的第一个反应是，终于遇到马队说的特殊情况了，接下来的流程该是赶快掏出手机给中队接警室打电话让他们赶来处置火情。我一掏电话把老板给干蒙了，老板满脸疑惑地看着我，说："你干啥？"

我说："我报火警啊！"老板一脸不可思议地看着我说："你不就是消防员？"我这时才有点反应过来，说："哦，我是消防员。"那老板又看我："那你还愣着干啥?"我愕然,说:"我,我报火警。"当我还在思索我应该如何突破我和老板刚制造的逻辑怪圈,一旁的傻小子宝来站不住了。他把外套脱下来,在路边的臭水沟里浸湿了罩在头上,不管不顾地冲进了滚滚浓烟中。

我有点被这情形吓到了,冲着浓烟喊:"宝来你个大傻子,不要命啦?"

我喊,老板也跟着喊,喊出了颤颤巍巍的戏剧腔:"果然英雄出少年……"

老板感叹的腔调尾巴还没收干净,宝来就已经抱着液化气罐从浓烟中冲了出来。他满头满脸被熏得黢黑,只剩眼白和牙齿还是雪白的,抱着一大个液化气罐,罐口还不停地往外喷着火。宝来冲出来的阵仗着实骇人,液化气罐上长长地吐出来一条火舌,朝我的面门就舔过来。我下意识后退了几步,脚后跟撞到路沿,我一屁股瘫坐在地上,后脑勺发麻,脊背凉飕飕的,软绵绵地朝宝来喊:"宝来你个灰孙。"

屁股着地的时候我打了个冷战,按照那老板后来传扬的说法——我被吓尿了。

宝来抱着液化气罐冲到一块空地上放稳了,解下罩在头上的湿衬衫往出气阀一盖,火焰就灭了,然后拧紧气阀,危机就解决了。一套操作行云流水,从冲进火场到处理掉火情,前后不过一两分钟。他龇着一口白牙向我走来,居高临下向我伸出手说:"江哥,我扶你起来。"我没脸去拉宝来的手,颤颤巍巍试了好几次才站了起来。其实是不想站起来,可这地上也没留个缝让我钻。火情被迅速处理,一批围观的人关注的重点是我抖得像筛糠般的双腿,以及我身下湿漉漉那一摊。要脸有一个前提,那就是得有脸,我是彻底没了脸了。

七

大傻子宝来成了城中村人们眼中的英雄,代价是抱液化气罐的时候脖子被火焰舔了几下,起了一大片火燎泡,从医院回来的时候敷着黑乎乎一层烧伤膏。马队板着张脸盯着宝来,严厉批评:"你个愣头青有几条命,竟敢擅自行动。"刘指导员则是器重地拍了拍宝来的肩膀:"好小子,有我当年的风范。"宝来傻呵呵地憨笑:"我感觉火情不严重,能处理就尽快处理。"宝来对火有着超乎常人的认识,他的父亲是位烈士,老消防员,早些年扑救一场山火,侦察烟点的时候遇到了爆燃。

宝来傻笑的时候我抬起头,我又看见了他那口洁白的牙齿。宝来仍旧喊我江哥,我嘴唇抖了几下,没好答应他。我没有办法不正视他全部的脸,这次他的脸上真的很有面儿。是我尖酸,是我刻薄,宝来不是什么大傻子,我才是。火情之后防火参谋进驻现场进行痕检和险情评估。首先是那老板扯了谎,起火的原因是他私自搭了几条飞线导致的短路起火；其次是宝来冲进火场抱出了液化气罐，将火灾损失降到了理论上的最低。起火餐馆的楼上住了两个无法自主撤离的瘫痪老人，如果液化气罐发生爆炸，后果将不堪设想。

马队又满脸愁容地看着我，拍了拍我的肩膀，安慰道："你也不要有什么心理负担。"马队转身走了，我仍丢了魂似的戳在原地。我那天在火场尿裤子的事情早就传遍了整个中队。刘指导员专门提出过要求，不允许议论。我知道没人议论，但是我也看得见整个中队的人看我的眼睛里都装了扫描仪，他们没有办法不重新打量一下我。当然，除了王晓慧。在食堂吃午饭的时候王晓慧主动跟我说了自李海成走了之后的第一句话，她端着餐盘看着我，小心翼翼地问："你，还好吧？"我对着餐盘扒了几口饭，下巴抖了几下说："没。"

我又开始陷入无休无止的梦境，梦中的场景不断地被充实。浓烟滚滚是绝对的黑暗，密密麻麻的鼠群和蛇群从浓烟中涌出来将我吞噬。梦中的浓烟令我产生窒息感，我混迹于鼠群和蛇群之中，后背被烈火灼烧，前头被浓烟扑面，我无法动弹。我尿床的老毛病又犯了，一泡接着一泡，尿到天亮尿不出了，身体却还保持着战栗感。白昼如同夜晚，我丢了三魂七魄步入混淆，眼前一片混沌分不清现实和梦境。下班的时候路过一个爆米花摊，我杵在旁边盯着烤爆米花的炉子看。高压炉放气爆开的时候一声巨响，我的身体跟着抖了一下——在大庭广众之下尿了裤子。

人们在我身上有了惊奇的发现，他们几乎是惊呼："快看，这不是那个被吓尿裤子的消防员吗？"

在快要被一片唏嘘声淹没的时候，王晓慧拨开人群冲进来脱下外套系在我腰上。我木然地被王晓慧拽着走，边走边听到王晓慧咬牙切齿地说："看什么看，再看把你眼珠挖出来。"王晓慧不放心，坚持把我送到家。到了家门口我把她拦在了门外，我摔上门听见王晓慧在门外喊："不要胡思乱想，没事的。"我没有回应她，迅速退守到床上，盖起被子蒙着头。

我很有必要离开消防中队，而且理由已经足够充分。

我是我，消防中队是消防中队。这个很关键，绝对要区分开来。我在消防中队工作了大半年，我也该知道有一种东西叫作集体荣誉感。那个在火场被吓尿裤子的人是我，我们消防中队的战士个个都有胆，起码他们绝对不会尿裤子。可是因为有我抹黑，我们中队的消防员都像会尿裤子似的。事情不该是这个样子。

我卧床不出门的日子里马队来看我，我胆怯地透过门缝告诉马队其实我很好，没必要来看我。于是我爸他们又喝了一场大酒，他们在一楼喝酒，我在二楼尿床。我听见他们喝酒的声气越来越大，最后我爸朝着马队激动地喊："你当初就不该让他去消防队。"马队说："我也没想到会这样。"我爸更激动了,朝着马队吼："你答应过我的,绝对不能把我儿子拖向火。" 马队说："我从来没有想过。"

第二天我跟马队递交辞职报告,马队没批。马队找我谈,他表情是严肃的,其实我还看见他眼里充满了担忧。马队长呼了口气跟我说："我当消防员第一次出任务,高空火灾救援,我们被困在楼梯间里,上天不能落地不可。门板被烧得殷红的时候我联想起焖炉烤鸡,我们几个消防员都会被焖死在小房间里。那次我也尿了,真的是要生死由命就管不了啥屎尿了,可尿完之后抖抖擞擞还不是汉子一个活过来了?"

我说："这不一样。"马队摆了摆手,笑着说："这有什么不一样?"我失魂落魄但也很坚定地说："这本来就不一样。"这一天是我二十五岁生日,我浅薄的阅历总算够我拿来捋一捋活着与死去的本质区别。其实我是捋不清楚的,这样的命题对我而言还太难。"飞蛾扑火"和"凤凰涅槃"这两个词其实近义,不过飞蛾和凤凰中间还夹着个胆小的老鼠。我是个只会尿床的胆小鬼。

马队还是没给我批离职报告,他说："自己的命根子,自己要把得住。"

我不肯定也不否定,点点头有了主见,说："可这里是消防队,我尿的不是地方。"

马队拍了拍我的肩膀,意味深长地说："我多想往你的命根子上,贴个创可贴。"

消防中队季度大比武又如期举行,我仍旧窝在家里思考如何重整旗鼓再出门。马队没给我批辞职报告,给我一个月权当休假。马队说："我们都先别忙着做决定。"马队先后来找过我爸好几次,都是谈城中村的消防整改问题。我听过他们的对话,我爸有点埋怨马队："我儿子的辞职报告,你怎么不批呢?"马队犹豫了一会儿,说："难道让他尿一辈子?"于是我爸不说话了。在我家楼下的田径场,这次比武比起以往的比武更加喧嚣。田径场的鼓劲声和嘘声山呼海啸,我拉开窗帘斜着眼睛往下看。这次比武有点别开生面,马队把宝来也放了进去。某种程度上而言,这场比武关乎我们内部文职和专职消防员的尊严。原因其实很简单,宝来这条大鲇鱼被马队放进了沙丁鱼堆里,作用是激发沙丁鱼的活力。宝来短衣短袖站在田径场上,看上去傻乎乎的,专职消防员们多少有些轻敌。我看见宝来脸上有了我从未见过的认真。发令枪响起的时候,宝来豹子一般率先冲了出去。负重短跑和爬楼梯两个项目宝来遥遥领先,最令人称奇的是五千米空呼机长跑,宝来甩开了后面整整一圈。穿脱战斗服负重一百米和一人两盘水带连接这两个项目就弱一点,宝来吃亏在他对设备的使用不熟悉。比武前没人能想到宝来会赢,宝来赢了的时候专职消防员们击鼓搏胸对自己发出唏嘘,说宝来这家伙果然是条鲇鱼,跑起来的时候不需要用肺呼吸。宝来赢了,我拍着栏杆为他欢呼:"宝来你个灰孙真是好样的!"我不确定我站在窗户前拍栏杆的声响有多大,反正应该不大。我看见在比武现场戴着袖标维持秩序的王晓慧抬头往我这边看了一眼。

中队的警铃响起来的时候比武才进行到一半,战备状态的消防员迅速出警,比武继续。可没一会儿,中队的警铃声大作,比武现场的消防员浑身抖了一下就放下手头一切事情往消防站奔过去,整顿了没一会儿,整个中队的消防员全都杀了出去。

常识告诉我,这种场面叫作情况特别紧急。我打开手机的时候正好弹出一条快讯,我们邻市的一个化工厂发生严重事故,火势还未得到有效控制,其间火场内部发生几次小规模爆炸,几个率先冲进火场的消防员已经不幸牺牲。邻近的几个地级市的消防队正在开着泡沫车火速赶往事故现场进行支援。这条信息让我的心一下子揪了起来,我的脑中立刻浮现出李海成的身影。不出意料的话,李海成现在肯定在事故现场。我拨了李海成的电话,无人接听,然后我打了王晓慧的电话,还是无人接听。我有点坐不住了,穿上拖鞋就往中队办公室跑。

中队办公室里的电视机正在播放着事故现场先前的航拍画面,隔着电视屏幕都能感受事故的严重程度。浊白的浓烟中时不时地响起隆隆的爆炸声,鲜红的火焰从浓烟中蹿出来。王晓慧坐在电视机前,双手合十夹着手机做祈祷状。宝来比武时穿的短裤都没换下来,一身臭汗地在电视机前踱步。

宝来嘴拙还是要安慰王晓慧,他不停地跟王晓慧念叨:"没事的,没事的,你别多想。"

我出现在王晓慧面前的时候,王晓慧从呆愣的状态中抖了一下,面皮有些松动,大颗大颗的眼泪迸了出来,泣不成声地说:"海成他不接我电话。"

我说:"可能是他有其他事情。"可这时候宝来极不应景地补充了一句:"出任务的时候哪里有空管手机。"这话一出来,王晓慧浑身颤了一下,绝望地抽泣起来。

我瞪着宝来:"你个灰孙赶紧闭嘴。"宝来傻乎乎地回嘴:"本来就是。"其实我们都知道李海成如果出任务,只能是去了电视机上那炼狱般的现场。我们一直坐在办公室的电视机前,通过一切手段去获取事故现场的最新情况。可从手机或者电脑上获取的信息是有限的,电视上的报道也是。我们分别给邻市的所有朋友挨个儿打去电话,得到的反馈都差不多。消防救援车排成长龙进驻了现场,火场外围的居民全部被疏散,隔着老远都能听到发生事故的化工厂传来隆隆的爆炸声。王晓慧还在执着地一个接一个地给李海成拨电话,一直拨到手机没电关机了,电话却始终拨不通。王晓慧哭肿了眼睛绝望地看着我,愤愤地说:"海成这家伙竟然敢不接老娘的电话,下次见面我不抽死他。"

其实这个时候我们都确认了,李海成去了现场,不过目前情况不明。

天亮了,电视上才播出火灾被扑灭的消息。后来我听赶去支援的消防员说,其实火情上半夜就被控制住了,下半夜主要是搜寻牺牲的消防员以及遇难的化工厂工人,画面骇人不宜播出。电视新闻的航拍画面中,整个事故现场还看得见氤氲的水汽,俨然成为一片废墟。

刘指导员到办公室的时候脸皮绷得死紧,他走向王晓慧,犹豫了好一会儿才说:"晓慧,收拾一下坐我的车走。"王晓慧呆着,没反应过来。我问:"去哪里?"

刘指导员说:"去邻市,马队刚给我打电话让我带你过去。"

王晓慧这时抬起头来,吸了吸鼻子说:"去干吗? 我不去。"

刘指导员眼眶红红的,欲言又止,说:"晓慧。"王晓慧朝着指导员歇斯底里地喊:"都说了我不去,不去! "

海成牺牲了,牺牲了也就是不在了,永远不在了。这时候海成正在殡仪馆的巨幅遗像上,冲着我们微笑。为了维护李海成最后的尊严,我们都没能够见到他最后一面,包括王晓慧,包括李海成那伤心欲绝的父母。我想海成也不愿意让活着的人看到他最后的样子,他要永远有脸有面地存在于这个世界,而不是以蜷缩成一团焦炭的模样离开。在消防中队工作见过太多现场照片,其实我们完全能够想象,只不过不敢去想,不能够去想。

火葬场偌大的烟囱吹得呼呼响,把人变作黑色的颗粒呼呼地送到天上去。

海成的母亲是个坚强的老太太,她肿着眼流着泪浑身打着摆子愣是没有哭出声来。老太太一再要求带海成回家去,海成已经被火炼过一次,不能把海成再次推到火中去。接待室被哭声淹没,我们最后一次看见海成,他已经变作了灰色的骨块,被盛放在小小的木头匣子中。合上盖子的时候,海成的母亲一直紧绷着的那根弦断了,瘫坐在地上号啕大哭。王晓慧在这个时候不得不打起精神来,她抱住海成母亲的时候喊了一声:"妈。"

王晓慧已经有了海成的孩子,两个月。她抱着海成的母亲发誓:"我要把海成的孩子生下来。"海成的母亲眼中闪着泪花,点点头然后又摇摇头:"闺女,你糊涂哇! 傻闺女。"

王晓慧告诉我,她第一次认识海成是在广东,那时候海成还在那边做消防员。

王晓慧大学毕业被大公司挖走其实纯属瞎扯淡,到了那个公司她才发现公司是打着成功学的噱头做传销的。王晓慧后知后觉,可无论怎么洗脑训练就是练不会怎么去骗人,于是只能自己骗自己。她将自己骗得不仅一无所有,还欠下了一大笔网贷。当时她真觉得走投无路了,于是就决定走个捷径求个解脱。解脱的方式是站在高高的阳台上飞下去,刚准备好了往下跳,海成如同神兵天降般从更高处系着安全绳跳下来将王晓慧紧紧地抱住。王晓慧因紧张就朝海成的胳膊狠狠地咬了下去,海成紧咬牙关强忍着说:"只要你好过,你就咬。"

那天王晓慧真的将海成胳膊上的肉生生咬下来一小块。

海成牺牲之后,他的战友告诉我,其实海成本来是可以不用牺牲的。

爆炸发生的时候他们四个消防员趴在外围窗台上以阻隔冲击波,海成一条胳膊肌肉损伤,还废了一根手指头。战友说:"他根本抓不住,他应该抓住的,可他没有抓住。"

我如遭雷劈,僵在当场,我知道海成废掉的那根指头意味着什么,那就是一根棺材钉,不仅带走了海成,还带走了我,它将永远深深地钉在我的心口。我的身子瞬间变得松散,再也无法有效站立。

我一屁股瘫坐在地上。

再一次不争气地尿了裤子。我不想对海成有一丝不敬,于是起身往外走。每一步都挪动得很艰难,湿的裤子像冰一样寒冷且锋利。

我行尸走肉般回到第一次见到海成的那个巷子口,海成捧着一束玫瑰花站在那里,笑起来的时候牙齿很白。

八

海成被盖着国旗送回老家那天我没去送他。我退守到被窝里,尿多了身子就虚,我发了很严重的高烧,没日没夜做噩梦,梦中的蛇群鼠群山呼海啸乌压压向我涌来,鼠群啃食我的四肢,蛇群缠得我一阵一阵地窒息。

我还梦到王晓慧送海成回家的场景:王晓慧和海成牵着手走在无边的旷野中,后面跟着乌泱泱排成长龙的送葬队伍……

我想王晓慧这次走了,也许我再也见不到她了。往后的日子里,我眼中的世界是没有色彩的。我开始喜欢呆呆地坐在训练场边上看中队的消防员训练,他们在各种障碍物之间来回穿梭,翻飞跳跃。其实我是看不出具体内容来的,我看到两个海成在空呼机长跑结束后趴在田径场边上嗷嗷吐,我还看到一个班的海成出任务回来的时候浑身烟熏火燎,只剩着眼白一眨一眨。

宝来问我:"你亲眼见过从火场抬出来的尸体吗?"我摇摇头说:"没有。"宝来说:"我见过,我亲眼见过从火场抬下来的尸体。"我问:"谁?"宝来说:"我父亲。一米八的个子被烧成了一米不到,胳肢窝夹着衣服碎片,四肢成了焦炭,蜷缩在担架上用白布盖着……"

我不得不从宝来的描述中再一次想起海成,我莫名其妙有些恼怒,冲着宝来吼:"你个灰孙给老子闭嘴!"其实我很想跟宝来说,我见过的,只不过我不能说。我亲眼见过从火场抬出来的马队的老婆,以及她肚子里的孩子。只不过那是一种很怪异的蜷缩,双手环抱着肚子,膝盖弯上来顶着,肚子是个圆圆的膨胀的球,裂开一个小嘴般鲜红的口子。尽管那个时候我被捂住了眼睛,不过我还是看见了。

宝来想当消防员,宝来也建议我跟他一块去,这个时候我们中队正招专职消防员。我摆摆手说:"我不行,我这体格就不去给消防队伍丢脸了。"其实我也有过当消防员的想法,只不过想了想当了消防员要住在宿舍随时战备我就放弃了。海成牺牲之后我尿床的老毛病犯得很严重,我想消防中队并不需要一个穿着纸尿裤打仗的兵。我实在弄不明白宝来的脑子是否是肉长的,从他父亲牺牲的噩梦中还没醒,就敢毅然决然踏进另一个噩梦中。宝来跟我说:"承认怕,就是因为决定好不想再怕,要面对它。"

宝来说从父亲牺牲以后他就一心想着当消防员,高中练习小三科体育,大学的专业是长跑。他的母亲不想他重蹈父亲的悲剧,只想宝来毕业了能当个体育老师就万事大吉。所以宝来在来消防中队的路上很曲折,他采取了迂回战术,先报了消防队的文职,寻着机会就做专职消防员。宝来有他自己的概率学理论,说,假如火场是个形象化的人或者鬼,先头已经带走了他的父亲,之后选择带走他的概率并不大,据此可推出他牺牲的概率微乎其微。

宝来恢复了单纯,傻傻地说:"火场,就应该让我这种死不了的人去闯。"

宝来是马队一心想要的兵,身手好还够机灵。中队计划要组建一个消防特勤小组,就是要招一批宝来这样的好苗子。宝来报名专职消防员,他的母亲红着眼眶来中队,进了马队的办公室哭得惊雷滚滚。宝来母亲和马队是老熟人了,马队当武警那会儿跟宝来的父亲是一个连队的。隔着门,我们听见宝来的母亲跟马队哭诉:"宝来他爹已经牺牲了,难道还要让儿子宝来也搭进去?"就在马队要向宝来妈妥协的时候,宝来打开门进去,差点磕到脑袋。宝来站在宝来妈面前像个刚干完坏事还不服气的孩子,拖着长音喊了声"妈",然后下定决心说:"我就想当消防员,从我爸牺牲的那天起我就想当消防员。"宝来妈当场就怔住了,惊诧地看着宝来,就好像看着宝来一点一点从她的儿子蜕成了另一个陌生人,失魂落魄地边转身边说:"这些年我都白教你了,就连你都要抛下我去找你那死鬼父亲……"宝来激动了:"不许这么说我爸爸。"宝来妈没有搭理宝来的话,轻飘飘地移着步子朝办公室外挪去。宝来呆愣愣杵在原地。马队瞅了他一眼:"还不快去追你妈。"

宝来一个激灵,"哦"了一声缓过来,追了出去。办公室就剩我和马队了,马队沉着脸在原地踱步。我杵在那儿尴尬极了,留也不是走也不是。马队抬起头朝我扫了一眼,说:"不走,还站在那里干什么,难道你也想报名当消防员?"我被马队惊了一下,鬼使神差地说:"嗯,我也想报名。"其实我刚说完这话就后悔了,我也闹不清楚我怎么会说这样的话。马队在我的回答结束之后愣怔了三秒,然后嘴唇颤了三秒,说:"就你?开什么国际玩笑。"

马队的质疑似乎给了我一点血性,我说:"我怎么,我怎么就不能当消防员?"

马队撇了撇嘴欲言又止,最后说:"你给我滚出去。"宝来和宝来妈在回去之后就是否当消防员这事赌了一次,听天由命的办法是在他父亲的遗像前抛硬币。字是报名,花就是不报名,规则是五局三胜。连抛了五次都是字,宝来妈怀疑宝来作弊,换了个硬币重新抛,七局四胜。当重新抛了七次字后,宝来妈终于妥协了,给宝来他父亲上了一炷香,能做的以及能说的就只有祈祷:"你在天有灵一定要保佑宝来好好的。"宝来说那天他晃了眼,看见他爸在相框里对他眨巴眼。

我拿着专职消防员报名表到马队办公室的时候,报名表已经被捏得皱巴巴的全是汗水。在此之前我从未告诉任何人我这个决定,包括宝来以及我爸妈。马队拿着我的报名表端详了有十来分钟,其实就那几行身份信息完全没必要看这么长时间。马队终于放下报名表,抬头问我:"真下定决心了?再考虑考虑。"我愣了一下,然后点点头:"嗯。"其实我也不知道自己是不是真的下定了决心,只不过心里一直有个声音不停地提醒我,我应该这样做。这个声音有时候是我的,有时候是宝来的,大部分时候是海成的。

马队问我:"你爸能同意?"我摇摇头,有些泄气地说:"不知道,还没跟他说。"于是马队看着我,犹豫了一会儿,说:"先不着急,听听你爸的意见。"我爸的态度和宝来妈如出一辙,只不过我爸更为激动。我爸没听我汇报完毕就激动得要原地爆炸,挥起来的巴掌滞在半空要求我闭嘴,然后朝我吼:"我太知道人是怎么被烧死的了。"我低着头嗫嚅了一声:"所以才需要消防员。"于是我爸气呼呼掀了桌子:"当初就不该让你去消防队。"

我爸被我气得肺炸,我呆愣着杵在原地的时候我爸气冲冲出了门。

马队在办公室很沉着地坐着,似乎都在他意料之中,他淡淡地说:"消防员不是说当就能当的。"我爸早已先入为主,现在偏着头瞪着马队:"老马你就是故意的。欠你的我一直都在想着法还,何必再把我儿子也拉下水呢?他不懂事难道你也不懂事?"

我知道我爸欠着老马什么,还不清的,尽管我也知道我爸一直都在还。马队正在措辞的时候我插了一句,说:"我就是想当消防员,我就是想做点现在我觉得应该做的事。"见我爸作势准备打断我的时候,我更歇斯底里了:"火里闯水里蹚又怎么了,活着有作为,死了是牺牲,这个世界上没多少人能够死得其所。"

我在说这句话的时候满脑子都是海成,或者说我觉得我就是海成。

我爸怔住了,答不上话来,咽了几口唾沫。我至今没法形容我爸当时的表情,不是愤怒,惊诧中带着一丝莫名的东西。沉默了片刻,他努力给自己制造台阶,弱弱地说:"可是你尿床,尿床怎么做消防员?"

我说,其实几乎是吼:"不了,不会再尿了!永远不会了!"

我在自己的吼声中看见父亲以肉眼可见的速度在衰老。他耷拉着眼皮看着马队,摊了摊手说:"父债子偿。对,就这样。"马队怔了一下,嗓子被堵住了似的说:"我从来没想过要你们还。"

入职前,我们得去省消防总队训练一年。严格来说,培养一个合格的消防员最少要两年。两年时间太漫长,所以先填鸭学了把式,然后下到各个中队接着练。参训之前我担心尿床会熏了室友,特意准备了尿不湿,可真到了训练开始的时候才发现完全是多余。总队新来了个黑脸教官,以前是个武警特战队员。黑脸教官管体能,全程板着张脸,说:"在我手上除了训练,吃喝拉撒都是多余。"我们酝酿出一个语句,说:"这有违人道。"可这又能怎样?

黑脸教官说:"充沛的体能,可以救人,关键时候也可以保住小命。"高强度训练了一天下来,一个刚大学毕业的小伙子尿床了。原因是练了一天骨头散架,睡在床上懒得动弹。一沾枕头天就亮了,再没有什么东西能够闯进我的梦中来。

总队的训练场大得有些骇人,黑黢黢的柏油跑道打着旋涡似的一圈就是一公里。教官立得笔直给我们打预防针:"你们将在这个怪圈上反反复复跑到怀疑人生,以至怀疑自己的选择。"田径场旁边是一片烂尾楼似的建筑,那是消防训练塔。有几栋砖混的,真是烂尾。还有一栋是钢架结构,钢质的楼梯,上下跑起来打架子鼓似的咣咣响,我们叫这栋楼"老铁"。

上午六点起床出早操,七点半整理内务吃早餐,八点体能训练,十二点唱歌吃午饭,下午两点半开始各种操法训练,晚上七点看《新闻联播》,七点半接着训练,晚十点交接岗哨熄灯睡觉。

教官好心提醒我们:"奉劝你们不要睡得太死,半夜还有紧急出警训练。"

队列训练——齐步、跑步、正步、四面转法、跨立、立正稍息、敬礼、队形转换、步法转换、出列、请示报告;体能训练——长跑、中短跑、俯卧撑、仰卧起坐、单杠、双杠、障碍板、蛙跳、蛇形跑、负重跑;消防基本业务训练——水带操、百米翻越板障、穿着消防服战斗、使用空气呼吸器、穿着防化服、二节拉梯登楼、挂钩梯登楼、消防水带连接、消防射水；消防专业业务训练——消防车操、消防车驾驶员专业训练、特勤消防员训练、消防电话员业务训练、消防供水员业务训练，还有心理训练、消防业务理论学习、消防基本情况熟悉和预案演习……

高强度的训练是帮助我们怎么在火场中活下来，可在训练中我们理解最多的是我们在火场中会怎么死。在五十摄氏度的环境中，消防员负荷快速奔跑一旦超过五分钟，收缩压将达到一百九十毫米汞柱，我们或许会死于心脏衰竭或者脑出血。在高温环境下持续工作二十分钟，直肠温度上升一点五摄氏度。在火灾高温环境下穿着防护服实施救援，会大量出汗，即使坚持摄入水分，出入火场四五次后，平均的脱水量也会达到身体重量的百分之一，这个时候我们会四肢肌肉痉挛、气短、胸腹疼痛，五脏六腑像被拧在一起。

最恐怖的还是坠楼，训练之前，教官站在训练塔塔顶，往地上扔下来一个西瓜。

那西瓜落地的时候砸得四分五裂，我们不约而同地联想到肩膀上的脑袋。教官让我们对已经稀碎的西瓜进行收殓，分开存放。皮是皮，瓤是瓤，红白相间。

我一一列举，并不是想证明我们的训练到底有多艰苦，只是我有点不相信我都扛过来了，教官说这叫突破自我极限。

总队训练室搭了块黑板，美其名曰"龙虎榜"，那是专门给我们参训人员打分的。理论上是黑板上的分扣光了就说明不适合干这个，立马卷铺盖走人。可实际上没人的分会被扣光，教官总会想办法不让你的分被扣得太难看。

有志于消防并且通过筛选到这儿参训的人，起码精神是可贵的。

宝来这家伙长期盘踞"龙虎榜"榜首，我则永远是气喘吁吁跟在队伍尾巴上的吊车尾。宝来从"龙虎榜"掉下来过几期，全都是因为跑到队伍尾巴拽着我。负重五千米对于我而言绝对是一场噩梦，这场噩梦里没有令人毛骨悚然的蛇群鼠群，有的只是疲软、虚幻和上气不接下气的窒息感。我总在五公里出发的时候后悔脑子进水了才会来这个地方受这罪，我总会在最后一圈冲刺的时候听见海成在我耳边一遍遍喊我兄弟，我总能透过眼角的汗珠看见王晓慧站在终点线上等着我。

其实这个时候我已经不是自己了，浑身的骨头都被拆散之后只剩下机械地恍惚向前。冲刺的时候，宝来又蹦蹦跶跶地滑到队伍的尾巴上跟我保持同步。

在我喘得恨不得把肺挖出来直接插上呼吸泵的时候，宝来凑过来在我耳边喊："王晓慧。"

我没工夫搭理他，宝来继续喊："王晓慧，王晓慧她又回中队了。"

我咬紧牙关往终点冲，过了终点线才栽在地上四仰八叉大口呼吸着说："那又关我什么事。”

<h1 style="text-align:center">九</h1>

王晓慧又回中队做文职,这个时候已经生下了小海成。

我和宝来从总队受训回来专门去看望,小家伙吮吸着奶嘴躺在婴儿车里笑呵呵,鼻子和眼睛都像从海成那儿翻的模。王晓慧带着孩子和海成的母亲租住在城中村。本来我说可以住我家的房子,反正我家那么多出租房。王晓慧看着我笑了笑,然后摇摇头:“不了。”其实我知道王晓慧是害怕我不收她的房租,从她决定选择坚强的时候她已经不再需要任何形式的施舍。我让我妈少打麻将,没事就炖只鸡送过去照看照看孩子,顺便跟海成母亲唠唠嗑。我妈说:“你倒是发善心,人家晓慧又不是你媳妇,生的也不是你的孩子。”我认真地跟我妈说:“那是我战友的老婆,以及我战友的孩子。”我妈看着我怔了一下,轻叹了一声说:“好好好,我儿子总算也有懂事的一天。”

在总队训练的一年里我拥有了一个全新的概念,那就是战友。战友,就是并肩作战的时候你可以成为他,他可以成为你。宝来跟我说:“战友,就是随时可以为你赴汤蹈火的人。”

海成的母亲没事总是呆呆地站在阳台上朝着消防中队的训练场凝望,我们都知道她在望什么,消防中队的训练场上,上蹿下跳训练的消防员都是她的儿子。我频繁地提着奶粉、纸尿裤去看王晓慧的孩子,过度的热情让海成的母亲有些不适应。我跟王晓慧那段青春的过往其实已经不是什么秘密,有时候海成母亲会拉着我的手长吁短叹跟我唠:“晓慧这苦命的孩子连婚都没结,糊涂哇,是我们家亏待她了。”我知道她想表达什么,于是我一再解释:“我和晓慧只是同事,我和海成是战友。”海成母亲怔了下,又说:“晓慧还是得有个依靠。”往下我就没敢再接她的话。回来的时候王晓慧送我到楼下,犹豫了一会儿跟我说:“海成牺牲的事不单是谁的原因,以后你还是别来了,影响不好。”我沉默了一会儿,说:“好。”

我转身要走的时候王晓慧又叫住我,叮嘱我说:“好好训练,注意安全。”

我郑重地点了点头,我还想说点什么,但说不出来。本来烈属是可以直接安排进事业单位工作的,可王晓慧和海成的关系有些特殊。海成牺牲的时候还没有结婚,王晓慧也不算是海成的妻子。那就补办个手续呗,但也总不能海成都牺牲了还给他补一个结婚证吧?为了王晓慧的安置问题,海成所在的中队以及马队先后跑了很多单位,嘴巴都磨起泡了还是办不成。最后没办法,要了个烈属安置名额给了海成的弟弟海杰。可总归要给王晓慧一个交代吧,最后只剩下两个选择,要么去海成的原中队做文职,要么回我们中队做文职。最终王晓慧又回了我们中队,马队把王晓慧调到办公室做他的助理,这样月工资绩效会高一点。消防文职的工资少得可怜,马队说亏了谁也不能亏待了烈士的家人。

我去省总队训练的一年里,我爸没有给我打任何一个电话,或者说,是我当儿子的没能如他的意。这一年里我爸又进了一趟派出所,原因是打架斗殴。我妈说是马队跑上跑下把他捞出来的,其实并不是,马队只不过是做通了被打者的工作,赔了点钱私了。打架斗殴的起因是我爸配合消防队做城中村的消防专项整改工作,清理消防通道的时候拖走了几辆电动车。于是矛头都指向了我爸,先是说我爸犟驴一样太轴,我爸没有搭理。于是矛头从我爸身上转到了我这个儿子身上,取笑我说:"尿脖子当了消防员,尿裤子尿到了省上去。"

我从省总队受训回来的时候,我爸看着我欲言又止,最终还是问了一句:"你相信宿命吗?"

我愣了下:"不信。"我爸"哦"了一声,接着说:"我信宿命,所以我不想你当消防员。我们家欠着消防队一尸两命,我总担心会有偿还的一天。"

我咂了咂嘴,说:"信则有,不信则无。"

我爸爸起身拍了拍我的肩膀,说:"好样的,不过要注意安全。"

我和宝来以及其他十余名同期的消防员在总队受训回来,到中队报到,马队放下手头所有工作亲自带着我们搞训练。回了中队也就意味着我们即将步入实战阶段,往往在火场最容易出事的就是我们这些刚学了点三脚猫功夫的青瓜蛋子。马队说:"别以为在总队受训拿了优秀有多了不起,真正的火场的情况不知道比训练场复杂几万倍,随时随地都要人命。"回中队的第一节课是在室内上的,没收了手机以及一切电子设备,观看一些内部的事故现场影像资料。其实马队是在打擦边球了,事故现场的照片图像属于绝密资料,拿出来做警示教育当然是最好的教材,可认真追究下来也违规。马队一再警告:"出了门,嘴上就忘了,心里一定要记得。"

马队教育我们说:"我们消防员要救人,首先要知道人可能会怎么死。"警示教育进行到一半,已经有新消防员忍不住捂着嘴冲去卫生间吐了,吐完又接着回来眯着眼睛东倒西歪地坐着。我还好,胃里翻涌了几次还是强忍下去了。可马队还在继续,我从未感到过一堂课会是如此漫长。马队的语气越来越严厉:"如果我们消防员能准时到位,很多这样的场面是可以避免的。"接下来马队的语气就是在警告了,"如果我们消防员不听指挥,业务不熟练操作不标准,下场也这样。你们以为牺牲是什么?牺牲了就是死了,死了就是永远不在了。"马队说这句话的时候我又开始伤感,想起了海成。马队的警示图片还在放,其实这个时候我们好多人都已经眯起了眼。马队敲了敲桌子提醒我们睁开眼,这次的图片是一具烧得蜷缩的尸体,我一眼就辨出了那是谁:蜷缩的尸体的腹部膨胀得圆鼓鼓的——那是马队的老婆和孩子。

我的心猛地遭了一击,刺啦一声我只感觉后背凉得发麻。我触电般从座位上弹了起来,我几乎是惊叫:"马森凯,你个神经病!"

马队一眼扫过来:"出去!"我逃离似的朝着门口奔,其实从座位上弹起来的瞬间我就尿了裤子。我听见马队在我背后继续警示道:"这是我老婆,以及我老婆肚子里我的孩子。"一旦揭了秘,我听见台下的消防员感同身受般倒吸着寒气。

马队无比懊丧地接着说:"如果当时消防检查到位一点,如果消防通道不堵塞,或者我们消防员能早到一分钟,就不会这个样子……"

很久以后,我们消防员再次回忆起这入队第一课时,仍旧记忆犹新。我们一直不敢去想象马队到底要有多么强大的内心,才能把他最痛苦的东西拿出来反复回忆。

答案?是没有答案的。我们只知道马队是一心想让我们好好的。

回中队的头三个月里,队里基本没遇到什么特别紧急的任务。就算有火警,也是老消防员出动就解决了。我们新消防员按部就班地进行着训练,上午练体能,下午练各种消防操。练得疲乏了,马队半夜三更在消防训练塔里点了几把火,然后紧急把我们喊起来突击演习。其间马队也带着我们出过几个小任务,比如贪玩的小学生把脑袋卡在栅栏里了,我们去把栅栏锯开。比如商场门口筑了一窝马蜂,蜇了好几个人,我们打开高压水枪给滋了下来。再比如我们遇到过一个刚失恋哭哭啼啼要跳楼的小伙子,我们气喘吁吁在楼下把气垫给充好了,这家伙接了个电话,然后跟我们说他突然又不想死了。宝来快被这琐碎折磨得要疯了,警铃一响他就兴奋,出任务后希望却一次次落空。那架势如同刚学会了绝世武功,可是又找不到一个像样的对手。孤独,寂寞,百无聊赖。马队自然要干预一下,说:"宝来,我看你整天不盼点好的,就盼着哪里着火。"宝来笑得红口白牙的,说:"绝对没有。"马队看着宝来点点头,长叹了口气说:"我是舍不得让你们进火场啊,火场是什么,火场就是地狱。怎么能把人往地狱里推呢?"宝来说:"那总要有进去的一天,不然当啥消防员。"

后来我们出了几次火警,传帮带,主要是跟在老消防员后头打下手。每一次都是刘指导员负责指挥调度,马队不放心,要亲自带队。往往我们跟在后边水带都还没铺展开,火势就被率先进入火场的老消防员背着灭火器给突突了。不过宝来就不同,他一见到火情,就三步并作两步率先冲进火场。为此他被马队严肃批评了好几次:"灭火需要团队协作以及战术配合,个人英雄主义不仅会害死你自己,还会害死你的战友。"每一次宝来总是咧着嘴憨笑:"下次注意,下次注意。"可真到了下次,宝来还是犯老毛病。其实宝来已经改了,只不过他那身手即便放慢了,整个中队还是没人能追得上他的节奏。寻遍整个中队,宝来都没有合适的搭档。于是我这个最弱的,以柔克刚,成了宝来的搭档。原因很简单,整个中队就我喊"宝来这个灰孙"喊得最大声。我总在对讲机里叫喳喳地喊:"宝来你个灰孙跑慢点。""宝来你个灰孙赶紧把门撞开。""宝来你个灰孙赶紧把栅栏掰断。"

就算是睡觉做噩梦的时候我也喊:"宝来你个灰孙赶紧帮我把这些蛇和老鼠撵开。"

自从在消防中队和宝来睡上下铺了以后,我尿床的毛病成了过去式。不可否认,我对宝来产生依赖了。在我这里,宝来和王晓慧其实没什么区别。

我又陷入噩梦中跟蛇群鼠群进行纠缠,我习惯性喊:"宝来赶快来帮我。"

可这天晚上回应我的却是宝来重重的一耳刮子,我捂着脸从床上弹了起来,怒不可遏地叫:"宝来你个灰孙。"定了定神,我听见耳边响起急促的警铃声,宝来一边往身上穿戴一边催促我:"愣着干啥,出任务了,快!"

十

四十五秒之后我们已经完成了登车,然后出发。我洋相百出地在车上费力地往上拽裤头以及整理防火服上衣的穿脱拉链。直觉告诉我,其实也不用直觉,我们都知道我们遇到了严峻的任务。火光早已冲天,正朝着天上噼里啪啦地喷射着燃烧的碎屑——鸡窝一样的城中村终究没能逃过失火的命运。

意外是真够意外,不过我们就是这么一支应对意外的队伍,一切意外都不是意外。

城中村的失火是在预料之中,但没人愿意接受。城中村就在消防中队门口,这火着得充满了讽刺性。初步探明原因是一个黑网吧私搭电路导致起火,网吧旁边是个小诊所。诊所下班前刚用医用酒精全面消毒,隔壁的火蔓延过来的时候,诊所内挥发的酒精气体发生了爆燃。我们抵达现场的时候,消防通道仍旧堵塞,这是个疑难杂症。居委会的人正在帮忙挪动那些堵在路中间的电动车,可是时间不等人。火已经借着风势铺展开,连片地烧了起来。好几栋出租房已经被吞噬在火中,被困在楼上下不来的人正趴在窗户上疯狂地挥舞毛巾求救。我爸哇呀呀叫骂着那些乱停车的家伙,轰隆隆开来一辆铲车从路口推着进去。

还是我们中队的老规矩,先是建立现场指挥部,刘指导员外围坐镇指挥,马队率领攻坚组深入。我们在火点正面架设水枪阵地控制火势蔓延,升起云梯对被困在楼上的人实施救援,同时还分出人手对火场外围的群众进行紧急疏散。

马队率领攻坚小组在水枪的掩护下,深入火场内部进行人员搜救。与此同时,外围观察哨侦察的时候报告了一个令人头皮发麻的消息,火势马上就要蔓延至城中村丁字路口。那里有一家烟花爆竹专卖店,仓库囤积着大量易燃易爆品。于是再次分出宝来他们小组火速前往丁字路口架设移动水炮阵地,对正在朝着烟花爆竹专卖店蔓延的火势进行堵截。

只听轰隆隆几声,爆炸还是发生了。高温顺着城中村那些串联在一块的铁皮屋顶缝隙蹿到烟花仓库。只觉得整个火场抖了一下,火焰停滞了三秒,然后烧得更加旺盛。这样的爆炸并不同于一般的爆炸,它是噼里啪啦连续不断的,能听得出先是小鞭噼啪响,高升炮咻咻尖叫,然后是二踢脚砰砰的,最后是绚烂的烟花集中爆发,咻咻咻地带着优美的图案和色彩从各个窗户冲了出来。各种烟花爆竹的混响集中起来的时候,就是轰隆隆的巨响。那声音有点像矿场爆破,闷沉沉的,威力巨大。

爆破发生的时候,整栋楼前后左右晃动了几下,然后一屁股就栽坐了下来。

我能清晰地听到我的心跳声,我朝着爆炸发生的方向喊:"宝来你个灰孙。"

其实我是听不到我在喊什么的,我的耳朵在蜂鸣般尖叫。

探照灯下,我在烟尘弥漫的废墟中看见了宝来,他从一堆碎砖头的缝隙中艰难地挣出来。宝来满脸都是厚厚的烟尘,双眼通红,眼角渗着血渍。宝来颤颤巍巍站了起来对我做了个鬼脸,指着身后的废墟艰难地说:"快救人。"然后宝来转身跟跟跄跄朝着废墟走了几步,他自不量力地想搬起一块砖头,弯下腰的时候哐当一声整个人栽了下去。爆炸发生的时候,高速飞行的物体击中了宝来的头盔。我歇斯底里地朝宝来喊:"宝来你个灰孙!"喊得有些泄气,两腿有些发软,不过这次我站得踏实没有一屁股坐下,因为我知道还有事情没干完。爆炸的发生,加快了火势蔓延的速度,半个城中村已是一片火海。

附近几个消防救援站的战友也赶过来支援,几十辆消防车将城中村围住,架设水炮为城中村制造了一场倾盆大雨。马队率领内攻的攻坚小组呼吸器告急,退出来换人,火场内部的高温已经让攻坚小组的组员脱水几近休克。参谋长指挥说:"江海河,你们小组顶上。"我斩钉截铁地说:"保证完成任务!"马队更换了呼吸器之后坚持还是由他带队,参谋长瞪大眼睛说:"老马,你不要命了?"马队斩钉截铁地说:"还是我带队,我熟悉情况,以防他们进去之后摸瞎。"于是我们拖着水枪跟着马队开始了第二轮战斗,内攻的任务其实已经交给了赶来支援的其他消防救援站的战友。马队用无线对讲机下达的任务是深入火场开辟通道,挨个楼层挨个房间搜救被困群众。不恋战,讲究快和准。

搜救过程中我们遇到被困的王晓慧一家,海成的母亲在隔壁楼着火的时候打开窗户查看情况,被从隔壁楼窗口喷出来的火焰燎伤了眼睛看不见了。王晓慧先把孩子送下楼之后再回去背她婆婆,从六楼背到四楼的时候往下的通道就被火势堵死了,恰好遇到我们开辟通道的搜救组。我卸下呼吸器戴在海成母亲的鼻息处,弯腰就要背她下楼。可海成母亲不让,眯着眼睛摸着我的脸说:"别管我,先去救其他人。"这时候我才顾不了那么多,扛起海成母亲就往楼下走。送至楼下,我立即转身要返回火场的时候,王晓慧喊我:"江海河,我在这里等你回来。"我想转身回答一声,但是我没有转身也没有回答,我的战友还在火场中战斗。

我们攻坚小组的搜救工作进行到六楼的时候,水枪里的水呛了几下忽然就停了。从无线对讲机中得知是因为一楼发生垮塌压住了水管,目前正在组织清理。没有了水枪,楼内部的火势又迅速蹿了上来,马队呼叫了支援,率领我们从楼道暂时退到了房间。

这个时候建筑北侧"凹"字形的底部中间位置发生液化气罐爆炸,又是轰隆一声碎裂响动,西北角的阁楼坍塌。我们攻坚小组被困在了六楼房间,扒拉着墙壁随着楼房一同倾斜。马队又在对讲机上呼叫了好几次紧急支援,得到的答复却是消防通道被垮塌的房子堵着,云梯车进不来,最好的方式是撤离到楼顶天台等待救援直升机。可往楼顶天台撤离的通道早已经是一片火海,房间的门锁因为高温的缘故根本打不开。况且如果将门打开,门外的火势蹿进来遇到氧气,又是一场剧烈的爆燃。

所以最好的方式只剩一个,那就是在原地等待,第三轮内攻救援小组正在赶来。

我们在房间里搜寻一切可用的物件用来堵门缝中不断冒进来的烟,可堵来堵去还是徒劳无功,更多的浓烟来自天花板。我们想扒在窗口呼吸,可城中村这该死的握手楼,窗对面那栋楼也在剧烈燃烧,浓烟滚滚正朝着我们的房间灌。吱呀一声,那是火烧塌了承重墙,楼房的倾斜还在一点点加大,在噼里啪啦的燃烧中我们可以听见混凝土内部钢筋崩断的声音。

我们攻坚小组在楼房的三角区挤在一块,能见度其实已经很低了,我们趴在楼板上脸贴着地才能勉强看清彼此的轮廓。我的耳朵贴着马队的呼吸器面罩,我听见马队对着对讲机断断续续说:"用干粉,不能再用水浇了,否则这楼随时会散架。"

其实这个时候我觉得我有必要提醒马队:"你那对讲机早就在卧倒的时候摔成了八瓣。"

可一切都只能是潜意识,我压根儿说不出话来。说话是一件很费氧气的事,我的空呼机在卸下来给海成母亲戴的时候就已经报了警,现在早已经成了摆设。我的大脑在缺氧状态下早就一片空白,这样的空白是悬浮着的,身子轻得

614

可以飘起来，脑袋坠在地上足有千斤重。

这一年多来消防训练所接收到的常识在重复警告我——你就要死了，无论你接受与否。

我在意识完全丧失之前艰难而缓慢地朝着马队扭过头来，拼尽全力说："马队，我对不起你。"

我想这是我最后做的一件有良心的事。

我坠在地上的脑袋也轻飘飘地升了起来，我以为我死了。

死了，就换了个环境。起码这个环境里不再有带毒的浓烟和稀薄的氧气，当呼吸不再是奢侈，我张开嘴大口大口地呼吸。然后我再次坠入梦中，梦中还是有那么多蛇和鼠，它们从烈火和浓烟中涌出来。它们在我面前急停，然后我们进入持久的对峙。我都已经死了，再无恐惧，我歇斯底里地喊着："来呀，都来吧！"鼠头蛇脸都幻化成我的样子，鼠头露着龅牙，蛇脸吐着芯子，我也无比嫌弃我这张丑脸。我有点后悔死前没有留下遗言，如果能留，那肯定是追悼会上无须瞻仰我的遗容，因为那真的是不好看。

我挥起拳头向鼠群和蛇群发起了冲击："我早就不怕你们了。"

击退了蛇群和鼠群，其实也就击碎了一个漫长的梦境。梦境被击碎的时候，我在医院的病床上醒来。床单白得灼眼，我偏了偏头望向另一侧的心电监测仪。几条曲折的线一波跟着一波往前走，这个时候我只想随便抓个什么人过来，问问我为什么还没死。实际上我是没办法做到的，我感觉全身的骨头都被擂碎了，稍有动作就锥心刺骨般疼。

感受到疼，我确认我没死。

我没死，可是马队死了，准确地说，是壮烈牺牲永远不在了。

我让人推着我去看了他最后一眼，火场的高温使得马队植上去的半张脸皮起了卷儿，殡仪馆为他修整遗容的时候留下的针脚像是爬了一脸的蜈蚣。我稍有好转之后躺在病床上见人就咆哮："我这条贱命都能救回来，怎么马队就死了呢！"好几次我把照料我的小护士给吼哭了，我知道我不该这样的，她们把我归为英雄，每时每刻悉心照料。

于是我只能对着中队的人吼，终于还是吼来了真相。刘指导员淌着泪水，浑身颤抖着说："马队，马队把他的呼吸机摘了罩在你脸上了。"这样的真相，其实等同于让我死。既然我还苟活，那肯定是生不如死。王晓慧抱着小海成来医院看望我的时候我已经能下床走动了，她进了病房我俩相对无言，直到小海成用哭闹打破沉默，王晓慧才红着眼眶看着我："马队的事大家都很伤心，你也想开点。"我喉头耸了儿下说不出话来，我把注意力转移到小海成那儿，我朝着小海成伸出手："让叔叔抱一下。"小海成伸出娇嫩的小手抓了抓我的脸，我在想

615

如果这小家伙会说话，他肯定会对我说："你走开，我才不要你抱。"

我和王晓慧去看宝来的时候，我把小海成抱在脖子上骑马玩，小家伙尿了我一身。王晓慧急忙把小家伙抱过去："怎么能在叔叔头上撒尿呢。"我乐呵呵地傻笑："没事，童子尿大补。"宝来这家伙属蟑螂的，送往医院的时候脑出血，心脏停了两分钟，起搏无效后医生都掐着表等着给他宣判死刑，这家伙愣是重新活了过来。只不过宝来再也干不了消防员了，伤了大脑之后，动作略显笨拙，手脚不协调。我们去看他的时候，他正站在墙根儿捧着一块镜子练习大笑。不知是哪个医生支的招儿，说大笑可以刺激大脑产生脑啡肽。宝来笑着对我们说："我就说我被阎王爷收走的概率低吧。"我咧了咧嘴哽咽了一下没搭话。我们离开宝来房间的时候，宝来继续捧着镜子大笑，笑着笑着突然开始号啕。

烟花仓库爆炸的时候，整个突击小组就宝来一个人活了下来。

烈士回家的那天，几乎整个城市的人都自发地赶到灵车必经的路段肃穆相送，这一天我第一次看见我爸哭。他胸脯剧烈起伏，咬紧牙关呼吸急促，眼泪大颗大颗从眼眶迸出来。我妈买了一货车元宝纸钱准备烧了让马队带下去花，我爸怒目圆睁朝着我妈吼："就别拿活人的那套去砢碜死人！"

马队的遗像被挂在我家墙上，头七那天晚上我和我爸在河边给他放河灯。河面上来风的时候，莲花状的河灯打着旋儿越漂越远，河面上闪烁的烛光星星点点。

我爸跟我说："我们欠他的，永远还不清的。"我沉默了很久，说："我知道，我是还不清的。"河面上的风刮着刮着夹杂了沙，我的脸上挂满了泪水。我的梦境逐渐清晰了起来，这梦漫长极了，一做就是二十年。梦里有蛇群鼠群，还有王晓慧、李海成、马队，还有我们整个中队战友们出操时候的火焰蓝。其实我是不善于抒情的，其实我知道这并不是梦，那都是我一直在逃避的残酷现实。我想起来了，其实我从来没有忘记。

我一直以为我忘记了。

马队的老婆挺着肚子上楼回屋的时候，我一个人待在院子里玩。一楼的仓房窜出来几只大老鼠，其中一只嘴里还叼着一颗刚偷来的大白兔奶糖。我说："该死的老鼠快滚开。"一只老鼠停了下来，回头挑衅似的望了我一眼。我那个气啊，从兜里掏出几个小鞭点着了朝老鼠扔过去。

小鞭一共扔了四个或者五个，砰砰砰响了三声。一楼的那堆杂物冒烟的时候我抬起头，一条蛇率先从屋檐逃逸，舞着"S"形的优美曲线从我的头顶飞跃而过，重重地摔在地上蜷缩成一团，翻了肚白。冒起的浓烟越来越白，越来越白，扑哧一声橙色的火焰蹿了出来，越烧越大。所有隐匿在屋里的老鼠一股脑儿从浓烟中惊慌逃出，地上全是密密麻麻移动的黑点。一只老鼠的脚心踩过我的脚背,凉冰冰的。我听见浓烟之中有剧烈的咳嗽,然后转作声嘶力竭的呼喊。我抬起头的时候整栋小楼都被大火淹没在其中,我看呆了,或者我根本没意识到发生了什么。

在马队牺牲后的很多日子里,我问过我爸爸很多次:"马队知道吗,因为我?"

我爸说:"当然。"

【**作者简介**】李司平 男,傣族,1996年生于云南普洱,青年小说家。2019年起开始小说创作,作品见于《中国作家》《花城》《草原》《边疆文学》等刊物,有文学作品先后被《新华文摘》《小说选刊》等选刊选载,并入选《中国当代文学经典必读丛书》、"中国小说学会2019年度中篇小说排行榜"等。